翟广顺◎著

青岛文学史：1891-1949

The History of Qingdao Literature: 1891-1949

中国海洋大学出版社
·青岛·

图书在版编目(CIP)数据

青岛文学史:1891-1949 / 翟广顺著. —青岛:
中国海洋大学出版社,2023. 11
ISBN 978-7-5670-3685-7

Ⅰ. 青…　Ⅱ. ①翟…　Ⅲ. ①地方文学史—青岛—
1891-1949　Ⅳ. ①I209. 952. 3

中国版本图书馆 CIP 数据核字(2023)第 212411 号

书　　名　青岛文学史:1891—1949
出版发行　中国海洋大学出版社
社　　址　青岛市香港东路 23 号　　**邮政编码**　266071
出 版 人　刘文菁
网　　址　http://pub. ouc. edu. cn
电子信箱　cbsebs@ ouc. edu. cn
订购电话　0532-82032573（传真）
责任编辑　孙宇菲　王　晓　　**电　　话**　0532-85902349
印　　制　青岛国彩印刷股份有限公司
版　　次　2023 年 11 月第 1 版
印　　次　2023 年 11 月第 1 次印刷
成品尺寸　170 mm×240 mm
印　　张　38
字　　数　703 千
印　　数　1～1000
定　　价　139. 00 元

目　录

绪　　论

20 世纪上半叶的青岛文学,是在人的现代发展、文学持续获得现代性和青岛城市化进程中形成的,具有独特的理念、经验、逻辑和兀自彰显的状态,散发着耀眼的光芒。

19 世纪末 20 世纪初的青岛,西潮东进,风卷波滚,客观上刺激了人的自我新发现,促生了文学的历史性诉求。中国新型知识阶层基于人的观念演变、人的自我意识对象化、人对自我认识的发展与描绘,赋予文学以新的姿态,激荡着青岛文学现代性展开的内在张力。国外有学者认为,中国文学在晚明小说中即含有一种"'自我意识'的觉醒"①。有人甚至推断,中国现代文学的缘起"可追溯至 17 世纪初"②。更接近青岛本土命题且更贴近的理解是,写《骆驼祥子》的老舍把 20 世纪文学领域的"庶民文学推到了高峰"③。而臧克家在青岛写的长诗《罪恶的黑手》,运用象征手法并通过恶的意象营造,表现出对西方宗教的抗拒和对中国工人觉醒的热望。

文学的地方书写并非为所欲为的虚构。地方文学的孕育和形成根植于当地的文化土壤,并作为一种隐喻映射到经济、政治、社会等各领域的活动。因此,诠释青岛文学史的特殊性,势必回到中国现代文学和青岛城市发展的逻辑起点。由于中国特殊的政治、文化形势和岛城特殊的地理特点,青岛成为与两次世界大战均有关联的城市,历经德国租借地、日本守备军占据地、北洋自治商埠、南京政府院辖市、日伪特别市及解放战争"孤岛"等历史阶段,与巨野教案、巴黎和会、五四运动、华盛顿会议、汪伪会谈、美军亚太基地等重大历史事件有着扯不断的关系。在中西文化相互对峙、碰撞、交汇中,凸显出文学对于人的生存与发展问题的追问。

---

① [美]浦安迪(Plaks, A. H.):《中国叙事学》,第 255 页,北京大学出版社,2018。

② 王德威:《哈佛新编中国现代文学史》,第 42 页,四川人民出版社,2022。

③ 朱栋霖、吴义勤、朱晓进:《中国现代文学史 1915—2016》(上),第 170 页,北京大学出版社,2018。

作为中国现代文学地域史长河中的重要一脉,20世纪上半叶青岛文学的历时性与共时态有着历史而具体的一面。以理性而专业的文学史观回到特定的历史语境,既可发现青岛文学与中国现代文学走向的内在关联,又可体察青岛文学独有的价值体系与地方经验。

一 文学场域的历史维度

20世纪上半叶的青岛文学与城市发展链接在一起,形成了时间与空间、物质与精神等特殊的历史交集,积淀了独特的历史记忆。

青岛,旧称"胶澳",最初是一个"主要靠捕鱼"为业的"小村庄"。[①] 因不具拱卫京畿的战略之需,迟迟未被清政府理会。但青岛所拥有的宜居的自然气候、良好的港湾条件、富庶的腹地资源,早已成为"列强垂涎之地"[②]。因李鸿章与张曜的联名上奏,1891年6月14日,清政府内阁明发"上谕",允准在胶州湾设防。遗憾的是,不过六年,远在欧洲的德意志帝国便伸出了"鹰爪"。1897年11月7日,德国以"巨野教案"为由强占胶州湾,并于1898年3月6日将清廷代表拖上了《胶澳租界条约》的画押桌。德国虏获了"胶澳之口,南北两面"陆海面积千余平方千米、租期99年的特权,收割了铺设铁路和开采矿山的特许权,以及所谓的山东"优先权"。[③] 青岛本土居民眼瞅着德国人及因自由港制而来的外国人反客为主地涌进家门,被动地变成了德国海外租借地的所谓被"保护"者。

德国租借地当局根本无视这个半渔半农海边村落的历史,硬是想依据"合乎规划、与德国人的秩序和整洁意识相适应"的原则营造所谓的"模范殖民地"[④]。德国对青岛强硬的意识形态控制,使青岛建置之初不够丰盈、不太彰显的传统文化遭遇了无法抵御的冲击。德国一方面斥巨资修建青岛港和胶济铁路,引进礼和、亨宝、太古、滋美等一波德、英、美跨国洋行;另一方面以德国标准兴建城市给水、排污、邮政、交通等设施,以及总督府、总督官邸、帝国法院、王子饭店、基督教堂等一批极具欧式风格的建筑物。与此同时,在大鲍岛出现的既吸收欧洲楼房特点又保留中国四合院建筑风貌的"里院",成为除北京胡同和上海里弄之外的又一中国特色民居形式。时有消息道:"夫青岛,可谓为德国之一小模型。其市政制度、船坞规则、卫生章程及一切公家各举,无异于德国国内之一镇。该地之

---

①④ [德]余凯思(Mühlhahn,K.):《在"模范殖民地"胶州湾的统治与抵抗——1897—1914年中国与德国的相互作用》,孙立新译,刘新利校,第57、233页,山东大学出版社,2005。

② 《德国占领前的胶州湾(摘译)》,载《德国侵占胶州湾史料选编》第20页,山东人民出版社,1987。

③ [德]阿泰尔特(Artelt,J.):《青岛城市与军事要塞建设研究(1897—1914)》,青岛市档案馆编译,第3页,青岛出版社,2011。

兴盛诚可惊异。”[①]1904年,包天笑出任青州府学堂监督路过青岛,这位“鸳鸯蝴蝶派”作家在《钏影楼回忆录》里用文字写下了对青岛的印象,特别是指出了德国人觊觎青岛的用心。出于强权政治的考虑,1905年德国进一步确定将青岛定位为一个“德国的文化中心”,因为“贸易不是随着旗帜而是跟着语言和文化发展的”。[②] 1909年,黑澜大学(青岛特别高等专门学堂)成立,中德双语报社、图书馆、译书局等文化出版机构接踵兴办;而国人创办的《胶州报》也融合了西方新闻制式,报头印有交叉放置的清政府三角龙旗和德国的三色旗。随着辛亥革命后溥伟、那桐、周馥、盛宣怀、劳乃宣、刘廷琛、吴郁生、岑春煊、陈夔龙、赵尔巽等前清皇室贵族、旧臣高官,以及徐世昌、谭延闿、洪述祖、杨度、张勋等民国失势官僚和军阀迁居青岛,青岛多元混杂的文化格局趋于显明,其间的文学艺术必然打着传统与现代、本土与外来的纽结。

德租青岛不及17年便遭遇了日本的垂涎。一衣带水的便利、资源短缺的困扰,加之青岛经过德国塑造依海而建、可舟可车的城市特点,激起了日本的侵占欲望。1914年8月,日德战争在远离日本和德国本土的中国青岛开战了。日本不顾国际法和中国政府的抗议,强行“继承”了德国在青岛的权益。随着11月16日日军占据青岛的入城仪式,青岛从德国租借地当局之手转到了日本守备军的旗下。伴随着军刀与木屐,日本企业挟着资本和技术优势,大肆抢占青岛的土地、水源、电力、交通、原料等资源,掠夺劳动力。1913年,日本在青岛港的贸易船舶只有29艘次,到1921年增长到74艘次;贸易额由1913年占青岛港总额的37%,增长到1921年的87%。[③] 有消息称,日占时期,青岛“统括铁路、矿山与民政范围之一切收入而言。故每年收入平均在二千万上下”[④]。日占时期的青岛文学,既有带血含泪的“诅咒”,也有颓废沉沦的自娱。日出四开小报《青岛快报》设有副刊《小钢炮》,但大都是滑稽小品与通俗性文学作品。相比之下,1916年春夏苏曼殊于青岛行旅后的文字《碎簪记》,以及1917年林传甲路过青岛写成的《青岛游记》,更像史话说本。1921年11月,华盛顿会议谈判“鲁案”,美国乘机插手中国事务,争夺在世界政治和军事上的主导权。中国政府利用矛盾丛生的国际局势收回了青岛主权,日本则趁机攫取了巨额赎金,并留下了数量庞大且有特权的日本居留民团,这成为1938年1月青岛再次被日本占据的“特洛伊木马”。

由于在日军的侵华计划中青岛被列为首选目标之一,日本侵占青岛后,于

① 《德督论青岛之将来》,载《申报》1908年10月4日。

② William C. Kirby. *Germany and Republic China*. Stanford University Press 1984, P. 158.

③ 胡汶本、寿杨宾、秦治新、迟守卫:《帝国主义与青岛港》,第64页,山东人民出版社,1983。

④ 《青岛之现在与将来(续)》,载《大公报》1923年3月25日。

1939年1月成立伪青岛特别市公署。6月,即墨、胶县划入后,青岛的总面积增至8000余平方千米,人口增至180余万人。1940年1月,汪精卫与王克敏、梁鸿志、李守信等人在青岛会谈,就伪中央政府产生办法、政治纲领等问题磋商。① 汪精卫在青数日,《青岛新民报》发表了汪精卫与妻子陈璧君的几篇文艺作品,折射出复杂的人生轨迹和政治立场。此时的青岛文坛,通俗文学是主流,虽经岛城及埠外作者的艰苦努力,但诚如一位报媒副刊编辑所言,"挽救这个没落厄运实在不是几个爱好文艺比爱好自己的生命还重要的文艺写作者所能够胜任的"②。这一时期的文学闪现出的香艳色调,败坏了青岛的文风。作为一种丑恶、荒诞的文学怪象,从挣扎在苦闷环境中"人们底生活往往会流于淫靡奢侈"③的"时代病"去理解,或可更接近于事实。

待到1945年8月15日日本无条件投降,9月13日国民党青岛市长李先良率青岛保安总队接收青岛之前,美国即以受降维持治安为名,于9月11日抢先派海军第七舰队开进青岛,随后美海军陆战队第六师之一部也在青岛登陆。美军在青岛,俨然以"主人"自居。及至1946年11月《中美友好通商航海条约》签订,青岛作为美军在亚太地区的主要海军基地之事明朗化了。1948年9月,美国为谋求在西太平洋地区的军事霸权,气势汹汹地声称要"确保"④在青岛的战略地位。1949年1月,有报媒披露美军为增强在青岛的军事力量从菲律宾调来太平洋混合舰队之一部,包括主力舰、巡洋舰、驱逐舰等作战舰只,还企图把青岛扩展为远东大陆总基地。⑤

青岛这座城市在短短半个世纪竟被德、日、美三个国家轮番欺辱。西方列强一再把自适的精神向度、价值取向和生活方式播迁到青岛。这种在城市开埠之初即被形塑的消费、娱乐性物质文明和制度文化,大异于中国传统的思想观念和纲常伦理,深刻地影响了城市的精神内核和外在形式。青岛文化既有出自母体的中国胎记,又掺和了西方多元的外来混杂,形成了纵向历史演进与横向对话交融中叠置而成的混凝体。

青岛究竟是怎样一座城市?这个问题充满了历史纠结。1891年青岛建置后德租日占20多年,德、日对青岛城市文化的负面作用不可低估。1922年12月10日青岛回归中国政府管辖后,国人的自我文化再造不可谓不积极,力图"使资

---

① 《青岛会谈本日开始　要人会集成政治中心》,载《青岛新民报》1940年1月24日。

② 曹歌帆:《告读者》,载《青岛新民报》1941年9月30日。

③ 希言:《时代与文艺》,载《青岛大新民报》1942年9月14日。

④ 《美海军表示　将确保青岛》,载《青岛晚报》1948年9月30日。

⑤ 中共青岛市委党史研究室:《中共青岛地方史》,第1卷(1923—1949),第353页,中共党史出版社,2003。

本帝国主义者的市场,变为革命的特别市,而数十万的市民,化为革命的民众,一洗德日帝国主义交相蹂躏的奇耻”①。但青岛学界在“文化雪耻”方面的作为十分有限,鲜有能进入文学史的作品。胶澳学务负责人在一次公开会议上承认,胶澳因“久隶”于外族,“社会文化较内地为幼稚”。② 然而,彻底肃清历史后遗症却是一大难题,通过跨文化努力寻找本土文学发展的现代化途径异常艰巨。与全国类似的城市相比,青岛既没有西安、洛阳那样厚实的文化根基,也没有福州、宁波那样的人文荟萃;既不像北京那样把中国传统文化的精粹升华到极致,也不像上海那样借鉴西式文化架构起东方的璀璨明珠。在青岛看到的是,由于华人公众身份的模糊而陷入自卑又自大的矛盾中。青年时代在青岛读国立山东大学的徐中玉称,文化认同“不是直线递进,而是有些回环反复的,但基本上对西学的认识讲求以及所受影响,已经越来越扩大深化了。如何评价这些现象?如果西学已经无从抗拒,那么究竟应该把它放在怎样一种位置上才合适?”③不消说,青岛文学在“去殖民化”的抵抗性反应中,有意无意地陷入了文化心理意义上的“回归后”迷思。那个能汲取人类文学经验并化合为一种中国化的本土文学究竟在哪儿?

无法否认的是,20 世纪上半叶的青岛文学始终有着一张有形无形的“网”。1922—1937 年,青岛虽处于北洋政府、南京国民政府先后统辖时期,但翻找此间青岛本土抑或是羁旅青岛任何一个作家的作品,无论持何种政见或何种主张,德租日占的阴影时隐时现。城市属性带来了不同的文化流行属性,并形成潜移默化的影响。1923 年,邓恩铭受中央党组织委派来青岛发动革命运动感触最深的就是青岛学界和民众政治觉悟、民族意识的淡薄。这位颇具组织才能的中共早期领导人,在向上级组织汇报发展团员的信中坦言:“故欲号召群众运动,实属困难已极。”④

事实如此,青岛一方面有着轻松、自由、时髦、丰富多彩,具有潜在的创造力的氛围;另一方面在与外界的比较中,有着不加掩饰的自我优越感。多次来青岛观光的民国前总理熊希龄,在一首七言长律中写下了“吸取游资千万计,官家虽瘠小民肥。……尽心沟洫卑宫室,万吨楼船泊海滨”⑤等诗句。一份来自中国台

① 童晔:《青岛民众运动的过去与将来》,载《训练月刊》1930 年第 2 期。

② 《胶澳商埠民政科学务股长李贻燕在李村私立师范讲习所开学典礼上的训词》,载《胶澳商埠档案史料选编》(五)第 240 页,青岛出版社,2018。

③ 徐中玉:《激流中的探索——徐中玉论文自选集》,第 422 页,华东师范大学出版社,1994。

④ 《邓恩铭关于青岛情形及今后工作意见致仲澥信(1923 年 9 月 20 日)》,载《邓恩铭文集》第 301 页,人民出版社,2013。

⑤ 熊希龄:《青岛赠沈成章市长》,载《熊希龄集》第 8 册第 827 页,湖南人民出版社,2008。

湾30年代初外国物资由台湾转口输出地输出数量表明,青岛在1930—1933年四年间,接收从台湾转口的外国物资分别为19027吨、47190吨、33596吨、37251吨。① 这个数字大大高于天津、汉口、宁波等城市,除1930年低于上海外,其他年份均高于上海。与中国任何一个沿海、沿江城市不同,复杂的政治环境和多元的文化处境开启了青岛文学"回归后"的历史进程。

文变染于世情,文学与城市相互造就,青岛文学在中国现代文学史上较早建立起与世界文学的对话关系。20世纪上半叶青岛文学生产、传播、接受的背后,实则裹挟着国家利益和政治诉求。② 特殊的文学现代转型的地方维度和场域经验,才是青岛文学的构成逻辑。

二　地理空间的话语表达

20世纪上半叶的青岛文学在本土因应内里和外来刺激下穿流交错,经历了新文学拓荒发轫、羁旅作家精英文学、本土文学自主自立三个阶段。

新文学在青岛发轫,有城市回归后的文学律动与抑扬跌宕,在中国现代文学史上却姗姗来迟。王统照具启蒙先驱者地位,顾随、陈翔鹤、杜宇、李同愈系中坚作家。这样表述并未忽略胡存约的《海云堂随记》、黄肇颚的《崂山艺文志》、蒋楷的《那处诗钞》、劳乃宣的《釜麓草》、燕齐倦游客的《桃源梦》等诞生于新文学前夜的作品,但它们均未打破中国传统或以载道、或以自娱的文学观。旧文学有相当的市场,迨至20年代末,新文学在青岛尚属小众。文学价值设定的合理性既取决于内在的自我发现,又印刻在外显的审美样式。1924年夏,顾随呼唤"浅草社"同人的青岛笔会是青岛文坛正面触及新文学之始。冯至、陈翔鹤、陈炜谟等人的到来,以及刊载韩君格、林如稷、徐丹歌、吕一鸣、王怡庵等新锐作品的第四期《浅草》在青岛编竣,让青岛文坛嗅到了新文学气息。之后,"浅草-沉钟社"同人杨晦在青岛的翻译作品和未刊剧本,以及郝荫潭的长篇小说《逸如》,表现出与青岛"前夜文学"迥异的调性。

无疑地,王统照在青岛现代文学史上的贡献几乎无人能及。他创办的纯文学杂志《青潮》、发表内容"更沉实"③的长篇小说《山雨》,以及一系列散文和新诗,不仅反映了对现实主义文学的追寻、对生命存在的叩问、对底层民众的关注,

① 林满江:《台湾与东北间的贸易(1932—1941)》,载《"中央研究院"近代史研究集刊》第24期,1995。

② 刘禾:《跨语际实践:文学,民族文化与被译介的现代性(中国:1900—1937)》,宋伟杰等译,第262页,生活·读书·新知三联书店,2014。

③ 朱栋霖、吴义勤、朱晓进:《中国现代文学史1915—2022》(上),第61页,北京大学出版社,2023。

而且植入了现代文学审美价值。王统照化用超载日轮在青岛沉没事件创作的小说《沉船》,运用虚实互见的写法呈示悲剧性意象,主题内涵获得深化与丰赡。王统照的新诗因强烈地反映现实而被我国香港研究者误认为“特别偏爱一个‘血’字”,说他接近于一个“嗜血的诗人”。①

接续青岛新文学发生期,以国立青岛/山东大学教授羁旅作家为主流的精英文学将青岛文学推向了一个新的高度。在杨振声“以地方之文化组合成一国之文化”②的理意、赵太侔主校期间的“缔造经营”,以及“青漂潮”的巨大引擎下,在青岛形成了青籍、定居、羁旅、流徙等作家群现象,隆起了 30 年代难得一见的城市文学高地。

大学教授作家群是人才荟萃、大师云集的表征,涌现出梁实秋的文学理论与文艺批评,沈从文、老舍的小说,吴伯箫的散文,闻一多、陈梦家、方令孺的新诗,洪深、宋春舫的戏剧文学,周学普、赵少侯的翻译文学等一批在中国现代文学史上具有重要影响的作品。沈从文供职国立青岛大学之前已是知名作家,但他自言,“在青岛那两年,正是我一生工作能力最旺盛,文字也比较成熟时。许多较完美作品多是在青大完成的”③。有人曾为青岛时期的沈从文未能写出中篇小说代表作而遗憾,其实沈从文最具盛名的《边城》酝酿于青岛,而在青岛推出的《三三》恰是《边城》“放大此事而成”④。

青岛中小学教师作家群人数众多,主要有王统照、顾随、陈翔鹤、王卓、王玫、杨晦、郝荫潭、废名、汪静之、章铁民、张友松、秦惠亭、修古藩、顾绶昌、王赓虞、孟超、王度庐、王亚平、袁勃、李劫夫等。中小学教师作家群与大学教授作家群具有主体间性,在交流、互动中相互溶浸,不断达成主体间的意义生成。杨晦、废名因托付的职业介绍人被杨振声谢绝,与国立青岛大学擦肩而过,悻然失意的废名却以诗歌为丰富新诗艺术的可能性作出了一份独特的贡献,在新诗发展史自有其一席之地。⑤

青岛大、中学生新生代作家,如臧克家、徐中玉、蔡天心、崔嵬、于黑丁、周浩然、李白风、赵俪生、李普、黄宗江,则与教授(教师)作家群形成互文本关系。臧克家来青岛读大学,拜闻一多学诗,闻诗之于臧诗确实存在着文学文本间的互涉因素,臧克家写的《烙印》《罪恶的黑手》被认为是闻一多《死水》有本可依的“学步”。臧克家的诗深受“新月”诗派的影响,但苦涩艰辛的人生之旅将臧克家的

① 香港文学研究社:《〈王统照选集〉序》,载《王统照研究资料》第 177 页,知识产权出版社,2010。
② 杨振声:《校长报告》,载《国立青岛大学周刊》第 1 期,1931 年 5 月 4 日。
③ 沈从文:《复鲁海》,载《沈从文全集》第 26 卷第 273 页,北岳文艺出版社,2002。
④ 沈从文:《题〈虎雏〉自存本》,载《沈从文全集》第 14 卷第 452 页,北岳文艺出版社,2002。
⑤ 赵敏俐、吴思敬、王光明:《中国诗歌通史》,现代卷,第 441 页,人民文学出版社,2012。

诗扎根于乡野沃土。臧克家沉着而有锋棱地去迎接磨难,形成了清醒的现实主义诗风。[①]

此外,30年代暂时定居青岛的东北流亡作家萧军、萧红、舒群,以及短时旅青的作家,如蔡元培、胡适、巴金、郁达夫、卞之琳、苏雪林、陈荒煤、艾芜、沙汀、柯灵、蒲风、柳亚子、何其芳、蹇先艾、俞平伯、端木蕻良,都在青岛留下了值得记忆的文字。

30年代出现的大量羁旅青岛的作家反映了文学与城市日益密切的关系,城市之于作家的经验是深刻而强烈的。有关统计表明,德国"租借"前青岛人口为8.3万人。1910年(德租时期),青岛人口为16.11万人(不含外侨),人口增长率为52.36%。日本归还青岛后,1924年青岛不含外侨的人口数字为18.94万人,到1927年则达到32.21万人。仅仅30年的时间,青岛便从一个偏僻渔村,成长为拥有30多万人口的通商都会。另据有关研究,上海人口增长的高峰也出现在1910—1930年间,其增长率为49.97%。[②] 这个比率明显低于同期青岛的增长水平。在城市化进程中,青岛充盈着政治、经济、文化力量的重组、纷争与较量。1933年11月,青岛国货公司开张引来打卡消费潮,"顾客与观众,自晨至夕,极形拥挤,该公司各部分,皆有应接不暇之慨"[③]。在梁实秋的眼里,青岛"好吃的东西很多。牛肉最好,销行国内外";"青岛的海鲜也很齐备。像蛆、蛤、牡蛎、虾、蟹以及各种鱼类应有尽有";"青岛不产水果,但是山东半岛许多名产以青岛为集散地"。[④] 翻阅30年代青岛作家的作品,以城市文化为背景、以市民阶层为受众、映现都市生活的作品成为创作主流,城市叙事明显优于乡村叙事,更多表现出作家对城市和城市人的关怀。青岛不惟是一座工业的、商贸的、旅游的城市,也是一座文学的都市。

40年代的青岛文学,则呈现出作家本土成长、作品新旧并立、主要以报媒副刊和文艺期刊为载体的特性。1937年,卢沟桥事变打断了羁旅作家的民国浮梦,随着老舍、王统照等的纷纷离去,青岛文坛一片肃杀之气。在日伪政权不断强化的军事镇压和意识形态控制下,青岛文学确实出现了为日本"大东亚共荣"服务的内容,文学堕落为媚俗销蚀的消费品。值得注意的是,30年代与新文学争锋而被边缘化的现代通俗文学,在40年代占据压倒性优势。王度庐、陈挹翠、王效古、关松海及外埠作家陈慎言的武侠小说和社会-言情小说,在慷慨侠烈、

① 朱栋霖:《中国现代文学史1915—2020》(精编版),第127页,北京大学出版社,2021。

② 李国祁:《由上海、汉口与青岛三都市的形成与发展论近代我国通商口岸的都市化作用》,载《历史学报》第10期,1982年6月。

③ 《国货公司营业兴盛》,载《青岛时报》1933年11月22日。

④ 梁实秋:《忆青岛》,载《梁实秋集》第288~290页,花城出版社,2008。

血泪交迸、爱恨缠绵中表现出“充分世俗中的充分人性化”。其中,王度庐小说“写儿女柔情之处如花开云展,述英雄勇武之处真石破天惊”①,体现了青岛文学的美学追求与社会道义的贴合,他与李寿民、宫白羽、郑证因、朱贞木并称“武侠北派五大家”。当然,更有年轻的新文艺作家自觉不自觉地走出“围城”,抒写战争状态下的生存体验,保持着“文化废墟”上的精神存在。在青岛文坛,芒芠、伊人、汉士、骚人、谷蕻的小说,废丁、尹大、方齐、毅马的散文,鲁丁、鲁基、景波、艾霖、虞克忠、选士、沉迟的诗歌,白萍、野火的戏剧作品,大多昭示出沦陷语境下本土作家的民族记忆和自信力。外埠作家袁犀、宋来、楚眉、陆涛、瘦马、陈萍等发表的作品,不少也以青岛社会生活为背景。青岛社会文化被残酷的战争所破坏,而人类的精神文明并没有灭尽,文学则因此而验证其永久性,是一种历水火而不能灭的东西。②

40年代中后期的青岛文学,本土自主自立的特征更加突出,一些在青岛度过童年、少年期的作者崭露头角。在小说方面,比较突出的作者有萧风、鲁军、千里、冶萍、激冰;散文创作的青年作者有山音、鲁海、木冰、笑燕、黄洋;杂文作者有卧龙、白风、李策、南冰、百歌、芷水;诗歌成就最高,有名气的诗人有臧云远、黄耘、废丁、杨唤、梁宝、田地、刘燕及、刘绪萱、刘温和、田风、梁枫等,其中臧云远等多人出版了个人诗集;戏剧文学作者有石玺、慕笛、陈本志等;还有在报告文学、特写领域多有表现的秋筠、衣兰等。他们的成长激发了40年代中后期青岛报纸副刊、文学期刊的井喷之势。这种现象在30年代的青岛,比较多地集中在杜宇任总编辑的《青岛民报》。享誉文坛的《避暑录话》,风靡中国报媒副刊界,当时的《青岛时报》《民国日报》远不及《青岛民报》的影响力。历经日伪时期《大青岛报》《青岛新民报》的《青潮》《新声》《新潮》《浪淘沙》副刊,及至战后,《青报》《青岛公报》《青岛晚报》《军民日报》《民众日报》《民言报》等先后创办的《潮音》《青果》《苦露》《滩头》《黎明》《荒土》《民声》《海歌》等文艺副刊园地,加之《青岛文艺》《新血轮》《海风》《青声》等文艺期刊的苗圃作用,这个作者群体给青岛文坛带来新的希望。必须指出的是,国立山东大学复校后的《星野》期刊及《潮音》《每周文学》副刊,不胜30年代的《刁斗》期刊与《中庸》《新地》副刊,虽有王统照、冯沅君、徐中玉、孙昌熙等的努力,但大学对城市文学的引领式微。王统照的《寻求梦的寻求者》《生命树的等待》收录1937—1949年“中国新文学大系”散文卷,虽是此间青岛文学少有的值得骄傲的成就,但其小说的原创力和影响力大不如前,好在思想力度和深度犹存。

① 《〈剑气珠光录〉出书预告》,载《青岛新民报》1941年1月19日。

② 钱理群:《“言”与“不言”之间——沦陷区文学总论》,载《文艺报》2000年1月11日。

地方文学源于时代的社会经济,并通过富有生命意识和感性活力的文字,表达对历史文化的反思。

三 文学写作的经验路径

20世纪上半叶的青岛文学有别于中国现代文学共同体中的任何一个流派,根脉又独立于"京派"和"海派"文学之外,其丰饶的内容与形式囊括在"中国新文学大系"所列文学评论、小说、散文、杂文、报告文学、诗歌、戏剧等各类文体中。比较而言,小说、诗歌、翻译文学的在地作品展示了青岛文学更突出的一面。

文学理论和文艺批评

文学理论以梁实秋的新人文主义为滥觞,以陆侃如、冯沅君的文学史论殿后;文艺批评则主要表现在梁实秋的批评和反批评。

梁实秋之于青岛文学史乃至中国现代文学史的意义在于,以稳健、保守、节制的方式,构建以审慎道德、理性情感、文学纪律为特征的文论体系。在文学理论建设方面,梁实秋援据美国白璧德的"新人文主义",对中国"五四"新文学进行反思,反映在《谈文学上的落伍》《文学的透视》《文学研究的"新方法"》《文学史的材料与方法》等文章中。文艺批评方面则以1934年7月梁实秋出版的由31篇文章结成的《偏见集》为代表,特别是《文学批评的将来》《文学的幼稚病》《所谓"题材的积极性"》《古今之争》等批评杂文。梁实秋的人性论文学观辐射了他在文学理论与文艺批评上的所有见地,对自由派的文艺批评实践产生了直接而深远的影响。[①] 由于与左翼作家的立场和出发点不同,梁实秋不但未能"解释"批评史,反而充当了反主题、逆主流的角色,但他针对文学主潮审美意识的批评又不失为一种有价值的互补。[②] 反思梁实秋的文学观得失,有助于一个充满辩证精神的文学理论和批评体系的合拢与完成。

40年代国立山东大学复校后,战前欣欣向荣的新文学创作未能进入大学正统的学术秩序。特别是陆侃如在历史研究会主办的一次演讲中公开表达的文学史优于文学创作和批评的观点[③],使得历史相对短促的文学创作遭遇了极大的阻力。此间,陆侃如专注于《中古文学系年》的撰述,发表了《王延寿的生卒》《一

---

① 黄修己、姚玳玫:《中国现代文学研究通史》,第2卷(1928—1937),第74页,广东人民出版社,2020。

② 温儒敏:《中国现代文学批评史》,第75页,北京大学出版社,1993。

③ 1947年12月5日、6日,青岛《民报》相继发表的《陆侃如教授学术演讲怎样研究文学史》《陆侃如教授学术讲演,怎样研究文学史,山大历史研究会敦请主办》等消息,披露陆侃如的"无论是创作和批评,文学史都应该研究"之说。

千八百年前的中国文学》《〈正始石经〉书者辨》《左思评传》《左思练都考》等文论。受陆侃如的影响，冯沅君只在1947年10月为赵清阁主编的《无题集——现代中国女作家小说专集》提供了一篇自称"四不像"的《倒下了这个家族的巨人》，以及翻译发表了几首外国诗歌。这位曾经轰动中国现代小说界的"淦女士"基本停止了文学创作。1949年1月，陆侃如、冯沅君夫妇的《中国文学史简编》出版了第八版。文学创作在大学知识生产中的放逐与弛废，不仅弱化了30年代杨振声主导下的大学文学，而且消解了40年代大学文学作为青岛城市文学的引擎作用。文学专业培养不出作家已成公认的事实。

青岛文艺批评，须注目老舍《老牛破车》中的一系列以"我怎样写××"为题的反思性文字，进而体会老舍对文艺批判和重建的双方面自觉。这种自觉同样表现在洪深在青岛发表的《谈戏剧之理论与实践》《电影在现代艺术占怎样的地位？它和文学有怎样的关系？》等一系列戏剧和电影艺术评论，以及赵少侯的《罗曼罗兰评传》、闻一多的《论〈悔与回〉》《谈商籁体》、台静农的《从〈杵歌〉说到歌谣的起源》等文艺评论。青岛的文艺批评，还应向30年代蒲风的诗歌"斯达哈诺夫运动"、王统照小说《热流》遭遇的"吐槽"，以及40年代刘燕及与青岛文艺社、梁宝与青年文艺研究会投放目光。青岛文艺批评的"火药味"，随着政治风潮愈演愈烈。

小说

小说方面，以老舍的《骆驼祥子》及沈从文、王统照、王度庐的小说最受瞩目。涌现出蔡天心、于黑丁、芒茭、萧风、鲁军等小说家新秀。

1934年秋老舍应国立山东大学聘约来青后，怀着"职业写家"的梦想，进入了文学创作生涯的第一个高峰期。其代表作《骆驼祥子》创造了中国现代文学史上长篇小说的最高成就；他还创作了长篇小说《牛天赐传》《选民》《小人物自述》，发表了《新时代的旧悲剧》《我这一辈子》等中篇小说，以及《月牙儿》《阳光》《上任》《牺牲》《断魂枪》《新时代的悲剧》等短篇小说，出版了《樱海集》和《蛤藻集》两部小说集。老舍无疑是这一时期"最有成就的现实主义作家"①。老舍在青岛实现了从教授作家到专业作家的转变，他把对社会的批判当作小说里不可缺少的一部分。②

1931年沈从文来国立青岛大学任教后，短短三年竟创作出30多篇小说。其中，中篇小说《泥途》《凤子》《懦夫》和短篇小说《三三》《贤贤》《静》《三个女

① 孙康宜、[美]宇文所安（Owen，S.）：《剑桥中国文学史》，下卷（1375—1949），刘倩等译，第555页，生活·读书·新知三联书店，2013。

② [美]夏志清（Hsia，C.T.）：《中国现代小说史》，刘绍铭等译，第206页，浙江人民出版社，2016。

性》,以及《虎雏》和《都市一妇人》两部短篇小说集大都是精品力作。沈从文来青岛本欲超越湘西图式,然而都市文明中人性虚伪、道德病态的一面却与其熟稔的乡土田园牧歌格格不入,这使他的小说具有“一种自我反射的乡愁”[①]。他在青岛写的《三三》等小说,分明带有一丝沉郁、一缕隐痛、一点伤感。[②] 青岛生活加深了沈从文的文化孤独感,剧变的社会环境削弱了“草根”特质,也削弱了牧歌作品中典型的乡村生活节奏。[③] 酝酿于青岛的《边城》,其实是沈从文不肯背离湘西的浪漫精神和抒情韵致的再书写。

王统照在青岛有两个创作期。1931 年,王统照与上海开明书店的叶圣陶谈及的两部长篇小说计划,其中一部是《山雨》。《山雨》昭示了二三十年代北方农民的觉醒,风格深厚、沉郁。30 年代,王统照写于青岛的小说还有《刀柄》《火城》《五十元》《父子》《梨浦的梦》《记忆的秘密》等,出版短篇小说集《号声》和《霜痕》。王统照成为更多打上地域文化烙印、眷念民间与大地的作家。[④] 另一个时期,即战后,王统照创作发表的短篇小说主要有《“小天分人”的生与死》和《灰脊大衣》,另有以古代寓言故事为题材的《射心人》《狗矢浴》《打醮的故事》;还于 1947 年 8 月出版了短篇小说集《银龙集》。

论小说创作数量之丰,首推王度庐。1938—1949 年,在十余年的通俗文学创作实践中,王度庐推出了“鹤铁五部”武侠小说及以《落絮飘香》为始的系列长篇社会-言情小说,他以近 800 万字的小说作品极大地丰富了三四十年代中国现代通俗小说库藏。根据王度庐写于青岛的小说《卧虎藏龙》改编的电影,问鼎奥斯卡奖。王度庐之后又有陈挹翠的《血溅青锋》《四海游龙》《风云儿女》、王效古的《仇雠血》《胜字旗》《夜劫孤鸾》、关松海的《春梦秋云》《梨园新史》《相逢脱恨》,以及岳乐山在青岛成稿的长篇历史小说《尘世奇谈》。“俗文学”以不同于“雅文学”的理论主张和审美品性,加入了时代文学变革的行列。[⑤]

早于上述寓青作家的“浅草社”成员顾随、陈翔鹤、郝荫潭,都有小说面世。顾随在青岛发表了《乡愁》《海上斜阳》《孔子的自由》《浮沉》《废墟》《母亲》等小说,流转出纤柔、细腻、诗化般的形象之美。陈翔鹤写的《独身者》《转变》,则是青岛生活的映现,构筑起适宜于抒写个人化话语的文学文本。郝荫潭的《逸

---

① 孙康宜、[美]宇文所安(Owen,S.):《剑桥中国文学史》,下卷(1375—1949),刘倩等译,第 563 页,生活·读书·新知三联书店,2013。

② 朱栋霖、朱晓进、吴义勤:《中国现代文学史 1917—2012》(上),第 215 页,北京大学出版社,2014。

③ [美]梅维恒(Mair,V. H.):《哥伦比亚中国文学史》,马小悟、张治、刘文楠译,第 751 页,新星出版社,2016。

④ 乔力、李少群:《山东文学通史》,下卷,第 181 页,中国社会科学出版社,2016。

⑤ 范伯群:《中国近现代通俗文学史》,第 11~12 页,江苏教育出版社,1999。

如》表现了一个女小说家复杂的情感皈依。梁实秋在青岛写作并发表了一篇题为《悲喜剧之一幕》的短篇小说。杨振声发表在1932年11月《独立评论》周刊第二十八号上的小说《抢亲》是写在青岛的作品。

在30年代的青岛小说界,蔡天心和于黑丁分别代表了大、中学生的小说风采。蔡天心的小说《东北之谷》和《山村父女》,为青岛文坛带来了黑土地的气息。于黑丁以《渺茫》《归来》《恐怖》等小说,成为青岛本土还乡叙事的代表性作家。此外,徐中玉在《国闻周报》连载的中篇小说《一个女教师的故事》,以及《刁斗》等杂志刊登的《横死》《淅沥》《公寓里》等,皆为大学生的小说试笔。当然,东北流亡作家萧军、萧红、舒群写在青岛的小说,特别是萧红的《生死场》,“抒情性多于分析,是一种辛酸的严肃”①,揭示了“笔比剑更强而有力”的真谛。

40年代的青岛小说可划分为前后两个阶段。前一阶段的小说作家有芒芰、伊人、汉士、毅马、骚人、郭子玉、孟宇等,其中没有能领军的人物。比较言之,芒芰的小说《南茜》《秋泛》《拾薪》《夜织》《视线》《女工》等表现被扭曲的幻灭心态,以及人生俗世的兜兜转转具有代表性。伊人的小说《乞妇》《变》《夕烧》《骗》《旅途》,汉士的《水晶帘下的中秋夜》《南篱畔下的玫瑰》《春风》《滋味》、毅马的《广郊里的鲜花》《原野》《无名江畔》等小说,都有病态的人生折光。袁犀作为东北沦陷区以流寓写作汇入青岛文坛的知名小说家,有以青岛为背景的长篇小说《贝壳》,以及《手杖》《红裙》等短篇小说。袁犀能拿捏住每个人物的灵魂而使那些故事中的角色活动于他的小说里。②

战后青岛特殊的社会生态,成就了萧风、鲁军、千里、冶萍等小说家。萧风的自传体中篇小说《孤雁》和《阿Q歪传》,鲁军含“动”字的长篇小说《激动》《荡动》《震动》,千里的中篇小说《朱二爷》《铁与血》《期待》和短篇小说《小喜子》《八千金》《灶王爷的故事》,冶萍的短篇小说《迟到的列车》《脚踏车》《卖栗子的人》《鸡叫之前》《友情》《煤》和中篇小说《软糖》等,几乎都是40年代青岛的社会面相。此外,黄耘的中篇小说《愁谷》《忧悒的海滨地带》、姜森的《邂逅》、田风的《浮云草》、左练的《灭亡》、梅特的《出妻》、梁宝的《轻轻烟》、山音的《风沙篇》、漪萍的《一个平凡的故事》、方介的《送礼》、慕笛的《母亲的迟春》等,都从一个或几个侧面写战后青岛的时代印记。小说作品多得让人眼花缭乱,青岛报媒副刊竟推出一种“五分钟小说”,有慕笛的《残冬》《迷途》《路灯》、唐月的《下午》、垒花的《老朽的老妇》,以及《婚后》《电影院里》《书香世家》《失去的笔》等。

---

① [德]顾彬(Kubin,W.):《二十世纪中国文学史》,范劲等译,第143页,华东师范大学出版社,2008。

② 上官筝:《袁犀论》,载《中国沦陷区文学大系》评论卷第530页,广西教育出版社,1998。

与此同时,旧式章回体小说卷土重来,《艺海忠魂》《烂缦天真》《古都新客》《孽海浪花》《金罗汉》《鸡犬桑麻》等大都表现城乡男女的细碎情感。此间,埠外作家的小说时常给青岛文坛带来生气,胡冰的《失业者》、赵获的《放下镰刀的人们》、左蒂的《窄巷》、金近的《看病》、翟尔梅的《小凤》、毛永堃的《做工事的人们》等,既守护着传统小说以人事说理的特点,又追慕西方小说的现代叙事调性。

散文

散文创作异彩纷呈,以吴伯箫、孙昌熙等的大学美文最突出;杂文以孟超、卧龙、李策为代表;报告文学初绽芳华。

国立青岛/山东大学师生的抒情美文独领风骚,吴伯箫是代表性人物。吴伯箫散文在中国现代散文史上具有举足轻重之地位,而在青岛写的散文正是其思想与风格形成期的作品,主要有《海》《雨》《山屋》《岛上的季节》《阴岛的渔盐》《海上鸥》《边庄》《萤》等。吴伯箫的散文集《羽书》,以美文和诗的融通为审美取向,特别是重视韵律的写法在同期作家中还不多见。[①]

老舍写青岛的散文有《青岛与我》《青岛与山大》《五月的青岛》;闻一多写的《青岛》依然流露出诗的意象和音律的美。沈从文面对海边的天与水,写有《从文自传》《记胡也频》《记丁玲女士》等纪实性散文,表现出沈从文对文体超乎寻常的清醒意识和多重的审美意义。[②] 其间,可能还"传递了一种古典的审美的感受性"[③]。这种笔致也能在杨振声的《与志摩最后的一别》寻见。大学生作家中,徐中玉也有美文呈现,《从江阴到青岛》和以"绿色的回忆"为题的一组散文等,使他有了结集《芭蕉集》的愿望。老舍、王统照为其写序,但因全面抗战爆发,《芭蕉集》未能成型。刊登于《刁斗》的《骡车》,也属大学生的美文范畴。

在战后复校的国立山东大学,孙昌熙发表的《大学路》《施舍》《拜访》《秋实》《老教师》《怀佩弦师》等散文,以及小说体散文《女扒手》《主妇》《母亲》,以第一人称介入生动的社会生活,并通过叙事中抒情和气氛渲染营造出一种可堪入画的散文艺术。40年代,萧条的文坛影响了散文作者的心境,沦陷区时期废丁的《路》《暮春篇》、尹大的《雨夜》、方齐的《母性》、曹歌帆的《海的三部曲》等,战后时期山音的《黄昏的怀念》、鲁海的《画面》、木冰的《时代的悲剧》、陈沉的《乡愁》等,大都烙着时代的印迹和个人的体验。

杂文,作为散文的分支和变式,风行青岛文坛久矣。孟超在编辑《青岛民

---

① 林非:《中国现代散文史稿》,第127页,中国社会科学出版社,1981。

② 范友悦:《新时期以来沈从文散文研究述评》,载《现代语文》(学术综合版)2012年第8期。

③ [美]梅维恒(Mair,V.H.):《哥伦比亚中国文学史》,马小悟、张治、刘文楠译,第1057页,新星出版社,2016。

报》副刊期间,以“小糊涂”之名发表了《博士胡适》《拥护阳历年》《贞观之治》等500多篇杂文。这种出自编辑之手篇幅短小、笔锋犀利、文风泼辣、为“报屁股”补缀的短文,影响了后来岛城的许多文艺副刊编辑。如编辑《青岛新民报》的张嵋兹写有《狗姑奶奶》,编辑《青岛时报》的卧龙写了《小心眼》,编辑《平民报》的激冰写《牢骚话》,编辑《民言报》的芷水写《已聋将哑之时》等;而《青岛时报》副刊《青光》主编李策,以“牛鼻子老道”署名发表的《长点骨头》《假如我是》《十九层地狱》等压题杂文,更是将报人笞挞丑恶、以矫弊病的作风发挥到极致。兼有抒情散文、议论文特质的小品,以及由杂文衍生的杂谈、随笔、小言是青岛文坛的一个特殊现象。前者以徐中玉遥编天津《益世报》副刊《益世小品》发表的小品最甚;后者则是卧龙的长项,甚至是他创作成就最高的文体。

报告文学之于青岛文坛无异于新鲜文体,胡存约的《海云堂随记》只能视为笔记文,王余杞的《一个陌生人在青岛》也只是类似报告文学的系列游记。30年代写报告文学并入选“中国新文学大系”报告文学集的,只有萧军的《水灵山岛》和徐中玉的《青岛缉私受伤警方新亭访问记》,当然徐中玉还有《哈尔滨的刑罚》《哈尔滨的侦探》两篇报告文学。日伪时期未见报告文学的踪迹。战后最早涉足这一领域的是丁梦全,她的《我们的留园》以青岛沦陷时期开设留园补习学校为素材。秋筠的《旅台见闻杂记》和衣兰的《荒海》,是青岛40年代最成功的报告文学作品。至于楚歌以《青岛时报》记者身份写的《南泉行》,王明作为《军民日报》记者执笔写就的《掖县行》,以及朗登的《从军行》、张家凤的《长沙纪行》,归类于兼具新闻的文艺性通讯似更贴切。

诗歌

诗歌领跑全国,形成闻一多的“师生圈”,成就了王亚平、汪静之、鲁丁、黄耘、臧云远、杨唤等诗人;王统照的新旧体诗、顾随的诗词佳作连连。

30年代,青岛诗坛最引人注目的是闻一多、陈梦家、臧克家的“师生圈”。闻一多与陈、臧“二家”将青岛诗歌创作推向高峰,代表作非闻一多的《奇迹》莫属。闻一多虽蜚声诗坛,但来青岛后一直未写新诗。1931年1月,《诗刊》发表了令徐志摩惊呼“一多‘三年不鸣,一鸣惊人’的”[①]《奇迹》。闻一多来到国立青岛大学展现的是一个“向内转”的学者形象,现实生活和个人情感的孤独感与失落感,增进了闻一多对诗歌主体的深邃认知和对诗歌本质的深刻理解。《奇迹》作为一首绝美永恒的诗歌,以幽深的意境、炽热的情感、宏大的气势、奇异的想象,征服了一代又一代读者。[②]

---

① 徐志摩:《〈诗刊〉序语》,载《诗刊》创刊号,1931年1月。

② 孙玉石:《我思想,故我是蝴蝶……》,载《中国新诗总系》第2卷第9页,人民文学出版社,2009。

作为后期“新月”诗派的代表诗人,陈梦家以助教身份出现在国立青岛大学校园里,在青岛他写了《在蕴藻滨的战场上》《一个兵的墓铭》《叮当歌》《老人》《哀息》《海》等诗作。陈梦家的诗风在青岛出现了嬗变的迹象,由以往的少年单纯稚气而变得凝练舒展。臧克家在青岛读大学期间完成了《烙印》《罪恶的黑手》两部诗集。臧克家初登诗坛就表现出用生命写诗的特点,他的诗“用粗粝、不加修饰的意象促使读者直视乡土中国的困境”①。因其对闻诗及“新月”诗派的扬弃,而获得审美现代性的再发现。闻一多的诗歌圈子不可忽略方令孺的存在。这位女讲师来到国立青岛大学之后才开始诗歌创作,她的《灵奇》《枕江阁》《诗一首》《幻想》《任你》《她像》等跳脱出神秘而曲折的意象组合,传递的却是对闻一多《奇迹》的回响。

1934年王亚平来青岛黄台路小学任教后,建立起中国诗歌会青岛分会,他在青岛编辑的《诗歌季刊》是国内创办较早的大型诗歌专刊。王亚平的诗集《都市的冬》《海燕的歌》和长诗《十二月的风》用诗意的语言揭露弊恶、眷注民生,展现出青岛诗歌的新气象。特别是《都市的冬》表现的从穷困农村流浪到畸形都市的深切感受及个性化的诗风,是“新诗歌的簇新的姿态”②。

汪静之的出现为30年代的青岛诗坛带来另一抹颜色。身为写爱情诗的“湖畔”诗人,借着青岛绮丽的景致竟写下了《神圣爱情颂歌》《圣洁贞操颂歌》《绿漪对〈六美缘〉的评语》等40首情诗,还有《海水浴场》《游泳》等浪漫诗篇。正如汪静之自言:“静之的诗终不失为静之的诗。”③汪静之的青岛市立中学同事章铁民则以“湛山丛稿”为题,发表一些与汪静之风格截然不同的诗歌作品。

40年代的青岛文坛,诗歌历经沉寂、萧条、复苏,成为活跃的文体。这不独表现在鲁丁、景波、汉士、虞克忠、雪子、鲁基等的诗作,还反映在臧云远、废丁、黄耘、杨唤等的诗集,以及田地、刘绪萱、刘温和、梁枫等的诗歌作品上。鲁丁的《八年祭》《大沽河》、景波的《神女》《诗人》、汉士的《悲怆底歌》、虞克忠的《黄昏》等,表现出沦陷区诗歌创作的新动向。战后出版的几部诗集,如臧云远的《云远诗草》、废丁的《新苗》、黄耘的《祭日》、杨唤的《乌拉草》和田地列入“星诗丛”未出版的诗集《视听》,以及鲁海的《留得残荷听雨声》集子中的诗歌,还有刘绪萱的《小花伞和它的主人》《一条街的早晨》、刘温和的《向日葵》《仲夏夜》、梁枫的《我归来了,妈!——一个小兵在母亲的坟畔》《海之恋》等诗,大都表现出对“五四”新诗风格的传承。臧云远在青岛结集的《云远诗草》有上、下两册,分别为

① 孙康宜、[美]宇文所安(Owen,S.):《剑桥中国文学史》,下卷(1375—1949),刘倩等译,第570页,生活·读书·新知三联书店,2013。

② 蒲风:《〈都市的冬〉序》,载《两代书》第307页,人民文学出版社,2004。

③ 汪静之:《什么是不道德的文学》,载《汪静之文集》书信卷第87页,西泠印社出版社,2006。

《清道夫和白果树》《河冰解冻的时候》，此外还在青岛报纸文艺副刊发表《去年今年》《早晨的太阳》等诗歌。臧云远的诗歌反映出，“诗人的血红于玛瑙，亮于宝石，比石油更易燃”①。

特别注意的是，新诗与旧体诗在青岛诗坛呈现出相辅相成的格局。30 年代，王统照结集出版的新诗集《这时代》《夜行集》，以及《轿夫的话》《微雨中的山游》等和组诗《她的生命》，为青岛现实主义新诗创作增色不少。同时，王统照在青岛还有“装册纪存”的旧体诗集《剑啸庐诗草》，共收诗 76 首，他在新诗与旧体诗间实现了微妙的契合。战后，王统照重返青岛仍袭新、旧两种诗体，写新诗也写旧体诗。新诗有《公道》《我们有太多的孩子气》《五月夜的星星》《“黄金时代”》，旧体诗有《白云洞》《祭泰然》《朔风五首》《槭槭七章》《将北归赋此以示诸友》《夏日游青即山区》等七绝和由 4 首律诗汇辑的《丁卯集》。不难发现，王统照的诗烛照出他在传统与现代之间的游移与挣扎。郁达夫的《青岛杂事诗》则化岛人与山民之语于古典诗意。显然，即便一些倾慕新文学的诗人转向反传统后，并未失去根深蒂固的文学情感。②

除此之外，青岛文学史上尚有不少研习旧体诗的名家名作。蒋楷的《那处诗钞》凡四卷，收旧体诗作 428 首；劳乃宣在青岛结有《釜麓草》《劳山草》和《劳山后草》三部诗集；吕美荪的《葂丽园诗》《葂丽园诗续》《葂丽园诗再续》《葂丽园四续》，形成庞大的诗群；黄公渚《劳山集》中的诗之部《劳山纪游集》，以及刘少文的《青岛百吟》和《秋溪诗稿》、啸闲的《松华轩诗稿》、周至元《崂山志》中的诗，还有康有为、王献唐等的诗，以强烈的“延续式发展”使青岛诗坛呈露出纷繁复杂的状态。

旧体词方面，青岛时期的顾随发表了 60 多首词。如果不是与冯至“约定”了旧词和新诗的创作领地，得益于新文学滋养的顾随断不会弃新拾旧、专习旧词。离开青岛后不久，顾随即出版了第一部旧体词集《无病词》，成为颇有名气的“苦水词人”。梁启勋的《海波词》、黄公渚《劳山集》中的词之部《东海劳歌》等，则表现出现代旧词的时代流转。

戏剧文学作品

戏剧文学分电影、话剧两路，孙瑜的《潇湘泪》、洪深的《劫后桃花》是电影剧本佳作；宋春舫的喜剧精彩纷呈，40 年代的剧作是悲剧与喜剧的交织。

宽泛地说，1914 年 9 月欢僧发表的《七夕梦》可算作青岛戏剧文学的早期文

① 刘海粟：《〈臧云远诗选〉序》，载《文史哲》1986 年第 5 期。

② 孙康宜、［美］宇文所安（Owen，S.）：《剑桥中国文学史》，下卷（1375—1949），刘倩等译，第 614 页，生活·读书·新知三联书店，2013。

本,只是编剧及其刊物《现在之青岛》均在上海。1915 年 6 月,洪深创作的《卖梨人》是一部有对白的独幕话剧剧本。孙瑜于 1927 年创作的电影文学剧本《青岛之波》和《潇湘泪》,可能是青岛文学史上最早的影视剧作。前者因错过拍摄期而搁浅,后者于 1928 年由上海长城影片公司以《渔叉怪侠》之名投拍。这部孙瑜自编自导的影片载入了中国早期电影演进、兴革的史册中。

能代表 30 年代青岛电影剧本水准的当推洪深。1934 年 10 月洪深应聘国立山东大学教授后,便在次月以青岛祖产遭日本侵占经过为题材连续发表了《我的"失地"》和《"留得青山在"》两篇散文,随后又完成电影剧本《劫后桃花》在青岛的拍摄,上海明星公司以超出一般影片两倍的摄制预算投拍这部"特级巨作"。青岛时期的洪深还创作了电影剧本《花花草草》《童子军》,十一本有声片电影剧本《时势英雄》和九本有声片电影剧本《新旧上海》,并在 1936 年完成摄制。1936 年,洪深创作的电影剧本《爱情的逃亡者》先刊于《文艺月刊》,随后由明星影片公司摄制。同一年,洪深还发表了独幕话剧剧本《多年的媳妇》和《汉宫秋》。洪深对影、剧艺术的贡献成为宝贵的精神财富,载入了中华民族的文艺史册。① 受洪深的影响,1935 年国立山东大学先后成立话剧社和戏剧团,大学生柳即吾创作的《一兵士》列入排演计划。

身为中国现代话剧先行者的宋春舫,怀揣一份喜剧艺术的纯粹走向观众和读者。1932 年,宋春舫的独幕话剧剧本《一幅喜神》由上海新月书店刊行,后于 1936 年相继刊发了三幕剧本《五里雾中》、独幕剧本《原来是梦》,此外他又有《宋春舫论剧第一集》《宋春舫论剧二集》《宋春舫论剧第三集:凯撒大帝登台》等论著与戏剧集出版。② 宋春舫在青岛营造的"褐木庐"戏剧图书馆,则透露出其西洋戏剧收藏家、翻译家、研究家的多重身份。

此外,青岛市立中学教师秦惠亭创作了儿童剧《门外的孩子》和《雨中》,初中学生黄宗江饰演了剧中人;黄宗江还在萧军任《青岛晨报》编辑的副刊《黄金时代》上,发表了剧本《光明的到来》。

40 年代前期青岛的戏剧文学是文坛的"生荒地",少有作家问津,较为出众的有白萍的剧本《桃花时节》,此外还有野火的《桃花湖畔》、谷萸的《闪》、葛书元的《老母谁依》等剧本。外埠作家宋来于 1940 年 1 月在青岛客栈围着火炉将《雷雨》改编为放送剧脚本,险些引发纷争。战后的青岛剧坛得以复苏,先是石玺的三幕话剧剧本《大地狼烟》于 1945 年 11 月在青岛报媒连载,继而四幕悲剧剧本《静静底嫩江》在文艺期刊发表。与石磊比肩的陈本志,连续推出了《黑暗

① 中国电影家协会电影史研究部:《中国电影家列传》,第 1 集,第 221 页,中国电影出版社,1982。
② 孙连五:《宋春舫和他的论剧著述出版》,载《中华读书报》2018 年 5 月 7 日。

光明》《春雨》《狂者的悲歌》等剧作；黄耘则有悲剧剧本《母亲》和《圣女怨》见报。1948 年，磊鑫与慕笛合作了三幕话剧剧本《青年·青年》，笑燕则发表了一出“五分钟独幕剧”剧本《狂涨万岁》。还可以写进文学史的是，国立山东大学教授丁西林于 1947 年 2 月由文化生活出版社出版的《西林独幕剧集》（收有《一只马蜂》《亲爱的丈夫》《酒后》《北京的空气》《瞎了一只眼》《压迫》《三块钱国币》七部幽默喜剧剧本）。

翻译文学作品

翻译文学百花齐放，梁实秋、周学普、赵少侯、洪深、宋春舫、杜宇、江雪雯、罗玉君、王统照等皆以译介外国文学的使命感纷纷推出译本。

20 世纪上半叶的青岛文学是从本土向世界努力的起点，具有翻译文学时间长、国别多等特点。德租时期，卫礼贤的汉德双译沟通了中德文坛。30 年代是青岛翻译文学的“黄金”时期。胡适立足于“多译一些世界名著，给国人造点救荒的粮食”，通过三次青岛之行落实了“莎译”计划，梁实秋则为此付出了大半生的努力。梁实秋以异质文化还原的翻译观，通过“副文本”将译本置于丰饶的文化语境中；孙大雨的“音组”理论可谓“莎译”要津，却未得到学界的广泛认同。最终，梁实秋以一人之力完成了《莎士比亚全集》中译的浩大工程，这在 20 世纪中国文学翻译史上是绝无仅有的。① 在青岛，梁实秋还有英国艾略特、古罗马西塞罗、瑞典斯特林堡三个中译本的出版和再版，促进了世界文学在中国的“旅行”。②

任教于国立山东大学外文系的讲师周学普，致力于德语翻译文学。在青岛完成了《铁手骑士葛兹》《赫尔曼与陀罗特亚》的译本后，于 1936 年寒假根据德国柏林弗列兹·海特尔书店格哈尔特·梅列安的选本，推出了《歌德对话录》中译本。③此书于 1937 年 1 月由上海商务印书馆出版，在国内赢得了良好的口碑。法语教授赵少侯在青岛最初选择了法国爱德蒙·阿普的小说《山大王》，随后又翻译发表了法郎士的小说《巴格节的红鸡蛋》，最后聚焦法国古典主义喜剧家莫里哀的五幕喜剧《恨世者》，最终成为中国莫里哀喜剧中译的主要译者。洪深在青岛的翻译文学明显带有个人化的体会，他相继发表的主要译作有德国凯泽的话剧剧本《煤气厂》和莎士比亚的《威尼斯商人》第五幕。宋春舫结集出版的著作中有多部外国戏剧翻译作品，《宋春舫论剧二集》有《屋大维与克利奥帕特拉》《别墅出售》《梅毒》三部翻译剧本，1937 年他结集的《宋春舫论剧（第四集）》包括《蚁与蝉》《人命一条》《最后一役》《推霞》四部译剧。洪深和宋春舫都把自己

---

①③ 查明建、谢天振：《中国 20 世纪外国文学翻译史》，上卷，第 455、227 页，湖北教育出版社，2007。

② 梁实秋：《漫谈翻译》，载《梁实秋散文集》第 2 卷第 162 页，时代文艺出版社，2015。

融入原著的境界里,从中认识和理解了不同文化语境下的世界。

杜宇、杨晦、张友松都为30年代的青岛译坛作出了贡献。杜宇的文学翻译涉及日本、欧美等国。其中,俄苏的有左琴科的《保姆》《医生》、莱蒙托夫的《诗人之死》、捷夫诺的《在青湖上》、齐霍诺夫的《诗的分野》、爱伦堡的《诗与真实》等,日本的有秋田雨雀的《伟大的新文化导师高尔基之死》、高冲阳造的《现代日本文艺思潮》、山田清三郎的《日本的普罗文学史》;还有法国古尔蒙的诗《秋之歌》《雪》《落叶》《发》、路易·阿拉贡的《返于现实》,德国基修的《速写和报告》,比利时梅特林克的诗歌《医院》等。1936年,杜宇在生活书店出版的译作《一个丑角所见的世界》是翻译作品的最高成就。1930年,杨晦在青岛铁路中学教书期间根据英译本转译的莱蒙托夫的小说代表作《当代英雄》由北新书局出版。[①]张友松任教青岛市立中学期间,将英文版德国小说家特奥多·施托姆的《茵梦湖》译成中文,成为中译《茵梦湖》的四个"重译本"之一。[②]

40年代青岛文学译坛在时间上表现出前后不同的翻译特征。前一时期的翻译文学因受日本军国主义政策支持,日本作家火野苇平、菊池宽的作品占据了一定的翻译文学市场。欧美文学见诸青岛报媒的有司奈尔在《青岛新民报》推出的爱尔兰小说家莫尔的《玛格莱与毛丽》《施舍》,还有《再谈译品》《海外出版界》《汤麦司哈代》等文艺评论。伊人翻译了爱尔兰作家斯托克的《吸血鬼》及根据英文版转译的俄国陀思妥耶夫斯基的小说《圣诞树和婚礼》。楚眉翻译发表了英国作家吉卜林的短篇小说《百愁门》,另有宏涯译的英国小说家吉辛的《诗人的手提包》,夏烘秋译莫洛的《法兰西战线》,蒋洪巽译伊凡亚佐的《他回来了吧》,小蔚译的童话《雨丝的飘流》《叛逆的男性》《圣诞的礼物》等。

战后的译坛,美国文学占比较大。其中,赵化翻译发表了赛珍珠的《我记忆中不能忘记的人物》和佐治肯特的《工厂大学》,陈宁译出了《汽车大王福特传》,未文翻译了考德威尔的短篇小说《赌场内的一夜》,还有萧风译的《夜》、夏之桥译的《爱与死》等。欧洲文学以法国、丹麦、英国的翻译作品为多,有法国巴尔扎克的小说《沙漠中的爱》、丹麦延森的《安娜和她的牛》、英国柯勒律治的《和平的角度》。精通英文、德文的江雪雯,翻译发表了《巴尔扎克》与《傲慢与偏见》的两个片段;她还译出了歌德的两首诗《渔夫》《眉孃》。外国诗歌翻译很受推崇,雨果的《给一个年轻的女孩》《怜贫》,英国华兹华斯的《给云雀》都被译成中文,还有马戈译的《人与人之间》、孙用译的《梦》等。此外,青岛报媒还发表一种作者模糊、译者署名的短文摘译,如振玉译的《贿赂》、少冀译的《永铭心上》、知非译的《难解的男子》、子崖译的《妻》、青云译的《女人之谜》、毛译的《存款记》、李译

①② 查明建、谢天振:《中国20世纪外国文学翻译史》,上卷,第474、234页,湖北教育出版社,2007。

的《旧风琴的际遇》、OK 译的《难题》。战后,有分量的译作是国立山东大学罗玉君翻译的司汤达的《红与黑》,其中译本于 1949 年 3 月由上海正中书局出版。青岛如此丰富的译作既是中国翻译文学的一个侧面,也在无形中证实了胡适的主张——文学现代化应当师法和取镜西洋文学。①

再有,王统照的外国文学翻译活动是个值得关注的现象。他既有大学外文专业学历,又是一个有主见的翻译文学作家。30 年代,王统照在青岛多以名不见经传的西方作家作品为对象,译介了雅各布森的小说《两个世界》、普罗克特的诗《梦》、露丹巴苦的独幕剧本《头巾》,以及《山湖》《一个中夏夜的黄昏》《机器时代的艺术》《新财阀》等。40 年代王统照返回青岛后,除翻译女作家赛珍珠的小说《熊太太》外,主要译作集中于外国诗歌。其中有爱尔兰摩尔的《海神们》《吁嗟乎爱伦》《爱伦:你眼中也有微笑也有眼泪》、英国赫曼斯的《尼罗河源上的游人》、美国爱默生的《凤凰篇》等。这些译诗大都出自 1941 年王统照自费出版的诗集《题石集》。②

综上,青岛城市既为地方文学的发展标注了独特的时代坐标,又创造并见证了城市文学独特的地方样本。

四 文学观念的思想资源

20 世纪上半叶青岛文学纷繁复杂。从新文学前夜的"文以自娱"到"五四"新文学发轫及"左联"时期的革命文学,再到抗战文学的民族化及战后受解放区的文艺渗透,一直缠绕着"为人生还是为艺术?"的问题。这使得青岛文学充满了历史的焦虑和紧张。

如果说,顾随及"浅草社"同人的青岛笔会更多的是在个性解放的苦闷彷徨中寻找希望;那么,1927 年定居青岛的王统照则是从对早期"爱"与"美"人生问题的挣脱走向现实主义的创作道路。他们推崇"德先生"(民主)、"赛先生"(科学)和"费小姐"(自由),致力于"国民性批判"为母题的大众启蒙。这不只表现在顾随的《乡愁》《失踪》、陈翔鹤的《独身者》及"浅草社"来青岛的同人冯至、陈炜谟的作品里,而且更强烈地体现在王统照的短篇小说集《号声》,以及《青潮》发表的王统照、李同愈、杜宇、姜宏、王玫、燕志俊等的作品里。然而,德租日占后的青岛思想启蒙难以找到"听者",文以自娱是普遍性的文学审美心理,一族新文学作家的"五四"情愫及对启蒙局限性的质疑,预示着新文学将面临一次新的

① 程光炜、刘勇、吴晓东、孔庆东、郜元宝:《中国现代文学史》,第 40 页,北京大学出版社,2011。
② 查明建、谢天振:《中国 20 世纪外国文学翻译史》,上卷,第 473 页,湖北教育出版社,2007。

思想转型。

对于青岛文学观念具有革命性影响的是“左联”地方组织带来的左翼文艺。“五四”文学关于个人的表达由此推向“阶级的表达”和“大众的呼声”,这为青岛文学发展提供了组织建构与社会实践的宝贵经验。1932年春,在中共青岛地下市委书记李春亭的部署下,青岛“左联”地方组织由国立青岛大学王林、李林、俞启威等以“新文学研究会”的名义组建起来。[①] 1932年10月,乔天华来到青岛任“左联”党代表后,左翼文化运动推展到社会层面,不仅吸收王涛、杜宇、姜宏、于黑丁、周浩然等加入“左联”组织,而且拥有“汽笛”文学社、“海光”文艺社、中国诗歌会青岛分会、“荒岛”书店等文化阵地,还有左翼“剧联”领导的“海鸥”剧社,以及“语联”“社联”等进步组织。左翼革命文艺与“五四”启蒙强调的个人解放不同,“个人”是启蒙的对象;左翼文艺则强调社会的解放,“社会”便成为革命的对象。在“革命文学”的强大发声中,一些与阶级矛盾沾边的作品拉近了文学与社会的关系,成为一种更接近中国问题本质的文艺样式。青岛左翼文艺明确要求作品要“捉住现实”,“把这旧的社会内部的罪恶的,黑暗的丑态,和人生的艰辛与患难,以及劳动大众的一切痛苦与压迫”,“不加以虚饰而朴素的表现出来”。[②] 于黑丁发表了小说《渺茫》《归来》《恐怖》,周浩然发表了散文《两种不同的人物》《写在梦呓前面》,特别是萧红、萧军、舒群等东北流亡作家在青岛分别完成的《生死场》《八月的乡村》《没有祖国的孩子》等小说,陈荒煤、艾芜、沙汀等“左联”成员避走青岛的文学创作,为建设大众革命文艺叙写了重要一笔。诗歌在青岛左翼文坛获得了巨大丰收,像王亚平的诗集《都市的冬》《海燕的歌》、袁勃的诗集《真理的船》及《血债——咆哮着的青岛》等诗篇、沈旭的诗集《死亡线外》、史轮的诗剧《血的愿望》,以及蒲风在青岛出版的诗集《钢铁的歌唱》,皆具有政治的先锋性和强烈的现实性。尽管左翼诗人的实践经验落实到诗歌艺术上“较为微薄”,却若划破夜空的闪电,在现代新诗的历史进程中留下了“令人深刻的印迹”。[③]

由于左翼文艺以无产阶级意识形态划分作家的政治立场,梁实秋与鲁迅的论争便成为畛域分明的阵营对抗,青岛出现的讨伐“新月派”对国立青岛大学图书资源的控制,实则是政治的对撞与角力。文学“为人生还是为艺术?”的问题,使得创作实践与思想政治展现出更为复杂的内在关联。以政治思维表现审美的左翼文艺,更加推重文艺介入现实、改造社会的革命功能;而“为艺术”的文学观

---

① 张绍麟、罗春茂、邱吉元:《20世纪30年代青岛左翼文化运动》,第49页,中共党史出版社,2005。

② 于黑丁:《编余》,载《青岛民报》1933年12月27日。

③ 赵敏俐、吴思敬、王光明:《中国诗歌通史》,现代卷,第350页,人民文学出版社,2012。

却始终没有退场,表现高兴时的游戏或失意时的消遣比比皆是。在青岛文坛,“新月派包办青大”[①]之说十分盛行,既有闻一多、梁实秋、赵太侔、沈从文、陈梦家、孙大雨、赵少侯、方令孺等强大阵营,又有胡适、徐志摩、巴金、卞之琳、苏雪林等的光顾或书信交流。臧克家诗歌走的是现实主义创作路线,却深受“新月”诗派风格的濡染。“新月”诗派从反拨伤感主义到古典的形式美求取,再到建立新诗的格律规范,都有不可低估的贡献,难怪它是中国20世纪新诗史上活动时间最长的诗歌流派。其他诸如自由主义文学、现代通俗文学、山水闲适文学、都市儿童文学等,作为文学思潮、现象抑或流派都能在青岛找到生存的土壤。文学既有独立的价值,又不局限于自我而作用于社会。文学“为人生还是为艺术?”的问题很难作出非此即彼的回答。

1937年爆发的卢沟桥事变,中断了青岛文学自由发展的轨迹。国难当头,抗日民族统一战线的确立,使文学从追求个人解放、阶级解放转入追求民族解放,从时间节点上看,萧军的长篇小说《八月的乡村》在新文学史上首次较大规模集中正面描写中国人民奋起反抗日本侵略者的斗争。[②] 民族观念消解了主义与政见之争,文艺作品中的“中国军人”不再贴有党派色彩的政治标签,持不同立场的作家在民族大义面前大都冰释前嫌。抗战文艺的创作主体跨越政治界限,传承了中华民族勇于抗争的精神。国立山东大学学生李欣等“民先”成员以“脱下长衫,参加游击队去”为主题的抗日宣传,以及吴伯箫投笔从戎前把发表的文章交给王统照,由王统照选择结集并撰序的《羽书》,带有太多耐人寻味的精神印记。

文学发展的阶段性在日本第二次占据青岛时期更具现实性表现。战争强行改变了作家的创作意愿和文学格局,通俗文学在沦陷区文艺市场上的跋扈,恰恰反映了文学生产、传播与接受的真实状况。大可不必计较沦陷区的文学流露出多少对人民大众不幸遭遇的人道主义同情,战争语境使作家(尤其是持自由主义立场的作家)对文学与政治关系的理解,表现出自我尴尬的悖论。文学的时代性和社会功用性也在随后的历史演变中得到极大的强化,战后青岛又反映出与传统和现代文学不同的审美风尚。在当时大师远去的青岛文坛,“为人生还是为艺术?”的文学观引发了不少争论。然而,本土化、成长型的作家同样是作家,不以诗性语体抒写的文艺仍然是文艺,40年代以青岛为素材建构的地方性记忆和想象的作品超过了历史上的任何一个时期。

其实,20世纪上半叶的青岛文学与中国现代文学自身“需变、思变”的精神

---

① 闻一多:《致饶孟侃》,载《闻一多全集》第12卷第257页,湖北人民出版社,1993。

② 梁鸿鹰:《让人们重回百年文学现场》,载《光明日报》2021年6月24日。

相同,也是引来西方文化为“参照系”,并在“中西文化的碰撞、冲突、对话中寻求自我的文化出路”。[①] 历史通常是在连接多元、差异互现和比较中完成的,而不能以历史梦魇反复牵缠过往造成“反噬”现象。纠结“过去”的“现在此刻”,莫如从历史照进现实,向民族复兴这一辽远、深邃的理想空间放眼,思考“现在”之“未来彼时”可能更具自洽性,由是能以多样化的艺术手法讲述精彩动人的中国故事。[②] 凡事亦然,“其作始也简,其将毕也必巨”,整个中国的思想气候、精神气候、文化气候业已发生了深刻的历史性变迁。作家个体如能自觉地发展自己的感性世界并获得灵魂,充分地创造能为后世铭记的经典性作品,文学方能绽放出中国气派、山东元素、青岛风格。也许,这就是解锁文学“为人生还是为艺术?”的多种理解方式中最好的那种。

---

① 范伯群、朱栋霖:《1898—1949 中外文学比较史》,上卷,第 45~46 页,江苏教育出版社,1993。

② 赵学勇:《中国文学现代化的历史进程与时代表达》,载《中国社会科学报》2023 年 7 月 10 日。

第一章
昨夜今晨：青岛文学先声

"五四"新文学革命开启了中国现代文学史崭新的一页。当这场注定要改变中国文学走向的疾风暴雨降临东陲海隅时，青岛因德租日占特殊的历史境遇以另一种形式表征着对文学现代化的理解，开始了青岛文学的拓荒期。

青岛文学的新旧转型是在中西文化的对话与交流中形成的，伴随其间的是文学观念的更新和新文学意识的觉醒。青岛文学的现代化深受强势的西风裹挟和刺激，这清晰地体现在燕齐倦游客的《桃源梦》、洪深的《青岛闻见录》，以及黑澜大学以蒋楷为代表的中方教员的作品中。与此同时，逊清遗臣劳乃宣等"十老会"的诗赋，德国人卫礼贤、日本人田原天南等的文字，也给青岛文坛留下了别样的釉色。及至中国政府收回青岛，岛城文坛冲破遗老文学、洋人文学的浓雾，迈丌了追赶中国文学现代化的脚步。

为青岛新文学带来火种的，一是以顾随为代表的"浅草-沉钟社"同人，一是以王统照为代表的青岛定居作家。顾随及其"浅草-沉钟社"同人禀受"五四"新文学精神，自觉借鉴和吸收外国文学营养，以白话小说、新诗、易卜生式舞台剧、西方文学译介等新文学品类，为青岛文坛映上了一道微弱而又新异的晨曦。顾随以白话小说和古体词定格于文学史，衍射出青岛新文学拓荒期新旧混杂、迷离繁复的光影。真正在青岛的文学微波中掀起风气潮头的是王统照，茅盾的一句"那时候常有作品发表的作家亦不过冰心，叶绍钧，落花生，王统照等五六人"①，给王统照的文学地位定了基调。王统照作为定居于青岛的新文学先驱者，从早期"爱"与"美"的审美玄想切换到现实的生活世界，遂以"为人生"的创作立场完成了气势磅礴的长篇小说《山雨》，以及《这时代》等多篇新诗作品，为

① 茅盾：《小说一集·导言》，载《中国现代文学大系(1917—1927)》第1集第71页，上海文艺出版社，2003。

青岛文学现代化进程开辟了道路。

第一节　新文学前夜文学

由于特殊的政治文化背景,青岛新文学的发轫较国内其他城市抑或山东各地要晚。青岛建置前后的文坛主流是旧式文学;德租日占给青岛文学带来了华洋交奏、中西碰撞的裂变态势。中国政府收回青岛后,青岛文学艰难地找寻突破的路径。

一　青岛建置前后文学

青岛建置前后文学是在海防政治、移民经济、科甲文化的基础上发展形成的,以胶澳胡存约的笔记文集《海云堂随记》、黄肇颚的旧体诗文集《崂山艺文志》为代表。随着商贾云集、货栈相连的胶澳市镇渐趋繁荣,以及以世家子弟为主体的文人族群的出现,青岛文学呈现出有别于济南、青州等齐鲁传统文化地区的样态,为文学现代化做了必要的准备。

胡存约与《海云堂随记》

历史上,关于青岛的地理概念说法不一,辖域归属几经变化。明万历年间,即墨县令许铤在一篇呈文中道:“本县东南滨海,即中国东界,望之了无津涯,惟岛屿罗峙其间。岛之可人居者,曰青,曰福,曰管,曰白马,曰香花,曰田横,曰颜武。”[①]其中的“青”即青岛。至于“青岛”这一地名,在1579年版的《即墨县志》和人文地理学家王士性于1597年刊刻的《广志绎》里都出现过。清光绪十七年(1891)五月初八,清政府内阁明发“上谕”,准在胶澳建设海防工事。胶澳建置,青岛由一个村落开始向近代市镇转型,胡存约的《海云堂随记》有相关记载。

胡存约(1859—1916),字规臣,系明永乐年间由云南迁移至胶东落脚“岛之可人居者”之“青”的后裔。《胶澳志》评价胡存约,“先世经营商业,事母至孝”。胡存约聪颖异常,应童子试名列前茅,青年时弃读从商,在青岛口开设“瑞泰协”栈行,经营土产杂品、货载航运等,系青岛建置初期最大的商户之一。《海云堂随记》系胡存约结撰的一部日记体随笔文集,主要记述从19世纪末到20世纪初青岛地区的商业、渔业、军事、税收、市貌、风俗等情事,约有两万字;他还有一部《青岛口则例》。手稿由胡存约之子胡镇东栖藏,胡镇东谢世后,《海云堂随记》连同

---

① 许铤:《地方事宜议》,载《同治即墨县志》卷10《艺文·文类中》,同治十二年(1873)刻本。

《青岛口则例》不知去向，今人所见仅是臻旻辑记的《海云堂随记》几页残稿。试读写于1896年初的一篇文字：

丙申正月十三日

年除日、正月十五、三月十五，口上商家循例至天后庙上香，叩拜财神、天后、观音、吕祖诸神佛。此时庙中香火最盛，四乡村镇民妇人等来者亦多。天后庙则设台耍景，或一台，间或两台，多时亦常设于总镇衙门南侧。至三月初，渔航各船云集口内，许愿奉戏，尝延至四月或端午，……□□□市肆为之……①

这是青岛天后宫庙会曲艺、杂技和商家的风俗叙事。“耍景”(庙会的戏)用青岛方言记叙，自然平实，却有趣有味。再看正月十六日的“耍春”：

丙申正月十六日

口上新正赌风极盛，称谓“耍春”。商氏玩叶戏、扑老鸡、掷升官图、打满地锦者，在在皆是，官衙皆然，概不加禁，称为“公赌”。至有设场于肆街以广招泛诱，□□□□，倾家折产，富有之家，瞬成穷棍。□□□□□□□伯云：官不加禁，以其与共利也。②

胡存约的《海云堂随记》类似民间流行的笔记文，是遇有可写随笔写去的非虚构文字，乃“质胜”之文，风格较为朴素自然。③ 笔路上，《海云堂随记》近乎散文，却没有散文的风致；近乎日记，但较日记更具文采。或写人情，或述物理，或记一时之谐谑，或叙一地之风土，白描间或议论，可以见人、见事、见景，可以思古、抚今、追远，流年碎影，带给读者不一样的阅读感受。

黄肇颚与《崂山艺文志》

与胶澳“行街”无韵的笔记文相反，山左乡间则有充满风雅的诗词。即墨黄氏、胶州匡氏、平度官氏、莱西(阳)左氏等科甲世族皆有家传诗乘刊布，其中尤以黄肇颚的《崂山艺文志》最具文学史意义。

黄肇颚(1827—1900)，字仪山，号仲严，即墨城里人。即墨黄氏诗书传家，簪缨不绝，黄嘉善官至明万历朝兵部尚书，八世传人黄宗昌著有《崂山志》等文稿数十卷。黄肇颚秉承祖志，于清光绪八年(1882)辑成《崂山艺文志》。④《崂山

①② 胡存约：《海云堂随记(摘录)》，载《青岛党史资料》第1辑第309~310、310页，青岛市出版局，1987。

③ 吕叔湘：《〈笔记文选读〉序》，载《吕叔湘文集》第4卷第433页，商务印书馆，2004。

④ 青岛市史志办公室：《青岛市志·崂山志》，第22页，新华出版社，1999。

艺文志》又名《崂山续志》,凡10卷,约30万字,分总志、分志两部,含括历代有代表性的崂山诗、赋和游记。其中,既有唐李白的《赠王屋山人》、元戴良的《望大崂山》、明顾炎武的《崂山歌》等诗歌,也有即墨周毓真的《山海图记》、胶州张谦宜的《崂山赋》、高密孙凤云的《游崂纪略》等赋,同时广辑史籍中有关崂山的名胜古迹、刻石碑文、奇闻轶事,可谓集崂山文史之大成。读周如锦这首《小蓬莱观海》可窥《崂山艺文志》诗歌之一斑。

大海无波碧似银,潮来惟见水粼粼。
平铺万里天吴静,倒晕长空地镜新。
圣世楼船希复出,异□漕舶故能驯。
不看岛屿云帆影,犹是洛阳转粟人。①

周如锦,字叔文,才名与其兄国子监祭酒周如砥相埒,却不乐仕进,隐居,著有《紫霞阁文集》八卷。黄氏至亲黄如玖的《书带草歌》,则是一篇遥忆汉儒郑玄在崂山所设康成书院的赋:

书带草乃在大崂之山,康成之院。种之不知几千载,凌雪经霜愈葱蒨。忆昔郑公移家东海东,闭门不与时人通,翼圣辅贤心独苦,千秋艺苑开蚕丛。蚕丛日益开,带草日茸茸,含葩吐秀空山中,羞与百卉争青红。至今行人知爱古,樵夫到此谁忍锄?吁嗟!道脉于是荣不荣兮枯不枯,纷纷薄植何人扶?深崖绝壑有是无?呜呼!深崖绝壑有是无?②

黄如玖乃一介庠生,秀才身份,在黄氏名门中不算出类拔萃,此赋也非上乘之作。然黄肇颚深感,弘扬高义美行须史学、文学之沉淀累积,"传与不传,若有数存乎其间,而不系乎时之远近、久暂"③。

黄肇颚的《崂山艺文志》承袭了黄宗昌的《崂山志》,其影响却从宗族门内向外扩展,成为家族文化与地域文化互参互证的范例,为青岛文学史写下了不可或缺的一页。

二　德租日占时期文学

青岛文学史上的德租日占时期是华洋文学并立、对话的时期。从华界文坛

① 周如锦:《小蓬莱观海》,载《崂山艺文志》第231页,山东省地图出版社,2008。
② 黄如玖:《书带草歌》,载《崂山艺文志》第210页,山东省地图出版社,2008。
③ 黄肇颚:《崂山艺文志》,第410页,山东省地图出版社,2008。

看，可分为以蒋楷为代表的黑澜大学中方教员群和前清权宦劳乃宣等“十老会”两个文学圈；非社群的文学个案则有燕齐倦游客、洪深等人。因华界文地关系的内在性，中国文学仍处主流地位，但德语作品不可忽略，尤其是卫礼贤的译作。

蒋楷等黑澜大学中方教员

1909 年，中德合办的黑澜大学（青岛特别高等专门学堂），不仅开启了青岛现代教育的进程，而且成为中德文化互为影响的风向标。总稽察蒋楷是清廷派往德国租借地工作的为数不多的官员之一，他和他的继任者汪森宝均重留言于世。受聘的中方教员中，商衍瀛、徐春官、孙中淪、陆同龢、于濂芳等学行相埒，学生中有后来成为著名作家学者的宗白华、王献唐、杨继曾等人。其中，蒋楷在青岛刊行诗集《那处诗钞》是“黑澜派”的代表性作品。

蒋楷（1853—1912），字则先，湖北荆门人。1909 年 8 月，蒋楷得张之洞保荐，以记名御史、学部员外郎衔就任青岛特别高等专门学堂总稽察。对这一中国外交史、教育史上第一所由两国政府合作举办的高等学府，蒋楷赞之为“甚盛举也”，并称誉“政府协和，群材辐凑，兟兟乎大观矣”。[①] 1911 年春，经门人周清作序的诗集《那处诗钞》辑成，共收诗 428 首，系蒋楷半世行踪轨迹之作。《那处诗钞》多为纪事诗、抒怀诗，蒋楷述评国是，发抒己见，反映了忧国忧民与忠君报国的思想情感。如《哀天津》：

天津城内民无辜，数十万命偿贾胡。
贾胡亦是无辜死，狂童夺拳杀声起。
一胡殃及万贾人，血债天津城外水。
城内城外同浩劫，天津化作蛟螭穴。
祖龙鞭石海不干，杞妇未哭城先裂。
自古妖人为乱阶，禁之不止谁招来？
倡家绿舆谒大府，奴子帕首临高台。
六国不知是儿戏，旌旗拂天炮震地。
张团曹团纷溃逃，南局东局皆委弃。
平则黜吏双眼蒙，北望未见神人通。
□火照彻国门东，犹然符咒王与公。[②]

国事凌乱，人求自保，《哀天津》再现了官员群体面对昏庸的朝廷又无力力

① 蒋楷：《论青岛高等学堂与中国之关系》，载《蒋楷文集》第 183 页，银河出版社，2002。
② 蒋楷：《那处诗钞》，载《蒋楷文集》第 153～154 页，银河出版社，2002。

挽狂澜的复杂心态。蒋楷的《哀天津》与《悲杨村》《得卢南昌诒书述河西务战事甚详纪之以诗兼挽海城尚书》三诗因义理、格调、风骨俱佳,被钱仲联收入大型清代诗歌文献《清诗纪事》。被陈衍收录于中国诗论名著《石遗室诗话》中的《长城岭》,是蒋楷的一首五言绝句,值得一读。

朝自夏张来,莫投张夏去。
征车此暂停,齐鲁分疆处。①

蒋楷的诗以古体诗和律诗为多,又不拘一格,常融通俗白话和新词汇于诗中,给人新鲜别致的印象。蒋楷著有讲义《经义亭疑》四卷,还参与了德国胶澳总督府翻译官 F. W. 谋乐辑编《青岛全书》的《学务要览》专章的撰写。1913 年 2 月 17 日(旧历年除夕),也是蒋楷 60 岁生日,那天他因胃出血不幸病逝。黑澜大学同人在挽联中写下这样的话:"是生日死是死日生蓦地撒琴书一卷道经留孺子,楚国名儒齐东旧宰海天空化雨万家腊鼓哭先生。"生日与忌日同一天,巧合,挽词诚哉挚哉。

黑澜大学教师于濂芳擅诗文,有《十年不看故园花》等诗作。于濂芳离开青岛返回潍县故里前曾在一幅照片背后题诗云:"十年不看故园花,回首沧桑空自嗟。岂有文章传海外,偏留姓字到天涯。书中日月消愁绪,镜里容颜老岁华。儿女牵衣频问我,年来何事不归家?"②

"十老会"的诗

相较于蒋楷黑澜大学文学圈的官方属性,"十老会"则完全是民间诗酒唱和式社群。在被辛亥革命的大炮轰散了的清廷权臣中,一族获德国租借地当局庇护与优抚的遗老遗少遂在青岛择地筑屋,以为栖身之所。据资料证实,聚集青岛的前清勋贵不下 120 人,其中多数系"两榜"正途出身,出自翰林院的就有 50 多人,这便使"十老会"的形成有了可能。

1914 年甲寅初春,时年 78 岁的周馥为饮酒品茶、论经吟咏、怡情逸性,"约年逾七十者为十老会"。据劳乃宣记载,"青岛寓公周玉山、吕镜宇、刘云樵、赵次珊、童次山、李惺园皆年七十余,张安圃六十九,陆凤石自都来,王石坞自福山来,皆七十余,相约为'十老会',饮于周氏斋中,各赋诗以记之"③。周馥(1837—1921),字玉山,安徽东至人。1902 年 4 月,他接替袁世凯出任山东巡抚,岁末出

---

① 蒋楷:《那处诗钞》,载《蒋楷文集》第 182 页,银河出版社,2002。

② 此诗由收藏者刘增人先生提供。谨致谢忱!

③ 劳乃宣:《韧叟自订年谱》,载《近代中国史料丛刊》第 1 编第 357 册《桐乡劳先生(乃宣)遗稿》第 57 页,文海出版社,1969。

巡青岛写有“朔风雨雪海天寒，满目沧桑不忍看”等诗句。1907 年，周馥在两广总督任上告老还乡，于 1912 年 11 月移居青岛于湖南路筑宅邸，由此开启了周家以青岛为主要场景的家族史，后嗣周学熙、周叔弢、周一良等皆为一时俊彦。在这次相约周氏宅邸的“十老会”上，周馥赋《题十老图》一首抛砖引玉：

十人七百廿四岁，千里蘋飘东海滨。
樽酒莫辞佳日会，莺花犹是太平春。
衣冠人物今何世？风月江湖有比邻。
珍重加餐相努力，披图等是劫余身。①

周馥首出诗后，“十老会”成员当场每人一诗，以张其事。确切地说，“十老会”其意不在赋诗弄文，而在“相与劳苦慰藉，释以迟暮之感，坚其隐沦之怀，比之盛世优游，尤不易得也。托诸图画，形诸咏歌，传之将来，或犹足见遁世无闷之遗风也乎”②。庶几聊吐与禾黍之叹，酒肴只是道具。

“十老会”诗品最高的当推劳乃宣。劳乃宣（1843—1921），字季瑄，号玉初，浙江桐乡人。清同治乙丑年（1865）中举，辛未（1871）科进士，在临榆、南皮、吴桥等任知县 20 余年，于清宣统三年（1911）授京师大学堂总监督兼署学部副大臣、代理大臣。跻身中国教育最高层的劳乃宣，却没有赢得历史的机缘，在风雨飘摇、鼎革图新之际“闻有逊位之说，力不能挽，乞罢而去”，蛰居于河北涞水赋闲。劳乃宣衰年携眷走入青岛实得故交周馥举荐，从 1913 年 10 月操持由德国人卫礼贤组办的“尊孔文社”起，劳乃宣与青岛结下不解之缘。

在青岛，劳乃宣结有《釜麓草》《劳山草》《劳山后草》三部诗集。《釜麓草》收诗 61 首，为 1913 年移居青岛“得诗”辑成之作。辑入《劳山草》的 33 首诗，是 1913 年冬至 1914 年秋的作品，之所以冠“劳山草”名，概因“以在劳山之麓为吾家得姓之地”。劳乃宣将青岛当作故乡，因之有了“劳山居士”斋号。其后的《劳山后草》收诗 114 首，系 1917 年夏至 1921 年春的诗作。且看《题青岛新居》：

海色苍茫外，还疑别一村。
窗虚山作画，林密树为门。
宴坐时忘我，携行或弄孙。
不知寰宇内，万里战云昏。③

① 周馥：《玉山诗集》，载《清代诗文集汇编》第 736 册第 760 页，上海古籍出版社，2010。

② 劳乃宣：《十老图跋》，载《近代史所藏清代名人稿本抄本》第 3 辑第 5 册第 523～524 页，大象出版社，2017。

③ 劳乃宣：《题青岛新居》，载《青岛诗钞》第 73 页，中国海洋大学出版社，2017。

诗中显然裹着惊魂甫定的恍惚、栖身岛城的欢娱及身处丧乱世间的忧患。劳乃宣在《海滨步歌》《九水》《游会泉谒恭邸》《海滨德人旧炮台》等诗中,把无尽的遗臣伤感寄存在峻奇灵秀的山水之中。据悉,劳乃宣曾有加盟黑澜大学的机会,但因不愿剪掉象征大清王朝的辫子而罢了。经历了宦海浮沉的劳乃宣在晚年自订年谱中留下了这样的诗句:

毕生心迹泯将迎,历遍崎岖视若平。
自问非夷亦非惠,孤怀留待后人评。①

对于饱学而又失落的劳乃宣来说,他不惟以学问见尊,更以名节见重,这是"遗民精神"的返场,也不乏人生无着的苦闷和彷徨。1914 年,日德青岛之战扰了遗老们的"清梦",一时间"十老会"星散,但也有像劳乃宣、刘廷琛、吴郁生、黄曾源、王垿等选择终老青岛的。

王垿(1858—1933),字爵生,山东莱阳人。官至内阁学士、礼部侍郎,辛亥革命后偕家人来到青岛,在陵县路筑"墨香斋"定居。王垿居青 20 余载,除每晨挥毫泼墨外,日夜吟哦、以诗抒怀。自 1920 年结《庚申集》起至 1926 年编《丙寅集》,收诗超过 3000 首,辑《王垿诗稿》6 册。其中,《海滨晚眺》这样写道:"小楼俯远海,林薄夕烟中。鹭点涛头白,鸦翻树梢红。余霞恋落日,暮霭逐归风。瞑色忽开霁,窗虚月在东。"②

与"十老会"遗臣不同的柯劭忞等谏诤名臣也应一提。柯劭忞(1850? —1933),字凤荪,号蓼园,胶州城人。出身书香门第,光绪丙戌(1886)科进士,历翰林院编修、侍读、侍讲等职。1898 年 5 月,德方勘界竟"界外指界",将胶澳界址扩展到平度、诸城、高密一带。平度知州潘民表、给事中戴恩溥纷纷联衔会禀,柯劭忞闻讯串联籍隶在朝官员于 9 月 9 日上书《翰林院编修柯劭忞等具呈请代奏文》,迫使德方依约行事。1904 年 4 月,夏庄塾师宫中棡抗德救亡殉身,王垿为之作墓志,柯劭忞撰挽志悼,"汉家纵有中行说,齐国宁无鲁仲连"。柯劭忞系胶州柯氏名门,乃父柯蘅(佩韦)长于诗,有《旧雨草堂诗集》四卷、《声诗阐微》二卷;母李长霞(锜斋)精通经史、训诂、音韵,著有《锜斋诗选》;兄妹柯劭憼、柯劭慧、柯劭蕙皆以"雅擅词华"闻名胶州,分别有《二州山房诗钞》《思古斋诗钞》《岁寒阁诗存》流传。1914 年,柯劭忞应聘《清史稿》总纂,并于 1922 年修竣《新元史》,文学作品有诗集《蓼园诗钞》《蓼园诗续钞》等。柯劭忞的诗以咏史、纪行、交游为主,风格独立不倚,堪称"山左诗坛殿军"。

---

① 劳乃宣:《题自订年谱后》,载《桐乡劳先生遗稿》卷首,桐乡卢氏校刊,1927。

② 王垿:《青岛杂诗》,载《青岛诗钞》第 153 页,中国海洋大学出版社,2017。

据悉，身居上海热衷复辟的郑孝胥于1910年来青岛时留有文字，此后数十年他屡次来青每有诗文寄存，仅日记中的诗就有《海中峭立孤峰舟过其下》《九月十五日游劳山题柳树台酒店》《刘幼云潜楼读书图》《海上有孤月》等。

长篇小说《桃源梦》

1917年7月，上海民权出版部印行的长篇章回体小说《桃源梦》，在岛城内外颇受瞩目。之所以引起轰动，概因《桃源梦》是第一部描写第一次世界大战的中国小说，第一部以德租青岛为创作题材的小说，堪称寓居青岛遗老生活史的完整文本。作者"燕齐倦游客"真实身份不详，疑为羁旅胶澳并与遗老多有接触的知情者，或可就是这个圈子里对租界文化持矛盾心态的人。

《桃源梦》全书20万字，共24回，据序二撰者"劫余老人"称，书成仅用三个月。作者用大量篇幅写寓青遗老遗少的生活状貌，他们呼朋引伴、雅集唱和、聚会游山、看戏召妓，依旧是声色犬马、醉生梦死之相。作者在小说结尾总结道："世之君子，当作一篇谎话看也可，当作一篇实在事看也无不可。"[1]想象如此众多留着辫子、顶戴花翎、一步三摇的逊清遗臣，也不免觉得思之如梦。小说第七回写遗老们到汇泉（书中作"惠泉"）开传统的诗文会"蝴蝶会"，结果只作得一首便被来此操练的德军打断。小说里有这样一个情节：

> （幼轲念道）："蝴蝶幽情寄惠泉，青天碧海意无边。军门旧署任凭吊，破碎山河不忍谈。"……又叫道："你们听哪里操兵，这一股军乐的声音够多么好听。"……话犹未了，果然听得鼓号之声，越来越近。幼轲东张西望，指那边树林子道："那不是一大队人马来了么？"姜垓定睛一看，起身道："糟了，糟了！他们早也不来晚也不来，单单这个当项儿要到此演操，我们还不快腾地方！"龙媒、式若也懊悔道："正然诗兴大发，却被他们搅断，真是可恶！"……众人道："算了吧，诗兴大扫，今天是干不成了，我们不如赶快把地方让给人家，你看已经来到了。"那一队人马果然来到草场上，尽情操练一番，哪管这一般雅士乘兴而来，败兴而返。[2]

作者对寓公生活极尽揶揄和笞挞。如遗老们赴宴赴会不准时，看电影听戏喧哗聊天且随地吐痰，不懂宴会礼仪随地吐骨头，席上官服的马蹄袖带翻水烟袋洒了一桌水，如许种种，洋相百出。这在一些与洋人打交道、已效西方文明的同僚眼里为自己也是中国人颇感难为情。为摆脱被边缘化的旧官僚处境，免遭洋人手下华人巡捕之辱，一个名为"敦谊会"的社团应时成立，在全然不自适的设

---

① 燕齐倦游客：《桃源梦》，下册，第162页，时敏书局，1934。此书只有句读，标点符号为本书作者所加。

② 青岛市市南区档案馆：《桃源梦》，第87~88页，线装书局，2022。

定下俨然向“现代”邯郸学步。“敦谊会”办的大事竟是向来访的德国亲王谄媚逢迎。小说第十回写了一段遗老在外国主子面前极尽奴才相的“颂词”：

隆德硕望，世所同钦。今以从政之余来华游历，首临琴岛，使同人先瞻颜色，天下最荣幸之事，安有过于此者？快慰爱慕之私，岂可不借欢迎会以表示于万一哉？且同人开会欢迎，实有足使王生乐感者。忆王之初临此土也，远在先帝御极之廿三年，维时荆棘塞途，一荒僻不休之海港耳。王俯念两国交谊，使斯港得沐文明雨露，十数年来经营进步之速，世人诧为未观。……值此天和气爽，建棚于通衢，恭迓驺从之再至，王不愿而乐之乎？同人去年遭变，惧一志之或屈，今日放怀祝王庥于无既。饮水思源，非王，谁感又安得已于欢祝耶？敢布微意，代表同人愿王千秋无恙！①

这段话，无论文体还是内容都给人以强烈的荒谬感，其依附洋人的病态丑行暴露无遗。深悟小说题旨的序言作者张冥飞道：“《桃源梦》何为而作也？为写亡国大夫也。”②一语中的，剥落了桃源“梦”的面纱。

《桃源梦》承谴责小说流韵，不以传统小说忠奸对立、善恶之争结构情节，而是以亡朝旧宦命运构成故事矛盾，并有刻意迎合市民文化消费的意思。小说在思想和题材上有明显的开拓，但拖沓流散、辞气浮露。

洪深等的作品

洪深（1894—1955），学名洪达，字伯骏，号潜斋，江苏武进（常州）人。乃父洪述祖是袁世凯政权时期的内务部秘书，因卷入刺杀宋教仁案于1913年初避居德胶澳租借地，由此洪家与青岛产生了充满诡谲和悬念的瓜瓜葛葛。洪家迁居青岛时洪深正在北京清华学校求学，他读的是“实科”却对文艺深有兴趣。身在清华园，洪深只有寒暑假方可回青探亲。1915年1月，洪深将旅青的所见所闻，以笔名“乐水”在《小说月报》六卷一、二期上连载了一篇万余字的纪游散文《青岛闻见录》。开头部分是这样写的：

余至青岛，前后凡四次。两次在二年夏间，一次在三年春，一次在三年夏夜。统计在岛时日，不过四月。而见闻所及，颇有可记录者。溯自日本宣战以来，德人设防，不遗余力，林木桥梁，因之多所毁坏。近又闻境内遍处布设无线电雷，他日兵尽粮绝，必不能守之时，惟有付之一炬，全数毁灭，绝不留一丝一毫于敌人。则二十年经营之结果，数千万财产之精华，一刹那间，

① 燕齐倦游客：《桃源梦》，上册，第152页，时敏书局，1934。

② 《原书序一》，载《桃源梦》第1页，线装书局，2022。

同归黄土！后之治此者虽有重兴之志，盖亦难矣。游人过此，满目荒凉，追念往日盛迹，得无有沧桑之感欤？著者在岛不久，于彼此情形，未能详细调查，笔录所载，又不及闻见所得之什一，简陋之蔽，阅者谅之。

青岛，一小岛也，径不过二里，在即墨县东南，往时渔舟萃集之所，盖滨海各处列岛环峙，然类皆石田不生草木，独此岛四时常青，故居人名之曰青岛。德人初入胶湾时，兵舰泊此。其后所得租借权，陆续经营。与陆上近岛处造码头，直入海中二里。山东铁路起点在此。其余如总督署司法厅各局所，及大商业行家，皆聚在近岛一隅。故德人即假青岛之名，名其租地。又其后十数年间，势力向内推展，别营大码头于西北面，商家亦渐迁至内部，华人寄居彼土者又日夥，各处市街林立。虽青岛之名限于一区，仅为政治机关托足之所，而自假用之后，不能复改，故今人称德国租借地，不曰胶州湾，而曰青岛。

岛上立有灯塔。某日约伴往游，仅见野兔数四，出没草间，巨石磊苹，激水成浪，他无足观。惟小码头上（从前之码头）夕阳初下，恒有多数游人，往来散步，远眺山色，俯听涛声，致足乐也。①

这是民初流行的通俗性文言文体，作者详陈德国租借地青岛在日本占领前的社会、经济、生活状貌。1915年6月，洪深以青岛崂山民众生活为背景创作了独幕话剧剧本《卖梨人》。这部揭露不平等的黑暗社会"教训意味极重的趣剧"，是洪深戏剧创作的处女作。

根据《胶澳志》载，王大来著有《劳山七游记》，王葆崇著有数种采访文录。王葆崇（1855—？），字小姚，号次山，胶州城里人。附贡出身，工文辞，官鸿胪寺序班，赏六品衔。清光绪三十三年（1907）秋，《山东通志》重修，他被聘为采访员，遂著有文言笔记文《鳌山采访录》《劳山纪胜集》《崂山金石目录》等②，折射出方志与文学的叙事同源关系。王葆崇还有《助息园诗草》二卷、《固有草堂文集》一卷。此外，1922年2月，叶春墀在商务印书馆出版的深具人文地理散文意味的《青岛概要》，被当作文艺性作品阅读未尝不可。

华盛顿会议期间，青岛一度成为被书写的对象。上海《小说日报》发表的一篇《青岛路上的哭声》，喊出了"青岛，青岛！我总要救你！"③的悲怆之声。

卫礼贤的翻译文学

卫礼贤（Richard Wilhelm，1873—1930），也作"尉礼贤"，德国斯图加特人。

---

① 洪深：《青岛闻见录》，载《名人笔下的青岛》第3~4页，青岛出版社，2008。

② 青岛市史志办公室：《青岛市志·崂山志》，第456页，新华出版社，1999。

③ 佚名：《青岛路上的哭声》，载《小说日报》1923年3月3日。

1899年,他以德-瑞同善会传教士身份来到青岛,开办学校、医院,译介中国典籍,从最初一句中国话都不会说到了从容驾驭汉语,以丰富多样的语型和大量真实的语料研究汉语的程度。卫礼贤说:

> 中文中的音节极其有限,比如说,中文中没有"r"这个音,而且音节只能以元音,或是"n"和"ng"结尾。每个字的第一个音都仅仅由简单的辅音构成。音节的有限数量当然无法为每一个概念提供特殊的发音表示。从书面语言角度来讲,这不会造成什么困难和麻烦,因为每个概念都有特定的字来表达。但在口语中,许多字都是同音,因此就有产生歧义的可能。为解决这个问题,中文就用不同的声调来区分发音相似的音节。①

卫礼贤对汉字与汉语语音关系的认识是颇有见地的。他凭借文学艺术的较高天赋和良好修养,于翻译出版《论语》《老子》《列子》《庄子》《孟子》《大学》等中国典籍的同时,也在文学艺术的译介领域多有造诣。或许可以说,从1903年在青岛发表第一篇演讲稿《孔子在人类代表人物中的地位》起,卫礼贤在学术与艺术两个领域交互译介。1904年他翻译《诗经》,以"被抛弃者——《诗经》节译"为题发表在《传教信息与宗教学杂志》十九卷八期上;1906年,他翻译的《〈三国演义〉:三国故事选译》又在这本杂志上连载。1910年,卫礼贤节译的《青凤——中国小说集〈聊斋〉》在《东亚劳埃德报》二十四卷五期发表。1914年,他在德国耶拿迪德里希斯出版社出版的 *Chinesische Volksmärchen*(《中国的民间童话》)共计410页;记载1914年日德青岛之战的日记《1914年世界大战中在青岛的艰难岁月》,也于当年底在柏林胡滕出版社刊行。此外,卫礼贤还相继发表了《中国的社交礼仪》《中国女孩出生的风俗》《中国妇女在婚姻中的地位》《中国的招魂术与扶乩》《中国的青铜器收藏》《山东的丧葬风俗》《来自山东的情景画》《青岛的中国商会》《青岛的节日》等。对于中国艺术,卫礼贤十分着迷。1910年4月,他在崂山欣赏道教音乐时,因结识太清宫道长韩太初,幸得明版《老子》。卫礼贤得黑澜大学法政科主任H.古瑟兹(中文名字"赫善心")之助,于当年12月1日翻译出版了 *Tao Te King*(《道德经》),H.古瑟兹为之作序。在华25年,卫礼贤没有发展一名基督教徒。1906年,山东巡抚杨士骧来青岛考察其文化教育事业后,奏请清廷为卫礼贤颁赐四品顶戴。

卫礼贤毕生最大的汉学贡献,是在劳乃宣的协助下,倾注十年精力将《易经》译成德文介绍给欧洲,成为"西方无与伦比的版本"。卫礼贤在《易经》译本

---

① [德]卫礼贤(Wilhelm,R.):《中国心灵》,第128页,王宇洁、罗敏、朱晋平译,国际文化出版公司,1998。

出版时做了如下阐释:

中国思想的基础就在《易经》中——老子的道教和孔子的教义都源于此。这本不同寻常的书来源于许多年之前,在经历了时代交迭变换后存留下来。书中包含了3000年来深刻的人生智慧,也从中延伸出许多评论和阐释。它对东方精神生活的影响一直持续到现在。所以,我们可以毫不夸张地说:这部作品是整个世界文学最重要的书籍之一。①

有意思的是,卫礼贤将《易经》视为"世界文学最重要的书籍"。事实上,他翻译的《易经》直接影响了诺贝尔文学奖获得者黑塞和人格分析心理学家荣格。卫礼贤在这项伟大的跨文化传译工程中体现了东方与西方对话合作的精义,他本人完成了从传教士到儒学家、从神学家到汉学家、从一个德国人到一个"伟大的德意志中国人"和"两个世界的使者"的人生转变。1913年夏,卫礼贤与周馥之孙周暹(叔弢)合译康德的学术随笔《人心能力论》,则是两国学人"德译汉"合作的有益尝试。由于卫礼贤的努力,东学西渐,青岛成为德语世界重要的中国文化输出地。

三　北洋政府时期文学

1922年12月至1929年4月,是青岛的北洋政府时期。在"五四"新文化运动的催生下,岛城文坛闪现出新文学的晨曦景象。"浅草-沉钟社"的同人觉悟、王统照的拓荒精神,自是此间文学的最大亮点;还有邓恩铭、胡信之等的反帝反封建漫言、论评,王献唐的诗文集,孙瑜在海滨自由奔放的电影作品,中日混血诗人黄瀛的诗歌,以及康有为的诗文等。青岛文学由此开始了时代性转折。

邓恩铭、胡信之等的言论

邓恩铭等早期共产党人在青岛文坛的铿锵话语,烙印着马克思主义政党的鲜明本色。事实上,中国新文艺与中国共产党在历史逻辑和思想发展上具有一致性。②

邓恩铭(1901—1931),字仲尧,水族,贵州荔波人。家贫,得远房亲戚署胶县知事黄泽沛资助,于1917年来到山东省立第一中学求学,其间与王尽美结为

① Salome Wilhelm. *Richard Wilhelm-Der geistige Mittler zwischen China und Europa*. Eugen Diederichs Verlag 1956, S. 313.

② 李永杰:《百年中国共产党与中国新文学》,载《中国社会科学报》2021年8月17日。

挚友,并共同出席中共一大和二大。1923 年春,邓恩铭来到青岛谋得《胶澳日报》编辑一职。一如许多中共早期领导人雄健的“笔下乾坤”,邓恩铭新辟《十日》旬刊,通过《青岛时报》星期日增出的特刊发表瞿秋白等人的文章,他还著文反对张宗昌操办的《讨赤报》,把斗争的锋芒直接指向军阀政府和帝国主义。1924 年元旦,邓恩铭发表的《今天的感想》,俨然青岛死寂暗空中的震耳惊雷。

现在洋强盗们正预备和我们的革命政府厮杀了,以如虎似狼的强盗和我们的势力薄弱的革命党相抗,就实力论,当然敌人超过他们。但公理总有战胜强权之一日,那么此次即使失败了也是不要紧的,只要我们打定主意,继续帮助我们的革命政府,终有达到目的的一天。驯如羔羊的人们,你们要去配一副“真是真非”的眼镜来戴着,把事情看个清楚,切不可拿成败来论人,更不可拿成败来论国利民富的主义。①

同一天,邓恩铭还在《胶澳日报》副刊发表杂文《校长和日历》,讽刺反对男女同校、反对学生用印有美人日历的某校校长,批判了迂腐钝化、歧视妇女的痼弊。1925 年,邓恩铭还主编《红旗》《铁路工人》等杂志,他的论说《青岛劳动概况》《反对帝国主义运动之进展》等准确生动、通俗易懂,具有特别的文本意义。邓恩铭还利用一系列公开、半公开、秘密的集会活动,积极争取青岛社会各界名流和民主人士的支持,其中就有《青岛公民报》主笔胡信之。

胡信之(1890—1925),北京人。毕业于北京大学,1921 年华盛顿会议研究山东悬案期间,遄往于北京、济南、青岛等地。1922 年,胡信之应聘《中国青岛报》记者,撰写社论、漫言等抨击北洋政府腐败,谴责军阀混战。1924 年 9 月,他又与刘祖乾、段子涵等共同创办《青岛公民报》。受邓恩铭革命思想的启发,胡信之在《青岛公民报》开辟《公民言论》和《公民俱乐部》栏目,成为民众评论国是、笞挞时弊的阵地。1925 年 5 月 7 日,《青岛公民报》副刊《新诗》栏目发表了一首题为《夜班工人的哀诉》的诗,其中有这样的诗句:“太阳啊/你昨晚回去的时候/我们本想送你/可是厂里叫嚣的汽笛/叫的火急/实在也没有办法/乱杂杂弄到如今/还没罢手/你又从天边来/在窗外看我/好像垂怜我似的。”

1925 年 1 月王尽美来到青岛后,邓恩铭协助王尽美在李村路 29 号神州大药房内设立筹备机构,并通过青岛的《大青岛报》发表《启事》,接待“国民会议事见询者”②。1 月 21 日,《益世报》发表的《青岛国民会议促成会成立宣言》,有着别样的风格、形象和声调。

① 邓恩铭:《今天的感想》,载《邓恩铭文集》第 55 页,人民出版社,2013。

② 《王尽美启事》,载《大青岛报》1925 年 1 月 11 日。

1925 年 4 月，由青岛国共两党地方组织联合举办的悼念孙中山活动，形成了反帝反封建的巨大浪潮。邓恩铭为日资纱厂工人罢工起草了《青岛大康纱厂全体工人泣告书》，字里行间充满愤懑："先生们！俺纱厂工人一天做十二点多的工，得一毛多工钱，日本人要打就打要骂就骂，亡国奴几乎成了呼唤我们的口号。"①5 月，李慰农来到青岛，同前来视察工人运动的刘少奇彻夜畅谈。在 5 月 29 日和 30 日发生的"青沪惨案"中，李慰农发动青岛各界人士举行雪耻大会，成立"青沪惨案"后援会，发布全市反帝爱国斗争纲领。7 月，邓恩铭与李慰农等发起青岛第三次同盟大罢工运动。李慰农在起草的《青岛日本纱厂工人被迫罢工宣言》中发出了振聋发聩的控告："帝国主义者真是自为刀俎，而以鱼肉视我国人了……在青岛对我们施行掀天揭地的大屠杀，至今仍逞凶不已。"②邓恩铭起草了《胶济铁路总工会代表泣告书》。与此同时，胡信之以笔名"寄韬"发表了剑指北洋政府的《还要认定步骤向前去干》的短评，指出："这样的政府，留他一天，不但不能为国家福，反而能为国家累。……这样的政府还能要他吗？还能不同他革命吗？！所以我们现在的步骤，一面要坚忍的进行经济绝交，一面要根本上推翻现政府，造成有组织的国家，夫然后人民才能有真正的保障。"③

邓恩铭等的论说，怀抱着救国人于水火的宏大志愿，具有鲜明的立场性、斗争性和信仰之美，实为青岛革命文艺的前奏。

孙瑜的电影文学剧本

孙瑜(1900—1990)，原名孙成玙，四川自贡人。早年考入清华学校，因一次影评征文获奖而坚定投身电影事业的决心。1923 年，孙瑜赴美留学，系统学习电影摄影、剪辑、洗印等技术。在美国时他曾写信给未曾谋面的洪深，欲到国内电影界"最好是明星公司"发展。洪深回信表示，"无论编剧和导演，均可一试"。孤傲的孙瑜没有料到，来到上海却连遭两家电影公司拒绝。求职不成，前途受阻，孙瑜极度失落，又患了伤寒。1926 年，他不得不拖着病体，在未婚妻张绮先的陪伴下来到青岛养病。

其实，孙家与青岛颇有渊源。乃父孙澍系晚清官吏，于 1924 年举家移居青岛，在江苏路 41 号筑宅。孙瑜在青岛结婚生子，组建了家庭，至 1927 年先后创作了电影文学剧本《潇湘泪》和《青岛之波》。

电影文学剧本《潇湘泪》写渔人李华和丐女沈玉英的爱情故事。一日，李华与沈玉英救起大汉莽叉客。莽叉客感恩送李华一支斑竹箫，并教其吹奏《潇湘

---

① 《青岛大康纱厂全体工人泣告书》，载《向导》第 112 期，1925 年 4 月 26 日。
② 《青岛日本纱厂工人被迫罢工宣言》，载《李慰农烈士专集》第 167 页，青岛出版社，1992。
③ 寄韬：《还要认定步骤向前去干》，载《青岛公民报》1925 年 7 月 8 日。

泪》。李华遭交际花钱爱珠勾引,冷落了沈玉英,也惹恼了追求钱爱珠的魏何来,魏何来遂设计陷害李华。正当李华被行刑之际,莽叉客赶到为李华挡住子弹,李华获救幡然省悟,重新回到沈玉英身旁。孙瑜的电影剧本《潇湘泪》于 1928 年在长城影片公司以《渔叉怪侠》之名投拍,这是他独立编导的处女作,是他从事电影艺术最早的实践。

《青岛之波》以青岛每年夏季赛马会为背景,穿插了一个爱情故事。全片没有内景,完全采用美国好莱坞电影通过局部镜头整合完成整体空间的技术,利用日光拍摄青岛的美丽外景。孙瑜的《青岛之波》不在于故事情节是否动人,而希望观众与剧中的人物产生对话,使影片充满恣肆汪洋的想象力和浪漫气息。遗憾的是,由于摄影师迟迟未到位,胶片冲洗合同没有谈妥,因而错过了拍摄时间,导致《青岛之波》搁浅。

孙瑜的《潇湘泪》和《青岛之波》,以电影的现代性精神气质,为青岛本土电影文化的旷野留下了一个刻度。

孙瑜将青岛视为第二故乡,他在回忆录中说:

> 青岛算得是我的第二故乡。……在生活坎坷险阻的旅程中,曾经几番遭受了大都会对我精神和肉体的损伤折磨而返回我的庇护所青岛休养。在那里,许多魂牵梦绕的记忆,永在我脑海中回旋……①

王献唐的诗文集

王献唐(1896—1960),名凤琯,字献唐,号凤笙,山东日照人。早年来青岛求学,初读于礼贤书院,后入黑澜大学,1922 年他以《山东日报》记者身份参与青岛接收,之后任职于胶澳督办公署税务股,并与同乡尹莘农在观海二路筑宅(门牌为 13 号甲)。至 1926 年 6 月去职赴北京前,王献唐未离开过青岛。其间,除完成颇具口碑的学术著作《公孙龙子悬解》外,于旧体诗、骈文、散文等方面均有佳作。王献堂在 20 年代初的青岛文坛小有名气。

在旧体诗方面,王献唐先后写了《海上》《春日杂咏》《自题小照》《郊原闻眺》《题西洋裸体美人》《赠莘农》《书怀》《即事》《题〈宣和遗事〉》《寄挽石樵》《新年祝言》等。其中,《书怀》诗云:

纷纷车马成何事，过眼昙花指一弹。
身似闲云初舒卷，梦回春雨正阑珊。

---

① 孙瑜:《难忘青岛》,载《青岛艺术史》影视卷第 71 页,中国文联出版社,2017。

道通玄北焚香坐，门对青山把酒看。
如此情怀且小住，几回江海试鱼竿。①

1924年元旦,王献唐将之前所作诗结集为《沧勺集》,他在自序中感慨道:“人事苍皇,薄书旁午,外与尘世相劘,内以机心自闲,如大风孤夜,孤臣孽子,颠播于骇浪之中,辗转号呼,奋力自救,今尚未已也。”②王献唐的旧体诗以七言律诗为多,他“近体喜山谷,古体喜梅村”,栖身于青岛,蒙大海“尝得一滴波”,诗兴酣畅,夹带一股轻柔的禅意。

在骈文、散文方面,王献唐曾言,“骈文喜稚存,散文喜定庵”,颇为师友看好的《论艺六绝句》是一篇骈俪文诗论。1923年8月,王献唐与礼贤中学德国校监W.塞弗特及张玉轩、王维志、张仲临、刘铨法、胡镇中、刘晋珊、祁月汀、谭希群、周品月、刘信斋、尹莘农、李芸轩、孙立斋等校友,共同发起成立“中德学社”,由王献唐援笔刊于《青岛时报》的《中德学社缘起》,也是一篇人人称道的骈体文。尤其是对中德两国文化荟萃之意的概述,“求彼友生,则襟期渊照。际兹梯航衔接,门户洞开,汇百二国之宝书,通六四体之异字,东宾西主,敷衽于一堂”,字字珠玑,言简意赅。中德学社以翻译文艺、科学、哲学文章为宗旨,但具体业绩及王献唐的作品不详。

根据王献唐的《三禅室日记》载,为纪念1925年“五卅惨案”中死在外敌枪下的尹希农(景伊),王献唐撰述的《尹烈士希农殉国事略》亦骈亦散,亦文亦白,血与泪跃然纸上。其中写道:

尹烈士景伊,字希农,山东日照廒头村人。……虹口日木绵纱厂,因虐待华工起冲突,枪杀工人。在沪学生共图援救,英工部局捕学生之首者囚之,众生益愤。于五月三十日,分组游行,要求释放。英捕恶而拘之,……开枪射击。有陈生宝聪,在烈士身前,英捕以枪拟之,……烈士见状,急前出手巾为之缠束,口中犹大呼“取消不平等条约!打倒帝国主义!”不止。英捕对之开枪,烈士已抱牺牲决心,义无反顾。俄弹传右肩下入右肺下出,立倒地,血喷四溢。即送仁济医院,……于当晚六时余气绝。哀哉!越二日,同济职教员及全体学生,在码头救生局,为之成殓。……烈士聪明沉毅,勤苦耐劳,常以“宁为牺牲而死,不为失败而生”数语自勖。呜呼!至今诵其遗言,其坚强刚烈之气,犹跃然心目间也。烈士殉国后二十五日同邑王献唐述。③

①② 张书学、李勇慧:《王献唐年谱长编》(上),第58、60页,华东师范大学出版社,2017。
③ 王献唐:《尹烈士希农殉国事略》,载《山东史志丛刊》1990年第3期。

据悉,1923 年 1 月,王献唐为鲁佛民代作《胶澳日报祝辞》并联文,于 11 月为陈干作《陈明侯藏书目录序》。1925 年 10 月 10 日,他在《青岛时报》发表评论文章《我不愿》。这一年,王献唐还将平时治子籍迻录结成随笔集《读子锥指》,计有数万言;他还应《青岛时报》尹朴斋约稿寄奉了《读〈鬼谷子〉》一文。1926 年 6 月王献唐离开青岛后,观海二路宅由尹莘农代为照料。1938 年 6 月 11 日,尹莘农在致王献唐的信中说:"该房始终由敝族人尹海峰看守,故得无恙。兼有李维甫及永泰和汽车行友人遥为照料。"①王献唐自有一份念想在。

康有为的诗文

康有为(1858—1927),字广厦,号长素,广东南海人。主张维新变法,号召救国图强,戊戌新政失败后流亡国外。1917 年冬,康有为来到青岛,见了不少逃遁的前清旧臣。12 月 22 日,康有为前往建于汇泉的"府邸",拜谒爱新觉罗·溥伟。时值冬至,溥伟留康有为吃馄饨,康有为激动地写下了 77 行七言长律《丁巳冬至日游青岛并谒恭邸于会泉》。

1923 年 6 月,康有为过济南第二次来青岛,借居于早年结识的挚友、时任胶澳商埠督办公署顾问陈干的家中。康有为在青岛游览观光后,产生了长住青岛的念头,遂买下福山路 6 号(今福山支路 5 号)一座有欧洲古典建筑风格的德式建筑。康有为用诗告之家人:"截海为塘山作堤,茂林峻岭树如荠。节楼旧日庄严地,今落吾家可隐栖。"②在经历了长期颠沛流离的生活后,康有为在青岛得到一个可供隐栖的理想寓所。

康有为寓居青岛留下了数首七言律诗。如《甲子二月,青岛屋长廊望海作,写付同侠》《五月十四日游青岛,月夜驱车绕岛一周,口占二首》《丙寅七月十八夕,登青岛观象台》《乙丑夏,吾避暑还青岛天游园,携诸子女并诸外孙同来,赋此示同镂儿》《游青岛谒恭王殿下,则已迁大连。以青岛风景极佳,盛暑不热,因租房避暑。殿下以家具什器假我,遂得安居。感赋》。1925 年初夏,康有为的《重游青岛示佳曾孙》是这样写的:

海气苍苍岛屿回,山巅楼阁抗崔嵬。
茂林峻岭百驰道,重入仙山画里来。③

再看《青岛会泉石矶望海观潮,高至数丈,异观也》:

---

① 《王献唐师友书札》(上),第 1099~1100 页,青岛出版社,2009。

② 康有为:《甲子夏六月,得青岛德旧提督楼,赋示曼宣婿及诸孙》,载《康有为全集》第 12 集第 378 页,中国人民大学出版社,2007。

③ 康有为:《重游青岛示佳曾孙》,载《青岛诗钞》第 62 页,中国海洋大学出版社,2017。

海水冥濛望石矶，怒涛高拍入云飞。
飞帆渺渺和云水，岛屿青青日落时。①

1923年6月,康有为游崂山赋66行五言长诗《劳山》。此诗既未收录于崔斯哲的15卷本《康南海先生诗集》,也没辑入蒋贵麟的《康南海先生遗著汇刊》,系《康有为全集》的佚诗,值得欣赏并珍藏。

天上碧芙蓉,谁掷东海滨?青绿山水图,样本李将军。
神仙排云出,高台照金银。芝旗与松盖,光景蕤五云。
群贤能冒险,渡海咸欢欣。楼船两飞轮,破浪入山根。
山下太清宫,万竹夹道分。道人多道气,长须迎缤纷。
殿前两百果,老树霄汉干。阶前一耐冬,千年尚郁蟠。
蔽山弥万绿,涧流屈潺溪。直上崂山巅,夹道万卉繁。
奇石起攫搏,或作虎豹蹲。老熊当道卧,异柏挂岩丹。
苍松亿万千,漫山洪涛翻。应接目不暇,清赏心所安。
敧岖过岭后,荦确石巑岏。盘蹬登上清,惊看飞瀑喧。
渐度岘嶕巘,峰头草成茵。至正余摩崖,抚起感心颜。
虽赏丘壑美,稍惜草木删。俯望碧海浸,超然十洲仙。
吾生诸天游,世界等微尘。方士采药来,自此求神山。
云昔秦始皇,登道随山刊。方壶与园峤,水中浮碧寰。
白银为宫阙,仙人缟衣冠。楼阁倚缥缈,度劫亿万春。
今岂有真人,玉宇琼楼寒。深恐六鳌动,铁围漂荡艰。
龙伯国大人,提掷出九关。且游播耨迦,复欠晃昱还。
何处非天际,暂复留人间。②

诗有百多字《跋》,以记此行:"癸亥五月,康有为来青,偕张志易吾、崔世善修如,自济迳来,与邹文蔚敬安、王大祯艺生、方作霏雨农、丁延龄晓帆、秦曾源云稼、王天伟幼云、戚运机愚勤,门人陈干明侯,江希、张慕渠,游劳山。警察厅长成维靖逸广,率警卒三十余人护行;调金星轮船及一小轮,自沙子口渡海,电局牟钧德幼南,通电预办,乘月乃归。"③据太清宫志载,1926年8月,康有为重来崂山太清宫,阅过《道德经》一篇,称经典"奥妙,得有长期可能阅,遂吟曰:'青山碧海海

① 康有为:《青岛会泉石矶望海观潮,高至数丈,异观也》,载《康有为全集》第12卷第362页,中国人民大学出版社,2007。

② 康有为:《劳山》,载《青岛市志·崂山志》第581~582页,新华出版社,1999。

③ 周宗颐、寿杨宾:《〈崂山太清宫志〉校注》,第214页,中国海洋大学出版社,2017。

波平,汗漫重游到太清。白果耐冬多阅劫,崂山花闹紫薇明。’”①

青岛的山海气象极大地抚慰了康有为的精神世界,他的脚步于暮年在青岛停驻。1927年3月8日,康有为70岁寿辰,此前“徐良由津抵沪,赍到皇上御笔‘岳峙渊清’四字匾额一幅,玉如意一柄”。康有为感慨万分,以贤臣之名义写了千余字亦散亦骈的“谢恩折”。

> 伏念臣海滨鄙人,文质无底,虽十三世之为士,而门非华腴,既四十岁以无闻,徒竽滥科第。先帝忧国阽危,畴咨俊乂,擢臣于侧陋冗散之中,咨臣以变法自强之业,谕臣专折奏事。由是感激,竭尽愚忠。先帝扫二千年之积弊,政厉雷霆。顺四万万之人心,令如流水。书朝上而电夕下,国虽旧而命维新。百日变政,万汇昭苏。举国更始以改观,外人动色而悚听。乃为那拉后所废除,遂幽先帝而兴狱,既诛六烈士而戮及臣弟,更掘先墓而逮捕臣孥。……臣捧诏惊号,绝心蹈海。②

字里行间,陈年积愫彰彰明甚。康有为提笔未写数行便耸然动容,涕泗流涟,写完后对家人说:“吾事毕矣!吾事毕矣!汝等可珍重此稿。”1927年3月31日,一生以思想惊世骇俗著称的康有为在青岛离世。

黄瀛的诗

黄瀛(1906—2005),出生于重庆。其父黄泽民东渡留学时结识了日本千叶县女子太田喜智,黄泽民回国任职重庆川东师范学校校长,太田喜智则作为日清“交换”教员来到重庆,二人结成跨国婚姻。1908年,黄泽民不幸病逝,太田喜智偕黄瀛返回日本。1923年,为躲避日本关东大地震,黄瀛从东京来到青岛,就读于日本中学。在青岛,黄瀛迎来了诗歌创作最丰沛的时期,据称他每天用日语写诗不下20首,相继发表的诗歌有《早春登校》《感谢》《夏》《清晨眺望》《清晨的喜悦》等。描画青岛清晨风光的抒情诗《清晨眺望》,在参加1925年新潮社《日本诗人》杂志的《第二新诗人专号》中获评最佳诗歌。一个19岁的中学生一举成为“诗坛宠儿”,备受揄扬。《清晨眺望》的前几行是这样写的:

> 瞧
> 炮台上的天空晴朗而清澄
> 随着这礼拜日清晨的祷告钟声

① 周宗颐、寿杨宾:《〈崂山太清宫志〉校注》,第216~217页,中国海洋大学出版社,2017。

② 康有为:《敬谢天恩以臣行年七十特赐臣寿折》,载《康有为全集》第11集第458页,中国人民大学出版社,2007。

一群群，一群群
教会学校的学生们排着队伍沿坡攀登
虽说是冬日的伊始
可喜鹊却在稀疏的洋槐林中四处飞旋①

在青岛，黄瀛还于1924年10月和11月在《东京朝日新闻》副刊《学芸》连续发表了四首诗作，其中的《清晨——献给S》末尾特别注有“青島にて”（在青岛）字样。1925年，他发表于《铜锣》第一号的《朝にうたつた》（《清晨放歌》），诗后有日文附注“青島日本中学時代”。

1925年，黄瀛回日本后写了一组“青岛回想诗”，其中的《天津路夜景》最后一句是“我为自己是一个中国人感到无上的光荣”。日语“光荣”的发音（kouei）与黄瀛名字的日语读音（Kou Ei）同音，想见选择“光荣”一词是黄瀛有意为之。黄瀛的混血身份自有一种暧昧的边界性，他既被称为“一个深谙日语之神秘的中国诗人”，又被日本评论家作为“用日语写作的‘日本诗人’给予更多的评价”②。黄瀛的诗明朗阔达，自感沉醉在氤氲的中国气氛中。青岛生活给了他充满感性的时代体验，无论走到哪里，那感情仍在。

北洋政府时期，青岛贾士毅的《华会见闻录》、赵德三的《接管胶济铁纪》、署名“琴岛旧侣”的《青岛之今日》、陶贻谦的《游青肤言》四部专记作品，收录于袁荣叟主纂的《胶澳志》卷十一《艺文志》。袁荣叟评价《青岛之今日》，记载中国政府收回青岛过程“言之痛切”；《游青肤言》则“杂记青岛故事、旧闻，不分章次”。③ 袁荣叟（1882—1976），字道冲，浙江桐庐人。清末宣统年间曾任学部员外郎，民初当选国会议员，还任山东省教育厅厅长。1922年他参与接收青岛，任胶澳商埠督办公署秘书处处长。袁荣叟好诗文，周至元的《崂山志》收录了袁荣叟的《崂山佛教考》。此外，1920年向恺然写的23回武侠小说《半夜飞头记》，在《青岛晨报》连载了第三、四、五回，署名“平江不肖生”。《半夜飞头记》文采斐然，写实与神怪叠合，喻指江湖与武林的迷幻离奇。

第二节　“浅草-沉钟社”同人的活动

20年代“浅草-沉钟社”的文学活动，写下了青岛文学史蔚为活跃的一页。

---

① 《黄瀛诗文选》，载《诗人黄瀛》第168页，重庆出版社，2010。

② 佐藤竜一，『宮沢賢治の詩友-黄瀛の生涯』，253頁，東京コールサック社，2016。

③ 袁荣叟：《胶澳志》，载《青岛历代方志集成》第1卷第339页，线装书局，2020。

这个最初以北大学子为主体的青年文学社群,抱持“人”的文学观抒写“五四”后知识分子迷乱哀伤、彷徨孤独的心理波澜,给青岛新文学的萌蘖涂抹出斑驳的色调。其中,顾随、陈翔鹤、郝荫潭的创作最具代表性,冯至的足迹清晰可辨,陈炜谟、杨晦、卢氏兄弟等均留有值得回味的雪泥鸿爪。

一 “浅草社”同人文旅

“浅草-沉钟社”同人在青岛的文学活动,尤以1924年暑期的“浅草社”编务笔会、萍聚交游深具意味。1925年春樱花时节的鱼雁往来和《沉钟》创刊前后的同人笔椟及诗酬唱和,也是文学史值得留意的花絮。

无疑,“五四”新文学运动为文艺社团及文艺期刊的兴起、文化派别的分立创造了契机。在江浙籍作家为主的“文学研究会”和留日作家为主的“创造社”引领风骚之际,1922年春,一个愿做“农人培育荒土里的浅草,来对抗这苦闷世界里的沙漠”的“浅草社”在上海成立。“浅草社”初期成员只有林如稷、陈炜谟、陈翔鹤、邓君吾、王怡庵等一干初出茅庐的蜀中文俊,后来顾随、冯至、李开先、陈竹影、马静沉、韩君格、罗青留、胡絮若、高世华、党家斌、赵景深、章铁民等先后加入进来。“浅草社”以《浅草》季刊为耕耘文学理想的园地,还在上海《民国日报》副刊出过《文艺旬刊》(后改称《文艺周刊》)。后因成员渐趋涣散,1925年秋,部分“浅草社”同人与杨晦成立“沉钟社”,郝荫潭、废名、罗石君、蔡仪、修古藩、顾绶昌、左浴兰、缪崇群、鹤西等相继成为“沉钟社”撰稿人。鲁迅自1925年4月从冯至那里收到第一本《浅草》起,便对《浅草》和后来的《沉钟》给予很大的关切。鲁迅认为,《浅草》是“多么丰饶呵”;“《沉钟》就在这风沙澒洞中,深深地在人海的底里寂寞地鸣动”。[①] 鲁迅在“中国新文学大系”小说二集的编辑导言中,赞誉“浅草-沉钟社”是“中国的最坚韧,最诚实,挣扎得最久的团体”,并在历数其成员的作品时又进一步称:

> 一九二四年中发祥于上海的浅草社,其实也是“为艺术而艺术”的作家团体,但他们的季刊,每一期都显示着努力:向外,在摄取异域的营养,向内,在挖掘自己的魂灵,要发见心里的眼睛和喉舌,来凝视这世界,将真和美歌唱给寂寞的人们。韩君格,孔襄我,胡絮若,高世华,林如稷,徐丹歌,顾璜,莎子,亚士,陈翔鹤,陈炜谟,竹影女士,都是小说方面的工作者;连后来是中国最为杰出的抒情诗人冯至,也曾发表他幽婉的名篇。次年,中枢移入北

---

① 鲁迅:《一觉》,载《鲁迅全集》第1卷第300页,花城出版社,2021。

京,社员好像走散了一些,《浅草》季刊改为篇叶较少的《沉钟》周刊了,但锐气并不稍衰。①

鲁迅评述中提及的"顾璀",就是1924年辞去济南教职接受青岛胶澳中学聘书的顾随。是年暑期,顾随把"浅草社"的几个同人好友邀至青岛度假。青岛,这个沉浸在啤酒和海水浴的城市夏日融进些文学气味。

首先到访的是抒情诗人冯至。6月22日,顾随在济南火车站接到冯至。冯至(1905—1993),原名冯承植,字君培,直隶涿州(河北涿县)人。1921年他考入北京大学预科,并于1923年转本科德文系。顾随与冯至结识于1921年5月,是由北大同学卢宗濩(季韶)之兄卢宗藩牵的线。卢宗藩,字伯屏,冯至的涿州同乡,毕业于京师高等师范学堂,在青州中学任教时与顾随结识。由是,顾随与卢氏兄弟结下了深厚的兄弟情义,他甚至当起月老成就了卢宗濩与爱徒刘剑霞的一番姻缘。顾随和冯至以诗结缘,在"浅草社"同人中关系最为密切。经冯至介绍,顾随先后与陈翔鹤、陈炜谟、杨晦等相识。杨晦未加入"浅草社",但与"浅草社"诸人交游,又是"沉钟社"的发起人,因其年长,自然成为社友的"兄长"。6月30日,顾随、冯至与杨晦在济南相见。7月2日,顾随和冯至一起乘火车来到青岛。旋即,陈翔鹤、陈炜谟也来了。由于陈炜谟和冯至是《浅草》第四期的编辑,他们把预审的稿子带到了青岛,散居各地的"浅草社"同人便聚集在胶澳中学校内公寓,得教务主任刘次箫的协助,编辑了《浅草》季刊第四期,并以青岛为圆心展开了一段饶有兴致的文学交往。

自1923年12月第三期《浅草》出刊后,这份杂志在新兴出版文丛中不甘于随波逐流、不谈任何主义、不趋同任何传统观念的取向愈加明朗。青岛编务笔会议定的第四期《浅草》,其中小说有韩君格的《居蔡》、林如稷的《故乡的唱道情者》《将过去》、陈翔鹤的《断筝》、莎子(韩君格)的《赤脚》、顾随的《失踪》、徐丹歌的《慈母》、吕一鸣的《浣衣女郎》、陈炜谟的《狼筅将军》,诗歌有冯至的《河上》《吹箫人的故事》,白星(林如稷)的《长啸篇》《宴席后》、默声的《寻梦》、王怡庵的《春风》、李开先的《心鸟之歌》、君格(韩君格)的《乡居杂句》,还有陈翔鹤的四幕话剧《沾泥飞絮》等。②

事实上,1924年夏季的青岛对于怀着文学梦想的"浅草社"成员来说是惬意的。冯至曾说:在青岛,朋友们都才思泉涌,"炜谟写了几万字了。羡季的长篇小说也开始了。只要是朋友写东西,我真是快活万分"③。一个月来,冯至在青岛

① 鲁迅:《〈中国新文学大系〉小说二集序》,载《鲁迅全集》第6卷第250~251页,人民文学出版社,2005。

② 唐沅等:《中国现代文学期刊目录汇编》,第2卷,第761页,知识产权出版社,2010。

③ 冯至:《192408上旬致杨晦》,载《冯至全集》第12卷第15页,河北教育出版社,1999。

写了散文《读〈春的歌集〉》《故园——读 Th. Storm 的诗》,诗《在海水浴场》《沙中》《海滨》《墓旁》,独幕剧本《鲛人》(后改名为《海女》)、《暴风雨中》等。其中,《海滨》刊发在 7 月 29 日上海《民国日报》副刊《文艺周刊》上;《读〈春的歌集〉》和《墓旁》则于 8 月 5 日在《文艺周刊》刊登。《墓旁》的灵感来自微雨霏霏中目睹的一尊少女雕像,诗人的忧伤像骤起的海雾从心底溢出:

我乘着斜风细雨,
来到一家坟墓,
墓旁一棵木槿花,
便惹得风惨雨愁。
一座女孩的雕像,
头儿微微低着——
风在她的睫上,
吹上了一颗雨珠。
我折下一朵花儿,
悄悄放在衣袋里;
同时那颗雨珠儿,
也随着落了下去!①

《墓旁》是冯至早期的诗歌代表作之一,多次被收入冯至的作品专辑。作为吸吮"五四"新文学养料成长起来的年轻诗人,冯至着意于诗歌的音乐美,追求形式上的整饬美。诗人在《墓旁》营造的抒情意象,细腻而敏感地展呈出幽婉的情致和复杂的心绪,映照出人生在世的失落与伤怀。冯至珍视在青岛的诗作,《墓旁》《在海水浴场》《沙中》《海滨》等均收录在他于 1927 年 4 月出版的第一部诗集《昨日之歌》中。

冯至的青岛作品无疑是大海的馈赠。在这之前,无论冯至抑或顾随都没有见过海。冯至由衷地喜欢海,喜爱青岛,他在给杨晦的信中说:"青岛伸出两臂把海抱得紧紧地,吻得密密地,满山上红楼绿树相遮映,清凉极了!"②据顾随所见,冯至"在此间,每日下海,洗海水浴,入市做浪漫游,读书作文,都极兴会,惟时见东西洋妇女健如初生乳虎,自惭文弱,颇觉不安"③。沉浸在旧日梦痕里的冯至,坐望海天之间的水云,海滩上"引爆眼球"的比基尼、晚风中送来隐去的潮音,都

---

① 冯至:《墓旁》,载《冯至文存·昨日之歌》第 45 页,天津人民出版社,2022。

② 杨铸:《沉钟社通信选(三)》,载《新文学史料》1988 年第 1 期。

③ 顾随:《致卢伯屏(一九二四年七月八日)》,载《顾随全集》卷八第 68 页,河北教育出版社,2014。

能化作排解愁苦、追问人生、寻觅梦想的灵感。于是，施托姆、海涅笔下频频歌咏的北海，潮水般地涌向冯至。冯至在青岛一气写了多首模仿海涅风格的抒情短诗，复现出金发浴女、水妖等海涅式敏感浪漫的海滨意象。他还将施托姆的诗歌译成五言古诗体：“彼城傍海滨，灰色海岸傍；浓雾压屋顶，海声何宣扬，绕城透寂静。……我心悬念汝，汝城傍海滨；婵娟美青春，含笑息汝身。”①虽格律不相同，却更符合读者的审美习惯。一个多月的时间，涛声、云影、红楼、绿树，青岛的一切袭上诗人的心头，“月余之留，影我甚巨”。1924 年 8 月暑假结束前的一天夜晚，冯至离开青岛，顾随赠示《临江仙・送君培北上》。一阕小词成为社友萍聚、星散最好的“行李”。

社中同人，陈炜谟与青岛的缘分或可仅是《浅草》第四期的编务活动及其小说《狼筅将军》。陈炜谟（1903—1955），字叔华，笔名熊昕、斯华年、容舟等，四川泸州人。1921 年他考入北京大学英文系，兼修鲁迅“中国小说史略”等课程。《浅草》第四期的“重头戏”是陈炜谟影响最大的小说之一《狼筅将军》。小说通过“我”在故乡偶然介入的一场闲谈，选取了一个世代冠缨、奴婢成群的大官僚家庭在战乱中求官自肥的变态行为，以疏离的局外人视角和冷峻的叙述笔调，于一桩桩凄恻的众生相中显露出沉重阴郁的情绪。在“浅草-沉钟社”中，陈炜谟的小说数量不及陈翔鹤多，却是小说成就最高的作家。鲁迅编辑“中国新文学大系”小说二集选入陈炜谟的《狼筅将军》《破眼》《夜》《寨堡》四篇小说，成为与鲁迅、台静农并列入选作品最多的作家之一。1924 年 8 月 20 日，陈炜谟在写给杨晦的信中道：“青岛一月的旅行，使我的性情改变了不少。我想，这实在说得不错，在不知不觉的瞬间，已来到这要不得的世界了。要得，除非死。然而我们既没有自杀的勇气，只好忍痛活着下去。……离青岛的前几天，翔鹤一人大醉后复大哭，这给我很大的教训。”

陈翔鹤是 1924 年青岛之夏同人中最哀矜的一个。陈翔鹤等社内同人在中西文化大碰撞和大交合中见证了中国新文学运动的飙起，同时又亲历了“五四”浪潮跌落的现实。徜徉在青岛海滨的陈翔鹤，以沉闷的心态透视出“五四”文坛青年作家的文学诉求与生存状态。在青岛，陈翔鹤的小说《婚筵》发表在 7 月 8 日《民国日报》副刊《文艺周刊》上。

在青岛编辑的第四期《浅草》由于被承担出版发行的泰东书局积压，直到 1925 年 2 月 25 日方得刊行。陈炜谟在第四期的《编辑缀话》中写道：“这一期的本刊，原应早日出版的，只因书局方面，为了时局的影响和印刷等等不能使他们

① 冯至：《故园——读 Th. Storm 的诗》，载《冯至全集》第 3 卷第 190～191 页，河北教育出版社，1999。

免却的种种问题,以致自第三期出版后即交去的本刊,到现在终与读者诸君相见,但是本刊八阅月的生命,却消磨于印刷房里的墨油的色和味之中了。”这一超长的“延时”,严重超越了“浅草社”成员们最初对“季刊”的耐心。同时,由于“浅草社”相对松散的组织结构和微弱的经济实力,加之时局的动荡,使得《浅草》缺乏足够顽强的生命力,“浅草社”在出刊第四期后“几乎是停止了活动”①。从这个意义上说,青岛为《浅草》落下了帷幕。芊芊“浅草”,青痕宛然。

作为1924年暑期“浅草-沉钟社”同人青岛之行的后续文事,1925年春季樱花时节的鱼雁往还带着馥馥馨香,也算青岛新文学意识的回护。

身在青岛的顾随尤爱樱花,良辰美景没有三五知己同赏未免意兴阑珊。1925年3月,顾随即函邀众友莅青观赏樱花。经约,杨晦及其同事宋还吾都要来青。那些时日,顾随一边忙着朋友“到青后眠食”安排,一边函告青岛的花期。4月下旬,樱花盛放,“灿霞堆锦”,他“日日往游,无间晨夕”,然而“每对好花——以及好月、好酒——辄恨无同心执友,同赏、同玩、同饮也”。② 友朋各有所忙,多数不克前往,而花期有限,顾随禁不住感叹:“此间的樱花已由盛而衰,落花满地,残蕊缀枝,甚可怜。”他将掇拾的几片樱花残瓣随信寄给冯至,冯至则赋《如果你》一首回赠。此诗在1935年被朱自清收录“中国新文学大系”诗集中。对于卢宗藩,顾随则寄去“花瓣两种:黄者连翘,白者玉兰”,还以诗代简,奉上《和友人樱花路杂感诗》等16首旧体诗。月缺花残、人世代谢都可引曳诗人的愁思恨缕,而书信的诗作不逊于樱花的旖旎与婀娜。

1925年秋在“浅草社”基础上成立的“沉钟社”,其同人的活动很大程度上延续了1924年夏青岛笔会的文气。

其实,1924年夏第四期《浅草》在青岛编竣后,一些社内同人便有另起炉灶的打算。1925年10月,冯至、陈翔鹤、陈炜谟等与杨晦在北京发起成立“沉钟社”,出版《沉钟》周刊。《沉钟》之名借自德国剧作家霍普特曼的 *Die versunkene Glocke*(《沉钟》),以剧中人坚韧不拔的精神自勉。在青岛,顾随于1925年10月24日在给友人的信中发出冯至将“寄弟《沉钟》数份”的消息,因曾约定“君培于《沉钟》每期出版时,必寄我五七份耳”。此时,青岛实际成为《沉钟》的编外基地。收到第三期《沉钟》,顾随即刻给出了“《沉钟》虽不见出色,而本本分分,尚不失为有望”③的评价,他在《沉钟》相继发表了《孔子的自白》《废墟》《母亲》等作品。1926年4月,冯至因《沉钟》杂志缺稿,函求顾随“补充篇幅”。因一时无

① 冯至:《回忆〈沉钟〉——影印〈沉钟〉半月刊序言》,载《新文学史料》1985年第4期。

② 顾随:《致卢季韶(一九二五年四月二十五日)》,载《顾随全集》卷八第443页,河北教育出版社,2014。

③ 顾随:《致卢伯屏(一九二五年十月末)》,载《顾随全集》卷八第135页,河北教育出版社,2014。

新作,无奈之下,顾随速请外地朋友将保存在友人手里的一篇“旧作《狗吃猴》寄来”①。

《沉钟》周刊至 1925 年 12 月 26 日第十期后“以经济困难”停刊,顾随从青岛发去快信“商酌继续出版办法”。1926 年 3 月,冯至致信顾随称,“《沉钟》八九成可以复活”。及至 1926 年 8 月 10 日,《沉钟》复刊但改为半月刊,至 1927 年 1 月 26 日第十二期后《沉钟》又停刊。自 1927 年 8 月起“沉钟社”开始出版“沉钟丛刊”,涵盖小说、诗歌、戏剧、翻译文学等诸种文体,先后出版了陈炜谟的小说集《炉边》、陈翔鹤的小说集《不安定的灵魂》、冯至的诗集《昨日之歌》和《北游及其他》、杨晦的译著《悲多汶传》和戏剧集《除夕及其他》,以及郝荫潭的长篇小说《逸如》。其中的一些作品写在青岛。

从北大毕业的冯至,曾有来青岛任教的想法。1927 年 6 月 14 日,冯至在复杨晦的信中称,“青岛我是愿意去的”;可在信末又说:“关于到青岛去的事,等羡季来京时,同他商量吧。”②当时,顾随已离青另谋他就。聚散流变之于“浅草-沉钟社”同人总是匆匆而来,旋即便挥手作别。

二　顾随(上)

顾随在中国文学和学术史上颇富造诣,他秉承的“为人生而艺术”的思想及担荷人生的精神每每被称道。顾随自 1924 年 7 月 2 日来到青岛到 1926 年 9 月 21 日离开青岛赴天津,在青岛度过了两年又两个月的中学教师、作家兼报刊编辑的生活。在青岛的顾随,既是“五四”新小说的写作者,又忘情地沉醉于旧体词的创作中。

顾随(1897—1960),本名顾宝随,字羡季,号苦水、驼庵等,直隶(河北)清河人。17 岁即在《学生杂志》一卷六期发表古体诗《二媪行》《白菊》,入读北京大学受新思想的洗礼与淬炼,通过《新青年》杂志读了不少被某些北大旧人讥讽为“洪水猛兽”“离经叛道”的白话新体小说。1920 年夏,顾随大学毕业,没有回故乡从业而落脚“民治主义还在活鲜鲜的”山东。自 1920 年 9 月起,他先后在青州山东省立十中、济南女子职校、济南山东第一女中教书,并任《民治日报》编辑、记者,主持《半周刊》副刊。1923 年 12 月,顾随欲赴京应聘但未果,便于 1924 年夏接受胶澳中学的聘请,开始了青岛的教书生活。

---

① 顾随:《致卢伯屏(一九二六年四月九日)》,载《顾随全集》卷八第 174~175 页,河北教育出版社,2014。

② 冯至:《19270614 致杨晦》,载《冯至全集》第 12 卷第 84、85 页,河北教育出版社,1999。

成立于1924年3月的私立胶澳中学,是中国政府收回青岛后由丁惟汾、王乐平、陈名豫等老同盟会会员筹资兴办的学校,在山东很有影响。一直生活在冀中平原的顾随,自然对青岛这座山、海、城浑然一体的都市平添了一些向往,他由衷地赞叹岛城的风光,“大海之壮伟,森林之葱郁,尤为北方所罕觏”①。7月12日,也就是顾随来青岛的第十天,他“初次洗海水浴,以浪大,不敢下海,仅在沙滩上余波中小作游戏,然亦甚快活也”②。

顾随虽不是胶澳中学最早的教员,可这位出自北大、新派的年轻教师登堂传法、讲学树人,自然带来了一股清新之风。顾随不仅给学生讲“五四”以来涌现的新作家作品,还给学生讲解英文小说。课余,顾随与刘次箫等人创办了一个名为“青社”的诗歌社团,其成员大都是胶澳中学的教职员,并以“例课”的形式定期开展活动。也许正是这种教育情怀,坚定了顾随终生从教的信念。1926年2月,他在致友人的一封信中设计了自己的未来生涯:“(甲)干一辈子中学(或小学)教员;(乙)念一辈子书;(丙)作一辈子文。”③

青岛时期的顾随还有一段报馆编辑的经历。因在济南曾任《民治日报》编辑,顾随刚来青岛不久便被《青岛时报》邀去做编务,以每月20元钱的书籍相赠。1926年6月初,《青岛时报》因中文部编辑主任辞职,遗缺落在了顾随身上。由于《青岛时报》被英国人买断,馆内人际关系错杂,顾随觉得“进又不是,退又不是,甚难为情”。他到报馆辞谢,不想反被报馆的好友“扣留,干了一天活”。碍于情面,加之报馆编务并“不累人”,且每月有80元大洋的收入,顾随想“暂占住这只船”便答应了下来。6月21日,《青岛时报》一名英文编辑告假,报馆经理便请顾随兼任英文部帮办编辑。此时胶澳中学经济拮据以“军票”充现洋,顾随为生计忧愁,他在写给友人的信中说:“说起报馆的事情来,真是可怜。干吧,是一点生趣都没有;不干吧,往哪里去呢?”6月23日,报馆英文编辑凌达扬出面极力挽留,顾随考虑“谋事甚艰”,最终“亦未坚辞而止”。

1926年7月中下旬,顾随搬到报馆。他在《青岛时报》开辟了文艺副刊,专门刊登新文学爱好者的作品,其中不少是“沉钟社”社友的文章。这些文字大多受到时代变革与转进的驱赶,具有求索光明的进步倾向。

小说

顾随最先在中国现代文坛发声的是白话新小说。他在北京大学读书时曾试笔写过几篇小说,但都是习作没有拿去发表。在山东入职后,顾随正式开始小说创作,最早的作品是1921年6月作于青州的《爱》。1923年9月,他在济南写的

---

①② 闵军:《顾随年谱》,第49、49页,中华书局,2006。

③ 顾随:《致卢伯屏(一九二六年二月十九日)》,载《顾随全集》卷八第167页,河北教育出版社,2014。

《乡居》,于抵青后的 1924 年 8 月 19 日以“水立淹”为题发表在《民国日报》文艺副刊上。在青岛的顾随不断激发文学创作的潜能,创作发表的小说有《失踪》《孔子的自白》《乡愁》《海上斜阳》《浮沉》(上部)。顾随小说的主题取向,大抵可分为家庭生活之眷念、个体人性之剖析、济世理想之表述、众生苦楚之描摹四个方面。

顾随在中国新文学“第一个十年”深受瞩目的小说,是被鲁迅收入“中国新文学大系”小说二集的《失踪》。此文作于 1923 年 12 月,初刊于 1925 年 2 月《浅草》第四期,署名“顾殲”。《失踪》的主人公是一个年轻的中学教员,一个美的狂热追迹者,追求美到了几近变态的地步。他为了毁灭丑陋,竟然毒死了自己心爱的女人,这实际上也毁灭了美。他的灵魂受到深深的自谴,一直处于不能自拔的苦境中,人也变得更加畸形,最终导致自身生命的毁灭。《失踪》不给人以语言上的惊喜,而是有深意在的。以下是其中的一个片段:

> 第二天他上班的时候,七八十对眼望着他。海水映着天空净无纤尘而且还不曾染过一点世俗气的眼睛发出的光,似乎照妖镜一般使他寒栗;他打了一个寒噤,从讲台上倒栽下来!
>
> 他这病是大家都知道的,也还不十分惊慌。
>
> 第三天他失踪了! 失踪之前,他同校长 A 先生说:是要到医院里去。这天终于没有回来。一天一天的过去,结果仍然是没有回来。
>
> 他住的屋子里,什么都不短少。只瓶里插着的两枝折枝菊花——一黄一白——不见了那枝黄的;再就是墙上那幅不到半尺高的 Vonug 的油画也不翼而飞了。其余一切衣服书籍什物等等都丝毫不曾动。①

但顾随自鸣得意并炫耀“得此真可自豪”的小说则是《海上斜阳》,这是他“来青后的第一巨工”,写于 1924 年 8 月至 10 月,是一篇万余字的写实小说,记述了在济南女子中学辞职之事。《海上斜阳》写出后在友人及济南的学生中传阅,有朋友读后并不认可。冯至对《海上斜阳》不以为然,甚至“颇有贬语”。为了说服不同于己的人,顾随在致卢伯屏的信中说:“自以为那篇的末段,直呕心吐血之作。君培或以为太过,其实尚不抵事实三之一也。不过描写世事,易陷于丑。且通篇无一处可以令人快意,则诚然也。”②

顾随的小说《浮沉》,于 1925 年 7 月初起笔,是一篇分上、下两部的中篇小

---

① 顾殲:《失踪》,载《中国新文学大系(1917—1927)》第 4 集第 108~109 页,上海文艺出版社,2003。

② 顾随:《致卢伯屏(一九二四年十一月二十八、三十日)》,载《顾随全集》卷八第 90 页,河北教育出版社,2014。

说,上部于 7 月 12 日完稿。故事的梗概,上部写一个载浮载沉、随波逐流的青年,“大部分仍以我自身为影射”;对于下部的构思是,“写一强有力冷无情之青年,与上半部之主人公作一对照”。但由于“此类‘模特儿’,在现时中国,甚为缺乏”,几经思考确定以北大同学武杕生为“粉本也”,《浮沉》的下部迟至 1926 年 1 月才动笔。整部小说是从西方名家作品中获取的灵感,“上半《浮沉》,亦全受柴霍夫老先生影响”,而“下半部之结构之轮廓,盖亦有鉴于屠格涅夫之《父与子》”。为写好下部,顾随认为,“至少须一读尼采之‘*Thus Spake Zarathustra*’,斯梯儿纳之‘*The Ego and His Own*’,及叔本华之《悲剧哲学》(三人皆德人也),始能着笔”①。小说《浮沉》包容了心灵世界的森罗万象,动笔时“愈发必须小心谨慎,因为一疏忽,便使此理想之青年,落了 Bazarov 之老套也”②。在顾随眼里,出色的作品要经过灵思导引和情感淘洗。

顾随还有依据《论语》中孔子的故事,“敷演而成”的《浮海》和《孔子的自白》两篇小说。《孔子的自白》完稿于 1925 年 12 月,2800 余字,选取《述而》篇孔子“南游于楚”的片段加以描绘和发挥。“五四”新小说有不少以孔子为题材的“重写型”小说,较之同类重写“凤兮之歌”的作品,顾随的《孔子的自白》不仅写作发表得早,而且笔风精简平实,不失为上乘之作。顾随在青岛创作的几个中短篇小说,有一种纤细的诗性美,这是作家用诗心构思出的艺术品。不过,顾随对青岛时期的小说不甚满意,他曾在致友人的信中坦白:“我在此间将近一年,长篇东西,无论如何也嵌不进青岛去也。其实此间亦只宜老冯住耳。”③

青岛时期的顾随还有几篇散文刊布。1924 年 7 月 29 日,《民国日报》副刊发表了他的《头的照片》,8 月 5 日又发表了《街上》。这两篇散文都写于济南,发表在青岛,归在《蛇之草原集》内,篇幅都不长。散文《母亲》可能也与青岛存在某种关联,刊在 1926 年 11 月第八期《沉钟》。这些散文复现出顾随对人生强烈的热爱、敏锐的体验和感情的丰富度。

信札文评

青岛时期的顾随,写信几乎成了“日常”。据记载,顾随与卢宗藩、卢宗濩兄弟通信最多,接近 500 通,冯至次之,另有武杕生等人。信札文评是其创作生涯不可或缺的构成部分,也是理解顾随创作心路和写作肌理的来源。

一方面,顾随在与友人的通信中透露创作信息碰撞思想。1924 年 7 月 15

---

① 顾之京:《女儿眼中的父亲:大师顾随》,第 61 页,中国工人出版社,2007。

② 顾随:《致卢季韶(一九二五年七月十二日)》,载《顾随全集》卷八第 445 页,河北教育出版社,2014。

③ 顾随:《致卢伯屏(一九二五年四月十二日)》,载《顾随全集》卷八第 105 页,河北教育出版社,2014。

日,顾随在致函卢宗藩时说:“昨夜君培寝后,勉强起草一篇小说,尽三纸,不能支,乃就寝。今晨起而读之,纤弱无力,大非作《生日》时手笔。岂作文亦有关于天时地利耶。尚未完卷,脱稿后当能奉上使兄一读耳。”①这篇未能透露标题的小说是顾随在冯至睡下起草的,而且写满了三页纸,只因“纤弱”不及先前的《生日》不便详说,但他答应完竣后请卢宗藩过目。遗憾的是,不止此文未知结果,即便《生日》也不知其下落。1924 年 7 月 19 日,小说《乡愁》脱稿,顾随在给卢宗濩的信中说:“写了一篇东西,叫《乡愁》,才脱稿,是仿《立水淹》《寂寞》那些东西而作的。但是可怜得很,写出来的一点幽默 humor 的性质也没有,只是黯淡。大约是心情变迁及年龄长大的关系,噫!”②《乡愁》于 1924 年 9 月 6 日在《青岛时报》刊出,《立水淹》即小说《乡居》,但《寂寞》未曾刊行。1925 年 12 月 28 日,顾随在致卢宗藩的信中说:“今晨寄去无聊之作品一篇,收到后请寄曹君一阅也。”③由于顾随未言及题目,不知这个称作“篇”的作品是小说还是散文。1926 年 4 月,《沉钟》杂志临时索稿,顾随寄去的旧作《狗吃猴》后来未能收入《顾随全集》,竟成一篇佚失小说。

另一方面,顾随在与友人的信中唱酬问答,倾吐积愫。顾随是一个风趣幽默兼有动人才情的文学青年,他的一些诗词作品是通过与友人的信函呈现的。例如:词有 1924 年写的《江城子》《浣溪沙》《临江仙》《少年游·自嘲》《破阵子·寄内》《如此江山·青社第四次例课》,于 1925 年作的《西江月·自题小影》《八声甘州·春日赋寄荫君》《鬲梅溪令》《高阳台》《唐多令·秋叶》《促拍满路花》《蝶恋花·寄君培,乙丑重九》《还京乐》《渡江云》《定风波》《蓦山溪·戏愁》《望海潮》等;旧体诗则有《和友人樱花路杂感诗》5 首、《再和前韵》5 首、《和友病中诗》4 首、《和人〈泥愁〉诗》2 首等。这些信函诗词暗蓄着一种彼此才能触摸到的诗心。1924 年 10 月 27 日,顾随致卢伯屏的信充盈着文友间的共情,书仪、标点符号、卷面格式及信后附带的词作蕴含着清冽的内在。一读全函:

屏兄:

今天(廿七日)下午接到挂号寄来的《苦闷的象征》的粘册。那层层的封裹,正足以表明您对于这本书的估价及尊崇!我草草一翻阅,觉得内中的

① 顾随:《致卢伯屏(一九二四年七月十五日)》,载《顾随全集》卷八第 70~71 页,河北教育出版社,2014。

② 顾随:《致卢季韶(一九二四年七月二十一日)》,载《顾随全集》卷八第 436 页,河北教育出版社,2014。

③ 顾随:《致卢伯屏(一九二五年十二月二十八日)》,载《顾随全集》卷八第 153 页,河北教育出版社,2014。

话,俱都是我要说而不能——或不曾——说出的话。这样书的作者竟会被了震灾而死,真堪令人泪掉。神安他的魂魄!

说到《海上斜阳》,真使我愧不自容。还不是由济南转寄与冯至吗?您想。

请您千万不要以此生气。我每逢作了东西,总是先寄冯至而后寄您。济女生们看了,来信说:都要下泪。我怕您也万不会在那本小册子里,得着什么快感。因为那完全是伤痕的检验登录和失败的历史啊!千万恕我寄您太迟慢!至于孔、王诸生,我更不愿她们见这样的作品。

苦闷吗?我知道您在曹是感到苦闷的。

其实人生何处不是苦闷;苦闷是永恒的而快乐只是一刹那而已!我们在生之途中,是不会离开苦闷的,请您安享了它吧!

苦闷吗?苦闷是能现出虹采与火花来的。赞美苦闷!颂祷苦闷!

我想这册子,等我饱读一过,便重包与您寄回,我不愿济生看见。让她们保存着那一半的美梦吧。——因为有一半已被我们打破了。

大局有变化,想您已知。

此祝秋安

弟随再拜　廿七日

近作二首,寄呈。

少年游　自嘲

鼾齁浓睡,醉尝苦酒,此意有谁知?海水温柔,天魔冶艳,吾将老于斯!　　鳞伤遍体疤痕在,剩有命如丝。休矣先生!几茎短髭,卖却少年时。

惜分飞　赞倭女肉美

如水屐声连碎步,试向裙边注目。风过裙飘处,几分娇白嫩红肉。　　闻说"人鱼"深海驻,知是甚时登陆。入海寻伊去。纵情甘被天魔误!

(肉,读ㄖㄡ)

第二首亦苦闷之象征也,不知兄以为然否。更有数日前作《虞美人》一首,忘记曾否寄曹矣。①

---

① 顾随:《致卢伯屏(一九二四年十月二十七日)》,载《顾随全集》卷八第86~87页,河北教育出版社,2014。

书不尽言，此信能够想见鲁迅译厨川白村《苦闷的象征》传达出的深刻、隐晦与警策，以及顾随的睿思。有必要指出，书信文美眼醉心，而顾随的书信体文字几乎被现代文学史忽略了。

顾随在青岛的岁月，军阀政治暗无天日。1925 年 3 月 23 日，国民党青岛市党部在胶澳中学召开孙中山逝世悼念会，全校只有顾随等二人因非国民党员未能与会。他在致友人的信中说："并非不崇拜中山，不知怎的，只是不能入党，而且觉得党中鱼龙混杂，令人难堪也。"自从踏入社会，顾随既不能高蹈尘外面壁深山，又不能茹药自杀一瞑不视，只能孤傲地"在污秽途中，开一朵赤红的花"。①

三　顾随(下)

顾随是诗词名家，特别是词作"蜚声艺囿者非一日矣"②。深有意味的是，攻读英文的顾随没有多少外国文学译作，却在中国诗词领域造诣不凡，他的旧体诗词写作远离了《海上斜阳》等小说的"五四"风格，这种形离神合的背后却有新文学的立场和精神的底色。

词

作为民国时期乃至 20 世纪中国最出色的词人之一，顾随是词人群中与新文化、新文学渊源非常深的一个。顾随"忽学填词"始于 1913 年，之后便一发而不可收。《顾随年谱》记载，1924—1926 年顾随分别作词 14 首、32 首、18 首，青岛时期的词作有五六十首。自 1925 年 10 月起，顾随立志专门习词。他自言："自民国十三年以后专意于词，往往终岁不作诗。"在青岛时，顾随曾有按青岛地方风物结集《浴海词》《簪樱词》之设想，最终在离开青岛后的 1927 年刊行了第一部词集《无病词》。

顾随诗心独见，于古典诗词更是吟味深微，形成了他独特的创作风格。翻阅《顾随全集》的词作部分，几乎每一种词牌都有佳作。且不说"蝶恋花""采桑子""浣溪沙""清平乐""忆秦娥""满江红"等常人熟知的词牌，顾随得心应手；即便"鹧鸪天""青玉案""高阳台""南乡子""八声甘州""祝英台近""丑奴儿慢""婆罗门引"等稀有词牌，他也十分上手。据顾之京称，可能是青岛的青山、大海、茂林激荡起了填词的灵感与激情，"他自己编词集时所收作品自 1924 年始，当是他以此时作为自己词人生涯的开端"。

顾随借事抒怀，在词中含蕴着爱国之情。1924 年顾随来青教书后，对这座

① 闵军：《顾随年谱》，第 51 页，中华书局，2006。

② 俞平伯：《〈积木词〉序》，载《顾随全集》第 1 卷第 119 页，河北教育出版社，2000。

城市有一种莫名的感怀。这可以从他给友人的信中奉送的为“青社”社所作的《如此江山·青社第四次例课》略见一斑:

晚霞明灭疏林响,迎风浪花如霰。陌上村童,牛鞭举处,遥指山边教看——坏墙几段。道:“战垒苔荒,炮台尘满;自息烽烟,风吹雨打没人管。”

登临凭吊旧迹,尽摩挲俯仰,发为长叹。匝地枪林,惊天炮火,试问而今谁见——雄师一万?却不道秋来,寒潮侵岸。日夜涛声,鬼雄犹作战。(当时德人驻青岛兵约万余。)①

这首附带序言的长调,情绪激昂,壮怀激烈,颇有慷慨悲歌的意味。凭吊青岛战垒炮台遗迹,顾随以昔衬今,以有写无,从“日夜涛声”中看到“鬼雄犹作战”的厮杀场景。特别是词中对白的嵌入,融进现代语言因素,自然贴切。顾随的咏怀词,绝非流连光景的偶发之情。1925 年 3 月末 4 月初,他在致卢宗藩的函中所附二首小词个中况味耐人咂摸,其中的“钗头凤”道出了一种无处容身的隐痛。词曰:

登临废,雄心退,无聊争似愁滋味。山容秀,波纹皱:海宽天远,怎生消受?瘦,瘦,瘦! 疏林内,猧初吠,隔邻倭女卸妆未?黄昏后,灯如豆,异乡情调,嫩寒时候。又,又,又!(比邻楼上,有一倭女,蓄犬甚多。)②

邻人倭女居所传出的犬吠狗叫声进入顾随的词章,其意味绝非“又,又,又”之叫声及“比邻楼上,有一倭女,蓄犬甚多”的小注那样简单。读顾随的词,感觉是非常复杂的,正如其好友卢宗藩所言,“或愀然以悲,或悠然以思,或倏然意远,或磅礴郁积而不能自已”③。

顾随又是个悲情人物,少小离家,游于客乡,他的词不独有“年年西去,年年东上,年年为客”的奔波感慨,还擅以佳人身段、柔美之笔表达秾纤绵密、泪水盈盈的婉约之情。1925 年 3 月,顾随在青岛噙着热泪写给妻子的《八声甘州·春日赋寄荫君》,似有一脉离愁别绪、闺情绮怨在里头:

嫩朝阳一抹上窗纱,依然旧书斋。尽朝朝暮暮,风风雨雨,有甚情怀。记得君曾劝我,珍重瘦形骸。不怨吾衰甚,如此生涯。 底事年年轻别,

① 顾随:《如此江山·青社第四次例课》,载《顾随全集》卷一第 226 页,河北教育出版社,2014。词前有小序:“秋间与友人游太平湾一带,见德人所筑战垒炮台,遗迹犹有存者。欲以小令赋之,久而未就。会社课题为‘咏青岛战迹’。乃填此阕,仍书旧游所感也。”

② 顾随:《致卢伯屏(一九二五年三月末四月初)》,载《顾随全集》卷八第 102 页,河北教育出版社,2014。

③ 卢宗藩:《〈荒原词〉序》,载《顾随全集》第 1 卷第 83 页,河北教育出版社,2000。

只异乡情调,逐事堪哀。看两行樱树,指日便花开。好遗君、二三花朵,佐晨妆、簪上翠鸾钗。算同我、赋诗携手,共度春来。[①]

这是一阕情真意切的长短句,活脱脱地涂绘出词人对爱侣的深深柔情。顾随之妻徐荫庭系续弦,虽是旧式女子,却粗通文字,明事达理,烹调、女红都极细致。顾随婚后与妻子两地分居,妻女住在清河老家。1925 年暑假前,顾随已动笔写小说《浮沉》,他在给好友的信中表露了回家探亲还是留青写作的矛盾。春节返校前曾对妻子说:"再有四个月,我便来看你。"此时,妻子怀抱着小女儿,"轻轻地向我一瞥,从鼻子里哼了一声:'你这个ㄅㄞ!'"顾随将ㄅㄞ专门加了注解,此为"故乡方言中之助动词","你这个ㄅㄞ"的意思是"你这样的人,哪里靠得住"。[②] 对于异乡谋生的顾随来说,他是属于家的,但也属于文学。

值得玩味的是,写新体白话小说的顾随竟以古体词闻名于世。这样一位同时栖居在古、今两大文学阵营的学者定格于文学史,一方面映照出 20 世纪中国文学迎"新"而不辞"旧"的真实面相,另一方面也在很大程度上折射出 20 世纪旧体词写作的时代性特色。

旧体诗

顾随能诗,自称:"余之学为诗几早于学为词二十年。"[③]读北大时受新文学革命的习染,顾随对胡适突破格律的新诗"固然喜欢",但总怀疑那些"长腿、曳腿的白话诗"是不是"诗的正体"? 顾随主张,"用新精神做旧体诗",即"用白话表示新精神,却又把旧诗的体裁当利器"。顾随在青岛的白话诗,仅有 1925 年 7 月致函卢宗濩时提及的"长诗——白话的——题为《香的信纸》",是送冯至的。以诗结缘的顾随与冯至,为了逊让,二人各守一体,冯至不再写旧体诗,顾随则不写新诗。[④] 显然,现代意识并不拘泥于诗体形式,真正的诗人不可唯新是骛。

将诗词创作纳入文学生活的顾随,1924—1925 年分别作旧体诗 8 首、25 首,作于青岛的旧体诗不下 30 首。顾随的第一本诗集是在 1934 年印行的《苦水诗存》,收诗 86 首,始自 1922 年秋,迄至 1933 年夏,其中就有写于青岛的诗篇。

生逢万方多难的时代,顾随不免在诗中发出人生遭际坎坷曲折的悲叹。例如:《春夏之交感怀触景有不能已于言者》中的"为怕登高更惆怅,坐看红日下青山";《青岛第一公园看樱花五绝句》中的"帽上黄尘襟上泪,此身争似看花人";

① 顾随:《八声甘州·春日赋寄荫君》,载《顾随文集》第 430 页,上海古籍出版社,1986。

② 顾随:《致卢季韶(一九二五年七月五日)》,载《顾随全集》卷八第 444 页,河北教育出版社,2014。

③ 顾随:《〈苦水诗存〉自序》,载《顾随全集》卷一第 364 页,河北教育出版社,2014。

④ 欧阳中石:《只能仰望夫子 不敢忝作学生》,载《顾随先生百年诞辰纪念文集》第 190~191 页,河北大学出版社,1999。

《除夕怀人》中的“记得湛山路上醉,海风吹浪乱歌声”等。1924 年 8 月 6 日,顾随在致函卢宗藩时附带《与次箫上若鹤山》,其意端在咏怀言志:

雾将吐海风为助,云解移山树亦流。
我欲因之浮海去,披云带雨立山头。①

若鹤山,原为青岛市区一座形如马鞍的烽台岭,北洋政府接管青岛后将其定名“贮水山”。顾随在 1924 年登临此山,其用意可在诗中窥见。结伴刘次箫置身吞雾吐海、大风助力的山上,顿觉一种云解、山移、树木摇曳的震荡感。顾随初来胶澳中学教书,刘次箫时任教务主任。顾随还通过刘次箫认识了刘妻崔纫秋,并在青岛以《次箫社兄纫秋社嫂同居青岛,服务两校,公而忘私,遂弃家室之乐。箫兄近词有“一日三秋,咫尺天涯”之句,青社同人遂共用其语,赋诗以慰之》四首七言绝句相赠。

学界有“诗庄词媚”一说,较之词,顾随的诗如淡淡的一抹轻烟氤氲在空气之间。且看 1925 年顾随写在青岛樱花路上的 5 首七绝《初夏散步樱花路上叠前韵》:

(一)
蜂蝶无情过别枝,残花经雨更离披。
可堪结子成阴日,重忆灯红酒绿时。
(二)
九十韶光冉冉过,袷衣闲步觉清和。
一丸凉月笼烟树,休唱桃根桃叶歌。
(三)
又教莺燕送残春,小叶抽芽别样新。
依样红楼依样路,更无当日看花人。
(四)
飞英曾记铺平沙,忍看芳魂衬春芽。
今岁也知春去了,问春何处是君家。
(五)
澹怀争道慕羲皇,莫向眼前觅色香。
拟把禅机疗旧病,未能低首拜空王。②

---

① 顾随:《与次箫上若鹤山》,载《顾随全集》卷一第 436 页,河北教育出版社,2014。
② 顾随:《初夏散步樱花路上叠前韵》,载《顾随文集》第 552 页,上海古籍出版社,1986。

饶有趣味的是,顾随自知诗不如词。他说:"余之不能诗自知甚审,友人亦多以余诗不如词为言。"[①]顾随还有自联:"胜业漫夸长短句,诗才终在二三流。"[②]顾随对新小说和旧体词掇选上的错位关系,呈示出新旧两种文体的间离与分途。相对而言,新小说主外主理,旧体诗词主内主情。在顾随那里,既有为人生的现代性主体意识的高扬,也有强烈表达主观情绪的感性倾向。

1926 年 8 月,顾随接到过去的英文老师、时任天津女子师范学校校长齐国梁的聘书,遂向青岛校方递交了辞呈。辞职的理由恳切而充分:"1. 那边系老师,情谊不可却;2. 回本省作事,服务桑梓;3. 并不为报酬,那边报酬,尚较此间为廉(六十元);4. 冀万一有新发展;5. 本省找事不容易,时机一失,再寻为难。"[③]9 月 21 日,初耕屿埠新文学一畦田园的顾随告别了青岛,回到了"满耳乡音"的故地,此后未再踏入岛城一步。

四　陈翔鹤　郝荫潭和杨晦

在中国现代文学史上,陈翔鹤和杨晦、郝荫潭夫妇都是"浅草-沉钟社"作家,都因追求个性解放而走上用文学解脱内心苦闷的道路。二三十年代,陈翔鹤多次来青岛并写有《独身者》等短篇小说,留下了作者自身不见容于社会的本相。郝荫潭有长篇小说《逸如》出手,杨晦也有写在青岛的作品。

陈翔鹤的"自我小说"

陈翔鹤(1901—1969),重庆人。由于童年记忆中"不幸的,阴惨的,可怕的印象"的家庭,使他"见人时总是呐呐不能出诸口"。陈翔鹤是在参加"浅草社"后开始文学创作的,尤其是 1923 年在北京大学求学期间结识郁达夫,便深深地濡染了郁达夫小说的感伤情调和自叙传风格。对于青岛,除开 1924 年暑假的笔会外,1931 年 7 月陈翔鹤去上海途中再次来到青岛。回想数年前应顾随之邀与冯至、陈炜谟来青岛的情形,一股莫名的悲凉涌上心头。陈翔鹤悄然走上贮水山,心中默诵为远方的诸友祈福,因有感于友朋"各以命运驱使,竟至风流云散矣! 触目伤怀,不觉泪下如雨"[④]。1932 年初,陈翔鹤接受了由胶澳中学更名的青岛市立中学的聘请,同时在青岛市立女子中学兼课。

陈翔鹤在青岛的心情是极为复杂的。他选择青岛是基于多年前顾随的影

① 顾随:《〈苦水诗存〉自序》,载《顾随全集》卷一第 364 页,河北教育出版社,2014。

② 顾之京:《女儿眼中的父亲:大师顾随》,第 121 页,中国工人出版社,2007。

③ 闵军:《顾随年谱》,第 62~63 页,中华书局,2006。

④ 《沉钟社通信选(三)·陈翔鹤致杨晦(1931 年 7 月 18 日)》,载《新文学史料》1988 年第 1 期。

响,此外,女友也来到青岛,不免引起内心的骚动。陈翔鹤在与冯至、杨晦、陈炜谟等友人的通信中时常提到一个代号 M. H. 的女性,是陈翔鹤在北京孔德学校任教时恋上的高中学生王迪若。陈翔鹤深深地感觉到 M. H. 的爱,他曾在致杨晦的信中说:"因为有 M. H. 爱我,所以差不多将我从前所有的思想和举止完全改变了。"[①]但是,杨晦对陈翔鹤与 M. H. 的爱另有所见。他曾致信陈翔鹤,明确表示:"如果作残忍的主张,你要绝对的硬了心肠,同 M. H. 断绝了来往,不要为这种不上不下,不东不西,没有结果的苦恼,来苦恼自己,而忘了自己的生活,忘了自己的艺术,忘了自己的一切。"[②]陈炜谟也曾批评陈翔鹤,对于爱情"软弱极了。所以家庭弄得常有纠葛,也因而创出他的宗教"。

朋友的忠告和批评,却丰富了陈翔鹤的小说题材,爱情成为他小说创作主题的符码。这可以从青岛的小说《独身者》《转变》得以体现。

《独身者》写于 1932—1933 年。小说的主人公沙宾君是一个在新时空与旧时代逼仄夹缝中生存的人,由于拒绝旧习惯、旧思想,从本乡到省城,又到上海和北平求学。沙宾君在斩断与旧家庭的联系、希冀自我解放时邂逅了 B 女士,并得到来自 B 女士的生活勇气。很快,沙宾君与 B 女士坠入爱河,感到 B 女士"完全是十分爱娇,和女性十足的优美的典型"[③]。而当沙宾君怀着对爱情的憧憬进一步追求 B 女士时,却渐渐发现了 B 女士身上的"利己""矫情"等恶习。还好,沙宾君在浪漫的爱情面前并不灰心,"用着许多热情和幻想的理由,来将一切不如意的事实,加以解释或粉饰",继续着情场上的追逐。直到 B 女士出现物质化的突变,沙宾君再次被现实这盆冷水浇醒。面对眼前变得浮华奢侈、老成练达的 B 女士,沙宾君失去了生活的方向。他白日昏沉,黑夜独自泪洒头枕,吞下两大匙 Palatol(帕罗醇)仍无法弛解内心的伤感和绝望。在经过咬啮般痛苦的"遗忘"后,沙宾君精疲力竭,心灰意冷,他告诫自己"无论对于任何一个倾向时髦,或者曾经受过一点一知半解教育的女人,是切不可再以身尝试的",怀着无法宣之于口的隐痛,他决定不再爱任何人。

学界认为,陈翔鹤的早期代表作是小说集《不安定的灵魂》,鲁迅选编"中国新文学大系"小说二集时从中选取了《See!》和《西风吹到了枕边》。及至 30 年代初《独身者》刊布,陈翔鹤收获了心灵田埂表达的圆熟之作。《独身者》透露出陈翔鹤青岛时期的感伤行旅,以及对信仰失落的沮丧、对赤真爱恋被玷污的懊恼,充溢着自怨自艾的窒息感和悲悯感。他在《独身者》的《自序》里有一段真情

---

① 杨铸:《沉钟社通信选(三)》,载《新文学史料》1988 年第 1 期。

② 《沉钟社通信选·杨晦致陈翔鹤(1927 年 1 月 11 日)》,载《新文学史料》1987 年第 3 期。

③ 陈翔鹤:《独身者》,载《陈翔鹤选集》第 126 页,四川人民出版社,1980。

告白：

关于故事的取材，和文体的使用两方面，在这里，亦似乎可以提述一下：近些年来，用“身边题材”来写小说的事实，好像早就为人们所鄙弃着和讥评着，——以为用个人的私生活作为创作的基调，这种范畴，实在太过于狭隘和褊窄了，不然，即难免不陷入于与“时代”“大众”两相背驰的错误里。但论其实际，则所谓个人者，又何常能出乎时代范围以外去呢。所以大凡能忠于自己个人私生活的人，便未有不忠于他自己所处的时代的。而且个人生活和“遭遇”的描写，岂不也即是从大众或时代中，去抽出一小片或一小段的雏形来？这种事实，只销一翻开，无论任何人读起来，都要觉得感动的。①

《独身者》行文间隙完成的小说《转变》，几乎完全呈露了陈翔鹤在青岛教书的痛苦和烦恼。他内心纠结，抑郁焦虑，徘徊在做一个虚伪的骗子还是一个诚实的傻子之间：

那吗，老弟，现在你已明白了吗？若果你在世界上想要活了下去，也既是鬼混了下去，不至于有冻之忧的话，那即使见了一个没字碑，你就得称他为孔圣人，见了一个癞忘八，你就得称他为混江龙；虽然明知当面撒谎，十分不对，但为维持生活计，除此而外，也实在别无他法可想的了。②

《转变》中教书认真却与社会格格不入的慕海君，为了避免失业和家庭的困境将自己的良心昧掉虚伪地迎合不良的学生，内里充满苦恼与悲酸。身处青岛、任教青岛的真实感受，已不是当年在顾随招引下同冯至、陈炜谟等来青时的心情，这让陈翔鹤对青岛的生活颇感烦闷。孤独之霜令人战栗，情感上无所皈依，只能在夜深人静、梦魇缠身时独自咀嚼。1932 年 12 月 9 日，离开青岛教职在济南省立一中任教的陈翔鹤在致友人的信中坦言：“自从去年在青岛度过半年之后，我就深深地知道自己是怎样一个不适宜于社交的人了。”③于是，陈翔鹤自怜、自恋到竟想变成一个女子——有个丈夫养着，那是多么好啊！

陈翔鹤是被“五四”惊雷震醒走上文坛的。他的“自我小说”源于童年经验、自身情感经历，还有学步郁达夫的忧郁基调，以及流行的心理病。杨晦评价陈翔鹤的小说，“基本上全是根据生活中的真情实感构思出来的，所以了解他的人常

---

① 陈翔鹤：《〈独身者〉自序》，载《独身者》第 3 页，上海中华书局，1937。
② 陈翔鹤：《转变》，载《陈翔鹤选集》第 108 页，四川人民出版社，1980。
③ 《沉钟社通信选（四）》，载《新文学史料》1988 年第 2 期。

常可以从小说中发现作者的影子”①。冯至更直接地认为,陈翔鹤的《独身者》和《转变》“更多是作者亲身的感受”,“都可以说是作者的自传或自白”。② 陈翔鹤注重一己内心,通过自我经历、个性、气质的袒露及痛苦的自我剥露,完成了自我的文学形塑。

郝荫潭和杨晦

郝荫潭(1904—1952),河北平山人。从保定第二女子师范学校考入北京女子师范大学,目睹了1925年北京“女师大事件”,加入“沉钟社”后与杨晦彼此欣赏而走到一起。曾给郝荫潭上过课的鲁迅,称赞她的文字行文干净、清爽在理。鲁迅在1929年5月25日致许广平的信中写了这样几句话:“十点左右有沉钟社的人来访我,至午邀我到中央公园吃饭,一直谈到五点才散。内有一人名郝荫潭,是女师大学生,但是新的,你未必认识。”③1930年1月,郝荫潭抱病创作的长篇小说《逸如》,作为“沉钟丛刊”作品之一带着新文学发展的时代烙印问世。时郝荫潭已离开北京来到青岛铁路中学教书。

长篇小说《逸如》共有66节。书前有冯至写的《序》,他用诗人的情肠和散文化的笔致写道:“数月前曾与废名君闲谈。他说,中国文学史上固然也有女诗人能列于第一流作家者,但总觉得在那些作品里并没有把女性的特殊的情绪表现出来,同男作家的多半是没有什么分别的。这话骤听很新奇,细思实有道理。同是人类,本不应强分彼此,但因为生理不同,心理各异;如求了解,困难恐多。”④冯至的话道出了郝荫潭作为一个女作家在纷诡复杂的情感世界中,如何用黏腻多感的文笔表达“人”的文字迷阵。

小说《逸如》被视为郝荫潭的自叙传,以女主人公逸如的生活为脉线,连接了20年代中期一些重大历史事件,包括反对北洋执政府的请愿及“三一八”惨案。小说具有政治色彩,涉及较多社会时事问题,但作者不是正面表现政治性内容,而是反照政治景深中的“人”及其心灵世界。逸如的胞兄从陆军学校一毕业就在军队服役,直至晋升到上校军衔,但家里的亲人们总是提心吊胆、日夜不宁。老迈的父母日里焚香祈祝,夜里常常从梦中惊醒;妻子只要一听打仗的消息就禁不住恐惧。到头来,逸如的胞兄还是在战场阵亡了。小说在揭露军阀混战既造成军人的伤亡也给家庭带来灾难方面,“赤裸裸地没有一点儿蒙蔽”。逸如参加请愿活动本是“故意的浪漫”,如同参加球赛、跳舞、演戏一样只为寻求刺激。逸

① 杨晦:《怀念翔鹤同志》,载《文艺报》1980年第1期。
② 冯至:《〈陈翔鹤选集〉序》,载《陈翔鹤选集》第4页,四川人民出版社,1980。
③ 鲁迅:《290525致许广平》,载《鲁迅全集》第12卷第172~173页,人民文学出版社,2005。
④ 冯至:《〈逸如〉序》,载《冯至全集》第3卷第345页,河北教育出版社,1999。

如的恋人涤川因苦受爱情煎熬远走他乡，在“冠冕堂皇的革命旗帜之下”热血沸腾，奋勇呼喊，却被军警以“勾结共产党”的罪名处以绞刑。逸如的同学蕙芬为得到萍的爱，南下寻求，逸如的脑海里整天波动的是“涤川在北海直挺挺地跑出去的背影，蕙芬狂了一般跑出去的神气……和糊焦焦的两个人形”，逸如感觉“人生真是如临深渊，如履薄冰，处处埋伏着的陷阱，处处隐藏着的不幸，专门觊觎着呢！”[①]当涤川惨死的噩耗传来后，逸如在绝望中凄然死去，母亲为此也一病不起。小说写出了逸如一家最终的惨况：

> 她的嫂嫂也已将忧愁痛苦蚕蚀透了的心灵，交给死神，枯瘦如柴的残骨，付于黄土。她的家庭，只剩下白发如银的老父和两个孤零零的幼侄子。[②]

泪水、鲜血和被撕剥的灵魂，喻指知识青年在大革命时代的心灵沧桑。一如冯至所言：“人生之幕常是蒙着一半；女性的灵魂里有无数宝藏，而无从探视。现在却想不到从《逸如》里仿佛懂得了许多。”[③]《逸如》用女作家谛视人生的视角投注自我，凸显了“人”性的冲突，也代表了“沉钟社”的艺术倾向。

杨晦（1899—1983），本名杨兴栋，字慧修，辽宁辽阳人。“五四”运动中火烧赵家楼的学生之一，因痛感社会暗黑改名“杨晦”。1923 年，杨晦的四幕话剧剧本《来客》在北京《晨报》副刊发表，他开始用戏剧传达对社会和人生的认识。顾随评价杨晦，“真北方健者，不愧为东三省人。日日怨艾悲痛，而锋芒内敛，与我之外强中干，大相云泥”[④]。

杨晦来过青岛多次。早在 1924 年夏，任教山东省立第一师范学校文学专修科的杨晦曾应顾随、冯至等邀赴青岛笔会，后因他务耽误了来青旅程，但他还是将创作的诗剧《屈原》和独幕剧《夜幕》两个剧本邮寄给冯至。冯至收到当日就迫不及待地读下去，称《屈原》“是你从来作品中最好的”，并说：“我以为最好的要算是第三、四、七那三幕了——因为在那里泄尽了你的悲愤。”而《夜幕》在“缠绵复杂”里有一种“苍凉”和“悲哀”，两个剧本“内容都丰富”，但“我总是爱《屈原》比《夜幕》深”。[⑤] 对应于“浅草-沉钟社”成员表现自我的浪漫主义创作倾向，杨晦的作品则以强颜欢笑的方式创造出幽怨、凄楚的场面，衬饰出贮藏着的不幸与悲哀。鉴于杨晦暂时无意发表，且时间上错过了第四期《浅草》档期，《屈

①② 郝荫潭：《逸如》，第 191、287 页，北平沉钟社，1930。

③ 冯至：《〈逸如〉序》，载《冯至全集》第 3 卷第 346 页，河北教育出版社，1999。

④ 顾随：《致卢季韶（一九二四年十月十八日）》，载《顾随全集》卷八第 440 页，河北教育出版社，2014。

⑤ 冯至：《致杨晦（1924 年 8 月上旬）》，载《新文学史料》1987 年第 3 期。

原》和《夜幕》未能在青岛问世。

1924 年 12 月 14 日,顾随接到杨晦的来信,说寒假要来青岛过冬,但顾随不得不返里,小妹出嫁他是娘舅必须在场。23 日,顾随赶到济南。24 日中午,杨晦请顾随在"悦宾楼"吃饭,下午又在杨晦的住处交谈。26 日晚 11 时,顾随送走了乘车去青岛的杨晦。1926 年 1 月,杨晦还有一次青岛之行。1930 年 5 月,杨晦根据英译本转译的莱蒙托夫的长篇小说《当代英雄》由上海北新书局出版,他当时就在青岛。

第三节　新文学先驱王统照

王统照是中国现代文学史上"充实新文学宝库最勤奋最努力的作家之一"[①]。1927 年定居青岛后,王统照不懈摸索文学变革的内在经验,建构现代文学的精神气质,作品涵盖小说、诗、散文、散文诗、翻译文学、小品、寓言、序跋、创作谈等多种文体文类。王统照的小说和诗最负盛名,于青岛创作的长篇小说《山雨》是其代表作,在山东乃至中国现代文学史上占有重要席位。

一　文学道路及青岛渊源

王统照(1897—1957),字剑三,在青岛的笔名有息卢、息、庸人、提西、梦观、剑先、著薇等,山东诸城人。王家在清代已是诸城世族,王母李清乃诸城翰林李肇玺之女。王统照 5 岁入塾开蒙,7 岁失怙,王母恐其"志颓",延师课读,身为王家独生子的王统照备受贤慈庇荫。王统照考入济南省立第一中学后,因读《新青年》杂志被"宏诣精论"所吸引,遂致信编者。陈独秀随即将王统照作品编入《新青年》二卷四号《通信》栏,并注按语:"来书疾时愤俗,热忱可感,中学校有如此青年,颇足动人,中国未必沦亡之感。"[②]1917 年 10 月,王统照用当时并不流行的白话写了一篇反映妇女自立的小说《纪念》;他还写有文言小说《车中人语》《海滨荒村之夜》《过后》《除夜》等。[③]

王统照真正走入新文学殿堂,是在 1918 年考入北京私立中国大学以后。他与鲁籍旅京学子创办综合性文化杂志《曙光》,期冀于"黑暗的天空撕开一条裂缝,投下一线曙光"。1921 年 1 月,王统照与周作人、茅盾、叶圣陶、孙伏园、许地

---

① 田仲济:《〈王统照文集〉序言》,载《王统照文集》第 1 卷第 2 页,山东人民出版社,1980。

② 《致〈新青年〉记者信 · 按》,载《新青年》第 2 卷第 4 号,1916 年 12 月。

③ 《王统照年表》,载《王统照全集》第 7 卷第 545 页,中国工人出版社,2009。

山等人发起成立中国新文学运动最早、影响和贡献最大的团体组织“文学研究会”,并依托北京《晨报》副刊《文学旬刊》,借这方纯文学园地发表了鲁迅、徐志摩、庐隐、蹇先艾、沈从文、闻一多、石评梅等人的作品。1922 年 7 月,王统照于中国大学毕业后留校任教,旋即出任出版部主任,他与友人编辑《中国大学学报》《晨光》《自由周刊》《晨报·文学旬刊》等。此间,王统照创作发表了长篇小说《一叶》《黄昏》,出版短篇小说集《春雨之夜》、新诗集《童心》,进一步“得到了创作的快乐与发泄创作欲的满足”①。

1926 年,王统照翻译美国诗人 H. 朗弗楼的长诗受到酷批苛评,他在北京的事业突遭挫折。正在此时,王母病重亟须侍奉。王统照在蜚英腾茂之时急流勇退,中断了与文学界朋友的联系,陷入了莫可排解的伤感之中。1927 年春,含辛茹苦的寡母故去,王统照“哀毁过甚,辞职回乡”,料理完丧事便萌生了在青岛定居的念头。他在回顾这段经历时说:

> 民国十五、六、七年间,我寂居海隅,身体多病,消磨日月于种种的苦闷情绪之中,渐渐把已往的青年心理与对人事的简易看法逐渐改变。沉静悒郁的寻思,冷眼默看的观察,虽然有“离群”之苦,却增加了人生的清澈认识。②

王统照的母亲见多识广,很早就在青岛上海路、陵县路一带买下房产。王统照从童年起不断有机会从故乡来青观光,成年后便帮着打理青岛产业。王统照觉得原有的房舍虽然不少,可位置欠佳,距风景优美的前海一带较远,于是便托人在观海山麓购了一亩多地,建了十几间红瓦坡顶砖木结构的房屋。海色山岚,凭海临风,这个有别于诸城相州可以称作“家”的地方,让饱经丧母之痛的王统照感受到温情与安宁。

青岛观海山濒临青岛湾,山岩青黛,四季常青,王统照的居所就建在观海山西麓山腰间,门牌为观海二路 19 号(后改为 49 号),自号“息庐”,也称“观海楼”。从两块粗粝白石砌成的外门进入,仰脸望去,掩映于院墙树丛后的是鱼脊般横贯小院的居室。由主卧室纵向伸出一列曲尺形房间,颇似鲁迅在北京八道湾营造的“老虎尾巴”,这便是王统照的书房。书房四壁悬挂着字画,书橱里放满了手头用书,书桌上的烟碟中不时有冒着青白烟缕的烟蒂,一仍相州故家的风格。王统照之子王立诚曾这样描述青岛故居:“我的父亲很喜欢花木,虽然并不着意搜求,但是信手培植,也十分繁茂。院中有松、柏、海棠、桃、李、杏、梨、石榴、

---

① 《〈王统照短篇小说集〉序》,载《王统照文集》第 2 卷第 182~183 页,山东人民出版社,1981。

② 王统照:《银龙集·序》,载《王统照全集》第 1 卷第 310 页,中国工人出版社,2009。

无花果等树。每逢春季,梨花象一团白雪,因为位置高耸,街上行人都可以望见。记得有一年,朋友送给他一株小小的樱花树,就随便栽在院子里了,殊不知生长得很快,霞蔚云蒸,压倒群芳,衬上火红的石榴,淡淡的月季,为小院增色不少。我的母亲还亲手栽了几丛晚香玉,每逢夏日的夜晚,院子里便飘着一股幽幽的甜香。1936年我母亲还栽种了两棵榆树,婷婷立在院落中心。石阶上一架虬根盘错的紫藤萝,倒垂着淡紫色的花串,拂着来客的肩膀。"①"夕阳绚金彩,天宇动奇观。"观海二路"息庐"对于王统照及其家人来说,就是一棵如伞的大树,一个可以长相厮守的暖巢。

王统照作为名噪京华的山东籍作家定居青岛,自然引起岛城文化教育界人士的垂注,访问者络绎不绝。在观海二路"息庐"他接待过许多知名学者,当然来访更多的是臧克家、吴伯箫、臧云远、杜宇、王亚平、袁勃、于黑丁、李白凤、许杰、范泉等上门求教的文学才俊。

与王统照走得最近的是臧克家。臧克家的祖母王氏是相州王家之女,1928年臧克家与王统照的侄女王蕙兰成婚,按辈分和位序他得称王统照"二叔"。臧克家回忆王统照的扶掖时说:"王统照先生是我的乡亲,是我文学创作的领路人、提携者。每每回想起种种往事,心里便十分激动,哀思难禁。"②臧克家经常回忆在青岛烙印着人间至情的日子。"当年,我们在青岛以文会友,情感纯真诚恳,无帮派气味、无互相吹捧或拔高个人压抑别人的私心杂念。那时,在反动政权统治之下,我们志同道合,以文发愤,以诗呼喊。我与伯箫过不多日,就带上自己的新作,登上观海二路四十九号剑三的寓所。他,一听到客来的通报,立刻身轻如燕,从长长的阶梯上一溜而下。如是,在那间小小的会客室里,一杯清茶,展开了对作品的讨论,态度严肃,认真坦诚;有时,情感激动,争论不休。两个小时,在快乐而又紧张的气氛中飞逝,然后,各有所获,满意而归。"③

王统照也有与臧克家在清晨、霜夜或炉边谈诗的记述:

> 自从他(指臧克家)初学写诗以来我见过他的初稿太多了,指点着薄纸草字,或听他背诵,我同他作关于诗的谈话记不清有多少次。……每逢他拿了诗稿与我商量字句时,我暗暗地说:"这新式的香菱又须半夜不得安眠!"这不是有意的嘲讽,他对于一首诗的寻思与锻炼,那种认真与有耐性的工夫,再写,再改,惭愧,我便办不到。一有闲时,走着,坐着,与人谈起来总是

---

① 王立诚:《"橘柚怀贞历岁时"》,载《王统照先生怀思录》第172页,中国文史出版社,1991。

② 臧克家:《〈王统照先生怀思录〉序》,载《臧克家全集》第10卷第511页,时代文艺出版社,2002。

③ 臧克家:《我认识的王统照先生——在王统照学术讨论会上的书面发言》,载《臧克家全集》第12卷第463页,时代文艺出版社,2002。

诗。克家的背诗成了凡与他相熟的人习知的事。几十行的白话韵文不用拿稿，常对我慢慢地背诵。他对于自己的艺术品真象母亲对于小孩子似的用心。①

在青岛，王统照的观海二路“息庐”释放出强大的气场。在时代景致和命运淬炼中，王统照完成了一个职业作家的生活积累。

1937年，卢沟桥事变搅乱了王家安定的生活。正在上海主编《文学》杂志的王统照接到家人急电，他火速回青后深知青岛不能久留，便匆匆携家赴沪。不久，青岛沦陷，观海二路“息庐”被日军强占。待到抗战胜利前夕返回青岛时，故居已徒余四壁，藏书、手稿、日记、书信等荡然无存。王统照的“卅载定居地，秋晖共依栏”之咏，是对“息庐”一往情深的表白。

二　小说创作

王统照是“五四”笔耕勤奋、卓有成就的现代白话小说先行者。他在青岛时期的小说逐渐走出了早期讴歌“爱”与“美”的直觉阶段，步入眷念忧患沉深、凝重宏阔的现实世界，从而完成了向现实主义过渡的“长长的一条路”。在青期间，王统照出版的小说作品有短篇小说集《号声》(1928)、《霜痕》(1932)，中篇小说《黄昏》(1929)，长篇小说《山雨》(1933)，以及1937年开明书店版《王统照短篇小说集》中的部分青岛作品，还有1947年文化生活版《银龙集》收的30年代在青岛创作的短篇小说。

1928年12月，王统照在上海复旦书店出版的短篇小说集《号声》大多是1926—1927年的作品，其中《买木柴之一日》《海浴之后》《读〈易〉》《沉船》《号声》《讷尔逊的一课》《“搅天风雪梦牢骚”》作于青岛。从王统照初入青岛最先上手的作品看，虽然消除了此前对于“美”与“爱”和人生哲理的玄想，但并没有直面人生困境和反抗黑暗的执念，而是“五四”落潮后的“感伤过重”和“悲观论与定命论的色彩”。他在回顾这一时期的创作心境时说：

中国正在纷扰的时代中，耳闻目见，触怀生感，个人的身体，生活，也都沉浸于苦痛不安里。在海边的小屋子中生着病，有时一股强烈的悲感冲上心头，无可排遣，又读不到什么书，便写下了十篇左右的短篇，类如《搅天风雪梦牢骚》《印空》《买木柴之一日》《号声》《读易》等都是在这一年中写的。

① 王统照：《〈运河〉序》，载《王统照文集》第5卷第344~346页，山东人民出版社，1982。

自然,感伤过重,偶有所作不仅是身边琐事,而且悲观论与定命论的色彩也颇为浓厚。这与前若干年只是有虚浮的思想的作品不一样。①

细析王统照在青岛时期的短篇小说,《海浴之后》写于1927年10月2日,载1928年3月《民铎》杂志九卷三号;《读〈易〉》写于1927年10月5日,刊在同年11月20日《教育杂志》十九卷十一号;《沉船》写于1927年10月22日,即在11月10日出版的《小说月报》十八卷十一号上发表;《号声》作于1927年10月25日,发表在同年12月《文学周报》五卷二十期;《买木柴之一日》是1927年10月的作品,刊在《民铎》杂志九卷二号;《"搅天风雪梦牢骚"》是1927年冬日的短篇,载1929年1月《小说月报》二十卷一号。上述小说篇幅都不长,除了《读〈易〉》回忆童年故乡母亲挑灯、大姊伴读的情状略有些乡土气息外,其他篇什均为都市叙写。

收录于"中国新文学大系"第二辑(1927—1937)小说一集的《沉船》,是王统照以1927年沉没在胶州湾的日轮"现德丸"为线索,描述勤劳朴实的农民刘二在天灾、重税、兵祸、匪患的重压下,扭结着对故乡炽热的爱与迷惘的矛盾心理,拖家带口踏上闯关东之路的故事。作者以近于纪实性文学的笔风描绘了一幅宏阔的场景,让这一切清切而凄凉:

一群一群的衣裳褴褛的乡人们走来,着实不少,都是为看船来的。一样的凄风把他们从长守着的故乡中,从兵火,盗贼,重量的赋税,与天灾中带了出来,到这陌生的海边。同着他们的儿,女,兄弟,伙伴们,还要乘着命运的船在黑暗中更到远远的陌生的去处。

夜的威严罩住了一切,只是砂石边的海沫呻吟着无力的呼声。②

《沉船》揭露了北洋政府的黑暗统治和日本资本家的贪得无厌,表达了作者对民族自尊失落的切肤之痛。王统照运用象征手法,深化了小说的思想内涵,丰富了主题外延,使小说中的人物命运具有感人至深的力量。《号声》则从侨居青岛的日本学生吹响的号声中,传达出一种隐隐的不安:

声音本来是一样的经过波动,传入耳膜,何以在夕阳返照的绿荫下听到这军号声,使我不能与听蝉噪水流一样的慰安与有兴味呢?这恐怕不只是发音器构造的不同,是这激昂沉咽的号声中包含着复杂的情绪与光景吧?

---

① 《〈王统照短篇小说集〉序》,载《王统照文集》第2卷第184页,山东人民出版社,1981。
② 王统照:《沉船》,载《中国新文学大系(1927—1937)》第3集第137页,上海文艺出版社,1984。

他们从异国中来，紫色的风尘的少年脸色，不疲倦的强壮身体，来到这柔平而香的草地上练习军号。向着那淡蓝色的夏天吹，在高沉与放咽的音中他们也许有个人乡愁的发泄？于是我每每听着，总以为这是人间在复杂情绪中吹出的音响。①

闻一多曾在国立青岛大学的课堂上将王统照的《号声》印发给学生时说："象这样清远意味，富于艺术，而又是深入人生的短篇，怕不易惹起时髦读者的热好。"谈及短篇小说《读〈易〉》，"粗心浮气的读者不大肯读下去，无怪难引人注意"。② 这些短篇小说颇近于纪实性散文，隐约可以体悟到王统照渐次消除既往以"美"和"爱"弥合缺陷、美化人生的努力，对王统照缺乏了解与关注的读者自然难以觉察。1933 年 3 月王统照在《号声》重版时称，那都是"沉闷极了的心情中挤出来的文字"③。

在 1947 年王统照出版《银龙集》收录的 11 篇短篇小说中，《刀柄》《"隔绝阳曦"》《旗手》《五十元》《父子》《银龙的翻身》写于或首刊于青岛。《银龙集》所收小说是 1924—1936 年间的作品，体现了作者由起先的关注理想人生，到逐渐对人生的伤感、走出困境、进入现实世界的过程。特别是其中在青岛写作发表的作品，对社会的思考更加深刻，艺术技巧更加纯熟。小说《刀柄》作于 1928 年 3 月，于 1929 年 9 月首刊在《青潮》第一期。小说《五十元》首载于 1933 年 10 月《文学》一卷四号，是一篇反映乡民不堪忍受官府苛捐杂税、横征暴敛的现实小说。主人公老蒲及其一家围绕缴纳 50 块大洋的对话和心理波澜，充斥着对现实社会的忧愤与无奈：

"咳！只要拿的出大洋五十元就行！"老蒲说这句话，简直提不起一点精神来。

"五十元？爹，怎么还有教咱缴五十元的？又不是土匪贴了票帖子，……"小住的嫂子靠着小枣树站住了。

"这是新章程呀。段长吩咐下来：只许十天的期限，比衙门催粮还紧。"

老蒲这时才慢慢地把当天下午在小牟家农场上开会的事都报告出来，又把镇上重新分段办联庄会的经过，与他这一家分属榜大爷那一段的详细事都说给全家。末后，他又装起一袋烟吸着，像是抑压他的愁肠。

"真不是世界！情理同谁来讲，地不够也罢，钱更不用提，就说那一杆

① 王统照：《号声》，载《王统照文集》第 1 卷第 348～349 页，山东人民出版社，1980。
② 王统照：《遥忆老舍与闻一多》，载《王统照文集》第 6 卷第 86 页，山东人民出版社，1984。
③ 王统照：《〈号声〉自序二》，载《王统照全集》第 1 卷第 214 页，中国工人出版社，2009。

枪,爹,你好说我没有成算,你想,咱家有那么一杆枪,在这个林子边住家,有人来,就挡的住?再说,还不是给人家现现成成的预备下?……”小住提高了嗓子大声喊。

“你小声点,这个时候定的住谁在墙外。”他大哥处处是十分小心。

老蒲听第二个儿子说的这几句,却找不出话可以反驳他,自己只是被五十块大洋与十天缴不上要押起来游街的事愁昏了,倒还没想到这一层。对呀!他全家在这块茔地边住了多少年,什么事都没有,虽然前几年闹匪闹的比现在还厉害,也没曾有人来收拾他。不用躲避,也用不到防守,谁不知道他家只有二亩半的典契地,下余的几亩是佃种的。可是这一来,一杆枪也许就招了风来?不为钱还为枪;土匪只要多得一杆枪强似多添十个人。这一来,五十块大洋像是给他这棘子墙上贴了招牌,这真是平空掉下来的祸害!即时他记起楞大爷在散会时吩咐的话——

“以后的事:谁领了枪去,镇上盖印子,不许随便送人,只可留着自己用。会上多早派着出差,连枪带人一起去。丢了枪,小心:就是通匪的罪!——不是罪,也有嫌疑。”这些话段长是在最后说的,大家因为要筹钱弄枪已经十分着急,有枪后的规则自然还不曾留心听。然而现在老蒲却把这有枪后的规则想到了。

双重的愁恐使老蒲的烟量扩大了,吃一袋又是一袋。①

在青岛时期,王统照还有一些未收入小说集的集外作品,如1930年1月《青潮》一卷二期刊载的小说《火城》。

王统照在青岛除了写作和发表长篇小说《山雨》之外,还将长篇小说《一叶》和中篇小说《黄昏》整理再版。《一叶》曾于1922年10月在商务印书馆初版,1927年8月王统照在青时又由商务印书馆印行了第五版。中篇小说《黄昏》是1923年在《小说月报》十四卷一至五号上连载的作品,1927年11月,王统照在青岛因“夜长无事,便取出来添改了一些。……至于题材与表现力……终不甚充分,人物方面的穿插,也不甚合宜,然而一时无法全改了”②。1929年4月,《黄昏》由商务印书馆出版,后于1935年5月排印了第二版。至于1935年7月王统照于青岛避暑时在《文学》连载的《秋实》、1936年12月赵家璧收录“良友文学丛书”第三十四种更名的《春花》,是他羁旅上海的长篇小说,而非青岛时期的作品。此外,1932年9月王统照的短篇小说集《霜痕》所收入的《青松之下》《霜痕》《冲突》《生与死的一行列》《旅舍夜话》《相识者》《河沿的秋夜》《纪梦》八篇

① 王统照:《五十元》,载《王统照全集》第1卷第366~367页,中国工人出版社,2009。

② 王统照:《〈黄昏〉自序》,载《王统照文集》第2卷第331页,山东人民出版社,1981。

小说,都是1923—1924年王统照定居青岛之前的作品。《霜痕》列入“新中国文艺丛刊”由上海新中国书局出版时,王统照在《叙言》中道:“这几篇文字固然讲不到什么力量、思想、艺术的转变”,但“多少搀入了一点辛涩的味道”,“常常感到沉重的生活的威迫,将虚空的祈求打破了不少,在文字方面,也不全是轻清的叹息与虚渺的惆怅了”。①

事实如此,王统照的早期小说沉湎于浮云流水般的意境文字飘忽,他从空灵浮泛到沉郁哀切的现实主义创作之路,实为一个长长的转换过程。从尽力摹刻个人对“爱”与“美”的理想求取与幻灭,到着重叙写生活的无望之苦和情绪搁置,再到专注于社会动荡的命运之苦、民族危亡的书写,是王统照悲天悯人的启蒙作家底色和救亡创作意识发展演进的结果。

三　《山雨》

王统照是中国现代白话长篇小说最早的作家之一。1932年他在青岛完成的《山雨》是其小说生涯的巅峰之作,因其明确的创作意图而具有“乡土”与“革命”文学承上启下的价值,成为中国现代文学史上一部颇具声誉的长篇小说。

1931年8月,王统照与开明书店编辑叶圣陶在上海江湾的一次闲谈时,提出了两部长篇小说的构思。② 一部取材于济南“五三”事变,剖析军国主义阴魂下日本士兵的心理矛盾与中国进步青年的觉悟;另一部描写胶东农村衰落解体和农民在动荡社会情势下复杂的心理变迁。到1931年10月,王统照已把第一个题材的小说写了近九万字。此时,“九一八”事变爆发,次年1月淞沪抗战打响,中日军事冲突日甚。王统照把未完的稿子“丢在一边”,之后费了三个月的时间,将第二个题材一气写成了《山雨》。《山雨》于1932年12月12日脱稿,于1933年9月由上海开明书店出版。③ 王统照的第一个题材小说,以《热流》书名和“提西”笔名先于7月8日在《青岛民报》副刊连载。

《山雨》是一部以“乡下人进城”为题旨的泛抗战叙事作品,背景是紧靠胶济铁路的陈家庄和帝国主义侵占下的T岛(即青岛),表现民众在帝国主义欺压和封建军阀盘剥下由“靠地吃饭”到“另打算”的变化过程。用王统照本人的话来说,《山雨》“意在写出北方农村崩溃的几种原因与现象,以及农民的自觉”④。

---

① 王统照:《霜痕·叙言》,载《王统照全集》第1卷第141页,中国工人出版社,2009。

② 叶圣陶:《〈王统照文集〉跋》,载《王统照文集》第6卷第634页,山东人民出版社,1984。

③ [日]广野行雄:《关于王统照的〈山雨〉》,姚素英译,载《松辽学刊》(社会科学版)1987年第4期。

④ 王统照:《〈山雨〉跋》,载《王统照全集》第3卷第245页,中国工人出版社,2009。

小说的主人公奚大有,本是鲁中农村一个“最安分,最本等,只知赤背流汗干庄稼活的自耕农”,想用刻苦的劳动增添田产和房屋,本分地守住自己的祖业。最初,奚大有与驻镇士兵因卖菜发生纠纷被无理拘押,奚大有的父亲奚二爷借了50块大洋请庄长陈宜斋出面才赎出奚大有。这项债务竟逼得奚大有变卖田产,奚二爷一气引起老病死去,奚大有的脾性由此变得极易暴怒。陈家庄因接连几次遭遇土匪袭击、饿兵据村滋扰和官府摊派的苛捐杂税困扰,呈现出凄厉阴郁与愤怒悲壮交织的生活画卷:雇农宋大傻被迫“吃粮”,徐利铤而走险,陈庄长满腹牢骚,徐老秀才终日枯坐“瓢屋”,众生芸芸,庄子里能见到的是“一群破衣的孩子,一群臭汗味的男女”。当现实逼得人活不下去的时候,曾经顽强地固守安土乐居的奚大有,失去了对故土的依恋,带着妻儿离开了“这残破、穷困、疾病、惊吓的乡间”,到城市去另寻活路,但来到T岛面对的是城市贫民的无望之苦。奚大有靠卖饺子、到码头上扛货、拉洋车来养家糊口,但依然找不到生活的出路,刚离家乡时心存的进城挣钱赎回土地的念头破灭了。庆幸的是,奚大有与陶村“热肠的小伙子”杜烈的一次长谈引起了思想的变化。一天,杜烈的妹妹杜英对着中山公园日本“忠魂碑”,喊出了“总得把这个石碑推倒铺马路”,奚大有看到了自己“质直的希望”,感受到“山雨欲来风满楼”的征兆。小说的结尾言有尽而意无穷。

扰动的人叫声与狂烈的火焰在这一时形成了一个特异的空间!隐约中他们都可以看见海岸下的水影,也有些微红。一会,远远地听见消防队的铜铃车急速地去了,像是并不曾工作,又当当地跑回来。在这昏黑山顶上的三个人,猜不透这是怎么的一回事。

他们再不能互相说什么话,眼看着这像从地狱中喷射出来的毒火要毁灭了一切。大有止不住心头上的跳动,然而这是惊愤,却不是由于恐怖。杜烈咬紧嘴唇,肢着脚,把两只有力的手握紧了木栏杆。杜英,她瞪着有威棱的两只大眼,迎望着吸引她与激动她的火焰,似乎要把她的身体投到烈火中去!

过了几乎半小时,火力并没衰退,那些狂叫声却渐渐消落下去。火力更旺起来,突动的散漫的烟,焰,愈来愈有劲,看不出那四五层的大建筑物到现在已经烧毁了多少。映着黑空的红光,方在那无碍的空间继续增长它的力量。

除了火光之外,四处仍然是十分静寂,甚至听不到一只狗叫,唯有风声吹动松树上的松铃子飒飒作响。

“嘘!——”杜烈到这时才把逼住的一口气吐了出来。

“有本事,叫大火毁灭了全中国!”每个字音说得简劲有力,像是从火焰的炉中迸跃出的。

“不！烧吧，烧吧，烧遍了全世界！”杜英只回答了这一句。即时，那明丽跃动的火光加劲地向上冒了几冒，像是欢迎她这句颂词。[1]

《山雨》以强烈的现实主义笔调，展现出中国农村衰败、农民破产的“血肉模糊，纠纷困苦的时代”，反映出守土恋乡的农民在兵荒马乱、天灾人祸、世事逼仄下不得不寻求出路的痛苦挣扎，从而昭示了民众在火与血的斗争中走向新生的必然归宿。在文艺创作中渗入思想的原料——这是王统照的擅长之处。

《山雨》的成功，一方面因其是“时代呼声的新创作”。作为“五四”精神养育的作家，王统照对新思想、新意识的表现更为真实。由于外辱横侵、政失常轨、兵拏祸结，近代中国从农村到城市一派破败凋敝，各种苛税劳役多如牛毛，农村的每一点油水、每一点活力都被榨得干干净净，剩下的只有倒塌的农舍、辗转在逃荒路上成群的饥民、无力外逃在家束手待毙的老弱病小。与其他长篇小说不同的是，《山雨》将反帝同反封建、把农民问题同民族救亡问题绞结起来写，实为敲响了民族危难的警钟。另一方面，《山雨》呈现出凝重浑厚、惨烈宏阔的艺术风格。作者不是以精心编织连续性很强的故事结构见长，而是以真实的北方乡村空间场景刻画取胜，以细致而逼真的白描笔法将鲁中民俗事象有机地融入叙事流程，在探索农村中产阶级的破产及其根源、农民性格和民俗心理嬗变有了新的立意。《山雨》上承“乡土文学”的民俗文化批判，下启“革命文学”的社会矛盾斗争，显示出中国现代文学史上“乡土”和“革命”小说的一重高度。《山雨》是王统照小说艺术走向成熟的显著标志。[2]

当然，《山雨》也给不同观点的解读留下了空间。由于理念与情感的冲突，小说的主题思想与艺术水准前后失调，后几章的意识形态化叙事较为粗疏，不够生动厚实，特别是第二十五章的感伤气氛“实在破坏了全书的一贯性”。其实，王统照在 1933 年 6 月曾有自我批评。他说：“后半部结束得太匆忙了，事实的描写太少，时间又隔离的太久。原想安排五六个重要人物，都有他们的各个故事的发展，并不偏重一两个主角，在写作中终于没有办到，所以内容还是太单调了。”[3]从城乡关系表现上看，小说关于城市生活的描述、有关产业工人形象的塑造，远逊于农村生活的摹写，显然作者未能体认由乡村向都市文化的转换，未能反映出农民抛弃旧观念、接受新观念的思想变迁史。从人物塑造上看，作为小说主人公的奚大有从农村进入城市出现了形象上的反差，陡然失掉了光泽。杜氏兄妹是小说中为数不多的先进，但人设突兀，没有质感。杜烈在小说收尾处喊出

① 王统照：《山雨》，载《王统照全集》第 3 卷第 243～244 页，中国工人出版社，2009。

② 乔力、李少群：《山东文学通史》，下卷，第 180 页，中国社会科学出版社，2016。

③ 王统照：《山雨·跋》，载《王统照文集》第 3 卷第 306～307 页，山东人民出版社，1981。

的“大火毁灭了全中国”的革命性口号，给人以唐突和空泛之感，杜烈形象的概念化，影响到奚大有最终有了革命自觉性的可信度。除此，小说很多地方以叙述代替描写，一些语句艰涩凝滞，少了点一流长篇小说的成色。

作为王统照个人创作成熟期的杰出作品，《山雨》的出版也给他带来不测。国民党当局以其“颇含阶级斗争意识”予以查禁，后由开明书店出面交涉，将28章370页的初版全本改为23章312页的删节本，始得再版销售。他在《青岛民报》副刊连载的《热流》也因“书报春秋事件”，在载至67节后中断。为防危险，1934年初王统照离青返乡筹资自费赴欧洲游历。

四　诗、散文、翻译及其他

作为一名多产作家，王统照在40多年的创作生涯中不止留有90多部小说，还写下了600多首诗、500多篇散文，另有戏剧、寓言、故事、文论、日记、翻译作品。20世纪二三十年代，王统照在青岛的诗作大都收录于诗集《剑啸庐诗草》(1926)、《这时代》(1934)和《夜行集》(1936)中，散文则收在《北国之春》(1933)、《片云集》(1934)、《青纱帐》(1936)三个散文集中，1936年万象社出版的小说、散文合集《王统照选集》中也有青岛时期的作品。

诗

王统照之于中国诗界是以走在新诗开拓者行列而闻达的。他从1919年起一面写小说，一面写新诗，虽然自知没有诗人的才气，并以为“写一篇能够看去象样的短篇小说，比写一首象样的小诗省事得多”①，但凭借“对于诗的嗜好与神感”，以及对“诗在文学上的地位与什么是诗”②的持守，王统照的新诗作品确实不少，且质量毫不逊色于小说。1935年，朱自清编选的《中国新文学大系·诗集》收录了王统照的《花影》等5首诗；再后，艾青编选“中国新文学大系(1927—1937)”诗集所收的93名诗人作品，除去数量最多的艾青、臧克家、戴望舒三人外，名列第四位的便是有11首诗入选的王统照。前三位均系诗人，可见王统照在诗界的知名度。在11首入选诗中，《这时代》名冠首位。全诗如下：

这时代，火与血烧洗着城市与乡村的尸骸。
古旧的树木被砍作柴薪再不能夭娇作态。
金属弹的飞声，长久，长久征服了安静的田园，

---

① 王统照：《〈这时代〉自序》，载《王统照文集》第4卷第160页，山东人民出版社，1982。
② 王统照：《对于诗坛批评者的我见》，载《王统照全集》第6卷第362页，中国工人出版社，2009。

沉落在洪流中,波澜壮阔,融合着起伏的憎,爱。

铁蹄践踏下,疫疠,饥饿,战,决定的命运活该!
如涂蜜的温言,与饱了肚皮的伪善,抛弃在
不值钱的尘埃;尘埃下掩没了褴褛的衣衫,
包藏着战败者的骨灰在过去的足迹下长埋。

幽林中潺湲着地下泉的活水,永鸣着和谐。
在无名英雄的墓底,有力以上的庄严市街,
村落,与高耀着生活憧憬的幻光映闪,浮动,
全浮于地下泉的进行音上,新创造的世界。

化迹的骨灰从马蹄深处升起,遥现光彩,
天半的绮红,横束住白电与黑汽的云霭。
希望之光,是新燃起的一枝风雨中的白烛;
这时代,火与血烧洗的地方,是待燃的烛台。①

诗歌是时代的风向标。诗在王统照这里不但是一种艺术情调,更是一种心灵映现的形塑方式与审美范式。1933 年 3 月 27 日,王统照在《这时代》的自序中坦陈,“周围的变动与观感的冲突,独有自己最能从自己的文字里分别出来”,“我们这时代,风卷波翻;我们这人生,水深火热! 我们一样是具有一般人的躯体与精神,那一个作者敢说一句他是时代外的‘游仙’?”②在时代的血与火的浇铸下,王统照更多沿着同情下层人民疾苦的走向发展。此类诗不仅能在写于 1928 年 7 月 9 日微雨灯下的《诗思泛起》和 7 月 15 日写的《轿夫的话》中寻觅蛛丝,而且能在收录于《夜行集》的《她的生命》《峭寒》《诗人》等诗作中找到踪迹。正因此,《这时代》赢得“中国新文学大系(1927—1937)”诗集的一席之地便无悬念了。试读《爆竹》,便不难发现 1931 年的新年图景与精神现实已构成诗人新的审美意象:

谁不是在挣扎中裹住一颗沉重的心?
谁不是喜欢晴空中光与声的耀动?
　　重压下似是茫昧的希求?

---

① 王统照:《这时代》,载《中国新文学大系(1927—1937)》第 14 集第 23~24 页,上海文艺出版社,1985。

② 王统照:《〈这时代〉自序》,载《王统照文集》第 4 卷第 161 页,山东人民出版社,1982。

　　盼到一天,指尖上有火花飞迸。

谁也是具有热烈欢欣的少年的心情,
谁也是在沉静的生活中希求放纵!
　　一年能有几天,一生能得几次?
　　把人生的"法绳"略略放松。

说到怜悯么?荒村中饿骨强撑,
　　兵马在大道上纵横,
　　天火燃着了不安定的人心,
霹雳震动蛰虫的觉醒。

也许是孩子与年青人的狂兴?
　　爆竹声中挑起激越的心情。
　听!这是古灵的回声还是新生喊叫?
暗夜间火花明映着群星。①

王统照的新诗无论意象的选择,还是潜隐的诗思,都有一种不造作的率真诗绪和极易接受的诗体诗风。

通过对读和细析,王统照在青岛"装册纪存"的旧体诗集《剑啸庐诗草》值得提及。1926年秋,王统照在诸城老家无意中找到早年写的一册旧体诗集,"蚓画蛛封,故已与纸屑破卷同弃于墙隅敝箧"中许久,便带回青岛,以"剑啸庐诗草"为题并撰写序言。此前,他曾在济南辑成《剑啸庐诗存》。这些"聊留泥爪"的诗作,不仅让读者发现了王统照诗歌创作的早期积累,而且看到了他在新诗与旧体诗之间的微妙契合。《剑啸庐诗草》共收诗32题76首,试品这一题二首七言律诗:

（一）

莽荡河山离乱文,王郎词意好氤氲。
风尘睥睇无余子,书剑萧条扫万军。
浊世浮沉肝胆热,美人哀怨蕙兰焚。
佯狂披发终何适,坐对青天看暮云。

---

① 王统照:《爆竹》,载《山东新文学大系(现代部分)》诗歌卷第22~23页,山东文艺出版社,1999。

（二）

杞愁绮怨两相侵，谱入红箫激楚音。
渺渺秋怀狂士句，叠叠春恨美人心。
空余清泪沾白袷，独抱幽忧损壮心。
掷剑倚天长啸处，落花如雪上诗襟。①

此诗的写作时间当在1915—1916年寒假,是王统照自济南省立第一中学回青度假在卧床两日消除旅途疲倦后,"抛书焚香独坐"蔓生的情感。舞象之年的他何以"触景感时百端交集"？多年后王统照在青岛编辑这些旧诗稿,自有一种悲凉涌入心头。他在一篇内省式文字中坦言,"世变屡更",不免"感今昔兮伤逝",值此"鸣鸿凄唳之时","尤感清寥"。② 再看这首1936年春节期间在青岛写的旧体词《月上海棠·咏水仙》,更有一种古典况味:

轻携翠袖遮轻笼,立亭亭,影对寒宵月,芳意潜通上,双蛾展还怯,盈盈处,那待重与低说,凌波去后音尘绝,幽香空付柔肠结,几番沉吟,应自悔负心轻别,空相慰,留得梦魂清澈。③

在王统照那里,旧体诗与新诗都是抒情表意的文体。区别在于,新诗是写给别人看的,旧体诗才是为自己作的。"向诗而生"的王统照一直在传统与现代之间游弋,在"自我"与"他者"之间游移。

散文

早在"五四"时期,王统照就特别关注新体散文,他"不仅是诗人,小说家,也是很优美的小品文作者"。与同时代的其他小品文作家相比,王统照"反映了他的奔进的热情,有如一把火,到处显出热烈,震动,青年的力;到处显出对黑暗的咒诅,光明的追求,深刻的,紧张的,也是极其缜密的"④。王统照很早就提出"纯散文"的概念,主张有灌注全篇的神情、意蕴、气韵、理趣、性情,达到形散神聚、疏密有间的唯美境界,并"希望有人出而提倡",即在"修词上风格上讲究一点,使人看了易于感动而不倦"。⑤

---

① 王统照:《七律二首》,载《王统照全集》第4卷第437页,中国工人出版社,2009。

② 王统照:《〈剑啸庐诗草〉自序》,载《王统照文集》第4卷第445~446页,山东人民出版社,1982。

③ 王统照:《一九三六年春节,作于青岛市故居(四)》,载《王统照全集》第4卷第557页,中国工人出版社,2009。

④ 阿英:《王统照小品论》,载《社会月报》第1卷第6期。阿英还谓:"这一类的小品文,除鲁迅的《野草》而外,我想是没有谁可以和王统照比拟的。"

⑤ 王统照:《纯散文》,载《王统照全集》第6卷第459页,中国工人出版社,2009。

青岛时期的王统照,共有《北国之春》《片云集》《青纱帐》三部散文集出版。《北国之春》是1933年3月由上海神州国光社印行,收录的是1931年初春王统照应友人宋介之邀到东北旅行、任教时的20篇散文、笔记。1934年10月,上海生活书店作为"创作文库"之十二出版的收有18篇散文的《片云集》,是王统照1923—1927年的作品,由于跨越时间长,《片云集》表现出艺术风格多样、写法各异等特点,既有才华流淌,又有情怀顾盼,但描写社会现实生活的篇章为数不多。1936年10月,他在上海生活书店印行的包括13题17篇散文、两则寓言的《青纱帐》,其中的《平常的故事》《黄昏阵》《蜀黍》是写于青岛或在青岛初刊的散文。1935年夏,他在青岛避暑期间写的一组"听潮梦语",其中的《泡沫》《山与崖》《淡云白日》《忍》《不忍》《引端》《一粒砂》《浊与清》皆收录于《青纱帐》。亦须指出的是,《青纱帐》收录的《青岛素描》系1934年3月王统照在旅欧途中为《中学生》杂志写的地方记,载入"中国新文学大系(1927—1937)"散文二集。作者在感叹"从北平来,从上海来,从中国任何的一个都市中到青岛来,你会觉得有另一种的滋味"之后,走笔岛城给出"一个粗插的轮廓",并"假托另一人的口气",①在客观写实中混融了生动的主观抒情,使散文的思想意蕴和理趣美得以凸显。试阅《青岛素描》中的一段:

> 一天重游的所见,很杂乱地在我的脑中映现。我想:不错,这么静美而又清洁,一切并不比大都市缺乏甚么的好地方,无怪许多人到此来的很难离开。可是从另一方面说,还不是一样,也有中国都市的缺陷。或者少点?虽然静美,却使人感到并不十分强健。理想的境界本来难找,可是除却沉醉于静美的环境中,想一想中国都市的病象,竟差不多!譬如这里,已比别处好得多,然而有甚么更好的方法可以使这个静美的地方更充实与健康呢?
>
> 我又想了,这问题是普遍于各大都市之中的。……②

此外,还有一些写于青岛未能收入《青纱帐》的散文。例如:1931年秋末王统照写的《三角的距离》,于1938年春"重录",后来收录于1940年出版的《去来今》集。散文集《青纱帐》最具影响力的是题头文,即1933年7月4日作的《青纱帐》,这是一篇状物抒情、情文并茂的美文。青纱帐,本是指夏秋间北方农村长得高而密的大面积高粱、玉米,远远看去像青纱制成的帐幕。作者在赞美幽幽沉沉、如烟如雾的青纱帐中,注入了现实社会元素,"现在在北方一提起青纱帐这个暗喻格的字眼,汗喘,气力,光着身子的农夫,横飞的子弹,枪,杀,劫掳,火光,这

① 王统照:《〈青纱帐〉自序》,载《王统照文集》第5卷第285页,山东人民出版社,1982。

② 王统照:《青岛素描》,载《中国新文学大系(1927—1937)》第11集第606页,上海文艺出版社,1987。

一大串的人物与光景，便即刻联想得出来”。作者的议论则一语中的：

> 多少年来帝国主义的迫压，与连年内战，捐税重重，官吏，地主的剥削，现在的农村已经成了一个待爆发的空壳。许多人想着回到纯洁的乡村，以及想尽方法要改造乡村，不能不说他们的“用心良苦”，然而事实告诉我们，这样枝枝节节，一手一足的办法，何时才有成效！①

紧接着，作者用一句令人深思的感叹收束了全篇，“青纱帐季的恐怖不过是一点表面上的情形……而内里面却藏有炸药的引子！”

灾难深重、民生凋敝的北方大地，革命风雷大有一触即发之势，青纱帐里势必储藏着农村革命的“炸药的引子”。王统照描写、叙述、议论的落脚点正是这个交织着愤世忧民的社会问题，作家诅咒黑暗、追求光明的感情和揭示社会生活本质的勇气，代表了中国现代散文的主流。当然，王统照散文也存在象征主义与现实主义遇合不甚周密的缺憾，比之小说和诗歌，他的散文欧派气味更甚，有的笔意艰涩难懂，有的语句也较冗长。

除此，王统照在青岛还有几篇散文诗值得一说，只是他的散文诗不太像诗，而像散文。《夜行集》的第四辑为四篇散文诗，其中写于1935年夏季的有《失了影的镜子》《夜行》《回声》。王统照对这种兼有诗与散文品相的现代抒情文学体裁，或缺一种会心的把握。

翻译

由于大学外文系得天独厚的学科背景，以及个体文学创作的有益参考，王统照成为外国文学勤奋的译介者。他曾向中国读者介绍过印度泰戈尔、爱尔兰叶芝、英国拜伦和高尔斯华绥、法国法郎士、苏联高尔基等著名外国作家作品，还系统译介了爱尔兰摩尔（王译“汤姆司摩耳”）、英国海曼斯（王译“亥曼丝夫人”）、美国布赖恩特（王译“勃雷扬特”）的诗歌。有意思的是，其中一些知名度不甚高的外国作品在王统照看来“却极有译为中国诗的价值”。

在青岛的王统照将目光集中于欧洲东部弱小国家现实主义作品的翻译。主要有P.雅各布森的小说《两个世界》、J.露丹巴苦的独幕剧《头巾》，以及《机器时代的艺术》《新财阀》《山湖》《一个中夏夜的黄昏》等。王统照在青岛更多从“真纯而易使感动的文字中”体会创作流变，以便“叙出对于被迫压之下而努力与惨痛的呼声”。这从1930年3月他在青岛翻译A.普罗克特（王译“蒲劳克泰”）的抒情诗《梦》见得一斑：

① 王统照：《青纱帐》，载《中国新文学大系（1927—1937）》第11集第594页，上海文艺出版社，1987。

昨天儿我在绩纺,
阳光中孤寂独坐;
这梦境是我纺花时太长
它继续着直到白昼已过。
我没曾注意云彩或阴影,
它们在山上翱翔,
也没注意燕子与营巢的蜜蜂,
或是小河澌澌流响。
暗影渐生渐长,
晚风也已吹起,
落日的紫色光辉
在西方天上流溢。
但我不能离开我的纺纱器
因为我的梦境已长成如此美丽,
我不注意一时复一时
这沉静的白昼如何已飞去。
到后来,灰暗的影下落将我围住,
夜来了,黑暗与冷栗,
我起身跑下幽谷,
在山上丢下了那纺纱器。
今日凌晨我爬上山峰,
到我安放纺纱器的地处,——
没有别的只有晶明的露珠滴滴,
我那白日之梦的留遗。①

王统照的翻译文学与文艺创作,实为一种互文性潜对话活动。完全可以说,他的创作主旨、题材和创作手法大都可以找到与外国作家作品间的某种关联,这是"五四"新文学的普遍现象。在青岛,由于王统照的翻译文学多以名不见经传的欧美作家作品为对象,且小诗、短文为多,因而无甚影响。

创作谈等

1933年2月,王统照应《读书》杂志编者之约叙写自己读小说与写小说经历的《我读小说与写小说的过程》,是其青岛时期的一篇创作谈。此文是王统照崎

① 王统照:《梦》,载《王统照全集》第7卷第381页,中国工人出版社,2009。

岖心路的书写。

谈及自己读小说的经历，王统照自言，10 岁起“学看小说”，看了《封神演义》《今古奇观》《聊斋志异》，而“《石头记》是读了又读的小说”。[①] 论及写小说何以“引动浅薄的创作欲”，王统照直言：

> 十五岁，正是二月革命的那一年，那一个暑假我由济南回到家里，忽然用章回体写了一本长篇小说。给它一个可笑的名字，叫《剑花痕》，约有二十回，大略是写些男女革命，志士一类的玩艺。因为那时我在省城读书，社会上的事实，人情，略有见闻，便引动浅薄的创作欲，写了这一本，可是直到现在压在旧书箱中没有再翻过。[②]

显然，他不愿多谈这部名为《剑花痕》的处女作。不过，少年王统照是在略有社会生活见闻的基础上生发文学创作欲望的，而书写的是辛亥革命后的男女志士，这便使王统照为自己铺垫起现实主义的创作路基。他说：

> 不久，到北京读书，便把旧日的玩艺丢掉了。学着读新书，作新文字，把从前认为有至高价值的旧文艺，与旧书堆中的思想都看得很轻。[③]

王统照改变自我源于一个重要的契机：

> 在这时，叶绍钧，杨振声诸君也在《新潮》上写短篇创作。以后我对了这样作法十分热心，胡乱写了一些短篇，第二年在北京西城某公寓中写成《一叶》。[④]

此文隐约透露出，王统照的小说创作受到叶圣陶、杨振声的某些启示。比较而言，王统照对社会和人性问题的探究，与叶圣陶探索人的内心世界复杂性更接近；而以强烈的艺术自觉表现民生疾苦，无疑受了杨振声《渔家》的启发。只是，王统照与杨振声似乎没有什么交集，杨振声主校国立青岛大学期间却不见曾任中国大学教授和作家王统照的身影。1925 年 2 月杨振声小说《玉君》刊行后，王统照曾在《晨报副刊》著文批评，指摘《玉君》在布局上后半篇“失去了从容周密”，“描写散漫”，结局“意兴索然”，人物语言“过于学问化”，心理分析“使用过分”。[⑤] 如此评价，杨振声不可能不在意。

---

①②③④　王统照：《我读小说与写小说的经过》，载《王统照文集》第 5 卷第 277、280、281、281 页，山东人民出版社，1982。

⑤　王统照：《对于〈玉君〉的我见》，载《中国现代文学编年史》第 5 卷（1924—1926）第 79 页，文化艺术出版社，2017。

当然,王统照的创作谈更多反映在作品的序、跋中。他出版的每一部小说集、诗集、散文集,几乎都有自序、弁言、叙言,有的文集再版时又有二序。仅在青岛的20—30年代,王统照的小说集序就有写于1928年12月的《〈号声〉自序》(1933年再版又有《自序二》),写于1932年9月的《〈霜痕〉叙言》。中长篇小说的序、跋则有1927年11月他为《黄昏》写的《自序》和1933年6月他为《山雨》写的《跋》。诗集序有写于1926年秋的《〈剑啸庐诗草〉自序》和写于1932年3月的《〈这时代〉自序》。散文集序有一篇,即1932年8月王统照为《北国之春》写的《自序》。王统照作品的序、跋是一个值得重视的文学现象,他借助这方天地叙写自己关于文学、社会、人生的点滴思考。此外,1927年9月,王统照整理父亲王秉慈遗稿《邻翁丛谭·西轩诗草》在"统照附志于琴岛息庐"名下所留《后记》,也可归入青岛的序、跋之列。

1935年9月,王统照在青避暑期间还应《国闻周报》之约发表了两篇寓言《螺壳的坟墓与巨石》《湖滨之夜》,这可能是他现存文本称为"寓言"仅有的文字,收在未成集子的《听潮梦语》里。1936年9月,王统照在《〈青纱帐〉自序》中称,"《听潮梦语》与附载的《寓言》本想还各各多写若干则,后来都未做到。如果他日能各有续作,自然还是我的希望"①。王统照的寓言实为寓言体散文,是以自由的体裁抒写作者思索的文字。其实,1934年10月收入散文集《片云集》中的《林语》才是王统照的寓言佳作,其中的意味需要读者去发现。

① 王统照:《〈青纱帐〉自序》,载《王统照全集》第5卷第220页,中国工人出版社,2009。

第二章
高地风流:国立青岛/山东大学教授作家群

20世纪30年代是青岛新文学高潮的第一个纪元,而国立青岛/山东大学的教授作家及其作品,则是构成青岛文学的恒久地标。这个用“群”的概念叙述的视角,不仅可以看取校长杨振声、赵太侔在大学价值理性与工具理性间的辩证选择,也能体悟闻一多、梁实秋、沈从文、老舍、洪深、赵少侯、吴伯箫、周学普、方令孺、陈梦家、梁启勋等教授作家对于大学文学教育的坚守,并能识察长篇小说《骆驼祥子》、散文集《羽书》、诗歌《奇迹》、电影《劫后桃花》、翻译作品《浮士德》等诞生在青岛的根由。值得赞叹的是,青岛实现了“教授”和“作家”同构共生,并形成多彩斑斓的大学校园文化,其作品在中国现代文学史的浩浩长河中几如群星丽天。如此成就,令人欣慰。

其实,都市书写始终是国立青岛/山东大学教授作家的聚焦点。而实践中,“大学文学中的都市”和“都市中的大学文学”构成了两个不同的文本现象。中国都市文学的生成需要经济、文化等条件,就创作主体来说,尤需都市作家越来越多的都市感知和叙写经验。生活在国立青岛/山东大学的教授作家,无论是有四五年寓居经历的赵太侔、梁实秋、赵少侯、老舍、周学普,还是二三年时间的杨振声、沈从文、闻一多、吴伯箫,抑或一年半载,甚至更短的方令孺、孙大雨、陈梦家、梁启勋,都是30年代青岛大学文学的亲历者,每个教授作家的经验可能成为青岛都市文学的视角、方法、逻辑和立场。青岛展示了城市承载的包容与接纳,向教授作家的心扉投射出岛城的光和影,青岛之于教授作家的重要意义,不仅仅是区别于此前的另一种外部生活环境,更在于青岛参与了他们个体的文学建构,并转化为艺术创作空间的有机组成,同时也在很大程度上改变了山东文坛的气象。[1]

---

① 乔力、李少群:《山东文学通史》,下卷,第7页,中国社会科学出版社,2016。

也即,国立青岛/山东大学教授作家群反映出30年代青岛文学业态最灿烂的一面。这是一个不同凡响的意义共同体,业已构筑起民国大学的文学生态,并在一定程度上影响着中国现代文学主潮的脉动。

第一节 “杨-赵体系”和大学新文学

国立青岛/山东大学教授作家群的形成及大批代表性文学作品的产生,很大程度上缘于杨振声对建设大学现代汉语言文学课程的自觉,新文学才走进大学殿堂。继任校长赵太侔“遵循效仿”杨振声的办学理念,将新文学纳入中国文学的传承链条中。“杨-赵体系”为青岛开了新文学纳入高等教育知识体系的先河,其理论与实践为不断衍变的青岛文学史而构成着,丰富着,发展着。

“杨-赵体系”

1929年,当停办的私立青岛大学和省立山东大学亟待重构一个“新肌体”之际,由于蔡元培的主张和推荐,清华大学教务长、文学院院长杨振声被确定为国立青岛大学校长。杨振声(1890—1956),字今甫(金甫),笔名希声,山东蓬莱人。北京大学新文学潮涌初期最先涉足小说领地的作家之一,小说《渔家》被鲁迅称为“极要描写民间疾苦”[①]的作品。杨振声留学美国获博士学位回国后,又以长篇小说《玉君》轰动文坛。陈西滢将其与鲁迅的《呐喊》、郁达夫的《沉沦》共举,认为“要是没有杨振声先生的《玉君》,我们简直可以说没有长篇小说”[②]。1930年4月当杨振声接到国立青岛大学校长的任命后,他已不满足于先前以小说引发社会疗救,更希望通过教育实践丰富并奉献文学观念。

国立青岛大学与处于文化中心的北京大学和清华大学不同,由于边缘的地理位置和德租日占遗留的城市风貌,对持纯文艺观念自由派文人的心理形成了潜移默化的影响,并与反传统文学立场达成了某种契合关系。历史赋予国立青岛大学的使命,恰恰适合于杨振声。1928年,杨振声任清华大学中文系系主任时就提出了“创造我们这个时代的新文学”的主张,但彼时的他缺少引领这艘“方舟”的职位。主校国立青岛大学后其道大光,杨振声自觉而勇敢地担负起创造新文学的历史重任。中国现代文学历经“五四”时期“为人生而艺术”和“为艺术而艺术”的对峙,到30年代各类文艺思潮更趋多元。文学本体走向成熟更需要审美性和独立性的滋养,尤有意义的是,杨振声在激进变革的时代以温和、自

① 鲁迅:《〈中国新文学大系〉小说二集序》,载《鲁迅杂文全集》第1094页,中国友谊出版公司,2018。

② 陈西滢:《闲话》,载《现代评论》第3卷第71、72合期,1926年4月。

由的心态审视社会，追索人生，思考文学。实在地说，青岛时期的杨振声没有文学高论，而当他离开后在清华大学的一次演讲则表达出萌生于青岛的文学观。有理由认为，这是杨振声青岛文学思想的产物。

> 试问中国何以乃有今日？除了种种因素外，文学是不是也负了一部份责任？假使是，我们要创造一个新中国——这似乎是唯一的希望，文学当然的也要负一部份责任。这责任关系存亡，其重要使我们不能再行忽略。
>
> 说中国之有今日，文学得负一部份责任，也许有人不以为然。不以为然，并不是看重了文学，而实是看轻了文学。以为文学者，不过几个文人墨客，花朝月夜，大发其牢骚而已，何关乎国家的存亡！殊不知惟其如此，才把国家闹到今日，才正是文学的责任呢。[①]

杨振声对新文学的贡献在于，当历史相对短促、又缺乏普遍性学术认同的新文学进入大学正统的学术秩序受到极大阻力时，他利用国立青岛大学"地利"和"人和"的优势，在青岛构建起大学空间与城市空间交互作用的"文学空间"。

杨振声的接任者赵太侔（1889—1968），原名赵海秋，后改名赵畸，字太侔，山东益都（青州）人。从北京大学迈进美国哥伦比亚大学，攻读西洋文学、西洋戏剧，回国后有北平艺专戏剧系主任、山东省立实验剧院院长的经历。国立青岛大学成立后，赵太侔任教授，后任教务长，于 1932 年 9 月出任国立山东大学校长。赵太侔谨遵杨振声的治校成规，延聘教员更趋多元开放，更具自由理性精神。国立山东大学既保留了"新月派"作家的"地盘"，吸引诗人孙大雨加盟；同时又让颇具民主主义倾向的老舍衣袂飘飘，挟一股新文学之风而来；还聘请左翼剧作家洪深，对青岛城市的戏剧与电影艺术形成了深深的陶染。赵太侔还实施了青岛高等教育发展史上最具力度的改革，将文、理两院合并为文理学院，增益了理科学生的人文滋养，他还亲自担任学校话剧社导师，行"艺术之陶铸"[②]。令所有民国大学和中国现代文学界、学术界刮目相看的是，赵太侔主校的国立山东大学英华蕴聚，青岛教授的文学创作和学术事业进入了空前繁盛的时期，创造了山大发展史上的第一个"黄金期"。1934 年 4 月，教育部派员到各国立大学视察，对国立山东大学教学中的严谨、研究中的创新、建设学校中的勤俭节约、培养人才中的质量等甚为满意，教育部发出表扬训令。

事实如此，30 年代"杨-赵体系"下的国立青岛/山东大学教授作家的文学成就，是中国现代文学第二个十年成就的缩影，青岛因此融入了中国现代文学的

---

① 杨振声：《今天中国文学的责任》，载《杨振声文献史料汇编》第 218~219 页，山东人民出版社，2016。

② 《山大组织话剧社已筹备就绪　赵畸任导师》，载《青岛时报》1935 年 1 月 24 日。

"主流圈"。

大学视野中的新文学

国立青岛大学创建伊始就为新文学创作建立起学院式培养机制,杨振声将中国新文学作家培养作为教育教学的重要目标。

其实,早在清华大学中文系时,杨振声就针对当时国内文学系传统古典当道的现状,努力彰显白话与文学的课程语境,鼓励学生"往创作路上走"[①]的学业之道,积极在大学讲坛上为新文学争取合法席位。在杨振声任国立青岛大学校长后,随着众多知名作家的入职、新文学理论的楔入与实践的展开,新文学教育在青岛最高学府终获一席之地。

一方面,杨振声编制了一个全新的综合性大学课程谱系。在青岛,大学"国文"作为共修学程分 A,B,C 三个层次,面向文学院、理学院、教育学院全体学生,每周 2 课时、4 学分。中文系的必修课除开设"中国文学史""中国文学批评史"外,还开设"中国小说史""名著选读""近代散文";选修课中最引人注目的是"高级作文",分诗歌、小说、散文、戏剧 4 类,要求"文学院各系二、三、四年级学生皆得于此学程中择习一组,或二组"[②]。因为文学不仅是学问,而且是艺术。所谓艺术,不独是知道了便完事,而要把所得观念用一种最恰当的符号传达给他人,使其也能从中受到濡染,这便比别的学科多了写作的练习。外文系大一的必修课设置了"小说入门",每周 3 课时、6 学分;大二的"戏剧入门"和大三的"英国文学史"也是每周 3 课时、6 学分。与新文学相关的如"戏曲概论""浪漫诗人""莎士比亚""西洋哲学史""文艺复兴史""希腊悲剧""现代英国文学"必修、选修课,则成为中文系和外文系的"新宠"。在现代大学中国古典文学始终居于不可动摇地位的形势下,杨振声正确地处理古典与现代、外来和本土的关系,既保持了古典文学的盛景,又使"五四"新文学课程进入大学课堂,为文学教育争得了话语权,职业作家与大学文化的内蕴联系更为紧密,文学的价值与功能更为凸显。

同时,大学图书馆自建校伊始便成为课程资源、文献收藏与文化传播的枢轴,1930 年 2 月,国立青岛大学图书馆便拟定暂行组织条例。[③] 至 1936 年,图书总量已达 87805 册,其中中文图书 65287 册、外文图书 22518 册,还有中外文杂志 1208 种,计 54116 册,可见文学创作资源之丰。据悉,"图书方面,关于莎士比亚书籍收藏之完整,西洋定期刊物如英国之 *Contemporary Review*, *Fortnightly*,

---

① 《中国文学系消息》,载《清华大学校刊》1929 年 9 月 16 日。

② 《二十年度国立青岛大学一览》,载《民国史料丛刊》第 1090 册第 198 页,大象出版社,2009。

③ 《沿革》,载《国立山东大学图书馆概况》第 1 页,1936。

Nineteenth Century,美国之 *Current History*,*Foreign Africa* 之补购整套杂志,在其他大学也是不多得的”①。

尤其令人赞许的是,国立青岛/山东大学新文学写作课大都由知名教授作家亲授。在众多教授作家中,真正从事文艺批评的可能仅梁实秋一人,而沈从文、老舍、杨振声、台静农的小说,闻一多、方令孺、陈梦家、梁启勋的诗词,吴伯箫、老舍、沈从文、黄际遇的散(骈)文,洪深、宋春舫的戏剧,周学普、赵少侯、梁实秋、孙大雨的翻译,皆属中国现代文学史上的名家之作。教授作家身居新文学前沿以其引领文坛发展的表率作用,无疑为学子们提供了可资效仿的榜样。以小说《渔家》《玉君》名世的校长杨振声,亲自讲授新文学小说写作。有论者推测,闻一多的《青岛》一文“好像为了给学生做示范”,不特具有诗的境界,同时还表现出闻一多的“某些生活情怀”。② 老舍虽然兼教多门课程,但“小说作法”和“高级作文”始终是他的拿手好戏。沈从文授课虽有湘西口音,也不在意听课人数的多寡,他的“高级作文(散文)”讲的全是个体创作的真谛。沈从文的长处是以文示范,《八骏图》和《三三》其实是他授课使用的例文。教授作家亲授写作课,不仅加深了学生对新文学文本的学理性理解,而且增强了课程的实感性和说服力。杨振声之后,赵太侔及后来的代理校长林济青,均效仿、延续了杨振声文理兼修、中外结合的办学特色。

另一方面,国立青岛/山东大学的学术报告成为学生争相观摩的课外课。这个起初由每星期一“总理纪念周”的集会演讲,后来成为全校性学术演讲会。闻一多的《什么是新诗》开讲后,梁实秋主讲了《我的文学观》,洪深讲的是《有声电影》,余立基讲的是《学术救国》,周学普的讲题是《机械与艺术》,陈传璋、刘咸分别做《大学生读书之目的与态度》《牛津大学之学校生活》的演讲,还有老舍的《我的创作经验》、张煦的《中华民族之伟大性》,等等,不一而足。除了本校教授演讲外,应杨振声、赵太侔之邀来青岛讲学的有蔡元培、胡适、章太炎、罗常培、陈寅恪、冯友兰、顾颉刚、梁漱溟、陶希圣等国内知名学者,王统照应邀发表了《悲壮精神与文学的表现》主题演讲。③ 从这些有别于国内其他高校的课程和繁荣的学术活动,不难见国立青岛/山东大学着意培养新文化名流的教学意图。闻一多、梁实秋、洪深均以教授作家身份出任学校重要的行政职位,连理学院院长黄际遇,也是难得的骈文写家。黄际遇在赵太侔主校时期实现的文理学院合二为一体制,在林济青代理校长时期由化学系主任汤腾汉得以延续。30 年代的国立

---

① 杜光埙:《忆国立山东大学》,载《山东大学校史资料》第 4 辑第 70 页,山东大学出版社,1981。

② 闻黎明、侯菊坤:《闻一多年谱长编》,第 395 页,湖北人民出版社,1994。

③ 《国文学会举行学术演讲　主讲新文艺作家王统照先生　讲题悲壮精神与文学的表现》,载《国立山东大学周刊》第 135 期,1935 年 12 月 9 日。

青岛/山东大学校园始终充满了浓郁的人文气息,文学与艺术交映生辉,绽放出璀璨的光彩。

事实如此,教授作家的身教不仅增强了新文学课程的实践性,而且在国立青岛/山东大学的师生之间形成了一种难得的创建主体与接受主体的文化心理同构。臧克家诗歌融会了闻一多的风格,他自称,“广泛地接触了‘新月派’的诗及其作者,使我在艺术受到深刻的影响”①。臧克家的诗集《烙印》《罪恶的黑手》、蔡天心的小说《东北之谷》《山村父女》、徐中玉的散文、柳乃瑞的剧本《一兵士》等,无一不在教授作家的交光互影中孕育诞生。新文学会、“海鸥”剧社,以及《新地》文艺副刊、《刁斗》文学季刊,均为学生主创。徐中玉回忆说:“山大同学多不擅训诂考证,而喜爱新文学、新研究、写诗、写小说、写论文,与当时拥有较多新思想、新观念,写作发表较多的老师有很大关系。”②国立青岛/山东大学形成了文学生产与传承的良性循环。

第二节　梁实秋等的文艺评论

国立青岛/山东大学时期的文学理论与文艺批评是一个着眼于文学创作实践的复合体。梁实秋作为中国现代文学思潮史上颇具争议的“新月派”批评家,以独立的学术立场旨在建构文艺评论价值秩序,同时也暴露出背离时代文化的思想弱点。洪深、宋春舫的电影戏剧理论与批评,以及闻一多、梁启勋的诗词研究都值得回眸留意。

一　梁实秋

梁实秋是中国现代文学史上的作家、批评家、翻译家。他系统地研习过西方文学史,在文学理论研究和文艺批评中灌注了美国白璧德“新人文主义”和理性精神。梁实秋的论道之声及与鲁迅展开的论争,双方的焦点却不在同一问题上。梁实秋以左翼文艺批评矫正者的面貌现身,除了政治思想和文学观念差异外,还与他的自由主义立场相关。

梁实秋(1903—1987),原名梁治华,字实秋,在青岛使用的笔名有秋、谐、淑、辛夷、泽臣、吴定、定之、莲子、谐庭、既舒、程淑、程慎吾、周振甫、徐文甫等,祖籍浙江杭县(杭州),出生于北京。就读清华学校期间,就与同窗闻一多、孙大

① 臧克家:《我与“新月派”》,载《臧克家全集》第12卷第307页,时代文艺出版社,2002。
② 徐中玉:《回忆我的大学时代》,载《学术界》2001年第3期。

雨、朱湘等成立文学社,以写诗作文"引为乐事"。梁实秋获美国哈佛大学文学硕士学位后回国,先后在东南大学、暨南大学任教。1930年,他在上海遇延揽教授的杨振声,遂接了国立青岛大学外文系主任兼图书馆馆长的聘书。

梁实秋以美国知名文学评论家白璧德的"新人文主义"作为文学理论和文艺批评的遵循和依据。白璧德之父成长于中国宁波,这种家庭背景拉近了白璧德与中国传统文化的距离,也让中国知识界认识了遭遇世界经济危机后试图以"新人文主义"疗救西方社会的白璧德。事实上,在梁实秋之前,以吴宓、梅光迪、胡先骕为代表的"学衡派"已将白璧德介绍到中国,但因"学衡派"强烈抨击新文学运动,反对白话文运动,被称作"穿着洋装的复古派",致使白璧德初莅中国即遭四面楚歌的"礼遇"。梁实秋本是"抱着一种挑战者的心态"在美国哈佛大学选读白璧德的"十六世纪以后之文艺批评"课,并以一篇《王尔德及其唯美主义》的论文引起了白璧德的注意。白璧德从"眼镜框外面翻着白眼"盯着这位中国留学生,说了句"作这样的一个题目？要使用无限量的小心啊!"①梁实秋在精神上皈依白璧德,是因为白璧德"着眼在实际的人生","不从抽象的形而上学入手",而是"直接的研讨'人性'"。②梁实秋回忆说:白璧德"在我的思想上发生了很大的影响"③。

从东西方理论渊源上看,白璧德"适度"与"制衡"的文艺观与儒家思想的"中庸"之道具有一种微妙的对应关系。这种历史叠印为白璧德的文艺观在中国的推介找到了共同点,但梁实秋评介白璧德却陷入了理论雷池。白璧德把人性论当作文艺批评的关键,梁实秋便因循文学是人性的产物,以浓重的伦理人性观宣称,"文学发于人性,基于人性,亦止于人性"④。鉴于理性是人性的中心,文学需要理性制裁,梁实秋认定,"人性是不变的,情感是没有新旧的,文学是有永久性的,这是铁一般的事实"⑤。同时,文学是人生立场,是对理想人性的模仿,因而文学具有严肃性,情感具有深刻性,人性便成为文学的唯一标准。但梁实秋又说:"阶级性只是表面现象。文学的精髓是人性描写。人性与阶级性可以同时并存的,但是我们要认清这轻重表里之别。"⑥梁实秋的文艺观不仅自我矛盾,而且与现实社会抵牾。他以超阶级的人性论思考社会人生,强调文艺的自主性和纯粹性,主张人性是文学的本体,文学旨在表现人性,但现实又使梁实秋不得不承认文学不可能脱离充满阶级斗争的时代。

---

①②③　梁实秋:《关于白璧德先生及其思想》,载《梁实秋文集》第1卷第548、550、546页,鹭江出版社,2002。梁实秋还加注了"an infinite amount of care"。

④　梁实秋:《文学的纪律》,载《梁实秋文集》第1卷第143页,鹭江出版社,2002。

⑤　梁实秋:《文学的永久性》,载《偏见集》第238页,正中书局,1934。

⑥　梁实秋:《人性与阶级性》,载《海上文学百家文库(59)》第526页,上海文艺出版社,2010。

事实上,白璧德的“新人文主义”与中国现代化进程中的民主、进步的启蒙诉求存在着本质的错位。梁实秋套用白璧德的理论,清理“五四”文学“浪漫的混乱”,质疑文化和社会转型的标准,确实有点文不对题。说到底,梁实秋的理论缺陷在于“没有进一步阐述他整个文学理论中作为基石的‘人性’概念。这个概念对于他,就像现在对我们和对 20 年代及以后时期的中国批评家一样,无疑都是难以解释的‘自在之物’”①。

莎士比亚研究

在青岛时期的梁实秋还致力于莎士比亚研究。梁实秋的“莎学”与“莎评”为外国文学的接受开拓了多元的思维空间。

由于莎士比亚作品具有多元整合的包容性与创造性,近代中国对莎士比亚表现出截然不同的两种接受倾向,即社会政治诉求层面的接受与学术学理探究层面的接受。前者以梁启超、鲁迅、郑振铎、茅盾为代表,后者以王国维、朱东润、梁实秋、孙大雨为代表。而梁实秋与孙大雨在“莎学”理论建设上的观点,却泾渭分明。

孙大雨(1905—1997),原名孙铭传,字守拙,号子潜,浙江诸暨人。入读清华学校即加入闻一多、梁实秋等人发起的“清华文学社”,与朱湘(子沅)、饶孟侃(子离)、杨世恩(子惠)并称诗坛上的“清华四子”。孙大雨赴美留学专修英国文学,兼攻西方哲学史和美术史,在欧风美雨的洗礼中徜徉在莎士比亚、弥尔顿、雪莱的艺术世界。1933 年春,孙大雨从北京大学辞聘来到青岛的国立山东大学,适逢胡适开启的《莎士比亚全集》中译计划。

胡适根据“莎学”的特点提出,“大致是决定用散文,但不妨用韵文试译几种,如 *Tempest*(《暴风雨》)之类”②。梁实秋对“莎学”的理解持诚心观,即采用散文体反映莎翁的作品,着眼于原作的本色。这是因为国际学界有先例,法国和日本译者都取散文法译莎剧。再有就是莎翁的语言风格殊异,一些句法带有中世纪英文的残余因素,还夹杂些猥猥亵语和粗俗的性描写。梁实秋对此不回避、不掩饰、不删除,他出版的莎士比亚作品均有“原文多猥亵语,悉照译,以存其真”的字样。孙大雨则认为,莎士比亚的作品是戏剧也是诗,绝大部分是用有格律的每行五音步的素体韵文写的戏剧诗或诗剧,译成汉语绝不能丧失原作的韵律和气质。由于早年精于写诗,孙大雨对英文诗歌(特别是莎诗的韵律)有精深的研究,他主张用韵文体最大限度地再现莎士比亚作品的情绪与节奏。例如:《哈姆

① [斯洛伐克]玛利安·高利克(Galik,M.):《中国现代文学批评发生史(1917—1930)》,陈圣生等译,第 283 页,社会科学文献出版社,1997。

② 胡适:《日记(1931—1937)》,载《胡适全集》第 32 卷第 37 页,安徽教育出版社,2007。

雷特》的著名独白，“To be，or not to be：that is the question”，梁实秋译为，“死后还是存在，还是不存在，——这是问题”；孙大雨则译作，“是存在/还是/消亡，/问题/的所在”。这样，那个像鬼魅一样缠绕、折磨着哈姆雷特的问题，以及莎剧紧张、深邃和高贵的气氛就能在译文的抑扬顿挫中得以体现，并与紧接着的一长串怨恨交加的独白相吻合。

其实，对于莎士比亚剧作的“素体韵文”，以及如何保留和体现莎士比亚剧作的节奏音律，孙大雨觉察到了，梁实秋也意识到了。梁实秋在出版的译作《哈姆雷特》例言中明确写道：“原文大部分是‘无韵诗’，小部分是散文，更小部分是‘押韵的排偶体’。”[①]梁实秋认为，莎士比亚的无韵诗体甚为自由，实已接近散文；而无韵诗“中文根本无此体裁”，便将“译文一以散文为主”。孙大雨则认为，可以找到中文的适当形式去译释莎剧的素体韵文。[②] 梁实秋执着于“忠于原著”，力求字字落实，他的视角更多指向原文与译文的横向关联，而非译文自身的纵向演进。

探索莎士比亚译释开创性的一步，是孙大雨迈出去的，他对“莎学”的贡献在于创建了“音组”理论。意大利彼得拉克格式传入英国后，莎士比亚改由 3 节 4 行诗和 2 行对句组成，形成了莎士比亚体“ABAB　CDCD　EFEF　GG”的韵式。孙大雨凭借写诗、译诗的丰富经验，又受英语诗歌格律的启发，从字音的音长出发，累音长而成音节，遵时长相同或相似的原则积成“音组”，由此构建诗行和诗节；如果诗行的意义、语法关系和“音组”冲突时，应遵循“音组”优先的原则，以避免用韵的异化。孙大雨因建立“音组”理论，成为莎士比亚诗剧译释的“第一人”，这一理论后来又被卞之琳、黄杲炘等学者继承和发展。当然，也有研究者认为，孙大雨的研究并未真正实现“莎剧”的诗体对应，他的“音组”理论是否具有足够的诗学理据尚待进一步探讨。

在“莎评”方面，梁实秋与所有中国莎士比亚接受者一样，都是根据中国社会现实需求和自我需要去挖掘有价值的东西。不同的是，梁实秋的“莎评”基于他的人性论。梁实秋认为，莎士比亚的一生都在剖析人性，他以戏剧形式创造了众多具有深度和个性的角色，把丰富多维的人性在剧场的舞台上演绎出来。梁实秋说：“莎士比亚的戏剧在今天尚有人演，因为普遍的人性是一切伟大的作品之基础。所以文学作品的伟大，无论属于什么时代或什么国土，完全可以在一个固定的标准之下衡量起来。”[③]

---

① 梁实秋：《〈哈姆雷特〉例言》，载梁实秋译《哈姆雷特》第 1 页，商务印书馆，1936。

② 孙大雨：《我与梁实秋》，载《孙大雨诗文集》第 321 页，河北教育出版社，1996。

③ 梁实秋：《文学批评辩》，载《恩怨录·鲁迅和他的论敌文选》下卷第 574 页，今日中国出版社，1996。

梁实秋始终强调文学自身的独立性和本真性,反对基于功用目的的文学观,尤其反对把文学变为表现阶级性、政治性的工具。有意思的是,与左翼作家对垒的梁实秋,却热衷于从马克思的著作中寻求理论资源。1932年12月10日,梁实秋在青岛将马克思《1844年经济学哲学手稿》中"货币"一节译成《莎士比亚论金钱》,以"程慎吾"的笔名发表在《益世报》上,并在文末附加了一篇《编者案》,通过马克思对莎士比亚的赞扬旨在表明,文学就是文学,文学只是文学。

> 莎士比亚是伟大的天才(,)其伟大处之一即是他的作品不属于任何一阶级,他的作品包括所有的人类,自帝王贵族至平民都在他的作品里找到位置。讲到人生没有人比莎士比亚更观察得透澈深刻。……有人说莎士比亚是资产阶级的艺术家,说这话的人应该先读读莎士比亚的作品,再看看上面马克思的这段文章。……莎士比亚在《亚典的提蒙》一剧所表现的是极度的愤世嫉俗,此种态度并非莎士比亚之全部人生观,仅其对人生观察所得之一部。马克思所以抓住这一段文章者,系因为这一段合于他的学说,故借他人之酒,浇自己之块垒,他的学说是前后一贯的。这大概是艺术家莎士比亚与思想家马克思的一点不同处罢?①

1934年6月1日,梁实秋在《学文》杂志再次发表《莎士比亚论金钱》一文,并在文末的《译者案》中明确指出,"马克思对于莎士比亚是很崇拜的"②。这一与众不同的见解自然难入左翼作家的眼。客观地说,梁实秋不随顺于时风,不屈从于潮流,尽管他的"莎评"与30年代中国现代文学主流价值取向不合拍,却使得莎士比亚研究呈现出多元的学术意义。

《偏见集》

青岛时期,梁实秋的文学理论与文艺批评以1934年7月他在正中书局出版的《偏见集》为代表,此书汇集了1928—1933年写作发表的31篇文章。

《偏见集》是梁实秋重要的文学论集,其中的文章大致可分为三类:第一类是阐述文学与政治、社会关系的,包括《文学与革命》《文学是有阶级性的吗?》《人性与阶级性》《文学的幼稚病》《文学的严重性》《文学的永久性》《文学与大众》《文学与科学》《文学遗产》《科学时代中之文学心理》《所谓"文艺政策"者》。第二类是诗论及文体与题材的,包括《论诗的大小长短》《谈十四行诗》《一个评诗的标准》《诗与伟大的诗》《诗与迷信》《诗的将来》《文学批评的将来》《所谓

---

① 程慎吾:《莎士比亚论金钱》,载《益世报》1932年12月10日。
② 梁实秋:《莎士比亚论金钱》,载《学文》第1卷第2期,1934年6月。

“题材的积极性”》《古典文学的意义》《欧化文》《现代文学论》。第三类为作家论及杂谈，包括《文人有行》《诗人的生活》《论第三种人》《辛克莱尔的“拜金艺术”》《论鲁迅先生的“硬译”》《资本家与艺术品》《主与奴》《绅士》《今古之争》。

客观地看，梁实秋毕竟是一位有理论个性的文艺评论家，他的文学基于人生体验、坚持文学是人生反映的主张，有助于中国现代文学理论和文艺批评规范建设。收入《偏见集》的理论文章，特别具有学术学理意义的是《所谓“题材的积极性”》和《现代文学论》。在《所谓“题材的积极性”》中，梁实秋对作家表现现实生活给予理解和肯定，他说：

> 事实上，一个文学家既秉有较常人更敏锐的感觉，对于当前的生活的一般的状态，如政治经济的生活，是必然不能无睹的。岂特不能无睹，而且一定还要有深刻的认识。生活永远没有美满的时候，在各个时代里永远有一部分人——有时是大部分的人——在苦痛呻吟着，文学家对于这一切人世间的苦恼自然是要有深切的感触的。[①]

《现代文学论》则对“五四”后中国现代文学的发展状况做了鸟瞰式综述。这篇写于青岛、在1932年11月5日至12月24日天津《益世报》连载的文章，结合现代西方文学之进展，对中国现代小说、散文、诗歌、戏剧提出了自己的见解。比如谈到散文，梁实秋说：“新文学运动以来，比较能写优美的散文的，我以为首先应推胡适、徐志摩、周作人、鲁迅、郭沫若五人。”具体来说，胡适“清楚”，徐志摩“亲切”，周作人“隽永”，鲁迅“恶辣”，郭沫若则“气魄最大，如大江大河”。[②]除去对鲁迅使用了“恶辣”不无贬义外，对其他四人的评价当属公允。

梁实秋《偏见集》的许多文字不仅指向鲁迅，而且有一篇标题带有“鲁迅”的《论鲁迅先生的“硬译”》。这篇看似讨论翻译的文字，其实超越了文学范畴，折射出批评者与批评对象的思想冲突。鲁迅一直致力于以文学改造国民性，他的“硬译”最终指向改造中国传统的语言文化。梁实秋从语言学层面否定鲁迅的译笔，实在是会错了意。

梁实秋在《〈偏见集〉序言》中称，“我若有所见，只能算是偏见”，即“好执偏见，不通物情”。[③] 1934年5月10日，闻一多在致梁实秋的信中发出忠告：“吾兄孤踞海陬，尊为人师，一市之名流，一校之名教授，岸然自喜，骄气逼人。”[④]连挚

① 梁实秋：《所谓“题材的积极性”》，载《梁实秋文集》第1卷第456页，鹭江出版社，2002。
② 梁实秋：《现代文学论》，载《20世纪中国文论经典》第164页，北京师范大学出版社，2004。
③ 梁实秋：《〈偏见集〉序言》，载《梁实秋文集》第1卷第307页，鹭江出版社，2002。
④ 陈建军、戚慧：《闻一多致梁实秋一封书信考释》，载《长江学术》2020年第4期。

友都没给他情面,可见梁实秋的文学观确实存在“偏见”。

二　其他教授的文艺评论

国立青岛/山东大学教授在小说、散文、诗词、戏剧等领域开展了多层面、多种形式的理论建设和文艺批评。其中,洪深的电影戏剧理论探讨、宋春舫的戏剧理论、闻一多的诗体演进研究和梁启勋的词学研究最具代表性。

洪深的电影、戏剧理论

洪深在电影、戏剧理论方面造诣颇深,成绩卓著,是中国现代文学史上屈指可数的影剧理论家。1934年,中国教育电影协会编辑出版的《中国电影年鉴》收录洪深的《编剧二十八问》一文,能在中国第一部官修电影百科全书发表论文,可见洪深在中国电影界的影响之大。1935年洪深有三部电影戏剧理论著作出版,包括是年2月由上海生活书店出版的《电影戏剧表演术》、3月由上海天马书店出版的《电影术语词典》和9月由南京正中书局出版的《电影戏剧的编剧方法》。1935年4月,洪深作为“中国新文学大系”戏剧集的编选者,还撰写了长达99页的《导言》。

洪深的《电影术语词典》是中国最早的电影专业术语工具书,共收录编剧、导演、摄影、制片、洗印、录音等25类电影词目近600条,每条均有详细索解,并附有英文索引。这部词典曾于1934年5月在上海《民报》电影副刊《影谭》连载。洪深的《电影术语词典》全面反映了他的电影观,尤其体现出电影剧作和导演以场面为基础的整体性意识。洪深的《电影戏剧的编剧方法》特别强调剧作家直面现实的社会责任心。他说:

> 一出戏剧对于观众所发生的影响,是甚为实在与远到的。正象I. A. Richards在他的*Principles of Literary Criticism*里所主张,一部作品,多少地会影响了读者或观众们的对于世事的观看和感受的态度,那是改变了他们的反应刺激与应付环境的方式(Mode),而不知不觉中指导了他们的行动。一出戏剧,如果不能领着观众们向好的对的是的一面走,必然是领着他们向着不好的不正当的不长进的路上去。一切意识地或潜意识地逃避现实的戏剧,都是向不长进的路上去的。①

洪深援引英国评论家I. A. 理查兹《文学批评之原理》的观点,强调戏剧为人

① 洪深:《电影戏剧的编剧方法》,载《洪深文集》(三)第292页,中国戏剧出版社,1959。

民表现时代精神,并能从中国社会生活和民族心理习惯出发倡兴现实主义创作原则。为此,1935 年洪深在青岛写作并发表了一批文艺评论文章。例如:《文学被打入冷宫以后》《几种逃避现实的写剧方法》《卤》《谈戏剧之理论与实践》《小说中的人物描写》《被称为"性自由的颂扬者"考温德》《"淡红衫子淡红裙"》《问题、事实、态度》《希腊文学中所表现的宿命论是怎样的?》《电影在现代艺术居怎样的地位? 它和文学有怎样的关系?》《我的打鼓时期已经过了吗?》《演技小论》《我对中国舞台协会的希望》《关于戏剧家的使命》。洪深的文艺评论文章从戏剧创作和演出的实践出发,不断发展和充实理论论述,特别是把演剧的经验提萃升维到理论层面。

洪深在为"中国新文学大系"戏剧集结撰的《导言》中,全面总结了"五四"时期中国现代戏剧"理论非常丰富,创作却十分贫乏",以及 1926—1927 年中国戏剧运动"后退两步"的状况,联系国产电影的兴起及自身实践,洪深自信地说自己"是第一个主张并且写出剧本的人",并提出了"一个好的剧本,须能满足两重要求:可读与可演"的观点。基于戏剧家的使命,洪深强调:

> 戏剧家负有重大的使命,就是将他观察与阅历人生的结果,采取有意义有关系的一片段,编成一节有趣味的故事,用日常人生的动作(不外乎衣食住)搬演出来,使观众看时受重大的激刺,欣然愉快,过后留有刻深的印象,幽然深思,于不知不觉中,增加了智慧,美化了情感,直接造成观众伟大的人格,间接便改善了人生。德国之歌德,那威之易卜生,现时英国的萧伯讷,都能不辜负这个使命的。①

洪深对中国戏剧"现代性"的说明,包括反帝反封建的内容和现代编、导、演体制的接合,他是 30 年代系统论析电影理论的评论家。

宋春舫的戏剧评论

青岛时期,宋春舫的戏剧理论研究成果颇丰。1935 年夏,宋春舫在病中整理了《宋春舫论剧二集》,他自言"卧病青岛,几逾四月,大索旧箧,近存四篇,发愤续草,又得六篇,合为续集"②。此书于 1936 年 3 月作为"文学社丛书"之一种与茅盾的《作家论》、胡风的《文艺笔谈》等同时出版。

《宋春舫论剧二集》分前、后两个部分,前半部分为剧论,收《从剧本方面推测到戏剧未来的趋势》《象征主义》《一年来国剧之革新运动》《两性问题的剧

---

① 洪深:《现代戏剧导论》,载《洪深文集》(四)第 86 页,中国戏剧出版社,1959。

② 《宋春舫论剧二集·序》,载《中国现代文学戏剧版本闻见录续集(1908—1949)》第 521 页,上海远东出版社,2010。

本》等 11 篇文章;后半部分为译作,收有 3 个剧本。二集出版后他又完成了第三集《凯撒大帝登台》,共收《一七七七年至一八九三年》《观众成分的变迁》《话剧的将来》《吾不小觑平剧》《〈五里雾中〉之经过》等 12 篇文章,书名取自第三集里的首篇文章,此书于 1937 年 4 月由商务印书馆出版。1937 年,宋春舫完成了《宋春舫论剧》第四集,包括《三百年来从未停演的戏剧》《光与舞台》等 10 篇戏剧论文、4 部译剧,还有《研究戏剧剧曲最低限度的英文书籍》《褐木庐藏写剧书目》两篇资料。上述论剧集涉及中外戏剧思潮、戏剧理论、戏剧舞台艺术,以及戏剧作家作品,其评论中包含的中肯精粹的戏剧美学灵思体现了宋春舫自由、自我、纯然的戏剧理意,给中国剧坛注入了一股清流。

宋春舫写于青岛的戏剧评论文章,还有《战后法国戏剧的复兴》(1928 年 9 月 5 日)和《从剧本方面推测到戏剧未来的趋势》(1935 年 5 月 18 日),这两篇文章均收录在 1936 年出版的《宋春舫论剧二集》里。此外,1935 年 9 月 27 日宋春舫在青岛写作评论《〈五里雾中〉之经过》,还于 1936 年 1 月、5 月写了《论戏剧的对白》《戏院观众纵横谈》评论文章。较之关注政治与社会改革的主流戏剧,宋春舫更关注戏剧的艺术目的、创作原则、对象及形式。

由于宋春舫谦和的秉性及非运动领袖的人格特性,他的许多戏剧改革之声常常孤立无援,时被湮没。洪深在"中国新文学大系"戏剧集《导言》中,对宋春舫在《中国新剧剧本之商榷》中提出的"戏剧是艺术的,而非主义的"主张加以批评。宋春舫当时就在青岛,对此不可能漠然处之。洪深与宋春舫为戏剧理论的同道中人,但其主张迥然相异。洪深认为,宋春舫忘记从事新文学运动的人介绍翻译西洋剧本的本来意义了,他"竟是劝人弃置西洋的'问题剧'而去采用那西洋专为赚钱而写的热闹曲折的'善构剧'了"①。洪深所强调的艺术性与宋春舫所说的艺术性是有区别的。客观地说,从戏剧艺术本身看,宋春舫的说法更有本体论意味。他曾打算以"褐木庐"的藏书为资料写一部《欧洲戏剧史》,但终因健康原因未能如愿。

除此,1934 年春宋春舫应王国华之约请为其兄王国维《海宁王静安先生遗书》撰写的序言,也值得一提。宋春舫因其母与王国维继母的姊妹关系,他自称与王氏兄弟"中表行",少年曾与王国华"同起居,共笔砚";1933 年王国华获聘国立山东大学外文系讲师,宋春舫与其同寓青岛,自然"过从复密"。王国维自沉颐和园昆明湖后,罗振玉曾于 1928 年将王国维生前笔述辑成《海宁王忠悫公遗书》四集刊行。因是书未能收罗王国维的全部作品,且舛错之处颇被诟病,王国

---

① 洪深:《戏剧集·导言》,载《中国新文学大系(1917—1927)》第 9 集第 36 页,上海文艺出版社,2003。

华在青岛任教时“方谋重刊”，并请宋春舫“属序其端”。受托书序，宋春舫发乎衷愫赞称王国维“于学无不窥，其精深博大，非予侧陋所可称言”；因王国维治曲“与予殆有同嗜”，又见王国华辑成的“静安遗著，出以相示”，遂“谨志数语”为序。[①] 宋春舫的序言骈散行文，文采飞扬，曾发表在 1935 年 5 月《人间世》第二十七期上。《海宁王静安先生遗书》于 1936 年初版，而流行的版本则是赵万里(斐云)与王国华合编于 1940 年 2 月由商务印书馆出版的长沙石印本 4 函 104 卷《海宁王静安先生遗书》。书前分列三篇序言，首序系陈寅恪在 1934 年 6 月 3 日受王国华所托而撰，宋春舫之序居次，末为王国华的序。

闻一多的诗学

闻一多发表在 1931 年 4 月《新月》三卷五、六期合刊的《论〈悔与回〉》和《谈商籁体》，是给陈梦家寄去的两封讨论诗的信，不期然成为闻一多在青岛不多见的诗歌理论研究成果。

1930 年陈梦家及其诗友方玮德的唱和诗《悔与回》由诗刊社出版后，闻一多于是年 12 月 29 日从青岛致函陈梦家，称赞这是“本年诗坛最可纪念的一件事”；同时对陈梦家自称“完全靠气势存在的”《悔与回》，从诗歌品质、结构技巧、表现手法(如暗示、转折)等方面提出了中肯的意见。他尤其对陈梦家不使用标点符号“不敢赞同”，因为“诗不能没有节奏”，不能满足于单纯的抒情写意。在闻一多看来，“标点的用处，不但界划句读，并且能标明节奏(在中国文字里尤其如此)，要标点的理由如此，不要它的理由，我却想不出”[②]。

闻一多对诗歌形式的必要坚持恰恰与胡适的主张暗合。1931 年 1 月 24 日，胡适在去往青岛的船上读了陈梦家的诗，在“令人生大乐观”的同时，严肃提出，“《悔与回》不用标点，这是大错”。2 月 9 日，胡适在给陈梦家的信中坦诚地说：“我船上无事，把这诗标点一遍，稍稍可读。但其中有许多地方，我的标点一定不能符合你诗中的原意。你想，你的读者之中有几个人肯去细细标点一首百行长诗？”胡适又说：“你有不服之处，尽管向一多、志摩去上诉。”[③]闻一多和胡适对青年诗人陈梦家的批评，始于发难而指归于建设，如果能从中国新诗的文体自觉方面理解，庶几可得真谛一二。

鉴于“音节和格律的问题，始终没有人好好的讨论过”，1931 年 2 月 19 日，闻一多在青岛致信陈梦家，以其《太湖之夜》为例对商籁体进行讨论。

---

① 宋春舫：《〈海宁王静安先生遗书〉序》，载《从莎士比亚说到梅兰芳》第 85～86 页，海豚出版社，2011。

② 闻一多：《论〈悔与回〉》，载《闻一多全集》第 2 卷第 165 页，湖北人民出版社，1993。

③ 子仪：《陈梦家先生编年事辑》，第 34 页，中华书局，2021。

> 关于商籁体裁早想写篇文章谈谈,老是忙,身边又没有这类的书,所以没法动手。大略的讲,有一个基本的原则非遵守不可,那便是在第八行的末尾,定规要一个停顿。……总计全篇的四小段,(我讲的依然是商籁体,不是八股!)第一段起,第二承,第三转,第四合。讲到这里,你自然明白为什么第八行尾上的标点应是"。"或与它相类的标点。"承"是连着"起"来的,但"转"却不能连着"承"走,否则转不过来了。大概"起""承"容易办,"转""合"最难,一篇的精神往往得靠一转一合。总之,一首理想的商籁体,应该是个三百六十度的圆形;最忌的是一条直线。你试拿这标准去绳量绳量你的《太湖之夜》,可不嫌直一点吗?①

商籁体,为意大利文 sonetto、英文 sonnet、法文 sonnet 的音译,源于中世纪意大利民间的抒情短诗,16 世纪中叶传入英、法等国后很快在多国流行,是一种格律严谨、结构精巧、音乐性强的抒情诗体。严格的商籁体共计 14 行,分为前 8 行、后 6 行两段;8 行中又以每 4 行为一小段,6 行中或以每 3 行为一小段,或以前 4 行为一小段、末 2 行为一小段。由于十四行诗所特有的音韵美、形式美品性,在一定程度上积淀了东西方文化中某些相通的审美因素,特别切合于表达冥想和静思性的情感,这一点恰好和中国人抒发胸臆的方式不谋而合,十分投合近现代中国文人雅士的口味。在中国新诗创作的知名诗人中,郑伯奇、闻一多、孙大雨、郭沫若、穆木天、朱湘、冯至、李金发、曹靖华、卞之琳等都曾在十四行诗创作中取得了可观的成绩。但是,由于十四行诗格式的局限,移植中国伊始就处于被主流文化放逐的地位。胡适就"特别死硬地反对十四行体",1931 年秋他在谈及孙大雨的十四行诗时笑称,"那是缠外国小脚",新诗运动刚刚解放了中国诗歌的小脚,何必缠上外国的裹脚布。闻一多则以"诗人应当带了镣铐跳舞",答复反对诗歌格律的人。孙大雨对闻一多的答复深为不满,认为这能"引起绝大的误会。应为格律之于诗歌并不等于脚镣之于人"②。及至 30 年代后期在诗歌大众化、社会化的呼声下,十四行诗的学者化、贵族化倾向在指责和反对声中偃旗息鼓了。

闻一多写在青岛的《论〈悔与回〉》《谈商籁体》,是其诗学思想的积极成果。他一直致意于新格律诗体,探索节制新诗情感的美学原则,可贵的是他不是取法于外,而是从中国古典诗歌理论中提炼药石。青岛时期的闻一多在古典文学研究领域的转向,较多指向中国传统诗学"秾丽之美"的再发现。

---

① 闻一多:《谈商籁体》,载《闻一多全集》第 2 卷第 168 页,湖北人民出版社,1993。

② 孙大雨:《诗歌的格律》,载《孙大雨诗文集》第 187 页,河北教育出版社,1996。

梁启勋的词学

梁启勋不只是词人，而且是中国现代文学领域重要的词学家，他最为擅长且用力最多的是词学，在词史、词艺、词体方面都有深湛研究。1930年10月，梁启勋来到青岛，于“辛未年十二月二日始属”《词学》，“壬申五月二十日而书已成”，此时他已在国立青岛大学任教。《词学》由北平京城印书局刊行后，梁启勋又着手《中国韵文之变化》的撰写。他的手稿直接书于“国立青岛大学”用笺上，在序言处自署“二一壬申四月二十四日始属稿”，“成于廿六年丁丑年一月七日”。此书作于1932年，至1937年完成，1938年由商务印书馆出版时书名改为《中国韵文概论》。梁启勋在国立青岛大学中文系开设的课程即“词学”和“音韵文”，臧克家、丁观海等都听过他的课。

梁启勋的词学与俞平伯、夏承焘、顾随、唐圭璋、龙榆生等并为“朱况一脉”。梁启勋在《词学》总论中说：“学问递嬗，遂成进化。韵文亦学问之一种，自不能外此公例。”由词延续到曲，他认为曲“移宫换羽，可以变化无穷，此则韵文之大进化矣”，“曲有衬字而词则无，此曲之所以为进化也”。在梁启勋眼里，词是中国古代韵文承上启下的重要一环，自五代经两宋至元有其自身特有的演变规律及文体特征：

> 词由五代之自然，进而为北宋之婉约，南宋之雕镂，入元复返于本色。本色之与自然，只是一间；而雕镂之与婉约，则相差甚远。婉约只是微曲其意而勿使太直，以妨一览无余；雕镂则不解从意境下工夫，而唯隐约其辞，专从字面上用力，貌为幽深曲折，究其实只是障眼法，揭破仍是一览无余，此其所以异也。①

梁启勋在青岛起草的《中国韵文之变化》，通过介绍《离骚》、汉赋、骈文、乐府诗、唐诗、宋词、元曲的演变及其关系，既阐述了乐府诗、词、曲递嬗的内驱力，又论证了文体求新求变的风气变化，发掘出词的文学审美价值，在骈散“一分一合之间得来，实天地之奥妙矣”②。《中国韵文概论》是梁启勋将词学研究的成果应用于中国韵文体内部规律探求的一次有益尝试。

此外，费鉴照的《现代英国诗人》也是值得提及的文学理论笔述。是书收录费鉴照于1928—1930年撰写的九篇论文。1931年2月，闻一多为《现代英国诗人》写了序言；1933年2月《现代英国诗人》出版后，梁实秋的《〈现代英国诗人〉》于5月在《益世报》副刊《文学周刊》上发表。梁实秋进一步指出，费鉴照

---

① 梁启勋：《曼殊室随笔·词论》，载《民国丛书》第3编第89册第44页，上海书店，1991。

② 梁启勋：《中国韵文概论》，第195页，商务印书馆，1938。

《现代英国诗人》"在中国还是创举",赞扬他"于评论之际颇下了一番苦工","他的评论虽不见得怎样精彩,但是他却走了一条稳妥的负责的路,他既未人云亦云,亦无穿凿附会。本书作者,与其说是批评家,毋宁说是学者"。[①]

第三节　沈从文

在青岛的现代文化名人中,沈从文的名字是无比璀璨的。这不仅因为沈从文取得了卓越的文学成就,而且青岛对于沈从文,无论教书、写作还是爱情、友谊,都是承载着他心灵世界和人生轨迹的重要驿站。用沈从文自己的话说,青岛"对于我一生的影响,好像十分抽象却又极其现实,即或不能说是根本思想,至少是长远感情"[②]。

一　文学创作道路

沈从文(1902—1988),原名沈岳焕,字崇文,在青岛使用的笔名有甲辰、红黑旧人、芸芸、黑君、岳林、季蕤等,湖南凤凰人。其"先世大多不是汉人"[③],母亲是一位颇有胆识和魄力的土家族妇女,族群身份问题成为沈从文文学创作中一个丰富而有骨力的母题。沈从文兄弟姐妹九人,他行四,同胞弟妹多以"二哥"相称。沈从文自幼聪慧,但因亲近湘西小城的烟火气息,对于学校教育"便已毫无兴味可言了"[④]。

据悉,沈从文高小卒业便辍学从军[⑤],流徙于湘川黔边区一带。其间,他读《申报》《辞源》及明清白话小说,开始学写旧体诗,并在亲戚家书房读了林纾译的西方文学作品。后因无法忍受土著武装的野蛮和杀戮而远走高飞,1922年沈从文受"五四"精神的启发只身来到北京。他渴望接受大学教育,并被中法大学录取,但因交不起费用而未入学。在最困难的时候,沈从文向素不相识而已是知名作家的郁达夫写信诉苦。郁达夫在一间"窄而霉斋"看到穿着单衣、手冻得红肿还在坚持写作的沈从文,写下了《给一个文学青年的公开状》。为了实现从赤贫无产者到"京派"作家的逆袭,沈从文常去京师图书馆看书自学,在琉璃厂古

① 梁实秋:《〈现代英国诗人〉》,载《梁实秋文集》第7卷第133~134页,鹭江出版社,2002。
② 沈从文:《青岛游记》,载《沈从文全集》第27卷第534页,北岳文艺出版社,2002。
③ [美]金介甫(Kinkley,J. C.):《沈从文传》,符家钦译,第26页,国际文化出版公司,2009。
④ 沈从文:《从文自传》,载《沈从文文集》第9卷第103页,湖南人民出版社,2013。
⑤ 吴世勇:《沈从文年谱(1902—1988)》,第9页,天津人民出版社,2006。

董杂书店铺流连，一个“连标点符号都不晓”的故都怪客“学懂了不少想学习的东西”。沈从文在北京大学旁听期间结识冯至、杨晦、陈炜谟、陈翔鹤、蹇先艾等一干文学青年，遂对新文学产生了浓厚的兴趣。1924 年 12 月，沈从文的日记体散文《公寓中》在北京《晨报》副刊发表，闯入了中国现代文坛。

沈从文的文学之路是才气与际会铺就的。其中，有与《京报》副刊编辑胡也频及在北京寻找出路的丁玲的相识，有梁启超向熊希龄推荐让他在香山慈幼院做图书管理员并获得在北京大学图书馆学习编目的机会，有在丁西林介绍下求得《现代评论》的兼职并与主编陈源、文艺编辑杨振声成为熟人的关系，有结交《晨报》副刊编辑徐志摩被列入约稿作者的机遇，还有到胡适任校长的吴淞中国公学任教及在上海暨南大学兼任“中国小说史”课程的门径；其间，沈从文对中国公学外文系学生张兆和产生情愫则被演绎成文坛轶事。

1930 年春，杨振声就任国立青岛大学校长后在上海延揽教员，他求才心切，力邀沈从文去青岛教书。此时，恰逢校长胡适离任，又由于追求张兆和无果和生存的蹇窘，沈从文决意离开上海。8 月 17 日，沈从文在致胡适的信中坦白：“拿了他们的路费，预备在月底动身。”①8 月 19 日，他也对好友程万孚谈了去青岛教书的事。程万孚在一封信中说：“生活的担子，简直把温文笃实的他压死了。从文之母同哥哥都返湖南去了，妹妹同他一起住着，一个月同去青岛，非去不可的。”②不料，由于中原大战爆发，国立青岛大学无法如期开学。去留取舍，沈从文在胡适、徐志摩的介绍下，应陈源之聘任了武汉大学助教。9 月 20 日国立青岛大学成立时，沈从文竟与其擦肩而过。

不久，沈从文便对武汉大学排斥新文学的守旧思想不满。1931 年 5 月，沈从文回到北平谋职，但在北平的生计根本无着。8 月，还是徐志摩出面联系杨振声，沈从文终于履行一年前的聘约来青岛任教，九妹沈岳萌相随来青岛读书。沈从文从 1922 年 7 月走出湘西，历经北京、上海、武汉、上海、北平，漂泊了八年之后，终于在 1931 年 9 月于青岛展开新生活。

沈从文没有正规文凭，谈不上系统的文化知识，实不敢与杨振声、赵太侔、闻一多、梁实秋等留美学者比肩。梁实秋评价沈从文时说过这样一句话：“一个没有正常的适当的学历资历的青年而能被人赏识于牝牡骊黄之外，是很不容易的。”③在青大，沈从文最初与杨振声共同担任小说讲座教师，二人如同唱“双簧”，杨振声上堂讲，沈从文则在课下批改学生习作，沈从文的批语常常比学生的

---

① 沈从文：《19300817 吴淞致胡适》，载《沈从文全集》第 18 卷第 99 页，北岳文艺出版社，2002。

② 胡其伟：《三十年代前后沈从文与程万孚程朱溪兄弟书信钩沉》，载《新文学史料》2000 年第 1 期。

③ 梁实秋：《忆沈从文》，载《梁实秋怀人丛录》第 144 页，当代世界出版社，2007。

作文还要长。在青岛,沈从文将教书与写作合在一起,教授写作为他提供了尝试多种文体的机会。从沈从文的《三三》文后可以发现,此为一篇范文,是“在青岛山东大学时为学生示范叙平凡事而写,与《八骏图》相对照,见两种格式”①。《八骏图》文后有言:“当时为学生举例作的。”②他还在《腐烂》的《题记》说:“当时为学生习作举例写成的,说明不必要故事,不必用对白,不必有首尾和什么高潮,还是可完成一个短篇。”不能不使人承认,这是沈从文教学期间“对中文各种文体变化苦心钻研的结果”③。

青岛时期的沈从文,住在福山路 3 号大学单身教职员宿舍楼,距离汇泉湾、海滨浴场不过一步之遥。沈从文这个从湘西走出来的“乡下人”,虽在来青岛前有过在北平、上海、武汉等大城市生活的经历,可对大海的真实感觉却是在青岛找到的。他在《我的写作与水的关系》一文中写道:“我的住处已由干燥的北京移到一个明朗华丽的海边。海边既那么宽泛无涯无际,我对人生远景凝眸的机会便较多了些。海边既那么寂寞,它培养了我的孤独心情。海放大了我的感情与希望,且放大了我的人格。”④借由青岛的海,沈从文反复咀嚼、温习自己的人生,自觉生命中充盈着丰沛的能量。事实上,沈从文在青岛的文学创作一篇连着一篇,常常一篇小说刚刚杀青,又一篇作品便呼之欲出。比沈从文稍晚来青岛并在此留有散文的苏雪林,在论及创作素材时说:沈从文是“新文学界的魔术家”,“似乎世间没有一件事一件东西不足融化而为他写作的题材的”。⑤ 1932 年 10 月,沈从文在青岛与林康、高植、程一戎合编由杭州苍山书店发行的《小说月刊》,但至第五期便因经费不支而停刊。⑥

青岛时期的沈从文,经过“一段漫长的、差点没有成功的追求之后才成功”的“爱情长跑”,终于俘获了张兆和的芳心。1929 年沈从文在中国公学爱上了张兆和后,便使出“乡下人”的憨劲以信寄情,开始了长达四年的单恋。1932 年夏,张兆和毕业回到苏州。沈从文企望得到张兆和的明确答复。张家二姐张允和的一个“允”字及张兆和“乡下人,喝杯甜酒吧”的电文告知沈从文,他苦痛的师生恋终于有了回音。1933 年 2 月,张兆和来到青岛,在国立山东大学图书馆工作。1933 年夏,沈从文与张兆和一同离开青岛,二人在北平举行婚礼,从此共

---

① 沈从文:《题〈虎雏〉自存本》,载《沈从文全集》第 14 卷第 452 页,北岳文艺出版社,2002。

② 沈从文:《题〈八骏图〉自存本》,载《沈从文全集》第 14 卷第 463 页,北岳文艺出版社,2002。

③ [美]夏志清(Hsia,C. T.):《沈从文的小说》,载《沈从文研究资料》下集第 618 页,花城出版社,1991。

④ 沈从文:《我的写作与水的关系》,载《沈从文文集》第 11 卷第 322 页,湖南人民出版社,2013。

⑤ 苏雪林:《沈从文论》,载《中国新文学大系(1927—1937)》第 1 集第 692 页,上海文艺出版社,1987。

⑥ 吴世勇:《沈从文年谱(1902—1988)》,第 127 页,天津人民出版社,2006。

度余生。

二　小说创作和《边城》孕育

沈从文的文学贡献主要是小说,青岛时期则是他中短篇小说的丰创期。沈从文对自己的小说生涯如是定位:“由民十六到廿六年,恰恰是中国新文学运动以来短篇小说的收成期。……在十六年左右,我只能说是百十小说作者其中之一员,到廿年以后,我应当说是比较优秀的一员了。”[①]沈从文所言“到廿年以后”恰恰是从青岛开始,他实现了由作家到名作家的蝶变。

短篇小说

沈从文总结一生的文学苦旅,有前后两段十年的“分期说”。“前一段十年,基本上在学习用笔。后来留下些短短篇章,若还看得过去,大多数是在青岛这两年内完成的,并且还影响此后十年的学习和工作。”[②]翻检年谱可见,1931—1933年沈从文短篇小说的创作数量接近100篇,甚至称得上创作生涯的“短篇小说期”,其中的多数篇什是在青岛写作发表的。

1931年,沈从文出版的小说集有《石子船》《沈从文子集》《龙朱》,其中《龙朱》出版于他动身来青岛前的1931年8月。在青岛,1932年沈从文出版的短篇小说集有《虎雏》和《都市一妇人》。《虎雏》于是年1月由上海新中国书局出版,在1933年3月再版。《都市一妇人》于是年11月由上海新中国书局出版,在1933年再版。沈从文在自存样书的扉页和封底,各有一些很私密的题记。[③] 此外,1928年7月沈从文在上海现代书局出版的小说集《老实人》于1932年11月以“一个妇人的日记”为题由新中国书局出版,内收《船上岸上》《雪》《连长》《我的邻》《在私塾》《老实人》《一件心的罪孽》《一个妇人的日记》等篇什。1932年4月30日,《文艺月刊》三卷四期发表了沈从文的系列小说,其中有《寄居某地的生活》《一个黄昏》《隐者朋友》《某一个晚上绅士的客厅里》《一个被地图所遗忘的一处被历史所遗忘的一天》。6月,沈从文在《文艺月刊》发表的《矿场》《去矿山的路上》《在栗林中》《日与夜》等,实为中篇小说《凤子》的章节。这为沈从文在小说的解构与重构关系上做了探索。

沈从文来青岛后写下的第一篇小说《三三》,是为追慕张兆和而写。张兆和在家行三,他便唤她“三三”。《三三》的创作不免带有沈从文向真实生活中的

---

① 沈从文:《总结·传记部分》,载《沈从文全集》第27卷第85~86页,北岳文艺出版社,2002。

② 沈从文:《〈从文自传〉附记》,载《沈从文文集》第11卷第75页,湖南人民出版社,2013。

③ 吴世勇:《沈从文年谱(1902—1988)》,第128~129页,天津人民出版社,2006。

“三三”传递情爱之意。小说以湘西山村杨家磨坊为背景,描摹了少女三三情窦初开、爱意觉醒的一段朦胧情思,她被一个城里来养病的“白脸”少爷扰动了心。随着这个“白脸”少爷的突然死亡,三三的梦想横遭阻断,她“站立溪边,眼望一泓碧流,心里好象掉了什么东西,极力去记忆这失去的东西的名称,却数不出”①。三三与城里“白脸”少爷的纠葛,给都市蒙上了游移与不确定的阴霾。沈从文来青岛的第一篇小说即流露出“都市恶”和“乡村美”的价值赋值,表现出对都市文明的排斥与否弃。《虎雏》很像一篇将“一个野蛮的灵魂,装在一个美丽盒子里”的寓言故事。小说写身为读书人的“我”一心想把一个从湘西匪窝带出来的“小兵”培养成读书人,尽管付出了极大的物质和精神代价,但最终这个匪性十足的“小兵”不堪造就,结伙杀人逃往异地。沈从文的《虎雏》是想“造希腊小庙”来“供奉人性”,渴念获得改造国民性的成就感,却失败得没有一点儿挽回的余地。

1932年是沈从文短篇小说创作的丰收年。小说《静》写的是一个饱经离乱之苦的家庭,家里的男人们从军,杳无音信,母亲带着一家人躲避在小镇。一家人的等待是徒劳的,小女儿看到“竖立在她们所等候的那个爸爸坟上一面纸制的旗帜”②。外国有学者评述沈从文的《静》时称,30年代的中国作家“再没有别人能在相同的篇幅内,写出一篇如此有象征意味、如此感情丰富的小说来”③。《都市一妇人》以一个个连环的精神悲剧讲述都市妇女不断受命运捉弄的灰色人生,批判了都市的昏暗与病态。女主人公本是一个相貌端丽的“小家碧玉”,因缘际会混入都市上流社会,把命运一次次交给男人,结果男人又一次次舍她而去。最后,她买通卖药人弄瞎了男人的双眼,两人双双葬身水底。一个阅尽人间风尘的华贵女子“如一个光华炫目的流星,本体已向不可知的一个方向流去毁灭多日了”,而留给读者的思考则是无言而深刻的。

1933年沈从文离开青岛前发表的《扇陀》,是取材于佛经故事《法苑珠林》创作的一篇新“十日谈”短篇小说,讲的是候补仙人被美女色诱沉沦的故事。候补仙人拥有法力智慧,因摔跤迁怒于波罗蒂长国,咒三年不雨。干旱事关国计民生,美女扇陀应募去降伏候补仙人。结果候补仙人遭遇扇陀“美人计”神通失去,堕落为凡夫俗子,最后在“弥留之际,还向天请求,心愿死后,即变一鹿,长讨扇陀欢心”④。

沈从文的《三个女性》是写在青岛、以青岛为背景的短篇小说,探索都市女

---

① 沈从文:《三三》,载《沈从文全集》(2版)第9卷第38页,北岳文艺出版社,2009。

② 沈从文:《静》,载《沈从文文集》第4卷第290页,湖南人民出版社,2013。

③ [美]夏志清(Hsia,C.T.):《沈从文的小说》,载《沈从文研究资料》(下)第480页,知识产权出版社,2011。

④ 沈从文:《扇陀》,载《沈从文全集》(2版)第9卷第273页,北岳文艺出版社,2009。

青年的婚恋心理和情感生活。作者于海滨避暑地黄昏的景色描画中平静地推出了小说中的三个女性：

> 这是三个年纪很轻的女孩子，她们正从公园中西端白杨林穿过，在一个低低的松树林里觅取上山的路径。最前面的是个年约二十三四，高壮健全具有男子型穿白色长袍的女子，名叫蒲静，其次是个年约十六，身材秀雅，穿了浅绿色教会中学制服的女子，名叫仪青，最后是个年约二十，黑脸长眉活泼快乐着紫色衣裙的女子，名叫黑凤。①

小说基本是散文化叙述风格，故事反套路，写的是这三个在青岛游山玩水的女性的谈论话题。她们谈诗，谈美，谈论黑凤与未婚夫的爱情，又议论被捕入狱且下落不明的梦珂，赞美“她革命，吃苦”，敢于投身冒险的事业。小说看似平静的情节，却有难以一眼看透的深意，作者的“女性三人行”实际通过她们关于生活、理想和人生的议论，揭示了中国妇女的身份、地位和价值观。面对时代风云、社会斗争、人事哀愁、命运捉弄，她们没有悲泣，只有沉静和忍耐，她们性格中的社会性已淡化。小说结尾，黑凤接到“梦珂已死”的电报，心里想的是“这世界，有用的就是那么样子的结果！”而后又自言自语：“勇敢的同有用的好人照例就是这样，于是剩下些庸鄙怕事自足糊涂的……”②其中交织着作者太多不想、不愿道明的复杂情状，题旨晦涩。沈从文小说中，《三个女性》不算出色的，却映照了不一样的美学观。

1933年沈从文在青岛创作的短篇小说，还有由上海良友图书印刷公司作为“一角丛书”出版的《慷慨的王子》。这一年，他的同名小说《女人》先后于4月和6月各作完一篇，作于6月的《女人》后改名《如蕤》。7月18日，沈从文在青岛写完《爱欲》。沈从文的短篇小说具有题材广阔、写法多样、情节灵动等特征，他追求小说的诗意效果，风格趋向浪漫主义，文体结构不拘常格，这完全可以从两年的青岛创作中得以印证。

中篇小说

沈从文的中篇小说对中国现代文学史的贡献最大。他的中篇小说具有结构开阔跳跃、语体格调古朴、句式简峭清越的特点，其单纯而厚实、朴纳而传神构成了从人性道德角度表现人性之“常”的艺术个性。青岛时期的沈从文创作了《泥途》《凤子》《懦夫》三部中篇小说，来青岛前创作的中篇小说《阿黑小史》和《一

---

① 沈从文：《三个女性》，载《沈从文全集》(2版)第7卷第358~359页，北岳文艺出版社，2009。

② 沈从文：《三个女性》，载《沈从文全集》第7卷第375页，北岳文艺出版社，2002。

个母亲》,于 1933 年 3 月、9 月分别由上海新时代书局、合成书局出版。

《泥途》完成于 1932 年 1 月 25 日,自 3 月 16 日开始在上海《时报》连载,至 4 月 15 日刊完,并于 7 月由北平星云堂书局作为“星云小丛书”之一出版单行本。《泥途》通过长江中部一个市镇的边街陋巷一天一夜间发生的故事,展示了一幅旧中国都市下层“抹布阶级”的生活图景。由于外国商业资本的流入,小市镇的人们居无定所,被驱赶到“依照地狱铺排的区域里”过着艰辛的日子。乱世人命如草芥,流行病天花夺走了许多儿童的生命,“各处皆看到小小的棺木”;而附近的工厂挖沟排水,导致居民破烂不堪的泥屋遭到水淹。眼看房屋要倒塌,刘娘、祖贵和张师爷等热心公益的代表同政府与工厂当局展开交涉。交涉未果之际,夜里突发一场大火,小市镇变成了一座“活地狱”,到处是悲怆的哀号和看不到头的绝望。小说写了失火后的一个情景:

> 这时离开了火场已很远了,只见有许多妇人守着一点点从烟中火中抢出的行李,坐在街沿恣意的哭泣。又有许多人在搬移东西。一切都毫无秩序,一切都乱七八糟。天已渐渐大明了,且听到有人说火不是从花园起的,狱中现时还不曾着火,烧的全是花园前街的房子。另外又听到兵士也说狱中没有失火,火离狱中还远。①

《泥途》是沈从文写作贫民苦难题材的一次尝试,几乎是作者创作方法上的跃进和突破,这种非田园牧歌式的抒唱是他常常忽略的。

沈从文在 1932 年 3 月作完的中篇小说《凤子》,于 1933 年 7 月由杭州苍山书店出版。《凤子》采用画幅长廊展览式结构,前后分为两个部分,共 10 节。前 4 节为第一部分,写青年男子在青岛的见闻;后 6 节是第二部分,为老年绅士回忆年轻时的湘西生活。小说开头即交代青年男子因在女人方面的失意“逃”到青岛,虽然青岛的阳光和空气修复了他精神的隐痛,但他仍旧感到孤独。小说的第一场对话在城市中人与凤子之间展开。城市中人的话很多,而凤子的笑比话多。城市中人已有生活阅历,可以抽离生活来看“生活”;凤子则不自觉地生活在美中,连她自己都是一个美的存在。第二场对话是城市中人与独居老绅士的对话,显示出作者对于两种不同生命状态的思考。小说出现了城市中人、老绅士、凤子、吹羊角的小孩、伏在牛背上的牧童、总爷仆人等十多张面孔。城市中人是作品的主线,小说内容就是他对湘西镇筸的了解过程,亦即他从湘西到青岛的行踪。老绅士则是作品的副线,一个镇筸方圆数十里的头面人物。凤子是真、

① 沈从文:《泥途》,载《沈从文全集》(2 版)第 9 卷第 131 页,北岳文艺出版社,2009。

善、美、爱的化身，一个血肉丰满的实体，又是一个不可捉摸的虚无。可见，作者不是着力刻画人物性格，而是将人物作为行文的脉线，以此展现青年与老年人生观的冲突、城乡爱情观的冲突、神性自然与科学观念的冲突，让读者在湘西边陲小镇乡情民俗的经验中体悟人生智慧。《凤子》展现了沈从文“人生观重塑”的主题。他在《凤子》的题记云：

> 本书的写作与付印，可以说明作者本人缺少攀援这个时代的能力，而俨然还向罪恶进取，所走的路又是一条怎样孤僻的小路，故这本书在新的或旧的观点下来分析批判，皆不会得到如何好感。这个作品从一般读者说来，则文字太奢侈了一点。惟本人意思，却以为目前明白了把自己一点力量搁放在为大众苦闷而有所写作的作者，已有很多人，——我尊敬这些人。也应当还有些敢担当罪恶，为这个民族理智与德性而来有所写作的作者——我爱这些人！不吓怕与罪恶为缘的读者，方是这一卷书最好的读者。[①]

沈从文的《凤子》展现了叙事技艺的高超。小说的主、副线平行交织，叙述脉络清晰而朦胧，似断若连，大幅度跳脱，留下广阔的想象空间。

沈从文的中篇小说《懦夫》于1932年8月4日开始在《时报》连载，至9月9日刊完，共载37日次，于1933年由上海新时代书局出版单行本。《懦夫》以戏剧性的小说形式，寓言式地表达了人的思维状态。小说的写实叙事和象征寓言，既可以自行其是，同时也能在精神辩证的意义上相互支援。《懦夫》的创作表明，沈从文的思维认知具备了高度成熟的内质逻辑结构，暗示沈从文理性精神的日臻圆融。正是有《懦夫》这种哲学纲领式的寓言试验性作品铺垫，沈从文才得以完成应有的诗学训练和认识论的双重准备。

沈从文的代表作《边城》是在青岛孕育的。1933年春，沈从文与张兆和乘车去崂山北九水时，见到溪边一个穿着白衣的十几岁的乡村姑娘，一边哭泣，一边烧纸马为死者祈祷，打了些溪水走了。这是崂山当地丧葬中的一俗——父母咽了气，做孝子的要拄哀杖，孝女着孝服、奉灵幡，一天三次去土地庙“报庙”“送浆水”，用溪水洗去死者在人世间的尘垢好进入阴间。沈从文后来说：小说中的人物翠翠是从青岛崂山北九水一个乡村女子身上取得的素材。其实，崂山北九水打溪水的女子，与小说中川湘边城小镇的主人公翠翠相去甚远，见过青岛崂山女子的作家也不止沈从文一人，可沈从文却由崂山的水、北九水的女子激发起灵感和创作欲望，催生了他的代表作《边城》。《边城》以美轮美奂的田园牧歌和乡愁

① 沈从文：《〈凤子〉题记》，载《沈从文全集》（2版）第7卷第80页，北岳文艺出版社，2009。

乌托邦,成为中国20世纪无与伦比的中篇小说。

从短篇小说《三三》到中篇小说《边城》,不难识见沈从文人生阅历、生命理想与情感取向的变化。他从湘西来到都市,并在都市生活了十多年,使他建构出既可以审视乡村,也能够审视都市的文学空间。1934年当沈从文重返故乡时,不仅从都市厌恶中实现了精神归乡,还萌发了对故乡家园、对人性美和人情美执着追迹与热切表达的欲望。基于城乡社会的经验,他发现了未被现代都市恶质文明扭曲的湘西社会原始、淳朴、平静、伊甸园式的存在。沈从文在后来回忆这段创作生活时写道:“我一生读书消化力最强、工作最勤奋、想象力最丰富、创作力最旺盛,也即是在青岛海边这三年。”①

在一定意义上说,沈从文是中国现代文学史上当时最不被理解的作家之一,他在收获创作成果的同时,也成为文学理论界重点批评的作家。青岛时期的沈从文迎接着分属不同阵营、持不同观点的人的激烈批评。

1931年3月沈从文来青岛之前,《文学生活》创刊号发表了“左联”评论家韩侍桁的批评文章,开篇即说:“一个享受着较大的声誉,在某一部分领有着多数的读者,其实是轻轻地以轻飘的文体遮蔽了好多人的鉴赏的眼,而最有力地诱引着读者们于低级的趣味的作者,是沈从文先生。”结论是,“以他的以前的空虚的题材与轻飘的文体为证,对于这位作者我们已是失望了”②。5月,《浊流》第三期刊出吕慈的《论沈从文》,说他取径乡村“都是和平的称颂,赞美得使人有几分疑心这不是中国,混战下的中国的领土”。文章认为,“沈从文先生阶级性的估定,是梁实秋教授口里的那一类有出息的人”③。沈从文来青岛后,10月26日,《文艺新闻》刊出一篇未署名的《生活经验允许他？好一多产的作家》,对徐志摩向史沫特莱介绍沈从文是中国“最多产的作家”讽刺挖苦,否定了沈从文的小说创作。钱杏邨在1932年《北斗》二卷一期撰文点了沈从文的名,“如沈从文,鲁彦等,那是更不必说的,是‘依然故我’,一贯的发展着资产阶级的个人主义的意识形态,以及知识分子所具独浓的理想主义的倾向,虚无主义的倾向”④。对沈从文施以长篇大论批评的贺玉波,则以沈1926—1931年间出版的八种作品为靶子,写了三万言的《沈从文的作品评判》,分上、下两篇刊登在1932年光华书局印行的《现代中国作家论》第二卷。此文直言不讳地批评道:“沈从文是个没有思想的作家,在他的作品里只含有一点浅薄的低级的趣味。如果我们要赞美他

① 沈从文:《青岛游记》,载《沈从文全集》第27卷第534页,北岳文艺出版社,2002。

② 侍桁:《一个空虚的作者——评沈从文先生及其作品》,载《沈从文研究资料》(上)第19页,知识产权出版社,2011。

③ 吕慈:《论沈从文》,载《浊流》第3期,1931年5月。

④ 钱杏邨:《一九三一年中国文坛的回顾》,载《北斗》第2卷第1期,1932年1月。

的话,那末,就赠给‘一个趣味文学作家’的头衔吧。反而言之,他就免不掉要受‘一个空虚的作家’的指摘!”①

面对刀光剑影沈从文倒很淡定,他在一篇作品中说:“但是你也知道多少文章就是多少委屈。”②明乎此,沈从文的写作生涯是一心一意地用文学打造一个神庙,以便定义自己,实现自我构象,因而他在创作上一直默默地遵循自己的内心情理,潜心于表现人性之“常”。在20世纪二三十年代,沈从文不仅对无产阶级革命文学运动与左翼文艺运动持冷眼旁观的态度,而且在一些重大的文艺冲突中发表过不合时宜的言论。当阶级斗争构成的社会关系不仅成为文学的题旨,而且在相当程度上被认为是衡估作家思想意识的重要尺度时,沈从文受到红色营垒批评家的尖锐批判就不难理解了。1935年,茅盾、鲁迅、郑伯奇在分别编选“中国新文学大系”小说一、二、三集时,均未辑录沈从文的作品。沈从文显然被排挤在主流作家之外。

客观地说,沈从文将文学“理想国”的构型深深地扎在湘西生活的根系上,并经历了从自在到自为的转变过程,这是自我同一性生命经验持续发酵和有效扩展的结果,湘西情怀还对沈从文后续城市创作产生了影响。沈从文的文学观不是时代性的,也不是社会性的,更不是革命性的,而是人生、生命,是从伦理道德与审美的角度去审视和剖析人生。③ 沈从文探寻的是在作品里建立一个精神空间,他从自己的故乡不断开掘层出不穷的题材源泉,使得湘西从地理上的湘西升华成了文学上的湘西。虽然他借以展现的“理想国”是一个文化落后的乡村世界,但他触及了改造民族性格的命题,贯注了人的改造思想,以及对应“理想国”所酿就的清新淡远的牧歌情调,还有作者饱满的情绪投注。因此,沈从文小说具有那个时代不可替代的独特性。

当然,沈从文小说的角色认知和价值取向又使他陷入创作困境。

其一,涉及中国社会革命问题时的矛盾心态。在感时忧国的总体氛围中,沈从文对暴力革命的抒写、阶级斗争的描摹缺乏想象力。沈从文写于1931年7月、改于1934年10月“为纪念采真而作”的《若墨医生》,其对话内容属当时中国政治生活中的要害问题。医生谈到解决中国动荡的出路“需要信仰”,小说中的“我”也承认“要信仰的”,但又反驳医生,“先信仰那个旧的不可靠,得换一个新的,从新的基础上,建设新的信仰,一切才有办法”。通过谈话,作者认定医生是“存在三种不可通融的主张”,即除了“讨厌青年会式的教徒,同自作多情的女

① 贺玉波:《沈从文的作品评判》,载《沈从文研究资料》(上)第99页,知识产权出版社,2011。

② 沈从文:《虎雏》,载《沈从文全集》(2版)第7卷第24页,北岳文艺出版社,2009。

③ 朱栋霖、朱晓进、吴义勤:《中国现代文学史1915—2018》,上册,第166页,高等教育出版社,2020。

子……两样人以外还极端怀疑中国共产党革命”。[①] 一部可能表现相当深广度的作品,却被磨平了思想的棱角。在沈从文的作品中,鲜少生灵涂炭的呻吟或拼死挣扎的呼喊,他从未按照“文学与政治”的主题把握自己的创作,而潜藏着“边缘”政治策略。[②]

其二,以个性化的姿态给边城文化赋予野性力量。沈从文的小说表面上沿袭鲁迅怀恋乡土的文学路线,但他更多表现乡间的朴素美德与自然野性的生命力,当中国现代文学史上大多数作家以启蒙开路走向现代文明之时,沈从文却在城乡文明对话的交接点上制造与现实世界的距离感。他的小说具有民族志文本特征,融入了丰富的湘西苗族文化元素。他从乡村中国的文学视野和价值体系出发,将乡土性的抒情诗气氛揉进一幅人的生活图景。但是,他的小说过于从城乡差别上看问题而美化乡村社会。沈从文内心世界充满隐晦的自卑情结,他以批判眼光和质疑姿态审视都市的一切,将都市视为异“我”的他者。虽然一直以“乡下人”自居,但沈从文“乡下人”视角的形成得之于离开了湘西进入城市,有了城市作为对象与乡下烘托对比。沈从文的“进城”与“返乡”的姿态同样坚定,“乡下人”的目光一方面决定着沈从文文学创作的题材取向,另一方面又使城市与乡下两类题材在对立互参中获得了表现。

其三,“天使”形象与现实社会女性境遇的纠结。沈从文的小说总是将女性作为绝对主角,这充分体现在他塑造的湘西少女图谱上。不论是来青岛前写的《萧萧》中的萧萧、《阿黑小史》中的阿黑,来青岛写的《三三》中的三三及在青岛孕育的《边城》中的翠翠,还是离开青岛后写的《长河》中的夭夭,无一不是他湘西爱与美叙写的中心人物。沈从文笔下的湘女天真可爱,喜则歌,哀则哭,散发出纯真自然的人性美光泽。但在忧世伤生和男性至上的现实面前,沈从文塑造的“天使”女性只能是男权世界中无力掌控自我命运的“羔羊”。如果说,《都市一妇人》中那个被男人一次次转手玩弄的华贵女子是个可怜人;那么,《静》中等候男人音讯的母亲和殇魂幡,无一不标识女人的无助与哀怨。即便《三三》中那个搅动三三情窦的“白脸”少爷没有出现,也会落入某个“灰脸”男子的情网;《三个女性》中的黑凤接到未婚夫“梦珂已死”的电报,也只能是哀叹。沈从文笔下的女性折射出民国妇女生存的图景。

准确地说,沈从文的创作与自身经历密切相关。他带着一种特殊的生活经历和一身泥土气息,从湘西“一小角隅”走上文坛,在青岛度过了一段值得铭记的文学时光。相较于同期羁旅青岛的大学教授作家,如果说老舍生活在“悲情”

① 沈从文:《若墨医生》,载《沈从文文集》第4卷第317页,湖南人民出版社,2013。
② 王德威:《想象中国的方法:历史·小说·叙事》,第358页,百花文艺出版社,2016。

里,那么沈从文生活在"感叹"中。

三 《从文自传》、诗、散文等

沈从文在青岛的重要作品之一是《从文自传》。他还写有诗歌、散文,以及文学评论、文友信札、序跋类文字。沈从文在体裁方面不肯承袭旧法,不肯驾轻就熟,他宁愿"在章法外接受失败,不想到在章法内得到成功"①。失败了就换个方法再来,做对了也不停留在已有的小小成就上,沈从文的作品保有因不断创新而形成的最大可能的文体多样化。

《从文自传》

1932年7月暑假期间,沈从文在青岛完成了《从文自传》。写自传的直接原因,是应邵洵美策划的一套自传丛书之邀。沈从文"打头阵",全传近五万字仅用了三个星期便一气呵成,"以文学上成熟的速写形式面世了"②。1934年7月,《从文自传》作为自传丛书第二本在上海印行,甫一面世即得到好评。《人间世》杂志向国内知名作家征询"1934年我爱读的书籍"的意见,周作人和老舍不约而同的回答是《从文自传》。

沈从文在《从文自传》开篇说:"拿起我这枝笔来,想写点我在这地面上二十年所讨的日子,所见的人物,所听的声音,所嗅的气味。"这些"日子""人物""声音""气味"综合而成"我真真实实所受的人生教育"。③ 自传分为前、后两个部分。前一部分以湘西凤凰小城为背景,从幼时的启蒙写起,主要是顽童生活、逃学,以及故乡的山水、风土人情,写出了浓厚的乡土恋情;后一部分写自传主人公从小城进入社会,当兵随军辗转湘西、黔北、川东,在各种各样的现世光色中成长,从不自知的愚昧中逐渐产生出虽然模糊却坚执的追求,然后离开湘西闯荡北京,实现文化身份的动态转向。传记至此戛然而止。

沈从文的自传要比其个人经验的记忆为真。从他此前与此后的文学行程看,始终有一个问题回折其间:为什么在此时、此地产生?《从文自传》产生于青岛并非偶然。多年后,沈从文为自传写了一篇《附记》说:

> 当时我正在青岛大学教散文习作。本人学习用笔还不到十年,手中一支笔,也只能说正逐渐在成熟中,慢慢脱去矜持、浮夸、生硬、做作,日益接近

① 沈从文:《石子船》,载《沈从文全集》第5卷第318页,北岳文艺出版社,2002。
② [德]顾彬(Kubin,W.):《二十世纪中国文学史》,范劲等译,第126页,华东师范大学出版社,2008。
③ 沈从文:《从文自传》,载《沈从文文集》第9卷第95页,湖南人民出版社,2013。

自然。为了补救业务上的弱点,我得格外努力。因此不断变换作品的内容和形式,用不同方法处理文字组织故事,进行不同的试探。当时年龄刚及三十,学习情绪格外旺盛。加之海边气候对我又特别相宜,每天都有机会到附近山上或距离不及一里的大海边去,看看远近云影波光的变化,接受一种对我生命具有重要启发性的教育。因此工作效率之高,也为一生所仅有。①

沈从文在这里强调的青岛的自然环境,绝非外在的条件,如同湘西的山川河流曾经荣任过的角色,如今由大海来替换和扩充。沈从文住在青岛福山路拐角的一幢小楼上,从窗口即可望见溟涨和云天。此地不是生他、养他的湘西小城,却奇妙地把他和故乡从感官到整个身心唤醒到清晰、明朗的程度,也从容地映现到文学里来。因此可以说,《从文自传》是真挚感情的自由表露,是人格与环境变故的写照。

值得注意的是,与大多数中国作家选择中年之后才写作自传不同,沈从文在而立之年就忙于自传的书写。是因为自己过往的经验和履历"别具一格,离奇有趣"?还是因为他急需展示一种别样的人生追求?作家传记文学是采用除虚构以外的多种艺术手法刻画作家生动个性的文学体裁,《从文自传》作为沈从文的自我符号前后修改过六次,他在不断地为自己的价值坚守和思想重塑寻绎可感知、可张望的世界。其实,几经修订的《从文自传》仍是沈从文青岛时期的作品,也是他此前30年的人生经验编织。他所做的是在"现在的我"与"过去的我"的对话中,作为反思性理解的"我"由"非我"向"自我"的转变,以复现对"自我"的理解与建构。《从文自传》的完成使他找到并定位了自我,沈从文也由此确立了"从文姿态"。

诗歌

沈从文从写作伊始,诗歌即为重要一脉,但他实在算不上诗人。沈从文在青岛写作发表的诗歌不多,1931年11月,沈从文为悼念徐志摩写的《死了一个坦白的人》和《他》,是创作冲动难以抑制的产物。

1931年11月21日,沈从文正与国立青岛大学的几个同事在杨振声校长家里聚会,有人从济南给杨振声打来电话说,徐志摩因飞机失事已于日前不幸遇难。闻此噩耗,在场的人无比惊愕,沈从文尤感悲伤。谁都知道,最欣赏沈从文才华、最理解沈从文的人是徐志摩。沈从文当夜便搭火车于22日一早抵达济南,同各地赶来的徐志摩的生前好友张奚若、金岳霖、梁思成、张嘉铸、郭有守、张慰慈等会齐,冒雨去南城福缘庵瞻仰遗容。《死了一个坦白的人》写于从济南返

① 沈从文:《〈从文自传〉附记》,载《沈从文全集》第13卷第366页,北岳文艺出版社,2002。

回青岛后，诗一开头就造成强烈、夺人之声势——“好聪明的家伙，我问你，/你说，你说，/你怎么会来到我们这个世界？/上帝无双的慷慨，/派你来到这个/占满了苍白色脸子的人间，/带来一个怎样希奇的春天！”①只是《死了一个坦白的人》在沈从文生前一直未发表。1932年4月30日，沈从文在《文艺月刊》三卷四期发表的《黄昏》，勾勒了一组大自然的意象：

我不问乌巢河有多少长，
我不问萤火虫有多少光：
你要去你莫骑流星去，
你有热你永远是太阳。

你莫问我将向那儿飞，
天上的岩鹰鸦雀都各有巢归。
既是太阳到时候也应回山后，
你只问月亮“明后里你来不来？”②

《黄昏》后来写入小说《凤子》第九章《日与夜》，个别词句有所改动，但“乡下人”的视角依然如故。沈从文的创作资源多来自民间，如“萤火虫”“鸦”“雀”等乡土动物。他自称，“我耳朵没有其他少年诗人那么大福气，除了麻雀同蝈蝈儿外，委实没听过什么夜莺”③，而“夜莺”正是西方诗歌的象喻。1933年3月7日，沈从文在青岛作诗《微倦》，于5月4日在《西湖文苑》第一期发表。

1931年沈从文来青岛的当月，《新月诗选》出版了。他被列入“新月十八家”诗人之一，他的《颂》《对话》《我喜欢你》《悔》《无题》《梦》《薄暮》七首诗歌入选这部展现“新月”诗派阵容和成就的诗歌合集中。这些诗都是沈从文来青岛前的作品，他把小说灵幻的抒情色彩用到了诗歌上。

沈从文于诗歌，既是创作者，又是助推的编辑。1932年，上海青年书店推出“现代文学杰作全集”丛书，沈从文承担的《现代诗杰作选》共选胡适、闻一多、周作人、俞平伯、郭沫若、徐志摩、戴望舒等39人的诗作。④ 这是沈从文对中国现代新诗发展的重要贡献，无论诗人的确定原则、诗歌的入选标准，还是编辑规范和体例都表明，沈从文算得上诗学领域的行家里手。

---

① 沈从文：《死了一个坦白的人》，载《沈从文全集》第15卷第199页，北岳文艺出版社，2002。
② 沈从文：《黄昏》，载《沈从文全集》第15卷第49页，北岳文艺出版社，2002。
③ 沈从文：《乡间的夏（话后之话）》，载《沈从文全集》第15卷第6~7页，北岳文艺出版社，2002。
④ 吴世勇：《沈从文年谱（1902—1988）》，第130页，天津人民出版社，2006。

散文、评论等

沈从文的散文是介于散文与小说间的实验性文体,融叙事、抒情、议论于一炉,寄托着沈从文独特的生命体验、思想内涵和审美价值。1943 年 1 月,沈从文在《文学创作》一卷四、五合期刊载的散文《水云》,是对青岛生活的总结。开头一大段青岛风光足以让人陶醉:

> 青岛的五月,是个稀奇古怪的时节。自二月起从海上吹来的季候风,饱吹了一季,忽然一息后,阳光热力到达了地面,天气即刻暖和起来。山脚树林深处,便开始有啄木鸟的踪迹和黄鸟的鸣声。公园中分区载种梅花、桃花、玉兰、郁李、棠棣、海棠和樱花,正像约好了日子,都一齐开放了花朵。到处各聚集了些游人,穿起初上身的称身春服,携带酒食和糖果,坐在花木下的草地上赏花取乐。就中还有些从南北大都市官场或商场抽空走出,坐了路局的特别快车,来看樱花作短期旅行的,从外表上一望也可明白。这些人为表示当前被自然解放后的从容和快乐,多仰卧在软草地上,用手枕着头,给天上云影压枝繁花弄得发迷,口中还轻轻吹嘘唿哨,学林中鸣禽唤春。女人多站在草地上和花树前,忙着帮孩子们照相,不受羁勒的孩子们,却在花树间各处乱跑。①

此文描述的阳春美景,堪比老舍的《五月的青岛》和闻一多的《青岛》。不同的是,沈从文貌似写青岛的美景而他整个人完全陷入创作的困惑之中。文章最初发表时有副标题“我怎么创造故事,故事怎么创造我”,而校定稿却删了。副标题先有后无,只留下主标题水、云两个抽象的意象,体现了沈从文在公开自我时的复杂心态。《水云》立意的含蓄性和深在的哲理性,是索解沈从文文学创作的密钥。青岛时期的沈从文“常常欢喜孤独伶俜”,“带了几个硬绿苹果,带了两本书,向阳光较多无人注意的海边走去”②。他游离于文坛边缘,执着于文学的自我言说,对文学创作一直坚持自我。1932 年 11 月,杭州苍山书店推出一则广告出版沈从文的散文集《一鳞集》,但一直未见到此书。

青岛时期,沈从文的文学评论主要有《论徐志摩的诗》《上海作家》《论施蛰存与罗黑芷》。1932 年 8 月,《现代学生》二卷二期刊载的《论徐志摩的诗》看似悼念亡友的诗评,却是一篇“后五四”时期中国诗界的综述性文章,涉及创造社、文学研究会、《小说月报》,论及胡适、周作人、郭沫若、朱自清、王统照、张资平等的诗,最后落点于徐志摩。沈从文评价徐志摩的诗,“为爱所煎熬,略返凝静,所作的低诉。柔软的调子中交织着热情,得到一种近乎神奇的完美”③。诗评具有

---

①② 沈从文:《水云》,载《沈从文全集》第 12 卷第 91、92 页,北岳文艺出版社,2002。

③ 沈从文:《论徐志摩的诗》,载《沈从文文集》第 11 卷第 192 页,湖南人民出版社,2013。

独具一格的批评观和读者观。1932 年 12 月 8 日，沈从文在青岛作《上海作家》一文，提出应“容纳左翼作家有价值的作品，以及很公正的批评这类作品”的主张。1931 年 11 月，《现代学生》一卷二期的《论施蛰存与罗黑芷》将两个各异其趣的作家并谈，旨在突出两人的创作个性，针砭得失，绵里藏针。

沈从文在青岛与友人的信札，中心人物是徐志摩。1931 年 11 月 13 日，沈从文在致徐志摩的信中请托为刚刚离开青岛的方令孺“找点事作”，并谈了自己在青岛的创作打算，“两个月写一个短篇，预备一年中写六个”，“写苗公苗婆恋爱、流泪、唱歌、杀人的故事”。[①] 这是徐志摩生前最后一次收到沈从文的信。徐志摩死后，11 月 24 日沈从文致信胡适，建议将徐志摩失事的飞机购买下来留作纪念，定一个日子在上海、南京、济南、青岛、北平、武昌等城市分地同时举办追悼会。12 月 12 日，他再次致函胡适谈徐志摩日记的处理意见，因其中涉及陆小曼的日记和书信，沈从文认为不适宜交予林徽因。“若一切已全给了她，那羊已走去，补牢也不必了。”[②]1932 年 8 月，沈从文作《一周间给五个人的信摘录》，于 9 月 1 日在《现代》一卷五期发表。1932 年 4 月 29 日，他给施蛰存的信以“沈从文手札”为题于 11 月 1 日发表在《现代》二卷一期。

沈从文写在青岛的序、跋，主要有 1931 年 10 月 10 日《新时代月刊》一卷三号刊载的《〈秋之沦落〉序》。1931 年 10 月 20 日，沈从文为中国公学学生刘宇的《刘宇诗选》作序，该书于 1932 年 1 月由北新书局出版。《刘宇诗选》系沈从文编就和资助出版的。沈从文的序、跋是窥探其文学观念与思想意识的视窗。

此外，沈从文在青岛还写了《记胡也频》《记丁玲女士》等文章。沈从文初入文坛便与胡也频、丁玲夫妇结下了友谊。1931 年 1 月 17 日胡也频被捕，沈从文为营救其出狱先后求见蔡元培、邵力子、张群等政要，但营救未果，胡也频于 2 月 7 日惨遭杀害。沈从文虽与左翼阵营有阂隔，但还是在青岛写了《记胡也频》，于 1931 年 10 月 4 日起分 34 次在《时报》连载，至 11 月 29 日刊完。1932 年 5 月，《记胡也频》由上海大光书局刊印单行本，并于同年 11 月再版，后在 1935 年 10 月三版。在白色恐怖的威胁中，沈从文公开著文悼念“左联”烈士确实需要足够的真情和勇气。1933 年 5 月 14 日，丁玲在上海被国民党特务秘密绑架。消息传到青岛，沈从文极为担忧与愤慨，他在不到十天的时间里连续写了《丁玲女士被捕》和《丁玲女士失踪》，公开控诉国民党政府用绑票虐杀知识分子的行径。此时，外界传闻丁玲已经被害，他当即以丁玲死难的传闻为题材创作了长篇传记《记丁玲女士》，于 7 月 24 日起在《国闻周报》连载，至 12 月 18 日刊完，共载 22

---

① 虞坤林：《志摩的信》，第 199 页，学林出版社，2004。

② 沈从文：《19311212 青岛致胡适》，载《沈从文全集》第 18 卷第 157 页，北岳文艺出版社，2002。

周次。沈从文的字里行间情意款款。

青岛时期的沈从文,经常陷入人生的理性与情感、必然与偶然、可知与不可知的二律背反之中。他仿佛在漫无边际的抽象领域里游泳,结果游来游去始终找不到岸边。这恰好可以作为沈从文文学的注脚:人生实在是一本书,内容复杂,分量沉重,值得翻到个人所能翻到的最后一页,而且必须慢慢翻。

第四节　老　舍

在青岛文学史上,老舍的成就创造了一个难以超越的高度。1934—1937年,老舍寓居青岛时期是其创作生涯的第一个高峰期,他在青岛的作品涵盖小说、散文、杂文、新旧体诗、翻译文学、创作谈、演讲稿、文学评论、书信、日记、广告等多种文学样式。老舍的作品基于人道主义的善恶观,通过对社会文化的审视和民族命运的思考,以其无所不至的敏感触须延伸到民族的命运之中。老舍的青岛故居是岛城颇具城市文学记忆的地标。

一　文学道路和青岛地标

老舍的"地位很特殊"①,老舍留给青岛城市的记忆很丰富。老舍与青岛呈现出中国现代文学与地域人文气象的复合景观。

老舍(1899—1966),原名舒庆春,自更名舒舍予,字醒痴,改字舍予(姓氏一拆为二),笔名还有舍、非我等。祖籍辽宁沈阳,出生于北京,满族正红旗人。身为舒家行八的幼子,老舍的启蒙教育始于6岁那年,课余时间读《古文观止》《诗经》,看得最入迷的是《三剑客》《绿牡丹》等小说,还到小茶馆里听《小五义》《施公案》等评书。他曾考入京师第三中学,但因交不起学费而辍学,随后考取供给膳宿的北京师范学校。1918年老舍毕业后,又有北京方家胡同小学校长和京师教育局北郊劝学员的经历。"五四"新文学运动带来的反帝反封建的思想与情感,为老舍"创造了当作家的条件"②。1921年2月,他在日本广岛高师中国留学生主办的杂志《海外新声》上发表了三首新诗。1923年1月老舍在天津南开学校任中学部国文教员期间,发表了第一篇小说《小铃子》。这些作品是老舍步入中国现代文坛的基石。

因结识燕京大学R.K.易文思教授,老舍得以旁听燕大英文课程;又经易文

① [德]顾彬(Kubin,W.):《二十世纪中国文学史》,范劲等译,第116页,华东师范大学出版社,2008。

② 老舍:《"五四"给了我什么》,载《解放军报》1957年5月4日。

思、宝广林推荐,老舍获得了赴英国伦敦大学东方学院任五年中文讲师的机缘。在英国,老舍真正开始了小说创作。他用"极贱的'练习簿'"写的三部长篇小说《老张的哲学》《赵子曰》《二马》,先后在国内颇具影响力的《小说月报》上连载。留英经历在很大程度上成就了老舍小说的幽默风格。

在英国任教期满后,老舍于1930年回国,随即供职济南齐鲁大学文学院,任教授兼国学研究所文学主任。[①] 1931年寒假老舍回北平探亲期间,由好友罗常培、白涤洲等人撮合开始与北平师范大学四年级学生胡絜青交往,是年7月二人结婚。老舍在齐鲁大学任教的四年处于文学创作之峰的酝酿期。他在济南创作的长篇小说《猫城记》《离婚》、短篇小说《同盟》《马裤先生》《大悲寺外》、散文《一些印象》《更大一些的想象》、杂文《关于个人生活的梦想》《昼寝的风潮》、诗歌《音乐的生活》《微笑》,以及译著《文学批评》、译文《隐者》《客》《学者》、译诗《爱》等,为他后来在青岛的创作奠定了文体基础。老舍对齐鲁大学保守沉闷的校风不满,他期盼一个更舒心的环境以便于写作。1934年6月,老舍决定辞去齐鲁大学的教职,8月20日他的名字出现在青岛《国立山东大学周刊》的讲师名单上。其实,此前的8月19日老舍已动身离开济南,他在南京、上海访友考察"有没有作职业写家的可能"。由于时局动荡,"书业不景气,文艺刊物很少",沪上的朋友纷纷提醒"不要冒险"。[②]9月,老舍偕妻女一同来到青岛,由此开始了岛城生活。

据1934年9月17日国立山东大学公布的教学计划,老舍任教的课程有"文艺批评""小说作法""高级作文"和"欧洲文学概要"。国立山东大学校报的介绍说:"舒先生曾在英国伦敦大学教学五年,对于西洋文学,研究极深。回国后在济南齐鲁大学中国文学系担任教授四年,著述甚多,国内各大刊物常见其作品(署名老舍),文字别具风格,极富兴趣,社会人士多爱读之。今来本校就教,中文系同学无不庆幸也。"[③]胡絜青则在青岛市立女子中学谋得教职。老舍一家初来青岛住在莱芜路,后迁至金口二路,于1935年底租住了黄县路6号(现为12号)的房子。老舍任满讲师一年后,在1935年暑假改聘为教授。

受1935年"一二·九"运动的影响,国立山东大学的进步学生开展救亡运动引发学潮,结果校长赵太侔被迫辞职。齐鲁大学校长林济青来青出任代理校长,他利用以往老同事的关系一再请老舍"撑门面",但老舍"明摆着每月300元的教授薪金不要,宁可单靠写稿过活,也要和朋友们共进退"[④]。辞去教职,意味

①② 张桂兴:《老舍年谱》,上册,第67、126页,上海文艺出版社,1997。

③ 《本学期各系课程》,载《国立山东大学周刊》第84期,1934年9月17日。

④ 萧涤非:《聊城铁公鸡》,载《老舍和朋友们》第637页,生活·读书·新知三联书店,1991。

着断了一家人的生活来路。1936 年 10 月,老舍回北平为母亲 80 岁寿辰摆宴请了京剧“堂会”,想通过故旧“在北平谋一教职”。罗常培安排他在北京大学做了《闲话创作》的演讲,还“向校方推荐老舍去教‘小说作法’”[①],但最终无果。迫于生计,1937 年 6 月老舍再次与曾经工作过的齐鲁大学约定秋初开学去任教国文系的两门课程。不料,7 月卢沟桥事变突发,老舍一家在日军侵华战火弥漫之际离开了青岛。

抗战胜利后国立山东大学复校,再度长校的赵太侔向远在大洋彼岸的老舍寄送文学院院长的聘书,希望他回青任教。1948 年 3 月老舍计划回国,青岛《大光报》记者声称,老舍“本学期暂难来青,下学期定可来青执教”[②]。据悉,老舍曾写信要王统照“为他在青岛购置一所小房子,预备往返故处,安安逸逸地过他战后创作生活”[③]。然而由于种种原因,老舍未能再回青岛。

老舍在青岛行走过三年光影,留下了两个关键词。除去一个家喻户晓的作家名字,还有一对互补性文化地标。在 2000 年 7 月青岛安徽路“老舍公园”建成后,2010 年 5 月,“骆驼祥子博物馆”在老舍故居青岛黄县路 12 号落成。这是全国首家以文学名著命名的专题性博物馆。

二　小说创作

老舍是中国现代文学史上的多产作家,一生写了 1000 多篇(部)、900 多万字的作品,尤以小说最丰。他的小说既有长篇、中篇、短篇,又有写实小说、抒情小说、讽刺小说,还有传记体、书信体、意识流、寓言式小说等。青岛时期的老舍执着于小说的功用、体制、类型、题材、叙事方法、表现形式等方面,形成了独特的小说观。

短篇小说

老舍的短篇小说数量繁多。他在青岛写作发表的短篇小说不下十几篇,大都收录于《樱海集》《蛤藻集》两个短篇小说集。当然,老舍在青岛收获的第一个短篇小说集,是在济南完成于 1934 年 9 月 20 日由上海良友图书出版公司刊行的《赶集》。

1935 年 5 月,老舍编完短篇小说集《樱海集》时称,因本集的“这十篇差不多

① 舒济、郝长海、吴怀斌:《老舍年谱》,载《老舍全集》(修订本)第 19 卷第 528 页,人民文学出版社,2008。

② 《幽默作家老舍将主持山大文学院》,载《大光报》1948 年 3 月 19 日。

③ 王统照:《忆老舍》,载《民言报》1946 年 2 月 8 日。

都是在青岛写的——应当名‘青’或‘岛’。但‘青集’与‘岛集’都不好听，于是向屋外一望，继以探头，‘樱海’岂不美哉”①。较之济南完成的《赶集》，他自感《樱海集》“在风格上又一些变动，……这个变动与心情是一致的。这里的幽默成份，与以前的作品相较，少得多了。笑是不能勉强的。文字上呢，也显着老实了一些，细腻了一些”。老舍坦言，“这些变动是这半年多的生活给予作品的一些颜色”，“是由我的环境而决定的”。② 在青岛写的小说，收入《樱海集》的有《月牙儿》《末一块钱》《老年的浪漫》《毛毛虫》《邻居们》《善人》《阳光》等。《樱海集》于1935年8月由上海人间书屋出版。

小说《月牙儿》原载1935年4月1日、8日、15日《国闻周报》十二卷十二期至十四期，共计1.6万字。《月牙儿》脱胎于老舍任教齐鲁大学时创作的长篇小说《大明湖》，因交付商务印书馆《小说月报》不幸被1932年“一·二八”战火焚毁，遂在青岛改写成短篇小说《月牙儿》。如是“楞愿要《月牙儿》而不要《大明湖》了。……比在《大明湖》里‘窝’着强”③。《月牙儿》讲述了旧中国母女两代为生活所迫、相继为娼的悲剧轮回。小说以“月牙儿”为象征物，带着凄清哀婉的情愫，发出了对非人世界的血泪控诉。主人公“我”是个像春花一样柔弱、娇美的少女，因丧父随寡母进城谋生。寡母为拉扯孩子不得已改嫁，然而“后爸”失踪带来的困顿，迫使母亲沦为暗娼。“我”决心靠个人的“劳力自己挣饭吃”，但在被诱骗失身后被迫走上了母亲走过的路。小说有这样一节：

> 我发现了我身上有了病。这叫我非常的苦痛，我觉得已经不必活下去了。我休息了，我到街上去走；无目的，乱走。我想去看看妈，她必能给我一些安慰，我想象着自己已是快死的人了。我绕到那个小巷，希望见着妈妈；我想起她在门外拉风箱的样子。馒头铺已经关了门。打听，没人知道搬到哪里去。这使我更坚决了，我非找到妈妈不可。在街上丧胆游魂地走了几天，没有一点用。我疑心她是死了，或是和馒头铺的掌柜的搬到别处去，也许在千里以外。这么一想，我哭起来。我穿好了衣裳，擦上了脂粉，在床上躺着，等死。我相信我会不久就死去的。可是我没死。门外又敲门了，找我的。好吧，我伺候他，我把病尽力地传给他。我不觉得这对不起人，这根本不是我的过错。我又痛快了些，我吸烟，我喝酒，我好象已是三四十岁的人了。我的眼圈发青，手心发热，我不再管；有钱才能活着，先吃饱再说别的吧。我吃得并不错，谁肯吃坏的呢！我必须给自己一点好吃食，一些好衣

---

① 老舍：《〈樱海集〉序》，载《老舍文集》第8卷第164页，人民文学出版社，1985。

② 张桂兴：《老舍年谱》，上册，第142页，上海文艺出版社，1997。

③ 老舍：《我怎样写短篇小说》，载《老舍文集》第15卷第221~222页，人民文学出版社，1990。

裳,这样才稍微对得起自己一点。①

《月牙儿》凭借主题的鲜明和艺术的圆熟成为中国现代短篇小说的精品。

1936年11月,由上海开明书店出版的《蛤藻集》是被老舍称为“平生作品略称满意”的文字,充满了青岛海鲜味。他在《蛤藻集》序言中说:“取名‘蛤藻’,无非见景生情:住在青岛,看海很方便。”“设若以蛤及藻象征此集,那就只能说:出奇的蛤壳是不易拾着,而那有豆儿且有益于身体的藻也还没能找到。眼高手低,作出来的东西总不能使自己满意,一点不是谦虚。”②在青岛写作、发表收录在《蛤藻集》的小说,有《老字号》《听来的故事》《断魂枪》《新韩穆烈德》《且说屋里》《哀启》等。他在青岛写作、发表未收入《樱海集》《蛤藻集》的一些短篇小说,后收录于1939年出版的《火车集》,如《东西》《“火”车》《兔》《杀狗》;《老舍小说集外集》则收入了《沈二哥加了薪水》《裕兴池里》《创造病》《丁》《不说谎的人》《新爱弥耳》《番表》《牛老爷的痰盂》等。

显然,老舍是一位勤笃的作家。由于文学期刊的周期性特点,青岛时期的老舍有时一天能收到两三个杂志社刊发作品的邮件。仅短篇小说一项,就有1935年1月1日《国闻周报》刊载的《末一块钱》,《文学》刊载的《老年的浪漫》,《东方杂志》刊载的《裕兴池里》。1935年4月10日,他又创作出于《新文学》刊载的《老字号》,《水星》刊载的《邻居们》。1937年7月1日,老舍的《兔》在《文艺月刊》刊载的同时,他的《杀狗》在《文学杂志》上发表,这一天中篇小说《我这一辈子》刊登在《文学》九卷一号上。老舍的作品既有登高中国现代文学最有影响的大型期刊《文学》的实力,又有扶持非主流杂志的情怀,包括青岛《民众日报》《青岛民报》等难见名家的文艺副刊,老舍也不吝赐稿。他发表的《丁》和《牛老爷的痰盂》两篇小说堪称佳作。

《丁》是老舍1935年暑期在《青岛民报》的《避暑录话》专栏发表的短篇小说。小说主人公“丁”是一个奉行独身主义的小公务员,作者通过“丁”在某个夏日青岛海滨沙滩上的所见、所闻、所感,表现了旧中国城市职员阶层颓唐、畸形、矛盾的精神状态,揭露了烙满异邦印记的现代都市的种种丑恶现象。《丁》是一篇较早的意识流小说,以主观性、直感式见长。

老舍为青岛《民众日报》文艺副刊写的短篇小说《牛老爷的痰盂》,辛辣地讽刺了旧中国政府官员的昏庸腐败、属员拍马逢迎的丑态。小说一开头就在幽默、夸张的叙述中,讽刺主人公是地位显赫的“牛博士,老爷,大人,什么什么委员,这

---

① 老舍:《月牙儿》,载《老舍文集》第8卷第307~308页,人民文学出版社,1985。

② 老舍:《〈蛤藻集〉序》,载《老舍全集》(修订本)第7卷第311页,人民文学出版社,2008。

个长那个长”,借新购小汽车缺少痰盂为名滥用职权,指派木匠、泥水匠、漆匠、机器匠到自家干活儿,工资却由“衙门里代开”,甚至连“家中的厨子与男女仆的工钱”也由官府开支,而庶务科长、会计科长唯命是从,挨了耳光也“并不怀恨”。[①] 老舍以“牛老爷的痰盂”为脉线展开故事扇面,加之“谈话风”式的语体特色,俗白简练,幽默诙谐,取得了笑中有所思的艺术魅力。

对于短篇小说,老舍一直认为自己的才力不长于写短篇,因为“短篇要想见好,非拼命去作不可”,短篇小说“最需要技巧,它差不多是仗着技巧而成为独立的一个体裁”。[②] 老舍的短篇小说吸取了中西文学艺术养分,既有中国传统话本、民间讲唱强烈的故事性和传奇色彩,又有西方象征、意识流等表现手法。

中长篇小说

老舍的中长篇小说是其全部创作的主干部分,青岛时期的老舍进入了中长篇小说创作的高峰期。他在青岛写作和发表的中篇小说有《新时代的旧悲剧》《我这一辈子》,长篇小说则有《牛天赐传》《骆驼祥子》《选民》《小人物自述》及与赵少侯共同创作的书信体长篇小说《天书代存》。

《新时代的旧悲剧》于 1935 年 10 月 1 日在《文学》五卷四号《特级中篇》栏刊发,是老舍自认为“有许多的缺点”[③]的中篇小说。小说主人公陈老先生本是一个候补知县,却自诩为“儒生,诗人,名士”,心中想的都是官、钱、名、利。他结交官员,沆瀣一气,风度翩翩地表演儒士风雅,在众人面前表现父慈子孝,背地里却纵容长子陈廉伯贪赃枉法,陈家在“新时代”错综复杂矛盾的冲击下分崩离析。更可悲的是,陈老先生因“陈家的财产既没受多少损失”煞有介事地在讲堂上讲经论道,众人看到大难后的陈老先生虽“长须已有几根白的,可是神气还十分的好看”。陈老先生在一通胡言乱语后,“扯开不十分正确的方步走去”。[④]《新时代的旧悲剧》可以归类为写实小说,反映出老舍小说文化审视的深刻性,他对时代前行与道德式微二律背反的思考超过了同时代作家。

中篇小说《我这一辈子》是老舍青岛创作“黄金期”的压轴之作,于 1937 年 7 月 1 日发表在《文学》九卷一号上。《我这一辈子》以第一人称的口吻写透了一个都市巡警的坎坷一生。主人公“我”是个自尊要强的汉子,可现实生活总是给“我”使绊子:学了裱糊手艺,却改行做起了“臭脚巡”,结果媳妇跟人私奔,女儿

① 老舍:《牛老爷的痰盂》,载《老舍文集》第 9 卷第 379 页,人民文学出版社,1986。

② 老舍:《我怎样写短篇小说》,载《老舍文集》第 15 卷第 217 页,人民文学出版社,1990。

③ 老舍说:“《新时代的旧悲剧》有许多的缺点。最大的缺点是有许多人物都见首不见尾,没有‘下回分解’。毛病是在‘中篇’。”(老舍:《我怎样写短篇小说》,载《宇宙风》第 8 期,1936 年 1 月。)

④ 老舍:《新时代的旧悲剧》,载《老舍全集》(修订本)第 7 卷第 388 页,人民文学出版社,2008。

嫁给了穷汉，儿子生病死了，撇下需要靠“我”养活的儿媳和孙子。在小说结尾，主人公说了这样一句话：“我还笑，笑我这一辈的聪明本事，笑这出奇不公平的世界，希望等我笑到末一声，这世界就换个样儿吧！”①人人都有一辈子，怎么活？活成什么样？处于势穷力竭的底层百姓，只有“我命由天不由我”的无奈。

老舍在青岛时期发表的《牛天赐传》《骆驼祥子》《选民》《小人物自述》《天书代存》（与赵少侯合作）等长篇小说，都是通过杂志连载的形式问世。

《牛天赐传》是《论语》半月刊的特约长篇，1934 年 3 月至 8 月作于济南，老舍来青岛后，于 1934 年 9 月 16 日至 1935 年 10 月 16 日在《论语》第四十九期至第七十四期连载，1936 年 3 月由人间书屋出版单行本。小说主人公牛天赐本是一个襁褓弃婴，被“一对没儿没女而颇有几个钱的老绝户”牛老者夫妇收养取名牛天赐。牛天赐是在养父母要他入仕经商和自己做诗人的矛盾中长大的，而“私孩子”的标签让他不断感受到周遭世界的歧视与冷落，待牛老者夫妇命归黄泉，一无所长、一无所有的牛天赐沦落为卖水果的小贩。老舍的《牛天赐传》，天赐福官，正传歪说，把民国青年成长的思考融入文字，并对旧中国市井阶层苟且、软弱、敷衍的性格做了纵深剖解，展开的是家事、国事、天下事的述说。

《论语》连载老舍的另一部长篇小说《选民》，自 1936 年 10 月 16 日第九十八期开始至 1937 年 7 月 1 日第一一五期辍笔，共刊发了 16 章、约 6.5 万字。1940 年 11 月，香港作者书社以《文博士》书名作为单行本出版，成都作家书屋也在此时出版了单行本。在小说中，老舍用戏谑嘲讽的犀利笔锋描述文痞政客投机钻营的伎俩。小说主人公文博士是一个“肚子只是食量大，而并没什么别的玩艺”的留美哲学博士，他凭借洋招牌、拜门子、裙带风，一心想“打入社会的最上层去”。通过巴结权贵，文博士走入“住着五六十间房”、正在择婿的富商杨家，并博取了六小姐的欢心。待字闺中的六小姐曾怀过身孕，文博士明知其中隐秘，但还栖身杨家，好给自己“带来金钱和势力”。文博士钻营到“专员”肥缺，便过河拆桥排挤同僚，算计如何谋取“比专员更大的官职”。② 然而，小说就此戛然而止。《选民》作为“未完成作品”，并非老舍对“五四”青年启蒙的反思才力不逮、构思疏忽，而是因为不能收尾、难以结尾而不得不辍笔。

老舍写于青岛的长篇小说《小人物自述》，于 1937 年 8 月 1 日在《方舟》第三十九期开始连载，仅刊载了前四章即告中辍。《小人物自述》是一部带有言说过去痕迹的自传体小说，主人公王一成降生时的情景、家庭中的成员、寡居同住

① 老舍：《我这一辈子》，载《中国新文学大系（1927—1937）》第 7 集第 834 页，上海文艺出版社，1984。

② 老舍：《文博士》，载《老舍文集》第 3 卷第 367 页，人民文学出版社，1982。

的姑母、父亲的早逝，几乎是老舍本人生活经历的复写。王一成身体纤瘦，性格愚弱，逆来顺受，内心彷徨，“每逢看见一条癞狗”就要问：“你干吗活着？你怎样活着？”[①]王一成和这条狗一样，只是“默默地感到一些迷惘，一些恐怖，一些无可形容的忧郁”。学界认为，老舍的《小人物自述》与其30年后的长篇小说《正红旗下》构成了遥相呼应、互为参详的两个文本，而且《正红旗下》也是一部未完成作品。

老舍还有一部与赵少侯合作的书信体长篇小说《天书代存》也是写到一半放弃。《牛天赐传》在《论语》上甫一刊完，出版人陶亢德便邀老舍续写后传，但老舍苦于“找不出工夫”。此时，国立山东大学同事赵少侯主动找到老舍，表达了合作续写《牛天赐传》的愿望。这部落笔合作的牛天赐续篇书名为《天书代存》，是假托老舍与赵少侯两人手中各存有牛天赐及与牛天赐有关人士的若干书信。1937年1月18日，北平《晨报》文艺副刊开始连载《天书代存》，但至3月29日仅发表了两万多字就搁置了。

据悉，老舍一生未完成的小说有20多部，其中中断书写的长篇小说就有5部。残篇断章看似“不圆满”，却反证了老舍“似断实续”[②]的创作特性。老舍始终不渝地坚持民族传统文化和人的精神世界的反思与批判，这便形成了他的两大小说主题：讽刺社会弊端和书写个人生活史。作为前者，《选民》因受制于抗战大势，“下笔的时候，还没有战争的影子，作品内容也就没往这方面想。及至战争已在眼前，心中的悲愤万难允许再编制‘太平歌词’了”[③]。作为后者，《小人物自述》也是在卢沟桥事变前动笔，而在战争语境中难以沉溺于自我狭小的圈子，老舍便中断叙写留下残篇。通过老舍在青岛的残篇断章，能够感悟作者在时代裹挟和在个人困厄中的痛苦挣扎。

三　散杂文创作

老舍以现代文学史上的幽默大师、语言大师闻名，其散杂文作品无论写人叙事还是状物绘景，以其独有的真、善、美感染着读者，又凝聚着作者丰富的社会生活视野和复杂的内心情理。

散文

老舍的散文在中国现代文学史上享有重要地位。自称“散文学桐城派”的

---

① 老舍：《小人物自述》，载《老舍全集》（修订本）第8卷第276页，人民文学出版社，2008。

② 朱栋霖、丁帆、朱晓进：《中国现代文学史1917—1997》（上），第182页，高等教育出版社，1999。

③ 老舍：《这一年的笔》，载《老舍研究资料》第157页，北京十月文艺出版社，1985。

老舍,对桐城义法实现了沿承中的超越。在青岛,他写作发表的散文有 20 多篇,其中不少是名作。1934 年 10 月 3 日,老舍在国立山东大学发表的《诗与散文》的演讲,通过两种文体的比较,提出了散文"以风格自然为最要紧,辞足达意有时比辞胜于意还好些"①的观点。无论写人、写景、写情、写事,老舍的散文或清新优美,或妙趣横生,或饱含哲思,展现出多姿异彩、意象纷呈的艺术世界。

青岛时期,老舍的散文题材多维,大致可分为四类。

一是对友情的描摹。老舍基于个人平民的身份记忆,不忘对日常的世俗人伦关系进行细致的摹刻,他在青岛发表的此类作品有《记涤洲》《哭白涤洲》《何容何许人也》《我的理想家庭》《有了小孩以后》《我的几个房东》等。老舍诉说友情的散文感情真挚,含藏浓厚的人情味,如他对知心好友白涤洲的悼念。白涤洲小老舍一岁,系北京大学研究院助教。老舍与白涤洲早年为同学,他从英国回国后便住在白涤洲的家里,与胡絜青第一次相识也在白涤洲的家。1934 年 10 月 12 日,老舍接"涤洲病危"电报,待他 14 日赶到北平时,白涤洲在一家五口人几周内相继去世后于 12 日晨不幸谢世。17 日,老舍在北平作《记涤洲》,随后又在青岛写了《哭白涤洲》一文,称白涤洲"死了五口,还能支持,还替朋友办事,还努力工作,就是这个力量的果实。谁都说,过了那一场,涤洲什么也不怕了。他竟会死了!"②《何容何许人也》则记叙了另一位朋友何容。何容,笔名老谈,"何容"之名意为"何所不容",笔名"老谈"跟名字合成"谈何容易"。何容极有语言天赋,是民国时期的散文家。对何容,老舍从交往、生活、心理写他身上"矛盾的现象"——柔顺像只羊,同时硬如铁;不常喝酒,一喝起来就较真;爱摆弄小心思,外表沉默内心痛苦。老舍一句"他们是旧时代的弃儿,新时代的伴郎"③,恰到好处地反映了自己的创作心态、视角和处理题材的方式。

二是描写动植物。老舍通过对自然界小动物、植物的留意表现出强烈的生命意识,在青岛发表的此类作品有《小麻雀》《落花生》《小动物们》《小动物们(鸽)续》等。《小动物们》与《小动物们(鸽)续》写的都是鸽子,自称"只是为述说而述说"的老舍在将鸽子分为几种、几类、几品的叙述中,由主到次,由贱到贵,揭示"鸟啼绝不是为使人爱听,更不是以歌唱自娱,而是占据猎取食物的地盘的示威"。生活在笼子里的鸟儿不一定不幸福,因为它只靠外表站台就能收获丰饶的食物;而野生的鸟儿则须四处奔波找食吃。在弱肉强食的世界,"鸟类的生活是非常的艰苦","生命仿佛是老在魔鬼与荒海的夹间儿,怎样也不好"。④《落花

① 张桂兴:《老舍年谱》,上册,第 127 页,上海文艺出版社,1997。

② 老舍:《哭白涤洲》,载《老舍文集》第 14 卷第 38 页,人民文学出版社,1989。

③ 老舍:《何容何许人也》,载《老舍全集》第 14 卷第 41 页,人民文学出版社,1999。

④ 老舍:《小动物们》,载《老舍全集》(修订本)第 14 卷第 35 页,人民文学出版社,2008。

生》是老舍1935年的作品，与许地山写于1922年的《落花生》为同名散文，立意、主旨及写作风格各有千秋。许地山，长老舍6岁，二人性格相投、相知甚密。落花生，生于泥土，长于泥土，用于民间。许地山的《落花生》围绕种花生、收花生、吃花生、议花生，叙写的是作者童年的一次家庭活动，通过普通的故事表现深刻的哲理。老舍的《落花生》则用冲淡的叙述和细密的描写，显露出爱憎倾向和人格力量，文末一句“花轿里真放上一包花生米，新娘子未必不一边落泪一边嚼着”[①]，留下了多少难言之语。老舍的《落花生》虽未卒章显志，但通过谈花生功用，道花生人缘，读者自会嚼出味儿来。

三是对故地的怀旧。老舍凡居住过的地方（包括英国）大都留有文字，他的散文成为具有历史价值的都市魅影，此类作品有《头一天》《还想着它》《春风》《想北平》《我的暑假》《东方学院》《大明湖之春》等。老舍曾于1930年7月至1934年7月在济南住过四载，留下了《济南的秋天》《济南的冬天》《趵突泉的欣赏》《非正式的公园》等咏赞济南风情的散文。1937年，他在青岛写的《大明湖之春》抓住大明湖这个极好听的名字，并巧妙地将这三个字拆开与实情比照，给人以新奇深刻的印象——“既不大，又不明，也不湖”；“湖之不大与不明，都因为湖已不湖”。[②] 作者以比较手法，抒发对大明湖残败凄凉、今非昔比的感喟之情。老舍对北平则流淌着浓浓的深情，他爱北平爱到“几乎是要说而说不出”的程度，决定通过与故乡亲如母子的关系写出“我的北平”，于是抛开一切美好的词语，用最通俗质朴的言辞，在与伦敦、巴黎、罗马等城市的比较中，表达“我的每思念中有个北平”。[③] 老舍在青岛，丝丝入扣的故乡情每每体现在生活日常。他爱吃京味豆腐、炸酱面，菜品要甜咸适宜，爽口解腻。他约朋友吃饭总是挑“朝天馆”，吃北平“东兴楼”式的老饭庄。据1937年4月10日笔札，“晚饭请杜宇，杨枫，孟超，式民吃‘朝天馆’，大饼卷肥肠，葱白咸菜段长三寸，饮即墨苦头老酒，侉子气十足”[④]。老舍连日记都冒着京味。

四是抒写青岛印象。老舍写青岛的散文，有《青岛与我》《青岛与山大》《归自北平》《这几个月的生活》《五月的青岛》等。一如对走过的中国城市那样，青岛时期的老舍依然怀着传统与现代的矛盾心情，通过展呈城市风貌表达作家的人文情怀。老舍的散文一向具有声情并茂的诗意美，他的《五月的青岛》是一篇充满诗情画意、情景交融的优美散文。作者开篇便似俯瞰式分镜头，从几个不同的角度扫描青岛的花、海，青岛的气候、青岛人和五月青岛的景象，尽情铺陈，神

① 老舍：《落花生》，载《老舍全集》第15卷第328页，人民文学出版社，1999。
② 老舍：《大明湖之春》，载《山东新文学大系（现代部分）》散文卷第82页，山东文艺出版社，1999。
③ 老舍：《想北平》，载《老舍文集》第14卷第69页，人民文学出版社，1989。
④ 老舍：《一九三七年日记》，载《老舍全集》（修订本）第19卷第3页，人民文学出版社，2008。

情毕现,给人以身临其境之感。其中有一个“春深似海”的段落声声滴翠,每每被青岛人念及:

> 青岛的人怎能忘下海呢。不过,说也奇怪,五月的海就仿佛特别的绿,特别的可爱,也许是因为人们心里痛快吧?看一眼路旁的绿叶,再看一眼海,真的,这才明白了什么叫作“春深似海”。绿,鲜绿,浅绿,深绿,黄绿,灰绿,各种的绿色,联接着,交错着,变化着,波动着,一直绿到天边,绿到山脚,绿到渔帆的外边去。风不凉,浪不高,船缓缓的走,燕低低的飞,街上的花香与海上的咸味混到一处,浪漾在空中,水在面前,而绿意无限,可不是,春深似海!欢喜,要狂歌,要跳入水中去,可是只能默默无言,心好象飞到天边上那将将能看到的小岛上去,一闭眼仿佛还看见一些桃花。人面桃花相映红,必定是在那小岛上。①

老舍借用青岛的海比拟春色,春色像海绿,春意如海浓。作者似乎极度放任了想象的翅膀,排除所有杂念,“仍不住的向那大海丢眼”;但一过五月,这里将成为“避暑的外国战舰与各处的阔人”的世界,作者的一句话让青岛的美景顿时打了折扣。

事实如此,青岛期间的老舍文情并重。他在青岛结识了不少文坛名流,如赵太侔、洪深、赵少侯、邓初、台静农、叶石荪、颜实甫、萧涤非、吴伯箫、王统照、臧克家、孟超、王亚平、杜宇,并成为知己好友。据臧克家回忆,有时“晚饭之后,黄昏之前,我同老舍二人,沿着海边的太平路漫步西行。……这时,碧海蓝天,辽阔无际,远处的‘小青岛’也用青眼迎人。我俩迎着西天的红霞,一缕一缕,像红的绸纱遥衬着一片绿色”②。老舍看青岛这方故乡之外的水土,超拔于俗世层面,春光与大海映照的是老舍对于文学与家国的挚爱。

杂文

老舍的心很大、很细,装得下大事、小事、琐事,他的杂文杂而有文,短小、幽默、隽永、活泼,具有独特的艺术感染力。青岛时期的老舍写作发表的杂文超过30篇,杂文成为老舍直接表现自我心态、迅速反映世风时态的文体。

1934年,老舍写的杂文《画像》实为小说题材。文章以方二哥举办个人画展和如何画像为线索,在方二哥硬要给“我”表现“脸艺术”且“不画就非疯了不可”的情况下,结果“画了一点多钟”的方二哥给“我”画的只不过是“几个小黑蛋凑

---

① 老舍:《五月的青岛》,载《中国新文学大系(1927—1937)》第10集第735~736页,上海文艺出版社,1986。

② 臧克家:《老舍永在》,载《臧克家全集》第5卷第328页,时代文艺出版社,2002。

成的一个大黑蛋，黑蛋上有些高起的绿点"[①]而已。口口声声标榜艺术、实为糟蹋艺术的伪艺术家的灰色面目暴露无遗。

1935年老舍在青岛发表的杂文《又是一年芳草绿》，看题目似有"依然十里杏花红"的诗情画意之境，但开篇写的是"悲观"。作者以"悲观"经纬全篇，这种文眼式构思将诸如个人性格、志向、文学、做人，以及写作"卖了力气，想往好了写"等内容统摄在"悲观"项下，自得其趣，题旨则是点题的话——"悲观有一样好处，它能叫人把事情都看轻了一些"[②]。立片言而居要，整篇文章充满了质而实绮的哲思性和情趣美。

1936年，老舍在青岛发表的《鬼与狐》是一篇寓言式杂文，通过夜间鬼与白日鬼的对比，暗讽人性之恶。夜间鬼之所以让人害怕，因为是人脑子里想象的"真鬼"；白天的鬼善于伪装，具有欺骗性，人们不怕，却无法防备。与"鬼"的可怕、可恨相比，"狐"倒有点"可喜"与"浪漫"。兽犹如此，人何以堪？作者的一句"人事中的阴险诡诈远非鬼所能及"[③]，道出的是把世界弄成黑暗地狱的不是鬼狐而是人。老舍以一种风趣揶揄的笔调、新的意象和文采，赋予杂文以非激烈批判的艺术新质，坦露出宽宏的心态与气度。

1937年，老舍在青岛发表的杂文《无题（因为没有故事）》，描绘的是初恋时的感情荡漾，那个"青梅弄竹马、两小无嫌猜"的刘家姑娘。他以"无题"为题，用纯洁、透明而又充满热情的文笔，将"没有故事"的晦涩温柔表达得意象精妙、情思缠绵。《无题》的难题犹如李商隐的无题诗，只能借由感应的神经开掘心史的深度——

> 我没和她说过一句话，没握过一次手，见面连点头都不点。可是我的一切，她知道；她的一切，我知道。[④]

无言的结局与无题的文旨，营造出情采并茂、婉曲幽约的艺术境界。

老舍在青岛的杂文，篇幅都不长，写的虽然只是"一鼻，一嘴，一毛"，但不是通常意义上的杂感、杂谈、杂论，其"形象"可感可知。比之散文，老舍杂文的语汇更加风趣、俏皮，他的"打哈哈"式的叙事风格俗而能雅，加之地道的京白和狄更斯式的幽默讽刺，形成了一种无"技巧"的技巧，常常收到以笑带愤的讽刺和

① 老舍：《画像》，载《老舍文集》第14卷第546页，人民文学出版社，1989。

② 老舍：《又是一年芳草绿》，载《老舍全集》第15卷第332页，人民文学出版社，1999。

③ 老舍：《鬼与狐》，载《中国新文学大系（1927—1937）》第12集第332页，上海文艺出版社，1985。

④ 老舍：《无题（因为没有故事）》，载《老舍文集》第14卷第99页，人民文学出版社，1989。1933年10月，老舍曾出人意料地发表了一篇颇具诗意的爱情小说《微神》。

自我解嘲之奇效。

四　创作自述、演讲稿、诗及其他

老舍在青岛的文学作品,还有创作自述、演讲稿、新旧体诗、文学评论、翻译文学、书信、日记等。从写作发表的14篇创作自述及汇编的《老牛破车》看,老舍是为数不多的真正懂写作的人。老舍在青岛的数篇演讲稿,多数谈文体写作。他在青岛的诗作不多,文学评论和翻译的外国文学作品也有限,包括书信、日记等,都是老舍留在青岛文坛的侧影。

创作自述

1935年9月,应《宇宙风》创办人林语堂的邀请,老舍作为"特约撰稿人"发表了一系列创作笔谈,开始对前十年的文学创作经验进行系统总结。1937年4月,汇集这些创作经验的《老牛破车》在上海人间书屋出版。

老舍在青岛写的第一篇创作自述,是刊载于1935年9月16日《宇宙风》第一期的《我怎样写〈老张的哲学〉》。之后,他在《宇宙风》第二期至第八期连续发表了《我怎样写〈赵子曰〉》《我怎样写〈二马〉》《我怎样写〈小坡的生日〉》《我怎样写〈大明湖〉》《我怎样写〈猫城记〉》《我怎样写〈离婚〉》《我怎样写短篇小说》,又在1936年8月1日《宇宙风》第二十二期发表《我怎样写〈牛天赐传〉》。以上九篇创作自述除开《我怎样写短篇小说》外,大都是老舍来青岛前完成各部中长篇小说的甘苦记录。从1936年8月16日《宇宙风》第二十三期起,他又陆续发表了《谈幽默》《景物的描写》《人物的描写》《事实的运用》《言语与风格》等写作技巧笔谈。1936年秋,老舍在青岛为结集出版的《老牛破车》作序云:

> 书名《老牛破车》,在第一段开头有简单说明,即不再叨唠。从(一)到(九)都是照原来计划,自评作品——打《老张的哲学》说到《牛天赐传》。作品只有此数,本当就此打住,哪知还得出书,相应凑些字儿。所以又写了(十)至(十四)。不能预评将来的书,勉强谈点作小说的技巧。对否不敢说,有用不呢,您瞧着办。是为序。①

在《老牛破车》之外,老舍还于1937年2月1日《文学》八卷二号上发表了创作笔谈《AB与C》。老舍写在青岛的《老牛破车》,最显著的特点是贡献了相当数量具有重要价值的小说理论。其中,既有小说创作倾向的系统性认识,又有

① 老舍:《〈老牛破车〉序》,载《老舍文集》第15卷第181页,人民文学出版社,1990。

小说艺术品相、叙事肌理的阐释，还有小说体式与风格的探求。

老舍是一位重视写作得失的作家，且格外看重自己的小说家身份。他在多篇创作自述叙及成长经历对自己文学创作的影响，说："一想起幼年的生活，我的感情便掐住了我的理智，越说便越不近情理，爽性倒是少说为妙吧。"[①]"我的感情老走在理智前面。"[②]自幼清贫苦厄的生活使老舍的性格偏于沉郁，由于"作事又很早"，饱尝生活的艰涩使他的"理想永远不和目前的事实相距很远"，认定"穷人的空想大概离不开肉馅馒头"。[③] 老舍便摒弃全景式地表现"大时代"、书写"大叙事"的创作模板，而选择从"形而下"的角度表现生活的细碎与纷杂。此外，旅英经历也影响了老舍的创作风格。他在英国汲取的西方文学素养而形成的创作方式，与"后五四"中国文坛的主流创作倾向相异。虽然老舍在创作上不断调整，寻绎新的可能性，但最初的文学旨趣一直潜移默化地影响着他的创作。这一方面成就了老舍的独特性，另一方面也给他的写作带来困扰。这些影响有时是努力改变时的阻力，有时又构成自我认同的重要条件。老舍笔下小人物的悲怨和不经意间流露出的挽歌曲调，就来源于这种矛盾的徘徊与挣扎。

老舍一直谋求专业作家的出路。他从济南来青岛前一度想辞去大学教职专心致力于文学创作，而在青岛完成《骆驼祥子》后，他又想再去济南齐鲁大学教书。写在青岛的创作经验集《老牛破车》，在生动记述老舍独特创作之路的同时，又用老牛拉破车的蜗行牛步比喻文学创作的艰辛。这无疑是老舍来自写作实践的生动感悟。

演讲稿

青岛时期的老舍还有数篇演讲稿刊载于报章。其中多数涉及文学创作，与创作自述是互解也是共释，具有共同体关系，也是《老牛破车》的题内之意。

老舍演讲最多的场所是任教的国立山东大学。1934 年他来到青岛不久，即于 10 月 3 日晚 7 时为本校中文系学生"作公开学术演讲，讲题为《诗与散文》。到听众二百余人，礼堂座之为满。至八时许始行讲毕"[④]。这篇演讲稿分 3 次刊载在《国立山东大学周刊》第九十三、九十四、九十五期上。《诗与散文》演讲稿的部分内容，与此前老舍在齐鲁大学的《文学概论讲义》第八讲《诗与散文的分别》有相同之处。1934 年 10 月 22 日上午，老舍在国立山东大学学期第五次"总理纪念周"集会上发表了《中国民族的力量》演讲，演讲稿刊于 10 月 29 日出版

---

① 老舍：《小人物自述》，载《老舍全集》（增订本）第 8 卷第 284 页，人民文学出版社，2008。
② 老舍：《我怎样写〈老张的哲学〉》，载《老舍文集》第 15 卷第 184 页，人民文学出版社，1990。
③ 老舍：《我怎样写〈赵子曰〉》，载《老舍全集》第 16 卷第 169 页，人民文学出版社，1999。
④ 《讲演录》，载《国立山东大学周刊》第 93 期，1934 年 11 月 9 日。

的《国立山东大学周刊》第九十期。1935年11月8日,他在学校礼堂发表了题为《一点新经验》的演讲。[①] 1936年1月20日他发表的《文艺中的典型人物》演讲,提出"文学生命的营养来自人生,它是人生的课本"[②]等观点。上述演讲除了《中国民族的力量》,均为以文学艺术为主题的演讲。

老舍还在青岛几所中学发表过演讲。1934年10月8日上午9时,他在青岛市立中学演讲的《我的创作经验》,刊载于次日《青岛民报》上。[③] 同年12月15日,老舍的这篇《我的创作经验》演讲稿在《刁斗》一卷四期发表。此文后来收录于《老舍文集》,这让更多读者分享老舍的创作心得,其中的一些话把抓要领,洞中肯綮。

> 写两千多字,不多写:这可只是大概的说,有时候三天连一个字也写不出!我不知道天下还有比这更难受的事没有。我看着纸,纸看着我,彼此不发生关系!有时候呢,很顺当,字来得很快。可是一天不能把想起来的都写下来,于是心里老想着这点事,虽然一天只准自己写两千多字,但是心并没闲着,吃饭时也想,喝茶时也想——累人!就是写完一篇的时候,心中痛快一下,可是这点痛快抵不过那些苦处。说到这里,我不想劝别人也写小说了!是的,我是卖了力气。这就应了卖艺人的话了:"玩艺是假的,力气是真的!"就此打住。[④]

老舍第二次在青岛市立中学演讲是1937年4月12日,但未能留下演讲稿。1936年11月23日,老舍在胡絜青任教的青岛市立女子中学担任演说比赛会评判,其间应邀发表了演讲。只是,这次演讲也未留有文稿。1934年12月16日他在青岛李村中学演讲的《怎样认识文学》,后来收入《老舍全集》。演讲结束时,老舍不无鼓励地对学生们说:"最后我敢说,假设今天在座的各位同学,都能照着我所说的去检定一些文学书籍,拿来多读,进一步来多写,那么李村中学是不难出几个文学家的,完了!"[⑤]1937年3月8日,老舍应邀在四方胶济铁路中学演讲《学校的意义》。

除此,1936年1月24日老舍在青年会围绕《蛤藻集》中的《断魂枪》演讲,阐述"其时间、地点、人物及创作之经验"[⑥]。随后,还应青年会举办系列学术演讲

① 张桂兴:《老舍年谱》,上册,第153页,上海文艺出版社,1997。

② 《一月二十日纪念周》,载《国立山东大学周刊》第142期,1936年1月27日。

③ 《我的创作经验——老舍在市立中学之演讲》,载《青岛民报》1934年10月9日。

④ 老舍:《我的创作经验(讲演稿)》,载《老舍文集》第15卷第327页,人民文学出版社,1990。

⑤ 老舍:《怎样认识文学》,载《老舍全集》第16卷第496页,人民文学出版社,1999。

⑥ 《老舍演讲》,载《正报》1936年1月25日。

的柬邀，老舍与王宜忱、袁荣叟、董志学等组成学术演讲委员会。2 月 21 日，老舍应青岛狮子会之邀前去演讲“幽默之真谛”，据悉“演词精辟，为狮子会历年最好演说之一”[①]。1937 年 5 月 29 日，老舍在青年会作《文学批评》演讲，因到会听众多以至于“后到者没有座位，都站在最后一排”[②]。

事实上，演讲作为老舍文学活动的内在组成，与他在青岛时期的生活有着密切关系。这些演讲一定程度上促进了老舍文学思想的传布，提升了他在青岛文坛的地位。

诗和其他

老舍的新诗与旧体诗、词有 100 多首，但在青岛写作发表的不多。据记载，新诗只有 1934 年 9 月 1 日刊登在《现代》五卷五期的《鬼曲》和 1935 年 5 月 8 日在天津《益世报》文艺副刊发表的《礼物》，是写于青岛的作品。老舍的新诗秉持“心灵表现”的诗学观，至少在青岛时期他通过新诗这种不拘泥格式的白话韵文，表现自己的心理翻转、心灵悸动，勾连自己的心境，发现作者“自我”，达成诗歌的艺术美。《礼物》开头这样写：

> 我不能供献你，朋友，什么奇伟的思想；
> 我不能供献你，朋友，甚至于一首悦耳的歌；
> 我自幼就懂得，可是，怎么把一个钱当作两
> 　个花；
> 穷困中的经验——穷人的狡猾也是正义！
> 可是呢，一世界的苦恼还没压碎我的心；
> 我不会用一根头发拴住生命的船；
> 我的想象，象春天才有花，是开在我的经验里：
> 我知道自己不会跌倒，因为我时时刻刻都在
> 　挣扎。
> 那么，我所能供献给你的，只是我；
> 我小，我丑，但自古至今，只有我这么一个我。[③]

诗人“供献”出的礼物是一个“我”，一个又“小”又“丑”却是“只有我这么一个我”。心灵世界在有限与无限的统一中，诗人一再表示，“我想起自己，必须想起来你”，“死去的永远静默，活着的必须快活”，由此抵达一己灵魂与终极灵魂

① 《本市狮子会昨假青年别墅开会　舒舍予莅会讲演》，载《正报》1936 年 2 月 22 日。

② 《青年会昨邀老舍演讲》，载《民众日报》1937 年 5 月 30 日。

③ 老舍：《礼物》，载《老舍文集》第 13 卷第 388 页，人民文学出版社，1988。

的统一。现代诗人能写出这种意境的委实不多见。

老舍又持新诗与旧体诗存异求同的观点。青岛时期,老舍见于报章的旧体诗,一是1934年9月16日在《论语》第四十九期发表的《〈论语〉二岁》《题“全家福”》,再有1935年9月15日在《青岛民报》的《避暑录话》第十期刊登的《诗三律》。老舍着实让旧体诗萌出新绿。试看《诗三律》之二:

晚风吹雾湿胶州,群岛微茫孤客愁。
一夏繁华成海市,几重消息隔渔舟。
不关宠辱诗心苦,每忆清高文骨遒。
灯影摇摇潮上急,归来无计遣三秋。①

诗前有小序云:“今夏居青岛,得会友论文,亦胜海浴。秋来,送别诸贤,怅然者久之!久不为诗,匆匆成三律,贵纪实耳,工拙非所计。《避暑录话》待稿,出此塞责。新诗过难,未敢轻试,剑三克家亚平孟超诸诗家幸勿指为开倒车也。”②此是老舍为《避暑录话》最后一期写的诗稿,序中提及的王统照、臧克家、王亚平、孟超“诸诗家”皆与老舍交好,他生怕这首格律不工的送别诗“开倒车”,献丑拂意。

除了诗,青岛时期的老舍还有三篇文学评论:《读巴金的〈电〉》《一个近代最伟大的境界与人格的创作者——我最喜爱的作家——康拉得》《“幽默”的危险》;他还为徐中玉的散文集《芭蕉集》写了序言,启发青年作者“经验自然带来技巧”③。青岛时期,老舍的外国文学翻译仅见于1935年在《论语》第五十六期汉译法国作家A.莫罗阿的短篇小说《战壕脚》。老舍公开发表的日记,是在《青年界》十二卷一号登载的1937年4月10日至14日《五天的日记》。1935年1月16日,他在《论语》第五十七期刊发了一篇介绍自己作品的广告,其中说:

《老张的哲学》,“是本小说,不是哲学”。
《二马》,“又是本小说,而且没有马”。
《离婚》,“是本小说,不提倡离婚”。
《赶集》,“是本短篇小说集,并不去赶集”。④

如此幽默的措辞,只有老舍写得出来。

---

① 老舍:《诗三律》,载《青岛诗钞》第74页,中国海洋大学出版社,2017。
② 青岛文学馆:《避暑录话》(复刻本),第56页,2017。
③ 老舍:《〈芭蕉集〉序》,载《益世报》1935年12月22日。
④ 张桂兴:《老舍年谱》,上册,第135页,上海文艺出版社,1997。

第五节　《骆驼祥子》

在中国现代文学史上，老舍的《骆驼祥子》被称为“名副其实的世界文学名著”和“现代长篇小说中的经典”。① 他自称这是“重头戏”，是写“给行家看的”，且“最使我自己满意的作品”。② 老舍突破了“后五四”文学多以知识分子与农民生活见长的路数及幽默讽刺的模式，呈现出民国城市文明病态的广度和底层市民精神史的深度，为新文学小说叙事作出了特殊贡献。

一　文本叙事和美学风格

作为最能代表老舍小说成就的《骆驼祥子》，汇聚着老舍长篇小说创作的主要经验。小说以民国“乡下人进城”为叙事背景，以一个外号“骆驼”名叫“祥子”的人力车夫的行踪为脉线，展示出旧中国城市边缘空间的生活图景。老舍以其极大的叙事本领和极强的情绪感诉力，对人性进行了深广的开掘，表现出人之最宝贵的精神在旧时代被一点点摧毁的必然性悲剧结局。

《骆驼祥子》写在青岛，是老舍作为“职业写家的第一炮”。他自称这是“抛开幽默而正正经经的去写”，且“笔尖上便能滴出血与泪来”的一部作品。据胡絜青回忆，《骆驼祥子》的创作源自老舍与国立山东大学一位朋友的闲聊。老舍在回顾创作灵感、立意和写作过程时说：

> 记得是在一九三六年春天吧，“山大”的一位朋友跟我闲谈，随便的谈到他在北平时曾用过一个车夫。这个车夫自己买了车，又卖掉，如此三起三落，到末了还是受穷。听了这几句简单的叙述，我当时就说：“这颇可以写一篇小说。”紧跟着，朋友又说：有一个车夫被军队抓了去，哪知道，转祸为福，他乘着军队移动之际，偷偷的牵回三匹骆驼回来。
>
> 这两个车夫都姓什么？哪里的人？我都没问过。我只记住了车夫与骆驼。这便是骆驼祥子的故事的核心。
>
> 从春到夏，我心里老在盘算，怎样把那一点简单的故事扩大，成为一篇十多万字的小说。③

① 朱栋霖、朱晓进、吴义勤：《中国现代文学史 1915—2018》，上册，第 149、152 页，高等教育出版社，2020。

② 老舍：《我怎样写〈骆驼祥子〉》，载《青年知识》第 1 卷第 2 期，1945 年 7 月。

③ 老舍：《我怎样写〈骆驼祥子〉》，载《老舍全集》（修订本）第 17 卷第 465 页，人民文学出版社，2008。

事实上,中国近代以来人力车作为一种新兴的交通工具被引进后,人力车夫便进入“五四”文学的新人物谱系,胡适、沈尹默、叶圣陶、刘半农、徐志摩、郁达夫、鲁迅等人的作品相继写过城市的人力车夫。但他们大都以旁观者的角度给予车夫同情和怜悯,而未触击其灵魂深处吟味车夫的生命世界。老舍常从黄县路右拐到青岛“东方菜市”附近洋车夫扎堆的地方,仔细观察人力车的结构、车把的样式和车夫们的衣着、动作、形态,与车夫成了朋友。据胡絜青回忆,“人力车夫、小商小贩也都是座上客,互相之间无话不谈”;老舍与他们“今天你借我两个铜板,明天我帮你一点忙,真是和他们休戚相关”①。胡絜青以为老舍说的“这颇可以写一篇小说”,只是“一句随口而出的玩笑话呢,结果他真干起来了。用了半年多的时间,入迷似的收集材料,做创作前的充分准备。整部《骆驼祥子》的写作,是在他书房的东窗下完成的”②。

《骆驼祥子》讲述的是一个从农村流入北京欲靠自己体力生存的人力车夫的故事。祥子本是“失去了父母与几亩薄田”的农村青年,日益衰败破产的农村迫使他背井离乡流落城市。当他带着农民的质朴和固执认准了拉洋车这一行,便立志靠本分、诚实做个“自由的车夫”。祥子“不怕吃苦,也没有一般洋车夫的可以原谅而不便效法的恶习”,甚至“连包好茶叶也不便于喝”,为的是多攒钱买一辆自己的车,“娶个一清二白的姑娘”过上“自己的生活”。苦干三年凑足了100块钱,祥子买上了车,但不到半年,车在兵荒马乱中被逃兵掳走。孤苦挣扎的第一次挫折,使祥子对都市生活的新鲜感转变为愤世感。当遭遇孙侦探的敲诈,“攒钱钱跑了”,祥子的希望再次成为泡影造成心理的转折与剧变。祥子拉上了自己的车,是以与虎妞的一场没有爱情的婚姻为代价。虎妞难产死亡,为治丧祥子又把车卖掉,最终人车两空。他又无力与意中人小福子建立家庭,加速了人生的毁灭。祥子后悔当初“干吗那么要强,那么谨慎,那么老实。该后悔的全过去了,现在没有了可悔的事”③。客观生活的危机催动祥子的内心变化,而这个变化始终围绕着祥子所追求的目的物——车子,对车子的追求由强到弱直到消失,形成了一个从希望到失望直至绝望完整的悲剧心理过程。一个原本善良纯朴、上进好强的农村青年,就这样变成自甘堕落、行尸走肉般的无业游民。

骆驼会被最后一根稻草压死。小说的深刻性在于将“骆驼”与“祥子”联系在一起,以骆驼的性情孵化出祥子的命运。虎妞因难产无钱救治死亡的情节最是铭感,作者笔端流出的文字包孕着生与死的意义。

---

① 老舍:《文学创作和语言》,载《老舍文集》第16卷第709页,人民文学出版社,1991。

② 胡絜青:《重访老舍在山东的旧居》,载《文史哲》1981年第4期。

③ 老舍:《骆驼祥子》,载《老舍全集》(修订本)第3卷第205页,人民文学出版社,2008。

祥子，小福子，收生婆，连着守了她三天三夜。她把一切的神佛都喊到了，并且许下多少誓愿，都没有用。最后，她嗓子已哑，只低唤着“妈哟！妈哟！”收生婆没办法，大家都没办法，还是她自己出的主意，教祥子到德胜门外去请陈二奶奶——顶着一位虾蟆大仙。陈二奶奶非五块钱不来，虎妞拿出最后的七八块钱来：“好祥子，快快去吧！花钱不要紧！等我好了，我乖乖的跟你过日子！快去吧！”

陈二奶奶带着“童儿”——四十来岁的一位黄脸大汉——快到掌灯的时候才来到。她有五十来岁，穿着蓝绸子袄，头上戴着红石榴花，和全份的镀金首饰。眼睛直勾勾的，进门先净了手，而后上了香；她自己先磕了头，然后坐在香案后面，呆呆的看着香苗。忽然连身子都一摇动，打了个极大的冷战，垂下头，闭上眼，半天没动静。屋中连落个针都可以听到，虎妞也咬上牙不敢出声。慢慢的，陈二奶奶抬起头来，点着头看了看大家；“童儿”扯了扯祥子，教他赶紧磕头。祥子不知道自己信神不信，只觉得磕头总不会出错儿。迷迷忽忽的，他不晓得磕了几个头。立起来，他看着那对直勾勾的“神”眼，和那烧透了的红亮香苗，闻着香烟的味道，心中渺茫的希望着这个阵式里会有些好处，呆呆的，他手心上出着凉汗。

虾蟆大仙说话老声老气的，而且有些结巴：“不，不，不要紧！画道催，催，催生符！”

“童儿”急忙递过黄绵纸，大仙在香苗上抓了几抓，而后沾着吐沫在纸上画。

画完符，她又结结巴巴的说了几句：大概的意思是虎妞前世里欠这孩子的债，所以得受些折磨。祥子晕头打脑的没甚听明白，可是有些害怕。

陈二奶奶打了个长大的哈欠，闭目楞了会儿，仿佛是大梦初醒的样子睁开了眼。“童儿”赶紧报告大仙的言语。她似乎很喜欢：“今天大仙高兴，爱说话！”然后她指导着祥子怎样教虎妞喝下那道神符，并且给她一丸药，和神符一同服下去。

陈二奶奶热心的等着看看神符的效验，所以祥子得给她预备点饭。祥子把这个托付给小福子去办。小福子给买来热芝麻酱烧饼和酱肘子；陈二奶奶还嫌没有盅酒吃。

虎妞服下去神符，陈二奶奶与“童儿”吃过了东西，虎妞还是翻滚的闹。直闹了一点多钟，她的眼珠已慢慢往上翻。陈二奶奶还有主意，不慌不忙的教祥子跪一股高香。祥子对陈二奶奶的信心已经剩不多了，但是既花了五块钱，爽性就把她的方法都试验试验吧；既不肯打她一顿，那么就依着她的主意办好了，万一有些灵验呢！

直挺挺的跪在高香前面,他不晓得求的是什么神,可是他心中想要虔诚。看着香火的跳动,他假装在火苗上看见了一些什么形影,心中便祷告着。香越烧越矮,火苗当中露出些黑道来,他把头低下去,手扶在地上,迷迷胡胡的有些发困,他已两三天没得好好的睡了。脖子忽然一软,他唬了一跳,再看,香已烧得剩了不多。他没管到了该立起来的时候没有,拄着地就慢慢立起来,腿已有些发木。

陈二奶奶和"童儿"已经偷偷的溜了。

祥子没顾得恨她,而急忙过去看虎妞,他知道事情到了极不好办的时候,虎妞只剩了大口的咽气,已经不会出声。收生婆告诉他,想法子到医院去吧,她的方法已经用尽。

祥子心中仿佛忽然的裂了,张着大嘴哭起来。小福子也落着泪,可是处在帮忙的地位,她到底心里还清楚一点。"祥哥!先别哭!我去上医院问问吧?"

没管祥子听见了没有,她抹着泪跑出去。

她去了有一点钟。跑回来,她已喘得说不上来话。扶着桌子,她干嗽了半天才说出来:医生来一趟是十块钱,只是看看,并不管接生。接生是廿块。要是难产的话,得到医院去,那就得几十块了。"祥哥!你看怎办呢?!"

祥子没办法,只好等着该死的就死吧!

愚蠢与残忍是这里的一些现象;所以愚蠢,所以残忍,却另有原因。

虎妞在夜里十二点,带着个死孩子,断了气。[①]

祥子没钱请医生,眼睁睁看着虎妞和她肚子里的孩子送了命。虎妞一尸两命,加深了小说的悲凉基调,而此后的祥子"连一阵风,一场雨,也给他的神经以无情的苦刑"[②]。《骆驼祥子》集文化智性与文学个性于一体,文本背后更蕴蓄着值得深挖的文学价值。

《骆驼祥子》作为老舍的一部杰作,创造了多方面的文学成就。既有小说叙事的文化批判立场,又有人物塑造的心理深度,还有融合了欧化汉语与京白方言的语体特色。《骆驼祥子》拓展了中国现代长篇小说的表现范畴,实为老舍小说创作生涯的代表作。

首先,市民社会的审视意识,呈现出超越现代城市文明与乡间伦理的对立统一。在中国现代文学史上,老舍走入文坛即以不同于其他新文学作家的姿态和价值观进行文化启蒙创作。"五四"时期,以鲁迅为代表的启蒙作家高扬"伦理

---

① 老舍:《骆驼祥子》,载《中国新文学大系(1937—1949)》第8集第147~149页,上海文艺出版社,1990。

② 老舍:《我怎样写〈骆驼祥子〉》,载《老舍文集》第15卷第231页,人民文学出版社,1990。

的觉悟”，对传统宗法制度下的乡间伦理道德展开了无情的批判；而沈从文等作家则痴迷于乡土伦理，以“神性”描写与之形成反差；同样关注世间正邪善恶叙事的老舍，在《骆驼祥子》复现的却是不尽相同的城乡关系。老舍不是程式化地在善恶两极层面上展开国民性批判，而是将之置于具有同质性的“乡土中国”的景深中抒写，既有批判，又有眷恋。《骆驼祥子》取材于城市生活的边缘，这种选材常常让老舍站在城市文明的立场窥探城市的文明病。但另一方面，老舍又基于文化反思自觉到城乡文明并非完全对峙，此消彼长，而是优劣包容，他以双方面自觉进行创作取舍，形成了更具兼容性的文化立场。小说中人与环境的矛盾，既有对城市文明的向往与追求，也有对乡村传统文明的谴责与批判，包含其中的是农村与城市的冲突、现实与理想的冲突、人性与欲望的冲突。

其次，丰满的人物形象，完成了祥子、虎妞、小福子等的形神与心理刻画。《骆驼祥子》是用心理透视的棱镜塑造人物的。在一系列个性鲜明、栩栩如生的人物图谱中，祥子和虎妞是最为耀眼的两个；小福子则是用最纯洁的灵魂灌注的最卑微的人设，是一个妓女中的天使形象。[①] 小说是以主人公祥子外在的生活沉浮和内在的精神沉沦完成故事构造。作者抓住祥子攒钱买车以图改善自身生存处境的强烈愿望和迫切要求，细腻深入地摹刻了祥子谋求个人发家的小农意识。“即使今天买上，明天就丢了，他也得去买。这是他的志愿，希望，甚至是宗教。不拉着自己的车，他简直像是白活。”[②]祥子意识不到社会的本质，看不清他悲剧的主观成因。虎妞留在中国现代文学人物画廊的是“剥削者的女儿”和“被剥削者的妻子”形象。一个三十七八岁还没嫁人的老小姐，看上了小自己 10 多岁的穷车夫，但车夫不爱她。为了嫁给祥子，虎妞谎称怀孕，致使父女关系破裂，弃父从夫。虎妞对祥子的性纠缠与索取，正当而又非分，合情而又无耻，折射出对被延宕的青春、爱情与幸福长期压抑的积怨，也是祥子身心崩溃悲剧结局的成因。小福子是个“贫而不难看的姑娘”，却被迫卖给一个军官，父亲二强子为了一家人活命竟逼小福子卖身为娼。祥子同情小福子的遭遇，小福子对祥子怀有相濡以沫的情意，她的遭际从另一侧面展示了祥子的人生悲剧。小说就是这样把男男女女置放在难以忍受的境遇里，不但写他们肉体的毁灭，还要拷问出灵魂深处疮疤的来历。祥子被剥夺掉的不仅仅是车、积蓄、虎妞和小福子，他的悲剧反映的是时代和命运的悲剧。

再次，独特的语言风格，实现了欧化汉语与京白方言相互遇合的语体奇观。

---

① Sui-ning Prudence Chou. *Lao She: An Intellectual's Role and Dilemma in Modern China*. Thesis (Ph. D.)-University of California Berkeley 1976:91.

② 老舍：《骆驼祥子》，载《中国新文学大系（1937—1949）》第 8 集第 33 页，上海文艺出版社，1990。

《骆驼祥子》的成功很大程度上源于老舍驾驭语言艺术的高超能力。他自言,小说的文字"极平易,澄清如无波的湖水",又"添上些亲切,新鲜,恰当,活泼的味儿"。[①] 老舍充分借鉴西方文法和句法的优势展现京腔京韵的古都风情和底层市民特有的传统生活习俗,他的修辞艺术更是达致炉火纯青的程度。据统计,《骆驼祥子》全书13.5万字,仅用了2413个常用汉字。[②] 可见,频率高的都是常用字。老舍善于运用陌生化手法,在常用字中找到变化,从平易、现成的话里"掏东西"。如写祥子,"老实巴交",身体"挺脱""硬棒";写刘四是个"放屁崩坑儿的人";写二强子,"脾气一向就暴,卖了女儿之后,常喝儿盅酒;酒后眼泪在眼圈里";写左宅的王二,"鼻子冻得滴着清水"。作者擅长京白方言,以语音"儿"化韵构成"嘎嘣脆"的北京口语,把白话的香味烧出来,如"点儿""谱儿""嗝儿""今儿个""一把儿""闲盘儿""不绕远儿""耍个飘儿""小过节儿"等总共用了641处儿化,有的篇章有40多处。作者从容地调动俗谚俚语,富有想象力地创造了一些词语的用法。如"嚼谷"(吃用)、"碎催"(打杂儿的)、"耍骨头"(调皮、捣蛋)、"一程子"(一些日子)、"鼓逗"(反复调弄)、"横是"(大概是)、"磨烦"(拖时间)、"横打了鼻梁"(保证)、"不论秧子"(不管是谁)。这些俗不伤雅的民间粗话"宛如中国历史上流通了几千年的铜钱",丰富了小说的表现力,为后来的京味小说创作树立了语体艺术样本。

《骆驼祥子》的文学成就"驾乎老舍后来的作品之上"[③]。老舍以悲悯的心理、幽默的情绪感染着大众,他的作品不特记载于文学史册上,也深刻在人们的心扉上。

二　传播、接受及批评

老舍的《骆驼祥子》自问世以来,成为中国大陆、亚洲和欧美各国读者感受和认识中国现代文学长篇小说艺术的范本。《骆驼祥子》在海内外读者中形成了多方面的思想触动和艺术吸引,在传播和接受中所展开的批评,又丰富和拓展了《骆驼祥子》人与事相互为用的现代性叙事品格。

1936年7月底,老舍在青岛致《宇宙风》杂志陶亢德的信中开门见山地说:"先决定一件事:由八月起,我供给《宇宙风》个长篇。由八月一日起,每月月首

① 老舍:《我怎样写〈骆驼祥子〉》,载《老舍全集》第16卷第205页,人民文学出版社,1999。

② 武汉大学语言自动处理研究组:《现代汉语语言资料索引》,第1辑(老舍《骆驼祥子》),第7页,四川人民出版社,1983。

③ [美]夏志清(Hsia,C.T.):《中国现代小说史》,刘绍铭等译,第143页,广西师范大学出版社,2014。

您给我汇 80 元；我给您一万至一万二千字。全篇登完，……要是决定这么办我就开始写了。”[①]老舍的《骆驼祥子》是从 1936 年 9 月 16 日在《宇宙风》第二十五期开始连载，至 1937 年 10 月 1 日第四十八期续完，共刊 24 节次，持续了一年多。这是老舍在青岛停下教职陆续写作并面世的长篇小说。

《骆驼祥子》在国内的传播，最先出自《宇宙风》乙刊的一则广告。编者使用的业内术语极富表现力，其中道：“《骆驼祥子》是近年来中国长篇小说的名篇，是名小说家老舍先生的巨著，作者自云这部小说是重头戏，好比谭叫天之唱《定军山》，是给行家看的。书中主人公祥子是个洋车夫，他好胜爱强，勤苦耐劳，流血流汗，想做个好人。可是恶劣的社会不容好人。结果使他堕落。故事动人，描写深刻。”[②]《宇宙风》连载《骆驼祥子》期间，老舍的山大同事已经争相传阅，获赞跟评此起彼伏。据台静农称，老舍给他送去“一本新出版的《老牛破车》”，而台静农则说：“我喜欢你的《骆驼祥子》。”对此，老舍的日记有笔踪。1937 年 4 月 13 日，老舍“早到山大，给静农，石荪，太侔，实甫送去《老牛破车》各一本”[③]。1939 年 3 月，《骆驼祥子》在陶亢德旗下的人间书屋首次出版了单行本，因销路好于 6 月再版，在 1940 年 2 月三版，于 1940 年 8 月出至四版。1941 年 11 月，《骆驼祥子》列入巴金主编的“现代长篇小说丛刊”，由重庆文化生活出版社印行了单行本，即老舍所称“四川印的土纸本”。《骆驼祥子》风靡全国，至 1949 年 2 月已由文化生活出版社出至“沪八版”，重版 11 次。学界认为，1936—1949 年《骆驼祥子》在中国完成了生成和展示期。

《骆驼祥子》从青岛走向世界蜚声海外不到 20 年时间。最早将《骆驼祥子》译介到海外的是日本翻译家竹中伸，他根据 1939 年版《骆驼祥子》底本译成日文（ロートシャンツ），于 1943 年 3 月附载周作人的序言由日本新潮社介绍给东瀛读者。《骆驼祥子》在欧美的译介与传播始于抗战胜利前后。1945 年，美国译者伊万·金将《骆驼祥子》译为 *Rickshaw Boy*（《洋车夫》）。随后，瑞典人 E. 特米纽斯、捷克人 Д. 波科尔尼翻译了《骆驼祥子》，之后又有波兰文、匈牙利文的译本分别在华沙、布达佩斯相继问世。1947 年，法国阿尔托出版社推出的 *Coeur-Joyeux coolie de Pekin*（《北京苦力祥子》），列入“世界名著”丛书。1956 年，《骆驼祥子》又由 E. 罗日杰斯特文斯卡娅翻译成俄译本 *Рикша*。

事实上，《骆驼祥子》在跨国别、跨文化的过程中获得了各国文学界的广泛认可。当然，《骆驼祥子》作为出海作品势必带来“他国化”的问题，各国译者必

---

① 老舍：《致陶亢德》，载《老舍全集》（修订本）第 15 卷第 490 页，人民文学出版社，2008。

② 舒济、郝长海、吴怀斌：《老舍年谱》，载《老舍全集》（修订本）第 19 卷第 531 页，人民文学出版社，2008。

③ 老舍：《一九三七年日记》，载《老舍全集》第 19 卷第 3 页，人民文学出版社，1999。

然根据本国读者的接受条件、审美心理、阅读习性、消费利益等因素,进行取舍和改造,甚至出现逆向改编现象。如美国 E. 金译成的 *Rickshaw Boy*(《洋车夫》)就对小说的收尾做了改动,将小福子上吊死亡,改为祥子从下等妓院"白房子"中把绝食三天、奄奄一息的小福子救了出来,把悲剧结局改为大团圆。英译本是这样结束全书的:

> 他忽然明白自己应该怎么办了:谁也拦不住他!
>
> 他急速地抱起那个虚弱的身子,用被单将她裹上,然后弯下身子跨出门口,以最快的速度穿过空地,进入那片树林。
>
> 在夏天的傍晚的淡淡的凉意中,他怀抱中的身躯在轻微地颤动着,当他奔跑时跟他贴得更紧些。她活过来了。她活过来了。他们俩都自由了。①

《骆驼祥子》在海内外留下了亲切而富有影响力的足迹,特别是在欧美的传播使老舍及其《骆驼祥子》具有穿越时空的魅力和价值,成为关注和探讨超越民族、国界的人类共同命题。

自 1936 年《骆驼祥子》诞生起,议论之声就未停息。学界从阶级-革命、启蒙-人性、宗教-民族、人-城市关系、性别文化视角等方面进行的评论可谓锐见迭出,《骆驼祥子》研究经历了一个不断深化的过程。

其一,《骆驼祥子》中中立的思想观念导致写作背景淡化。根据小说所描写的北京一带战争频繁的叙述推断,作品最开始当属北洋军阀时期;又根据孙侦探跟踪曹先生是阮明"到党部去告发"引起的及作品结尾提到的"北平自从被封为故都"等描述,推断后面的情节已经是国民党南京政府时期的事。在政治动荡、经济萎靡的民国岁月,人力车作为混乱年代的象征理应借助时空展现丰富的历史图景,而《骆驼祥子》里的人力车只是小说的道具,祥子被时代边缘化看不到与其他人力车夫组织起来争取自身利益的必要性。②

其二,男权意识下的女性观使《骆驼祥子》中的女人沦为社会的牺牲品。作者用美貌与贤淑的市民文化心理看待女人,标准就是是否符合男性的审美需求。不能不说,《骆驼祥子》中的女性无一不是丑恶的、下贱的,作者笔下的虎妞、小福子、夏家姨太太,女仆张妈、高妈,以及下等妓院白房子中的"白面口袋",根本没有可能获得支配自己命运的权利和能力。张妈是"一个江北的大脚婆子",最大的特点是"敢破口就骂,不论先生,哪管太太,招恼了她就是一顿";曹家放高

---

① 曾广灿、吴怀斌:《老舍研究资料》(下),第 597 页,知识产权出版社,2010。

② [美]梅维恒(Mair,V. H.):《哥伦比亚中国文学史》,马小悟、张治、刘文楠译,第 750 页,新星出版社,2021。

利贷的高妈和气而毒辣,因为“非如此不能在这个世界上活着”;那个身居白房子的“白面口袋”,则是一个自愿进入妓院“享受”的女人。如此描写意在表明,有这样一些女人,祥子不堕落才怪。

其三,“末路鬼”情结造成祥子前后判若两人,《骆驼祥子》主人公的堕落引发争议。与以往老舍笔下的人物漫画化不同,祥子的形象一开头就是理想化的,从奋争到消沉虽经三起三落,但一颗要强的心并未泯灭。北京的人力车夫是个庞大的群体,为什么偏偏祥子堕落得如此不堪?作者在祥子身上展现的是一个人下地狱的过程,祥子最后沦落成一个迷失判断能力、深陷自我的可怜人,是因为祥子负有对“上帝”的罪愆,他的命运注定是灵魂的堕落,更需要被救赎。老舍在检讨《骆驼祥子》“最不满意的”不足时称,由于《宇宙风》的连载“必须整整齐齐的写成二十四段”,因此使得“收尾收得太慌了一点”。[①] 这指代着作为悲剧人物的祥子,最终的结局究竟应当是个什么形象的问题。

1955 年 1 月人民文学出版社印行《骆驼祥子》时,老舍删去了祥子堕落的部分,即第二十三章后半部和第二十四章的全部,计有一万字。删去的这一章半被老舍认为是《骆驼祥子》的“枝冗的叙述”[②]。

第六节　吴伯箫等的散文

与国立青岛/山东大学教授作家不同,吴伯箫是以独具自我风范的散文跻身大学师辈作家聚落的。他以青岛作品为主结集的散文集《羽书》,以优美典雅、缊藉深厚的美学风格,成为中国现代散文样式最好的一种。国立青岛/山东大学的教授作家擅长捕捉“散文的心”,杨振声、老舍、沈从文的散文不拘俗套、情思可触,闻一多的《青岛》迁流曼延着画意诗情。黄际遇与散文对应的骈文写作倔强独存,仍不失“遗形”旧文之风雅。

一　吴伯箫的文学道路

吴伯箫(1906—1982),原名吴熙成,字伯箫,笔名有山屋、天苏、叩天等,山东莱芜人。舞勺之年就读曲阜省立第二师范学校,毕业投考东南大学未被录取,在孔府做了一年孔德懋、孔德成的英文教师后,吴伯箫怀着“冲破黑暗,探求光明如饥似渴的心情”考入国立北京师范大学。他回忆说:从“满是陋巷井、舞雩坛、

① 老舍:《我怎样写〈骆驼祥子〉》,载《老舍文集》第 15 卷第 233 页,人民文学出版社,1990。

② 老舍:《〈骆驼祥子〉后记》,载《老舍文集》第 16 卷第 400 页,人民文学出版社,1990。

子贡手植楷一类文物古迹的曲阜,……忽然迈进火烧赵家楼,发动'五四'运动的北京城,喊出'打倒孔家店',看溥仪搬出故宫,对那时一个青年说无疑是一次思想大解放"[①]。在校期间,吴伯箫用白话文写日记,还与曹未风、成启宇等创办文艺性刊物《烟囱》,发表白话散文。1926年4月14日,吴伯箫从日记里整理了一篇题为《清晨——夜晚》的短文在《京报》副刊发表,由此开启了绵延半个多世纪的散文创作之旅。

1931年初,吴伯箫毕业实习来到陌生的青岛。据史料记载,1931年2月至5月吴伯箫在青岛市立女子中学实习,任英文教师兼训育主任。大海涤心,吴伯箫青岛实习期写作发表的散文有《这座城》《归》《别前夜(鸥之一)》,他的另一篇散文《闷(鸥之二)》在离青后7月2日的《华北日报》副刊发表。是年夏吴伯箫毕业,离校前他把早期发表的约50篇散文辑为《街头夜》,并与北平人文书店签了印行合同。不意"九一八"事变发生,人文书店在搬迁中将稿本遗失,《街头夜》未能刊行。

1931年9月,吴伯箫供职杨振声任校长的国立青岛大学做教务处事务员,他还为《民国日报》编辑副刊。1932年暑假后,吴伯箫改任赵太侔主校的国立山东大学校长办公室职员,同时还在青岛文德女子中学兼教英文。1934年秋,吴伯箫调任山大教务处注册科工作。[②] 1935年1月,吴伯箫去了济南,任职乡村师范学校训育主任兼国文教员。是年夏,他"候鸟似的飞集于青岛",与在青的洪深、老舍、王统照、赵少侯、孟超等人假《青岛民报》副刊,联袂写下了中国现代文学史上著名的《避暑录话》。吴伯箫在《避暑录话》两个月的周期中,先后发表了散文《边庄》《萤》《阴岛的渔盐》,开学后他在济南写的新诗《秋夜》刊在9月15日《避暑录话》第十期。1936年暑假,吴伯箫也在青岛租房避暑。

吴伯箫在青岛的第一处住房是栖霞路上的一间小土室。他为之取名"山屋",并仿照唐代刘禹锡的《陋室铭》题"记":

> 屋是挂在山坡上的。门窗开处便都是山。不叫它别墅,因为不是旁宅支院颐养避暑的地方;唤作什么楼也不妥,因为一底一顶,顶上就正对着天空。无以名之,就姑且直呼为山屋吧,那是很有点老实相的。
>
> 搬来山屋,……常常感到一种莫名的寂寞,原来地方太偏僻,离街市太远啊。可是习惯自然了,浸假又爱了它的幽静;何况市镇边缘上的山,山坡上的房屋,终究还具备着市廛与山林两面的佳胜呢。想热闹,就跑去繁嚣的

---

① 吴伯箫:《无花果——我和散文》,载《吴伯箫研究专集》第140~141页,广西人民出版社,1987。

② 子张:《吴伯箫年谱(1925—1937)》,载《现代中文学刊》2016年第2期。

> 市内；爱清闲，就索性锁在山里，是两得其便左右逢源的。倘若你来，于山屋，你也会喜欢它的吧？傍山人家，是颇有情趣的。①

1934年夏，吴伯箫迁到观象山麓的一处住房，旁边有一条石级小路，数一数共有62阶。他在青岛寻觅到比较安适的个人生活，并与众多文坛前辈、好友交游。胜友如云，笔底生辉，吴伯箫青岛时期的散文创作固然有时代的激荡与个人的努力，同时也有拜师访友、求教切磋的缘故。

在青岛，吴伯箫经常造访王统照，是王统照观海二路“息庐”的“座上熟客”。王统照为人热情、好客，正在写作长篇小说《山雨》，他很愿意将写作的思路和体会与文学青年分享。吴伯箫后来回忆说：“在青岛观海二路你的书斋里，我们不知道一同送走过多少度无限好的夕阳，迎接过多少回山上山下的万家灯火。你写好了《山雨》，我以初读者兴奋的心情，一气读完；写读后感，把《山雨》跟《子夜》并论：一写中国农村的破产，一写城市民族资产阶级的败落。我称1933年为‘子夜山雨季’。”②吴伯箫一语出口，成为《山雨》极为警策、颇具概括力的评价，至今仍被视为不刊之论。王统照也著文谈及与吴伯箫的交往：“我少不了与他有晤面的机会。那软沙的海滨；那黑石重叠的山谷；那大公园的海棠径上；那个小小的庭园中——饮‘苦露’（酒名），斟清茗。或当风雪冬宵烧饼铺外的匆匆招呼；在炫彩的碧波上隔日相遇；在老舍的二簧腔调的猛喊之下，彼此纵笑。”③

吴伯箫与老舍相交甚厚，自称是老舍“忘年的朋友”。吴伯箫回忆说：“‘九一八’后在青岛，老舍是大学文学教授，而我是文艺学徒。我比他小六岁，在他滨海的书斋里却是常客。他那住房进门的地方，迎面是武器架，罗列着枪刀剑戟；书斋写字台上摊着《骆驼祥子》的初稿，一武一文，给我留下很深的印象。”④1934年7月初，郁达夫、王映霞夫妇来青避暑，吴伯箫与其交游多日。

在青岛，吴伯箫与臧克家、孟超、杜宇、西蒙、李同愈等同侪好友交往最多。有时，两三个知心朋友会集在吴伯箫的山屋，开一壶白干，来一听香烟，彻夜长谈。吴伯箫回忆说：

> 约有半年的时间，曾三五熟人定期聚会，各带小说、诗或散文，大家传看品评议论。相约不吹捧，倒免不了吹毛求疵；也不自惭，自卑，说自己的作品

① 吴伯箫：《山屋》，载《中国新文学大系（1927—1937）》第11集第219页，上海文艺出版社，1985。

② 吴伯箫：《怀剑三》，载《吴伯箫文集》下卷第327页，人民教育出版社，1993。

③ 韦佩：《〈羽书〉序》，载《吴伯箫研究专集》第289页，广西人民出版社，1987。

④ 吴伯箫：《作者·教授·师友——深切怀念老舍先生》，载《吴伯箫文集》下卷第523页，人民教育出版社，1993。

不好(为什么不尽量往好里写?)但争取彼此推敲。这就自然形成了鞭策与鼓舞,各自拼命下功夫,互争下一次或者再下一次聚会时的一点点进步。①

吴伯箫与臧克家年龄相仿,又同在国立青岛大学,彼此的共同语言甚多。臧克家曾回忆说:“我与伯箫一见如故。这是因为在思想、感情、爱好各个方面,息息相通。伯箫喜爱文艺,开始写散文。他写作认真,字句推敲很严。我喜爱新文艺,视新诗如命。我们二人,互相传观作品,评其得失,见到对方的佳作,喜欢如同己出,相互激励,乐在其中。”②

青岛时期的吴伯箫一直保持“忘我的境界”和“客居的心情”。因为忘我,吴伯箫把全部精力都集中到自己所爱、所向往的事情里,并乐意沉浸到内面、湮没到里面、融化到内里;由于怀着客居者的心情,“这心情,使我向往崇高,使我保持年轻;在悒郁时给我快乐,在徘徊时给我希望,给我爱,给我一切向上的进步的雄心”③。这是一种能滋润文字的爽感。

二 散文集《羽书》等

吴伯箫以青岛作品为主的散文集《羽书》,以体裁融通的文体魅力和温婉柔细的优美气质,为30年代一般散文作家所难及。《羽书》也是吴伯箫跻身于“京派”散文后起之秀、奠定文学史地位的标志性成果。

《羽书》

吴伯箫的作品以散文为体裁,且将散文写作一以贯之,酿就了散文创作的独特一脉。他曾就散文体式写过这样的话:

> 曾妄想创一种文体:小说的生活题材,诗的语言感情,散文的篇幅结构。内容是主要的,故事,人物,山水原野以至鸟兽虫鱼;感情粗犷、豪放也好,婉约、冲淡也好,总要有回甘余韵。体裁归散文,但希望不是散文诗。④

从1941年经王统照整理、巴金主编出版的《羽书》看,吴伯箫基本达到了自己的预期。正如他所言:“那些篇目出世是我的梦做得最熟的时候。”⑤

---

① 吴伯箫:《无花果——我和散文》,载《吴伯箫研究专集》第144~145页,广西人民出版社,1987。

② 臧克家:《五十二年友情长——追念伯箫同志》,载《臧克家全集》第5卷第527页,时代文艺出版社,2002。

③ 吴伯箫:《客居的心情》,载《吴伯箫文集》上卷第493~494页,人民教育出版社,1993。

④ 吴伯箫:《无花果——我和散文》,载《吴伯箫文集》下卷第494页,人民教育出版社,1993。

⑤ 吴伯箫:《无花果——我和散文》,载《文学评论》1981年第5期。

散文集《羽书》收集了吴伯箫写于1933—1936年的散文,主要在个人感怀和乡土抒情中表现自我感情与灵魂体悟,是一些藏不着、掖不住的人性密码。其中,有写自己阅历过往的,如《灯笼》《马》《啼晓鸡》;有写北平、济南生活的,如《话故都》《我还没见过长城》《几棵大树》;有写青岛风物的,如《岛上的季节》《记岛上居室》《海上鸥》;也有写忧国忧民、许身报国情怀的,如《羽书》《夜谈》《野孩子》。吴伯箫所写的都是生活中最熟悉、更个体、未曾深究的物事,他在追求作品内容诚挚逼真的同时,采撷和试验各种最适于内容的表达形式,逐步形成了一种以小见大、由朴见真的艺术风格。例如:《荠菜花》由乡间春季习见的荠菜联想起放风筝、荡秋千等趣事,把节气中的春天和人生中的春天融合起来,宣泄了对美好青春的深切感怀。《天冬草》写以天冬草为媒介结识的两个少年女伴,抒发了系结于天冬草上的婉曲深远的友谊及幽微秘辛的情丝。《马》追怀孩提时同家人牵马散步、跃马长堤的纷纭往事,以纯真的童心表露出对生活一往情深的怀想。《灯笼》写往昔经历、乡情民俗、诗词典故,融自然、人文于一体,结尾处情绪陡然一扬,通过引述历史上保家卫国将士的事迹,表露出自己的报国志向。吴伯箫的《羽书》发抒的是个人对人生、社会现实的体验和感受,对知识分子精神世界的孤独、苦闷与感伤表现得淋漓尽致。

作为中国现代文学史上的著名散文家,吴伯箫一生创作了200多篇散文,《羽书》是他第一本结集正式出版的散文集。其后,又有《潞安风物》《黑红点》《出发集》《北极星》《忘年集》,以及《吴伯箫散文选》。比较这几部散文集,《羽书》代表的是灵思勃发、才华横溢、亢爽豪迈、粗犷不拘的吴伯箫。① 散文是心灵的放歌,不难想象吴伯箫创作《羽书》时所怀有的对“人”的眷注与睿思。他在写令人留恋的城乡生活中,通过铺陈纷乱世界未被践踏的一抹天地,寄望于美好理想的祈念,间或对世间的暗黑喊出了自己的声音。

然而,吴伯箫的《羽书》在中国现代文学史上也有批评之声。有论者认为,《羽书》“很缺乏力气”,“作者具有正义感,但缺乏斗争精神”,“作品思想是软弱的”。② 比之《羽书》,学界似乎更欣赏《北极星》,因为《北极星》是吴伯箫自觉投身变革现实的生活写真,是时代的回响,跃动着革命斗争的鼓点和律动。延安时期的吴伯箫,对生活的敏感度有了更高的理解,波澜壮阔的斗争生活自然能增强吴伯箫对散文使命以新的体会。但也有论者认为,《北极星》“太过注重于政治意识的‘显正’,在艺术上有所忽视,无形中削减了应有的华彩”③。1979年,香港文学研究社出版的《吴伯箫选集》,竟然没有选取《北极星》里的一篇文章。客

①③　《〈吴伯箫选集〉前言》,载《吴伯箫研究专集》第195、198页,广西人民出版社,1987。

②　公兰谷:《吴伯箫和他的散文》,载《吴伯箫研究专集》第179~180页,广西人民出版社,1987。

观地说,吴伯箫的《羽书》是他追寻“回甘余韵”的刻意之作,作者从自己熟悉的生活里掇选题材、抒发情思,在繁复斑斓的叙事中包含着积极的思想情绪。《羽书》体现出吴伯箫散文叙写语体意浓、自然、精巧的特点,能诱人去探幽、遐想。或许可以说,作家不只是个人的、今时的,也是文化的、历史的,作家的写作风格必然会随着环境变迁呈露出动态的变异。从青岛到延安时间和空间巨大转换,势必造成散文风格从精美到质朴的变化,读者会不期然看到那个从“小我”到“大我”,乃至“忘我”转变的吴伯箫。

还值得写一笔的是,《羽书》的“托孤”诞生如同它的艺术奇观性,颇让人慨叹不已。卢沟桥事变后吴伯箫决意投笔从戎,生怕四处漂泊遗失经年积累的散文重蹈《街头夜》的覆辙,便把发表的散文“剪贴成集”郑重地交给了王统照。不久,吴伯箫去了延安,与沦陷区的朋友失去了联系。王统照受吴伯箫所托大有“临危托孤”之感,便从吴伯箫送来的散文中择选了 18 篇编成了《羽书》集,并以“韦佩”的笔名写了序言,表示“不为个人与个人间的私谊,而是每一位在苦难里打过滚的中国人的共同希望”[①]。1941 年 5 月,巴金将《羽书》列入“文化生活丛刊”第七集由文化生活出版社出版。《羽书》扉页上的一帧吴伯箫于 1934 年摄在青岛的照片,留下了历史瞬间的印记。

有意思的是,对于《羽书》的出版吴伯箫竟全然不知。1941 年夏,身在延安杨家岭的吴伯箫偶然从一位同志手里发现上海某一杂志刊登的“韦佩”写的序言。1949 年春,人在长春的吴伯箫收到孟超从桂林寄来一本 1942 年 1 月再版的《羽书》,才知道自己的第一本散文集已出版了八年,他不禁感叹道:《羽书》“飞得太慢了,名不副实”[②]。

《海》等散文

无疑,吴伯箫在国立青岛/山东大学工作时期写青岛的散文《海》《雨》《山屋》《岛上的季节》《阴岛的渔盐》《海上鸥》等,最具青岛文学史意义。

吴伯箫青岛时期的散文,业已走出了单纯向美文靠拢的懵懂早期,逐步趋于追迹“回甘余韵”的精美形成期。用清丽飘逸的文笔、丰富的联想表达喜怒哀乐,形成富有音乐美的散文风格,是吴伯箫散文创作的独到之处。这在 30 年代的青岛,特别是对吴伯箫一个文学青年来说尤其难能可贵。

散文素有“美文”之称,除了讲求精神的见解、优美的意境外,吴伯箫更在意精美绚丽、清新隽永的文采。身居青岛,面对渺无涯际的汪洋大海,作者的思绪随之波澜起伏,不能自已。试看散文《海》:

---

① 王统照:《〈羽书集〉序》,载《王统照文集》第 6 卷第 208 页,山东人民出版社,1984。

② 吴伯箫:《〈羽书〉飞去》,载《吴伯箫文集》下卷第 568 页,人民教育出版社,1993。

海风最硬。海雾最浓。海天最远。海的情调最令人憧憬迷恋。海波是旖旎多姿的。海潮是势头汹涌的。海的呼声是悲壮哀婉，訇然悠长的。啊，海！谁能一口气说完它的瑰伟与奇丽呢？且问问那停泊浅滩对了皎皎星月吸旱烟的渔翁罢。且问问那初春骄阳下跑着跳着拣蚌壳的弄潮儿罢。大海的怀抱里就没有人能显得够天真，够活泼，够心胸开阔而巍然严肃的了。[①]

《海》写于1934年12月，于1935年2月10日发表在《水星》一卷五期上，未收于《羽书》集，而收在1982年4月百花文艺出版社刊行的《忘年集》里。1993年10月人民教育出版社编辑出版《吴伯箫文集》时，《海》作为《羽书》的“集外”辑录其中。吴伯箫在回忆《海》的创作时说：“有选家把它归入散文诗，自己就深深感到当之有愧。”[②]《海》之所以被误归散文诗，概因《海》化用诗歌意象，在散文中注入了诗的主观抒情之风。作为一篇经典散文，《海》开篇便直抒胸臆，坦白“爱了海”，这种爱是基于“第一次看见了海”之后，“慢慢认识了”，与海“熟了，亲昵起来了”，于是便“与海结了不解缘”。作者使用气势强劲的排比和反复句式，透过海滩、海水、海风、海雾、海天万千气象，以及灯塔看守人世外桃源式生活的状写，表达了对和平恬静生活的向往，其深沉而悠长的艺术魅力让人得其三味。不仅青岛的海深有意味，风姿绰约的青岛四季皆可入诗作文。1933年吴伯箫写的《岛上的季节》，以景蕴情，一切景语皆情语。

就开头吧。这里说的是那绿的青岛的事。

青岛的春天是来得很晚的。在别处，杨柳树都发了芽抽了叶，桃杏树都开了花绽了果的时候，青岛的风还硬得像十冬腊月一样，落叶树还秃光光的没有透鹅黄嫩绿的意思哩。到三四月天，有的地方胖人们都在热得喘了，这里还得穿皮衣棉衣。所以那时候到青岛旅行的人，若然乘的是胶济火车，走着走着就凉了起来；在回去的路上，也是走着走着就热了起来。到“天街小雨润如酥，草色遥看近却无”的那境界，已经是初夏月份了。近海地方，气候变得这样慢，是很奇怪的。可是一声鹧鸪啼，报道阳春天果真到来的时候，青岛是有的可看的。先是那苍然的山松透的一层新翠就很够使人高兴得嚷起来呢。接着那野火烧不尽的漫坡荒草重新披起一袭绿衣，一眼望去就几乎看不到赭黄的土色了。街里边，住户人家，都从墙头篱畔探出黄的迎春花，红的蔷薇花来；红砖筑就的墙壁上满爬着的爬山虎，叶子也慢慢地一天天一天天地大，直到将整个的一座楼房完全涂成绿色。姑娘们换上各色各

① 吴伯箫：《海》，载《山东新文学大系（现代部分）》散文卷第148页，山东文艺出版社，1999。
② 吴伯箫：《无花果——我和散文》，载《吴伯箫研究专集》第145页，广西人民出版社，1987。

样的衣裳,少奶奶们也用了摇篮车推着娃娃在马路上散步的时候,那就是青岛春天顶热闹的季节了。日本的樱花也就在这时开放。①

《岛上的季节》共三节,一年四季依次展开。春"来得很晚",夏天是在不知不觉中"偷进了青岛",秋天"也是姗姗来迟",冬则在"岁暮"。作者以四季变迁为脉线,突出渲染了春日樱花、炎夏浴场、深秋红叶、寒冬钟声几个具有代表性的青岛景象,展现了不同季节的岛城美景,令人心驰神往。吴伯箫写《岛上的季节》并非平均用力,笔墨较多地集中在春、夏两季,不独结构精巧、意绪纷繁,而且综合了比喻、拟人、通感等手法,形成了像诗一样跳脱、灵动、飘忽的节奏,使读者对青岛的片面感受汇成完整的印象。

吴伯箫的青岛散文,体现出浓重的现代性特征。一方面,他延续了"五四"精英知识分子的启蒙立场和"京派"散文唯美主义的创作倾向,敢于逾越陈规和教条,求取"回甘余韵"的妙契佳境,使散文充满清婉、明丽而幽远的气象。另一方面,由于青岛时期吴伯箫的文学观念不同于"左联"文艺方向,他的散文囿于自我视角,对于"人"的展示不免婉约回折、含蓄细腻有余,而慷慨激昂、雄浑沉郁不足。臧克家是吴伯箫的青岛好友,他在推崇吴伯箫散文"形式美"的同时也直言不讳地指出缺点:吴伯箫在青岛"'山屋'里写的那些散文,实在说,有点华而不实,——即形式美而内容差"②。

三　其他教授的散文和黄际遇的骈文

国立青岛/山东大学教授的散文创作远比小说丰富,尤以抒情散文占比最大。黄际遇与散文相对的骈文,驱经用史,文情并美,从另一方面反映出大学教授斑斓的文采。

国立青岛/山东大学教授的散文,老舍具有数量多、与杂文并类的特性,他的《五月的青岛》《青岛与我》《青岛与山大》与吴伯箫写青岛的散文类似;沈从文散文在形式上与吴伯箫更近,也是一种与小说兼类的文体。1931 年 12 月,杨振声写的《与志摩最后的一别》是青岛时期不多见的散文。他是突闻徐志摩机焚身死的噩耗后写下此文,与同期胡适的《追悼志摩》、林徽因的《悼志摩》等散文共同奏出了哀恸之声。杨振声推崇徐志摩"跑野马"式的散文,并"老早就以为比他的诗还好",形散神聚之规在徐志摩那里变得形散神更散。而杨振声的《与志

① 吴伯箫:《岛上的季节》,载《名人笔下的青岛》第 45~46 页,青岛出版社,2008。
② 臧克家:《给吴伯箫同志》,载《吴伯箫研究专集》第 317 页,广西人民出版社,1987。

摩最后的一别》随兴运思,没有结构上的起承转合,文末一句"你回来!我情愿放走西北风,一把揪住了你!"[①]这"一把揪住了你",非心之灵犀不能参悟,有哀怜也有感叹。1932年12月,杨振声发表在《独立评论》周刊第三十二号上的杂文《女子的自立与教育》,可能是青岛任职时期的作品。

论散文写到字字珠玑,首推闻一多在青岛写的《青岛》。这是迄今发现的闻一多唯一一篇写景抒情散文,能让人深醉其中。

> 海船快到胶州湾时,远远望见一点青,在万顷的巨涛中浮沉;在右边崂山无数柱奇挺的怪峰,会使你忽然想起多少神仙的故事。进湾,先看见小青岛,就是先前浮沉在巨浪中的青点,离它几里远就是山东半岛最东的半岛——青岛。簇新的、整齐的楼屋,一座一座立在小小山坡上,笔直的柏油路伸展在两行梧桐树的中间,起伏在山冈上如一条蛇。谁信这个现成的海市蜃楼、一百年前还是个荒岛?
>
> 当春天,街市上和山野间密集的树叶,遮蔽着岛上所有的住屋,向着大海碧绿的波浪,岛上起伏的青梢也是一片海浪,浪下有似海底下神人所住的仙宫。但是在榆树丛荫,还埋着十多年前德国人坚伟的炮台,深长的甬道里你还可以看见那些地下室,那些被毁的大炮机和墙壁上血涂的手迹。——欧战时这儿剩有五百德国兵丁和日本争夺我们的小岛,德国人败了,日本的太阳旗曾经一时招展全市,但不久又归还了我们。在青岛,有的是一片绿林下的仙宫和海水泱泱的高歌,不许人想到地下还藏着十多间可怕的暗窟,如今全毁了。
>
> 堤岸上种植无数株梧桐,那儿可以坐憩,在晚上凭栏望见海湾里千万只帆船的桅杆,远近一盏盏明灭的红绿灯飘在浮标上,那是海上的星辰。沿海岸处有许多伸长的山角,黄昏时潮水一卷一卷来,在沙滩上飞转,溅起白浪花,又退回去,不厌倦地呼啸。天空中海鸥逐向渔舟飞,有时间在海水中的大岩石上,听那巨浪撞击着岩石激起一两丈高的水花。那儿再有伸出海面的栈桥,去站着望天上的云,海天的云彩永远是清澄无比的,夕阳快下山,西边浮起几道鲜丽耀眼的光,在别处你永远看不见的。
>
> 过清明节以后,从长期的海雾中带回了春色,公园里先是迎春花和连翘,成篱的雪柳,还有好像白亮灯的玉兰,软风一吹来就憩了。四月中旬,奇丽的日本樱花开得像天河,十里长的两行樱花,蜿蜒在山道上,你在树下走,一举首只见樱花绣成的云天。樱花落了,地下铺好一条花蹊。接着海棠花

---

① 杨振声:《与志摩最后的一别》,载《杨振声文集》第185页,华夏出版社,2000。

又点亮了,还有踯躅在山坡下的"山踯躅",丁香,红端木,天天在染织这一大张地毡;往山后深林里走去,每天你会寻见一条新路,每一条小路中不知是谁创制的天地。

到夏季来,青岛几乎是天堂了。双驾马车载人到汇泉浴场去,男的女的中国人和十方的异客,戴了阔边大帽,海边沙滩上,人像小鱼一般,曝露在日光下,怀抱中是薰人的咸风。沙滩边许多小小的木屋,屋外搭着伞篷,人全仰天躺在沙上,有的下海去游泳,踩水浪,孩子们光着身在海滨拾贝壳。街路上满是烂醉的外国水手,一路上胡唱。

但是等秋风吹起,满岛又回复了它的沉默,少有人行走,只在雾天里听见一种怪木牛的叫声,人说木牛躲在海角下,谁都不知道在哪儿。①

闻一多这篇写于青岛的《青岛》,刊登在1936年上海大众书局出版的《古今名文八百篇》第一集上。

黄际遇的骈文

黄际遇(1885—1945),字任初,号畴盦,广东澄海(汕头)人。未冠"读书过眼成诵,精力尤过人,少有神童之誉"②;试粤东,"科试一等,入秀才,补增生";游学东瀛,成为中国最早以数学为主科的少数留学生之一。留日期间,黄际遇通过黄侃向避居日本的章太炎习文字声韵之学。1930年夏,他受聘国立青岛大学理学院院长兼数学系主任。1932年5月杨振声辞职离校,黄际遇被选为校务会议临时主席,主持校政,并于9月出任赵太侔主校的国立山东大学文理学院院长兼数学系主任。

相较于一般大学数理科教员最大的不同,黄际遇"泛滥各科,沟通文理",在文字学、音韵学、方言学等学科交叉领域颇有造诣,有一种"我注六经"的气魄。黄际遇曾与楚辞研究名家游国恩切磋学问时说:"文以词章为最难,词章又以骈文为最难。抽象缀藻,于斯为至。"显然,黄际遇是从文学史的角度突出骈文的特殊地位。正因为黄际遇体味到骈文的对称美、音乐美、辞藻美,他写骈文讲究用字的绮丽、对仗的工整、声律的铿锵和用典的深邃,辞多雅驯,追迹艺术感染力。黄际遇还开设骈体文课,并对听课的学生说:"系主任可以不当,骈文却不可不教。"他上骈文课时,"随着那抑扬顿挫、悠扬悦耳的潮州口音,以手击节,用脚打板,连两眼也眯缝起来,脑袋也在不断地划着圆圈"。③ 1931年初夏,黄际遇与闻

① 闻一多:《青岛》,载《山东新文学大系(现代部分)》散文卷第274~275页,山东文艺出版社,1999。
② 姚梓芳:《澄海黄仁初教授墓碑》,载《黄任初先生文钞》第95页,国立中山大学,1949。
③ 张友余:《黄际遇传》,载《黄际遇先生纪念文集》第56页,汕头大学出版社,2008。

一多、方令孺等结伴游崂山“三宿而还”，对崂山的一亭一寺、一诗一文都有研究。1933年5月5日国立山东大学放春假，黄际遇与张煦、游国恩、姜忠奎等人游崂山，历览华严寺、白云洞、太清宫诸胜，次日方回。黄际遇将览胜探奇题《劳山游记》写入日记，张煦、姜忠奎等读后皆言：“谓自来崂山记以此作为第一。”

黄际遇有写日记的习惯，数十年不间断，据悉留存下来的日记计有43册，其中包括写于国立青岛/山东大学的24册《万年山中日记》和3册《不其山馆日记》。与民国一般知识分子叙事性日记不同，黄际遇的日记除内容广博外，还由于以蝇头小楷和没有断句、不加标点的文言写成，尤其是那些华丽富赡、藻绘相饰、有文有笔的骈俪体，以及所参杂的典故和古今字、通假字，如果读者不具备一定的文字学知识，几乎触目皆是荆棘难以卒读。对黄际遇留下的这笔有待开发的文化资源，蔡元培曾说：“任初教授日记如付梨枣，须请多种专门者为任校对。”[①]黄际遇的骈体日记写作是青岛文学的一个别异存在。

黄际遇的日记，或发抒身世国事之感，或叙时景雅兴之所，每每化为情绪式、形象化、富有诗意的叙写，骈偶俪辞，典雅而恣肆。例如：1934年5月27日，黄际遇造访国立山东大学同人李珩（晓舫）、罗玉君夫妇。兴致浓酣，罗玉君为黄际遇拍下了两幅照片。为此，他在当天日记中写一骈文：“出访晓舫，对席窗前，万里海天，尽入怀抱，一年最好莫过此时。玉君夫人为拍二照，积瘁之躬，惭于对镜久矣。旋返空斋，茗香自遣。”[②]1934年8月25日开启《万年山中日记》第二十一册时，黄际遇以骈文题序：

> 山中一雨，秋思盎然，远水欲波，臣心可照。
>
> 六旬来，似年长夏，驹隙悠悠；五十后，米日夕阳，予怀渺渺。自伤始满，焉知不如；岂耻无闻，实疾没世。加齐卿相，夫子不动心否乎？媲鲁诸生，君子知天命者也。青山名士，须一饮兮三百杯；红豆故人，致尺素兮五千里。浇其心苗之槁，馈以啖蔗之甘。不观野草无名，复时蕴后凋之秀；漫谓匏瓜有意，何长如久系之匏。
>
> 无语燕泥，空梁飞落；老人马齿，抚髀踟蹰耳！
>
> 甲戌圣诞，黄际遇自序[③]

此日值孔子诞辰，黄际遇的骈文序言有感而发，追昔抚今大有岁月易逝、功业未成之感。诚然，黄际遇专在数理，好在文史，专业与嗜好断裂势必所成无多。

---

① 高平叔：《蔡元培年谱长编》，下册（2），第170页，人民教育出版社，1998。
② 《黄际遇日记》，卷3，第319页，汕头大学出版社，2014。
③ 陈景熙、林伦伦：《黄际遇文集》，第81～82页，中山大学出版社，2019。

1935年7月15日他开启《不其山馆日记》第一册,为寓居之青岛写了一篇附诗的骈文颇耐咀嚼。

今胶州国学,位于青岛东南隅,西去海岸一里而弱。三面负山,山无主名,或不成名,询之刍荛,而土著之民无存焉。即青岛之为名,仅见于同治十二年所刻《即墨县志》,有文曰:"青岛县南八十里"七字而已。如此江山一句无,我为昔人媿之。然当年萑苻盘踞出没之墟,樵渔纵斤晒网之所,今则游屐多于江鲫,矗阁栉如立樯。即此鸱夷讲武之场,浸成东鲁雅言之舍。南山之南,北山之北,悠然可闻弦诵之声;东海之滨,北海之滨,傥有若夫豪杰之士乎。闻夫朱育之对濮阳,汪中之张广陵。昔之大夫,既山川之能说。后之作者,可数典而忘祖哉。惟是退之不谪,韩江无名;子厚不文,愚溪谁识?封泰山,禅梁父,彼特席帝王之资;书带草,不其山,何莫非师儒之泽?夷考其地,隶即墨,近经师之居。汉县不其,背劳山之脉。劳山两见《逄传》,论名应从主人,不其为其二名,李注撷自《汉纪》。我以东南之末学,倦游京洛而卜居。虽挈史云之甑,囊书不匮;因赁伯鸾之庑,暇日尚多,居东逾姬旦之年,著录过臣朔所诵。计篇百三十,太史公未自名书;逐食至何时?不其山假颜吾馆焉尔!量室以斗,循墙而走。不必痴百年之想,而不甘弛一日之肩。惭我仆夫,迴君俗驾。铭曰:

宛彼不其,东海之湄。存齐孤城,拒汉边陲。
一战余威,荒岛涛肆。虽七十城,愧五百士。
灏莽之风,郁为儒宗。漫山百万,厥角如崩。
虽以巨君,不得而臣。将安归兮?劳山之巅。
山川寂寥,千载而遥。乃有一士,屈居郑侨。
慁跡涧阿,孤馆幽谷。三鳣爰止,伊谁之屋。
自弃于世,自封其庐。王绩无功,颜回弗如。
耻彼黔驴,乃颂狐父。舍本逐末,于林之下。
鬼瞰其室,山寿亿年。斯馆斯记,何容心焉!①

粤潮人的青岛骈文,足可作岛城近现代文士写作的范本。虽考据"青岛"仅取同治版《即墨县志》,笺证有限,但语意两工、文质相胜,不失骈俪风范。黄际遇致友人书函、答启也颇多骈文。例如:1932年10月16日他复李廉方写道:"由是老不自量,犹日丹黄冢诵之书;少不如人,未遑袒裼倮裎之国。"②再如,

① 《黄际遇先生文钞》,第57~59页,"国立中山大学",1949。

② 《黄际遇日记》,卷1,第351页,汕头大学出版社,2014。

1932 年 9 月 15 日他答谢张幼山宴请云："忽荷隆施，沾及口腹。行此直道，沁我心脾。仰子倾囊之高，免其罄瓶之耻。"[1]在青岛，黄际遇还用骈体写了《朱家骅外传》《记陈硕友》《记曾刚甫》《记陈景仁》《记黄季刚》《记吴柳隅》等名人传记；还有《国立中央大学教授蕲春黄君墓碑》《澄海黄处士诔》等骈体墓志、诔文。

楹联可谓黄际遇骈体文之变体。1934 年 11 月 1 日黄际遇宴请蔡元培时，二人甫一晤面即兴对课联语。黄际遇出"君居古都帝皇之居"；蔡元培对"子住岛上神仙之宅"。1935 年乙亥春节来临之前，黄际遇曾在腊月二十二日题一联："奋轧于乙，春冠四时；始一终亥，化成万物。"正月初一当日，黄际遇又题一联："阳春新岁月；江夏旧门庭。"他还联系九年前贴于家庙大门的"居人未改秦衣服；今日犹睹汉威仪"，自觉乙亥桃符纯属"应景而已。衣冠揖让之仪，人尚谓兹祠为盛也"。[2] 1935 年 6 月 13 日黄际遇 50 周岁过寿，他在当天的日记里"自寿一联"，上联是"读破三九诸篇释"，下联为"生前六一八日身"。[3] 1935 年 10 月，惊悉故友黄侃不幸殁于南京，黄际遇为其"先成一联，以寄吾哀"。联云：

> 世人皆欲杀，吾意独怜才，传学无郑兴，笺注等身一手定；
> 重有金樽开，何时石门路，抚尸恸脂习，死生负汝百年期。[4]

此联不惟对仗工整，且用典表情。上联"世人皆欲杀，吾意独怜才"，语出杜甫诗《不见》，表达的是对挚友的深情。"郑兴"系两汉之交时的大儒，擅历算，好古学，黄际遇借郑兴实比黄侃。下联"重有金樽开，何时石门路"，是李白《鲁郡东石门送杜二甫》的倒装句，以"什么时候石门路上，我们重新洗杯把盏？"追问，诉说黄际遇对故友的思念之情。"脂习"是三国时期人物，为孔融挚友，孔融遭曹操诛杀，脂习抚尸恸哭道："卿舍我死，我当复与谁语者？"一副挽联，寥寥数语竟道出了百千故事与悲情，黄际遇之博学可见大概。

可能受黄际遇的影响，国立青岛/山东大学教授多有楹联、对句出手。例如：1932 年 9 月 4 日，物理学系讲师王普（贯三）"以'月旦'命对"，次日晨黄际遇"得'花朝'以应之"。土木工程学系主任赵铭新（涤之）的"回""老"重字长联，被黄际遇辑入日记。1932 年 12 月 21 日，黄际遇得游国恩的对句："仪范炳千秋，穆穆皇皇，允矣精灵如在；烝尝昭百祀，跄跄济济，报之介福无疆。"同日，杜光埙、张煦、闻宥、沈从文、姜忠奎等送黄际遇联一对，联云："画荻毓贤才，风雨天

① 黄际遇：《谢张幼山赉酒启》，载《黄际遇文集》第 34 页，中山大学出版社，2019。
② 陈景熙、林伦伦：《黄际遇文集》，第 207 页，中山大学出版社，2019。
③ 《黄际遇日记》，卷 4，第 556 页，汕头大学出版社，2014。
④ 《黄际遇日记类编・畴盦联语》，第 114 页，中山大学出版社，2019。

涯,时过高斋寻赤度;音徽归肇祀,松楸垄上,愿从澄海拜泷岗。”黄际遇的骈文日记承袭了中国传统文人重文辞修饰的审美风格,是其青年时期追求功名的缩影。毕竟黄际遇不是文史专业学者,缺乏对六朝骈文兴盛、儒学衰微、虚浮淫靡风气的洞彻。

此外,1931 年 5 月 22 日,杨振声在天津版《大公报》发表的《〈大公报〉万号纪念》一文系骈体俪文,属笔造语考究,文气内转自如,十分难得。

第七节　闻一多和“新月”诗人

国立青岛大学时期的教授诗坛以“新月”诗派为主导,闻一多、方令孺、陈梦家、沈从文、赵少侯、孙大雨等“新月”中人都有佳作。这些持“纯诗”立场、强调自我表现的诗人集中出现在青岛,有着太多的偶然性和共情性。闻一多在青岛的诗作并不多,却以想象奇特、感情深厚、艺术精湛的形式美和艺术美见胜,展现了诗人的情感激流。

一　闻一多及其《奇迹》

在青岛现代文学基石上,闻一多的名字是用诗人的激情和学者的冷峻镌刻而成的。他在青岛引领的后期“新月”诗派,以其特有的诗学理论和创作参与了中国现代主义诗歌的合奏。① 但在两年多国立青岛大学职场生涯中,闻一多既充满了热望、企慕与执着,也留下了愤懑、抗争与无奈。闻一多写于青岛的诗《奇迹》,留驻世人记忆里的是真血性和真情肠,他完成了由诗人向学者、由“外”向“内”的转变。

闻一多(1899—1946),本名闻家骅,字友三,湖北浠水人。自幼爱好古典诗词和美术,入读清华学校成为《清华学报》编辑,结有诗集《古瓦集》和《真我集》;负笈美国留学期间出版了第一部新诗集《红烛》,由此走上现代诗人的创作道路。回国后,闻一多有任职北京艺术专科学校教务长、南京第四中山大学文学院外文系主任、武汉大学文学院院长的经历,其间于 1928 年 1 月出版诗集《死水》。1930 年暑前,闻一多在上海巧遇延揽教员的杨振声,与梁实秋结伴来青一番考察后他接了国立青岛大学文学院院长兼中文系主任的聘书。闻一多教“中国文学史”“唐诗”“文学名著选读”课,还给外文系学生开设“英诗”。②

---

① 朱栋霖、朱晓进、吴义勤:《中国现代文学史 1917—2012》,上册,第 221 页,高等教育出版社,2014。

② 《闻一多年谱》,载《闻一多全集》第 12 卷第 489 页,湖北人民出版社,1993。

闻一多对青岛的感情是复杂的。他选择国立青岛大学，多半原因是喜欢青岛的自然景观。闻一多起先住在大学路，后搬到汇泉湾离浴场不远的一座房子，出门就是沙滩，夜间常常听到潮水涨落的声响。没有课的时候，闻一多留恋于海滨公园、汇泉浴场。他的水性并不好，只带孩子一起踩岸边的海浪，退潮时也在海滩上挖螺蛳，捡海菜，有时捡到好的还做个汤喝。在青岛住了不到一年，因妻子临产，他把家眷送回湖北老家，自己搬进了学校的第八宿舍（今“一多楼”）。没有家室“拖累”，远离战场的硝烟，闻一多在青岛可谓人地两宜，但他在青岛的作品不多。从12卷本《闻一多全集》收录的闻一多积40多年的文学、美术等作品可以发现，全年无作品发表的年份只有1924年、1932年和1938年，青岛时期的闻一多绝少发表作品。1930年4月他在武汉大学《文哲季刊》连载完《杜少陵年谱会笺》之后，到1932年8月离青，两年间唯有1931年1月的诗歌《奇迹》和4月的《论〈悔与回〉》《谈商籁体》两文，以及写于1931年的散文《青岛》，再就是为费鉴照的《现代英国诗人》写的序。[①]

闻一多以诗歌名世，但在青岛像一个钻故纸堆潜心探索的学究。在青岛，他甩去文学家自由欣赏、自由创作的态度，改取考证校订的谨严精神，接续了被压抑的“五四”文艺复兴传统。据臧克家称，闻一多向古代典籍钻探，“有如向地壳寻求宝藏。仰之弥高，越高，攀得越起劲；钻之弥坚，越坚，钻得越锲而不舍”，他要给“衰颓的民族开一个起死回生的文化良方”[②]。事实如此，闻一多广泛研究了中国文化遗产，由唐诗上溯先秦汉魏六朝乃至古代神话、甲骨文、钟鼎文，以文学为枢轴，旁涉民俗学、社会学、人类学，几乎可以形成一个涵盖现代文学史、思想史和学术史的“亚学科”。

初来青岛，闻一多从未参加过任何实际的政治活动，却时感举手投足都受政治牵扯。种种失意的人事摩擦和恶化的师生关系，把朋友们一向交口称赞“待人以诚”“喜任事”的闻一多逼入了矛盾旋涡。国立青岛大学成立时一些学生用假文凭报考，校方一律褫夺学籍的决定引发了全校罢课。由于学潮中闻一多始终站在校长一边，从而使闻一多与学生的关系蒙上了阴影。“九一八”事变后，在学生赴南京请愿引发的第二次学潮中，闻一多既支持学生的抗日爱国行动，又对学生离校行动表示“期期以为不可”，他在校务会议开除为首学生决定时认为“挥泪斩马谡，不得不尔”，结果加重了与学生的对立情绪。围绕《学则》修改条款爆发的第三次学潮，闻一多同意校务会议开除九名非常学生自治会常委的决

① 《闻一多年谱》，载《闻一多全集》第12卷第490页，湖北人民出版社，1993。

② 臧克家：《我心里的话——写在闻一多学术讨论会举行之日》，载《闻一多研究四十年》第106页，清华大学出版社，1988。

定,导致学生将矛头指向了他。《驱闻宣言》道出的闻一多是"准法西斯蒂主义者,他以一个不学无术的学痞,很侥幸与很凑合的在中国学术界与教育界窃取了一隅地位"①等措辞,以及学生包围闻一多住宅、青岛市政府派兵护卫等事端,令他极为难堪。国立青岛大学的动荡震惊全国,最终校长杨振声辞职,国立青岛大学易名国立山东大学。闻一多在三次学潮中扮演了一个悲剧角色,不得不从人际旋涡中退回书斋。

1932 年 6 月 9 日,闻一多在给吴伯箫的信中流露出显明的怨艾情绪,"我们这青岛,凡属于自然的都好,属于人事的种种趣味,缺憾太多。谈话是最低限度的要求,然而这一点便不容易满足"②。几天后的 6 月 16 日,闻一多在致饶孟侃的信中叮嘱,"青岛千万来不得","我现在只求能在这里教书混碗饭吃,院长无论如何不干了"。8 月,闻一多离开曾经寄予梦想的青岛供职清华大学时,坚辞国文系主任一职,他决定,"以后不再做这一类的事了"。闻一多在另一封致饶孟侃的信中进一步袒露了心声:"我近来最痛苦的是发见了自己的缺陷,一种最根本的缺憾——不能适应环境。因为这样,向外发展的路既走不通,我就不能不转向内走。"他还说:"在这向内走的路上,我却得着一个大安慰,因为我实证了自己在这向内的路上,很有发展的希望。因为不能向外走而逼着我把向内的路走通了,这也可说是塞翁失马,是福而非祸。"③

诚然,闻一多从诗人、学者转向民主斗士之路,以及他反专制、争民主的怒狮之吼,都与青岛时期的闻一多判然有别。闻一多在 1946 年 7 月悼念李公朴大会后饮弹身亡,洒尽了为民主新中国的最后一滴血。

《奇迹》

与"新月"诗派其他诗人相比,不谙风花雪月的闻一多绝非写情诗的高手。但是,1931 年 1 月 20 日《诗刊》创刊号发表的被徐志摩誉为"三年不鸣,一鸣惊人"的《奇迹》,以充满难言的暧昧和虐心的惆怅征服了诗界,为青岛文学界镌刻了一个难以企及的高度,也为中国现代诗歌领域留下了一个不可参透的谜。全诗如下:

我要的本不是火齐的红,或半夜里
桃花潭水的黑,也不是琵琶的幽怨,
蔷薇的香;我不曾真心爱过文豹的矜严,

① 闻黎明、侯菊坤:《闻一多年谱长编》,第 424 页,湖北人民出版社,1994。
② 闻一多:《致吴伯箫》,载《闻一多全集》第 12 卷第 256 页,湖北人民出版社,1993。
③ 闻一多:《致饶孟侃(110)》,载《闻一多书信选集》第 234 页,人民文学出版社,1986。

我要的婉娈也不是任何白鸽所有的。
我要的本不是这些，而是这些的结晶，
比这一切更神奇得万倍的一个奇迹！
可是，这灵魂是真饿得慌，我又不能
让它缺着供养；那么，即便是秕糠，
你也得募化不是？天知道，我不是
甘心如此，我并非倔强，亦不是愚蠢，
我是等你不及，等不及奇迹的来临！
我不敢让灵魂缺着供养。谁不知道
一树蝉鸣，一壶浊酒，算得了什么？
纵提到烟峦，曙壑，或更璀璨的星空，
也只是平凡，最无所谓的平凡，犯得着
惊喜得没主意，喊着最动人的名儿，
恨不得黄金铸字，给妆在一只歌里？
我也说但为一阕莺歌便噙不住眼泪，
那未免太支离，太玄了，简直不值当。
谁晓得，我可不能那样：这心是真
饿得慌，我不能不节省点，把藜藿
当作膏粱。
　　　　　可也不妨明说，只要你——
只要奇迹露一面，我马上就放弃平凡，
我再不瞅着一张霜叶梦想春花的艳，
再不浪费这灵魂的膂力，剥开顽石
来诛求碧玉的温润；给我一个奇迹，
我也不再去鞭挞着“丑”，逼他要
那份儿背面的意义：实在我早厌恶了
那勾当，那附会也委实是太费解了。
我只要一个明白的字，舍利子似的闪着
宝光；我要的是整个的，正面的美。
我并非倔强，亦不是愚蠢，我不会看见
团扇，悟不起扇后那天仙似的人面。
那么
　　我等着，不管得等到多少轮回以后——
既然当初许下心愿时，也不知道是在多少

轮回以前——我等,我不抱怨,只静候着
一个奇迹的来临。总不能没有那一天,
让雷来劈我,火山来烧,全地狱翻起来
扑我,……害怕吗?你放心,反正罡风
吹不熄灵魂的灯,情愿蜕壳化成灰烬,
不碍事:因为那——那便是我的一刹那,
一刹那的永恒:——一阵异香,最神秘的
肃静,(日,月,一切星球的旋动早被
喝住,时间也止步了,)最浑圆的和平……
我听见阊阖的户枢砉然一响,紫霄上
传来一片衣裙的綷縩——那便是奇迹——
半启的金扉中,一个戴着圆光的你!①

据说,闻一多为写《奇迹》这首诗竟旷了两堂课,足足花了四天时间。显然,他对《奇迹》是非常"高兴,得意"的,口上虽说"本意是一道商籁,却闹成这样松懈的一件东西。也算不得'无韵诗'",但《奇迹》的出刊毕竟"证明了这点灵机虽荒了许久没有运用,但还没有生锈。写完了这首,不用说,还想写"。② 之前,徐志摩为《诗刊》创刊号组到理想的诗稿曾几次给闻一多写信,并要梁实秋从中"鞭以策之",甚至表达了"多诗不到,刊即不发"的态度。1930 年 12 月 19 日,徐志摩致信梁实秋道:"十多日来,无不盼青岛来的青鸟,今早从南京归来,居然盼到了……一多竟然也出了《奇迹》,这一半是我的神通,因为我自发心要印《诗刊》以来,常常自己想。一多尤其非得挤他点儿出来,近来睡梦中常常捏紧拳头,大约是在帮着挤多公的《奇迹》!"③

以诗歌名世的闻一多,此前仅在 1928 年写过几首短诗;《奇迹》之后他虽然预感到第二个诗歌期来临,可是一直到 40 年代初才偶有诗作,所以《奇迹》对于"诗兴淤塞"的闻一多来说,确是一个奇迹。问题是,《奇迹》的写作对象,即诗中的"你"究竟指的是什么?——是爱?是美?还是别的什么意象?臧克家就直截了当地说:《奇迹》"不易读懂",那个"戴着圆光的你"是谁,"大费疑猜","一抽象,一具体。一现实,一象征",即便猜,"也不一定猜得对"。④ 也因此,诗歌是

① 闻一多:《奇迹》,载《中国新文学大系(1927—1937)》第 14 集第 375~377 页,上海文艺出版社,1985。

② 闻一多:《致朱湘、饶孟侃》,载《闻一多全集》第 12 卷第 253 页,湖北人民出版社,1993。

③ 徐志摩:《致梁实秋》,载《志摩的信》第 393~394 页,学林出版社,2004。

④ 臧克家:《闻一多先生诗创作的艺术特色》,载《闻一多研究资料》(上册)第 578 页,北岳文艺出版社,1986。

诗人的自度曲。

闻一多的诗一向以意象的繁复性与视觉性著称，其诗学语言具有幻象、感情、音节、藻绘等丰富性。诗人内心世界的吟哦凝重而放逸，但又禁锢在雕塑般的诗体形式之内，如同平静水流下的漩涡，在沉寂与躁动之间相互撕扭。《奇迹》一开头，就把诗人的内心冲突和挣扎凸现出来。“我要的本不是”一般人司空见惯的“火齐的红”等东西，而是“比这一切更神奇得万倍的一个奇迹”。诗人直抒胸襟，想发泄却又不得其所地压抑着，“这灵魂是真饿得慌”，“我是等你不及，等不及奇迹的来临”。虽然有灵魂、心的渴求，可生活中只有平凡没有奇迹，所以只能接受平凡，“把藜藿/当作膏粱”。但是，诗人袒露，“只要你——/只要奇迹露一面，我马上就抛弃平凡”，“我等着，不管得等到多少轮回以后”，不怕“让雷来劈我，火山来烧，全地狱翻起来/扑我”，诗人“情愿蜕壳化成灰烬”。在“一阵异香，最神秘的/肃静”后，终于“我听见阊阖的户枢砉然一响，紫霄上/传来一片衣裙的綷縩”声，诗人在理智自控的宣泄中低吟道，“那便是奇迹——/半启的金扉中，一个戴着圆光的你！”①

《奇迹》这首诗晦涩朦胧，曲达圆妙，从现实空间到内心空间，再到诗歌空间的切换，充满了莫名的张力。诗无达诂，闻一多在这首诗里描述自己一直在“等着，不管得等到多少轮回以后”，终于“奇迹”出现了！那么，在“半启的金扉中，一个戴着圆光的你”，便是诗人对客观世界与主观感受契合关系的发现与表达。文学本出于至情至性，闻一多曾有过“诗是被热烈的情感蒸发了的水汽之凝结”一说，诗人的天赋是爱，是情，能真正蒸腾出诗的情感多半是爱情。因此，《奇迹》比较能服众的解读便是情诗——爱情诗，是一个爱的期盼者曲折跃动、炽热丰富的情感流程，挣扎在男女情感的漩涡中才能写出《奇迹》。超拔孤立的文本，闻一多的《奇迹》背后真的有一段如谜一般的情感经历吗？事实上，闻一多的婚姻是奉父母之命，同他个人的意愿相悖。当年那个风华正茂、尚在清华读书的闻一多，接到要他寒假返家完婚的家书，有如晴天霹雳那样使他感到突然。②他虽是一个接受新教育的青年，但在婚姻大事上不得不向传统势力低头。女方高孝真系闻一多的姨妹，粗识文字，谈不上有文化。据悉，闻一多婚前提出了不祭祖、不对长辈行跪拜礼、不闹洞房的要求。完婚后，他在给胞弟闻家驷的信中说：“我将以诗为妻，以画为子，以上帝为父母，以人类为弟兄罢。”③在朋友的眼里，闻一多对自己的婚姻和家庭不愿多谈。

---

① 闻一多：《奇迹》，载《新月诗选》第28~29页，解放军文艺出版社，2000。

② ［日］楠原俊代：《关于闻一多的〈律诗底研究〉》，卢永璘译，载《日本中国学会报》第38集，1986年10月1日。

③ 闻一多：《致闻家驷》，载《闻一多全集》第12卷第34页，湖北人民出版社，1993。

《奇迹》发表后的1931年4月,徐志摩在致梁实秋的信中说了一句"前几天禹九来知道你又过上海,并且带来青岛的艳闻"①。梁实秋在《旧笺拾零》中解释说:徐志摩"信里所说的艳闻,一是有情人终于成了眷属,虽然结果不太圆满,一是古井生波而能及时罢手,没有演成悲剧"。"艳闻"的当事人,前者指赵太侔和俞珊,后者指闻一多与方令孺,《奇迹》中的"你"是闻一多的青大女同事方令孺。多年以后,梁实秋重谈《奇迹》时说:当时闻一多"感情上吹起了一点涟漪"②。显然,自身婚姻的不美满,闻一多不免要追求现代式的爱情;可当爱情来临时,他又在传统婚姻事实与现代爱情之间彷徨。闻一多虽然神往"奇迹"般的爱情,但身为人夫、人父,岂能让庸俗的婚外恋玷污了异性间的友谊?因此,梁实秋说道:"情形并不太严重,因为在情感刚刚生出一个蓓蕾的时候就把它掐死了,但是在内心里当然是有一番折腾,写出诗来仍然是那样的回肠荡气。"③一首《奇迹》埋葬了一场无望之恋,曲折地传达出一次未失忠贞的感情偏航。

闻一多在自由与责任间的裂变与调适中,延伸出更为有情而有节的考量,他在《奇迹》投入的思索决不限于男女的情感因素。臧克家始终认为,闻一多对人生和文艺是一样的严肃。1931年11月徐志摩突然逝去,闻一多十分震惊,但在日后的悼念时,与徐志摩交情甚笃的闻一多却未写过片言只语,许多人对此不解。臧克家问过闻一多,得到的回答是,"志摩一生,全是浪漫的故事,这个文章怎么个做法呢"④。

寄情于诗是理智之举,尤其闻一多这样理智与情感并重的诗人。梁实秋还披露了闻一多的一首未刊诗《凭藉》,道:"这首诗是他在青岛时一阵感情激动下写出来的。他不肯署真名,要我转寄给《诗刊》发表。我告诉他笔迹是瞒不了人的。他于是也坚持不发表,原稿留在我处。"《凭藉》是这样写的:

"你凭着什么和我相爱?"
假使一旦你这样提出质问来,
我将答得很从容——我是不慌张的,
"凭藉妒忌,至大无伦的妒忌!"

真的,你喝茶时,我会仇视那杯子,
每次你说那片云彩多美,每次
你不知道我的心便在那里恶骂:

---

① 虞坤林:《志摩的信》,第385页,学林出版社,2004。
②③ 梁实秋:《谈闻一多》,载《梁实秋忆人丛录》第98、98页,中国广播电视出版社,1991。
④ 臧克家:《我的先生闻一多》,载《臧克家全集》第5卷第173页,时代文艺出版社,2002。

"怎么？难道我还不如它?"①

梁实秋认为,闻一多的《凭藉》与《奇迹》一样,也是为方令孺而作。

二　方令孺　陈梦家

在"新月"诗派,方令孺与林徽因是仅有的两位女诗人,青岛时期的方令孺诗歌创作虽不多,成就却极高。陈梦家与方令孺因诗结识,以信传情,两人以13函鸿雁给《新月》带来热流。青岛是方令孺的成名地、伤感地,是陈梦家梦醒的地方。

方令孺和陈梦家

方令孺(1897—1976),安徽桐城人。因行九,被子侄辈称为"九姑"。身为旧式大家庭的女子,方令孺深受封建重轭,幼年就被许配给官僚世家之子,19岁被逼完婚,所嫁之人非己所爱,夫妻彼此不悦成为她一生晦暗的生活底色。在"五四"新思想的鼓荡下,特别是读了易卜生的《玩偶之家》(*A Doll's House*),娜拉的一句"我是一个人!"并离家出走的叛逆女性形象,促使方令孺远渡重洋赴美留学。但是,失去经济来源的困顿,不忍骨肉分离的尴尬,方令孺又不得不回国。丈夫娶了外室,婆家阻挠离婚,她只能独自抚养三个未成年的女儿。

1930年5月,由内侄方玮德、姨侄宗白华介绍,方令孺先后结识了徐志摩、陈梦家、闻一多、吴宓等人。一时间,她在南京的寓所成为颇具规模的文艺沙龙。由于对诗歌的共同爱好,陈梦家即与方令孺、方玮德议定,继《晨报·诗刊》副刊后再办一个《诗刊》。这年七八月间,陈梦家来到上海,把南京诗人的建议告诉了徐志摩。徐志摩深表赞同,并立即发信征稿,与陈梦家筹备《诗刊》。

不久,以杨振声为校长的国立青岛大学成立,经清华大学当教授的二姐夫邓初(仲纯)介绍,方令孺被聘为国立青岛大学讲师,成为当时国内大学极少数的女教员之一。9月,方令孺将两个女儿寄养在婆家,自己带着小女儿离开南京来到青岛。虽然方令孺的文学创作活动是来青岛之前开始的,但她首次公开发表的文学作品是来青岛后的1930年12月,《新月》三卷三期出现了以方令孺和陈梦家共同署名发表的书信体散文《信》。全文共分两部:第一部是方令孺写的五函信,第二部是陈梦家写的信共八函。

陈梦家(1911—1966),祖籍浙江上虞,出生于南京西城某神道院。这个虔诚的基督教家庭,对陈梦家的诗歌创作乃至一生产生了刻骨的影响。他曾自述

① 孙玉石:《闻一多〈奇迹〉本事及解读》,载《北华大学学报》(社会科学版)2000年第1期。

道:当我是婴孩的时候一位老牧师为我施洗,"在我出世的时候,我轮到第八号位置:五个姊,两个哥,排列上我略略占了便宜","我并不埋怨父母的多育"。[①] 陈梦家自幼聪颖,16 岁考入南京国立第四中山大学,学的虽是法律,但由于结识了诗人徐志摩和闻一多,其生活道路发生了微妙的变化。19 岁那年,陈梦家以《梦家诗集》一举成名。

有这样一个说法,陈梦家走红诗坛深得方玮德、方令孺的友谊加持。1929 年秋,陈梦家结交了考入中央大学外文系颇有诗才的方玮德。因为方玮德和诗歌,1930 年夏陈梦家认识了方玮德的九姑方令孺。一位 33 年来不曾写过任何文学作品的落寞少妇,因为与青年诗人陈梦家的邂逅而生发创作灵感,生花妙笔催生了一篇篇清绮绚丽的散文。方令孺与陈梦家的《信》,其话题自然是共同的爱好——文学。方令孺说:喜欢读陈梦家《新月》的作品《一夜之梦》,是因为陈梦家写的文字同他说的话一样有"含韵的气味"。方令孺忍不住回味,"近一个月来因为常常读你的信,教我淡忘了多少眼前的烦恼。这因为你有诗人的温存的性质,当你在那样忧苦不安的时候,写出的话仍是那样的蕴藉"[②]。陈梦家似乎对方令孺渐渐萌生出一种少年维特式的依恋,他借喻英国作家 J. M. 巴里的童话剧《彼得·潘》的主人公文黛和彼得,希望方令孺披了文黛的衣裳能同彼得一起飞("彼得"是陈梦家自指)。毋庸讳言,方令孺与陈梦家这对有十几岁年龄差距的男女,在方令孺遭遇不幸婚姻和陈梦家陷入成长烦恼的时候,你侬我侬,激起了一片扑朔迷离的情感波澜。

方令孺的文才被友朋的情谊点燃,是在国立青岛大学。1930 年秋方令孺来青岛后度过了一段最舒心、最充实的日子,同时也是一生中情感经历最复杂、最难忘的时期。梁实秋对方令孺有过细腻的描述:"她有咏雪才,惜遇人不淑,一直过着独身生活。"[③]她"相当孤独,除了极少数谈得来的朋友之外,不喜与人来往。她经常一袭黑色的旗袍,不施脂粉。她斗室独居,或是一个人在外面彳亍而行的时候,永远是带一缕淡的哀愁"[④]。方令孺在国立青岛大学教中文系大一课程,自然断不了与系主任闻一多接触;又由于陈梦家、方玮德是闻一多过去的学生,方玮德又是方令孺的侄儿,因此"种种关系,一多与令孺成了好朋友"。显然,方令孺的到来让闻一多想起了方玮德和陈梦家。于是,闻一多从方令孺那里要来一张方玮德的照片,与陈梦家的照片一起置于案头。闻一多还把方令孺拉进了青大"酒中八仙"的行列,其实方令孺不善饮,她去做"何仙姑"只是为了解脱孤

① 陈梦家:《青的一段》,载《梦甲室存文》第 94 页,中华书局,2006。
② 方令孺:《信》,载《方令孺散文选集》第 81~82 页,百花文艺出版社,2009。
③ 梁实秋:《酒中八仙——记青岛旧游》,载《梁实秋集》第 373 页,花城出版社,2008。
④ 梁实秋:《方令孺其人》,载《梁实秋怀人丛录》第 154 页,当代世界出版社,2007。

独。闻一多曾在致朱湘、饶孟侃的信中说:“此地有位方令孺女士,方玮德的姑母,能做诗,有东西,只嫌手腕粗糙点,可是我有办法,我可以指给她一个门径。”①由此可见,闻一多对方令孺的欣赏和两人之间的交往。

方令孺虽为一位上层社会的贵妇,但她一直缺乏作为女性所拥有的爱,她的不幸婚姻很容易唤起闻一多的同情与怜惜。面对名存实亡的婚姻,方令孺本可以祈求新的情感爱旅,而且举步即是。但是,她的闺秀教养和大学教师身份,都不允许纵容情感的自由宣泄。很快,闻一多也从湖北乡下接来了家眷。就这样,一纹涟漪荡然无际,“古井生波”却又及时罢手。人追求自由最终带来的是无所不在的奴役。方令孺只能痛苦地接纳了失去的现实,她在散文《家》中一吐衷肠:“‘家’,我知道了,不管它给人多大的负担,多深的痛苦,人还是像蜗牛一样愿意背着它的重壳沉滞的向前爬。”②

方令孺就是这样一个生活在男性圈子里流宕着柔美的女子,她有爱,她也渴望被爱,但俗世逼她不敢去爱。1931 年 11 月 15 日,沈从文在致徐志摩的信中称,方令孺“她人是很好的,很洒脱爽直的,也有点女人通同不可免的毛病,就是生活没有什么定见。还有使她吃亏处,就是有些只合年轻妙龄女人所许可的幻想,她还不放下这个她不大相宜的一份”③。显然,沈从文并不认可方令孺饱受爱情煎熬的困厄,他认为,方令孺“在此有些痛苦,就全是那些生活不合体裁得来的。为了使她心情同年龄相称,她倒是真真需要‘教婆’教训一顿的人”④。言辞中带着冰霜。

其实,就在沈从文致函徐志摩的几天前,方令孺揩着泪,踏着晚秋的残叶黯然地离开了青岛。沈从文认定,她“这次恐怕不好意思再回青岛来,因为其中也有些女人照例的悲处”。当意识到自己的私生活被无情地置放在公众视野中的时候,方令孺所能择选的只有逃避。

方令孺、陈梦家的诗

实际上,方令孺来青岛后才开始了新诗创作,她于《诗刊》创刊号、第三和第四期上先后发表了《诗一首》《灵奇》《枕江阁》《幻想》《任你》《她像》六首新诗。其中,《诗一首》和《灵奇》被陈梦家收入《新月诗选》。陈梦家这样评价方令孺的《诗一首》:“在此地,容我表示我的欢喜,能以在这集子中收集两位女诗人的选作。令孺的《诗一首》是一道清幽的生命的河的流响,她是有着如此样严肃的神

① 闻一多:《致朱湘、饶孟侃(102)》,载《闻一多书信选集》第 225 页,人民文学出版社,1986。

② 方令孺:《家》,载《方令孺散文选集》第 73 页,百花文艺出版社,2009。

③ 《沈从文致徐志摩》,载《志摩的信》第 199 页,学林出版社,2004。

④ 沈从文:《19311113 青岛致徐志摩》,载《沈从文全集》第 18 卷第 148 页,北岳文艺出版社,2002。

采,这单纯印象的素描,是一首不见经见的佳作。”[①]方令孺因此与林徽因并称“新月”诗派的宁馨儿。

方令孺栖身的国立青岛大学,是一个由闻一多等众多挚友结成的作家群,她于人生苦闷之时拿起了笔,文学之于她既是创作,更是心史的独白,诗歌成为她安放灵魂的地方。方令孺诗歌较好地躬行着“新月”诗派音乐美、绘画美、建筑美的“三美”主张和“理性节制情感”的美学原则,她的诗袒露着女诗人恬静幽邃的情怀,笼罩着一种烟水朦胧的诗美。闻一多对诗友谈及方令孺的诗连声称赞“有东西”。方令孺与闻一多的《奇迹》同期刊发《诗刊》的《诗一首》,以凄绝哀婉的情韵和静穆沉思的睿智,表达出“新月”诗人不多见的诗心。

爱,只把我当一块石头,
　不要再献给我:
　　百合花的温柔,
　香火的热,
　　长河一道的泪流。

看,那山冈上一匹小犊
　临着白的世界;
　　不要说它愚碌,
　它只默然
　　严守着它的静穆。[②]

诗分上、下两节,上节是写拒绝爱的。诗人对爱表现出一种避之不及的惧怕,让人“只把我当一块石头”好了,因为爱会使人“长河一道的泪流”。下节是写自我的。诗人将自己比喻为“那山冈上一匹小犊”,任世人如何诋毁、中伤、诽谤,“它只默然/严守着它的静穆”。如果与闻一多的《奇迹》反向对读便不难发现,方令孺对“奇迹”的出现既如此决绝,又如此忠贞。她决绝于不幸的婚姻,忠贞于传统的人伦。正是对美好生活的向往和憧憬,才让方令孺从一个被封建囚笼桎梏的女子成长为一个懂爱有情的女人。也许与闻一多的《奇迹》唱和,也许是灵魂纠葛的自然释放,1931 年 7 月,方令孺的一首《灵奇》涡旋着精神世界的斑斓与旖旎。

---

① 陈梦家:《〈新月诗选〉序言》,载《中国新文学大系(1927—1937)》第 1 集第 773 页,上海文艺出版社,1987。

② 方令孺:《诗一首》,载《新月派诗选》第 220 页,人民文学出版社,2002。

有一晚我乘着微茫的星光，
我一个人走上了惯熟的山道，
泉水依然细细的在石上交抱，
白露沾透了我的草履轻裳。

一炷磷火照亮纵横的榛棘，
一双朱冠的小蟒向前宛引领，
导我攀登一千层皑白的石磴，
为要寻那镌着碑文的石壁。

你，镌在石上的字忽地化成
玲琍的白鸽，轻轻飞落又腾上；——
小小的翅膀上系着我的希望，
信心的坚实和生命的永恒。

可是这灵奇的迹，灵奇的光，
在我的惊喜中我正想抱你紧，
我摸索到这黑夜，这黑夜的静，
神怪的寒风冷透我的胸膛。①

方令孺是一个幽微、凄清、哀婉的女诗人，她用诗弦把自己的气质烛照得如此华贵典丽。巴金回忆方令孺时说："我隐约记得一位善良的女诗人在吐露她的胸怀，她苦闷，彷徨，追求。"②也真是，方令孺惊诧过她周围的一片世界，她的诗歌对于构建成熟精进的现代文学宝藏，透示30年代青岛大学的作家聚落，具有特别的意味。

1931年1月20日，由徐志摩主编、陈梦家担负实际编辑的《诗刊》在上海出版，标志着后期"新月"诗派正式形成。1月24日，胡适在乘坐驶向青岛的"奉天丸"轮上读了《诗刊》禁不住感慨道："新诗到了此时可算是成立了。……我这个当年垦荒者来这里徘徊玩赏，看他们的收获就如同我自己收获丰盈一样，心里直高兴出来。"③同年9月，陈梦家选编的《新月诗选》由上海新月书店出版，选录了徐志摩、闻一多、饶孟侃、朱湘、孙大雨、邵洵美、方令孺、林徽因、方玮德、卞之琳、

① 方令孺：《灵奇》，载《中国新诗总系》第2卷(1927—1937)第148页，人民文学出版社，2009。
② 巴金：《怀念方令孺大姐》，载《随想录》第256页，作家出版社，2009。
③ 胡适：《日记(1931—1937)》，载《胡适全集》第32卷第36页，安徽教育出版社，2007。

梁镇、俞大纲、沈祖牟、沈从文、杨子惠、朱大枏、刘梦苇、陈梦家共18位诗人80首诗歌,显现出基于唯美、纯诗理意下追求"本质的醇正、技巧的周密和格律的谨严"诗学主张的集体和声。

1931年11月徐志摩飞机失事后,陈梦家搜集徐志摩的诗歌遗稿,编出了《云游》,结束了伤春悲秋、心乱迷思的学生时代。12月,上海燃起战火,隆隆的炮声震醒了深埋诗人心底的爱国激情,陈梦家投笔从戎,参加了"一·二八"淞沪抗战。1932年2月下旬,他从淞沪前线返回上海。3月上旬应闻一多之约,陈梦家来到国立青岛大学担任闻一多的助教,至7月离开青岛。

陈梦家在青岛仅待了四个多月,青岛却是他诗歌创作的重要驿站。在青岛,陈梦家写了《在蕴藻滨的战场上》《一个兵的墓铭》《老人》《哀息》《叮当歌》《白俄老人》《海》《小诗》等诗作,这些诗交集着时代与个人的积郁,都有淞沪战场和《彼得·潘》的影子在。也许可以说,陈梦家始终活在梦里。他写于6月13日的《海》,有"当我掩上一半眼,/从睫毛上偷看:/一点绿,一抹青,/淡黄和天蓝,/并一片大海"①的诗句;他的《小诗》写出了"吹我去到那边/不远的海港,/那边有条小船/等在港口上"②的意境。

作为"新月"诗派的后起之秀,陈梦家专注于抒情诗歌写作,虽兼取闻诗格律谨严与徐诗轻俏流丽之长,却在更多情况下摆脱时间或事件的次序,将客观物象虚化、精神化,走向自由、高贵、雅洁的情绪空间。陈梦家自言:"所作却似微弱的幽幽的恍如海上的声音。"③试看《叮当歌》:

叮当!
从教堂的圆顶,
　一群金色的鸽子,
穿过午夜的云;
叮当!
在山和山的中间,
　教山谷回应
她们神奇的志愿:
"叮当!
从天上降到地下,
　儆醒凡人的沉眠,

① 陈梦家:《海》,载《梦家诗集》第116页,中华书局,2006。
② 陈梦家:《小诗》,载《梦家诗集》第117页,中华书局,2006。
③ 陈梦家:《〈玮德诗文集〉跋》,载《梦甲室存文》第155页,中华书局,2006。

从泥尘升上云霞。”
叮当！
一群金鸽落在心里——
　我的心是一片海沙——
轻轻的她们又飞起。
叮当！
告诉无数的桅杆，
　吩咐风和风旗，
为她们指示方向。
叮当！
叮当在海上，
　乘了无边的风帆，
向天上飞航。[①]

诗后还有一段缀记：

> 青岛的午夜有时传来德国教堂的钟声，使我回想十五年前在江南一个神道院中，父亲抱着我倚了栏干唱叮当歌。我祝福父亲康健，如这德国教堂不变的钟声一样。五月二十七日晨，记于青岛。[②]

这是一首浪漫、忧郁，带着一种唯美感伤的诗。陈梦家在写于青岛的一篇《四月樱花将开》的文章中道：“近来常为不清净而使心如野马，我惟一的活疗，就是多看《圣经》，《圣经》在我寂寞中或失意中总是最有益的朋友。这一部精深渊博的《圣经》，不但启示我们灵魂的越迈，或是感情的热烈与真实，它还留给我们许多篇最可欣赏的文学作品。”

其实，陈梦家早在三年前就打算“重新用现代诗的形式来迻译”被称作“圣经文学奇葩”的《歌中之歌》，但直到1931年秋才与友人六合田津生合作翻译，可是由于六合田津生的病和死，合译搁浅。来青岛后，陈梦家重新拾起译笔，“经过几个夜晚”，终于将这部记录所罗门与苏拉女的情诗集翻译出来，并写了序言。他自言，为保存原诗的本色，“顾不到字句的美与音韵；但有几节，我却妄肆的修饰它，我的希望是译成了现代诗的形式再不失去它的朴素”。[③] 之后，陈梦家捧起了六合田津生临终时遗赠他一直藏于行箧里的英文版《白雷客诗集》。在青

①② 陈梦家：《叮当歌》，载《梦家诗集》第112~113、113页，中华书局，2006。
③ 陈梦家：《〈歌中之歌〉译序》，载《梦甲室存文》第165页，中华书局，2006。

岛静寂的春夜里,陈梦家"十分希奇这位诗人的神灵,在我的血统中似乎同样有着对于古往先知的想望"①。他把汉译白雷客诗歌的设想说给闻一多听,当即得到了首肯。1932年5月26日,陈梦家在闻一多的指导下译出了白雷客的一首《小羊》。不难想象,陈梦家对圣经文学的偏爱完全"是作为一位基督徒的自觉",这是他排解内心苦恼的出口,同时也成为"连接古代世界的一个入口"。《圣经》对于陈梦家来说,已臻于一种"现代与古代的一个联结物"。② 陈梦家的宗教情结远较他的诗歌复杂。

身为文坛前辈的胡适,对陈梦家的诗赞赏有加,同时又有中肯的批评。胡适说:陈梦家的诗"颇有一些不很能明白的句子,但大体上看似有绝高天才。他的爽快流利处有时胜似志摩"。胡适曾致信陈梦家,直言不讳地指出:"你的诗有一种毛病可指摘,即是有时意义不很明白。……你的明白流畅之处,使我深信你并不是缺乏达意的本领,只有偶然疏懈,不曾用气力来求达意而已。我深信诗的意思与文字要能'深入浅出',入不嫌深,而出不嫌浅。凡不能浅出的,必定不会深入的。"③

臧克家对陈梦家的诗也有褒贬。他说:陈梦家"造句专求美丽",想象是"活泼美丽的,有时美丽得出奇,几乎是不合理的了"。陈梦家写吊沪上殉国将士的《在蕴藻滨的战场上》,其中有"桃花一行行"一句,闻一多和臧克家都建议将"桃花"改为"血花",但陈梦家觉得,"写的虽然是'血花',然而把它写作'血花'却没有'桃花'漂亮"。臧克家认为,"桃花"是比"血花"美丽,但"这篇诗的严肃和沉痛性也随着'桃花'被取消了"。因此,陈梦家的"想象也几乎成了无根的幻想,而他理想的天国也不在地下,在天上"。臧克家说:"对于以'灵魂'活动作为诗的源泉与生命这一点,使我们在谈诗时常常意见背驰!因为我和他对人生的看法恰恰相反。"臧克家对陈梦家说:"你的心在天上,我的心在地下。"④

显然,陈梦家挣扎在人生的转折带上。在梁实秋的眼中,陈梦家是"很有才气而不修边幅的"名士派诗人,"一多约他到国文系做助教,两人颇为相得"。1932年春夏之交国立青岛大学爆发学潮,闻一多受到学生"攻击"。7月中旬,陈梦家陪同闻一多赴泰山游览,随后两人在泰安车站分手。1932年7月告别青岛后,陈梦家对这段诗意生活的追述袅袅娜娜:"我与远处的灯塔与海上的风/说话,我与古卷上的贤明诗人/在孤灯下听他们的诗歌:像我/所在的青岛一样,有时间长风/怒涛在山谷间奔腾,那是热情;/那是智慧明亮在海中的浮灯,/它们在

---

① 陈梦家:《〈白雷客诗选译〉序》,载《文艺月刊》第4卷第4期,1933年10月。

② [日]稻畑耕一郎:《陈梦家早年文学活动与其古史研究的关系》,载《汉字文化》2006年第4期。

③ 胡适:《复陈梦家》,载《胡适书信集》(上)第535~536页,北京大学出版社,1995。

④ 臧克家:《关于〈避暑录话〉和〈现代〉》,载《臧克家全集》第12卷第275页,时代文艺出版社,2002。

海浪上吐出一口光，/是黑夜中最勇敢而寂寞的歌声。”①

此外，赵少侯在青岛任教期间可能有诗集《马首集》出版，带着“新月”诗派的影子。萧涤非的诗《月夜海滨呈晦闻师》等，则是一派格律风情。

比之文艺评论、小说、散文、翻译文学，国立青岛/山东大学教授的诗歌于共生的职业维度、交汇的生活维度上，给岛城文坛留有流派单一、数量不丰的印象。除开“新月”诗派（含沈从文的诗）和老舍的新旧体诗外，没怎么拿出大学高地的担当来。黄际遇于骈体文写作之余偶也即兴赋诗，出口成章俯拾皆丽句，但他自言未对诗下过功夫，笔下之诗只能算骈文的副产品。

第八节　洪深等的影剧文艺

国立青岛/山东大学的戏剧与电影创作活动，是30年代中国戏剧、电影现代性焦虑的缩影，反映了西学东渐浪潮中民族戏剧与西方电影艺术杂糅交融、双向共生的历史形态。洪深作为“戏影双栖”的现代戏剧家、电影艺术家的代表，因其家族与青岛的历史渊源，以影版《劫后桃花》迎来了一生中的高光时刻。戏剧家宋春舫以其喜剧剧本创作和“褐木庐”戏剧藏书，为青岛文学艺术史留下了难以忘怀的一页。

一　洪深(上)

1934年9月至1936年3月洪深在青岛任教期间，其影剧事业都有不同凡响的发展，特别是取材于洪家祖产的《劫后桃花》，给青岛留下了电影文学和银幕艺术的宝贵资源。洪深的探索促进了30年代中国电影市场的大众化转向。

洪深最先是从戏剧剧本创作入手的。他留学美国学的是化工，却对戏剧深怀兴致。尤其是乃父洪述祖被北洋政府大理院治罪判处死刑，在强权齿轮的滚动中碾得身败名裂，这让洪深“陡然感受人情的惨酷”②。1918年春，当听闻“巴黎和会”将德国强租的青岛及胶济铁路割让日本，身在异国的洪深用英文写出了三幕话剧剧本 *Rainbow*（《虹》，又名《东方明兮》），“那年美国各地中国学生会采用这个剧本上演的很多”③。不可否认，洪深抗议西方列强对中国国土的肆意瓜分，有着深厚的青岛情结和爱国情怀。1919年秋，洪深以 *The Wedded Husband*

---

① 陈梦家：《陆离——〈往日〉之三》，载《梦家诗集》第181~182页，中华书局，2006。

② 洪深：《印象的自传》，载《洪深文集》（四）第530页，中国戏剧出版社，1959。

③ 洪深：《戏剧的人生》，载《洪深文抄》第13页，人民文学出版社，2005。

(《为之有室》)和 *The Return*(《回去》)两剧考取哈佛大学,攻西方戏剧与文学,成为 G. P. 贝克教授“47 学程”唯一的中国学生,也是中国到国外专攻戏剧的“破天荒第一人”。他还在波士顿学习发音、表演和舞蹈,在科普利学习导演、舞台技术和剧场管理。洪深弃工选戏背负着父亲死的“重枷”,他要用戏剧剥露和挞伐社会的丑恶现实,而在青岛发生过的家族悲剧正是洪深文艺创作的动因。

1922 年洪深回国,先后执教于复旦大学、暨南大学等校,同时开始了戏剧创作,立志做一个关注社会问题的“中国易卜生”。不久他又进入电影界,1933 年曾来青岛为合作编剧的电影《香草美人》拍摄外景。1934 年,由于国民党加紧“文化围剿”,加之个人事业、情感、友谊等多重击打“不得意于海上”,洪深便在梁实秋引荐、赵太侔力请、俞珊“从旁劝驾”之下,接受了国立山东大学的聘请。田汉以“明高”笔名发表诗歌相赠:“人生四十不算老,阅历既深精力饱。秋风黄浦动征衣,洪深先生赴青岛。”[①]洪深在青岛的寓邸是福山路 1 号别墅。

本来,洪深只是应聘外国文学系教授,由于开学后外文系主任梁实秋辞职离校,赵太侔决定外文系主任一职由洪深“暂时代理”[②]。洪深在国立山东大学 1934—1935 学年任教的课程,主要有为工学院一年级学生开设的必修课“英文 D”,为外文系二、四年级开设的必修课“英国文学史”和“戏剧选读”,以及选修课“浪漫诗人”。1935—1936 学年,洪深正式任外文系系主任,他开设了“英国文学史”“莎士比亚”“戏剧概论”“特别英文”“戏剧选读”和“英文 E”课程。1936 年寒假开学后,他又为外文系一年级学生开设了必修课“古代神话”。这些课程一定意义上促进了洪深的戏剧与电影创作活动。

事实上,青岛时期的洪深进入了个人戏剧、电影理论研究和剧本创作的高峰期。洪深在青岛的一年半时间,共写出《电影戏剧的编剧方法》等 4 部学术论著、《时势英雄》等 3 部电影文学剧本、《汉宫秋》等 3 部话剧剧本,发表《我的“失地”》等 20 多篇散文、影剧评论文章。特别是 1935 年,他在剧本创作、文艺评论和其他笔苑的创作总量超过了平生任何一个年份。在青岛,他还指导山大剧社排练演出了多个剧目,又做了多次关于文学艺术的演讲。例如:1934 年 12 月 8 日晚,洪深应中文系学生之邀在山大科学馆以“有声电影”为题,做了一次公开演讲。据载,“到有听众二百余人。洪先生对于有声电影之发明,及其构造之原理,均阐发精详,并做种种图解,以资证明,听众颇感兴趣”[③]。1935 年暑假,洪深与老舍等人在青岛的《避暑录话》,可谓文坛盛事。自 7 月 14 日结撰《发刊辞》

---

① 田汉:《送洪深先生赴青岛》,载《田汉全集》第 11 卷第 119 页,花山文艺出版社,2000。

② 《本校续聘各系教员》,载《国立山东大学周刊》第 84 期,1934 年 9 月 17 日。

③ 《洪深教授作公开演讲》,载《国立山东大学周刊》第 97 期,1934 年 12 月 17 日。

起，洪深相继发表了《〈审头刺汤〉的研究》《〈大登殿〉与出气主义》《从"化子拾金"说起》《票友胜于职业优伶的地方》《读报偶译》等杂文，以及独幕话剧剧本《门以内》，为《避暑录话》增色不少。

青岛时期，最能说明洪深"哽在喉咙里"的话及与青岛的牵缘，是电影剧本《劫后桃花》的拍摄历程。洪深之父洪述祖避居青岛时，在湖南路购得私宅，还在崂山南九水建有一座别墅，取名"观川台"。1913—1914 年洪深至青时，"前后凡四次"住在"观川台"，留下了生活的印记。日德战争青岛"易主"，洪家的"观川台"也被日本占据，并利用其前瞰溪水、背依翠峰的地缘优势，居然开成了日本料理店。1934 年，洪深执教国立山东大学曾几次去崂山南九水光顾"观川台"。旧地重游，内里五味杂陈。他看到，"里面是装饰得这样华丽了；待客的下女，更加比以前的，年少而漂亮了；中国人的游玩劳山而到此停车留连，喝茶饮酒的人，一天比一天多了"①。洪深当年在青岛结识的德国朋友有的还在青岛，谈到"九一八"事变后避暑的人少了，"成群地都到他们认为比较安全的青岛来了。于是领地呀，租地呀，抢买地呀，把地价抬得甚高！而开山呀，填谷呀，构造房屋呀，把那原有的使得青岛出色的树，逐渐地但很坚决地斫去了"②。

因感愤祖产被日本人霸占，1934 年 11 月，洪深在《太白》半月刊杂志连续发表了《我的"失地"》和《"留得青山在"》两文。在此之前，以相同素材创作的电影文学剧本《劫后桃花》在《文学》二卷一、二号上连载。这部剧本改变了中国自有电影以来只有分镜头脚本而无电影文学剧本的历史，是中国"电影文学"的开山。《劫后桃花》是洪深"受了人生的刺激，直接从人生里滚出来"③的作品，抒发了经年潆洄心头的家族隐秘情绪。

《劫后桃花》是这样演绎洪家祖产变迁故事的。辛亥革命期间，逊清遗老祝有为偕妻带女避居德国租借地青岛，在海滨建了一座花园别墅。祝有为通过汪翻译巴结上了德国总督，而汪翻译对祝家小姐瑞芬心有所图，瑞芬却与贫穷正直的刘花匠产生了爱慕之情。德国在青岛日德战争中败退，祝家随即家境弊落，那座"桃花照眼明"的祝家别墅被汪翻译勾结日本人夺走，刘花匠因斥责汪翻译的汉奸行为被迫离开青岛。祝有为的表侄余家骧当了日本特务，为了报复祝有为以往对他的卑视，勾结日本人陷害祝有为，没收了祝家别墅。刘花匠在北洋政府收回青岛后归来，然而瑞芬已与家庭教师李先生结了婚。时过境迁，物是人非，人情何以堪？剧本复现出命运的跌宕、人性的善恶、人生的进退。

---

① 洪深：《我的"失地"》，载《洪深文抄》第 19 页，人民文学出版社，2005。

② 洪深：《"留得青山在"》，载《洪深文抄》第 211 页，人民文学出版社，2005。

③ 洪深：《属于一个时代的艺术》，载《洪深文抄》第 117 页，人民文学出版社，2005。

(渐显)这是一个晚上,有人在灯下阅读一篇抄录的批文,"呈悉。查该处房产,系接收时与其他官产一并移来。该具呈人自称原主,屡请发还;迄又未遵批将方单契纸等呈署候验,实属毫无理由。所请不准;毋许多渎。此批。"

李先生待刘花匠读完了,讲给他听　不缴出契纸,他说我们是空言主张,毫无理由。

瑞　芬　可是现在哪里再去找方单契纸呢!

刘花匠默然不言。瑞芬在三个杯子里,又斟满了啤酒。

刘花匠寻思道　我该回去了。为着想把那所房子要回来,多住了一个月。现在我在这里也没有用处了。

瑞　芬　你替我们费了不少力,费了不少钱。

刘花匠举杯　想不到我们三个人今天会在这里喝酒!明天,后天,大后天,我们又该分手了。你教你的书!我耕我的田!　对瑞芬　你……你……立起身来　喝呀!　大大地喝了一口,咂了咂嘴唇,忽然感叹道　就是喝酒的味道,也不比从前了!

李先生也立起来,笑道　这本来不是德国啤酒,是太阳啤酒了!

刘花匠　唔!　捧了酒杯,自己寻思。慢慢在屋里转踱着　飞机、大炮、炸弹、毒气、机关枪、潜水艇、铁甲车,德国这么些厉害东西,保不住他的啤酒不给人家打倒!哈!

李先生过来　喝吧!　语意双关　天下的啤酒都是一样的!

两人碰一碰杯子,一饮而尽。

刘花匠　李先生,我有一个傻劲!房子是收不回来了!可是在我回去之前,我还想去看一趟!好么?

瑞芬也起劲　我们大家都去。看过房子,送你上船。**(渐隐)**①

剧本的最后一组镜头,以一种熨帖人心的诗意,将影片推向高潮:

(渐显)祝府门前,又挂上一块新牌子,上写"督办公署职员第三宿舍"——祝太太、祝世杰、瑞芬、李先生、刘花匠都来了——刘花匠去推那门——大门是虚掩着——他想同着大家进去——忽然一个仆人模样的出来阻止。

仆　人　干么?

---

①　洪深:《劫后桃花》,载《中国新文学大系(1927—1937)》第18集第144~145页,上海文艺出版社,2010。

刘花匠 我们想进去看看。

仆 人 不行,不行,不行。这是督办公署职员第三宿舍,里面正在收拾屋子呢,不能进去。

祝世杰 我们只在花园里看一看。

仆 人 不行,不行,(把他们推出,拍的将门闩住)快走,别找麻烦。(他自走开去)

刘花匠 (高声呵斥)你怎么那么狠!

李先生 (劝住)算了算了。

祝太太 (在墙外窥视)我看见了。

瑞 芬 (也在窥视)我还没有看见呢。

祝太太 你顺着右面看。

刘花匠 (走来问)你们看什么呀?

瑞 芬 是的,我也看见了,(对刘花匠说)就是你从前自己灌浇的那棵桃树,现在又开了满树的花了,你看呀!

园里,果真又是桃花盛开,那桃树上的日本灯笼却没有了。**(渐隐)**①

庭院中,劫后的桃花盛开了。但没有什么可以称得上个人所有,除掉记忆里那一树鲜明灿烂的劫后桃花。《劫后桃花》充满对家国兴亡的感慨,流露出"我心伤悲,莫我知哀"的无奈。鉴于当时国内政治环境的恶劣,洪深自言这部"反日帝的电影"仅仅做了"委婉的暗示而未能作露骨的发挥"。②

洪深的《劫后桃花》至真地充溢着往事不堪回首的哀伤,恰与"九一八"事变后民众反对日本入侵中国的心理相契合,很快引起电影演艺界人士的注意。发现《劫后桃花》剧本的高度可视性,并预估被唤起的观影激情带来可观的票房收入,上海明星影片公司以超出一般影片两倍的摄制预算,将《劫后桃花》列为"1935 年特级巨作"来拍摄。1935 年 9 月 15 日,导演张石川率摄制组由上海乘轮来青岛拍摄外景。当晚,洪深在福山路 1 号寓邸摆宴"接风",第二天中午又在中山路 1 号国际俱乐部宴请摄制组演职员,随后又选定外景地山海关路 21 号"花石楼"。洪深的剧本和一系列剧务推力保证了《劫后桃花》的摄制,摄制组仅用了 11 天时间就完成了青岛的拍摄工作。《劫后桃花》从银幕射出的一束束光影,刷新了观众对"第七艺术"电影的理解。观众介入银幕的故事中,成为洪家祖产历史变迁的目击者,体悟的是电影改写了的艺术真章。

1935 年 6 月 1 日至 6 日、13 日、16 日,洪深自叙传的一节《匆匆十年》在上

① 洪深:《劫后桃花》,载《洪深文集》(三)第 162 页,中国戏剧出版社,1959。

② 洪深:《〈洪深选集〉自序》,载《洪深文集》(一)第 497 页,中国戏剧出版社,1959。

海《民报》电影副刊《影谭》连载,留给读者别一侧面。

二　洪深(下)

洪深一生创作了38部电影剧本、创作和编译了44部话剧剧本,毫无愧色地成为中国“戏影双栖”的杰出代表,也为世界戏剧与电影领域注入了中国的美学思想和风格。洪深又是集剧作家、导演、演员于一身的戏剧艺术家,他在青岛的剧影创作和活动成为30年代青岛文艺界的历史回放。

作为中国重要的剧作家、电影文学家,青岛时期的洪深进入了创作的高产期。他在青岛创作的话剧剧本有1935年9月8日在《青岛民报》的《避暑录话》专栏第九期发表的独幕话剧《门以内》,有写于1935年10月、刊于1936年3月《文学》月刊六卷三号的独幕话剧《多年的媳妇》,还有写于1935年11月、刊于1936年1月《东方杂志》三十三卷一号的独幕话剧《汉宫秋》。洪深在青岛的电影作品除了《劫后桃花》影版,还有1935年11月在《国闻周报》十二卷四十五、四十六期连载的九本有声片电影剧本《花花草草》,该片于1936年由天一制片公司摄制;他的十一本有声片电影剧本《时势英雄》由艺华影业公司摄制,九本有声片电影剧本《新旧上海》由明星影片公司摄制。

《多年的媳妇》是一出反映家庭伦理观的独幕话剧。因杨太太、何士彦抱有封建旧观念,便与欲求西方自由思想、不肯担荷为丈夫生儿育女“神圣使命”的儿媳陆苇坚产生了矛盾,并欲对儿媳兴师问罪。而朋友谢蕴之则劝杨太太少管为好,因为“世界上有许多事情,因为你没有亲自干过,没有亲自阅历过,你就会不十分起劲地去了解它的!”[①]洪深的剧本写出了婚姻中新旧伦理并存的复杂关系,蕴蓄着对妇女生育自由、人格尊严等问题的探讨,却未给受传统伦理道德压抑的女性指出一条解放之路,因此他的探索仅流于表面。洪深对《多年的媳妇》有自省性评价,即“犯了‘思想不从生活中长出’与‘不够形象化’的缺点”[②]。

洪深编剧的影版《时势英雄》写一个发国难财的商人最终覆灭的悲剧。“一战”爆发后,染坊老板赵德雄因善于经营发了大财,全家搬到上海后结识了军阀李将军。借助李将军的权势,赵德雄强圈孙仲贵祖坟地办起了纱厂,从此二人结怨。孙仲贵为图报复,把祖产变成现金成为惠登银行买办,旋又送子裕章出洋留学。李将军的外甥女缦丽进入纱厂,与赵德雄父子暧昧不清。“一战”结束外资重返上海,国货工业俱遭摧折,纱厂营业一落千丈。赵德雄将厂房抵押惠登银行

① 洪深:《多年的媳妇》,载《文学》第6卷第3号,1936年3月。

② 洪深:《最近的个人的见解》,载《洪深文集》(二)第628页,中国戏剧出版社,1959。

贷款,并以女嫁孙仲贵之子裕章。裕章做了纱厂顾问,并恋上缦丽,从而获知纱厂内情。面对孙仲贵父子合谋并吞纱厂,赵德雄孤注一掷,遣近亲携巨款北上购囤粮食以摆脱经济困境。不料战争突起,南运粮车被毁,孙仲贵又逼迫他签约,在多重打击下,赵德雄最终精神失常。世界的运行准则是时势造英雄,也依旧让英雄常怀悲泪。《时势英雄》反映了旧中国商人在列强入侵、自然经济解体下坎坷的发家致富之路,是一部现实主义题材的影片。

由于洪深在戏剧与电影文学双轨中跋涉,被人误以为将戏剧作为转向电影界的晋身之阶,甚至有人说:洪深"拿他的艺术卖淫了(Prostitution of Art)"①。其实,洪深致力于全方位推进中国话剧与电影的历史性转化,不畏欧洲小说改编电影的潮流挤压,强调剧本善、宗旨正、描写真实。他把那种不计社会影响而只求讨好观众的作品,斥为"生意眼"的拜金主义而"必然会坠入的深渊"。②

青岛时期的洪深,在通过戏剧舞台表演为中国话剧演出史留下艺术经验的同时,带动并促进了国立山东大学校园文艺及岛城戏剧的繁荣。

一方面,作为国立山东大学教授生涯的重要组成部分,洪深从来青岛授课之日起就自觉地将教学活动与影剧事业联系在一起。中文系学生徐中玉后来回忆说:因闻洪深大名而前去其福山路1号拜访,洪深"非常热情,健谈,问我喜欢不喜欢戏剧,读过哪些剧本"。当徐中玉回答不懂戏剧只爱读小说、散文时,洪深劝他"应读点戏剧",并举自己"出国先研究陶瓷,后来改而专攻戏剧的经过,谈得津津有味"。洪深来青岛前曾将O.王尔德的*Lady Windermere's Fan*(《温德米尔夫人的扇子》),改译成中国版的《少奶奶的扇子》,后来改译的剧作有《第二梦》《寄生草》和《黑蝙蝠》。《寄生草》是英国女剧作家H. H.戴维斯在伦敦创作的三幕话剧*The Mollusc*(《软体动物》)。故事发生在某一大都市近郊一个舒适的别墅住宅区,剧中共有四个人物:Baxter夫妇(吴华清、吴太太唐文锦)、Roberts(家庭女教师许培英)、Tom(吴太太的哥哥唐立人)。吴太太唐文锦是个典型的"寄生草"型贵妇,什么事情也不做,极为懒惰,随波逐流,凭借着丈夫吴华清对她的宠溺和家庭女教师许培英善良软弱的性格,唐文锦理所当然地过着优雅的阔太太生活,许培英深受吴家束缚。这一切在她的哥哥唐立人到来后改变了。唐立人是一个向往美好生活的社会下层人物,他到来后开始追求许培英,并采取计策设法改掉妹妹唐文锦的毛病,由此引曳了一连串啼笑皆非的乌龙事件。洪深的戏剧活动与课堂讲学直接对应着现实生活,旨在启发大学生领悟戏剧艺术的现实意义。

---

① 洪深:《我的打鼓时期已经过了么?》,载《洪深文集》(四)第535页,中国戏剧出版社,1959。

② 洪深:《电影戏剧的编剧方法》,载《洪深文集》(三)第268页,中国戏剧出版社,1959。

为改变国立山东大学学生只顾埋头读书的沉寂氛围,洪深联络爱好文艺的师生组成剧社,排演《寄生草》。虽然山大师生缺乏戏剧专业训练,舞台经验也不足,但"在洪深教授指导之下,于三个之短促期间内,竟能获得第一次公演之成功,实为难得"。1935 年 5 月第一次公演就轰动了青岛剧坛,被称为"青市之创举","各界购买入场券者,极为踊跃"。[①] 第二天演出时天降大雨,热情的观众冒雨前来观看。《寄生草》公演的成功是一次理性化的戏剧理论在大学校园的实践化。1935 年暑假开学后,在洪深的支持下,学校重新组建了以学生为主体的国立山东大学戏剧团,并计划排演世界名剧——易卜生的《玩偶之家》。[②]

另一方面,洪深积极参与青岛地方文艺活动,发挥了大学教授在城市文化建设中的名人效应。1935 年 3 月,文化建设协会在国立山东大学成立青岛分会,赵太侔被推举为主席,洪深被推为评议员。在青岛,洪深除积极推进话剧运动外,也关心传统戏曲(尤其是京剧),参与青岛京剧票友"和声社"。这个由青岛京剧戏迷发起的业余京剧组织,由于国立山东大学洪深、老舍、因彩唱《贵妃醉酒》走红岛城的俞珊等的加入进入昌盛期。1933 年,"和声社"迁至三江会馆,有戏楼、演出场地,成为青岛京剧票社生旦净丑各类行当最齐全、演出剧目最多的业余组织,演出水平堪比专业剧团。洪深在"和声社"粉墨登场。一次扮演《打棍出箱》的范仲禹,在"出箱"一场中用脚把地上的帽子踢起来恰好戴在头上,博得满堂喝彩声。洪深在报纸上写文章,称某些方面票友优于"优伶"——专业演员,因为旧中国的京剧演员多无文化,票友则多为知识分子,理解剧情,能在演出中体现人物。文艺批评文章《〈大登殿〉与出气主义》《从"化子拾金"说起》和《票友胜于职业优伶的地方》,皆为 1935 年洪深参加青岛京剧票友"和声社"时的作品。

由于远离喧腾鼎沸的沪上影剧文化圈,洪深感到在青岛的"种种方面,都是寂寞"[③]。1936 年 3 月,为避韩复榘搜捕,加之国立山东大学学潮,洪深辞去教职,离开青岛返回上海。

三　宋春舫的喜剧和"褐木庐"

在青岛现代戏剧史上,宋春舫首先是以中国新剧本土化剧作家的面貌出现的,尤其是他的喜剧作品,可谓先锋戏剧与大众戏剧、戏剧理论与民情实践的孵

① 《本校话剧社第一次公演志盛》,载《国立山东大学周刊》第 118 期,1935 年 6 月 3 日。

② 《本校同学成立戏剧团》,载《国立山东大学周刊》第 129 期,1935 年 10 月 28 日。

③ 洪深:《〈农村三部曲〉自序》,载《洪深文抄》第 169 页,人民文学出版社,2005。

化物。宋春舫在青岛营造的“褐木庐”私人戏剧图书馆无异于青岛的文化磁场,由此形成的“褐木庐”戏剧文化,对中国戏剧及戏剧藏书界产生了历史性影响。

喜剧

宋春舫(1892—1938),浙江湖州(吴兴)人。12 岁考取秀才,后入读上海圣约翰大学,留学瑞士日内瓦大学,获文学硕士学位后游历欧洲,在法国巴黎歌剧图书馆流连三个月之久。1916 年宋春舫回国后,即在北京大学开设“欧洲戏剧”课程,这是西洋戏剧作为一门学科正式进入中国高等学府讲坛的滥觞。1922 年 3 月,蔡元培为创办《文艺季刊》约宋春舫与胡适、周作人等为编辑员。[①] 1924 年,宋春舫因堕马伤肺吐血罹患肺结核,遂遵医嘱辞谢京、沪报馆杂志的所有编辑、撰述邀请,来到海滨城市青岛疗养。此后,宋春舫断断续续地在青岛度过了一生的最后时光。

宋春舫一生博学,在戏剧、外交、金融、法律、政治、海洋、藏书等诸多领域均有建树,他把戏剧创作和理论研究的丰收期留在了青岛。1932 年 1 月,宋春舫创作由上海新月书店出版的独幕剧本《一幅喜神》,是他在青岛斩获的“第一桶金”。这出喜剧的冲突发生在试图窃取李家藏品的大盗与身为名流、附庸风雅、掩盖赝品的李姓夫妇之间。大盗潜入喜欢收藏古玩字画的李家偷窃,却发现大都为赝品,只有一幅“喜神”为精品,便利用社会名流好面子的心理,不仅机智狡黠地摆脱了当场被抓的危机,而且在李姓夫妇恳切的哀求下窃走了“喜神”。宋春舫通过大盗这个可憎的人设之口,点出了“中国人的通病,就是自己不晓得自己的价值,结果,弄到一点价值也没有”[②]。宋春舫的喜剧创作吸取、扬弃和混融了法国“佳构剧”和英国“世态喜剧”的经验,讲求情节曲折、结构精致、巧设悬念,追求喜感与爽感兼收。《一幅喜神》启幕就是一个热梗搞笑的场景:

> 幕起时,台上乌黑。忽然从台上左面发出一点星光,渐渐的动摇不定,移到右边墙上。“嘶”的一声,台上顿时大放光明,显出一间布置很精致的会客厅来。墙上挂的,都是名人字画,桌上,书架上,和玻璃柜内所陈列的,都是古董,玉器,善本的古书等等。那带乾电筒的是一个男子,穿了极漂亮的燕尾服,一望而知是上流社会的人物。他把那乾电筒放在桌上,再把台上十数盏电灯一齐开了,立刻觉得光耀夺目。他先朝壁上所挂的字画,看了又看,面上很现出犹豫的样子;有时重新拿起乾电筒,向画上的图章照着细看。[③]

---

① 蔡元培:《致宋春舫等函(1922 年 3 月 27 日)》,载《蔡元培书信集》(上)第 538 页,浙江教育出版社,2000。

②③ 宋春舫:《一幅喜神》,载《宋春舫戏曲集》第 1 集第 77、53~54 页,商务印书馆,1937。

《一幅喜神》是一出短剧,但酝酿过程在宋春舫的脑筋里“足足的盘旋了有七八年之久”。叙及创作体会,宋春舫说:

从我个人方面,这是值得大书而特书的一件事。那时我在青岛,费了一星期之久,才把剧本写完。……我写剧虽然只费了一个星期,然而从择题布局起,直到种种问题,如布景道白等等解决为止,也不知经过了多少年头。……直等到我的剧本出版以后,《十日谈》中才批评我为“太贵族化”,第二卷第七八号合刊的《剧学月刊》剑啸君《中国的话剧》论文中,说《一幅喜神》在将来中国戏曲史上,或有相当的位置……《一幅喜神》出版以后,我却如释重负,恍惚数年险症,居然药到病除。①

1936年3月和5月,宋春舫相继出版了三幕剧本《五里雾中》、独幕剧本《原来是梦》。

《五里雾中》,串联一个始终未出场的罗小姐在被汪春龙抛弃后用一连串恶作剧捉弄报复汪春龙的故事,展示了民国大都市光怪陆离的社会现象。汪春龙从睡梦中醒来时,遭遇了殡仪馆、棺材铺老板和订婚蛋糕店司务来没有婚丧事的汪家洽谈业务;疯人院医生则要抓没有精神疾患的汪春龙去疗养;一个前来求职做秘书的郭女士强吻汪春龙,正好被汪春龙的未婚妻貂小姐撞见。这些怪诞扭曲的奇遇使汪春龙狼狈不堪,形成了奇妙的戏剧冲突。论起来,《五里雾中》与《一幅喜神》的艺术技巧都比较讲究。② 1935年9月,宋春舫在青岛回顾《五里雾中》的创作时说:剧本的构思源于美国《生活》杂志上的一则趣闻轶事,宋春舫是在朋友们“不久又有新剧出来问世”的期待下“不到三天”脱稿,这是“当初下笔的时候,做梦也想不到的”。

宋春舫的《原来是梦》,原名《摇身一变》,通过红白药丸揭露讽刺了官僚社会和丑恶世态。主人公汪是一个穷困潦倒的作家,一个偶然的机会,他在一堆退稿信中发现了一则介绍可以自由变换职业的药丸的广告,遂寻到并服下了药丸,立即变成了有权有势的交通部总长。汪还没来得及享受做官的富贵荣华,却面临因贪蠹犯罪被弹劾的困境,于是汪立即吞下一颗药丸回到现实中来,免受牢狱之灾。人因梦得官,也罹祸,至梦醒方大悟。《原来是梦》的结尾如同洞见人性的烛光。

在这时候,远远的街上有人在那里喊着“晚报要吗?”还有“大政变!农

① 宋春舫:《〈五里雾中〉之经过》,载《从莎士比亚说到梅兰芳》第91~92页,海豚出版社,2011。

② 朱栋霖、丁帆、朱晓进:《中国现代文学史1917—1997》(上),第224页,高等教育出版社,2006。

商部总长入狱！交通部总长自杀！”汪听了以后，脑中便发出了无数的????两手掩住了太阳穴，不知不觉的又坐了下来，同时幕又徐徐的下来了。[①]

1937年1月，辑有剧本《一幅喜神》《五里雾中》《原来是梦》的《宋春舫戏曲集》第一集由商务印书馆出版。无疑，上述三部剧本均为喜剧，反映了宋春舫的戏剧审美之维。如果说，《一幅喜神》以赝品掩盖精品的价值欲求，强调戏剧独立的艺术品格；那么，《五里雾中》则以传统习俗的解构指向戏剧创造路径，重塑中国喜剧的归途；而《原来是梦》以走出职业的牢笼为喻，旨在摆脱名利、世俗的诱煽，弘扬戏剧的超功利目的。也真是，宋春舫的喜剧作品带有温和的改良主义思想，一直怀着将中国的世态风俗和新的民族艺术形式高度绞结的可贵追求。然而，由于宋春舫的喜剧作品与中国喧嚣的现代戏剧发展主潮存在差异，一直被置于戏剧界边缘。

1935年6月，宋春舫在青岛完成了法国戏剧家吉得利《别墅出售》的翻译，相继发表了戏剧评论《从剧本方面推测到戏剧未来的趋势》《论戏剧的对白》《戏院观众纵横谈》等，还在中国旅行社出版了游记《蒙德卡罗》。[②] 此外，他还有《宋春舫论剧二集》（1935）、《凯撒大帝登台》（1937）等论著问世。1935年8月，蔡元培来青岛避暑观看了中德混血儿雍竹君演出的《四郎探母》后与宋春舫见面，得知他们合作将德国音乐家R.瓦格纳的《尼伯龙根曲》翻译并搬上青岛舞台。蔡元培在日记中写道：“宋君言皮黄不学则已，认为学则齐如山为第一人，其他尚有为程艳秋捧场之□□□，为荀□□捧场之陈墨根，亦有力。若新旧沟通者，则有洪深云。”[③]

宋春舫的戏剧观如浪漫的文化图腾而独树一帜。他先以外国戏剧理论及作品的译介、评述的面貌现身，后又以实际的话剧创作闻名，这与同时代的“五四”文化骁将重造中国现代文明的路径迥异。宋春舫积极发扬了戏剧的艺术品质，固执地相信戏剧是艺术的而非主义的，不能理想化地期望以戏剧运动改革社会。这一观点引发争执，实属必然。

“褐木庐”

宋春舫在青岛的经历极为丰富，其中与图书馆结缘最深。1929年8月国立青岛大学开始筹备时，因组办图书馆事关急要，而宋春舫正居青岛，10月他谋得图书馆主任一职。蔡元培在1929年11月30日复宋春舫的信时说：“知担任青

---

① 宋春舫：《原来是梦》，载《宋春舫戏曲集》第1集第112页，商务印书馆，1937。

② 陈子善：《〈从莎士比亚说到梅兰芳〉出版说明》，载《从莎士比亚说到梅兰芳》第3页，海豚出版社，2011。

③ 王世儒：《蔡元培日记》（下），第422页，北京大学出版社，2010。

大图书馆事,至为欣慰。"[①]1930年2月,青岛观象台"辟东大楼下层为藏书之馆,并以春舫为主任,专司其事"。3月10日宋春舫在福山支路6号奠基的"褐木庐",成为享誉国内外的戏剧专业图书馆。

宋春舫早年就有购买书籍的习惯,加之家境优裕并娶了比宋家更富有的朱氏闺秀,雄厚的家资为他藏书提供了条件。宋春舫中秀才后曾勤读拉丁文七年,能背诵古罗马G. J. 凯撒的 *Commentarii de Bello Gallico*(《高卢战记》)。留学期间,他借由语言天赋习晓法、德、英、意、西班牙等数国语言。这使宋春舫游历欧洲和做外交官出访期间从容地泛览各国戏剧剧本原作,并慧眼识珠购得累积了大量西洋戏剧原版图书。寓居青岛,宋春舫将20余年苦心蒐集的中外戏剧书刊集中收藏于"褐木庐"。民国以降,收藏单一门类且以剧本为主的藏书家实不多见。1931年,宋春舫在《褐木庐藏戏曲书写目》自序中叙说:

> 予自始冠西行,听讲名都,探书邻国,尔时所好,尽在戏曲,图府之秘籍,私家之珍本,涉猎所及,殆近万卷。民国四年,初游法京,入 Bibliothèque de l' Opéra,寝馈其间,三月忘返。六年返沪,择所爱好,挟与俱归。十年再渡,道出德奥,时则大战甫平,币值下降,遂罄囊橐,捆载而东。后困疾疹,并束高阁,近五六载,沪杭平津,奔走往来,不宁厥处。去岁斥金四千,始建褐木庐于青岛之滨,聚书其中。今春复辞青市参事,扃户写目,匝月乃竟。盖二十年来,辛苦搜求,所获不过三千余册,财力不足,闻见有限,无足怪也。犹幸所藏,仅限一类,范围既隘,择别较易,即此区区,已为难得。以言戏曲,粗备梗要,中土所藏,此或居首,持较法京,才百一耳。[②]

这段自白道出了"褐木庐"戏剧图书收藏的因由。宋春舫为图书馆取名"褐木庐",表面看颇有中国传统书斋的意味。"褐"在古代指粗麻制成的短衣,是贫寒人的代称,"褐木庐"当有贫寒人的木制小屋之意。其实,这是宋春舫敬仰的三位法国戏剧家名字首音节 cormora 的缩合词:cor 即高乃依(Cormeille),mo 指莫里哀(Molière),ra 是拉辛(Racime)。

关于"褐木庐"的馆藏情况,据实地参观过的赵景深称,"褐木庐"的戏剧藏书有"表演术、伶人回忆、舞台建筑、儿童剧、电影、舞蹈、对话、辞典、戏剧史、灯光

---

① 蔡元培:《复宋春舫(1929年11月20日)》,载《蔡元培书信集》(上)第1044页,浙江教育出版社,2000。

② 宋春舫:《〈褐木庐藏戏曲书写目〉自序》,载《从莎士比亚说到梅兰芳》第87~88页,海豚出版社,2011。

及效果、服装、傀儡戏、音乐与歌剧、布景、编剧法、朗读、演剧技巧及原理，中国、捷克、丹麦、冰岛、英、美、爱尔兰、加拿大、法、比、瑞士、德、奥、希腊、罗马、荷兰、匈牙利、印度、意大利，日本、波兰，俄、瑞典、西班牙、南美、葡萄牙、土耳其等地的戏剧及其戏剧史等著作，可谓洋洋大观”①。综合各方研究者的统计，宋春舫“褐木庐”的戏剧藏书大致分为 29 类，包括各国剧本、戏剧理论、新戏剧运动、剧作家、剧场史、剧场建筑及戏剧期刊等。各国戏剧剧本涉及中、英、美、法、日、印、土、俄等 10 多个国家，其中法国居多计 862 种，英、美有 362 种，土耳其最少仅 1 种。1932 年 4 月，潘光旦在编辑的《华年》周刊中，从“恒心和毅力”的角度，对宋春舫“褐木庐”戏剧藏书给予了相当的钦佩之言。女作家苏雪林的一位“五服以外”的表兄舒蔚青因擅藏戏剧图书，所以苏雪林能说得上国内几家有名的戏剧藏书馆，她将青岛宋春舫的“褐木庐”列第一位，并说：“其编有目录发行者，则仅有宋春舫的《褐木庐藏剧目》和蔚青的那本目录。”②苏雪林曾于 1934 年夏旅游青岛下榻福山路 2 号公寓，与福山支路 6 号“褐木庐”相隔不远，很有可能访问过宋春舫。不过，苏雪林写青岛的散文《岛居漫兴》未有造访“褐木庐”的记载，宋春舫的文字中也未提到苏雪林这个名字。

宋春舫的“褐木庐”成为 30 年代青岛的一个文化磁场。当时在青岛的戏剧家、翻译家，如洪深、孙大雨、章铁民、张友松等都是“褐木庐”的读者。胡适来青岛为组织梁实秋等人翻译《莎士比亚全集》，专门访问过“褐木庐”。1930 年 8 月，胡适在青岛的几天“看了春舫所藏的许多剧本”③。继宋春舫之后出任国立青岛大学图书馆馆长的梁实秋，曾得意于自己的国外戏剧史料及莎士比亚研究资料的收藏，但参观了“褐木庐”深为宋春舫的藏书所折服。梁实秋在《书犀》一文中说：“我看见过的考究的书房当推宋春舫先生的‘褐木庐’为第一。在青岛的一个小小的山头上，这书房并不与其寓邸相连，是单独的一栋。环境清幽，只有鸟语花香，没有尘嚣市扰。《太平清话》：‘李德茂环积坟籍，名目书城。’我想那书城未必能和褐木庐相比。在这里，所有的图书都是放在玻璃柜里，柜比人高，但不及栋，我记得藏书是以法文戏剧为主。所有的书都是精装，不全是胶硬粗布，有些是真的小牛皮装订，烫金的字在书脊上排着闪闪发亮。”④“褐木庐”到底有多少藏书？藏书家、编辑家陈子善曾致函在香港的宋春舫子之宋淇询问，宋淇的回复是，“全部戏剧藏书七千八百册”。因此，有国外学者写信向宋春舫的“褐木庐”借阅其本国图书也就不足为奇。1936 年 7 月 20 日至 24 日，中华图书

① 赵景深：《宋春舫纪念》，载《我与文坛》第 139 页，上海古籍出版社，1999。

② 苏雪林：《舒蔚青及其戏剧书刊》，载《苏雪林文集》第 2 卷第 397 页，安徽文艺出版社，1996。

③ 胡适：《日记(1928—1930)》，载《胡适全集》第 31 卷第 695 页，安徽教育出版社，2007。

④ 梁实秋：《书屋》，载《梁实秋精选集》第 189~190 页，北京燕山出版社，2006。

馆协会第三次年会在青岛举行,全国各地代表190多人与会,其中包括著名学者李石曾、袁同礼、万斯年、朱光潜、金仲华、蹇先艾、王献唐、钱亚新、柳诒徽、钱存训、皮高品、李达等,"褐木庐"是年会的参观场所之一。

宋春舫还是中国较早使用藏书票的学者之一。他亲手设计的"褐木庐藏书票",画面上有"褐木庐"三个字,下面是一打开的竖排本书,中间CB两个字母寓为爱书,还绘有一只墨水瓶与两支交叉的羽管笔,再下是藏书编号。宋春舫还另有"春舫藏书票",由汉画像中的鸟兽图案与古老的大篆"春舫藏书"四字构成,古朴简洁。"褐木庐"藏书票从形式到内蕴分具中西趣味,方寸之间风情万千。宋春舫"褐木庐"的门里门外演绎了太多斯文与神采。

第九节　翻译文学

国立青岛/山东大学时期的翻译文学,与小说、散文、诗歌、戏剧等同为文学文体。1930—1931年胡适在青岛的《莎士比亚全集》译释计划,具有中国翻译文学挽回民族尊严和文化雪耻的意味。梁实秋的"莎译"将文学精神的根须扎在莎士比亚的厚土上,苦心孤诣,一力前行。周学普、宋春舫、赵少侯、洪深、罗玉君等的文学翻译活动五彩缤纷,反照出民国大学西学翻译浪潮下翻译文学的样貌,一定程度上培养了国际文学关系的接受心理。

一　胡适的《莎士比亚全集》译释之行

胡适之于青岛,是以国立青岛大学为背景编织的一张文化网,其中最具文学史意义的便是竞起一时的《莎士比亚全集》中国翻译史。

1930年7月2日,以保管、分配、监督使用美国退还"庚款"的中华教育文化基金董事会("中基会")在第六次年会上决定,将科学教育顾问委员会改组为编译委员会,由胡适任委员长,为"专任职",负责主持及监督编译委员会的"一切事务";委员为"名誉职",由委员长商同董事会聘任。[①] 编译委员会对翻译项目有管理权,而管理权的实际掌管者是胡适。胡适(1891—1962),曾是"五四"新文化运动引领风骚的一代人物,在中国文化翻译领域具有"指点江山"的魄力。作为中国最早引介易卜生、莫泊桑作品的译者之一,胡适甫一上任便改变了"中基会"以往编纂中学科学教科书的单一方向,而参照"哈佛丛书"的体例,谋求次

① 《中华教育文化基金董事会第五次报告》,中华教育文化基金董事会,1930。

第编辑出版具有世界影响的经典名著。此前，他在致梁实秋的信中说过，“我很赞成你的话：我们研究英文的人应该努力多译几部英美文学名著”①。胡适决定利用 1930 年 8 月中国科学社在青岛召开第十五次年会的时机，确定编译委员会人选，作出工作部署。

1930 年 8 月 8 日，胡适乘船来到青岛，梁实秋、闻一多到胡适下榻的宋春舫宅拜访时，胡适即“请他们先拟一个欧洲名著一百种的目”。8 月 15 日，胡适又与“中基会”来青的任鸿隽、张准商谈编译委员会候选人。因涉及领域较多，组成人员分为甲、乙两个组别，经“中基会”第二十九次执委会表决，确定丁文江、赵元任、傅斯年、陈寅恪、梁实秋、陈源、闻一多、丁西林、姜立夫、胡先骕、王琎、胡经甫、竺可桢共 13 名委员。编译委员会下设历史、世界名著、科学教本三部，其中世界名著部的任务是，“选择在世界文化史上曾发生重大影响”之科学、哲学、文学等名著，聘请能手“次第翻译出版及审查收受之书稿”②。

记挂着世界名著部的编译计划，9 月 30 日胡适乘船途经青岛时，便电约“杨金甫、梁实秋、闻一多、赵太侔四位来船上早餐”。不意，10 月 1 日晨青岛海滨忽起大风，风高浪急，轮船不能抵岸。等到第二天，“还是大风，船不能入口”，胡适站在甲板放眼望青岛，只见“海水是翠玉色，山是深绿色，岛上房屋多是红色砖作屋顶的，远山是灰色，更远山有轻雾，在日光里成了紫色”。胡适顿生灵感，向杨振声发出“宛在水中央”一句颇有文采的电文。杨振声也用诗句回复：“盈盈一水间，脉脉不得语。”③两份电文酬答至妙，堪为笔墨雅趣。10 月 19 日，胡适召集“中基会”编译委员会第一次全体委员会议，梁实秋、闻一多专程赶到北平参会，会议通过了由梁实秋、闻一多草拟的世界名著翻译计划。

鉴于莎士比亚的作品在世界文学史上有极高的文学价值，编译委员会提议世界名著部的第一项庞大的翻译工程是《莎士比亚全集》。对此，胡适陷入了思想纠结。坦白地说，胡适并不看好莎士比亚，他曾认为莎士比亚虽然与伊丽莎白时代的戏曲家比起来“是一代的圣手”，却有“不能满人意的地方”，莎士比亚的几部戏剧只能当作“近世的平常‘刺激剧’”，甚至认为《奥赛罗》是一出“丑戏”。④ 胡适最终确定“莎译”主要基于两个方面的考量：一方面为了一心一意走世界化的道路。经历了“五四”时期的“启蒙西学”，中国知识界敦促政府跻身

① 胡适：《论翻译：寄梁实秋，评张友松先生〈评徐志摩的曼殊斐儿小说集〉》，载《新月》第 1 卷第 11 号，1929 年 1 月。

② 《中华教育文化基金董事会第一次第七次等会议记录及谈话记录、增进事业效率报告》，存中国第二历史档案馆，档号：5-2-1379。

③ 司徒良裔：《杨振声小记》，载《大公报》1947 年 2 月 3 日。

④ 胡适：《日记(1919—1922)》，载《胡适全集》第 29 卷第 282~283 页，安徽教育出版社，2007。

“一等国”行列以争取国际话语权,于是出现了“民国西学”运动的呼声。但因没有《莎士比亚全集》中译本势必遭国际知识界的嘲讽,所以“莎译”事关中国翻译文学与国际文学关系的大局,此事被提到国家荣辱的高度,成为民族能力的标志。[①] 另一方面,或者更内在的原因在于青岛同人的实力。以杨振声为校长的国立青岛大学形成了浓郁的新文学风气,作为中坚分子的闻一多、梁实秋有能力担负“莎译”重任。杨振声曾经对胡适说道:我的中国文学系主任的英文很好,外国文学系主任的中文很好,两个系主任彼此的交情又很好,所以我们中外文学系是一系。胡适心中的“莎译”圈子里,虽不可缺少徐志摩、叶公超、陈源(通伯),但青岛的闻一多、梁实秋是不可缺少的“台柱子”。同时,青岛宋春舫“褐木庐”有不少西方戏剧藏书,仅莎士比亚剧作就有五种不同的版本,足以为“中基会”编译委员会提供资源支撑。

1930 年 12 月 23 日,胡适将圈定的“莎译”人选、译释思路、出版报酬等事项书面函告梁实秋,要他与闻一多商议“莎译”事宜。胡适说:

> 编译事,我现在已正式任事了,公超的单子已大致拟就,因须补注版本,故尚未交来。顷与 Richards 谈过,在上海时也与志摩谈过,拟请一多与你,与通伯、志摩、公超五人商酌翻译 Shakespeare 全集的事,期以五年十年,要成一部莎氏集定本。此意请与一多一商。最重要的是决定用何种文体翻莎翁。我主张先由一多、志摩试译韵文体,另由你和通伯试译散文体。试验之后,我们才可以决定。或决定全用散文,或决定用两种文体。报酬的事当用最高报酬。此项书销路当不坏,也许还可以将来的版权保留。我很希望知道你和一多对此事有什么批评。金甫、太侔,也请一商。我另有信给志摩、通伯了。[②]

应当说,胡适是编译委员会尽职尽责的委员长,他不仅统领“莎译”译释方针、经费筹措,还以“专业人士”的身份介入翻译原则的遵循、翻译文体的选择、翻译方法的把握。1931 年 1 月 5 日,胡适复信梁实秋时再次谈及“莎译”一事,并打算“来青岛一游”。1 月 25 日中午,胡适乘坐的客轮顺利抵达青岛码头。胡适用过午膳,即与青岛朋友“谈翻译 Shakespeare(莎士比亚)的事,畅快的很”;1 月 26 日,胡适又“与一多、实秋谈翻译 Shakespeare(莎士比亚)的事,他们都很热心”。[③] 胡适三次青岛之行,使“莎译”思路逐渐成形。

---

① 王建开:《五四以来我国英美文学作品译介史(1919—1949)》,第 94 页,上海外语教育出版社,2003。

② 胡适:《复梁实秋》,载《胡适全集》第 24 卷第 63 页,安徽教育出版社,2007。

③ 《胡适青岛日记》,载《名人笔下的青岛》第 169 页,青岛出版社,2008。

1931年2月15日，胡适在致闻一多、梁实秋的信中说："关于翻译之文体，不便详加规定，但大体宜采用有节奏之散文。所注意者则翻译不可成为Para Phrase。文中难译之处，须有详细注释。"①虽然胡适的文体意见有些惝恍，但用Para Phrase标示，不可释义、意译，不可弄成圣经章句样的诗译。2月15日，胡适决定成立莎士比亚全集编译专门委员会，具体如下：

(一)拟请闻一多、梁实秋、陈通伯、叶公超、徐志摩五君组织翻译莎翁全集委员会，并拟请闻一多为主任。

(二)暂定五年全部完成。(约计每人每半年，可译成一剧。校阅需时略相等。)

(三)译稿须完全由委员会负责。本剧译成之后，即将译稿交其他四人详加校阅，纠正内容之错误，并润色其文字。每人校阅一剧，不得过三月。

(四)于每年暑假内择地开会一次，交换意见，并讨论一切翻译上之问题。

(五)关于翻译之文体，不便详加规定，但大体宜采用有节奏之散文。所注意者则翻译不可成为Para Phrase。中文难译之处，须有详细注释。

(六)为统一译名计，每人译书时，宜将书名地名人名之译音，依原文字母分抄译名表，以便汇交一人负责整理统一。

(七)关于经费一项，拟定总数为○○元，用途有三项：1. 稿酬暂定每剧报酬○○元，包括一人的翻译，四人校阅之报酬。合计共○○元。2. 书籍约○○元。3. 杂费包括稿纸、年会旅费、委员会费用等项，约○○元。

(八)预支稿费，每月每人不得过○○元。如半年内不能译完一剧，以后即不能预支。

(九)译书之时，译者可随时用原本作详细中文注释，将来即可另出一本详注的莎翁戏剧读本。此项读本之报酬与出版办法另定之。

(十)委员会以外，若有人翻译莎翁戏剧，愿交由委员会审查者，委员会得接受审查。如有良好译本可由委员会收受校阅出版，并酌定报酬办法。②

胡适的"莎译"计划在1931年6月23日召开的中华教育文化基金董事会第七次年会上获得通过，会议同意胡适提名的闻一多、梁实秋、陈通伯、叶公超、徐志摩五人组成《莎士比亚全集》翻译委员会。胡适进一步规定了翻译完成时间，要求每人每半年译成一剧，校阅一剧，每剧译成后即将译稿润色文字，译稿校阅完全由委员会负责。译者要经常交换意见，每年暑假择地开会一次，讨论翻译上

---

① 胡适：《复闻一多、梁实秋》，载《胡适全集》第24卷第78页，安徽教育出版社，2007。

② 胡颂平：《胡适之先生年谱长编初稿》，第3册，第963~965页，经联出版事业公司，1984。

的问题。

中国现代翻译文学史上第一次有组织的《莎士比亚全集》译介工程在胡适的擘画下拉开了帷幕。后来的事实表明,胡适为中国现代文学带上了世界性的眼光,对于中国现代翻译文学的发展起了很大的推动作用。[①]

二 梁实秋的“莎译”及其他

青岛时期的梁实秋,开启了一生中重要的《莎士比亚全集》翻译工作,同时还翻译出版了多部外国文学名著。

实际上,梁实秋在中国现代文学史上一直以“新月派”批评家的面貌出现,来青岛之前也仅有为数不多的外国文学直译和转译作品,尚未接触莎士比亚。是胡适慧眼识人,为梁实秋争取到《莎士比亚全集》翻译委员会成员的席位。梁实秋曾不无感慨地说:“若没有胡先生的热心倡导,我根本不会走上翻译莎翁的路。”梁实秋将“莎译”视为还胡适的“情债”,竭力完成胡适提出的“成一部莎氏集定本”的任务。

然而,“莎译”工程一波三折,未能践行“中基会”七次年会的决议。原定由闻一多译《哈姆雷特》、徐志摩译《罗密欧与朱丽叶》、陈通伯译《皆大欢喜》、叶公超译《威尼斯商人》、梁实秋译《马克白》,只有梁实秋“交了答卷”。梁实秋回忆说:“通伯不肯参加,志摩在二十年十一月里就不幸逝世,公超、一多志不在此,结果只剩下了我一个人孤独的开始这漫长艰巨的工作。”[②]谈及青岛“莎译”工作,梁实秋不无自豪地说:“青岛四年之中我们的家庭是很快乐的。我的莎士比亚翻译在这时候开始。”[③]

事实如此,梁实秋自1930年12月23日得胡适的“莎译”信后即投入莎士比亚东方之门的开启中来。1931年3月26日,他复信胡适写道:“译莎翁事在暑假前必定做出一点成绩,我已去买一批应用的书,现在还没来。”为了在“落笔之前多多少少做一些探讨的功夫”[④],梁实秋充分利用身兼国立青岛大学图书馆馆长的便利条件,广泛搜罗莎士比亚戏剧书籍资料,筹建莎翁图书室,较全面地审视和梳理了西方莎士比亚的研究成果。梁实秋是以批评家的身份接受“莎译”,这种非专业本位的译释行为势必带来诸多难题。与其说翻译文学是一门艺术,

---

① 孟昭毅、李载道:《中国翻译文学史》,第71页,北京大学出版社,2005。

② 《梁实秋谈翻译莎士比亚》,载《外语教学与研究》1988年第1期。

③ 梁实秋:《槐园梦忆》,第60页,中国青年出版社,2012。

④ 梁实秋:《漫谈翻译》,载《梁实秋散文集》第2卷第161~162页,时代文艺出版社,2015。

毋宁说是“一种服务”,既要传达出莎士比亚的思想信息,又要体现出“莎学”的价值,“如能不但对于原文的意思忠实,而且还对‘语气’忠实,这自然是最好的翻译”①。这是1932年11月梁实秋在青岛致叶公超的信中提出的观点。梁实秋主张翻译与研究相结合,他对译者的责任、语汇的散韵、直译与意译、移植与增删、伦理与规范等确乎风格遒上,自成一家,表现出中国翻译文学的稳健态度。如梁实秋对海涅关于《威尼斯商人》中夏洛克的著名观点的介绍,对西方学界著名的“哈姆雷特问题”的引入等,多有直言无隐的指瑕和直中肯綮的决断。梁实秋评价《哈姆雷特》剧本“伟大,但亦不无缺失”,并细数其舛误;评价《罗密欧与朱丽叶》全剧“虽然火炽,却缺乏深度”。梁实秋的“莎译”具有突出“副文本”现象,将文本语言环境丰富化,每部作品的末尾都附有若干条注释,从而大大开阔了读者的认知视野。梁实秋的山大同事水天同对比余楠秋、王淑瑛合译的《暴风雨》、田汉译的《哈姆雷特》,认为他们“似乎都是胆量超过了才能的表现,和梁教授那样郑重从事、长期努力的工作自不可同日而语了。”②梁实秋的“莎译”蕴含着沟通中西进行文化选择的努力,对培养中国读者跨文化接受的成熟心态具有重要的借鉴价值和启示意义。

胡适对梁实秋的“莎译”一直十分关心,为其七部译本进行了题签。一次,胡适赴美国开会前在行李包里带了梁实秋刚译完的《亨利四世》,他说:“我要看看你的译本能不能让我一口气读下去。”梁实秋说:“幸而胡适之先生提议翻译莎氏全集,使我有了翻译的方向。”③胡适曾对梁实秋许诺等“莎译”全部完成后将为此举办一场庆祝酒会,可惜胡适于1962年2月不幸辞世。及至1967年8月,梁实秋独自完成了莎士比亚37部戏剧、3部诗歌作品,近400万字的翻译任务,这一持续38年的“莎译”伟业画上了句号。对于梁实秋的“莎译”,学界给出的评价是:尽量遵循原文,亦步亦趋、忠实而委婉,译笔准确明快、信实可靠。④梁实秋当之无愧地成为以一人之力将《莎士比亚全集》译介到中国的翻译家,而青岛则是“成就译坛大家的滥觞之地”⑤。

在青岛,梁实秋的外国文学翻译作品还有《织工马南传》(*Silas Marner*)和《西塞罗文录》(*De senectute*,*De amicitia*)。

---

① 梁实秋:《谈翻译的一封信》,载《梁实秋散文集》第3卷第256页,时代文艺出版社,2015。

② 水天同:《略谈梁译莎士比亚》,载《中国莎士比亚研究》2021年第2期。

③ 梁实秋:《“岂有文章惊海内”——答丘彦明女士问》,载《梁实秋文集》第5卷第537页,鹭江出版社,2002。

④ 李伟民:《中国莎士比亚研究》,第183页,重庆出版社,2012。

⑤ 严晓江:《胡适对梁实秋翻译〈莎士比亚全集〉的影响》,载《中国译学:传承与创新——2008中国翻译理论研究高层论坛文集》第204页,上海外语教育出版社,2008。

1932 年 1 月,上海新月书店出版的梁实秋译作《织工马南传》,是英国人文主义女作家 G. 艾略特的一部能够代表其文风、文笔和思想的作品。1931 年 8 月 6 日,梁实秋在青岛为《织工马南传》写的译序中说:艾略特的小说内容“是人性的描写。她不仅叙说故事,她是借了一个故事做骨干而从各方面来分析人的心理,人的情感。她真能钻到小说里去,钻到小说里的人的心里去”。[①]《织工马南传》被国立青岛大学指定为外文系学生必读的两部小说之一。

1934 年 8 月出版的《西塞罗文录》,是梁实秋于 1931 年 6 月在国立青岛大学的译作。对这位被称作“罗马共和之魂”的人物,梁实秋本想从哲学、政治、法律、文学、逻辑、修辞等领域译释,但商务印书馆王云五提供的只有《论老年》《论友谊》《论卜》三篇散文,且是英文和拉丁文的对照版,英译者是 W. A. 福尔克纳。梁实秋深知,“翻译拉丁文难,翻译西塞罗最难”[②]。西塞罗的文笔具有特殊的风格,以至于凡是西塞罗没有用过的字都不敢用,而《西塞罗文录》则是用西塞罗的一生告诉人们如何在混乱岁月坚持纯粹的价值。此外,1930 年 1 月梁实秋在中华书局出版的瑞典 A. 斯特林堡的小说集《结婚集》,于 1932 年 5 月得以再版。青岛时期,梁实秋还就翻译文学发表了《谈翻译的一封信》《翻译要怎样才会好?》《翻译之难》《〈西洋文学〉》《〈英国文学研究〉》《米尔顿的〈失乐园〉之研究》等文字。

纵观梁实秋在青岛的翻译文学,能明确地感知一个负责任的翻译家的格局和眼光。梁实秋致力于中国现代翻译文学学科建设,且以审慎的译品选择、精湛的译语表述、执着的身体力行,一定程度上增进了汉语与英文文学交流的深度和广度,但其自由派学者身份又使他的翻译主张被边缘化而未受到足够重视。

三　周学普　宋春舫　赵少侯

作为 30 年代青岛现代文学组成部分的翻译文学,在国立青岛/山东大学教授中,除梁实秋、孙大雨的“莎译”外,周学普的歌德文学译介最有分量,宋春舫、赵少侯、洪深、罗玉君等都有不凡的表现。这种对外国文学文本进行译释以实现文学中国化的过程,为 30 年代的青岛文坛带来了新的文体样态,一定程度上拉开了青岛现代比较文学的帷幕。

周学普的歌德译介

周学普(1900—1983),字企明,号岚海,浙江嵊县人。早年留学日本,习德

---

① 梁实秋:《〈织工马南传〉序》,载《雅舍谈书》第 281 页,山东画报出版社,2006。

② 梁实秋:《〈西塞罗文录〉序》,载《梁实秋散文集》第 3 卷第 221 页,时代文艺出版社,2015。

国语言文学（日称“独逸语文”）专业，获京都帝国大学文学士，回国后有杭州艺术专科学校、浙江大学的教学经历，于 1934 年 8 月来青岛任国立山东大学外文系讲师。周学普在青任教时的德文翻译，特别是对歌德的 *Faust*（《浮士德》）和 J. P. 爱克尔曼的 *Gespräche mit Goethe in den letzten Jahren seines Lebens*（《哥德对话录》）的译介最值得推崇。

歌德是享誉世界的文学巨擘，其雄伟博大的《浮士德》被视为世界文学史上难懂而深刻的作品，具有哲学家不能窥知的深度。这部由 12111 行诗歌构成的诗剧，分成第一部、第二部、初稿、补遗等部分，但没有首尾连贯的情节。由于《浮士德》不是歌德以预定的目的写成，而是从他潜意识的生命奥秘中涌现、蜕变、生长而成，字里行间充塞着感性与理性、进取与堕落、慷慨与自私、空虚与满足的矛盾交织，因此学者的注释和批评如恒河沙数。在中国，自 1903 年王国维首译《浮士德》的六行诗起，越来越多的汉译者参与其中。在周学普“动手”之前，1928 年郭沫若在“创造社”翻译出版了《浮士德》第一部。到 1932 年歌德逝世 100 周年时，他已成为中国翻译界炙手可热的人物。[①] 1933—1934 年，张荫麟、伍蠡甫分别出版了《浮士德》的编译、节译本。据周学普称，“试译”《浮士德》始于 1933 年，得浙江大学挚友钟敬文的策励。鉴于歌德的作品“内容之深广及繁复，及其形式之雄浑优美与多样，都不是平常作品那么容易翻译”，周学普最初采用散文法译《浮士德》。因郭沫若、张荫麟、伍蠡甫均从第一部开始，周学普便从第二部起笔。谈及《浮士德》从译本择选到接受过程，他坦言：

> 第二部译完之后就起了译第一部的野心……居然于四十天之内就完成了。……回头看看用那些粗杂的散文来译这样美丽的古典名著是不相宜的，但要全部改成韵文，一时也无勇气，因此搁置了七八个月。[②]

任教青岛后，周学普对《浮士德》从单纯译本的分析扩展到翻译本质的探讨，译笔改散文为韵文，用“较为顺口的韵脚”并“使译文的行数与原著的完全一致”。周学普译《浮士德》，曾于 1934 年由福建永安东南书局出版。翻览青岛文学史文献，1934 年 12 月周学普在《刁斗》一卷四期发表的剧本《牢狱》系《浮士德》之摘译；1935 年 4 月，他在《刁斗》二卷一期发表了小说《浮士德本事》；1935 年 8 月，《浮士德》全译本由商务印书馆出版。也就是说，周学普是中国翻译文学领域最早出版整部《浮士德》译本的译者。为丰富对《浮士德》精神和文学价值的接受与阐释，周学普不独参证了 H. 马耶尔的《歌德著作集》、J. 维特考斯基

---

① 孟昭毅、李载道：《中国翻译文学史》，第 497 页，北京大学出版社，2005。

② 周学普：《〈浮士德〉序》，载《浮士德》第 1 页，商务印书馆，1935。

的 *Goethe's Faust*(《歌德的浮士德》),还参考过英文和日文译本。他参照的英文底本是 B. 戴拉和拉撒姆的英译本,日译本则来自森鸥外、秦丰吉、樱井隆政、相良守峰等日本学者。译者间互主体性产生的《浮士德》重译、复译,繁荣了广袤的世界翻译文学之林。

周学普的《浮士德》全译本,语言简练,注重意义的传递,每句字数不定,虽没有郭沫若的句式整齐,却有郭不及的韵味。1947 年 5 月,郭沫若译完《浮士德》第二部,在叙及参阅文本时坦陈对周学普的译本"更彻底地利用过"①。但是,由于周学普非作家出身,他的《浮士德》译本文学美感退居其次,直译居多,生硬斧凿却还忠实。

周学普在青岛另一重要的译著是《哥德对话录》。这部作品出自歌德私人秘书之手,记录了歌德 1823 年 6 月 10 日至 1832 年 3 月 22 日九年间的创作生活,历来被视为研究歌德生平及思想的珍贵记录。1932 年,德国为纪念歌德百年忌辰召开会议并出版论文集,其中收录了歌德的部分谈话。1935 年 7 月,曾觉之将其译为中文版《高特谈话:高特忌辰百年纪念》,并由世界文化合作中国协会筹备委员会出版,书名中的"高特"即歌德的中译名。同一年,杨丙辰在《黄流》一卷二期上发表的《葛德晚年之谈话》,是 1823 年 6 月 10 日爱克尔曼在德国魏玛拜访歌德的谈话节选,文中的"葛德"即歌德。不难推测,曾觉之、杨丙辰的译介可能是中国翻译界最早刊印的歌德谈话译本。1935 年冬,周学普根据 1912 年德国柏林 F. 海特尔书店"书友丛书"第三种 H. 梅列安的选本,用了一个月的时间完成了《哥德对话录》的翻译。谈及翻译过程,周学普说:

> 我不揣简陋,于译成了哥德的《浮士德》和《铁手骑士葛兹》之后,因兴味上的关联,在前一个寒假的一个月内完成了这种翻译。②

《哥德对话录》译出后,周学普并未付梓。1936 年 7 月,中华图书馆协会在青岛国立山东大学礼堂举行年会,周学普在与会人会名单中发现了朱光潜。朱光潜有法国斯特拉斯堡大学博士学衔,由胡适约到北京大学任文学院西语系教授,还兼任《文学杂志》主编,年龄上也长周学普几岁,二人就歌德谈话的译介交换过意见。1937 年初,《哥德对话录》竣稿,周学普在译者序的落款是"译者识一九三七年三月五日于青岛"。1937 年 5 月,《哥德对话录》由商务印书馆出版。而朱光潜则至 40 年后才启动译笔,1978 年朱光潜在译完黑格尔的《美学》后开始译歌德谈话。

---

① 郭沫若:《"浮士德"第二部译后记》,载《文萃丛刊》第 7 期,1947 年 6 月。

② 周学普:《译者序》,载《哥德对话录》第 1 页,商务印书馆,1937。

应当指出的是，周学普所译《哥德对话录》既不是中国的第一个译本，也不是歌德谈话的全译本，而是选译本，只是比曾觉之、杨丙辰的译本增加了一些内容。爱克尔曼辑录的歌德谈话共有 40 万字，歌德的谈话如同他的作品一样繁复。周学普意识到，歌德谈话中一些已遗忘的人物、有关书籍的批评、色彩学等太过细腻的说明，或者一些偏于专业冗长而乏味的谈话，对于一般读者来说不免过于烦累。为还原一个更真实的歌德，周学普注重呈现日常生活化了的歌德，使读者"仿佛和歌德晤谈，直接与其感情相接触，而察知其内在的生活"，周译本很好地保留了这一特色，显示出别样的趣味与眼光。

周学普翻译的《哥德对话录》出版不久，卢沟桥战火燃起。在一个书桌难以安稳的时代，《哥德对话录》难免丧失原书轻松活泼的特质，无法感受到亲聆謦欬的愉悦气氛。值得一提的是，上海教育出版社在歌德诞辰 250 周年之际，于 1998 年 9 月隆重推出周学普的《哥德对话录》译本。

除此，1936 年 10 月，周学普为纪念母亲 73 岁寿辰翻译了歌德的长篇叙事诗《赫尔曼与陀罗特亚》(*Hermann und Dorothen*)，此书于 1937 年 2 月由商务印书馆出版后，4 月再版。此外，在青岛任教期间，他还翻译发表了歌德的剧本《铁手骑士葛兹》(*Götz von Berlichingen*)，译介了列宁的论文《作为俄国革命之镜的托尔斯泰》，还发表《德国的文学研究的沿革》《女性中心的沙龙生活》《高尔基的生涯和事业》《安特烈·纪德的路》等文章。周学普的德国文学翻译，对后来的日耳曼文学学者、德语翻译者及德语文学爱好者产生了一定的影响。

宋春舫的戏剧翻译

在青岛，宋春舫翻译了多部外国戏剧作品并结集出版。1936 年 3 月出版的《宋春舫论剧二集》，其后半部分是三个翻译剧本，分别是海根的《屋大维与克利奥帕特拉》(*Octavian and Cleopatra*)、吉得利的《别墅出售》(*Villas for Sale Offer*)和白里欧的《梅毒》(*Les Avaries*)。1937 年，他在青岛结集《宋春舫论剧(第四集)》。第四集目录在 1940 年李伯龙主编的《剧场艺术》二卷八、九期合刊《宋春舫先生纪念特辑》上刊发，其中包括译剧《蚁与蝉》《人命一条》《最后一役》《推霞》。宋春舫在第四集的序言中称：

> 予治戏曲，二十余年矣，中间大病数四，百事俱废，独此恋恋不忍舍，好之深故为之勤也。去夏草论集，稿甫就而病骤作，呕血盈斗，惫不能兴，辍笔者累月。……此后能否续作，当在不可知之数，苟天假以年，终当更草五集也，出此为券。①

① 松青：《学习宋春舫先生的精神》，载《剧场艺术》第 2 卷第 8、9 期，1940。

中国话剧是20世纪初期由欧洲输入的新型剧种,宋春舫为应对“五四”新文化运动前文明戏的衰落和问题剧的偏弊,将西方戏剧界推重的戏剧介绍到中国剧坛。

宋春舫参与译介的戏剧不下20种,其中他自行翻译的有16种。当然,身为自主研习西方戏剧的宋春舫,对于译作的评价不免存在一定的局限性,他译介H.苏特曼的剧作《推霞》(*Teja*)就受到鲁迅的批评。苏特曼是与G.霍甫特曼齐名的德国著名戏剧家,他的长篇小说《卖国奴》于1904年译介到中国。宋春舫用文言翻译的《推霞》是《新潮》发表的第一部翻译文学作品,堪为“破冰”行为。只是他在译文序言中对剧中女性人物“皆卑鄙凶淫不足道”和“难免无耻之讥”的攻击,引起非议。鲁迅在一封信中说:“昨天看见《新潮》第二册内《推霞》上面的小序,不禁不敬之心,油然而生,勃然而长;倘若跳舞再不高明,便要沛然莫之能御了。”[①]鲁迅在致傅斯年的信中再一次表示,“《推霞》实在不敢恭维”[②]。鲁迅批评后,宋春舫未在《新潮》刊发翻译作品,姿态放得甚低。1937年宋春舫将《推霞》收入《宋春舫论剧(第四集)》,不知出于什么考虑。

此外,1935年5月23日,宋春舫在青岛完成的《汉译欧美剧本的统计》一文于同年12月刊登在南京《教与学》月刊一卷六期上。他翻译的小说集《一个喷嚏》也于1935年出版。[③] 宋春舫还向西方译介了数量可观的中国文学作品,为中国新文学在世界文学中争取了存在空间,开拓了现代中国学人的跨文化交流途径。

赵少侯的法国文学译介

法文教授赵少侯在青岛继续法国文学的传译之路。赵少侯(1899—1978),满族,浙江杭县(杭州)人。毕业于北京大学法文系,后留校任教,又有中法大学、中国公学大学部、劳动大学的任教经历,于1931年8月应聘国立青岛大学,从讲师晋升为教授。据史料记载,1921年,赵少侯与宋春舫曾在上海《时报》合译发表了E.拉比什的独幕剧本《两个都是胆小的人》(*Les deux timides*)。1926年,赵少侯译介了法国批判现实主义作家莫泊桑的短篇小说《花房》。

任教青岛后,赵少侯翻译了E.阿普的小说《山大王》(*Le roi des montagnes*),阿普的一句“在一个不知道是否有明天的人眼里,夜是真长呵!”成为译坛金句。他还在本校文艺期刊《刁斗》一卷二期上翻译发表了A.法郎士的小说《巴格节

① 鲁迅:《190130致钱玄同》,载《鲁迅全集》第11卷第371页,人民文学出版社,2005。

② 鲁迅:《对于〈新潮〉一部分的意见》,载《鲁迅全集》第7卷第226页,人民文学出版社,1981。

③ 陈子善:《〈从莎士比亚说到梅兰芳〉出版说明》,载《从莎士比亚说到梅兰芳》第3页,海豚出版社,2011。

的红鸡蛋》（*Un oeuf de Paques*），并著文评论这位荣获 1921 年诺贝尔文学奖“具有高贵风格、优雅气质的高卢人”。赵少侯在青岛最重要的译作，是法国古典主义喜剧创建者莫里哀的五幕喜剧《恨世者》（*Le Misanthrope*）。对这部以欧洲贵族社会为讽刺对象而被推崇为“高级喜剧”典范的作品，赵少侯以踏实严谨的学者作风和精到纯熟的语言进行译介。1932 年 12 月 17 日，梁实秋在致函中华书局出版家舒新城推介赵少侯的译著时称：

> 兹另包挂号寄上赵少侯先生的译《恨世者》一稿。赵君系敝校法文教授，文学造诣颇深，在新月曾刊《迷眼的沙子》一册，在商务曾印《山大王》一册，均蒙好誉。彼现因需款，欲将此稿售与贵店。如蒙接收，可在明年贵店出版之《大中华杂志》逐期刊载，可印单本，作为“世界名著丛书”之一。此稿经弟校阅无讹，可为担保。稿费多少悉听酌裁，乞勿却为祷。①

莫里哀承继了文艺复兴时期人文主义者反对封建教会的传统，他的喜剧与欧洲一味追求典雅的剧作不同，而是从民间吸取现实生活的营养，对此赵少侯以译介学的视角深入理解和挹取原作的奥蕴，使译作呈现出一种典型的学院派风格，绵密细致，老练精纯。此外，赵少侯在 1933 年 10 月《图书评论》二卷二期发表了评论宋春舫《蒙德卡罗》的文章《宋春舫的蒙德卡罗》。

另外，洪深的剧本翻译和罗玉君开启的《红与黑》译介，在大学翻译文学界都引起过轰动。

洪深在青岛翻译发表的剧本有《煤气厂》（*Gas*）和莎士比亚的《威尼斯商人》第五幕。前者于 1935 年 1 月 1 日发表在《东方杂志》三十二卷一号上，后者刊登在 1935 年 1 月《文学》四卷一号。《煤气厂》是德国表现主义剧作家 G. 凯泽的作品，分为Ⅰ和Ⅱ两部，作者将反对资本剥削的象征意味引入戏剧。

罗玉君对《红与黑》的接纳始于留学法国时期。罗玉君（1907—1987），原名罗正淑，四川岳池人。她在巴黎大学时听从 J. 杜马教授的建议，从费尔南多·罗莎出版社（Les éditions Fernand Rochas）选择了司汤达的 *Le Rouge et le Noir*（《红与黑》）。甫一读到这部蜚声世界的意识流小说，罗玉君立即感受到从未有过的震撼，她不由自主地提起了译笔。但因忙于毕业论文，仅译了五六章就不得不暂时搁置。1933 年罗玉君获法国文学博士学位后回国，当年供职国立山东大学。在青岛，罗玉君开始翻译这部“撞进了心扉”的作品，由此与《红与黑》、与法语文学翻译结下了一生情缘。罗玉君回忆说：

---

① 梁实秋：《致舒新城》，载《梁实秋文集》第 9 卷第 17 页，鹭江出版社，2002。

> 一九三三年我回国,定居在绿油油的青岛后,我又才重理旧业。那时我在山东大学教课之暇,总是临窗伏案,做这种翻译工作。不料七七事变起了,芦沟桥的炮声,不但毁灭了我们青岛理想的乐园,也打断了我的《红与黑》译本的繁华的梦幻。……我不敢说我的《红与黑》是名作名译。但是这译本的工作,经过了我的少女时期,少妇时期,它的年龄比我的长女还大了三岁。这不能不算是我的生活史上的一个纪程碑。因此我珍重这译本。①

1949 年罗玉君的《红与黑》译本由正中书局出版后,于 1954 年在上海平明出版社再次推出,成为新中国成立初期第一个《红与黑》中译本。学界比较《红与黑》的各种译本,认为罗玉君的译本通达,但有时为了通达不免产生阐释偏多、主观随意偏大、增饰后的文句达意不够准确,甚至存在错译现象。

翻译文学说到底是母语的特殊写作。中国现代翻译文学偏重于对西方异质文化的收纳,是“借助异域的不同视野重新想象世界”②。30 年代,国立青岛/山东大学教授的翻译文学作为“民国西学”的产物,很大程度上以西方文化为价值取向来改造中国文学,更多着眼于译者对译入语的运用、与原著的依凭关系,而较少译学观念的探索研究。其结果是,翻译文学未能发挥以译促创的功效,一直未能从翻译学中独立出来。

---

① 罗玉君:《评〈红与黑〉并忆翻译经过》,载《文潮月刊》第 4 卷第 6 期,1948 年 4 月。

② 孙康宜、[美]宇文所安(Owen, S.):《剑桥中国文学史》,下卷(1375—1949),刘倩等译,第 595 页,生活·读书·新知三联书店,2013。

第三章
红色狂飙:30年代左翼文艺

30年代青岛文学在中国现代文学史上的地位,与左翼文艺的兴盛不无关系。由中共青岛地下市委领导、青岛"左联"组织指导并参与的左翼文艺运动,犹如"平地一声雷",从落地岛城之日起就高擎反抗阶级压迫、争取民族解放的火炬,以笔为旗,唱响革命主旋律,对党的事业和革命文艺的发展作出了不可磨灭的贡献。[①] 青岛左翼文艺以其思想的先锋性、内容形式的大众性刷新了文艺的功能理解,为青岛文学艺术染上了红色基因。

青岛左翼文艺运动是从斗争实际出发的文艺实践,大致经历了三个阶段。第一阶段以1932年春国立青岛大学"新文学研究会"为发端,以"剧联"组织"海鸥"剧社为阵地,以讨伐"新月派"对青大图书资源的控制为斗争形式,由王林、李林、俞启威领导,中共党员大学生第一次走上了青岛政治文化舞台。第二阶段以1932年10月青岛"左联"党代表乔天华为核心,左翼文艺运动由校园推展到社会,"汽笛"文学社、"海光"文艺社、中国诗歌会青岛分会、"荒岛"书店等推动左翼团体快速建设。第三阶段以1934年东北籍作家在青创作为表征,形成了萧红、萧军、舒群为主要代表的作家群体,陈荒煤、艾芜、沙汀等"左联"成员避走青岛的创作,逆转了人们熟稔的文学叙事。1937年卢沟桥事变后,国立山东大学李欣等"民先"成员的文艺创作以"脱下长衫,参加游击队去"为主题,经历了生与死、血与火的考验,成为青岛左翼文艺方兴未艾的回声。

为铭记一段不容忘却的历史,一篇总结青岛文学的文章道:"岛上文坛沉默过一个时期,接着便是普罗文学(无产阶级文学)之浸入。《民报》便是影响这个风气的第一个,那时《民报》差不多是居岛上新闻界之首座,姜宏、杜宇、孟超都

① 中共青岛市委党史研究室:《中共青岛地方史》,第1卷(1923—1949),第185页,中共党史出版社,2003。

在《民报》任编辑,撰稿性格,皆因这种风气为标准,因之,作品的人物,差不多成了‘洋车夫’‘缝衣女’‘流浪者’‘乞丐’等,背景也离不开‘马路头’‘大杂院’,内容也离不开‘穷困’‘饥饿’‘灾难’等。一时风气弥漫,几乎是千篇一律。”①虽然白色恐怖形势严峻,斗争经验不足,但青岛左翼文艺努力克服审美实践的局限,不断寻求政治性和艺术性的契合与平衡。

第一节　国立青岛/山东大学的左翼文艺

青岛左翼文化运动以国立青岛/山东大学的左翼文艺活动为起点,以青大地下党支部建立的“新文学研究会”、左翼“剧联”领导的“海鸥”剧社和“民先”组织的抗战文艺活动为主要形式。蔡天心的小说《东北之谷》和《山村父女》是大学生左翼文艺的代表性作品,洪深的诗文躬行左翼文艺的革命精神,台静农的“左联”立场在1936年以山大为中心的青岛悼念鲁迅活动中得以彰显。

一　新文学研究会、“海鸥”剧社和“民先”文艺

青岛第一个“左联”组织“新文学研究会”,是中共青岛地下市委部署国立青岛大学地下党支部成立的。中国左翼“剧联”批准成立的青岛分盟,对外名为“海鸥”剧社,是青岛地下党领导的第一个革命红剧团体。在青岛左翼抗战文化运动中,山大演出的广场剧《放下你的鞭子》影响最为广泛。

新文学研究会

中国左翼作家联盟在上海成立后,随着活动范围在北平、天津等地不断扩展,1932年3月“左联”会议通过的《关于左联目前具体工作的决议》强调,“必须于最短期内在广州、汉口、青岛、南京、杭州等地建立起支部或小组”②。随后由“左联”秘书处发出的《关于新盟员加入的补充决议》又进一步提出,“遇见实际情况的特殊情形”,“可组织文学研究会”的具体意见。1932年春,国立青岛大学地下党支部根据中共青岛地下市委的指示在进步同学中成立了文学研究会、时事研讨会、读书会等文化社团,青岛“左联”成立时对外名称定为“新文学研究会”。③ 成员有王林、李林、俞启威等六七人,王林为负责人。

① 石秀:《岛上文坛总巡礼——近二十年来文坛的一笔总账》,载《青岛文艺》创刊号,1947年4月。

② 《关于左联目前具体工作的决议》,载《左翼文艺运动史料》第179页,南京大学学报编辑部,1980。

③ 张绍麟、罗春茂、邱吉元:《青岛左翼文化运动》,第29页,中共党史出版社,2005。

王林(1909—1984),又名王弢,河北衡水人。早年在北平读中学时加入中国共产主义青年团,于 1930 年考入国立青岛大学外文系,同青岛地下党组织接上关系转为中共党员,1931 年 9 月在青大建立党支部并任书记。王林喜好新文学,选修沈从文"小说习作"课程。他在 1932 年 12 月《现代》二卷二期发表的短篇小说《岁暮》正是沈从文推荐的,不过王林已于当年仲夏离开了青岛。

王林负责的青岛"左联"小组,用"新文学研究会"这一灰色名称作为保护色,联络国立青岛大学进步青年开展左翼文艺活动。"左联"的政治性目的和文学的革命性要求,深刻影响着青岛文艺的走向,成为岛城大学生投身社会变革的推力。1932 年 5 月,上海左翼刊物《文艺新闻》发表的《"自由思想"如此这般!》一文表明,青岛大学正在掀起一场争夺大学文化空间的尖锐斗争。

> 青大现在完全被新月派、民声派等国家主义者所统治。前数日有一部分同学出过一张壁报,略微谈到新月派在书馆内的"清书事件",即是把鲁迅译的《艺术论》、蒋光慈的《最后的微笑》等类的书不下二百余种完全清出……这事竟惊动了新月派的小说家沈从文和诗人陈梦家,冒雨来看了之后,不到一个钟头,壁报就被撕去,代替的是恫吓的"训令",学校当局调遣一批走狗同学暗中调查办报的人,新月派所施行的自由主义德谟克拉西,原来如此![1]

这篇批判文章剑指把持国立青岛大学图书馆馆长之位的梁实秋,指控他清除鲁迅、蒋光慈等左翼作家的作品。"清书事件"点燃了青岛大学生反击右翼文人的火把。鲁迅对国立青岛大学"清书事件"传闻十分在意,他在谈及禁书问题时两次点了梁实秋的名。1935 年 12 月,鲁迅在《"题未定"草(六)》中写道:"梁实秋教授充当什么图书馆主任时,听说也曾将我的许多译作驱逐出境。"[2]1936 年 10 月,鲁迅临终前给曹靖华《苏联作家七人集》撰写的序言又写道:"梁实秋教授掌青岛大学图书馆时,将我的译作驱除。"[3]梁实秋则对"清书事件"竭力否认,只承认将书架上的"低级黄色书刊"剔除。晚年他回忆此事,认为"清书事件"事出有因,"这件事立刻有人传报到上海,以讹传讹,硬说是我把鲁迅及其他左倾作品一律焚毁了,鲁迅自己也很高兴的利用这一虚伪情报,派作我的罪状之一! 其实完全没有这样的一回事"[4]。

说直接点,梁实秋与鲁迅的论争及梁实秋在国立青岛大学两年三次学潮中

---

① 《"自由思想"如此这般!》,载《文艺新闻》1932 年 5 月 24 日。
② 鲁迅:《"题未定"草(六)》,载《鲁迅全集》第 6 卷第 435 页,人民文学出版社,2005。
③ 鲁迅:《曹靖华〈苏联作家七人集〉序》,载《鲁迅全集》第 6 卷第 573 页,人民文学出版社,2005。
④ 梁实秋:《关于鲁迅》,载《梁实秋文集》第 1 卷第 615 页,鹭江出版社,2002。

所持的立场,早已成为“左联”小组关注的重点。在经历了1932年春夏之交围绕修改《学则》引发的杨振声校长辞职、国立青岛大学易名变更,“左联”成员李林在《青岛民报》发表的抨击梁实秋的长篇文章,分明是一篇战斗檄文。

> 实秋先生:
>
> 你的学识广博,人格高尚,愚诚的我,除去对你有十二分的敬仰外,没有别的话说。
>
> ……现在事情业已过去……所痛心的,尚有一种谣言流传着,说我曾给你写信表示悔过以及到你的面前请求你的原谅等等……
>
> 第一青大风潮,其责任应当由学校当局负责……每一次的学潮,大半是学生失败的,而每次学潮学生总是多少蒙受损失的,在学生方面,终至能毫不畏惧的起来反抗,正是因为有不能不起的原因……虽然是我们失败了……我们久已不见了公理……
>
> 第二前面曾说过,这次学潮之所以对待先生,是天理人情,势所必然的,其理可分为四方面来说:(一)图书馆方面……不应以派别为主而先生所体谅的几乎全是合乎新月派的,其余则是新月诗刊而已……(二)英文系主任方面,先生请的教授是谁,先生公布的计划是什么,先生对学生的指导是什么:请你自己来答复,(三)……开除学生,拒不接受条件,大部教授多持反对态度,先生却怂恿杨氏,无礼做法……(四)……先生在此次事件中,竟见神见鬼,说某教授有作用,某教授想当校长,我们相信我们所拥护的都是人格高尚,行动光明的,并不像疑惑其用心安在?……在当时我以为杨氏闻氏既已在被逐之列,先生所付的责任并不比他们少……我既在大会上提出你,我以为是对的,绝不会再以为是不对而向你悔过……何况我根本就无过可悔。
>
> 第三……青大在此风潮后,由当时情形来看……我既不希望再待下去,我何必向你悔过,以挽回呢?
>
> 第四,我虽愚浅,并没曾被新月派理论所蒙蔽……我既不羡慕贵派的那些理论,所以我不会以为是光荣而向你们接洽(请记住将来也不会)所以更不必向你悔过。[①]

事实上,青岛的左翼文艺运动一直受到政府当局的严密控制。青岛市市长沈鸿烈接到南京政府的“密询”后,为防“左联”作家“作思想上之宣传,其影响人

---

① 李林:《青大学潮的尾声——给梁实秋先生的一封公开信》,载《青岛民报》1932年10月5日、6日、30日。

民心理甚巨”,训令青岛市教育局将左翼作家姓名及笔名秘密发至各文化教育机关。[①] 1932 年夏,王林为躲避国民党军警搜捕转移到解放区,青岛“左联”小组活动由俞启威负责。

“海鸥”剧社

早在 1930 年,俞启威就在上海参加了左翼“剧联”田汉领导的“南国社”的戏剧活动。俞启威(1912—1958),又名黄敬,祖籍浙江绍兴,生于北京。1930 年,他在上海参加进步文化活动,同年冬入国立青岛大学做旁听生,于 1931 年暑假考入物理学系。他和王林同住一间宿舍,二人成为平生知己。是年 12 月,俞启威与“南国社”和“剧联”联系,秘密成立了“剧联”青岛小组。[②] 1932 年 4 月,在王林、俞启威的组织发动下,“海鸥”剧社在国立青岛大学正式成立。

“海鸥”剧社成立之初,参加的人除了王林、俞启威,还有体育部干事王东升、图书馆管理员李云鹤、旁听生崔嵬、数学系学生张福华等十几个人。在俞启威的指导下,“海鸥”剧社赶排了《月亮上升》和《工场夜景》两出话剧,并于 1932 年 5 月 28 日晚进行第一次公演。“海鸥”剧社的告示称:

> 在寂静的青岛我们还不曾见着戏剧运动的萌芽,这样孤独无友的环境,我们感到贫困得很。第一,是难得到外在的帮助。第二,舞台,演员,经济的贫乏;使我们很少公演的机会。所以本社从今年二月组建以来,经了几个月的努力,我们才得到这一次公演的机会。在幼稚的我们也只希望能够使自己多得些经验和鼓励,尤其是大家的指导和批评。[③]

《月亮上升》是爱尔兰剧作家格雷戈里夫人享誉世界剧坛的名作,描述一个民族革命志士与拿着政府通缉令的警察斗争的故事。张福华扮演革命志士,王东升扮演警察。《工场夜景》是一出独幕话剧,反映上海产业工人反抗剥削与资本家斗争的故事,俞启威和李云鹤分别扮演男女主角。在“九一八”事变后民族矛盾日益激化的形势下,在山东最高学府的大礼堂公开演出具有左翼倾向的进步剧目,必然激起观众的强烈反响。演出时,校内外“观众不下千余人,济济一堂,诚属空前盛举”,“颇得观众之赞美”。[④] 观众中,除了市民、学生,还有“许多男工女工,《工厂夜景》上演时场上空气非常紧张。观众的掌声呼声和台上演员

---

① 《关于核准拆发左翼作家姓名及笔名一览表》,存青岛市档案馆,档号:B0027-004-00116-0009。

② 王林:《记青岛“海鸥剧社”》,载《山东党史资料文库》第 5 卷第 803 页,山东人民出版社,2015。

③ 《青大海鸥社公演特刊 · 发刊词》,载《青岛民报》1932 年 5 月 28 日。

④ 《海鸥剧社公演盛况》,载《国立青岛大学周刊》第 53 期,1932 年 6 月 6 日。

融成一片,当阿森怒呼‘我们去拼命！生死只有一条路！’的时候,观众情绪紧张和剧中几乎一样了”①。中国“左联”对国立青岛大学“海鸥”剧社不畏白色恐怖的公演给予高度评价。6 月 13 日,“左联”周刊《文艺新闻》发表《预报了暴风雨的海鸥》一文,盛赞“海鸥”剧社首场演出是打破岛城沉默的“第一声钟”,虽然公演的成绩“没有什么精彩,可是观众的热烈,是值得惊奇的”。②

1932 年 9 月国立青岛大学改名为国立山东大学后,俞启威于秋季重返青岛回校复学。继王林之后,俞启威担任中共国立山东大学地下党支部书记。以俞启威为组织灵魂,以崔嵬、李云鹤、杜建地、杨玉昆、李秀英、李岱思等为骨干成员的“海鸥”剧社得以恢复,并将演出活动扩大到社会。1932 年秋,“海鸥”剧社在学校礼堂演出《一致》《暴风雨中的七个女性》,在青岛大舞台演出《乱钟》《SOS》《婴儿的杀害》等话剧。有观众撰文道:“在青岛这地方,生活感到异常的枯燥和平淡,海鸥社的公演,使我们得到一次精神上的滋养和愉快。这个剧社是山东大学的同学组织成立的,在第一次的公演时,曾留给人们到如今还忘不掉的深刻印象,他们在物质的设备和设置上,虽然很简陋,但是他们确实努力地尽了自己的力量做去,这一点是值得钦佩的。现在第二次的公演,虽然在演员方面是更动了不少,同时还有他校的加入,但是演员还是一样的努力,我认为这是海鸥社的前途有希望的一点。”③“海鸥”剧社成员不断学习,不断成长,左翼剧人的角色意识在戏剧实践中不断增强。

为响应左翼“剧联”提出的“戏剧走向农村”的号召,俞启威提出“海鸥”剧社为农民演出的要求。崔嵬将左翼“剧联”的舞台剧《放下你的鞭子》,改编为适宜于街头演出的广场剧。崔嵬(1912—1979),原名崔景文,山东诸城人。自幼随父来到青岛,做过大英烟草公司的童工,后经王统照举荐考入青岛礼贤中学,因读《语丝》《创造》等文艺期刊爱上新文学,便以“疯子”等笔名发表《琴影》《光荣》《狗的惨剧》《火车上》等小说和散文。④ 1929 年,崔嵬去济南考入赵太侔任院长的山东省立实验剧院,从此开始艺术生涯。1931 年秋,崔嵬回青岛由赵太侔推荐任《清风报》副刊编辑、记者,并在国立青岛大学中文系做旁听生。由于对戏剧的爱好和表演天赋,崔嵬成为“海鸥”剧社的骨干成员。

崔嵬等经过反复修改,将《放下你的鞭子》改编为《饥饿线上》,剧情在卖艺老人与卖唱姑娘香姐之间展开,另有青年工人、小伙计、观众甲和乙。因是广场剧,不置布景,直接置身于观众之中。剧中,崔嵬扮演卖艺老人,李云鹤扮演香

---

①② 《预报了暴风雨的海鸥　月亮上升　工厂夜景》,载《文艺新闻》1932 年 6 月 13 日。

③ 乘:《看了海鸥社的公演以后》,载《青岛民报》1932 年 12 月 8 日。

④ 李道新:《崔嵬年谱》,载《当代电影》2013 年第 1 期。

姐,俞启威扮演青年工人。1933年春节期间,俞启威同崔嵬、李云鹤、杜建地、赵星火、梁桂珊、李秀英等人,带着简单的道具深入崂山王哥庄演出。卖唱姑娘香姐的一句掺杂着青岛本地土话的台词,引起四周围观农民的共情:

没有挨过饿的人,是任怎么样也不会懂得挨饿是怎么一回事的。你知道,饿得慌的当儿,那种疯也似的心情哪!①

"海鸥"剧社的活动是左翼文艺运动在青岛的生动实践,为中共建立新型艺术组织、争夺剧场舞台话语权、培养文艺干部发挥了积极的作用。据史料记载,为纪念"九一八"事变一周年,崔嵬与杜建地合作编写了多幕剧本《命令!退却第二道防线》,戳穿国民党政府的不抵抗主义。1933年2月,杜建地还创作发表了独幕剧本《风景线下的牺牲者》,抨击军阀利用手中权力对民众欺凌和压榨。

1933年夏,由于叛徒出卖俞启威被捕入狱,崔嵬因在报上发表《脏土沟大火下不堪卒听难民口中语——呜呼!杀人放火者谁?》揭露资本家串通恶棍纵火遭辞退而离开青岛,"海鸥"剧社停止了活动。

"民先"文艺

"海鸥"剧社的解体并未影响革命文艺在国立山东大学的推进,一个由山大学生发起、接续"左联"气脉、高扬抗战旗帜的先锋组织正在青岛大学校园悄然集结,《放下你的鞭子》再次引发轰动效应。

1936年8月,受上海团组织指派考入国立山东大学机械工程学系的李欣来到青岛,联络吴绩、陈振麓、王良(王艺)、王桂荣、胡家珍(唐棣华)等进步同学,成立"中华民族解放先锋队"("民先")山大队部,李欣成为新的组织核心。李欣(1917—2017),原名李鸿模,福建长汀人。幼年随父到香港,后在上海加入中国共产主义青年团,并于1935年考入同济大学,旋因参加学潮遭"责令退学"处分。李欣来青岛后,以《青岛时代》为宣传阵地,组织救亡歌曲合唱团、世界语学习班。1937年上半年,李欣在李同愈、杜宇遥编的天津《益世报》副刊《文艺周》上发表了《傻子》《农夫》《没有春意的春天》《被侮辱的人》等文学作品。

在民族危亡的关键时刻,随五十一军进驻青岛的中共东北军工委,给李欣等山大"民先"队员指明了方向。在国立山东大学的宿舍里,李欣进行了入党宣誓,经东北军工委批准的中共青岛特支于1937年9月成立,李欣任书记,陈振麓分管组织工作,王艺分管宣传工作。② 中共青岛特支的建立,使破坏两年有余的

① 集体改编、崔嵬执笔:《放下你的鞭子(街头剧)》,载《山东新文学大系(现代部分)》戏剧卷第37页,山东文艺出版社,1999。

② 中共青岛市委党史研究院:《中国共产党青岛百年大事记》,第32页,青岛出版社,2021。

中共青岛市级机关恢复了生机。这个完全由山大学生党员组成的领导机关,必然成为"民先"文艺的政治核心。李欣回顾这段经历,概括为六件具体工作:

> 第一件是开展对青岛市民群众的宣传工作。我们临时拼凑了一个话剧团,专演《放下你的鞭子》这出戏。当时这出戏对动员人们起来抗战曾起过十分积极的作用。
>
> 第二件是配合接待过经青岛的平津流亡同学。当时有一位东北大学的同学邹鲁风负责此事。我们之间保持着密切的联系。那时我们曾请路过青岛的知名进步教授刘清扬和我们一起座谈形势。为了准备迎接抗日游击战争,我们请曾参加过东北抗日联军的邹作华给我们讲授游击战术。
>
> 第三件是利用青岛国民党当局组织的防护训练班为掩护,在青岛市内和郊区毕家村一带发展"民先",向市民和农民群众进行抗日宣传。
>
> 第四件是和由平津的流亡同学组成的山东民先队省队部保持密切联系。我到济南向他们汇报了青岛救亡活动情况,从他们那里取得指示,并带回了一些关于开展抗日游击战争和游击战术方面的材料。为打通青岛与毗邻地区的关系,曾一度和武衡一起到潍坊一带进行活动。
>
> 第五件是说服动员在校同学反对学校内迁,争取他们留在敌后打游击战。
>
> 第六件是慰问当时驻进青岛担负保卫青岛任务的东北军五十一军于学忠部。①

据悉,吴绮、胡家珍都出演过《放下你的鞭子》的角色。李欣等"民先"队员追求左翼戏剧最大程度地获得大众认可,革命文艺转向救亡图存、民族解放的政治启蒙。1937 年 11 月,因李欣转移高密组织武装力量,东北军工委决定撤销中共青岛特支,成立中共青岛市委,由陈振麓任书记。国立山东大学诞生出第二位大学生市委书记。在以山大"民先"队员为骨干组建的抗日游击队中,大都是放下身架子响应"脱下长衫,到游击队去"号召的革命知识分子,他们没有随国立山东大学内迁继续学业,而英勇地走入抗日武装队伍中来。

在火热的抗战生活中,李欣写了不少诗歌,其中为山大同学写的诗歌就有《新一百单八将赞》《记山东大学两位女战士》《悼山东两好汉——王冠仲、王衡烈士》《赠王桂荣》《殇桂峰》等。国立山东大学左翼文艺是"左联"文艺大众化观念的深入演进,是知识分子的社会责任感在抗战斗争中的纷然绽放,又在某种程度上续写了形象化的青岛地方党史。

---

① 李欣:《严冬过尽绽春蕾——忆"七七事变"前后青岛山东大学的抗日救亡活动》,载《青岛党史资料》第 7 辑第 309~310 页,1991。

二　蔡天心的《东北之谷》和《山村父女》

身为“黑土地之子”、痛感故土沦丧的蔡天心，早期最有影响的小说是从东北流亡到青岛写于国立山东大学求学时的《东北之谷》和《山村父女》。他以纯如晴雪的赤子之心，以强烈的革命热情，将自己的文学创作主题与白山黑水劳苦大众的命运联系在一起。

蔡天心(1915—1983)，原名蔡国政，辽宁辽阳人。目击 1931 年“柳条湖事件”，接着“‘九一八’，一声霹雳，国土沦碎。切齿难忘民族仇，瞋目痛挥山河泪”[①]。蔡天心因不愿进日伪学校接受奴化教育而考入沈阳私立文会中学，在此阅读了大量的中外名著，受到新文学的启蒙。面对沦陷的东北三省，蔡天心决定用手中的笔揭露日本侵略者的暴行，反映东北黑土地的历史变迁和岁月辗转。自 1933 年在《满洲报》发表第一首诗歌《北国姑娘》，他又相继发表了散文《回家》、短篇小说《饥饿》等不同体裁的作品。1935 年夏蔡天心高中毕业，他告别家人流亡关内，考入国立山东大学，由此开始了青岛生活。

离开沦陷的东北故乡来到海滨城市青岛，蔡天心并未因岛城的宜人风光忘记失却家园的悲痛。与那些来自南方的同学不同，身为“九一八”后东北来青的学子，蔡天心自有一种流亡人的身份。故土沦丧的锥心之痛和国破家亡的现实阴影，将他个人的实际生活感受和生涯追求提升到对整个民族命运的感受和体验的高度上来。他渴念“用微弱的声音，唤起同胞们的爱国主义热情”，愿“把自己的青春和生命，献给抗日救国的伟大斗争”。[②] 蔡天心在青岛求学期间连续创作了两篇小说《东北之谷》和《山村父女》。

1937 年春，蔡天心所在的国立山东大学已失去了往日的平静，20 多名进步学生成立了“民先”山大队部，蔡天心是其中的主要成员。他积极参加抗日救亡活动，经常向同学介绍进步书刊，编辑《新地》副刊，组办救亡歌曲合唱团，扩大政治影响力。随着大批华北、平津南下的学生和难民的到来，严峻的抗战形势使校园学子产生了强烈的紧迫感。蔡天心等“民先”队员邀请参加过东北抗日联军的战士到校讲授游击战术，组织同学慰问进驻青岛的东北五十一军将士。据悉，蔡天心反映沈阳城郊浑河地区抗日斗争生活的长篇小说《浑河的风暴》，就是 1937 年春在青岛国立山东大学校园酝酿构思的。

1937 年 7 月，卢沟桥畔的枪炮声成为全民抗战的导火索。11 月，国立山东

---

① 蔡天心：《满江红》，载《晴雪集》第 64 页，湖南人民出版社，1981。

② 蔡天心：《东北之谷》，第 94 页，辽宁人民出版社，1957。

大学决定内迁,蔡天心随校迁往四川,由此结束了青岛的大学生活。

《东北之谷》

1935 年冬,蔡天心在青岛国立山东大学求学期间完成的小说《东北之谷》①,是青岛 30 年代左翼文艺不可多得的小说佳作。

《东北之谷》脱稿后,蔡天心即将其寄往上海有影响的大型左翼文学月刊《作家》,并很快得到编辑准备刊用的通知。不料,《作家》在国民党当局查禁进步书刊的文化“围剿”中被迫停刊,蔡天心的《东北之谷》同时“遭到了厄运”。1937 年春,蔡天心将《东北之谷》邮送由靳以主编的“纯创作月刊”《文丛》,终于在 7 月 15 日出版的一卷五号的头题位置发表。1984 年,《东北之谷》被“中国新文学大系(1927—1937)”第五集(小说集三短篇卷)收录。

《东北之谷》是蔡天心在青岛读大学期间完成的成名小说,是他作为东北流亡人独有的感受。小说的主人公朱龙老丈原是东北军北大营军人,“九一八”事变时因愤于不抵抗政策,放下枪回家种地。不久,日军侵入了他的家乡。当朱龙老丈遇到遭日军追捕的义勇军官兵时,机智地让儿子世敏把义勇军送出山谷,自己把敌人引入埋伏圈围歼。最后,朱龙老丈为掩护义勇军撤退,在阻击日军援兵的战斗中打完最后一颗子弹,流尽了最后一滴血。小说展现了黑土地人民民族意识的觉醒与抗争,沿袭了“九一八”后救亡文学的基本模式。同时,俄语文学的语言审美新质,写景状物的主观性、拟人化,以及生动细密的心理描摹,对蔡天心影响很大。小说故事在开头的写景描形、敷色、摹声、拟想、设喻中展开,造成视觉美学印象。

> 一带白茫茫的山地。
>
> 雾,游动着,象从什么地方落下一股子浓烟,毫不宽容地侵占了豁谷里所有的罅隙,所有的空间。从清早就这样;现在,象是要开始凝结了。
>
> 没有太阳,没有天,没有峰峦,……院落、岩石、树林、溪涧,……一切都消溶在这苍白的巨吻里。空蒙蒙的,仿佛整个宇宙全被这恶魔般的湿气所充塞,所占有。左近那些突然失掉伴侣的小植物都悄悄地看顾着自己,在偃息,在期待……只有溪水击进着,声音在石洼里激越地震荡,相同一个尸体上有着血流和脉搏的跳跃。
>
> 朱龙老丈擒着把铁锹从院里走出来,立刻他的身形被周围的雾色裹住了。模模糊糊,他从嘴边拿掉在吸着的烟袋,弯下腰向石阶上磕一磕,顺手掖在后腰带上。他象含着烦恼的气味咕哝了一句:

---

① 《蔡天心年谱》,载《鸭绿江》2015 年第 1 期。

“也该散散啦,这时候……”①

蔡天心的《东北之谷》为 30 年代青岛文学带来了血与火交织的激昂文字。在青岛文化史及山东文学史上,是蔡天心的《东北之谷》把东北黑土地,把东北流亡青年在日本侵略军铁蹄下形成的生活体验、社会体验和精神体验带给了读者。尽管声音粗豪,叙事单薄,人物不够丰满,文辞也欠精美,但其现实主义意义有别于青岛的很多作家作品。

《山村父女》

《山村父女》是蔡天心 1936 年在青岛写的反映东北人民抗日活动的小说,后于 1939 年发表在成都四川大学文艺研究会的《半月文艺》上。谈及《山村父女》的创作过程,蔡天心说:离开黑土地,而“东北父老兄弟所身受的殖民地牛马般的奴隶生活,以及他们所进行的不屈不挠的斗争,却时刻浮现在我的眼前,使我不能不提起笔来,我要歌颂他们那种英勇斗争与流血牺牲的精神”②。

《山村父女》以东北山村刘仁厚、玉娥父女二人参加抗日活动、协助抗日联军打击日军为主线,勾连起玉娥的成长、玉春的进步、刘仁厚的深明大义、王茂林的憨厚英勇、抗联战士的威武不屈,展现了东北民众同仇敌忾的御侮之义,堪称一首具有强劲音符的抗日救亡动员曲。玉娥是小说的女主人公,她弱小、纤瘦,长着“细长的身条”,天天上山砍柴,帮着在村里打短工的爹爹刘仁厚艰难度日。弟弟玉春具有“火烈的性格”,瞒着家人参加了共产党。放牛娃王茂林与玉娥“两小无猜地爱恋着”,妈妈临死前曾嘱咐定下这门亲事。刘仁厚不幸被日本兵抓去后,玉娥为了救父亲,不畏艰险去找玉春设法搭救。刑场上,刘仁厚就要被杀害的危急时刻,玉春带领抗日联军赶来,杀死了日本兵,救出了刘仁厚。小说的高潮出现在刘仁厚、玉娥父女参加抗日队伍的时刻:

> 人群欢呼着,涌动着,象海潮一样向前奔跑着……玉娥站在爹的身旁,她望着这兴奋而热烈的场面,不由地从心里升起一种从未经历过的感情,她仿佛已经置身在战斗之中了……她兴奋得几乎要跳起来。正在这时,她突然听见身后有人喊她,她回过脸去,就看见玉春和王茂林两个人并辔骑着马走来了。王茂林的身上挎着一枝马枪,他望着老人说:
>
> “刘大伯,你受惊了。”
>
> 他从马上跳下,走到他们身旁来,接下去说:

① 蔡天心:《东北之谷》,载《中国新文学大系(1927—1937)》第 5 集第 890～891 页,上海文艺出版社,1984。

② 蔡天心:《后记》,载《东北之谷》第 94 页,辽宁人民出版社,1957。

"我和玉春先走,你们随后来吧!"

"好,你们走吧,我们就来……"刘仁厚微笑地嘱咐着说,"好好干,不要给乡亲们丢脸哪! ……"

"知道了!"王茂林笑着答应着,回过脸来,看了玉娥一眼,就纵身上马,加入骑兵队伍中去了。

"咱们也走吧!"老头子对女儿说。①

小说的主题始终响着英雄主义的音调,将家庭图存、一己复仇与为民族解放的群体性仇恨组接在一起,切合左翼文学表达抗战思想的要求。统观蔡天心的创作之路,可以明显地达见他对故土家园无尽的牵挂。在"九一八"事变后阶级和民族矛盾日益尖锐的形势下,蔡天心自觉完成由主观到客观、由个人到社会的转变。他携着东北天野遒劲的飓风,用粗粝急促的文字写出的《东北之谷》和《山村父女》,不啻是政治流亡的嘶声怒喊,是回望家园的沉郁忧伤。小说题旨的庄严与作者创作心境的严肃,使得他将为革命的目的纳入文艺创作的航向之中,借文学实现对革命的追求。

不过,在与东北流亡青岛的萧军、萧红、舒群等保持同声、同气的同时,蔡天心与东北籍作家有着极大的不同。萧军、萧红和舒群作品难以掩饰的浪漫气质,最终没有完全沿着惯常的革命文艺路线走下去。在革命热情空前膨胀的年代,深具思想内涵的"人"的文学恰恰攀登上时代的艺术高度。蔡天心则依凭对激进主潮叙写模式的效仿,失却了小说所应保有的审美品性。

三　洪深、台静农的"左联"情结

国立山东大学教师中只有洪深与台静农系"左联"同人,他们在青岛左翼文艺运动中自有一种角色认同。虽然留下的作品不多,艺术价值也有限,但洪深与台静农所抱持、传承的左翼精神值得珍视。

洪深

洪深因有中国"左联"和"剧联"的双重身份,在国立山东大学任教期间发表了一些追索时代精神、鼓噪进步思想的激扬文字。洪深在青岛的一些活动烙着或深或浅的左翼印记。

其一,《避暑录话》中的左翼担当。1935 年夏《青岛民报》刊出的《避暑录话》,其实是一个由洪深、王亚平、杜宇、孟超、西蒙、王余杞等左翼作家撑起"半

① 蔡天心:《山村父女》,载《东北之谷》第 92~93 页,辽宁人民出版社,1957。

边天”的文艺副刊。洪深在《发刊辞》中明确表明,《避暑录话》的参加者“都是为了正事而来的;没有一个人是真正的有闲者;没有一个人是特来青岛避暑的。然而他们都对人说着:‘在避暑胜地的青岛,我们必须避暑！避暑！避暑！’否则他们有沸腾着的血,焦煎着的心,说出来的‘话’,必然太热,将要使得别人和自己,都要感到不快,而不可以‘录’了!”①一连三个带叹号的“避暑”及急促的语式,强烈地表露出左翼文艺家“沸腾着的血,焦煎着的心”。更重要的,洪深为营救“左联”执委兼“剧联”党团书记田汉,于1935年7月28日、8月4日分别在《避暑录话》第三、四期发表田汉作、洪深录注的《友人狱中诗(词)》,使避暑的闲适迸生出遒劲的文骨。这组诗词共六首:《打手印后》《赠伯》《忆弟》《悼阮玲玉女士》《寄妇》和《第三科问供后》,系田汉被国民党当局抓捕入狱后所作。洪深在《避暑录话》第三期发表时加注称,田汉的“长子海南,尚在小学读书,寄了一封信给他,故第五句云云”②。就这样,洪深将田汉被捕的消息披露出来,使全国人民明了,在中华民族生死存亡的严重关头,国民党政府仍在执行“攘外必先安内”的反动政策。在国民党的白色恐怖笼罩下,洪深发表田汉诗词所担荷的政治风险不言而喻。实际上,身为左翼艺术家、作家的洪深早被国民政府视为眼中钉。在青岛,一次洪深在海边遇到几个渔民仅“多谈了一回话”,接着就遭警察前来“盘问”。洪深发现,警察的小册子里关于洪深的记录有两页半纸。③

其二,争夺意识形态话语权。1934年10月15日,洪深在国立山东大学的集会上发表了演讲《怎样做一个有用的人》。演讲中,他“首叙国际大势,对于英、美、法、德、意、日、俄诸国关系,以及我国直接间接受到之影响,申述极详。次述国内现状,水旱灾后、农村困苦情形。最后勉诸同学,处此艰危时代,各人应忠于所学,以备来日为国报效云云”④。洪深的演讲立意高远,所述不计较个人利益、无畏担当责任,以及勉励学生要有宏大的气魄和使命感,渗透着左翼精神。1935年11月生活书店出版的《一千一百个基本汉字使用教学法》一书,是洪深为二三十年代扫盲运动编著的工具性手册,体现了文学大众化思想。他还编写了《基本汉字》,刊于《读书生活》三卷五期。1936年1月1日,洪深在《青岛时报》增刊发表的新年献词是诗歌《民国廿五年元旦》。

我们决不失去民族的自信,
我们的希望,是和别的民族共存。

① 洪深:《发刊辞》,载《青岛民报》1935年7月14日。
② 洪深:《友人狱中诗》,载《青岛民报》1935年7月28日。
③ 洪深:《〈农村三部曲〉自序》,载《洪深文抄》第169页,人民文学出版社,2005。
④ 《十月十五日纪念周》,载《国立山东大学周刊》第89期,1934年10月22日。

我们的要求,是中华民族的自存。
我们没有一点悻心:
期望别人来替我们打退敌人;
更不期望少数人的苛免,
让大多数人去牺牲!
我们对于已经造成的不幸,
可以不必报复,
但须觅一条合理的解决的途径。
我们要怀着必死之心,
以求我们应当有的生存![1]

在民族存亡关头,洪深呼吁普罗民众“决不失去民族的自信”,“要怀着必死之心,/以求我们应当有的生存”,可见其强烈的民族自尊心、抗战信心与决心。

其三,学潮中的进步立场。1935年华北事变后,为声援北平“一二·九”学生爱国运动,国立山东大学学生成立“抗日救国会”,并利用1936年2月青岛大港三号码头落成典礼之际宣传抗战主张。在随后发生的军警弹压、学生罢课抗议的学潮中,洪深从校方指定的教师代表与罢课学生调停,到登报支持学生的爱国行为、公开承担责任,“青年学子起而做救国运动,我们做师长的人,思之不能不疚惭”[2]。洪深的登报启事坦露了对被押学生的感同心声,以及对国民党政府镇压学生爱国行动的不满。之后,洪深愤然离开了青岛,由此结束了洪氏家族和这个城市的宿命式联系。

1936年4月,离开青岛后的洪深叙及青岛时期的创作直言道,“感到材料的贫乏”,觉得青岛的教授生活“只许你从故纸堆里抄夹带,不许你直接到现前的生活里去打滚的”,虽然国立山东大学和青岛的报馆“有几位喜欢文艺的朋友,但各人都忙着各人的事,见面谈谈的机会也少。种种方面,都是寂寞”。[3] 洪深不空谈,具有鲜明的现实针对性和政治倾向性,他把赤忱的热情、强烈的正义感和深沉的人生经验留给了青岛。

台静农

台静农(1902—1990),本姓澹台,原名传严(改名静农),字伯简,安徽霍邱人。因受“五四”新思潮的影响,他考取北京大学做旁听生,其间在《民国日报》

---

① 洪深:《民国廿五年元旦》,载《青岛时报》1936年1月1日。
② 《洪深启事》,载《青岛民报》1936年3月11日。
③ 洪深:《〈农村三部曲〉自序》,载《洪深文抄》第169页,人民文学出版社,2005。

副刊发表了处女作《宝刀》一诗。1923年，他加入北京大学研究院国学门风俗调查会，连续发表了100多首歌谣。台静农的思想观念、人生轨迹发生重大转变是因为与鲁迅结识，1925年8月，他参加了由鲁迅发起，李霁野、韦素园、韦丛芜、曹靖华等成立的“未名社”。1931年2月，台静农与潘漠华联系孙席珍、谢冰莹、白薇等二三十人发起成立北方“左联”，台静农是五名常务委员之一。从1927年8月任职北京私立中法大学起步入杏坛，1936年7月，台静农来到青岛执教于国立山东大学。

作为鲁迅的挚友和“门弟子”，台静农自与鲁迅相识直到鲁迅逝世始终保持密切联系。据《鲁迅日记》记载，在台静农与鲁迅11年半的交往中，台静农拜访鲁迅39次，鲁迅回访9次。台静农致鲁迅信函有74封，鲁迅复信69封，《鲁迅书信集》收录的鲁迅自1925年8月23日至1936年10月15日致台静农的信件共43封，鲁迅在给“未名社”成员的信中涉及台静农的有190余处。1929年5月鲁迅回北平探望生病的母亲期间，台静农曾陪同鲁迅在燕京大学、北京大学和北平第一、第二师范学院演讲。1932年11月，鲁迅再次回北平省亲，台静农出面安排鲁迅与范文澜、陈沂等北方“左联”及“文总”负责人秘密会见。鲁迅视台静农一百一的好人。1933年12月19日，鲁迅在致姚克的信中明确表白：“台君为人极好。”①

台静农与鲁迅的友谊始于彼此作品的研究和推崇。1926年7月，台静农搜集了1923—1926年全国文坛对鲁迅的评论、访问记共12篇，结集《关于鲁迅及其著作》出版，这成为新文学运动以来第一本论述鲁迅的专题出版物。台静农在谈及编辑缘起时认为，鲁迅小说中尤其清楚地表现出战斗的精神，“这种精神是必须的，新的中国就要在这里出现”，“我爱这种精神，这也是我集印这本书的主要原因”。② 1928年，台静农在小说集《地之子》结集前函告鲁迅，鲁迅复信称此书“要出，很好”，并详告了上海的收转地址。鲁迅对小说全稿进行了审阅，台静农在《地之子》出版题言，“试作承鲁迅师”。鲁迅在《我们要批评家》一文中称赞台静农的《地之子》为“这两年来”的“优秀之作”。③ 在编辑“中国新文学大系”小说二集时，鲁迅特意以自己的小说发端，而以台静农的小说殿后，收录了台静农的《天二哥》《红灯》《新坟》《蚯蚓们》，篇数与鲁迅、陈炜谟的相等，而超过其他作者。这足以说明，鲁迅十分肯定台静农的小说成就。

学界公认，台静农的小说在艺术上师法鲁迅，其格调沉郁阴冷，笔法质朴圆

---

① 鲁迅：《331219致姚克》，载《鲁迅全集》第12卷第520页，人民文学出版社，2005。

② 台静农：《〈关于鲁迅及其著作〉序》，载《六十年来鲁迅研究论文选》（上）第44~45页，中国社会科学出版社，1982。

③ 鲁迅：《我们要评论家》，载《鲁迅全集》第4卷第246页，人民文学出版社，2005。

熟,对穷愁绝望的中国抱着悲悯的心情。如果说30年代一众优秀杂文家发扬了杂文上的“鲁迅风”,那么台静农早在20年代便继承了小说上的“鲁迅风”——一种“安特莱夫式的阴冷”[①]。在20年代,能将旧社会的病态深刻地描摹出来,除鲁迅以外,台静农可能是成功者之一。[②]

台静农是在30年代国立山东大学的非常时期入校任教的,在青岛他的作品较少。统观台静农的创作旅程,他于1936年发表的作品仅有《歌谣》周刊第十六号上的《从〈杵歌〉说到歌谣的起源(一)》。此文发表于1936年9月19日,当时台静农正在青岛,但写作地点在他来青之前的厦门。此文甫一发表立即受到学界的重视,紧接着引来冯沅君的《论杵歌》和佟晶心的《夯歌》二文,《杵歌》一时成为热点,台静农却没有下文。以“从《杵歌》说到歌谣的起源(一)”标题看,台静农是想重新捡拾起歌谣的论题,以《杵歌》为个例由此蔓生开去,把流传在乡民口头上的歌谣与记录在纸上的古代歌谣及风俗的演变联系起来、融会起来研究,通过民俗事象思接千古乡愁中的遗民意识,其思想显然已经超越了十年前所固守的乡土研究,而朝着多学科的比较研究前进了一步。人情怀于土的乡土情结是作家创作的内在驱动力,但为什么台静农止于《杵歌》(一)而没有(二)呢?鲁迅曾于1936年10月17日致信曹靖华道:“农往青岛,我方以为也许较好,而不料又受人气,中国虽大,真是无处走。”[③]

查1936—1937年国立山东大学中文系课程表,台静农任教的课程共有四门,其中“中国文学史”和“中国现代文学研究”最受欢迎。台静农的教学风格也学步鲁迅,在北京大学做旁听生时,他听过鲁迅讲的“中国小说史略”。台静农视鲁迅完成于1924年的《中国小说史略》,为研究中国小说的开山之作。他认为,治文学史仅有史才、史学、史识是不够的,必须对文学有一种深厚的理解,并像鲁迅那样写出“不朽之著述”,足以“为近世学术界导夫前路”。[④] 台静农在青岛的山大课堂说屈子,谈离骚,讲嵇康,言名士。这不是发思古之幽情,而是有所寓托。台静农曾自撰一联聊表心迹,“不养生而寿,处浊世亦仙”。

1937年暑假伊始,台静农受友人之邀,辞别国立山东大学去了北平。卢沟桥事变后,台静农从天津绕道到济南,在车站上遇见山大西迁的部分同学,得知青岛的朋友已经星散。一代北方“左联”常委留在青岛文坛只是一个侧影,一些故事似乎还没真正开始。

---

① 杨义:《中国现代小说史》,第1卷,第497页,人民文学出版社,1986。

② 刘以鬯:《台静农的短篇小说》,载《台静农短篇小说集》第2页,远景出版社,1980。

③ 鲁迅:《361017致曹靖华》,载《鲁迅全集》第14卷第171页,人民文学出版社,2005。

④ 孔嘉:《鲁迅先生整理中国古文学之成绩》,载《六十年来鲁迅研究论文选》(上)第222页,知识产权出版社,2010。

四　1936 年悼念鲁迅活动

1936 年 10 月 19 日,鲁迅病逝的噩耗犹如激起的千层巨浪。中共中央及中央苏区政府《为追悼鲁迅先生告全国同胞和全世界人士书》甫一发出,国立山东大学与青岛文化艺术界同人即冲破重重阻力,公开发起悼念鲁迅活动,由此掀起了一轮深具意味的左翼文化浪潮。

惊悉鲁迅逝世,台静农十分悲伤,此前他曾写信请鲁迅来青岛养病。10 月 15 日,鲁迅致函台静农表示:“夏间本拟避暑,而病不脱体,未能离开医生,遂亦不能离开上海,荏苒已至晚秋,倘一止药,仍忽发热,盖胃强则肺病已愈,今胃亦弱,故致纠缠,然纠缠而已,于性命当无伤也。”①其实,斯时鲁迅之病已成不治,他致台静农的信是临终前少数几封亲笔信函之一。10 月 22 日鲁迅遗体安葬,台静农因“不克来沪唁吊”,遂寄赠赙金 100 元,并致许广平唁电。

鲁迅所拥有的左翼文艺旗手的崇高地位,契合了青岛左翼人士发声呐喊的诉求。10 月 30 日,《青岛民报》副刊《热流》出刊了《悼念鲁迅先生专号》。31 日,国立山东大学师生施畸、老舍、吴绪、王艺、马骏与青岛文化艺术界王亚平、杜宇、孟超、李同愈、袁勃、沈旭、李斐等在青岛《正报》发布《青岛文化界追悼鲁迅先生大会启事》,策划悼念鲁迅活动。同一天,《青岛民报》刊印国立山东大学国文学会编辑的《鲁迅先生纪念会特刊》,发表周学普的《追悼鲁迅先生》、徐中玉的《敬悼鲁迅先生》、轩的《从读杂感见到的鲁迅先生》、蔡天心的《鲁迅先生事略》、吴绪的《永久纪念》等文章。周学普在《追悼鲁迅先生》一文中写道:“鲁迅先生在世界文化上,诚然是和巴尔赛高尔基同样尽了极大的任务而可同垂不朽的。鲁迅先生的死正应当成为使我们作更深刻反省和观察的刺激,以更正确的意识和更坚韧的意志推进民族革命的战线。”②徐中玉的《敬悼鲁迅先生》充满了对鲁迅的赞美与崇敬,“在黑暗和光明,压迫和自由的伟大而英勇的斗争中”,鲁迅“以他火焰一般的感情,钢铁一般的意志,把那些不合理的制度攻击得体无完肤,把那些养肥在压迫,凌虐,作践大多数人的不合理的社会之中的人物严肃地揭穿了他们无耻的假面”。徐中玉表示:

> 依着他(指鲁迅)的指示和教诲,尽可能地学习着他那艰苦倔强的斗争的精神,踏着他那已经走上而没有达到目的地的道路,叫醒着大家一同继续

① 鲁迅:《361015 致台静农》,载《鲁迅全集》第 14 卷第 169~170 页,人民文学出版社,2005。

② 周学普:《追悼鲁迅先生》,载《青岛民报》1936 年 10 月 31 日。

前进,不流一滴眼泪,不吐一声叹息,不惜任何一点牺牲,英勇地,坚决地,跟一切的恶势力斗争到底。①

11月1日,国立山东大学悼念鲁迅大会由国文学会主办,在学校礼堂举行。鲁迅遗像悬挂在礼堂讲台的上方,一簇簇盛开的秋菊围绕在周边。徐中玉首述哀悼大意,中文系主任施畸,师生代表叶石荪、颜世甫、周世超(周浩然)相继发表演讲,台静农做了近一个小时的鲁迅生平及事业功绩演说。

台氏为鲁迅先生之挚友,叙述极其沉痛、深邃。凡鲁迅先生之爱好、计划与尚未发表之著作,及其思想上所受之刺激与影响等,大半为普通人所不知者,皆详为追述,并将鲁迅先生对于近代文艺之贡献、提倡新文学之努力与爱护青年之诚意,竭力推崇。②

与此同时,青岛文化艺术界在位于兰山路的青岛市礼堂举行悼念鲁迅大会。同一天,《青岛民报》出刊《纪念鲁迅先生特刊》,发表的文章有周学普的《悼鲁迅》、孟士民的《悼鲁迅先生》、李同愈的《悼鲁迅先生》、袁勃的《追悼鲁迅先生》、甜冰的《悼鲁迅》、孟超的《鲁迅先生的战斗精神》、顾渭川的《文坛巨星陨落》、杜宇的《论鲁迅的笔调——驳大公报"悼鲁迅先生"短评》,以及王亚平的诗歌《不屈的精神》。李同愈在文章中写道:"鲁迅先生是一个最不安分的人,因为他不安于不合理的现状。鲁迅先生一生向着真理努力,他解剖了社会,解剖了人类的善恶;透视了社会,透视了人类的善恶。"③袁勃在《悼念鲁迅先生》中记叙了对鲁迅的回忆:"想起三年前鲁迅先生,在寒风凌冽中,在北平师大风雨操场的演讲,向着三千热烈的青年,吐露他真诚的言词,绝没顾到那卷着沙砾的北风的袭击,一直地继续了两个钟头,我也永不会忘却他那一份坚毅的精神。"④

《青岛时报》也刊出《青岛市文化界悼念鲁迅先生专刊》,发表的文章有居雷的《时代前进的路标》、梦愚的《莫大的悲哀》、秀山的《鲁迅先生是死了》、李斐的《鲁迅的路》、君丽的《鲁迅先生》、兰荪的《哀鲁迅》、丁孤的《我也追悼鲁迅》、莒的《我的话》、怒嚎的《值得追悼》、铃子的《鲁迅不死》等。此外,王亚平在天津《益世报》副刊《文艺周》第二十五期披载《为追悼鲁迅先生更进一解》,周学普也在同一期发表了《悼鲁迅》一文。

国立山东大学与青岛文化艺术界悼念鲁迅活动的影响力不可低估。岛上知

---

① 徐中玉:《敬悼鲁迅先生》,载《青岛民报》1936年10月31日。

② 《国文学会追悼鲁迅先生》,载《国立山东大学周刊》第168期,1936年11月9日。

③ 李同愈:《悼鲁迅先生》,载《青岛民报》1936年11月1日。

④ 袁勃:《追悼鲁迅先生》,载《青岛民报》1936年11月1日。

名戏剧评论家臧天侠以“陶芬”的笔名披露了青岛的冷漠:日前路遇某友,臧天侠问道:“鲁迅死了,你知道吗?”友人答道:“鲁迅?没听说过这么个人。”臧天侠表示,闻《青岛时报》副刊《青光》欲为纪念鲁迅出版专号,“叫人家看看这‘世外桃源’是何等的‘世外’!”[①]《青光》编者袁素瑜对臧天侠之言怀有同感,“说了我想要说而不敢说的话。自鲁迅去世,很有些对于鲁迅的事不大了然的所谓‘文人’来凑热闹,乱插嘴。不止青岛,外埠的大报上也弄了个一塌糊涂”[②]。而后《青光》登载的《青岛市文化界悼念鲁迅先生专刊》,虽名为“青岛市文化界”,而发表的文章有三篇出自外埠作者之手。《青光》编者无奈地说:“事实上青岛也的确有这么荒凉,出专刊也得用别处的稿子。”[③]

客观地说,青岛悼念鲁迅的主题更多被放置在文学艺术的论域内,鲜有鲁迅思想的评述。尽管如此,青岛左翼人士也遭到了青岛市国民党当局的驱逐与迫害。据蒲风日记载,“袁勃兄跟亚平兄离开了青岛那所小学校,平兄是于三十一号趁船赴东京的,而袁兄则随后会晤了叶莒后,方始西上济南云。事情呢,大概总不外恐日病者有以作祟”[④]。

第二节　“左联”文艺

青岛左翼文艺的发生是阶级论的人学观念在文艺上的反映,昭示了左翼同人强烈的政治参与意识和以家国为已任的革命精神。青岛“左联”在地文艺,为党熔铸魂魄,为民树立精神,既坚守了“五四”的现实主义精神,又与时代、与大众紧密联系直抵民众心声,谱写了青岛革命史、文化史的灿烂一页。

一　乔天华、俞启威等的文艺领导

青岛“左联”地方组织的活动,很大程度上纳入了中共青岛地下党的工作范围。不特“左联”如此,青岛的左翼“剧联”、世界语协会(“语联”)、社会科学研究会(“社联”)等都受到中共地下党的指引。在艰苦卓绝的对敌斗争中,中共青岛市委几任领导干部前赴后继,乔天华、俞启威等在地文艺领导核心脱颖而出,为青岛革命文艺树立了方向标,并积累了党对文艺工作领导的宝贵经验。

---

① 陶芬:《我们的“高尔基”去了》,载《青岛时报》1936年10月25日。

② 《〈青光〉编者》,载《青岛时报》1936年10月25日。

③ 《青岛市文化界悼念鲁迅先生专刊·编完写起》,载《青岛时报》1936年11月1日。

④ 陈漱渝、李文儒:《蒲风日记(1931—1937)》,第97~98页,山西教育出版社,1997。

第一个开辟青岛“左联”处女地的是李春亭。李春亭(1901—1933),又名祖茂林,安徽宣城人。曾在上海主持党的宣传工作,于1932年1月来青岛任市委书记。在李春亭的部署下,国立青岛大学地下党支部建立起青岛“左联”地方组织。李春亭还以《青岛时报》记者的身份参加进步学生会议,鼓动把斗争范围扩展到全市。是年春夏,青岛地下党组织遭到破坏;10月,乔天华来到青岛。

乔天华(1902—1989),原名乔永祥,化名王文成,平度乔家村(城关)人。入读掖县山东省立九中,后转入平度知务中学,因在黄县崇实中学半工半读结识青年教师刘谦初,受到进步思想的启蒙教育。1931年10月,乔天华加入中国共产党,一度代理烟台特支书记。乔天华在青岛的公开身份是私立崇德中学美术教员,他通过学生王涛和《青岛民报》副刊编辑姜宏,与中共青岛地下市委接上了组织关系。12月,中共上海中央局委派李大章来青岛恢复建立党组织。李大章(1900—1976),又名李俊德,四川合江人。在李大章主持召开的中共青岛地下市委秘密会议上,确定李大章任市委书记兼组织委员,乔天华任青年委员兼“左联”党代表,主持“文委”工作,俞启威任宣传委员。乔天华、俞启威共同领导青岛左翼文化运动。①

以乔天华、俞启威为核心的青岛“左联”,催生了青岛左翼文艺的繁荣期。1933年初,由周浩然提议创办的“汽笛”文学社得到中共青岛地下组织的重视和支持,乔天华亲自指导编辑工作。据周浩然称,“那时,继续着手训练我们的是在×(崇)德中学里任职的高潢。经过一个时期,他便在一个早晨,把我领到一个隔离市区的山上,会见了一个年龄不高而很有阅历、能干的王某,我对他非常地敬佩,因为他曾和我谈过一次话,给我灌输了一些学识和思想。那一天,他对我作了一次极重要的有关党的工作常识大纲、党员组织所应当晓悟的事情的谈话”②。周浩然所说的“高潢”即乔天华,“王某”则是李大章。另据于黑丁的回忆,一天早晨,《青岛民报》社的“一位地下党同志匆匆跑来通知我,叫我晚上10点钟不要出门,并且让我告诉浩然同志一定赶到这里。我一想,这准是有重要事情,这样我就赶快通知了浩然”。就在这天晚上,于黑丁与周浩然加入“左联”,他们的激动心情从于黑丁的一篇回忆录中看得出:

> 夜里,睡梦好像离我们很远,我们翻着身,彼此都在想什么。黑暗的夜越来越深,而我们的精神却越来越清醒,越来越旺盛。浩然同志忽然爬起来,他伸手握紧我手,从不安的细语中透露了殷切的希望:战斗就在面前,但

① 张绍麟、罗春茂、邱吉元:《青岛左翼文化运动》,第20页,中共党史出版社,2005。

② 周浩然:《往事(1932—1935年)》,载《周浩然烈士文集》第207页,青岛出版社,1995。

当务之急必须武装我们的头脑,这就要赶快学习好马克思主义。第二天,我就把想法向市委汇报。①

青岛“左联”组织逐步发展,到 1933 年 9 月已有盟员 20 余人,包括乔天华、俞启威、杜宇、于黑丁、周浩然、王令菲、姜宏、陈迈迁、彭也夫、郭锡英、孙乐文、刘永生等,有时也请王统照、臧克家、沈从文等参加活动。② 据乔天华回忆,青岛“左联”的活动地点在青岛民报馆,因为《青岛民报》的杜宇、姜宏都是“左联”成员。“民报馆的印刷工人中有不少是我党的同志,因此我们常把党的文件和宣传品放在民报馆印刷,许多宣传品随《民报》分发。”③此外,由于陈迈迁在《青岛晨报》工作,青岛晨报社也成为青岛“左联”的重要活动地。据史料记载,乔天华在《青岛民报》编过《春笋》文学周刊,发表了《足》等诗歌。④当微光聚于炬火,必然绽放出更加璀璨的光芒和力量,青岛“左联”同人在不见硝烟的左翼文艺战斗中,将思想意识和表达内容向广阔的时代现实敞开。

1933 年夏,由于叛徒出卖李春亭英勇就义,乔天华离开青岛去了潍县,“左联”工作受到影响。1933 年 9 月 24 日,中共青岛市委向中央报告青岛“左联”组织情况道:“关于群众组织,除了反帝组织尚未组织外,其余赤色工会、贫民团、失业工会、左联、剧联、读书会、社会科学研究会、世界语学会等,都已相继建立……左联有社员二十余人,剧联十余人,均受破坏而瓦解。读书会、社会科学研究会、世界语学会等,现尚有一部分存在。”⑤1933 年 12 月,中共国立山东大学党支部重建,中共山东省工委在青岛成立,并组建青岛“左联”指导机关。⑥曾与王林、俞启威成立青岛“左联”组织新文学研究会的李林,出任中共青岛临时市委委员、中共山东省工委委员兼秘书长。

李林(1903—1987),原名李风集,化名李仲翔,莱阳(西)周格庄村人。青年时代向往革命,于 1926 年加入国民党,在济南从事工人运动,1927 年“四一二”后脱离国民党返乡执教,引导青年寻求革命救国道路。1931 年,李林考入国立青岛大学,后在 1932 年因领导学生运动被开除学籍,于 1933 年秋返回青岛。是年 12 月 21 日,中共山东省工委在给中共中央的报告中汇报青岛“左联”情况时说:“最近左联加强了组织发展,成立了三个分组,女中一组三人,自由职业者一组四人,报馆学生一组四人。这些都是纯粹的群众,无党员在内,而工作是活跃

---

① 于黑丁:《追思》,载《于黑丁选集》第 2 卷第 175 页,大众文艺出版社,2003。

② 姚辛:《红色劲旅之歌——左联小史(六)》,载《党史文汇》2007 年第 9 期。

③④ 张绍麟、罗春茂、邱吉元:《青岛左翼文化运动》,第 29、20 页,中共党史出版社,2005。

⑤⑥ 中共青岛市委党史研究室:《中共青岛地方史大事记(1921—1949)》(修订版),第 137、139 页,中共党史出版社,2006。

的,发展的前途很顺利。”①

1934 年 4 月,中共上海中央局指示在青岛海军任职的共产党员高嵩,负责整顿恢复青岛党组织。② 高嵩(1908—1940),又名张以洪,祖籍山东蓬莱,生于辽宁义县。1934 年 6 月 7 日,由高嵩任书记的新一届中共青岛地下市委成立。28 日,高嵩在书面报告青岛工作叙及“左联”情况时道:“对于他们这一团知识分子,我们决定一面监视,一面训练,决定允许他们的要求——开展左翼作家的组织,同时准备发行一种文学刊物。”③但不久,中共青岛市委机关又遭破坏,青岛左翼文化运动受到很大冲击,但“左联”组织仍有活动,一直持续到 1936 年春全国“左联”自动解散之后。

二　于黑丁

准确地说,于黑丁是以青岛籍本土作家代表的面貌跻身中国现代文学史的。作为左翼阵营有名气的文学新锐,于黑丁是在青岛完成了从为生计奔波的普通百姓到“左联”文艺青年的转变。他在《青岛民报》编辑副刊并进行小说、散文创作,一步步走上了驱暗引昼、追寻民族解放的理想征程。

于黑丁(1914—2001),原名于敏道,笔名还有黑丁、丁厂、于雁等,即墨苏口村(丰城)人。之所以用“于黑丁”之名,概因于家祖祖辈辈没有一个识字人,皆为“白丁”。乃父是个老实忠厚的庄稼汉,为了养家糊口,在于黑丁襁褓之时就踏着祖辈的足迹闯关东出苦力。于黑丁的启蒙教育得之于一个族兄的施舍,“五四”运动的追光照到即墨的时候,他走进一所由远房亲戚开办的国民学校,在那里读到了《新青年》《东方》《小说月报》等杂志,熟悉了鲁迅、茅盾、叶圣陶、王统照等作家的名字。怀着进一步求学的梦想,1927 年于黑丁来到青岛入读美国基督教北长老会开办的胶东中学,成为二年级插班生。1929 年秋,于黑丁追随定居青岛的王统照,以同等学力考入青岛市立中学高中部文科。他回忆说:“在我艰难的人生历程中,值得我思忆和回味的事,再也没有比我获机缘认识‘五四’时期著名作家王统照先生更令我感情激奋的了!”④于黑丁在《我的小传》中深情地说:

---

①③　中共青岛市委党史研究室:《中共青岛地方史》,第 1 卷(1923—1949),第 184~185、185 页,中共党史出版社,2003。

②　中共山东省委党史研究室:《中国共产党山东省历史》,第 1 卷(1921—1949),上册,第 255 页,山东人民出版社,2018。

④　于黑丁:《深切怀念王统照师》,载《青岛一中校友回忆录·续编》第 1 页,青岛一中 80 周年校庆筹备办公室,2004。

我对王统照先生由敬慕而成为他的学生，这是我在人生路上对文学生活的要求迈开了第一步。由王统照先生的关怀和扶持，我读了不少中外文学作品。我开始练习写作。我第一篇以描写乡情为内容的抒情短篇小说就是经王统照的热心指点而修改后发表在叶圣陶主办的上海《中学生》杂志上。①

在王统照的引领下，于黑丁与几个对文学颇有兴趣又喜欢写作的同学组织起“无名”文学小组，并将“势如燎原的新文学之火”烧到了周边的几所学校。创作的喜悦给于黑丁带来的激情、触发的灵感一发而不可收。

但是，于黑丁的求学之路在一年后发生了逆转。1930年，远在吉林的父亲患病，于黑丁挨到暑假疾走东北。病中的父亲痛苦地表示，已无力继续供给他读书。面对学业中辍的困境，于黑丁幸得亲友帮助在沈阳考入同泽学校文科三年级，并最终获得高中毕业文凭。1931年“九一八”事变爆发，于黑丁随难民逃入北满的大森林。他在《流浪》中写道：“我背着一个小行李卷，每天每天是在山国里跋涉。日子是飘忽的飘忽的，我的心也是飘忽的飘忽的。”②这次心惊肉跳的亲历，以及日甚一日的饥饿和窘迫，激起了于黑丁对革命的向往。

1933年，于黑丁进入《青岛民报》编辑部担任副刊编辑，借此发表了不少个人作品。这一年，他与同乡周浩然加入了“左联”。不久，由乔天华、俞启威介绍，于黑丁加入了中国共产党。于黑丁突破了为生计奔波的流浪者的思想局限，而将革命文艺作为书写与战斗的事业。

编辑《艺林》副刊

1932年春，于黑丁从战乱的东北满怀悲愤返回青岛，青岛也处在白色恐怖之中，形势十分险恶。1933年的一天，国民党青岛市警察局对青岛民报馆进行大搜查，密令逮捕副刊主编姜宏。幸好姜宏事先早有准备，离开了青岛。事发第二天，乔天华、俞启威找到于黑丁，让他接替姜宏的工作主编《青岛民报》副刊，进一步开辟左翼文艺阵地。接手《青岛民报》文艺副刊后，于黑丁于1933年8月进行改版，定名为《艺林》，还增加了八个周刊和双周刊，征集文艺理论、书报介绍、小说、诗歌、新剧等稿件，并强调“艺林是属于读者大众的”。于黑丁撰文提出倾向于劳苦大众的取舍标准。

我们需要的东西，是要处处捉住现实，在现阶段中，来把这旧的社会内部的罪恶的，黑暗的丑态，和人生的艰辛与患难，以及劳动大众的一切痛苦

① 于黑丁：《我的小传》，载《于黑丁选集》第1卷第411~412页，大众文艺出版社，2003。

② 于黑丁：《流浪》，载《中国新文学大系（1927—1937）》第11集第400页，上海文艺出版社，1987。

与压迫,用简洁的笔调,摄取了一幅真实而动人的缩影。只要就读者每天所见到的某一件事的一角,不加以虚饰而朴素的表现出来,也足够成一篇可以读的文章了。[①]

于黑丁除了编辑社会来稿,还约编副刊《文刊》和《钟》,每周一期附刊在《青岛民报》上。紧张繁忙的编辑工作锻炼了于黑丁的写作能力,也使他结识了一些志同道合的朋友,与崔嵬、杜宇、孟超、臧克家、吴伯箫、李白凤、王令菲、杜建地等文学才俊建立了友谊。为推动左翼文艺创作,于黑丁出面邀请王统照在《青岛民报》上连载长篇小说《热流》的部分章节。[②] 1934 年 1 月 25 日至 3 月 3 日,于黑丁还在上海五日刊《文化列车》上发表了《几个作家在青岛》《不能忽略了一九二九年的文坛》《"九一八"以后的文坛》《谈到最后的文坛》,介绍青岛文学界作家及创作情况。1934 年 3 月,他在《艺林》副刊分 7 次连载了苏联高尔基的文章《近日之莫斯科》,还发表了一些小说和散文。如控诉日军侵占东北迫使民众离家逃亡的《难民》,描摹东北民众英勇抗争的《愤起》,揭露日伪阴谋迫使矿工流离失所的《野居之群》,以及以日本侵略东三省为题材的《九·一八之夜》《魔窟》《静在沈阳》等小说,散文有《雪》《诞辰》等。

值得注意的是,于黑丁往往以东北作家的面貌出现在文学史上,他不惟有去东北寻找闯关东父亲的生活经验,还有"九一八"事变随沈阳难民逃离的亲身经历。于黑丁在《雪》中写道:"自从九一八那天起,家是破了,家的人亡了,于是我慢慢地把家忘却了!便带生命的力开始踏着艰步,走向前进的路程上去。"[③]于黑丁的作品基调,酷似祖籍平度出生在东北的骆宾基,大都是痛失国土的悲怆、严峻、压抑的冷色,显示出与东北作家群极为相似的创作轨迹。

1934 年 5 月,于黑丁离开青岛,《青岛民报》披载的一篇《送黑丁》的文章道:"黑丁今晚是要离开这个岛子了。他要到亡在敌人炮火里五色旗旖旎下的故乡去,带了那颗二十三岁的火热的心。"[④]于黑丁离开青岛去北平,不久又去了上海,并通过萧军与鲁迅取得联系,走上了左翼作家之路。于黑丁出版的短篇小说集《回家》《流浪》《雾》《夏》等,其中的些许篇什写于青岛。

文学创作

于黑丁最具青岛文学史温度的作品,是其早年以处女作《渺茫》为代表的一

---

① 于黑丁:《编余》,载《青岛民报》1933 年 12 月 27 日。

② 1933 年 7 月 8 日,王统照以笔名"提西"在于黑丁编辑的《青岛民报》副刊《艺林》连载长篇小说《热流》,至 12 月 3 日因"书林春秋事件"而中断,共载 67 节。

③ 于黑丁:《雪》,载《青岛民报》1934 年 1 月 13 日。

④ 李非文:《送黑丁》,载《青岛民报》1934 年 5 月□日。

些写家乡、童年、亲人的小说和散文，他是青岛本土出生抒写还乡叙事的代表性作家。其中，小说有《渺茫》《归来》《恐怖》等，散文有《母亲的泪光》《我的启蒙老师》《田横岛五百义士》等。

1931 年 9 月，于黑丁发表在《中学生》第十七期上的《渺茫》[①]，是写“我”与同乡、同学金振的故事。金振不用功读书，一心学督军、当军官光宗耀祖，以至退学，是“我”写信给金振的父亲，金振才被他的父亲揪回来重返学校，但金振的心已飞向兵营。小说描述了一个掩人耳目的情节：

一天早晨，上班预备铃刚打过，他手里持着一封信，带着哭泣的表情，踉跄地走进教室向我说：“我母亲有信来，说父亲病得很危险，嘱我见信速速回家……”他说着，伸出手递信给我，“你看，这怎么办呢？”我看完了，忧戚地回答他说：“那么快点回家吧！”便同他到训育部请了假。

他回家之后两星期，还不见他回校，连信也没有寄来。这使我大费疑猜。我想他的父亲大概逝世了。再不然便是有别的事发生，致不得抽身。但是为什么连信都不寄给我呢？我终于写了一封信给我的父亲，问金振的病父全愈否，又问金振为什么还不回校。过了几天，父亲的信来了，信内还有一封信——是金振的父亲给我的：

“……金振未曾来家，而我也安然无恙，此必彼作此谣言，以便逃走。见字望分神登启事于报端，令其见报速归为盼！”

我接了这信，不禁吃了一惊。原来金振那次的信是假的。啊！好狠心的金振，他用这种诈欺的手段来玩弄我。我明白了，他当兵去了。[②]

金振从此不见踪影，杳无音信，金家父母思念心切白了头发，而“这茫无头绪的想念老在我脑里荡漾”[③]。这篇不无模仿、带着瑟缩的习作性小说，却为于黑丁步入文坛奠定了基础。收在“中国新文学大系”第二辑（1927—1937）小说三集里的《回家》，是于黑丁归乡叙事小说《归来》的改写。小说的开头，作者笔墨汪然，大段大段地描绘青岛景象：

船航行在五月的碧蓝色的海洋上了。那从葱绿秀丽的群山怀抱中透露出的一幢幢红色楼顶，那矗立在前面海边的美丽的岛屿上的灯塔，那像用铁索锁着青岛咽喉的长长的栈桥，那飘扬着日本国旗的街市，那停泊着外国轮船的大港码头，那开败了日本樱花的中山公园，那眼看就要开放的成为外国

---

① 《〈中学生〉总目》，第 43 页，上海书店出版社，2017。此文在于黑丁回忆文章中被误记为《乡情》。

②③ 于道敏：《渺茫》，载《中学生》第 1 编第 7 册第 149、150 页，上海书店出版社，2017。

绅士、太太和小姐们消夏的海滨浴场……这一切景景色色,现在看不见了,都隐没在遥远的白云的天边。

海鸥翱翔在碧澄澄的天空。这顽强的海鸟,跃耸着轻捷的身子,振动着有力的翅翼冲破了轻烟似的云层,从高高的天空飞下,扑击着银色的浪花,用无畏的生命和浩淼的海洋搏斗。

多么自由的海鸥呵!它们不知疲倦的飞来又飞去了。它们飞向海的荒岛,飞向无边无际的海的远方。①

小说就是在这样的景象衬托中展开故事情节。通过主人公吕明回家发动武装革命,述说了日军屠刀下民众生存的艰辛、心灵的苦痛,从另一面抨击了日本侵略者的罪行。于黑丁的努力旨在坚持左翼文艺的创作立场,刻意表现激烈的民族矛盾和艰苦的抗日斗争。事实上,左翼十年救亡压倒一切,左翼文艺从诞生那一刻起就举起民族抗争的旗帜,改变了中国文学从古典到现代切换推移中追求现代性的航向。于黑丁的回家归来,将知识分子命运与民众出路的探求凝集在一起,现实还乡与心理归乡不再只是一种心灵的慰藉,而成为乡土革命的实践行为。亦可以说,于黑丁将“自己的思想及爆破性的性格融入作品中”②,他的《回家》(《归来》)不特具有鲜明的思想倾向,而且无伪饰、尚本色,显露了比较扎实的现实主义功力。③ 自1933年8月8日起,于黑丁还以“丁厂”的笔名在《青岛民报》的《汽笛》副刊连载小说《恐怖》。

于黑丁几乎是在爱上文学的同时走上了革命道路,又在革命的征途中以文学为武器,形成了一个被于黑丁典律化了的精神母题,即“革命的作家应该争取通过更广阔多样的题材和形式,来为实现自己的崇高理想而斗争”④。从文学审美角度看,于黑丁的作品文采偏弱,艺术纯度打了折扣。

三　周浩然与“汽笛”文学社

周浩然作为青岛“左联”在抗日斗争中牺牲的第一位共产党人,也是青岛30年代集诗人、作家、革命者、抗日英雄于一身的“红色文化名人”。周浩然在青岛从小学、中学读到大学,积极从事左翼文艺创作活动,形成了“为真理而奋斗、为

① 于黑丁:《归来》,载《于黑丁选集》第1卷第105~106页,大众文艺出版社,2003。

② 黎辛:《老黑是一个优秀的共产党员作家》,载《于黑丁选集》第1卷第403页,大众文艺出版社,2003。

③ 朱可、田才:《战士、作家、园丁的生命交响曲——记于黑丁》,载《新文学史料》2002年第1期。

④ 于黑丁:《关于创作的一些感想》,载《于黑丁选集》第3卷第193页,大众文艺出版社,2003。

正义而牺牲”的人生信条,不愧是革命文化战线上的英勇斗士。

周浩然(1915—1939),原名周世超,字浩然,即墨瓦戈庄村(段泊岚)人。周氏乃即墨仕宦望族之首,家学绵远,六世祖周如砥官国子监祭酒。父亲周助业(孚先)毕业于山东法政高等专门学堂,参加了 1922 年收复青岛工作。周浩然刚满 10 岁就被父亲接到青岛就学,周父“壮志未酬托儿辈,冀早腾达螭龙飞”①,周浩然由此开始了青岛生活。

此时的青岛正处于国内第一次大革命的前夜,周浩然所在的胶澳商埠公立两级小学(今青岛北京路小学)是全市学界聚会活动的中心。他在一篇回忆文章中写出这样的感想:

> 于是,一向在强暴的军阀底下,在战栗恐怖的帝国主义铁蹄的蛮横蹂躏下,切齿愤怒的心灵如像被拯出于水火之外,被解救于倒悬之上,立刻得到了自由与光明一般。随着人们开露天大会,游行示威,加劲地高喊:打倒帝国主义,铲除军阀!那时的正义,真像一场暴风,山崩海啸地狂吼着,要去袭倒那万里长城,吹翻那百丈的大厦。
>
> 那时,我虽然是个童子,然而每想到那负着驱除强暴,解救疾苦的使命,仗义而来的义勇革命军,何等地光明正大。②

1927 年,周浩然考入青岛的一所教会中学,但对学校“腐败的训导”甚为不满,于 1929 年转到青岛市立中学。在市立中学,周浩然认识了王统照,并在中共地下党员教师胡孝澜的引领下阅读进步书籍。他还参加了于黑丁等的“无名”文学小组的活动,并与张天羽、赵世恕、王孚五等进步同学秘密开展学潮运动。

1932 年,周浩然初中毕业便瞒着家人,追随此前去北平教书的胡孝澜老师,入读北平大同中学,后来又南下上海入读大夏大学附中高中部。1933 年春周浩然辗转回到青岛,随即与彭也夫、于黑丁等挚友编印、散发传单和宣传册,传布进步思想,这些活动引起青岛地下党组织的关注。1933 年初夏的一天深夜,乔天华、俞启威由于黑丁引荐约见了周浩然,决定吸收他参加“左联”。周浩然还与于黑丁、林映等创办“汽笛”文学社。1935 年 5 月,周浩然化名周家美在《新青岛报》主编文艺副刊《小青岛》,他以“梦熊”“猛士”等笔名发表了许多杂文和文学评论文章。1936 年秋,周浩然进入国立山东大学做旁听生,他选读中国通史、中国文学史、哲学概论、西洋哲学史、欧洲文学史、经济学等八门课程,还参加了中文系悼念鲁迅逝世的活动。1937 年 5 月,周浩然完成三万字的《就个人的经验

---

① 周浩然:《为父作诗》,载《周浩然烈士专集》第 317 页,2015。

② 周浩然:《我的人生之路》,载《周浩然烈士文集》第 117 页,青岛出版社,1995。

试论知识的起源》的论文,指导教师颜歆(实甫)在批语中称赞,“作者求知之热情,向上之心境,及自生经验上各种宝贵之发现,皆极有价值,为近代青年中不可多得者”①。1937年,卢沟桥硝烟弥漫,面对破碎的祖国河山,周浩然感到“血溅碧草,肝脑涂地,这是革命者人人应准备的一步”②,遂做出了人生的重大抉择,毅然加入了中华民族解放先锋队,义无反顾地回乡走上了抗战第一线。

周浩然的领导才能很快受到上级的重视。1939年2月,周浩然受党组织派遣奔赴山东抗日军政干部学校学习,于7月加入中国共产党,8月被胶东区党委任命为中共即墨县委委员、组织部部长。③ 为打开工作局面,县委成员分散活动,周浩然主动要求到瓦戈庄、灵山、刘家庄一带发动群众。为了争取当地民团积极抗战,壮大抗日力量,他多次深入汉奸姚士吾部驻地附近的村庄秘密活动。1939年9月,周浩然在西尖庄村开展工作时遭遇汉奸武装袭击,因寡不敌众惨遭杀害,时年只有24岁。

“汽笛”文学社

周浩然在青岛加入“左联”后创办的“汽笛”文学社和编辑《汽笛》杂志,由此踏上了以笔作枪抨击黑暗社会的红色作家之路。

为了传播革命思想,开展文化斗争,一次在与“左联”的几个同志彭也夫、姜宏、林映、于黑丁聚会时,周浩然提议成立“汽笛”文学社,除了借报编辑《汽笛》副刊,还出版发行地下刊物《汽笛》。之所以用“汽笛”冠名,表层义项源于青岛是个工业城市经常听到汽笛的声响,深在的意蕴却是响应汽笛的呼唤,唤醒普罗民众。周浩然设计了《汽笛》刊头,左为高高耸立的烟囱,下为厂房,“汽笛”二字重在“笛”字的构思上,看起来“浓眉瞪眼”,意为笛声拉响,以笔作枪,引昼驱暗。“汽笛”文学社的简章本来由彭也夫起草,后来还是经过“周浩然的脑子才订立出来”。他回忆创办《汽笛》的心绪时说:“我们兴奋地品味着个人的文字整齐地在报纸上排印出来,我那时感觉到这种生活非常有趣味。”④

周浩然等在《青岛民报》编辑的《汽笛》周刊,自1933年5月9日出刊,至10月3日停刊,共出刊22期。《汽笛》发表的作品有宋生的《抗日之战》,描写民众上前线杀敌受死而富人与官员却在享受“朱门酒肉”的现实,“一对对的可怜的兵士们,都茫无所知的被驱逐到了前线,就在他们粉身碎骨之际,正走狗鬼鬼祟

① 《周浩然生平年表》,载《周浩然烈士专集》第38页,2015。

② 《周浩然日记(1935年12月12日)》,载《周浩然烈士文集》第80页,青岛出版社,1995。

③ 中共青岛市委党史研究室:《中共青岛地方史》,第1卷(1923—1949),第209页,中共党史出版社,2003。

④ 周浩然:《往事(1932—1935年)》,载《周浩然烈士文集》第207页,青岛出版社,1995。

祟的向主子使眼色,叩领,讨饶之时”。彭也夫的《阿李》写一个在纺织厂出苦力的青年,“这年头识字的穷人就要更糟有钱人的白眼”;“说不住什么时候若被发现在工头或洋鬼子眼下,那么狠命的谩骂声和软劲劲的皮鞭在你身上总要接触几次!”林映的诗《夜中》写出城市贫民的悲苦,“此时人类多已安睡,/只有些被统治的人们,/不能由他们自己的意志而行,/仍旧尽力支持着工作。”胡泥中的《进城》以儿童视角写父亲在前线阵亡不得不跟着母亲进城讨生活的故事。此外,王统照、臧克家、崔嵬、龚冰卢等也在《汽笛》上发表过文章。

周浩然先后用“觉民”“明”“心影”等笔名,在《汽笛》周刊发表了《两种不同的人物》《当》《又是黄花遍地时节》《为了这个》《写在梦呓前面》等作品。1933 年 7 月 19 日,周浩然发表的《当》类似小说,是写为救助生病的朋友将自己的一套“装大少爷时代出来摆阔用的”衣服拿去当铺典当的故事。文字充满悲苦与辛酸,既有与当铺掌柜讨价还价“不吃人的下风”,又担心遇见熟人追问典当“脸要放到哪里啊”的尴尬,还怕朋友知道钱出自典当“对朋友的人格太侮辱”,最后只得“撒了个谎”诳出朋友,“把来意告诉了他,将钱交给他”。[①] 散文《为了这个》以本家伯父的遭遇,抨击社会的丑恶现象,“我的伯父,劳碌了一生,没有享受老年应享乐景而哀伤着,我的世兄,这青年没有借着他健壮的魄力尽量的发挥他青春的雄厚的志趣而惋惜着,我一并为他们吞泣”;“这世界充满了阴险,泯去了和爱,只有狠毒残忍的压迫者与这疾苦的贫困的劳动者”;“迸发出青年的热血,变得勇敢的,刚毅的,果断的,向那罪恶的阶级猛力的攻去!”

《汽笛》的作品如同犀利的投枪扎向恶势力,引起青岛国民党反动当局的恐慌。1933 年 10 月,“汽笛”文学社遭查封,《汽笛》被迫停刊。

编辑《小青岛》副刊

1935 年 5 月,周浩然进入《新青岛报》社主编文艺副刊《小青岛》,这使他的文学才华得以进一步展露。周浩然先后发表了《星》《夜》《法租界的惨案》《答唐泉东》《写给傲干》《给青年作家》《关于文艺》《漫谈文艺》等散文、随笔和文学评论,还在《青岛平民报》等报刊发表了《国术论战》《往事》等文章;他还创作了《叹国事》《悼瞿君》《寄所思》《走水流云》《胜利之歌》《夜半对烛》《读〈昭君词〉》《海滨观光》《樱花路上》《观象山》《端午节》《赠妻》《送别》等诗歌。周浩然的文学创作逐渐进入成熟期。

比较而言,周浩然的诗歌创作成就最高,散杂文是“普罗”文学的习作摹本,日记和读书笔记印证着周浩然的思想心路,他的作品是 30 年代青岛左翼文艺的

① 周浩然:《当》,载《周浩然烈士专集》第 133~136 页,2015。

真实映现。周浩然诗歌可分为格律诗和新诗两类。格律诗具有传承周氏文化薪火的意味,却不入以新材料入旧格律的窠臼。1935年6月6日,周浩然写咏《崂山》诗云:"崂山傍海何巍巍,千载峭壁插天垂。不问年岁去多少,醉眼看花神愈悲。"①再如,6月30日他写的《观象山》,"黄昏天海红,月夜访客迟。山深松径冷,拾得残花归"②,完全是一片清凉幽静的景色,似乎看不见人物,但诗人的心态和举止活脱脱地跃然纸上。与咏物诗相偕,周浩然以人物为主题的诗章极为用情,意切情真,感人至深。如写于1937年3月27日的《赠妻》:"一衾生兮死同穴,你我心兮万年结。天有崩兮地有裂,你我生兮永不绝。"③这是一种楚辞惯用的诗赋句式,句句带"兮"且居于句中,随着声音的延长和语调的顿挫,生成一唱三叹的审美意蕴。

周浩然的新诗则具有显明的散文化倾向。像《夜》开头就写:"这涛声,/像座山样的重,/像吹走的清风,/像万马的奔腾,/像败阵的退兵。"④他的《怀》是一首写给"汽笛"同人远走上海的林映的怀人诗,全诗12节,每节4行,每行行末都有一个隔离性止歇符号,基本是一篇写成诗行的散文。如第二节:

> 唉!我不敢拿出来,我不忍去看这一卷古旧的稿件。
> 我想起了那时我们水晶样的纯洁,虎豹样的大胆。
> 我们都不怕牢狱的关锁,斧钺的加身。
> 我们满身的力量,大声地替着劳苦阶级苦喊!⑤

《寄傲干》更像一篇诗体散文。"傲干,进呀!进呀!/夜寒的天空网着繁密的亮星,你掠过喜马拉雅山的山顶。/傲干,进呀!进呀!/你住宿在最高的山头,看无限的黑暗,看群兽慌窜的潜行。/你住宿在边岸,听滚滚的浪涛,汹汹地怒叫;听缓缓的流水,潺潺地低鸣。"⑥也许,周浩然被格律诗拘束得太紧,因此他的自由体诗索性彻底放开,一任精神的悸动和诗思的延宕,用有意拉长的诗行和多重排比反复的笔法,以及虎啸般的声势,强化了思想言说的力度。

相较于自由体诗歌,周浩然的散文、随笔风格更为泼辣,主题意蕴更为突出。他的《两种不同的人物》《写在梦呓前面》《法租界的惨案》等文字,都在为传播真理、揭露黑暗、唤醒民众而鼓与呼。《两种不同的人物》是周浩然以"我"的口吻

① 周浩然:《崂山》,载《周浩然烈士专集》第313页,2015。
② 周浩然:《观象山》,载《周浩然诗词格言选》第36页,即墨市档案局,1995。
③ 周浩然:《赠妻》,载《周浩然烈士专集》第327页,2015。
④ 周浩然:《夜》,载《周浩然诗词格言选》第31页,即墨市档案局,1995。
⑤ 周浩然:《怀》,载《周浩然烈士文集》第18页,青岛出版社,1995。
⑥ 周浩然:《寄傲干》,载《周浩然烈士专集》第318页,2015。

和观念,描述了一个为挣两角钱出卖劳动力的车夫,而“我”与车夫最初的交易是在车夫几次提出“看着给吧……”之后确定的价码,当车夫“恐怕这顾客被人抢去样地急忙请我上车”,“向前奔跑起来”后,“我”又为“为什么不先说一角”而后悔不已。后因发现车夫患有结核症,“悲惨的念头重涌现出来:这是我两角钱的代价,使他变成我脚底下的奴隶”。但最终,“我的心发生一种惰性的留恋,在流动的车身上,我遥远的、老早就看见我们的屋顶上有一轮血红的太阳,放射着奇异的强有力的红光照耀着”。①

周浩然的作品,似乎旨在回答“写什么”和“为什么写”,主题显豁,有着明确的精神选项。他对文学艺术的方向、内容、形式和真、善、美等问题的论析,以及在作品中喊出来的声音更接近思想本体。在文学审美上,周浩然作品的精致度不够高,语言欠缺锤炼。

四 “海光”文艺社和“荒岛”书店

在青岛“左联”的领导下,“海光”文艺社作为“汽笛”文学社的并蒂社团,通过《青岛时报》副刊《海光》,开辟了青岛左翼文艺的一块绿洲。“荒岛”书店适应文艺图书出版热点和城市青年的阅读取向,促进了读者、作者与书商市场的互动关系,在青岛左翼文化运动史上留下了可圈可点的一笔。

“海光”文艺社

“海光”文艺社是青岛“左联”创建的又一个有影响力的在地红色社团,成员有季焕麟、吕福田、乐丁泓等。他们在《青岛时报》开辟《海光》文艺副刊,从事红色话语宣传,开展革命文艺活动。

季焕麟(1909—1985),又名季菁,江苏无锡人。1931年,他参加中国共产主义青年团,于翌年转为中共党员,任中共江苏省委直接领导的电台特支书记。1932年秋冬因上海党团机关遭破坏,季焕麟于1933年初来到青岛,住在平原路12号无线电台员工宿舍。他回忆说:“在上海的时候,中共党团组织要我放弃职业脱离家庭,专门搞革命工作,我不同意。因为那时我们家里六七口人,有母亲(父亲已去世),几个弟妹(当然后来弟妹都相继参加了革命)都靠我的薪水养活。我到青岛后,把自己降为一个同情革命的同路人。”②季焕麟来青岛后虽然没有恢复组织关系,但与青岛市委、团委领导同志经常交往,仍参加革命活动。

---

① 周浩然:《两种不同的人物》,载《周浩然烈士文集》第143~146页,青岛出版社,1995。此文写于1933年6月20日夜,以笔名“明”发表在《青岛民报》。

② 张绍麟、罗春茂、邱吉元:《20世纪30年代青岛左翼文化运动》,第74页,中共党史出版社,2005。

在乔天华、俞启威的帮助下,季焕麟承担了“海光”文艺社的组织工作,他联络吕福田、乐于泓等在《青岛时报》创办《海光》文艺副刊,“每周一期,用新五号字,每期约五千字”。《海光》文艺副刊创办于1933年11月15日,至1934年8月16日终刊,共出刊19期。季焕麟在《海光》上发表作品,使用“季一”和“季菁”的笔名。在青岛,季焕麟还向韩俊才学世界语(Espernato),并与韩俊才、陆仲陶、杨玉昆、邱营等人组织左翼“语联”组织——青岛世界语协会,在协会内和国立青岛大学开设世界语初级班,还在《青岛时报》上编辑副刊《世界语》,开辟接触革命思想的渠道,为民族解放服务。据季焕麟回忆,“1933年上半年,我们还成立了一个社会科学研究会,是秘密的,主要学习商务印书馆出版的《马克思主义基础》,由俞启威领导学习。参加学习的,除了俞启威,还有我、阿乐、杨玉昆夫妇、李云鹤、张厚佩。活动时间不长,开过几次会。俞被捕后,这活动就停止了”①。

“海光”文艺社成员吕福田(1909—?),原名吕吟声,江苏苏州人。因家境清贫,他16岁初中毕业即任小学教员,后来谋到电台报务员的职业,于1932年转赴青岛航空公司电台工作。吕福田对于青岛生活有一段生动的回忆。

> 出于爱国之心,或民族、民主思想,我曾写过许多文章、诗词。比如:抵制日货、倡导国货、斥骂日寇侵略等。但搞来搞去,不知出路究竟在那里?到青岛后,我学习了列宁的国家学说,认识到了爱国主义的实质应是阶级斗争,这才看见云雾中的光明。
>
> 我们那时的年轻人,对新鲜事物非常向往,组织读书会、谈谈心得……我们当时的活动,可以说是党组织的外围活动吧。
>
> 在当时青岛的一份报纸《青岛时报》上,我们用半个版面的篇幅,开辟了一个《海光》的文艺副刊,并组织了“海光文艺社”。②

吕福田用“木瓜”“琼琚”等笔名发表了一些诗歌、散文作品,还用世界语翻译日本作家小林多喜二的作品,电台工程师吴朔平翻译发表了高尔基的作品。

“海光”文艺社成员乐于泓(1908—1992),原名陆于泓,字仲陶,江苏太仓人。1931年10月,他加入共产主义青年团,于1932年转为共产党员,和季焕麟同为电台特支成员。1933年2月乐于泓来到青岛,第一个接头人是俞启威。乐于泓住进无线电台职员宿舍,平原路12号成为中共青岛地下组织秘密联络站和“海光”文艺社、青岛“语联”的活动点。1933年11月,乐于泓任团青岛市临时工委宣传委员。在《海光》文艺副刊,他以“乐若”的笔名发表了纪念巴黎公社的文

---

①② 张绍麟、罗春茂、邱吉元:《20世纪30年代青岛左翼文化运动》,第130、75页,中共党史出版社,2005。

章，还翻译了一些英国文学作品。1934 年 4 月，团中央派何奉滋来青岛重组团青岛工委，成立三个支部，乐于泓任电台支部书记。他组织团员青年学习团中央文件，与青岛作家讨论左翼文艺，宣传抗日救国主张。1935 年 2 月，团中央又派刘宜昭来青岛成立共青团山东省工委，乐于泓任宣传委员。[①] 4 月，青岛笼罩着一片白色恐怖，由于叛徒出卖，乐于泓被捕。他初被关进李村监狱，后被判处五年徒刑迁移青州监狱，1937 年在国共合作统一战线局势下乐于泓获释。

"海光"文艺社利用青岛市民报纸创办文艺副刊，在城市公共话语空间发出了青春文艺的激烈呼喊，进入青岛左翼文化运动的谱系。《海光》文艺副刊的作品如海光般地亮眼，有的闪闪烁烁像流星，有的火花四射像火珠；有时像爆发的焰火，有时像探照灯射出的光芒，都是青岛左翼文艺天空中的一抹颜色。

"荒岛"书店

在青岛左翼文艺运动中，喷吐着思想火焰的"荒岛"书店，不仅是中共地下党联系在地左翼作家的纽带，而且架起了青岛左翼文艺运动沟通外部的桥梁。"荒岛"书店是由山东昌邑籍同乡孙乐文、张智忠，与大学同窗青岛人宁推之共同筹集资金创建而成，具有左翼文艺的强目的性。

孙乐文（1910—1983），与张智忠（1909—1943）自 1928 年考入烟台先志中学而结识，二人志同道合关系密切。1930 年二人同时考入北平中国学院，孙乐文入读经济学系，张智忠学教育专修科。京华生活打开了他们的眼界，二人阅读了大量的进步书刊，接受了新思想、新观念。1932 年，张智忠毕业，为了谋生来到青岛，寄居于一位在洋行工作的同乡家中；孙乐文则因参加学潮被迫返乡，后在烟台《复兴日报》发表推动革命的文章遭警察追捕也来到青岛，投奔姐夫刘永生。这次在青岛相逢，孙乐文与张智忠备感亲诚。因一时找不到工作，而在北平时见过经营新文学书刊的书店，青岛的几家书店则主要销售古籍、课本及商务印书馆、中华书局的学术著作，二人便想开办一家新文艺书店。由于资金短缺，他们找到青岛的北平中国学院同窗"宁大少爷"宁推之。宁推之家境富裕，他从父亲那里要来 500 元钱，孙乐文、张智忠出资 100 元，租下了龙口路东方市场北门旁的一个店铺。书店的正门在广西路，门牌为广西路新 5 号，后门在东方市场内，楼下为门市部，楼上为宿舍。书店由宁推之挂名经理，经营事项由张智忠、孙乐文操持，店员有丁振清、于志杰、张福泰等。闻讯孙乐文、张智忠筹划开办销售新文学的书店，乔天华十分赞同，于黑丁也表示会赞助。为了洗涤青岛文坛的污浊，孙乐文提议书店名为"荒岛书店"，乔天华欣然用美术体书写了门头，布置了

① 中共青岛市委党史研究室：《中共青岛地方史》，第 1 卷（1923—1949），第 152 页，中共党史出版社，2003。

橱窗。1933年7月,“荒岛”书店正式营业。

“荒岛”书店传播新文化的情怀在开店之初既已确立。孙乐文经常去上海采购书刊,因此30年代许多左翼文艺著作与期刊大多在“荒岛”书店上架。有消息说:“自开幕以来,对于新文化书籍,介绍不遗余力。”①从1933年9月《青岛民报》副刊《艺林》第八期刊登的书目可知,“荒岛”书店经销的图书包括高尔基的《母亲》和绥拉菲摩维支的《铁流》中译本,中国新文学作家作品则有茅盾的《春蚕》和《子夜》、巴金的《家》、郭沫若的《创作十年》、丁玲的《在黑暗中》、张天翼的《一年》、田汉的《暴风雨中的七个女性》等;当然最受瞩目的是鲁迅的作品,如《呐喊》《彷徨》《野草》《朝花夕拾》。此外,王统照的长篇小说《山雨》、臧克家的诗集《烙印》、沈旭的诗集《黎明前奏曲》等也在“荒岛”书店销售。青岛左翼文化海潮般地涨起,新风与暖流冲击着“荒岛”,催动着新文艺的朝气与活力。

事实上,“荒岛”书店成为青岛新文化的策源地。由于书店临近国立山东大学、市立中学、市立女子中学等学校,因此吸引了一众以文学为戈的在校师生。书店里摆了几张座椅,供选书、买书或随便走来偶尔驻足的人们稍事休憩,自然形成了一个文艺沙龙。任教国立山东大学的老舍、洪深、赵少侯,在市立中学任教的王统照、汪静之,在文德女子中学任教的孟超,在小学任教的王亚平、袁勃,以及青岛市立中学学生黄宗江、李普等,都是“常务”顾客。黄宗江在一篇回忆文章中留下了亲历者的笔迹:

> 1932—1934年这两年多,我家住龙口路2号,附近就是东方菜市。一天,我在菜市临街一角,发现了一家崭新的小小的书店,树了一个耐人寻味的招牌“荒岛书店”,就一间门面,就一扇在我幼年的眼里看来很大的橱窗,摆的尽是书、书、书……②

在“荒岛”书店,于黑丁还同《青岛晨报》副刊编辑萧军接上了联系,并与在青岛的萧红、舒群等东北籍作家一起进行革命文艺活动。③孙乐文因兼任《青岛晨报》编辑,与萧军成为好友。孙乐文去上海进货见过鲁迅,遂建议“二萧”向鲁迅先生请教。孙乐文一句“试试看”的话使萧军感觉如在沙漠中遇到了清泉,眼前豁然明亮。“二萧”给鲁迅写信,青岛的地址即为“荒岛”书店。1935年暑期,老舍、洪深等人联袂举办的《避暑录话》,“荒岛”书店是主要代售处。

“荒岛”书店又是青岛“左联”小组的秘密联络点。由于“荒岛”书店前门在

---

① 《本市荒岛书店新书一批运到》,载《青岛民报》1933年9月16日。

② 黄宗江:《忆青岛 忆“荒岛”》,载《青岛日报》1987年12月26日。

③ 戴传林:《于黑丁的足迹》,载《新文学史料》1985年第3期。

广西路,后门在东方市场内,人来人往不易引起注意,十分便于进行秘密活动。青岛地下党组织"负责人老王同志和乔天华经常在此秘密开会。开会时,张智忠、孙乐文便轮流站岗警戒"①。孙乐文在《自传》中说:"在书店刚出世不久,正当国民党文化'围剿'书报,大批被扣留,你不打敌人,敌人打你。"1934年,"我就在这样的条件下,愤而加入共产党,介绍人是烟台同学乔天华同志"。再后,孙乐文又介绍张智忠加入中国共产党。"海光"文艺社的成员也常来此聚会,"左联"读书会阅读的进步书刊大都是"荒岛"书店供应。

"荒岛"书店针锋相对地反文化"围剿",销售、推广左翼书刊,势必引来国民党当局的干涉。据悉,青岛市社会局局长储镇曾对宁推之的弟弟宁修本说:"荒岛"书店是反政府宣传的大本营。1933—1934年,"荒岛"书店两次遭遇社会局突击检查。及至1934年6月,随着《图书杂志审查办法》的发布,国民党文化"围剿"不断升级。1935年夏,青岛国民党党部会同宪警以搜查"共党刊物"为名,深夜入店欲逮捕孙乐文与张智忠,幸亏内线人员及早通知,孙、张二人提前转移才幸免遇害。此后,孙乐文、张智忠倏来忽往坚持工作,特务先后两次以查书为名企图抓捕均未得逞。在国民党的持续高压下,左翼作家的创作受到极大限制,流通渠道遭遇严重破坏,"荒岛"书店难以为继。为了保存革命实力,经青岛地下党组织研究决定,孙乐文离开青岛赴西安,张智忠返回家乡出任中共昌邑县委书记。1937年卢沟桥事变后,"荒岛"书店关闭。

第三节　王亚平、蒲风与诗界风云

30年代青岛诗界的左翼风潮以中国诗歌会青岛分会最具代表性。这个由蒲风引领、以王亚平为中心,袁勃、沈旭、史轮等协力的诗歌组织,秉持左翼"诗的意识形态化"和"诗与诗人的大众化"创作取向,形成了左翼诗潮壮阔的洪峰。王亚平是青岛诗歌会文艺功能社会化的倡导者和践行者,蒲风提出了力倡诗歌大众化、通俗化的"斯达哈诺夫运动",袁勃、沈旭、史轮等激进、前卫的青年诗人共同为青岛诗坛奏响了时代强音。

一　王亚平(上)

身为中国左翼诗歌运动的中坚分子,王亚平注重在民心上、舆论上聚力,组

① 张绍麟、罗春茂、邱吉元:《青岛左翼文化运动》,第87页,中共党史出版社,2005。

织革命文艺队伍。在王亚平的带领下,中国诗歌会青岛分会以“捉住现实”之笔叙写民众苦难、抗战动员与民族国家意识的诗篇,推动了 30 年代青岛诗坛格局的变化,在青岛诗界产生了深远影响。

王亚平(1905—1983),原名王福全,字减之,直隶(河北)威县人。处女作诗集《红蓼集》是读邢台省立第四师范学校受“五四”新文学影响的习作,却如同一串串火焰般的红蓼花燃烧着野性的活力。后与同乡诗友成立“友声社”,编辑油印刊物被扣以“赤化”罪名,王亚平不得已踏上只身流浪奋斗之路。[①] 1930 年 12 月在塘沽扶轮小学任教时,多次看见东北的难民车,王亚平一个“从破产的农村出来,闯进在帝国主义压迫下呻吟的都市的青年,下决心以新诗为武器进行反帝反封建的战斗开始了”[②]。1932 年秋,闻讯“左联”领导的诗歌组扩大为中国诗歌会,王亚平与袁勃、曼晴、左琴琳娜等联系北平、天津进步诗歌工作者,发起成立中国诗歌会河北分会,主编《新诗歌》。1933 年夏,王亚平应蒲风之邀赴上海出席中国诗歌会会议,结识了穆木天、宋寒衣、关露、殷夫、白曙、柳倩、任钧等诗歌界朋友,见闻为之开阔。1934 年,因北平《新诗歌》杂志“即被查封”,王亚平与袁勃来到青岛,开始了在岛城的创作生涯。

1934 年 8 月,王亚平应聘青岛黄台路小学教务主任。日本占领青岛后将黄台路辟为日侨民居区,昭和、极东、大信、谦和、冈野等日本公司在青岛的留驻,以及日侨木屐“呱嗒呱嗒”的敲击声,给黄台路小学蒙上了一层日本移民侵略的阴霾。1936 年 5 月,青岛日本第一寻常小学一名日本女生在热河路体育场玩耍时被一名不知身份的人打伤右臂,日生家长抓住两名路过体育场的黄台路小学学生,硬说是打人凶手。青岛日侨借题发挥,将此事归罪于学校的排日教育,最终黄台路小学校长崔登桂被撤职。[③] 王亚平继任校长,然而日侨仍不罢休。面对日趋紧张的形势,王亚平联络学校进步教师,通过文学艺术活动、抵制日货、传布反日讯息进行爱国教育。他编辑出刊的《黄小月刊》,发表了不少充满勿忘国耻、团结抗争情绪的作品;他还组办学校剧团排演歌剧《红儿历险记》,以隐喻的手法歌颂红军的长征。1935 年夏,王亚平参加了《避暑录话》,相继发表了《卖菜女郎》《暑天别青岛》《诗二章》《农村的暮》《流》等诗作。

青岛时期的王亚平以教书为掩护,主动献身于诗歌运动。由蒲风、穆木天、任钧、杨骚等发起的中国诗歌会,除去在上海设总会,还在北平、广州、青岛、湖州、厦门及日本东京等地建立了分会。因此前有中国诗歌会河北分会负责人的

① 王渭:《王亚平诗史》,载《诗探索》2007 年第 5 期。
② 王亚平:《文思惊今古　诗声震雷电》,载《河北师范学院学报》1982 年第 3 期。
③ 《青日小学生受伤案已了解》,载《申报》1936 年 6 月 3 日。

经历,王亚平便与袁勃、沈旭等人创办了中国诗歌会青岛分会,他在黄台路小学的办公室成为青岛诗歌分会的活动地点。这是 30 年代青岛第一个与全国左翼诗歌中心具有垂直关系并有明确创作纲领的诗歌组织。中国诗歌会青岛分会强调诗歌的政治性和战斗性,致力于廓清“新月”诗派、“现代派”在诗坛“造成的迷雾”,契合了文学革命视阈下左翼文艺的精神诉求。1936 年 5 月,美国记者埃德加·斯诺采访鲁迅的《问题单》中,有两处提到王亚平。其中,问题七第十条:“诗人王亚平是什么人?”[①]问题十五:左翼诗人:王亚平、蒲风。[②] 1936 年 7 月初,从日本回国的蒲风由上海来到青岛。王亚平等青岛诗歌分会成员与蒲风相会,酝酿成立青岛诗歌出版社,并在《青岛时报》上创办《青岛诗歌》副刊。1936 年,王亚平还与天津草原诗歌会、上海诗歌青年社等 13 个诗歌团体联合成立中国诗歌作者协会,将青岛诗歌会引向全国。

当然,由于中国诗歌会及左翼“国防诗歌”概念化、忽视艺术规律等问题,致使青岛诗歌会题材和形式过于单一,诗人个性的丰富度和复杂性缺乏充分而独到的表现。对此,袁勃曾有过“口号的呐喊,观念的描绘,也曾在其本身即自认为极须克服的弱点”[③]的检讨。

二　王亚平(下)

王亚平在青岛创作的诗集《都市的冬》《海燕的歌》和长诗《十二月的风》,是左翼诗坛极具影响的力作,在中国现代诗界享有盛誉。王亚平持守左翼诗派的创作立场,重视诗歌对现实的深切抵达,以“激动灵魂的真感”“作时代飞弦的和鸣”[④],使诗歌走进大众的生活和内心世界之中。

《都市的冬》

1935 年 6 月,王亚平诗集《都市的冬》在上海中国印刷社出版,由上海国际书店发行。诗集前有王亚平的一段题词:“沫若先生为题封面字,蒲风兄用批判的态度为本书作序,新波干青兆民松山诸兄在百忙中赐作木刻,路一兄给本书许多帮助,琳娜寒衣柳倩袁勃曼晴流冰诸友给我许多鼓励,许多珍贵的意见,作者在这儿特别致谢!”显然,王亚平诗集《都市的冬》是一部众望之作。王亚平回忆说:“我给蒲风写了一封信,提出我的要求和希望,要他专去找郭老一趟,最好能

① 《埃德加·斯诺采访鲁迅的问题单》,载《新文学史料》1987 年第 3 期。
② 王渭:《王亚平传略》,载《新文学史料》1989 年第 1 期。
③ 袁勃:《诗歌的机运》,载《袁勃诗文选》第 166 页,云南人民出版社,1981。
④ 王亚平、王渭:《两代诗》,第 364 页,诗联文化出版社,2010。

请他题个书名,早日寄来!很快蒲风回信了,打开信一看,郭老题的字也寄来了。我们常说喜出望外,这一次,真叫我尝到了希望之外的喜悦。”①

《都市的冬》共收诗歌 34 首,分为“离乱的歌”(5 首)、“都市的歌”(7 首)、“夜的歌”(4 首)、“农村的歌”(4 首)、“人生的歌”(13 首)、“暴风雨的歌”(1 首)共六个部分。集前有作者于 1935 年 5 月写的序诗,其中写:“旅心常萦绕愁颜的慈父,/梦魂怎能慰念儿的老娘,/纵诗笔能牵出心头苦话;/恨无力挽回这人间饥荒。”②1935 年 5 月 4 日,蒲风从日本东京写来序言,称赞王亚平的《都市的冬》“是近年来的新诗歌的簇新的姿态”,可以“使我们对怀抱这么一种精神的诗人,能够作一比较具体的研究与了解”。《都市的冬》是诗人由穷困碎裂的农村,流浪到饥寒畸形都市的写实和感受。“离乱的歌”刻绘了由于经济衰退、天灾人祸造成的大批难民无衣无食的凄惨景象。“都市的歌”“夜的歌”等表现破产的进城农民,不仅未被城市生存秩序所容纳,反而沦为“抹布阶层”的悲惨命运。

月儿还没有升起,
寒风吹来夕暮的影,
灰烟,一重重,漫过了
街心、瓦房、西式的楼顶。

褪了色的幌子垂在门前,
警察的脸缩进了皮大衣领,
布告牌上模糊的字迹:
(整理市政,恢复繁荣。)

积雪还没有融完,
冷,马路上冷清清的,
枯叶在秃枝上颤抖,
低诉着:“来了! 都市的冬!”③

这首诗是真实的写照。从有关资料看,这一年“青岛大小商铺,陆续倒闭者,至一千六百余家之多。且倒闭原因,十九由于收入不敷支出,资本倾尽,无法维持,不能不关门而去”。诗人擅长叙写,长于勾勒,字里行间充溢着热烈、真挚的

① 王亚平:《文思惊今古　诗声震雷电》,载《王亚平选集》下卷(文选)第 156 页,人民文学出版社,2023。
② 张泽贤:《中国现代文学诗歌版本闻见录(1920—1949)》,第 297 页,上海远东出版社,2008。
③ 王亚平:《都市的冬》,载《山东新文学大系(现代部分)》诗歌卷第 88~89 页,山东文艺出版社,1999。

情感。像《两歌女》,写出了卖唱歌女的身份、心境,不事雕琢,音韵铿锵。

王亚平的《都市的冬》是中国诗界的一本铿然鸣响的诗集,其中的诗大都有一个光明、高昂的收束,造成一种尾部上扬的写作惯式,诗人“配合了伟大的时代,这认识,不消说是透澈了大众的根性”①。

《海燕的歌》

王亚平诗集《海燕的歌》于 1936 年 10 月由上海联合出版社推出,共收新诗 27 首。诗集出版前,王统照于 1936 年 9 月 6 日在上海写了序言:“我向来对亚平写诗的态度与方法认为是郑重而且缜密。……在写诗的手法上是有进步了。对于时代精神的发扬却更清晰。字句中既有些稍稍笨重的地方,却不居心夸张,不油腔滑调,不过于装点,朴厚而有热诚,‘诗如其人’。”②1936 年 10 月 1 日,王亚平在《海燕的歌》的跋语称,身感“生活的铁鞭,惨酷地捶击着脊背,恶魔的黑手在四周伸张着,我想哭,想笑,想疾呼,也想……然而,我永远不想逃避,要把身心献于苦难的时代”③。

相比于《都市的冬》,《海燕的歌》对于时代精神的照见更加明晰,表现路径有了变化。《夜的流浪者》把物质意义上的流浪与精神乏倦的流浪融合,注入了诗人的主观经验;《农村的夏天》写“大道上奔涌着饥饿的群”,他们离乡背井,组成流民大军,流向城市,也流向死亡。诗人直抒胸臆,“我不想装饰成一朵玫瑰,/把自己的美丽露给人看,/更不愿拿虚伪掩住丑恶,/巧妙地赢得万人的荣赞”④。诗人常带入浪漫主义因子以加深现实题材的情感热度,将外在的社会历史事件与个人的主观情感体验融为一体。“我忍着孤伶,/度过万千年代,/在沉寂宇宙里歌颂光明;/叮铃——叮铃——”⑤诗人对民歌、民谣表意、修辞、抒情等元素的吸收,显现出一种雄健、壮阔的力量美。试读《生活》全诗:

生活象奔腾的狂流,
挟着你向前,
没有止息,永远不让你回头。
谁晓得要飘向哪儿哪?
把希望寄托到明天,
把希望寄托到远方,

① 蒲风:《〈都市的冬〉序》,载《两代书》第 307~308 页,人民文学出版社,2004。

② 王统照:《〈海燕的歌〉序》,载《王统照文集》第 5 卷第 533 页,山东人民出版社,1982。

③ 王亚平:《〈海燕的歌〉题后》,载《王亚平选集》下卷(文选)第 511 页,人民文学出版社,2023。

④ 王亚平:《自己的歌》,载《王亚平诗选》第 57 页,中国文联出版公司,1986。

⑤ 王亚平:《风铎》,载《王亚平选集》上卷(诗选)第 70 页,人民文学出版社,2023。

前进！稳稳地踏住脚板，
吃力地击起桨。
让谨慎时时噙在眼睛里，
当心触着礁石，
当心迷茫的烟瘴，
当心突来的风雨，
和起伏不定的骇浪。
前进！严肃地握住舵把，
让勇敢撑持着心胸，
莫怕炙人的烈日，
莫怕砭骨的凛寒，
莫怕兀夜霜露摧，
和关山千万重。
纵有时乌云遮住星月，
黑暗把宇宙占领，
你也要看准前方的灯塔，
从容地驶向辽远的航程。
这样，你将在患难里获得醒悟，
在醒悟里培植你伟大的生命。①

诗人巧妙地征用民歌押韵的复沓手法，加强诗的外在韵律，节奏游弋收放，为文本语意赋予了特殊的意象，读来朗朗上口。但《海燕的歌》有些诗篇在自然流畅的叙述后追加了一段较板结的理论，未免有“蛇足”之嫌。

《十二月的风》

1931 年“九一八”事变后，抗日救亡、民族解放的呼声成为诗歌创作的主旋律。1935 年冬，“一二·九”运动爆发，王亚平专程去北平接受革命洗礼，回青岛后创作了长诗《十二月的风》。

《十二月的风》完稿于 1936 年 3 月 16 日，于是年 10 月 1 日列入“诗人俱乐部版”由上海联合出版社刊行。这是一篇由 26 首短歌组成的长诗，每一首短歌都是一个独立的乐章，组合起来却是一个艺术整体，可谓 1935 年“一二·九”北平学生运动全过程的实录。首篇《十二月的风》为序曲，《伟大的前夜》实写学生运动前的不眠之夜，《一个非常的早晨》描绘了“一二·九”运动萌发的情景，《北

① 王亚平:《生活》，载《王亚平诗选》第 78~79 页，中国文联出版公司，1986。

平的怒吼》表现了"一二·九"北平"滔天的怒吼";其他诗篇从不同角度抒写了"一二·九"运动的片段,至学生离开北平,走向农村,去和民众结合;最后一首《大地动荡了》为终篇,反照出"一二·九"运动广泛而巨大的声势。王亚平的创作灵感是目击北平风起云涌的救亡活动。他在北平会见了参加学生示威游行而被打伤了胳膊的孟英,详细了解运动的起因和具体经过,尽管如此,仍感觉"一万个惭愧:我不能把笔杆化作枪杆,把每个字都变成炸弹"①。《十二月的风》最后带着有声感的节奏写道:

> 奔腾呀!奔腾呀!奔腾呀!
> 漫过五岳巍峨峗岩的丘陵,
> 漫过三大流域无边的草原。
> 四万万健儿挣扎起奴隶身子,
> 借风势推动时代的巨轮,
> 剖开地球黑暗的核心,
> 搀扶地狱下受难的奴隶。
> 那时,上帝也会露出愉快笑颜,
> 太阳在空中吐放绮丽的光彩。
> 听!十二月的风伴奏大众呼声,
> 在朝昧幻影里歌颂黎明到来。②

王亚平的《十二月的风》是长篇叙事诗的结构,却是抒情的笔致,是北平"一二·九"运动为诗人的创作提供了生活源泉。《十二月的风》对诗界的震荡超过了《都市的冬》和《海燕的歌》。

总的看,王亚平诗歌是30年代中国诗歌会旗帜下的产物,"创作方法上主张现实主义,在当时有着积极的意义,起了战斗的作用"③,同时对崇高的美学范畴、诗歌的平实遒劲之美的探讨,作出了可贵的贡献。但王亚平徘徊在强烈的政治意志与诗人丰富的创作主体之间,存在内涵面单薄、诗意浅露之作。

1936年10月,王亚平和青岛文学界的朋友发起追悼鲁迅活动引起青岛反动当局的注意,"王亚平"这个秘密从事左翼诗歌运动的名字暴露了。不日,青岛市教育局撤销王亚平的校长职务。王亚平被迫"怀着拜伦'去国行'的心情"

---

① 王亚平:《我怎样写十二月的风》,载《诗歌小品》1936年第2期。

② 王亚平:《十二月的风》,载《一二·九诗选》第19页,中国文联出版公司,1986。

③ 臧克家:《捏着一把火——序〈王亚平诗选〉》,载《臧克家全集》第10卷第403~404页,时代文艺出版社,2002。

离开青岛,渡海去日本,留学东京早稻田大学。

三　蒲风的诗与“斯达哈诺夫运动”

蒲风是中国诗歌会最热心、最活跃的代表性诗人,在左翼诗坛宛若一颗煦光闪烁的诗星。1936年7月蒲风来到青岛,指导诗歌社建设、诗歌出版。在青岛,他出版了诗集《钢铁的歌唱》,发起新诗歌的“斯达哈诺夫运动”,推动并助力青岛诗歌会融入全国左翼红色诗潮之中。

蒲风(1911—1942),原名黄日华,广东梅县人。早年受黄埔学生军东征革命的感染,参加了梅县暴动,并到印度尼西亚东爪哇、雅加达、泗水一带活动,还与友人创办不定期进步刊物《狂风》。1930年,蒲风考入上海中国公学,求学期间加入“左联”。1932年,针对诗坛上一些诗歌“写得和大众距离十万八千里”,蒲风与杨骚、穆木天、任钧等发起新诗歌运动,组办中国诗歌会。由于任职常务执行委员、总务干事,蒲风便对包括青岛分会在内的中国诗歌会各地分会工作,“过问一切、推动一切”。1936年7月1日,蒲风在动身来青岛之前写了《我迎着风狂和雨暴》一诗,其中有“我们要掀起铁流群的歌奏!/天津,上海,威海卫,烟台,/青岛,福州,厦门,汕头,/我们要让每一粒细砂也都怒吼”的诗句。7月5日,蒲风到达青岛,住进沈旭福建路的住所,旋即躬身指导青岛诗歌会的工作,他本人也迎来了诗歌创作的高产期。

蒲风在青岛诗歌出版社出版的诗集《钢铁的歌唱》是他的第四本诗集,是诗人“为民族自由、为祖国存亡而从熊熊燃烧的心坎发出了怒吼”[①]。与之前的《茫茫夜》《六月流火》《生活》诗集不同的是,《钢铁的歌唱》都是“近于‘国防诗歌’的一方面的”,而“论起‘国防诗歌’来”,“‘心防’最关逼切”,即体现为民族自由而斗争的钢铁般意志,蒲风认为自己“已尽了一部分的力”。《钢铁的歌唱》收诗26首,其中包括《武装田地山河》《中国,我要做个炮手哟》《美丽的林英》《优良的射击手》《第一颗子弹》《我站立在海滩上》等写于青岛的诗篇。诗人希望民众团结抗战,他在《钢铁的歌唱》亮出歌喉:“真理是磁石,/我们是钢铁”,“当自由的火热/燃烧在四面八方”,他鼓舞人民“迎着敌人的炮弹,/速光般地,我们杀上前,/杀上前面!”[②]在《第一颗子弹》中,诗人将人民觉醒后的第一颗子弹射向汉奸卖国贼,并乐观地看到,“田野里早就诞生了火的洪流:/众多田野的火/汇合着,/响应着;/中国的农村,到处射出了第一颗子弹,/中国早就在燃烧着了呵!”

---

① 《钢铁的歌唱·编者按语》,载《六月流火》第157页,花城出版社,1983。

② 蒲风:《钢铁的歌唱》,载《一二·九诗选》第352~353页,中国文联出版公司,1986。

《优良的射击手》的开头一如标题所揭橥的那样:

实弹射击吧,老大哥,
　　在对面
我为你安装三个大红点:
第一个:满洲国臭辫子!
第二个:帝国主义
　　　加在中国的铁锁!
第三个:缠在老百姓身上的苦索!
　　瞄准着——
　　射击着——①

分析蒲风诗歌频繁使用的意象,显然是“国防诗歌”的创作理路,他在革命现实主义的精神维度上进一步用诗歌发出能代表时代动向的声音。蒲风在青岛写的诗歌具有强烈的抒情色彩,呈示出 30 年代政治抒情诗的基本样貌。身为中国诗歌会的发起人,蒲风致力于融入浪漫主义因子的新现实主义诗歌流派建设,开启了清醒的阶级与民族意识、叙写重大历史事件、表现底层民众生活的诗人之路。蒲风一贯强调,“为自由、为真理而歌唱,这可应该是天赋给诗人的职责”,他深情拥抱社会现实,不畏背负“非诗”的指责,倾情于对工农群众的表现与讴歌。当“国防诗歌”口号提出后,蒲风以澎湃的激情和刚健、质朴、明快的诗风,表达了争取民族自由独立的决心。

除此,蒲风在青岛写的《我们是送葬的喇叭手》,收在 1938 年 2 月在广州出版的诗集《黑陋的角落里》中。蒲风的诗以现实斗争、时代生活为内核,涌动着乐观、昂扬、自信的青春热力,情感丰沛,语言通俗,在反映诗歌革命的、大众的、现实的价值观方面不遗余力。显然,蒲风的诗歌有意放逐诗人的个性创造,突出表征政治美学。

新诗歌的斯达哈诺夫运动

诗歌创作与新诗歌运动,是蒲风对于中国现代诗歌史的两大贡献。作为后者最突出的标志性事件是,1936 年 7 月,蒲风在《青岛诗歌》创刊号上提出了轰动中国诗界的“新诗歌的斯达哈诺夫运动”。

“斯达哈诺夫运动”,原指 20 世纪 30 年代苏联的群众性技术革新和社会主义劳动竞赛运动。1935 年 8 月 31 日,采煤工人 A. Г. 斯达哈诺夫在顿巴斯伊尔

① 蒲风:《优良的射击手》,载《钢铁的歌唱》第 1 页,诗歌出版社,1936。

明诺中心矿井,利用老式风镐创造了世界采煤新纪录。11 月,斯大林在出席第一次全苏斯达哈诺夫工作者会议上提出发动一场轰轰烈烈的运动提高劳动生产率。斯达哈诺夫,一个普通的采煤工被写进《联共(布)党史简明教程》,一跃成为运动的旗帜人物。这一奇迹竟使蒲风捕获了某种暗示,他提出在中国诗界倡兴“新诗歌的斯达哈诺夫运动”,要求中国诗人像斯达哈诺夫那样高速度、高效率地写诗,要“在五六年内完成十册诗集以上”。蒲风发表了三个观点:

> 一是“目今客观上新诗歌运动已在蓬勃着,这也正说明了更依靠众多的诗人的努力的蓬勃运动更加可能而且必要”;
>
> 二是“文坛上基于系统的封建关系产生许多敷衍式的文章,九分人事一分艺术成了通病,所以为了中国文艺界的前途,为了文艺创作仍属薄弱,目前来打起大家的精神来,加紧努力而且认真创作,这是必要的”;
>
> 三是“文艺界上的斯达哈诺夫运动,对于‘个性化’特别一再唤起,在人物中要求典型,在典型人物中发掘真实的个性、底蕴,对于有人曾讥某一时期的作品为‘千篇一律’的现阶段的中国,这当然是对症下药”。①

蒲风在诗歌界开展“斯达哈诺夫运动”并非孤立现象,而是俄苏文学对中国的启示。从时间上看,俄苏文学在中国的译介与中国新文学的发展脉络合上了拍子。随着左翼文艺运动的发展,“染着十月革命的赤色”的俄语诗歌对中国诗界形成广泛影响,“国防诗歌”则是苏联赤卫海陆军文学同盟“保卫文学”的借镜。蒲风特别推重俄苏“革命浪漫谛克路线”,尊崇普希金、高尔基、马雅科夫斯基等诗人,他说,“对于普式庚,对于马耶阔夫斯基,我们尤其需要学习”,“高尔基是始终教训我们‘前进’‘向上’,走向伟大光明的”。显然,蒲风诗歌体现了学习俄苏文学家用“民众的语言”写诗的风格。

蒲风不惟提出了“新诗歌的斯达哈诺夫运动”,而且用透支生命的方式身体力行,产量十分可观。1936—1937 年,蒲风连续出版了《生活》《钢铁的歌唱》《摇篮歌》《可怜虫》《抗战三部曲》5 部诗集。他不仅擅长写长篇叙事诗、抒情诗、讽刺诗,还写大众合唱诗、街头诗、朗诵诗、传单诗、儿童诗、明信片诗、客音体方言叙事诗。从 1934 年《茫茫夜》起到 1939 年《取火者颂》出版,蒲风在不到 5 年的时间创作出版了 16 部诗集,一生的诗约有 1.8 万多行。在蒲风的带动下,青岛诗人王亚平、袁勃、沈旭、史轮都借助“新诗歌的斯达哈诺夫运动”出版了自己的诗集,形成一批代表新诗发展新水平的成果。1936 年,中国共有 66 名诗人

---

① 蒲风:《我为什么提出“新诗歌的斯达哈诺夫运动”——一个诗人的自由》,载《生活学校》第 1 卷第 6 期,1937。

出版了 71 部诗集,成为中国新诗发展史上的"黄金年"。

蒲风提出的"新诗歌的斯达哈诺夫运动",注重诗歌的多产和宣传功用,偏重诗歌的集体主义方向和波澜壮阔的声势,却混淆了物质生产和精神生产的差别,诗歌的智性品格不免流失。1936 年 7 月 18 日,蒲风在青岛写的诗歌《青岛》其中有这样的诗句:

青岛是位被逼卖淫的娼妇:
头戴着鲜红的帽子,
身穿着绿色的衣裳,
大小马路是花格子,
中山街直通栈桥的柔水,
恰似长垂的彩带在海风中飘扬。
大港、小港像作她的四肢,
跑马场、影戏院、炮台,公园,
游泳场……像作她的腹脏。
观象山是凸起的头颅,
假如她还有对锐利的眼睛哟,
那便只好独推天主教堂。
天主教堂的十字架高插云天,
它无日无夜不向着大海眺望,
——从天间倏忽的袭来阴郁,
——从天间忽然又飘来晴朗。
她在挂念着:
今夏阔老们可仍像往常?①

蒲风把想象转化为意象,又把意象变成象征,赋予了青岛不可思议的寓意。臧克家评价蒲风的诗歌,"产量太多,艺术的锤炼不够,许多作品不免粗糙"②。

四　袁勃　沈旭　史轮

袁勃、沈旭、史轮是 30 年代青岛左翼诗歌矩阵的"同频"诗人。他们年龄相

---

① 蒲风:《青岛》,转引自《20 世纪 30 年代青岛左翼文化运动》第 100 ~ 101 页,中共党史出版社,2005。

② 臧克家:《"五四"以来新诗发展的一个轮廓》,载《学诗断想》第 35 页,四川人民出版社,1979。

仿,相识相知,虽职业不同,但都写革命诗歌,用诗歌烛照时代风云。袁勃以左翼诗人和诗论家的双重身份,追求“诗歌的脚跟应踏到现实世界”①。沈旭的诗写被压迫民众的痛苦、灾难和反抗,感情炙热,富有鼓动性。史轮的诗是时代的进行曲、抗战的冲锋号,由热血诗人走上民族解放的革命道路。

袁勃

袁勃(1911—1967),原名何风文,直隶(河北)广宗人。早年在邢台、保定、北平等地求学,“九一八”事变二周年时参加反帝大同盟运动,写作诗文抨击时政,或可是袁勃习文的开端。1932 年冬,袁勃与王亚平等投身中国诗歌会的新诗歌运动,参与编辑《新诗歌》,写了不少呼唤真理、追寻自由的新诗。1934 年,为躲避反动当局的追捕,袁勃与王亚平流寓青岛任教于黄台路小学。

从冀南平原经文化中心北平,栖身滨海城市青岛,袁勃带着燕赵诗人的热情与锐气,有力地参与了青岛现代诗歌运动。一方面,他是《诗歌季刊》《诗歌新辑》编辑,并借《青岛时报》和《青岛民报》先后出刊了《诗歌周刊》和《青岛诗歌》两个副刊,表达了“此后的诗歌的路,将是个鲜明的现实主义诗歌的道路”②的信念。另一方面,袁勃与王亚平一道致力于青岛的左翼诗坛建设,联络国立山东大学和青岛各中学爱好诗歌的青年学生,自觉肩负起反映社会现实的重要使命。王亚平评价袁勃,“无心成为诗人,却一开始写作,即以诗作为战斗武器,在以后的战斗中,却写出了很好的诗”③。1935 年 10 月袁勃在青岛写作并发表《真理的船》,表达了一个青年诗人献身理想事业的精神追求。

人类代代生生驾着一只真理的船,
用尽气力撑向遥遥的未来的彼岸。
那彼岸是人类理想中的天国,
那天国是人类希望中的乐园。
那里自由在飞扬,
那里光明在照耀,
那里和平在实现。④

生活在民族危亡的时代,环境险恶,针针丛棘,诗人举目四望满眼疮痍。袁勃的诗歌不乏滴血的悲鸣,他写的《仇恨》满是血泪:“仇恨郁结在心底,/桂儿淌

① 袁勃:《关于诗歌的技巧问题》,载《袁勃诗文选》第 177 页,云南人民出版社,1981。
② 袁勃:《关于诗歌的路》,载《青岛时报》1935 年 11 月 30 日。
③ 王亚平:《〈袁勃诗文选〉序》,载《袁勃诗文选》第 2 页,云南人民出版社,1981。
④ 袁勃:《真理的船》,载《中国新文学大系(1927—1937)》第 14 集第 479 页,上海文艺出版社,2010。

下一脸泪痕。/尖削的海风/吹颤了她的小手/被人扯破的衣襟;/两颗伶俐的眼睛/望着爸爸的白发/摇荡着老人心里的苦痛。”①1936 年初冬,700 多名全副武装的日本士兵乘军舰突然登陆青岛。他们以“解决工潮”为名肆意抓人,搜查市党部、社会局、报社、国术馆等机构,侮辱、殴打学生,制造恐怖事件。有感于日军暴行,袁勃写下了血脉偾张的《血债——咆哮着的青岛》:

青岛正在梦中:
想不到
太平洋的冰流
驮来戴钢盔的敌人,
一联队,一联队,
随十一月的飓风,
直向它的四周吹送。
军舰停泊,栈桥边近,
探海灯,野兽的眼睛,
穿射在黑暗的夜空。
小青岛的灯塔上,
旋明,旋灭,旋暗,旋红,
挂不住了经常的平静!
青岛是被奸淫着了,
纵然它——
还沉迷在安乐的梦幻。
晨曦中
恐怖的魔手撒向街心,
象流云,
飞扬着太阳旗,
伴随装甲汽车遍处穿巡。
向行人,
红帽箍露出狰狞,
任情逮捕,任情侮损!
把它当做鹰爪下的残生。②

① 袁勃:《仇恨》,载《袁勃诗文选》第 45 页,云南人民出版社,1981。
② 袁勃:《血债——咆哮着的青岛》,载《袁勃诗文选》第 32~33 页,云南人民出版社,1981。

诗中交织着难言的愤怒与悲凉,既有对外辱铁蹄切骨的恨,又贮含着对当局无视与麻木的疼。1936年,袁勃的诗集《真理的船》由青岛诗歌出版社出版,这是他作为左翼诗人出版的第一本个人诗集。

与30年代青岛左翼诗人不同的是,袁勃称得上北方左翼文艺评论的"一支健笔"。他的许多诗论文章既阐述了左翼文学的理论主张,又是诗歌大众化的代言人,在诗歌创作论、批评论等方面的阐述几成体系。青岛时期,袁勃结撰和发表的诗论文章有《诗歌的机运》《关于诗歌的路》《论叙事诗》《关于诗歌的技巧问题》《诗歌的新启蒙运动》《关于国防诗歌》《向诗友们请求》等。

袁勃的诗论,一方面分辨诗歌创作的大是大非。他在《诗歌的机运》一文充分肯定中国诗歌会倡导的现实主义诗歌运动的重要意义,指出在1933—1935年三年里,"现实的气氛,弥漫于中国的诗坛,姿态是非常劲健,使各地爱好诗歌的青年摸得一条新的途径,给诗歌的现实主义,奠定一个坚固的基础"[①]。值得特别指出的是,袁勃的诗论文字并不回避新诗歌运动存在的缺陷与不足。例如:一些诗人的激情未能接合具体的形象,一些诗作"太空泛","有空洞之嫌","系观念的描写,失之于口号化","陷于空想的泥沼"。对于风花雪月、无病呻吟之作,袁勃更是痛斥,他指责一些诗人充当"布尔乔亚的犬儒",讴歌"布尔乔亚的恩德,以及麻醉大众"。[②] 1935年11月,袁勃在青岛写的《关于诗歌的路》称:

> 可是不幸,自由体的白话诗,自不脱旧词藻的"胡适之体"解放出来以后,学泰戈儿的冰心,发展到哲理诗人废名,学哈代的徐志摩,发展到"也许"诗人闻一多,业已登峰造极,走投无路了。如今的卞之琳、林庚、孙大雨、孙毓棠、林徽音、方令孺诸人,也不过堆砌词藻、故弄玄虚,即有时作到轻云曼妙,也不会再超过闻一多的成就!如说到诗歌的新路,"也许还得另外有人",现在已非"新月"残照的天下了。[③]

另一方面,袁勃关切新诗建设。他在论及中国诗歌会以现实主义诗作"造成了诗歌的新机运"时,认为新诗的机运除主要来自真实地反映现实生活与"内容的多样化的摄取"外,还与"离弃卑俗的固定的诗形","在诗形里去注入音乐的旋律,在内容里溶进吟唱的歌声",以及"从笔尖上到口头上的'诗'与'歌'合流的强化"[④],有着密不可分的关系。袁勃重视新诗的形式,却主张"粉碎一切形式主义的老套",因此他对田间诗集《中国牧歌》中使用的一字一行、两行一节的形

①④ 袁勃:《诗歌的机运》,载《袁勃诗文选》第167、164页,云南人民出版社,1981。

② 袁勃:《诗歌的新启蒙运动》,载《袁勃诗文选》第179页,云南人民出版社,1981。

③ 袁勃:《关于诗歌的路》,载《袁勃诗文选》第172页,云南人民出版社,1981。

式表示“不妥”,过度的形式使诗篇缺损雄浑的骨力,难以表达充溢的诗情。

身为左翼诗人和诗论家,袁勃应和 30 年代新诗歌运动,在青岛这个“新月”诗派占上风头的城市,他不畏权威,不屈不挠地坚持现实主义创作原则,但又存在左翼诗派共有的偏激性和局限性。虽然自觉到左翼诗人对诗歌大众化存在形式化理解,却又无法阐释诗人如何成为“大众中的一个”的内在理路。袁勃对“新月”诗派和“现代派”的批评,不但缺乏公正与冷静,而且因诗学功底的欠缺,有的诗论几如脱口秀,只能作为“救亡运动的喇叭筒”①。

沈旭

沈旭(1912—1989),曾用名沈玉成,笔名侯旭、育成等,河北玉田人。幼年随家人闯东北,于 1931 年来到青岛就职于邮电局,遂租住了福建路的一间居室。1935 年秋,沈旭在国立山东大学中文系旁听。② 沈旭是青岛“左联”小组的成员,与“荒岛”书店的孙乐文交往甚密。

沈旭是以编辑兼诗人的面目出现在青岛文坛的。由于参加邮务工会,沈旭做了《青岛邮工》月刊的编辑,便以笔名发表诗歌、杂文、评论等作品。1935 年秋冬,沈旭、袁勃等在《青岛时报》编辑《每周文学》和《诗歌周刊》副刊,沈旭提出,诗歌不仅要“愤恨现实,毁灭现实”,“更要跨上新的阶级做社会进化的推动者,开拓历史进程的急先锋”。但这两个副刊因峻切的笔锋和左翼倾向不为当局所容,存续的时间都不长。《每周文学》自 1935 年 11 月 9 日创刊,至 12 月 7 日终刊,仅出了五期;《诗歌周刊》自 1935 年 12 月 14 日创办,至 1936 年 3 月 28 日终刊,仅坚持了三个月余。沈旭在《终刊辞》中道:“它在不容于某种环境和内在情绪的惆怅之下,不得不和朋友们告别了!”③1935 年,在中国诗歌会及青岛诗友的支持下,沈旭主导发起、组办青岛诗歌出版社。

在青岛,沈旭曾有包括三集以“黎明前奏曲”为题的诗(故事)集和一集题为《诗骨集》诗歌评论集的创作规划。第一集《黎明前奏曲》为诗集,于 1936 年 2 月 8 日由诗歌出版社出版,集子中除了 105 行《春曲》为旧稿外,其余 36 题 37 首长短诗篇是他仅“用了月把的工夫写成”。因生活“极端窘迫劳碌”,致使沈旭“没有闲心一句一句的把它雕琢成了狐狸的外套”,但他自信,“血是沸腾的,笔是雄浑的”。④ 其中的《青岛小港》《凿牡蛎的妇女们》《海上之歌》《灯塔》,是径直从海边提取的素材,复现给读者的是破败、凄迷的海滨景象,以及“老头儿”

---

① 袁勃:《诗歌的新启蒙运动》,载《袁勃诗文选》第 180 页,云南人民出版社,1981。

② 《山东大学新收旁听生　共计三十三人》,载《青岛时报》1935 年 10 月 15 日。

③ 沈旭:《告别》,载《青岛时报》1936 年 3 月 28 日。

④ 沈旭:《〈黎明前奏曲第一集〉后记》,第 94 页,当代诗歌社,1936。

“疯婆子”“排字工”等一些“灰色生活里的一群”。蒲风对沈旭的这本处女作诗集给予热情关注,将其与此前田间出版的《未明集》合并评价,写出了《“黎明”和“未明”》一文,刊登在《东方文艺》一卷二期上。

沈旭在第一个诗集后曾预告,第二集为诗集《太阳之歌》,含四首长诗,分别为《进行曲》《长城曲》《流亡曲》《怒潮》;第三集为长篇故事《死亡线外》。1936年冬,沈旭改变了计划,将预告中的第二、三集合为一册,并补入新作,出了一本诗集名为《死亡线外》,共收长短诗23首。第二集预告中的《流亡曲》改为《流亡之歌》,《怒潮》改为《我们要驰骋咆哮》,还有《五月的中国》《头顶黑暗的云际》《海的歌唱》《大众喘不过气来了呵》《悼百五十一名灾尸》《夜车中》《丽丽》《纪念亡友》《悼高尔基》等。诗集《死亡线外》于1936年12月1日由诗歌出版社刊印,上海联合出版社总经销,生活书店代售。

诗集《死亡线外》的标题诗《死亡线外》是一首长诗,完成于1936年9月,其中的诗句犹如血肉和骨骼组成的生命空间。

太阳射出金光来,
血色的旗帜在飘扬,
愉快的铁脸在发光。
集合着,集合着!
大家荷起枪。
怒吼啊! 怒吼啊!
中华民族的兄弟们!
我们要夺回我们的宝库,
我们要捍卫我们的国土。
揭起斗争的火把,
整齐钢铁的队伍。
为自由,为正义,为和平,
不怕死,对准敌人的胸膛,
向前去冲锋。
我们是反抗的铁军,
我们是斗争的先锋!
勇敢地发扬祖国的神武,
踊跃地辉煌祖国的神武。①

① 沈旭:《死亡线外》,载《死亡线外》第88~89页,1936。

《死亡线外》甫一出版,胡风即撰述评论予以介绍。此外,沈旭还在 1936 年 1 月《诗歌新辑》第二辑上发表诗歌《新兵》。

沈旭曾预告的诗歌评论集《诗骨集》,是由《〈望舒草〉及其他》《〈铁马集〉》《〈烙印〉及其他》《〈宇宙之歌〉》《〈六月流火〉》五篇文章辑成,是对戴望舒、陈梦家、臧克家、陈子鹄、蒲风诗集的评述。严格讲,沈旭难以体悟戴望舒对"淳朴与微妙"的诗歌特质,也不能共情陈梦家的《铁马集》"纯粹性"与"现实性"的双重特色,显然沈旭的批评无法给读者以审美理论上的满足。沈旭在青岛还写有剧本《赖捐》,讽刺国民党政府的苛捐杂税,多少有点喜剧色彩。

沈旭的诗明朗嘹亮,有情绪不断翻滚的节奏把控。但由于大多为潦草的急就篇,盖过了美学的灵光,有"流于革命浪漫主义的空洞的毛病"①。蒲风来青岛时住在沈旭的家里,二人有过面对面的讨论。可能蒲风的些微"颇为严厉"的批评刺伤了沈旭的自尊心,沈旭中断了诗歌创作,踏上了从政之路。

史轮

史轮(1908—1942),原名马清瑞,字超尘,笔名还有超伦等,山东邱县(今属河北邱县)人。1930 年他加入中国共产党,但后来与党组织失去联系,旋即考入烟台军官学校,同时不断创作诗文。1933 年 6 月,上海泰东图书局出版了史轮处女作诗集《白衣血浪》。1936 年初春,史轮来青岛参加进步文艺活动。

其实,史轮与青岛左翼诗坛颇有渊源。早在 1934 年 12 月王亚平等创办《诗歌季刊》时,史轮就在第一期发表了《河北民间歌谣》,接着又在 1935 年 3 月出刊的第二期上发表了诗歌《中秋月》。在青岛《诗歌新辑》第一辑上,史轮发表了《雨》和《运河岸上》,又在第二辑上发表了诗歌《夜渡黄河铁桥》。王亚平在回忆文章中称,在青岛与史轮"不曾会过面"。1936 年 11 月王亚平因筹划悼念鲁迅活动"被迫放逐",临行前"袁勃、劫夫等站在胶州湾上"送别王亚平"流泄着愤恨的眼泪"时,史轮也不在场;王亚平到达东京后"获得"史轮的信,"却比他们的愤恨更深更多"。② 史轮将诗集《战前之歌》寄给王亚平,王亚平读后"很受你热情的鼓涌,及思想潜力的激荡,就以诗歌出版社的名义给你出版了"③。1936 年 12 月,史轮在青岛收获了第二本诗集《战前之歌》。

史轮在青岛发表的诗歌,主要有《石榴又炸开了满树的火花》《野战病院里》《太阳的群》《更夫曲》《船夫曲》《祭》《溶流》,还有诗剧《血的愿望》、诗歌理论《国防诗歌的几个要件》等。其中,1936 年 10 月他在天津"左联"刊物《诗歌小

---

① 蒲风:《"黎明"和"未明"》,载《东方文艺》第 1 卷第 2 期,1936 年 5 月。

② 王亚平:《你活得强硬,死得沉重》,载《威州战歌》第 1 部下卷第 245~246 页,人民出版社,2020。

③ 李篁:《你活得强硬,死得沉重——哭诗人史轮》,载《新华日报》1942 年 9 月 16 日。

品》创刊号上发表的《太阳的群》,是以太阳意象映射出的呼唤光明、崇尚力量、追求进步的抒情诗。诗的第一节就显出诗人的英气:

地球的脊背上驶过巨人的行列,
手挽着地球,怀抱着太阳,
刚拂拭了江南天板上的雾瘴,
立即又溶解了冰雪的北方。
看样子走遍世界也不会疲惫,
在刀山上攀爬也没有慌惶,
正像以色列人日夜兼程地出离埃及,
火柱的光照中流着奶和蜜。①

"太阳"是30年代左翼诗人特别热衷的讴歌物象,诗人出于内心对和平、光明、幸福的祈求,采用拟人、夸张、象征等笔法,着力突出光、热、力等富有时代意味的意象群,呼唤并创造"一个斗争的热情的时代"。史轮的《更夫曲》写生活在都市暗部百姓的贫陋与不幸。全诗共八节,前二节这样写:

汽车进了栏,
电灯熄了明。
只有俺
擎着冰冷的梆子,
一匝匝,
一轮轮,
在冷暗的夜里巡行。

鸟也知道休息,
虫也知道疲困。
只有俺
为了两顿剩饭,
忍着困,
挨着冻,
在替主人守护梦中的安宁。②

① 史轮:《太阳的群》,载《诗歌小品》创刊号,1936年10月。
② 史轮:《更夫曲》,载《威州战歌》第1部下卷第87页,人民出版社,2020。

这是都市深夜打更夫生活的真白摹写。诗人诗意在心,叙事直白,朴实无华,特别是引青岛“土白”入诗,诗情浓重,增强了与民众的亲缘性。

1937 年 1 月 12 日,史轮在青岛完成的诗剧《血的愿望》,是一出古装历史剧,借唐代诗人杜甫与县令的酒后对谈,宣泄了爱国诗人济世报国、不做亡国奴的豪情壮志。这出诗剧于 1937 年 5 月发表在中国诗歌作者协会抗敌联合组织的机关刊物《诗歌杂志》第三期上。试看其中的一个片段:

杜　甫　喂! 在这胡马踏入门栏的关头,
诗人还不该拿他的歌喉代替剑戟铿锵?
再假若连诗歌也没了用的时候,我们就掷下笔,跨上战马执起杀敌的钢枪!
县　令　对,就是如此。
杜　甫　天若假年,我将把我的诗稿大部烧毁!
就是说那“朱门酒肉臭,路有冻死骨”。
县　令　那真是千古的绝韵!
杜　子　也是千古长恨的真实。
杜　甫　然而总不如尝尝大众公敌的血津,
击着战鼓把外侵敌寇赶出中华去。
我渴望真正的和平,也赞美为真理而战,
你从我的诗句中总可辨出这并不矛盾的至理。[①]

史轮的创作以诗歌为主,诗论文章也写但不多。适应“国防诗歌”的需要,史轮在青岛写的《国防诗歌的几个要件》提出了诗歌是杀敌利器的观点。他说:“我们的出身、环境和因生活、地位造成的思想、作风彼此有着不少的差异,但是你既有意要做救亡工作,那么你的诗篇须是一种杀敌的利器或至少在某一点上须具有杀敌的意义。绝不能再是供人玩赏的什么所谓艺术品,更其不是博取公子、小姐欢心的莺声、巴儿狗叫。”[②]史轮还在《青岛民报》的《青岛诗歌》副刊撰文提出,诗人要“握紧诗歌大众化的钥匙”,勉励歌谣、小调、鼓词的写作,“只要我们招来了大众和他们融为一体,时代是筋斗拌块地前进的,纵然四周是雾漫漫的”。史轮还提倡创办小型诗刊和歌集,“和街角上、集会的书摊上两元一本的唱本一样多,一样普遍”;唯此方能广布“大众所在的每一个角落”。[③]

① 史轮:《血的愿望》,载《威州战歌》第 1 部下卷第 142 页,人民出版社,2020。
② 史轮:《国防诗歌的几个要件》,载《诗歌杂志》第 3 期,1937 年 5 月。
③ 史轮:《诗歌漫谈——向诗友提出的意见》,载《青岛民报》1936 年 9 月 27 日。

1937 年卢沟桥事变,兵凶战危,史轮重归河北,于 11 月辗转到达陕西参加了西北战地服务团。1942 年,史轮在雁北“反扫荡”斗争中被俘壮烈牺牲。

五 青岛诗歌出版社和《诗歌季刊》

由于王亚平等人的努力,青岛诗歌出版社和诗歌生活社相继成立,《现代诗歌》《诗歌新辑》《诗歌季刊》等诗歌杂志相继在青岛创办,《诗歌周刊》《青岛诗歌》等报章副刊相继刊行,一定程度上解决了青岛“有诗无坛”[①]的局面。事实上,青岛诗歌出版社和《诗歌季刊》开拓了中国左翼诗歌运动的地方空间。

青岛诗歌出版社

青岛诗歌出版社始建于 1935 年,发起人为沈旭、王亚平等,社址在青岛无棣二路 2 号,属青岛诗歌社的组织。这是 20 世纪上半叶青岛文化出版史上不多见的拥有独立编辑、传播、营销机制的文艺生产机构。1937 年,《文艺战线》刊载的一则消息道:“青岛诗歌出版社确有不少成绩。青岛诗歌出版社诸诗人发起大型《诗歌专刊》,曾震动南北诗坛。其后,由于彼等努力精神的坚持,创作实践的进步,陆续出版过定期刊物《诗歌新辑》(王亚平、袁勃、史轮、冀春主编)及《青岛诗歌》(袁勃主编),并出有丛书六种,如史轮之《战前之歌》及蒲风之《钢铁的歌唱》,青岛文坛因之增加了不少火力。”[②]

首先,青岛诗歌出版社编辑出版面向全国的诗刊《诗歌新辑》。1935 年 11 月,由诗歌新辑社编辑、诗歌出版社出版的《诗歌新辑》第一辑出炉,上海群众杂志公司总经销。第一辑《诗歌新辑》共有 21 篇诗歌、诗歌评论及翻译作品,其中青岛诗人的作品有王亚平的大众合唱诗《渔阳行》和诗《星的歌》,袁勃的诗《我何曾失去?》和诗评《诗歌的机运》。1936 年元旦,《诗歌新辑》第二辑出版,其中青岛诗人的作品有王亚平的诗《北平的怒吼》和大众合唱诗《抢堤》、袁勃的诗《送别》、沈旭的诗《新兵》、西蒙的译作《城与浮士德》、杜宇的译作《诗的分野》。《诗歌新辑》的内容大都写民众的苦楚与反抗,颇有生活气息与战斗性;形式也较为丰饶,有大众合唱诗、拟民歌体诗,还有日本和苏联进步诗人的译作。在诗歌作为抗日救亡重要介体的思想指导下,《诗歌新辑》具有明显的排他性,在抨击左翼诗派之外的“新月”诗派时称“把艺术当作玩弄人生的新月派”[③]。

其次,青岛诗歌出版社出版个人诗集。1935 年 11 月,江岳浪的《路工之歌》

---

① 琼珊:《一年来的青岛诗坛》,载《青岛时报》1936 年 1 月 1 日。

② 青:《青岛文坛近况》,载《文艺战线》第 5 卷第 14 期第 5~6 页,1937。

③ 林蒂:《关于诗的技巧及其他——新的形式底检讨》,载《诗歌新辑》第 2 辑第 1 页,1936 年 1 月。

最早在青岛诗歌出版社刊行,共收诗 25 首。江岳浪(1910—1945),原名江觉民,笔名洪球,浙江湖州人,是中国诗歌会吴兴分会负责人。蒲风和王亚平分别为江岳浪的《路工之歌》写了序言。王亚平的序言写于 1935 年 10 月,他肯定江岳浪的《路工之歌》,“没有芳草玉树,没有花月美人,有的是——一幅幅凄惨的血肉模糊的这时代下的图画”①。1936 年 1 月,青岛诗歌出版社以“丛书第二种”为名出版了夏孤帆的《孤帆的诗》,诗集名由郭沫若题签,上海中和印刷公司承印。同年 2 月,青岛诗歌出版社又相继推出沈旭的《黎明前奏曲》、袁勃的《真理的船》、史轮的《旱》;于 5 月出版了温流的《我们的堡》,版权页上标明“丛书第三种”。温流(1912—1937),原名梁启佑(后改名梁惜芳),广东梅县人,是华南新诗运动的拓荒者。青岛诗歌出版社刊布了六种诗集后,于 1937 年初关闭,但“诗歌出版社”之名一直持续到 40 年代初。

1936 年 3 月,“诗歌生活社”在青岛成立,编辑出版《诗歌生活》,主要撰稿人有郭沫若、王亚平、林林、蒲风、林蒂、李华飞、许幸之等。王亚平在《诗歌生活》第一期发表《破旧了的机杼》一诗,“谁料到过剩的洋布卷入乡村,/希望——像狂风扫灭残余的烛光。/土布再不能换到一星米盐,/城里的布市已筑起高大的教堂。”②1936 年 10 月《诗歌生活》停刊。1935 年 12 月,沈旭等借《青岛时报》编辑《诗歌周刊》副刊,袁勃发表了《论叙事诗》《关于诗歌的技巧问题》等诗歌评论文章,王亚平也发表了《声明,检讨,诗歌的恰好表现!》等。《诗歌周刊》停刊后,1936 年夏,青岛诗歌社又借《青岛民报》创办《青岛诗歌》副刊。《青岛诗歌》第十五期以整版的篇幅刊登了燕歌的长诗《孩子想》,其中有这样的诗句:

爸爸曾神力的飞檐走壁吗?
怎的妈妈说他上天桥卖方?
天桥是在天上?还是在人间?
是否卖着拖枪拽棒的把戏?
天桥是血肉汗的建筑,
爸爸归来后告诉我的。
……
爸爸又说:
天桥是贩卖人生的商场,
他也是贩卖人生商客之一,

① 张泽贤:《中国现代文学诗歌版本闻见录(1920—1949)》,第 300 页,上海远东出版社,2008。

② 王亚平:《破旧了的机杼》,载《诗歌生活》第 1 期第 15 页,1936。

那里的人都是同他一样,
家里也养活着妈妈姐姐和弟弟!①

青岛诗歌出版社、诗歌生活社办刊办报等多重诗歌实践,提升了青岛革命现实主义诗歌的精神维度,也相当程度上显露出在全国诗界争雄的机锋。

《诗歌季刊》

鉴于中国诗歌会会刊《新诗歌》停刊后缺少一个全国性诗刊,1934年12月25日,王亚平、袁勃等在青岛创办了大型诗歌刊物《诗歌季刊》,由王亚平任主编。由于《诗歌季刊》"融汇全国各诗人的作品于一炉,内容的充实,表现的有力,技术的精进,态度的正当,大胆的发表精神",遂"博得了全国一致的好评"。②

《诗歌季刊》的创办正值中国诗界的肃杀期。1934年7月河北《新诗歌》终刊,12月上海《新诗歌》出刊一卷四期也停刊,因此《诗歌季刊》以"北方星座的姿态出现于诗坛",成为"诗运从春风里苏醒了"③的标志。1934年12月,《诗歌季刊》一卷一期甫一出版就在诗界"困苦挣扎中怒萌甲坼,葱茏茂长起来"④。《诗歌季刊》以"抓住现实生活的核心,血肉模糊的时代面影,试用最艺术的手段去创作、翻译,并做理论的探讨"⑤为宗旨,明确提出:

在这新诗被某些文人卑视的时代,一个新人新作,不经"文坛经纪人"的介绍不能发表的"中国文坛",被各种门罗主义把持的时代,本刊是国内外所有无名诗人的总发表处,研究场,论战所。⑥

在《诗歌季刊》发表作品的南、北各地诗人,有王亚平、蒲风、溅波、白曙、石榆、陈子鹄、曼晴、袁勃、史轮、恺夫、魏晋、今及、苇庸、璐丝、江篱、百灵、冀春、白莹,尤以王亚平的大众合唱诗《万里长城》、恺夫的长篇叙事诗《骷髅》最为出彩。马绰著文称赞《诗歌季刊》:"这小库里没有戴望舒之流的供有闲阶级把玩的玉石玛瑙和金刚钻的迷魂阵,更没有专做阔太太或密斯们叹赏布置的古色古香的琴棋字画、古玩废物。"这是许多热血澎湃的"青年的呐喊,受苦受难者群的怨诉,反抗者们的呼声,进步的人儿的祈祷和预言。总之是现实世界当前人们的悲壮的弹唱呀。他们的声音态度是素朴,率真,而富于青年力,趋向大众化的"。⑦

---

① 燕歌:《孩子想》,载《青岛民报》1936年11月15日。

②③ 袁勃:《诗歌的机运》,载《袁勃诗文选》第168、168页,云南人民出版社,1981。

④ 袁勃:《诗歌述评》,载《袁勃诗文选》第198页,云南人民出版社,1981。

⑤⑥ 《编者的话》,载《诗歌季刊》第1卷第1期第97~98、88~89页,1934。

⑦ 马绰:《读了〈诗歌季刊〉》,载《诗歌季刊》第1卷第2期第83~84页,1935。

《诗歌季刊》都是王亚平等青岛同人将诗歌编好后寄往上海出版。《诗歌季刊》的出版一定程度上刺激了各地诗刊的发展,上海《每月诗歌》旋即出品,天津的《诗歌月报》相继诞生,在中国诗界“溅出一极壮美的浪花,放一异彩”①。但是,《诗歌季刊》在 1935 年 3 月 25 日出刊第二期后又遭停刊。据王亚平回忆,因为“我们销行的方法不够迅速、精密,不能收到普遍推行的效果”②。《诗歌季刊》是由青岛诗坛同人引导、中国诗界较早出现的大型诗歌专刊,在诗歌观念、诗歌视野、诗歌创作艺术等方面实现了向民族抗战的母题靠拢,使诗人的写作空间与诗歌创作体制构成张力。但《诗歌季刊》一味排斥浪漫主义诗作,摒弃诗歌的独立审美属性而被诟病。

第四节　流徙作家作品

30 年代青岛的左翼文坛,流徙作家及其作品是一个具有特殊政治文化属性的文学现象,其中尤以东北籍作家群最突出。萧军、萧红、舒群、端木蕻良等流寓青岛的东北籍作家,以粗犷的风格把黑土地上的生生死死和不屈的灵魂移到纸上,萧军写在青岛的作品最多,而以萧红的影响为大。③ 此外,陈荒煤、艾芜、沙汀等为青岛左翼文坛留下了具有阅读价值的文学作品,王余杞、郁达夫等给青岛带来另种形式的行走文字。

一　东北籍作家群

从东北辗转来青岛的左翼作家中,萧军、萧红、舒群由于地缘、情缘及相近的创作方法,在青岛形成了一个特殊的“怀乡文学”创作圈。他们的作品以悲愤郁怒之情,反映了家国之痛和真切的政治诉求,显示了浓郁的地域特色。萧军两次在青岛的创作,让左翼文学融入更多的人文情怀;萧红则是中国现代作家中引起国外学者研究的一位。端木蕻良写在青岛的文字,弥漫着抗战硝烟。

萧军和萧红

萧军(1907—1988),原名刘鸿霖,辽宁锦县人。初在东北陆军讲武堂习法律和军事,在沈阳《盛京时报》发表第一篇白话小说《懦……》后走上文学道路。“九一八”事变改变了萧军的创作道路,他在哈尔滨参加中共地下党领导的进步

---

① 袁勃:《诗歌的机运》,载《袁勃诗文选》第 168 页,云南人民出版社,1981。

② 王亚平:《永远结不成的果实》,载《王亚平选集》下卷(文选)第 48 页,人民文学出版社,2023。

③ 朱栋霖:《中国现代文学史:1915—2020》(精编版),2 版,第 87 页,北京大学出版社,2021。

青年文艺活动,1932年由裴馨园引介,萧军与困厄中的萧红相识。

萧红(1911—1942),本名张秀环(后改名张迺莹),笔名萧红、悄吟等,黑龙江呼兰人。读哈尔滨女子中学时接触了鲁迅、茅盾、郁达夫等新文学作家作品,始用笔名"悄吟"在校刊发表诗歌和散文;中学毕业欲去北平求学,却因家人把她当作攀附高门的"礼物"许配给汪家公子。萧红的求学理想因经济困顿而破灭,遂跟汪家公子在哈尔滨同居,不久萧红怀孕。临近产期,汪家公子不辞而别,萧红只得向曾经投稿的哈尔滨《国际协报》副刊编辑裴馨园求助。裴馨园带着萧军、舒群等到旅馆看望、安抚萧红,萧红由此结识萧军。由于汪家公子离弃萧红并欠下旅店一笔房费,店主硬将萧红扣为"人质",萧军"英雄救美"把萧红救出。不久,萧红生下了她与汪家公子的孩子,因无钱支付医药费,新生的婴儿成了抵押品,萧红出院后即与萧军同居。萧军迅速走进萧红的生活世界,既有"二萧"在文学上的共同语言,也因了萧红走不出对男性的情感怪圈。

1933年10月,萧军与萧红合作的小说、散文集《跋涉》出版,萧军署名"三郎",萧红署名"悄吟"。《跋涉》刚送入书店发售,就遭遇日伪反动当局的查封。为躲避迫害,在已寓青岛的舒群召唤下,萧军和萧红逃离哈尔滨,于1934年6月15日来到青岛。据萧军回忆,"当我们第一眼看到青岛青青的山角时,我们的心才又从冻结里蠕活过来……。'啊! 祖国!'我们梦一般的这样叫了!"①

初来青岛,萧军同萧红先住在舒群岳父家四方村70号,后搬到观象一路1号一座用石头砌成的面海二层小楼,与舒群夫妇比邻。萧军以"刘均"的名字在《青岛晨报》编辑副刊,萧红为《青岛晨报》编辑《新女性》周刊,与梅林成为同事。梅林(1908—1986),原名张芝田,广东大埔人。早年在汕头、南洋、马来西亚等地谋生,"九一八"事变时回国参加革命,曾任烟台《东海日报》副刊编辑和《复兴日报》总编辑,于1934年赴青岛任《青岛晨报》编辑。梅林写小说,有《婴》《青岛童话》,也写散文和诗歌。萧军、萧红与梅林十分投契,三人之间以"三郎""悄吟""阿张"相称呼。梅林这样描述与萧军、萧红在海滨游玩、戏水的画面:

> 我们徜徉在葱忧的大学山,栈桥,海滨公园,中山公园,水族馆,唱着"太阳起来又落山哪";而在午后则把自己抛在汇泉海水浴场的蓝色大海里,大惊小怪的四处游泅着。悄吟在水淹到胸部的浅滩里,一手捏着鼻子,闭起眼睛,沉到水底下去,努力爬蹬了一阵,抬起头来,呛嗽着大声喊:
>
> "是不是我已经泅得很远了?"
>
> "一点儿也没有移动,"我说,"看,要象三郎那样,球一样滚动在水面上。"

① 萧军:《人与人间:萧军回忆录》,第241页,中国文联出版社,2006。

悄吟看了一看正在用最大的努力游向水架去的三郎，摇头批评道：

“他那种样子也不行，毫无游泳法则，只任蛮劲，拖泥带水地瞎冲一阵而已……我还有我自己的游法。”

她又捏着鼻子沉到水底下去。①

萧红历经梗泛萍漂、悲苦落魄的人生坎坷，置身于风景如画的青岛，忘情地享受着海滨时光。逃离日伪控制的东北，青岛是“二萧”视为“祖国”的地方。然而，萧军很快就从青岛外表美丽的景色中清醒过来，发现这里也充满了国民党反动派的白色恐怖。萧军在散文《好美丽的地方》中说：“赞美，我只是赞美！在我到青岛的第五天，我还是在赞美它。可怜我这颗赞美的心，在第六天上就被一只锤子敲得粉碎！我知道了这也是和别的都市一样，充分具备着别的都市所具有的‘不美丽’啊！——有人做马，有人拖人……”②萧军在《期待着》一诗中，试图最大化呈露出清醒后的失望心情：

归来了。
这是我的祖国，我的母亲！
在那里：
　　有鞭挞，有辗轧，……
　　有——无限际的屠杀！……
这里也是一样？
我的祖国，我的母亲！
——对于劳苦的兄弟们？
在那里：
　　有罪恶，有不平，……
　　有盈街的乞丐；
有漫天的哭声……
这里也是一样？——
我的祖国，我的母亲！③

这首诗反照出祖国大地千疮百孔的黑暗现实，30 年代的青岛对于萧军来说也是一个“血和泪”凝聚的城市。

---

① 梅林：《忆萧红》，载《怀念萧红》第 61 页，黑龙江人民出版社，1981。

② 刘军：《好美丽的地方》，载《萧军全集》第 11 卷第 69 页，华夏出版社，2008。

③ 萧军：《人与人间：萧军回忆录》，第 231 页，中国文联出版社，2006。

萧军在青岛一边编辑报纸副刊,一边进行文学创作,相继发表的散文、诗歌有《好美丽的地方》《待醉一回罢》《消息》《祷告》《怅望》《鞭挞我自己》《好轻松的》《秋叶》《期待着》。萧红写有一篇名为《进城》的小说,发表在《青岛晨报》副刊。梅林读后感觉《进城》写得"清丽纤细,然而下笔大胆,如同一首抑忧的牧歌"①。萧红一直沉浸在对东北故乡的思念之中,那里有她熟悉的白山黑水的沟沟坎坎,那个流血呻吟的家园。萧红在哈尔滨就动笔写作小说《麦场》,来到青岛便完全进入了笔下的世界,青岛的安宁、无虑几乎是萧红成年后仅有的短暂体验。萧军更专注于在哈尔滨就已动笔的长篇小说《八月的乡村》。

9月9日,萧红的《麦场》杀青,她用薄绵纸将书稿复写了两份。小说写完了,怎样出版心里没底,"二萧"想到了仰慕已久的鲁迅先生。经"荒岛"书店孙乐文的引荐,萧军冒险给鲁迅写了信,用了"青岛广西路新四号荒岛书店"的地址,希望得到鲁迅的指导。10月9日鲁迅写来回信,信中说:"不必问现在要什么,只要问自己能做什么。现在需要的是斗争的文学。……稿可寄。"②《麦场》按鲁迅提供的地址寄了出去,萧军的《八月的乡村》也在10月22日脱稿。青岛成为萧军、萧红两部成名作诞生地,见证了"二萧"的成名足迹。

然而就在此时,青岛的政治气候风劲雨急,骤然突变。先是《青岛晨报》发生变故,同事一时星散。旋即,意外的事件发生了,中共青岛地下组织遭遇破坏。一天夜里,孙乐文将萧军约到栈桥,给了他40元钱,要他们速速离开青岛。11月1日,萧军、萧红、梅林三人躲开门前"警察和特务的监视",一起搭乘一艘装满咸鱼和粉条的货轮离开了青岛,此时"正秋风苦雨时也"。

舒群与《没有祖国的孩子》

舒群(1913—1989),原名李书堂(改名李旭东),笔名舒群、黑人,满族(镶黄旗),黑龙江阿城人。曾在东北商船学校求学,因酷爱文艺未毕业即退学做了哈尔滨商报馆的编辑。"九一八"事变后他参加了抗日义勇军,于1932年9月加入中国共产党,团结了塞克、萧红、萧军、罗烽、白朗等一干左翼文艺青年。1933年秋因中共满洲省委机关遭遇破坏,舒群与党组织失去联系。闻当年东北商船学校校长王时泽时在青岛任公安局长,舒群便用这层师生故交关系来到青岛。

舒群在青岛结识了《磊报》经理王云九,做了副刊编辑,并认识了兼任主编的青岛市社会局科员倪鲁平。倪鲁平,山东牟平人,早年在家乡办学宣传革命,后来青岛。1934年元旦,他在《青岛时报》发表整版长诗《世外桃源话新年》,以叙事化的诗句痛斥青岛的社会腐化。舒群与倪鲁平志同道合,成为知交。舒群

---

① 梅林:《忆萧红》,载《怀念萧红》第61页,黑龙江人民出版社,1981。

② 鲁迅:《341009致萧军》,载《鲁迅全集》第13卷第224页,人民文学出版社,2005。

在倪家做客时,认识了倪鲁平的三妹倪青华。倪青华在青岛市立女子中学读书,酷爱文艺,与舒群一见钟情,双双坠入爱河。1934年4月4日,舒群与倪青华结为伉俪。舒群曾深情地说:“青岛和我有着历史和骨肉的关系。”

舒群在青岛寻找党组织时,他的东北商船学校同窗高嵩正在青岛秘密恢复市委机关。1934年5月,舒群与高嵩接上了关系,于6月召唤远在哈尔滨的萧军、萧红。舒群夫妇将“二萧”安置在观海一路1号比邻而居。这一些亲历亡国之痛的文艺青年,在青岛共同投身于抗日救国的文艺创作中。1934年6月28日,高嵩在给党中央的一份工作报告中道:“在五月份,有十二、十三日,成天价有个脱离国民党而现在仍然当社会局劳动股科员的A君来谈话。他自以入不了我党为恨,但无论如何,我们只以民众的形式来观察他,他对他的弟妹也都强迫学习马列主义。他的妹子只能念书,他的妹夫整天价谈着文艺。”“对于他们这一团知识分子,我们决定一面监视,一面训练,决定允许他们的要求——开展左翼作家的组织,同时准备发行一种文学刊物。”①高嵩报告中的“A君”即倪鲁平,“他的妹子”即倪青华,“他的妹夫”即舒群,“这一团知识分子”包括萧军和萧红。这份报告说明,舒群、萧军、萧红在青岛的创作是青岛左翼文艺运动的构成部分。

1934年9月,中共青岛市委重新建立,高嵩任书记,倪鲁平任宣传委员。青岛党组织在迅速发展的重要时刻突遭严重破坏,国民党蓝衣社在一次大搜捕中将高嵩抓捕,又将倪鲁平、倪青华、舒群等逮捕,而此日正是中秋节。本来,舒群夫妇邀请萧军同萧红一起到倪家过节,那天“二萧”临时有约幸免被捕。

舒群、高嵩等人被捕后,被关押在拘留所。青岛市市长沈鸿烈是东北商船学校和海军军官学校的创办者,公安局长王时泽是沈鸿烈的嫡系,又是高嵩、舒群在哈尔滨求学时的师长,高嵩的兄长时在王时泽手下任职。这几层关系使得高嵩、舒群在拘留所受到优待。羁押期间,舒群与高嵩成为推心置腹的好友,便把在青岛构思的《没有祖国的孩子》小说梗概讲给高嵩听。得到高嵩的热情鼓励,他在狱中创作了《没有祖国的孩子》。许多年后,舒群回忆说:“在尊敬的高嵩同志的支持与鼓舞下,我完成《没有祖国的孩了》的草稿。”②

《没有祖国的孩子》是舒群的第一部小说,也是他的成名作。小说以一个被日本侵占的高丽(朝鲜)名叫“果里”的儿童的悲惨命运为主线,以朝鲜、中国、俄苏的文化为交汇点,在日本帝国主义侵占中国东北的背景下展开故事,表现了朝鲜人民亡国后受尽屈辱、压迫,从悲愤交集到奋起反抗的艰难历程,塑造了一些共御外侮、拼死抗争的义烈形象,揭示了爱国主义与国际主义精神的一致性。果

① 中共青岛市委党史研究室:《中共青岛地方史》,第1卷(1923—1949),第185页,中共党史出版社,2003。
② 舒群:《〈没有祖国的孩子〉序》,载《舒群研究资料》第184页,知识产权出版社,2010。

里的爸爸因领导工人罢工惨遭日本兵杀害,妈妈为了孩子不再“过猪的生活”,让其逃到几千里外的中国东北寻找自由之地。战争模糊了国界,让“我”、果里和苏联儿童三个不同国籍的孩子在中东铁路子弟学校相遇。小说描述果里的家人,通过“我”与果里的对话呈露出一幕悲苦的画面:

> 果里为我找出他一向保存着的好东西,我一样一样地看着;他两手合拢着又举在我的眼前说:
>
> “你猜这是什么东西?”
>
> 然后,他用聪明的话暗示我,我也不明白;因为他讲的俄语太乱,所以总是没有被我猜中。最后他说:
>
> “这里有爸爸,也有妈妈。”
>
> 是两个从像片上剪下的人头:男人是他的爸爸,女人是他的妈妈。然后我立刻发现极大的疑点,问他:
>
> “妈妈这么老;爸爸怎么那样年轻呢?”
>
> “妈妈现在还活着;爸爸是年轻就死的。”
>
> “死的太早了!”
>
> 我望着果里爸爸的像,我说话有些怜惜的意思。不曾想到竟使果里的牙齿咬紧,很久才放出一口轻松的气息:
>
> “爸爸死的太凶呢!”果里说。
>
> 我从果里脸上的神态也可以看出他爸爸确不是寻常的死。①

孰料“九一八”事变中国东北沦陷,果里被迫当劳工,受尽磋磨。终于有一天,果里用一把切面包的尖刀刺进被他称为“魔鬼”的日本兵的胸腔。

由于舒群一直没有暴露中共党员的身份,警方也没有抓到证据无法定罪,他得以继续创作《没有祖国的孩子》的最后部分。1935 年春舒群获释出狱后,于 1936 年 5 月在《文学》杂志上发表了这篇作品。舒群的《没有祖国的孩子》等“在艺术上的成就和反映时代的深度和跨度上,都踰越了我们的文学的一般的水准。凭着这些新的力量的活动,一九三六年造成了文学上的一个新的世代”②。

1936 年萧军的青岛

萧军与青岛的去住因缘在 1936 年夏有了续篇,故事的另一人仍是萧红。

---

① 舒群:《没有祖国的孩子》,载《中国新文学大系(1927—1937)》第 5 集第 518~519 页,上海文艺出版社,1984。

② 立波:《一九三六年的回顾(节选)小说创作》,载《舒群研究资料》第 191 页,知识产权出版社,2010。

"二萧"携作离青，旋即成为一对卓然鹊起的文学伉俪。然而困厄落魄时彼此能容忍的缺点，在扬名文坛之后却演变成"爱人的伤悼"，性格、家暴、创作观念等差异导致"二萧"感情出现裂痕。无法忍受婚恋挫败的萧红，决定将脆弱易碎的自我隐于他人视线之外，于 1936 年 6 月只身远走日本。此间，萧红写给萧军 42 封信，其中 16 封是寄往青岛的，时间从 8 月 14 日至 9 月 23 日。萧军于 8 月初从上海来到青岛，住进了国立山东大学友人周学普的单人宿舍。回忆过往，萧军掩饰不住内心的悸动。

> 由一九三四年冬季离开这里到一九三六年夏季我又重新到这里，虽然还不足两个周年，但好象已经度过若干年月了！可是，又好象从来也没离开过这里一样！……
>
> 再次来到这山岛，少不了对于自己曾经存在过的地方总要去浏览一番。例如我前边所说的"观象一路一号"那小楼，海边菜市场的"荒岛书店"，海边的栈桥……尽管"物在人非"了，成了历史上的"往迹"……但还是要引起一番低徊、忆想……惆怅之情！①

当得知萧军已到青岛，并从萧军的信中回味起两年前的青岛时光，萧红调皮地回敬萧军："我也不用羡慕你，明年阿拉也到青岛去享清福。我把你遣到日本岛上来——"②在 8 月 27 日寄去的信中，萧红先问了"海水还是那样蓝么？透明吗？浪大吗？"之后因收到萧军寄来的几张去崂山游玩的照片，萧红又写道："什么全看得清，就等于我也逛了劳山一样。说真话，逛劳山没有我同去，你想不到吗？"人处两地，孤寂难熬。萧军在 9 月 5 日的信中提议，要萧红到青岛来共同住一个时期，而后再决定去北平还是回上海。但萧红在 9 月 6 日的复信中断然拒绝回青岛，"我不是迟疑，我不回去的，既然来了，并且来的时候是打算住到一年，现在还是照着作"。萧军在此后的信中一再提出等萧红来青岛以便找回曾经的好心情，而萧红的回信再次申明："青岛我不去，不必等我。"③鱼雁和空间距离未能缓解"二萧"的情感危机，对于萧红来说，萧军的出现"仿佛是引导和鼓励她走上创作之路的契机"④，然而成名之后情况就大不一样了。

1936 年夏季，萧军在青岛又一次进入了从容而充沛的创作期。他"在青岛

---

① 萧军：《萧红书简辑存注释录》，第 30 页，黑龙江人民出版社，1981。

② 《第四信（1936 年 8 月 14 日发，8 月 21 日到）》，载《萧红书简辑存注释录》第 12 页，黑龙江人民出版社，1981。

③ 萧红：《致萧军（1936 年 9 月 12 日）》，载《萧红全集》第 4 卷第 347 页，黑龙江大学出版社，2011。

④ ［日］绿川英子：《忆萧红》，欧阳凡海译，载《新华日报》1942 年 11 月 19 日。

居住的约两个月的时间,写完了《第三代》的第二部,也写了两篇散文《邻居》和《水灵山岛》”①。《水灵山岛》被收录于“中国新文学大系”第二辑(1927—1937)报告文学集。萧军的长篇小说《第三代》共分八部,第一部是1936年春“起手写的”,自6月开始在《作家》月刊第一卷上连载;第二部手稿他带到青岛,于1936年“夏天完成于青岛”。② 对于第二部,萧军原拟在《作家》月刊“第二卷内刊完”,但因《作家》月刊于11月“奉令停刊”,萧军只得在1937年3月作为巴金主编的“新时代小说丛刊”之二,交由上海文化生活出版社刊印单行本。

相较于成名作《八月的乡村》,《第三代》是萧军成就最高的一部长篇小说。全书围绕辽西山区凌河村四个自耕农家庭与地主之间的恩怨,展现了20世纪初旧军阀统治下黑土地农民的生活画卷。萧军在青岛完成的第二部共九节(第15~23节),是小说情节冲突最激烈的部分,充满了仇爱、生死和哀乐的情绪。萧军力图挖掘东北人民反抗精神的历史渊源,在对反抗道路不同选择的背后是东北民众自我觉醒过程的复现。萧军的《第三代》第一、二部甫一出手,即被评论界誉为“雄浑,沉毅,庄严的史诗”,日本作家将其视为“民族解放战争中的大众文学”③。但是,萧军的《第三代》虽有史诗宏阔的场面,却没有史诗的深度和方向,未能揭示土地是阶级斗争的根源。《第三代》在青岛完成第二部之后,他陆陆续续用了14年的时间及至1950年才全部完成,全书共计80余万字。

萧军的1936年青岛之行,还经朋友引荐与原“海光”文艺社吕福田会面,并由吕福田陪同去了博山煤矿。萧军沉入矿下巷道,体验旧中国煤矿工人的工作和生活,他的短篇小说《四条腿的人》真不是书斋里向壁虚构的产物。

端木蕻良

端木蕻良(1912—1996),满族,本名曹汉文,辽宁昌图人。初在天津南开中学插班入读,后因组织“抗日救国团”被学校除名,1932年5月他加入北方“左联”,并于8月考入清华大学。端木蕻良以长篇小说《科尔沁旗草原》跻身文坛时,萧军、萧红尚未离开东北;嗣后端木蕻良又有小说集《憎恨》、长篇小说《大地的海》出版。至此,一路寻找归处的端木蕻良,成为与萧红、萧军比肩的东北籍作家。1937年7月7日至8月7日,端木蕻良在青岛经历了一次恐慌之旅。

端木蕻良来青岛的动议缘于茅盾。1937年6月,茅盾发现端木蕻良“有心力交瘁之现象”,便劝其到青岛换换环境。据端木蕻良回忆,“我也犹豫了一阵,但那浩瀚的大海使我暂时忘却了局势的紧张,冲刷掉了心情的忧郁。我整天漫

---

① 萧军:《萧红书简辑存注释录》,第14页,黑龙江人民出版社,1981。

② 萧军:《〈第三代〉·后记》,载《萧军全集》第12卷第433页,华夏出版社,2008。

③ [日]武田泰淳:《抗日作家及其作品》,载《文艺》1937年8月号。

步在海边,呼吸着带有咸味的潮湿的空气,情不自禁地跃身于大海的怀抱,体味到大海那巨大的力量”。茅盾动员端木蕻良到青岛,还有一层为女儿沈霞打探青岛中学的情况。茅盾认为,上海的中学风气不很好,听说青岛圣功女子中学不错,尤其英文教得好。但端木蕻良到达青岛的当天卢沟桥事变遽然爆发,青岛的局势严峻,终使沈霞来青岛读书成为泡影。

事实如此,端木蕻良的青岛之旅始终处于精神紧张与刺激之中,他可能未在青岛写过什么文字。唯一能被青岛文学史记忆的是端木蕻良的散文《青岛之夜》,于 9 月 5 日在上海发表在由《呐喊》改名《烽火》杂志上。①

端木蕻良以小说名世,他的散文在文坛影响不大。《青岛之夜》是端木蕻良怀着忧国忧民的心情写下的,反拨了中国叙事传统,扭合、凸显、强化抗战主题的表达,真实地反映了作者独特的人生体验。《青岛之夜》起笔写道:“我到青岛那天是很容易记的,刚好是卢沟桥事变的那天。”端木蕻良曾有一篇未刊之作《钻浪》,描摹了他在青岛惬意又有些刺激的生活。他喜欢在雨天里从桥亭里向外观雨,凭空幻化出许多微妙的光影;他喜欢在晚潮来临时站在岩石上,看着潮水一浪高过一浪地升起。尽管不会游泳,他还是非常投入一种刺激的“游戏”——钻浪,眼看着排山倒海的浪头打来,他差一点被海浪卷走,感到自己“仿佛从海龙王那里回来一样高兴”,“似乎已经探到了大海的秘密”。端木蕻良纵情海浪本想在青岛写一点海洋题材的作品,秋凉时再回上海,可远在沪上的茅盾却忧心忡忡,数次函催他速返。由于平津沦陷形势骤变,青岛的游客和居民纷纷外逃,车票、机票、船票顿然紧张。端木蕻良的散文充塞着情感的胶着和复杂。

> 大餐间头二等房舱都为买办们包空了,统舱也光了。从济南搭火车的,等了三天三宿还不能走,心急的搭陇海路转往南方,飞机不飞南京了,只飞上海。九十块钱不算贵,不过阔人怕出危险,所以着实麻烦呢。也有摩登太太们包飞机走的。
>
> 前五天预定船票都发生困难 。中国船不在青岛拢岸,听说坐日本船到上海,中国海关特别留难 ,连皮丝烟包都打开来检验,没有小工给搬东西。“德生”挂香港了,慢船又走三天三夜,“顺天”“盛京”票早卖空了。青岛又是死路。菜场连菜也买不到,据说鸡歇伏了,不下蛋了。来青岛刚好一个月,来时,卢沟桥事变;走后第二天,日本警察登陆了。而抵沪四天,上海便开火了。
>
> 青岛之夜,以后将以血腥扰混碧蓝,以人类的呐喊来代替“水流”的鸣

① 《端木蕻良与〈青岛之夜〉》,载《文化艺术志资料选编》第 10 辑,1987。

咽吧！我再来时,我希望这里是一片焦土,只在岩石上有一朵白色的小花,受着空气和阳光的抚养。①

端木蕻良所言“上海开火了”,是指8月13日日军向上海大举进攻,抗日烽火熊熊燃烧起来。端木蕻良的作品重视对氛围的渲染,常使用充满力道的意象,语体生动泼辣,带有显明的东北文化特质。

青岛之行是东北作家端木蕻良漫长流浪之旅的一个驿站。他的真实收获有二:一者以1937年夏天青岛的生活体味创作了短篇小说《红灯》,二者为日后的长篇小说《大时代》寻绎到了素材。离开青岛后,端木蕻良与萧红在武汉相识,1938年5月二人结婚。比之萧军、萧红,端木蕻良出道早,但成名过程比萧军、萧红来得迟缓。

有意思的是,1937年端木蕻良在青岛度过的惊恐时日,映衬出萧红的长篇小说《马伯乐》。1940年萧红起笔的长篇小说《马伯乐》,再现了在青目击日本军舰出没青岛海面。

有一年夏天,青岛的海上来了八十多只日本的军舰。马伯乐看了,那时候就害怕极了。在前海沿一直排列过来,八十多只军舰,有好几路的样子。全青岛的人没有不哄着这件事的。人们都知道,那次军舰来可不是来打中国,是日本的军舰出来玩的,或是出来演习的。可是把中国人都吓了一跳,尤其是对于那些没有智识的人,不认识字,不会看报。他们听着传说,把“演习”两个字读成“练习”。

所以传说着,日本海军不得了了,到中国地方来练习来了。所以街街巷巷,这几天都谈论着青岛海上的八十多只军舰。

拉洋车的,卖豆腐的,开茶馆的……都指指划划地指着海上那大鲸鱼似的东西。他们说,日本人练习,为什么不在日本练习,为什么到中国地方来练习?

“这不是对着我们中国人,是对着谁?”

“看那大炮口,那不都笔直地对着我们的中山路吗?”

而且全青岛因为上来了很多海军而变了样。②

萧红《马伯乐》的主人公马伯乐就是青岛人,他出生在青岛一个富有的基督教家庭,怯弱多疑、自私平庸、思想麻木,没有任何谋生能力,与鲁迅形塑的阿Q有着某些类似之处。1937年“卢沟桥事件一发生,马伯乐就坐着一只大洋船从

① 端木蕻良:《青岛之夜》,载《烽火》1937年9月5日。

② 萧红:《马伯乐》,载《1931—1945年东北抗日文学大系》第3卷第1213页,黑龙江大学出版社,2017。

青岛的家里，往上海逃来了”。美国有研究者戏称，马伯乐跟随萧红的脚步从青岛到上海。[①] 这句话的正解是，萧红以幽默讽刺的手法，通过马伯乐给历史留下了一幅战乱俗世图。萧红写日舰在青岛演习的场面，与端木蕻良的《青岛之夜》异曲同工。

李劫夫

李劫夫（1913—1976），本名李云龙，吉林农安人。初中未毕业就当了学徒，后读县立师范学校，因参加东北民众自卫军行动被伪满警察署列入清查对象，1933年7月李劫夫流亡到青岛，投奔在民众教育馆当馆长的表兄张荫轩。

青岛民众教育馆是一处设有讲演部、康乐部、阅览部、科学部的公共教育机构，李劫夫初被安置在康乐部，后转入阅览部，很快就与馆里的于仁和、王秉心、周南士等进步青年交上了朋友。他还与避走青岛的“左联”作家陈荒煤、艾芜、沙汀，以及报社编辑袁素瑜等建立了联系，接受了左翼文化的熏染。

但不久，表兄张荫轩被解职，殃及李劫夫。离职后，李劫夫经人介绍来到江苏路小学任教。后来，因结识了王亚平和袁勃，李劫夫得以在黄台路小学任美术和音乐教师。王亚平诗集《海燕之歌》出版前，李劫夫设计了封面；《诗歌季刊》编辑出版时，李劫夫主动担当起阅稿、校对、邮寄等事务性工作，还为《诗歌季刊》第二期设计封面：一轮鲜红的太阳，下面是茁壮的绿树和萌芽的青草。从1935年5月至1936年7月，李劫夫以“结夫”“捷夫”“E夜夫”“基衣叶夫”“捷闻”等笔名，先后在《青岛民报》《青岛时报》《正报》等报刊发表文章30多篇。李劫夫与在青的左翼作家一样，以其鲜明的社会批判精神和深重的民族忧患意识，在青岛的左翼文化运动中扮演着战士的角色。他还针对当时青岛舞台和银幕上的音乐、舞蹈、戏曲、曲艺、电影等作品，撰写发表文艺评论文章。1935年3月，李劫夫观看了青岛圣功女子中学音乐会，即在发表的一篇文章中指出，“在农村破产、都市恐慌、国难日益严重的现况下，我们不敢期望我们要有像贝多芬等的音乐家，其实也没有那种可能。我们也不需要把西洋的爵士音乐完全搬过来，我们也不需在客厅上弹起‘皮雅诺’”[②]。同年6月，李劫夫参观青岛市立中学同乐会后，便在6月4日至7日《青岛时报》上撰文予以抨击：“放着可歌可泣的发扬民族的伟大和光荣的戏剧不演，演这种无聊的剧，我觉得是最遗憾的。……我因为很不高兴青年学生演旧剧，更不希望在学校文化机关里演旧剧。因为中国现在的封建余毒已经是够深的了，而又何必把前几世纪的君主专制的思想再‘重温旧梦’呢？我很怀疑，而我们这民主政治的国家里，为什么容许这类歌颂皇帝，崇

① ［美］葛浩文（Goldblatt，H.）：《论中国文学》，闫怡恂译，第212页，现代出版社，2014。

② 结夫：《从圣功音乐会回来》，载《青岛时报》1935年3月31日。

拜不正当英雄的思想呢？这和在民主主义的课堂上给学生讲,‘我们应当尽忠于皇帝,我们应当复辟’有什么分别呢?”[①]当革命文艺成为左翼作家创作方向的时候,一切反向的作品和活动对于李劫夫来说都是格格不入的。

在用文字表现生活的同时,李劫夫更多用画笔、木刻刀反映鲜明的政治态度和文艺观点,即文艺是“启示时代,反映时代,发扬时代的工具”[②]。在青岛,李劫夫陆续在《中国漫画》《漫画界》《时代漫画》等专业刊物,发表了《挣扎》《后方》《暴风雨中南海沿速写》《世界舆论》《和平曙光》等漫画作品,成为岛城的高产漫画作者。李劫夫在1936年第二期《漫画界》发表的《青岛之春》,对比穷人与富人的生活状况,反衬为富者的奢腐不仁。《闲画青岛》摹绘出青岛的市井百态,既有荒淫无耻的金发女郎、外国水兵,又表现了“抹布阶层”的现实生活。漫画《芳邻联合舰队拜访青岛》以1936年初日本联合舰队窥觑青岛为背景,李劫夫在画下写了“猩猩似的水兵充满了街道”之后,又写道:

> 大概是为了促进提携和亲善吧,我们的芳邻除了替代我们管理土地以外,还不时的演着热闹的把戏,当然中国人都有福享这种娱乐。真的今年春天,我们的芳邻又费了许多心血,组织一个联合舰队拜访青岛,意在供这里的人们,免费看一场玩意儿。于是我们大中华民国人,也就毫不客气的看了好几天。笔者也是饱了眼福的一个,特将当时情形记述下来,以致感谢之意。四方君子,当亦所乐闻欤。[③]

李劫夫的话语幽默中带着嘲讽,不啻向国人发出了日本欲占青岛、岛城面临沦陷的危急信号。

李劫夫在青岛最具影响力的艺术活动,是与山东“左联”成员王绍洛联袂举办的山东省木刻展览会。为响应左翼“美联”的“以刀代笔”,通过新兴木刻唤起群众、鼓舞斗志的号召,1936年7月24日至27日,由李劫夫与王绍洛组织的山东省木刻展览会在青岛兰山路礼堂举办。王绍洛(1909—1990),山东昌邑人,在上海参加鲁迅的木刻讲习会,在青岛为国立山东大学“刁斗”文艺社所创《刁斗》杂志题赠封面木刻画。此次山东省木刻展览会,共展出王绍洛、李劫夫、金国声、陆兰荪、王塘、王艺、郑培英、王子豪等木刻美术作者的700余幅作品。其中,李劫夫的《永别了,伟大的高尔基》《黑夜的流浪者》、王绍洛的《劫后》《拜堂》《出殡》、阿猛的《静静的农村》、路丁的《坟前》等赢得热评。展览期间,李劫夫发

---

① 劫夫:《市中参观同乐会以后》,载《青岛时报》1935年6月4日。

② 劫夫:《答峭晶先生(续)》,载《青岛时报》1935年6月12日。

③ 李劫夫:《芳邻联合舰队拜访青岛》,载《上海漫画》1936年第2期。

表了《现阶段木刻运动之使命》等文章，提出了文学艺术是“促进社会向上的动力”，“一切脱离广大人民群众的东西都得寿终正寝”；认为“为艺术而艺术”“艺术至上”，是“为帝国主义者点缀美景，给布尔乔亚们帮助荒淫的粉刷匠”。[①] 李劫夫等组办的山东省木刻展览会，以木刻刀独有的艺术语言和表现方式为青岛左翼文艺及木刻版画创作，赋予了社会批判性、大众性和斗争性精神。

1936 年 10 月鲁迅逝世后，李劫夫参与了王亚平等发起的鲁迅悼念活动，并公开发表筹建“青岛文化界抗敌协会”的消息，被国民党青岛市政府当局勒令限时离青。李劫夫被迫离开了生活三年多的青岛，于 1937 年 5 月取道西安奔赴延安，由此走上为革命奋斗的艺术之路。

二　萧红的《生死场》和萧军的《八月的乡村》

萧红的《生死场》和萧军的《八月的乡村》，作为 30 年代青岛东北籍流徙作家小说创作的“双子星座”，共开中国左翼抗战文学之先河，是北方抗日救亡文学的奠基作、代表作。“二萧”在全面抗战的前夜，即“踏着政治史的时间刻度进入了文学史之门”[②]。在人物形象的塑造、表现农民的反抗及展示时代精神的力度和广度方面，《生死场》和《八月的乡村》存在着诸多差异。

《生死场》

《生死场》是萧红的成名作，是中国现代文学最早反映“九一八”前后东北民众生活、斗争的小说之一，被誉为一个时代民族精神的文学经典。小说开笔于哈尔滨，在青岛竣稿。自 1934 年 4 月 22 日起，萧红在哈尔滨《国际协报》副刊《国际公园》连载小说《麦场》和《麦场之二》。来青岛后，萧红将前期连载的内容作为小说文本的开头两节。在上海，萧红请鲁迅、胡风作序时，胡风建议将原稿题名《麦场》改为《生死场》。[③] 1935 年 10 月鲁迅在给萧军、萧红的信中也认同，“《生死场》的名目很好”[④]。《生死场》于 1935 年 12 月作为“奴隶丛书”之三，在叶紫的《丰收》和萧军的《八月的乡村》之后，由上海容光书局发行。

《生死场》为中篇小说，以苦闷而又压抑的情绪基调，写透“九一八”事变前后哈尔滨近郊一个偏僻村庄的农民艰难贫苦的生活及其奋起抗日的故事，字里行间描摹着北方人民在阶级、民族压迫下“生的坚强”和“死的挣扎”。《生死场》

① 劫夫：《现阶段木刻运动的使命》，载《青岛时报》1936 年 7 月 24 日。
② 季红真：《鲁迅序言对〈生死场〉的经典定位之后》，载《中国现代文学研究丛刊》2016 年第 10 期。
③ 袁培力：《萧红年谱长编》，第 98 页，陕西人民出版社，2019。
④ 鲁迅：《351020 致萧军、萧红》，载《鲁迅全集》第 13 卷第 568 页，人民文学出版社，2005。

的“场”,既是那块灾难深重的黑土地,又是那块土地上一个个痛苦的家庭。贯穿小说的是三个家庭:二里半与麻面婆、成业与金枝、赵三与王婆。对于二里半来说,妻子麻面婆仅仅是他生孩子的工具,后来麻面婆惨遭日本人杀害,结束了懵懵懂懂的一生。金枝爱上小伙子成业,未婚先孕。贫贱夫妻养不起孩子,成业竟把刚出生几天的女儿活活摔死。日本侵占东北后,金枝成为寡妇,她的出路要么饿死病死,要么参加抗战死于战场。赵三是个老实怯弱的农民,娶的老婆王婆是个结过三次婚、有主见、有胆量的女人,后来日本鬼子来了,王婆给赵三弄来洋炮准备大干一场。小说用三分之二的篇幅写这些芸芸众生沉寂庸常的生活,他们只为了生存而本能地活着,依靠积习处理自己与周边世界的关系。终于“年盘转动了”,王婆反抗了,赵三鼓动儿子去打日本人,李青山则拉起了队伍。

作为一名天赋才情的个性作家,萧红写《生死场》是通过饱蘸人生情感的生命之笔,将“生”与“死”的一系列意象连缀成的。作者在人与动物生命活动互为背景的审美思考中,揭示普通中国人的愚昧、麻木、怯弱、贫穷,这是一种由自虐行为和心理促动而形成的病态人生。他们生了死,死了生,奉生送死交织的网网住人的一生,生命的逝去并没有在活着的人心里引起恻隐。在这些像牛马一样生活着的愚夫愚妇中,女人和穷人的双重体验让萧红对弱者心有戚戚。她的笔更深刻地诉说女人被禁锢于物种延续的命运感,她们完全没有尊严,只是作为泄欲与生殖机器而存在。月英由于患病而成了家里的“累赘”,遭到丈夫冷酷的无视和欺辱以致下半身腐烂生虫,最后内脏因糜烂损坏痛苦而死。妊娠、临盆都是男性强加于女性的行为,女性感受不到任何意义和价值。五姑姐难产还要遭受丈夫的打骂,多种苦痛同时向临难的女人袭来,最后在生理、心理饱受摧残中如动物般死去。小说写了这样一个让人如撕肝裂肺般痛苦的场面:

> 家中的婆婆把席下的柴草又都卷起来,土炕上掘起着灰尘。光着身子的女人,和一条鱼似的,她爬在那里。
>
> 黄昏以后,屋中起着烛光。那女人是快生产了,她小声叫号了一阵,收生婆和一个邻居的老太婆架扶着她,让她坐起来,在炕上微微的移动。可是罪恶的孩子,总不能生产,闹着夜半过去,外面鸡叫的时候,女人忽然苦痛得脸色灰白,脸色转黄,全家人不能安定。为她开始预备葬衣,在恐怖的烛光里四下翻寻衣裳,全家为了死的黑影所骚动。
>
> 赤身的女人,她一点不能爬动,她不能为生死再挣扎最后的一刻。天渐亮了。恐怖彷佛是僵尸,直伸在家屋。①

① 萧红:《生死场》,载《中国新文学大系(1927—1937)》第7集第489页,上海文艺出版社,1984。

红是女人的血,血是生与死的红,女人的肉体就像动物一样透着赤裸裸的原始血腥。这是一种闷痛、胶着的痛,碎裂并放射到每一根神经的末端。

对《生死场》的诠释一直以来都没有超出鲁迅最初的阅读发现,即“北方人民的对于生的坚强,对于死的挣扎,却往往已经力透纸背;女性作者的细致的观察和越轨的笔致,又增加了不少明丽和新鲜”①。胡风在《后记》所言,“蚁子似地生活着,糊糊涂涂地生殖,乱七八糟地死亡,用自己底血汗自己底生命肥沃了大地,种出食粮,养出畜类,勤勤苦苦地蠕动在自然的暴君和两只脚的暴君底威力下面”②,无异于对《生死场》生与死、社会与人性的剖解与审视。小说后七章,萧红“用钢戟向晴空一挥似的笔触,发着颤响,飘着光带”,将主题指向抗日的方向,抒写了日军铁蹄蹂躏下东北农民渐渐苏醒的民族意识和反抗情绪。通过对萧红文学观的辨析不难发现,《生死场》的主题不只在于“抗日”,而且嵌入了“作者对各种自然的、社会的、政治的不合理性所提出的抗议”③。

《生死场》的艺术特点表现在对中国现代小说艺术形式的实验创造,这是萧红个性化的形式表征。小说文本的故事时间分为前后两个十年,涉及的人物非常多,且在麦场、菜圃、屠场等众多场景挪换,形成了散点透视的独特结构。这种时空的碎片化和情节的断裂,加之作者悲情温润的心理化叙事、稚拙的人物对话,带来一种生疏新鲜的别异体验。《生死场》的景物描绘借鉴了中国传统山水画的技法,层次分明地绘就成东北黑土地荒凉、闭塞的图景。

关于《生死场》的不足,鲁迅有“叙事和写景,胜于人物的描写”④的批评,是说人物描述个性不够鲜明突出。胡风认为,小说结构松散,“全篇显得是一些散漫的素描”⑤。总的看,《生死场》的人物抽象,虽有身份、有言语、有行为,但大都面目模糊,欠缺与生活相连的文化内涵,以及与现实相关的社会表现。

《八月的乡村》

萧军的《八月的乡村》,早在哈尔滨时已动笔创作,于 1934 年 10 月在青岛完稿,之后于 1935 年 8 月作为“奴隶丛书”之二由上海容光书局发行,署名“田军”。1978 年 1 月《八月的乡村》在香港文教出版社重印时,萧军赋诗二首,其中之一云:“四四年前碧海滨,勉从一笔写丹心。三千里外家何在?亿万黎庶国待存。”诗注有一句话:“距今四十四年前,这小说在一九三四年秋完成于青岛。”⑥

①④　鲁迅:《萧红作〈生死场〉序》,载《鲁迅作品精选》第 604、604 页,长江文艺出版社,2008。

②⑤　胡风:《〈生死场〉后记》,载《胡风集》(一)第 370、372 页,湖北人民出版社,2018。

③　[日]片山智行:《肖红的文学观与“抗日”问题由〈生死场〉说起》,刘丽华译,载《社会科学战线》1990 年第 2 期。

⑥　萧军:《〈八月的乡村〉·重版前记》,载《萧军全集》第 12 卷第 472 页,华夏出版社,2008。

《八月的乡村》这部14万字的长篇小说,是萧军根据抗日烈士傅天飞提供的东北民主联军对日伪艰苦斗争的人与事为蓝本,经艺术加工创作而成。小说通过"九一八"事变后一支抗日游击队与日伪军队、汉奸地主武装的激烈战斗,以及游击队内部各种思想矛盾和斗争生活,致敬白山黑水那些不甘当亡国奴、誓死保卫家乡、争取民族解放的抗日军民。鲁迅在为《八月的乡村》写的序言中,充分肯定了小说的创作成就,"我却见过几种说述关于东三省被占的事情的小说。这《八月的乡村》,即是很好的一部,虽然有些近乎短篇的连续,结构和描写人物的手段,也不能比法捷耶夫的《毁灭》,然而严肃,紧张,作者的心血和失去的天空,土地,受难的人民,以至失去的茂草,高粱,蝈蝈,蚊子,搅成一团,鲜红的在读者眼前展开,显示着中国的一份和全部,现在和未来,死路与活路。凡有人心的读者,是看得完的,而且有所得的"①。显然,小说题材、主旨的政治性、民族性、先锋性和时代性,以及鲁迅的序言、引介出版,使《八月的乡村》成为热销之作,较早被译为英文在西方传播。美国读者认为,小说呈现出"一种崭新的中国精神,中国人民重燃心中的火焰,找回抗日的力量和勇气,即使付出的代价是全民性的流离失所和死亡"②。事实如此,《八月的乡村》是世界反法西斯战争最早表现太平洋战场题材的文学作品,萧军因此成为中国大地直接、正面、及时、史诗地抒写中国共产党领导的人民革命武装抗击日本侵略、进行艰苦卓绝斗争长篇小说的第一人。

《八月的乡村》塑造了一系列不同阶级出身、不同思想素质、不同觉悟水平的抗战军人形象。其中,有以司令员陈柱、队长铁鹰为代表的一干坚强的无产阶级革命战士,有小资产阶级知识分子出身的萧明、高丽"女战士"安娜,也有对"不自由"的军旅生活牢骚满腹的小红脸、赚点钱娶个小老婆远走他乡的刘大个子,更有在革命斗争中迅速成长起来的农民陈三弟、对光明的未来怀有希望的崔长胜、蒙受日军凌辱终于觉悟而参加革命队伍的李七嫂,等等。他们接受着民族斗争的挑选和考验,寻找到人生的归宿,活跃在血与火的历史前台上。这些在严酷而神圣的民族斗争的烈火中成长的革命战士,虽然"鲁莽且缺乏训练,但是他们都是英雄人物,他们是整个中国的觉醒者"③。

与左翼都市文学"革命+恋爱"模式不同,萧军在《八月的乡村》里进行了逆向处理。唐老疙瘩与李七嫂的生死恋情,透出乡土美学与村夫之爱。萧明与安娜的情感纠葛,则表现出知识分子对待革命(公)与爱情(私)冲突时的暧昧态

---

① 鲁迅:《田军作〈八月的乡村〉序》,载《鲁迅选集》(四)第152页,人民文学出版社,2004。

② Helen Gingrich Kullgren. *Book Reviews*. in *The Far Eastern Quarterly*. Vol. 2, No. 2(Feb., 1943), PP. 219-221.

③ Preston Schoyer. *Book Reviews*. in *Pacific Affairs*. Vol. 15, No. 3(Sep., 1942), PP. 374-375.

度。萧明原是个学生,他是带着浓厚的小资产阶级意识和感情走进革命队伍的。萧明聪明机智、精于指挥,带领游击分队胜利完成在王家堡汇合的任务。但是,当萧明与安娜恋爱后,却形成了个人情感与抗战目标的剧烈冲突。身为游击队唯一一个男性知识分子的萧明与唯一的女性知识分子安娜,似是天作之合,但他们的爱情关系破坏了游击队的人际生态。考虑到影响,司令员陈柱决定让萧明与安娜暂时分开,萧明心里顿时生出一种不可名状的苦痛。当安娜宣布,自己"枪毙"了与他的恋爱,萧明"像被世界抛弃了那样孤独、悲伤",陷入舍离的痛苦不能自拔,甚至"一千遍在院子里走着;一千遍掏出手枪,试验着将枪口抵紧太阳穴"。经历情感上的不舍与无奈,安娜的形象给作品造成视觉冲击。

> 安娜很平静。那个连装底稿,带装杂物和绷带的帆布囊,没有改变的还是背在她的肩上。手枪也是一样没有改变。较每次出发所不同的,只是脸际上两个平时很适度的眼睑,如今增添了不可掩饰的浮肿和无损于美丽的殷红!
>
> "我吗? ——"她充实了哀怨向萧明投视了一下,竟自没有生息的走去了![①]

对萧明的刻画,是对当时革命斗争过程中知识分子心态的反映。小说收尾形成的吊诡的半截结构,恰好呈现了知识分子在革命门前进退两难的尴尬处境。

小说《八月的乡村》在叙事结构、人物塑造、艺术风格等方面,存在显而易见的缺陷。故事的叙述视角、文本结构、角色划定及审美艺术,都烙有绥拉菲摩维支的《铁流》和法捷耶夫《毁灭》的学步印迹,被西方评论界视为"国际性千篇一律的文学"[②];但鲁迅给出了"也不能比"的切实之言。其实,对于《八月的乡村》萧军一直不太满意,觉得缺乏深广度,写得不够完满,是"一枚还嫌太楞的青杏"。有好几次萧军想把原稿"焚毁,或者重新写过",是萧红劝阻了他,并给予"决定性的鼓励",才使《八月的乡村》"得和读者见面,才得流传到今天"。[③] 总的看,《八月的乡村》结构粗涩,"有些近乎短篇的连续",人物欠缺人性深度的映现,景物描画与情节主干相对脱嵌,缺少审美感受上的张力。

三 陈荒煤 艾芜 沙汀

30 年代,避居青岛从事左翼文学创作的陈荒煤、艾芜、沙汀是一个彼此呼

---

① 田军:《八月的乡村》,载《中国新文学大系(1927—1937)》第 9 集第 586 页,上海文艺出版社,2010。

② [德]鲁道夫·瓦格纳(Wagner,R.):《萧军的小说〈八月的乡村〉和"普罗文学"传统》,何旻译,载《比较文学与世界文学》2014 年第 2 期。

③ 萧军:《〈八月的乡村〉·后记》,载《萧军全集》第 12 卷第 423 页,华夏出版社,2008。

应、各自独立的“左联”作家共同体。陈荒煤的短篇小说、艾芜的散文和小说、沙汀以川北为背景的小说,更新了青岛左翼文艺创作者身份及其作品的认知。

陈荒煤

陈荒煤(1913—1996),原名陈光美,笔名荒煤、梅白等,湖北襄阳人。1932年他在上海加入中国共产党,于1933年冬参加左翼戏剧家联盟(“剧联”)活动,自1934年7月在北平《文学季刊》发表第一篇小说《灾难中的人群》起开始文学创作。1934年夏,陈荒煤因参加“剧联”演出活动被捕,后经保释出狱,于1935年春来到青岛。① 在青岛,陈荒煤最初住在朝城路青岛民众教育馆章晶修的家里,不久由章晶修通过朋友李劫夫,在青岛时报馆的宿舍楼莱芜二路“上海新村”找到一间房子。后来,因房租太贵,陈荒煤再次搬出另外租房住。

陈荒煤动身来青岛之前,短篇小说《毕业》由同乡丽尼(郭安仁)交由《小说半月刊》,于1935年3月发表在第十九期上。小说主人公志强是个中学生,却无心读书,因为他看透了这个充满了“瞒”和“骗”的暗黑社会,毕业前就坠入了困苦的深渊。作者通过《毕业》反映青年知识分子的苦闷、挣扎的情状。

短篇小说《本份人》,于1935年4月发表在《漫画生活》第八期。作者以第一人称的口吻,叙述了与“本份人”诚叔的偶见。诚叔过去是个“革命党人”,一些当年的结拜兄弟“上了台”全都忘了他,“倒是这一班鬼混的流氓讲点义气”。诚叔一唱《打鼓骂曹》,感慨“平生志气运未通,似蛟龙困在浅水中”。当理想和尊严碎了一地,诚叔徒生悲凉,满嘴脏话,粗俗不堪。试看诚叔的一段话:

> “你笑?如今就这样:管他娘做么事,你要赚得钱,昏昏懵懵地过,蛮好!读书明理,讲本份,才真是活见他娘的鬼!老子们往常一心讲清白,革命吵,本本份份地,深怕弄一个冤枉钱,可如今家破人亡,到处打光混!格杂种,为么事哦?这如今弄得无家可归……‘革’得饭都没有吃的。……”②

作者用白描的写法,直接绘就时代磨难中民众的喜怒哀乐。正是基于对生活的深刻观察和感受,对熟悉的人物和环境、人物的命运和遭遇的深刻感同,陈荒煤形成了从实际生活中取材命意、表达真情实感的写作风格。

陈荒煤于1935年5月在青岛写的《黑子》,发表在6月15日刊行的《作家》一卷三号上。主人公黑子生活在一个城市贫民家庭。父亲是个酒鬼,一喝醉了“总是无理由地捶打着妈”,而母亲则“鼠子般胆怯怯”的,被贫穷和苦闷所困的

---

① 《陈荒煤生平年表》,载《荒煤研究资料》第57页,知识产权出版社,2009。

② 陈荒煤:《本份人》,载《陈荒煤文集》第1卷第63页,中国电影出版社,2013。

黑子,目睹了水深火热的悲惨时代。作者的笔没有停留在故事的表面,而将整个身心浸透了热流,“黑子并不哭,但他伏在地上畅快地流起泪来了;他说不出心里的欢喜呢,还是难过”[①]。《黑子》是陈荒煤从苦闷中挣脱出来奔向革命的思想转进时期的代表性作品。

另外,1935年9月上海天马书店出版的陈荒煤的短篇小说集《刘麻子》应当是在青岛结集,其中收入了《刘麻子》《抛包》《本份人》三篇小说。1935年8月3日天津《大公报》副刊发表的陈荒煤的小说《罪人》,可能也写在青岛。陈荒煤的小说通过对城市边缘人物和生活的真白雕绘,广泛而真切地表现了社会现实,反映了左翼文学的脚步和声音。用陈荒煤自己的话来说,他的小说“不过是革命文学洪流中的几滴浪花”,是“无产阶级文艺运动中的产儿”。[②] 陈荒煤的早期小说情节散淡,往往借助奇异补救勾勒之穷,且笔调顿挫压抑。他自称,这些作品“都是够寒尘的,但我有点孩子气的自信:我还年青,活下去,往后也许会写点儿象样的东西来吧”[③]。

陈荒煤在与友人信中提到的《岛上小札》,是一篇写青岛的散文,于1935年10月25日发表在《申报》副刊《自由谈》上。文章沉郁、忧伤,面对“残酷的挫折和失败”,作者感到整个心似乎要胀裂开来,分发出来。虽然在青岛第一次看到海,但海在作者的眼里是一个死去的海,没有波涛,“它那么驯服地躺着,让群群海燕得意地飞翔在它底脸上,甚至啄它底脸,但是,它只是可耻地呜咽,它为什么不永远呼啸呢!”这是作家主观意识中的海,而实际上,海在咆哮,“有时也会昂起头来猛扑着礁石,把自己摔得粉碎,而且不断地狂啸,惊得海燕都飞了”。整篇散文充满了对生活、对情感、对前途的忧虑和动摇,牵动着读者的心。

在青岛生活了不到半年,陈荒煤便与骆方去了北平。1935年秋,陈荒煤返回上海后转入左翼作家联盟。

艾芜

艾芜(1904—1992),原名汤道耕,四川新繁(成都)人。因反抗包办婚姻离家南行,漂泊于云南边陲、缅甸及马来西亚等地,后遭英国殖民当局驱逐流浪到上海。一次偶遇同年而生、同窗而学的沙汀,受其感染开始文艺创作。1932年春艾芜加入“左联”,并于同年夏加入中国共产党,之后因参加革命活动被捕,虽经营救出狱但难以在上海立足。1934年12月,艾芜偕妻子——“左联”诗人王蕾嘉(王显葵),投奔在济南教书的同乡、同学萧寄语(萧英)。1935年3月,艾芜

① 陈荒煤:《黑子》,载《陈荒煤文集》第1卷第89页,中国电影出版社,2013。

② 陈荒煤:《〈荒煤短篇小说选〉序》,载《荒煤研究资料》第83页,知识产权出版社,2009。

③ 陈荒煤:《〈忧郁的歌〉序》,载《荒煤研究资料》第77页,知识产权出版社,2009。

夫妇辗转来到青岛,经旧友青岛民众教育馆王秉心帮助租房落脚。

1935 年 8 月,艾芜在青岛完成了小说《饥饿》。《饥饿》的主人公卢小妹是一个"孤苦的弱者",入狱前一家人忍饥挨饿活着如同在地狱,后来卢小妹因参加暴动被捕入狱。入狱后更加孤苦无依,三年没有任何人来探视,她却不幸染上疟疾,被讥笑为"饿死鬼""臭死鬼"。《饥饿》与作于苏州的《乡下人》、作于上海的《张福保》,以及《一家人》《小犯人》等都是艾芜的"牢狱叙事",充斥着"囚人"的心绪、意绪,表现出显而易见的自叙传特征。

艾芜在青岛写作发表的散文,有《青岛的公园》《晨登观象山》《汇泉残垒》《海滨随笔》等。艾芜的漂泊生活使他形成了"墨水瓶挂在脖子上写作的"风格,他的散文多为速写,兼有笔记、随笔和抒情小品各体。[①]《海滨随笔》第二节《古风的市集》记述了一次逛青岛破烂市的经历。文章开头就标明破烂市的形成和地理位置,"在海岸下面,由垃圾填起来的地方,造成了一个稀奇的也可以说是古风的市集,农村破产的庄稼人和给都市挤出去的手工业者,便都把他们难窘的日子,放在这里面暗淡地消磨过去"。走下海岸,展开了一幅青岛风情画:

> 在摆破橱和缺脚柜的行列中,一个着污秽长棉袍的汉子(腰上拴着带子,纽子是敞开的)手里拿着两三截做烟囱用的瘪洋铁筒,一面敲出声音,一面走着,喊出售卖的价钱。人们望望他,仍旧弓下腰杆,朝破的橡皮套鞋摊上,寻找将就可以穿的东西。
>
> 这儿是人生用品的残废院,凡被人类遗弃的,都在这里重新被人估价起来,于是闲着用竹签子挖耳的老汉子和依门打盹的老婆婆,也就俱可以视为我们整理国故的功臣了。
>
> 铁匠铺叮叮地打着铁,把自己新造出来的货品,和门前摊上摆着的旧德国刀、锈东洋瓢一类的东西,挤在一块儿,图争最后生存的地位。
>
> 小药铺的檐头,晒着乌龟的尸骸,壁上贴着日本旗子那样似的膏药商告,丸药和药水,有的装在曾经盛过巴黎香水的空瓶里面,如同着了西装那么似的。
>
> 在躺着书的残骸的摊上,前三四年的日历本子,尚完好崭新地现了出来,看着还很宝贵似的重叠放着,便觉得主人保存古物的精神,实是令人不胜敬佩的了。[②]

破烂市的典型人物和富有个性的细节,在作者笔下生动而传神。艾芜在青岛写的《青岛的公园》《晨登观象山》《汇泉残垒》《海滨随笔》,未见发表于何种

---

① 刘勇、邹红:《中国散文通史》,现代卷(下),第 254 页,安徽教育出版社,2013。

② 艾芜:《海滨随笔》,载《艾芜全集》第 12 卷第 130~131 页,四川文艺出版社,2018。

报刊,在《艾芜研究专集》等资料中也都没有笔踪。1984 年,经艾芜编定由四川人民出版社出版的 10 卷本《艾芜文集》收录《海滨随笔》,其他三文则是 2014 年 19 卷本《艾芜全集》出版时收录其中。在青期间,艾芜的第一部散文集《漂泊杂记》于 1935 年 4 月由上海生活出版社刊印。

艾芜在青岛的住处几经变更。艾芜开始住在莱芜二路 4 号“上海新村”的一个沪式民居“亭子间”,后来搬到湖北路 44 号一个阁楼。他没有工作,全靠给上海《申报》副刊《自由谈》写些散文、纪游挣点稿费度日,生活拮据。6 月,艾芜与王蕾嘉的儿子降生,起名“歌纪”。据悉,在王秉心的家艾芜认识了“左联”作家陈荒煤,艾芜还联络沙汀来青岛写作。

沙汀

沙汀(1904—1992),四川安县人,原名杨朝熙,“沙汀”是发表作品时的主要笔名。1927 年他加入中国共产党,后于 1932 年加入“左联”,任常委会秘书和小说散文组组长。1934 年春夏之际,因答应给创办新刊物的李辉英写一篇小说并预支了一笔稿费,沙汀来到青岛埋头写作。在完成给李辉英“还债”的小说《赶路》后,沙汀即于 6 月 16 日乘船返回上海,这年的端午节是在海上度过的。① 上海天马书店刊印的沙汀小说集《爱》,以及《现代》月刊五卷二期发表沙汀的短篇小说《一个绅士的快乐》,沙汀时在青岛。1935 年春夏时节,沙汀再次来到青岛。他在一篇回忆文章中谈及来青动因和创作过程:

> 我想起了一九三五年春夏之交我从上海去青岛的情形。……我离开上海的主要原因,是有人老爱制造麻烦弄得工作难做,文章也无法写。我那次去青岛,真是下了很大决心,而且准备长期住在那里,所以把几件破旧家具也全都带去了。但是,出乎意料,尽管一位先于我住在那里的同志经常都那样关心我,我在青岛却只住了个把月,写了一篇《祖父的故事》,就又卖掉全部家具,带起妻小,乘搭海船回上海了。因为完全没有料到,青岛对我竟是那样陌生、沉闷……②

沙汀在文中提及的“一位先于我住在那里的同志”,指艾芜,是艾芜约沙汀来青岛写作,并帮沙汀租下了自己住房对面巨野路上的一间屋子。被誉为“左联双璧”的艾芜和沙汀,于 1935 年在青岛相聚了一段难忘的时日。

沙汀 1934 年在青岛写的《赶路》,于 1935 年 7 月 15 日发表在上海《创作》一

---

① 《沙汀年谱》,载《沙汀研究资料》第 17 页,知识产权出版社,2009。

② 沙汀:《安息吧,立波同志》,载《文艺报》1979 年第 11、12 期合刊。

卷一期(创刊号),初收于1936年7月文化生活出版社的短篇小说集《土饼》。《祖父的故事》发表在1935年12月1日上海《文学》五卷六号上,随后沙汀将其以"祖父的故事"为题编订了一部短篇小说集,交由商务印书馆出版。遗憾的是,《祖父的故事》打出纸型未及出版即遭遇上海战争,小说集毁于炮火之中,直到1946年4月才以题为《兽道》的短篇小说集由上海群益出版社刊行。

沙汀写在青岛的《赶路》和《祖父的故事》,均以川北为背景,带有浓重的川蜀乡土釉色。小说《赶路》通过一个青年学生回乡的路遇,描述成渝农村的荒寒与贫瘠、社会的暗黑与恐怖。主人公"我"坐了一天轮船换乘汽车后,30里的路程竟跑了五六个钟头,且停车修理了四次。当不得不换乘滑杆,却见一干轿夫"十有九个都不是能够赶路的草包"。天阴下雨,住店过夜时发现"栈房的阶沿上,离我们睡着的地方有三四丈的远近"停放着一具灵柩。当"我"已经忘了"隔了多久才睡着"的时候,猛地听到"从空旷的静寂里忽而送来两响枪声"。[①] 作者以社会剖析的写法和含蓄深沉的风格,将叙事状人、勾描心理和对话储藏在一些奇特的细节中,深化了小说题旨的深度和作品的沧桑感。

小说《祖父的故事》写川北小镇的人们因受混战军阀的骚扰,争相把临街住房廉价租出去做铺面以免被充作营房,结果还是被大兵强行驻扎了。面对百姓离散丧生的现实,作者慨叹道:"可是祖父,要是你老人家能够从坟墓里走出来看看,你会觉得你的判断太下早了!"[②]小说取用喜剧手法,在不露声色的客观描绘和现实的灰色剪影中隐含着泼辣暴露,是30年代中国讽刺小说的又一种表现。以《赶路》《祖父的故事》为肇始,沙汀将笔锋转入他稔熟的川北乡村和蜀域城镇生活,相继发表了《乡约》《某镇纪事》《兽道》《在祠堂里》等小说。

在中国现代文学史上,艾芜、沙汀常常被并提,他们都忠实于生活,直面苍生疾苦和人间困境。但二人的创作风格各异其趣,艾芜"忠实于他认为生活所应该有的样子",而沙汀则"忠实于他在生活中普遍看到的样子"。[③] 沙汀于1935年中秋节这天乘船离开青岛,实际在青岛住了三个多月。艾芜为沙汀一家送行,9月底艾芜也回到了上海。

四　王余杞、郁达夫等的别样行迹

除去流徙青岛的东北籍作家群及陈荒煤、艾芜、沙汀等避居青岛写作的左翼

---

① 沙汀:《赶路》,载《土饼》第21页,文化生活出版社,1936。
② 沙汀:《祖父的故事》,载《祖父的故事》第44页,上海文艺出版社,1963。
③ 黄曼君、马光裕:《沙汀研究资料》,第217页,知识产权出版社,2009。

作家,30 年代在青岛短暂停留的“左联”作家还有王余杞、郁达夫、胡也频、丁玲、董每戡、冯毅之等,尤以王余杞、郁达夫留在青岛的文字清晰朗然、表意显明。美国作家、记者斯诺夫妇写青岛的文字,是“目击者”的行旅作品。

王余杞

王余杞(1905—1989),复姓王余,笔名隅棨、曼因等,四川自贡人。入读北京交通大学期间加入中国共产党,1929 年出版的短篇小说集《惜纷飞》被郁达夫称为“力的文学”。1930 年,王余杞供职于天津北宁铁路局,在“左联”支持下于 1934 年主编大型革命文学期刊《当代文学》。由于写作中的左翼倾向和发行进步刊物受到当局监视,1935 年 6 月,王余杞借参与举办全国铁路沿线物产展览会之机来到青岛,从筹办到结束在岛城住了三个月。

回忆 1935 年的青岛之行,王余杞写了一句“在青岛参加了一个短期周刊《避暑录话》的写稿”[①]的话。这句话的注脚是王余杞在《避暑录话》连载了 9 期的长文《一个陌生人在青岛》。这是一组类似报告文学体裁的纪游文字,用《初次把晤》《炮台遗址》《鲁大与明华》《铁展会》《鼓掌》《栈桥小景》《崂山之行》《伤足》《离别青岛》九个切片,记述了王余杞在青岛的行程。从栈桥、崂山、海水浴场、跑马场、德国炮台遗址,到“铁展会”始末、水淹鲁大煤矿与明华银行倒闭事件,再到青岛咖啡饭店、胶济铁路礼堂、迎宾馆等宴会上形形色色人等的作态,其中既有写景、状物、感怀抒情,也有领悟、体验、心理活动,还有愤怒、激动的泣血控诉。

王余杞表面以“陌生者”的目光和口吻,实际将一直以来坚持的“文以载道”和“文须及时”的创作原则贯彻到《一个陌生人在青岛》中。他看到“真正的青岛,现在已被称作‘小青岛’”,那地方“四面皆水,一岛孤悬,小松成林,野花满地。在长是幽静的环境中,只听到风声,潮声与鸟声。风声过处,疏松外,碧绿的海上卷起雪白的浪花,发出了阵阵潮声;潮声惊骇了飞鸟,飞鸟便啸啸喳喳地鸣叫着。因为这,小青岛才深深地使我留恋呢”[②]。王余杞将“真正的青岛”和“小青岛”做了意义位移,从而否定了青岛宣传品上的繁华都市渲染。王余杞视线中的炮台山,“炮台的形式像隐藏在战壕里的兵,露出钢盔,伸出枪管”,当望见“高耸半山上的日人忠魂碑”,顿时感到“一丝冷,使我打了个寒噤”。[③] 王余杞在栈桥看到的是,“醉醺醺的美国水兵肘上挎着妖艳女人;趿着木屐的日本女人后面跟着一群孩子;步调沉重的是德国商人,形单影只的是白俄流浪客;英国人具有

① 王余杞:《我的生平简述》,载《王余杞文集》下卷第 580 页,花山文艺出版社,2017。
② 王余杞:《离别青岛》,载《王余杞文集》下卷第 11 页,花山文艺出版社,2017。
③ 王余杞:《炮台遗址》,载《王余杞文集》下卷第 4 页,花山文艺出版社,2017。

绅士风,拉着长杖,叼着雪茄,昂首慢步,栈桥上潮水一般的人群,在他,都是熟视无睹的"[1]。身为有使命感的左翼作家,王余杞更将笔触伸向都市的阴暗处,指向灯红酒绿、纸醉金迷、喧嚣浮华的背后,即便写海,也是"在海上,我看见有人的汗珠滴在海水里,他们成天劳力,不过只落得半饱;在海滨,我看见有人的汗珠滴在马路上,他们除了车租车捐,还要忍受着牌号主人的剥削,因此索价稍高,便没人照顾"[2]。

以小说名世的王余杞,擅长动态地涂饰各阶层人物在社会动荡中的心理波澜,并以昂扬的笔调抒唱民众的思想觉醒。他在青岛写作发表的短篇小说有《头奖志喜》《雨》《都市里的乡下人》《孩子的命运》。[3] 其中,《头奖志喜》和《都市里的乡下人》皆以讽刺为基调,集幽默与讥议于一体,不乏夸张的意味。《头奖志喜》将小市民拍马自吹的丑态、妄想彩票中奖而神魂颠倒摹绘得活灵活现,呈露出都市生活的原色。《都市里的乡下人》以青岛为背景,写跟随太太到青岛避暑的下人张妈在外人眼里很风光,自己不期然陷入惘然、懵懂之中。

> 太太要到青岛避暑,吩咐张妈跟去。
>
> "青岛,没听说过,是怎样一个地方呢?"张妈有点茫然,边流着汗收拾自己的衣包,边自己问自己。
>
> "张奶奶,你多福气,跟太太上青岛去!"兼差厨子的刘妈一头钻进来,坐在炕头上直摇芭蕉扇,吐出一口羡慕而嫉妒的热气。
>
> "真的,青岛,是个怎样的地方呢,刘奶奶?"
>
> "呵,我哪儿有福气知道呢!只听我爷爷说过,好,唔,好……"急的更出汗,却仍找不出一句适当的话语,咂咂嘴,叹一口气,"唉,我应该怎么样说呢?"
>
> 张妈懂得。不需要多少赞美话,只凭这连连的两个"好"。[4]

张妈与刘妈两位仆人关于青岛的议论反映出农民与城市的隔阂,而陪太太踏入城市的张妈看到的则完全不是刘妈想象中的都市形象。王余杞笔下的农民看到的更多的是都市的冷漠、无情,乃至病态。王余杞小说自 1930 年进入创作高峰期,在青岛写作发表的这几篇小说具有一定的代表性。他在青岛还写作发表了《积习难改》《介绍〈避暑录话〉周刊》《漫谈〈自流井〉》等小品。

王余杞离开青岛后,在 1936 年北方"左联"改组成立的作家协会当选执行

---

① 王余杞:《栈桥即景》,载《王余杞文集》下卷第 7 页,花山文艺出版社,2017。
② 王余杞:《初次把晤》,载《王余杞文集》下卷第 3 页,花山文艺出版社,2017。
③ 《王余杞生平与文学创作活动》,载《王余杞文集》下卷第 613 页,花山文艺出版社,2017。
④ 王余杞:《都市里的乡下人》,载《王余杞文集》上卷第 271 页,花山文艺出版社,2017。

主席,成为中国北方左翼文艺领导人。

郁达夫

郁达夫(1896—1945),原名郁文,字达夫,浙江富阳人。早年以中国现代文学史上第一部白话短篇小说集《沉沦》轰动文坛,又是"左联"的第一批成员,后与"左联"的关系若即若离,最终郁达夫以自己的"个性是不适合这些工作"而退出"左联"。1934 年,王余杞为编辑《当代文学》向郁达夫约稿,并答应为其免票北游。此事被郁达夫记入日记:"接天津王余杞信,谓胶济、津浦路免票,可为我办,望我秋后去北平一游。"[①]恰在此时,青岛市立中学教师汪静之、卢叔桓等盛邀郁达夫来青岛避暑。

对于青岛,郁达夫此前只在乘船路过时从"船楼上看看她的绿树与红楼,虽觉她很美,但还没有和她亲过吻,抱过腰"[②]。1934 年 7 月 13 日,郁达夫携妻王映霞、子郁飞到达青岛,当晚借宿在卢叔桓家,第二天郁达夫一家便租住了广西路 38 号骆氏楼上。

身为著名作家,郁达夫在青岛的行踪自然受人关注。青岛《正报》刊登了《欢迎郁达夫来青》的消息,《正报》《光华报》《北洋画报》记者赵怀宝(笔名"蜂巢")、张紫城、陈绍文及吴炳宸、萧觉先、闵星荧等,几次招饮郁达夫。已辞去国立青岛大学校长职的杨振声此时正在青岛,把酒言欢之际郁达夫油然想起多年前与杨振声在武汉"同醉大江滨"的过往,时在青岛的李四光同席作陪。国立山东大学皮松云、杜光埙、邓初、吴伯箫等也与郁达夫交游多日,来访的社会贤达、文学青年、大学生络绎不绝。李同愈将出版的小说集《忘情草》赠予郁达夫,并请郁达夫"去马克司酒家喝啤酒,真系德国的 Hofbräu,味极佳,可惜价钱太贵一点"[③]。"海派"作家、诗人林微音时在青岛,7 月 18 日郁达夫与他在"海滨漫步"[④]。虽初到青岛,郁达夫却"以女人来比青岛,她像是一个大家的闺秀;以人种来说青岛,她像是一个在情热之中隐藏着身分的南欧美妇人"[⑤]。

其实,郁达夫动身抵青之前曾对青岛之行作出安排,并在日记中留有记录,"大约卢骚的译稿,汪水云的诗,以及德文短篇一二篇的翻译,为必做的工作。此外则写些关于山东,如青岛,崂山……等处的记载,或者也可以成一册书";但也疑虑"能否创作,还是问题,若有适当的材料,则写它一两个短篇,也并不难。以后第一当收敛精神,第二当整理思想,第三才是游山玩水"。[⑥]7 月 17 日,郁达夫又"想起一个从前想做而未写成的题材,是暴露资产阶级的淫乱的,能写一二万

①③④⑥　《避暑地日记》,载《郁达夫全集》第 5 卷第 348、352、350、348 页,浙江大学出版社,2007。

②⑤　郁达夫:《青岛、济南、北平、北戴河的巡游》,载《郁达夫全集》第 4 卷第 151、151 页,浙江大学出版社,2007。

字,同 *New Arabian Nights* 中的短篇有相似的内容,题名本想叫作《我的梦,我的青春!》也未始不可”①。领略夏日青岛的无限魅力,郁达夫心荡神摇,难以静心写作,在青岛仅留有《避暑地日记》和一组给《正报》的约稿《青岛杂事诗》。他应诺《论语》杂志的稿子,“以诗赛塞”;而答应《人间世》的约稿“则拟以一两千字之随笔了之”。② 郁达夫在青岛参加的唯一一次公开学术活动,是 8 月 4 日下午由杨振声陪同在国立山东大学“与男女生三十余人相见,不取讲演仪式,但作座谈而已”③。据说,赵太侔没有露面。

郁达夫的前半生漂泊不定,浪迹四海,心灵的无处安放也在某种程度上成就了他纪游创作的收获。《避暑地日记》着墨最多的是游崂山,《青岛杂事诗》也有崂山诗作。崂山在行色匆匆的郁达夫笔下虽是惊鸿一瞥,却是且走且吟,又有诗,又有文。在郁达夫眼里,“劳山的风景,原也不错;可是一般人所颂赞的大崂观靛缸湾一带清溪石壁,也只平平。看过江南的清景的人,对此是不会感到特异的美感的;要讲伟大,要耐人寻味,自然是外劳沿海一带,从白云洞、华岩寺到太清宫的一路”④。采风问俗,郁达夫见到瓜田中间搭着一个个看瓜的吊棚,有农妇在里头裁衣做鞋,这一乡村奇景令他诗兴大发吟道:“果树槐秧次第成,崂山一带色菁菁。民风东鲁仍儇薄,到处瓜田有夜棚。”⑤看似走马观花不经意的撷取,往往是一帧风情速写和印象录。在与一名老道交谈后郁达夫文思泉涌,吟出七言绝句:“柳台石屋接澄潭,云雾深藏蔚竹庵。十里清溪千尺瀑,果然风景似江南。”⑥诗中的“柳台”是柳树台,“澄潭”为靛缸湾。在写客观自然景物时,郁达夫总是在景中浸润美学家的鉴赏眼光和独到领悟。

郁达夫的《青岛杂事诗》最具思想和艺术价值的是首尾两诗。首诗写田横,附注道:“青岛名不见于经传,俗有附以田横事迹者,姑妄从之。”诗云:

万斛涛头一岛青,正因死士义田横。
而今刘豫称齐帝,唱破家山饰太平。⑦

这是一首抒怀诗,以景述情,缘情叙事,郁达夫笔下的田横是一个独立主体眼中的历史物象。国事多艰,诗人借北宋末在金人卵翼下建伪齐的刘豫,嘲讽日本扶持下的伪满洲国。《青岛杂事诗》的尾诗系郁达夫的赠别之作,是一首感时

---

①③ 《避暑地日记》,载《郁达夫全集》第 5 卷第 349、350 页,浙江大学出版社,2007。

② 丁言昭:《郁达夫日记》,第 282 页,山西教育出版社,1997。

④ 郁达夫:《青岛、济南、北平、北戴河的巡游》,载《郁达夫全集》第 4 卷第 153 页,浙江大学出版社,2007。

⑤⑦ 郁达夫:《青岛杂事诗十首》,载《郁达夫诗全编》第 171、171 页,长江文艺出版社,1989。

⑥ 郁达夫:《蔚竹庵》,载《崂山诗文选》第 173 页,青岛市史志办公室,1987。

诗。作者自注云："赠《正报》、《光华日报》龙井、蜂巢诸同人及前《民国日报》萧觉先氏。"原诗如下：

一将功成万马喑，在谁纵敌教南侵？
诸君珍重春秋笔，好记遗民井底心。①

诗的前两句写时事，后两句写赠别。时事写 1933 年 5 月《塘沽停战协定》签订以降的形势。何应钦"大功"告成，一纸丧权辱国的协议致使社会贤达喑哑无声，不敢对国脉民命发表政见。究竟是谁一再放纵日军，使其大举南下侵犯中国领土呢？答案不言自明，是弊乱无能的南京政府，是"攘外必先安内"的不抵抗政策。诗人爱憎分明，敢褒敢贬，看不出与时代风潮的缝隙。诗界对郁达夫的爱国诗评价甚高，比之小说，郁达夫的散文和诗歌在一些评论家看来更为出色。②融进《青岛杂事诗》中的首尾两诗，无论思想内容的丰富深刻性还是艺术技巧的精湛纯熟性，都值得拊掌击节。

1934 年 8 月 12 日，郁达夫一家离开青岛，利用王余杞办理的"免票"经济南换乘津浦、北宁铁路去了北平。郁达夫于 1934 年 11 月写的《青岛、济南、北平、北戴河的巡游》有 3000 字，描写青岛占了一半篇幅。郁达夫的纪游散文往往在自然中发现人性，生发议论。③ 他在文中赞道：去青岛"住一个夏天，方才觉'东方第一良港'、'东方第一避暑区'的封号，果然不是徒有其表的虚称"④。郁达夫屐痕处处，但旅青岛仅此一行。

其他

"左联"成员胡也频、丁玲、董每戡、易寒、李辉英、王秉心、周南士等与青岛左翼文艺也有一定渊源。但由于行踪信息模糊，难以判断在青岛的作品，只好等待文学史家的再发现。美国记者、作家斯诺夫妇卢沟桥事变后的青岛行，却是青岛文学史的一段趣闻。

埃德加·斯诺（Edgar Snow，1905—1972），自 1928 年来华写了大量纪实性作品，与中国的政治生活联系在一起。抗日战争爆发后，身为英国《每日先驱报》（*Daily Herald*）和美国《星期六晚邮报》（*The Saturday Evening Post*）驻华战地记者的斯诺，在日军占领下的天津遇到了西去的邓颖超。由于疾病和营养不良，

① 郁达夫：《青岛杂事诗十首》，载《郁达夫诗全编》第 173 页，长江文艺出版社，1989。

② 刘勇、邹红：《中国散文通史》，现代卷（下），第 229 页，安徽教育出版社，2013。

③ 朱栋霖、丁帆、朱晓进：《中国现代文学史 1917—1997》（上），第 252 页，高等教育出版社，2006。

④ 郁达夫：《青岛、济南、北平、北戴河的巡游》，载《郁达夫全集》第 4 卷第 152 页，浙江大学出版社，2007。

邓颖超"已经害了两个月的痢疾,变得奄奄一息了。她十分需要住院、休息、好的饮食,以及一个领她前往的护卫,于是我自动地来担任这一项职务了"①。斯诺以外国记者的特殊身份护送邓颖超安全脱险,遂搭乘英轮"海口"号前往青岛。邓颖超从青岛迅速转车西行平安返回延安,斯诺则在青岛开始了一次美国记者的东方战地之旅。

首次来到青岛,斯诺便以记者的写实性文笔书写笼罩在战争阴霾中的青岛:"我们登陆的青岛还未被日本海军封锁,但三分之二的居民已经逃走,仿佛是一个放弃了的城市。"斯诺在青岛转乘火车西行,找到了在潼关被军警捉住并拉下火车的妻子海伦。海伦·福斯特·斯诺(Helen Foster Snow,1907—1997),笔名尼姆·威尔斯(Nym Wales),于1931年来到中国,翌年与斯诺结婚,他们先后结识了宋庆龄和鲁迅,遂改变了"来中国看一眼就走"的初衷,毅然投身到中国人民反抗外来侵略的解放事业之中。斯诺和海伦在徐州火车站中转,他们的目的地是上海,但无法直接前往,只好绕一个大弯子于9月24日到达青岛,下榻坐落于中山路32号的"吉美饭店"。再次来到青岛,斯诺用"依然是含有凶兆的平静"来描述这座"十分可爱"的城市:

> 两天以后,我们又来海边。青岛依然是含有凶兆的平静。我发出几封在旅行中收集的快讯,但每隔十天还不能有一条船去上海。幸而有J.B.鲍威尔代我应付《先驱报》的工作,所以我不用发愁。这在战争中是个难得的时间呢。青岛这时是十分可爱的,晴朗的白昼,微风披拂的夜,这风或从海上吹来,或含有山上的松香。几英里长的著名的白沙滩,在过去这季节总聚有成千歇假的人,但现在却成为我们专有的海岸了;一连三天我们不曾看见一个别的浴人。所有浴棚都关闭了,在弥漫于这半空的城市的静寂中,有一种奇特的预期。我们每天准备看见在每一浪花后面有一队日军登陆。②

尼姆·威尔斯在《红色中国内幕》(即《续西行漫记》)写了这次青岛之行。

> 我们向贝特兰、史沫特莱和其他朋友一一道别,9月23日乘火车去青岛。
>
> ……
>
> 青岛风景优美,为德国人所建,我们在那里海滨消磨数日,在吉米餐厅尽情享用了美国式的奶油水果冰淇淋。当时停靠青岛的轮船极少,定购舱

---

①② [美]埃德加·斯诺(Snow,E.):《为亚洲而战》,载《斯诺文集》第3卷第25、26页,新华出版社,1984。

位是一大难事。后来斯诺去上海采访战讯,我则返回已被日本占领的北平去搬家,收拾细软什物,休息了数周。①

一对为"红色中国"、为世界和平风尘仆仆的美国记者夫妇在青岛住了一周之后,又分手了。

① [美]尼姆·威尔斯(Wales,N.):《续西行漫记》,陶宜、徐复译,第333页,解放军文艺出版社,2002。

第四章
斑斓繁丰:30 年代多元的作家群落

30 年代的青岛,由于生活空间与社会事件的复杂关联,使得文学更像历史教科书,新与旧、开明与保守交光互影,文坛如同细密的掌心纹路纷繁驳杂。

臧克家、废名、汪静之几乎是同一时期生活在青岛的诗人,但他们没有思想交集,诗风也迥异,分别呼应了不同的创作潮流。横跨中国现当代诗界的臧克家,在青岛读大学即以《烙印》《罪恶的黑手》两部诗集彪炳诗坛,从戎与求学是臧克家诗歌创作道路的转折点。① 废名在青岛写的诗一如他给中国现代文学界的"异数"印象,《亚当》《无题》等小诗和结集的《天马》令人无法参悟。汪静之的诗追逐爱情浪花,不言爱情便没了诗思。李同愈的小说有爱情,大都围绕现代消费文化环境下城市与人的变化而展开,带有新感觉派的某些特征。

黄公渚、吕美荪、梁启勋、刘少文的笔下全是旧体诗词。黄公渚以《东海劳歌》《劳山纪游集》《辅唐山房猥稿》行走在诗、词、文、书、画之间,吕美荪沉浸在葂丽园里用五古发抒幽情,梁启勋咏"水调歌头"并欲结集《海波词》,刘少文则以秋溪之声诵《青岛百吟》,王锡极等即墨人咏崂山而形成的诗派寓诗于史,传史如诗。旧体诗词与城市现代文明的龃龉在 30 年代青岛文坛颇具反讽意味。

非寓居作家及其作品,可能是青岛最具特色的文学现象。一些不涉党派、不谈主义的自由主义作家,像苏雪林、柯灵、俞平伯、柳亚子、巴金、卞之琳、何其芳、蹇先艾等,以行旅诗文、现地写作等更为精神性的方式,参与了青岛文学史建设。学界泰斗蔡元培青岛避暑期间的诗文是"五四"新文学运动的回光。

大抵因了师生互文本关系,30 年代青岛大、中、小学生写作成就了岛城新生代文学。一些做文学梦的青少年,腋下夹一本小说或诗集便昂昂然招摇过市,奋勇操觚写小说、散文、诗歌、剧本并在报纸办副刊的学生大有人在,而社会媒体开

① 乔力、李少群:《山东文学通史》,下卷,第 50 页,中国社会科学出版社,2016。

辟的《儿童园地》《小朋友》等文艺副刊则成为儿童表达自我的跳板。徐中玉、黄宗江、李普等虽不脱青葱与稚气,却有一种文学的真情在里面。30 年代青岛文学多元、斑斓的面影,唯把历史经纬烛照得久一点儿方可看得真切。

第一节　臧克家

在青岛文学史上,臧克家享有与中国新诗共命运的现实主义诗歌开山人的特殊荣誉。家庭的诗教遗传、斗争的生活、苦难的磨砺促使臧克家始终走在时代的前列,而臧克家真正走入诗坛铸就其诗歌风格,则是在 1929—1934 年就读国立青岛/山东大学期间。臧克家青岛时期的散文、小说、诗论等都需要慧眼识之,这是青岛文学树碑纪程中烙上了时代和个人印记的文字。

一　文学道路与“新月”诗派的离合

臧克家(1905—2004),曾用名臧瑗望,字士光,号孝荃,山东诸城人。臧家诗书传家,出过举人,戴过清朝的“顶子”。臧克家的祖父、父亲都好诗,是祖父“诗的热情燃烧了我的一颗小小的心”,而父亲则“给了我一个诗的生命”。①1923 年夏臧克家赴济南考入山东省立第一师范学校后,广泛接触了新文艺作品,并开始试写白话诗。据臧克家回忆,特别“崇拜郭沫若,也学他的调调,……产量不少,毛边纸大本子,填得满满的,……可是,谈新诗创作,这却是一个开头”②。1925 年 8 月,臧克家写通讯投寄《语丝》杂志主编周作人,此文以《别十与天罡》的题名于 9 月 21 日刊发。这是臧克家首次发表的作品。

五卅运动激荡着青年臧克家的心,面对北洋军阀的黑暗统治,1926 年秋,臧克家与几个同学密约经青岛乘船去武汉,并于 1927 年初考入中央军事政治学校。受北伐革命的鼓荡,臧克家随军参加了北伐战争,于 1927 年冬加入中国共产党,但在 1928 年初因与上级派来的指导员意见有分歧而退党。③ 大革命失败后,臧克家怀着深重的内心创痛流亡山海关外,颠沛流离,辗转上海返回山东。

1929 年 9 月臧克家听闻国立青岛大学补习班招生,便报名考入,后因祖父去世回家奔丧而休学。同年 12 月,臧克家在《民国日报》副刊上刊登的《默静在晚林中》,是在青岛写作并发表的第一首诗歌。1930 年暑假,臧克家借用一个族

---

① 臧克家:《我的诗生活》,载《臧克家研究资料》(上)第 51~52 页,知识产权出版社,2010。

② 臧克家:《诗与生活》,载《臧克家全集》第 6 卷第 380 页,时代文艺出版社,2002。

③ 《臧克家年谱》,载《臧克家全集》第 12 卷第 713 页,时代文艺出版社,2002。

叔的大学预科文凭正式考入国立青岛大学。至1934年7月毕业,臧克家“把身子安放在桃源似的青岛”,度过了四年与天风海浪为伍的生活。

在国立青岛大学求学期间,臧克家受教最多的是闻一多。最初,臧克家被外文系录取,开学后他想转到中文系就去找系主任闻一多。此前,臧克家学诗的时候只知道闻一多这个名字,他去找闻一多企望转入中文系时,闻一多也恰恰想认识这位数学考零分、语文的《杂感》颇有棱角的臧克家。就这样,臧克家以“人生永远追逐着幻光,但谁把幻光看作幻光,谁便沉入了无底的苦海”三句诗赢得了闻一多的重视和期许。臧克家回忆说:报到那天,闻一多“仰着脸向我注视了一眼,用高兴的声调把三个字送入我的耳中:‘你来吧!’从此,我成为闻一多先生手下的一名中文系的弟子。从此,我成为闻一多先生门下的一名诗的学徒”①。返回宿舍,臧克家“带着羞惭的心情”②,“把许多年来诗稿的大部分全交给了火”,此后闻一多的办公室和住所常常出现臧克家的身影。闻一多的《死水》成了臧克家“几年没离开过手”的诗集,他“几乎每一篇都能背诵”,从中汲取了丰富的营养。而臧克家的诗作,闻一多是第一个读者。臧克家回忆说:

> 我写了自己认为值得一看的诗,便带着兴奋的心情跑去请一多先生鉴定。……他看见我来了,放下手中的毛笔,拾起红锡包香烟……自己吸上一支,让我一支。吸着烟,喝着茶,一面在看我的诗。我乍到时那点怕打扰的怯怯心情全消了,浓郁的诗的气氛充满了斗室。看着看着,我瞅他神色在变化,自然地拾起一支铅笔来,在几个句子上划了双圈。我高兴得要跳起来!他划圈圈的句子,正是我得意的。得到闻先生划个圈,实在是不容易呵,他手高眼也高。……我们每次谈诗,好似师生的界线也泯没了,他顿然从一位严肃的学者回到了热情诗人的境界。③

毋庸讳言,臧克家诗歌深受闻一多及“新月”诗派的影响。卞之琳甚至断言:臧诗“和《新月》派有血缘关系”④。事实上,臧克家拜师闻一多是因两人都偏嗜于有格律、节奏的诗歌。臧克家说:“本来就喜欢古典诗歌和民歌,喜欢格律化的作品,像闻先生所要求的‘绘画的美、音乐的美、建筑的美’的诗篇,所以一接触闻先生和徐志摩先生的诗,就似曾相识,一见如故。”⑤但在与“新月”诗派的关系上,臧克家又是一个门内的外人,他从自己脚下走出了新路。

①⑤ 臧克家:《悲愤满怀苦吟诗》,载《新文学史料》1980年第3期。
② 臧克家:《且说自己的一首诗——答问:谈〈罪恶的黑手〉》,载《诗刊》1980年第1期。
③ 臧克家:《诗与生活》,载《臧克家全集》第6卷第410~411页,时代文艺出版社,2002。
④ 卞之琳:《新诗和西方诗》,载《诗探索》1981年第4期。

在诗歌理想上，臧克家赞同“新月”诗派纯诗建设上峻整而秾丽的追求，反拨早期白话诗的散漫、忽视格律与形式的沉疴，主张把主观情绪客观化，以现实美原则支配艺术美特征；但不认同“新月”诗派对艺术世界的唯美追求而不合 30 年代的文坛时尚，以及新月诗歌与大众、与时代的疏离。臧克家的眼光向下，直面现实的贫困祸乱，注视苦难的大地和挣扎在饥饿线上的穷人，他在人生的“荆棘尖”上锻造诗思，这便同沉溺于营造形式躯壳、作知觉皈依凭借的一班新月诗人攸分剖判。

在诗歌内容上，臧克家赞同“新月”诗派对诗界浮薄气息的冲击和纾解新诗现代性焦虑的努力，排斥标语化、口号化的诗歌，他明确提出：“我每次阅读一篇新诗，往往读不完就放下了，因为它的内容拒绝了我的眼。我始终坚信一篇诗的好坏在内容上的重过在形式上的。”①但“新月”诗派对新诗的构架缺乏现实生活的支柱，挣扎在现实与非现实对峙的沼泽里。臧克家立足于生活，强调“真”重于“美”，主张诗歌主旨的社会属性，这便跳出了“新月”诗派的圈子。

在诗歌艺术上，臧克家赞同“新月”诗派吸收中国古典诗歌格调的律和对西洋诗音节的鉴仿，以及对字句苦心孤诣的锤炼；但不认同“新月”诗派偏重现代语言声和音的质素、恪守诗歌的“三美理论”而造成的形式主义藩篱。臧克家则用冷峻中带有热情的笔，让博大雄健的艺术主张与谨严、含蓄、凝练的风格求取结合起来，更是出了“新月”诗派的轨。都说闻氏门下出了臧克家和陈梦家“二家”，闻一多也得意地宣称：“我左有梦家，右有克家。”但臧、陈二人的诗风迥然不同。1933 年 11 月，臧克家在一篇文章中说：

> 我有一个野心，我想给新诗一个有力的生命。过去我是这么做的，虽然那只是初步。我愿做关西大汉敲着铁板唱大江东去！我过去的东西在思想上没有一条统一的路，有许多地方观察和表现都不够准确。形式方面也太觉局促。最近的笔似乎放开了些，思想也上了正路。②

臧克家身置“新月”诗派门内，但又取法于外，他选择了现实主义方向，将“新月”诗派的严谨形式感带入对民众深远苦痛的表现中，延续了“新月”诗派新诗写作的多种可能，从而形成了抒情与叙事并重、真实与坚实并存的审美取向，以及情思多姿、绵密劲爽、精巧工炼的诗歌特征。臧克家说：在青岛“找到了‘自己的诗’”，“多年的血汗苦心终于铸造出一个结果：‘风格’”。③

---

① 臧克家：《论新诗》，载《中国新文学大系(1927—1937)》第 1 集第 495~496 页，上海文艺出版社，1987。

② 臧克家：《〈烙印〉再版后志》，载《臧克家全集》第 10 卷第 578 页，时代文艺出版社，2002。

③ 臧克家：《我的诗生活》，载《臧克家全集》第 6 卷第 305 页，时代文艺出版社，2002。

二　诗集《烙印》

国立青岛大学是臧克家蜚声诗界的摇篮。他于1933年出版的第一部诗集《烙印》,既是个人诗歌生涯的"开端",也是"顶点"。

1933年7月,臧克家因在国内一些名刊名报上发表了不少诗歌,并在中国诗界产生了一定的影响,遂想出一本自己的诗集。但在单调、沉寂的诗坛,没有一家书店肯为一名在校大学生出版诗集。臧克家四处碰壁后找到王统照,唯一的办法就是自印出版,但印刷费需要60块大洋。王统照慷慨解囊拿出20元,闻一多和王蕙兰的六哥、任教青岛市立中学的王筱房闻讯也各出此数予以资助。印刷费有了,臧克家又把诗稿寄给在北平的中学同窗李广田及李广田的朋友卞之琳请求帮忙。卞之琳热情地为其校对,设计封面,跑印刷所,还就近催来已离开国立青岛大学、任教清华大学的闻一多答应结撰的序言。很快,一本自印诗集《烙印》,以与闻一多的名作《死水》颇为相似的装帧风格与读者见面了,版权页上写的发行人是"王剑三"(王统照)。

诗集《烙印》共辑录22首诗歌,为臧克家1931年冬至1933年6月的作品,其中的《难民》《生活》《烙印》《象粒砂》《不久有那么一天》《老马》《神女》《当炉女》《洋车夫》《贩鱼郎》《歇午工》收入"中国新文学大系(1927—1937)"第十四集(诗集)。《烙印》的集名诗《烙印》写于1932年。此诗没有概念铺陈,深切表现了大革命失败在诗人内心打上的深深烙印,诗人关注的不是痛苦的具体形式和因缘所在,而是将这种人生痛苦的感受当作一种普适性的人类感情的体味。学界评价,臧克家短诗中最精美、影响最大的便是这首《烙印》。全诗如下:

生怕回头向过去望,
我狡猾的说"人生是个谎",
痛苦在我心上打个印烙,
刻刻警醒我这是在生活。

我不住的抚摩这印烙,
忽然红光上灼起了毒火,
火花里迸出一串歌声,
件件唱着生命的不幸。

我从不把悲痛向人诉说,

我知道那是一个罪过，
浑沌的活着什么也不觉，
既然是迷,就不该把底点破。

我嚼着苦汁营生，
象一条吃巴豆的虫，
把个心提在半空，
连呼吸都觉得沉重。①

全诗格律齐整,节奏匀称,意象准确,深受“新月”诗派的“三美”艺术点化。臧克家在青岛写的《再版后志》道:“老早心中为写诗定了个方针。第一要尽力揭破现实社会黑暗的一方面……再就是写人生永久性的真理。”②这就形成了《烙印》的两个平行视角。

一是,凝目挣扎在生存边缘的社会下层人的生活与命运。诗人不是站在精英立场居高临下地同情和呼吁,而是站在平民之中,把目光投向挣扎在死亡线上的百姓,开阔了新诗反映民众生活的新天地。《炭鬼》写在“鬼都望着害怕的黑井筒”,死神随时都会要他们的命,“他们把死后的抚恤/和妻子的生活连在一起看”。③《贩鱼郎》写费尽力气借来本钱去贩鱼,但“末了赚回来不够一半,/早起晚眠都不敢抱怨,/本想在苦碗底捞顿饱饭”④。《歇午工》展呈的是一幅让人动容的生活画面,“沉睡的铁翅盖上了他们的心,/连个轻梦也不许傍近,/等他们静静地/睡过这困人的正晌”⑤。《当炉女》中的女人,由依靠丈夫到自己独立撑持家庭重担,丈夫死后“她亲手拉风箱”,“果敢咬住牙根:‘什么都由我承当!’”⑥臧克家说:写《洋车夫》《贩鱼郎》《老哥哥》“这些可怜的黑暗角落里的人群,我都是先流过泪的,我对这些同胞,不惜我最大的同情,好似我的心和他们的连结在一起”⑦。这种迸生于平民呻吟的歌吟倾注着泪水与激情,让读者去体会社会底层百姓悲惨凄苦的生存境遇。《老哥哥》有这样的诗句:

“老哥哥,翻些破衣裳干吗?

---

① 臧克家:《烙印》,载《中国新文学大系(1927—1937)》第 14 卷第 562~563 页,上海文艺出版社,2010。
② 臧克家:《再版后志(〈烙印〉)》,载《臧克家序跋选》第 1 页,青岛出版社,1989。
③ 臧克家:《炭鬼》,载《烙印》第 24~25 页,人民文学出版社,2000。
④ 臧克家:《贩鱼郎》,载《臧克家文集》第 1 卷第 21 页,山东文艺出版社,1985。
⑤ 臧克家:《歇午工》,载《臧克家诗选新编》(修订本)第 39 页,人民文学出版社,2019。
⑥ 臧克家:《当炉女》,载《中国新诗总系》第 2 卷(1927—1937)第 618 页,人民文学出版社,2009。
⑦ 臧克家:《〈烙印〉再版后志》,载《臧克家全集》第 10 卷第 577 页,时代文艺出版社,2002。

快把它堆到炕角里去好了。"
"小孩子,不要闹,时候已经不早了!"
(你不见日头快给西山接去了?)
"老哥哥,昨天晚上你不是应许
今天说个更好的故事吗?"
"小孩子,这时你还叫我说什么呢?"
(这时你叫他从哪儿说起?)①

《烙印》的另一个视角,是展现生活的烙印和结实的生命力。身处民生凋零的乱世,以及30年代中国诗界两极分化的现实中,臧克家没有停留在个人的伤感上,而是带着"给新诗一个有力的生命"的强光挺进诗坛,他的现实感和身世感越来越丰富,催生了诗人激情的自白和深切的情怀。《生活》倾吐的是,"当前的磨难就是你的对手,/运尽气力去和它苦斗,/累得你周身的汗毛都擎着汗珠,/但你须咬紧牙关不敢轻忽"②。《不久有那么一天》满怀一种期待,"不要管现在是怎样,等着看,/不久有那么一天,/宇宙扪一下脸,来一个奇怪的变!/天空耀着一片白光,/黑暗吓得没处躲藏"③。《象粒砂》表现着人生的苦硬,"不要记住你还有力量,/更不要提起你心里的那个方向。//从太阳冒红,你就跟了风,/直到黄昏抛下黑影,/这时,天上不缀一颗星,/你可以抱紧草根静一静"④。《天火》升腾起悲剧色彩的美:"我知道你什么都谙熟,/为了什么才装作糊涂,/在事实上盖一只手,/你对人说:'什么也没有。'"⑤诗人切痛的深浓与细处力透纸背,深入人心。试看《老马》:

总得叫大车装个够,
他横竖不说一句话,
背上的压力往肉里扣,
他把头沉重的垂下!

这刻不知道下刻的命,
他有泪只往心里咽,

① 臧克家:《老哥哥》,载《臧克家全集》第1卷第20页,时代文艺出版社,2002。
② 臧克家:《生活》,载《臧克家诗选》第34页,人民文学出版社,2005。
③ 臧克家:《不久有那么一天》,载《臧克家诗选新编》(修订本)第7页,人民文学出版社,2019。
④ 臧克家:《象粒砂》,载《中国新文学大系(1927—1937)》第14卷第563页,上海文艺出版社,2010。
⑤ 臧克家:《天火》,载《臧克家文集》第1卷第30页,山东文艺出版社,1985。

眼里飘来一道鞭影，
它抬起头望望前面。[1]

这是一幅重轭鞭扑之下的老马拉车图。诗人揣摩老马的心境感受，以貌取神，以马喻人，又以人的思想感情拟写马，实现了写实与超写实的相互叠映。

诗集《烙印》甫一出版好评如潮，臧克家获得了1933年“文坛上的新人”殊荣。闻一多称赞“克家的诗，没有一首不具有一种极其顶真的生活的意义”[2]。梁实秋认为，最难得的是诗人“并不流于时髦的人道主义或感伤主义……他不会因了同情的心热炽而抛弃了艺术的立场”[3]。茅盾、老舍同在《文学》一卷五号上分别发表了《一个青年诗人的〈烙印〉》《臧克家的〈烙印〉》。多年后，臧克家回忆说：“《烙印》自印版刚出书不久，茅盾先生、老舍先生，在当时影响很大的《文学》月刊同一期上，发表了两篇评介文章，使我这个默默无闻的文艺学徒，一下子登上了文艺龙门。”[4]《烙印》之于臧克家的“龙门”意义，是批评界给臧克家的诗学征途烙上了标志性印记。文坛的良好反响，促使《烙印》从自印发行变为商业出版。1934年3月，上海开明书店将臧克家的《烙印》作为“开明文学新刊”丛书出版（比自印本增加了四首诗）。后来的事实一再表明，臧克家《烙印》后的一系列诗歌作品虽多有建树，但风格上的独特性都未超越《烙印》。

当然，诗集《烙印》也不可避免地带有思想和艺术上的局限性。老舍在给予青年诗人“直爽”“豪气和刚硬”的肯定时，提出了“克家是有字而欠点味”[5]的批评，希望臧克家的诗不是“石山旁的劲竹，希望它变株大松”。老舍的批评真诚而含蓄，指出了《烙印》的一些缺陷：喻拟不甚高明，押韵太过勉强。这其实反映出臧克家对“新月”诗派束缚的挣扎，他对灰暗、无望生存现实的观照，对变形、丑怪形象的涂绘如同碳笔速写，只是锁定在某一具体对象场景上，或将情绪灌注到客观铺陈中，这仍是“新月”诗派的路数。

三　《罪恶的黑手》及其他诗歌

青岛时期，臧克家继《烙印》之后又出版了第二部诗集《罪恶的黑手》，这是

① 臧克家：《老马》，载《中国新文学大系（1927—1937）》第14卷第565页，上海文艺出版社，2010。

② 闻一多：《〈烙印〉序》，载《闻一多全集》第2卷第174页，湖北人民出版社，1993。

③ 梁实秋：《〈烙印〉》，载《益世报》1933年9月2日。

④ 臧克家：《往事忆来多——沉痛悼念茅盾先生》，载《臧克家全集》第5卷第443页，时代文艺出版社，2002。

⑤ 老舍：《臧克家的〈烙印〉》，载《文学》第1卷第5号，1933年11月。

臧诗进入成熟的标志。臧克家还在青岛发表了《战神也在候着你》《花的主人》《祖父死去的周年》《问》《她送我走》等自称“带有忧郁悲伤情调的诗”①,这同样是臧克家诗歌世界的内在组成,至少不应被青岛文学史忽略。

诗集《罪恶的黑手》

1934 年 5 月,臧克家在毕业前将第二部诗集《罪恶的黑手》交给了上海生活书店,并在离青前的 6 月 22 日为《罪恶的黑手》写了序言。

诗集《罪恶的黑手》,选取诗人 1933 年夏至 1934 年 7 月的诗歌收获,共计 16 首,包括长诗《罪恶的黑手》,另有《盘》《小婢女》《亮的影子》《壮士心》《自白》《吊》《村夜》《答客问》《生命的叫喊》《民谣》《流亡的诗人》等篇什。诗人表明“是乡下人,生性爱乡村”,因此欲“画出了一个恐怖破碎的乡村的面孔”,尽管“没能够指出一条出路来”;同时,诗人的“一些小诗算是反映了时代的苦闷”。②诗集《罪恶的黑手》流传着《烙印》贴近现实的诗风,却比《烙印》的框架更宏大,内涵更深刻,描绘更细致,但艺术成就及在诗坛的反响不及《烙印》深广。

《罪恶的黑手》共计 154 行,于 1933 年 9 月 5 日“全夜写强半,六日完成”,首刊在 1934 年出版的《文学》月刊“新年号”。据悉,曾有人问过臧克家,在其众多诗作中最喜欢的是哪一首?诗人的回答是《罪恶的黑手》。此诗写于 1933 年 9 月,诗人以青岛圣弥爱尔大教堂修建为题材,深刻地揭露了帝国主义宗教外衣掩盖下的罪恶行径,歌颂了正在觉醒的中国工人的创造力量和反叛精神。长诗拓宽了诗歌的叙事空间,结构绵密匀称,形象鲜明生动,在和谐的韵律里含有一种内在的音乐美。全诗分三章。第一章描写教堂的建筑,发露基督教义对中国人的毒害。诗人看到“交横的木架比蛛网还密,/像用骷髅架起的天梯”,面对这“称得起压倒全市的一件神工”,诗人悲愤交加,撕开宗教的伪善外衣。第二章描绘建筑工人修建教堂的情景。诗人的笔端含蕴着同情,工人们“有的把巧思运入一方石条的花纹,/有的持一块木片仔细的端详,/有的把手底的砖块飞上半空,/有的用罪恶的黑手捏成耶稣慈悲的模样。”诗的第三章是这样写的:

不过天下的事谁敢保定准?
今日的叛逆也许是昨日的忠心,
谁料定大海上哪霎起风暴?
万年的古井也说不定会涌起波涛!
等这群罪人饿瞎了眼睛,

① 臧克家:《诗与生活话短长》,载《臧克家全集》第 10 卷第 675 页,时代文艺出版社,2002。
② 臧克家:《序(〈罪恶的黑手〉)》,载《臧克家文集》第 1 卷第 580 页,山东文艺出版社,1985。

认不出上帝也认不清“真理”,
狂烈的叫嚣如同沸水,
像地狱里奔出来一群魔鬼,
用蛮横的手撕碎了万年的积卷,
来一个无理性的反叛!
那时,这教堂会变成他们的食堂或是卧室,
他们创造了它终于为了自己,
那时这儿也有歌声,
不是神秘,不是对耶稣的赞颂,
那是一种狂暴的嘻嚷,
太阳落到了罪人的头上。①

16 行一贯到底,冲破了节的匀称,诗人任由诗情的激流行其所当行、止其不可不止,形成奔放自如的气势。

1934 年 1 月 11 日臧克家在青岛写的《壮士心》,描画出一个勇士从淹留中举剑夜奔、上马杀敌的情景。全诗如战歌,共三节,充盈着局部与瞬间的际遇、震撼与激荡的情怀,弥漫着浓重灰暗的色调和萧瑟凄怆的气氛。

江庵的夜和着青灯残了,
壮士的梦正灿烂地开花,
枕着一卷兵书一支剑,
灯光开出了一头白发。

突然睁大了眼睛,战鼓在催他,
(深殿里木鱼一声又一声)
跨出门来,星斗恰似当年,
铁衣上响着塞北的朔风。

前面分明是万马奔腾,
他举起剑来嘶喊了一声,
从此不见壮士归来,
门前的江潮夜夜澎湃。②

① 臧克家:《罪恶的黑手》,载《山东新文学大系(现代部分)》诗歌卷第 61~62 页,山东文艺出版社,1999。
② 臧克家:《壮士心》,载《臧克家全集》第 1 卷第 95 页,时代文艺出版社,2002。

时值全面抗战爆发前夕,面对日军践踏华北、窥视中原的紧要关头,诗人在由大到小的景观和由淡而浓气氛的烘托下,写一个错愕深殿木鱼声的赳赳武夫,等不到天明即一跃而起举剑厮杀,演绎了一场悲壮热烈的大戏。至于战争的惨烈、斗士的无畏都贮含在诗人渲染的气氛里,留给读者的只是夜夜澎湃的江潮。读罢,让人嘘唏之时不能不叫一声:壮哉,壮士之心!

其他诗歌

臧克家在青岛写的诗歌具有丰富的创作维度和面相。这是他挺入诗界最初阶段的留痕,充满自信而又不乏反省的创作本位。

首先,1929 年 12 月臧克家发表的处女诗作《默静在晚林中》,是诗人走上诗坛的第一级台阶,也是激荡 30 年代青岛新诗的一波涟漪。

萧瑟疏林遥织着霞的鳞锦,
枯草深埋着飘零的黄叶,
微风吹散了尘寰梦痕,
波荡的海涛应和着清韵的心琴!

深深合上了智慧的眼睛,
细味着清冷仙岛的胜景,
众美之神歌舞着幽美的情调,
云影山光为我图绘着艺术之宫!

沉浊的迷梦在这时清醒,
污秽的灵魂化成了冰清,
陶醉在自然美妙的怀抱中,
我默默地赞颂着人生至境!①

此诗写在 1929 年 11 月 16 日,于 12 月 1 日在青岛《民国日报》副刊《恒河》第十九期上发表。年轻的诗人对未来"人生至境"抱有憧憬,他在礼赞"自然美妙"的唯美景象并为之陶醉。再看 1931 年 11 月他惊悉徐志摩在济南坠机遇难写下的《吊志摩先生》,此诗也发表在青岛《民国日报》的文艺副刊上。

你这奇怪的死,

① 臧克家:《默静在晚林中》,载《臧克家文集》第 1 卷第 2 页,山东文艺出版社,1985。

是一首伟大的诗,
任何人读了,
都长叹一口气。
你用血肉,血淋淋的,
涂出了人生的面目。
这样表现的手段真可怕,
叫后来的人怎么活下去!①

查臧克家在青岛的文学创作年表,1929—1931 年他的诗不多,自 1932 年起诗兴萌发,在连续两年各写诗 21 首后,1934 年他写了 25 首诗歌。这些诗歌除收录于《烙印》《罪恶的黑手》两部诗集外,尚有《战场夜》《默默的歌》《农家的夏晚》《别》《秋》《秋雨》《桃源》《故乡》《五月的乡村》《两个小车夫》《两个黑洞》《春在天涯》《盘》《拾落叶的姑娘》《捡煤球的姑娘》《愁苦和欢喜》《哭和笑》《褪了色的记忆》《死水中的枯叶》,以及《战神也在候着你》《花的主人》《祖父死去的周年》《问》《她送我走》等未收录诗集。写在青岛的诗至少有 20 多首被"弃置"。臧克家解释,"没有机会收入",并肯定"其中的不少诗篇并不比收入集子的诗差"。② 1932 年他写的《愁苦和欢喜》,就是一篇表现人心幽微的抒情短章。

愁苦埋到了我的发尖,
像乌云盖上了月亮的脸,
切莫叫眼泪流着可怜,
就是你不坚持自己的尊严,
也要想,冰天中哪儿去梦想温暖?
索性把笑涡常留在腮边。

可是碰到欢喜伸手来逗你,
只管铁脸点上霜,不要理,
因为他哄着给你一时的快意,
过后,便板起可怕的脸,向你
讨回更多的眼泪当做谢礼。③

① 臧克家:《吊志摩先生》,载《民国日报》1931 年 12 月 26 日。

② 臧克家:《昨日黄花到眼前——写在〈集外诗集〉前》,载《臧克家全集》第 10 卷第 682 页,时代文艺出版社,2002。

③ 臧克家:《愁苦和欢喜》,载《臧克家全集》第 1 卷第 34 页,时代文艺出版社,2002。

1934年,臧克家离青前在《青岛民报》副刊《每周文艺》发表的诗《青岛的夏天》,也能看到诗人世界饱满、精彩的又一面。

外国水兵是一只候鸟,
背上驼来了夏天的太阳。
洋车夫夜夜做得好梦,
梦着双腿扎上了翅膀。
跳舞厅里的水银灯光,
照破了墙角里深潜的冷漠,
歌声逐着飘飘的衣袖,
在醉了的心上恍惚地涨落。
大海更是觉得可亲,
沙滩上踏乱了游人的脚印。
一个个闲心送去了白昼,
伴着海月直到夜深。
这里只知道夏天是可爱,
从来不认得酷暑的威严,
不要提起那个惊心的世界,
搅扰这些岛上的神仙!①

生活是诗的土壤,是生活成就了诗人。臧克家带着童年的苦涩、初入人生之旅的艰辛,以及数度漂泊流落的曲折经历之后来到海滨青岛。四年的大学生活给臧克家的精神世界逐渐积淀起一种对城市文明的排拒和对乡村的怀恋之情。从这个意义上说,写在青岛的每一首诗歌都是不可或缺的人生思考。

四　散文、小说和诗论

青岛时期的臧克家不单以诗人面世,也有散文、小说、文学理论等文体的创作。臧克家的诗歌理论批评在中国现代文学批评史上占有一席之地,是青岛文学史诗歌艺术论的重要组成部分。

散文

臧克家写在青岛的散文,主要是在上海《申报》副刊《自由谈》发表的数篇

① 臧克家:《青岛的夏天》,载《青岛诗钞》第213页,中国海洋大学出版社,2017。

"无窗室"随笔,以及《迷》《社戏》《村警》《青岛樱花会》诸文。从青岛开始,臧克家展开了诗与散文的双翼,并在终其一生的创作实践中走过了由"诗压散文"到"散文压诗"之路。

臧克家的"无窗室"随笔可能源自青岛的一处居室的灵感。由于臧克家在国立青岛大学宿舍的"苦吟"不为同学所谅解,神经衰弱症折磨得他常常夜不安眠,他便经常到莱芜二路一个亲戚家去住,与一个佣人挤在一间没有窗户的小耳房里。臧克家破命地写作,发表了《幽迁——无窗室随笔》《回家——无窗室随笔之二》《不知道——无窗室随笔之三》《一代比一代好——无窗室随笔之四》等散文。1934 年 5 月 8 日,臧克家在上海《申报》副刊《自由谈》发表的《青岛樱花会》是篇美文,开头就美不胜收:

> "岛国东风春正暖,
> 樱花红过海西来。"
>
> 青岛有点春寒。前几天一个朋友从济南来信说,他在西上的火车中,一路迎着樱花开,到了那里正值花残。他说要搭车来青赶樱花会,我报告他:
>
> "此地樱花待兄开。"
>
> 东风的神力真不可思议,三天的工夫吹红了青岛。如果那位朋友这会来到,一定觉得我的前言是近于欺骗。
>
> 今天是星期日,今天是跑马的日子,今天是樱花会。三重热闹叠在一起,给终年冷落的第一公园造成了一天红的记忆。①

除此,青岛时期臧克家散见于外埠刊物的散文有《如此生活》《文明的皮鞭》等。臧克家是 1935 年青岛《避暑录话》的参加者之一,他从临清任教的山东省立十一中学放暑假来青,写作并发表了《要活》(第 1 期)、《说大蒜》(第 4 期)和《古城月》(第 6 期)。此时,臧克家正忙于千行叙事长诗《自己的写照》和第三部诗集《运河》的写作,因而投入《避暑录话》的精力不多。臧克家的散文是诗人散文,融精炼、抒情、文采于一体。他的诗没有散文化,但散文有诗魂,有着精心提炼的诗化特征,带着清醒的文体自觉。

短篇小说《猴子拴》

臧克家积 70 多年的创作成就,小说总共不过 20 余篇,因为数量不多而被文学史忽略。1933 年 7 月 17 日臧克家脱稿的短篇小说处女作《猴子拴》,是青岛时期唯一的一篇小说,又因发表在《文学》月刊一卷四号上,《猴子拴》甫一出刊

---

① 臧克家:《青岛樱花会》,载《臧克家全集》第 5 卷第 20 页,时代文艺出版社,2002。

就令文坛刮目相看。

小说《猴子拴》的主人公猴子拴,是生长在泊镇的一个安于贫贱的农民,因生下来耳后有个肉椎,取名就叫“猴子拴”。猴子拴守着寡母,住着地主王绅士的两间茅屋,种着三四亩地,一年到头“老是苦做着,从鸡叫一直到日落”,他总觉得“只要自己努力,总会有好的结果”。但是,贪得无厌的王绅士扩院硬要猴子拴一家迁居,对此他默默忍受易地另垒土屋。泊镇的地势高夏天吃水难,为了挑水和泥,猴子拴半夜就跑到北沟的泉子旁等候,为此没少遭村人的辱骂:“畜生!人渴死了,还抢水去和泥!”土屋好歹盖成了,猴子拴却累垮了,王绅士借机夺走了猴子拴种的地。眼看冬天就要到了,一无草,二无粮,猴子拴走投无路只能当贼,用偷来的东西养活寡母。终于在一个冬夜,猴子拴行窃时被人捉拿押到区公所。作者用滴血的笔写出了猴子拴人生的最后时刻:

> 这个贼的脸上、身上,全是一片血,白雪花落在上面,立刻又化成红水滴下来,连地上的雪,都染成了红色。
>
> 大家忽然让开了一条道,这个血肉模糊的罪人,在许多狠毒的眼光下,踉跄地拖一道血线,走出了区公所的大门。最后,他用一双不服气的血眼回头向大众环顾了一下。
>
> 在这案子闹了十天以后,有人在村南一口枯坟里发现了猴子拴的尸首,带一身干血,一双不瞑的眼睛。①

猴子拴死在了地主的霸凌和乡民的欺辱下。小说旨在揭露旧中国农村的残酷剥削、农人的愚昧冷血和社会的暗黑无底。这是30年代小说的流行主题。臧克家对小说要素功能的理解与措手不甚精到,但他善于从特殊的角度表现人性对决,通过绘声绘色的描写、深刻的心理剖绘,达到了应有的审美效果。

诗论

臧克家的新诗理论几乎与诗歌创作实践同步,并在青岛首次展示出诗歌理论家的风采,由此开启了他横贯一生具有个人特性的新诗美学建设之路。

臧克家的新诗理论以1933年11月《〈烙印〉再版后志》为起点,经由1934年6月《罪恶的黑手》诗集序言,到1934年3月写作、7月发表的《论新诗》一文,这三篇文章是构筑臧克家新诗理论堡垒的基石。

《〈烙印〉再版后志》是臧克家诗歌创作的宣言。他以呕心沥血的刻苦态度,给自己的诗歌创作下定“尽力揭破现实社会黑暗”与“写人生永久的真理”两条

① 臧克家:《猴子拴》,载《山东新文学大系(现代部分)》小说卷一第283~284页,山东文艺出版社,1999。

铁律。臧克家解释说:

> 我写诗和我为人一样,是认真的。我不大乱写。常为了一个字的推敲一个人踱尽一个黄昏;为了诗的冲动,心终天地跳着,什么也没法做,饭都不能吃。有时半夜里诗思来了,便偷偷地燃起蜡来在破纸上走笔,这其中的趣味只有自己享受,然而这趣味也着实毁了我。我现在身子病着,心也病着,"心与身为敌",我便是这样了。①

学界公认,臧克家含藏严峻生活的体验和对人生之苦的讴歌是从《烙印》开始的。读臧克家的诗能明显地感觉到他对时代烟云的感喟,字里行间充斥着一种压抑的气息,这是诗人主观世界与外部世界的交流回声。正如臧克家所言,这些诗"都是在不吐不痛快的情形下写出来的,都是叫苦痛迫着,严冬深宵不成眠,一个人咬着牙齿在冷落的院子里,在吼叫的寒风下,一句句,一字字的磨出来的,压榨出来的。没有湛深的人生经验的人是不会完全了解我的诗的,不肯向深处追求的人,他是不会知道我写诗的甘苦的"②。

臧克家在《罪恶的黑手》诗集序言中申明了诗歌内容与形式的追求。即"在外形上想脱开过分的拘谨渐渐向博大雄健处走",而在"内容方面,竭力想抛开个人的坚忍主义而向着实际着眼"。③ 显然,诗人的坚忍主义多是对农民坚毅与韧性的肯定,却无法用爱与憎的流火铸成诗的筋骨,吹响向旧世界宣战的号角;在诗歌形式上谨严的作风,犹如溪水冷涩,却失去了长江大河澎湃的气势。诗人欣赏气盛之美,也爱重精细之美,他要用贴近现实的精神取向和创作主体的伦理要求,实现抒情自由化的诗艺与中国古典诗歌格律的嫁接。

当然,臧克家新诗理论体系的重要柱石是《论新诗》。臧克家的诗有民族心理的折光,也有倔强灵魂的自白;有旧时代农民贫苦命运的悲歌,也有交织着罪恶和苦辛的城市交响乐,还倾心于牧歌式的生活吟唱。臧克家讲究诗意在象中,神余而言外,气势壮阔,笔力遒劲,具有凝练、整齐的韵律和节奏。为此,他说:

> 一般人把新诗看得太容易,写几篇歪诗便自命诗人,这是一个大的错误!因为看得太容易,所以随手乱涂,给社会上的人对新诗以恶劣的印象。这种人是新诗的罪人。他不知道写诗的苦处。一个诗人须得先具有一个伟大的灵魂,须得有极热的心肠,须得抛开个人的一切享受去下地狱的最下层

① 臧克家:《再版后志(〈烙印〉)》,载《臧克家文集》第1卷第574页,山东文艺出版社,1985。

② 臧克家:《我的诗生活》,载《臧克家散文小说集》(下)第903页,长江文艺出版社,1982。

③ 臧克家:《〈罪恶的黑手〉序》,载《臧克家全集》第10卷第579页,时代文艺出版社,2002。

经验人生最深的各种辣味。还得有一双灵敏得就要发狂的眼睛,一转之间便天上地下,地下而又天上。他应该最先看到未来,用力去促未来早日实现,而伟大的诗就是从这实际和精神挣扎中产生出来的。①

臧克家诗歌创作最成功之处在于,将自己与30年代诗歌各流派区隔开来,从各家之中写出了一个"自己"。有论者将臧克家的诗与戴望舒的诗作比较称,读戴诗,开头感到郁悒,读第二遍时感到的也是郁悒,读第三遍时还是感到郁悒。但读臧诗,第一遍使人感到郁悒,甚至使人哭泣,读第二遍时便感到愤怒,到你再读一遍时也许会伸出你的拳头来。② 虽然历经忧患的诗人看到的是黯淡了许多的希望之光,对未来的信念有些空泛,却不曾消失。明乎此,臧克家无论怎样表现抑郁与愤懑,都不会像戴望舒那样用些"呢吗呀吧"来表现浓重迷离的悲观情绪,堕入缥缈不及物的云里雾里;也不会像陈梦家那样囿于自我情感,游荡于宗教化的虚幻梦境;当然,更有别于左翼诗人疏于艺术磨炼"口号化太重"的诗,以及提倡自由表现的"现代派"诗人晦涩朦胧、任意跑野马的诗风。臧克家赢得了生活,因而也赢得了诗。

与季羡林的"笔墨官司"

在臧克家的新诗批评中,持续时间最长、最匪夷所思的是与季羡林关于《洋车夫》一诗尾句的批评和反批评。

1933年,当臧克家的诗集《烙印》如潮好评的同时也引来严肃的批评之声,最使臧克家难以接受的是"清华剑客"李长之、季羡林等(尤其是季羡林)的批评。季羡林时为清华大学外文系三年级学生,未曾见过臧克家。他从吴宓教授那里看到臧克家的诗集《烙印》,便两次撰文批评发出了不和谐音,引起了一场旷日持久的风波。

1933年9月4日,季羡林发表第一篇批评文章,提出"作者感觉到了生活的痛苦和严重,写了出来。但是又推己及人,想到了别人的,尤其是被压迫者的痛苦,也写了出来"。但疑惑的是,"根据自己的痛苦,能推想到别人的痛苦吗?"季羡林认为,"以一个大学生去写炭矿工、当炉女的心情,总有点像'隔皮猜瓜'"。因此在书评末尾季羡林称,"在《洋车夫》里诗人说:'他的心是个古怪的谜。'真的。诗人要想了解这个谜吗?请你再向前走一步"③。对于季羡林的批评,臧克家在给李长之的信中说:"羡林先生不论何人,他叫我往前走一步,不知他叫我怎

① 臧克家:《论新诗》,载《中国新诗总系》第9卷(1917—2000)第170页,人民文学出版社,2009。

② 孔休:《臧克家论》,载《时与潮文艺》第3卷第1期,1944年3月。

③ 季羡林:《〈烙印〉》,载《季羡林全集》第7卷第15~17页,外语教学与研究出版社,2009。

样走?”对臧克家的提问,季羡林遂有了再评《烙印》的意思。季羡林教给臧克家的“走法”是:“诗人,向前走一步吧,即使不能成为‘这群人’的一个(成了当然更好),也到这群里去看看,去到他们灵魂的深处去看看,到底是什么情形。坐在红楼上说梦话,把这劳苦的一群当成海市蜃楼,无论自己怎样‘象一条吃巴豆的虫’,有那一类的作品作基础,也不会把这海市蜃楼弄得离你更近些。向前走一步吧,倘若你愿意的话:只这一步,会带给你同情的心。”①

李长之作为季羡林的好友、同窗,也发表了对《烙印》的评论。他认为,臧克家“显然是还没投身到大众之中,采取了个同情者的立场罢了”。他以《洋车夫》为例认为其缺点在于,“克家所写的别人的生活之苦,完全像一个小孩子跑到玩具店的玻璃窗前,而回头指指点点数说的光景,他并没进去”。②几乎在同时,《每周评论》发表了《臧克家大吹特吹》一文,又以《洋车夫》为例批评最后一句“夜深了,还等什么呢”问得滑稽,如果车夫识字,读到这句诗“亦会愤怒你是在开玩笑吧?”多年后,臧克家在一篇文章叙及此事称:

> 这真叫人苦笑不得。如果我那么傻,连这一点也不懂得还写什么诗!如果照他的说法去直乎笼统地“达意”,我早就把那篇诗稿碎尸万段了。那还成什么诗?③

臧克家认为,季羡林、李长之因为没写过诗歌,所以看不懂诗的无限深意。许多年以后,在 2004 年 2 月臧克家以 99 岁高龄辞世的是年 10 月,93 岁躺在病榻上的季羡林写的《痛悼克家》一文再次提到当年的笔墨官司,并清晰地回忆对臧克家《洋车夫》尾句“夜深了,还等什么呢”的批评:“这种连三岁孩子都能懂得的道理——无非是想多拉几次,多给家里的老婆孩子带点吃的东西回去。而诗人却浓墨重彩,仿佛手持宝剑追苍蝇,显得有点滑稽而已。因此,我认为这是败笔。”④臧克家自认为“一字一泪,力抵千钧”的诗句,在争论了 70 多年后仍被季羡林看成“手持宝剑追苍蝇”式的“败笔”。蛇猪是非,只能置于理窟讨论了。

第二节　自由作家作品

自由作家是 30 年代青岛文学的重要一脉。他们不党不群,以公共知识分子

---

①② 转引自叶新《季羡林和臧克家的〈烙印〉笔墨官司》,载《文史天地》2020 年第 9 期。

③ 臧克家:《关于〈洋车夫〉、〈贩鱼郎〉》,载《臧克家全集》第 12 卷第 148 页,时代文艺出版社,2002。

④ 季羡林:《痛悼克家》,载《季羡林全集》第 3 卷第 409 页,外语教育与研究出版社,2009。

的面貌坚持文学的独立性和独立的写作立场,既有延续“五四”新文学薪火的作品,也有自处边缘地带的旧式诗词。黄公渚与李同愈是新旧自由作家的代表,吕美荪的葂丽园诗、梁启勋等的山水诗词呈闲适性文学特色,刘少文的诗集及汪静之等中学教师在青岛的作品,印刻了30年代青岛文学不同的个性表现。

一 黄公渚

黄公渚(1900—1965),原名黄孝纾,字公渚,号匑厂,别号辅唐山民、福唐甘龙翁、天茶翁等,福建闽侯(福州)人。先祖籍辽东铁岭,从龙入关,编汉军正黄旗。乃父黄曾源(石荪)系光绪庚寅恩科进士,以翰林转御史,外简徽州、青州、济南,辛亥革命间举家迁居青岛,在湖南路51号筑斋“潜志堂”,撰有《石荪诗稿》。黄公渚幼习庭训,曾为汉军旗“笔贴式”,于青岛礼贤书院肄业,又从薛肇基治经学。1924年,黄公渚赴沪受聘“嘉业堂”藏书楼校雠古籍,还在上海中国公学、暨南大学兼任教职。居沪期间,黄公渚从陈三立学诗,得词学大师况周颐指点,与朱祖谋、潘飞声、夏敬观、林葆恒、杨铁夫、冒广生等硕学雅集,参伍华流。1934年黄公渚回到青岛,于1936年8月受聘国立山东大学中文系教授。①

由于家学渊源及个人生活阅历相对单一,黄公渚致意于学术与文艺,以诗、词、文、书、画并佳著称,其骈体文与刘师培、李详、孙德谦齐名,且为“后贤之畏焉”②。黄公渚才学高富,诸艺兼善,在30年代初即享誉学林。青岛时期的黄公渚酷爱山水,尤对崂山倾注了真情。他自称,“少长山麓,日对三标、石门诸峰,神游焉”,经常在崂山数月,形诸丹青,付诸吟咏,摹画崂山的奇峰怪石、晴岚幽壑,先后完成了百首诗词和百幅山水画。传唐玄宗为崂山赐名“辅唐山”,黄公渚在诗文书画中常以“辅唐山民”“辅唐山人”“辅唐天茶翁”“辅唐山房”等款识。黄公渚的诗、书、画笔力刚健,融为一体,相得益彰,著有《匑厂文稿》《匑厂词乙稿》《劳山集》等文学作品。此外,他在古文献学、版本目录学、金石学、文物鉴赏等领域颇富造诣,其选注的《欧阳永叔文》于1933年由商务印书馆出版。1934—1936年,他在青岛以商务印书馆特约编辑身份选注的《周礼》《晋书》《司马光文》等多种读物,收入“学生国学丛书”。征文考献,黄公渚还著有《欧阳修词选译》《天问达诂》等,与陆侃如、高亨合著《楚词选》。另外,黄公渚与胞弟黄孝平(君坦、䥽厂)、黄孝绰(公孟、罴厂)合撰的《左海黄氏三先生俪体文》在香港刊印,其兄黄孝先则有《甕天室类稿》。黄公渚诗文多为模山范水、寄赠酬唱、思乡

① 《职教员录·教员》,载《民国二十五年国立山东大学一览》第281页,1936。

② 钱基博:《现代中国文学史》,傅道彬点校,第124页,中国人民大学出版社,2004。

与感时伤世之作,有其学者的殊异视角,艺术水平非一般作家能比。

1935 年黄曾源病逝于青岛后,夫人支氏偕子女迁至观海二路 3 号甲。1937 年国立山东大学内迁之前,黄公渚已移居北平。1946 年,国立山东大学在青岛复校,黄公渚回任中文系教授,从事古典文学教学与研究,与冯(沅君)、陆(侃如)、高(亨)、萧(涤非)并称"五岳"。

《劳山集》

山语风流,黄公渚的《劳山集》是一部礼赞歌咏崂山的文学创作专集,分《东海劳歌》(词之部)、《劳山纪游集》(诗之部)、《辅唐山房猥稿》(文之部)三个部分,对崂山的奇峰怪石、涧岩异洞、名泉飞瀑、宫观寺庵、古树名花、古迹石刻、神话传说皆作深情讴歌。黄公渚在《自序》中道:"甲子、丙寅间,始偕友就力所胜,间一游焉。乙亥夏,养疴九水,得以其隙,穷极幽隐,成《劳山百咏》。嗣后游渐数,篇章日增。今老矣,虑其放佚,钞存词及诗、文,汇为三卷,名曰《劳山集》。"① 也即,《劳山集》的动议始于 1924—1926 年,至 1935 年夏黄公渚在九水养病期间"汇为三卷"。但从《兰陵王·乱蝉寂,雨过凉飔习习》引言的时间"乙酉夏日"看,《劳山集》实为黄公渚潜心孕育 30 余年的终身之作。以 280 多首诗、词、文一力表现崂山的胜迹幽奥与灵气精神,兼收诗坛、词林高手叶恭绰、瞿宣颖、龙元亮、汪公严、许宝衡、夏仁虎、王琴希、朱西溪、吴则虞、黄云眉、张伯驹等品评、唱和之文字,因此《劳山集》在内容、形式、文体、数量、成就诸多方面具有独特的文学价值,在青岛山水文学中实居顶流水准。

《劳山集》的词共 137 首,以"东海劳歌"为题,笔"福唐天茶翁"之名,在《劳山集》中成就最高。黄公渚的词风守正出奇,婉约清丽,词体形式灵活多变,创作构思精致巧妙,又将绘画艺术混融词体创作,达到词中有画,移情入景,生动形象地呈露出崂山独特的山水美景。词部首篇词牌为"青房并蒂莲",作于 1924 年,咏的是崂山巨峰。

> 御长风。陟翠微高处,秋迥山空。手揽雌霓,绝顶我为峰。玉京咫尺朝天路,俯齐烟、九点濛濛。闪去帆,一片孤光,碧瀛如镜荡青铜。　沉沉丽农鸟使,惊海涸尘飞,撼睡鲛宫。慢回首、冥冥八表,日下高舂。明灭螣螺可数,送斜照、七十二芙蓉。叹倦游,目极南云,断魂万里逐归鸿。②

崂山巨峰是一座层叠而起的石崖,雄峙如城,咏诵者历来不乏高人韵士,但

① 《劳山集自序》,载《近代中国史料丛刊》续编第 38 册《劳山集》第 14 页,文海出版社,1970。

② 福唐天茶翁:《东海劳歌·甲子夏日偕依隐、罴弟登劳山绝顶巨峰》,载《劳山集校注》第 14 页,人民出版社,2015。

如黄公渚萧旷空灵、神游物表、振衣千仞之境界者,罕有其人。黄公渚用“闲中好”词牌写的崂山四时歌组词极富雅趣。

春山睡,莺唤梦初醒。雨带溪流活,海连岚气青。(春)
山居好,消夏最相宜。雨过泉千道,雾收峰四围。(夏)
秋山瘦,黄叶下如潮。海近风先硬,地偏天自高。(秋)
千峰雪,岩隥白云封。野烧畲田赤,耐冬山寺红。(冬)①

借由多样化的写景艺术,黄公渚写出了崂山的四季变换,表现了词人的隐逸之志。《劳山集》137首词中最精彩的是用词牌“春去也”为崂山“崮”写就的22首组词,黄公渚题之名曰《胶东人呼峰为崮,崮读若个,山中峰以崮名者,不可一二数,口占得二十二解》。这22崮依次为狍子崮、金刚崮、光光崮、凌烟崮、凤凰崮、老乌崮、琵琶崮、那罗崮、比高崮、丈老崮、元帅崮、摩头崮、天眼崮、龙穿崮、秋千崮、锥儿崮、幕云崮、流水崮、龙泉崮、大劳崮、三层崮、沙帽崮,每崮一首“春去也”,且崮崮不同,阕阕而异。以山水入词,丰富了词的表现功能,突破了词与文的疆界。事实如此,黄公渚的《劳山集》改变了崂山文坛诗多词寡的旧况,一举开了崂山词文化之门,成为青岛文学史崂山词林之宗匠。

此外,黄公渚尚有《匑厂词乙稿》(又名《碧虑商歌》《碧虑簃词乙稿》)线装一册,收词61首,刊于30年代末期,是纴海楼丛刻之一。词集前兼收陈曾寿、夏孙桐、张兰思、汪仲虎、张尔田、夏仁虎、张伯驹、郭蛰云等的题字赠词,因而有极高的文学和鉴赏价值。

《劳山集》的诗共138首,大部分题于崂山山水画中,故取《劳山纪游集(七十二叠山房纪游稿)》之名,署名“辅唐山人”。黄公渚自称:“癸酉、乙亥间,余逭暑劳山饭店,时偕岳子廉识,遍游山中名胜。道途所经,参诸志乘,询之父老,每有所得,记以小诗。日积月累,得七绝乙百章,并图其迹,以当卧游。”②可见,《劳山集》中的诗大多写于1933—1935年间。1935年8月,黄公渚陪同来青岛避暑的蔡元培游览崂山下清宫写下的一首七言律诗,是《劳山集》诗部的佳作,值得一读。

芒屩轻篌健似猿,道人揖客古风存。
极天海与山争地,向晚风吹月到门。

① 福唐天茶翁:《东海劳歌·劳山四时歌》,载《近代中国史料丛刊》续编第38册《劳山集》第32页,文海出版社,1972。

② 辅唐山人:《劳山纪游集·劳山纪游百咏》,载《近代中国史料丛刊》续编第38册《劳山集》第69页,文海出版社,1972。标点符号由本书作者整理。

数点峭帆随雁渺，如潮落叶挟鸦翻。
十年游钓重过处，稚竹成林柳半髡。①

下清宫,乃崂山道教祖庭,诗人以道士揖客起始,曲折地写出了明万历年间的佛道之争。黄公渚本人十年前曾留足此观,而今竹子成林而柳丛则成半髡。十年星移斗转,诗人以"萧廖高奇"之笔发出"千仞揽辉之慨"。从诗题《下清宫与孑民、美荪、瓠厂同游》可知,除了蔡元培(孑民),此行还有寓居青岛的吕美荪,"瓠厂"系青岛市政府秘书路朝銮(金坡)。黄公渚的诗七言近体居多,少有五言诗,试看与袁荣叟(道冲)、张子厚、路朝銮在登窑赏梨花的五言诗:

登窑万梨花，俨入雪世界。
海国春较迟，三月寒未懈。
东君定如僧，为花一破戒。
酝酿两日晴，收效尔许快。
回皇轻云容，十里极所届。
皜皜欲吞山，藏胸不芥蒂。
翩如静女姝，目成屏媒介。
横斜万玉钗，一任臣冠绖。
靓妆宜月明，欲下孀娥拜。
晚风起云涛，去去车已迈。
殷勤报一诗，入夜梦犹挂。②

登窑(瀛)村居崂山西麓,乡民以种梨为业,门前屋后遍植梨树。每年仲春时节梨花盛开,漫山遍野白蕊簇簇,洁白的梨花宛如千顷雪,"登瀛梨雪"成为民国青岛十大胜景之一。黄公渚走笔登窑梨花之海,悠然陶醉其间,此诗为夜游梦乡之殷勤一报。《劳山集》的诗无愧崂山吟诵之绝唱,是黄公渚对崂山的倾情馈赠。此外,他还著有诗集《岛上流人篇》,其中有 20 多首逊清遗老避居青岛生活的纪事诗。

《劳山集》中有 13 篇游记,笔名"福唐甘龙翁",以《辅唐山房猥稿》总其名,分别为《登巨峰记》《石老人游记》《八仙墩游记》《二宫游记》《明霞洞游记》《华严寺游记》《外九水游记》《龙潭观瀑记》《游华楼宫记》《鱼鳞峡记》《玉鳞口潮音

① 辅唐山人:《劳山纪游集 · 下清宫与孑民、美荪、瓠厂同游》,载《近代中国史料丛刊》续编第 38 册《劳山集》第 91~92 页,文海出版社,1972。

② 辅唐山人:《劳山纪游集 · 登窑观梨花与道冲、子厚、金坡同游》,载《近代中国史料丛刊》续编第 38 册《劳山集》第 99~100 页,文海出版社,1972。

瀑记》《内九水游记》《白云洞记》。名家对黄公渚文章有“雅洁道粹,揆诸韩、柳、欧、曾义法无悖也”之评价。试读《龙潭观瀑记》:

> 龙潭在八水河北。泉从天门峰来,至海门峡,曲折南流,泻为龙潭瀑。瀑三叠自峭崖下,如玉龙破壁飞翔,沫散空际,霏微成烟霭。数尺后复傅于壁,若曳匹练,下属于潭,跳珠漱玉,声满崖谷。人立其下,洒然疑濯魄玉壶中也。潭水窨碧,石罅荇带参差,随流左右披拂。青蛙出草间,见人影跃水,訇然有声。水次,石方坦如台,可坐十数人观瀑。山中瀑多促狭,惟此长达数十丈。雨后挟势骋怒,摧山倒海,声闻数十里,景尤奇伟。惟岩栖者岁一二觏焉。时壬申夏日,同游者袁道冲、张子厚、黄匑厂及弟鹭厂、罳厂。①

龙潭瀑源自崂山南麓八条溪流汇成的八水河,水流自上而下翻滚飞腾,激起满谷水雾,如雨似雪,声若龙吟,故有“龙潭喷雨”之称。作者以生花妙笔写出了龙潭瀑的由来、声貌、形势及游览者的体察,笔法极尽骈俪与散句交映生辉之能事。黄公渚以崂山之“知己”自许,心怀归隐之志,在自然澄澈的山水美景中涵养性灵,寄存情怀。

文坛有了黄公渚的《劳山集》,崂山便多了一重身份;说崂山“群山未必可相俦”,显然又多了一分人文筹码。

《匑厂文稿》

《匑厂文稿》共6卷68篇,刊刻于1936年,是黄公渚前半生的骈文作品汇集,其中有不少文艺理论和文学创作珍品。

《匑厂文稿》卷一为赋,有《哀时命赋》《蓠黔嬴赋》《苦寒赋》《塞草赋》等13篇。卷二为序,有《汉短箫铙歌注序》《近知词序》《冒鹤亭京卿和杜工部夔州五律诗序》《纯飞馆填词图序》等11篇。卷三为序、跋、赠序,有《重刊苍梧词序》《沈文肃手书社咏册跋》《赠刘莼斋先生序》《送庆臣叔父之江西序》等11篇。卷四为记,有《清明日游范公祠记》《怡园游记》《坚匏别墅记》《乙丑二月花朝集周氏学圃记》等11篇。卷五为碑、传、墓志铭、诔文,有《重修法庆寺碑》《谢贞女传》《鲍蜕庐先生墓志铭》《旌表节孝蒋母马太夫人诔文》等12篇。卷六为书、颂、杂文、揭、启、引,有《寄刘潜楼侍郎书》《与冯梦华中丞书》《协和婚颂》《吊雷峰塔文》《成心巢先生举祀乡贤祠揭》《乔松茂荫慈竹春辉图征诗文公启》《募修半山亭小引》等10篇。大都是钩深致远的侃侃有声之论,较之诗词创作亦不遑

① 福唐甘龙翁:《辅唐山房猥稿·龙潭观瀑记》,载《近代中国史料丛刊》续编第38册《劳山集》第124页,文海出版社,1972。标点符号由本书作者整理。

多让。

《塞草赋》为卷一之赋,是一篇极富诗情画意的骚赋,以“葩而不靡,渊而不暖,格高而气昌”[①]评之,确实不为过。

凭高望兮,渺平野之;离离秋风起兮,碧怨而黄;憔悴寒荄兮,不可识枯菀代谢兮,飘如电驰。于是,仆本恨人连蹁,绝域龙荒之沙,万里雁门之霜。七月心摇摇,而县旌发种种,其将雪。对此肠断,凄然心折,投笔从戎,家山万重。伤今岁晚轸旧,春融昔芳菲兮,稚节更澹沱兮,薰风衔华佩宝,踏莎氾业。正南浦兮送别,向西州兮明发,碾雕毂而无声,共青袍而一色。妾赠蘼芜之诗,君和芙蓉之什,但愿朱颜不凋,芳草未歇。望复望兮鹦鹉洲,去复去兮凤凰阙。何意?塞外秋高,边风穴寥;掩红心而憔悴,对青发而飘萧。问生还兮几时,叹梦路兮已遥!况复征车转蓬,羌笛怨柳,野烧天赪,木凋山瘦。卷寒燐而飞宵,萦枯骨而悽书。天涯则处处堪怜,河畔则青青何有。每当勒马吹鞭,据鞍看月,实落愁凝。根枯泪竭,胆落胡儿,魂消戍卒,磨盾何心?封侯何日?感物杼悲,凄然欲绝。[②]

这是黄公渚《匑厂文稿》篇幅最短的一篇具有骚体品相的抒情小赋,以塞上草为咏物对象,却宣寄情志,感叹人生,表现乱世的悲悯与伤悼。赋家庶几得知明代钱千秋的《塞草》之意,想象瑟瑟秋风中的塞外边关,衰草连天,出征的将士举头望月,归期无望,禁不住凄惘欲绝。黄公渚以塞草抒家国乱离之情,杂文化沦丧之思,幽幽述说着 30 年代主流文学之外的自由作家心声,投射了感时忧国的块垒。此赋语体古奥,典雅深邃,情感描写细腻,心理活动幽思婉转,因而有了别样的文学意旨。

卷六的《寄刘潜楼侍郎书》是一函用古藻写俗事的普通私信,时间当在 1924 年秋末,黄公渚自青岛赴沪后致信寓青的刘廷琛。刘廷琛,字幼云,江西九江人,曾任京师大学总监督、学部副大臣,辛亥间避居青岛筑“潜楼”聊度晚年。在青岛,黄曾源的“潜志堂”、刘廷琛的“潜楼”和丁式枚的“潜史楼”并称岛城“三潜”名邸。黄氏与刘氏为邻,彼此交厚,黄公渚赴沪供职“嘉业堂”,刘廷琛托其照料刘家在上海的产业。黄公渚起笔即写:

揖别岛壖,寒雨凌遽。巨舻倚岸,矗若丽谯。沉雾浸空,不辨经纬。鸣

① 袁思亮:《匑厂文稿序》,载《近代中国史料丛刊》第 1 编第 726 册《匑厂文稿》第 18 页,文海出版社,1966。

② 黄孝纾:《塞草赋》,载《近代中国史料丛刊》第 1 编第 726 册《匑厂文稿》第 70~71 页,文海出版社,1966。标点符号为本书作者所加。

钲启行,鼓轮遄迈,凌厉广像。砰宕逝沦,惊波轰陊。迅复湀潏,呼吸圆盖,乍讶天旋徙倚。飞间忽骇,雷斗沆瀁四周。晌息百里,山容尽失,地轴斯遥。禺貜仿佛,驾浪相迎。蜩像闪尸,乘风前导,崩云合暝,阴火无光。骇目惊心,凌魂动魄。洵宙合之奇观,生平之壮游也。

考钟会食,按部就班,羌煮貊炙,适口为佳。倭妇胡姬,握手无罚。华灯夜永,激电炳于曜灵;仙乐风飘,寸机司其音藏。闭户蜷影,若处蜂房。伏枕续梦,恐坠鲛室。如是二日,始抵吴淞。绋缅沙衍,乃值初夜,疏星在天,明月坠水,舸舫左右,铄釜相闻,浦溆东西。

繁灯欲合,徘徊深更,始复就枕。海日上树,揽衣而观,江鱼跃波,俯槛可拾。卸装江步呼载。通衢关吏,诇箧时鄂鹰瞵。逆旅候门,厌嘈鴂舌。适馆授餐,忽忽浃日。厕身酒肆,则耳倦于管弦;踆足榷场,则目眩乎车马。层楼蔽日,则亭午而先昏;列炬绛天,亦弥年而不夜。风尚殊异,忧闵滋深。

嗟乎!步骤之士,流俗所轻。羁旅之思,索居弥戚。蒯缑传舍,恐弹铗之空歌。章甫幽荒,识资冠之左计。一夕九梦,交期渺于齐烟。千里寸心,归盟证诸江水。然后,知梁生所以托长谣阮公,因之刁痛哭也。比来流旧,大半衰残,梅庵、乙庵已悲宿草。①

通览全文,可用骈散相宜、潜气内转评之。黄公渚的骈文没有明确的师承,大抵得之于家学和自悟为多,这便构成其取径宽广、骈散间行、自由挥洒、低回无尽的特征。此文所叙虽为饾饤琐屑,然娓娓道来,写景如在目前,言情沁人心脾。写骈,上下文间不用虚词而靠文气暗转、藻声绘色,此乃黄公渚骈文之妙诀。刘廷琛评论道:“情至之文,故不觉其为散为骈也。”刘廷琛亦擅诗及作文,著有《潜楼文稿》四卷。

如同30年代许多持文化保守主义立场的旧派文人一样,黄公渚生活在新文学欣欣向荣的时代,却咸惟古文是赖,其学术定力固然可嘉,但曲高和寡及理论研究相对滞后却是一个尴尬的“结”。在文学创作佐以理论研究的学者型作家路上,黄公渚对骈散合一的理解是随着骈体文的写作不断进步的,这在他《与冯梦华中丞书》中有深入探讨:

尝以六朝人士,祖尚玄学。吐属清拔,高在神境。譬夫车子转喉,有声外不言之悟;湘灵鼓瑟,得曲终无人之妙。以才雄者,类物赋形;以情胜者,言哀已叹。潘陆联镳于典午,江鲍骖靳于萧齐。道元经注,山水方滋;蔚宗

① 黄孝纾:《寄刘潜楼侍郎书》,载《近代中国史料丛刊》第1编第726册《匑厂文稿》第248~251页,文海出版社,1966。标点符号为本书作者所加,并分段。

史才,论赞独绝。曹思王之诔碑,吴极重之笺奏。庾信多萧瑟之思,刘峻得隽上之致。各擅一体,并有千秋。求之昭代,容甫北江,雅称复古。平生证向,略罄斯言。[①]

据悉,黄公渚晚年曾有《魏晋六朝文学史》《三唐诗品》《清词纪事》《中国词史》等文学理论著述计划。他终于有了彻悟,亦当其自期的矫正。

二　李同愈

李同愈(1903—1943),江苏常熟人。少年离乡求学,在上海电报传习所学习,于 1927 年漂泊到青岛任职于电报局。电报局设有通往日本佐世保海底电线的水线室,并有侨居青岛的日本人供职,李同愈曾跟一位日本人研修日文,还恋上了一个日本女护士。

李同愈的文学创作始于青岛。自 1928 年开始他师从王统照学习写作,在《民国日报》张永成编辑的文艺副刊发表诗歌《何忍别去》《伤病慰劳会之夜》等,连载小说《爱的转变》。[②] 1929 年 9 月,李同愈在王统照创办的《青潮》月刊第一期发表了小说《父子》,又于 11 月在上海《北新》三卷合期发表小说《在饭厅里》;12 月 12 日,他在青岛完成反映青岛日本纱厂工人罢工的小说《第四工场》。[③]

学界对李同愈的作品系属"海派"还是"京派"说法不一。李同愈的小说确有"沈从文氏味",沈从文时在国立青岛大学任教,开设高级作文课程,李同愈与其产生思想交集不难想象。李同愈在《沈从文的短篇小说》中明确表白:"以甲辰的笔名开始,从北京寄到上海的《小说月报》发表以后,沈从文的短篇才引起了大多数读者的注意。许多学习写作的年轻人也不知不觉地模仿起他的调子来,我就是其中一个。"[④]沈从文作于 1933 年 7 月的《论冯文炳》一文,将李同愈归类于废名的"京派",提出李同愈与王坟(朱雯)、李明琰、李连萃(李辉英)四人"虽未甚知名,将来成就似较前者为优"[⑤]。李同愈没有辜负沈从文的属望,即于 1934 年 7 月在上海生活书店出版了短篇小说集《忘情草》;8 月,他的小说《时间与人》收录于上海《申报》月刊社编选的《创作小说选》第二集。

---

① 黄孝纾:《与冯梦华中丞书》,载《近代中国史料丛刊》第 1 编第 726 册《匑厂文稿》第 247 页,文海出版社,1966。标点符号为本书作者所加。

② 《青岛民国日报副刊合订本》,第 2 卷,第 4 期,青岛民国日报社,1930。

③ 赵曰茂:《〈青潮月刊〉资料》,载《新文学史料》2013 年第 2 期。

④ 李同愈:《沈从文的短篇小说》,载《新中华》第 3 卷第 7 期,1935 年 4 月。

⑤ 沈从文:《论冯文炳》,载《沈从文全集》第 16 卷第 150 页,北岳文艺出版社,2002。

不过，1936 年林徽因选编“大公报文艺丛刊”小说卷时，将李同愈的《报复》作为“海派”文学作品收录其中。及至 1989 年上海书店出版社推出的“海派小说专辑”，李同愈的小说集《忘情草》与黄震遐的《大上海的毁灭》、林微音的《花厅夫人》、苏青的《结婚十年正续》等 10 部作品名列其间。李同愈创作风格的归属问题正说明其创作身份的边缘性，既与“京派”投缘，又与“海派”结交，他不需要加持自己的身份，而情愿游走在不同作家阵营之间。

1933 年冬，李同愈因经常值夜班生活没有规律，身为铁路局高级职员的妻子自作主张，给李同愈办了辞职。1934 年 1 月 25 日，上海《文化列车》杂志刊有一篇由于黑丁写的《青岛文坛通讯》称，“李同愈失业后在家里专心创作，还到北平去了一趟”[①]。事实上，李同愈在 1934 年初愤然离家出走，去徐州出任《徐州日报》副刊编辑，这段酸涩的经历酿就了他的小说《出奔的丈夫》。李同愈离开青岛，孟超撰文道：“我知道，这里是留不住你的，去吧，虽然我更感到了自己的孤单，突然听到你一声要走，凄然了半晌，心里像是失去了一件东西，我是怎么能拣起来和你散步在海边上遗留下来的足迹！当风室太小了，不然，早把我吹出了这寂寞的国！”[②]1934 年夏郁达夫来青岛，李同愈曾回青与其有过几天交往，他们谈到常熟出产的红豆，还特意买了一本日文植物词典做注解。[③] 1934 年秋，李同愈又去南京参与《中央时事周刊》的编务工作。这段时间，他穿梭于南京、上海、北平、青岛之间，行踪无定，随处发表了一些愤世嫉俗的随笔和文学评论文字。1935 年夏，李同愈来青岛参与名家云集的《避暑录话》同人创作，在第二、四、五、七期分别发表了《山岛》《第九次赛》《未来》《蟋蟀》共四篇小说。

李同愈喜好戏剧和电影。1928 年他参加杜宇等发起的“光明”剧社，排演了五幕话剧《下昆冈》。李同愈还与赵星火试水电影剧本创作。1935 年 4 月，李同愈和赵星火合作完成的电影剧本《法律外的航线》在《青岛民报》副刊《每周电影》连载。这部电影剧本取径于 1934 年 6 月天津大沽海面发生的一起土匪劫持轮船绑架案。时已离开青岛的李同愈，在南京写出了故事《法律外的航线》，青岛福禄寿电影院赵星火将其写成“分幕和镜头”。及至 7 月，《法律外的航线》因“内容有数点……嘱令修改”[④]，更名《夜茫茫》重新连载。之后，联华影业公司编导吴永刚将剧本改编为《黄海大盗》，并于 1937 年卢沟桥事变前在青岛进行外景拍摄，及至 1938 年 2 月在上海搬上银幕。从李同愈的《法律外的航线》，到赵星火写成的“分幕和镜头”剧本《夜茫茫》，再到吴永刚执导的《黄海大盗》，虽不

① 黑丁：《青岛文坛通讯》，载《文化列车》第 8 期，1934 年 1 月。

② 孟超：《送同愈之上海序——当风室散记之二》，载《青岛民报》1934 年 6 月 3 日。

③ 李同愈：《红豆与胭脂叶》，载《人间世》第 19 期，1935 年 1 月。

④ 《编者前言》，载《青岛民报》1935 年 7 月 7 日。

脱英雄救美的俗套，但作为一部娱乐片制作尚算精致。

1938 年 1 月日军侵占青岛之前，李同愈将家眷送往上海。不知他出于什么考虑，随即只身去了日本，嗣后又去香港、广州，在《宇宙风》发表了散文《焦土抗战之沈鸿烈》。1943 年春末，李同愈因肺病晚期假冒日本人住进上海怡和医院，某夜坠楼身亡，死因不明。一个为文学艺术不惜忘记身份、职业与现实的李同愈，在一个凄风苦雨的时代却落得个悲惨的结局。

合编《文艺周》

1936 年 5 月，李同愈和杜宇接手徐中玉的工作，遥编天津《益世报》副刊《语林》的《文艺周》，促成了青岛与平津作家的文学互动与声气相通。其实，作为《益世报》副刊的"熟人"，在徐中玉编辑《益世小品》副刊时，李同愈曾于 1935 年 10 月至 1936 年 1 月相继发表了《囚居小记》《太太的病》《秋蝇》《马与骆驼》《纪念曾孟朴先生》等作品，是青岛《益世小品》供稿者中极为用心的作家。

《文艺周》自 1936 年 5 月 3 日面世，至 1937 年 6 月 27 日止，共出刊 58 期。[①] 同是《益世报》副刊《语林》的专页，李同愈联袂杜宇合编的《文艺周》与徐中玉的《益世小品》不同的是，篇幅增大，由以往的小品为主改为各种文体并重，谐文、小说、随笔、诗词等体裁多样，讽刺、幽默、严肃、平和等各有特色。《文艺周》没有发刊词，第一期以老舍的小说《不说谎的人》为首篇，李同愈发表了散文《桑葚》，回忆儿时在家乡摘葚、吃葚、爬树、挨摔的童年趣事。之后，李同愈将主要精力集中于副刊编辑工作，陆续刊发了平津的澎岛、高一凌、李道静、秋旻、白堃及曾在青岛驻留过的李辉英、王余杞的作品，还发表了北平大学生中的成名作家王西彦、田涛及青岛"左联"小组逃避通缉的王令菲（黎嘉）等的作品，《文艺周》俨然一个北方文学的合流。例如：李辉英发表了《那一次出差》《一个英雄》《人间》《旧友》《都市夜景》等小说，王余杞发表了《反抗与屈服》《过盛日》，黎嘉有《船上》《关于儿童文学》《无题》等诗文刊登。当然，青岛作家的作品格外引人注目。主要有王统照的诗《街心的舞蹈》《一双眼睛》，吴伯箫的散文《荠菜花》《记院子里的几棵大树》，王亚平的诗《生活》《书籍的梦》《忆塘沽》，孟超的杂文《粮食大夫》《五月》《青岛在雾里》，宋春舫的戏剧评论《戏剧家王尔德》《观众的变迁》，西蒙的散文《高尔基——他怎样成功的》《那位旅伴》《战争的时候》，还有袁勃的《指鹿为马》、赵少侯的《颓废的诗人和他们的刊物》等作品。特别是水天同（天水）的题为《剧中人物》系列短篇小说连载，在不断重组的空间与事件中复现另一类型的岛上文学。通过《益世报》副刊《文艺周》，青岛文学界愈加能够在天津

---

① 杨爱芹：《益世报与中国现代文学》，第 132 页，中国文史出版社，2009。

文学界赢得回声,共同打造北方文学重镇。

李同愈与杜宇合编的《文艺周》,在国民党文化白色恐怖笼罩下发展了《益世报》副刊以文学形式探索济世救民良方的文学观,在报纸副刊流变中体现了编者对副刊文学不断探本穷源的过程。

《忘情草》

李同愈的短篇小说集《忘情草》收录作者1930—1934年的作品,包括《依理莎的钟情》《芹芹》《莫泊桑的风格》《异国的悲哀》《某夜》《奸细》《马家村》《报复》《蔓延》《落选》《温雅先生的宴会》《那个流氓》《瞎翠》《义勇军外史》共14篇。不像一般书名必有同题内文那样,《忘情草》没有同题小说,之所以取名"忘情",因了李同愈对文学的钟爱。这也能解释《忘情草》风格多样的原因。收入集子的小说,既有表现下层民众受剥削、受压迫艰辛生活的,也有表达对民国现实社会不满的,还有写进步青年投身革命的,另有写都市轻浮男女私生活的,几篇女性主义视角类似"她题材"的小说叫人莞尔。

《芹芹》写一个死了孩子的年轻女人芹芹到城里做奶妈遭男雇主奸污的不幸。当芹芹怀了男主人的孩子不得不回家,而乡下的丈夫以为孩子是自己的骨血,芹芹欲诉不能,捧起丈夫的脸"用力亲了他一下","伏在被上哭起来了"。[①]《异国的悲哀》是一个幽怨的爱情故事,极具青岛30年代初日侨如云的岛上风情。主人公"我"与一家日侨的三个女孩子邂逅前海沿、汇泉浴场,日久便对17岁的敏枝产生了爱慕之情,甚至敢于亲吻她的肩膀。但敏枝的父亲对中国人抱有敌意,不许女儿们跟"我"来往,于是"我眼前漆黑一团,两只小木屐打在地上拍拍拍拍地远去了"[②]。《蔓延》写一家父母为了阻止儿子参加革命活动,以介绍女朋友的办法让其分心,结果这位女朋友却被儿子感化。天津《庸报》评价李同愈的《蔓延》指出,革命势力的滋长是压抑不住的,只能任其蔓延。[③]《奸细》以一个当过军阀护兵王得功之口,串起一个令人毛骨悚然的故事。

《马家村》是《忘情草》中为数不多的农村题材小说,写马四娘与阿庶、张先生两个男人的风波。马四娘是地主孀妇,她抛弃了姘夫烟鬼账房张先生,勾搭青年佃农阿庶成了新"当家的"。张先生做了县党部委员后,带人将阿庶以"煽动农民,放任抗租的共产党"的罪名抓到城里枪毙了。短短的篇幅翻卷了农村的全幅悲剧:地主的剥削、佃农的苦痛、富妇的淫辣、账房的狠毒、土劣的善变,以及国民党"清党"的残暴与血腥。小说结尾作者的笔意一转附上了一个政治尾巴,

① 李同愈:《芹芹》,载《忘情草》第38页,上海书店出版社,2015。

② 李同愈:《异国的悲哀》,载《忘情草》第73页,上海书店出版社,2015。

③ 赵曰茂:《〈忘情草〉的作者李同愈》,载《新文学史料》2010年第4期。

“政府从汉口搬到南京,其间死掉了不知多少人。一切制度,信仰,以及口号标语全都改变了”①。《忘情草》深见功力的小说是《依理莎的钟情》和《瞎翠》。

《依理莎的钟情》写一个华侨太太与两个中外骑士的情感故事。华侨太太依理莎本是中国女人,因有出众的美貌,“长于英语,法语”,且嫁给了一个入外国籍的华侨医学博士娄大夫,便起了一个“古怪的外国名字”,在所有的社交场合她“从不会放弃过一次机会去展览她的美丽”。通过丈夫的介绍,依理莎认识了中外骑士——琴生和苏格司丁。琴生是一名优秀的中国骑手,唯一的对手就是苏格司丁,而两个骑手都钟情于依理莎。爱情的排他性致使两个骑手明争暗斗,依理莎“周旋在两个人的中间,谁都觉不出她对谁更亲热些”。最终,琴生与苏格司丁决定用一次赛马分出胜负,由依理莎最终裁决。由于琴生求胜心切,用力过度,他的黄马受了惊吓将琴生摔下来。苏格司丁俘获胜利,他的白驹“前蹄着实踏过了琴生的胸部”,琴生死了。获胜的苏格司丁来找依理莎践约,但依理莎给了他一个败下阵来的结论。小说的结尾是这样写的:

> 苏格司丁送葬回来,凭了不光荣的胜利找依理莎践约。依理莎正在寂寞地伤感着。
>
> “太太——亲爱的依理莎,你的审判怎样?”
>
> “你输了!”
>
> 苏格司丁怔了一怔。可是他没有理由驳回这一个判决。依理莎是背向他站着的。他转到她的前面,才看见她正在哭泣。
>
> “我从头就愿意琴生胜了你的。我喜欢他!”
>
> 听到这样说,比了仅仅宣布他失败更难堪许多,英武的苏格司丁也显出了沮丧来。
>
> “太太,若果琴生的命运落在我头上,我算双倍的上当了。是不是?”
>
> “到你死的时候再说吧。”
>
> 娄大夫从外面回家,推进门,高兴地握住了苏格司丁的手。他说:
>
> “真好运道,朋友,我的摇彩号码配的是白驹,差一点我输了。”
>
> “不错,你赢了。”
>
> 苏格司丁附和他说了一句。②

小说的结构精巧别致,写作技巧纯熟,烘托出的主题则是极为平常的人间伦理。读《依理莎的钟情》能让人体味青岛汇泉跑马场的喧嚣,李同愈对民国青岛

---

① 李同愈:《马家村》,载《忘情草》第 119 页,上海书店出版社,2015。

② 李同愈:《依理莎的钟情》,载《忘情草》第 16~17 页,上海书店出版社,2015。

华洋混杂社会结构和富有阶层思想意识的体认是极见眼力的。

《瞎翠》描写一个双目失明、以卖唱乞讨的女子翠翠,被人愚弄、欺凌、遗弃的悲惨命运。翠翠有着对光明、对温暖的强烈渴求,她为挣一个铜板总要“拉开了叫化嗓子唱”,而围观的人“好像比了新年中看猴子戏还高兴”。翠翠最终许身一个与自己有相似遭遇的乞丐流浪汉,得到了一种不能见光的爱情喜悦。但当翠翠与这个流浪汉结合的产儿快要出生的时候,流浪汉以外出借钱为由永远离开了翠翠。一个寓托着翠翠渴念光明的女儿诞生了,翠翠给她起名叫“小明”。小说收尾以无言的结局留下了主人公强烈的悲楚与痛悔。

> 时间飞一样过去,瞎翠的心上总是忘不了小明的爸爸。她常发疯地向小明说上一大套。但小明什么也听不懂。她听到别人赞这小孩的伶俐可爱,而她,却看不见这孩子的脸是怎样的,正如她看不见孩子的爸爸的脸一样。
>
> “小明!你找你爸爸去!你妈妈看不见你的爸爸,你有一双明亮的眼睛,你去认认你爸爸的脸,你把你的爸爸找回来,知道么?小明!”
>
> 小明转着她明亮的小眸子,莫名其妙地点点头。
>
> 然而小明的爸爸呢?①

有意思的是,《忘情草》集子中“最无追求、水准最劣”的小说《报复》,却被林徽因遴入《大公报文艺丛刊小说选》一书。《报复》写一个吸食白粉的铁路小站站长因朋友劝诫而拉拢朋友吸毒报复的故事。这个名叫大生的朋友是站长“少年时的好友”,本来要去泰山旅行,顺便来看站长,当大生发现站长吸毒就劝其戒掉毒瘾,但站长极为反感。出于报复心理,站长让大生饱餐腹痛,趁机勾引吸毒止痛,继而又缠住大生昼夜打麻将,借吸毒解疲劳,最终大生染上了毒瘾。大生“坐了火车回家,他可没有去泰山。他觉得泰山没有什么趣味。他的趣味已改变了”。② 1936年8月林徽因编辑《大公报文艺丛刊小说选》时,将李同愈的《报复》收入其中。这个集子含括南北新旧作家31篇小说,其中有沈从文、老舍、蹇先艾、凌叔华、萧乾、张天翼、沙汀等名家作品,林徽因选李同愈的理由是“作品的最主要处是诚实”③。沈从文谈及李同愈小说,也给出了“莫不以最诚实的几乎也是严肃的态度,使整个的生命放在创作上”的评价。

李同愈的《忘情草》出版后,《青岛时报》的副刊《明天》自1934年9月11日起连续4期刊文推介。其中一文道:“同愈镇日价堆在脸上的笑容,温和的态度,

---

① 李同愈:《瞎翠》,载《忘情草》第210~211页,上海书店出版社,2015。

② 李同愈:《报复》,载《忘情草》第128页,上海书店出版社,2015。

③ 林徽因:《文艺丛刊小说选题记》,载《大公报文艺丛刊小说选》第3页,上海书店出版社,2015。

惯会向女人们说笑的那张流利的嘴,正如他许多作品里轻松的笔调美丽细腻的描摹,富有‘兴趣’的故事。”李同愈小说以展示都市社会五光十色、混沌不清的生活百态为基调,擅长捕捉新奇的感觉和印象,抒写都市男女主题,把人物的主观体验投射到对象中去,表现二重人格和畸形的两性关系,求取小说形式技巧的花样翻新。读《忘情草》能明确地感受到作者对都市人生存处境的体验,嗅到一种潜在的哀戚脉息。这在青岛同期作家中是不多见的,甚至是仅有的。

但是,李同愈的作品尚未完成现代都市文娱小说模式的塑形。《莫泊桑的风格》《温雅先生的宴会》《义勇军外史》都是讽刺喜剧的笔路,欠缺高人一筹的立意。《某夜》勾勒几个革命者生活的切片,带有一定的革命意识,但内容空虚。《瞎翠》中的翠翠确实需要相依为命的幸福,却稀里糊涂地许身于一个来历不明的男人,到头来只是一个盲女性意识的觉醒而已。《忘情草》题材琐碎,偏于故事性,对社会的病态生活缺乏批判力,新感觉派特有的对人的意识和潜意识的精神分析未能得以体现,像《报复》缺的正是心理探索的笔才。不经意间,李同愈把自己弄成了小说“玩家”。

三　吕美荪的诗文及诗友唱答

吕美荪(1882—1945?),字清扬,号仲素,别署齐州女布衣,安徽旌德人。乃父吕凤岐系光绪丁丑科进士,吕美荪为次女,与姊妹吕惠如、吕碧城、吕贤满并称“旌德吕氏四秀”。吕美荪髫年聪慧,自言“十岁后,渐喜读书”[①],12岁作“八韵试贴诗”,14岁失怙遂“由丰厚之家一变而为孤寒之女”。吕美荪曾至天津任北洋女子公学教习、北洋高等女学堂总教习,又应赵尔巽之邀任奉天女子学堂教务长,后在苏、皖、闽、沪等地的女校任教,“行历八九省,南北极国境”,是晚清民初女性解放的先驱,半生为尘缘羁绊。历经时岁与况味,1930年10月,年近50岁的吕美荪偕子来到青岛,在小鱼山畔筑“寒碧山庄”落脚栖身。

致使吕美荪决定独自偕子寻找修篱种菊之地的风闻很多,既有不愿提及的尴尬婚姻,也有与妹吕碧城“以细故失和”,还有被小报调侃渲染的种种传言。吕美荪定居青岛后写作诗文,她擅格律诗,有四言、五言、七言、杂言,尤精五古;律诗则有五言、七言、排律等多种体式。吕美荪虽为女流,然性格旷达豪爽,“不爱胭脂爱莽山”,行事极具侠士气。她的交往图谱繁芜,与赵尔巽、吕海寰、劳乃宣、刘廷琛、吴郁生、黄曾源、黄公渚、于春圃、张公制等人结为诗友,过起了“出与公卿接席,入有书史为欢”的恬淡生活。自称“我本宣尼徒”的吕美荪常访湛山

---

① 吕美荪:《美荪自记三生因果》,载《葂丽园随笔》第85页,1936。

寺倓虚方丈,在佛光禅影中“猛忆释迦佛,悲悯傥见怜”[1]。吕美荪由儒而佛,儒佛兼取,一边广结社会贤达,迎来送往不厌其烦;一边恭谒圣林“劳生抗尘”,在滚滚红尘里偏居一隅,陷入了矛盾的轮回。

吕美荪一生赋诗千余首,称得上中国近现代诗史上存诗最多的女诗人,而隐居青岛的岁月是其诗歌创作的丰沛时期,计有400多首。她诗学转益多师,故其诗的风格多种多样。于春圃评其诗,“惊为海内巨擘”。吕美荪的诗才与其妹吕碧城旗鼓相当,但不让乃妹专美于前,名气上却远不及妹。吕美荪晚年因高血压中风,幸得岛城名医刘季三诊治挽回生命,然却半身不遂。吕美荪可能在1945年抗战胜利前后病逝于青岛,但也有人说她由青岛去上海后故去。一代寒碧山庄主人留给坊间的谈资,可能比她的诗文更令人瞠目咂舌。

葂丽园诗

青岛时期,吕美荪的诗歌作品大都以“葂丽园”之名结集,如收诗369首的《葂丽园诗》(1931)、收诗278首的《葂丽园诗续》(1933)、收诗57首的《葂丽园诗再续》(1934)和收诗57首的《葂丽园四续》(1935)。此外,她还有诗文集《瀛洲访诗记》(1936)、诗集《幽居近作》、文集《葂丽园随笔》(1941)等。

吕美荪写在青岛的诗,如聊斋夜话,看似不问穷达却多叹咏,自遣其怀,具有“所处遇”和“所兴感”两大特性,意在获得精神上的远方。

大抵也是因为游吟女诗人的做派,吕美荪爱游山水且游且吟,诗歌“以追维当时舟车所历”,极具“游”的风神,成功地展示了诗歌的叙事性。在青岛陶醉于山海之间,吕美荪写下了《青岛》《六月》《岛上初雪》《岛上太平角倚岩望海》《槐林花落岛上飞雪》等大量歌咏青岛风物的诗篇,仅崂山诗就有《下劳山》《劳山道中》《造劳山极顶》《宿劳山柳树台》数篇。试看《槐林花落岛上飞雪》其二:

绿暗吾庐一客藏,高花无奈晚风狂。
推窗自起迎晴雪,乱点琴床更笔床。[2]

沧桑半世,花开花寂,吕美荪在青岛觅到生命的港湾,虽有缁尘在襟,也要在诗意中栖息。她的《湛山观海》借湛山景致表现幽栖的心境。

家本迩岸居,十里寻幽观。
天风拂岩松,万碧若回澜。

---

① 吕美荪:《听倓虚大师讲古印度华士比丘尼故事作六百七十字诗纪之》,载《吕美荪诗文集》第230页,黄山书社,2021。

② 吕美荪:《槐林花落岛上飞雪》,载《吕美荪诗文集》第208页,黄山书社,2021。

倚岩临浩海，天日亦悠闲。
浩海蓝于染，荡漾欲浮山。
银鸥自千百，聚散波涛间。
鸣声若鸾鹤，盟狎相往还。
静赏神理悦，旷绝非尘寰。
奈何烦劳者，自作雕笼鹇?①

诗如琴瑟,声声见心。身为女性诗人,吕美荪的心理触须更为纤细,她心藏湖海之吟,对悲剧命运的体认及对生命的浩叹,郁积着难以承载的沉重。再看四言《短歌》之后半部:

戚戚何为？生无长在。庄生能达，树我楷模。
翀邈旷衿，何有烦怠？天有虹霓，束以为带。
掇佩日月，垂为光采。往来宇宙，上下千载。
永啸长吟，飘飖物外。水容澹荡，山岛鳞碎。
歌以悦志，浮杯沧海。②

此类诗还有《述哀》《自伤》《卧疾》《踟躇》《一恸》《遣烦忧》《遣忧怀》《晨步海岸》《夜起独步》《青岛幽居观山海》《怀感今昔慨之以诗》等。且看《自伤》:

赋诗足千篇，词意多哀伤。
老乃怀沉忧，起叹文史旁。
他人偶来问，岂得倾中肠?
中肠即使倾，涕亦沾襟裳。
早岁独成家，晚寄东海乡。
劬瘁蒲柳彤，日月已非长。
皇穹跽余顾，但祷静年芳。
桂旗辛夷车，蕙带薜荔裳。
山鬼来迎睇，相悦空山凉。
即此媚幽独，孤意何彷徨!③

吕美荪在另一首感怀诗中,写有"流转倦劳生,半世嗟行役。敢超岩壑性,为

① 吕美荪:《湛山观海》,载《吕美荪诗文集》第 264 页,黄山书社,2021。
② 吕美荪:《短歌》,载《葂丽园诗再续》第 9 页,1934。
③ 吕美荪:《自伤》,载《葂丽园四续》第 5 页,1935。

止飞蓬迹。骨肉生死违,何由能悦怿。缅怀平生欢,忉怛糜胸臆。四体具为人,哀伤本无极”等诗句。一只孤雁云天路,经历的风雨多了去啦,她的诗有一种了然、透脱与禅悦,这是吕美荪性格的外化。

除诗作外,吕美荪还在青岛结集出版了《葂丽园随笔》,共收84篇随笔杂记,志人述事是“亲所见闻,及本身所历之因果事实、善恶报应据实以书”,只为“酒后茶余足资谈说”。[①]《葂丽园随笔》篇幅较短,文学性也弱。以吕美荪的性格来看,诗无疑更适合她。

诗友唱答

与一般闺阁女子的内涵诗风相异,吕美荪擅长诗友唱答,与众乐乐。1934年初春的一天,青岛突降大雪银装素裹,吕美荪诗兴勃发作《甲戌二月既望青岛喜见春雪爰赋长句就正诗家并乞雅和》4首邮海内同好,发起大型诗歌唱和活动。和诗者“不以韵拘,不以体缚,不斤斤于地域派别,与夫年龄职守之高下”,有费树蔚、杨云史、陈诗、袁思亮、戴振声、陆丹林等来自全国29个地区的46名诗人响应参与,共征得和诗73首。吕美荪将这些和吟编辑成《阳春白雪词》出版,以为纪念。吕美荪的“春雪唱和”展示了青岛诗文学和城市文化的影响力。

吕美荪一生苦于“终未越国门一步,耳目闭塞”,定居青岛后遂发东游扶桑宿志,得青岛市市长沈鸿烈的支持。国有疆界,诗无畛域。1935年8月25日,吕美荪以诗人身份孤踪束装,从青岛乘船东渡。在此后40多天的访问考察中,吕美荪得到了旅日华人、日本友人的热情款待。她与中国驻日使馆、日本外务省文化事业部、艺文社等团体及社会名流进行了广泛接触,向日本前首相若槻礼次郎、二松学舍校长山田济斋等赠诗,参加了泰东书道院清浦奎吾伯爵的颂寿会。更具文学交流意义的是,吕美荪与日本文相松田源治、前农相山本悌二郎,以及冈田兼一、阪本钐之助、山本二峰、国分高胤、冈田鹤皋、三浦英兰、四宫宪章、土屋竹雨、白岩龙平、荒浪坦、下田歌子等40余名日本雅士以汉诗唱酬。10月12日吕美荪返回青岛后,辑成《瀛洲访诗记》,共收91首诗歌和48篇行记散文,其中包括《访大诗人国分青崖先生于石楠庄》《访前首相若槻礼次郎男爵于伊东》《东京艺文社诸诗家雅叙园公谯》《访日本外务省文化事业部长冈田兼一先生》《艺文社招谯赋谢》等篇。《艺文社招谯赋谢》其一云:

夙慕斯文越远程,彬彬真使寸心倾。
为赓雅颂群贤集,拜诵珠玑万斛明。
于此升平见祥瑞,已传佳话遍蓬瀛。

① 吕美荪:《〈葂丽园随笔〉自序》,载《吕美荪诗文集》第429页,黄山书社,2021。

二峰合并青崖叟，皓首诗坛共主盟。[①]

《瀛洲访诗记》还吸纳日本雅士的酬诗。其中,有森部遈禅的《次韵吕美荪先生访日诗》、阪本钐之助的《星冈茶寮蒋大使招宴奉赓吕学长韵》、三浦英兰的《雅叙园雅集分韵得真赋呈吕美荪先生大正》,还有诗文创作心得交流。例如:吕美荪与东亚同文会理事白岩龙平对谈指出的"先生作诗喜推敲,余则以为诗乃性灵天籁,过于逐字逐句,反失其真"[②]。日本诗人荒浪坦评价吕美荪,"吕家姊妹博文誉,东渡仲姬才最舒"[③]。日本前农相山本悌二郎为吕美荪题赠"道蕴遗风";文相松田源治题赠"高楼聚首与方同"。[④] 吕美荪的东瀛文游,实为中国现代女诗人在海外弘扬中国传统文化的成功例证。1936 年 6 月,《瀛洲访诗记》由青岛华昌大印刷局出版。作为一部中国女性文学作品,《瀛洲访诗记》呈现出民国女性旅外纪游诗文由古典向现代、由文言向白话转型的过渡性特征。

除此,吕美荪在青岛还写有一些赠答诗。其中,既有与旧朋的惠赠诗,如《寿吴子玉将军佩孚六十晋一》《报赵芷荪侍郎御长沙》《杨云史赠江山万里楼集奉题四律》《挽陈太傅宝琛》;又有与新友的奉达诗,如《游劳山海圻军舰中作即赠沈成章司令鸿烈时司令兼任青岛市长》《黄公渚孝纾枉顾山庐作诗赠之》等。吕美荪答黄公渚的诗写道:"我当海岸居,海上雾常满。横雾楼船来,不知子行返。降门迎华裾,杯盘愧疏简。翩翩公子贤,怀抱琰与琬。"民国文人以诗文结成的神交心契,不在乎文辞的雅俗和友情的脆坚,而在于文学本身。

四　梁启勋、王锡极等的山水文学作品

青岛的自然风光历来是作家歌咏的对象,30 年代驻足流连并留有诗词歌赋的大有人在,青岛文学史有必要为旧式文人的山水文学作品写一笔。梁启勋发端于青岛的《海波词》词集,以王锡极为首的墨邑崂山诗派,以及张公制、于春圃等的山水诗文,皆反映了物我一体的审美方式,或值得做一探触和征验。

梁启勋的词集《海波词》

梁启勋(1876—1965),字仲策,号曼殊室主人,广东新会人,梁启超之胞弟。幼年伴兄就家学,后随兄在"万木草堂"修业、为兄在上海编辑《时务报》,作为情

---

① 吕美荪:《艺文社招谦赋谢》,载《吕美荪诗文集》第 347 页,黄山书社,2021。
② 吕美荪:《访东亚同文会理事白岩龙平先生》,载《瀛洲访诗记》第 101~102 页,1936。
③ [日]荒浪坦:《雅叙园席上赠吕美荪女史》,载《瀛洲访诗记》第 55 页,1936。
④ 《朝野诸名家题赠之句》,载《吕美荪诗文集》第 414~415 页,黄山书社,2021。

深意笃的同胞兄弟,梁启超与梁启勋被时人比作苏氏昆仲。戊戌变法失败后,梁启勋组织掩护康党同人及其眷属撤至海外。他本人旅居美国多年,其间在芝加哥大学攻读经济学。1912 年梁启勋回国后,曾任银行监理官、币制局参事,他在 1928 年脱离政界。在才学和影响上,梁启勋自不敢与其兄比肩,但仍不愧为学兼中西、识贯古今的学术名家。尤其在词学领域,梁启勋不只理论深厚,且词艺不凡,而其词集《海波词》之立意竟出自青岛。

多年后,梁启勋在辑成《海波词》的自序中道:"庚午秋,出门而之青岛,环境乍起变化,而意绪也随之。一日薄暮,独徘徊于海滨,得菩萨蛮三阕。……当时自念,何妨留一迹象,藉供他日之回顾?留稿之心遂已动,因即以'海波'二字作丛稿之名。时则新纪元之第十九年十月二十八日,即夏历庚午重阳前二日。"①也就是说,1930 年 10 月 28 日梁启勋漫步青岛海滨时才萌发辑词集之意,并命"海波词"之名;梁启勋所言"得菩萨蛮三阕"是指蜚名词坛的《菩萨蛮·庚午重阳前二日青岛海滨晚步》,其中有"倒影入沧湄。波摇山亦移"和"帆影乱斜阳。平沙衬晚黄"②等佳句。梁启勋的《海波词》分甲、乙、丙、丁四集,其甲集"起于光绪戊申迄辛未青岛旅次"。可见,梁启勋 1908—1931 年包括写于青岛的词辑于甲集。且看 1930 年 10 月 25 日梁启勋凭吊康有为墓以"水龙吟"调填的词。

可怜无限江山,未应短尽英雄气。悠悠万古,沉沉长夜,人间何世?独立苍茫,呼天不语,碧空无际。念当年杖履,森森万木,更谁道,识凉意?

历乱冈陵堆起。对西风、远山如睡。秋容渐老,萧萧落木,平林如醉。我亦飘零,百年何许,人生如寄。整朦胧泪眼,荒丘细认,待何时至?③

康有为于 1927 年 3 月 31 日在青岛辞世,原拟迁葬故里,故于 4 月 2 日暂厝于他生前在李村枣儿山所筑之寿堂。梁启勋在 1930 年重阳凭吊,遵礼为"谭祭"。身为康有为及门弟子,梁启勋的一首《水龙吟》道出了自癸巳至戊戌的千百故事,维新图强,然"念当年杖履,森森万木,更谁道,识凉意"。康有为与梁启超从同道到分途,梁启勋不可能不知情,这首《水龙吟》不难揣摩其间恩怨。只是梁启勋的词构思奥衍,意淡气静,于"整朦胧泪眼,荒丘细认"之中寄情绵邈,以"待何时至"收尾,将未言之意交给了读者。

---

① 梁启勋:《〈海波词〉自序》,载《海波词》第 1 页,民国铅印本,[1947]。

② 梁启勋:《菩萨蛮·庚午重阳前二日青岛海滨晚步》,载《青岛诗钞》第 88 页,中国海洋大学出版社,2017。

③ 梁启勋:《水龙吟·庚午重阳前四日谒南海先生墓》,载《二十世纪中华词选》(下)第 1609~1610 页,黄山书社,2008。

1931 年暮春,梁启勋在《劳山游记》的九阕词中借山海之胜景大发思古之幽情。他说:"到青岛已七阅月矣。屡欲出游而未果。本年三月廿九日,偕友人吴君让三,往劳山之西部。经北九水至大劳观而至。往返仅一日,且以肩奥行。殊不足以穷此山之胜,亦未足以尽余之兴。五月三日,乃与诸同事偷得四日闲,作深入劳山之约。"梁启勋来到山陬海澨,称"此行甚乐,又得游一名山。由西而北而东而南,一周此山矣。且阴晴云雨之山客,亦既览遍,实难得之机会也"。梁启勋分别以"鹧鸪天""八声甘州""临江仙""满江红""水调歌头""清平乐""摸鱼儿""天门谣""金缕曲"词牌,写北九水、玉鳞口、太和观、白云洞、田横岛、华严寺、明霞洞、天门峰、太清宫等景观。像《鹧鸪天 · 北九水道中》:

春在平芜水石间。断崖新涨碧波澜。峰回路转溪山改,雪盛苗肥野老欢。　　人静寂,鸟缗蛮。茅檐东畔有牛栏。山中自是多天趣,荠莱蒲葵次第看。①

白云洞,乃崂山胜景,历来不乏韵士墨客吟诵歌咏。作为一篇咏崂山山水之作,梁启勋以庯峭绵邈之笔写岩壑林岫之奇,起笔写出了白云洞为巨石叠架的天然石洞,"料是"之后的"何人"则发出了"山灵"之问。下片,词人凝目洞后的一株婆娑如盖的"华盖"古松,以"云洞蟠松"为景,出笔秀逸,不事雕琢而自成格调。末句"问人生,何事苦相寻,鹃啼血",以白云聚散无常抒写人生或去而复来、或来而不返,感悟出"白云为家"之意。梁启勋的《水调歌头 · 望田横岛》触绪造端,通透落拓,大有东坡之遗风。

横览海天阔,世能等浮云。悠悠上下,今古后果接前因。昔日堂皇贵客,留得低昂荒塚,强弱属谁人?万事有前定,何必自纷纭。　　塞天地,唯浩气,是长存。从容拔剑相视,奇悍竟无论。谁识齐烟一点,中有精魂五百,未肯入侯门。此意君知否?难作汉功臣。②

梁启勋的田横岛咏史,追述的是田横等五百义士威武不屈的史诗。秦末农民起义首领田横被迫受称帝后的刘邦招安,终因不肯屈服于刘邦的淫威而横刀自刎,田横手下五百义士闻讯后也随之自杀殉义。后人念及这个流传了千年的悲壮故事,称道的不是刘邦的厉害,而是敬畏大义载天的田横。唐李白、宋苏轼、元王冕、明刘基、清王士祯等都有祭田横的诗文,盛赞其刚烈傲岸的节操,龚自珍

① 梁启勋:《鹧鸪天 · 北九水道中》,载《青岛诗钞》第 88 页,中国海洋大学出版社,2017。
② 梁启勋:《水调歌头 · 望田横岛》,转引自《半岛都市报》2018 年 5 月 1 日。

更有“田横五百人安在？难道归来尽列侯”名句。五百精魂，千年义骨，梁启勋在错落的长短句中发出了“塞天地”之长存浩气，义士“未肯入侯门”洒零玉墀，宁愿“留得低昂荒塚”雨泗丹液，也“难作汉功臣”。梁启勋的“此意君知否?”之发问，道出了“悠悠上下”之前因后果。《水调歌头·望田横岛》体素储洁，没有生僻晦涩的辞藻，满眼铺陈着历史的影子，令人荡气回肠。

另外，梁启勋的《念奴娇·辛未端午》《南乡子·辛未策杖山行》《睿恩新·樱花自移植青岛后》，也应归于1931年写在青岛的词作。

无独有偶，钱醉竹也有山水词作。这位《青岛画报》编辑为了青岛旅游推介的需要，根据青岛及崂山的风光感受以“青岛八咏”为题写了数阕词，分3期在《青岛画报》发表。其中用双调“忆江南”咏崂山白云洞观日出道：

> 云深处，曲径路三叉。千尺虬松觐晓日，万竿秀竹乱朝霞。莫是野人家?
> 山环里，奇境忽纷拏。凿壁漫教云出岫，嵌空疑是鬼生涯。洞口夕阳斜。[1]

《水调歌头·崂顶试啸》下片吟：“携素侣，登绝顶，啸长空。吹将洞管三尺，大泽起蛇龙。陆上烽烟四塞，海上风云变色，何事蛰深宫？试出拏云手，霖雨有奇功。”意思有了，平仄韵脚也算板正，但取意和气脉远不及梁启勋。

王锡极等“崂山诗派”

墨邑“崂山诗派”是始于明清、兴盛于民国的即墨民间诗歌流派，在青岛文坛深有影响。居首位的是王锡极，李琇、周至元、蓝水、王淑仪、蓝恒矩、张墨林、黄守缃、黄蔚亭等皆为中坚诗人。

王锡极(1867—1937)，字卓泉，号蛰庵，即墨紫芗村(流亭)人。自幼聪敏，年二十入庠，翌年补廪生，光绪丁未乡试不第，宣统辛亥入册明经进士，以诗赋文章与儒师职分终其一生。王锡极的诗笔调清丽，自出机杼，笔意隽永，不落恒蹊而著称于墨。其《玉女盆》诗“绝顶盆池终古流，相传玉女洗云头。当年谱下娥眉样，水底青天月一钩”[2]，传为即墨授学与生徒同游华楼山以玉女盆为题试弟子口占成绝唱。王锡极有《卓泉诗集》二卷、《蛰庵赋集》一卷及《游崂山文集》等抄本传世。蓝水(1911—2004)，原名蓝桢之，字山泉，号东厓，即墨西障村人。少习诗词、书法，年十七设私塾于蓝氏传桂堂，收徒教读。1935年，蓝水作《崂乘》及刊印《崂山百咏》诗集，对崂山胜景“俱加品题”。蓝水对即墨蓝氏先贤笔述多考证纂辑，于1931年汇编蓝章《大崂山人集》，又于1938年整理编辑蓝田诗

① 钱醉竹:《双调忆江南·白云观日》，载《青岛画报》第8期，1934年10月。
② 王锡极:《玉女盆》，载《青岛市志·崂山志》第583页，新华出版社，1999。

稿《北泉集》。李琇的《南园剩稿》、王淑仪的《淑仪诗集》、蓝恒矩的《下车录》诗文集等,皆有诗赋气象。墨邑"崂山诗派"一秉乡愁信条,形诸文学表现的崂山山水诗赋,寓情于景,流尽山光秀色,实在令人炫目。

此外,寓青结为诗友的张公制、于春圃等都有作品,山水成为生活中审美观照的独立对象。张公制(1876—1966),原名介礼,字公制,山东安丘人。擅书精篆,嗜诗好词,于 30 年代初隐居青岛,和黄公渚、吕美荪、于春圃等人诗词酬唱。张公制写于青岛的诗大多辑录于《镈民诗存》。于春圃(1887—1958),名元方,字春圃,山东莱阳人。以副举人中试,曾任山东省教育厅厅长,于 30 年代初移居青岛,著有《文集》12 卷、《诗集》6 卷。1934 年 10 月,青岛市市长沈鸿烈行崂山七日游结撰《崂山环游记》,此作类文言日记体,笔翰未尝壅滞。

另外,周学熙、张伯驹、路朝銮等都有山水诗词出手。周学熙系周馥之子,以兴办实业闻名,30 年代引退后迈入诗坛,有《汇泉公园晚步》《重游崂山柳树台》等旧体诗,其中不乏"眼前生死无穷境,都在先生一笑中"①等佳句。张伯驹好词章,写有《海天阔处 · 青岛海水浴场》《祝英台近 · 和君坦。青岛立春白雪》等词。路朝銮学识渊博,诗书画俱佳,雅好昆曲,有《瓠盦先生诗抄》刊行。

30 年代,青岛旧派文人将山水作为文学取资对象,谋求人与山水彼此"惊知己"的融通与共识。这不是清末之诗风流韵,或以青岛舆地新诗的反叛者视之,可能更接近于客观事实。

五　刘少文与《青岛百吟》《秋溪诗稿》

刘少文(1888—1948),原名刘筠,字少文,号秋溪,以字行,山东诸城人。刘墉末裔,世代禀受诗礼传承之道,曾祖与祖父均为前清监生,父为一方名医。刘少文束发受书,熟读"四书五经",辄好吟咏,奠定了一生献身文学与教育的恒远志向。1904 年,刘少文离开诸城来青岛考入礼贤书院,师从卫礼贤、周书训等中外名家硕学。在完成七年制中学教育后,由于课业成绩优良而获选送德国留学资格,但由于时局动荡、父亲卧病在床等原因,刘少文只能放弃出国深造选择留校教书,寄寓"敢计千秋业"与"传世第一流"之追求。

刘少文以诗文闻声文坛,得之于青岛的求学和任教。1914 年日德青岛之战前为刘少文诗词文章写作的初创期,多为习作且已散失,"皋比惭化雨",仅存几首抒情诗收录于《秋溪诗稿》。刘少文创作高峰期当在 1929 年结诗集《青岛百吟》前后。1938 年,刘少文将全家迁至青岛,他"饱暖忘羁旅",青岛遂成为第二

① 周学熙:《汇泉公园晚步》,载《青岛诗钞》第 252 页,中国海洋大学出版社,2017。

故乡。刘少文先后执教于礼贤中学、崇德中学,任教青岛是其诗文创作的多产期。

刘少文的诗文写作深受礼贤文化的洗礼,与读书、治学相伴随。卫礼贤时期建有尊孔文社藏书楼,刘少文得见爱新觉罗·溥伟的题匾、王埒的题联和劳乃宣题写的《青岛尊孔文社藏书楼记》,后任校监 W. 塞弗特(中文名字“苏保志”)器重刘少文的为人和才学,让他在藏书楼里寓读。刘少文回忆过往写下六首《藏书楼消夏诗》,诗前有段序言极富文史价值。

> 楼在青岛东山礼贤书院之东园,德国同善教会地也。清社既屋,诸遗老齐集青岛,谋恢复号曰宗社党,而创办礼贤书院者为吾师尉希圣先生。先生曾受清廷四品之封,遂亦有故君之思,于是招致诸老于东园,结尊孔文社,起藏书楼。恭亲王题匾,王侍郎爵生撰联,而劳尚书玉初劝袁项城复辟书即作于此楼中。楼成甫三载,会日德战争。诸老四散,吾师亦为客北京去,楼空无人。戊寅予避乱来青,德国苏保志君相假以为读书之所,今又七年矣。呜乎!长白山中犹留断薤之迹,伯通庑下或有举案其人,而世事沧桑,转移莫定,聊此题壁,以当鸿泥。①

此序道出藏书楼的兴起、丁巳复辟的预谋、尊孔文社的创办、日德战争的爆发等一系列历史事件,反映出刘少文的文赋才具。虽有常人难以比较的学识,却因“呜呼世变已多奇,倏忽沧桑已非昨”,只能在生活边缘挣扎哀矜不显,“书可怡情聊遣日,酒虽病肺却消愁”。② 刘少文的人生是民国青岛中学旧派知识分子的缩影。

《青岛百吟》

《青岛百吟》堪称青岛的城市风貌剪影,是刘少文 1929 年夏“积十日而得百绝句”的诗集,共计 96 首七言绝句。与一般诗章不同的是,《青岛百吟》的每首诗均有一段似序似跋的附注,少则三言两语,多则二三百字,这便形成了《青岛百吟》亦诗亦文、诗主文次、相得益彰的特性。《青岛百吟》刘少文生前未曾刊行,经其胞弟刘稚文、刘季三整理,方于 1948 年得以流传。

《青岛百吟》记录了青岛 19 世纪末至 20 世纪 20 年代的社会百象,上涉青丘古迹、志怪旧籍,下及阡陌街巷、茶楼酒肆、客栈花坊,乃至歌台舞榭、瓦舍勾栏,无不纳于笔下,涵括天后宫、望火楼、天桥、沙子口、国立青岛大学、《胶澳志》、劈柴院、大窑沟劝业场、四方路洗衣池、基督教青年会、日本神社、万国公墓等,皆援

① 转引自刘镜如《一部诗话体的近代青岛“城市史话”》,载《青岛百吟》第 4 页,山东画报出版社,2021。

② 刘少文:《秋溪诗稿·寓怀》,载《青岛百吟》第 204 页,山东画报出版社,2021。

笔为诗。《青岛百吟》题材之广泛、意趣之繁复、成就诗作之速度和规模,在近现代青岛文学史上鲜有出其右者。《青岛百吟》显露了青岛的剖面,生动形象,客观真白,其中不乏国殇民魂的亢扬之声及对民间疾苦与不平世道的陈诉,还有城市民众为生存、为理想奋斗精神的讴歌。

刘少文诗中的汇泉岬炮台,是1914年日德争夺青岛战争之物证。1898年3月德国强租青岛后,建立了庞大的军事要塞,尤以汇泉岬炮台为巨。日军进攻青岛时,德军将大炮炸毁,诗人发现"至今洞中血迹犹模糊可辨"。诗人写道:

血战当年废垒存,凄凉犹有未招魂。
无端用尽凿山力,赢得髑髅长子孙。①

刘少文写的东镇、西镇风情各不相同。东镇:

鳞鳞万瓦夕阳开,车马通衢声震雷。
初上灯时喧笑语,家家儿女放工回。②

东镇在德租时期与市里有园林旷野,日占时期"镇上民生多赖工场",车马来往,小本生意颇为繁闹。与东镇中隔岭埠的西镇"居民寥寥",又"近屠兽场,居人多煮卖头蹄肠肺,气味乃大不堪"。试看诗人如何酿句成诗:

三面帘栊纳水光,幽栖拟结小茅堂。
生憎奇臭随风散,莫误花香与酒香。③

刘少文写青岛妓院,有平康里和东海楼两吟。平康里分一、二、三、四里及升平一里,皆在小港、海关后一带。下等妓院东海楼地处四方路与升平里间,与黄岛路的德兴里平分秋色。诗人这样写东海楼:

败壁颓垣风雨摧,香车宝马问谁来。
此间亦有天香种,岂向雕栏花始开。④

一幅都市角落月明无梦的颓靡弊乱象,落花深处的青楼女子活色生香,诗人的笔不无怜悯。一部《青岛百吟》百端慨叹,感触良多,诗人在史实与诗意、意旨

① 刘少文:《青岛百吟·血战当年废垒存》,载《青岛百吟》第78页,山东画报出版社,2021。
② 刘筠:《东镇》,载《青岛诗钞》第95页,中国海洋大学出版社,2017。
③ 刘少文:《青岛百吟·三面帘栊纳水光》,载《青岛百吟》第96页,山东画报出版社,2021。
④ 刘少文:《青岛百吟·败壁颓垣风雨摧》,载《青岛百吟》第264页,山东画报出版社,2021。

与文趣间纠葛,其优长与瑕疵互见,俯仰自是的刘少文曾有“宋调唐音浑不似,文章得失寸心知”①的自我评价。囿于七言绝句的拘制,有时难以对具体的地标、物象、事件作出准确的描述。

《秋溪诗稿》

《秋溪诗稿》是刘少文毕其一生的诗歌合集,共收五言、七言、古律等不同体式的诗歌301首,多为写景、抒情、咏史、怀旧、感时之作。其中,既有咏崂山、游海云庵、南海栈桥玩月的咏物诗,也有寄孙方锡、赠谭希群、挽孟方陆等怀人诗,表达了诗人丰富的思想感情。《海滨公园》是一首意趣盎然的五言诗:

园势逐海转,一径顿险夷。
突怒怪石供,森若熊与罴。
喜无杂花木,惟与苍松宜。
松风激涛向,俗念刷心脾。
遥望三神山,缥缈天一涯。
何处赤松子,傥来吾与期。②

诗人写位于汇泉湾西侧的海滨公园,园内礁石奇兀嶙峋,森森然状如熊罴。由此联想上古仙人赤松子,如能在此相会,那是多么值得期待的梦想啊。身为中学教师的刘少文,赠予毕业生的七言长诗如面聆謦欬,寓意深刻,值得赏析。

狂飙挟海声訇訇,百感横来肆填膺。
孤灯暗淡不成寐,握笔为尔写平生。
欲别未别今无几,肝胆披洒何能已。
忆我发燥初读时,意气慷慨渺万里。
年过十五即壮游,北达燕赵南楚邱。
马蹄直踏长安路,眼中碌碌空王侯。
雄辞喷礴何超忽,光摇青天夺日月。
不肯屈作第二流,自信平生有奇骨。
世人那复容我狂,凤鸟垂翼枭鸱张。
黄金用尽气凋丧,搔首四顾天苍茫。
拂袖归来穷书史,暂伴蠹鱼研故纸。
一朝桴鼓遍乡园,缥缃万架灰烟起。

① 刘少文:《青岛百吟·自将斑管写乌丝》,载《青岛百吟》第200页,山东画报出版社,2021。
② 刘少文:《秋溪诗稿·海滨公园》,载《青岛百吟》第104页,山东画报出版社,2021。

揭来穷岛已六年，白云亲舍望眼穿。
百炼钢成绕指柔，短发种种已华颠。
客中未觉知音少，赤文绿字共探讨。
天下英雄萃一堂，愁来对尔开怀抱。
丈夫意气凌青云，当缚名王立殊勋。
不尔著书名山里，健笔直扫千人军。
羞向床头抱妻子，捉襟弄肘龌龊死。
富贵何如瓦上霜，空负皮囊真可鄙。
四海于今正风尘，勿事楚囚对酸辛。
奇才当为天下宝，欲别利器值盘根。
嗟予回首今已老，小技雕虫那可道。
鲲徙鹏骞万里程，事业应须致身早。
少年分手易别离，岁月飘忽总成悲。
勖哉岂无相见期，江湖渔雁慰所思。①

诗中的“凤鸟垂翼枭鸱张”句，意为凤凰垂下翅膀，而猫头鹰之类的恶鸟却展开羽翼，暗示世事颠倒，呈现出拳拳师者之心。《沧海深》是一首挽诗，痛诉1927年9月日轮“现德丸”因超载致使300多名乘客死亡、失踪的船难事故。

沧海深，波涛恶，小船窄，风伯虐。
我死不足惜，父老兄弟姊妹三百人命将安托？
且相抱持，须臾将同归冥漠。
小儿无所知，亦随其父母同声泪落。
家有田难收获，盗贼犹相怜，军士怒目迫。
我倾囊橐，租吏随后来捉，头以绳束缚。
闻有关外地旷可耕作，万死奔逃不免饱鲸鳄。
小民命贱当死却，祝我长官一生常安乐。②

诗人以罹难者的口吻诉说着船难的缘起及悲惨境况，语真意迫，声泪俱下，读之潸然。刘少文的《青岛百吟》和《秋溪诗稿》是青岛文学诗苑中弥足珍贵的藏品，其历史学、地理学、民俗学、文化学的多重价值有待深入研究。

刘少文胞弟刘季三（1906—1975），名纂，号松荫，于1935年来青岛坐堂行

① 刘少文：《秋溪诗稿·赠毕业诸生》，载《青岛百吟》第238～240页，山东画报出版社，2021。
② 刘少文：《秋溪诗稿·沧海深》，载《青岛百吟》第290页，山东画报出版社，2021。

医,悬壶应世之余有诗文刊布,其《松荫庐诗稿》《松荫庐词稿》《刘季三诗词书法集》等承清代山左诗风之余绪。

六 汪静之等中学教师作家作品及其他

30年代,青岛中学教师作家群是一个与大学教授作家群分立而又相互映射的群落,其中尤以汪静之的诗歌、张友松的翻译文学最为典型。任教青岛市立中学的章铁民、秦惠亭、王玫、王卓,任教胶济铁路中学的修古藩、顾绶昌、王赓虞等都有不俗的文学创作表现。

汪静之 章铁民

汪静之(1902—1996),原名汪安,字静之,安徽绩溪人。在"五四"新潮的涤荡下,以一个中师肄业处子敞胸放胆的个人诗集《蕙的风》飙入文坛,因得胡适、鲁迅、周作人的热情扶持、勉励和保护,汪静之成为中国现代文学史上成名年龄最小、成名经历最易的诗人。在经历了北伐军宣传科编纂、武汉国民政府《劳工月刊》编辑后,率性而为的汪静之选择了教书职业。1928—1932年,汪静之先后在上海、南京、安庆、汕头、杭州等地任中学教员,于1933年来到青岛任教市立中学,开始了一段不乏诗意的教书生活。

此前,青岛市立中学卢叔桓约"湖畔三友"(汪静之、章铁民、王鲁彦)一起来青岛讨生活。汪静之等从未到过青岛,对这一邀请有些犹豫,便让章铁民先去青一看再行定夺。章铁民(1899—1958),字造汉,笔名古梦,安徽绩溪人,就读北京大学期间参加"五四"新文化运动。章铁民一踏入青岛立即被岛城风光所吸引,他在给汪静之的信中对青岛做了抒情描写。汪静之见信后于7月偕妻子符竹因、妻妹和三个子女共六人,离开上海来到青岛,只是王鲁彦因故未来。汪静之、章铁民等的执教与身携的新文艺思想,给青岛市立中学带来新的气象。

1933年11月,汪静之、章铁民等发起成立"青岛文艺研究会",并在《青岛民报》创办《青岛文艺》副刊,提出文艺是"发扬民族性,提高民族思想,振作革命精神的一种最有效的艺术",批评"我国的学者们,大多数还彷徨在迷恋骸骨的歧途中,以为数数家珍便尽的国民的天职,不自觉地把创作本能下去,懒惰,敷衍,麻木,得过且过,种种恶劣的精神状态,普遍的可怕,从民族的生命力和创作力看来,远不如宋元,更无论汉唐了。这样的民族会堕落到什么地步,凡是有血性的人,一想起来,总要颤栗的吧"。[①] 曾与章衣萍合作翻译奥地利无名女士《少女日

① 《青岛文艺研究会宣言》,载《青岛民报》1933年11月20日。

记》的章铁民，在青岛以“湛山丛稿”为题相继写作发表了不少诗歌作品。1933 年 10 月，青岛市立中学全体师生 200 余人集体劳作，从东镇挖草皮至市立中学种植。章铁民作《劳作口号》诗，诗前的小序道：“晨出晚归，喘息方定，口号四首，献与同学。非曰慰劳，聊博一笑云尔。”这四首口号诗如同劳动号子。

（一）

何事书生最足奇？静如处女动如狮。
锄来蔓草三千尺，还向西风笑咏诗。

（二）

芳草如茵远处妍，移来点缀校楼前。
师生汗滴园中土，补地辛勤胜补天。

（三）

茫茫何处为英象？海水潮潮挟怒涛。
筋骨欲劳心欲苦，十年含笑看屠刀。

（四）

地灵应自出英雄，吻海偎山“青市中”。
投笔今朝众上子，荷锄个个是劳工。①

汪静之受青岛绮丽景致的刺激，写了不少大胆直露、毫无忌惮的情诗，包括《神圣爱情颂歌》4 首、《圣洁贞操颂歌》7 首、《杜绝婚外恋歌》5 首、《建议天公改天性》3 首、《〈六美缘〉总结》14 首、《绿漪对〈六美缘〉的评语》7 首，还有《海水浴场》《游泳》等诗篇，他仍然不忘“情诗王子”的本色。其中，《神圣爱情颂歌》是这样写的：

（一）

人生贵在有情爱，无情何异于禽兽？
情爱人生之至乐，无情乐趣更何有？

（二）

爱情高过昆仑山，爱情高过天上天，
爱情高过巅顶巅，爱情高过尖端尖！

（三）

爱情在我心灵里，高于珠穆朗玛峰。
爱情好像金字塔，万年不倒在心中。

---

① 章铁民：《劳作口号(湛山丛稿之一)》，载《青岛民报》1933 年 11 月 20 日。

(四)

世间何物最美丽? 爱情美丽为第一。
情人眼里出西施, 爱情之美美无比!①

这四首诗除掉押韵、节奏和规整的基本要素外,其思想内容和艺术手法实在不敢恭维。但诗人对爱情大胆直剖的放言高歌令人啧啧不已,汪静之还是那个曾经将《蕙的风》写出肉麻感的诗人。1934 年暑假,汪静之在青岛写的 14 首《〈六美缘〉总结》,将自己与六个女子的罗曼史公之于众。前二首就有动情点:

(一)

若无姑母作因缘, 哪得情诗一篇篇?
情诗那得是爱感, 情诗首首为情癫。

(二)

诗因缘与爱因缘, 美女天仙六美缘。
享尽爱情风味美, 诗中爱里一神仙。②

诗中的"姑母",是曹初菊的姑母曹诚英。按旧时徽州的做亲风俗,汪静之在出生前汪家即与门当户对的曹家联姻,两家相约指腹为婚。女方曹初菊迟汪静之半年出生,汪静之 3 岁时曾往岳父家拜见。可惜天不佑人,曹初菊 12 岁时不幸病逝。曹初菊有个同年出生的姑母曹诚英,与汪静之少时玩伴,两小无猜。汪静之 15 岁那年曾写情诗致曹诚英,但曹以辈分为由婉拒。1917 年,曹诚英奉父母之命嫁予胡适的三哥胡昭万,婚后不久便考入杭州女子师范学校。1919 年夏,汪静之考取浙江第一师范学校来到杭州,与曹诚英同在一个城市读书。汪静之的到来固然让曹诚英欣喜,可也强烈地感受到汪静之的动机。也许曹诚英出于补偿与汪静之青梅竹马的情缘,她将几名美女同学逐一介绍给汪静之认识。但汪静之身材矮小貌不出众,皆难中美女之意。情由天定,汪静之的情诗如同丘比特的箭,终于射中了曹诚英介绍的符竹因。符竹因,杭州人,小汪静之一岁,原名符竹英,是汪静之动员她改为"符竹因",取的是"水竹姻缘"之意(水自然指汪静之的"汪")。汪静之又为其取名"绿漪",源自《诗经》的"绿竹漪漪"之意。一次,曹诚英酒后对汪静之吐露真言:"离婚后,真想答应你的求爱,一想到你和竹因,我不能夺人所爱。"1934 年 8 月 9 日汪静之在青岛写的《游泳》一诗,用近乎超感官心象写出了水中妻子的奇幻之美。此诗共二首,且看第一首:

① 汪静之:《神圣爱情颂歌》,载《汪静之文集》诗歌卷(下)第 154 页,西泠印社,2006。
② 汪静之:《〈六美缘〉总结》,载《汪静之文集》诗歌卷(下)第 159 页,西泠印社,2006。

绿漪在海面游泳,
舒坦轻松水面飘。
碧玻璃嵌一条白玉,
洁净柔和的色调。

千里蓝水晶,心灵敞亮,
万顷碧玉,身心舒畅。
绿漪脸上开出一朵朵笑,
海上浮起一朵朵浪。①

这可能是汪静之艺术水准最高的一首诗,至少在青岛称得上佳作。汪静之的情诗风行天下让许多人追捧,因为他把诗歌裹在爱情里,能让人窥见反封建的中国知识青年如何追求爱情、自由和幸福的轨迹。汪静之的思维方式是一种诗情的领悟而非学理的推导,任何逻辑假设、抽象思辨抑或超越时空的推论,都可能曲解甚至误读汪静之情诗的本意。

1934 年夏,汪静之陪同郁达夫一家游览青岛。郁达夫走后不久,汪静之由章鸿熙介绍到上海浦东中学教国文。他把妻妹许配给卢叔桓,然后偕妻符竹因及子女离开了青岛。

张友松与《茵梦湖》翻译

张友松(1903—1995),原名张鹏,笔名罗牧,湖南醴陵人。弱冠之年参加中共早期领导人赵世炎发起的少年学会,后考入北京大学半工半读,并通过甄别考试升入英文系本科。京华求学期间,张友松尝试文学翻译,于 1925 年在《小说月报》"安徒生专号"上发表《安徒生评传》,到 1931 年他共翻译出版了 17 部作品,在"当时的翻译界开始有了一点名气"②。1931 年 7 月,张友松来到青岛市立中学任英文教员。

张友松在青任教期间最得意的翻译作品,是英汉对读本德国小说家、诗人 H. T. W. 施托姆的中篇小说《茵梦湖》(*Chiemsee*)。《茵梦湖》作为世界文学史上影响恒久的小说珍品,描写的是一对青年男女的爱情悲剧。莱因哈德和伊丽莎白青梅竹马,情爱甚笃。莱因哈德要出门求学,却羞于道出那句其实已在内心重复过千百遍的"我爱你",只说留下一个"秘密"等待回来的时候解开。然而,两年后莱因哈德应邀来到茵梦湖庄园,看到的却是他深爱的伊丽莎白已经在其母

① 汪静之:《游泳》,载《汪静之文集》诗歌卷(下)第 212 页,西泠印社,2006。
② 张友松:《文学翻译漫谈》,载《当代文学翻译百家谈》第 431 页,北京大学出版社,1989。

的包办下嫁作人妇。旧日的恋人相见时一片惆怅,当初那个羞于出口而浪漫无比的"秘密",此时成为莫大的遗憾。尽管施托姆的时代已经久远,尽管这种青梅竹马爱情悲剧已不新奇,但作者带有抒情诗风格的小说,因优美的笔调、清丽的风格、生动的情节构思,以及对人物细密深刻的心理剖绘,激发了世界各国读者的阅读欲和想象力。

其实,将《茵梦湖》译介给中国读者的汉译本为数不少。在张友松之前,郭沫若与钱潮曾于1921年6月合作出版了一个译本,译本前还附有郁达夫的序。继郭、钱译本之后,又有唐性天(1922)、朱偰(1927)的译本,张友松的译本是第四个汉译本,且是通过《茵梦湖》的英译本转译成中文。不过,张友松对《茵梦湖》的译介却有其独到之处。

首先,张友松的译本出版后统一了《茵梦湖》的汉语译名。张译之前,郭沫若与钱潮的译本名为"茵梦湖",这之后的唐译和朱译均有不同的译名,唐性天的译本名为"意门湖",朱偰则名为"漪溟湖"。面对以上三个译本,张友松基于原著的意趣和笔调,采用郭沫若与钱潮的译名"茵梦湖"。虽然在中国的现实生活中并不真的有一个茵梦湖,但自"五四"以来它却在中国万千痴情男女的梦中时时漾起涟漪,经住了时间的考验。

其次,张友松参与了《茵梦湖》汉译标准和风格的讨论。由于多个《茵梦湖》译本的存在,必然带来不同意见的争论。1931年,张友松在《茵梦湖》出版的序言里提出了不同的观点。有论者对张友松的译本评价道:"北新书局又有英汉对照本,为罗牧所译,序文中对郭钱合译之译文施以攻击,谓不可信。……罗译既系英汉对照,根据英文本转译,实难据为信史。"①《茵梦湖》的汉译和争鸣,张友松定有感触,他后来回忆称,《茵梦湖》出版后在近十年辗转各地做中学教师期间,他"暂停了翻译工作"②。

再次,张友松提出了《茵梦湖》的艺术感染力在于文字的隽秀。施托姆的《茵梦湖》不写时代和社会斗争,却不乏反照现实的深度,尤其以反对包办婚姻为主题,恰好道出了一代在封建礼教迫压下渴念恋爱自由的青年男女的心声,特别容易被中国读者所感同。张友松从一个中学教师的职业视角,看到《茵梦湖》对青少年学生的艺术感染力。他说:"论文字的秀丽轻飘,论描写方法的活泼高妙,《茵梦潮》可算是在文字上下功夫的读者们最好的读物。"张友松持守的是《茵梦湖》被感知的美学价值,作品是否深刻、经典,作家写什么固然重要,但更重要的是怎样写。

---

① 杨武能:《施笃姆的诗意小说及其在中国的影响》,载《茵梦湖》第2页,译林出版社,1997。

② 张友松:《文学翻译漫谈》,载《当代文学翻译百家谈》第431页,北京大学出版社,1989。

张友松翻译出版的《茵梦湖》,丰富了青岛市立中学学生的业余生活。学校晚会上,有学生以中英双语朗诵《茵梦湖》的片段。张友松在青岛执教了一年多的时间,于 1932 年离开了青岛。

秦惠亭、修古藩等

秦惠亭(1903—1999),别号心丁老人(取"惠亭"两字的下半部分),江苏无锡人。早年就读上海美术专科学校,师从国画大师潘天寿,后赴日本进修油画,于 1930 年来青岛受聘市立中学美术教员。秦惠亭喜爱话剧,任教青岛时期写有两部儿童剧——《门外的孩子》和《雨后》。

《门外的孩子》是独幕剧,写一个羡慕读书的流浪儿在教室门外被驱逐的故事,揭露了旧社会的不义。时在青岛市立中学就读的黄宗江、朱崇凯饰演剧中人。据黄宗江称,秦惠亭的"剧作在意识上可称激进,剧艺上亦属先进"①。《雨后》是双幕剧,写贫富家庭儿童的不同生活。秦惠亭的《门外的孩子》和《雨后》可能是青岛最早的儿童戏剧,在中国现代文学史上也是早期的儿童剧本。

温八眉(1909—1997),字逸如,别号钱塘南伽子,浙江杭州人。与秦惠亭同为潘天寿弟子,1932 年温八眉毕业来青岛,先后任职市立女子中学、文德女子中学美术教员。1934 年,秦惠亭与温八眉在青岛结为伉俪。温八眉专攻律赋,有多部诗词集出品。1937 年 8 月,秦惠亭、温八眉夫妇带着 3 岁的女儿离开了青岛。多年后,温八眉整理了自 1924 年以来近 60 年所写的 129 首诗词,题为《钱塘南伽子诗词》。据知情者评价,"其文如水,其人如菊",温八眉的一生就像一首哀婉的诗。

胶济铁路小学因于 1925 年附设了初中班、后因租借国立青岛大学校舍形成的"大学中学串联兼课",以及宋还吾、崔士杰两任校长的吸附力,"一大批受五四影响、具有新思想的老师"前来任教,一时星光闪耀,满园生辉。1931 年 5 月 10 日,《读书月刊》二卷二期发表了一篇署名谭春岩的《青岛作家零讯》,介绍了 9 位寓居青岛新文学作家的近况,其中除了杨振声、闻一多、梁实秋、蒋丙然 4 人外,其余 5 人均为中学教师,包括在铁中任教的废名、郝荫潭、顾绶昌、王赓虞。其实,未列入 9 人名单的修古藩也值得写一笔。

修古藩(1901—?),江西萍乡人,毕业于北京大学,是"沉钟社"主要成员。据曾在青岛铁路中学读书的赵俪生回忆,"修老师是大量将鲁迅、周作人作品和译品印成油印讲义发给我们的人。我们开始知道有《域外小说集》、《现代小说译丛》、《日本短篇小说集》,都是从他讲课中得知的。他还推荐让我们订《沉钟》

① 黄宗江:《百岁恩师秦惠亭》,载《青岛一中校友回忆录》第 15 页,青岛一中 75 周年校庆筹备办公室,1999。

和《骆驼草》这类北大继《语丝》之后出版的小型新文艺刊物”①。1933—1934年,修古藩在《沉钟》杂志发表了一系列小说、散文,如《看火》《蛇》《清明》《打赌》《孤独》《恶作剧》《山鬼》《龙王镜》《钟家坝上》《危源远》《审判》《沉淀》。修古藩的作品穿梭于精神世界,主要表现“五四”落潮后青年的矛盾心结。

顾绥昌任教高中部的现代文艺、英文、文学翻译等课程,1933 年 3 月,他在《沉钟》上翻译发表了英国作家 R. 杰夫瑞斯的《牧场杂感》。②

其他

30 年代,旧派小说在新文学运动的挤压下转向市民读者阶层,任性地发挥文学的娱乐消费功能。在 1935 年 9 月 13 日的《青岛时报》上,同时出现了《新封神演义》《雌黄外传》《没有这回事》长篇小说连载。其中《新封神演义》作者署名“半老丈夫”,已连载 600 多节,时间超过两年。1937 年,《青岛时报》推出《桃源新梦》长篇连载,题“内省疾疚斋主续著”,载至 353 节。另有署名“徐寒梅”的长篇言情小说《三姨太太》连载;类似的言情小说还有“梦漪”的《梦里繁华》,署名“尘”的《章台絮语》。武侠小说则有“蓬莱王梦渔”的《风尘双侠传》,作者“伟民”的《波光剑影》等。处于同一时空的新文学与旧派小说在相互冲突、背离中,又体现出相互影响、叠合的一面。

第三节　短时旅青作家作品

青岛文学史上尚有一些短时旅青的萍踪式作家,这在 30 年代尤其值得重视。不以作家名世的蔡元培几次避暑青岛都有诗文在身,有的深具持久的影响力。废名在青岛求职期间写了数首抽象晦涩的诗歌,并酝酿《天马集》诗集。苏雪林、柯灵、俞平伯等的行旅诗文,巴金、卞之琳、何其芳在青岛的短暂创作,别有一番感受;柳亚子、傅增湘等的零星作品也是青岛文学史的有益收获。

一　蔡元培

蔡元培(1868—1940),字鹤卿,又字孑民,浙江山阴(绍兴)人。光绪壬辰科补进士,点翰林院授编修,于 1898 年返故里任绍兴中西学堂监督,之后中国近代史上所有教育创举均与蔡元培有关。身为民国政府首任教育总长、北京大学校

① 《赵俪生学术自传》,载《赵俪生文集》第 5 卷第 97 页,兰州大学出版社,2002。

② 唐沅等:《中国现代文学期刊目录汇编》,第 2 卷,第 1031 页,知识产权出版社,2010。

长、大学院院长,具有彪炳中国知识界享"学界泰斗,人世楷模"之誉的蔡元培,竟是 1902 年在青岛学习德文而走向世界的。翻阅年谱,蔡元培一生有数次青岛之行,而 1929 年、1930 年、1934 年、1935 年的青岛履痕均有诗文相伴。其中,蔡元培在青岛定稿的《〈中国新文学大系〉总序》,是中国现代文学史上第一次由专家完成的价值评估。①

1934 年,出版家赵家璧邀请胡适、郑振铎、茅盾、鲁迅、郑伯奇、周作人、郁达夫、朱自清、洪深和阿英编纂"中国新文学大系",请蔡元培握管总序。对这套按文学理论建设、文学论争、小说、散文、诗歌、戏剧、史料索引分类编选的系统反映中国新文学运动历史进程的大型丛书,蔡元培给予热情支持。1935 年 8 月 6 日,蔡元培在上海开始起草,因事先决定去青岛避暑,8 月 10 日他动身时带着未完成的草稿,于 9 月 20 日将定稿的总序从青岛寄给赵家璧。②《〈中国新文学大系〉总序》有一万多字,蔡元培以高瞻远瞩的文化眼光对中国"五四"后的新文学成就奠定基调,其中最震撼人心的是给中国新文学以高度期许与策励:

> 我国的复兴,自五四运动以来不过十五年,新文学的成绩,当然不敢自诩为成熟。其影响于科学精神、民治思想及表现个性的艺术,均尚在进行之中。但是吾国历史,现代环境,督促吾人,不得不有奔轶绝尘的猛进。吾人自期,至少应以十年的工作抵欧洲各国的百年。所以对于第一个十年先作一总审查,使吾人有以鉴既往而往而策将来,希望第二个十年与第三个十年时,有中国的拉飞儿与中国的莎士比亚等应运而生呵!③

以蔡元培的《〈中国新文学大系〉总序》为始,中国现代文学学科建设形成规模化的"大系"编选成例。记载中国新文学第二个十年(1927—1937)成就的"大系"于 1984 年陆续出版后,"大系"第三辑(1937—1949)和第四辑(1949—1976)分别于 1991 年、1997 年出版,当 30 卷本第五辑(1976—2000)"大系"于 2009 年出版时,中国现代文学"大系"累计达到 100 卷,可谓"百卷沧桑,百卷心事,百卷才具,百卷风流"④。回眸中国现代文学史,1935 年蔡元培在青岛定稿的《〈中国新文学大系〉总序》成为"大系"经纬的"归总",他的属望得到了历史回应。

在青岛,蔡元培还从教育家的角度为中学生文学启蒙教育确立指针。1934 年 9 月 28 日,蔡元培在胶济铁路中学关于中学学科分类的演讲中提出了"文学

① 黄修己、姚玳玫:《中国现代文学研究通史》,第 2 卷(1928—1937),第 429 页,广东人民出版社,2020。
② 《蔡元培日记·一九三五年》,载《蔡元培全集》第 16 卷第 426 页,浙江教育出版社,1998。
③ 蔡元培:《〈中国新文学大系〉总序》,载《蔡元培全集》第 8 卷第 109 页,浙江教育出版社,1997。
④ 王蒙、王元化:《〈中国新文学大系〉第五辑总序》,载《小说界》2009 年第 4 期。

的课程”概念。他说:“凡事都是相对的,有刚必有柔,有紧张必有宽松。美术、文学的课程,就取其有宽松的作用,可以与刻苦用功相调剂。”①其实,青岛教育界对蔡元培关于中学语文工具性与人文性统一的主张并不陌生,因为1929年以降的中学课程即以蔡元培中央大学区的标准为纲,其中特别引人注目的是高中国文选修课中的“美术文”。蔡元培对美术文的界定即“诗歌、小说、剧本三类”,并强调,“小说于教育上尤有密切之关系,往往有寝馈其中而得获知识者。昔时尚无人注意及此”。蔡元培对中学“文学的课程”见解也许是其文学教育思想最基本、最重要的特征。

蔡元培虽“颇好吟咏”,但从不以“诗家自名”,并言在文学上“没有成就”,不但骈体诗词“没有一首可存的”,即便“散文也太平凡了”。这是蔡元培的自谦之处,他造访青岛留下的诗文堪称佳作。1934年和1935年蔡元培、周峻夫妇在青岛小住期间,周峻先后在青岛水族馆、小青岛灯塔留下了两幅风景画,蔡元培分别题写了两首七言绝句。《题青岛海滨油画》曰:

水族馆中窗窈窕,海滨园外岛参差。
惊涛怪石互吞吐,正是渔舟稳渡时。②

再看《为养友题前两年所绘青岛风景并志缘起》:

晚晴阅眺海之隈,霞影波光面面开。
莫为渔舟愁日暮,塔中尚有夜珠来。③

1934年8月,蔡元培为高奇峰写了两首七言挽诗。高奇峰(1889—1933),名嵡,字奇峰,广东番禺(广州)人。岭南画派创始人,享民国“画圣”之誉,1933年以中国美术展览会专使身份赴德国柏林后因伤谢世。蔡元培痛惜高奇峰的死,称赞其“革命精神贯始终,政潮艺海两成功”④。1935年8月27日,蔡元培收到黄公渚的两幅扇面,上有四首写于华严寺、回澜阁、柳树台、北九水的七言律诗。这是几天前他们一同游览青岛的作品,蔡元培遂“报以七绝三首”⑤。但因黄公渚未留地址,蔡元培无法邮寄。8月30日在赴胶济铁路局宴请时,蔡元培

① 蔡元培:《在胶济铁路中学演说词》,载《蔡元培教育名著》第275页,教育科学出版社,2007。

② 蔡元培:《题青岛海滨油画》,载《青岛诗钞》第1页,中国海洋大学出版社,2017。

③ 蔡元培:《为养友题前两年所绘青岛风景并志缘起》,载《蔡元培全集》第7卷第473页,浙江教育出版社,1997。

④ 蔡元培:《吊高奇峰先生二首》,载《蔡元培全集》第7卷第610页,浙江教育出版社,1997。

⑤ 《蔡元培日记·一九三五年》,载《蔡元培全集》第16卷第420页,浙江教育出版社,1998。

托友人设法转交黄公渚。只是迄今所能见文献均未发现这三首诗。

除了格律诗,蔡元培还写有不少楹联,包括赠联、题联、答联、寿联、挽联,在青岛小住时还应约题写了一些像赞、诔文类文字。1935年9月30日,蔡元培挽刘伯温联曰:"时势造英雄,帷幄奇谋,功冠有明一代。庙堂馨俎豆,枌榆故里,群瞻遗象千秋。"[①]刘伯温,本名刘基,浙江青田人,元末明初政治家、文学家,在辅助朱元璋澌灭群雄、建立明王朝的历史中发挥了智囊作用,却因遭诬陷被夺禄,入京谢罪后赴了黄泉,给民间留下了"三分天下诸葛亮,一统江山刘伯温"的说法。蔡元培挽这位500多年前的乡党,一方面赞颂其长治久安的法治思想,另一方面对其经世致用的文学思想给予肯定。1935年10月8日,蔡元培在青岛为刘半农题写了碑文。刘半农(1891—1934),名刘复,字半农,江苏江阴人。留学英国伦敦大学、法国巴黎大学,获法国国家文学博士学位,是中国新文化运动的先驱。蔡元培在碑铭中盛赞刘半农任教北京大学时,"益与《新青年》诸作者尽力于文学之革新","所为诗文,均以浅显词句达复杂思想,于精锐之中富诙谐之趣,使读者不能释手"。[②] 1935年8月20日,蔡元培在青岛还为《新青年》重印本题词;又于9月30日为《读书指导》第一辑结撰序言。蔡元培的诗文有着异常坚硬的质地,尤其是旧体诗和楹联体现出富赡奥美的文格与审美追求。

笔述上,蔡元培在青岛勘订了《孑民文存》目录。1935年9月23日,高平叔将搜求整理的蔡元培过往发表文章的篇目,托青岛市教育局转交蔡元培。9月26日,蔡元培回复高平叔,并将上海广益书局1931年出版的《蔡元培言行录》寄去供其参详。与此同时,他还将是年8月5日起与高平叔口述的"五四"后经历经高平叔记录整理形成的《传略》续篇,于9月26日"寄还给高"[③]。据高平叔称,收到蔡元培从青岛寄来的《传略》续稿后,遂写了一份"详细的初稿",但因蔡元培在1936年冬患病,"不知放置何处"。收入《蔡元培全集》的《传略》续篇,是1943年春为纪念蔡元培逝世三周年,高平叔根据1935年8月记录的蔡元培口述稿,加之是年9月以后的内容补缀而成。换言之,1935年9月26日蔡元培从青岛寄出的在高平叔记录稿基础上修正的文稿,不复目睹了。

二　废名的诗与《天马集》

废名(1901—1967),原名冯文炳,字蕴仲,湖北黄梅人。1922年他入北京大

① 蔡元培:《刘伯温挽联》,载《蔡元培全集》第8卷第150页,浙江教育出版社,1997。
② 蔡元培:《刘复碑铭》,载《蔡元培全集》第8卷第157页,浙江教育出版社,1997。
③ 蔡元培:《传略》(下),载《蔡元培全集》第6卷第579页,中华书局,1988。

学预科,通过阅读外国文学作品启发了从事文学创作的兴趣。初在《浅草》《努力周刊》投稿,后在与鲁迅“关系较为长久”的《语丝》周刊连载小说,成为“京派”文学的作家代表。1926 年 6 月 10 日,他在日记中写道:“从昨天起,我不要我那名字,起一个名字,就叫做废名。”废了名,含糊为“莫须有”。7 月 26 日,《语丝》刊发的小说《无题之三》第一次出现了“废名”。1927 年,军阀张作霖改北京大学为京师大学堂,废名对此不满愤而休学。因失学宿食无着,幸得周作人的帮助,废名靠在北京西直门外一所私立中学教国文维持生活。1928 年北京大学恢复校名,废名回校复学。1929 年,废名毕业迫切需要一份稳定的职业,特别“最要紧的是一个‘现’字”①。1930 年 5 月,废名随周作人等创办《骆驼草》半月刊。惜《骆驼草》因经济困顿于同年 11 月停刊,废名再次陷入窘境。

周作人评价废名的为人及其作品,不顾流俗“独自走他的路”,因过于追求个性,不免唯异是尚。文坛往往将废名与沈从文作比,同为“京派”作家,至少在来青岛之前,无论文坛名气还是作品成色,沈从文远不及废名,但杨振声还是选择了沈从文。废名卜居青岛时,沈从文已应杨振声之聘并收了路费,但就任国立青岛大学讲师时,废名已离开了青岛。废名的面相被描述为“生得很怪,额如螳螂,眉棱骨特别高,因为生过瘰疬,脖子上很多伤痕,说话的声音也低而且哑”②。杨振声以貌取人？答案可能没那么简单。

被隔绝在国立青岛大学门外的废名,后在胶济铁路中学担任“‘文学史’及‘学术文’等功课教员”③。废名以小说名世,但留给青岛的则是诗歌,他的诗风形成于青岛。根据《冯文炳著作年表》,废名在青岛写作和发表的散文有《斗方夜谭》之十、十一、十二,之后便开始写诗。3 月 14 日,他写《沉默》《亚当》,其中《亚当》在 1934 年 1 月 1 日《文学季刊》第一期发表;3 月 15 日他又写《止定》《诗情》,其中《诗情》在 1934 年 5 月 21 日《华北日报》文艺副刊第八期发表。接着,废名于 3 月 16 日—18 日连续写了《眼明》《梦之二》(《梦之使者》)、《无题》(《杀却像》)《草・树・花》《画》,又于 3 月 21 日写了《拔树梦》。此外,他还有与周作人的通信中附寄的诗歌。例如:1931 年 3 月 13 日,周作人在致俞平伯的信中提及的“得废公来信,内附二诗,嘱转呈,特为呈上。该公似文思诗思均佳,岂亦地灵人杰欤?”④只是,这两首诗歌不知何名。中国现代文学史上的废名只

① 眉睫:《并非丑化:废名的真实一面》,载《新文学史料》2009 年第 2 期。

② 赵聪:《冯文炳列传》,载《冯文炳研究资料》第 295~296 页,知识产权出版社,2010。

③ 谭春岩:《青岛作家零讯》,载《读书月刊》1931 年 5 月 10 日。全文:“冯文炳:因赔钱过多而停刊的《骆驼草》,其编辑冯文炳先生,笔名为废名,现在青岛铁路中学(即胶济铁中)担任高级中学之‘文学史’及‘学术文’等功课教员。”

④ 冯荣光:《冯文炳生平年表》,载《废名集》第 6 卷第 3454 页,北京大学出版社,2009。

在 20 年代初写有白话新诗,1927 年后他就转向了小说创作,直到 1930 年才偶有诗作。1931 年,废名竟出现诗歌创作井喷现象,一年写了 57 首诗,1932 年之后又静默了(1932—1935 年仅写诗 4 首)。因此有理由认为,1931 年废名来到青岛后才诗兴大发。是年 3 月,废名在青岛结成诗集《天马集》。

废名熟谙老庄,以禅入诗,他的诗不涉理路,内置了形而上的意致,诗的精神和价值都赋予了殊异的奥义。废名在青岛写的《止定》只有三行诗和最后一个句点,感觉怪怪的。

夜深
人间之鼾息
惊动一枝万年笔。①

这枝在深夜人类酣睡中被惊动的"万年笔",抽空了意念之间的所有关联,一任思绪无极神游。若无半点妙悟之心,纵读十番百遍怕也难得其旨。《拔树梦》也只有三行抽象、模糊的禅家语:

梦见窗外一棵树倒了,举头熟视
　　无已,
我很喜欢这个梦怎么这么轻。②

梦,是废名诗中经常撷取的意象,诗人往往在梦里追寻一种不求实有的感悟。但这个让废名沉溺的"怎么这么轻"的梦,竟是一棵倾倒的大树,真不明白废名传递、寄寓、暗示的内蕴何以如此离奇、神秘。按说,《拔树梦》没有复沓的意象,文字浅白如话,废名却把自己折腾到浩浩荡荡的梦境之中,让抒情主体"我"在"熟视/无已"的意觉中,通过特殊的诗句排列,草蛇灰线,造成扑朔迷离的艺术效果,让读者体悟间离了实有而又无法究诘的梦蕴。再看《亚当》:

亚当惊见人的影子,
　　于是他就悲哀了。
人之母道:
　　"这还不是人类,
　　是你自己的影子。"③

---

① 废名:《止定》,载《废名全集》第 5 卷第 180 页,武汉出版社,2023。
② 废名:《拔树梦》,载《废名集》第 3 卷第 1517 页,北京大学出版社,2009。
③ 废名:《亚当》,载《文学季刊》第 1 卷第 1 期第 227 页,1934 年 1 月。

诗人兀然地把读者领进亚当的生活世界,看到的是哀痛中的亚当,而亚当的伤恸是因为“惊见人的影子”;“人之母”的出现和带来两句话——“这还不是人类,/是你自己的影子”,给出的是比影子更模糊的不确定概念。废名写诗爱用直指式的“是”与“不是”字结构,这种裁断性造句看起来明白无误,但流布于诗行中的是虚空无定的意会。一首诗再曲折,再隐晦,总要留下一两个可思辨的线索,而废名则不。亚当“惊见”的影子和“人之母”道出的影子,在无不不相关中胶结着人生经验中的无不相关。

诗大都由情绪产生,对现实不满而又看不到出路的废名,孤高淡朴,顾影自怜,想象被杨振声拒于国立青岛大学门外、身处春寒料峭中的废名,“惊见”的人影却不知是自己的影子。诗人内心深处百感交集,在“是”与“不是”之间挣扎,通过诗的外形和意识流手法反照生活的真实,将独特的一己内心抽象至无极的状态。读者揣不透诗人的心思,诗人也不想让读者参透内里的秘辛,这一切都只能交给诗,只有艺术才能领悟它。当废名得知辞去中国公学校长的胡适欲担任北京大学文学院院长的消息后,1931 年 2 月 14 日,废名在青岛致函胡适劝其放弃这一职务,原因是“外面又说北大要开除某人某人,如真有此酝酿,在普通人为之,是一件小事,若先生也稍稍与其职责,真可谓之大事”①。始终困于生计的废名自有“饱汉不知饿汉饥”的窘态,读者可以从废名的《无题》体悟到那种无限的悲凉与沉重。

对着镜子
忽然起杀像之意,——
我还是听人生之呼唤
让他是一个空镜子。②

这首写于 1931 年 3 月 17 日的小诗,初名为《杀却像》,1934 年 4 月 23 日他在《华北日报》文艺副刊第四期发表时改名《无题》,第二句“忽然起杀像之意”原稿曾写为“忽然想把他砍了”。艺术的任务就在于将“忽然想把他砍了”表达出《无题》的意味,是“不写而还是诗的”。“杀像之意”一似废名把自己的名字废掉一样,于空白与省略间只留下一个“空镜子”。生活就是一面镜子,照出的是人心,人生观、价值观、伦理观决定生活的样子。废名的诚笃、真实、不自欺,被他的独往独来、刻意低回屏蔽了。他走的是一条窄路。

不仅此也,废名在青岛的诗并没有完结,1931 年 4 月他离青后又写了《海》

---

① 陈振国:《冯文炳文学活动年表》,载《冯文炳研究资料》第 16 页,知识产权出版社,2010。
② 废名:《无题》,载《废名全集》第 5 卷第 184 页,武汉出版社,2023。

《掐花》《妆台》《花盆》等。5 月,废名结成诗集《镜》,收诗 40 首。有理由认为,在北平集成的《镜》主要是青岛的篇什。1931 年 10 月,废名将诗集《天马》和《镜》以“天马集”之名合并结集。[①] 废名诗歌是整体的,所有的短诗都是部件。

作为中国现代文学史上的一个跨诗、文、佛诸多领域而难于归类的“异数”,废名游走在中与西、传统与现代之间。他的诗脱胎于自由无韵的诗化小说,生涩古怪,在禅观中写情状,用绝句和赋的写法不肯浪费文字,句式跳脱却隐隐相连像海岛一样孤绝,其旨趣更接近于东方禅意。废名并不注重某一实物和某一抽象观念的对应关系,而是心游万仞,在恍兮惚兮之间驰骋想象,表现感觉的挪移,追寻深邃、神秘,实现诗情的自然流动与诗意世界的营造。能理解废名神思千载思想之歌的读者不多,他可能是中国现代作家群中“很个别的一个”,但“在文坛圈内他的品望极高”[②]。废名自有诗歌美学的丈量尺度。

1931 年 4 月 12 日,周作人在废名离青返平不久致信废名打趣地说:“莫须有翁回山,想其故事又可得而记欤。”[③]废名寓青数月,周作人惦记莫须有先生故事的续章。是年 11 月,废名被聘为胡适任院长的北京大学文学院讲师,他的短篇小说集《枣》在上海开明书店付梓;次年 4 月,长篇小说《桥》出版。当《莫须有先生传》决定由开明书店刊印单行本后,废名在一篇文章中对 1931 年在国立青岛大学碰壁发了牢骚:“前年冬去青岛,在那里住了三个月,慨然有归与之情,而且决定命余西山之居为‘常出屋斋’焉。……其实起名字的时候我没并(并没)有想到许多。只是听说古有田生,十年不出屋,我则常喜欢到马路上走走,也比得上人家的开卷有得而已。”[④]废名的不悦也就几乎是一个必然了。

三　苏雪林、柯灵、俞平伯等的行旅诗文

短时旅青的作家写青岛,多为散文和诗歌。写青岛的散文,苏雪林最多,她是中国现代文学史上用散文倾力表现青岛的女作家。柯灵的散文写青岛印象,蹇先艾、傅增湘等的散文都是刻意之作。用诗歌写青岛的则有俞平伯、柳亚子等。这些作家的行旅诗文进一步密切了诗歌、散文与青岛生活的联系。

---

① 废名在《〈天马〉诗集序》中写道:“我于今年三月成诗集曰《天马》,计诗八十余首,姑分三辑,内除第一辑末二首与第二辑第一首系去年旧作,其余俱是一时之所成;今年五月成《镜》,计诗四十首。现在因方便之故,将此两集合而刊之,唯《天马》较原来删去了几首,所删的有几首是第三辑里的散文诗,以不并在这里为好。”

② 司马长风:《中国新文学史(节录)》,载《冯文炳研究资料》第 307 页,知识产权出版社,2010。

③ 《与废名君书十七通(七)》,载《周作人自编集:周作人书信》第 107 页,北京十月文艺出版社,2011。

④ 废名:《今年的暑假》,载《废名集》第 3 卷第 1285 页,北京大学出版社,2009。

苏雪林与《岛居漫兴》《劳山二日游》

苏雪林(1897—1999)，原名苏小梅，字雪林，祖籍安徽太平，出生于浙江瑞安。她有北京高等女子师范学校、法国里昂艺术学院的求学经历，执教过沪江大学、东吴大学、安徽大学、武汉大学，被束缚一生的婚姻所困扰，却活出了一个真实而倔强的自我。1935年7月24日，苏雪林从武汉经上海乘轮来青岛，由国立山东大学教授周承佑夫妇安排，与先期到达的丈夫张宝龄住进了福山路2号别墅，由此开始了近一个月的青岛假旅。

游青岛，写青岛，是苏雪林的主动意图。她在《逃热》中披露，十年前因避上海酷暑而去苏州，因此酿就了成名作《绿天》。十年后的1935年，“上海又被六十年未有之大热所燃烧。我们又同赴‘欲界仙都’的青岛。我能再写点什么出来藉以纪念我们的‘锡庆’吗？”①于是，苏雪林对青岛福山路、汇泉海水浴场、湛山精舍与水族馆、中山公园、太平山、万国公墓、栈桥，以及崂山北九水、王哥庄、白云洞、明霞洞、上清宫等，用了6万字的篇幅做了纤毫毕见的描绘，形成《岛居漫兴》20篇和《劳山二日游》9篇。这些文字不但有不俗的文学价值，而且涉及博物、建筑、园林、宗教、神话、舆地、天象等知识，酷肖青岛浓缩的“浮世绘”。在现代文学史上，包括国立青岛/山东大学所有教授作家，谁也没有像苏雪林这样为青岛写下如此丰富的文字。虽然苏雪林长期居住在上海、苏州、安庆、武汉等城市，且有法国留学经历，但远没有她给予青岛在文字上的厚爱多。

写青岛，苏雪林是通过第一印象——树多开始的。她自命自然的孩子，血管里流淌着原始蛮人的血液，最爱的自然物便是树，尤其爱森然成林。

> 到处是树，密密层层的，漫天盖地的树，叫你眼睛里所见的无非是那苍翠欲滴的树色，鼻子里所闻的无非是那芳醇欲醉的叶香，肌肤所感受的无非是那清冰如水的爽意。从高处一看，整个青岛，好像是一片汪洋的绿海，各种建筑物就像是那露出水面的岛屿之属。②

写青岛的行旅散文，大概率不会绕过海。抵青第三天，苏雪林便约了青岛朋友去接受海的洗礼。她发现，“青岛的海可爱，就因为她的绿，绿得那末娇艳，又那末庄严，那末灵幻，又那末深沉”，由此认定海的女儿“是个翛然出尘，仪态万方的美人”。在苏雪林的眼里，伸进前海的栈桥颇有气势：

> 今夕晚潮更猛，一层层的狂涛骇浪，如万千白盔白甲跨着白马的士兵，

① 苏雪林：《岛居漫兴·逃热》，载《苏雪林文集》(下)第239页，北京燕山出版社，2007。

② 苏雪林：《岛居漫兴·青岛的树》，载《苏雪林文集》第1卷第315页，安徽文艺出版社，1996。

奔腾呼啸而来,猛扑桥脚,以誓取这座长桥为目的。但见雪旆飞扬,银丸似雨,肉搏之烈,无以复加。但当这队决死的骑兵扑到那个字形桥头上的时候,便向两边披靡散开,并且于不知不觉间消灭了。第二队士兵同样扑来,同样披靡、散开、消灭。银色骑队永无休止地攻击,栈桥却永远屹立波心不动。这才知道这桥头的个字堤岸有分散风浪力量的功能。栈桥是一枝长箭,个字桥头,恰肖似一枚箭镞。镞尖正贯海心,又怕什么风狂浪急?①

苏雪林笔下的青岛有婉约的细腻,也有阳刚的恢宏。8月18日,苏雪林一行三人乘坐客运汽车从东镇出发,沿台柳路经李村、汉河到达柳树台。午饭后,雇了轿子开始了崂山游。走到九水,苏雪林看到:

一道源自白沙河的流泉,带着深山的冷翠,风林的凄咽,曲折流到我们停车之处,扩张成一条幽涧,约有三四尺深,两丈来阔,涧水颜色,普通多为缥碧,能够绿到鸭头上绒毛,便算最美丽的了。这条涧的水色却是鲜艳的澄蓝,映日闪光如宝石。疑是谁家打翻靛缸;又疑太平洋与印度洋最深处之水,误流一湾于此。令人流连爱赏,不忍舍去。所以我说这条水在此处不可多得。②

文字的针脚真细,能让人的脑海中倏忽浮现出一幅清丽唯美的山水画。有资料称,正是因为苏雪林的这段文字,崂山九水才有了"冷翠峡"诗意的命名。下午,苏雪林等人来到王哥庄,轿夫从仰口到庙岭口径直到白云洞。白云洞老道招待喝茶吃斋,她在青龙石上坐了很久,凉风习习,很是畅快。次日晨4点,一行数人离开白云洞向明霞洞进发。到了明霞洞正碰上雨,喝着老道泡的山茶,欣赏明霞洞客寮的满壁字画,看崂山雨雾飞舞,雨停后苏雪林要去上清宫。在上清宫用过午膳,打算再到下清宫,在那里借宿好再游一日。而此时,阴云密布,大雨又将降下,山路难行,不由顿生归心。放眼望去,"自上清宫下来这一段路比昨日从白云洞下来的那一段荒凉,更险恶了。一眼望去,都是白齿皧皧,待人吞噬的乱石,穷凶极恶,成群结队,强盗式的高峰;走着的是荦粗盘曲无路的路,下临万仞深谷,一失足,做了鬼也要永久沉沦,无法超升"。苏雪林遂发誓:"这是我游这样山的初次,也是末次,以后没有路径的山,无论它怎样好,也赌咒不再请教了。"③她在沙子口搭乘客运汽车回市里时,"满市华灯已灿然照眼"。

---

① 苏雪林:《岛居漫兴·栈桥灯影》,载《苏雪林文集》(下)第281页,北京燕山出版社,2007。

② 苏雪林:《劳山二日游·北九水》,载《游览崂山闻人志》第529页,方志出版社,2010。

③ 白秀芳:《苏雪林暑期游崂山》,载《青岛史鉴》2015年第2期。

苏雪林走走停停中的《岛居漫兴》和《劳山二日游》,语体舒展隽永,不脱“闺秀派”气韵,映现出独特的生活情趣,但也流露出傲娇自赏的一面。

柯灵的“青岛印象”系列散文

柯灵(1909—2000),本名高季琳,原籍浙江绍兴,生于广州。小学毕业后辍学当了小学教员,靠自学成才,15 岁以叙事诗《织布的妇人》步入文坛,嗣后柯灵做过新闻记者、电影公司编剧、杂志主编,发表过散文、小说、诗歌、电影剧本等,其中最富成就的当数散文。1933 年 9 月,柯灵在青岛以“青岛印象”为题写了《岛国新秋》《咖啡与海》《魔窟》《如此桃源》等散文。这是柯灵从事散文创作的初始阶段,也是中国现代散文摆脱名士气表现真情实感白话美文的成长期。试观柯灵的《岛国新秋——青岛印象之一》:

那儿有浅蓝的天,深碧的海,那儿是大日耳曼帝国为我们巨宦富商、公子王孙所开辟的琉璃世界,桃源胜地!

夏天冉冉尽了,秋来了,海风是凉凉的。避暑的阔人被窗前的冷月唤醒了枕畔幽梦,心里袭来一丝飘忽的怅触。夏去得真快,好像海水浴也还没有洗畅呢。

那儿的夏天是值得留恋的。

灼热的风吹不到岛上,那里没有热汗淋漓的人。你爱看山?崂山离得不远;你要玩水?眼前就是一片静荡荡的海。你要什么都有:跳舞场、电影院、咖啡店……一切都市人所需要享受的,都替你打点舒齐了。

闲着无聊,驾汽车兜兜风罢:马路整洁宽阔,起伏回旋,依着山势的高下,展现不同的街景,显得掩映多姿。路旁都是罗伞般的槐树,在阳光里投下一带浓阴,连空气也给染绿了。满街槐花开得正好,香风一阵又一阵地扑人怀抱。

要散步吗?海滨公园,第一公园,由你自己挑。

用过丰盛的午餐,在别墅的凉榻歇个午晌,就到汇泉去罢。那儿的海水浴场是全国第一!海水是一片明蓝,水晶宫殿大概也就是这样,眉黛一般的一抹云山衬在远处,当中点缀着螺髻似的赭色礁石。沙滩像黄金铺地,却又柔软如茵,人多极了,男的,女的,浸过水的黄发青丝,彩色的游泳衣,人鱼般婉曲的身体,在浪花里滚着,在沙滩上躺着;笑声语声随着浪花纷飞。异国的男女比自己的同胞还多,而且最多的是我们的“善邻”。但我们高贵的士女绝不会怀疑是否身在异域,因为这明明是我们“好客”的国土。

就是这样在浪花里浮沉,在沙滩上徜徉,让炎夏的白昼偷偷溜过。厌倦了,你可以向沙滩后面走去,疏疏的绿树林子里设着茶座,进去喝一杯太阳啤酒,喝一瓶崂山矿泉水,或者来杯可口可乐罢;无线电播送的西洋音乐和东洋音乐在招诱着呢。

蓝天变成黑天,碧海变成墨海,小青岛上的灯塔在黑暗里明灭。

栈桥上这时候可热闹了。

栈桥长堤似的一直伸到海当中,桥下浪花老唱着神秘的歌。人在桥上,风在海上。散着步的男女,慢腾腾地显着悠闲的姿态。偶然有三两个姐儿并肩笑语,一阵香风过去了,后面却有一二个哥儿追随着指点评论。爱呀,喜剧呀!青岛的夏天呀!

青岛是天之骄子,两难具,二美并:锦绣江山兼备物质文明,西方帝国和东方帝国相继为我们借箸代谋,着意经营的避暑胜地。

那儿的夏天是值得依恋的,可是夏天冉冉尽了![①]

柯灵的《咖啡与海》写在汇泉湾附近一家西餐厅的感受,借着夜幕眼望沙滩的白浪和幽灵般闪展的人影,心里却“有了一点不可分说的惆怅”。看到德国人遗留的炮台,柯灵写了《魔窟》;看到蚁群般的城市贫民栖身在矮墙瓦屋里,柯灵写了《如此桃源》。柯灵散文结构铺张扬厉,文笔清新典雅,语言华丽优美。

蹇先艾等的游记

1936 年夏,蹇先艾在青岛住了一个星期,随后写下了《海滨小景》一文。蹇先艾(1906—1994),本名蹇肖然,贵州遵义人。早年到北京读书,学生时期即开始写作,经王统照介绍加入文学研究会,于 1931 年任北平松坡图书馆编纂主任。1936 年,中华图书馆协会在青岛召开第三届年会,蹇先艾作为北平的代表来到青岛。初识青岛,蹇先艾便在给友人的信中写道:“黄昏时候,火车渐渐地走得缓慢起来,浩瀚的大海便展开在我们的眼前。参差不齐的帆墙严密地排在海边。太阳不见了,天上灰絮似的云影移动着。天连水,水连天。云翳在辽阔的天空中幻变成各式各样的形体:有的像飞禽,有的像走兽,有的像层叠的山峰。”蹇先艾对青岛的印象在第二天有了更清晰的认识。

空气异常潮湿,在细雨濛濛的飘飞中,我一个人便跑到海滨去散步。一出门,走不上几步,我的眼镜便被雨打湿了,简直辨不出路径来。终于走到海滨公园。我坐在一张褐黄色的石桌前,面对着大海。桌下便是一带嶙峋的崖石,有几个日本女孩在那里寻找海蟹与海螺,跣着脚跑来跑去,好像在平地上走路的样子。海上左岸的轮廓,比较分明,迤逦着房舍的并列,红顶黄墙堆积在绿树丛中,由海边漫延到高坡上去。山峦起伏在灰色雾縠里面,景象极其迷濛。对面是一片镶嵌着绿林的小岛,左边海水茫茫,望不到涯

① 柯灵:《岛国新秋——青岛印象之一》,载《名人笔下的青岛》第 25~26 页,青岛出版社,2008。

涘。有两三点帆影在海上起伏：远的模糊，近影清晰。海水的呼啸，像深山里一万个瀑布声。海面有一碧万顷的波澜在摇动。靠岸是一簇一簇的白沫似的巨浪，变化迅速，不可捉摸。有时候像充满了愤怒，哗哗地抨击着海岸；有时一小股一小股地跳上崖石来，又跳回去，比小孩子还活泼。我沉醉了，我的长年郁闷着的心胸，得到了暂时的舒解。到了午饭的时候，我还是依恋着不肯回到旅舍去。①

1932年农历八月，曾三任民国教育总长的傅增湘因一篇《游劳山记》，谱写了一段名士与名山的佳话。傅增湘进崂山恰逢中秋佳节，良宵胜赏，他在太清宫目遇太清水月，遂发出“人生三万六千日，能似此者复几回耶？”之感叹，此乃“十年尘土肠胃，一宵涤尽矣”。② 身为中国近代的大藏书家，傅增湘走到哪里都要观书。华严寺藏经阁藏有奉雍正帝御旨而刻的《大藏经》，还有元、明抄本《册府元龟》，十分珍贵。只是傅增湘忙于赶路，未能仔细披览而留下遗憾。

俞平伯等的诗

俞平伯（1900—1990），原名俞铭衡，字平伯，浙江湖州人，现代作家、红学家。1931年，俞平伯辞去燕京大学的教职不久来青岛游览，留下了几首诗。

乍见银蟾浴海升。小楼佳兴晚来凭。
轻车不碾纤尘地。十里洋街都似冰。
（其二）
几点风帆漾水腥。红灯孤迥灭旋明。
汽舟静夜停南海。时送机轮历碌声。
（其三）
楼台丹素隐参差。齐整银妆出翠漪。
拍浪淘沙儿女竞。汇泉好在夕阳时。
（其四）
观海危阑远市声。更寻炮垒看峥嵘。
夜深还向湛山去。林木苍苍吹月明。③

诗人选择夕阳下的青岛，下笔矜慎，静动有致，心形相宜。1937年，俞平伯再次来青留下的《青岛纪游（丁丑）》则是一首“纪事长言”，以180韵旧体长诗描

① 蹇先艾：《海滨小景》，载《蹇先艾文集》三（散文、诗歌卷）第138页，贵州人民出版社，2004。
② 傅增湘：《游劳山记》，载《青岛导游》（增订再版）第152页，国光印书局，1935。
③ 俞平伯：《青岛海滨杂诗》，载《俞平伯诗全编》第366页，浙江文艺出版社，1992。标点、格式照旧。

写青岛,俞平伯之外没有第二人。只是身为中国白话诗创作先驱者的俞平伯没在青岛写作新诗,确实遗憾。据悉,俞平伯之父俞陛云于青岛游历时留下了一阕词《满江红·青岛》,然写作时间不详。

1934年4月,柳亚子"偕佩宜奉老母北游"途中,"为游屐纵横所及者,尽搜入诗箧矣"。其中,写青岛的诗有《晨起游海滨公园》《海水浴场》。且看其一:

海滨风物信佳哉,缭曲登临往复回。
可惜不逢炎夏节,冰肌玉骨照人来。①

俞平伯、柳亚子的行吟,均捕捉时节景象和浓郁的意境入诗。比较言之,前者清美婉曲,求取意象的朦胧感;后者生气激扬,用典无痕,抒写逼真。另外,沈云龙有《过青岛吊某将军》一诗,只是踪迹不详,亦不知凭吊的"某将军"何许人。

据悉,1937年北平遭沦陷后刘白羽赴上海途中经过青岛,参加难民救济工作;碧野也有一次青岛之行。但二人留在青岛的文字不甚明了。

四　巴金、卞之琳等的写作

短时旅青作家在青岛的现地写作富有文学史意义。巴金在青岛的写作虽然时间短促,但意念所在多有;卞之琳两次来青,收获了文学和友谊;《张宗和日记》则牵出了张家姐弟的青岛情缘。巴金、卞之琳、张家姐弟的青岛之行都与沈从文有关,这种会合、停留与离散飞溅出更丰富的叙写可能。

巴金的写作

巴金(1904—2005),原名李尧棠,字芾甘,四川成都人。早年到上海求学,后赴法国留学,于1929年回国从事文学创作。1932年9月,应沈从文的邀请,巴金来到青岛住进了沈从文的宿舍——福山路3号。巴金在回忆文章中说:"他要我到青岛去玩,……我在他那里过得很愉快。"②

巴金在青岛借用沈从文的书桌"安静地写文章",创作了短篇小说《爱》,还为中篇小说《砂丁》写了序言。《爱》是一篇探索爱情在生活中地位的小说,是在第一人称"我"与小说主人公"他"的会话中展开。主人公莫华由于狭隘的爱将女友弄伤致残,后来为了赎罪又牺牲个人的前途服侍女友到死。小说情节简单,文笔优美,散发着抒情脉息。从一个片段可以发现巴金小说的风格:

---

① 柳亚子:《晨起游海滨公园》,载《青岛史志·文化志/风俗志》第249页,新华出版社,1998。
② 巴金:《怀念从文》,载《巴金选集》(下)第1037页,山东文艺出版社,2011。

他已经走出门口了,却又进来对我说:“孩子,记住,不要让自己给爱情毁了。爱情不过是生活里一个小小的点点缀。它是火。玩火,是很危险的。”于是他走出去了。

我在饭店里坐了好一会儿才出来,人有点醉了。我踉跄地在清静的街上走着,回到我姑母家去睡觉。①

《砂丁》是写云南个旧锡矿矿工的故事。小说主人公王升义为了给爱人银姐赎身,以一块银圆的代价将自己卖到矿上,当了没有人身自由、任意被人打杀的“砂丁”。来青岛之前,巴金已将《砂丁》交上海开明书店,编辑要求他在“卷首写几句话”,遂“在青岛写好《序》寄回去”,末尾特别注明“一九三二年九月在青岛”。巴金在《砂丁》序中称,这篇小说是“用另一种笔调写成的”,是“忙迫中的产物”,却“含着我的同情,我的眼泪,我的悲哀,我的愤怒,我的绝望”。② 巴金的创作伴着苦痛,他把自己的情感灌注到小说中的人物身上。

巴金在青岛住了一个星期,完成了现地写作后去了北平。临行前,沈从文将两位朋友介绍给巴金。自此,二人的友谊积淀在彼此的记忆深处。

卞之琳等

卞之琳(1910—2000),江苏海门人。靠着“借贷和亲友的资助”进入北京大学英文系,在徐志摩的课堂听“英诗”课。一次,卞之琳将课余写的几首诗抄给徐志摩,徐志摩便带回上海给沈从文看,二人连招呼都没打就推荐给一些刊物发表。这是卞之琳的名字让沈从文熟悉之始,此次交集则直接促成了卞之琳第一次青岛之行。

1933年春假,卞之琳先前翻译法国诗人波德莱尔《恶之花》中的10首作品被《新月》杂志收下,稿酬是几块银圆。拿着它,卞之琳“小游”青岛,去看望在那里教书的沈从文及写诗也作翻译文学的孙大雨。来青岛后,他就住在沈从文宿舍。谈诗论文间,卞之琳叙及1932年秋天写的10多首与先前作品“风格稍异”的诗并结成的诗集《三秋草》。沈从文听后从抽屉里取出30元钱给卞之琳作印刷费。沈从文拉开抽屉时,卞之琳发现里面有当票,知道沈从文还在典当东西讨生活。卞之琳推谢再三“终于未能违命”,遂拿了钱回北平出版了自己的处女诗集,版权页印上了“发行人:沈从文”的字样。

1936年,卞之琳经历了丧母之痛,工作和生活极度不顺。沈从文得知后便给胡适写信,希望能通过“庚款”基金会给卞之琳一点“译书机会,要他不必再教

① 巴金:《爱》,载《巴金全集》第9卷第434页,人民文学出版社,1989。

② 巴金:《〈砂丁〉序》,载《巴金研究资料》(上)第244页,知识产权出版社,2010。

书”。1936 年秋,卞之琳放弃济南的教职,接受了中华文化教育基金翻译法国作家 A. 纪德的长篇小说 *Les Faux-monnayeurs*(《赝币制造者》)。之后,卞之琳再次来到青岛,在莱阳路 28 号低价租了一间度假型旅舍,“日夜埋头,以两个月功夫一鼓作气”,到年底译出纪德的这部晦涩却又集大成之作。作为一位用半生看风景的诗人,卞之琳为青岛而陶醉,他说:“冬天的青岛,静悄悄的,街上行人很少,完全没有城市的喧嚣。偶而有一辆马车,‘得得’地从门前驶过。”为了让朋友分享青岛的冬夜美景,卞之琳便写信邀何其芳、李广田来青岛。此前的是年 3 月,卞之琳、何其芳、李广田的诗歌合集《汉园集》作为文学研究会的创作丛书之一在上海出版。李广田因故没有来,时在莱阳任山东省立第二乡村师范学校教师的何其芳,趁学校放阳历年短假,带了一些莱阳梨来到青岛。

何其芳在卞之琳租住的旅社“有了一个团聚几天的机会,共同迎接西安事变和平解决,全国抗日已经势在必行的新的一年”①。何其芳在青岛作诗《云》,其中写道:“我走在海边的都市。/在冬天的柏油街上/一排一排的别墅站立着/像站立在街头的现代妓女,/等待着夏天的欢笑/和大腹贾的荒淫,无耻。//从此我要叽叽喳喳发议论:/我情愿有一个茅草的屋顶,/不爱云,不爱月,/也不爱星星。”②此诗以云为题,写法上欲抑先扬,以爱云始以不爱云终,情感上的一起一伏形成诗歌的律动,如同他秾丽精致的独语体散文。与何其芳的《云》相表里,1936 年 12 月 2 日卞之琳写了散文《“当毕”》,其中蕴藏着一种人为自招的折磨。今夕是何夕,他乡非故乡。依山傍海的青岛记录着卞之琳与何其芳对真与美执着的追求,以及带给读者的如梦般的光亮风景。

以《张宗和日记》为脉络的张家姐弟在青岛的文事活动,是 30 年代青岛文坛的有趣一笔。1933 年 5 月 26 日至 6 月 29 日,张宗和有一段饶有兴致的青岛之行,他的日记某种程度上丰富了其三姐张兆和、准姐夫沈从文,以及杨振声、赵太侔等青岛生活的真实情状。其中写道:

> 这几天中我看了几本书,看了新来的杂志。他们的阅览室自然没有我们的大。
>
> 玩也玩了不少地方,常常去散步。我们还去湛山一趟,那里有许多小木头房子,是有钱人的别墅,现在都关着,没有一个人住在里面。海滨的沙滩沙顶细,顶干净,沈先生就在沙滩上竖蜻蜓。我们去忠魂碑、德国教堂、总督府。那天晚上我们去教堂,没有月亮,我们坐在教堂的台阶上,听一声声的钟声缓缓的、轻轻的飘散在每一个人的心中。远远的灯火,使人疑心它们是星星。

---

① 卞之琳:《〈李广田散文选〉序》,载《卞之琳作品新编》第 119 页,人民文学出版社,2009。

② 何其芳:《云》,载《中国现代文学经典:1917—2012》(二)第 57~58 页,北京大学出版社,2014。

见过一次大场面。那一晚上,沈从文请客,请的全是青大的大教授,如梁实秋、杨振声、赵太侔、赵少×、游国恩、吴××、张××,带我认得的陈逵、赵龟王,一共十四位客。他们这些教授,到了席上,教授的尊严像是会失了,闹酒划拳。那晚很奇怪,像是不很划拳的某人赢了不少回,他老是叫五五五,别人全输在五上。许多教授,如杨先生、赵先生、梁先生,划起拳来很神气,声音叫得响亮,尾巴也带得好听,一切都表明他们老于此道。①

岁序记忆,《张宗和日记》第二次写青岛是张宗和清华大学毕业后约二姐张充和来青岛的度假,时间是1936年7月9日至8月9日。姐弟二人住进了太平路75号刘锦藻的宅子,并结识了山东曲会的孙家父女。年方十七、在青岛圣功女子中学读书的孙凤竹,走进了张宗和的心。张宗和在日记中写道:孙凤竹“老想我到她们学校去教她。我也愿意在青岛做事”②,但是张父早已安排张宗和回苏州乐益女子中学教书。在离别的码头,当张宗和与孙凤竹手中紫色纸带一分为二时,一场旷世之恋随即发生了。1937年7月,张充和去青岛商谈两家的婚事,孙凤竹的肺疾成为梗阻。张宗和不顾家人和亲友的反对,硬是娶了已转肺痨不宜结婚的孙凤竹为妻,而证婚人则是杨振声。婚礼在蒋梦麟的寓邸举行,梅贻琦应邀在婚礼上致辞。病患时时命蹇衰,张宗和与孙凤竹恩爱五年,25岁的少妇就匆匆结束了多愁多病的一生。《张宗和日记》凝结着满满登登的欢乐与悲伤,写在青岛的页码更无法随时间流失而去。

第四节　新生代文学

青岛新生代文学的迸生与发展,是30年代文学现代意识觉醒的重要标志,并呈现出师生文学互文本关系、青少年与成人话语共生共长的特征。通过徐中玉、黄宗江、李普及“绿萍”文学社等社团,能够了解青岛新生代文学创作之一二;而《儿童乐园》《小朋友》等副刊,映射出青岛社会媒介的儿童文学观。青岛文学启蒙教育是屿埠现代儿童观的投影。

一　徐中玉的《芭蕉集》和大学生文艺

徐中玉(1915—2019),江苏江阴人。1929年他考入了省立无锡中学“既免

①② 张以昶、张致陶:《张宗和日记》,第1卷(1930—1936),第316~317、545页,浙江大学出版社,2019。

学费还免膳费”的师范科,在这里知道了胡适、鲁迅等新文学家的名字,由此培养起写作兴趣。1932 年,徐中玉根据免费师范生毕业后服务二年方可继续升学的成规,在江阴县立澄南小学教国文课。1934 年夏,从未离开江尾海头的徐中玉,从老家江阴由水路来到青岛,考入国立山东大学中文系。

徐中玉在青岛读大学期间专注于写作,既学步老舍、洪深、台静农、周学普、叶石荪等教授作家,也与“自立更生,维持学费”有关。读大一用的是自己当小学教师的积蓄,他自知不能给贫寒的老家增添经济负担。徐中玉往上海《东方杂志》投稿,发表了一篇两万字的评述俄罗斯诗人普希金的文章,结果“得了 80 块大洋稿费”,这笔钱几乎能够支撑“一个学期的各种费用了”。[①] 1934 年 12 月 9 日,徐中玉在胡适主编的《独立评论》第一三〇号上发表了散文《从江阴到青岛》,胡适在《编后记》中特别标注作者是国立山东大学的学生。1935 年 1 月 18 日至 28 日,徐中玉在天津《益世报》副刊《语林》连续 11 天发表了题为《红叶》的系列散文。1935 年 7 月,他在天津《国闻周报》十二卷发表的中篇小说《一个女教师的故事》,连载了 2 期。徐中玉还在林语堂主编的《论语》,以及《人间世》《宇宙风》《东流文艺》等刊物上发表文学作品。从 1934 年 9 月至 1937 年 11 月,徐中玉在青岛写作发表了 100 多篇文学作品,涉及小品、小说、诗歌、翻译文学等多种体裁。

在徐中玉的记忆里,于青岛度过的三年大学生活是一生最重要的求学时期,他得益于中文系开放的学风。后来,徐中玉在多篇回忆文章中历数当年所受的教益:“在山大的三年中,我受到许多老师们的教导与教育。先后有游国恩、萧涤非、闻宥、洪深、老舍、台静农、颜实甫、叶石荪、罗玉君、黄孝舒、张煦等等。”[②]国立山东大学不像国内其他高校擅长训诂考证,是因为老舍、洪深、台静农等师辈作家的衣袖里藏满了故事,一抖落就是新文艺。

1935 年 9 月,国立山东大学中文系学生成立国文学会,徐中玉是筹备成员之一。1936 年,国文学会改组,徐中玉与陈锡恩、王世桃、蔡天心、狄克东、许白凝、吴缋七人当选为年度干事,因徐中玉得票最多遂当选为常务和临时主席,负责召集干事会。徐中玉将国文学会分为新文学、经学、诸子、诗词、语言文字等分会,新文学分会由徐中玉任干事。他们经常召开学术讨论会,组织郊游、演街头剧等活动,增长认识、感受、评价社会的触角。

在国立山东大学,徐中玉的同学中既有持左翼倾向的进步青年,更有俞启威、李香亭、王路宾等中共地下党员。徐中玉在与各方面关系的联结中,不断调

① 徐中玉:《回忆我的大学时代》,载《学术界》2001 年第 3 期。
② 徐中玉:《徐中玉书信一封》,载《新文学史料》2012 年第 2 期。

适自我。他积极参与抗日救亡活动,作街头演讲,从一个"'读书救国论'者逐渐成为抗日救亡短剧《放下你的鞭子》《张家店》等演出活动的积极参加者"①。对于这段经历,徐中玉在一封书信中坦露道:"在此之前,对共产党及其主张以及具体活动,实际多不清楚。"②1936 年 5 月,徐中玉以"绿色的回忆"为题写下一组散文,包括《春风杨柳花开》《夏月海上归舟》《露里黄昏槐影》等篇,其中有这样的句子:"尽管绿色依旧灿烂,尽管芳草明年仍绿,青岛,在我心中终于是已经变成褪色的了。我不能向你们念出自家心胸,我害怕,我不敢。我也无非只是青岛的千千万万暂驻的旅客中的无名的一个而已,一切却来得这样迅速。"③

1935 年,徐中玉将大学期间发表的作品选出 15 万字结成《芭蕉集》。之所以取题名《芭蕉集》,只是在"创作这些文字的时候总有小窗外那几株芭蕉陪伴着",因此"就把芭蕉二字摘过来用上了",实与"书中文字风马牛不相涉"。言及心路历程,徐中玉说:

> 我把一年来所写自认比较满意的二十多篇散文编成这册薄薄的集子,我仅希望它能在许多青年的读者之中得到一点点同情和赞美,当然我也极盼望能获得他们的指责的。记得当这中间有几篇文字刚刚在几处刊物上发表完了的时候,曾经接着有不少封从遥远地方寄来对我称赞和指摘的信件。在这些信件中称誉我的一方说我富有热烈的情感,指摘我的一方说我太滥用了情感。为了这有段时期令我完全把笔搁起来了。我不能保证在一篇文字里不放入自己的情感,我不知道在文字里应该如何才能节制自己奔放的热情。我正以为如要强自遏止自己的热情,无殊在为自己锁上一根重枷呢,我重视人类的爱情,友谊,光明和自由,为甚偏要活生生给压扁榨紧?向来写写文章目的只在诉说自己,对于文章发表后反应一点都不关切的我,没有想着现在倒真会有那样的有心人来向我提出责难了,而他们又大部分是些和自己一般廿左右的青年人,混合着感动,喜悦,恐惧和惨怍种种情绪,终于令我不能不对自己省察一番。往后我便开始晓然于放任情感的流弊了;我尽力设法把自己逐渐洗出情感的翳障,我慢慢想用理智来驾驭我的热情。为着这种对自己可说是一件苦事的锻炼,我又写下了若干篇章,在那些篇章里我相信自己是曾给予这个实验很大的努力的。④

---

① 徐中玉:《回忆抗日战争前在老山大的学习生活》,载《我心目中的山东大学》第 490 页,山东大学出版社,2005。

② 徐中玉:《徐中玉书信一封》,载《新文学史料》2012 年第 2 期。

③ 徐中玉:《绿色的回忆》,载《国立山东大学二五年刊》第 15 页,1936。

④ 徐中玉:《〈芭蕉集〉题记》,载《益世报》1936 年 2 月 9 日。

徐中玉分别请老舍、王统照为《芭蕉集》赐序。老舍撰写的序言有这样的话："徐君的文字已有了很好的根底，无论写什么都能清楚有力；他知道怎样避免无聊的修辞，而简明的说他所要说的话。有这个基础，再加以经验与努力，他是有希望的；事实上呢，他也确实是个很缄默而用功的学生，所以我似乎已看见一个青年写家就马上要来供献他更好的顶好的东西给我们了。"[①]王统照在序言中肯定徐中玉《芭蕉集》艺术特色的同时，善意地提出，"徐君曾对我说日后要写小说，我不反对徐君试写小说，但我更盼望不可对散文的写作稍尝辄止"[②]。徐中玉表示，对于两位先生的好心，"我将不用漂亮而虚伪的语句致谢，而要凭努力的成绩使他们不失望"。在青岛，徐中玉曾试笔写过几篇小说，大都未发表便掷笔"洗手"，他说："在文学事业上的工作既未改写小说且也渐渐离开了纯粹抒情的散文。"[③]

1937 年 4 月，徐中玉在《宇宙风》发表《谈寂寞》一文，抒发了青年知识分子在思想转变过程中的复杂心态。"不论什么人，平常总有这样的一种经验，就是我们虽然是过着同样的生活，互相亲爱，但是彼此间总觉得仍然谜样地隔着一重墙壁。说的深刻一点，我们犹如都是在一个沙漠里，谁也不明白谁。在我们生活里，这种永恒的伶仃的感觉有时会使我们非常痛苦。"[④]1937 年 5 月至 6 月，徐中玉在《光明》期刊连续发表了《哈尔滨的刑罚》《哈尔滨的侦探》《青岛缉私受伤警方新亭访问记》三篇报告文学，对现实的辐照更为强烈。其中，《青岛缉私受伤警方新亭访问记》被收录"中国新文学大系"第二辑（1927—1937）报告文学集中。徐中玉的《芭蕉集》交给上海良友图书印刷公司，但因不久后全面抗战爆发出版搁浅，最终连原稿也杳无下落了。

二　黄宗江、李普和中学生文学艺术活动

青葱少年黄宗江、李普是青岛中学生文学爱好者的代表，岛城中学生通过成立文学社和创办副（期）刊，呈现出对儿童少年生活的积极表达和对社会的批判意识，反映了青岛学生对都市地缘性文艺的表现力。

黄宗江和李普

黄宗江（1921—2010），祖籍浙江温州，出生于北京。乃父黄曾铭清末留学

① 张桂兴：《老舍年谱》，上册，第 156 页，上海文艺出版社，1997。

② 王统照：《谈散文．徐著〈芭蕉集〉序》，载《时代中国》1942 年 9 月 1 日。

③ 宫立：《徐中玉先生的〈芭蕉集〉》，载《文汇报》2019 年 6 月 25 日。

④ 徐中玉：《谈寂寞》，载《宇宙风》第 39 期，1937 年 4 月 16 日。

日本,回国后于宣统二年授工科进士,居然“赶上了最后一科的洋翰林”。黄曾铭育有子女七人,黄宗江是长子,后有黄宗淮、黄宗洛、黄宗汉三子和女儿黄宗英。1932年,黄曾铭调任青岛电话局主任工程师,黄家遂迁往青岛,住龙口路3号(今黄县路12号)。黄宗江、黄宗淮就读青岛市立中学,黄宗洛与黄宗英则在江苏路小学就学。

黄曾铭既饱受黄家诗书浸润,又习东洋先进科技教育,形成了民主自由的家风。在黄宗江的记忆里,父亲拥有“两大箱黑漆红字的《四部备要》,分陈经史子集。……书架上还有一大套巨册的日本精印出版的《世界美术全集》……其他重要的还有两巨册《戏考》,一套十几册的《福尔摩斯》”。利用父亲的藏书和自己积攒的图书,黄宗江在家里办起了“我们的图书馆”,并刻了图书藏书章。据同学李普回忆,他曾几次应邀到黄家“上顶楼看他的藏书。那阁楼很大,空着,只摆着几个书架。一个小孩竟有那么多书,让我大吃一惊”①。

黄宗江在级任教师潘景科的眼里是个“小不点儿”,“坐在教室里第一排偏左。由于高高的讲台挡住了他的视线,他经常抬起小脑袋望着台上”。市立中学为了通过“九一八”事变提振学生的爱国热情,拟定了《秋风震撼下的沈阳城》征文题目,动员全校学生写作,选出优秀作文在校刊上发表。在众多学生作文中,潘景科老师最终推选了黄宗江的作文,“文章篇幅虽短,但文情并茂,很有感染力。……也可以说他从此开始了他的文字生涯”②。

在青岛,离家不远的“荒岛”书店是黄宗江常去的地方。在那里他读了鲁迅、高尔基、冰心的作品,读了《铁流》《毁灭》等外国翻译书籍。黄宗江与“荒岛”书店的孙乐文成了朋友,通过孙乐文,黄宗江还结识了《青岛晨报》副刊编辑萧军。萧军邀请黄宗江和同学李普编辑了一个少年文艺周刊《黄金时代》。他们模仿新文学的行文套路和语体风格(甚至口吻),矜才使气、奋不顾身地闯入了文学殿堂。回想那些“恨天无把”的日子,黄宗江坦言:“我那时正是初生之犊不怕虎的年龄,什么诗歌、散文、小说都敢一把抓。”③黄宗江用“江子”笔名连载了一部反映工人罢工的多幕剧本《光明的到来》。据悉,萧军读后对黄宗江说:太激烈了。

黄宗江的艺术才能还得益于市立中学教师秦惠亭的发现和培植。秦惠亭文学与画艺极高,又通舞台艺术,写了儿童剧《门外的孩子》和《雨中》。剧本量身定制,适应了一班中学生的表演欲望,黄宗江获聆清诲,“成功地表演了在雨后屋

① 李普:《神驰荒岛书店》,载《群言》1995年第10期。

② 潘景科:《我心目中的黄宗江》,载《青岛一中校友回忆录》第19页,青岛一中75周年校庆筹备办公室,1999。

③ 黄宗江:《忆青岛 忆“荒岛”》,载《长歌集》第257页,中国文联出版公司,1996。

倾,饥寒交迫,失去父母的孩子苦难的遭遇”①。演出那一天,黄宗江等的表演深深地感染了所有观众。这两出戏还在“两湖会馆”面向社会演出。

1934年秋,年仅47岁的黄曾铭因罹患伤寒在青岛谢世。失却父亲经济来源无着,那年冬天黄宗江一家离开青岛,随母亲投奔天津的大姐,黄宗江考入南开高中。黄宗江一直觉得,在青岛度过的两年多初中生活是一生中重要的成长阶段。晚年他在一篇《能不忆青岛》的文章中道:“能不忆青岛? 在我垂暮之年下想起我童年的摇篮……这样说不准确,是在我进入老年之后,又想起抚育我少年情怀的山川、人物、文化的大海与岛屿……”②

李普(1918—2010),原名李前管,湖南娄底人。童年经历了北伐战争前后湖南暴风骤雨式的农民运动,父亲因领导当地农民反抗军阀斗争被迫离乡,辗转来到青岛,为湖南好友顾伯叙照料其青岛的产业,这使得李普每年暑假都来青岛探望父亲。自然,青岛的风光对李普很有吸引力,做父亲的也很想为儿子创造更多见世面的机会。1932年秋,李普一如湖南人出门随身带把雨伞的习惯,只身一人沿津浦路乘火车到济南,再沿胶济铁路来青岛,进了市立中学,插班初中的第三个学期,由此开始了青岛生活。

李普是市立中学“青岛文艺社”的活跃分子,也是学校作文大赛的佼佼者。他的“对手”只有一个,那就是比他小一级的黄宗江。李普后来回忆说:“我交卷比较早,也有比较晚的时候,那就是对那个题目发生了兴趣,大做特做起来。作文比赛的结果,不是我第一,就是黄宗江第一。”③其实,李普与黄宗江结识于“荒岛”书店而不是学校,两人因文结谊,同学交好。李普在“荒岛”书店找到一个读书的好去处,他开始喜欢新文学,心摹而手追,在文字世界里展开翅膀。李普在一篇回忆文章中写道:“由为人生的文艺而读了一些理论书籍,从而投入了马克思主义的怀抱。……当时最喜欢的是巴金、夏衍,然后是茅盾。鲁迅的不大懂,也看,而且对他最崇拜。高尔基的大段风景描写我不喜欢,就跳过去。”④李普不忌讳曾经的皮相之读。

在“荒岛”书店,李普还接触了一些思想进步的大朋友,如店主人老孙(孙乐文)、拉胡琴的阿乐(乐于泓)。阿乐带李普参加了一次朋友郊游,老孙则引李普和黄宗江认识了萧军。萧军正在编辑《青岛晨报》副刊,因李普和黄宗江对新文学的兴趣和较好的写作能力,萧军便在副刊上开辟了一个周刊《黄金时代》,由

① 秦惠亭:《童年的眼泪——黄宗江演剧之初》,载《青岛一中校友回忆录》第17页,青岛一中75周年校庆筹备办公室,1999。

② 黄宗江:《能不忆青岛》,载《中华百年经典散文·吾国吾民卷》第375页,作家出版社,2004。

③ 《李普回忆录 青岛市立中学》,载《湘声报》2011年5月6日。

④ 李普:《神驰荒岛书店》,载《群言》1995年第10期。

李普和黄宗江负责编辑,经由“荒岛”书店转给萧军刊出。《青岛晨报》将每期《黄金时代》周刊单印100份,给李普和黄宗江作为酬劳。李普以“弹舞”做笔名,每期都发表作品。后来稿子越编越多,《黄金时代》周刊容纳不下,李普和黄宗江又通过阿乐在《青岛民报》副刊创办《酸果》周刊,以不成熟的寓意,更类似出自中学生之手的成长文学。

不意,《酸果》周刊创刊不久黄宗江一家去了天津,李普又找来两个同学帮办编务。因青岛气候潮湿,李普患了严重的关节炎,四肢屈伸不利且反复发作,使得副刊编辑工作受到影响。《黄金时代》停刊后,《酸果》持续到1935年5月,共出刊48期。1935年夏,李普离开青岛返回湖南。阿乐将李普送上轮船,临行前送了他一本《铁流》。

与黄宗江、李普相似,中学生时期的李白凤也写作。李白凤(1914—1978),原名李象贤,祖籍北京,出生于四川成都。他随在青岛铁路局谋职的同父异母的长兄来到青岛,入读胶济铁路中学。因仰慕王统照,于1931年考入了青岛市立中学高中部,由此成为王统照、陈翔鹤的受业弟子。李白凤还结识了在国立青岛大学教书的沈从文和《青岛民报》主编杜宇,深深地爱上了文学和艺术。① 李白凤发表的诗歌有《春天的花朵》,散文有《足迹》《血字》,还有小说《孩子们》。李白凤的作品(特别是诗歌),着意书写现代都市瞬间的诗意印象,找到了令自己心灵律动的节拍。② 此外,考入胶济铁路中学的孙昌熙、考入青岛崇德中学的臧云远、王云阶等,都程度不同地施展了文学艺术天赋,反映出文学青春期少艾的热情。王云阶不仅能写诗,还为青岛电影院上映的默片演奏钢琴配乐。用文学艺术陪伴长大的少年,大都拥有自己的故事。

学生文艺社团

大体而论,由于政府对学校教育质量的重视,30年代青岛各中学纷纷成立文学社团,创办校刊。如市立中学的《青岛市中校声》、市立女子中学的《女中校刊》,大都发表师生的文学作品。1933年夏青岛崇德中学校刊创办时,蔡元培为其题词“文质彬彬”。1936年青岛市立中学为校庆编印的特刊,还在单元拼接的空白处见缝插针地刊载学生的习作。其中,有韩明句的散文《近日的吾国民气》、万家佑的诗歌《湛山》、谭铸新的诗歌《落叶》、周尊簠的诗歌《崂游杂咏》。这些学生作品插载在校庆特刊上,与市教育局局长雷法章的《纪念词》、校长董志学的《发刊词》及教师王玫、戴锡樟谱写的《校歌》等重要文献编辑在一起,不仅不见其拙怯,反让人对办学者爱生惜才的弘文之举顿生敬意。

① 刘朱樱:《忆李白凤》,载《新文学史料》1992年第1期。

② [韩]崔允瑄:《朦胧的自我——李白凤诗歌意象赏析》,载《今日科苑》2010年第2期。

私立青岛大学的《青大旬刊》,每期都发表学生的文艺作品。其中,诗歌有漱霞的《我疯狂了》、戴克的《铁蹄下》、李鲁文的《嫩芽集》、S. W. 的《秋夜》、何狂的《我诅咒月亮》、何东林的《清晨》,散文有徐徐行的《别后的单恋心影》、子才的《纪念“五九”》、浩的《我们纪念五四应有的努力》,还有德甫的报告文学《一周间的铁窗生活》。这些作品大都篇幅短小、笔法稚嫩,本身的文艺价值实在有限,却勇于亮出“改革自身,辅进学校,改良社会”①的刊稿主张。

在胶济铁路中学,二年级学生郝复俭发起成立了“绿萍”文学社,依附《胶济日报》编辑《绿萍》副刊,每周一期。三年级学生臧宣达(笔名“迪文”)、谭祖彝(笔名“春岩”)、江志馨(笔名“宁生”)成立了“涛社”等进步文化社团,臧迪文结有诗集《狂风》。礼贤中学徐国良、丁惟兴为《青岛时报》编辑《晨鸡》副刊,每周一期。由青岛各中学文学爱好者联合组成的“南风”文学社,为《青岛时报》编辑诗专刊《诗》出刊20多期,出童话专刊《蚀》3期,又出小说专刊《潮》、论文专刊《论》;还在《青岛民报》编辑诗歌专刊《南风》。据于黑丁回忆,这些活动是为了建立跨学校的文学社团在积极铺垫路基,也是为扩大文学队伍在加紧锻炼力量。② 一些青岛地方市民报纸也具有现代儿童观,《青岛民报》文学副刊《菲醇》、《工商日报》副刊《荒浪》、青岛海声社的《海声》月刊,经常刊登青岛学生的作品。以儿童话语向成人对话并逐步实现自我发现,青岛儿童文学的发展反映了城市现代意识的觉醒。

与此同时,青岛女中学生先后在《青岛民报》创办《钟》和《探海灯》副刊。《钟》系市立女子中学创办,自1933年12月至1934年5月共出刊18期。第一期《钟》发表森的小说《溃灭》,写农民小榾爹一家的苦难遭遇。小榾爹原有5亩地,因修公路铲去了4亩,剩余的土地又淹在水里。无地可种,小榾爹只好到掌柜家看门以谋生。不料,一夜土匪来袭掌柜家遭劫,最终“掌柜家这三个字也就永没人提起了”③。《探海灯》由文德女子中学学生“中夷社”主办。之所以起“中夷社”之名,取“夷荆斩棘”之意,以“‘探海灯’的烛射,它从幽暗中透出一丝丝的光亮,能使迷途知返,明所适从”④。《探海灯》立足现代女性观,明确表明,“我们承认文艺是时代演进的前驱,要以科学的方法,分析现社会,建设共同生活的新社会”⑤。在《探海灯》发表的作品中,生客的《“三八”妇女节感言》、霞飞的

---

① 李孝楚:《谈谈旬刊的使命》,载《青大旬刊》第20期第71页,1928年12月5日。

② 于黑丁:《深切怀念王统照师》,载《青岛一中校友回忆录·续编》第8页,青岛一中80周年校庆筹备办公室,2004。

③ 森:《溃灭》,载《青岛民报》1933年12月9日。

④ 《〈探海灯〉创刊号·写在前面》,载《青岛民报》1935年10月25日。

⑤ 《写在前面》,载《青岛民报》1935年10月25日。

《三八国际妇女节》、懿的《现代的女子》,呼吁男女平等,追求自由与独立,砥砺"现代的女子,必须要站在时代的前头,应当迅速的觉醒起来"①。《探海灯》副刊共出刊27期,坦露出女中学生的温柔、同情和冲破旧生活的勇气。

除此,小学生民间歌谣创作也相当活跃。沧口、李村、崂山等乡区小学生经常深入村庄、地头,开展民间歌谣土调调查、采集、整理活动。1933年7月30日和8月6日,《青岛民报》的副刊专栏连续刊登了青岛沟崖小学生采集的13首当地歌谣土调。像《节令歌》写道:"正月初一是春节,过了初二过初三,正月十五元宵节。二月二三月三,清明寒食是一天。四月八日五月端午,六月初一过半年。七月七后中元节,八月十五月团圆。九月九十月一,冬至腊八年除夕。"这些淳朴、原汁原味的歌谣土调,是青岛民俗文化与儿童文学的遗存。

三 《儿童园地》《小朋友》等副刊儿童文学

30年代的副刊儿童文学是民国青岛文学生态的重要构成部分,儿童文学创作与儿童话语权受到社会的认可与重视。以刊登儿童作品为主兼及成人与译作的《儿童园地》《小朋友》,是岛城报媒文艺副刊中持续时间最长的副刊,为青岛文学史上留下了一个清新而凝重的侧影。

《儿童乐园》副刊

附设于《青岛民报》的《儿童乐园》副刊,自1932年8月8日创办至1937年6月14日终刊,共出版238期,姜宏、于黑丁先后担任主编。在《儿童乐园》,儿童不再是"被发现"的客体,儿童的创作由自发走向自觉。于黑丁公开申明:"这园子是很宽阔的,你们都要进来玩才对呵。你们知道这园子的新生,是完全要你们来开拓的。"②《儿童乐园》创刊伊始,每天的稿件流量如雪片一般。青岛铁路小学学生"学行进修会"为提高写作能力,致函《儿童乐园》编辑,要求增发稿件。"我愿意在每星期多发表意见,所以不怕羞的向老师要求,求先生把我的稿子发表出来,给各位小朋友阅看。"③1934年12月,《儿童乐园》出刊第119期,因来稿太多不得不借用《青岛民报》另一文艺副刊《每周文艺》栏目增刊一次。

儿童在文学创作与接受上具有强烈的主动性和自觉性。1933年2月5日,《儿童乐园》刊登的六年级学生王翠英的《走到中山路》写道:"我信步走到外面,不觉已走到中山路上,观见电灯灿烂,汽车往来不断,一阵阵的歌声,吹入我耳

① 懿:《现代的女子》,载《青岛民报》1936年5月7日。

② 黑丁:《要和小朋友来谈几句话》,载《青岛民报》1934年3月24日。

③ 臧华北:《通讯》,载《青岛民报》1934年12月13日。

中。许多男女老少都奔往山东、福禄寿二戏院去,也有到西洋饭店去吃大餐的,这样热闹的街市,真不愧为繁华场。看了这种情形,使我感觉了一种不可思议的事,为什么这繁华的地方,都是有钱的人和时髦的男女的娱乐场,而没钱的人,就不能享到这幸福? 唉! 这都是金钱的万恶!"7月30日,一名四年级学生的诗歌《雨后》写道:"凄凄的细雨,/象泣哭般的滴沥,/天空布满了灰暗的云彩。/在这灰暗的云边上,/镶了一线白气。/这自然的风景,/怎能使我舍了。/幻想:我们这悲哀的中国,/在这黑暗笼罩着的大地之下,/射出一线光明! /呀! 那时的荣耀,/幸福无疆,无疆!"

受国难救亡大环境的感染,儿童的视角逐渐由关注自身延伸到社会。青岛私立普惠小学的一篇《端午节的感想》,反映了儿童的真实思想。

> 光阴像流水般过去,转眼间,又到端午节了,据说这端午节是纪念屈原的。屈原投江死后,后人悲其志,哀其死,始而祭之,相沿成习,从来不知因为什么便把这日作为一个快乐的节日了。"九一八"是我们失去四省的纪念日,那四省的同胞,正在翘望着我们拼命把他们从压迫的呻吟中救出来呢! 小朋友呀! 努力读书吧! 将来好收回我们的领土,救起我们的同胞![①]

儿童形象的塑造源于现实生活,儿童在现实生活中的遭遇又在一定程度上刺激了儿童的创作欲望。青岛育英小学学生傅宝德的小诗《工人曲》写:"昨日入市镇,归来心难忍。许多资本家,不是作工人。社会虽文明,仍然不平等。天天勤工作,忍饿挨冻终。"[②]儿童在属于自己的文学园地中,用稚嫩的文字表达自己的内在诉求,复现成长体验。

《儿童乐园》也有成人写的作品,以童话为多,如同一枚枚异样的彩蛋。例如:李素文的童话《骄傲的狮子与蚊子》(第101、102期)、张强的童话《没有完的故事》(第106期)。外国童话也得以在《儿童乐园》刊发,以日本儿童文学作家小川未明为多,主要由姜宏译介。例如:《花与少年》(第2期)、《星与电柱》(第10期)、《僻乡里的故事》(第21期)、《蜡烛与贝壳》(第23、24期)等。小川未明是日本现代童话创作的先驱者,被称为"日本的安徒生"。此外,还有姜宏译介的滨田广介的童话《捺鸟的梦》,田波又男著、韩逋仙译的《鸠班长》等。对于欧美儿童文学,《儿童乐园》也有译介,如柏龄译的《哥伦布和鸡蛋》(第9期)、《磨斧——富兰克林自述之一》(第5期),白吟译的《冒险》(第6期)、《贵重的笛子——富兰克林自述之二》(第21期),等等。1934年2月4日,《儿童乐园》刊登

---

① 许琢章:《端午节的感想》,载《青岛民报》1935年7月10日。
② 傅宝德:《工人曲》,载《青岛民报》1933年4月3日。

了鲁迅的散文《雪》。此文写在1925年1月,于1927年7月收入《野草》由北京北新书局出版。这可能是鲁迅的文字第一次或唯一一次出现在30年代青岛报媒上。

除此,1937年3月《青岛民报》还办有《中学生》文艺副刊,自3月18日至6月24日共出刊10期。报人意识到,文艺副刊应为未来人开启一道拱门。

《小朋友》副刊

《小朋友》副刊则附设于《青岛时报》,是儿童话语真实、多方位表达的栖息地,主编为曼漪。统计《小朋友》副刊发表的275篇作品,儿童作品多达235篇,超过85%;成人稿件发挥的是"陪衬"作用。《小朋友》副刊表明,"儿童文学当以儿童写的为正宗"①。有学生作者也明确提出,儿童自己的文艺创作本就是为自己而作,"我们是献给我们儿童看,用不着那些文豪大家来赏赞",并号召同学们"自作,自选,自投,自看,且不要荒废我们的童年"。② 青岛于哥庄小学教师致函《小朋友》编辑,谈及学生对副刊的爱重时说:"一些黑色的眼睛,闪着希望的光。常常是一口气把它读完,与其说这是他们的兴趣,倒不如说这是他们的需要来得确当。"③

事实上,《小朋友》副刊丰富了岛城小学生的阅读视野,又为他们开展文学创作开辟了天地。薛家岛小学六年级学生刘鸿统的《从打旱魃说起》,讲述了一个由打旱魃习俗导致乡下一个可怜人坟冢被毁的事件,发出了对人性的拷问,以及对混乱无序社会现实的发露:

> 他本是一个无家无业的孤人,借住一间茅屋,乞食为生,临死时,就被拖到街上,已经够可怜,嗣后幸亏村中人替他买了口棺收殓,葬在村西荒冢一偏,在他已算得了安身之地。谁知天不作美。适值酷旱,不到一月,就又遭遇着不幸之事,这是多么可怜呀!世界最慈悲的,固然是"人",然而最残忍的又何尝不是人。④

为悼念1928年"五三惨案"死在日军屠刀下的济南平民,1932年时值"五三惨案"四年祭之际,《青岛时报》的《小朋友》副刊刊发的一篇署名文章写道:"今日何日,唉!不是日本帝国主义者在四年前炮轰我济南城市,屠杀我无辜民众造成'五三惨案'的一天吗?回忆当时倭奴兽行的凶暴,犹在目前。这般奇耻大

① 袁星吾:《关于儿童文学》,载《青岛时报》1934年6月29日。
② 张凌云:《写在小朋友特刊上几小段诗》,载《青岛时报》1933年9月1日。
③ 刘紫华:《一封大朋友的信》,载《青岛时报》1937年1月19日。
④ 刘鸿统:《从打旱魃说起》,载《青岛时报》1935年9月24日。

辱,苟非冷血动物,断无不力图洗雪之理,而且这种洗雪的责任,究将谁人担负,那么我知诸位小朋友当然毫无疑义的答道:此等责任全在我们青年的身上担负着……我们今日固然不能复仇投国,只要我们站在学校的立场上,能以努力用功,增进学识,将来未必不可达到我们誓死救国的志愿。”①可见,《小朋友》副刊的舆论鼓动性及其感染力。

青岛中小学生不以作家的面貌出现,却与其教师作家在互动同构的维度中形成了地缘文化的共生关系。这些出自中小学生之手的作品,尽管不乏青涩和嫩稚,却仿若声声嘹亮明朗的笛音和哨响,自觉地融入了 30 年代青岛文学的交响乐中。

① 聂献濬:《五三惨案,告小朋友》,载《青岛时报》1932 年 5 月 3 日。

第五章
苦难呻吟:日本第二次占据时期文学

1938年1月至1945年8月,日本第二次占据青岛时期的文学具有沦陷区的时代样貌,是青岛文学史不可或缺的结构性组成部分。由于日本的法西斯军事统治,以及把文学艺术纳入为其"大东亚共荣圈"服务的目的,青岛作家经历了严峻的言说环境和战争状态下的生存危机。大多数作家或挑战、或疏离于军国主义中心话语,抵抗日伪的精神暴虐,经受着民族大义的考验。

受战时地缘政治文化的制约和末世颓风的感染,青岛文坛"像死一样的沉寂"①,青岛文学陷入全面倒退、萧条、肃杀的低潮期。颇具意味的是,30年代避新文学机锋的通俗文学却进入成熟期。王度庐的武侠小说和社会-言情小说,深刻地反照出青岛的社会生态和作家心态,在若真若幻的刀光剑影、爱恨缠绵中寓托人生体验和感悟。岳乐山在青岛成稿的长篇历史小说《尘世奇谈》,陈挹翠、王效古的武侠小说,关松海等的章回体小说,以及外埠作家陈慎言等在青岛报媒发表的旧式小说,丰富了青岛现代通俗文学庋藏。

虽谈文色变、落笔心惊,但青岛的本土成长型作家仍推动着新文艺迂曲生长。芒芰、伊人的小说,鲁丁、景波的诗,废丁、尹大的散杂文,白萍的戏剧文学,在主题、寓意、戏路等方面都有尚可的表现。比较言之,诗歌在各类文体中更胜一筹,尤其是地下诗刊《诗青年》在文学冻土上展现出顽强的主题表达。周至元的诗文与《崂山志》,另具一层意趣。外埠作家写在青岛或以青岛为背景的作品,袁犀最为突出,特别是长篇小说《贝壳》何啻对黑暗现实的报复。宋来、楚眉、陆涛、瘦马、陈萍等也掇选了"时代病"的摹状。

不可否认,此时的青岛文学确有屈从日伪文化高压、为其所谓"圣战"服务的内容,却不是文学的主流。处于战争文化笼廓的日本第二次占据青岛时期的

① 曹歌帆:《告读者》,载《青岛新民报》1941年9月30日。

文学，不论武侠、社会-言情小说，还是新文艺作品，整体创作风格趋于消遣型、商业化，这反衬出日本侵略性、欺骗性和高度垄断性文化政策的失败。

第一节　王度庐

王度庐是青岛现代通俗文学的杰出代表，在青12年创作武侠小说和社会-言情小说近800万字。由于时代的裹挟和生活的重压，王度庐的武侠小说写侠骨、柔肠、英雄泪，将侠义精神化为人物的血液与灵魂。他的社会-言情小说更贴近新文艺风格，从中可以谛听到现代都市普通人对自由、平等的心灵呼唤。王度庐创造了现代侠情小说的完善形态，并为悲情武侠小说开宗立派。

一　文学创作道路

王度庐（1909—1977），原名王葆祥（葆翔），字霄羽，在青岛使用的笔名还有度庐、霄羽、鲁云、绿芜、佩侠等，北京人，满族（镶黄旗）。家族在清末历史裂变中衰微，特别是在内务府上驷院当差的父亲病故、遗腹胞弟出生后，家境日蹙。尽管贫穷，母亲还是硬撑着让王度庐断断续续上了几年旧制小学。其间，为生活所迫，他在12岁那年曾被送入眼镜铺当学徒，后来又替一个小军官当听差。1924年王度庐高小毕业后，时断时续地以做小学教员和兼做京城富庶人家的家庭教师谋生。

王度庐的学业主要来自自学。由于家离北京大学一院不远，他便去文科的“开放课堂”旁听，得遇颇多名家讲授；他还常到安定门前清国子监图书馆借书，有时也到地安门鼓楼民众阅览室看书。在日积月累中，王度庐不断夯实新旧文学基础，尤其是通俗读物使他增益匪浅。王度庐后来撰文称，自己是个“有相当学力，而‘不得用’或是‘屈其用’的青年”①。自1926年起王度庐开始向报刊投稿，虽不情愿做“稿匠”，但他确实需要通过出卖文字换取生活来源。在《病》一文中，王度庐自嘲为“奔奔乎于窝头之间”的“弱者”。② 他还在《灯下人》中称，自己“惯在灯下讨生活的，作稿，阅书，每天非过两点钟不能熄灯”③。因为投稿王度庐得《小小日报》主办人宋心灯的赏识，乃仿英国《福尔摩斯探案集》，以“赛福尔摩斯”鲁克及其助手为贯穿人物，开笔撰写系列侦探小说，陆续连载了《半

---

① 王霄羽：《荒芜的青年》，载《小小日报》1930年4月4日。
② 王霄羽：《病》，载《小小日报》1930年6月6日。
③ 王霄羽：《灯下人》，载《小小日报》1930年7月18日。

瓶香水》《黄色粉笔》《红绫枕》《绣帘垂》《疑真疑假》等作品。1927 年 1 月,王度庐开始在北京的《小小日报》连载《侠义夫妻》,随后又连载《护花铃》《青衫剑客》《鳌汉海盗》等武侠小说。同时,王度庐还连载了《残阳碎梦》《琪花恨》《孀母孤儿》《漂泊花》《蝶魂花骨》等社会小说。这些侦探、武侠、社会小说初步显现出王度庐"载道"与"言志"交融的风格,他把笔机集束于揭示社会不义、人生惨淡,以及受侮辱、受损害者的悲苦命运。

1933 年,侵华日军长驱入关,华北局势日趋紧张。王度庐离开北平,先后流离于陕西、山西、甘肃、河南各地,并经河西走廊到过甘新边界的星星峡。对于这段经历,王度庐曾言:"频年饥驱远游,秦楚燕赵之间,跋涉殆遍,屡经坎坷,备尝世味。"[①]其间,他先后任陕西省教育厅编审室校对员、《民意报》编辑。但由于既无学历,又无高亲贵友,加之性格孤僻,虽然王度庐的文笔好、肯苦干,却终未逃脱每被辞退的结局。1935 年,王度庐与李丹荃在西安结婚,婚后生活仍处于变难颠沛、衣食无着的境地。是年,李丹荃的父亲因猝发心脏病卒于三原,王度庐从西安接灵途中遭遇劫匪,衣物被洗劫一空。

1937 年 3 月,迫于生活窘困,王度庐、李丹荃夫妇不得不接受年迈独居的姻伯伊筱农的召唤来到青岛。他不愿寄人篱下,在一篇散文中委婉地道出了来青岛的因由:

> 去年樱花开的时节,我由北京初次来到青岛,目的第一是看望多年未晤的戚友,其次便是因为我过了多年的写作生活,把身体弄坏,需要觅一个适当的地方休养几个月。[②]

1938 年 1 月 10 日,青岛沦陷,伊筱农原在博平路的住宅被日军占据,一家人只得租住了宁波路 4 号一处带地下室的老房子。困居之中,王度庐当过青岛两所中学的代课教师,还做过青岛摊商公会文墨、赛马场的售票员。一次,王度庐在街上偶遇北京写小说时结交的朋友、时任《青岛新民报》副刊编辑关松海。关松海对王度庐的境遇深表同情,当即约他为《青岛新民报》写武侠、言情连载小说,按月可领取 15~30 元不等的稿酬。1938 年 5 月 30 日,《青岛新民报》上赫然出现了"王度庐"一名,这是他第一次公开现身青岛文坛使用的名字。至于"王度庐"之名的意味,李丹荃曾问王度庐本人。他解释说:"'度'也就是'渡',希望能够'混一混','度'过这段艰辛,'渡'向'辽远的水平线'的彼岸。"[③]1938

---

① 王度庐:《〈宝剑金钗〉自序》,载《青岛新民报》1938 年 11 月 16 日。

② 度庐:《海滨忆写》,载《青岛新民报》1938 年 6 月 2 日。

③ 徐斯年:《王度庐评传》,第 20 页,苏州大学出版社,2005。

年 6 月 1 日，王度庐在《青岛新民报》开始连载第一部武侠小说《河岳游侠》，自此《青岛新民报》[①]固定版面，每天连载千字，并由刘镜海配画。据统计，青岛沦陷时期，王度庐共创作 8 部武侠小说、5 部社会–言情小说，总共 495 万字。[②] 此外，自 1940 年 8 月起，王度庐应南京《京报》之邀连载了《风雨双龙剑》《彩凤银蛇》《大漠双鸳谱》《春明小侠》等 7 部武侠小说，深博书迷缘。1945 年 8 月后，他又在青岛陆续连载了《锦绣豪雄》（未完）、《紫凤镖》《太平天国情侠》（疑未完）、《雍正与年羹尧》（《新血滴子》）、《清末侠客》（《绣带银镖》）、《风尘四杰》《宝刀飞》《燕市侠伶》（未完）、《金刚玉宝剑》《龙虎铁连环》（未完）、《玉佩金刀》等武侠小说，以及《晚香玉》《粉墨婵娟》等社会–言情小说。王度庐成为与“奇幻仙侠派”李寿民（还珠楼主）、“社会反讽派”宫白羽、“帮会技击派”郑证因、“奇情推理派”朱贞木齐名的“武侠北派五大家”之一。

王度庐在青岛报媒的连载小说一直持续到 1949 年春。是年秋，他北上投奔任中共大连市委副书记的弟弟王葆瑞。次年初，妻李丹荃偕子女也移居大连，从此全家告别了青岛。

二　“鹤–铁系列”等悲情武侠小说

王度庐武侠小说创作的鼎盛期是 1938—1945 年。此间，他在《青岛新民报》（后为《青岛大新民报》）连续刊载了 8 部武侠小说，其中尤以“鹤–铁系列”五部曲最为知名。在起承转合之间，1940—1945 年王度庐还应南京《京报》之邀，连载了《风雨双龙剑》《彩凤银蛇》《大漠双鸳谱》《春明小侠》等 7 部武侠小说。上述作品共同构建起王度庐悲情武侠小说交相辉映的璀璨景观。

“鹤–铁系列”五部曲

王度庐武侠小说的高峰是“鹤铁五部”。从 1938 年至 1944 年，王度庐在青岛报媒发表了《舞鹤鸣鸾》《宝剑金钗》《剑气珠光》《卧虎藏龙》《铁骑银瓶》5 部情节前后承接又各自独立的武侠小说，铺展了四代侠士、侠女——江小鹤与鲍阿鸾、李慕白与俞秀莲、罗小虎与玉娇龙，以及罗、玉私生子韩铁芳和“调包女”春雪瓶的爱情纠葛，涂饰出纷纷扰扰、惊心动魄的江湖风云。

---

① 1942 年 4 月 3 日，《青岛新民报》与《大青岛报》合并为《青岛大新民报》，1945 年 1 月 20 日又改为《大青岛报》。

② 徐斯年：《王度庐评传》，第 116 页，苏州大学出版社，2005。8 部武侠小说是《河岳游侠》《舞鹤鸣鸾》《宝剑金钗》《剑气珠光》《卧虎藏龙》《铁骑银瓶》《紫电青霜》《金刀玉佩》；5 部社会–言情小说是《落絮飘香》《古城新月》《海上虹霞》《虞美人》《寒梅曲》。

五部曲中,虽然王度庐先写出《宝剑金钗》和《剑气珠光》,但按故事脉线,第一部当是《舞鹤鸣鸾》(《鹤惊昆仑》),于 1940 年 4 月 7 日至 1941 年 3 月 15 日在《青岛新民报》连载,由此拉开了“鹤-铁系列”的创作序幕。《舞鹤鸣鸾》中的江小鹤,因父犯鲍昆仑“淫戒”被“清理门户”而立志复仇。十年后,学得武林绝技的江小鹤,下山寻找鲍昆仑。鲍昆仑的孙女鲍阿鸾与江小鹤青梅竹马、两情弥笃,但鲍昆仑将鲍阿鸾遣嫁任侠纪广杰,因世仇致使两个相爱的人不能结合。小说由此展开一连串爱恨情仇的冲突。最后,江小鹤与纪广杰化敌为友,鲍阿鸾为救祖父鲍昆仑命情愿自刎替死。江小鹤护送鲍阿鸾的灵柩返回故乡时不禁感慨万千,遂改名“江南鹤”,返回九华山。《舞鹤鸣鸾》奠定了“鹤-铁系列”悲怆的小说基调。

第二部《宝剑金钗》的悲剧,在于“情”与“义”的抉择。江湖侠士李慕白爱上了镖师之女俞秀莲,但俞秀莲与孟思昭有一纸婚约在先。为情苦恼的李慕白四处寻找孟思昭,终于在京城与改名换姓的孟思昭相见,二人结为莫逆之交,而孟思昭已察知李慕白与俞秀莲的爱情。江湖争斗中,孟思昭为酬报李慕白知己之情挡刀而殉,欲以成全李慕白与俞秀莲的终身幸福。李慕白则感其义被捕入狱,决心以死报答孟思昭,了断对俞秀莲的痴念。江南鹤将李慕白从狱中救出,在俞秀莲的床前留下了李慕白的宝剑和一张“斯人已随江南鹤,宝剑留结他日缘”的字条。俞秀莲时不时柔情再起,“背人处弹上几滴眼泪”①。《宝剑宝钗》标志着王度庐自觉创造中国现代武侠小说“悲剧侠情派”全新范式的开端。

第三部《剑气珠光》是李慕白、俞秀莲二人故事的延续,“写儿女柔情之处如花开云展,述英雄勇武之处真石破天惊”②。李慕白自江南复出后成为隐侠,暗中扶助俞秀莲伸张正义,但二人好事难偕,始终以兄妹相称,同隐于九华山。此书的构思、结构、情节不成格局,失之平庸,但在刻画李慕白、俞秀莲试图以理智上的平衡置换情感上的失衡心态方面,更接近于新文艺。作者在描述久别经年的李慕白与俞秀莲再次相见使用了散文笔法,以景衬情,迂徐舒缓。

> 那当空一轮似圆未圆的月亮朦胧地散出水一般的光华,照得地下像落了一层严霜,霜上印着两条模糊的人影和一匹马影。李慕白仰首看着青天、薄云、明月,秀莲却牵着马看李慕白那魁梧的身子。两人心中都发生无限的感想,他们想到旧事,想到那像天公故意愚弄似的,把他们一对英雄儿女中间,安设着一座愁山、一片恨海,使他们两个人都不得不抑制情爱,而各抱着伤心。③

---

① 王度庐:《宝剑金钗》,下册,第 614 页,吉林文史出版社,1987。

② 《〈剑气珠光录〉出书预告》,载《青岛新民报》1941 年 1 月 19 日。

③ 王度庐:《剑气珠光》,载《王度庐作品大系 · 武侠卷》(三)第 344 页,北岳文艺出版社,2015。

“鹤铁五部”最成功、情节最复杂、展示社会风貌最为广阔生动的当属第四部《卧虎藏龙》，表现了罗小虎、玉娇龙两个具有叛逆性格的年轻人的爱情悲剧。玉娇龙本是侯门之女，虽深爱罗小虎，却为维护父兄官誉不得不嫁给丑翰林鲁君佩。大喜之日，罗小虎突来闹婚，玉娇龙离家出走，倚仗盗来的青冥剑横闯江湖，却因盗“九华秘籍”受制于女贼耿六娘，为此又遭“侠义道”围攻。玉娇龙施跳崖计与罗小虎相见，然而对家族荣誉的重视和封建门第观念的羁绊，使有情人难成眷属，罗小虎认定侯门之女终究不能委身于盗贼。两个相爱男女一夕缠绵，之后玉娇龙孤剑单骑远走大漠。小说的结尾，作者是这样处理的。

> 东方已现出了玫瑰色，天际薄云作鱼鳞状，云雾也渐渐消散，大地长天如扯去了一层美丽的幕，飘去了一个迷人的幻梦，而又露出了苦闷、惆怅的脸来。那男子站在山坡上发了半天呆，他明白，所以他觉得即使去追上也无用。他既惋惜又懊恼，便叹着气，懒懒地走回了庐舍。厨房里的那两个仆人还在梦乡之中，并还不知道他们主人的这场绮梦又已散了。
>
> 《卧虎藏龙》写至此处，作者应当搁笔了。聪明的读者应该知道，昨夜在庐舍中同圆好梦的那一男一女是谁，也当知道他们为什么要分散而不能长聚。从此罗小虎便住在这里，时时回忆着这一段梦境一般的绮丽温柔，他心灰意懒，不自做事，更不斗气横行，竟成了一个庐中高“卧”的隐者。而至玉娇龙，她既难忘爱人的痴情，又不能不守母亲未殁之时的遗言。总之，玉娇龙虽已走出了侯门，究仍是侯门之女，罗小虎虽久已改了盗行，可到底还是强盗出身，她绝不能做强盗的妻子。所以玉娇龙来此一会，绮梦重温，酬情尽义，但又不敢留恋，次日便决然而去，如神龙之尾，不知“藏”往何处去了。尘海茫茫，人生繁琐，其后尚有许多事情，留待《铁骑银瓶》中再述。①

“鹤-铁系列”最后一部《铁骑银瓶》，续写罗小虎、玉娇龙的故事。玉娇龙与罗小虎分手十个月后，在一个雪夜野店生下她与罗小虎的儿子，襁褓中的儿子却被同店居住的方二太太用女孩换去，留下一个银瓶为记。玉娇龙将这女孩抚养成人，取名“春雪瓶”；而那个被调包的儿子后被退隐江湖的原祁连山匪韩文佩收养，取名“韩铁芳”。上一辈的情缘演化为下一代的恩恩怨怨，韩铁芳千里寻亲在荒漠遇生身父母而不知，父母又辗转死在儿子的面前。韩铁芳与春雪瓶经历一系列情感纠葛和江湖争持，终于结出爱情之果。然而，龙埋虎葬，跨谷弥山，弥憾之痛，人何以堪？二人决定携手归隐，永不再入江湖。

---

① 王度庐：《卧虎藏龙》，王芹修订，第519页，长江文艺出版社，2006。

毫无疑问,王度庐在青岛以"鹤-铁系列"为代表的武侠小说,展示了中华文化的魅力,不仅代表了30年代后期乃至整个40年代青岛文学的最高成就,而且成为中国现代通俗文学的代表性作家之一。王度庐的《宝剑金钗》出版后流传到天津、北京、上海、武汉等城市,"鹤-铁系列"不只在沦陷区流布甚广,而且不胫而走,影响远及大后方。王度庐的名字也为许多人所熟知,以致在重庆出现了有人冒充"王度庐教授"连日演说"九华奇人传"的事件。抗战胜利后,迁往上海的天津励力出版社开始印行王度庐武侠和社会-言情小说单行本,上海育才书局、元昌印书馆、春秋书店及重庆千秋书店也出版过王度庐的作品。2000年,李安携华语影片《卧虎藏龙》在第七十三届"奥斯卡"电影节斩获4项大奖和10项提名奖的骄人成绩,观众在这部风靡世界影坛的影片片尾看到了"王度庐小说改编"的字幕,王度庐因爆款而被重新发现了。2004年,人民教育出版社发行的高中《语文读本》第四册,将王度庐的《卧虎藏龙》与金庸的《天龙八部》合编为一个单元,王度庐走进了中国语文教材读本。文学史一改对王度庐的排斥,引发出的反思如所共知。

在创作理念上,王度庐的武侠小说与新文艺小说交互暗合,体现出武侠写作挣脱通俗小说藩篱的征候。他的武侠小说不是武术与侠义的表面侧写,没有情节反转和神功秘籍,少见远离世人的隐仙遁侠,甚至不写江湖帮派、武林高手,也鲜少激烈的打斗格杀场面。王度庐将上天遁地的仙侠拉到地面,使"英雄肝胆亦有旖旎之思,儿女痴情不尽娇柔之态"①,是读者似曾相识的血肉之躯。作者常取多层次、多视点的非全知叙述角度,并采用西方心理剖析写法。无论主题思想、文本肌理、人物设定,还是语体风格、叙写技巧、审美艺术,王度庐的武侠小说清晰地反映出现代通俗文学与新文艺的对话与交融。

王度庐武侠小说以描写爱情悲剧见长,实开侠情一脉之风。在现代通俗小说史志中,武侠小说涉及爱情婚姻的并不少见,但大都是局部的点缀,"侠"与"情"两相游离,且思想陈腐、格调低下。王度庐的武侠小说其实是侠情小说,实现了"侠"与"情"浑然一体的结构形态。特别是《卧虎藏龙》,将"侠"的阳刚之美和"情"的阴柔之美绞结起来,营造出既壮烈又缠绵、既慷慨又旖旎、既苍凉又温柔的审美意境。

人物塑造是王度庐武侠小说最成功之处,他善于通过白描笔法展呈人物复杂的心理波澜。横贯《宝剑金钗》《剑气珠光》《卧虎藏龙》的主角李慕白,是王度庐写得最成功的艺术典型。这个"失意的男人"性格变化曲折复杂,情钟爱笃,始终纠结于"情"和"义"的矛盾之中。迫于道义压力,李慕白无法与俞秀莲结

① 王度庐:《自序》,载《宝剑金钗记》第1页,群众出版社,2001。

合，经历了一波三折的儿女柔情最终选择了舍情取义，而"义"中又渗透着难以言说的"情"。又因误会令侠伎谢纤娘"轻生一剑"等情思撕裂，李慕白意志消沉，主动投案入狱。他做这些都出于自愿，但又都是不自愿的。发生在李慕白身上的悲剧，相当程度上是由人物的性格弱点和心理矛盾冲突酿成的。李慕白的形象别开生面，是新武侠小说表现"爱情至上"观的样本。

玉娇龙是王度庐笔下极具个性的女人，渗透着女性意识的觉醒。她桀骜不驯、随心所欲，享尽了福，任惯了性，也吃够了苦。为了爱和自由，玉娇龙不顾一切，可以舍弃贵胄生活，选择荆棘江湖、草莽蛮荒；可以与白道大侠拼死奋战，甚至盗走铁贝勒府的青冥剑。她亦正亦邪，亦善亦毒，既工于心计又不无天真，既果决狠辣又时或优柔。对玉娇龙来说，最难割舍的是亲情，最难获得的是理想的婚姻。当她发现与罗小虎的私情过于莽撞，便毅然离他而去。玉娇龙获得了自由的爱情，却在事实上拒绝了自由的婚姻，这与其说是礼教观念、阶级囿限的反映，毋宁说是对精神代沟的正视，她最终不能战胜的敌人正是自己。作者将笔触到人物的五内世界，把悲剧因素集中到人物性格上，实现了由情节中心到性格中心、由命运悲剧向性格悲剧的转变。

由是延伸，在王度庐的侠女世界里，鲍阿鸾、俞秀莲、谢翠纤、春雪瓶、苏小琴、陈秀侠、魏芳云、徐雪卿等，无论大家闺秀还是小家碧玉，皆闪动着现代女性的光泽。她们不再囿困于家庭，不再是侠客的陪衬，而是与男性一样拥有独立性的个体及芸芸众生所有的七情六欲、喜怒哀乐。王度庐赋予笔下的女侠与其他武侠作品里的传统女性侠士迥异的品格，这便使小说的悲剧侠情融社会悲剧、性格悲剧、命运悲剧于一炉。①

南京《京报》连载武侠小说

青岛时期，王度庐在南京《京报》连载的 7 部武侠小说《风雨双龙剑》《彩凤银蛇》《纤纤剑》《大漠双鸳谱》《春明小侠》《琼楼双剑》《舞剑飞花》(《洛阳豪客》)，是全面认识王度庐武侠文学的重要视点。除了《春明小侠》连载到前 20 章、《琼楼双剑》连载到第二章外，其余 5 部作品均为足本。

《风雨双龙剑》是王度庐在南京《京报》首次亮相的武侠小说，全书共 18 回，写江湖儿女的快意恩仇。中原腹地拳师陈伯煜、陈秀侠父女，分别持有斩铜断铁的两口宝剑——"苍龙腾雨"和"白龙吟风"。陈伯煜携"苍龙腾雨"访友归乡途中遇镖头张三，张三生恶念暗害陈伯煜夺走"苍龙腾雨"。陈秀侠为报父仇四处寻找张三，路遇倜傥儒雅的张云杰，二人互生爱慕之情，但当陈秀侠得知张云杰

---

① 范伯群：《中国近现代通俗文学史》，上卷，第 525 页，江苏教育出版社，2010。

系仇人张三的养子后,断然与之断交。小说写了这样一个支线情节:

> 张云杰又叹口气说:"第二,张三虽非我生父,但他那样昏愚懦弱、改过悔罪的人,终于不免一死,也真令我伤心;等到我将伤心养好之时,再来找你吧!今天先奉还你家这口苍龙腾雨剑,一切的罪都由此剑而起,我不愿再见它,请你收回去吧!咱们两家的账就算是全都清了!"说时,他由鞍旁解下了那口苍龙腾雨剑,用双手托着交给秀侠。
>
> 不料秀侠接过来就当啷往地下一摔,气愤得流泪,点头道:"好,你走吧!仇都完了!我们报清了,再也不用找你张云杰,你也不必再来啦!"
>
> 张云杰变色,问说:"你这是为什么呢?难道你觉着我说的话还不对?"
>
> 秀侠泪如涌泉,点头说:"对!你说的话都对。我只恨我,在北京时我为什么要心软?为什么不亲手杀死我父亲的仇人张三?为什么要离开我叔父?假定有我跟随我的叔父,就是千百个强盗也能抵挡!还用得着你去救我叔父,自鸣得意,说什么以德报怨的话来气我?幸亏你来得早,我知道你原是这么个人,否则,我还……"说到这里,陈秀侠悲哽得说不出一句话来了。
>
> 张云杰十分后悔,就叹气说:"我原知道你是心地宽宏,为我们两家冤仇之事很是为难,很是受苦,很是忍痛伤心!"他用手去拉秀侠,不料秀侠吧地一推,把他推得倒退了两三步。秀侠由地下拾起来苍龙腾雨剑,洒着眼泪就走进庙里去了,随手关上了庙门。①

小说题为《风雨双龙剑》,但作者意在持剑之人。陈秀侠与张云杰结为秦晋之好,遂将"苍龙腾雨"和"白龙吟风"两剑沉入河底,从此告别江湖。

《彩凤银蛇》以清嘉庆年间山东琅琊台脚下的渔村为背景,写退隐江湖来此设馆教学的叶允雄与水灵山岛鲁大绅争斗的故事。叶允雄本官宦名门出身,却因家族嫡庶之见备受歧视,少时流落江湖为盗,后退出归隐来到琅琊台下。小说这样写叶允雄的出场:

> 这天,是初春二月的天气,海风吹来还很寒冷。傍午之时,正在涨潮的时候,潮水冲打着沙滩"哗哗"地响,如千军万马一般的雄壮。这里忽然来了一个异乡人。这地方的孩子见到的都是叔叔伯伯,除了每年来此收租一次的衙门里人之外,向来就看不见一个陌生的面孔。如今来的这个人,不但面目生疏,而且还牵着一匹铁青色的大马。马在此处更是轻易看不见,所以第一个发现这个的是黄家的杏姑娘,她就赶紧向女伴招手,叫着说:"快来看

---

① 王度庐:《风雨双龙剑》,载《王度庐作品大系·武侠卷》(六)第244~245页,北岳文艺出版社,2015。

呀，看马来呀！”

正在海滨湿沙子上扒蛤蜊的一群女孩子，全都回过来头，就见岸上有一人牵着一匹铁青色的大马，往这边走来。这些女孩子们都直着眼去看。有的还不信，说：“这是骡子。”独有杏姑娘断定这是马，说：“你们看！骡子的脖子上哪有这么长的毛呢？我跟我本家三伯到灵山卫去过，瞧见过马，马就是这个样子！”

一群女孩子们这样地嚷嚷着，那牵马的人也止住了脚步。这人很是年轻，有二十多岁，穿的衣也很讲究，是缎子的。在这里除了李大爷爷家，没有人穿过缎子衣裳。蓝色的缎子映着日光，也闪闪的跟海水一样，这些女孩子的眼光就更乱了。牵马的少年人却把他的马松了手，就放在岸上。他走到沙滩上来，笑着问了几句话。也不知他说的是哪一省的话，这里的女孩子们全都听不懂，只管翻着眼睛摆着头。①

叶允雄是嗅着琅琊蛤蜊味，在渔村女孩的簇拥中走进小说故事的，这注定要流转出一场由男女恩怨泛起的江湖扰攘。水灵山岛鲁大绅经常欺负琅琊台下渔村人，叶允雄仗义出头打败了鲁大绅。鲁大绅的养女鲁海娥看上了叶允雄。叶允雄被捕，鲁海娥出手相救，二人携手同闯江湖，力克多家恶势力。一次恶战，鲁海娥伤重身亡，叶允雄娶了琅琊渔村温柔美丽的梅姑娘，后得都中贵胄之助隐居京都。南京《京报》连载《彩凤银蛇》时，一些读者因鲁海娥之死致函王度庐提出商榷。为此，王度庐在一封公开答复读者的信中说：“在写该书的第一回之前，我就预备着末了是一幕悲剧。”“向来‘大团圆’的玩意儿总没有‘缺陷美’令人留恋，而且人生本来是一杯苦酒，哪里来的那么些‘完美’的事情？‘福慧双修’的女子本来就很少，尤其是历史或小说里的‘美人’。”②浮世若不扰攘，恩恩怨怨就荡不开来。《彩凤银蛇》是王度庐武侠文学中唯一一部以海滨为背景的小说，书中夹杂着青岛方言、地产俚语，含着显而易见的“蛤蜊味”。

较之青岛连载的武侠小说，王度庐在南京《京报》连载的作品更突出“情”，他的《大漠双鸳谱》和《春明小侠》直接冠以“侠情小说”之名。王度庐始终秉持现实武侠写作，在“武侠北派五大家”中，虽不像宫白羽、郑证因那样将底层社会、市井烟火融进武侠小说中，却建立了文本内部完整的逻辑与尺规，塑造出豪侠出自市民阶层的朴素道德观。相较于想象瑰丽的李寿民、朱贞木，王度庐则焦注于侠客个人生命意识与主体意识的探寻，开辟出中国现代武侠小说的新境界，

① 王度庐：《彩凤银蛇传》，载《王度庐作品大系·武侠卷》（九）第2页，北岳文艺出版社，2015。

② 王度庐：《关于鲁海娥之死》，载《京报》1942年3月24日。

王度庐实为武侠小说“悲剧侠情派”的缔造者与实践者。当然,王度庐的武侠小说未能超越传统通俗文学的认知水准,他较少影射现实,悲剧模板程式化,人设脸谱化,“以侠为累”制约了小说情节的推进。再有,画蛇添足,不断“补叙”前情,在该结束时未能停笔,限制了读者的想象空间。

三 《海上虹霞》等现代社会-言情小说

青岛时期,王度庐自 1939 年 4 月至 1944 年 2 月连续刊出《落絮飘香》《古城新月》《海上虹霞》《虞美人》《寒梅曲》共 5 部社会-言情小说,与同期的 8 部武侠小说共同隆起青岛现代通俗文学的高峰。有意思的是,从 1939 年 4 月起,王度庐几乎每天在青岛报媒同时连载一部武侠小说和一部社会-言情作品,这种情形持续了八九年时间。王度庐一手写武侠悲情小说,另一手写社会-言情小说,左右开弓,一心两用,二者却并行不悖,相辅相成。

中国的“社会小说”与“言情小说”有着深厚的传统渊源,二者从分立到合流再到综合、变异,形成了社会-言情小说的“才子佳人”与“青楼士子”两种模式。王度庐作为武侠世界的“言情家”,以“武戏文唱”的行文思路将社会-言情小说主动向新文艺小说靠拢,并拥有自己的语系,呈露出现代都市卓有新意的现代通俗文学表征,成为青岛文学史不可庖代的文类。

《落絮飘香》是王度庐在青岛报媒连载的第一部社会-言情小说。小说女主人公范菊英是个失怙孤女,与穷学生秦朴相爱,二人经济拮据,生计无着。范菊英的叔父嫌贫爱富,阔少章绍杰垂涎于范菊英的美貌,玩弄手段,与之同居后又另求新欢。范菊英遭遇遗弃又被叔父骗卖到郑州为娼,幸遇京城旧邻相助方得以返京。范菊英虽跳出火坑,却身染痨疾,秦朴从上海赶来相见。小说写了这个动人的细节:

> 忽然耳边又一阵急剧的皮鞋响声,她心里怦然一动,赶紧扭过头去,就见一个男子已走进院中。菊英立刻张着手跑过去,悲喜交加地叫了一声:“秦……”双手将秦朴的胳膊紧紧揪住。她仰着脸,脸上滚着泪,笑窝又在颊上微露,她颤颤地说:“你……你是才下火车吗?”①

但是接下来,不论秦朴怎样表示不在意范菊英的过往,对她的爱始终不变,然范菊英已不堪承受重新到来的爱情。拉倒吧,真不想“瞎了眼又瞎心”。王度

① 王度庐:《落絮飘香》,载《王度庐作品大系・言情卷》第 478 页,北岳文艺出版社,2018。

庐连载《落絮飘香》时正在青岛圣功女中、市立女中代课，许多中学生都喜欢读他的小说。有的学生到王度庐的家里打探故事的结局；还有的学生因同情《落絮飘香》女主人公的不幸遭遇，下课后将王度庐围起来要求他不要把范菊英写得太惨。然而，“病骨羞颜欢欣来旧地，香飘絮落寂寞去残春”，落絮无声，柳丝愁肠，秦朴从上海寄给范菊英的信，却找不见收信人。王度庐在青岛推出的《落絮飘香》，剑指金钱至上的社会痼弊，这成为他的社会-言情小说的母题。

口碑度媲美《落絮飘香》的《古城新月》，讲述柏骏青与祁丽雪、白月梅的爱情故事，展示男女主人公困于情爱的心理冲突。富家子弟柏骏青从南方来到北平姑父家，拒绝了“花惯了钱”的表妹祁丽雪的爱情，爱上了受养母虐待的清贫女子白月梅。祁丽雪为了柏骏青不惜与家庭决裂，而白月梅在柏骏青的帮助下成为独立自主的新女性。然而，柏骏青终因未找到理想的出路彷徨动摇，知识分子的懦弱使他重归于家。柏骏青乘上归途的火车，向车窗外望去时发现，“深青色的天空上，繁星万点，中间嵌着一痕眉一般的新月，这新月是才从乌云之中挣扎出来的，光辉而澄洁，永远追随着车窗”①。《古城新月》充满反讽和象征意味，柏骏青反抗旧式婚姻、追求自由恋爱，但一切一切的情愫代入全部断送在自己的犹疑不决、优柔寡断上。1948—1950年，上海励力出版社刊行的《古城新月》单行本为《朱门绮梦》《小巷娇梅》《碧海狂涛》《古城新月》4个分册。

王度庐小说，《虞美人》篇幅最长超过80万字。从1941年8月起在《青岛新民报》连载，至1943年10月足足连载了两年又两个月，给足了读者酣畅的阅读体验。1949年5月，励力出版社发行了《虞美人》单行本《琴岛佳人》《少女飘零》《歌舞芳邻》3册（其后当还有3册）。《虞美人》突出了人生、青春、金钱三者间的互为指涉关系，拜金腐蚀摧毁了爱情，女主人公虞婉兰缠绵悲愤的真情笃义受制于金钱的主导，她终于发疯生不如死。

王度庐第五部社会-言情小说《寒梅曲》连载前，《青岛大新民报》以大篇幅宣发广告做推手抓住读者的阅读心理。

> 名小说家王霄羽先生自为本报撰《落絮飘香》、《古城新月》、《海上虹霞》、《虞美人》等数篇之后，篇篇脍炙人口，远近交誉，百万读者每日争先竞读，投来赞誉之函件无数。盖王君文学湛深，复精研心理学，对于社会人情，观察最深；国内足迹又广，生活经验极为丰富；并以其妙笔，参合新旧写法，清俊流畅，细腻转宛；描写之人物，皆跃跃如生，令人留下深深印象。其所选之故事，又皆可悲可喜，新颖而近情合理，章法结构，亦极严谨，无懈可击。

① 王度庐：《古城新月》，第798页，群众出版社，2001。

即以现刊之《虞美人》言,连刊二年余,若换他人之著作,恐早已令人生倦,然王君之文,日日有新的描写,故事有新的发展变幻,令人如食橄榄,越嚼其味越长;如观大海,久望而其波澜无尽。是以每日每人争相阅读,并常有向本社函电相询者。此均系事实,凡读者皆能信而不疑者也。故虽饱学之士,极富人生阅历之人,对王君之著作亦莫不称誉,谓之为当代第一流之小说家。今《虞美人》即将终篇,新作已由王君开始动笔,名曰《寒梅曲》。系由民国初年北京极繁华之时写起,先述女伶之生活,但与一般的俗流写法迥异;次叙一好学上进的女子于艰苦环境之中不泯其志气,不失其天真。渐展为一段恋爱,男主角为一音乐家,于是《寒梅曲》遂写入本题矣。其后则此女主角遭境改变,如寒梅之遇风雪,花片纷落,然不失其皓洁。中间穿插许多新奇而合理之故事,出现许多面貌不同、心情各异之人物,但人物虽多而不杂乱,每个人又都是在前几篇中未见过的,可也许就是读者眼前常见的。写至中段,则情节极为紧张,能不下泪、不感动者恐少;斯时又写一洁身自爱、有为之少年人,排万难立其身,颇富伦理知识,且有教育意味。至篇末结束之时,写得尤为高超,读者到时自然赞佩。并且此书与前几篇不同,王君之作风稍加改变,简洁流丽,不作繁冗之藻饰,不用生涩的字句,更以悲哀与滑稽相衬而写,非但令人回肠荡气,有时亦令人喷饭。总之,王君之作品早已成熟,已至炉火纯青之候,已有挥洒自如之才力,此《寒梅曲》尤最,不待多加介绍也。①

遗憾的是,这部高调开局的连载小说仅载完上集,便以“下集待续”的形式低调收场。《寒梅曲》仍以金钱、地位与爱情构成冲突模式,蕴蓄着对现实社会的怨愤与不平。

《海上虹霞》

《海上虹霞》是一部以青岛为背景的现代社会-言情小说,也是王度庐连载小说中篇幅较短、极具名士脉息的作品。1949年,上海励力出版社印行的单行本分为《海上虹霞》《灵魂之锁》两册。小说有着文学经典式的开篇:

青岛,由一个荒僻的渔村变为繁华的都市,不过是近几十年的事。三十年前,这地方的楼房没有如今这么多,树木也比现在少。海水却跟现在一样绿,早晨的太阳也一样的红。人情虽然尚保存着简朴的古风,可是所谓“桃

① 徐斯年、顾迎新:《民国言情武侠小说家王度庐年表》,载《西南大学学报》(社会科学版)2014年第6期。

色的悲剧”也是不见得没有：男人为金钱而疯狂，女人为爱情而流泪，跟现在是一样的。①

小说主人公分别是官宦家的千金小卿和苦力车夫柳贵，两人为情私奔至青岛。为了生计，无助无望的柳贵撇下小卿独闯南洋，小卿则沦为暗娼艰难度命。多年以后，在南洋发迹的柳贵偕女儿香蓉回到青岛，发现一切早已物是人非，香蓉又阴差阳错地与小卿所生之子高林产生了恋情。命运如同一场啼笑皆非的轮回，备受煎熬的不独被抛弃的小卿，还有她的儿子高林和爱慕儿子的柳贵的女儿香蓉。于是，人物的性情与命运交织在一起，贫与富的变易搅出爱与恨的悲剧。柳贵难以理解女儿香蓉与小卿之子高林的爱情，高林得知身世后发誓复仇。一个风雨之夕，小卿找到柳贵住的别墅，幻想柳贵能帮助她和儿子高林。柳贵却责备小卿不守妇道，还唆使儿子勾引自己的女儿。争执中，小卿被打，旧病复发，吐血不止；躲在暗处的高林忍无可忍，现身痛殴柳贵。柳贵偕女返回南洋，小卿遭打不治身亡。作者直指人物心灵内里的差异、分裂和冲突，细腻地描画出痴心错付、芳心难寄的小卿告别人间的泪花：

> 屋里的灯光似乎更黯淡了，床上扔着艳丽的衣裳，窗台上放着雪花膏瓶子、胭脂盒和满是灰尘的小镜子，桌上放着死者每天的碟、碗，地上还扔着一只未做完的娇艳的小鞋帮。小卿是真真的死去了，长夜的悲风潮语她再也听不见了，明天后天和将来的世界都与她无关了。她的尸容是那么安详，似乎比她生前要舒服愉快，只是她的眼角还残留着两滴晶莹的泪！②

命运无情地咬噬着小说人物经年不愈的伤口。香蓉在致高林的信中说：“爱情是月，可观而不可摸；是海水，可看而不可在其中生活。”于是，读者看到了最后一幕：多年后，高林在海水浴场偶遇婚后来青岛避暑的香蓉，不禁感慨系之。小说情节反转再反转，在结尾有意制造了一个有情人难成眷属的结局。

《海上虹霞》完全脱嵌了传统通俗小说的套路，内容上更是逸出了传统言情小说着眼婚姻外露水姻缘、勾栏内情感救赎的惯性，而是在矛盾冲突中展现人的情感皈依。这种具有现代形态的爱情冲突及其含纳的文化情味，提示出王度庐将新文艺的精神吸收、融化到通俗小说中所作的努力。③ 由于《海上虹霞》注重营造诗意氛围，增强艺术感染力，有些学生特意到四方路一带踅摸书中男主人公

---

① 王度庐：《海上虹霞》，载《王度庐作品大系·言情卷》第1页，北岳文艺出版社，2018。

② 王度庐：《龙虎铁连环·灵魂之锁》，第349页，群众出版社，2001。

③ 《出版前言》，载《王度庐武侠言情小说集》第2页，群众出版社，2001。

摆的袜摊儿;由于书中几次写到男女主人公在海滨公园的海滩礁石上约会,一些岛城青年就把此地称作“鸳鸯海岸”,增添了些许罗曼蒂克色调。

王度庐的现代社会-言情小说,大都通过爱与恨、情与仇的纠葛及其矛盾渗透出对人生与人性的思考。其深刻处在于,笔下的悲剧并不是轰轰烈烈的牺牲,悲剧成因也不是父母之命传统意义上的伦常,而是金钱诱惑,以及由拜金物欲导致的人性异化。王度庐小说中的痴男怨女,不乏谋生自立、与命运抗争的勇气,但在受到直接或间接的金钱诱惑时,便陷入以赤裸裸的金钱关系构成的网络之中。这就形成了王度庐的社会-言情小说不同于民国以降其他同类作品的特性,即不是肆力表现善恶正邪的外部争斗,而是直指人的内心情理,是自身的心灵悲剧。学界因此认为,王度庐的社会-言情小说沿袭了弗洛伊德“性格/心理剧”模式。在与命运角斗的结局中,不是主人公的消逝,而是其冲动的消失,角斗在主人公的自我克制中终场,悲剧主人公却毫无意识。王度庐就是这样通过爱情的另类叙写,传达出现代都市悲剧美学风格,这一方面避免了庸俗社会学以绝对的善恶正邪观念图解人物和人性的偏颇,另一方面又跳出了传统言情小说沉溺于情欲大观园卿卿我我的窠臼。从创作思维内部结构层次的角度考察,王度庐的社会-言情小说似可视为悲剧情侠小说的前提和基础。[①]

当然,王度庐的现代社会-言情小说存在主题挖掘深度不够、艺术构思时或雷同、情节结构也较单一等缺陷,对都市底层青年男女恋爱自由、妇女解放等问题的反省缺损应有的深度而流于表面化。

第二节 旧体文学写作

以白话和章回体为主要形式的现代旧派小说,是此时青岛文学一大特征。岳乐山的《尘世奇谈》篇幅浩繁,如同一幅徐徐展开的历史画卷;聋哑人陈挹翠发奋于武侠小说写作,他的武功使得《血溅青锋》等作品更贴近武侠小说的本体意义;王效古、关松海等的章回小说直面狰狞的社会现实,构成了自足的故事世界。周至元的诗文与《崂山志》,为青岛旧体文学提供了另一重视野。

一 岳乐山与长篇历史小说《尘世奇谈》

岳乐山(1878—1943),祖籍浙江余杭,先族因经营丝绸生意定居北京。岳

① 范伯群:《中国近现代通俗文学史》,上卷,第521页,江苏教育出版社,2010。

乐山幼年体弱多病，遂拜四川乐山道人学武强体，后回北京习医术、攻法学，就读于北京政法专科学校，以秀才考取文兵（清军官）。因与权贵子弟结仇，岳乐山西去新疆，在父岳芝亭塔城将军帐下任职。在此，岳乐山参与中俄边界交涉，平定边疆骚乱，论功擢升京官，任法部主事。再后，放官松江知府，他又有江苏营务处提调、苏州六门厘捐局总办等履历。其间，与朱钧石结为金兰之友，朱将女儿许配给他。辛亥革命后，岳乐山携眷返回北京，民国初年任北京地方检察厅检察官、京兆公署执法长官，又调河南睢县知事、广东禁烟公所文牍主任、山东督军田中玉幕宾、唐（山）大（沽）公安局秘书长等职。在军官、法官、检察官、地方官、警官一连串不无传奇的履历后，晚年岳乐山隐世避居在青岛。

因感于清末民初内忧外患的时局和人生无常的苦痛，岳乐山居官戎马之余时常笔记写作《尘世奇谈》。这部凡16卷、计800回、超过360万字的长篇历史小说，历经断断续续几十年的努力最后成稿于青岛。① 全书从头至尾均用毛笔小楷书写，字体潇洒飘逸别有书香韵味。寓青清宦以书事自娱者大有人在，而如岳乐山埋身尘市，孜孜矻矻，倾全部晚年时日完成一部数百万言的鸿篇巨制，非雄深横逸之才鲜克为之。功不唐捐，无论规模、体量、内容，还是人物、景致、环境，以及故事视野、叙事手法、语体特色，《尘世奇谈》都当得起“民国第一奇书”之称。②据悉，老舍在青岛任教国立山东大学时曾读过《尘世奇谈》的部分手稿，在王统照、孟超、吴伯箫等人面前夸赞怎么怎么好，称“此书乃必传之作”③。只是，《尘世奇谈》几经磨难未能及时刊布，铸成旧中国文坛一大憾事。

1943年，自知来日无多的岳乐山将《尘世奇谈》手稿传给独子岳廉识。岳廉识意识到，手稿在父亲生前未能问世，这一遗憾最终要由他来弥补。在动乱的岁月，特别是对于无后嗣的岳廉识来说，手稿持存与流布人世的心情甚至比乃父岳乐山更为强烈。1963年，为了实现父亲的夙愿，岳廉识将手稿送交青岛市文联，乞求有关方面审定。专家审阅认为，是书不特具有较高的艺术价值，而且有一定的文史价值。1980年，岳廉识将书稿献给青岛市人民政府。④ 2003年12月，岳乐山的《尘世奇谈》流经时间盘剥，最终由山东文艺出版社与北方文艺出版社联合出版，成为是年中国出版界蔚为瞩目的事件。

《尘世奇谈》

《尘世奇谈》，书如其名，以主人公邱山一生的悲欢离合、荣辱无常为脉络，

---

①② 《〈尘世奇谈〉出版说明》，载《尘世奇谈》第1册第2、2页，山东文艺出版社、北方文艺出版社，2004。

③ 石业华：《民国奇书〈尘世奇谈〉历难记》，载《春秋》1994年第2期。

④ 青岛市史志办公室：《青岛市志·文化志/风俗志》，第48页，新华出版社，1998。

铺展了清末的大千世界和芸芸众生。笔底千秋,运斤如风,是书既叙写了政治、经济、军事、外交等经国大业,也写出了人伦、风尚、习俗、民情等人间俗世,既是19世纪末20世纪初中国历史大事的笔牍,又是政治与情欲相纠结的传奇,印证了人生"衮衮徒区区"的慨叹。全书的开头有其深意存焉。

> 综察人生天地间,谋生小术,由人运智使力,可劳而得;或因事发明一技,亦可致富。惟在人世间建功立业,冒大危难以致大富大贵,是有命存焉。吾少时目睹一人,生下就与人不同,功业富贵,武功哲学,皆由妻命襄助而成。真是奇人奇事,不可不传。①

接着,作者写主人公的出世:

> 是书主人公是河北兵家子弟,名唤邱山,外号"猴子"。他母孕他到四个月期间,他舅母也有孕了,姊与内弟妇相得,订下指腹为婚。邱母孕邱山至十三个月,尚未降生,其父甚忧,对其兄邱元说:"你肩下一弟夭亡,极好一个孩子,你母钟爱,至今痛念。没想怀这第三胎,腹中时常震动,已逾月了,可又不生。你可谒天齐庙,祷告许愿去。你今年已十七了,祷告话该明白吧?"邱元说:"知道。"去祷告回来,还没动静。又过些天,邱母腹中更闹得厉害。一假寐,就见有楼阁云雾拥着。②

本是凡胎俗子,却生得惊天动地。《尘世奇谈》以作者的个人经历为生活基础,穿梭于时光与记忆的隧道,颠覆了传统历史小说的叙写章法。《尘世奇谈》所陈疆域,自北京到华北、西北新疆、华东苏浙沿线,直至南海,涉及大半个中国。所属阶层,上至帝王将相、封疆大吏、文臣武将,中含书吏差役、江湖豪杰、绿林英雄,下至市井庶民、山野村夫、兵丁流寇,有名有姓者多达一千二三百之众。所涉内容,既有甲午战争、戊戌维新、庚子国变、辛亥革命、南北议和等重大历史事件,也有山川风光、矿藏物产、名胜古迹、土俗社情。总的看,作者的思想倾向徘徊于保守与进步之间,既抱持清末民初宗社党的理念,明知清王朝已不可保,却又竭尽全力效忠朝廷,亲亲尊尊,忠心耿耿于慈禧、光绪,尤其对慈禧颇多赞美;而同时又与主张民主共和的孙中山、黄兴、宋教仁等成莫逆之交,期冀实现自己的政治抱负。有理由认为,作者把个人经历几乎全部写入了小说:率兵去新疆等地平复骚乱;率兵去京北清剿康小八领导的十三县矿工、农民起义,并去江浙镇压盐运船夫起义;戊戌政变搜捕谭嗣同、康广仁等六君子时,负责北京西直门戒严职

①② 岳乐山:《尘世奇谈》,第1册,第1~2、2页,山东文艺出版社、北方文艺出版社,2004。

守。因此，《尘世奇谈》所述重大历史事件多是真实姓名，叙述事件过程较之历史笔札更为详尽，巨细靡遗，起伏跌宕。如第一百八十八回穿插了主人公觐见光绪帝、两宫太后的闪回片段：

邱山奏："以受参而论，应道参臣则哭，前日有人参臣则忿，一悲一怒，皆是不能养气之验，非读书无以陶融之。"两宫点头。皇上说："洋人实在可恨，你还是办办交涉吧。"邱山又叩头道："臣愤国家受洋人之气，不惜娶俄女为妾，好深知他们内情。今日之势，各国协以谋我，非我国自强起来不足以御外侮，这又非一朝一夕之事。所以臣家妇女习武，都想为国死忠——要是父亲被人欺负，当儿子的不动心便非人类。"说着带凄惨之声。①

若将之视为清王朝积弱积贫的衰亡史，不由得读者不点头。再如，第三百四十六回写主人公与江浙盐运船夫斗勇的场面：

邱山喝令急进。一片浓烟夹杂火光，顺风向前直滚，后方提调看见，命船飞驶，接连一起，与邱山合兵下追。贼人跳入湖内，邱山教道："降者免死！"风声、火声、水声合到一起，哪里听得见。贼人会水的也被激浪打翻，胡乱挣命。后船尚有七八十条，无主指挥，舍命扯起满帆，顺风回跑。风力甚紧，瞬息二十多里，正撞水寨二道激轮排刃水车，欲收不能。后边先到两只火船，哔剥呱喳烧着响，里头年货全着，引燃炮竹，砰訇有飞天炮打起多高，贼人以为大炮。②

《尘世奇谈》所述故事，亦刚亦柔，刚柔并举。刚则金戈铁马、血肉拼杀，如同武侠说部；柔则写尽书香闺秀、小家碧玉的情欲爱恋，酷似抽丝剥茧的言情话本。一生毫无出众之德才，却看穿了饮食男女之情势，邱山讨了九房老婆，终日周旋于妻妾嫱娥之间。在第七十五回作者通过一个"一龙戏二凤"的情节，孵化出男尊女卑的两性观和一夫多妻的家庭情结。

客走，邱山在娇凤房子睡下，请丽贞过来同宿。两人摘完了头，对镜相看，容颜依然姣好，彼此一笑。娇凤笑道："又好像在京服侍醉汉那神气。"邱山催道："来吧，别滞黏了，有话睡下说。"丽贞道："你睡你的，你又胡想些甚么？"娇凤笑道："他想博尔钻你那井子哩！"丽贞道："你少胡说吧！我还有正经话问他呢。"说着两人睡下。丽贞问邱山道："上回你到塔什干去，并

① 岳乐山：《尘世奇谈》，第3册，第1222页，山东文艺出版社、北方文艺出版社，2004。
② 岳乐山：《尘世奇谈》，第5册，第2471页，山东文艺出版社、北方文艺出版社，2004。

没不放心谁。怎么螺丝一个小孩子,这里人就数她小,你怎会不放心呢?"邱山叹道:"表妹你是我知己,娇妹是我同心,你两人都知道我,我要不想要这女子,无论她怎样我决不会沾身的,崔姐来,就是爱重我这个。别人看我老婆多,总是不对,就算我伤天害理,也不过你们九个人哪。别人狂嫖乱搗,沾她们的不知多少,就拿天锡大哥说,他还沾过梅花子呢。那个人,长的跟大嫂子好像姊妹,我久想替他俩成全,不知道有那机会没有。世界上男女相合,总都逃不过五个字。"娇凤问:"哪五个字?"邱山道:"情,爱,恋,昵,腻。"丽贞惊问:"怎讲?"邱山笑道:"你着甚么急?"丽贞笑道:"听着怪新鲜的。"娇凤道:"姐姐别打搅他,听他说。"①

《尘世奇谈》直面国祚兴衰、历史易代重大话题,虽秉尊清崇满的政治观,充满对清王朝皇室的认同,指涉清末的几次历史事件不无夸大虚构的成分,但小说沉淀着深沉的家国情感,反映出中华民族稳定的价值观结构,是笔笔落在实处的历史再现。在艺术上,《尘世奇谈》赓续了中国传统历史小说的叙事、结构、语言风格,又在古语文学向俗语文学演进路上冲破了传统与现代的对峙,将历史真章、生活现实、战乱流离化作一个个历史蒙太奇桥段,使得情节一张一弛,玩转文墨,某种意义上折射出传统在沦陷区文学中的优势。②

诚然,《尘世奇谈》的局限性也较显明。全书带有显而易见的沉沉暮气,稗官野史般的笔路,演义、传奇的表现手法,人物成了历史事件的提线木偶,终使小说演化为一场场马戏会串。创作趣味上更倒向消遣、娱乐、游戏一边,且超出了书迷的阅读耐性,让人看得脸盲、疲累。作者无全书在胸便下笔,故事未能叠印于眉间心头。邱山的故事只写到第七百八十一回,他在一次 40 多桌的"嘉年华宴"上历数自己"不忠,不孝,不仁,不义,加之奸、盗、邪、淫,窃文明而愚人愚神,假爱情而愚痴心女子。一身净错,做事多非,辜负天生"③后跳楼身亡。全书的后 19 回,"邱山"之名消失殆尽。邱山的爱妾娇凤、丽贞的故事也至第七百八十八回终结,后 12 回游离了主题。这些都与职业作家划出了区隔。

二　陈挹翠《血溅青锋》等武侠小说

陈挹翠(1917—1988),本名陈若萍,笔名还有青萍、青萍道人、北海居士等,

① 岳乐山:《尘世奇谈》,第 1 册,第 426~427 页,山东文艺出版社、北方文艺出版社,2004。

② [美]耿德华(Gunn,E. M.):《被冷落的缪斯——中国沦陷区文学史(1937—1945)》,张泉译,第 126 页,新星出版社,2006。

③ 岳乐山:《尘世奇谈》,第 10 册,第 5328 页,山东文艺出版社、北方文艺出版社,2004。

山东潍县（潍坊）人。出生在沂蒙山区沂水，受外祖父武术习染“夙好武事”，学螳螂、少林之术。只是，陈挹翠 9 岁时因高烧失聪致哑，后又学书法、绘画、篆刻，于 1938 年偕寡母与弟妹四人闯荡青岛谋生。在青岛，陈挹翠摆过旧书摊，卖过字画，开过印社，还在火柴厂打工，也在太平镇牛王庙武术讲习所做过拳师。

历经生活磨难，陈挹翠找到了用写小说排遣苦闷、寻求出路的方式。陈挹翠曾题联自嘲：“胡诌瞎扯书生权且从俗，拳打脚踢武夫亦得过年。”坊间所称陈挹翠于 1944 年创作出第一部武侠小说《四海游龙》，其实是陈挹翠武侠三部曲之第二部，第一部应为《血溅青锋》，《四海游龙》是其续书，之后又有第三部《风云儿女》。这是一组以镖师石雁飞与儿女石翠英、石华英闯荡江湖为脉线，串起清末民初燕赵及北方各派武林人士争勇斗狠的故事。三部小说各自独立又有一定的衔接，既写出了民俗民风的古朴厚重、慷慨耿烈，也写出了功夫高手的上竞剽悍、好气任侠，体现出作者“以达一己提倡国术之热忱”①。此时青岛的报纸副刊，王度庐连载小说占了大半壁江山，陈挹翠感到有这样“一座影壁堵在面前”，自己的小说难以破圈出头。待到 1945 年抗战胜利后，陈挹翠的《四海游龙》始得在《民言报晚刊》连载。

与不懂武术的王度庐相反，陈挹翠深谙武功之道，出没于“帮会技击派”武侠路子，因而比一般武侠小说家更长于描写武打技击，一招一式都表现得细致、生动、传神。《血溅青锋》有这样的断杀场面：

> 突然余观海两把匕首一起扑向石雁飞，一指小腹一指咽喉，但石雁飞向左一转身，匕首扑空，石雁飞的青钢剑已如迅雷疾电似的，向着余观海左肋扎来。余观海喝一声：“来得好！”向上一步扑进石雁飞怀中，右手的匕首竟用斜切藕式，斜切石雁飞的右肋，但石雁飞一抬右腿正踢在余观海的屁股上，把个余观海跌出好几步远。石雁飞一转身又迎上雷大江，这把雷大江吓了一跳，忙将剑往回一抽，可是石雁飞的身手特快，已“咔”地一声将雷大江的一条左臂削断，雷大江“哎”地一声惨叫，身子往后便倒。石雁飞一转身，已见余观海又恶狠狠地从背后扑上，石雁飞喝一声：“你找死！”余观海此时气红了眼，咬牙切齿地扑将上来。②

《血溅青锋》共 6 章，文末写余观海之子余继海找石雁飞报仇，作者留下了一句“后事续见《四海游龙》一书中”③。石雁飞在《四海游龙》中已是一个五六十岁的沧桑老汉，且未能贯穿 12 章小说的始终。第一章开头写道：

---

① 陈挹翠：《〈四海游龙〉序》，载《四海游龙》第 1 页，1948。

②③ 陈挹翠：《血溅青锋》，载《血溅青锋》第 143、145 页，安徽文艺出版社，1991。

在庚子拳乱以前,交通都不十分发达,枪炮之类的科学产物,更是绝无仅有。出门行商的人,不过是个小包裹往肩头一背,一根哨子根在手而已。盗窃之事,当然成了司空见惯的了。倒霉一点,至多损失百十两银子,倒不至于图财害命。唯独一般大买卖家却不然了,几十万两银子的山参皮货、珠宝钻石之类,如果没有绝对的保障,谁也不肯冒险行那千百里的长途。如是一般练武的人,不能至身青云之上,退而为人保镖,倒也不失为一条生财之路。

北京因为是历朝的帝都,且又是北方山戎之地,所以货物集中,镖局子也林立。其中不乏身怀奇技的镖师,遂也就演出了不少动人的故事。单说在那大栅栏外,有一家来远镖局,是专门走北路镖的,镖路是自北京起,经昌平府居庸关,沿着怀柔县宣化府、张家口直达包头。一路上不少莽林丰草,自来就多盗劫。所幸镖局子主人功夫精湛,在江湖上也颇有名望,一般绿林豪杰见了来远的镖旗子,只有忍痛让道,不劫这票买卖。所以四十年来,来远镖局的生意,在镖局子主人威名之下,一直保持着生意兴隆。

这时候镖局子主人石雁飞,已是一个六十不足、五十有余的老头儿了。一身的"猊踪艺",武功精湛,尤其是十二支"决云弩",压倒武林,人送外号叫"踏破乾坤神手弩",能有这个外号,真非容易。差不多的大买卖家,都拿石老镖师作为他们的衣食父母,逢年按节地给石老镖师问好,这自不必说。每次的报酬也特别的优厚,这在石老镖师怎能不肝脑涂地的忠于职责,以报答委托者的隆情厚意呢?所以累得石老镖师终年仆仆马不停蹄,奔驰于北道之上。①

小说到《四海游龙》,在大光禅师的调解下,对立的双方化干戈为玉帛,还成全了石翠英与古超凡、雄壮飞与韩彩霞两段姻缘。接续《四海游龙》的《风云儿女》,则描述了一连串"错综复杂,纠纷屡起"的情感风波。作为40年代中后期中国北方小有名气的武侠小说作家,陈挹翠的创作不只占有数量上的优势,而且在题材、内容等方面也十分丰富,且洋溢着生活气息,超越了通俗文学主题叙事、展开表意的模式。《风云儿女》共7回,其中一个写石翠英雨夜客栈思潮起伏的片段如同西方心理小说一般:

听那窗外的雨声时,却不知道在什么时候停住了,那关上的更柝声,远远地传入这楼窗之中,何啻是羌笛杨柳胡笳琵琶,使女侠听了,更是感到哀怨。但是这种哀怨似乎是由寂寞造成的,又使她联想到雄壮飞,想起和雄壮

---

① 陈挹翠:《四海游龙》,第1~2页,上海励力出版社,1948。

飞十多年的师兄妹，朝夕在一块练艺，在一块谈笑。然而，人生不如意的事太多了，自己的一生，早付之于父母之手，与意性不一的人红丝早系，度那人生漫漫的长途，是平坦？是崎岖？自己没有预先料及，也不知今后如何。①

陈抱翠的《风云儿女》出现了由"侠"转"情"的迹象，并以侠女石翠英为中心逸散着一些烟霞漫泛的情节，带有一种凄美的色调。从《血溅青锋》到《四海游龙》，时移事往，石翠英的形象逐步凸显，最终不只取代了镖师父亲石雁飞，而且到了《风云儿女》则汲汲于男女情爱，虽不见矫情婀娜的闺阁情态，但作者笔下的侠女情肠展现得痛快淋漓。

尽管陈抱翠听不见，说不出，却能心无二用致力于一。继《血溅青锋》《四海游龙》《风云儿女》三部曲后，陈抱翠又相继写出了《双龙斗》《金钱镖》《太极手》等十几部长篇武侠小说。陈抱翠的武侠小说侧重于原色叙事，追求连贯流畅，因适应市民报媒读者的文化消费和接受心理而自成一重生态。不过，单纯的白描写法、全知全能的叙事角度影响了武侠文学的陌生化效果，人物故事线太过分散，且语言技巧斤两不足，艺术成熟度不够高。

三　王效古、关松海等的章回小说

沦陷文学中的章回体通俗小说，在王效古、关松海那里各有不同的表现，二人都以报人之笔，为适应社会传媒和受众阅读口味的转变而写作小说。王效古写有玄幻武侠小说《仇雠血》《胜字旗》《夜劫孤鸾》；关松海则以《春梦秋云》《梨园新史》《相逢脱恨》等社会-言情小说，对现代通俗小说形成新的理解。

王效古

王效古（1893—1970），笔名望素楼主，山东安丘人。早年务农，学过生意，于1925年来青岛，先后在《胶澳日报》《大中日报》《大青岛报》等报馆从业，自1940年起在青岛报媒连载了《仇雠血》《胜字旗》《夜劫孤鸾》等小说作品。

《仇雠血》因连载报纸缺失，难以全窥小说概貌。从一些较为连贯的片段看，作者善于以玄幻手法、细节描写和人物对话推进故事情节。如第三回叙写知县带县衙随从郝老四到赵如虎府上做客时进行的一场比武表演，好汉于公瑾与郝老四过招、打斗的场面写得细腻逼真：

于公瑾只戏耍他，只是卖些破绽，退转招架，并不进取。郝老四认为自

① 陈抱翠：《风云儿女》，载《血溅青锋》第619页，安徽文艺出版社，1991。

己高超,将对方压倒,把平生力量施展出来,想在人前露一次脸。一个饿虎扑食过来,于公瑾将身一缩,从郝老四的臂下转到背后,郝老四将身蹲下,使了个顺风扫叶的式子,一腿过去,于公瑾早跃出了七步以外。郝老四连使几招都落空,已经累得满头是汗。众人看于公瑾像耍猴一样,戏耍郝老四不禁暗笑。郝老四再上手时,于公瑾却横越三步将身一伏,准备顺手牵羊,摔他个大跟头。①

再如,赵如虎与爱妾乔玉娇狎昵、贪欢的描摹。

乔玉娇撒泼,赵如虎并不着恼,一把将她揽在怀里说道:"乖乖,我就算放屁,今天也要臭你一下。"乔玉娇幼时虽然练过功,但也禁不得赵如虎力大无穷,极力挣扎几下,哪儿动得丝毫,她红着脸嚷道:"该死的! 你教他们看着这是什么样子!"赵如虎看她腮红颊涨的娇模样,更加可爱,趁势对着她的樱唇狂吻一下说道:"这样她们管得住么?"乔玉娇只觉得嘴唇麻煞煞的和吃了辣椒一样,急喊道:"哎呀,王八,你的力气太大了,什么事你快告诉罢,我不骂你啦。"②

不能想象,《仇雠血》循着以血洗仇、市井侠风的路数,蹈袭"武功+脂粉"的俗套,于声光色影中搅出颓唐抑郁、冤孽消长,则犹其余事了。

《胜字旗》共45回,从第一回"显绝技群子弟受创,证锦囊胜字旗匿形"拉开了镖局的叙事帷幕。主人公是人称"小姑娘"的男装侠女,她为比武落败远走他乡的父亲窦胜一雪前耻,高举"胜"字义旗号令江湖。《胜字旗》采用现实江湖的世相,努力于侠义与武术的融汇合流,想象瑰丽,文笔华美,写作肌理上求取骨架与血肉的丰满。小说第十一回有这样一个细节:

却说小姑娘与杜小明带同全胜奔赴洞庭万仞山镖旗大会,经过枫林堡,正遇申七怂恿萧九爷阻挠小姑娘前进。仗着变化无穷,鬼神莫测的如意铁连环,满想天下无敌,谁想使出平生得意的绝杀招数,竟被小姑娘挥剑一跃,将如意铁连环截为数段,萧九爷惊骇欲绝,伫立河畔,直待三匹马跑出很远。翻天鹞申七拍着他的肩背叫师兄,他的神志才恢复过来,惊愕地说道:"啊! 山东窦家营窦小姑娘,俺好惭愧也!"申七知道萧九爷平生最要好,事事要出人头地,尤其武技相角从来未落过下风,这次败在一个小孩子手里,

① 望素楼主:《仇雠血》,载《大青岛报》1940年11月27日。

② 望素楼主:《仇雠血》,载《大青岛报》1940年11月28日。

怎不使他难过？但是事已至此，徒事沮丧，又有什么法子，只得劝着萧九爷回到庄上再作道理。①

王效古的《夜劫孤鸾》，人物图谱繁复庞杂，故事套故事，高潮处往往引入一个新的故事，读来十分吸引人。《仇雠血》中赵如虎的再次出现，很像主线辐射下的散章分叙：

说也奇怪，县上虽然不敢违抗上峰的命令，可是几次到赵府上去，如虎兄弟却是一个也不在，仿佛早已知道逃了。县官为了这事，受过几次严厉申斥，再若解不到赵家的人，就要革职，知县没有法子，只得解上了楼、梁两位师爷顶替。楼、梁二人，还以为有赵家的门户，和自己的辩才，即便见了皇上也没有什么大关系，他俩斗胆去了。哪知见了藩司大人，赵府的门头一点不好用，自己的口辩，也不容话说，见面就吃了大亏，一顿大板打得皮开肉绽，打完了方才问话的方式，又是由韩大人数指赵家的罪状，令楼、梁二人承诺。韩大人口若悬河，一条一条地数说赵如虎的罪状，就像亲眼目睹一样，仿佛比楼、梁二人知道得还详细，真使楼、梁二人，做梦也想不到，只得稀里糊涂地答应着。最后，韩大人斥道："你这两个狗头，虽非正犯，但尔等助纣为虐，倚势凌人，比赵如虎还混账百倍，今且把你们羁押监中，一待拿住赵如虎，一同治罪！"问完了话，钉肘入狱，楼、梁二人，万想不到会落到这样地步，只得暗暗叫苦。②

《夜劫孤鸾》旨在说明，运去黄金减色，时来枯树开花。一个人富贵时不可目空一切、骄纵凌人，卑贱时也不能自暴自弃、侪于下流。王效古的小说以强烈的包孕性，既写武林，也写俗世，二者衍生变形，一些民俗事象只作为情节表象，指代着沦陷区市井文化的浮尘。不过，这些以报人笔法写小说的作品，缺少对深层社会思想意义的挖掘，对人文社会关怀和小说美学原则的认识也不够。

关松海等

关松海，本名关仲和，又名关友松，北京人。20年代他曾在青岛《正报》发表连载小说《流水无情》《恨海情波》，于1938年出任《青岛新民报》副刊《新声》主笔。在联络王度庐等寓青作家发表作品的同时，关松海也操刀连载小说，他以"青蘋"笔名在《青岛新民报》连载的作品，有言情小说《春梦秋云》、社会小说《梨园新史》、哀情小说《相逢脱恨》。《相逢脱恨》连载一半时，关松海因父病逝离职，之后去了上海。1940年2月，关松海在写给《青岛新民报》的文章中称：

---

① 望素楼主：《胜字旗》，第190页，中国文史出版社，2017。

② 望素楼主：《夜劫孤鸾》，第198页，中国文史出版社，2017。

> 为了生活的鞭笞,忍痛离开了山明水秀的青岛,进而来到这乌烟瘴气的上海滩;更抛掉了爱护我的友好而来与这奸狡诡诈的"人群"厮混,这使我感到莫可名状的苦恼,这是我精神方面损失最大的时期啊!在我下船的次日,金家珍小姐问我:"上海有这么多人热闹不热闹?"我竟好半天没有答上话来。[①]

有道是,春梦秋云,聚散真容易。此时的青岛通俗小说是"言"与"不言"间挣扎的作品,暗黑无底的社会使得读者将人生意义理解为欲望的狂欢,追求感官本能体验。通俗小说游离了文学的真正使命,在媚俗、炫技中花样百出,只是刺激了读者的眼泪和喷嚏。

关松海在青岛编辑副刊期间,还发表了张玉田的言情小说《情潮泪海》、丁火的社会小说《大好家庭》、署名"无所争斋主"的社会小说《青天外史》、署名"江乌试"的侦探小说《五万金镑之支票》等,大都是小说文坛不大靠谱的文学衍生品。自1939年4月20日起在《青岛新民报》连载的《情潮泪海》,表现的是都市社会情与欲、灵与肉的恶俗做派。小说人物玉川和世昌是两个追逐风月的纨绔子弟,骄奢淫逸、卑劣无耻,一心为"挎上米丝",便"拿出了全副修饰的本领",领结"正一正,又正一正",皮鞋"擦得亮光光",嘴上"填上一颗点着了火的烟卷",还得"提起了手杖",直到"顾盼自雄"。[②] 此类作品虽不是色情小说,却可视为青岛沦陷区消沉叙事的文本乱象。

与关松海同来青岛的兄弟关伯章,也在供职的《大青岛报》开辟小说连载栏目,仅在1940年刊发的连载小说就有署名"知服斋主"的滑稽小说《新新水浒传》和爱情侠义侦探社会小说《尘海波澜》,署名"拙厂"的爱情侠义侦探社会小说《钟灵毓秀》,还有警世小说《金屋蜃楼》、武侠小说《剑侠轶闻录》等。一些不知名的通俗小说作者,将展现浮世百态当作沦陷区的文学主题,刻意编造哀感顽艳的情节,有的大事铺张妓院春秋,把欢场生涯写得如寻常家事,猥亵惫懒,只为博人眼球,不但谈不上文学的审美价值,还会给读者产生"就这"的厌烦。

无疑地,此时的青岛旧式文学写作,大都出于保全人格与维持生存的目的,表现出一定的社会伦理性和不加回避的商品属性。聋哑人陈挹翠的武侠小说以作坊式写作方式写下了一些富有传奇性、趣味性的故事,是一种建构在小说本体性维度上的述史方式;王效古、关松海的小说则以报人之笔曲折地映射社会现实,如人世起落的悲喜惊恸、情天欲海的无魇观照、小聚落专享的病态繁荣、时光

---

① 青蘋:《上海租界近景——青蘋自沪寄》,载《青岛新民报》1940年2月28日。

② 张玉田:《情潮泪海(一七)》,载《青岛新民报》1939年7月18日。

劫毁的苦闷无奈。另有一些作品以通俗文学的面目，剥露和讥讽痴男怨女玩世偷生，争逐物欲与肉欲，在假戏真做与真戏假做之间取悦读者。但有一点值得注意，日本第二次占据青岛时期的通俗文学其实就是真实的社会镜像。

四　周至元

周至元（1910—1962），原名周式址，字至元，早号伴鹤头陀，晚号懒云，即墨坊子街人。出生于书香世家，系即墨望族章嘉埠周氏十八世，外祖父家系明万历年间兵部尚书黄嘉善之后裔。周至元把根须深深扎进了故土，一生有“一志三癖”：志在笔耕传后而无意于仕达，嗜书癖、烟霞癖、诗癖，“痴情更较蠹鱼甚，灯火常亲子夜初”①。他生涯遭际波折，然未改其好，移其志。

作为民国墨邑山水诗人，周至元勤于诗作有五言、七言，以七绝见胜亦多七律。周至元的诗题材多样，平素观感、交游无不述之以诗，更多的则是钟情乡土、展现形胜的写真存实，处处可见对即墨风土、青岛风物的吟咏。从即墨旧城的文昌阁、蚕姑祠、淮涉桥、塔元寺，到崂山的道观、佛殿、洞窟、亭台，再到青岛的栈桥、湛山寺、回澜阁、海滨公园，不一而足。周至元的诗极具土坷垃质感的是以“竹枝”为题的3题20首诗歌，包括《茶棚竹枝词》《天井山竹枝词》各6首、《元宵竹枝词》8首。《茶棚竹枝词》描写青岛地区农历四月初八“佛诞节”庙会百姓烧香礼佛、求子祈福的情形，不独布施结善缘的男女居士，更有悄悄抱个泥娃娃而归的求子者，连平素很少有出门机会的姑娘、媳妇也公然放胆地竞试夏装、争奇斗艳。其三云：

倾城仕女试罗衣，结伴焚香拜佛帏。
暗祝麟儿入怀早，背人拴个泥娃归。②

《元宵竹枝词》表现的则是即墨民间喜庆热闹的元宵节。当“千衢月色凉如水”时，人间则是“晔晔银灯耀碧霄，嘈嘈仙乐响云璈”，“彩灯悬处满街磬，爆竹声声更不停”。诗人偏守古典气韵，写出了踩高跷、踏歌行民间技艺鲜明的地域风情，以美景佳人意象周恤纷纷扰扰的众生，“唱道传呼一品官，抬来竹杠校轿杆”，印证着民俗的达欢意识。由于周至元毕生研究乡梓历史与文化，他的诗与社会现实具有共构性关系。

抗日战争爆发后，周至元感时忧国之情每每见诸笔端。他的《九一八事变》

---

① 周至元：《往事回首（其三）》，载《周至元诗文选》第145页，1999。

② 周至元：《茶棚竹枝词（其三）》，载《周至元诗集校注》第85页，人民出版社，2015。

5 首、《辽事杂感》6 首、《一二八沪战》《闻华北有警感赋》《芦沟桥事变》《决黄河》《太平洋战起》《上海八百烈士抗战歌》等直抒胸臆,不加藻饰地将凡人匹夫的抗战情怀诉诸字里行间。其中,《一二八沪战》云:

弹丸小丑敢横行,计拙枉思城下盟。
碧血染红淞沪水,烽烟遮黑宝山城。
倭奴骄气顿付挫,壮士头颅一掷轻。
指点鲁阳挥日处,斜阳凭吊不胜情。①

再如《太平洋战起》:

力尽倭奴叹奈何,又从沧海掀风波。
周围环视皆强敌,四面愁听俱楚歌。
海外楼船半覆没,帐前精锐已无多。
若论成败分明判,顽抗犹挥落日戈。②

此诗有感于 1941 年 12 月日军偷袭美国珍珠港基地爆发的太平洋战争。诗人以正义立场、战事视角,赋予笔端以澎湃如潮的气势。诗句简约工整,意象生动逼真,只是重复了《一二八沪战》鲁阳公牧野之战的典故,审美价值远不如其山水诗歌。

周至元传有自抄诗集《琴冈寄居吟草》,以及《天籁集》《头陀吟》《懒云诗存》《周至元诗文选》等。年华如羽,有待发现与研究。

《崂山志》与崂山诗文

志崂山者,自明代即墨黄宗昌起不乏怀兴的操觚之士,至少形成了周荣钤的《鳌山志略》、黄肇颚的《崂山续志》、王葆崇的《鳌山采访录》和《崂山金石目录》等书,然"囿于见闻,乖志乘之体"。《胶澳志》编修期间,主纂袁荣叟聘周至元做助理,袁闻周"悉于崂事,且已有积稿,特简召聘约,共襄此事",旋有"继修山志之举"。于是,二人"屡共偕游,躬至山中,亲为咨访外,又着人对山内碑碣摩崖编行拓临"。1934 年蔡元培在青岛小住时,袁荣叟曾于 9 月 30 日面晤蔡元培,赠上"《续崂山志》三篇油印本"③。由此可见,袁荣叟与周至元共襄之山志,至迟在 1934 年 9 月末已形成油印刊本,但"草创未成"。1937 年卢沟桥事变战起,袁

① 周至元:《一二八沪战》,载《周至元诗集校注》第 349 页,人民出版社,2015。
② 周至元:《太平洋战起》,载《周至元诗文选》第 130 页,1999。
③ 《蔡元培日记·一九三四年》,载《蔡元培全集》第 16 卷第 351~352 页,浙江教育出版社,1998。

荣叟离青南归前“悉以志稿付”周至元,并说:“君富于年,且有志山事,今以畀汝,希终成焉。”周至元“受稿而归”。[1] 袁荣叟与周至元共襄之山志,在抗战全面爆发后由周至元独自编纂,“得踵事裒集,别录成斯志”。1938 年 1 月,日军占据青岛,迫于生计周至元悬壶行医,业余“开箧出稿,加以编次,分卷立目,事从其类”[2],至 1941 年 2 月终成《崂山志》初稿八卷。

相较于黄宗昌的《崂山志》、黄肇颚的《崂山续志》等志稿,周至元的《崂山志》在承继上有所创新。全书以类系事,于崂山的方舆、形胜、建置、人物、物产、金石、艺文外,另有《志余》一卷,其《艺文志》旨在“增光山灵,备为纂录,以飨读者”,所设游记、文献、赋、颂赞、杂咏五目使山志的文化意蕴大为增色,凸显出文学价值。

周至元性耽山水,对崂山风光每每寄情于诗。自言“寄迹崂峰四十年,洞天无处不流连”,深深陶醉于崂山幽深的涧峡谷沟、壮观的脊峰顶崮、生动的泉溪潭瀑、悠久的宫观庵寺之中。据悉,周至元在崂山攀危崖、跻深壑,探奇索隐,常常旬月不归。游历中,周至元总是把所见所闻与前人所论比对,从中探究新发现,寻觅新感悟,发抒新诗思。1933 年 1 月,周至元的《崂山杂咏》在《青岛民报》副刊开始刊登;1934 年,周至元的《游崂指南》辑入黄宗昌的《崂山志》,由即墨印书局出版;1937 年,周至元又汇集古今名人的崂山题咏撰成《崂山小乘》。这为周至元最终著就《崂山志》做了准备。

《崂山志》中,出自周至元手笔的文赋有《游崂二险记》《白云洞青龙阁落成记》《吊海印寺故址赋》《童公祠赞》《蒋云石道人像赞》《崂东沈公修路赞》等,诗歌仅《山栖》一首。《白云洞青龙阁落成记》描述青龙阁落成、道长邹全阳命名之盛况,笔笔如诗如画:

> 是时,天近黄昏,山月初上,碧岫云净,沧海镜明,幽篁拔地,而凌霄虬松,迎风而弄色,不复知置身之在何所矣。少焉,明月悬空,景物更异,凭栏遥瞩,海天如洗,又仿佛安期羡门,驾鸾鹤而来游也。于是逸兴不尽,洗盏再酌。直至西山月沉,东海日升,犹流连其上,不忍下。邹子曰:“此石旧名青龙,今锡阁以青龙可乎?且请为之记,以志缘起。”余于是索笔与墨,就阁上而为之记。[3]

周至元的《山栖》是一题二首五言律诗,一径写去,升腾着山村农家恬然自得的生活情致,意境行云流水,诗句隽永清丽。

---

①② 周至元:《自序》,载《崂山志》第 3~4、4 页,周氏子女自印本,2007。

③ 周至元:《白云洞青龙阁落成记》,载《崂山志》第 304 页,周氏子女自印本,2007。

（一）

家住二崂下,青山日日登。听泉每携策,看竹偶逢僧。
懒意闲鸥识,长歌野鸟应。寻诗爱幽窅,更上白云层。

（二）

无复尘缘累,幽栖事事闲。深林听鸟罢,古寺访僧还。
涧水忙奔海,岭云懒出山。悠然天地暮,归去掩柴关。①

周至元的诗向以雄奇恣肆、壮美傲岸著称,他的崂山诗于突兀奇诡中造成愈奇而愈雄之感。周至元写崂山巨峰是在22行押韵的杂咏中托出意象:

二劳之峰亿万计，谁其主者为巨峰。
众山罗列儿孙小，此独巍然主人翁。
我亦不知入尽青山几十里，上尽白云几千重。
但觉峭岩绝壁不易登，古洞幻邃杳难穷。
造巅顿觉眼界阔，六合之内隐罗胸。
举手扪星星离离，俯首瞰日日曈曈。
沧海如杯水，群山似朝宗。
蓬莱在其北，阆苑当其东。
西望岱岳何处是？但见齐烟九点青蒙蒙。
呼吸帝座若可通，欲叩阊阖问天公。
山灵含怒似不容，罡风吹下白云中。②

周至元并非炫奇立异,而是将自我置放在具象化的崂山山水中,举手扪星,俯首瞰海,激荡出胸中的万顷汪洋。以艺术手绘的方式演绎崂山的巨峰雄奇,周至元的《巨峰》豪纵挥洒,气度浩瀚。当然,出于墨邑的乡土诗人,往往就山咏山,在追求人人眼前所见、笔下所无的意境及语体与物象融而为一的精神上,周至元缺乏不黏不脱的功夫。

周至元于1941年2月初稿的《崂山志》,因“国事变革,遂致迟延而未果”③。1952年夏,周至元在青岛养病期间再次修订《崂山志》,并请黄公渚题序。1993年12月,《崂山志》由齐鲁书社刊布;2007年5月,周氏子女自印《崂山志》增补本。1996年,蓝水在《崂山古今谈》的基础上刊印《崂山志》。1999年6月,青岛

---

① 周至元:《山栖》,载《崂山志》第333页,周氏子女自印本,2007。

② 周至元:《巨峰》,载《周至元诗文选》第3页,1999。

③ 周至元:《自序》,载《崂山志》第4~5页,周氏子女自印本,2007。

史志办公室编纂的《青岛市志·崂山志》由新华出版社出版。

第三节　新文艺作品

华北沦陷后，中国新文艺创作衍生出你紧我松的吊诡关系，一些进步和爱国的作者力图赓续"五四"文化传统，在青岛坚持文艺创作活动。鲁丁、景波、芒芰、伊人、废丁、尹大、白萍等，通过诗歌、小说、散文、戏剧，腾挪走笔沦陷社会的百态浮尘与人民大众的心灵简史。比较言之，诗歌的表现尤佳。

一　诗社、诗刊和鲁丁等的诗

在青岛诗坛，一些热心、正直的诗人致意于诗歌创作。"荒原"文学社创办了《新诗特刊》，《民民民》杂志出刊了《诗人之春》专辑，特别是地下诗刊《诗青年》的创办，给生活在风雨如晦年代的人们带来了些微希望和光明。鲁丁、景波、虞克忠等诗人创作、发表了许多思想进步、艺术尚佳的小诗、抒情诗，其中不乏揭露至暗社会、表现沦陷国土上的人生存状态的诗篇。

诗社和诗刊

青岛诗坛自1938年1月后，出现了一派颓靡、蹈空的景象。冲破汉诗复古的迷雾，1940年3月，一首《没有渔船的人》送来了一丝久违的新风。"我是没有渔船的人/当狂风击袭来时/它吞食了我的船/还有妻子和/老母亲……"①《青岛新民报》副刊《新声》编辑曹歌帆在3月7日撰述的短评《关于"没有渔船的人"》中，要求诗人们表现"从生活上跌落下来的人们"。在这位曾经的天津"左联"成员的鼓动下，"荒原"文学社于1940年6月在《新声》副刊创办了《新诗特刊》，诗人于竺林、凌岚、弱水、魏雨分别发表了《花园宫的晚香》《海异》《西山》《心曲》《秋景》《流浪人的夕暮》《废墟》《夜》《悼春》等新诗。这几位都不是成名诗人，诗的立意和水平也都有限，但"荒原文艺社之有新诗特刊的发表，正是给中国寂寞的诗坛上一个刺激"②。

1944年1月，由华北文化通讯社发行的《民民民》杂志，力图打破青岛诗坛的沉寂。在创刊号推出鲁丁、艾霖、虞克忠、选士、连铮五诗人的作品后，第二期出刊《诗人之春》专辑，发表了鲁丁、废丁、雪子、沉迟、鲁基等的新诗。雪子的

---

① 李蕴：《没有渔船的人》，载《青岛新民报》1940年3月1日。

② 望玉：《〈新诗特刊〉编后》，载《青岛新民报》1940年6月4日。

《我希望太阳是月亮》朦胧抽象,带有一种梦幻般的意态。艾霖的《流泉》最后这样写:"过小桥,/拥抱一枝红杏,/春深处,/乃有落英缤纷飘零。//回廊外,/无静止的是潺动的清溪,/小倚栏杆,/一声声,/槛外寂寞!"[①]主编胡汉士在汇泉公园举办"稿友游园会",集合青年诗人,其中有沉迟、谷萁、燕临、虞克忠、郑荃、费筱宗、费筱芝、李青樱、默汀、木冰等。这些灵心慧眼怀诗梦的文艺青年,诗作青涩,但也不乏用意象铺陈情感、用心象寄存情思之为。

用如椽之笔让时事入诗,用诗歌语体书写时代声音的当推《诗青年》月刊。据当事人回忆,1944年底,黄耘从北京辅仁大学返回青岛后便与梁宝、默汀合编了一个小型铅印诗刊《诗青年》,揭露社会黑暗,抒唱爱国情感。他们还用《诗青年》联络沦陷区的一些青年诗人,不独青岛的石玺、刘温和应诺奉稿,更有北京的海笛、何一鸿、荷山,唐山的李瑛、翟尔梅、马奔,天津的苏夫,沧州的王植潘,以及南京的陆拴之等,纷纷在《诗青年》上发表诗作。刘温和的《咏丹顶鹤》、何一鸿的《箫声》,潜存的创作力依稀可辨。梁宝的《流浪》写道:"流浪到他乡,/饥寒,忍泪,彷徨;/四顾茫茫,/举目无亲独哀伤。//秋风晚拂扬,/夕阳下寂寞怅惘。/遗恨是国土沦丧,/游子断肠。"[②]黄耘发表的叙事诗《野店》,写的是逃离沦陷区未果的经历。[③] 由于组编的《纪念鲁迅先生逝世八周年特辑》和发出的反对奴役压迫、呼唤自由的呼声遭到日伪当局的追究,《诗青年》仅出刊两期便夭折。此间,青岛市立中学、礼贤中学的高相、曲琦、王传鼎、侯健民、孙思燮、赵劭坚、高清泰、宁公介等进步学生编辑出版的油印刊物《学余文苑》,其中有一些激情澎湃的新诗。

据史料记载,《治平》月刊(1944年8月创刊)和《地瓜干》月刊(1945年4月创刊),作为偏重文艺的时政性文化杂志,也发表了一些有进步意义的新诗。有一篇发在《治平》月刊的小诗《臭虫》这样写:

你来咬吧
当我熟睡时
当我睡眠不足而无反抗时
你尽力的来咬吧
多少鲜血任你吮吸
你的生命是一刹那的
所以你是积极的

---

① 艾霖:《流泉》,载《青岛四十年代诗选》第12页,青岛出版社,2018。

② 孟力:《流浪》,载《山东新文学大系(现代部分)》诗歌卷第246页,山东文艺出版社,1999。

③ 栾纪曾、于营绚、赵夫青:《黄耘口述:从开始抵达开始》,载《青岛文学》2015年第4期。

消极不是你
是谁？
是我吗?!
好了，你来咬吧
吸吮吧，当心我要一醒时[1]

《地瓜干》月刊第二期的《大地吟》，像张大的嘴巴喘出的粗气，末尾几行急促、奔跃，"如今，历史的/苦闷，在它壮阔的灵魂之中，燃起/更壮阔的青春的火柱，它捋起了/老大衰朽的衣袖，它底巨手，筑过/盘踞在北边澎湃的群峰之上的/万里长城，掘过奔窜在中原坦荡的/平原上的运河，已经抓起棒锤/擂击那伏波将军遗留下来的铜鼓"[2]。不在标点处建行，语音与节奏的变换有了更多可能性。

1944 年秋至 1945 年春，济南的《中国青年》月刊第八期、南京的《文艺》月刊一卷三期和徐州版《古黄河》月刊，分别出刊了《青岛文艺》特辑。这三个特辑除刊登方齐、芒芟、谷萁、蕴春等的小说、散文外，还发表了鲁丁、废丁、鲁基、沉迟等的诗歌作品。抗日战争对中国现代新诗发展的影响是深刻而复杂的，处于灰色地带的诗坛艰难地探索适宜于沦陷语境的诗歌生存土壤。

鲁丁等的诗

鲁丁（1916—1966），原名张文麟，字瑞卿，号玉田，山东高密人。幼年随家人移居胶州，于 30 年代发表诗作，曾参与王亚平、沈旭在青岛的诗歌活动，著有长诗《无花的玫瑰》《平凡的记录》《慈祥的笑影》及组诗《山河草》。1944 年，鲁丁在青岛《诗青年》月刊第一期上发表了《八年祭》。1946 年，他在青岛《海风》周刊第五、六期合刊发表的诗《大沽河》，仍效仿着 30 年代青岛诗歌会的狂放之声，其中的诗句明显指向日本侵略者："狂傲的太阳旗，/卑视着田庄，/刺刀的舌头，/舔吃殷红的血浆；/大地上，/咆哮了，/凶狠的豺狼。/沽河被奸污了，/也破坏了，/温暖的家乡！/悲愤的仇火，/狂燃在/庄穆的心房！"[3]

1945 年 6 月，鲁丁在《民民民》第十一期发表的《小丁香》，表现了飘零的感喟和寂寞的愁绪，宛如为远人上的心灵之香。

浅灰的街，
油绿的树，
紫色的衣裳。

---

① 白练：《臭虫》，载《治平》第 2 卷第 2 期，1945 年 8 月。
② 帝青：《大地吟》，载《青岛四十年代诗选》第 356 页，青岛出版社，2018。
③ 鲁丁：《大沽河》，载《青岛四十年代诗选》第 180 页，青岛出版社，2018。

秀发,披散肩旁,
竹篮里,
放一束丁香。
呵!娴静的姑娘!
你比花朵
美丽
芬芳,
生活逼着你,
拍卖春光。
你姗姗地来,
又姗姗地去,
呵!娴静的姑娘。①

类似的诗,还有《小秋曲》《牧羊女》《盲歌女》《五月之歌》等。社会生活天地的闭塞与狭窄,在鲁丁诗歌里更多表现为因抗争无力及困于时势的多重感伤。鲁丁的诗多系抒情诗及朋友间的怀念、寄赠,形体上多用阶梯格式。

这种风格不光鲁丁有,景波的诗也有。景波的诗是沉重的独语,是国破家亡背景下对于人生的微喟。试读《诗人》:

且打开灵魂的窗门,
黑暗永不会模糊
活动在夜里的星子,
像无数含泪的眼睛,
遥遥凭吊着
夜蛾在灯下最后一声悲呻。

腕下散出灿烂的彩云,
在冷惨的季候中,
凝结成雨露飘下,
浸洗着世间的疮痍,
年月的尘积,
罪恶蛀蚀着的千万颗心。②

① 鲁丁:《小丁香》,载《山东新文学大系(现代部分)》诗歌卷第262页,山东文艺出版社,1999。
② 景波:《诗人》,载《青岛新民报》1940年11月14日。

沦陷语境迫使诗人收缩诗歌的表现半径,内转以自我为立足点,力图寻绎灵魂层面的对接。景波写于 1940 年 10 月的《无名之尸》有这样的诗句:“电杆下,/一个褴褛的病死人,/伴着昏黄的灯光,/飘飘的夜风,/密蔽天空的黯云。//省却多少无端的讥咒,/移情的叹息,/与自悲身世的怨嗟! /在纷杂的宇宙中,/拣就一块净旷的砂地,/脱去创痍的躯壳,/坚毅地,默默地,/挣断世间所有的纷葛。”①景波的《神女》也有这种与世俗世界的违和感。

方若的《对语》和芳田的《独语》,皆带有划破时代边界的弧光,乞灵于一个诗人明白但读者模糊的诗歌主题。先看方若的《对语》:

“你一定是丧失了你的记忆,
你忘却了
你不应忘却的东西,
从此,一颗心将如一支断弦琴,
唱不出你的哀伤,你的忧郁。
有一天——
你会在黄昏中,
望着门外的一条千古行人路,
你叹息着悠长的梦,
你叹息着梦里的故事如烟云了。”

“不,我并没有忘却了,
我不应忘却的东西,
一如我并没有过记忆。
我原是风雨磨成的化石,
我原是海水冲击着的砂粒,
尽管眼前的风物成陈迹,
我没有悲哀,没有叹息。”

“那么你是丧失你的生活了。”
“……”②

再读芳田的《独语》:

---

① 景波:《无名之尸》,载《青岛四十年代诗选》第 400 页,青岛出版社,2018。
② 方若:《对语》,载《大青岛报》1941 年 5 月 20 日。

你有一个彩色的概念,
又有一个使人不了解的魂灵,
虽仅是一朵浅灰而羞涩的野菊生在溪畔,
却点缀了这人间无边的岑寂!
溪畔小鹿饮水声惊醒了你的沉睡?
无名小鸟扑翅声也使你抬头一瞥吗?
你的羞涩同月光一样能安慰了我。
一片夕阳浮动在蔚蓝天空下,
染成栖在枝桠的鸟羽如同少女的红唇,
你寂寞吗?
你恐怖吗?
我看到你在溪畔微微抖颤了,
莫愁吧!
有手掌般的枫叶遮在你头上,
有小舟般的贝壳停泊在你足下,
芬芳而寞落的灰菊啊!
高阔天空在我头上,
绚丽的意念在我心中——我问你
金色的开幸福门的钥匙在哪儿?①

外敌蹂躏的境遇,强化了诗人纤细的忧伤、隔绝中的孤寂,这种感觉也能在汉士的《悲怆底歌》找见。其第一节写道:“碧天云外粉饰着残霞,/枯叶悄悄地在冷风里落下,/伫立在凄清的氛围中;/任暮秋的悲哀将心灵抹杀,/呵!呵!/正似心扉上添一层死寂的薄纱。”最后一节则写:“我底心,我的爱早深葬在黄土垅中,/再也重温不起残余的旧梦。/当魂灵离开冷酷的人世,/但愿在暮秋里合起了泪睛,/呵!呵!/落叶,还何必苦苦对我叮咛!”②

青年诗人,特别令人刮目的是虞克忠。虞克忠(1926—1944),安徽合肥人。随家迁居青岛,系胶济铁路坊子车站工人。酷爱文学,极富诗才,因与李白凤相邻而识,受其濡染,诗风沉郁、哀伤。18岁的诗人本是朝气青年,而虞克忠在18岁写的小诗《黄昏》如同遭遇了人生暴击,流露出来自心谷的哀鸣:

那些欢乐的日子已经过去了

① 芳田:《独语》,载《治平》第2卷第1期,1945年7月。
② 汉士:《悲怆底歌》,载《青岛新民报》1940年11月7日。

我的心潮已颓老
我不敢看春天的鲜花
我不敢听夏日的鸟噪

我独自在这狭窄的小屋内
我的心里空虚
我悲哀的泪落下来
落下来……①

写出《黄昏》后不久,虞克忠溘然离世。1946 年 6 月,《青岛时报》副刊《海歌》诗刊推出一期虞克忠诗歌纪念专页。沦陷区的青年诗人多忧郁,创作意念往往选择朦胧之路,这在之前的青岛从未如此大范围覆盖过,虞克忠不是个案。

二　小说和戏剧

日伪统治时期的青岛小说作者与戏剧文艺家,在险恶的环境中抵排色情文学,以隐晦曲折的方式进行着反控制、争自由的创作实践。小说多以小众化的故事切口,以苍凉、凄清的基调,安慰急遽倥偬的人生和被啃噬的灵魂。戏剧文艺反照人的生存状态、生命体验及心理潜流,酷似黑暗王国里的一束光照。

芒芰等的小说

1938—1945 年,青岛的小说多以中短形制面世,主要作者有芒芰、伊人、汉士、景波、毅马、骚人、郭子玉、孟宇等。

芒芰,原名盖耀华,山东昌邑人。她在 1940 年前后移居青岛,于 1943 年去北京读大学。身为为数不多的女青年作家,芒芰在青岛发表的小说有《微笑》《南茜》《秋泛》《拾薪》《树叶底故事》《夜织》《视线》《女工》《火》《窃》《墙》等,多以现实、晦暗的视角表现被扭曲的人性和蹇窘的人生内面,融进的一些时代的"梗"隐隐透露出难以言说的精神苦痛和幻欲心态。

小说《微笑》分 7 次在《青岛新民报》连载,体量接近中篇小说,但结构简明,情节浅淡,故事呈线状延展,人物只有"我"、梅、浣、信欣和衍柯,都是些失却严肃方正的生活态度,性情乖戾、别扭,以至变态的小市民。小说主人公"我"因与表姐私通被父亲赶出家门,后来和梅、浣、信欣、衍柯成了朋友。明知信欣深爱着梅,而"我"却横插一腿恋上了梅,但梅并不爱"我"。小说中的人物一个比一个

① 虞克忠:《黄昏》,载《山东新文学大系(现代部分)》诗歌卷第 244 页,山东文艺出版社,1999。

不是东西。作者写了“我”与梅的一次幽会:

> “我已经没有友谊!世间已没有什么东西是属于我的!我……我”梅不等我说完便掩住了我的嘴,我乘势将她抱住狠狠的在她颊上作了一个长吻,直到已无力制止她的挣扎时才放松了手,她悲愤的哭着走了。①

人情如纸。到了,梅嫁给了浣,信欣却死了,“我”分明看到信欣“黄瘦的面颊浮起了两朵满足的永久的微笑”②。芒芠的《夜织》写身居贫民巷的姐弟俩,一心想上学读书的弟弟生着病,姊姊为了实现弟弟的愿望,没日没夜地为有钱人缝织衣服,度着默片一样的自苦人生。小说写了一个情节连缀:

> “你这么忙,日夜不休息,你不珍惜你的命吗?”
>
> 她突然忆起前天去拿钱时,富家小姐那句半似怜悯、半似嘲笑的垂问。当时她无言地笑着,此时她却想:
>
> “对我——生命对我有什么呢?它都给我些什么?珍惜,整夜不息的工作还就不是珍惜生命么?自己的生命,自己的精神,甚而自己的汗、血、泪和笑容,不也都只是贱价的缝织在他人的服装上么?”③

1943年,芒芠在《中国文艺》发表的小说《扳道夫》,实为别开的一生面者。她还试笔侦探小说,如《红色宝石》写一个秘书杀死老板又伪造宝石失窃的黑幕事件,情节离奇,但艺术水准显然差了太多。

伊人有数篇小说发表,如《变》《夕烧》《骗》《一个老人》《旅途》《结合》《乞妇》《吴茱萸》《大水》《琳》《病室中的光》《旧雨》等。《变》写公寓里白、连两户人家的故事。老白的老婆出身旧派家庭,人送外号“母老虎”;小连的妻子新派,“念过洋书”,但也“泼辣的蛮横”。两家共用一间厨房和厕所,两家女人天天为你烧坏了我家锅底、你如厕不冲刷等琐事争执不休。她们吵架惹恼了楼上住的患有失眠症的李二爷,李二爷为调解纠纷费尽了口舌。可是如何改变现状呢?小说没有给出答案,也没有一个满意的结局。伊人的《夕烧》是连载小说,写的是于君与欧阳夫人的私情。女人欲海难抑,男人欲拒还迎,欧阳夫人追求刺激,醉生梦死,一味贪恋床帏之事;沉沦在颓废滥情世界里的于君,满足于畸形、萎靡的存活状态,最终读着雪莱的诗《女催眠师语病人》终止了全文。伊人的语言表现力强,词句的色彩浓烈。小说《骗》里的人物,竟能“用眼睛给她一个飞吻”,她

① 芒芠:《微笑(二)》,载《青岛新民报》1940年2月1日。

② 芒芠:《微笑(七)》,载《青岛新民报》1940年2月6日。

③ 芒芠:《夜织》,载《青岛新民报》1940年9月21日。

说“你似乎把你的忧伤分给了我”，而最终“我上了她的当”。[1] 伊人的《大水》描述暴雨导致河水泛滥给乡村带来的灾难，靠天吃饭的农民欲哭无泪，哀鸿遍野。

“甚么都完了，一家人只有向着一块块的田地发愁，到如今只有指望豆子的收成了，若不好，明年只有死的份儿。”[2]

汉士，原名胡汉士，小说有《南篱畔下的玫瑰》《水晶帘下的中秋夜》《海市蜃楼的故事》《滋味》《春风》等。《南篱畔下的玫瑰》写一年半前离开都市的夏风重返时，朋友们不忍心告诉他他的恋人白薇三天前因病香消玉殒了，作者写道：“时间给人尽是些长久的回忆，说到白薇的死，是多么一个惨痛的故事呢……”[3]《水晶帘下的中秋夜》写舞女生涯，反映将青春葬送在舞场的愁怨与哀艳。“舞踊方罢，她们都乏了，香汗淫淫地潮透了云裳”，却下水晶帘，朦胧望秋月，“孤寂的心情又焉能让歌舞来遮盖”。[4]

毅马写散文，也写小说。他的《广郊里的鲜花》是部中篇小说，一直在《青岛新民报》连载；《原野》分6次连载，是青岛不多见的乡村空间转场的小说，他另有《无名江畔》《永志之夜》《星和月》《朝霞》等。郭子玉的《亡妻》，述说一个农村小媳妇的意外死亡。她在城里的丈夫是通过车夫得知这个消息的，这是一场他不满意的婚姻，但她用爱感化了他，在他即将接受她时她却走了。此外，青岛报媒的小说还有景波的《陷》《一张诊病单》《回乡间去》《破落的渔家》《希望中的夏天》，孟宇的《红玫瑰》《血迹》《订婚皮鞋》，骚人的《谎》《男与男》《得不到同情的自诉》，谷荑的《山村里的故事》《聪明者》《门》，废丁的《王掌柜》《她不再抽烟了》，以及穆穆的《城中的人们》、静岩的《乡居杂录》、许仁的《上马石》、稳健的《福》、陈堃的《婴尸》、春光的《妈妈的秘密事》、云心的《寻求》、凌羽的《流浪者的归宿》、丁藾的《被弃者的灵魂》，等等。

身处日伪统治下的青岛小说作家，有着放恣才思与爱悦自己的情绪，反映了作者进退失据的矛盾心理。有论者著文道：“混乱了的头脑，已经干枯了的思路，确实是再也写不出东西来了。”[5]

白萍等的戏剧文艺

日伪当局严密的文网，控制造成戏剧家在题材选择、舞台设计等方面纷纷寻

① 伊人：《骗》，载《青岛新民报》1940年7月2日。
② 伊人：《大水》，载《青岛新民报》1940年10月13日。
③ 汉士：《南篱畔下的玫瑰》，载《青岛新民报》1940年9月3日。
④ 汉士：《水晶帘下的中秋夜》，载《青岛新民报》1940年9月18日。
⑤ 旻航：《人间给我遗留些什么?》，载《青岛新民报》1940年3月10日。

求商业机制的庇护,抨击黑暗、呼唤光明的戏剧作品实不为见。青岛的戏剧剧本主要是白萍的多幕剧《桃花时节》,独幕剧有野火的《桃花湖畔》、谷荑的《闪》、葛书元的《老母谁依》等,都有角色看点。

在《民民民》杂志上连载9期的五幕悲剧《桃花时节》,其每个角色都自带着故事属性。这出爱情悲剧发生在一个音乐之家的四个女儿身上。大女儿海伦誓不嫁人,二女儿露茜拜金实用,三女儿碧蒂迷恋歌坛,四女儿安娜单纯可爱,四个女儿因青年艺术家冯英的出现荡起了情感涟漪。冯英爱上了安娜,海伦却苦恋着冯英,在冯英与安娜的新婚前夜,安娜知道了海伦对冯英的爱。出于对大姐的同情,安娜决定放弃冯英,跟随深爱自己的柳琼远走高飞,海伦却掉进了爱的心狱难以自拔。海伦、安娜与冯英情感纠结的片段戏份最足。

(冯英走近她的面前,他宽大的礼服差不多将海伦娇小的身躯掩遮在礼服内。这时,安娜正从甬道走来,看到这种情形赶忙又退回去)

海　伦　(打好领结)好了,去吧,这样才是漂亮的新郎官啦。告诉你,少喝一点酒吧,待一会,看我们安娜不乐意……(苦笑)

冯　英　谢谢你,海伦,你待我们太好了,我真感激你……唔,待一会,请你告诉安娜快一些化妆吧。

海　伦　(等冯英去后,再也强忍不住泪水)啊!天啊!这是命……命……(哭倒在床上)

(安娜突然进来。此刻,她内心也不知是辛酸,是嫉妒,是怜恤,是悲哀)

安　娜　大姊,怎么?你……

海　伦　(挣扎起来)不,我有些头痛,我想休息一会就好了。你,你快一些换衣服吧,我来给你披纱……

安　娜　(突的走到床前)海伦,你……你……

(海伦吃惊的退一步)

安　娜　你,你爱他!

海　伦　(用手遮住她的视线)胡说!安娜……你……

(两人身体在战抖)

安　娜　(苍白的面色,泪珠在眼里滚转,又进一步)是你,你爱他!

海　伦　(哀求)不,安娜,请你住口吧!我不是……

安　娜　(有些愤恨,再迫着她)是,是你……①

剧作家死死地撕扯着剧中人内心深处暗痣一样的疤痕。在"幕徐徐落"的

① 白萍:《桃花时节》,载《民民民》第7期,1944年9月。

剧终处，一句“仅以此剧献给露”的题献隐含着不便道出的取材原型。《桃花时节》反映了青年自由的爱情观，却缺乏反封建与个性解放的“人”的主题。

1944年6月，《民民民》第四期刊载了署名“野火”的独幕剧本《桃花湖畔》。之后，《民民民》第五期报道了谷荑独幕剧《闪》和葛书元的《老母谁依》在青岛明德小学演出的消息。剧本的立意依傍戏剧的矛盾冲突得以体现，受社会环境的制约，家国之恨、兴亡之叹往往被割裂开来，衍射出剧作家内心的凄冷与孤独。

三　散文和杂文

较之诗歌和小说，日伪统治时期的青岛散文在“空洞和贫乏”中徘徊。由于“本市投稿的稀少”，报纸文艺副刊“外埠的投稿是占个绝对的多数”。[①] 杂文则在历史蜕变的关口，兀自透露出感伤的格调。

废丁写散文，在散文中展现情绪，如《路》《暮春篇》《春城集》《蝉》《也谈书店》《关于“老舍”》《梦里的梦》《逃出鬼门关——病中琐记》等篇什。《路》有故事情节：接生婆和开茶炉的老汉生有两个儿子，最初一家人的生活还不错。后来老汉因好赌进过警察局，挨了罚款，改行给人家做帮佣也改不了恶习，结果丢了差事。两个儿子，大的在海北打工染上了毒瘾；小儿子游手好闲，好歹娶了门亲。接生婆在气闷中病死后，一家人便散了。大儿媳带着孩子去了海北，小儿子也带着媳妇远走他乡，风烛残年的老汉成了乞丐，在呻吟中消磨时光。废丁的笔底流淌着一股孤独遗世的落寞之情。

《暮春篇》是一组人与动物的散文，带着烟火日常的米炖微光，其中《青岛新民报》发表的《猫》写作者养过的两只猫——小花、小狸。它有这样一个片段：

> 前年夏天我家里跑来一只狸猫，起名叫“小狸”。小狸是非常职守的，一天曾捉到五只老鼠。所以，全家人把爱小花的情感移到小狸身上来了。
>
> 冬天的夜里，小狸也钻到我的被窝里寻一点温暖。它也曾抓伤我的手，抓伤我的面孔……片刻的痛苦过去，对于猫的爱惜不减往昔。
>
> 小狸在旧历四月二十二的晚上失踪了。
>
> 我像失了灵魂。浓烈的热情被猫子给抓破了。我禁不住悲哀的泪水，我十二分想念小狸，失却理智的哭了。我知道不该为猫子而牺牲眼泪。我挂念它被强人打死了，或赶到老远的地方饿死了，我更把泪水尽量的倾了出来。[②]

---

① 《告读者》，载《青岛新民报》1939年9月5日。

② 废丁：《猫》，载《青岛新民报》1940年6月9日。

作者托物言志,通过人与猫的情感流露出感世之怀,令读者心有戚戚焉。《也谈书店》回忆曾经令人神往的“荒岛”书店,以及一些读书、交友的切片,然后作者感叹道:“缺乏精神的食粮,犹如性欲未解决是一样的痛苦。假如有一两册称心的书手里一拿,那简直是神仙。世界上没有再比‘读爱看的书’再愉快。可是,现在我连一册不爱看的书也摸不到手了。”①

尹大的散文有《雨夜》《我的话》《病中随笔》等。《雨夜》写一个单身女子在一个风雨之夜跑进陋巷居所的故事。作者没有写这个女人的名字、职业和来历,却似逸笔草草的文人画,描绘女人的用品和生活起居,于静态的视觉摹写中呈露出一个饱经风霜、保有精神洁癖的女性面目。

> 她还有一个损了磁的脸盆,也同那些包覈放在一起的。一面小镜子,已经走了水银,坏得不能再照出人的本来颊容的了,她却拿着当作宝物似地挂在对着门的那一面墙上。她每天早晨习惯地对着那镜子,用从包覈里面拿出来的一把破了齿的梳子,整理一次她那枯黄的发。②

方齐,原名孟灼,孟超之女,她的散文大都是有情节的小说变体。《母性》写一个女子因未满月的孩子夭折,常常夜半惊醒喃喃自语:“他被丢在哪里了?他会被野狗嚼了?啊!不,不,我不敢想,不敢想,那可爱的小身体,让我再亲一下,啊,我不,我不……”③《最美满的夫妇》写一个男教师爱上了一眼心动的女学生而抛弃了旧情人,然而新婚不久的妻子感情出了轨,当她把一切坦白了之后,“我揽紧了伏在胸前的妻,感到了她温暖的气息,有泪珠滑落在那黑亮的长发上了”④。方齐的心思似乎不在写完整的故事上,而是细腻地传达心绪,她的《盼》《伞下》《海滩上》都是这种笔致。

毅马的散文有《相逢何必曾相识》《新声曲》《初奏》《许多件里的一件》《木梨》等,体裁类似于随笔、杂文、小品。《木梨》富有哲理性,作者写道:“木梨不如木瓜来得贵重,也便没有人切心栽培,但有人试过没有?它更长得好一些。”⑤孟宇与毅马的风格相似,这在《无形的帘子》《紫丁香》《龙吟虎啸》《旅人》《陈迹》《小阳春》《街头狂酌记》《四围的昏暗》中都能得以印证。孟宇的《简——纪念你的小佳》《简——追忆我的沧儿》《简——小心你自己》《简——星期日》等与

---

① 废丁:《也谈书店》,载《青岛新民报》1939年9月15日。
② 尹大:《雨夜》,载《青岛新民报》1940年10月22日。
③ 方齐:《母性》,载《大青岛报》1941年10月1日。
④ 方齐:《最美满的夫妇》,载《大青岛报》1941年10月2日。
⑤ 毅马:《木梨》,载《青岛新民报》1940年11月17日。

“老三”的对白中，尽情地挥洒着恣意奔放的情绪与含混不明的心思。作者借助文中的人物“大口大口的喝着酒，大口大口的吸着烟，忘了世界，忘了一切，也忘了自己”①，注入了个人的社会阅历。

可能，春光的散文更接近于散文本体，他的《傍晚漫步》《晨行》《寒风里》《饭铺》《无意的奇遇》等都是都市风光中的影像。《傍晚漫步》酷肖一个顾影自怜的街头流浪者，“商店里的播音机，正在奏着幽雅的进行曲，我怀着迷茫的一颗心，继续着在长街上无目的的彳行着”②。景波的《栈桥小憩》也抱怨都市生活的心烦意乱，“每当我托着书本要读的时候，或握起曾经助长鼓动过我的文思的褐色派拉特金笔，聚精会神地写点东西的时候，临街窗外的粗暴的市声，好像故意和我开玩笑，脑中所发掘的东西，反躲避没有踪影了”③。景波的情绪直接影响到《青年和老年》《神秘的呼喊》《惨死的老鼠》等小品的调子，他分3次发表的《星期日》组合式小品中，《残雪中的影》和《归途的恨声》氤氲着丝丝颓气。吕蕴玉的散文泛着神秘的宗教脉息，读《求生篇——死的诱惑》《罪恶的魔鬼之所》《信徒》《子夜的哀音》有种毛骨悚然的感觉，作者发问：“这是谁的罪过？社会上有着深重的彩色，那是穷者永为罪恶之子、富者永为快乐之神。醒醒吧！该挣扎的时机到了。愿宇宙光明。”④

芒芠也有散文作品，她的《点滴》《幻境》《乞食》《希望》《断桥》《春雷》等笔致不凡。1944年芒芠离开青岛去北京读书后，她在给青岛《民民民》创刊号投寄的散文《海》所加注的《题记》道：“时代的洪流正在淹没着罪恶的世界，可是，海，此时你也驮着我，带我到大的海洋中去找那我的前程。”⑤

报纸杂文是沦陷区的一个认识社会的窗口。1939年12月，一个署名“冰心”发表的《魔力》，其实就是一篇记事性杂感。

> 今天十号了，到了更换营业执照的时候，是一个天气很严寒的上午，经理下了诣旨。我便很郑重的拿了预先写好的呈报表出门飞跑而去，马路上的形形色色从我的眼前跃过。到了×××会的门口就看见如长蛇般的一大群人，在那里乱挤。喝！要排齐，一个一个的挨号逞能，怎么一点规矩没有。待了两个半钟头以后好歹的总算挨着了我，正当这时，咯噔咯噔咯噔的声音来了，一位足着高跟的女人围着一条桃红色的围巾，手里也拿着呈请书。……这时的

---

① 孟宇：《街头狂酌记》，载《青岛新民报》1941年4月30日。

② 春光：《傍晚漫步》，载《青岛新民报》1940年2月6日。

③ 景波：《栈桥小憩》，载《青岛新民报》1940年9月19日。

④ 吕蕴玉：《子夜的哀音》，载《青岛新民报》1940年10月20日。

⑤ 芒芠：《海》，载《民民民》创刊号，1944年1月。

> 她便从容不迫的走进了办公室,那位办事员连忙站起来很恭敬的接过她的呈请书:"啊!你这里忘了写,我替你写上吧?贵经理叫什么名字?哪里人?"她一一的告诉了他以后,一会便将收条交给了她,并说"五天后请至××局××股领取执照"等语。她便嫣然一笑的出了办公室,我这时也挨号进了办公室,那位先生可不像五分钟前那样的客气了,接过呈请书一看:"不对,你某处忘了写,某处忘了填,回去另写。""先生!就这八个字,借我一支笔,我在这里写写好了?因为我等了三个钟头才进来的。"我很××的这样说。"不行,不行!"那位警察先生又板起了他那副可怕的面孔,连推带搡的赶我出了办公室。这时的我象一只迷途的羔羊……回忆刚才五分钟办成事的女子,她的魔力真大呵![1]

这其实是沦陷区"玉腿高跟"另一种写法,带着香艳的色调,充满讽刺意味。这种风格也得见于篇幅更短的小品。1940年前后,《青岛新民报》的副刊几乎每期都有一个《漫墨》《龙井清谈》《说给谁听》栏目,发表的大都是一些二三百字的小品。如青蘋的《言论自由》《关于义务戏》《为"?"而运动?》《良心》《苦笑》《做人》,龙公的《"文人"与"女人"》《"花瓶"与"痰桶"》《文士悲秋》《商业道德》,京平的《暴风雨后》《小建议》《吸纸烟》《惨!》等。闵光予的《生活的勇气》《生活杂谈》《如何纪念孔子》等都是篇幅短小、富含哲理的杂文。

第四节　袁犀等外埠作家作品

东北、华北沦陷区作家以流寓写作汇入青岛文坛,是一个值得重视的现象。袁犀是从东北入关"新进作家群"的代表,曾三次旅青,他的长篇小说《贝壳》和几个短篇小说或写于青岛,或以青岛为背景。宋来等的新文艺作品、陈慎言等的现代旧派小说,从不同的视角或隐晦、或真实地描绘了沦陷国土上的民众生活和社会现实。司奈尔等的翻译文学则透出峻涩的态度和思想的悬隔。

一　袁　犀

袁犀(1920—1979),原名郝维廉,笔名还有郝庆松、梁稻、李克异等,辽宁沈阳人。1934年,他因议论国是的书信被伪满洲国警方发现避走北平,入读艺文中学,后于1939年返回沈阳,参加共产国际领导的地下抗日组织。1940年末,

① 冰心:《魔力》,载《青岛新民报》1939年12月17日。

他因病来青岛疗养，其间为“文选每月丛编”谈毕爵青的《小说家》撰文，在文末题识“四十年末，青岛疗养病院”。[①] 袁犀这次青岛之行与其1941年1月31日写的短篇小说《遥远的夜空》和于2月20日写的短篇小说《泥沼》，也有某些关联。1941年3月，袁犀在北京与女大学生高智结婚。12月，袁犀虽然躲避了日伪制造的“东北左翼文学事件”，却在不久参与的西直门爆炸案中被捕。历经半年多的审讯，袁犀终获保释出狱，因其文学名望成为日伪的“活传媒”。1942年冬，袁犀作为日伪山东“治安强化运动”的视察员来到青岛。

对于这段青岛之行，袁犀在一篇游记中说：“在青岛，那儿我得到了许多美的印象……倘若说这旅行对于我的若干年枯燥愁苦的生活是最好的滋润，是美的情操之最善的哺育，也是可以的。”袁犀几乎每天都在青岛海边逗留，甚至希望“能有一间白色小屋，在海滨上，不与世人接触，世人亦不烦扰我，能让我静静的生活，对着大海培养自己的幻想”[②]。不难想象，青岛的海带给东北文学青年袁犀怎样的启迪，这位“新近作家群”的小说家运用三次青岛行走的素材积累写出了数篇以青岛为背景的小说。

1945年5月，北京文昌书店印行的袁犀短篇小说集《时间》，其中的《手杖》《红裙》均以青岛咖啡馆为背景，以叙事之笔探索道德人性有相当深度。[③]

《手杖》的主人公金卓患有精神衰弱症，他带着一根样式古朴拔俗的手杖到海滨疗养，不期然邂逅漂亮、性感的咖啡馆女侍马霞。马霞是一个摆脱了一切道德观念束缚、放纵享乐的尤物，最终拒绝了金卓的追求，嫁给了能满足她一切欲望的洋画家欧阳学海。当身着泳装的马霞出现在月光下的海滩时，金卓对比自己龙钟伛偻之体，“感到了羞愧的恼怒”。小说写了这样一个细节：

> 他们并坐在沙上，马霞的珠贝一样的足趾和纤巧的足踝，一时夺去了金卓的精神。他完全没有听到马霞对他说了些什么。后来，他无意中又看见了自己的身体，这简直是残忍，他的肋骨突出着，他的臂细瘦得像一根柴，看着被月光映在沙上的、他的弯曲的脊椎的身体，他渐渐被一种复杂的情感支配了，他恼怒，嫉恨，惭愧而且懦怯。望着身边诱人的美丽无比的马霞的肉体，他起了一种残忍的意欲，他自暴自弃，报复的用手执起放在身边沙上的他的粗大的手杖。
>
> “你好像老也不忘记你的手杖，你的手杖很别致，花纹也美……”他恍

---

① 袁犀：《关于“小说家”》，载《文颖》1941年1月。

② 郝庆松：《海之旅——治运视察所见及所感想录》，载《华文每日》第10卷第2期第102号，1943年1月15日。

③ 朱栋霖、丁帆、朱晓进：《中国现代文学史1917—1997》（上），第255页，高等教育出版社，2006。

惚听见马霞的柔媚的声音，他站立起来，挥起他的手杖，猛力的击打在马霞的丰满的魅惑的无限之美丽的肉体之上。①

手杖，本寄寓着文明的符码，而在金卓手上却成为人性黑洞的喻体。作者运用暗示性手法，发露了金卓在“灵”与“肉”冲突中的劣根性。

《红裙》的主人公陈迈有一个同居近一年的女友，但他仍感到生活无聊。咖啡店女侍娜达霞身着的一条猩红色刚及膝盖短裙，勾起了陈迈对往昔沉溺肉欲的生活回忆，他曾因玩弄一个16岁的少女张曼而致其自杀。陈迈从北京潜到青岛想换换环境，然而暗蓄在灵魂深处的邪恶在睨视娜达霞的红裙时再次爆发，意淫了他的潜意识。陈迈蜷伏在罪恶的温床里，愈益感觉到内心世界极度黑暗。于是他下意识地说谎，试图用谎言对抗现实的虚假和自身难以解脱的宿命，自己却“奇异而又揶揄的暗笑”②。从《手杖》和《红裙》可以见出，袁犀在探索唯主观、反理性的“意识流”小说手法，每部作品都有一个阴郁、鬼魅、乖讹的意象，带着极风格化的立体感和表现力。

长篇小说《贝壳》

从1943年2月17日《贝壳》前记的时间推测，这部小说起笔于青岛，完成于离开青岛不久。透过书前的小诗“昨夜/海歌唱着/优雅的死之歌/今朝/残留在沙上/这些贝壳”，以及1943年5月北京新民印书馆出版《贝壳》的信息看，袁犀通过一双青岛姐妹李玫、李瑛的情爱故事，悉力于灵肉两端挣扎的女性话题。

姐姐李玫年轻貌美，受过大学教育，与恋人吕桐偷情怀孕反遭抛弃，怀胎三个月时嫁给了大自己近20岁的教授赵学文，因怕被发现婚前怀孕，李玫以安胎为名带着妹妹李瑛从北京返回故乡青岛。在青岛，李玫、李瑛姐妹俩结识了富豪周乃康一家及花花公子白澍。靠女人吃软饭的白澍周旋于美媛之间，不但与周乃康的妻子关系暧昧，还与性感的周家姨太太有染，并诱使18岁的周静失贞。白澍玩够了周家一众女性，将罪恶之手伸向了李瑛。李玫警告李瑛当心白澍，而李瑛已被白澍的荷尔蒙气息征服。李玫为避免李瑛重蹈自己失足的前辙，便将白澍在周家的绯闻扒了个底掉，李瑛极度伤心地离开了青岛。李玫生下与吕桐的孩子后，在一次周家舞会上意外遇到抛弃她的吕桐。吕桐的忏悔和甜言蜜语使李玫深味痛苦的同时又常常被诱惑，与吕桐继续纠葛而再次失身。而妇科医生郝铸仁因掌握李玫未婚先孕的秘密多次对她敲诈。吕桐因制毒、走私受到了惩处，最后丈夫赵学文把登载法庭记事的报纸交给李玫，小说近于尾声。

① 袁犀:《手杖》，载《中国沦陷区文学大系》新文艺小说卷(上)第1077页，广西教育出版社，1998。

② 袁犀:《红裙》，载《袁犀文集》第260页，华夏出版社，2004。

二十分钟以后，李玫把其余冗长的记事读完，李瑛看见她颜色变成了难看的青白色。她对她说：

“我看你颜色不好，我扶你去休息一下吧……”

“不，我很好。”

“去躺一会儿，”教授不明白她为什么突然变成了这样子，“你的身体太弱了。”他叹息着。

“我不会。”她固执的说，但觉得胸口里有什么东西冲上来，她咳嗽一声，有一口紫色的血吐在地板上。[①]

袁犀以反省、批判的态度，生动地再现了沦陷区知识阶层挣扎、沉浮的立体画面，无情地鞭挞了黑暗社会对青年一代的锈蚀毒害，以及对社会的危害。袁犀在《贝壳》付梓前的一篇《前记》中道：“写着他们怎样在生活里沉溺，写着他们的思想的混乱和迷惑，善变与矛盾。由于他们的教养造成他们的痛苦，由于他们的知识作的罪恶，并且人性的丑恶的一面是怎样的被人类的教育程度以及现代生活所掩饰而伸张着。”[②]在袁犀的《贝壳》里，男性全是极尽丑恶、卑劣、龌龊之能事的两足败类，白澍将不正当的性行为发挥到了极致，吕桐盘念的是如何在李玫身上再次得逞的种种伎俩；而小说中的女人则无一例外地在欲望、虚荣、苦闷中自我奴化，沦为物质囹圄豢养中的放荡尤物。李玫承受着自由恋爱与传统道德训诫的双重重轭；李瑛则沉迷于爱情的幻想，试图挣脱暗淡无光的世俗生活，追求神圣的爱情。然而，现实中的爱情已被别有用心的人曲解，男人用性来定义爱情，爱情只是男人满足性欲的遮羞布。与同为东北入关“新近作家群”同人梅娘的“关注女性、同情女性”观不同，袁犀则用否定、批判、暴露的视角，把一连串被毒害的女性推在读者面前，对于自由主义爱情观做了严峻的批判。[③]

袁犀作为沦陷区拥有广大读者的知名作家，《贝壳》势必广泛受瞩。对于作品的主题思想，特别是表现日伪文化殖民主义的压制，《贝壳》“所谓的向日本支配下的傀儡政权妥协，所谓的默认了大东亚共荣圈精神这样的内容一丝也不存在”[④]。袁犀坚定地认为，日伪沦陷区是“文学的全黑时代”，《贝壳》指涉出一些接受西方思想的中国沦陷区青年无力抗日的端由。但是，袁犀对这一主题的挖掘不够清晰，对于病态人性和病态社会的剖析缺乏深度。此外，《贝壳》的人物

① 袁犀：《贝壳》，载《袁犀文集》第400~401页，华夏出版社，2004。

② 袁犀：《〈贝壳〉前记》，载《李克异研究资料》第255页，花城出版社，1991。

③ ［美］耿德华（Gunn，E. M.）：《被冷落的缪斯——中国沦陷区文学史（1937—1945）》，张泉译，第44页，新星出版社，2006。

④ ［日］中薗英助：《我所认识的袁犀》，载《李克异研究资料》第139页，知识产权出版社，2010。

形象扁平,系“苍白而贫血的,怀疑的”①,情节主干也没有充分拓展。

1944年夏,袁犀还因参加青岛文学一次笔谈来到青岛。据同时来青的山丁称,袁犀离开青岛后即投入长篇小说《盐》的创作中,“仿佛青岛旅行给他带来创作动力,要从生活的海水中提炼出盐来”。袁犀将这部在青岛得到灵感的小说定名为《盐》,是因为人们把沦陷区的文学比作“失了味的盐”,袁犀要用《盐》来对抗沦陷区无聊的文艺。只是,《盐》在1945年出版时改名《面纱》。

二　宋来等的新文艺作品

来自东北、华北等外埠作者在青岛报媒发表的文艺作品,是对青岛文学的补增。其中,宋来的放送剧改编脚本、小说和散文,楚眉、陆涛、笑芙的小说,瘦马、李瑛、闻杰、司奈尔、山丁等的诗文,都有系属自己的文本追求。

宋来

宋来,原名罗励,是华北“文艺协会”和“作家协会”会员。从1939年12月在青岛以《飞灰集》之名发表七篇“没有完整故事”的系列笔记文闯入青岛文坛起,至1940年围绕话剧《雷雨》改编放送剧的笔墨官司,宋来渐成青岛文友。

放送剧,即广播剧,是以人物对话为基础,并以音乐伴奏、音响效果等声学性能录制而成的戏剧形式。话剧《雷雨》作为中国现代话剧史上最有影响的戏剧之一,是中国话剧成熟的标志,将其改编为放送剧“灌进麦克风”,仅凭“声音一个方面”让听者想象人物和故事,具有极大的挑战性。1940年1月,宋来在青岛客栈围着炉火,耗费一个通宵完成了《雷雨》放送剧脚本改编写作,并在报媒宣称:“《雷雨》是被我从它健壮的身股里吮吸出它的精髓来。”②剧本于2月21日至24日在《青岛新民报》上分4次连载。3月14日,一篇署名“髯奴”的文章《关于改编的〈雷雨〉——写在〈雷雨〉未放送前》,传出不同声音。宋来则于3月17日和18日连续发表两篇《〈雷雨〉改编题外记》,予以回应。宋来的第二篇回应文字刊登之时,景波的文章发出了“宋来先生凭什么理由将这部伟大的剧本,改编成一篇失了原有意思的零乱东西呢?”③的诘问。一时间,争论硝烟骤起,不少热心者纷纷撰文参加进来,只是《青岛新民报》编辑部不想把“光”打在宋来的身上,遂匆匆刹车作罢了。

---

① 蒋步南:《〈贝壳〉读后感——为〈贝壳〉所写的跋》,载《李克异研究资料》第337页,知识产权出版社,2010。

② 宋来:《放送话剧脚本〈雷雨〉编后》,载《青岛新民报》1940年1月28日。

③ 景波:《读了〈关于改编的《雷雨》后〉》,载《青岛新民报》1940年3月18日。

宋来也将《雷雨》改编的兴致转移到小说和散文创作。3月10日，他在《青岛新民报》开始连载小说《松花江畔》，8月他又发表了《热河行记》。宋来在《夜风雨》一文中写了颇具意味的一段话：

夜深了，风雨努着绝大的力扫洗着所有的物体。这青年人在这夜风雨里依然寻索着他所要去的路子。[①]

1941年元旦，宋来的《新年干杯》又给青岛读者送来了新的作品。

楚眉等的小说

从青岛报馆刊发的稿酬领取"启事"获悉，楚眉、陆涛、笑芙、陈萍都是埠外小说作者，也给青岛留下了值得一读的作品。

楚眉的小说有《西瓜刀》《酸酒》《怀旧》《窘乏中之灵魂》《特殊》《天魔与海贼的拜伦》《桌柜儿一家底事》等。《西瓜刀》写杂货铺刘老三生养了三个闺女，想儿子想得发疯，在老婆临盆时磨一把西瓜刀，一旦再诞下女儿就挥刀杀死，小说将刘家老婆"唉夭！唉夭！"的呻吟声与刘老三"嗤啦啦！嗤啦啦！"的磨刀声混杂在一起，暗示亲情在命如草芥的时代只有冷漠与虐杀。《酸酒》写裁缝女儿玉梅因了父亲索定的150块钱彩礼而无法与暗恋的穷书生相爱，二人总是偷着在裁缝铺子周围用"切待切盼的深意的眼睛"瞥上一眼，"谁却终于也未对谁说一句话"就匆匆分开了。直到穷书生"不再来了"，玉梅发出感叹："青春——这人生不能不喝的一杯酸酒！……"[②]小说《怀旧》的主人公，是一个始终未被作者写出姓名的"××"，故事由朋友传来传去××的一篇小说开始，想起××的过往，写的小说没有报刊肯登，时常"到小酒馆去买醉"，穷得"连老婆也将养活不了"。[③]《窘乏中之灵魂》则设定了一个辞去教职、仅靠写稿子赚钱的小知识分子，主人公怀着"荒唐的乐观"心境，结果一次次给自己"制造窘乏与愁苦"，最后"输给了命运"。楚眉的小说有眷注社会烟火气息的视角，惯用内心独白内焦点的叙事写法。在小说《特殊》里，作者发出了蹇窘的疑问和自虐的答案：

我越想越不明白自己不能明白自己。决定自己不相信自己，立刻又想有时不妨也相信自己。忽又疑惑：我会不会终于发疯到自杀呢？几时我不以欺骗自己为欺骗自己时，我大概就得救了。[④]

---

① 宋来：《夜风雨》，载《青岛新民报》1940年8月23日。
② 楚眉：《酸酒》，载《青岛新民报》1941年9月30日。
③ 楚眉：《怀旧》，载《青岛新民报》1941年8月30日。
④ 楚眉：《特殊》，载《青岛新民报》1940年12月19日。

楚眉的小说隐晦地写出了沦陷区市民生活的暗黑无望,尤其坦露出小知识阶层内心痛苦无奈而又不敢直言的凄楚。此外,楚眉分27次连载的《梁山伯与祝英台》,是根据民间故事改编的小说;而《鸳鸯》则是《红楼梦》中的人物金鸳鸯的改写,刻画了一个窈窕如柳、淡定刚烈的穷丫鬟形象。楚眉在寻找小说时空的复调感。楚眉还有散文《雨夜所感》《帘》,戏剧系列评论《舞台剧与电台剧》《戏剧与剧本及题材》《不是讲故事的》《梅忒林克》等在青岛报媒发表。

陆涛的小说有《恋痕》《呼吁》《寻心》《春声》《故乡》等。《恋痕》写两个男女同学在街头偶遇,男人记起了曾经借女人一支笔未还,女人约男人到街角的饭馆小憩,并回忆了许多美好的同学时光。女人还是走了,并未让男人还那支笔,作者写出了男人的心里话:"青春原是一枚酸杏,一阵痢疾,一匹来自天上的瀑布,它莽撞、迷茫,生命也敢当作箭矢。"①《呼吁》和《寻心》的主人公都是落魄的青年女性。《呼吁》中的萍本是大家闺秀,却因父亲的生意破产不得不给一家亲戚做女佣,从此萍忍羞含垢,"脸上的泪已是泛滥式地横流着"②。《寻心》中的玉春因工厂停工不得已到戏院讨生活,戏院老板把这个自己找上门来的"新鲜货"当成了摇钱树,唆使酒后来戏院找乐子的鲁先生"挑一个",玉春后悔做了男人的掌中玩物,"她所感觉的全身在烧着一把烈火,脸被烧红泛着狂热"③。陆涛的视角在《春声》《故乡》中有了转移,更注重表现生活重压下的贫苦百姓。《春声》里的黄包车夫王顺蹲守一夜也没挣到买米的钱,提起可怜的半小袋白薯干回家,他实在无法面对等米下锅的妻子和七个等吃要喝的孩子。

> "回来啦?"
> "啊,回来啦!"王顺坐在那张破矮脚凳上,颓丧的答。
> "米呢?"妻柔和小心的问。
> "米? 哼! 咱吃的起? 怕得吃土。"
> 王顺似有点不耐烦。
> "纪春爹,可是家里一点也没的做。"
> 妻,还是柔和小心的问。
> "咄! 妈的,白薯干……"④

陆涛的小说循现实主义创作流脉,重视细节的真实感和形象的典型性。笑

① 陆涛:《恋痕》,载《青岛新民报》1939年12月7日。
② 陆涛:《呼吁》,载《青岛新民报》1940年1月26日。
③ 陆涛:《寻心》,载《青岛新民报》1940年3月16日。
④ 陆涛:《春声》,载《青岛新民报》1940年3月4日。

芙与其风格相近。笑芙，本名袁笑芙，在青岛发表的小说有《老黄》《呻吟在别人的欢欣里》《齐教官》《哀求》《一个女工的心》《她的死》等。《老黄》中的老黄在警察局当差，因感觉前途无路而情愿去拉大车。《呻吟在别人的欢欣里》里的凤不想再做酒楼女招待这种“奴婢不如、说妓非妓的职业”，无法承受“混在丑恶的社会里，终日搏斗在兽魔阵里的苦楚”。[①] 1939 年 12 月 5 日至 8 日，陈萍分 4 次连载的小说《何日君再来》讲述了一个新女性琴的逃离。琴害怕过只有娱乐和化妆的无聊生活，她苦苦地学习英文和日语，直到有一天她离开了家。此外，北京的曹原在《民民民》连载的小说《鬼》恐怖灵异，情节惊悚。忧愁苦痛蚕蚀弱者心灵的小说，体现了沦陷区被压迫者难以承受的生命之重。

瘦马等的诗文

瘦马在青岛发表的作品主要是杂文和诗。1940 年初，瘦马来青岛“流连”，在此后的“一个季节”写了《书简》两则、《白昼里的噩梦》同题诗两首和杂文数篇。两则《书简》分别寄给“不相识的友人”和“关心我的朋友”。他带着掩饰不住的内心惆怅写道：“这些日子以来，寂寞成了我熟悉的伙伴，它随时随地跟着我，它的踪迹有时出现于我的眉头，有时站立在我的心扉。对于它，我没法驱赶，也没法能够避免。”[②]不知瘦马为什么连续写了《白昼里的噩梦》两首同题诗，一首写“我感到内心的燃烧，/肺脏受着暴力的撼摇，/我的头颅十分的膨胀，/血洗澎涌到最高潮”；另一首则写：

天上一颗不甚光明的太阳，
我寂寞的走在路上。
我虽寂寞，
人们却是分外的熙熙攘攘。

街口挤着蜂蚁的人群，
愈发显示出我孤独的烦闷。
任凭那里有什么奇观，
也唤引不起我的兴奋。

假如我有一块灿烂的黄金，
诱惑所有人的眼睛。

① 笑芙：《呻吟在别人的欢欣里》，载《青岛新民报》1940 年 4 月 7 日。
② 瘦马：《书简——寄不相识的友人》，载《青岛新民报》1940 年 3 月 20 日。

我会立刻被视做无上的贵人;
大众的财神。

我满足的走在街心,
人们牵住了我的衣襟:
“修好积德的主呦——
请恩施吧——
我们是些穷人……”①

顺此思绪,瘦马接续按4句一段共写了12段,写的是“我”与穷人们围绕黄金的争吵与抢夺。瘦马这两首同题诗《白昼里的噩梦》,在题材上获得了相当大的解放,但语言苍白、诗意散淡,仅用想象和情绪堆叠成诗行,诗人的创作主题未能找到自足的型构。瘦马的杂文《“戏”与青岛》《从〈木兰从军〉谈到青岛艺坛》等对青岛文艺界提出了直言不讳的批评,很有点意思。

1945年5月,李瑛在青岛《民民民》杂志发表的诗歌《伐木》及于7月在青岛《治平》月刊发表的诗歌《在马房里》,是李瑛文学研究的重要史料。李瑛(1926—2019),河北丰润人。中学时期因不满“皇民”教育被学校开除流浪天津,在悲愤和困苦中写了不少短诗,1944年他与同学合出了一部诗集《石城底青苗》。李瑛在《民民民》发表的《伐木》中有这样一节:

叮叮叮叮,伐木声
祖父种的树
爸爸留下的斧子
小心的伐呵
我们只剩下这点家业了
一声虫叫或一片叶落
也会震颤手中的斧子②

一生与诗相伴、为诗而生的李瑛,将早熟的人生经历映现到诗歌创作中。《伐木》写出了对贫瘠荒芜北方大地的深情感怀及难以诉说的家国情怀,虽是一个悲愤少年的稚嫩诗性,却像一只初鸣布谷鸟的啼血歌唱。

北京诗人闻杰,常有诗作寄给青岛。他在张家口写的《山居》,刊登在1945

① 瘦马:《白昼里的噩梦》,载《青岛新民报》1940年3月26日。
② 李瑛:《伐木》,载《民民民》第10期,1945年5月。

年 8 月 1 日出刊的《民民民》第十二期上。

山居的日子,夜风寒
月亮闪着阴晴
不知道为谁忧愁,为谁喜悦

一只暮鸦凌空飞逝
生了羽翼的灵魂仍跨向远天
依然是安静的山峦
怕远方的琴音响起
萧邦音键的冬冷

山脚下面渔人俯首安静的湖面
他们像十二世纪
圣伯纳对耶稣的默祷
以色列人耶路撒冷圣地的祝福
马克比王国美丽的理想
他们默祷,湖面的星群
明天会变成游泳的鱼

依然是安静的山峦
月亮已经疲惫了
倦倚在峰顶上
闪着阴晴
不知道为谁忧愁,为谁喜愉[①]

司奈尔是济南人,他给青岛的作品除了外国文学翻译就是文评。至迟在1939 年春司奈尔的名字就出现在青岛报媒上,他起先萃谈鲁迅、徐志摩、林语堂等文艺人物,“报在青岛,我在济南,我与编者无一面之识”,“悠悠一载,我的十篇杂文,就是这样写的”。[②] 之后,司奈尔转向谈诗,他以“杂谈诗”为题,相继对闻一多的《小溪》和朱湘的《雨前》发表评论,接着又评论萧乾、卞之琳的诗作;他还有《读知堂的〈女学一席话〉》《〈欧游漫忆〉读后》《评〈一个陌生女子的来

① 闻杰:《山居》,载《青岛四十年代诗选》第 358 页,青岛出版社,2018。
② 司奈尔:《岁暮杂谈》,载《青岛新民报》1939 年 12 月 12 日。

信〉》等文字。司奈尔的文评其意不在文学理论探讨,而是以诗文为凭借展现其在文体讨论中的个性化思考。

山丁写有一篇题为《青岛文学一夕谈》的文章,披露了些许文坛旧事。山丁(1914—1998),原名梁梦庚,又名邓立,笔名山丁、阿庚等,辽宁开原人。1944 年夏,山丁与袁犀有一次青岛之旅。他们在海里游泳,“用细沙埋住全身,有解除了一切束缚的畅快之感”。

> 那是八月末的晚上,我们一起到奉天街一家山东包子铺吃完晚饭,走回栈桥,坐在栏杆下面,天上闪着星光,带着凉意和咸味的海风吹拂着我们,游人快走光了,只剩下我们俩,栈桥在后半夜仿佛是海浪中摇荡的摇篮。我们谈童年,谈故乡,谈梦和理想,无所不谈。①

除此,出生在胶东、在济南谋生的林一叶有《雪夜舟中》《柿子》《看花》等散文发表,修文的杂文《岁暮谈老》《她感到一点屈辱》、笑芙的散文《哑美人》、翟尔梅的散文《杏林》等,也在青岛报媒或文艺期刊上发表。

还有,羁旅青岛的王锦第也是一个值得关注的个案。王锦第(1911—1983),字少峰,河北南皮人。毕业于北京大学,于 1936 年入读日本东京帝国大学。1944 年 1 月,王锦第来青岛任师范学校校长,于 1945 年 7 月任青岛《治平》月刊顾问。王锦第在青岛除却留有学术著述,还有散文、诗歌作品,他向往民主、自由、平等,成为新文化至诚的信奉者与追求者。② 打开王锦第的文学空间,可能会发现一个被中国文化界长期忽略的学者、翻译家、作家。

三 陈慎言等的现代旧派小说

外埠作者在青岛报媒发表的现代旧派小说占据一定的市场,尤以陈慎言的社会-言情小说《海燕归来》为代表。翟芗福的付刊小说依靠乡缘关系在青岛定点销售,带来一种新的传布业态。外埠作者在新旧小说的流变整合中,形成了以市民为接受主体和表现对象的市民小说。

陈慎言(1887—1959),名尔简,号慎言,福建闽侯(福州)人。早年就读马江海军制造学校,清末留学法国,于 1911 年回国改行入京汉铁路局,一度执教交通大学,业余时间写作,涉足文坛。陈慎言在《公言报》《社会报》《星报》《中华新报》《社会杂志》等报刊任职期间,创作了《如此家庭》《江亭恨》《浑不似》《海上

---

① 梁山丁:《后起之秀——李克异》,载《李克异研究资料》第 67 页,知识产权出版社,2010。

② 徐明霞:《多重文化视野下的王锦第》,载《文学教育》2009 年第 11 期。

情葩》等社会-言情小说，还因写小说为邵飘萍鸣不平而入狱受过。卢沟桥事变后无关政治的通俗小说在沦陷区复苏，久居北京的陈慎言发表了10多部社会-言情小说，其中包括在青岛报媒连载的《海燕归来》和《火中莲》。

《青岛新民报》约到陈慎言的《海燕归来》后立即刊发预告，称陈慎言为“中国第一流名小说家”，20多年来“以撰小说自娱，南北各报，靡不以刊君之作品为荣”。[①]《海燕归来》自1938年8月26日起连载，但至9月14日突发“小说续稿未到故暂停”的声明；隔周的9月20日又复连载，至12月20日连载至前两回的60个章节。小说是常见的三角恋故事，围绕阔少王秀敏与金四小姐、璐琳展开。王秀敏留学法国学摄影，回国后与友人合开了一家照相馆，生意未见起色，却打牌、赌博、贪色，骗得金四小姐的欢心。金四小姐本是浙江富商的千金，因钟情于王秀敏的相貌和谈吐，肆力为其在杭州创造发展机会。王秀敏却移情别恋，迷上了舞女璐琳，玩弄朝夕欢聚、一床数好的把戏。金四小姐终于识破了王秀敏的丑恶嘴脸，逼其归还此前所赠钻戒，王秀敏无法调解三人间的情感纠葛，收拾行囊逃离上海，投奔在北京的姐姐王秀芬。王秀敏不但未吸取此前教训，反而频繁出卖姐妹姑舅等亲戚的利益，甚至出卖胞妹的贞操，由此引发了一些荒唐透顶的事端。试看第十四节的一个片段：

> 每日到各处跳舞场去消遣，随处随地留神，深怕冷不防给金四小姐碰着，如此隐形匿迹，约莫过了一个星期，手边的钱早已花完，不得已一早来到华中美术社，想和世伟商量挪借一点款子，应付璐琳。世伟却道：“你向我借款，我还要叫你帮忙呢！我这几天没什么进款，外面应还债务很多，你得给我想法子。”秀敏见世伟要向他要钱，心内烦恼之极，一时既不便说什么，便走了出去，一想今天没有一二百元是过不去的。郑育绣方面，原可以活动的，只怕一到那儿，碰着金四小姐，但是不到那儿，别的地方又无可活动的。心内踌躇再三，明知去不得，又不得不冒险走一趟。只认为时间尚早，金四小姐或者未来。不想冤家路窄，秀敏的车子刚到郑公馆门口，金四小姐的汽车也由后面驶来了，秀敏真想不到会这样凑巧。金四小姐的眼光是如何尖利，一看见秀敏早扯开嗓子喊道：“秀敏！”秀敏一看遇见金四小姐，早已吓得手足无措。[②]

陈慎言在通俗小说界与张恨水齐名，但张走的是“鸳鸯蝴蝶派”的路子，而陈则行社会言情，更偏向于时局变迁所引发的世情裂变的叙写。《海燕归来》文笔老练，情节反转，善于抓住读者心理，关注人物的内心活动与性情之变；其局限

① 《海燕归来预告》，载《青岛新民报》1938年8月23日。

② 陈慎言：《海燕归来》，第45页，海豚出版社，2014。

性在于没有给读者预留“众女倒追男”的想象空间,对于造成及时行乐、纸醉金迷、反讽道德根源的揭示也不够。陈慎言的《火中莲》于1940年1月23日起在《大青岛报》连载,至10月3日连载了220节次。

此外,翟芗福的付刊小说是此时青岛文学的一个特殊现象。翟芗福,山东掖县(莱州)人,有《盛京时报》记者的经历,曾于20年代在青岛《正报》发表连载小说。1939年11月,《青岛新民报》刊发的《殊途同归》出售广告写道:“名小说家翟芗福君服务新闻界有年,囊曾执笔政于满洲报盛京时报,所撰说部极为社会欢迎。所著《念载春梦》一书,自在本市付梓问世后,洛阳纸贵,万人争诵,近循友人之请,复将其杰作《殊途同归》付刊,现已印就,情节紧凑,描写入化,对于末俗之纠正,尤俱深心,诚不可多睹之名作也。至装订美术,印刷精良,犹其余事。闻其代售处,为山东路义聚合钱庄。爱读翟君著作者,请速往购阅。存书不多,以免向隅。”[①]位于中山路82号的“义聚合”钱庄,是山东掖县(莱州)人王聚义、王德聚、王聚合三兄弟各取名字末后一字为名合开的银号。作为30年代青岛金融业“老大”的“义聚合”钱庄,偏重土产经营,而不重存、放、汇兑,这种本末倒置的经营方式契合了商人的需求,也给王氏兄弟带来巨大财富。翟芗福借助掖邑乡谊在“义聚合”钱庄售书,贯通了写作、出版与发行,不失为畅销良策。翟芗福在青岛刊布的小说还有《夺妻之恨》《薄命花史》。[②]

四　司奈尔等的翻译文学作品

日伪统治青岛时期的翻译文学主要是外埠作者的译品。司奈尔等的欧洲名家文学翻译活跃了沦陷区文坛,多少表现出对于西方社会生活的憧憬与接纳。日本火野苇平的“士兵三部曲”抢了日本文学译介的风头,占据青岛翻译文学市场的相当份额。

司奈尔的译笔或可从《十九世纪小说家妥思托夫斯基的罗曼史》得以显露,这篇译自俄苏批评家Г.纳扎洛夫的文评,发表在1939年7月18日的《青岛新民报》上。对于陀思妥耶夫斯基这位使人难以理解的天才作家,俄国文坛多从孤独、死亡恐惧、生活磨难及自小就有的癫痫病来书写他,而他的三次爱情如同他的小说一样曲折、错杂,特别是42岁那年与一位22岁的“地狱般的女人”的相爱,让陀思妥耶夫斯基窥见了生活的至暗黑洞。拾取文学译笔,1940年2月至3月,司奈尔在《青岛新民报》推出爱尔兰小说家G.莫尔的两部小说。一部是《玛

---

① 《〈殊途同归〉翟芗福君之杰作义聚合钱庄代售》,载《青岛新民报》1939年11月12日。

② 臧杰:《青岛艺术史·文学史稿卷》,第189页,西泠印社出版社,2021。

格莱与毛丽》（*Magley & Molly*），分 4 次连载；另一部是《施舍》（*Give in Charity*）。中国文学界对莫尔并不陌生，早在 20 年代，郁达夫、徐志摩、邵洵美等思想前卫的作家已将莫尔介绍给中国读者。司奈尔译介的《玛格莱与毛丽》《施舍》不是莫尔的名作，但依然能够看到这位自称“追逐自己的思绪犹如孩子追逐蝴蝶”的唯美主义作家的小说风格。莫尔以不动声色的笔触展露生活哀苦的写法，与沦陷区文坛的氛围形成一种微妙的暗合。司奈尔还写文学翻译评论，他的《杂谈各国文艺作品之中译本》《再谈译品》《海外出版界》《汤麦司哈代》等文评曾在青岛报媒发表，对于泥沙俱下、鱼龙混杂的翻译文学现象提出了批评。司奈尔的中心观点是，“翻译是一种事业”①。

楚眉也有翻译文学作品发表。1940 年 4 月 30 日，楚眉在《青岛新民报》发表 R. H. 孔蒂的翻译文评《高尔斯华绥一般的特质》。同年 8 月，楚眉翻译的英国作家 J. R. 吉卜林的小说《百愁门》（*The Gate of the Hundred Sorrows*），分 3 次刊登在《青岛新民报》上。《百愁门》写于 1884 年，是吉卜林的处女作，带有浓郁的浪漫主义釉彩。

除此，丹麦安徒生的童话屡见诸青岛报媒，有金序译的《自负的苹果树林》，署名“M. S. ”译的《红鞋》，“M. S. ”还有译作《父与女》刊布。宏涯译的英国小说家 J. 吉辛的《诗人的手提包》（*The Handbag of the Poet*），发表在 1940 年 10 月 6 日的《青岛新民报》上。根据史料记载，此时青岛的欧美翻译文学还有 A. 勃莱浮作、尼金译的《漫琅兰斯科》（*Manon Lescaut*），A. 莫洛作、夏烘秋译的《法兰西战线》，H. 福特作、岩译的小说《一个能人》，以及《青岛新民报》刊载的小蒻译的童话《雨丝的飘流》《叛逆的男性》《圣诞的礼物》。② 1940 年，《大风》杂志刊载了伊凡亚佐作、蒋洪巽译的《他回来了吧》。

岛城作家也有翻译作品发表，较引人注目的是伊人翻译的《吸血鬼》《圣诞树和婚礼》和《该诅咒的屋宇》。《吸血鬼》是爱尔兰作家 B. 斯托克于 1897 年写的恐怖小说 *Dracula*（《德拉库拉》），塑造了一个由伯爵变成怪力乱神的传奇人物。特兰西瓦尼亚伯爵领兵出城与土耳其人交战，将新婚妻子留在了城堡。土耳其人为瓦解军心谎称伯爵已经阵亡，其妻信以为真殉情自杀。伯爵战胜归来惊见爱妻遗体痛不欲生，此时城堡教会却以伯爵之妻自杀而死违背教义为由不能得到祝福。伯爵怒火中烧发誓自此与教会为敌，遂变成了猎杀活人的吸血鬼。俄国作家 Ф. M. 陀思妥耶夫斯基（伊人译作“F. M. 杜斯妥益夫斯”）的短篇小说《圣诞树和婚礼》是根据英文译本 *The Christmas Tree and the Wedding* 转译的。这

① 司奈尔：《再谈译品》，载《青岛新民报》1940 年 2 月 6 日。

② 青岛市史志办公室：《青岛市志・文化志/风俗志》，第 66 页，新华出版社，1998。

是陀氏早期的一部复调结构小说,通过强与弱的对比展现出社会的黑暗与人性的扭曲。

此时青岛的翻译文学适应了青岛多元化的人种结构。在青岛,既居住着土著青岛人和不同时期从内陆腹地旅寓的中国人,还有因俄苏时局迁至的白俄人,以及日本占据青岛后殖民政策导向逐步移民的日本人,甚至还有由于多种原因迁来的一定数量的朝鲜人。在日伪文网的夹缝里,西方文学作品得以翻译面世是文化混杂性促成的,也反映出翻译者在特殊地域中的心理嬗变关系。

1938 年日本第二次占据青岛后,散见于报纸和期刊的日文翻译作品主要是火野苇平作、曲传政译的长篇小说《花与兵队》,火野苇平作、夏烘秋译的长篇小说《土地与士兵》。前者于 1939 年 2 月 12 日至 4 月 15 日在《青岛新民报》分 58 次连载,后者则于 1940 年由日华山东文化研究会出版。"士兵三部曲"的译者之一曲传政,辽宁大连人,他开过书店展销进步书籍,在 30 年代与鲁迅有过交往。另一译者夏烘秋,又名夏枫,供职于日华文艺研究会,他还在济南创办中日文杂志《庙》。此间,还有稚子译的日本小说家江马修的小说《智慧子》。[①] 江马修具有反战和人道主义思想倾向,关注底层人民的困苦生活,作品带有"艺术抵抗"的意味。此外,日本小说家、戏剧家菊池宽的《无名作家的日记》和《新日本外史》也在青岛翻译出版。其中,《无名作家的日记》写于 1918 年,是日本"新思潮派"的产物,作者奉行"自我主义",以日记体的形式展现了一个无名作家的人生矛盾和内心冲突,以及对于文学创作的热爱与执着,作品深刻的心理描写和情感剖析使他拥有一批读者。另外,青岛的日本翻译文学还有流萍翻译的日本侦探推理作家大下宇陀儿的小说《毒》。

除此,1940 年寓华日本人成立的"青岛文化联盟",以及编辑发行的日文版《山东文化》《大陆短歌》刊物也要一提。《山东文化》系双月刊,在政治时事与一般文化性文字之外也刊有文学作品,从 1940 年 2 月创刊到 1942 年 8 月终刊。《大陆短歌》是"青岛文化联盟大陆短歌会"的会刊,发表日本俳句及研究文章,由晨野德夫编辑、村地卓尔发行,除在青岛销售外还在济南、石门(石家庄)、北京、上海、台湾等地发售。[②]

1937 年全面抗战以降,半岛地区,特别是平度、莱西(阳)抗日民主政府和敌后根据地的文学艺术活动作为胶东抗日文艺的有机组成部分,涌现出一批反映抗日军民斗争生活的报告文学、速写随笔、街头诗、活报剧,以及锣鼓词、快板书、

---

① 青岛市史志办公室:《青岛市志・文化志/风俗志》,第 66 页,新华出版社,1998。

② 钱理群、封世辉:《中国沦陷区文学大系》,史料卷,第 657 页,广西教育出版社,2000。

歌谣、版画、剪纸等农民喜闻乐见的民间艺术作品。30年代在青岛编辑《青岛画报》的钱醉竹,于1942年担任由中共胶东区党委主办的《大众报》编辑,并出任1943年胶东"五四"文学艺术创作"八月征文"的评奖委员。八路军胶东五支队宣传部部长、平度抗日民主政府首任县长罗竹风于1938年主编《海涛》半月刊,并在《胶东大众》杂志发表了《关于童话的写作问题》《论中国文学的鲁迅方向》等文学理论文章。胶州则创编以麦丘村伏击日伪军为题材的歌谣《打麦丘》,鼓舞抗战士气。包括平度、莱西(阳)及即墨、胶州抗日文学艺术在内的胶东文艺运动,积极寻找抗战生活的话语方式,"写下了铁与血溶铸而成的神圣的史诗"①。此外,1930年曾在国立青岛大学生就学的王林,在全面抗战爆发后担任了冀中"文协"副主任、"火线"剧社社长,他以1942年反日军"大扫荡"为背景创作的长篇小说《腹地》被誉为"一幅伟大的民族苦难图和民族苦战图"。

① 《胶东八年来文化运动的回顾》,载《抗日战争时期延安及各抗日民主根据地文学运动资料》(下)第1250页,知识产权出版社,2010。

第六章
黎明前奏:解放战争时期文学

1945 年 8 月至 1949 年 5 月,在中国共产党领导的推翻国民党统治的解放战争中,由于特殊的政治格局,青岛文学出现了奇特的历史现象,俨然带有华北、华东文学重镇的征象。

事实如此,《青岛时报》《青报》等 10 余家报媒的文艺副刊和《青岛文艺》《新血轮》等文艺期刊的创办,以及青岛文艺社、青年文学研究会等团体的建立,形成了副(期)刊编辑与作家个体、稿源与作者圈的重合与交叉关系。这些在抗战沦陷区度过童年和少年的本土"草根"作家,有着要生存不要饥饿、要和平不要战争、要光明不要黑暗的共同愿望。他们秉持"五四"文学精神,勇于面对社会现实,写出了大量有现实感的诗歌、散杂文、小说、戏剧作品,从内容到形式致力于青岛文学的再造,使青岛解放战争时期文坛出现了"新生的好气象"①。特别是一些秘密到解放区学习、领悟了毛泽东《在延安文艺座谈会上的讲话》精神的文艺先进,更是积极投身反倒退、争民主、求解放的革命潮流。在迎接人民共和国的前夜,对黑暗的诅咒与嘲谑、对光明的期待与焦躁,讽刺国统区统治的作品成为主色调,并发挥了极大的战斗作用。解放战争时期的青岛文学表现出由民族范畴向阶级属性转换的轨迹,文艺的时代功能、目的价值进一步凸显。

国立山东大学复校后的文学艺术,未能再现过去的辉煌,新文学创作让位于古典文学研究,校园文学与社会几成隔绝之势。由于学人作家、客居作家少,本土作家大都散居于社会且处于成长期,尽管创作气氛活跃,却鲜有名家名作,除王统照的两篇散文外,没有什么作品入选"中国新文学大系(1937—1949)"。相较而言,诗歌水准优于其他文体,散杂文、戏剧次之,小说尤次,让读者看衰。

青岛文学进入 1949 年春季以后,一种鲜明的革命现实主义和文艺革命化范

---

① 石秀:《岛上文坛总巡礼——近二十年来文坛的一笔总账》,载《青岛文艺》创刊号,1947 年 4 月。

式初现端倪，这为青岛解放后的文学艺术事业纳入毛泽东革命文艺思想轨道，以及以“工农兵”为主体的人民文艺实践体制做了准备。

第一节　王统照后半期的文学活动

王统照40年代中后期创作是其整个文学艺术生涯的内在延续。1945年7月王统照从上海回到青岛，即走出了蛰居无以自处的境地，进入新的文学创作之旅。在执教济南临时大学青岛分班及担任国立山东大学教授前后，王统照写作发表了一些小说、散杂文、诗歌、翻译文学作品，并涉足文学理论研究。王统照在中国现代文学史的地位及其对青岛文坛的贡献，应当从作品里发现光彩。

一　小说和散文

小说和散文一直是王统照文艺创作不曾留白的关目，因而必然成为他40年代中后期倾力写作的范畴。此间的小说均为短篇，小说集《银龙集》的刊行是王统照中期现实主义创作总结的标志；散文则涵括怀人散文、哲理性杂文，对人生和社会的思考愈发深邃。

小说

王统照在青岛第二个文艺创作期的小说，主要是散见于报刊的几个短篇。其中，1947年初冬落笔、刊于1948年1月青岛《民言报》副刊的《“小天分人”的生与死》和1948年2月在《文讯》月刊八卷二号发表的《灰脊大衣》最为知名。此外，王统照在青岛《民言报》副刊发表的小说《射心人》（1948年6月21日）、《狗矢浴》（1948年9月6日），以及刊于1949年《幸福》第二十六期的小说《打醮的故事》，皆以古代寓言故事为题材。

《“小天分人”的生与死》，写一个年少童子因贫寒的家庭无力养活，被送到邻村伍家红白喜丧班当上了吹鼓手。凭着父亲的遗传和自己勤学苦练，竟然赢得“小天分人”荣称，他在时代变迁中生活，总是“背上有垂及腰下的褡裢，紧跟着脚向前吹奏”。一次，为一家办丧事，他“把仅余的生命的力气完全迸出”，整个人“象崩山的一块碎石，随着一阵大风颓然从土穴口滚下沙岸”，当被人发现时，“他的灵魂早已随着晚间的鼓吹乐音飘去了！”[①]作者将一个人生与死的挣扎扩展到阶级的对撞，升华了作品主题。多年后，《“小天分人”的生与死》以“海上

① 王统照：《“小天分人”的生与死》，载《民言报》1948年1月26日。

宏音”之名刊登在1957年《人民文学》五、六期合刊上。

《灰脊大衣》的主人公质亭和秀英是一对从乡下入城不久的土乡绅,身处乱世,生活窘迫,却一门心思于苟且偷生和穿衣打扮,总想在城里人面前显阔。作者从心理剖析的层面细腻地描刻了质亭、秀英父女强作阔绰、攀附权贵的无聊行径,讽刺了国统区社会的腐朽与没落。小说有这样一个情节:

> 秀英一点不现冷意,黄色高跟鞋的脚尖踮着地板,象立着不稳。一个轻忽转身,一头浓黑烫发披向耳后,跑到她母亲肩旁。
>
> “娘,你猜?我能吃多少酒?在祁太太……局长的新太太的‘公——馆’里……呀。”公馆二字象旧戏中念台辞的“得——令”二字的音调。
>
> “吃酒也得有个数目,多冷的十冬腊月,你酒醉了,皮大衣都忘了穿回来!幸而是在祁公馆里。”①

那件给秀英挣来面子的皮大衣,在赴祁太太家的宴会上不慎被人随意扔下的烟蒂烧了个洞,这极为难堪的一幕令秀英“默然无语”。小说最后写道:“在那个指顶大小的黄焦的孔中,似乎另有个异样的世界。”②

如果说,30年代王统照在青岛实现了从“爱”与“美”的演绎追寻步入对苦难生活和孤闷挣扎情绪表达的话;那么,经过卢沟桥事变举家迁移上海的沦陷之痛,在人生遭际和时代风云的综合作用下,40年代王统照在青岛的小说则从关注转变为揭露,从言说转变为批判,表现出作者政治突围的挣扎与投身民主运动的热望。透过《“小天分人”的生与死》《灰脊大衣》等小说可以发现,王统照面对生活的苦厄与无望,而政治高压如同骨鲠在喉不吐不快,作者选择了非现实的题材或曲折地征用现实题材,内容含蓄深沉,写法暗示隐讳,更接近于现实-象征主义,这与此前实写北方农村的现实社会不同。他的《射心人》《狗矢浴》《打醮的故事》,可以视为用现代思想和现实感受处理古代寓言的小说。

值得欣喜的是,短篇小说集《银龙集》的出版。这个集子所收录的11篇小说是王统照1925—1936年间的作品,如《一天天》《水夫阿三》《刀柄》《“隔绝阳曦”》《旗手》《五十元》《父子》《银龙的翻身》《站长》《游离》《小红灯笼的梦》等。1941年10月王统照曾自撰序言,但由于战事稽迟出版时日,直到1947年8月《银龙集》作为文季社编的“文季丛书”之二十三由上海文化生活出版社出版。③王统照的短篇小说,按写作时间可分为早期(1922—1927)、中期(1928—1935)、后期(1936—1957)三个阶段,《银龙集》是中期创作的标志性成果。作者面对忧

①② 王统照:《灰脊大衣》,载《王统照文集》第2卷第131、138页,山东人民出版社,1981。

③ 《王统照年表》,载《王统照全集》第7卷第556页,中国工人出版社,2009。

患沉深、困苦多难的农村社会,由早期的关注理想人生转变为反映北方农民的不幸命运,凸显出题材的凝重和主题的深刻。显然,从写作路径和文本深处能够清晰地窥见王统照作为"五四"第一代新文学小说作家的演变轨迹。

散文

王统照40年代中后期的散文,可细分为怀人追念散文和哲理寓言杂文。

怀人追念散文,除了1945年10月2日刊在上海《文汇报》上的《遥忆老舍与闻一多》和1947年4月27日在济南《山东新报》副刊发表的《追怀济之》,其他散文大都刊发在青岛报媒上。较有影响的有于1946年5月作的《丏尊先生故后追忆》,在1948年8月16日发表的《悼朱佩弦先生》,还有一篇悼念英国小说家、政治家H. G. 威尔士的《威尔士故后记感》。纪念夏丏尊的《丏尊先生故后追忆》,分3次在《民言报》上连载。作者回忆了夏丏尊的生平事迹,认定这位民主文化战线"老文人"的死是"精神与物质的两面逼紧",是"政治,社会,不易让多感的'老文人'放怀自适,以尽天年"。①高山无语,流水不回,人往风微,吾谁与归?王统照的怀人追念散文撑起了读者对青岛40年代中后期散文的大半好感。

哲理寓言杂文,则有1946年王统照在上海《侨声报》副刊《星河》连续发表的几篇文字:《夜谈偶记》(9月9日)、《夜谈再记》(9月16日)、《"乡愿"的进化论》(9月23日)、《"民佣"与"公仆"》(11月4日)。接着,王统照在青岛报媒发表的几篇杂文更具思想棱角。例如:1947年5月4日在青岛《民言报》发表的《"五四"之日》及次日的《"五四之日"——续昨文艺节特刊稿》,于同年5月12日发表的《一代不如一代》等。《一代不如一代》是应徐中玉之约在其主编的《民言报》副刊《每周文艺》创刊号发表的杂文。王统照从每年迎春而开的花因天气、土壤、培植方法不同而"显有分别"为切入的点,联系"最易受环境之型塑的青年",提出"经验与生活是决定人生的主因"。②作者用象征手法暗示人情与事理,赋予题目《一代不如一代》以深意。1946年秋,王统照《扶疏树荫梦语》中的一篇《看蜻蜓的角度》,带着形象与抽象的完美共契。

> 老人呢,当然还是"让它去罢"的形而上学可以包括一切:善与恶,是与非,美丽与丑恶,生成与破灭,热极与冷栗。"让它去罢!万事万物有其然,自有其必然"。③

对人生的感悟和对社会的批判,使王统照的文字带有一种沉郁冷峻的风格,

---

① 王统照:《丏尊先生故后追忆》,载《民言报》1946年6月8日。

② 王统照:《一代不如一代》,载《民言报》1947年5月12日。

③ 王统照:《扶疏树荫梦语》,载《王统照全集》第5卷第517页,中国工人出版社,2009。

以及落笔的主观直觉和手法的高自由度。1948年10月,王统照发表在《文艺春秋》七卷四期的《寻求梦的寻求者》和《生命树的等待》,后被收入“中国新文学大系(1937—1949)”散文卷。这是40年代中后期青岛作家唯一入选的作品。王统照还为琴岛画会八人画展发表了《略谈西洋画的用色问题》一文。

二 诗

比之小说和散文,王统照40年代中后期的诗颇为丰硕。王统照仍袭新旧两种诗体,边写新诗,边写律诗,而以七言近体居多。

1945年,王统照在青岛的诗歌收获,首先是由4首律诗汇辑的《丁卯集》,再有于11月23日刊发在《民言报》上的《悼赵明宇君》。1946年的诗有1月9日在青岛《民言报》副刊发表的《公道》《我们有太多的孩子气》,仲夏写于青岛的《白云洞》及《夏日游青即山区》10首七绝,其中3首发表在1947年2月11日《民言报》上;还有2首七言律诗《友人以所植白片末朱丝山茶见赠灯前写意》和《览潘君颖舒所作〈王心葵先生传〉赋此》。1947年的诗有5月12日刊于青岛《民报》副刊的《五月夜的星星》,另有《“黄金时代”》《与予遂重晤海滨,念往抚今,感不能已!以旧体诗二首书赠》《祭泰然》《将北归赋此以示诸友》《题画》《赠友人》《卓敏先生嘱书》《朔风五首》《槭槭七章》等。1948年,王统照又写了《魁帅》《云山二首示友人》《三儿就读北平辅大已入四年级因寄家书颇多感慨遂以二诗书于信尾示之》等诗。1948年6月18日,王统照“校改”散文诗十章,刊载于1948年10月《文艺春秋》七卷四期。①

王统照40年代中后期在青岛的诗,是时光流逝、生命压力与温润情怀下的思想旅痕,含藏着现实与记忆、疼痛与慰藉、温饱与冻馁两种不同的精神向度。诗人深刻地感受到芒刺在背,内心滴血,痛楚难抑。《公道》充斥着对黑暗势力的鄙视,充满对黎明的期盼和仰望。

公道,在“酒肉臭”的口中渐渐发了酵味,被翻澜
　　的舌尖随意缩卷,——
化成指夹边溜走的轻烟。

还须多骗?朋友,今儿个
　　就是抹蜜,谁肯触及

① 姚素英:《王统照著译年表》,载《四平师院学报》(哲学社会科学版)1980年第4期。

你那冰冷青唇上的“薄甜”；
　　何况，薄甜后更抹着一片心酸！

算了罢，老魔法引不起少年
　　的惊羡，你徒自“甘言”填咽！
　　看，是多沉闷的凄凉寒天？
可是，朔风吹掠后总会把春阳送转！①

再看《我们有太多的孩子气》最后几行：

中华，她不会永埋黄土
你莫只听枯林中惊鹗夜号，
你看，凤凰展开她火样羽毛。
古长城石垒外一阵天风，
昏梦间煽起人类的心潮，
潮头浪花都像孩子气的踊跃，
这世纪，世纪的童年重新来到！②

充满“孩子气”的隐喻，加之“世纪的童年”的期盼，诗人将象征现实化并以直觉的形式表现出来，耐人回味。1949年初春，中共地下党派人持郑振铎从香港转来的密信，迎接王统照秘密进入山东解放区。王统照临行前留有一首给家人的诗：

名章俊语漫雕镂，眼底艰难笔未留。
雄健期能驱物象，呻吟聊与写心忧。
崇光不待东风泛，新绿方欣北国稠。
迟滞莫嫌徂日月，垂条扶质望秋收。③

遗憾的是，行至市郊沧口一带因军警戒严未能通过。王统照折回后的《几度》，无异于心理意绪的剖白：

几度奋飞路未通，强持杯酒谢春风。

---

① 王统照：《公道》，载《王统照全集》第4卷第340页，中国工人出版社，2009。
② 王统照：《我们有太多的孩子气》，载《民言报》1946年10月23日。
③ 王统照：《一九四九年初春远行前作》，载《王统照全集》第4卷第576页，中国工人出版社，2009。

和汤翠湛蒿姜美，浥雨晕添桃葶红。
翘首海天迷日角，伫怀云树暗江东。
若闻鼙鼓声声急，仍有新诗气吐虹。①

诗人的心在“奋飞”,于“翘首”中“闻鼙鼓声声急”,出塞的无奈与欲罢不能跃然纸上。

诗之于王统照曾取得仅次于小说的成就,且在旧体和新诗两方面都很在行。40年代中后期王统照的诗可能映射了一个多年前的诗论命题:诗不是“做”出来的,只是“写”出来的。

译诗也是王统照所擅长的,青岛报媒刊有他的多首翻译诗歌。如爱尔兰诗人T.摩尔的《海神们》《吁嗟乎爱伦》《爱伦:你眼中也有微笑也有眼泪》,英国女诗人F.赫曼斯(王译“亥丝曼夫人”)的《尼罗河源上的游人》,美国文学家、诗人R.W.爱默生的《凤凰篇》等。这些译诗大多出自王统照辑于1941年的线装本译诗集《题石集》,扉页上引用了韩非子的一句话:“悲夫,宝玉而题之以石,贞士而名之以诳,此吾所以悲也。”

除此,王统照还翻译了美国女作家赛珍珠的短篇小说《熊太太》,刊于上海《幸福》杂志1949年第二十四期上。

三 文学理论

40年代中后期,王统照积极挺进文学理论领域是一个值得关注的现象。这可能与他的一段国立山东大学教授经历不无关联。

一方面,王统照发表了数篇中国诗词论文。其中,诗论文章有两篇:一篇是于1946年春写的《诗“话”》,一篇是为《诗专号》题写的《献辞》。王统照认为,新诗30年来的发展“竟然还是一片茫然”,处于“落寞中的新诗,愈来愈像被人漠视,愈来愈减少凌厉发扬的精神”;由于理论界对新诗“置之不论”,致使新诗“呆在冷僻孤独的暗道上,至今仍然得抹黑走道”。为了“使爱好新诗,学习新诗者易于迈步前趋”,王统照对于一些人提出的“白话”“分行”“大众化”“易于了解”四项新诗要素提出批评,并提醒道:“诗,看得太易,企望省力成功,势必坠入这几句话的陷阱莫能自拔。”②王统照在为“诗专号”题写的《献辞》中说:“给新诗燃着一个催响的火爆,给多数读者一股动荡灵魂的热情。”③在王统照看来,

① 王统照:《几度》,载《王统照文集》第4卷第527页,山东人民出版社,1982。
② 王统照:《诗“话”》,载《王统照全集》第6卷第565页,中国工人出版社,2009。
③ 王统照:《献辞》,载《王统照全集》第5卷第519页,中国工人出版社,2009。

真、善、美三者，“顶要紧的还是‘真’”，至于怎样将诗歌“变成美的言语，须看诗人的修养，文字的巧妙与对一切缜密的观察，‘绸缪’在意，‘莫逆’于心，然后借手写出，借喉唱出，‘真’与‘美’结合起来便自会把‘善’的领域占领”。[①] 这是王统照个人诗歌创作的心得，与他一直以来的诗学追求相吻合。

王统照还有《宋末词谭》《〈离骚〉中婵媛二字的用法》两文。《宋末词谭》以南宋词为研究对象，联系南宋地蹙政昏、民困军苦、一息奄奄的政治局面和空虚痈疽、庸沓矫饰、柔媚堕落的文化现象，以及士大夫纷嚣冲突、倾轧争持、心死身腐的颓坏风气，王统照在肯定辛弃疾、陆游等爱国诗人的作品外，总体评价宋末词“缠绵低徊于男女幽情，风云月露，惜别吊梦，伤春感秋的纯系个人主义的笔墨玩弄”，对于这种雅化、文人化倾向，王统照做出了“纤弱拘束，日趋日下”的结论。[②] 词以宋称，宋词作为一代文学于南宋出现转型，既受制于江左偏安的时代，也是宋词自身发展演化的结果。生当衰世的南宋词人不乏决绝的抗争与怒号，王统照未予着墨，而揭举其合乐应歌，与民间抒情小调化合而蜕变为曲，或可比批判更有说服力。《〈离骚〉中婵媛二字的用法》旨在为“读骚者的明便计”，就“婵媛”二字的用法，穷追并援引《周易》《孟子》《庄子》《说文》《尔雅》《文心雕龙》等典籍的“严例例之”，“间及评述”。[③] 只是援引较多，不受范围，难免有流宕之嫌。此外，王统照还有文评《二十七年前的〈小说月报〉革新号》，对 1921—1922 年《小说月报》的革新事件提出了一些看法。

另一方面，王统照对外国文学艺术发表了数篇文章，如《朝鲜残存之集字碑》《拉斐耳的圣母像》《威尼市回忆录》《介绍耿氏遗译〈卡拉马助夫兄弟们〉》等。从更文学性的视角看，1946 年 12 月 6 日王统照写的《〈费加罗的出世〉序》，是应译者“爱而君”1944 年冬的德文译作题写的序言，却将笔墨放在评述费加罗时代的文艺，突出的主题是“法国的伟大文学作品往往成为他们的社会运动的‘先声’”[④]。1947 年，王统照为牛津版世界名著丛书第一号萧伯纳的《回到马修撒拉时代》(*Back to Methuselah*)写了短评《萧伯纳之新选集》。《回到马修撒拉时代》是萧伯纳的一部重要剧作，萧伯纳对人类自身弱点与社会问题，以及创造进化论思想进行了阐释。王统照看到了萧伯纳关于人类自身的劣性的认识，在生命力的作用下人能否进化为超人以解决人类无力解决的社会问题，只能是一个无法终结的文化寓言。

1947 年初秋，王统照草成的《清中叶中鲜文艺的交流》有 1.3 万多字，是以

---

① 王统照：《献辞》，载《王统照全集》第 5 卷第 518 页，中国工人出版社，2009。

② 王统照：《宋末词谭》，载《王统照全集》第 6 卷第 571 ~ 573 页，中国工人出版社，2009。

③ 王统照：《〈离骚〉中婵媛二字的用法》，载《王统照全集》第 6 卷第 578 页，中国工人出版社，2009。

④ 王统照：《〈费加罗的出世〉序》，载《王统照全集》第 6 卷第 566 页，中国工人出版社，2009。

日本学者藤塚邻的资料为基础,参合中朝的文人逸事写成的文论。文章记述了清嘉庆、道光年间,朝鲜使臣金酉堂、金阮堂、金山泉父子向慕中国文化,几次赴中国与清代名儒翁方纲、阮元及翁阮左右的李墨庄、朱野云、曹玉水、徐罗竹诸人的交谊,通过商讨经义、流连翰墨、函札往复、唱酬投赠等文化东传,展现了朝鲜佳士接受汉学的心路历程,由此“证明那个时代两国的学士文人的融合程度与汉文化在朝鲜的影响”①。

王统照的文学理论研究,可能有增益和撑持其文艺创作的积极一面,惜其仅此耳。处于个人文学创作生涯的后期,王统照是否安于在高墙深院当学究,抑或有别的选择,这是 1949 年后青岛文学史需要深入研究的问题。

第二节　校园作家作品(上)

解放战争时期校园作家作品是青岛文学史的重要内容,分大学教授文学与中小学教师文艺作品不同组合。在国立山东大学,冯沅君重拾“淦女士”文笔,但她更有成就感的是与陆侃如在文学史研究领域的合作。孙昌熙、徐中玉、刘泮溪、刘次箫、丁西林等,都有文学艺术作品问世。只是,40 年代中后期国立山东大学校园文学,未能发挥大学对城市文学艺术的引擎作用。

一　国立山东大学教授文学

1946 年,国立山东大学在青岛复校,教授(包括短期执教的王统照)即在文艺创作与文学理论两个方面展现身手。但就文艺创作而言,复校后的教授作家作品只是青岛解放战争时期文学的涓埃之补。

国立山东大学教授冯沅君、刘次箫、丁西林,副教授徐中玉,讲师孙昌熙,讲员刘泮溪的文艺创作活动,有案可稽。

徐中玉、刘泮溪、刘次箫的文艺创作

徐中玉,30 年代国立山东大学学生文学会主席,1946 年他从上海乘船来青岛任职山大训导处课外生活组。他一面提出课外活动“决不应该是消极的‘统制’或‘限制’,而尤应着重在积极的‘指导’和‘帮助’”的工作原则;一面为青岛《民言报》主编《每周文学》副刊,为济南《山东新报》编辑《文学周刊》专栏,刊发王统照、许幸之、骆宾基、臧云远等朋友的作品。借由文学创作的热情与锐气,徐

① 王统照:《清中叶中鲜文艺的交流》,载《王统照全集》第 6 卷第 596 页,中国工人出版社,2009。

中玉写了多篇杂文发表在青岛报媒上。例如：1946 年 5 月 4 日他为“文艺节”写的特刊文章《更沉着的呼号》，又于 1947 年 5 月 12 日、19 日分别发表了《念宾基》和《诗人 · 骗子和贩子》。《念宾基》是获悉祖籍平度的骆宾基不幸被捕的消息而写，徐中玉冒着政治风险要求当局“公布逮捕作家骆宾基的理由，如果他并没有犯罪，至少应该马上恢复他的自由！”[①]《诗人 · 骗子和贩子》一文则要求诗人（也包括作家）树立社会责任意识，抨击那些以无关痛痒的藻饰语言大行骗子和文贩子之道的诗人，并联系屠格涅夫《处女地》的主人公涅兹达诺夫在事业、理想、爱情诸方面的失败教训，徐中玉发出了铮铮之言：

> 真正的诗人和真正的英雄都是战士，畏惧退缩，在危难前停步，在真理前掩目的人都不配称为战士。“诗人”而非战士，其实只是骗子或贩子，涅兹达诺夫一类人终局在客观上都不能出此。[②]

徐中玉文气中的硬朗，也给他的处境带来了麻烦。特别是他与臧云远等人在丛良弼公馆商讨全国文协青岛分会事宜被当局的密探盯梢之后，南京政府教育部密电国立山东大学校长赵太侔予以查处。赵太侔在接连两次“督办”密电的威逼下，考虑到徐中玉及其家人的安全，不得不要求徐中玉迅速离开青岛，并表示愿为其介绍到国内任何一所大学工作。徐中玉谢绝了赵太侔的好意，于 1947 年夏秋偕妻子去了上海。

刘泮溪（1914—1978），字质灵，山东昌邑人。1935 年他从济南省立一中考入北京大学，1940 年毕业于昆明西南联大中文系，曾在西南联大附中任教员，抗战胜利后供职国立山东大学。刘泮溪的作品主要是文艺批评，1946 年 11 月他即在《中兴周刊》第三期发表《释〈伐柯〉媒约婚姻的由来》，用新的观点研读《诗经》文学与社会的关系。1948 年他在《文潮月刊》四卷五期发表《冲突与和谐》后，这一年仅见诸青岛《民言报》的诗论文章就有两篇：一篇是《晚清的旧派诗与新派诗》（4 月 19 日），一篇是《新文学运动与新诗》（6 月 7 日）。《新文学运动与新诗》提出：“新文学运动是先从白话诗运动发端的，白话散文的应用稍迟一些，小说戏剧小品的发展，更在应用的白话散文之后。”[③]刘泮溪的纯文艺作品不多，散文《献给播种者》也透着说理的意味，“人为什么不追求事业之乐，享受一些永恒的东西，偏把宝贵的生命力倾注在朝露的光彩上呢？”[④]至于 1949 年 3 月

---

① 徐中玉：《念宾基》，载《民言报》1947 年 5 月 12 日。

② 徐中玉：《诗人 · 骗子和贩子》，载《民言报》1947 年 5 月 19 日。

③ 刘泮溪：《新文学运动与新诗》，载《民言报》1948 年 6 月 7 日。

④ 刘泮溪：《献给播种者》，载《民言报》1948 年 6 月 14 日。

31日刘泮溪的《山大"大团圆晚会"观感》,则是一篇杂感。

刘次箫(1888—1950),字少庸,山东诸城人。毕业于日本东京高等师范本科,20年代初来青岛任职于胶澳中学,与顾随驰骋文坛。国立山东大学在青岛复校,刘次箫以训导长身份再次来到青岛。他在学校及其他公众场合演讲的同时,也将文艺性作品不时地发表在青岛报纸副刊上,主要有杂文《向中国文艺界呼吁》《重新点起文艺的火炬》《介绍别本白石道人歌曲》等。刘次箫提出,"写作要有自己的见解,不可一味替别人作应声虫,也不必刻意模仿别人"①。

至于丁西林在青岛的文艺创作,则是一个需要进一步求证的问题。1947年1月,收有丁西林《一只马蜂》《亲爱的丈夫》《酒后》《北京的空气》《瞎了一只眼》《压迫》《三块钱国币》七部喜剧剧本的《西林独幕剧集》由上海文化生活出版社出版,此时丁西林尚未来青。3月8日,《青报》刊登了一条消息:《山大赵校长返青,名教授丁西林同来》,显然是赵太侔去南京公干之时顺便聘来了丁西林,他将出任国立山东大学理学院院长职。丁西林在青时,《西林独幕剧集》三次再版,于1948年12月印行了第四版。② 只是,《西林独幕剧集》收录的七部剧本是丁西林1923—1940年间的作品,没有一部写于青岛。丁西林在青岛翻译了英国E. 派司与W. 白兰德合作的三幕剧《罗森堡夫妇》(*The Rosenbergs*)。此外,孙思白在青岛报媒发表了散文《母亲》《复片记》,杂文《阿斗的苦恼》《偶感》等;赵纪彬也有《东鳞西爪》《习惯法》等杂文见诸报端。

不能不说,解放战争时期国立山东大学教授作家作品大都充塞着学院书卷气,罕有踵事增华的文采。不论持多么宽容的态度都不能否认,30年代国立青岛大学杨振声带来的新文学火种,在40年代生气渐失了。

二 孙昌熙的散文

孙昌熙(1914—1998),笔名钟咸、仲咸、李冷等,山东安丘人。1936年自青岛铁路中学毕业考入北京大学,于西南联大毕业后留校做朱自清的助教,在《云南日报》《文讯》等报刊发表小说和散文,后任华中大学中文系讲师,1946年秋孙昌熙赴青岛国立山东大学中文系任教。

复校后的山大中文系,自第三学年起"依学生旨趣"选修课程,实行文学、经史"分组教授"。在1947年所设的七组选修课中,孙昌熙与冯沅君、老舍(时在

① 刘次箫:《重新点起文艺的火炬——文艺节特刊之二》,载《民言报》1946年5月4日。

② 孙庆升:《丁西林生平和文学活动年表(1893—1974)》,载《丁西林研究资料》第9页,知识产权出版社,2010。

美国)三人同为文艺创作导师。孙昌熙一面担任文艺创作指导,一面创办文艺副(期)刊,积极从事文学创作。孙昌熙除在青岛报媒与友人合办《晚风》文艺副刊外,还于1946年11月接办了停刊的《中兴周刊》。①

40年代的青岛时期,孙昌熙每以情节线见长的散文见诸报媒副刊,如《怀佩弦师》《施舍》《拜访》《秋实》《老教师》《大学路》等。

孙昌熙的《怀佩弦师》是为悼念不幸病逝的朱自清,1948年8月16日与王统照的《悼朱佩弦先生》同时刊发在《民言报》上。孙昌熙回忆1937年秋流亡到长沙临时大学拜朱自清为师的情形,感叹抗战胜利后朱自清"撒下满地的肥大香甜的果实,与这个残酷的时代长辞了"②。朱自清"穷"其一生,宁可饿死也拒绝美国的救济粮,自证清白。孙昌熙的《老教师》写的是抗战时期大后方的一位中学教师恪尽职守却穷得吃不上饭,尽管如此也不肯"去跑几趟买卖,或到银行里去钻营一个小差事",他舍不得课堂,"舍不得这一群可爱的孩子",他"把学生比作一颗花",他愿意"用他的尚能沸腾的血来灌溉它"。③ 孙昌熙的《施舍》用对比的手法写青岛难民在粥厂等待施舍的窘况。生活的卑下与窝心,笔下便少不了挖苦,"在这种年头儿,穷人并不比富人更笨,……当他们整天伸开手掌托不回一分钱来的时候,他们求生的技巧更进步了"。《施舍》的文末,留下了一个令人省察的尾巴:"街头的夜曲开始了播奏,他的肚子也歌唱起来了。电灯亮了,但眼泪更亮了!"④对于生与死的叩问,作者并未被给定的意义所蔽。

散文《秋实》带有隐隐的痛点,写在医院陪护患者的一夜所见。生命不堪其重,"一条生命刚刚还给了黄土,另一颗赤芽怒生。医生的手里开写着死亡证明书,助产士的手里捧着诞生的婴孩!"⑤与之相似的《拜访》,则对生与死有了更深的顿悟与参透。拜访地不是某位亲朋或好友的家,而是青岛德租时期建立的外国人安葬地万国公墓。带着灵魂的震颤,作者发出感叹:"多少颗爱的心寄托此间,多少把热辣辣的泪洒在这里,满足与失望,笑与泪,爱与恨,刹那与永恒,花与果实……一切情感的交织、酝酿、混合的整体,这里的一朵花、一株草,甚至一滴露,便可以牵动得整个世界颤动飘摇!"⑥

发表于1947年深秋的《大学路》,写的是作者通勤必走的一条街,德国租借地时期的奥斯特帕斯街,满眼翠色,带着一种悠然的气质。这里曾有许多童年的

---

① 《孙昌熙主编中兴周刊》,载《青岛晚报》1946年11月25日。
② 孙昌熙:《怀佩弦师》,载《民言报》1948年8月16日。
③ 钟咸:《老教师》,载《青岛公民报》1948年10月3日。
④ 钟咸:《施舍》,载《民言报》1948年7月19日。
⑤ 钟咸:《秋实》,载《青岛公民报》1948年9月26日。
⑥ 钟咸:《拜访》,载《民言报》1948年5月10日。

回忆,而“如此美丽的一条路”,现在“的确是苍老了,像人的两鬓白发”;那座由青岛山溪水流过的石桥下,竟有“一股臭水无休歇地流了过去,连青蛙都不肯在这里聒噪”,路边停着拉美国兵的“淘金车夫”。于是,作者愤慨道:

> 我讨厌这条街,我宁肯跑到另外一条街上去呆呆的站着:那里是个贫民窟,难民的草棚里是饥饿的大集团,这是垃圾和煤渣填起来的路。是那么广漠的一片,黑色的土地,草木不生,乌鸦和狗都不贪婪这个地方……①

孙昌熙还有小说体散文《女扒手》《主妇》《母亲》等。《女扒手》写邮局兑汇柜台前的一幕场景,在拥挤的人群中,一个扮相入时的老年妇女拼力挤到前面,她“不但敢挤,而且可以骂”。人们发现,她“翻出翻毛鸡样的信笺和信封来,露出几个不完全的字:湖南××镇……军次……母亲”。②“军次”所带有的特殊意义,让这个老媪的身份顿生悬念,作者自言:“不禁打了个战栗!”

《主妇》分两次在《联青晚报》连载。作者笔下的主妇并非平素家庭里的女主人,而是“我”在访问外地朋友家见到的一个担荷着主妇家务的小女孩。朋友的太太本是一个富家小姐,生活的艰辛令她苦不堪言,竟在生下小儿子后罹患精神分裂症住进了医院,所有家务都落在了这个女孩身上。朋友的家只有“小小的两间屋,潮湿的土地上,安排了床、桌子和椅”,一进门就闻到“一股气味,烘小孩子尿布的味道”。“我”看到担负主妇职能的那个女孩,正“跪在床上,给一个未满两个月瘦得像只猫似的小孩乳水吃,面孔多庄严啊!还蹙着眉头呢!孩子无力的哭着”。小女孩显然不会喂养,她走下床对朋友说:“爸爸,弟弟光哭,不吃牛奶!”几天后,待“我”准备返回青岛到朋友家辞别的时候,已经听不到婴孩的哭声了,朋友对“我”说:“等我太太从医院里回来的时候,我说这个孩子叫你带去青岛了!”③一句催人泪下的话语将“我”湮没在所泛起的情味中,作家的心扉与生活世界相拥为一体。此外,孙昌熙还发表有《守夜图》行人日记数篇。

孙昌熙的散文均取第一人称,代入感强烈,这为介入生动的社会生活讲述亲历或转叙见闻提供了便利,增强了题旨的亲切感和置信度。同时,作者善于在叙事中抒情,表述得很隐忍,通过主观情绪的宣泄营造了一种富有散文品相的生动美。孙昌熙散文又具有教学试验性质,别有一种新笔墨,其描写视角、结构方式等势必影响接受者的感受。《拜访》中的雅龄是“我”之外的另一个参与人,看似更便于“我”进入故事场景,却也易受视点人物自身条件的制约,使得叙事口吻

---

① 钟咸:《大学路》,载《青岛时报》1947年11月10日。

② 钟咸:《女扒手》,载《中兴周刊》第3期,1946年11月。

③ 钟咸:《主妇》,载《联青晚报》1949年1月9日、16日。

与其所叙题材产生错乱现象。

三　冯沅君与陆侃如

冯沅君与陆侃如是国立山东大学一对学林仰重的伉俪教授,二人学富五车,声名显赫,在中国古典文学研究领域造诣非凡。与陆侃如的文学史专门研究不同,冯沅君身兼女作家、女文学史家双重身份,只是青岛时期的文艺创作让位于文学理论研究,可载入史乘者无多。

冯沅君(1900—1974),原名冯恭兰,字德馥,在青岛使用"吴仪"笔名,河南唐河人。22岁考入北京大学国学研究所,其间以"淦女士"笔名在影响甚巨的《创造季刊》发表小说《隔绝》,她的小说集《卷葹》由鲁迅编入"乌合丛书"经北新书局出版,小说《旅行》《慈母》被鲁迅收入"中国新文学大系"小说二集。鲁迅在《导言》中给出了"(并在《卷葹》内)的精粹的名文,虽嫌过于说理,却还未伤其自然"①的评价。冯沅君小说以抒情独白和放胆袒露内心活动的方式,表达了青年对爱情幸福与自由意志的热烈追求。其"淦女士"笔名其来有自。1928年,陆侃如在《卷葹》再版《后记》里称:"淦"训"沈",取庄子"陆沈"之义。② 陆地无水而沉,隐居不屑与俗世为伍。

陆侃如(1903—1978),又名雪成,字衎庐,江苏海门人。19岁考入北京大学,读大学期间出版了第一部学术著作《屈原评传》,大学毕业又出版《宋玉传》一书。1926年,陆侃如转入清华研究院专攻中国古典文学,与时在北京中法大学任教的冯沅君建立恋爱关系。二人被对方的才气吸附,再也分不开了。初登文坛即以小说成名的冯沅君,却在1928年出现了古典文学研究的转向。1929年,陆侃如与冯沅君在上海结婚,从此二人合作研究中国古典文学。1931年,二人合著的《中国诗史》出版,以"人取我弃"和"人弃我取"的方法对《诗经》、楚辞、五言诗、词、散曲等诗体的论析和考证多有新论。1932年夏,陆侃如与冯沅君比翼双飞,赴法留学。1935年他们双双获巴黎大学文学博士学位后,历经安徽大学、武汉大学、中山大学、东北大学执教,于1947年应聘国立山东大学。

冯沅君在青岛的文艺创作收获,主要是收在赵清阁1947年10月主编的《无题集——现代中国女作家小说专集》中的《倒下了这个家族的巨人》,副标题为"纪念我平生最敬爱者"。赵清阁在这个由12名中国现代女作家小说的结集

---

① 鲁迅:《〈中国新文学大系〉小说二集序》,载《鲁迅全集》第7卷第225页,光明日报出版社,2012。

② 陆侃如:《冯沅君小说集〈卷葹〉再版后记》,载《陆侃如冯沅君合集》第8卷第377页,安徽教育出版社,2011。

里,将冯沅君的作品列入第三位,居于冰心的《无题》和袁昌英的《牛》之后,而列苏雪林的《黄山斋在金陵狱》之前,赵清阁的《落叶无限愁》殿后。从文本上看,冯沅君的《倒下了这个家族的巨人》不是文坛常见的那种有故事、有情节的小说,倒像一首由反复修辞格领起的五段无韵散文诗。一观全文:

> 倒下了这个家族的巨人!为了我们这个家族,她贡献出超越半世纪的身心劳力。侍奉了婆婆的婆婆,恩养了子女的子女,掌握着一家盛衰的转力机。她像画家对她的画幅,像农人对他的庄稼,严肃,热情。不肯放松一个笔触,不曾轻忽一棵禾苗。
>
> 倒下了这个家族的巨人!抛撒开文字的媒介,从生活经验这宝典上,她读出人生的意义,道德的范畴,建立起她自己的思想体系。拆穿了巫人、堪舆家、日者,一切神秘,迷信违反科学的谎言。用她的智慧理解宇宙的一切;宇宙间的一切疏瀹,丰富了她的智慧。
>
> 倒下了这个家族的巨人!谨慎蕴藏着她的勇敢,严正陪伴着她的意志,理智指导着她的感情。正视着不易克服的困难。她不忙乱,不退缩,用稳定的脚步,直走到尽头。成功、失败,她都泰然接受。在一切工作的完成上,她获得他处寻不到的愉快。在古今人的善良的行列里,她看到天地间无比的美丽。
>
> 倒下了这个家族的巨人!像照明黑夜的火把,她教育了她四周围的人群。因她的示范,人们知道如何对前一代,后一代尽自己的职分,如何战胜精神的、物质的袭击;因她的启发,人们知道爱工作,爱正义,用忠恕消除彼此间的猜忌、怨怒;更因她的倡导,不少妇女,在学问对女人还是禁果时,却尝到它的异味,得到它的滋养。完成自力又完成别个,这是旧园地的花朵,却又肥沃了新苗的根土。
>
> 倒下了这个家族的巨人!如果人生真像演剧,她就像个优秀的演员。忠实的、出众的演罢她担任的角色后,她庄严的、安详的退出了剧场。在我们家人摧心的哀痛里,在乡党邻里识者与不识者的赞美叹息里。①

作者颠覆了传统小说以人物刻画和故事演进为基本要素的文本规制,而取用无故事、无情节的笔法,使小说的文体真正获得解放。其实,冯沅君小说一直有不以故事情节安排为重心而以人物心理雕镂为重心,不以故事情节发展来框架作品结构而以人物心理、情状发展为线索的特性,并擅长将复杂的主题和情绪

① 冯沅君:《倒下了这个家族的巨人——纪念我平生最敬爱者》,载《陆侃如冯沅君合集》第15卷第316~317页,安徽教育出版社,2011。

隐含在朦胧的形象中。据冯沅君称，《倒下了这个家族的巨人》是一篇“纪念一个亲人的旧稿（从未示人）”。作者通过叙事者的视角，向读者呈现“巨人”对于家族“超越半世纪的身心劳力”，以绽放母性的光彩。“巨人”留给读者的不是故事悬念、矛盾冲突、环境渲染，也不是“巨人”的勇敢、慈惠、理智、善良、美丽等叙述聚焦，而是印象、感觉和激起的情绪。赵清阁在序言中道：“冯沅君女士二十载未尝写小说，今破例写《倒下了这个巨人》，虽短而精，虽简而工。”[①]显然，赵清阁读懂了冯沅君。冯沅君试图跳脱小说文体给定的限制，以表现更新、更高的艺术追求。理论上，小说的可能性是无限的，文本的意义来自作者的叙事行为。《倒下了这个家族的巨人》的故事内核已无足轻重，呈现的全是些抽空了艺术形象的概念，叙述的是正在进行的叙述本身。倘若将冯沅君的《倒下了这个家族的巨人》纳入欧美先锋性的“实验小说”范畴，或可与晚近后结构主义语境下的“元小说”挂上钩。唯有冯沅君作为小说家的自觉。打破我执，心怀忐忑，她在致赵清阁的信中坦白：此文“四不像（不晓得它是诗，或是文）”；以至要求赵清阁“如能不用最好，免我出丑”。[②] 这端赖文学史的指认与评价了。

在青岛，冯沅君还有翻译文学作品发表。1947 年，她翻译法国诗人 A. 布里昂的《人民颂》发表在《文潮月刊》；在《诗创造》发表的译诗《我曾散步》是一首法国民歌，其“情调颇似古乐府中的吴声歌”[③]。1948 年，冯沅君先后翻译发表了法国田园诗人 P. 杜明的《双牛吟》和《工人歌》；还在青岛《民言报》上翻译发表了《一天早上我起来》《他曾从这里走过》等法国诗歌。《他曾从这里走过》是法国诗人 H. 瓦卡雷斯库的《纯洁的灵魂》（*Lame Sereine*）中的一首四节短诗，其出奇的意境让人无法不生感触。

他曾从这里走过。无疑的我不该
　在他的路上出现；
但是我的手里有花，
　我的房子在他的路边。

他曾和我说话。或者我不该
　用他的声音使我陶醉；
但是黎明充满了我的窗户，
　四月又在树林里。

---

① 赵清阁：《序》，载《无题集——现代中国女作家小说专集》第 3 页，上海晨光公司，1947。
② 冯沅君：《致赵清阁》，载《无题集——现代中国女作家小说专集》，上海晨光公司，1947。
③ 冯沅君：《我曾散步》，载《诗创造》第 1 卷第 4 期，1947 年 10 月。

他曾爱恋着我。无疑的我不该
　也有这轻易的爱情;
但是;唉!在心来听时,
　永远是心来回应。

他终于走开了。或者我不该
　再等候他,再盼望他;
但是明天就是四月,
　天将成黑色,假使没有他。①

设若将《他曾从这里走过》与《倒下了这个家族的巨人》联系起来看,可能有助于洞明冯沅君的心思。严格讲,青岛时期的冯沅君将大量精力用于古代戏曲研究。1947年10月20日,冯沅君以"吴仪"笔名在《民言报》发表了《从李煜词论"个"字》一文,这年11月她撰写了《记侯正卿》,还发表了《元杂剧中的〈东墙记〉》《唐传奇作者身份的估价》《暖红室本〈董西厢〉摘误》等文论。冯沅君对古代戏曲的赚词、诸宫调、金院本的曲词、体制演变、作品、演唱等诸多问题进行了考证,并进一步提出,"现代流传的几种古典大都须要细校",特别是对《董西厢》这部北曲瑰宝,冯沅君表达了"久有全部校核的宏愿"。②

不知是妇唱夫随,抑或夫唱妇随,陆侃如在青岛也投身于古典文学史研究之中。早在1931年合作《中国诗史》起,陆侃如与冯沅君就以诗为宗的美学追求,成为中国古典文学研究领域璀璨的双子星座。叙及文学史与文艺创作的关系,陆侃如在国立山东大学的公开演讲中明确表明,"无论是创作和批评,文学史都应该研究"③。陆侃如旨在为大学文学重建新的学科意识与学术伦理。

40年代,陆侃如在青岛把主要精力投入在《中古文学系年》的撰述上。1948年1月,他将《中古文学系年》中的一段以"记王逸及其子延寿"为题发表在上海《文讯》月刊八卷三期;同时又在1月12日青岛《民言报》发表了《王延寿的生卒》一文。此外,他还有发表在《文潮月刊》四卷三期上的《一千八百年前的中国文学》,以及《〈正始石经〉书者辨》《左思评传》《左思练都考》等文论。1949年1月,陆侃如、冯沅君的《中国文学史简编》在上海开明书店刊印了第八版。

---

① 吴仪:《他曾从这里走过》,载《民言报》1948年5月4日。

② 冯沅君:《暖红室本〈董西厢〉摘误》,载《冯沅君古典文学研究论文集》第175页,山东人民出版社,1980。

③ 《陆侃如教授学术讲演 怎样研究文学史 山大历史研究会敦请主办》,载《民报》1947年12月5日。

冯沅君与陆侃如在中国古代文学史的造诣宏深,享誉学林,这不仅为夫妇二人赢得了巨大的学术声望,也在很大程度上引导和左右着国立山东大学的治学风气和校园写作路向。

第三节　校园作家作品(下)

与国立山东大学教授作家并行的青岛基础教育领域从事文艺创作的教师,以市立女子中学教师文学最具代表性。潘颖舒、蔡坚、刘秋潮、郑西成等中学教师所担负的青岛几家报媒文艺副刊的主编职务,给岛城教师发表文艺作品提供了便利,其创作势头较之国立山东大学教授文学并不逊色。在解放战争时期的青岛文坛,中小学教师文艺创作不可小觑。

一　江雪雯、潘颖舒等女中教师文艺

抗战胜利后,由于青岛市立女子中学顺利迁回太平路 2 号原址,加之教师和经费一度较为充裕,客观上刺激了校园文学的发展。校长江雪雯有大学副教授资历,在翻译文学界富有盛誉;教务主任潘颖舒的《民言报》副刊《艺文》主编,教务处职员蔡坚编辑的《海光》和《新青岛》两个文艺副刊,都为市立女中成为青岛基础教育界文艺创作的“桥头堡”创造了条件。

江雪雯(1912—?),山东泰安人。读北平师范大学,留学德国慕尼黑大学、柏林大学,抗战期间辗转重庆,后任大夏大学、复旦大学副教授,1946 年初与应聘国立山东大学机械工程学系主任的丈夫孙振先一同来到青岛,江雪雯接替林瑚出任市立女中校长。江雪雯的到来在青岛教育界引起关注,尤其是她提出的“高初中课文之规定”及“须有妥善之理法”[①]被报媒广为传播。江雪雯精通英文又有德国留学经历,自然要在翻译文学领域施展才华。

1946 年 10 月,江雪雯在《军民日报》翻译发表了歌德的两首诗歌,一首是《渔夫》,一首是《眉孃》。《眉孃》是歌德自传体长篇小说《威廉·麦斯特》中的抒情诗 *Mignon*(今译《迷娘曲》),脍炙人口,据说被贝多芬、舒伯特、舒曼、柴可夫斯基等世界著名作曲家谱曲达百次之多,在中国已有马君武、郭沫若、郁达夫等译本。江雪雯用深情的译笔,将眉孃这个身世悲惨的意大利少女引进了青岛文坛,对女主人公爱而不得的“情人-恩人-父亲”三重称谓复杂心态的理解,非

① 《市立女中准备开学　新任校长江雪雯发表讲话》,载《平民报》1946 年 2 月 23 日。

一般译者所能为。1948 年 3 月和 6 月,江雪雯在潘颖舒主编的《民言报》副刊《艺文》上发表了英国小说家 W. S. 毛姆(江译“司莫赛特·蒙汉姆”)的《毛姆读书随笔》中《巴尔扎克》(*Balzac*)与《傲慢与偏见》(*Pride and Prejudice*)两个阅读片段。显然,翻译选材是江雪雯的独到,她既考虑到译入语文化的需求,又基于中学教育工作者的立场。70 多年后,《迷娘曲》进入国家教育部颁布的高中语文统编选择性必修课教科书。只是,《迷娘曲》之名远不及江雪雯的《眉孃》来得贴切。

除此,江雪雯还有杂文《有理想,就实行》《民主精神要在运动场上培养》《教育儿童劳动》《送毕业同学》等发表。

潘颖舒(1908—?),本名潘思祖,字颖舒,笔名滢舒等,河北正定人。他于北京大学语言研究所毕业,有河南淮阳、河北邢台等地任教和桂林中华职教社、中国大辞典编纂处等任职经历,抗战时期辗转青岛任教女子中学。1946 年 12 月,潘颖舒以“伊何”署名编辑青岛《民言报》副刊《艺文》,向青岛文坛发出了“意在嘤鸣求友”之声,希望“荒原变成绿野,映出灿烂的阳光”,联络文友以“证明苦难中文化之流未息”。[①] 潘颖舒将《艺文》的通讯处设在市立女子中学,主要承担组织和协调工作。借此机会他发表了一些散文、杂文、文艺批评作品,如《五四文艺节感言》《谈文艺作品的欣赏》《评朱光潜谈文学》《介绍八人画展》等。他还在《青岛公报》开辟《名著欣赏示例》专栏,发表了《柳宗元小丘西小石潭记》《柳宗元始得西山宴游记》等文评,另有《归有光先妣事略》《郑思肖评传》《王心葵先生传》等人物传记,不乏稽古振今之意。其中,关于琴学宗师琅琊王心葵的撰述写出了十指流动的雅乐空灵之妙,王统照特赋诗代序。

潘颖舒为拥有读者与蔡坚合作的“蔚荆对话”,呼声一路走高。主要有《诗的路》《诗人节的前夜》《诗的花园和菜圃》《一夕故事谈》,每一期都刊发在《青岛时报》副刊《海光》的压题专栏。从文笔风格分析,蔡坚是“蔚”,潘颖舒则是“荆”。且看 1947 年 6 月他们分两次连载的《诗的花园和菜圃》对话片段:

> **荆**:……但是在你“凡是写诗的人都是一个人”的话中,我愿意补充一点儿意见。我以为在集体而非个人的,在苦斗的而非闲逸的,在前进的而非后退的“诗的菜圃”范围,也该留下一角小小的“诗的花园”:一是“人类共同性”的作品,一是“儿童天真性”的作品。
>
> **蔚**:这话我不太明白,还是请你解释解释!
>
> **荆**:所谓“人类共同性”的作品,是不受时代的限制,写了人类的天性,

① 伊何:《编后记》,载《民言报》1947 年 12 月 2 日。

它的声音保持着温暖和新鲜,超越许多世纪,仍然直接地向读者诉说。像刘半农《扬鞭集》中的《母亲》:

“黄昏时孩子们倦着睡着了,
后院月光下静静的水声,
是母亲替他们在洗衣裳。”

这种天性温柔动人的心思,当“这个时代都象后娘”那样对待你时,谁能泯灭了它的声音?所谓“儿童天真性”的作品,是说他们还不懂得社会的欺骗,压迫,黑暗,血腥的时期,按“心理的发展”不该阻碍他们“活泼泼的天机”,劲让他们喊着不能理解的口号,摧残了他们心灵的萌芽。像闻一多先生的六岁女孩写的诗:

“鸡比人穿的好,
鸡穿毛衣。”

像冯至先生的七岁女孩姚平写的诗:

“小船划过,
月亮碎成片片。
一会儿,
月亮又合成一个。”

这都是她们天真的“观察”,“想象”,“情感”的显露。你哪能逼他们一定要穿上革命斗争的外衣?一位诗人说得好:“留下这些吧,黑暗时代只有这些光了!留下这些吧,人类的远景,只有这些模样了!”

蔚:你说话很透彻,我们该留下这片园地的。让我们认识了社会黑暗的人,慢慢领导他们走向斗争的路上,去铲除那“不合时代的花园”,发展“有益人群的菜圃”!①

潘颖舒具有堪与国立山东大学教授作家比拼的文采,偏重悟道与怡情。但他欠缺一流作家的才气与定力,文气矫揉扭结,精品力作阙如。

此外,在岛城文艺期刊和报纸副刊上发表作品的教师,还有于希敏、王静波、唐书杰、郝宜凯、孙醒堂、马庸、施恩涛等。教师文艺作品,令读者耳目一新。

二　卧龙的文艺作品

卧龙(1912—?),本名蔡坚,山东高密人。他于北平弘达高中毕业,曾在家

① 《蔚荆对话——诗的花园和菜圃》,载《青岛时报》1947年6月10日。

乡高密任小学校长,于1946年任职青岛市立女中教务处,是潘颖舒手下的文员。蔡坚虽未接受过高等教育,但文笔好,报界熟人多。1946年12月,他以"卧龙"署名出任《青岛时报》副刊《海光》主编,又于1948年9月编辑《青岛公报》副刊《新青岛》,卧龙成为青岛基础教育领域教师文艺创作的"挂印先锋"。

卧龙对小说、散文、杂文、诗歌等各种文体都有所涉足。小说有以"流难"为题的系列联文小说——《瘦马》《倒下的老人》《山花》《无辜的小生命》《春雨》,还有《一幅画像》《表》《山腰里的伤心者》等。《一幅画像》描写一个流亡城市的破落地主×二爷靠典当度日的故事。×二爷因飞涨的物价无法应付一家八口人的生活,不得已把祖宗传下来的一幅画像当成"××银行经理的玩物"[①]。《表》的主人公也有类似的遭遇。七年前在K城生活窘迫,为医治孩子的病卖掉了一块纯金手表,后来在青岛谋到了教员的饭碗。一天,一个多年不见的学生突然来访,手腕上戴的竟是他过去卖掉的金表,心头顿时感到五味杂陈。《山腰里的伤心者》写一个名叫硕夫、住在山腰茅屋、因伤病退伍的军官,一天被一个上山砍柴的老妪问起过去的恋人敏姑娘,勾起了一段幸福而辛酸的回忆。当年,硕夫与敏姑娘是一对相爱私奔的青年男女,二人参军入伍,在一次日军扫荡中敏姑娘不幸中弹身亡。老妪为敏姑娘的死而惋惜,硕夫却说:"看看国家的前途,想想自己的病,咳!死是有福的。"老妪"擦着老泪走了",她回头看见硕夫"似乎是躺在那块光滑的山石上,安然的睡着了!"[②]卧龙的小说人物少、结构简明,但故事情节起伏大,还原了国统区的社会危机,暴露了现实中的灰色人生。

卧龙的散文有《一天》《聪明与糊涂》《军中一夜——往事追忆之一》《康老师》《王先生曰》《慰》《女儿的恩惠》等。他的散文大都是叙事性的,或记人,或述事,偏重于叙写人物和事件,鲜少托物言志、抒唱主观情怀的心声倾吐。

卧龙的诗歌有《想》《舟》《笔泪》《希望》《落叶》《日子》《给诗人》《太阳光》《五月天》《贤良女》《小港归来》《多少年以后》等。《给诗人》是一首短诗:

诗人
　　大众的喇叭
上帝的矛
　　人心即天心

这世界

① 卧龙:《一幅画像》,载《民言报》1948年3月22日。
② 卧龙:《山腰里的伤心者》,载《民言报》1948年5月9日。

　罪恶的手
撕破了真理
　狞狠的嘴
吞蚀了人群

诗人
　莫忘掉时代
撑起你的笔
　写下一片真①

正是撑笔“写下一片真”的自我激励，卧龙善于从真实的社会生活中捕捉诗情，他的诗总有一种难言的隐痛。《贤良女》是一首叙事长诗，足有百余行，写一个嫁给了“木牌位”的女子如何告别父母、上轿拜堂、最后县太爷给建起“节烈冰霜”牌坊的始末。诗的开头是这样写的：

“妈！
爸爸！
我去了！”
十八岁的少女，
俊俏的脸上，
没有脂粉，
没有口红，
眼角垂着泪，
蓝布短褂，
青布裙，
谁也看不出
她是出嫁的新人。②

诗人用魔性十足的念白式语句，写了一个冷清的出嫁场面。没有离家的爆竹，也没有喜庆的喧嚣声，只见——

两个半老的妇人，

① 卧龙：《给诗人》，载《青岛时报》1947年4月22日。
② 卧龙：《贤良女》，载《民言报》1948年7月25日。

孤单单的
拥着新妇往前走,
一个童子
捧着木牌位,
她们
跟在木牌位后边。
木牌位
便是新郎呀!①

以男权主导的封建旧道德,将女子视为男人的附属品,这位出嫁的女子竟被迫嫁给了亡灵,连选择丈夫生死的权利也被剥夺。诗人的《贤良女》是控诉之言、愤怒之声,一行行短促的诗句凸显出诗的表现力,也深化了诗的文化内涵。

杂文

卧龙文艺创作成就最高的是杂文,涵括杂谈、随笔、小言三类。

卧龙的"杂谈"是一种变体的议论文,有《对不起孩子》《秀才命名》《卖银元记》《救济小风波》《让古人复活的问题》《和大江先生谈谈——兼告中间人君》等评析世态人情的随手笔谈;也有《曹二虎》《曹公案》《跛足的枪手》《北大两校长的婚姻》《黄侃与黄菊英》《朱熹死后受责》等名人轶事的随意漫谈,写情见性,婉而多讽,通常生成一种心理上的妙觉效应。《曹二虎》写先后在平原、高密两县"做了些令人啼笑皆非的政绩"的县长。这个县太爷不学无术,曾一怒打过新闻记者;而又体恤乡邻,时常救济孤儿鳏寡。在由平原去高密上任前,乡绅送他一副楹联,上联是"一阵风一阵雨一阵晴天",下联为"半是武半是文半是野蛮"。卧龙最后写道:"曹二虎诚然是二虎,然而比今日以贪污为高明的官,还是好官!"②这才是《曹二虎》的题旨。

卧龙的"随笔"又可分为"卧龙岗"随笔、双题随笔等形式。"卧龙岗"随笔,是卧龙于1946年冬在《平民报》副刊《大风》上辟的言论角,发表了《例子》《嘴印与梅花》等文字;1948年秋他又在《青岛时报》副刊《海光》开辟《卧龙随笔》专栏,相继发表了《希望与幻想》《得让人处且让人》《谈谈买卖人》等篇什,都是些随性偶发的感想,影响有限。1946—1947年,卧龙在《青岛时报》副刊《青光》独创的一种同时发表的两篇题目不同、笔意相近或相反的"双题随笔"颇受瞩目。仅在1946年11月至12月就发表有《海边忆友》和《你不要哭,我知足》(11月1

① 卧龙:《贤良女》,载《民言报》1948年7月25日。
② 卧龙:《曹二虎》,载《民言报》1947年10月5日。

日)、《失眠之夜》和《友情》(11 月 8 日)、《晨光》和《暮色》(11 月 16 日)、《院内小景》和《忆故乡》(11 月 29 日)、《办公室中》和《关于写杂文》(11 月 30 日)、《海鸥》和《病友》(12 月 4 日)、《莒县路上》和《阅报有感》(12 月 7 日)、《小心眼》和《艺文社》(12 月 11 日)、《钟》和《后生可畏》(12 月 13 日)、《路上》和《担子》(12 月 20 日)、《洋车上下》和《星期六日》(12 月 24 日),等等。此类双题随笔往往就社会生活中的某一现象发表零散感受,较多充满治愈感的温情语句。

卧龙的"小言"主要是指在 1948 年编辑《青岛公报》的《新青岛》副刊所辟的专栏杂文。主要篇目有《你能管得住自己吗?》《"处世大本在守礼节"》《假设的故事》《世上无贱业》《说起来还得怨我们的笔拙》《多少存点忠厚吧》《胡说八道么?》《写什么好?》《不算吹毛吧?》《闲话读书》《闲话吸烟》《忙与闲》《说与做》《安贫论》《虚心》《释》《谎》《寄——复 S 弟》什么的,是一些篇幅短小却做大喻的无间之言,往往阐发精微的义理。像《闲话读书》提出,"书是时代的轮子,不读书将与时代脱节,我觉得这是很可怕的"①。《多少存点忠厚吧》,说一个持"小事吃亏、大事绝不吃亏"处世经的朋友,被人指责"处处想赚便宜",卧龙劝解道,此友比那种"不惜把他人踢到泥里去"的人要好得多,在利己与利他的关系上,倘若"做不到纯利他的工夫",真的不如"多少还存点忠厚"。②

对于卧龙的杂文,褒之者有,贬之者亦然。相较于同期较有名气的"牛鼻子老道"(李策)偏世事、重讽喻、攻伐流弊的杂文,卧龙的杂文则偏人道、重劝教、淡写轻描。陈南冰曾撰文尖锐地指出,卧龙的杂文"无聊",尽是些"空泛无益的文字",甚至"有流到鸳鸯蝴蝶翼上的可能"。③ 卧龙公开发表《不必玷污了青光的地盘——敬致南冥诸先生》等商榷性文字,并明确提出:

> 对于杂文,说句实话,我非常爱好它,我爱它星星之火,也可以发出亮光!谁说杂文没出息,杂文是文艺中的小弟弟,它活泼天真,它有它的价值存在啊!④

对于读者提出的希望读到卧龙长篇作品的要求,卧龙说:"脑子里乱得很,想想自己零乱,要写长一点东西,不是要命也不可能么!"针对逃避现实的指责,卧龙的观点是"文章不及现实清楚"。

纵览卧龙的文艺创作,他有敢于下笔的热情和丰盈的创作体量,但欠缺成熟

① 卧龙:《闲话读书》,载《青岛公报》1948 年 10 月 15 日。
② 卧龙:《多少存点忠厚吧》,载《青岛公报》1948 年 10 月 28 日。
③ 南冥:《闲话杂文——偷闲随笔之二一》,载《青岛时报》1947 年 4 月 30 日。
④ 卧龙:《关于写杂文》,载《青岛时报》1947 年 11 月 30 日。

的文笔,作品走秀,有深度的东西他写不了。

三　其他中小学教师的文艺作品

除市立女子中学教师拥有比较繁丰的文艺作品外,青岛其他中小学教师也表现出强烈的创作热情。市立中学的白风、刘秋潮、赫保真等,小学的丁梦全、崔纫秋等均发表了数量不等的文艺作品,其中尤以白风最有名气。

白风(1914—?),原名郑西成,山东安邱人。他于国立西北大学毕业,有山东保安司令部政治部编辑、绥远奋斗中学教学经历,于1946年任职青岛市立中学。白风在兼职《青岛公报》副刊《新青岛》编辑期间,发表了大量的文艺作品,其中以杂文为多,小说次之,也有零星的散文和诗歌。白风的杂文大致有三个分类。一类是主编副刊的头题杂文,主要有《人生片感》《屈原的牢骚》《反作官论》《向骗子学习》《穷人与吃饭》《女人的武器》《有与用》《禁舞》《吃了老鼠》《书中还有破西服》《由军人作诗说起》《飞婚眼,卖噱头之类》《要钱,还是要太太?》等,都是些篇幅短小的杂感。另一类是在其他报媒副刊发表的杂文,主要有《谈倚老卖老》《胜利三年》《哭笑怒骂》等,篇幅较长,有一定的思想意义。如在《民报》副刊《青潮》发表的《哭笑怒骂》,是对"嬉笑怒骂"的改写,作者提出:哭则"不要真哭,真哭没有人会同情你";笑则"不可狂笑,不可傻笑";设若"要发大怒,必须有一怒而天下惊的把握";说到骂,"假如你骂'人类全是坏蛋'准没有多大麻烦"。[①] 构思新异,幽默中透出几分机智。第三类是主题系列杂文。1946年6月6日至14日,白风以"中国人"为题分6次谈了中国人的爱民、享福、忍耐、说与做等10个问题,俨然国民性批判之檄文,褒贬毁誉,切中要害。白风以"人间拾掇"为题的系列杂文则铺天盖地,大都是日常琐末杂谈。

白风的小说有《月下》《窗子》等。《月下》于1946年7月26日至8月1日间日在《青岛公报》副刊《新青岛》连载,写主人公"啦啦"与女友"哩哩"从相爱到分手的故事。"啦啦"为未能和"哩哩"缔结良缘十分懊恼,自谴"白读了十几年书,为什么不升个一官半职?胜利之后为什么不活动点接收工作干干?纵然跟在接收大员的屁股后面,也绝不至于像现在这样的可怜吧"。走上大街,看到成双成对的青年男女,"啦啦"只好躲进墙根的暗影处,不料想身上的衬衣被矮墙上的铁蒺藜"撕了一个大窟窿"。[②]《月下》反映了抗战胜利初期国统区人的普遍心态,揭露了一些投机取巧追随"接收大员"混迹官场者的丑恶嘴脸。《窗子》

---

① 白风:《哭笑怒骂》,载《青潮周刊》1946年7月7日。

② 白风:《月下(四)》,载《青岛公报》1946年8月1日。

是在《月下》之后，从8月8日起分7次在《青岛公报》副刊《新青岛》连载的小说，写的是师生恋。一个男教师爱上了班里一个18岁的女生，只是女生早年订有婚约，借居都市的姑姑家只为等待婆家娶亲之日。因女生不能到校上课，男教师便每天晚上来到女生住的那条巷子的窗外用手杖敲打高高的窗台。女生闻声就打开窗子，二人谈情说爱。终于有一天女生要出嫁了，她芳心寸乱，偷偷地跑出来，泪眼汪汪地送给男教师"一个手指顶大小的玉雕的莲蓬"①。后来，那扇窗子再没打开，痴情男女的一段没有结局的恋情就这样"拜拜"了。

白风的作品沉郁世故，透出一种对生活现场的玄览与细察，但笔致不够精美，缺乏激荡心灵的深度。这在其同事刘秋潮那里也有近似的表现。

刘秋潮（1910—?），山东牟平人。毕业于北平郁文大学，历任烟台崇正中学、山东省立第六联中教员，于1946年2月应聘青岛市立中学高中部级任教师。其间，刘秋潮操持《军民日报》副刊《文艺》编务，以"秋潮"之名发表了一系列《岛上闲话》专栏杂文，主要有《学海有声》《北风其凉》《二十年前旧事》《异乡情调》《风波》《偶成》《沉沉欲睡》《鬼影幢幢》《车裂之刑》《贪污者死》《汉奸的绝命诗》等篇。刘秋潮的杂文说古道今，有年代感，即便指向现实的问题也流宕着历史的回音。1946年4月至6月刘秋潮在《扫荡简报》文艺副刊连载的中篇小说《月出》，几乎是茅盾《子夜》的模仿之作。但刘秋潮下笔潦草，引不起阅读欲。

除此，任教青岛基督教青年会中学的赫保真在《民言报晚刊》发表了几篇杂文，给人印象较深的是于1947年10月17日发表的《标准夫人》。1947年11月17日他发表的《待遇之参差》，则通篇牢牢骚骚，写不出什么东西，他的文笔远不及画笔。一个自称身居校园署名"野火"的写作者，屡屡在《青岛公报》的《新青岛》副刊发表散文和小说。散文有《褪了色的手帕》《迷蒙的雾》《窗外小景》《"大窑沟"的尘嚣》，连载小说有《糊涂的爸爸》《一个乡下姑娘》。其中，《"大窑沟"的尘嚣》是系列写实性散文，带有生活的质感和体温。

青岛小学教师的文艺作品较有影响的是任教青岛铁路小学的丁梦全。丁梦全（1901—?），笔名丁坚、园丁等，山东黄县（龙口）人。以青岛开设留园补习学校为素材的报告文学《我们的留园》，酷似丁梦全的履历，于1945年11月30日在《青岛时报》的《青光》副刊连载伊始即受关注。"留园"叙事在丁梦全的独幕剧《和平》和歌剧《胜利以后》两个剧本中，得以形象再现。丁梦全在《民言报晚刊》连载的《大好河山》、《民众日报》副刊连载的《在姨母家里》，以及《新血轮》创刊号发表的《为谁辛苦》等小说，进一步提升了她在青岛文坛的知名度。

此外，青岛朝城路小学校长崔纫秋也在报纸副刊发表散文。1947年3月19

① 白风：《窗子（七）》，载《青岛公报》1946年8月18日。

日至20日,崔纫秋的叙事散文《爱丽的出走》分两次发表在《青岛公报》的《新青岛》副刊上,她的《如此爱情》于1947年5月20日发表。

第四节　本土青年作家群和文坛风潮

相对于大学教授和中小学教师作家作品,活跃在青岛社会层面主要由本土青年作家主导的文艺创作活动,则呈露出另一种景观。刘燕及发起成立的青岛文艺社及其开展的一系列文艺活动,几成运动之势;梁宝等组办的青年文学研究会,集合了众多文学青年人,梁枫等文艺女青年崭露头角;黄耘的创作文体多、数量多,游刃于多副笔墨,在同时代岛城作家中不见其比。解放战争时期的青岛文学,具有本土性、成长型、集群化等特征,但有影响的作家作品不多。

一　刘燕及与青岛文艺社

刘燕及(1926—1997),本名刘承蕙,笔名还有燕及果、野军、石秀、刘曲、刘海子、草心、岛雨、焦大心、北乃木等,即墨下崖村(城阳)人。30年代末开始文学创作,1945年8月他在即墨创办《古不其》月刊,于1946年夏来到青岛任《民声日报》总编辑,并主编《民声月报》。①

刘燕及的文艺作品以诗歌为多,有《八行草》《夏天,我不爱你》《夜语》《伤心》《写》《西风》《刮风》《屠夫》《狱囚的歌》《夜街的压力》《磨着镰刀》《锄头怀念曲》《我在这里》《诗人! 诗人!》等,1946年他出版诗集《三秋集》。当然,将刘燕及定位于青岛40年代中后期具有一定感召力的文艺活动家,或可更确切些。

为了振兴青岛文坛,1946年10月,刘燕及发起筹组的"青岛文艺社"正式登记备案。这个以青年作家为主、依靠老作家带动,旨在面向公众开展有益的文艺活动的社团,聚集了王统照、鲁丁、废丁、黄耘、梁宝、山音、萧风、张圣资、田风等一众岛城作家,又联络了外埠李瑛、海笛、岗岚、毛羽、叶涛、梅青、丁力、李放等文艺同道。刘燕及在阐述青岛文艺社及其《青岛文艺》办刊宗旨时强调指出,"要把文艺建设在大众的身上",必须"实地去做";并提出"民主文学"是时代赋予的命题,不容疏忽且亟待付诸实施。在申说《青岛文艺》对作者的要求时,刘燕及概括了三句话:一是"写灵魂的东西",二是"写未写的东西",三是"写大众的东西"。② 青岛文艺社力图承续"五四"文学革命传统,提倡现实主义的大众文学,

① 徐月霞等:《青岛市图书馆藏民国地方期刊提要》,第165页,中国海洋大学出版社,2021。

② 燕及果:《创刊词》,载《青岛文艺》创刊号,1947年4月。

客观上适应了解放战争时期国统区历史文化的诉求。

《青岛文艺》新鲜出炉,受到文坛和社会各界瞩目,创刊号和第二号上分别发表了范泉、徐悲鸿、王统照、臧克家、李白凤等名家题辞。[①] 在《青岛文艺》试版号刊登的八篇文章中,包括朱光潜的《中西诗在情趣的比较》、萧乾的《书评与做人》、何其芳的《乡下》、何家槐的《在游艺场》、孙用译的《赶路是出门人的本分》等。《青岛文艺》创刊号刊登的青岛本土和上海、苏州等地14位作家的小说、散文和诗歌作品,皆有口碑;而《青岛青年作家集体试笔》专栏发表的一组笔谈格外引人注目,沉迟、废丁、山音、楚歌、田风、石玺、鲁军、冶萍等20多名青年作家就文学的任务、作家的使命等问题各抒己见。有的表示,要"擎起笔来,和罪恶宣战"(沉迟);要"用铁扫帚,荡光那些花呀月呀的"(登军);有的决心,要"周旋在现实的战场"上,"接近大众,体验他们的苦衷",以"写出真实而不朽的东西"(山音);有的则呼吁,"象牙塔里摆四方步子的先生们,赶快走出来"(拾皺)。这组不无文青风格的试笔文字,表达了青岛青年作家们的文艺观点和政治立场,也宣示了《青岛文艺》的方向。[②]

6月,《青岛文艺》出版第二号时更名为《文艺》。如果说,创刊号的《青岛青年作家集体试笔》已初步透露出青岛文艺社青年作者礼赞光明和进步的话,那么第二号则以多篇作品展示出社内同人的战斗风貌。鲁基在短论《有力的大众文学》中指出,"现在是一个动乱的时代","也正是伟大作品产生的好机会",希望作家"向大众生活接近","创造活生生的鼓舞大众的有力文学"。胡冰的小说《失业者》、赵荻的连载小说《放下镰刀的人们》,田风的散文《荒城的人们》,以及废丁的《无题二章》、刘绪萱的《雾里的老车站》、林流的《他们死,因为损害了暴政》、麦紫的《自己的歌》、鲁丁的《都市的春天》等新诗,从不同侧面反映了人民大众的苦厄生活和憋屈的呼喊,为国统区的民众吹来一股清爽的风。8月,《文艺》第三号刊登了一些外地作者的作品。据第四号的《编辑记》披露,《文艺》月刊长期撰稿的同人遍及11个城市44名青年作家,像北平的梅青、方青、陆白人、柏绿、青苗、海涛、闻杰、步星夜,天津的毛羽、狂梦、刘荣恩、苏夫、万年青、吴伯扬、孟肇、毛永堃,秦皇岛的海笛、溪曼,唐山的李瑛、翟尔梅、马伯力,沈阳的甫光、王梓,济南的承苏、曼鸥,南京的李放、胡牧,上海的岗岚、胡惠峰,海州的文水,杭州的胡冰,青岛则有废丁、黄耘、梁宝、山音、鲁丁、南冥、卧龙、刘温和、亚夫、张弘、张止戈、萧汀等,他们的一些作品甚至够得上大家手眼。青岛文艺社俨然华北华东文学艺术重镇,《文艺》月刊也趋于成熟,但这只是一个开始。

---

① 青岛市史志办公室:《青岛市志·文化志/风俗志》,第73页,新华出版社,1998。

② 钦鸿、田风:《青岛四十年代后期诗歌运动》,载《青岛四十年代诗选》第530页,青岛出版社,2018。

为以鲁迅精神激发青岛文艺同人的斗志,青岛文艺社决定于1947年鲁迅逝世11周年祭日,举办一次全市性纪念晚会。10月18日,《青岛时报》刊出青岛文艺社代邮二则,其中一则旨在赢得气场和声量。

> 我们准备在十月十九日下午开个晚会,纪念鲁迅先生逝世十一周年,地址是北平路小学,时间是下午五点到八点。我们诚恳地希望青岛市所有爱好文艺的朋友来参加,更欢迎个人准备节目,讲述、音乐、朗诵皆可。山音、千里、寸心、介人、王子、王统照、方默、田风、左练、戎如痕、季森堡、林园、南冥、甫冰、纪冰、纪锦、芮麟、卧龙、时广仁、笑燕、梁宝、梁枫、梅特、许仁、许义、亚夫、黄耘、黄一文、黄洋、坚冰、张弘、舒展、楚歌、默汀、激冰、鲁丁、鲁基、鲁海、漪萍、臧云远、刘温和、刘绪萱、废丁、萧风、萧汀、蕙心、燕及果、丰雨、苏炅、灵火诸先生及文友社、海光社、瞿鸣社、星野月刊社、岛上文艺社,诸稿友、社员,届时望悉出席是荷。
>
> 青岛文艺社启①

10月19日晚,纪念晚会如期举行,刘燕及以青岛文艺社社长的名义担纲晚会主席。他在致词中深情缅怀鲁迅光辉的一生,号召学习鲁迅精神,提议选择青岛一条热闹的马路定名为"鲁迅路",并把密切接触大众的海滨公园易名为"鲁迅公园",让青岛市民永远铭记鲁迅的英名。晚会结束后第七天,青岛文艺社油印出版了《十月诗歌辑》,诗人们虔诚地向鲁迅捧一掬深情。

由于国统区的思想钳制和飞涨的物价,青岛文艺社面临着严峻的生存危机。《文艺》月刊从1947年8月出刊第三号后,直到1948年4月15日才铅印出刊了第四号《文艺》。刘燕及在回顾这段经历时不无感慨地写道:"受了病的社会,人们也染上了一种潮流的骗症,一些流氓,极体面的文化人……我们已经是接受了七次欺骗的,以致《文艺》几乎流产。"②话虽含糊,但酸楚和艰辛无法掩饰。刘燕及没有屈服,凭着作家的社会责任感及对文艺的执着精神,他宁可卖掉即墨城里的房产、御寒的大衣和"心爱的书籍",也要与文友惨淡经营。只是,《文艺》"诗歌号"的推出给刘燕及及其青岛文艺社带来不测。由于这本诗歌专辑透出的革命和进步气息,国民党市政当局强行封禁青岛文艺社和《文艺》编辑部,刘燕及被迫出走,栖身于文艺社社员傅家均家的吊铺上。1948年6月,青岛文艺社与其他20多家期刊合并出版了《杂志联合刊》,并庄严声言:为青岛文学艺术事业"争口气",为"文化工作者开一条坦途"。

---

① 钦鸿、田风:《青岛四十年代后期诗歌运动》,载《青岛四十年代诗选》第534页,青岛出版社,2018。

② 燕及果:《编辑记》,载《文艺》第4号,1948年4月。

严酷的生存环境和恶劣的工作条件，未能扑灭刘燕及与青岛文艺社同人炽烈的热情，他们认定，在"'低气压'下，《文艺》迟早会窜一枝开一花的"①。第五号《文艺》于同年9月印出，不但仍亮出编辑发行者青岛文艺社和代表人刘燕及的名字，而且公布了北平、天津、上海、南京、徐州、吉安、海州、青岛等地代售处的地址。在内容上，紧密配合解放战争的形势，编发了昭示人民群众追求光明、渴念新生的诗作。如田青的诗写道："你炽烈的火炬/正同顽立的山霆战斗/你愤怒的雷头/也正向一切残暴的罪恶轰击/你大声的呼啸/踩着黑暗向我们疾驰来了/你的旗帜/带领着那群被开放了的兄弟们/朝这里进军来了。"②诗人以豪迈的笔触，反映出解放大军在平津战役中不可阻挡的气势，以及民众欢呼雀跃的狂喜心情。此类作品还有王磊的散文《复活》、张窗的散文诗《沉默·期待》，以及梅青的《我们战斗在雾里》、溪曼的《战士》等诗作。

实际上，青岛文艺社在遭查封后已无法正常开展活动，所办期刊只得改同人轮流编辑制。第五号由刘燕及在青岛编辑，第六至十号分别由李瑛、海笛、毛羽、岗岚、李放在各自城市编辑。后因平津战役邮路断绝，李瑛编好第六号无法寄达，《文艺》月刊第五号遂成终刊号。1948年下半年，《青岛文艺》的"后身"《文坛》月刊，由刘燕及编辑出刊了三期。1949年1月，刘燕及与丁力在南京发起编辑出版同人诗刊《诗行列》；7月，他又与李放在广州以青岛文艺社名义编印了诗丛《饯别》。嗣后，李放离去，刘燕及考入广东省立艺术专科学校，历时近三年的青岛文艺社，终在40年代岛城文艺社群的延长线上告一段落。

青岛文艺社的解体，使岛城40年代如火如荼的文艺运动遭遇挫折，恶劣的外部环境是主因，但也存在着组织肌体松散、刘燕及个人能力不足等因素。王统照曾善意地提醒刘燕及及青岛文艺社，"经验，观察，想象力，理智的分析，完美的技巧，这都是文艺作品不可或少的要素。至于深厚的情感更是作品中的'元气'，无此，纵能具备上述各要素演为文字，只是'披土木以锦绣'而已"③。

二　梁宝与青年文艺研究会

梁宝（1928—　），本名郑连，又名郑济，笔名还有阿宝、冯喜、苹果树、张冀、姚纳、丘危等，广东中山人。他在青岛出生，先后就读于崇德中学、市立中学，学步邓余鸿、赫保真等教师，开始阅读新文学作品。后因父失业，梁宝离家流浪，辗

① 燕及果：《编辑记》，载《文艺》第5号，1948年9月。

② 田青：《你来得好》，载《文艺》第5号，1948年9月。

③ 《王统照题词》，载《青岛文艺》创刊号，1947年4月。

转北京、天津、济南、上海、香港等地谋生。抗战胜利前,他供职青岛《青报》做校对员,并与黄耘、默汀编辑出版地下诗刊《诗青年》,走上文艺创作之路。

1946 年夏,梁宝发起成立“火花”文学社。这个模仿列宁《火花报》的文学社群,围聚了山音、刘绪萱、金德栩(怡青)、赵永章(江流)、焦淑筠(纪钧)、高彬彬(高芒)、沈承宽、黄洋、毕东昌(毕璐)等一干文艺青年。1947 年,梁宝受《民报》同事、中共地下党员徐保光(徐虔)的启迪,开始秘密从事党的活动,并带着高芒假扮成兄妹,通过封锁线赴平度解放区学习。梁宝返回青岛后,在“火花”文学社的基础上,联络山音、毕东昌、高芒、鲁海等组建青年文艺研究会。成立大会那一天,鲁海把跨校际的“春园”文学社成员也拉了去,彼此摄持。会上,梁宝高呼打倒国民党的口号,还拿出“八路军”和“文艺工作队”的标志符号展示。

青年文艺研究会成员,大都是在校中学生和离校不久的社会文艺青年,梁宝组织他们经常在报社地下室搞活动,演唱《毛泽东之歌》等进步歌曲,学习《在延安文艺座谈会上的讲话》等文件,传阅《李有才板话》等解放区文艺作品。处在十七八、二十出头年龄的男女青年,日久生情不免模糊文友的界限,暗自给对方留下了一间心房。据知情者称,伶仃(张韶娥)与鲁海谈过朋友,安妮(杨执英)是山音的女朋友。[①] 梁枫爱上了梁宝,但梁宝的“感情进不去”,因为他爱的是高芒。青年文艺研究会男男女女真正缔结姻缘的只有梁宝与高芒。文学是最好的催情剂,作家的爱情早熟,只是他们对爱与被爱的理解仅仅停留在字面上。

受梁宝、高芒赴解放区的影响,青年文艺研究会的成员山音、鲁海、伶仃、安妮等为等待联络员领他们到解放区,晚上都住在山音于桓台路开的照相馆里。结果,联络员没有等来,伶仃、安妮等的家人却四处打听找到山音的照相馆,各自把人领回了家,解放区没能去成。

梁宝的文艺创作与青年文学研究会的活动,以及他操持的《民报》副刊编务工作紧密联系在一起。梁宝以大众化之寓意编辑“马路文丛”,后来直接用“马路文丛”和“马路诗丛”之名办了两个出版物,还开办了一个“高尔基小书店”。[②] 报人、出版人兼作家,使得梁宝的文艺作品多维庞杂而富有活力。

梁宝有小说发表。1947 年 6 月,他的小说《野火》在《青报》的《青春》副刊连载,勾勒了北方山地的一段爱情故事。在一个“顶动人、顶温柔的四月”的黄昏,主人公“我”在山腰巧遇野姑娘小秀,小秀看到“我”立即招呼道:

“干吗不追我呀!”

---

① 孟力、赵夫青:《青岛四十年代文学》,载《青岛四十年代诗选》第 475 页,青岛出版社,2018。

② 《〈火花〉最近出版》,载《民报》1948 年 2 月 17 日。

像春风一样的掠过草原，羞红了我一脸山桃的颜色，比不上她笑，是一些花瓣飘在眼前。

我没追她，追上她又得把她按在地上揍她一顿。"哪有这样皮的女孩子，春天一样。"

"春天不好吗？我爱我是春天。"她失望的坐在远远的山桃树下，用手搓弄着两条牛尾巴样的辫子。①

四月山桃的野性撞击着青年男女的情愫，两性骚动是不难想象的。梁宝的小说如同情感生活，"一切都是受着感情的支配"，几乎"没有一件事，没有一天不是受着感情去支配的"。② 这种情感也能在梁宝的自传体小说《雾海慈航》和《山谷炊烟》等小说中找得见。自1947年12月起，梁宝以"张冀"的笔名在《民报》副刊《滩头》连载的中篇小说《都市的诱惑》，以及《文艺》副刊连载的长篇小说《大时代下》，则体现了"为人民大众的新写实主义"和"开展文艺的教育运动"③的叙事风格，却无形中拆解了现实主义创作观。

梁宝有杂文和文艺评论发表。杂文有《论逃避不逃避》《浪费的解嘲》《救救孩子！》《圣诞之夜》等。比之杂文，对于文艺评论梁宝更是用力。1946年1月2日，梁宝以"冯喜"的笔名在《青报》刊文《青岛文艺走向哪里去——对于文艺界的希望》；9月，他又在《民言报》副刊《民言》发表《有感于青岛文艺的二三事》，批评岛城某些文艺副刊"将三花脸等'小丑'的作风也搬到'报屁股上'"④；12月，他在《青岛时报》的《海歌》副刊《读几首诗》中提出，"感情是受不了束缚的"，诗人"吝啬了感情，也就有伪装的新诗出现"，丢弃"比着葫芦画瓢"的诗歌，因为"时代的喇叭正须要有魄力的诗人，响亮的把它吹响"。⑤ 1947年5月，梁宝在参加岛城的一次"五四"纪念晚会后明确提出，"我们须要新的五四"，"咱们自己去创造咱们的五四"。⑥ 梁宝的文艺评论反映了青年文学研究会的心声，对岛城文坛某些脱离现实、自命清高现象的批评是有力的，一些见解不无启迪。但他的牢骚太多，坛内互掐互怼。编者有时不得不加注按语："我们的'后浪'并未在学术上超过'前浪'。"甚至婉转地指出，"空虚的悲愤与牢骚是没有用的"。梁宝还有《为诗而歌》《为民族而战的俄罗斯诗歌》等诗评文章发表。

---

① 梁宝：《野火(一)》，载《青报》1947年6月7日。
② 梁宝：《留给青岛的感情》，载《青报》1947年9月5日。
③ 贾刚：《滩头·几句话》，载《民报》1947年12月5日。
④ 冯喜：《有感于青岛文艺的二三事》，载《民言报》1946年9月8日。
⑤ 冯喜：《读几首诗》，载《青岛时报》1946年12月8日。
⑥ 冯喜：《参加了一次文艺晚会——一个青年人的感想》，载《青报》1947年5月7日。

梁宝发表的诗歌也不少,较出色的有《叮嘱》《流浪》《青春》《雪》《放火的人》《我不走了》《也许我不该来》《就像一切都没有发生》《唱得好啊,周美玉》等。1948 年 3 月,梁宝编辑出版“马路诗丛”第一辑,这是与林鸣君合著的诗集《被污辱的》,渗透了些许在创作观念、文体艺术等方面的探索与变革。

梁枫

梁枫(1927—),笔名梁风,山东荣成人。1946 年她在青岛文德女子中学就读时开始文学创作,于 1947 年接编《青岛时报》副刊《海歌》诗刊。诗刊风格活泼,被梁宝誉为“迈上另个阶段”。梁枫的作品有散文、杂文、诗歌,以诗歌为多,如《野草》《海之恋》《贝壳——赠别江涛》《生命的火炬》《时代的号角》《不自由之歌》《从北国寄到江南》《我归来了,妈!——一个小兵在母亲的坟畔》等。

梁枫的诗简洁婉约,感情沉深。她的《海之恋》情深意切,“深秋里/我诞生在海畔/大海做了我的摇篮/启示了我生命的航线”①。《生命的火炬》则宣泄了投身争取光明斗争的热望,“生命的火炬/烧吧!/愿你能将黑暗的世界/烧出个光明”②。她的《贝壳——赠别江涛》荡漾着浓郁的惜别之情,“朋友,明天我不去送你/让你孤单单的走/我不忍别的临头/留着道离别的痛苦/等明天一个在天南/一个在地北/我们再慢慢的享受”③。

不惮于与男性诗人同坛竞技的梁枫,以长诗《我归来了,妈!——一个小兵在母亲的坟畔》赢得了女诗人特有的感染力和影响力。诗人开头写道:

> 我归来了母亲
> 你期待了多少岁月!
> 如今我真的从你的记忆中
> 来到你的身畔④

这是一个回家的士兵伫立在母亲墓前的吟哦。回首离家的日子,母亲的音容笑貌始终浮现在眼前,而今儿子回来了,见到的却是母亲的坟冢。一片怅惘,一阵伤心,勾起心底深处的记忆,母爱亲情血浓于水,充盈于天地之间,儿子看到的是“秋又深了/墓畔草/凄凄的黄遍秋山/依旧是秋天/依旧是夜光”。诗人挣扎在“归来”与“诀别”情感的漩涡中,未能体验“归来”的喜悦,却不得不承受“诀别”的痛苦。在一行行奔泪的诗句和潮水般情感瀑布倾泻后,诗人写道:

---

① 梁枫:《海之恋》,载《民众日报》1946 年 6 月 27 日。
② 梁枫:《生命的火炬》,载《青岛时报》1946 年 12 月 1 日。
③ 梁枫:《贝壳——赠别江涛》,载《青岛时报》1947 年 3 月 16 日。
④ 梁风:《我归来了,妈!——一个小兵在母亲的坟畔》,载《青岛时报》1947 年 3 月 16 日。

啊！母亲安息吧！
夜色将阑
闭上您的眼睛
凄迷的夜色下
静听着
我为您歌一曲“安魂”①

《我归来了，妈！——一个小兵在母亲的坟畔》是梁枫的极峰之作，也是40年代青岛诗坛的佳构。1947年3月16日，《青岛时报》诗刊出的《梁枫作品专页》，让读者了解了这位眼高于顶的女诗人。梁宝看梁枫，认为她是“一个散懦弱的苦闷的人”，文友之中黄耘“是很爱她的”。1947年3月9日，黄耘在《青岛时报》的《海歌》诗刊发表的《三月——给梁枫》的长诗何啻公开的情诗，但梁枫“连一点温暖也没给过他”。难怪人说，“和梁枫在一起，像长病一样”。②

与梁枫类似的青年文艺研究会女作者，还有高芒、伶仃、张一书、沈承宽、焦淑筠、安妮等。她们写诗歌，也写散文，潜动着一股春温，虽然青涩，却也成就了40年代青岛文坛女性作者独特而重要的一角。

三　黄　耘

黄耘(1926—2019)，本名黄祖训，又名黄达耕，笔名还有沉迟、艾石、胡九等，祖籍胶州，出生于青岛。30年代就读于王亚平任校长的青岛黄台路小学，王亚平的诗集让黄耘有了新诗的触角。1941年1月，黄耘在张喟兹主编的《大青岛报》副刊《青潮》上发表了第一首诗作《母亲》，由此走上文学创作之路。

1944年，黄耘考取北京辅仁大学，读了不到半年又返回青岛，组办“海歌”剧团，出版《诗青年》《学余文苑》等文艺期刊，参与编辑济南的《中国青年》月刊、南京的《文艺》月刊和徐州版《古黄河》月刊，结识了许多文艺青年。《青岛时报》因抗战胜利复刊，黄耘受邀担任记者，其间参与青岛文艺社活动，还与废丁、楚歌组办“海歌”诗刊社出刊60期。1945年冬，黄耘与宁公介(谷荑)创办文艺性杂志《海风周刊》，这个以诗为重点的出版物出刊了10余期。1945年12月，青岛文德女中教师费筱芝殉难事件爆发，黄耘写的《悼一个无辜的死者》一诗在《青岛时报》刊出，刺激了青岛市政当局的神经。黄耘离开青岛，于1947年2月就读上

① 梁风：《我归来了，妈！——一个小兵在母亲的坟畔》，载《青岛时报》1947年3月16日。
② 梁宝：《留给青岛的感情(续)》，载《青报》1947年9月12日。

海戏剧学校编导研究班。1948年初夏,黄耘休学返回青岛,应约担任《青报》晚刊编辑,之后转入《民治报》,与杨唤、田地策划“星诗丛”的出版。这个跨地域的十人口袋本小诗集计划,除本土诗人外,还包括李瑛、圣野、颉颃等埠外诗人,拟有黄耘的《祭日》、圣野的《列车》、废丁的《新苗》、李瑛的《枪》、杨唤的《乌拉草》、颉颃(郑秉谦)的《电线杆》、徐朔方的《在窗口唱的》、杨琦的《方向》、李旦(邵浩然)的《醒在黑夜里》和田地的《视听》,将青岛的诗潮推向峰顶。后因种种原因,这套诗丛最终仅出版了前五人的诗集,但也是青岛诗坛难得的成绩。李瑛后来回忆说:在青岛出版的《枪》是“创作生涯中所出版的第一本自己创作的单行本”①。即便如此,由于这些诗集有违禁的内容被扣留,黄耘不得不逃离报社,匿藏在杨唤的伯父家中。1949年前后,为支持青岛文艺期(副)刊,黄耘利用相关资源联络各地文友刊出力作。

诗

黄耘是个多产诗人,诗风受“现代派”的影响,尤擅抒情诗。主要诗作有《春天来的时候》《初冬小景》《雪,新土地》《黎明·旗》《花朵——一个女人的写照》《病后的小室》《在行进中》《我,车马》《你,沦亡十四年》《狱》《街》《夜店》《赠别》《三月》《断桥》《哨兵》《力量》《明天》《诅咒》《归来》《黑太阳》《沽河畔》《十二月之晨》《我的记忆》《小木屋》《黄昏雨》等。《黄昏雨》是一首长诗,分4次发表在《青岛时报》的《海歌》诗刊上。诗人借用德国作家H.黑塞的“把手放在我的头发上,/我的头有点重了。/我的青春/都给你拿去了”为引言,在第一章《故事的开端》写道:

“孩子,你们坐下来,
让我告诉说一个故事”
孤独的老人微闭着眼
用着最低沉的声音②

《黄昏雨》于抒情中叙事,涡旋着诗人的喜怒哀乐。1947年后目睹国统区满目疮痍,黄耘的诗风有所转变。像《黑太阳》中“该诅咒的就诅咒/该死灭的就死灭/反正扣在/我们头上的/是一颗腐烂的/黑太阳”③,表现出强烈的爱与憎。再看1947年12月黄耘写于青岛的《小木屋——流民曲之一》:

① 李瑛:《诗缘结友情》,载《青岛四十年代诗选》第510页,青岛出版社,2018。

② 艾石:《黄昏雨(1)》,载《青岛时报》1946年11月17日。

③ 黄耘:《黑太阳》,载《山东新文学大系(现代部分)》诗歌卷第205页,山东文艺出版社,1999。

矮小的木屋
变成了生活的地狱
人群像猪像狗
像一堆腐烂的货物
把生命拍卖给寒冷和饥饿

这里的天色是永远的阴霾
这里的太阳也是黑暗而无光彩

心底永远凝结着一块坚冰
梦里的家乡
也温暖不了无边的绝望

他们是来自不同的地方
却是一样的噩运
盘结着悠长的岁月

小木屋是一艘无帆的船
摇曳着驰进了
苦难的海湾[①]

类似的“流民曲”，黄耘写了多首。用诗歌介入时代，诗的情感主旨清晰明了，深沉生动，只是诗行间欠缺明晰的理路。

散文和文艺评论

黄耘的散文有《秋·海畔及其他》《马车及其他》等篇什。《秋·海畔及其他》由《秋·海畔》《废园》和《一天》三个切片组合。从“伫立海滩”回忆“那些珍贵远别的日子和在海边的梦幻”，随着作者的脚步走进亲切而陌生的家乡，借着夜晚的月光，看到曾经盛开丁香花的园子，已经“荒凉的使人悲哀”；当得知管园子的老人“在炮火里死掉”，禁不住“悲哀的垂下头去”。之后，作者感叹“梦的日子和梦的生活”，想想那些“从春风里一直到窗外飘着的秋雨”的日子，数数“一天自己生活的脚步，那些脚步的痕迹，又谁踏着走过呢？”[②]这是一种笔致轻柔而

① 黄耘：《小木屋——流民曲之一》，载《铁兵营》1948年第10期。

② 艾石：《秋·海畔及其他》，载《平民报》1946年11月1日。

心思沉重的调子,在黄耘的《马车及其他》里更有体现。

《马车及其他》由三篇散文构成,是作者的冥想之作。有时感到,马车“有点神秘,那黑色的篷子,在黄昏里或是黎明里,被马拉着,使影子渐渐的渺小”①。有时望着“海畔幽静神秘的绿屋”,内里深处蔓生出一种“不能诉说的诱惑”,却“解释不出这是什么原委”。② 有时又对孩子说:“孩子:你喜欢夜吗?你不感到这夜的恐怖吗?你会想象到,属于夜的那些故事和传奇!”③作者似乎要表达一个无法参悟的心结,却把主旨埋没在“马车”“绿屋”“夜”这些不确定的物象里,最终弄得不知所云。

黄耘的文艺评论文章多是诗评。1947 年初,他以“胡九”的笔名在《海歌》诗刊第三十六期发表了《一九四六年的岛上诗坛巡礼》一文,积极肯定《海歌》为岛城诗坛攒射出“黑暗中的一点星光”,这在 1947 年 4 月 7 日更为主观的《我和“海歌”》中又有深入的道白。他在 1948 年 6 月发表的《新诗的新方向》中提出,“当前的任务,即是方向的过程,一方面积极的破坏是摈弃,扫荡;一方面以力的,温热的力量,去扶植一切应被扶植的。假若任务的本身,便有着不可掩饰的污点,那么去进行的工作,便会种下不可挽救的危机”④。黄耘的诗评更多的是一己的创作感悟,不靠人设自抬,对文坛的感召力不及刘燕及和梁宝。

小说和戏剧

作为文坛的多面手,黄耘在《青报》《军民日报》副刊分别发表了中篇小说《愁谷》和《忧悒的海滨地带》,还有两部三幕话剧剧本《圣女怨》和《母亲》发表。这些作品丰富了黄耘个体的文艺库藏。

《愁谷》自 1948 年 5 月 21 日起在《青报》的《青春》副刊连载,至 6 月 9 日载完第一章。这是一个唱“凤阳花鼓”戏班子的梨园叙事,勾连了丑角李连阳、旦角章连芬、花脸王连山等与社会各种势力的矛盾争持,以及戏班子里男男女女因戏生情及其纠葛。小说情节大张大合,人物雕绘线条分明,但较多的外部行为勾勒冲淡了人物的心理活动,文笔粗俗,削弱了审美效果。小说这样开篇:

> 六月天。天闷热的真可以,人的呼吸都短促了。像鸽笼似的后台,在前台锣鼓,琴弦乱杂的喧嚣里更使人感到难耐,尤其到处散发着汗臭和弥布的浓浓的纸烟的气息,再加上随意横竖不规律的放着长枪大刀,换下待整戏便装,把整个后台显得无插足之地。

---

① 沉迟:《马车——马车及其他之一》,载《青岛公报》1946 年 3 月 22 日。
② 沉迟:《绿屋——马车及其他之二》,载《青岛公报》1946 年 3 月 24 日。
③ 沉迟:《夜——马车及其他之三》,载《青岛公报》1946 年 3 月 26 日。
④ 黄耘:《新诗的新方向》,载《青报》1948 年 6 月 11 日。

前台锣鼓声里，夹杂着观众狂声的呼笑和掌声，后台下场的演员们却毫不介意的轻声的说笑着。几个跑龙套的演员一下场就解开衣服，用手揩着脸上的汗，蹲在一个角落里喘着气。

前台的戏，似乎是唱到了高潮，观众的掌声一阵高一阵的继续不断的响着。幕帷一闪，唱小丑的李连阳满脑袋的汗水和水洗过似的，用手摸着嘴巴，气冲冲的走了进来。

"这不是拿我们开心吧！他妈的，这群王八蛋！"说完，看着跟着进来的唱旦角的章连芬，一屁股坐在一个戏箱上。①

1946 年 11 月，黄耘在《军民日报》的《文艺》副刊连载的三幕悲剧《母亲》，几乎是王度庐小说《海上虹霞》的戏剧版。黄耘在剧本的手记中说：是因为被那个"卖淫的女人——良善慈爱的母亲感动了"，因喜爱"这故事的本身具有着戏剧性，想做一次试验的改编"，为了这个心愿，在"'海歌剧社'的朋友们鼓励之下，我羞怯的，大胆的开始了处女的尝试"。② 剧情在母亲碧秋、儿子于琦、碧秋后嫁的丈夫大老于之间展开，配角有胡甫堂、胡黛云、梅芬、李大仁、张明、赵林等。这场爱仇交织的情感大剧原定写三幕，但发表了第一幕就中止了，为此黄耘解释道："没有力量去把握那个题材。"后来，黄耘在上海完成了全剧写作，但一直"放在箱底，羞于拿出来"③，只能让剧本在情感的火坑里打着昏迷的滚。

黄耘的另一出戏《圣女怨》，本想写成电影剧本，当征询了洪深、曹禺的意见后，他确定了三幕悲剧的框架，自 1948 年 6 月 1 日起在《青报》的《青春》副刊连载。故事发生在一个群山环抱中的古老的教堂里，男主角是欧阳神父，女主角是 18 岁的孤女丽兰，另有欧阳神父之子欧阳骏、张奶妈、王神父、朱修女等人物。戏剧冲突是在渐次展开的剧情中形成的，丽兰爱上了欧阳骏，欧阳神父隐瞒了丽兰的真实身份，而知底细的张奶妈却三缄其口。由于全剧的高潮置放在第一幕，导致第二幕"无法发展，结果形成头重脚轻"。剧本刊发中，不少读者提出疑问，迫使黄耘在《关于圣女怨——答复朋友们的问题》中作出解释，并抱歉地说："青酸的作品，对读者是太抱歉的。"④ 显然，戏剧不是他的长项。

黄耘的文艺创作有其同时代的青岛文友未能触及的领域与范畴，他有着强烈的表达欲望，急于将未经思考的文字合着腔子里燃烧的一团火倾泻出来，挣扎在成败未卜的命运之中。无疑，黄耘的一些作品是有文学史意义的。但轻灵之

① 黄耘：《愁谷（一）》，载《青报》1948 年 5 月 21 日。

② 沉迟：《母亲（一）》，载《军民日报》1946 年 11 月 12 日。

③④ 黄耘：《关于圣女怨——答复朋友们的问题》，载《青报》1948 年 6 月 24 日。

心难以承受文化之重,骨相奇特而缺乏锤炼的文笔,加之“文章憎命达”,导致历史没有为他留出应有的席位。

第五节　诗人和诗集

在解放战争时期的青岛文坛,诗歌进入成熟期,既涌现出一批以诗歌创作为主业的诗人,又产出一些诗集和名篇佳作。臧云远的诗及诗集《云远诗草》卓尔不群;废丁、杨唤、田地等的诗集,以及刘绪萱、刘温和、田风等的诗,均有上佳的表现;另有啸闲等少量格律诗词家在边缘处发声。这是诗人在国统区文化生态下主体意识和文体意识的发挥,也是新诗、旧体词寻求自我空间的必然诉求。

一　臧云远与《云远诗草》

臧云远(1913—1991),笔名季沅、辛苑,山东蓬莱人。早年就读于青岛胶东中学,因喜好文艺始在报刊发表文学作品。闻一多任教国立青岛大学时,臧云远曾慕名前往拜访,由此还认识了臧克家。1932 年,臧云远在北平参加“左联”,于 1933 年 2 月在北京大学加入中国共产党,同年冬他赴日本留学,任东京“杂文社”文艺刊物编委。1938 年,臧云远在汉口主编文艺杂志《自由中国》,后在重庆任全国文协及文工会研究员、创作员,其间他赴延安受到毛泽东的接见。抗战胜利后,臧云远来到青岛,筹划建立“全国文协青岛分会”。

在国统区青岛,臧云远没有家,因与振华火柴厂创办人丛良弼为蓬莱同乡,而得以寄居火柴厂职工宿舍,他又经常出入王统照的观海二路“息庐”和徐中玉的欧阳路家中。据刘海粟称,臧云远在青岛写作长篇小说,整理诗稿。[①] 刘海粟所说的长篇小说未见出版,臧云远在《文苑拾影》等回忆录中也未提及,但“整理诗稿”确有其事。1947 年 9 月,臧云远诗集《云远诗草》由上海群海联合发行所出版,分上、下两集,上集以“清道夫和白果树”为名,收《百灵鸟》《虹》《铁锤》《时间》等诗;下集名为《河冰解冻的时候》,收《都市的阴影》《山城的星》等诗。此外,臧云远在青岛写了不少诗歌,为诗坛留下了诗美的火种。

因王统照、徐中玉都在青岛编辑报纸文艺副刊,臧云远为其写诗,特别有印象的是《去年今年》。刘燕及编辑出版《青岛文艺》杂志,臧云远发表了《早晨的太阳》等诗歌。《早晨的太阳》分上、下两节,且看下节:

---

① 刘海粟:《〈臧云远诗选〉序》,载《文史哲》1986 年第 3 期。

那一些阴暗的愁苦的日子，
那白雾蒙着眼睛的日子，
那山坡压着心胸
山头挤小了天空的日子
再见了。
我望着西南的天边
雪地和天空的一条线
也许你正在河边打水
也在望着五千里外，
那浓浓的白雾罩着水面
罩不住的是心里的视线，
也许你打开了窗户
让白雾飘进屋来，
让时代的苦难在眼前
在自己的心里掩埋，
也许也许你同伙伴
在山头在江边
笑着，跳着，唱着，
带着一群活泼的小孩……
马蹄轻快地踩着白雪
走向十年不见的故乡，
我举起了两手
望着无边的雪地上
那几棵秃头树下的村庄
推动身影背着早晨的太阳。①

臧云远喜爱青岛的海，他在青岛写了多首表现青岛海的诗歌。如“深的海底，远的天空，/海里的珍珠，天上的星星，/在水里打滚，在天上转动，/我们的船儿航行在当中。”（《大海》）；“松涛和海涛连连发言，/林中的小鸟清脆地叫唤，/不会远了，不会远了，/来呀，快呀，拥抱着风暴……”（《中午的松林》）；“夜的黑翅膀，/落在海港，/昏迷的薄雾/在海面上/无穷的苍茫。”（《海港》），等等。收入

① 臧云远：《早晨的太阳》，载《山东新文学大系（现代部分）》诗歌卷第129~130页，山东文艺出版社，1999。

《云远诗草》的《海空飞行》,是1946年9月19日臧云远从重庆飞往青岛时写的,具有强劲的动感和高扬的气息。其中一节写道:

在白茫茫的云层里
前面露出娇蓝的一片,
是晴朗的天空还是海面?
在马达的歌声里冲出云雾,
呵,海,海,在机身下面,
在我的梦里这八、九年,
有你的千万层翻滚的白浪花,
有火轮船的烟尾巴和鼓风的白帆,
有沉着气的航线和青年的勇敢,
在你的辽阔里飘扬到天边。
你宽大的心胸吐着水波,
坚强里吐出柔和。①

诗人在接下来的一节又写道:

在上下透明的碧蓝里,
寻找梦里的海岛。
怎么?那一片红砖红瓦,
砌成了苦难和忧愁,
那蛛网似的街道上
退色的服装捧着褪色的心行走。②

臧云远的诗深受"七月"诗派斑斓浓烈美感特征的影响,注重抒情的形象化和意象的新颖明确。作为30年代初期入党、曾在延安受到毛泽东两次接见的著名诗人,臧云远自有一份别人不及的荣耀。无疑,他的诗歌与延安的红色诗情有颇多应和之处,并将《在延安文艺座谈会上的讲话》精神融入诗歌创作之中。诗人洞悉国统区水深火热的苦难处境,青岛的"红砖红瓦"如今"砌成了苦难和忧愁",在"那蛛网似的街道上/退色的服装捧着褪色的心行走"。诗人在字里行间抒发着战斗的、火热的人生底色,将诗歌投入实际的斗争中去。在诗歌的主题立意上,臧云远显然超过了同时代青岛诗坛的一众诗人。

①② 臧云远:《海空飞行》,载《臧云远诗选》第51~52、52页,江苏文艺出版社,1987。

同时，臧云远又是一个善于将诗美与诗人的政治责任统一起来的诗人。他的想象丰富绮丽，象征确切深刻，且在诗的表现形式上以诗情的内蕴旋律为依据。如诗歌《海空飞行》，即通过“在晴朗的天空还是海面?”“呵，海，海”“有沉着气的航线呵青年的勇敢”“坚强里吐出柔和”等，复现出多姿多彩的体式。1947年5月，臧云远在青岛《文艺节特刊》发表的文章中提出，新诗“就是在《彷徨》的路上勇敢的《呐喊》，在荒凉《原野》的《雷雨》中，迎接新文艺的《日出》”①。

臧云远的青岛生活到1947年秋后发生了变化，国民党青岛市当局发现了臧云远的中共党员身份，他被迫离开青岛去往解放区。之后，臧云远任教于华东大学，1950年底华东大学迁来青岛与国立山东大学合并，臧云远再返青岛出任教授兼艺术系主任。1952年夏全国高等院校调整，山东大学艺术系撤销，臧云远随部分师生调入华东艺术专科学校，从此离开了青岛。

二　废丁的诗与诗集《新苗》

废丁(1918—1988)，原名李兴华，胶县城里人。30年代中期开始文学创作，写诗，写散文，也写小说，抗战时期在青岛发表了不少作品，他还兼任济南“文艺俱乐部”青岛地区负责人。1946年5月，青岛《民众日报》复刊，废丁任《春光》诗歌周刊编辑，后又与黄耘等编辑《青岛时报》的《海歌》诗刊。1948年11月，废丁的诗集《新苗》列入“星诗丛”得以出版。

据悉，废丁的诗作有300余首。写于1946—1949年的主要有《海》《雪》《黎明》《家乡》《乡梦》《冬天》《北方》《呼唤》《春天的外边》《年夜狂想曲》《当在落雪的时候》《生活的歌》《孤独的人》《今天的诗与诗人》《病中吟》《失去光彩的宝石》《畜禽篇》《青春——献给S》，其中多数篇什收入《新苗》诗集。废丁还有表现农民疾苦和农村生活的长诗《四月的春风》《榆树的故事》等。

《家乡》是废丁用“其一”“其二”和“其三”标识，分3次在青岛报媒发表的怀乡诗。“其一”发表在1946年11月3日《青岛时报》第三十八期《海歌》诗刊；“其二”和“其三”则于12日、14日相继发表在《军民日报》的《文艺》副刊。在强烈的心扉撞击下，诗人忍不住疼痛吟哦：“我看见这古老的小城/犹如我这破碎的心。”②自幼离开故乡的废丁，自有一分游子的孤独，他沉默寡言，性格内向，使他的诗语深邃高远，诗心缱绻沉深。这从1947年11月10日废丁在《民言报》副刊《新诗特辑》发表的长篇叙事诗《榆树的故事》，就能感受得到。

---

① 臧云远：《文艺的两个圈套》，载《民言报》1947年5月4日。

② 废丁：《家乡行(其二)》，载《军民日报》1946年11月12日。

辑录诗集《新苗》中的《失去光彩的宝石》，是一首写青岛的诗：

青岛，你是一颗灿烂的宝石
你曾用炫耀的光彩
诱惑强盗们的眼睛
你的身上洒满了
被蹂躏的血迹

在日耳曼人的马靴下
在大和族的木屐下
你被践踏，被侮辱
半空中扬着
刺目的太阳旗
但是，永远不会忘掉
你是属于祖国的土地

胜利的歌声
带来了一片空欢喜
狂傲的力量攫获了你
青岛，不要忘记历史上的荣誉
你，贪污第一

青岛，我歌颂你的美翠
唾弃你那被侮辱的身体
在真理的锻炼中
开始腐臭
在灾难中
你过着荒淫的日子
我惋惜
你这失去光彩的宝石①

诗人怀着对青岛无比眷恋之情，在答挞德租日占统治后揭露了国统区的黑

① 废丁：《失去光彩的宝石》，载《青岛四十年代诗选》第134页，青岛出版社，2018。

暗，在一次次“被蹂躏”“被践踏”“被侮辱”灾难中，诗人禁不住“惋惜”道：青岛是个“失去光彩的宝石”。主观情感的抒发与宣泄，在废丁的笔下进一步转化对国统区污腥、肮脏世风的抨击。一向不另置笔名的废丁，却以“李刍狗”之名发表了《某夜》。知情者逸珊著文称，废丁有家要养，妻子当掉两副手镯，换钱度日。[①] 类似《失去光彩的宝石》，一如对国统区长夜凄切的低吟。

1948 年 5 月 23 日，废丁在《青岛时报》副刊《星期文艺》发表的通版长诗《平凡的故事》，其实是抗战时期的旧作。他在《后记》中说：“本篇本无所取，而其情感颇足珍贵。原想胜利后续写《再造》篇，不料国事蜩螗，实节歌而颂之。虽是口号诗也难写出，思及此，不免掷笔三叹，徒呼奈何耳。”[②]这种心绪在废丁的《病中吟》中更为突出：

我的病
是生活留下的
一笔记忆
这记忆里
写下千万个艰苦的日子

驮着一身病
有愉快也有难过
顶多它结束了一个人的生活
这花花世界
有什么可以留恋
你看，有多少壮士
把忠义的肝胆
献在祖国面前

病中的日子
日子却没有病
我和生活
还有一段缠绵的恋情[③]

---

① 逸珊：《秋灯漫笔——兼呈废丁兄》，载《青岛公报》1946 年 10 月 22 日。

② 废丁：《〈平凡的故事〉后记》，载《青岛公报》1948 年 5 月 23 日。

③ 废丁：《病中吟》，载《山东新文学大系（现代部分）》诗歌卷第 259 ~ 260 页，山东文艺出版社，1999。

废丁的诗排斥高亢的语调和激越的语音,不使用外倾的抒情方式,而是沉默、隐忍、自苦,喜怒不形于色。青岛40年代中后期新诗的地域性格先于其他文体,离不开废丁的努力,废丁给青岛诗坛留下了值得记录的履痕。

三 杨唤、田地等的诗集

除臧云远、废丁的诗集外,青岛40年代中后期出版诗集的诗人还有杨唤、田地等人。他们的诗集同样是青岛诗坛的创获,是不断延伸的青岛诗歌画卷中令人心动的局部,一定程度上引发了解放战争时期岛城诗语的嬗变与新生。

杨唤与《乌拉草》

杨唤(1930—1954),本名杨森,笔名还有杨白郁、羊牧边、羊角、路加等,辽宁兴城人。生母早亡,受继母虐待,1944年他寄读初级农业学校时开始文学创作。1947年春,因父亲病逝杨唤来到青岛,投靠在国立山东大学附属医院任职的伯父杨枫。1948年,杨唤在《青报》任校对员时结识黄耘,随后便在《青报》《民治报》《青岛时报》《军民日报》等副刊及上海《诗创造》发表了许多诗歌,并参与"星诗丛"的编辑工作,出版了个人第一本诗集《乌拉草》。①

收录《乌拉草》的诗,除了学生时代的习作性诗篇,更多的是杨唤在青岛发表的诗,如《高粱啊》《高粱红了——给大哥》《我们在这里》《海》《雨》《八月的断想》《岛上夜》《我喝得烂醉——给爱我的朋友们》及组诗《诗的喷泉》。

《诗的喷泉》发表在1947年5月10日青岛《民治报》文艺副刊,由《黄昏》《路》《期待》《云》《夏季》《鸟》《日记》《猎》《告白》《泪》十章格式相同的小诗辑成,散发着青春丽质。最后一章《泪》,不枉青年的心怀与坦白:

催眠曲在摇篮边把过多的朦胧注入脉管,
直到今天醒来,我才知道我是被大海遗弃了的贝壳。

亲过泥土的手捧不出缀以珠饰的雅歌,
这诗的喷泉呀是源自痛苦的尼罗。②

学界普遍认为,杨唤的诗风肖似绿原。黄耘曾回忆说:杨唤非常喜爱"七

---

① 《文学年表》,载《台湾现当代作家研究资料汇编(第二阶段)·杨唤》第39页,"国立台湾文学馆",2012。

② 杨唤:《诗的喷泉·泪》,载《山东新文学大系(现代部分)》诗歌卷第331页,山东文艺出版社,1999。

月”诗派绿原的诗,黄耘送他一套胡风编的“七月诗丛”。杨唤排拒诗的音乐性,主张诗的散文美,这与绿原建立汉语新诗体的诗学追求相一致。杨唤的《诗的喷泉》,除了分行,诗的形式特征一概捐免,诗人更多融注自己的生存体验,专注抵达细节,在心境中唤醒自身对往昔的眷恋。较之青岛同时代其他诗人,杨唤的诗“格调新鲜,但不欧化;音节谐和,但不陈旧”,于生动的形象营造中形成了“优美的风格”。①

杨唤的诗《我喝得烂醉——给爱我的朋友们》于1948年10月在上海《诗创造》第四辑发表。诗人一开头便醉汉般地呓语,“酒,烧红了脸/酒,烧红了眼睛/把我的心烧得直冒火呵/今夜,因为我太兴奋/我喝得痛快,我喝得烂醉”。在一连串密匝匝的过往回忆后,诗人写道:

可要知道呵
我终究要回去
我是老祖父的好孩子
我是我们村子里一个最年青的人
我要回去下地
我要回去把这里的丑恶讲给他们听
我要回去
在村头
扯起一面红色的旗……
我喝醉了,我喝得烂醉了
但是,现在我就要醒过来②

由于童年的磨难,杨唤小时候“苦怕了”,他需要“一口友情的井”。③ 在杨唤的记忆里,1948年夏秋在青岛沐浴着诗的金色煦光的海滨漫步,特别值得珍视。通过诗歌往来建立友情,这对于40年代中后期的青岛诗坛同人来说,无异于掩埋惆怅的心灵祈盼。杨唤与青岛诗人强烈希冀生活世界的改变,他们的诗篇急速闪烁的光与热,也很难不被视为一种地方性的诗歌态度。

1948年冬,《青报》解散,杨唤将报馆给予的六个月遣散费全部购买了文学名著。迫于生计,1949年初杨唤遵从伯父杨枫的意志,离开青岛南下从军。之后,杨唤随军移居台湾,主要从事儿童文学创作,成为台湾现代儿童诗的先驱者。

---

① 覃子豪:《论杨唤的诗》,载《杨唤诗集》第125页,光启出版社,1964。
② 杨唤:《我喝得烂醉——给爱我的朋友们》,载《青岛四十年代诗选》第116页,青岛出版社,2018。
③ 归人:《杨唤的生活与文学》,载《杨唤书简》第23页,光启出版社,1975。

1954 年 3 月 7 日,杨唤看电影途中闯越台北西门平交道遭火车碾压致死,时年不足 25 岁。杨唤以如此灿烂的才华短命猝逝,不啻诗歌界的损失。

田地的诗和诗集

田地(1927—2008),本名吴南熏,笔名还有萧谷、吴蓝、吴岚、夏黍、叶影等,浙江奉化人。早年在鄞县师范学校求学时开始文学创作,写有诗歌、杂文、散文、小说、童话等,1947 年他在《大公报》《文艺复兴》《诗创造》等发表作品,当年出版诗集《告别》。1948 年夏,田地在青岛与黄耘、杨唤编辑出版"星诗丛",他的诗集《视听》列入出版计划,但因种种原因而搁浅。

1948 年 10 月,《青岛时报》副刊《语刺》第十七期刊载的《视听》,是田地诗集《视听》的主题诗,从中可以窥探田地的诗歌风格。诗人开头写道:

晚上
我从一条弄巷走过
围着看打仗的人把我阻住
丈夫和妻子
妻子和丈夫的姘头
三个人在小阛阓里混战
人们在四周叉着手看,一边发议论

这个城市
不到天快亮的时候
是不会安静的①

以上即是全诗的前两节,如同一篇分行的叙事散文。《青岛印象》是田地来青岛第二天写的诗,也是用散文化的笔法,开头便写,"青岛,我来了/为了吃饭/千里迢迢从南方的乡下,我来了"。诗的最后两节是这样写的:

朋友们,我不能不羡慕青岛市民的好福气
早晨我在海滨公园碰到他们
散步,聊天,钓鱼,洗海澡,甜桃下市青苹上市了
家里有庭院,树阴下安一张帆布椅,谁谓不宜
我佩服他们的鼻子,嘿,何其浓艳美金票的气味

---

① 田地:《视听》,载《青岛时报》1948 年 10 月 1 日。

生男不如生千金好做酒吧女郎
若受过教育能说外国俏皮话自然最好
生活于是舒适邻居隔壁也与有荣焉

有人对我说：你来得正是时候
朋友们，我很忧郁
告诉你
精神上的水土我不服
真是见鬼，这里在上演《捉鬼传》弄得我啼笑皆非①

诗到最后，竟写成了杂文。这种个性化的诗句，还能在田地发表的《什么日子啊，今天？》《六月二十九日》《傍晚来的客人》《厌倦——给 W.F.》《诗二首》等诗中找见读到。显然，田地在新诗话语体式和结构方式的改造上，甘冒挑战旧俗的风险，他用漫画式的手法，寓嘲讽于叙事中，颇具政治讽刺诗的意味，反照了诗人心中的火与灰。但田地的诗有诗性退让下降、诗歌形体涣散的征候，以致出现了诗人身份的暧昧，直抒胸臆过甚损失的是诗美。

四　刘绪萱、刘温和、田风等的诗

刘绪萱、刘温和、田风等诗人虽未有诗集名世，但对青岛40年代诗歌发展都不乏个性化的认识，并与各自的诗歌创作实践紧密联系。他们大都重视诗歌地方性美学的挹取，有让人动容的佳作，且在青岛拥有众多知音。

刘绪萱的诗

刘绪萱(1928—2008)，祖籍山东高密，出生于青岛。40年代中后期青岛诗坛的知名诗人，主要诗作有《秋心——寄远人》《秋之笺——寄山音》《寂寞的歌——献给云》《断章——给一位小画人》《雾里的老车站》《我们这样走了》《星花辑》《黄昏》《行记——写给庸哥》《在连年的霪雨里》《纪念一个人民的保姆》《小花伞和它的主人》《一条街的早晨》等。

刘绪萱的诗风以1947年5月的《个人作品专页》为界限，可分为前后两个时期。前期诗歌有些“妞妮”②，柔情潺潺，多被情绪主导，较多一己情肠的发抒。看1946年的《黄昏》：

---

① 田地：《青岛印象》，载《山东新文学大系(现代部分)》诗歌卷第377页，山东文艺出版社，1999。
② 《编辑小记》，载《青岛时报》1947年5月11日。

怀着愁惆的心情别了那寂寞的友人
人事像支绳子勒紧我蓬乱的情感
黄昏了,暮秋的寒意袭击着倥偬的晚归人
抖抖薄薄的衣裳我看见晚云的一抹忧怨①

同样写“晚归人”,在1947年5月《个人作品专页》刊载的《小花伞和它的主人》里,则传达出诗人对国统区人苦不堪言的切肤会心。在这首200多行的叙事长诗里,刘绪萱以细腻、滴血的笔触描述了一个良家妇女被逼为娼的悲惨遭遇。诗的开头很能引发读者的情感契入:

晚风留不住她的脚步
泥泞的巷尾
她撑把褪色的小花伞
寒冷侵蚀着创伤的腰身
污水浸透破碎的花鞋
咬紧了牙龈
偷窥着晚归人贪婪的目光
窃听着那猥呢的话语
这是生活
生活逼得她像个饿死的鬼②

是严酷的生活风霜,击打着诗人的心扉。诗人主动加入热烈而趋同的集体歌唱,源于对国统区民穷财尽现实的直视,又咸又涩的生活苦海让诗人的笔下迸生出令人心碎的哀切之情。含着隐隐的痛,诗人最后写道:

街心闪过来条黝黑的影子
心花怒放了
她饥渴的扑上去
像饿鬼攫取可口的食物
她响亮的笑了
扔掉湿淋淋的小花伞
搂着那青年汉子的脖子

---

① 刘绪萱:《黄昏》,载《军民日报》1946年12月1日。
② 刘绪萱:《小花伞和它的主人》,载《青岛时报》1947年5月11日。

让雨丝打她的脸
她已经不认识什么是天时

小花伞倒在泥泞里
一任风雨蹂躏
仿佛等待着新蓝的明天①

诗人通过这个街头卖淫女的形象，揭示了农村经济破产、城市生活奢靡的真实面貌，鞭挞了社会的罪恶，引起了诗坛的共感与轰动，也奠定了青年诗人刘绪萱在青岛诗界的占位。不过，刘绪萱的诗力不逮心，欠缺熔聚的笔力。

刘温和的诗及诗评

刘温和（1923— ?），笔名雷振天、白丁，河北武清人。1941 年他在北京、天津、唐山等地报刊发表诗作，于 1943 年移居青岛，作为太平保险公司的雇员，他在《诗青年》杂志发表《海岛巡礼》一诗颇获好评。抗战胜利后，刘温和的创作热情高涨，在《青岛时报》《青岛公报》《民言报》《公言报》副刊及《青岛文艺》《新血轮》《蔷薇》等期刊发表了大量诗歌，在岛城青年知识分子中产生一定影响。

刘温和的诗有《生命》《颂》《愠》《蝶》《蝇》《新履》《学习》《和平》《倦旅》《汤元》《上元节》《不倒翁》《理发师》《赠护士》《向日葵》《翱翔》《仲夏夜》《咏丹顶鹤》《英雄交响曲》《扑满子》等，题材驳杂，葳蕤成一园花草。其中，《扑满子》是刘温和 24 岁生日在《青岛时报》诗刊发表的“自寿诗”。全诗如下：

节俭是美德
我知道集腋成裘
更晓得涓涓之水可以成川
遂珍惜着鄙吝地
将每日零碎的感情
投入扑满里
（呕心沥血的结晶品
是我感情的纪录
是检阅时笔的严肃的正步）
——有友人赐予的智慧和爱情
还有使生命激越的嘲讽的微笑

① 刘绪萱：《小花伞和它的主人》，载《青岛时报》1947 年 5 月 11 日。

和使生命温馨的怜悯的热泪
我着意地将它们储蓄起来
做爱惜着天宝和家珍
愿有一天使它们酸的变美了
无用的化作有用了
我将剖开它的肚腹
再分散给众人
表示我对他们的感恩
(那些培养我的爱护我的
和被我爱过的人们)
因为智慧是无尽的
(千金散尽还复来呢)①

诗人的心境高蹈轻扬,叠印着人生阅历与创作履痕,让人感慨唏嘘。他一直在找口语与艺术、平凡日常与深刻潜质的契合点,但诗“散”得只剩下诗行,刘温和的诗大都是这般模样。

写诗评,刘温和很拿手。他评论过臧克家的《我的诗生活》、孙钿的诗集《旗》及上海的《诗创造》《新诗歌》杂志,在青岛报媒副刊发表了《现代诗歌的途径》《谈朗诵诗》《论政治诗》《论诗歌大众化》等诗论文章。《论诗歌大众化》于1946年11月3日和10日分两次在《青岛时报》诗刊发表,刘温和提出,“所谓大众化的诗并不是仅仅写给大众看的”,而是“要抓住大众的心理”,以“大众为背景”,写“大众想说而不敢说,想说而说不出来的,想说而不会说的”诗歌,“为大众而吟哦,而讴歌,力嘶声竭地喊出了大众的吼声”。②

刘温和的个案说明,40年代中后期的青岛诗坛可能存在着不依附于写作以外的因素(非政治的)。这个习惯在诗末文尾标注“作于金城大厦”“于新康别墅完稿”的白领绅士,没有党派背景,也没有抒写苦楚的生活经历,只是借助汉语的表意功能反照自己的良知。

田风的诗

田风(1927—1994),本名王世焯,笔名还有萧金等,即墨皋虞村人。1945年他于青岛师范学校肄业后,开始在青岛、唐山、上海等地报刊发表诗歌、散文、评论和短篇小说。青岛时期,田风发表的诗歌主要有《骊歌》《慨叹》《黄河》《都市

① 刘温和:《扑满子——为二十四周岁作》,载《青岛时报》1946年12月8日。
② 刘温和:《论诗歌大众化(上)》,载《青岛时报》1946年11月3日。

的黄昏》《八月底夜》《一天的记录》《东南风》《幸福圈外》《生活的恋歌》《给青灯》《给山音》《给萧风》《生活的反响》《没有天亮的都市》《我大踏步在疯狂的街上》等。且看他在青岛《公言报》的《黎明》副刊登载的《东南风》：

昨夜的疯狂
在我灵魂上打下火炽的记忆
酒的热红
烧起绚烂青春的梦。

你要远行
我忧郁地给你挂上远帆
我不落一滴泪
从今个黄昏起
我永远爱着东南风。①

田风的诗风清美俊逸，有一种超然于尘埃的洒脱，往往以"意"动为起点，顺"意"写出，多采用现代派诗歌喜用的"乃""乃如""乃……了"句式。像"生命如暮秋苍凉的夜晚/灵魂乃如火熄的灰烬了"（《致青灯》）；"太阳也照不醒死去的生命/灵魂乃无端飘零/岁月像一片秋天的黄叶/哀愁乃如落雨的寂寞"（《生活的恋歌》）等。1947 年后，田风的诗风趋于刚烈，他在上海《铁兵营》诗刊发表的《生活的反响》出现了这样的诗句：

一张口，屠刀塞上咽喉
正义的歌声磨得喉头发痒
谁是英雄来和生活决斗
能斗过生活，比跳过长城还难
任你两脚乱跑
满面放汗
这生活
任你用力地拖
用力地拉
希望骗着你歌唱明天②

---

① 田风：《东南风》，载《山东新文学大系（现代部分）》诗歌卷第 297 页，山东文艺出版社，1999。

② 田风：《生活的反响》，载《青岛四十年代诗选》第 26 页，青岛出版社，2018。

生活改变了田风,他有了灼钢淬火、冷而弥坚的追求,只是他的后期诗作未能引来青目相加。

其他诗人

青岛解放战争时期的诗坛是一个活跃着众多诗人的舞台,诗歌榜单挺靠前的几个名字,应该有亚夫、山音、鲁海、石玺、楚歌、江流、木冰。

亚夫的诗有《乞妇》《难民》《献祭》《别后》《夜行》《盲者》《低诉》《致死者》《时代的悲哀》等。他的诗篇幅大都不长,却充满象喻意味。试看《夜行》:

沿着路人嘴里的路线
初次的远行者走失了今夜的宿处
眼看着太阳隐藏到山背后
拉一片黑幕遮住了整个天
十二月的风刮迷了星星的眼
黑暗把树林装成可怖的鬼影
疲倦给两腿加着沉重
硬冷的石子在脚底下打旋
一声犬吠连结起一个虚惊
也有淡淡的希望在心里滋生
林边闪烁出一星灯火
看那么近却又那么遥远……①

除此,山音的诗《写给海》《再写给海》《乡愁》《雾和太阳》《我和雪》《生命的航行》《我们都是陀螺》,鲁海的诗《今天我十六岁》《黄土层,黑土地》《晚会上》《月尾》《无题》《夏》《虹》《这是我们人民的世纪》,石玺的诗《冬》《呼兰河的颂赞》《石在,火种是不会灭绝的》《向太阳航行》,以及大风的《老百姓的话》、笑燕的《今年“八一三”》、南冥的《大地的哀声》、米斗的《淘煤者》、印清的《你是朝阳》等,大都表现出对未来的祈望与明朗的信心。楚歌的《秋天的挽歌》《夜的怀念》《童年》、江流的《一个生命》《把手伸给我》、木冰的《恋爱的解释》《处女颂》,以及默汀的《海滨之夕》、衣去寒的《唾弃》、金子的《星及其它》、路柳的《我怕见》、勃生的《朝》等诗,丰富了诗歌的内容与形式,其中不乏表现力的诗作。

埠外诗人,在青岛报媒副刊和文艺期刊发表诗歌较多的有李瑛、圣野、海笛、麦紫、岗岚、毛羽、沈明、程国璋、石帆秋、李宝德、闻杰等。李瑛的《太阳,啊!太

① 亚夫:《夜行》,载《民言报》1947年11月10日。

阳》《鹰》、海笛的《海的依恋》、岗岚的《呵呵！丢下笔杆》等，都是难得的好诗。

无论怎样，青岛解放战争时期的诗人如同野草，倔强、执着、坚韧地活跃在诗坛，带着新诗特有的感觉，显露出被时代之风吹出的样貌。也许黄耘遥寄李瑛的那句“烽火里的/断桥/隔绝流水和/我们的脚步”①，是最好的注脚。

五　啸闲等的旧体诗词

相形之下，青岛40年代中后期旧体诗词的同人聚落人少势寡，公开发表的作品也不多。较为突出的有啸闲的格律诗和王苍的词。

啸闲（1908—1993），原名周绍贤，山东海阳人。幼习五经，于1933年就读梁漱溟的山东乡村建设研究院，后任济宁、曲阜等地实验区校长，抗战全面爆发后回乡组织游击队。1938年，啸闲任山东第七行政区保安第一旅政治部主任，1943年夏他因作战受伤赴皖北，抗战胜利后任《青岛公报》主笔，著有《松华轩诗稿》等。1946年5月至9月，啸闲的《松华轩诗稿》被采撷20多次，选录于《青岛公报》的《新青岛》副刊。且看这首七言律诗：

暮云天际晚霞红，落叶萧萧夕阳中。
孤客徘徊芦苇岸，悲歌凄楚赋秋风。②

押韵、协律、粘对中规中矩，精炼含蓄，有一种悠远的韵度。再看一首：

梧桐月影夜沉沉，风入窗来凉意深。
满院虫声啼不住，凄凄对我诉秋心。③

逸民（亦民）也好诗，他的七言四句体每每见诸报端。1947年5月，《青岛时报》的《青光》副刊登载的《触景有感》是一组杂诗，有五言、七言，有绝句，也有律诗。有感于即墨庙宇因建碉堡、修工事多处被毁，诗人剑指战争烽火，虽写近闻现实，但押仄声韵，于复古中见创新。

忆昔建庙欲千古，大厦倾倒神亦除。
不是山岭能遮日，一眼望到大明湖。④

① 黄耘：《断桥——读〈炉边〉、〈脊背〉后，遥寄李瑛兄》，载《正风月刊》第1卷第3期，1947年5月。

② 啸闲：《秋晚郊外独步》，载《青岛公报》1946年10月24日。

③ 啸闲：《岛上闲吟》，载《青岛公报》1946年5月26日。

④ 逸民：《即墨庙宇多被折毁》，载《青岛时报》1947年5月3日。

有署名“司马疑”者,因看不惯青岛文坛之乱象,写了一首《赋得苍蝇闹文坛五言八韵》在《青岛公报》副刊发表,诗云:

文坛何事闹,哄哄其有蝇;吟哦风云变,聚啸神鬼惊。
乌云起大陆,瘴气塞苍冥;搦管斗才趣,舞墨走蛇龙。
不惮千言琐,岂无一字通?岛上添骚客,水边来诗翁。
赢得李杜泪,庄马恨未逢;堪笑 DDT,鹊噪是虚名。①

时隔一天,一位署名“阿皮”者针锋相对地应和一诗,并附小序云:“九月,本刊有司马疑先生《赋得苍蝇闹文坛五言八韵》大作一首,余非‘司马’,然未尝不‘疑’其为自身写照也,敬和俚句,以供读者一嗤。”和诗云:

言高九千里,天地一巨蝇;叱咤山河异,长啸草木惊。
肤在身未腐,酸气已入冥;足拨晚霞乱,变怪过虬龙。
为赋成八韵,讵无一字通!愁煞苏学士,攸恨陆放翁。
百炼凌云句,杨意竟不逢;寄语 DDT,莫自负今名。②

不能不说,司马疑、阿皮二人若不当古文教授,实在太屈才了。五言八韵被称为“赋得体”,系唐宋两代科考之诗体,韵脚排律规范,格式严谨有据,题目之字须在首联点出。司马疑敢在题前冠名“赋得”,必得其要领。阿皮的和诗依其次第,步韵紧扣,命意布局虽为韵所束,然照顾恰当,实属不易。只是,二人以无聊写无聊,以诗互黑和唱衰,只能“供读者一嗤”。

胶州人郑云亭(1881—1968),功名不就,弃学从商,后上当被骗,闲居青岛写诗作文,著有《之崂山》等诗稿,还有《云亭日记》20 卷等。

有意思的是,青岛诗界写新诗的几乎没有人涉足旧体诗坛,唯一的例外只有鲁丁。1947 年 6 月,《青岛时报》的《青光》副刊发表的《偶咏》,是出自鲁丁之手的二首七言绝句,楚歌以次韵和之,蹩脚得很。看来,写惯了自由诗的手改写格律诗,真是难为他俩了。

打油诗的行情比律诗要好。丁一在《青岛时报》的《青光》副刊开了《琴冈打油》专栏,于 1947 年 4 月至 6 月相继发表了一组描写青岛风景名胜的打油诗,如《第三公园》《游汇泉》等。他的四首《钓鱼》用字口语化,诙谐幽默,通俗易懂。且看第二首:

---

① 司马疑:《赋得苍蝇闹文坛五言八韵》,载《青岛公报》1946 年 8 月 9 日。

② 阿皮:《和司马疑先生大作》,载《青岛公报》1946 年 8 月 11 日。

汹涌狂澜若倒流，持竿走向栈桥头。
好将香饵安排就，不怕刁鱼不上钩。[①]

可见，打油诗也是诗，且有写得好的打油诗。

词作当数王苍(杏东)。1945 年 12 月 5 日，《青岛公报》副刊《新青岛》刊出王苍的三阕旧体词。试看其中之“六幺令”：

侧风横雾，又是樱花节。关山笛、栏干影，负了当年别。想起原州夜话，杯酒中肠热。离歌初阕。征鞍酒醒，山外余霞忽明灭。　　年时追溯往事，万里音尘绝。漫道照眼明花，香落纷如雪。只有幽幽涧水，不愧山中洁。深宵云彻。千山舒晓，一片清歌起鹈鴂。[②]

六幺令，又名“绿腰”，初为琵琶曲名，后用作词牌，双调 94 字，具有接近叠格的词构。王苍倚声填词，与友人的离愁别绪体现在古词平仄韵律之中。只是毛糙了些，仄收白脚未能处理好上、去、入声的变化。

诗词在解放战争时期的青岛之所以出现自由体新诗占据绝对压倒的优势，是诗人心态对国统区纷乱时局的反照，也与市民报媒读者的欣赏习惯、鉴赏水平相关联。新、旧体诗并立是文学常态？青岛始终没有答案。

第六节　散文、杂文和戏剧

解放战争时期，青岛文坛的散文、杂文和戏剧创作映照出国统区光怪陆离的各种面影。山音、鲁海等的散文文采焕发，抒发了作者的真情实感。李策、南冰、百歌、芷水等的杂文感应敏锐、锋芒毕露，广泛地批判时代阴霾和市侩丑恶。戏剧文学方面，石玺的《大地狼烟》《静静底嫩江》等剧本丰富了青岛文学艺术活动。各类文体所作为数非鲜，但未有名篇流传。

一　山音、鲁海等的散文

以真切、真实为特征的散文在 40 年代中后期的青岛文坛，成为作家展现个性之我的载体。山音的散文，澄澈、明快，写情与写景融为一体；鲁海的散文，感性细腻，能触摸到情绪和感受；木冰、笑燕、田风等也在散文中谛视社会。散文的

---

① 丁一：《琴冈打油・钓鱼》，载《青岛时报》1947 年 4 月 14 日。

② 王苍：《待燕簃词》，载《青岛公报》1945 年 12 月 5 日。

通约性和闲适性有了,但在文化趣味和意味的丰富性上鲜见成熟的佳作。

山音的散文

山音(1928—1991),本名吕宗权,辽宁台安人。"九一八"事变后随家移居青岛,抗战后期开始文学创作,写诗、散文、杂文、小说和评论,于1945年6月写的《写给海》一诗刊载青岛出刊的《地瓜干》杂志上,此为山音的处女作。

山音的散文大致可分为怀人、叙事两类。怀人散文,如《记忆》《黄昏的怀念》《秋花笺》《清秋草——纪念我敬慕的朋友E》《我们和海——给文莹》《春天花正多——赠田风》等,犹如一首首婉转的诗。1947年4月至5月,他以"春日小笺"为题连续发表了《春日小笺之一——寄衣去寒》《春日小笺之二——寄托堃》《春日小笺之三——寄文莹》《春日小笺之四——寄宗合哥》四篇系列性散文,或坦诚深切,或凝重诚挚,大都在惜别与回忆中嵌有深挚的思念之情。山音的怀人散文,有的有明确的指向,有的则含蓄朦胧,像《黄昏的怀念》中的"她"就不知所指。

> 过去我曾有一个时期,是睡在恋情的床上。那时我在秋天愿去看海上的黄昏,更愿看恋人被落日映照的笑脸。时过境迁,她已离开我,到一个遥远多风雨的古城去了。因之,我对黄昏也发生了疏远,不愿再去看落日的风光,因为我嫉妒她的存在。①

"文莹"是山音多次提及的女子,他给予文莹的文字清澈透明。如作者在《我们和海——给文莹》中写道:"生活就是海,让我们来爱生活吧!因为我们都是爱海的孩子呀!文莹:你以为我的话对吗?"②当然,这个"文莹"也无法在生活中对号入座。

诸如《路》《楼》《猎奇》《一天》《诊疗室》《她哭了》《迎春花的故事》《一场风波——发生在一个小资产阶级的家庭里》等叙事散文,酷似特写或小说,这是山音特别用力的文体。《楼》描写青岛的一栋日式别墅,抗战前住的是日本洋行襄理,之后换成了棉纱厂的老板,不多久老板手下的一个科长成了楼的主人。三任楼主指代着时代更替与社会变迁。作者在叙述中混融议论,夹带着对人生的思考,以此打动读者。《她哭了》诉说的是一个困于物价飞涨的女烟贩,刚刚与进货商问妥一条"苹果牌"香烟进价一万二千元,转身便变成两条二万五千元。女烟贩竭力争执,而进货商冷酷无情地逼问:"要不要?再不要,就三万啦!"作者

---

① 山音:《黄昏的怀念》,载《军民日报》1946年11月13日。

② 山音:《我们和海——给文莹》,载《青岛时报》1947年9月29日。

用同情的笔意写道：

> 眼前晃动的是一个可怕的、不能治服的魔鬼样的动物，向她走来，捏住她，紧紧地捏住她，像被奸污一样，要挣扎，可是又没有力气。
>
> 她紧紧地抱着那包钱……她哭了。[①]

山音的《路》，是他18周岁成年的纪念性散文，其中有感悟的参透、灵思的火花和理意的凝聚。

> 我面前有漫长遥远而广阔的路，我应该负起生活的担子踏上这条路，去开始我的征途。不去顾虑世纪的炮火，不留恋于儿女的情梦里，我将要努力的走完这条路，并且我要做个先导者，站在那些盲从、怯懦者的面前，领他们也赶这条路。[②]

山音的散文有质感，价值站位准确，无论文字语感还是思想意识，在40年代中后期的青岛散文界卓荦不凡。作为散文笋尖的发声者，由于生活历练尚浅，内蕴未能沉入挖掘，存在表面化现象。

鲁海的散文

鲁海（1932—2019），原名鲁约翰，笔名还有申生、沙人、灵心等，祖籍山东泰安，出生于青岛。学生时代爱好文艺，模仿何其芳的作品学写诗歌、散文。1945年4月文学期刊《地瓜干》创刊时，鲁海在封面写了句“请尝一尝青岛地瓜干的味道”的话。[③] 鲁海的处女作是1946年4月在《青岛时报》发表的散文《迎春花》，此时他只有14岁，正值鲜衣怒马少年时。次年，鲁海的作品开始在上海、北平的报纸上发表。1947年，鲁海发起组办“春园”文学社，编辑油印文艺刊物《微光》和《春草》。1949年1月，他结集出版诗歌、散文集《留得残荷听雨声》。

鲁海的散文于叙事中抒情的居多，如《古屋》《画面》《青春》《渔家曲》《除夕之夜》《冬天又来了》《遥寄静雨》《新生的火花》《幸福的缅怀》《遥远的祝福》《海洋的倾诉》等。他善于在感情达致炽热的程度时，综合多种描写技巧将内心强烈的感情倾吐出来。像《画面》：

> 春夜里，田圃上会有孩子散步的脚，春风吹着青发，也许有刚插上的一

---

① 山音：《她哭了》，载《青联报》1949年4月25日。

② 山音：《路》，载《民众日报》1946年7月29日。

③ 2022年9月9日，本书作者在青岛市图书馆特藏室见到鲁海先生多年前捐赠的一本编号I21/16的《地瓜干》，封面有“请尝一尝青岛地瓜干的味道”的字样，并有“鲁约翰”英式签名。

朵野玫瑰,星光流到唇上!燃烧着青春之火的青年人的心是充满了愉快的。

溪畔,女孩子浣洗着衣裳,远远处牧羊的孩子,唱着山歌,从草原上走来,他会坐在她的身畔,指着鸳鸯佯问:"这叫什么呢?"得到的是一张晚霞般的脸。

翻过这一页美丽的画面吧!梦,到底不是事实。秋风,昏灯,错综的梦,在这凄冷的秋夜里,将游子的太息拖得漫长。①

鲁海经常发表一些2篇或3篇并联的组合散文。如《乡居》由《平凡》和《春天》组成,《大街和小巷》由《街》和《巷》组合,《片叶》由《迷途》《猎人》《远航》3篇构成,《云星集》由《雨夜》《海雾》《灯火》3文集成,而《海滨之歌》则由《渔船》《沙滩》《黄昏》《星星》4个独立的切片组成。与此相似的还有一些被称为"集"或"篇"的散文组合,如《零鸿集》《十月集》《友情篇》《春之篇》等。这些散文篇幅大都较短,作者敏锐地捕捉灵感,表现刹那间的感觉和思考。

鲁海还有一些类似随笔的散文,如《海与人生》《欢迎我们的伙伴》《寄语飘零者》《无言的笑》《惨零的日记》《说大街话小巷》《醉》《光》《苦闷》《琐语》《祝福》等。作者不拘成法,往往有感而发,有理就说,率性而为。《海与人生》的末尾是这样写的:

看啊!海要翻了过来,海崩天塌,海水张牙舞爪的冲击着海岸……这正也象征着人生的乱世。人,被卷进了苦难的漩涡。因此,我们不要对当前的乱世,看作"空前"的,或是"绝后",而对于人生感到漠淡,甚至于绝望。我们要像岩石那样,在一阵海啸过后,仍然屹立在海边。

这也许是一种正确的人生观。②

鲁海的散文犹如一片绿茵茵的芳草地,有毛茸茸的生活质感,但因未加深翻而青涩稚气,一些语汇有片接寸附之嫌。

其他散文

40年代中后期,在青岛经常写散文的还有木冰、笑燕、田风、黄洋等人。

木冰(砂丁)的散文有《垫脚石》《黯淡的生途》《时代的悲剧》《心底的呐喊》《绿色的忧郁》《童年的故事》等,大都蕴含深刻的社会内容。木冰在《时代的悲剧》写了这样的话:

---

① 鲁海:《画面》,载《军民日报》1946年11月26日。

② 鲁海:《海与人生》,载《留得残荷听雨声》第5页,春园文学社,1949。

麻痹的都市，充满罪恶血腥气的海岛，在战抖，在冷酷地嘲笑空虚的人间。物价所激起的狂啸，响彻于人群，它得意的舞蹈，张牙舞爪地扑向人的胸膛，人们被摔得跌了一跤又跌一跤……①

笑燕的《晨》《深秋呈给母亲》《离别的前夕》《夏夜的赐予》《落叶的故事》字里行间充满挥之不去的感情，有的篇什用泪水伴着墨水写。田风的《一叶》《寒夜抄》《秋雨篇》《生命的线条》《隔着海洋的呼唤》，文字虽克制，却能感受到至深的情感。黄洋的《我们也有春天》《初秋的别离》《雨行篇》以诗笔行文，关照并呈现出一番生命的遐思。

此外，尚有些许拿得出手的散文作品。如陈沉的《怀远人》《乡愁》、刘绪萱的《海滨秋语》、梁枫的《秋祭》、梁宝的《路拾遗》、石星的《掘墓人》、欧阳普的《砸海蛎的人们》、闵光予的《秋花》、景波的《卖书小记》、萧风的《在黑夜里》、千里的《月夜》、印清的《秋雨之献》、漪萍的《彗星》，以及鲁丁的《寸简》连载。

40 年代中后期，青岛在散文界进进出出的作者远不如诗人出眼，即使以散文闻名的山音和鲁海，也是散文与诗歌彼此嵌套。这一时期，鲜见纯粹的抒情散文和昂扬意气之作，多下笔仓促，缺少多姿多彩的风致。

二　李策、南冰、百歌、芷水等的杂文

杂文在青岛 40 年代中后期文坛是特别活跃的文体，拥有受众基础，尤其是李策、南冰、百歌、芷水等的杂文，在揭露国统区社会病苦、鞭挞人性丑陋方面体现出先锋姿态。但也有一些文品低俗、意气用事、挑拨是非的杂文横行文坛，且愈演愈烈。显然，杂文美学人格与个性化语言的青岛之路曲折而漫长。

李策的杂文

李策，又名李文甲，笔名有楚歌、李魁、牛鼻子老道等，山东黄县（龙口）人。他在抗战胜利后《青岛时报》复刊时，出任副刊编辑。

李策的杂文有截然不同的两种风格。一是内置了作家身份，以“楚歌”署名的杂文，杂而有文，将抽象的道理包含在具体可感的形象之中。主要有《悲哀和惭愧》《白鸟之歌》《蛇》《药》《苦涩的柿子》《绿色的栅门》《晨》《坟墓》《失去的春天》《每年都有一个春天》等篇。《悲哀和惭愧》以友人间的私信形式表达了报人的苦衷，其中有这样的话：

① 木冰：《时代的悲剧》，载《青岛公报》1947 年 3 月 5 日。

钱勒死了穷苦的人们,也勒死了民营事业!我们一切条件都感到不足,我们没有优良的印刷,我们没有完备的电台设备,于是经济的压迫,使我们不得不仰人鼻息。仰人鼻息的结果,便是歌功颂德。假若你敢发泄一丝丝愤怒,他们会扼住你的咽喉,断绝你的水米,甚至于加上莫须有的罪名![1]

二是以“牛鼻子老道”之名发表的杂文,短小精悍、尖刻峻切、嬉笑怒骂,多是针砭时弊的报人手笔。主要有《白日梦》《怨哉!》《毒》《鸡皮疙瘩》《夜猫子进宅》《十九层地狱》《不是亲的》《长点骨头》《又来了也》《假如我是》《穷极生风》《官比商奸》《岂有此理》《表示遗憾》等。且看《十九层地狱》全文:

我死了!——在昨天晚上的梦里。

牛头,马面,一脚踢开了我的房门。说时迟,那时快,呼愣愣一抖锁链,牛头说:

“对不住!一家子,委屈,委屈,这是公事,戴上‘线儿’吧!”

牛鼻子立刻掏出一盒十六号烟卷,塞在牛头手里:“您多照应!”

“没说的!”牛头把烟卷塞进衣袋,“阎王爷交代了,叫我带弟兄来请你!其实,咳!您也不用‘扯活’!不必戴‘线’了!”牛鼻子心说:“原来阴间更那么回事,一盒十六号就免了用绳子套脖子。”

一阵阴风来至阎罗殿,阎老五吹胡子瞪眼,大喝一声:“跪下!”

“No!”牛鼻子说,“现在是民主!”

“啪!”阎老五一拍惊堂木,“你信口雌黄,出言伤众,身在道门,不知修行。来呀!”

“喝!”全体小鬼齐喊。

“把他先押入十八层地狱!”

牛鼻子随着牛头,进入十八层——坐电梯下去的。原来里面一套沙发,一架小铁床,空气很好。

“牛二哥!”牛鼻子说,“怎么第十八层地狱,这么舒服?”

牛头道:“你不知道,越往下越舒服,第十九层更舒服!还有留声机,浴室,电话呢!都是全美式装备!”

“谁在那儿住?”

“贪官污吏!”牛头说,“他们来时,都在阎王那儿花了钱了!”

“我又没花钱,怎么让我住第十八层呢?”

“唉!他怕你在报上骂他呀!”[2]

---

① 楚歌:《悲哀和惭愧——寄石群》,载《青岛时报》1948年3月2日。

② 牛鼻子老道:《十九层地狱》,载《青岛时报》1946年10月2日。

这个通篇用对话写成的故事，将美国武装蒋军、民主谎言、贪蠹腐败、贿赂公行等丑恶数落了个遍，还为新闻自由争取了空间。作者构思巧妙，幽默诙谐，将议论说理形象化，但对杂文贵杂而又忌杂的辩证关系缺乏把握。在青岛，“牛鼻子老道”一名远比李策出名，这个源于蓄发修行道士发髻形状的名号，暗指性格奇倔，即使牛鼻子被拉出血来也改变不了牛的脾气。这就是李策的个性。

南冰的杂文

南冰，本名陈南冰，笔名还有南冥等。抗战胜利后他供职《青报》，于 1947 年夏接替陈季子出任青岛《民报》主编，发表了大量的文学作品，尤以杂文为多。这一时期，南冰接受中共地下组织的委托，用《民报》电台向解放区传递情报。

南冰的政治立场决定了其杂文的革命性和斗争性。面对国统区民不堪命、国民党政府濒临败亡的局面，为配合人民解放战争“第二条战线”的形成，南冰运用隐喻语义发表杂文，如《十字街头》《生活》《某地某市》《参议会第二天》《我们需要一个悠静的心境》《我们这一群》《贩色者》《艺术家的厌倦》《纵使我爬着，也是黑豆》等。南冰在《我们需要一个悠静的心境》中写道：

> 在这极乱离的时代里，住在顶有气派城市里的人，憧憬着到一个比较偏僻的地方去休息；而住在安闲环境里的人，又更希望到农村去陶醉。……你说不出理由，一年，五年，十年，这样的下去，淡淡的幸福，无声地来，无声地去，而环境始终存在着鼓励与勇气。①

作者巧妙地将人的心境与周遭环境联系起来，铺衍成篇，看似信手拈来，却绵中藏针，深有含义。

南冰以“南冥”笔名发表的系列杂文，有《人生短篇》《偷闲随笔》《记忆草》等题。1947 年 4 月至 6 月，南冥在《青岛时报》的《青光》副刊连续发表的《人生短篇》中特别出眼的有《谈挨骂——人生短篇之二》《“混”与“干”——人生短篇之三》《为谁作官——人生短篇之六》和《谈恋爱——人生短篇之八》。其中，《谈挨骂——人生短篇之二》里有这样的话：

> 人类一生的各阶段，都要挨骂的。幼年时候顽皮，要挨父母的骂；上学校不用功，要挨老师的骂。到社会做事更糟，在商号里要挨掌柜的骂，同事的骂；在机关里挨上司的骂（当然是因为不会拍马和谄媚了）。结婚了还要挨太太的骂（收入太少，不能满足她的物质欲望）。政府的官员要挨民众的

① 南冰：《我们需要一个悠静的心境》，载《青报》1946 年 10 月 8 日。

骂,叫花子要挨阔佬的骂,作家要挨批评家的骂。除上述几种以外,还有不关痛痒的骂。如青年人恋爱要挨老人的骂,老年人守旧要挨年青人骂。骂!骂!骂!这简直是挨骂的人生。俗话说:"不挨骂长不大。"可是谁都不愿挨骂,但事实上却都免不了挨骂。①

作者以寻常生活中被谴责和斥骂为由头,实则暗讽"身后盛于生前"的文坛怪相。即使大名鼎鼎的作家、诗人,也免不了被恶评,遭诽谤。文章将理趣与形象有机结合,其言外之意尤耐寻味。

百歌的杂文

百歌的杂文皆以"当代春秋"为话题,集束式在《军民日报》副刊《新民》《哨兵》《笔风》《综合》等专栏发表。如在《新民》专栏发表的《世故》《为舞女而写》《真正的讽刺》《吉祥文字》《吉普鬼》;在《哨兵》专栏发表的《莫名其妙》《喉舌与耳目》;在《笔风》专栏"披襟快语"话题中发表的《这几天》《仲秋偶感》;在《综合》专栏发表的《寄语青岛小姐》《投机与取巧》《刺激》《三百个女人》《错误的心情》《人不如鬼》《生于忧患》《提起国货无话可说》《为穷人请命》《世风日下》《可怜虫》等。

笔锋犀利、笔调幽默的冷笑话,是百歌杂文的显著特性。如在《军民日报》的《新民》专栏发表的《真正的讽刺》,讥讽国民政府的"熊猫外交"。一只象征敦睦邦谊的雌性熊猫,由美方兽医官护持,从重庆经由上海运往美国纽约,因长途飞行不堪颠簸,熊猫形容憔悴。"中央通讯社"发表的新闻报道令人"想笑又想哭",作者读罢凝笔写道:

至于乘专机出洋,又特指定医官沿途招待,到达后并由医官招待其生活起居等等,则俨然又是一位要人的派头。目下中国无数黎民正辗转于灾荒战乱之中,不想竟有熊猫小姐能单独受如此优厚之待遇,怎不令人读了眼光缭乱?②

作者的灵感出自一篇新闻报道,便以文对文,小题大做,亮出了杂文的锋芒。再如《综合》专栏发表的《三百个女人》,则暴露了青岛市政当局对失业舞女未能妥善安置的问题。抗战胜利之初各路接收大员来到青岛时,冠县路一带开了许多舞厅、酒吧,招募的舞女、女侍多达二三百人。之后,政府以整饬风化为名将大量舞厅、酒吧取缔,结果这二三百名女子因"不学无术"纷纷坠入"火坑",充当了

① 南冥:《谈挨骂——人生短篇之二》,载《青岛时报》1947年4月11日。

② 百歌:《真正的讽刺》,载《军民日报》1946年10月19日。

官妓或私娼，出卖肉体和灵魂。有报道称："酒吧春色关不住，莺燕三百出墙来。"作者愤慨地写道：

> 是的，中国女人的出路，岂但不学无术的人如此，即便学而有术的人，也难免步步是荆棘。
>
> 火坑！火坑本是一般男人们为她们预备好的金屋，强迫要把她们拖进，还美其名曰："以金屋贮之！"①

用形象化的语言敏锐尖利地评论流弊，是百歌区别于其他杂文家的显著特征。百歌的杂文不时喊出的诸如"中国无数黎民正辗转于灾荒战乱之中""即便学而有术的人，也难免步步是荆棘"之声，大有振聋发聩之势，其斗争性和论争性在 40 年代中后期的青岛杂文界难有其比。

芷水的杂文

芷水的杂文集中发表在《民言报》，主要有《已聋将哑之时》《流氓的偏爱》《不要蒙蔽他们的眼睛》《煤油灯与电灯孰亮》《我也写黑市》《贪污种种》《哪有雪里送炭？》《"富人想进天国"》《应该想一想了》《外汇文化》《官与私》《说老实话》《不寒而栗》《天才的分野》《无声的都市》《市格》等篇。

《已聋将哑之时》的因由，出自 1947 年 8 月美国总统特别代表魏德迈访华调查所引起的骚动。不少困于商品奇缺、物价暴涨的民间团体，纷纷向魏德迈诉苦"告状"，一些想留洋的翻译也夹杂在"告状"的人群里，试图得到美国客卿的恩赐。魏德迈对此甚为冒火，极为鄙视地写了一封信，结果一家报纸发表了这封信，并称为"新的国耻"。为此，芷水借用因聋致哑的聋哑人辛辣地讽刺道：

> 天生的哑巴是少见的，哑巴多是先聋，听不见别人说话，随后怀疑自己也不会说话，于是真的变成了哑巴。中国现在真是到了"已聋将哑"的境界，开始怀疑自己的能力了。②

其实，魏德迈使华的"黑箱效应"不止于此。鉴于国统区严苛的新闻检查制度，芷水未能披露魏德迈对国统区官吏贪赃枉法行径的痛斥及对南京政府没落的预见，国统区经济崩溃，政府官员骄奢淫逸，毒化了社会风气，直接造成民怨四起。芷水的《市格》是闻讯青岛工务局为整顿市容市貌大事洗刷日伪时期残留的遗迹，便仿人格写城市的品格，其中有这样两段：

---

① 百歌：《三百个女人》，载《军民日报》1946 年 12 月 1 日。

② 芷水：《已聋将哑之时》，载《民言报》1947 年 9 月 10 日。

> 有一部分人方在沾沾自喜的夸耀青岛是一个“国际都市”。这句话的含义很复杂,说的人本心也许是在指这是一个国际观察所击的地方,但是安知他们不糊里糊涂的把中山路上兜售五元法币的现象也包括在内?也有许多人批评,青岛的居民与青岛的建筑不调合,中间有一点世纪的距离,这话虽有强其相异为相同的毛病,但是若说从漆刷上来建设市格,也未免是一种儿戏了。
>
> 尝见有以女人比喻都市者,有谓青岛如“吉普女郎”,也有谓青岛为摩登的村姑,尚未丧失其朴实的习性。事实上这两个比喻,各比喻了青岛的一半。将来究竟哪一半将被染化,那便是青岛明确的市格了。①

芷水的杂文有内涵面,往往从新近或正在发生的时政新闻中提取素材,几乎是社会生活的镜像。但芷水的杂文太过雅致,精与博的统一性不足,欠缺杂文一针见血的本色。

其他杂文

其他值得一说的,有章溅泥、激冰、静若、木冰、黄钟、逸珊、黄洋等的杂文。

章溅泥、激冰的杂文如同感应的神经,一行行、一段段令人热血沸腾。静若的杂文数量多、题旨杂,主要有《护短狂》《谈节食》《认真太过了》《不要感情用事》《妻可弃乎?》《中秋节后》《无家者的可怜》《可怜者的可怜》《死里挣扎的人群》《想到屈原》《又一国耻》《可怕的麻木》等。《可怕的麻木》,抨击战争烽烟连年造成市民麻木无情的心态,舆论界缺损力量,“如此麻木下去,国家社会的前途,将不堪设想了”②。木冰的杂文有《失业者言》《爱与恨的搏斗》《闲话民选》《谁是谁非》《还是“空话”》《有感于物价》《并非高调》《想到写到》《时代的悲剧》等。木冰在《时代的悲剧》中写稀饭、咸菜样的日子:“每天每天,吃不到一顿安稳的饭,住不成一间固定的房子,听不到一句适意的话。这样凄凉的心绪,这样穷苦的日子,真真要将我折磨毁了。”③泫然欲泣,况味可感,难以尽言。

除此,黄钟的杂文《羊头狗肉》《哪有你说的话》《禁止为官兼商》《奇捐怪税》、逸珊的杂文《自尊与自傲》《挤与爬》、黄洋的杂文《要向屈原那样》《向时代宣誓》,以及何浅的《教训》、梁枫的《能不心寒!》、闵光予的《世态再述》等杂文,皆表现出应有的机锋和较高的水准。

当然,杂文良莠不齐的现象极为突出。一些作者依凭心血来潮玩复制话术,

① 芷水:《市格》,载《民言报》1947年9月14日。

② 静若:《可怕的麻木》,载《青岛公报》1946年5月14日。

③ 木冰:《时代的悲剧》,载《青岛公报》1947年3月3日。

随性漫笔,连署名也没个正形。像《平民报》副刊《大风》署名“老处女”的《姑妄言之》、《青岛公报》副刊《新青岛》署名“浪里白条”的《与客谈“狗咬”》、“尔耐女士”的《恋爱,乱爱与偷相片之事》等杂文低俗不堪;至于“小市民”“近视眼”“黑衣人”“没面目”“鬼见愁”“青春尼姑”“半瓶太太”等的杂文更是哗众取宠,亵渎文艺。难怪有批评者讽刺道:“这个年头不但‘诚实人也学会了说谎话’,同时‘文艺’也不文艺了。”[①]青岛40年代中后期的杂文,既是时代的镜像,又是文学个性化的映现,杂文作家多为自发行为,地域性聚落未能成型。

三　石玺《大地狼烟》等戏剧文艺

石玺(1926—1995),本名石涤尘,笔名还有戈郁等,满族,辽宁沈阳人。1931年“九一八”事变后随在邮电局工作的父亲来到青岛,40年代投身于青岛话剧运动,抗日战争胜利后先后在《民众日报》副刊《民声》、《公言报》的《黎明》和《黄河》副刊任编辑,开始发表诗歌、散文、小说、剧本等作品,于1947年秋考入上海实验戏剧学校编导研究班学习。

在青岛,石玺文艺创作的主要收获是发表了《大地狼烟》《静静底嫩江》等四部话剧剧本,成为40年代中后期青岛小有名气的剧作家。

三幕话剧《大地狼烟》的剧本,于1945年11月22日起在《民言报》副刊《铁军》专栏连载,后由济南铁路局青岛车务段“新生”剧社排演,于12月31日晚在青岛公演,又在1946年1月1日加演午场和晚场。[②] 作为一部抗战大戏,《大地狼烟》的故事发生在华中一个临江的荒凉村落,剧情在热血青年李栖山、姐姐李青珍、女青年罗红芸及其父母、村长、汉奸麻子和几个日本士兵之间展开。作者没有正面表现李栖山等与日本士兵冲突打斗的场面,而是着力抒写李栖山、李青珍姐弟作为黑土地儿女,在国破家亡的背景下如何背井离乡走上抗战道路,献祭了自己的青春,其间人物成长、心理变化、情感纠葛是主线。与一般抗战话剧剧本不同的是,石玺的《大地狼烟》名为三幕剧,却在第一幕之前有一个内容充实的“序幕”,而在第三幕之后又有一个不可或缺的“尾声”。序幕写李栖山、李青珍姐弟从东北入关、流亡中原、沿江而下的经过。大幕拉开,姐弟二人衣衫褴褛栖身在破庙神龛下,于平静中传达出激烈的内在动作性。

李栖山　(伸懒腰,揉眼睛)哟!好冷的西北风。(战抖,走了两步)还黑着呢,远

① 凌浸:《文艺也不文艺了》,载《平民报》1946年12月6日。

② 《路局新生社公演大地狼烟》,载《青岛公报》1945年12月29日。

处一点光亮也没有,这黑沉沉的夜,连星星也没有一颗。(惊异)还落着雪花呢,姐姐——

李青珍 (也爬了出来,抖了抖身上的草,尘土,理了理散发,战抖的)哦! 好黑,好黑!

李栖山 (更鼓声)听! 你听,更鼓在响,已经五更天了,天快亮了啦! 太阳就要出来了! 有了太阳,我们就有了温暖了,是不,姐姐?(猛一抬头一望,发现了神像)哎呀,我的妈! 姐姐你看,你看——①

石玺的剧本想象奇特,即视感强,既为戏剧演出提供了表演空间,更使抗战题材获得了相当大的表现力。身为白山黑水之子,石玺对"九一八"事变带来的民族灾难有着切肤之痛,面对狼烟四起的华夏大地,作者情不自禁地将主观意识融入剧情之中,并赋予剧中人直抒胸臆的言语与行为,有时一些对白近似于宣传口号。试看一个片段:

李栖山 (悲惨的)哦! 我恨他们,我恨那一群东方的强盗,那一群没有一点灵性的东西。我恨他们! 我恨他们! 我如今还记得很清楚,我记得妈……妈不是,一刺刀穿透了胸膛……啊! 血——血流满了衣衫,染紫了敌人的刺刀! 我还记得,爸爸临死的时候……叫唤着:我,我不能死呀,我不能死呀! 我有孩子,有女儿,我没有犯死罪,饶恕了我们吧……但是,日寇凶凶的喊着那听不懂的狗语,一下子把爸爸的脑袋打开了花……啊——我的爸爸,我的妈妈,我这永远忘不掉的记忆哟……

李青珍 (落泪)弟弟!(战抖着)我们不要忘记了爸爸,妈妈,弟弟,妹妹,他们那凄痛的死亡,我们,我们走……②

石玺的《大地狼烟》剧本,写于抗日战争胜利后不久,自然具有青岛文学艺术界打响投身抗战第一枪的经典意义。剧本不但及时通过报媒发表,而且迅速被搬上舞台,所产生的政治影响力可想而知。《大地狼烟》主题思想的先进性胜过艺术上的成就,剧本作为戏剧文学的可读性不强,剧情框架设计粗糙,人物硬凹造型,对白繁缛啰唆,演技也不怎么入流。

在青岛,石玺为《新血轮》杂志供稿的四幕悲剧剧本《静静底嫩江》,则直接表现了东北难水农民马老头、马安达祖孙与抗日义勇军的团结抗日斗争。对手

① 石玺:《大地狼烟》,载《民言报》1945年11月23日。

② 石玺:《大地狼烟(续)》,载《民言报》1945年11月26日。

有日本军人东条四五、日本浪人龟甲英夫、汉奸翻译官顾长寿,剧中穿插了马安达与信奉天主教的少女叶小丽的爱情故事。人说《静静底嫩江》太“往狠里写”,石玺为此解释道:这是“拭干了十四年历史上的悲哀所让我留下来的泪水”的作品,是“复仇的火焰终年终月终日的在我心里燃烧”的结晶。①

除了石玺的剧本,40年代中后期的青岛戏剧文学还值得提及的剧本是《青年·青年》和《狂者的悲歌》。

《青年·青年》是磊鑫、慕笛合作的三幕话剧,在1948年9月3日青岛《军民日报》副刊《笔风》登载了主角人设的“剧透”性片段。这是写“大时代底下小儿女们的故事”,即以个体生命史的透视去表现大历史,男女主人公分别是于冀、朱燕,主要人物有吴幼鹤、白丽莎、冯乐山、李大钧、郝志澄、白梦周、苏美倩、胡绮,还有白母、仆人等配角。关于剧中人,两位作者著文指出:

> 我们想要强调的是:为了爱,为了爱人类和将来,那么凡是懂得“爱”和敢于去“爱”的人物,我们便想拉来作为我们的剧中人物。同时,轻视爱,而且还摧残爱的人物,也不妨拉来作为幕底的丑角。在大时代的舞台上,这两种角色正在扮演着可歌可泣的悲喜剧,在我们的脚本中又何独不然呢!②

戏剧《青年·青年》的吸睛点在于人物形象的塑造。女主角朱燕是一个沦落的女子,却有着火一般的热情,但由于自信心太强,显得有些固执;男主角于冀则是一个沉毅、严肃、正直、善良的青年。文质彬彬的吴幼鹤懦弱,一直生活在怀疑和动摇的心绪中;爱慕虚荣的白丽莎情感如浮萍,分不清真假与善恶;阴险狡诈的冯乐山,靠父亲的财势欺骗女性,且屡屡得手;疾恶如仇的李大钧勇敢、正义,却时常带有粗暴、幼稚的行为;坚韧理智的郝志澄,却有着冰一样的个性;麻木昏庸的白梦周醉生梦死,天天把灵魂浸泡在酒精里;单纯美丽的苏美倩尚未被社会污染,始终活在快乐中。这些人物极富个性地出现在舞台的一角,映入观众的眼帘。但是,《青年·青年》内容琐屑,情节寡淡,缺少戏剧冲突,开场就会劝退一大波戏迷。此外,慕笛有一部五幕剧本《为胜利而歌唱》于1947年2月至3月在《军民日报》副刊连载,博得了一定的关注度。

陈本志编剧的《狂者的悲歌》,于1948年4月1日起在《青报》副刊《青春》连载,至5月19日续完。据作者称,《狂者的悲歌》的灵感来自徐讦于1943年创作的小说《精神病患者的悲歌》,徐讦笔下的海兰蜕变成徐本志剧本中的女精神病患者欧阳维娜。20岁的欧阳维娜是金融界巨子欧阳之的女儿,因病在家休

① 石玺:《感情·工作·记录——写在〈静静底嫩江〉之前》,载《新血轮》创刊号,1946年12月。
② 磊鑫、慕笛:《〈青年·青年〉前记》,载《军民日报》1948年9月3日。

养,她的周围除了父母亲、仆人、管家老顾,再就是闺蜜宋蓝苹、留学美国专攻心理学的青年才俊郑思超,两位争风吃醋的舞客安奇秋、罗正,以及精神病院费大夫。剧情围绕欧阳维娜与郑思超及舞客安奇秋、罗正的多角关系展开。欧阳维娜的精神世界被扭曲,躁郁双向情感障碍迫使她时常表现出疯癫和忧郁的举动,而郑思超的宽容、信任、爱抚及对欧阳维娜爱美心态的引导,以及舞客安奇秋、罗正缠绵多情的舞姿,使得剧情透出唯美主义的气息。剧本在《青报》连载期间,陈本志不断收到南开大学、清华大学友人的来信,青岛"中光剧团"有意将《狂者的悲歌》搬上舞台,并请陈本志主持,但他因故必须离开青岛而婉言谢绝。[①] 据陈本志称,在《狂者的悲歌》之前曾有两部剧作发表。一部是《黑暗光明》,于1947年1月12日始在《军民日报》副刊《综合》连载;另一部是《春雨》。

此外,1947年2月13日,青岛《平民报》副刊《大风》发表的鲍运昌以"鲍笑燕"之名创作的《狂涨万岁》,是一出冠名"五分钟独幕剧",主题是讽刺鞭笞国统区势头凶猛的涨价狂潮。笑燕并非搞笑,而是把现实荒诞化,用五分钟的戏码表现如此重大的题材,旨在喊出下层民众的反抗呼声。

第七节　小　说

相较于诗歌、散文和戏剧文学,青岛40年代中后期的小说却没有获得应有的地位。本土小说家萧风、鲁军、千里、冶萍等的小说,大都平平无奇,没有形成独特的风格;旧体武侠、言情小说的气势尚可,然终成绝唱;埠外作家胡冰、赵荻、金近、左蒂等发表在青岛副(期)刊的小说则差强人意。小说这一受众最为广泛的文体未能发挥举足轻重的作用,折射出青岛"孤岛"内卷畸变的文学生态。

一　萧风　鲁军

作为青岛本土成长的小说家,萧风、鲁军的小说以中篇形制写作,且有大致相似的叙事习惯。萧风于1946年自费出版了自传体中篇小说《孤雁》,鲁军则创作了《激动》《震动》《荡动》三部"动"字中篇小说。

萧风的小说

萧风(1925—1949),原名阎志训,笔名还有崔莺等,即墨田横人。1945年他在北平师范大学肄业,于1946年任青岛《民众日报》副刊编辑,其间积极参与青

① 徐本志:《〈狂者的悲歌〉后记》,载《青报》1948年5月18日。

岛的进步文艺活动,写作发表小说和诗歌。

萧风的代表作《孤雁》,其基础文本是1946年3月9日至4月26日以“崔莺”之名在青岛《民众日报》连载的小说《孤雁归来》。小说共计5万字,分47个段次发表,于同年12月由中国文化服务社青岛分社出版了单行本,共有140个页码。王统照、鲁丁、田风分别撰写了序言。[①] 这部被称作自画像的中篇小说,围绕主人公硕忠与静轩的感情纠葛,抒写了双方爱情失意、隐情难诉、恋情深埋的情感线路。硕忠自青岛从军奔赴抗战前线,临出发时,硕忠与静轩相对无言。小说写了这个虐心的时刻:

> 是一堆万紫千红的日子,在海畔黄昏的暮霭里,当静轩渐渐走近硕忠的身边时,她的心像是遗失了灵魂,脸上感到燃烧起了强炽的火炬。她说不出一句话,同时她也见到硕忠也是表现出了不自然的情态,只让眼神的表情,给他们传递了内心的意语。[②]

抗战时期的恋人告别及随后的转战流徙、火线拼杀,只是小说的情节灰线,萧风是用可写而当写的文字写小说,而不只是看到一个形。他常常因“提笔迟疑,落笔泪痕,掷笔三叹”,便有“不忍又不敢妄动”[③]之感。直至小说收尾,主人公硕忠的心头仍堵着一块沉重的石头。

> 这又是春的季节,他孤自又踏上了昔日,那蔚蓝的碧海畔,海畔那一块留念的青石上。记忆里的双影,已被战争和时间摧残得淡漠得看不清晰了。还有那细沙铺满了的海滩上,再也拾掇不起记忆的足迹了,他怅凄的唱起了心伤的歌子。[④]

《孤雁归来》是抗战胜利后不久刊布的中篇小说,其自叙传特性、大篇幅的青岛风土物象描画,以及在报媒连载后即结集出版,可见在青岛文坛的影响作用。《孤雁归来》取用线性叙事结构,并运用补叙、追叙、分叙的写法层层推进情节发展,文笔优美耐看。但小说人物似乎封在了自我设定的闭环里,对男女主人公的描写也不够协调,结构上前后较紧凑,但中部散漫。[⑤]

萧风刊发在《新血轮》月刊一卷二期上的《阿O歪传》,是一篇讽刺小说。作

---

① 《出版消息》,载《青岛公报》1946年12月2日。

② 崔莺:《孤雁归来(1)》,载《民众日报》1946年3月9日。

③ 石磊:《闲话〈孤雁归来〉》,载《青岛公报》1946年4月26日。

④ 崔莺:《孤雁归来(47)》,载《民众日报》1946年4月26日。

⑤ 洁心:《我也谈谈〈孤雁归来〉》,载《青岛公报》1946年4月28日。

者在《小引》中特意说:“多少年来,我到处(机关、团体、学校、车站、马路、影院、剧场……)遇见一个像阿Q样的人,他的气派做着很大方,穿了一身不附体的大西服,他光着头,但小辫子没有了,我怎能唤他阿Q呢?只好唤他是阿O,Q和O是少了一点小尾巴的……”①作者依次写了《欺负瞎子》《为人师表》《如此臭虫》《阿O的职业》等片段,活灵活现地塑造了一个依附裙带关系吆三喝四最终失败的侪辈俗流。

> 他最初看见学校是最神圣的道场,但学校所赐给他的尽是卑视,谩骂,诅咒,哄笑,欺凌,他又借了他亲娘舅的大姨子的儿媳的婆婆家的外甥女的丈夫的亲戚关系在××机关里得到了一个位子,阶级低,薪水少,事情紧,使他起了厌恶心。②

显然,《阿O歪传》是借用鲁迅《阿Q正传》中流浪雇农阿Q的形象,照虎画猫,拐弯抹角,设定出一个同样病态的阿O。缺少小尾巴的阿O尽管自负,睥睨周遭的人,但到头来同样过着卑琐陋劣的生活。作者带来国统区民众的不幸、郁闷,以及对精神的失望和对物质的依赖,通过阿O传递出峻涩而浇漓的复杂心态。作者借鲁迅名作,既吃尽题材红利,又不忌狗尾续貂之嫌,抱持对国统区文艺衰退的不满情绪。失去了敬畏和救赎的文学,犹如零落的精神枯草,作者感到“文艺行径,显然是太狭窄了,简直是无路可走了”③。

鲁军的小说

鲁军的小说,主要是三部名称均有“动”字的长篇小说《激动》《震动》和《荡动》。《激动》出手最早,于1946年10月2日起在《青岛时报》副刊《青光》连载;《震动》于同年11月12日开始在《军民日报》副刊《文艺》连载;《荡动》则发表在《新血轮》月刊上,从1947年2月出刊的一卷二期开始连载。这三部小说虽形式上呈三部曲结构,却互不搭界。比较言之,《激动》和《震动》可归入抗战小说阵列,开掘了在战火中锻造国人灵魂和民族意志的新主题。

《激动》的故事发生在华北山区一个叫岭南上村的偏远乡镇。家资殷实的周二奶奶不堪日本奸商的骚扰,不得已从天津来到乡下,但仍逃不脱日伪军的“扫荡”。村子里的青壮年钟青、张大痣、老格等跟着游击队走了,周四爷死在日本鬼子的刺刀下,李四的女人被抢了去。作者的注意力不在背景,而是用对话、白描的笔法刻画人物,一力渲染一个个血与火的生死瞬间。小说写了一个日军

①② 萧风:《阿O歪传》,载《新血轮》第1卷第2期,1947年2月。

③ 萧风:《文艺的命运》,载《民言报》1946年11月20日。

"扫荡"烧毁村庄的场面：

> 火场上没有一个人的影儿，处处任凭火神自由自在的燃烧着，腾飞的烟旋是不可想象的庞大。留在村庄的人儿有的倒在村头，有的已不知跑到哪里去了，只有鸡鸭在嘎叫，并且有几头牲口冲出火堆往庄外跑。每个燃烧过的房屋如同喷吐的火山口——油腻熏染了的栋梁分外的易烧，只要上面烧透了一部分，就有喷绞的灰烬和烟火窜上来。
>
> 周五爷焦急的捶着胸，在咒骂着——
>
> "倭寇！"①

小说《震动》以抗战胜利前夕安刘庄根据地游击队与日军最后一战为故事流程，主要人物有县长、谢中队长，以及国兴、周文亮、王东、艾柯等几个游击队员。当战斗结束集合号吹响的时刻，小说定格了一个真实的历史瞬间。

> 悠扬悲切的集合号音，由西南的洼地吹响了。两个中队的弟兄不再在战场上旋走了，他们急迫的向回跑，为了看一看谁为了民族而牺牲，谁还活着，又有谁受了伤，还抓着几个鬼子。
>
> 平素他们站队的时候，很容易的就可以站好，现在不然了，不是第二班的人站到了第三班里，就是第三排的人跑到了第一排里来，而且谁在谁的上下，也都没法根据了。既站好了，不是班长没有了，就是排长没有了。
>
> "谢中队长呢？他……"国兴察觉谢中队长不在。他底心一下沉落了，他忘了自己是站在弟兄们的眼前，他哭了……
>
> 弟兄们也都垂着头哭了……②

本是欢呼雀跃的胜利场面，却被作者写得苍凉悲戚。这种始料未及的叙事方式，也出现在《荡动》之中。小说从一个赌场里骄侈沉溺的赌徒开始，用乌烟瘴气的气氛烘托出人性的贪婪与都市的病态：

> 是怎么样的一个地方呢？向里面进的时候，须要经过几个凶蛮的汉子底眼的批准呢？进去的人是要经过一个不甚好走的低矮的门洞儿，之后，再拐几个转儿，那炫耀如银的夜的都市，便和里面的人隔绝了。初到里面的人，多不惯于这黝暗森凉袭来的空气。
>
> ——豁郎……豁郎……豁郎……刷……

---

① 鲁军：《激动》，载《青岛时报》1946年12月20日、21日。

② 鲁军：《震动（七）》，载《军民日报》1946年11月18日。

啪!——由不同的地方频繁的跌响着铜呀铁呀和竹牌的声音。响着响着,那各色各样的筹码,也就像花丛间的蜜蜂似的由这个人手中飞到那个人手中,或再飞回来。牵了手还在诵唱插曲是那末阔郎是那末乖诞,而且又是那末超越着铜钱的声响。像有所为的刺激着神经麻木的庄家和各门儿上的赌客,要他们清醒些兴奋些。①

于是,老王、周七等一连串人物渐次现身。这些生活在动荡社会、面临巨大生存压力的小市民,朝不保夕、生计维艰,刚刚看到的一小片抗战胜利的曙光,紧接着就被另一场战争的恐怖硝烟所遮住。作者通过经济波动政治、政治影响军事的连锁关系,以满目疮痍的社会现实作用于人,又通过人作用于文学。鲁军这三部"动"字长篇三部曲,《荡动》的现实视角、叙事结构和方式最被说好,较多实取与虚构的缀合。但总体看,《荡动》与《激动》《震动》一样,多在主题思想上用力,而缺乏桴鼓相应的艺术手法,核心情节稀薄寡淡,语汇粗滥以至生造词,语体的神魄流散,说明作者欠缺写长篇小说的笔力。

二 千里、冶萍等的小说

在小说创作领域,千里、冶萍等因任职青岛报媒的文艺副刊编辑,便近水楼台借机发表文学作品,尤以小说为多。小说连载得之于青岛40年代中后期种类繁多、体量庞大、随报出刊的报媒副张,既丰富了报纸内涵,又迎合了"孤岛"市民的文学口味,其中的生活流、轻喜剧化文字尤有受众。

千里的小说

千里的小说皆以城市小市民烟熏火燎的日常生活流为视角,流露出对人世百态的宽容。如中篇小说《顺子》《朱二爷》《铁与血》《期待》,短篇小说有《蒙古大夫被打记》《灶王爷的故事》《小喜子》《凤凰》《八千金》《晚饭后》诸篇。

《顺子》是千里在《青岛时报》副刊《青光》连载的小说,写人力车夫顺子在抗战胜利后改行做生意的故事。小说以国统区青岛为背景,由顺子带出王掌柜、桂姑娘等一连串城市贫民,小人物苦哈哈的生活成为小说的主调。故事的末尾叙述了顺子发现的一个可赚钱的商机。一些驻扎在青岛的美国士兵特别喜欢一种"一个男人和一个女人都光着屁股"的"画儿",这种淫秽不堪的下流读物市面上没有,因警察以"有伤风化"为由屡屡收缴。顺子便托朋友偷偷地从外地买了几卷,藏在袖筒里,在街头一遇到美国兵就凑上去兜售。年轻的顺子没行过房事,

① 鲁军:《荡动》,载《新血轮》创刊号,1946年12月。

每次卖这种画儿，“心里又是喜欢，又是害羞，脸上立刻一阵一阵发烧”。终于有一天出事了，小说这样收尾：

> 有一次，美国兵正在挑选他的“画儿”时，突然一个警察站在他的身边，他吓得撒腿便逃跑，再也顾不得向美国兵索要他的画儿了。当他跑到十字路口时，突然由旁边驶来一辆“吉普”把他撞倒了。
>
> 他醒了一看，躺在一张行军床上，屋子里是那么空虚可怕！只有两个外国人，穿着白衫，好像死了人似的。①

《朱二爷》是千里于1946年9月30日至1947年1月28日在《民言报晚刊》连载了97天次的中篇小说。这部以战后青岛处理敌伪物资清查乱象为背景的作品，围绕杂货铺掌柜朱二爷与贪官、“清查团”的几番周旋，印刻了国统区“是官即贪、是民即叹”的真实一面。朱二爷一心想发财，却经不起各色贪官污吏的敲诈勒索，“清查团”肃贪衔命而来，却对贪官变相包庇，对揭发告密的朱二爷无端寻衅，令其苦不堪言。直到有一天“清查团”撤离青岛，朱二爷这才“喘出了一口闷气，脸上呈现出无限的惊喜，笑得眼睛又成了一条缝”②。

千里的短篇小说《蒙古大夫被打记》，写住在劈柴院的黑脸老李与诊病大夫之间的纠纷。老李是闯荡青岛的乡下人，脾气粗暴，“说话粗声粗气”，来青岛好几年“仍没脱了乡下人的习惯”，因为好生闷气，“忧悒愤恨的就得了个癫病”。正巧，一个自称能降妖伏魔的蒙古大夫云游青岛，老李的家人慕名将其请来给老李诊治。蒙古大夫给老李号了脉，便“开了张蒙古药单”，其中有危及性命的“五钱巴豆”。老李服了药，在招待蒙古大夫喝酒时药性发作，大打出手，致使蒙古大夫被打伤住院，老李为此赔了“七八万法币”，蒙古大夫扬言还要上法院“打官司”。③ 作者在啼笑皆非的收场中让主人公唾面自干。

千里的小说取材于战后国统区城市小人物间的是是非非，将现实社会的变数无常与人的前途命运拿捏成一个合题，常被归入社会剖析和世情讽刺小说一路。但因生活积累有限，叙事技巧不足，未能写出有成就感的作品。

冶萍的小说

冶萍主要写短篇小说，如《脚踏车》《卖栗子的人》《迟到的列车》《一个伪甲长的话》《鸡叫之前》《送报的孩子》《友情》《煤》，《没有理性的人》《油灯下的回映》《月夜里的一个伤兵》是篇幅更短的微小说；中篇小说有一篇《软糖》。

---

① 千里：《顺子》，载《青岛时报》1948年1月7日。

② 千里：《朱二爷(97)》，载《民言报晚刊》1947年1月28日。

③ 千里：《蒙古大夫被打记(3)》，载《民言报晚刊》1946年8月14日。

《软糖》于1946年11月在《青岛时报》副刊《青光》连载。小说以抗战后进城平民的生活为背景,描写一个爱吃糖的青年女工梅莉与糖贩顺子的一段曲折的爱情故事。顺子开始卖的糖果硬,且因没有裹纸遭遇警察的取缔,因为喜欢梅莉便把梅莉的名字印在糖纸上,梅莉乐了,顺子的糖果也好卖了。糖是甜的,甜蜜在梅莉的“唇舌间绽放的霎那”,也带来了意想不到的回味。后来,厂长看上了梅莉,买比顺子软的糖果哄梅莉;顺子便卖糖纸印有梅莉剪影的软糖。一端是苦干倔强的顺子,一端是财大气粗的厂长,城市的魅惑宛若一颗颗魔法球。梅莉的糖味生活将是怎样的归宿?小说以春秋笔法勾勒出缩微版的社会面,这其实是作者掩映于生存苦境之下的精神暗伤透视。

冶萍《脚踏车》里的女佣蒨子,也是梅莉类型的女性。蒨子没日没夜地给主人家干活,这使邻家青年江澍很同情。江澍有一辆脚踏车,他就教蒨子骑,蒨子学会了便骑主人家小姐的脚踏车去买菜。但生活在社会暗部的蒨子没有出头之日,小说写了一个让江澍无法安眠的夜晚:

> 夜死沉沉的像一滩死水。
>
> 江澍放下了书,躺在床上,可是还没有睡过去。
>
> “蒨子!我的睡衣哪儿去了?”深夜里能听出这是小姐的声音。
>
> “小姐,今天才洗了,还没干……”
>
> “没干?不知道我晚上要穿吗?”
>
> 忽然街上一阵狗子的叫声。
>
> “怎么,连狗也不知道放进来?光知道你睡觉……”
>
> 江澍爬起身来,等他开了街门时,他已经看见蒨子把狗放进了门里。他想走向前去,可是她已把大门关上了。
>
> 半夜里,他还时常为这些声音惊醒:
>
> “蒨子!倒杯茶来!”
>
> “拿扇子过来给我扇扇风!蒨子!”
>
> “蒨子!孩子醒了!”
>
> “……”①

终于有一天,蒨子走了,主人家小姐发现“车棚子里少了一辆脚踏车”。冶萍的小说在左右流盼中描述人物的独有行为和心理细节,用绘声绘色的叙事生动真切地描摹故事情景,给读者造成逼真、具体的感受和印象。国统区青岛未能

① 冶萍:《脚踏车》,载《平民报》1946年8月16日。

留住冶萍，1947 年 7 月他去了北平。激冰在一篇文章中称，冶萍离开了青岛这个"没有热情、没有灵魂的都市"①。

其他小说

青岛 40 年代中后期的中长篇小说，除了上述相关小说及黄耘的《愁谷》《忧悒的海滨地带》和梁宝的《大时代下》外，还有激冰的《古城》《泥潭》《烽火・恋歌》、废丁的《四相公》、许仁的《铁星马》、楚歌的《血山》、黄花的《丈二岭》、张止戈的《锁着的灵魂》、笑燕的《复仇》、易风的《牺牲》、依然的《春蚕》，以及署名"窈窕淑男"的时事小说《抗战外史》等，其中多数为抗战"流民图"。

许仁的长篇小说《铁星马》，于 1946 年 2 月 17 日至 7 月 12 日在《军民日报》副刊《哨兵》连载。这是描述华北青年在伪满洲国秘密参加反法西斯斗争的叙事作品。主人公铁星马，背着年迈的父母、妻子和出生不久的女儿出走关外，出生入死，一别就是十年。在松花江畔，铁星马爱上了一个叫"文化米"的女子，战火中的爱情浪漫、悲天而悯人。当日本投降的消息传来后，阔别家乡的铁星马犹如一匹归心似箭的野马，毅然离开恋人返回老家。小说将游子回家的急切、离别恋人的伤感诉诸文字，造成了穿越时空的艺术表现力。

> 他的国，他的家，他的乡土和田园……
>
> 他又记起了撇在松花江边的可怜而又可爱的文化米，那个柔弱依靠人的女人。自己出走时那肥厚的胸脯，那一把头发，那……②

《铁星马》由于主人公游子气质的外化，因而引人入胜。但文字功力跟不上故事情节，文不达意，削减了作品的文学价值。

楚歌在《青岛时报》副刊《青光》专页连载的长篇小说《血山》，曾以《紫荆关外的春天》题名和"李魁"的笔名在《荒土》杂志连载了 3 期，由于《荒土》停刊，楚歌不得已于 1947 年 2 月起在《青岛时报》副刊连载，标题也改为《血山》。小说以第一人称的主观视角，描述了一支活跃在紫荆关外、拒马河畔的抗日队伍，也是"我"和程范、剑华的爱情故事。《血山》富有战地实感，作者与读者的直接对话关系造成真实的非虚构阅读效果，为此，楚歌提出把《血山》权当读成"报告文学"或是"言情小说"。③

青岛 40 年代中后期的短篇小说，则有非我的《梦幻》、姜森的《邂逅》、田风的《浮云草》、鲁军的《四月的山上》、左练的《灭亡》、梅特的《出妻》、梁宝的《轻

---

① 激冰：《送冶萍》，载《平民报》1947 年 7 月 25 日。

② 许仁：《铁星马》，载《平民报》1946 年 7 月 12 日。

③ 楚歌：《写在〈血山〉的后面》，载《青岛时报》1947 年 4 月 5 日。

轻烟》、山音的《风沙篇》、林琳的《一片秋叶》、漪萍的《一个平凡的故事》、方介的《送礼》、慕笛的《母亲的迟春》等。非我的《梦幻》写玉芹出嫁后的生活,她想去学校读书学文化,而婆家则要她尽早生孩子、传宗接代,在矛盾中生活的玉芹生了孩子,“之后的她……”①。小说没有后话,把想象的空间留给读者。姜森的《邂逅》写芸生在海滩邂逅的一个身穿黄色衣裙的女子,竟是五年前失联的眉。眉多情而快乐,把芸生当作弟弟,二人天天在海滩约会,在相互接受中形成了姐弟恋不了情,这让芸生获得了“人生的乐趣与毅力”②。小说同样也没有结尾。《梦幻》和《邂逅》只在意意义的完成度,而非故事的结局。

1947—1948 年,青岛《军民日报》副刊《笔风》连续发表了一些被称作“五分钟小说”,如慕笛的《残冬》《迷途》《路灯》、唐月的《下午》、垒花的《老朽的老妇》,以及署名“半娘”的《婚后》、“婷”的《电影院里》、“屏”的《书香世家》、“范”的《失去的笔》。这些小说,因与俄国契诃夫的《询问》、英国高尔斯华绥的《靴子》、法国左拉的《侯爵夫人的粉肩》等译作掺杂在一起,不排除摹写、效仿的成分,却是一种饶有趣味的尝试。慕笛的《残冬》写寒酸教员周哲为给孩子治病,将父亲留给他的皮袍子当了 200 万元,在踩着积雪回家的路上因寒冷、心烦便溜进酒馆,把当来的钱喝了酒。周哲先要了“四两白烧”,酒一下肚勾起了伤心事,又要了四两,喝得五迷三道,周围的人投来鄙视的目光,而“他不感到什么羞涩,只是说不出的憎恶”。③ 小说表现出国统区小人物逃避现实生活的茫然与无措。只是情节缺氧疲软,结构偏弱,此类“五分钟小说”多不成形。

从抗战小说到战后讽刺暴露小说,青岛解放战争时期的小说空间出现了与政治格局桴鼓相应的变化,小说中的青岛成为作家的表现对象,一定程度上形成了青岛的文学话语。但小说家往往匍匐在自己的小世界里,小说空间鸿蒙,混沌虚无,加之难觅精英作家的创作引路,未能构成新的文学业态。

三　文艺副(期)刊上的旧体小说

40 年代中后期的青岛文坛,通俗文学的表现犹如回光返照。除了王度庐、陈挹翠、王效古等的现代武侠、言情小说,还有颇具时代性、政治性的现代通俗小说面世,在“雅俗合流”的趋势中分得了文坛一席地。新旧混杂、传统与现代交会,文艺副(期)刊上的旧体小说在国统区普通市民中拥有稳定的读者群。

---

① 非我:《梦幻》,载《军民日报》1946 年 2 月 11 日。

② 姜森:《邂逅》,载《军民日报》1946 年 11 月 17 日。

③ 慕笛:《残冬》,载《军民日报》1947 年 2 月 1 日。

王度庐的后期写作，依旧沿袭旧有套路。1946 年 12 月 2 日，他以“鲁云”的笔名在《青岛时报》副刊《青光》开始连载长篇武侠小说《紫凤镖》，至 1947 年 7 月 18 日续完，但《紫凤镖》的口碑不及“鹤-铁系列”中的任何一部。再后，王度庐又有《宝刀飞》《燕市侠伶》《金刚玉宝剑》《龙虎铁连环》《玉佩金刀》等武侠小说，以及《晚香玉》《粉墨婵娟》等言情小说连载。1947 年 4 月，王度庐还在青岛《海风》杂志连载长篇言情小说《歌坛红拂》。王度庐的后期收获主要是 1948—1949 年在上海励力出版社推出的一系列小说结集。1948 年他出版的《清末侠客》，分为《绣带银镖》和《冷剑凄芳》2 个分册，《落絮飘香》则出版了 4 个分册（《落絮飘香》《琼楼春情》《朝露相思》《翠陌归人》），《晚香玉》有 2 个分册（《绮市芳葩》《寒波玉蕊》），《粉墨婵娟》有 2 个分册（《粉墨婵娟》《霞梦离魂》），还有《寒梅曲》的第一分册《暴雨惊鸳》。1949 年，王度庐又出版了《古城新月》的 4 个分册（《朱门绮梦》《小巷娇梅》《碧海狂涛》《古城新月》），《海上虹霞》的 2 个分册（《海上虹霞》《灵魂之锁》），《虞美人》的前 3 个分册（《琴岛佳人》《少女飘零》《歌舞芳邻》）；《紫凤镖》单行本则于 1949 年 9 月在重庆千秋书局印行。

紧随王度庐，陈挹翠相继发表了《双龙斗》《金钱镖》《太极手》《金罗汉》《荆云娘》《孤雏喋血》《泰山屠龙》《蛰龙惊蟒》及续集《沧浪女侠》等作品，青岛《民言报晚刊》《青岛公报》副刊等每有陈挹翠的旧体小说连载。陈挹翠频频露脸，引得报媒文艺评论家们经常拿他说事儿。王效古也于 1948 年 5 月在上海励力出版社刊印了《夜劫孤鸾》的单行本，青岛莘县路新明书社为其代售。

40 年代中后期的青岛通俗文坛，出现追踪现代气息的现象，一些时代性、政治性通俗小说登临舞台。主要有居庸的《艺海忠魂》、王杜宁的《烂缦天真》、牛文的《孽海浪花》、南柯的《古都新客》、异史氏的《蒙面盗》，以及署名“老太婆”的《抗战女流》、“北海萍道人”的《金罗汉》、“味素斋主”的《鸡犬桑麻》等。

居庸的《艺海忠魂》，自 1946 年 12 月 3 日起在《民言报晚刊》副刊《夕阳秋》连载。这部以“九一八”事变后北平学生校外新明公寓为背景，以主人公方天民命运浮沉为中轴，串起北平青年知识分子在抗战时期通过不同方式投身救亡运动的命运。小说这样推出人物：

> 西城手帕胡同中间有一家新明公寓，规模不大，前后总共三十几间房子。里面的客人，除了四五个公务员以外，都是附近大中学校的学生，其中也有几个挂了大学生的招牌，实际上并不去读书，只是拿了按月家里汇来的钱，吃喝玩乐，做着变相的寓公。方天民就是这样一个人物。①

---

① 居庸：《艺海忠魂》，载《民言报晚刊》1946 年 12 月 3 日。

小说没有着墨血腥的战场厮杀和各种政治力量的博弈,而是聚焦租居新明公寓的各色青年学生的言行,指代着中国政治力量的变化与分合。

1947 年 2 月 11 日,《青岛公报》连载的《烂缦天真》是王柱宇的一部都市长篇小说,“笔意介于讽刺与滑稽之间”①。小说描写一个都市女性在光怪陆离社会中的无助与盲从,欲求虚浮、浪漫、奢华的生活,任从离经叛道的丑恶行径滋生蔓延,结果倒行逆施,为人不齿。作者以曲线、逆向、非常规的方式,用夸张、变形、漫画式的笔法,表达了对社会现实不公的批评。小说叙述有点絮絮叨叨,情节有时扑朔迷离,有过重的虚构感。1948 年,《大民报》的《大民》副刊连载的牛文的长篇社会言情小说《孽海浪花》,名似晚清四大谴责小说之一的《孽海花》,写的是俗世读者好奇和渴慕的故事碎拼:艳遇、历险、战争、革命等。

可能,“味素斋主”的《鸡犬桑麻》最长。这部长篇章回体乡野叙事自 1947 年 12 月 19 日在《青报》刊发连载启事,1948 年 1 月 6 日起在《青报》副刊《青果》连载文本,凡 30 回、60 万字。小说第一回以文邹邹的“书春联老儒隐故里,除旧岁儿女竞新装”标题逐步展开的故事,其主要人物大都是大字不识几个的北方农民。《鸡犬桑麻》涵盖了“乡村之风光,农事之促迫,人情之朴厚,贤逸之清高,小儿女之天真烂漫,大奸孽之斗角勾心”②,全书多为流俗琐末,像一幅幅凝固的黑白照片。作者在 40 年代中后期的国统区推出反都市抒写,通过城乡矛盾的反思标榜城市的祛魅之途,以正衰世之人心实现对都市的救赎。

青岛报媒给武侠、言情小说留出园地试图表明,小说不存在新与旧、现代与传统的历时更替,并不在意作家如何建构精神乌托邦。青岛 40 年代中后期的通俗小说往往以超俗的面貌满足都市读者摆脱身心负累的诉求,这也从另一面证实青岛新文学作家陷入了小说创作的困局,因文思委顿而拒绝经典。

四　埠外作家在青岛副(期)刊的小说

青岛 40 年代中后期的“孤岛”效应,对于埠外作家来说特别受益。不只朱光潜、萧乾、何其芳、何家槐等名家在青岛发表了作品,李瑛、岗岚、毛羽、李放等青年才俊刊发了诗文,而且胡冰、赵荻、金近、左蒂、翟尔梅等在青岛有小说问世。这些出自南北各地作家的小说,给青岛小说界带来了别样的视野,也丰富了青岛文学皮藏。

杭州作家胡冰的长篇小说《失业者》,于 1947 年 4 月在《青岛文艺》创刊号

① 《〈烂缦天真〉春节后在本报连续刊载》,载《青岛公报》1947 年 1 月 20 日。

② 《本刊将载长篇小说〈鸡犬桑麻〉启事》,载《青报》1947 年 12 月 19 日。

连载伊始即受到关注。主人公方艾曾是一个充满朝气的热血青年，但战后回到故乡却产生了日甚一日的疏离感。他给女友陆芷写信倾吐苦水，他向国文教师钟之坚借钱度日。到头来方艾没有找到一份称心的职业，无法体会现实生活的欣慰，每每被历史的隐痛所磋磨。小说以第一人称的叙事自我，穿插着方艾的日记和与陆芷的通信。这种酷肖电影蒙太奇的手法，展现出小说的时间线程，并用桥段组接情节的脉络。可以从两则日记窥见小说的叙事、结构、语言等特性：

三月二十五日

啊，啊！我是如何可笑，我做着白日梦！

稿子没有写，日记也懒得记了，除了一脑子忧思和满肚皮牢骚，我还有什么？……

三月二十六日

钱用光了，只得又跑到钟之坚那里去，但他的薪水还没有发到。

“怎么办呢？”我看着他。

“怎么办呢？”他看着我。

我顺手拿起了一张报纸，只见许多铅字在我眼前乱转。他抬了一下近视眼镜，两手插进裤袋，焦躁地来往踱着。终于，他跑出去了，大概半支烟工夫，又匆匆地回来，向我苦笑着：

“想想办法看。”①

胡冰的《失业者》，为青岛读者带来了不同于那些情节紧致、线索清楚、逻辑连贯的小说审美，扩大了小说表现的界域。

赵荻的中篇小说《放下镰刀的人们》一时风头无两。赵荻，本名赵汝梅，系驻扎潍县的陆军第五十四军政治部文职人员。这篇于 1947 年 4 月在《青岛文艺》创刊号开始连载的小说，题记援引臧克家《运河》的诗句，“放着镰刀在家里锈住了白光，无边的乱草荒漫了田地”。小说写吴家村汉子李三、独眼龙陈老六、孙四瘸子、王九、蓝姑娘等一些老实巴交的农民，与地主吴大户、保安队张队长的斗争。当吴家村遭遇土匪洗劫吴大户请来县里的保安队，指派乡民捐钱供养并要乡民放下镰刀看家护院时，矛盾被激化了。李三无法忍受吴大户、张队长的欺负，决定投奔早几年参加抗日队伍的朱大个子。李三临行前与恋人蓝姑娘的一番对话突出了小说的主题，也丰富了人物形象。

① 胡冰：《失业者》，载《文艺》第 3 号，1947 年 8 月。

"我知道这年头,老老实实会饿死的,我要放下镰刀!"

"我也知道,他们也是逼得没有办法,可是他们也没坏了良心。"

"这些官兵,不是我们国家的官兵,这简直是一群没有良心的东西!"

"谁说不是,我看那个张队长有点不正当。"

"怎么不正当?"

"那天我出去卖菜,正好逢见他,那两只老鼠眼,死盯着我。我气的来家关上门,他还打了半天门才走的。"

李三没有接下去,他心里有点难过。

"我去到那里,看看那里好,我决定回来接你们。"

"我要不是爹爹在着,我也去拿枪杆子。"

"你也能拿枪杆子?"李三笑了。

"我怎么不能?我看见书上那些女英雄,在前线上杀敌人,比男人还能干。"

李三没有说话,两个人都沉默了。

李三走了!这消息在吴家村刹那便传开了。①

1948年,一些埠外作家在刘燕及创办的《文坛》月刊上发表了一些短篇小说,其中有金近的《看病》、左蒂的《窄巷》、翟尔梅的《小凤》、毛永堃的《做工事的人们》等。

金近(1915—1989),原名金知温,浙江上虞人。短篇小说《看病》揭露物价飞涨造成都市民众的生活拮据,印刻了国统区社会人情的冷酷与淡漠。小说主人公王长根是唯美百货店的学徒,他饭量大,一顿能吃两三碗米饭,后来因腹泻饭量锐减,直到一顿连半碗饭也吃不了的时候,从赵掌柜那里借了5000元钱去卢惠民诊所看病。在诊所,王长根遭遇了护士、医生的白眼,借赵掌柜的钱花得一干二净,病也未能诊治。小说最后写道:

王长根走出卢惠民的诊所,觉得两条腿软了起来,肚子还是一阵一阵的痛,口里渴得很。他再伸手到衣袋里,是空空的了,他明明记得刚才那五千块钱是看病用掉的,但总好象掉落在什么地方,想想有点心痛。他走到马路上,站在一家米店门口看了一看钟,不得了!已经是十一点三刻了。他很吃力的跨着急步,希望马上赶到唯美百货店的门口。②

与金近国统区都市书写不同,来自东北的左蒂却擅长白山黑水叙事。左蒂

① 赵荻:《放下镰刀的人们(三)》,载《文艺》第3号,1947年8月。

② 金近:《看病》,载《文艺》第3号,1947年8月。

（1920—1976），原名左希贤，笔名还有罗麦、何琪等，辽宁沈阳人，是继萧红、白朗、梅娘之后又一个东北知名女作家。1947 年左蒂参加中共地下活动后，创作主题发生很大的变化。短篇小说《窄巷》通过朱文、小蕙、长发婶等人物，勾勒了东北民众在日伪统治下的斗争生活。朱文与小蕙洁身自好、积极向上，鄙视巴结日伪的汉奸，也不与陶醉在灯红酒绿、追求肉欲刺激的青年同流合污，在朱文的哥哥朱刚的带动和长发婶的帮助下，最终决定走出这条人生的窄巷。左蒂的《窄巷》以第一人称的叙述口吻，重视人物心理剖解，却用情绪化的语言急躁地与小说人物一同表达爱憎。

1945 年 8 月在青岛《治平》杂志发表小说《杏行》的翟尔梅，于 1948 年在青岛发表了短篇小说《小凤》。[①] 翟尔梅（1925—1949），河北献县人。《小凤》写冀中平原一个农家女孩的凡俗生活，笔风浓郁深沉，体现出小说是人物自成的世界。在青岛《文艺》发表小说《化外》的四川人田涛，带来了巴蜀文化风情，驼背哥哥、大妹、二妹等太古老岩山下的村民靠打猪草生活，贫瘠、困苦的日子也绽放出多姿多样的浪漫气息。

第八节　报告文学、翻译文学及其他

报告文学在 40 年代中后期的青岛文坛，表现出鉴仿文艺形象化手法设定新闻形象的特征，秋筠、衣兰等的作品引人注目，楚歌、笑燕的特写概出其类。翻译文学未成景观，鲜有大家名著，美国文学翻译形成气候。芮麟、黄哲渊夫妇的文学，赵清阁、贾植芳等的青岛文旅，皆有一定的文学史意义。

一　秋筠、衣兰等的报告文学和特写

介于新闻报道与纪实散文间性的报告文学，在 40 年代中后期的青岛主要是秋筠、衣兰的兼具新闻性、文学性、政论性的创作文本。楚歌、笑燕等用文学手段处理新闻题材的特写，也值得一读。但报告文学在青岛仅是文艺创作的点缀，在文坛的气势偏弱，未能获取独立发展。

秋筠、衣兰的报告文学

秋筠的报告文学，主要是于 1947 年 3 月 13 日至 15 日分 3 次在《青岛公报》副刊《新青岛》连载的《旅台见闻杂记》。这是作者战后旅居台湾的观察实录，既

① 青岛市史志办公室：《青岛市志・文化志/风俗志》，第 49 页，新华出版社，1998。此书误写为《小风》。

有比小说更鲜明、集中、新颖的主题,又借用小说的结构形式取舍、剪裁素材,还情不自禁地站出来议论,一定程度上反映出作者与读者的共同心声。台湾久被日本占据,工农业生产一直处于严重的瘫痪状态,作者以向读者“报告”的使命感严肃地写道:“迄今人力缺乏,田地废芜,工厂半数以上被毁于轰炸,幸而保存者亦残缺不全。接收以后,不事补充,非停工亦系减产,是以三分之二的工人宣告失业。”①抗战胜利,台胞欢庆解放,“人人以主人自居,不甘再受束缚”,但国民政府任命的行政长官陈仪却提出了“不偷懒、不揩油、不说谎”的“三不”主义,并且延续日本统治时期的专卖制度,实施经济管控,造成台胞在政治权利、社会地位、工作职位等方面的不公平待遇,有人在旧总督府门前贴了“狗去肥猪来”的漫画。面对岛上物价飞涨、百业萧条、民贫国困的现实,作者的话锋不无犀利:“当局坐视此种情势继续发展,而未尝曲突徙薪,为防患于未然之措置,此则我辈小民所百思不得其解者也。”②

《旅台见闻杂记》诞生于台湾1947年“二二八”运动期间,映射出台湾民众反对贪腐独裁统治、推动政治改革的正义呼声,艺术上又体现出再现事实、复原形象,比拟、反讽等修辞手法的运用,增强了报告文学的可读性。但是,作者对于思想与学术意识的挖掘仅停留于表面,未能对“二二八”运动予以直接反映,更未揭示台湾扎根于中华母体文化的本质属性。报告文学只有基于真实及对生命的真切解悟,方能以不同于其他文学的新姿显示出独立发展的可能性。

衣兰的报告文学作品,是《青岛时报》副刊《青光》连载的《荒海》。这篇以书信体写成的文字,自1946年4月6日起至6月20日续完,分59次发表了7万多字的篇幅。全文以姐姐李蓉写给弟弟小喜子的信为脉线,描绘了一个抗战女子离乡背井、四方转徙的生活。李蓉嫁给了从事抗战工作的丈夫,后来成了两个孩子的妈妈,丈夫在敌后浴血奋战,九死一生,一家人历尽磨难终于迎来抗战胜利之日。作者以对主人公的认识及感情延宕的过程来安排结构,把人物放在广阔的社会景深中去反映。在结尾处,人物与场面构成一种余味无尽的意境。

> 小喜子又站在那从前姐姐常领着他站在上面的高岩,从怀里掏出了姐姐的信。那信的每一个字都带着安慰,他想到姐姐的回来,……他看着眼前的海,他想着:“这海虽然荒芜了,但国家却真正得到胜利。”③

衣兰的《荒海》借用小说“以线穿珠”的结构形式,依靠主题思想组合材料,

---

① 秋笱:《旅台见闻杂记(上)》,载《青岛公报》1947年3月13日。
② 秋笱:《旅台见闻杂记(下)》,载《青岛公报》1947年3月15日。
③ 衣兰:《荒海》,载《青岛时报》1946年6月20日。

艺术加工，确定立意和角度，有一种面对自己、面对他人的诚实和坦然。但在人物形象方面不善“治玉”，似有“塑造”之嫌，反映出报告者在真人真事基础上表现人生的意识不足。

楚歌、笑燕等的特写

楚歌、笑燕的特写是个体文艺创作的补充，带有职业记者与文艺作家的双重性质，属新闻文字的一次越界、扩容、转向的尝试。

楚歌以《青岛时报》记者身份写的《南泉行》，是比较典型的新闻特写。《南泉行》记述了作者跟随来青巡查的交通部公路局局长葛沣一天的工作历程，以目击的第一手素材，描写了民夫在流亭至南泉公路的筑路场面，给人以强烈的现场实感。作者写道：“每一段路都必须征集各乡的民夫，他们从遥远的地方搬运碎石，从沉陷的河滩上挖掘沙土，让那崎岖的路变成平坦的大道。”①作者严守真实性原则，从某一事件开掘，以事带人，在真人真事的基础上注意文学手段的运用。楚歌还有《崂山夜归》《回忆学校生活一片段》等类似特写的文章发表，如果将其归类为报道性散文或可更合适。

笑燕的特写，则将生活中真实的一刹那进行相对集中的定格描写，偏重于即视性和现场感。他的《在田横岛——去年的胜利日》采用特写镜头和横断面形式，记述了1945年8月抗战胜利时即墨田横岛民众的欢庆气氛和报社记者的忙碌场景：

> 大家疯狂了，呼声振动了整个的街头。在家里的人们也都跑了出来，锣鼓声，鼓掌声，吼叫声织成了一个不可言喻的嚣杂。
>
> 在这一夜当中，我们都没睡觉，老百姓们也都回家去庆祝庆贺胜利的来临，小孩子简直又像过了一个快活的新年。为了要使这消息火速的传进每一个同胞的心底，于是我们连夜出“号外”——用红油墨，用新买来的油印机——写，印，忙个不了。受到胜利的灌溉，没有疲倦，只有快乐，没有烦恼，只有兴奋。②

楚歌、笑燕对于真实素材的敏感度及引人入胜的叙说，使得特写与报告文学失去了区分度。当特写暂不具备读者市场，他们对非虚构文学再现生活的理解，以及对想象、描述、抒情、议论的调动和集中，令特写有了鲜活的血肉之躯。只是，急就章作品糟践了文笔，遣词造句不及他们的诗歌优美。

---

① 楚歌：《南泉行》，载《青岛时报》1948年10月14日。

② 笑燕：《在田横岛——去年的胜利日》，载《平民报》1946年8月20日。

此类夹杂评论与抒情的特写,还有朗登在《青岛公报》副刊《新青岛》连载的《从军行》,张家凤在《青声》月刊发表的《长沙纪行》等,大都能抓住现实生活人物与事件的某一富有特征性的部分。1946 年 12 月,青岛《军民日报》《青岛时报》《公言报》《民言报》记者六人的掖县考察、由《军民日报》记者王明执笔并在《军民日报》刊发的《掖县行》,兼具新闻与文学特征,通过细节迅速反映处在战争风云中的莱州具有样本意义的真人真事。

二 翻译文学

在中国文学史上,40 年代中后期的翻译文学处于沉寂期,青岛文坛虽处"孤岛",但也放慢了脚步,除冯沅君、王统照、江雪雯等校园翻译文学外,社会译坛坠入低谷。世界大家名作输入少和遣情娱乐译风盛行,衍射出文化需求与审美意趣的嬗变。一些无名译者利用文艺副(期)刊刊发了不少粗劣译作,使青岛翻译文学界呈露出芜滥现象。

超出译坛预估,美国文学翻译几占半壁江山。赵化翻译美国作家赛珍珠的《我记忆中不能忘记的人物》和佐治肯特的《工厂大学》,于 1946 年 12 月间在青岛《军民日报》副刊连载。赛珍珠这位同时问鼎诺贝尔奖和普利策奖的女作家,视中国为故乡,《我记忆中不能忘记的人物》是写她在南京的邻居熊太太,一个"没有什么惧怕,更不怕战神恶魔"①的中国妇女。1947 年 11 月,《青报晚刊》连载陈宁译的《汽车大王福特传》,可能是青岛翻译文学界推出的战后第一部长篇译著小说。这是 H. 福特的自叙传,写一个密歇根州爱鼓捣机械的男孩成为世界闻名的汽车企业家的经历,但译者多在故事情节上用气力,使得小说更像人物传奇。此外,还有未文在《青报》副刊翻译发表 E. E. 考德威尔的短篇小说《赌场内的一夜》,萧风在《新血轮》一卷一期翻译发表的《夜》,夏之桥在《青岛文艺》创刊号翻译发表的《爱与死》。美国文学翻译走红,不排除美军盘踞青岛的军事与政治因素,却也反映出"二战"后国际文坛的变化,美国文学对世界文学的冲击力不可否认。

欧洲文学的翻译,以法国、丹麦、英国作家的作品为多,仍持怀旧之态。如法国巴尔扎克的短篇小说《沙漠中的爱》,译者维绪,于 1946 年 9 月 26 日在《军民日报》刊出。这个人性与兽性较量的叙事,成为超越时空的话题,不良的社会环境其实映射的是国统区。报媒的译作,还有金森译的丹麦作家 J. V. 延森的短篇小说《安娜和她的牛》,于 1946 年 3 月 13 日在《军民日报》副刊刊出;英国作家

① 赛珍珠:《我记忆中不能忘记的人物(下)》,赵化译,载《军民日报》1946 年 12 月 13 日。

S. T. 柯勒律治的《和平的角度》,以及叔夷译在 1946 年 10 月 2 日《民言报》副刊发表的《第二志愿》等。青岛《文艺》刊载的林如稷译法国儒勒的《左拉青年时代的生活》、光发译高尔斯华绥的《勇气》,给青岛译坛增色不少。

外国诗歌翻译成为青岛译坛的一大特征。法国浪漫主义文学的代表作家雨果的《给一个年轻的女孩》《怜贫》等名篇,分别由牟秋、依然译出发表;英国湖畔诗人 W. 华兹华斯《给云雀》,则由千里翻译见报。千里节选的两节,特别是最后一节出手不凡:

飞离了夜莺的阴郁的森林,
便是你光明崇高的居处。
从那里, 用你那神圣的歌喉
把谐和的洪流向世界倾注;
聪明的人高飞, 从不徘徊,
天空便是她的故居!①

千里对经典诗歌的翻译,敢于标新立异,但他的译笔过于散文化。此外,还有萧风译的《乡愁》、马戈译的《人与人之间》、孙用译的《梦》、威特译的《父亲的忏悔》、约陵译的《恐怖的误会》、无名译的《追忆》等。青岛报媒每有译诗见诸文艺副刊,有的报纸还推出译诗专版。1946 年 7 月 13 日,青岛《军民日报》副刊《琴声》推出了《译苑》专页;《民言报》副刊《艺文》则于 1947 年 12 月 29 日推出《译诗专号》,其中有《献给贝多芬》《死屋》《天天吃的面包》《小诗》等诗歌,但译笔不够精致。

短文摘译是青岛翻译文学又一现象。青岛报媒的文艺副刊大都发表过一些不具原作姓名、篇幅短小的译作,译者也多为化名。像《军民日报》副刊登载的振玉译的《贿赂》、少冀译的《永铭心上》、赵全章译的《钢琴》、周爱军译的《父亲》、殷力译的《乞丐们》、知非译的《难解的男子》、子崖译的《妻》、子仁译的《秘密》、孙诚译的《戒指》、青云译的《女人之谜》、穆立译的《私语在》、蛾江译的《伟大的手》、白杨译的《五分钟的价值》、方芹译的《一场虚惊》,以及署名"华"译的《十二个月份》、"青"译的《痛风病》等。《青报》副刊有"毛"译的《存款记》、"茅"译的《鲸腹余生记》、"李"译的《旧风琴的际遇》、"OK"译的《难题》等。这些短文摘译随意性太大,只能起填补报缝的作用。

---

① [英]W. 华兹华斯:《给云雀》,千里译,载《民言报》1946 年 12 月 29 日。教科书的译文是:"让夜莺安于她的阴阴林木,/风日流丽之地才适于你飞举,/从那里你的音乐之涛泻向人间;/凭天乡灵液,发智者心泉,/你清醒高翔,不是迷惘流浪,/忠于有缘之乡,不管人间天上。"

40年代中后期翻译文学的“孤岛现象”,是青岛本土文学与外来文学触碰与对话的结果,由于译者的眼光、能力所限,造成翻译文学的非中心、非主流状态。

三　芮麟、黄哲渊夫妇的文学

芮麟、黄哲渊夫妇是40年代中后期青岛文苑的一对闪亮伉俪,二人琴瑟和鸣,行走于诗歌创作、纪实文学、文艺评论、图书出版等领域,给青岛文学史留下了值得珍藏的记忆。

芮麟(1909—1965),字子玉,号玉庐,别号草鹿诗人,江苏无锡人。早年就读于江苏省立教育学院,30年代从事社会教育,系中国职业教育社、中华图书馆协会成员,于1936年3月入鲁,在青岛市教育局供职。抗战时期,芮麟创办山东战时出版社,于1945年10月重返青岛任市政府人事处处长。黄哲渊(1911—1972),湖北广济人。抗战初期任职基督教北平女青年会,于1941年与芮麟结婚,后随之四方流离,直至1946年定居青岛观象二路7号,黄哲渊在观象台任职员。1946年,芮麟、黄哲渊夫妇创办了乾坤出版社,主编《青声》月刊,以编辑兼作者身份发表文学作品。芮麟出版了《莽苍苍行》《青岛游记》《中原旅行记》,黄哲渊则有纪实文学《产妇日记》《离乱十年》问世。

芮麟笃志诗文,以山水诗闻名。1946年3月他刊布的诗集《莽苍苍行》,凡9卷,收录1937—1945年诗歌634首,附有《战时纪行诗草自序》和《鲁西吟草自序》。芮麟在1947年6月刊行的诗文集《青岛游记》,是30年代寓青时期的旧作。芮麟视青岛为第二故乡,喜用旧体格律诗礼赞青岛风光。他写《登崂顶》,“浪教金轮岭锁烟,高歌人在白云边。崂山胜概吾能说,半在峰峦半海天”①。他的五言律诗《晚登华严寺》,则表现出崂山禅院的清幽空灵和诗人的淡泊宁静:

> 仿佛单衣薄,西风又一秋。家贫长作客,日暮独登楼。
> 重岭云边没,远帆天际浮。脱然尘累却,暂得豁吟眸。②

山水览胜,既是心灵的游弋,也是芮麟个人诗艺的锤炼与提升。战后重返青岛,诗人将抗战情愫融入诗作中。1946年2月,国民政府考核委员会秘书长沈鸿烈来青岛视察。2月13日,芮麟与李先良等故旧30多人陪同踏访崂山,芮麟在报告文学《千秋抗战记崂山》的开头写了二首咏崂诗:

---

① 芮麟:《登崂顶》,载《青岛诗钞》第128页,中国海洋大学出版社,2017。

② 芮麟:《晚登华严寺》,载《神州游记:1925—1937》第456页,上海古籍出版社,2005。

千秋抗战记崂山，绝壑穷岩血染斑。
为问大河东畔石，八年寇骑几生还？

雄狮百战海西动，十万男儿铁血同。
天为名山留胜迹，残垒斜照夕阳红。①

同为崂山歌吟，芮麟已不是《登崂顶》《晚登华严寺》的心境。他的诗往往代入一些叙事线索，专注性灵，不事雕琢，“佳处在此，病处亦在此”②。

黄哲渊回忆个人情感经历的《离乱十年》，于1947年10月15日动笔，终稿于1948年4月24日。这部20万字的长篇纪实文学，以饱蘸情感的自画像笔法，以芮麟、黄哲渊夫妇流亡经历为主线，勾连起武昌、香港、上海、北平、重庆等地流离转徙，直至1946年定居青岛的人生遭遇，揭示了在历史的动荡中个人的前途与民族命运密切关联。十年离乱沧海事，向晚鸾笺字字红。作为一部记述抗战文化青年流亡生活的鲜见之作，《离乱十年》出自一位情感细腻、感受丰富的知识女性之手，对流金岁月“患难知朋友，乱离识爱情”的特殊感触贯穿全书。黄哲渊对青岛怀有深深的情感，对于青岛的家她动情地写道：

给我第一个最深印象的，便是方方正正的小花园。园外三面是低低的围墙，门前却是一排红色的短短的栏杆。从栏杆的夹缝里望过去，可以看见院西的苍松翠柏，院东部铁丝做成的养鸡房，里面喂养了好几只雏鸡雏鸭，飞来舞去，使我们的少麟少渊喜欢得跳起来了！接着鸡房，围墙边栽了一排迎春花、冬青树和紫荆。走道两旁，都种的是蝴蝶花儿。

进门的右侧，划了一方菜圃，菜圃的四周又围种了好几种草本的花。红黄紫白，各色都有，鲜美可爱。左侧是一棵枝叶繁盛的丁香。院子的中间，有一条石砌的曲径。沿着石径向内走，可以看到右边的木本植物，有紫薇，有夹竹桃，有腊梅，有合欢树，有樱桃树。

在曲径的尽处，便是朝南的住宅，面积并不大，一楼一底的小洋楼。由外面看来，可称小巧玲珑，颇适合我的理想。窗前有牡丹芍药、月季海棠，配合着墙上的爬山虎，幽极，静极，美极！③

看过《离乱十年》校样的冯沅君、王统照、萧继宗、芮麟，分别题写了序言。

---

① 芮麟：《千秋抗战记崂山》，载《青声》创刊号，1947年2月。

② 《芮麟抗战诗集〈莽苍苍行〉考试院颁优等奖审查意见》，载《离乱十年》第216页，上海远东出版社，2008。

③ 黄哲渊：《离乱十年》，第194页，上海远东出版社，2008。

《离乱十年》透出的真挚超乎文字之上,不点妆,不矫饰,行文流畅,具有自然天成的效果,但结构形式要素不甚匀称,不免芜蔓和松弛。

四　赵清阁、贾植芳的文旅

由于时局动荡交通受阻,40 年代中后期的青岛少见知名作家光顾。1947 年,中国现代文学史上能诗能文更善小说和戏剧的多产女作家赵清阁两次来到青岛,以及 1949 年作家、翻译家贾植芳在青岛迎接解放,自然成为饶有兴趣的话题。对于真正的作家来说,只要握笔在手,便可酿出好的文字。

赵清阁在青岛

赵清阁(1914—1999),笔名清谷、赵天、铁公等,河南信阳人。少小离家出走,勤工俭学,旁听过河南大学的课,又在上海美术专科学校插班,其间结识了鲁迅、田汉、欧阳予倩、洪深等左翼文学艺术家。因发表针砭时弊的杂文,赵清阁被捕,狱中罹患肺结核。获释后,她出任上海女子书店总编辑,并创办《女子月刊》。抗战时期,赵清阁与老舍在武汉参加文艺抗敌协会("文协")工作,合作了《王老虎》和《桃李春风》两个剧本,二人成为关系暧昧的知己。1946 年 1 月,老舍受邀前往美国讲学,赵清阁将其送上船无语凝噎,嗣后她回到上海,一个人过着独身生活。1947 年夏,孤独、苦闷、病痛中的赵清阁来到了青岛。

对于青岛之行,赵清阁对外宣称源于一次说走就走的旅行。"真的,我决定得太突然了,行前三日,我自己也想不到"。这封写于 8 月 26 日、刊载于 9 月 3 日《申报》的《青岛一封信》(又名《寄自青岛》),是写给"朋友"的,不是具体的某一个人,而是泛指认识她的朋友们。此前,赵清阁在青岛的行踪已由《青岛时报》披露:"女作家赵清阁日前由沪莅青,此来系探亲,亦有谓为避暑养病者。惟至今犹不见女士公开出现。女士曾改编《红楼梦》为四部剧本,其他所著戏剧小说甚丰,本市今春所公演之《此恨绵绵》即其作品云。"①赵清阁在是年 5 月因编辑《现代中国女作家小说专集》向冯沅君催稿曾来过青岛,住在赵太侔绥远路(包头路)的寓邸。这部由晨光出版社出版,涵括冰心、袁昌英、苏雪林、谢冰莹等 12 名女作家的小说集,要求每人一篇作品、一张照片、一页手迹。如果联系赵太侔敦请老舍回青岛就任国立山东大学文学院院长一事,赵清阁的青岛之行便有了弦外之音。

事实如此,1946 年国立山东大学复校伊始,赵太侔即向远在美国的老舍寄

---

① 《女作家赵清阁来青》,载《青岛时报》1947 年 8 月 21 日。

奉文学院院长的聘书，并于6月公布了这一任命。王统照也证实，老舍曾托他在青岛物色房源。等候老舍就任国立山东大学文学院院长，赵清阁不可能不知情；对于老舍与赵清阁的特殊关系，赵太侔不可能没有耳闻；赵清阁来青下榻赵太侔的住处，赵太侔不可能不知会老舍。于是，赵清阁的内心世界很可能燃起一种无法言喻的属望与冲动：一个冥冥中的"鹊桥会"将在青岛出现？

才女点绛，赵清阁在青岛的时日是惬意的。她说："我杀青了两个长篇小说的尾巴；我工作得那么勤恳，那么兴奋；文思就仿佛被海水滤过一般，流畅不息！"赵清阁所言在青岛竣稿的两部长篇小说，一部是《江上烟》，另一部是《葛列莎与曼蓝》。谈起海滨青岛，赵清阁忍不住写道：

> 我整天呼吸着胜过人为的维他命药丸十万倍的新鲜空气，沐浴着温柔可人的阳光，漫游在大自然的境界里，享受着无边的清逸，宁静，你想，我有什么理由还不健康，不快乐呢？①

造化弄人，君子希声。就在赵清阁发表《青岛一封信》的同一天，老舍从美国复信赵太侔道："明春能否回国，尚未可知。……独身赴青，家小仍留北碚，亦欠妥善。来春若能回国，且能全家赴青。"②老舍给出了含混而清晰的回答，"若能回国，且能全家赴青"之语对于赵清阁意味着什么不言自明。此信，赵太侔若不示于赵清阁也难。据说，老舍写信给赵清阁，想在马尼拉买栋房子，希望她一起去菲律宾生活。对此，赵清阁在辑录《现代中国女作家小说专集》的小说《落叶无限愁》里，借主人公的话说："让我们想法子逃到遥远遥远的地方去，找一个干净的住处，我著书；你作画；与清风为友；与明月为伴。"小说的最后一句话是——"落叶寂寞地埋葬了他的灵魂！"③问世间情为何物？——直教人生死相许，抑或不断守即分手。一个清风霁月、集美貌与智慧于一身的女子，怀着1947年青岛之行的残梦遗世独立，孤独地行走着悲情的一生。

贾植芳在青岛

贾植芳（1915—2008），笔名冷魂、鲁索、霍达森、杨力等，山西襄汾人。1936年他因参加"一二·九"学生运动被捕，1944年因暗中从事抗日策反工作再次被捕，1947年因在地下学联《学生新报》发表文章第三次被捕。保释出狱后，贾植芳隐名埋名，于1949年2月偕妻子任敏从上海乘船抵达青岛。贾植芳欲去解放区，但碍于国民党军队封锁交通要道无法继续行程，只得滞留于青岛。

① 赵清阁：《青岛一封信》，载《申报》1947年9月3日。

② 李耀曦：《老舍致赵太侔佚信揭示鲜为人知秘闻》，载《齐鲁晚报》2009年2月25日。

③ 赵清阁：《落叶无限愁》，载《海上文学百家文库(33)》第478页，上海文艺出版社，2010。

据贾植芳的年谱记载,1935 年贾植芳因参加北平“一二·九”运动遭警察逮捕经亲友保释出狱后,曾于 1936 年 3 月来青岛休养过。他可能仅住了一个星期,没有留下什么作品,便为准备东渡日本留学而离开了青岛。此次来青岛又是在承受了一年多铁窗的滋味之后,贾植芳一家住进了位于青岛火车站不远的“悦来栈”旅店。

一次,贾植芳在街头旧书摊偶然发现英国传记作家 E. J. 奥布莱恩的 *Son of the Morning*: *A Portrait of Friedrich Nietzsche*(《晨曦的儿子——尼采传》),便花了一个月的时间译成中文。贾植芳在《译序》中说:“这本书使我沉思和沉思——知识人的命运问题。在‘不是跌倒,就是站起来’的新的时代中,知识人精神上没有战斗和战斗不够的结果,在不是堕落(无耻和反动)就是疯狂(超越现实的孤傲和自满)的历史旋律中,这真是一种空前的战栗和激动。”[①]这篇译序后刊于上海《大公报》副刊。随后,贾植芳翻译了匈牙利剧作家 E. 维吉达的多幕剧《幻灭》,还从日文转译了恩格斯的《住宅问题》。[②] 他还化名为上海的报媒撰写文章,在青岛留下的作品总量超过 60 万字。[③] 一生坎坷,几度入狱,一定程度上阻碍了贾植芳的文化建树。贾植芳在青岛曾写作回忆监狱生活的纪实小说,约有 5 万字,但由于担心遭遇军警搜查而烧毁。

1949 年 6 月 1 日,时值青岛解放前夕,贾植芳以紧张愉悦的心情等待着一个令人心动的历史时刻:

> 我们不能入睡。房东关了电灯。我们伏在紧闭的窗上,向外凝视,一切是静悄悄的,静得出奇的美好,显示出这个岛在死亡到新生的途程中静谧的转换面。这里面包含着说不尽辞意的挽歌和颂辞。海上喑哑的汽船声间歇的叫着,杂着零落的枪声。妻说:
>
> “这些东西们临走还要吓唬老百姓哩!”
>
> 迷糊一样的睡了有一个多钟头,我们又醒来了,穿了衬衣,仍然伏在窗上看着街道。街灯正在浓雾中消失着。喑哑的汽船声被夜风从远处的海上送来,已经显得迷糊而低沉,接着经过一段奇特的沉寂以后,在教堂的钟声听来比平常更动人的清亮的振响不已中,庄严的黎明完全莅临,于是窗前的广场上出现了纷纷的人群,儿童追着小狗,女孩子拍着皮球跳跃,成群的人们大声说话和谈笑,雾在消散……

---

① 贾植芳:《旧时代的回忆和告别——关于〈晨曦的儿子——尼采传〉》,载《贾植芳全集》卷一第 298 页,北岳文艺出版社,2020。

② 贾植芳:《遗失的原稿》,载《新民晚报》1986 年 3 月 8 日。

③ 孙乃修:《贾植芳传略》(上),载《新文学史料》1996 年第 2 期。

> 匆忙的在地上穿鞋的妻子发出不耐烦的声调，催促我快穿衣服，好赶快去沧口迎接把蒋匪军赶走了的人民解放军去。①

天刚亮，贾植芳便将《美丽的早晨》写就寄往上海，并于当月 23 日在《大公报》刊出，成为时间端点上最早描写青岛解放的文学作品。在青岛，贾植芳的散文作品集《热力》（署名"杨力"）列入"冬青文丛"第一辑，于 1949 年 6 月由文化工作社出版。8 月初，贾植芳完成长篇小说《人的证据》第二部之一章《人的斗争——〈一个人和他的记忆〉续篇》，之后，他偕妻子由青岛乘马车西行至潍县，再搭乘火车抵济南。"人的证据"与"人的斗争"，贾植芳似乎从未离开过这个命题，他将特殊时代的诸多况味，合奏成生存的悲歌。

与青岛愤激、焦躁、不安的文学氛围不同，平度、莱西（阳）及胶州、即墨解放区掀起以毛泽东《在延安文艺座谈会上的讲话》为指引的文艺运动，呈现出明朗、素朴、乐观的特征。1947 年 9 月，《胶东大众》改编为《胶东文艺》半月刊，突出解放区改天换地的现实斗争生活。30 年代曾任青岛江苏路小学教员的莱西（阳）人李芸生，于 1947 年调任中共胶东区党委宣传部部长，他组织当地文艺人才，有意识地发掘与激活文化主体性，配合拥军支前、诉苦清算、土地改革运动，改造、收编了秧歌剧、皮影戏等民间文艺形式，创作了《穷人乐》《受苦人当了主人翁》《岭上军民笑盈盈》等许多表现解放区人民在中国共产党领导下翻身解放的文艺作品，促进了娱乐、教育与生产的有机结合。同全国解放区一样，工农兵成为文艺表现和接受的主体，尤其是一些主动适应青岛周边解放区民众欣赏习惯的文学艺术作品，打开了文艺形式与组织形式的空间，突破了书写文学的局限。② 作为划时代、历史性的变革，解放区人民文艺创作的价值根基与文化活力，为青岛 50 年代文学艺术事业提供了重要启示。

---

① 贾植芳：《美丽的早晨——六月二日晨的青岛》，载《中国新文学大系（1937—1949）》第 11 集第 530 页，上海文艺出版社，2010。

② 崔柯、秦兰珺、李静、鲁太光：《百年党史与革命文艺》，载《中国文化报》2021 年 5 月 11 日。

第七章
避暑录话:现代文艺副(期)刊文学

20 世纪上半叶的青岛文学与现代文艺副(期)刊的发展具有紧密关系。特别是 40 年代中后期,青岛文学几乎完全依赖于本埠的文艺副(期)刊。在青岛,文艺副(期)刊为经典文本的创作和完成文学经典化,铺设了道路。

事实上,由于交通和印刷业的崛起,青岛的报业发轫较早,文艺副(期)刊也随之萌芽。1898 年 3 月中德《胶澳租界条约》签订后,即于 1900 年 7 月出刊了《青岛官报》,其中的《中国人的经典》专栏通过翻译中文典籍欣赏"中文的华丽辞藻"。当然,严格意义上的文艺副(期)刊诞生于 1913 年。是年 2 月创刊的《即墨公报》,辟有《新小说》栏目;10 月,黑澜大学创办的中德双语学报《自西徂东》,其《文苑》栏刊登诗歌、散文、寓言,被视为中国近代最早采用左起横排版式的期刊。进入 20 年代,在顾随《民国日报》副刊、杜宇《青痕》杂志的铺垫下,1929 年 9 月王统照创办的《青潮》,为青岛文学沙漠浇注了一场春雨。30 年代的青岛报业发达,催生了报媒文艺副刊,仅《青岛民报》就先后推出了《艺林》《花絮》《青鸟》《急流》《汽笛》《蓓蕾》《海燕》《酸果》《探海灯》《热流》《泉声》《海风》《每周文艺》等文艺专页,以往用以版面补白、被戏称为"报尾巴""报屁股"的文艺附张,竟成报纸特色,涌现出以副刊编辑为职业的报人。有报媒明确提出,青岛的报纸"欲使文学普及于大众,现在的形式,正不妨利用"①。1935 年夏,洪深、老舍、杜宇等 12 人联袂创办的《避暑录话》,其实是青岛报媒副刊繁荣的缩影,流转出精英文学与土著文艺联结交流、青岛旅寓作家与本土文艺界藩篱破除的文学史意义。

与报媒文艺副刊并行的文艺期刊在青岛交相辉映,《刁斗》期刊及 40 年代的《青岛文艺》《新血轮》《星野》等,承载着青岛作家的梦想,也成为文艺社团、文

---

① 绿蒂:《写在〈青岛文坛通讯〉的后面》,载《青岛时报》1934 年 4 月 20 日。

学流派的孵化之地。不过,由于时局动荡和编辑的能力所限,青岛文艺副(期)刊的刊龄普遍较短,未能满足读者的审美期待和对社会的主流价值引领。

第一节　《青潮》和《避暑录话》

20 世纪上半叶青岛文学史上最傲人的文艺期(副)刊,是 1929 年王统照创办的纯文学期刊《青潮》及 1935 年洪深、老舍、杜宇等依托《青岛民报》出刊的 10 期《避暑录话》。《青潮》和《避暑录话》表明,有什么样的编辑,就有什么样的文艺副(期)刊,地方文艺载体是现代文学艺术创作和传播的"动力翼"。

一　《青潮》月刊

王统照创办的纯文学杂志《青潮》月刊,在青岛现代文艺期刊史上具有标志性意义,他当之无愧地成为青岛新文学的燃灯人。

事实上,1928 年王统照任职胶济铁路中学时就通过创办文学社群启发青年学生的文学创作热情。据史料记载,二年级学生郝复俭发起成立了"绿萍社",三年级学生臧宣达、谭祖彝、江志馨成立了"涛社"等文学社团。1929 年秋至 1931 年初王统照任职青岛市立中学期间,播撒了更多新文学的种子。据于黑丁回忆,"王统照师教课很受欢迎。一到他上课时,课堂内外,大家都围着他,有的想请教问题,有的想瞻仰这位作家的风采。有时,别的班上没有要紧的课,几个爱好文学的青年就偷偷溜到课堂后头来旁听。由于他言谈朴实,诚恳待人,同学们没有不喜欢他的"①。

授课之余,王统照不忘新文学启蒙。在中国现代文学史上,王统照既是一位诚笃、朴实的作家,也是一位用新文学的美、善、知感化、熏浸读者的编辑。借由在北京创办《曙光》《文学旬刊》积累的经验,1929 年 9 月 1 日王统照主编的青岛纯文学月刊《青潮》,突破文学对报纸副刊的依附,以独立期刊形式傲然出世。王统照的发刊词写道:

> 近二三年来定期刊物,真的,如"雨后春笋"了,特别是所谓文艺刊物正各自在这大时代中争着,奋跃着,挣扎着,呻吟着他们未来的运命。这究竟是一个蓬勃的现象。……时代的飞涛确已迅疾地掠过了我们古旧思想的防岸,与卷没了它的荒芜枯干的平原,……光彩绚烂的微光正射在我们的远

① 于黑丁:《深切怀念王统照师》,载《于黑丁选集》第 2 卷第 208 页,大众文艺出版社,2003。

处,时代思想更从无形中在后面向我们追逐着——于此中我们自不容其迟疑,回顾,我们想借文艺的力量来表现我们的思,感,与希望。[①]

《青潮》甫一刊行,即以期刊编辑出版样本跻身中国期刊丛林,形成了国内文学界对话之势。有人在《青岛民报》副刊《每周文艺》第七期上著文,形象地将《青潮》称为"青岛唯一成为本子的文学刊物"[②]。青潮月刊社址位于青岛博山路,《青潮》运营由青岛书店发行、中华书局代售,编辑人员主要出自王统照任教的青岛市立中学青年教师。

《青潮》第一期有96页,刊载有小说、诗歌、翻译文学、散文等。其中,小说有王统照的《刀柄》、李同愈的《父子》;诗歌有庸人(王统照)的《石堆前的幻梦》、杜宇的《何处是知音》、王玫的《漫漫夜》;翻译文学有息卢(王统照)译丹麦小说家P.甲考孙的《两个世界》、姜宏译德国女作家H.Z.苗林的童话《小彼得》、杜宇译德国表现派剧作家W.哈森克莱弗的戏剧《决定》,以及由葛斯捷夫的《警笛》、阿尔斯基的《太阳的散布者》、查罗夫的《少女之歌》和《流冰》四首译诗组合的"诗选";以"海滨微话"为题的散文栏目,有提西(王统照)的《一双手》、梦观(王统照)的《生活与直接亲知》。

第二期《青潮》共140页,刊发的小说有王统照的《火城》、王匠伯的《白棺》;诗歌有杜宇的《约会》及由张永成的《谁毁灭了我的青春》、李同愈的《会见》、王玫的《黎明》、一石的《吃》、王漪女士的《你还记得?》、燕志俊的《病》结成的"诗"一组;翻译作品有杜宇译俄语作家H.捷木诺的小说《青湖》、姜宏译日本作家黑岛传治的小说《雪的西伯利亚》、息卢译J.露丹巴苦的现代独幕剧《头巾》、慕华译日本剧作家秋田雨雀的独幕剧《幼儿之杀戮时代》等。两期《青潮》共发表文学作品18篇(组),翻译作品9篇(组),译作占总量的4/7。[③]

统观《青潮》的作品可以清晰地见出,王统照致意于将《青潮》以独特的编辑思路发出自己独特的声音。在中国现代文学出版传播史上,王统照始终坚守风格真诚、安宅正路的编辑家之途,这与他"婉曲而沉郁"的个性和淳朴凝重的处世态度分不开。客观地说,王统照虽从"五四"狂飙突进时代走过来,不乏反传统、反礼教的热情,但对政治革命始终保持距离,他没有参加"左联"。有论者称,强烈的政治意识形态的宣泄,王统照有过几次极少的激越,更多是不左也不右的行为举止。[④] 王统照对自己有一段深刻的剖析,他说:"我自己,因遗传与幼

① 王统照:《我们的意思》,载《青潮》(新版)第4~5页,中国海洋大学出版社,2020。
② 先博:《〈忘情草〉及其作者》,载《青岛时报》1934年7月8日。
③ 周怡:《王统照与〈青潮月刊〉》,载《新文学史料》2012年第4期。
④ 杨洪承:《王统照研究述评与反思》,载《中国现代文学研究丛刊》1997年第2期。

小时环境的关系，造成了一种两极端的个性——就是说，有时冷极，也有时热极，理智绝不能拿得稳自己易于变动的性格。"①王统照把不阿私、不回避、不唱高调、不容市侩主义、不骑墙圆滑的编辑态度带进了《青潮》，正如《青潮》第一期的《编辑后》所言：

> 文艺之内必须分清甚么"主义，派别"我们认为太狭隘了，自然例因为作者的思想环境艺术等种种不同作品在无形中各有其倾向，如此借批评者略加分别是可以的。我们所刊登的创作或译品是以其本身的价值作准，绝没有主义派别的成见。②

《青潮》的小说有九篇，占比近半，尤以王统照的小说为重，由此凸显出王统照在《青潮》月刊中的主导地位。《青潮》两期所刊的《刀柄》和《火城》，是王统照故乡之行带回青岛的小说，较之他此前京华时期的小说有了更多的问题意识和社会思考，艺术上也更趋完满。王匠伯的《白棺》是一部中篇小说，限于篇幅《青潮》仅刊登了部分散章，却已现别异的艺术气质。作者与编者既有现实中的血缘关联，又有文本上的地缘聚合。王匠伯(1908—1980)，本名王林度，又名王意坚，笔名姜贵、辛季子，山东诸城人，系王统照诸城相州本家的侄辈乡党。王匠伯曾就读于济南省立一中，后转学至青岛胶澳中学，1926年肄业后去了广州。1928年12月，上海现代书局出版了王匠伯的日记体中篇小说《负生的日记》，连同在《青潮》刊发的《白棺》，可能都是他青岛读书时的作品。③ 王匠伯刚涉足文坛，即得王统照的赏识与提携。《白棺》在《青潮》因未刊完，王统照便将文稿送《青岛民报》连载，后得南京书店的青睐，但因版权议价未谈妥而作罢。王匠伯因嗣父为辛亥起义烈士而加入国民党，1948年他举家迁徙台湾，后以笔名"姜贵"重写《白棺》。④ 王统照与王匠伯叔侄同族，文学同源，一门筋脉相连的作家却因历史与政治的缘故，被割裂、埋藏于比海峡更深的海底之下。

值得注意的是，《青潮》的作家群立足城市审视反思文学的眼光，与顾随、陈翔鹤、冯至等"浅草-沉钟社"成员身在青岛、心系京沪的心态迥异，而具有显而易见的本土意识。围绕王统照的设计思路走，《青潮》也给青岛本土文学定下了写富有时代感的现实人生的主调。《青潮》的编辑范式后来被鉴仿袭用，成为20世纪三四十年代青岛文艺期刊的规制。当然，《青潮》的缺憾也很明显。刊发的

① 王统照：《〈王统照短篇小说集〉序》，载《王统照全集》第2卷第324页，中国工人出版社，2009。

② 《编辑后》，载《青潮》(新版)第98~99页，中国海洋大学出版社，2020。

③ 赵曰茂：《〈青潮月刊〉资料》，载《新文学史料》2013年第2期。

④ 《姜贵的一生》，载《姜贵中短篇小说集·附录二》第239页，九歌出版社有限公司，2003。

五首(组)诗歌未能超脱“五四”青年爱情、人生与理想苦闷的主题,有的诗歌不乏无病呻吟之嫌。散文是《青潮》的弱项,仅有王统照以笔名发表的两篇小品。尤其占比超过半数的翻译文学反映出《青潮》依赖译作撑持,这固然有投合“五四”的翻译潮流,却也暴露了本土作家社群寥落,创作实绩贫弱。这可能是导致《青潮》昙花一现的根本原因。《青潮》第一期创刊于 1929 年 9 月,第二期出版于 1930 年 1 月,两期之间相隔四个月且以后未再赓续,终成终刊号。

无疑,王统照是新文学时期的开创性实践作家,青岛时期的王统照游弋在时代风潮中心和边缘之间,他走出了早期“爱”与“美”空幻的思想漩涡开始转向现实社会。在青岛全面审视王统照的人生之旅、文学之途、编辑之路,有助于形成确当、客观、公允的评价。

二 《避暑录话》

20 世纪上半叶青岛文学在中国现代文学史上的高光点能够举凡种种,而最亮眼的是 1935 年洪深、老舍、杜宇等创办的《避暑录话》。《避暑录话》实现了大学内外作家的沟通与交流,为青岛新文学及城市报纸副刊注入了生机与活力。

据臧克家称,《避暑录话》的缘起为一次机缘巧合的文友聚餐。对于臧克家来说,“青岛是老熟的地方,可是这一次却不是去温旧梦,而是去会见一些未会见过的好朋友。第一个就是老舍兄,我们在信件上已有过两年的交往,人却是第一次见,此外见到的有洪深先生、和余杞亚平两兄,剑三叔、赵少侯先生和同愈、孟超、木华、西蒙原就在青岛,伯箫可巧也赶来了。人手不期而遇者竟这么多,于是在一次聚餐席上,便决定要弄个小刊物出来了”①。洪深姿笔的《发刊辞》,则更明确地道出了《避暑录话》创刊之原委:

> 在一九三五年的夏天,偶尔有若干相识的人,聚集在青岛;为王余杞,王统照,王亚平,老舍,杜宇,李同愈,吴伯箫,孟超,洪深,赵少侯,臧克家,刘西蒙等十二人。他们的在青岛,或者是为了长期的职业,或者是为了短时的任务:都是为了正事而来的;没有一个人是真正的有闲者;没有一个人是特来青岛避暑的。然而他们都对人说着:“在避暑胜地的青岛,我们必须避暑!避暑!避暑!”否则他们有沸腾着的血,焦煎着的心,说出的“话”,必然太热,将要使得别人和自己,都感到不快,而不可以“录”了!②

① 臧克家:《避暑录话一伙人》,载《青年界》第 10 卷第 1 号,1936 年 6 月。

② 洪深:《发刊辞》,载《青岛民报》1935 年 7 月 14 日。

《发刊辞》中，避暑的不甘、焦虑、无奈与自娱之意溢于纸上。臧克家透露了背后的玄机："洪深先生对避暑风趣地加以解释：避暑者，避国民党达官老爷们之炎威也。"王亚平则披露，《避暑录话》是老舍借用宋人叶梦得的《避暑录话》之名，意在利用暑假写些短小的诗文，以便有所记录。① 显然，《避暑录话》是共同的文学理念和不同风格、情味、见解、立场的作品交汇，是处身于特殊的历史景深，以谨慎的态度做现实社会与人生的思考，发抒"沸腾着的血，焦煎着的心"。多年后有人撰文称，《避暑录话》创刊号上之"'释名'，颇得寓沉痛于幽默之意。内容很宽泛，诗文杂陈"②。

《避暑录话》得以一纸风行，一夏灿烂，《青岛民报》总编辑杜宇功不可没。他应允《避暑录话》随报发行，占用第 10~11 版两个整版版面，每周日发刊，定价为大洋 3 角，由"荒岛"书店、"平原"书店代售，另加印单行本。《避暑录话》不设主编，具体编务由副刊编辑西蒙担荷。每人至少隔一期交稿一篇，文体包括小说、散文、杂文、报告文学、诗歌、戏评、翻译文学等，每篇"以一千多字为度，稿不给酬"③。自 7 月 14 日起至 9 月 15 日终，连同《发刊辞》在内，《避暑录话》共刊发了 67 篇诗文。其中，洪深、老舍、孟超各 9 篇，王统照 8 篇，王亚平、杜宇各 5 篇，吴伯箫、李同愈、西蒙各 4 篇，臧克家、赵少侯各 3 篇，王余杞 1 篇，另有斲冰 2 篇、冰高 1 篇。斲冰不在 12 名发起人之列，他是国立山东大学外文系讲师水天同；"冰高"本名潘炳皋，是吴伯箫北京师范大学的同学，因参加学生运动被校方除名，来青岛散心巧遇吴伯箫，便应约投《梦青岛》一文。同气相酬，心绪相映，《避暑录话》如同一股来自文学思想深处的风，为岛城文坛带来阵阵清爽。

《避暑录话》非同人刊物，作者中左翼作家约占一半，各派作家打破各自为营的壁垒，避暑的从容锻造了遒劲的文骨。洪深的作品多、思想深刻，他的《"审头刺汤"的研究》表面是对明朝典吏制度的考证，实则暗含机锋，鞭笞国民党实行的白色恐怖。《避暑录话》出刊期间，田汉被捕移拘南京，通过内线关系，田汉将狱中写的诗词转给洪深。洪深毅然以"友人狱中诗/词"为题在《避暑录话》第三、四期连续发表，并下署"洪深录注"。洪深此举既传达出对友人被捕的义愤，又反映出斗争的勇气。王余杞连载的《一个陌生人在青岛》，以近似报告文学的笔法，铺展了青岛的种种社会现象。其中的《鲁大与明华》开头便言："与世隔绝的青岛，近来居然也有两桩事引起了人们的注意：其一是鲁大煤矿的被水淹没，其一是明华银行的倒闭。"在暴露淄川鲁大煤矿"八百多矿工，一齐丢掉性命"及

① 王亚平：《老舍与〈避暑录话〉》，载《青海湖》1981 年第 4 期。
② 忆子：《青岛文人过鸿录》，载《大公报》（香港版）1949 年 1 月 22 日。
③ 王余杞：《关于〈避暑录话〉》，载《新文学史料》1981 年第 1 期。

明华银行倒闭迫使“一般苦工妇孺”生活“濒于绝境”后,作者写道:

我研究其中的原因——

明华的存户全在青岛,这是事实;又听说鲁大的多数股东也都居住在青岛——因为利害切己,所以才如此关心。关心尽管关心,在层层束缚之中,又没法化个人为集体,显不出集体的力量,计唯有摩拳擦掌之后,仍不过一声叹息罢了。

除非飞机飞到青岛的天空,那才可以又听得青岛人们的叹息——只是叹息啊!①

王余杞带着左翼作家的使命感,于青岛都市的繁华背后看到的是社会的阴暗和人性的丑陋。

老舍在《避暑录话》发表了散杂文、旧体诗、短篇小说等作品。《西红柿》《再谈西红柿》充满对洋化青岛的调侃;《暑避》《等暑》贮含了对人世间不公的愤懑;《檀香扇》则笞挞了不接受新事物的国粹主义及落后的国民性。《丁》属意识流小说,精到、巧妙、传神,显示了老舍小说创作的自我超越,带给读者不简单的阅读挑战,也是《避暑录话》不多见的佳作。吴伯箫的作品不多,但在《避暑录话》发表的散文《边庄》《萤》《阴岛的渔盐》,篇篇都是上乘之作。如此用情、用心、用力,调动起全部心智为《避暑录话》赢得了美誉。

《避暑录话》因暑而生,临秋而凋,其合订本成为百川至海之硕果。封面引用了毕加索的纸面蚀刻画,象征着文学与艺术的凝合,别具面目。《避暑录话》除在青岛专设销售处外,还在济南南方书店、上海生活书店、北平西单商场书肆、天津北方文化流通处、绥远民众图书馆等处设代售点。最后一期的《余白》声称:“远及香港四川,亦有订阅者。”

当然,对《避暑录话》唱反调的批评也很尖锐。一位署名“冈山”的在《青岛时报》副刊《青光》著文说:“《避暑录话》中讲述青岛的文章虽亦有,但执笔者不是戴遮阳黑眼镜的绅士,便是吃得空的游客。那也许是诸位文人心愿很宏大,专心致志寻求伟大的灵感,不屑把力气花在这种小地方。……我苛求的太过分了,忘记《避暑录话》是避暑的消遣品。消暑者都‘有闲’,但请记着:‘帮闲’的工作万万做不得的。”②尽管冈山之言不入耳,但由于《避暑录话》受篇幅和时间所限,所刊作品多为即兴之笔,存在着形式大于内容、水准不够齐整、佳作不多等缺陷。老舍曾模棱两可地总结道:

---

① 王余杞:《鲁大与明华》,载《王余杞文集》下卷第5页,花山文艺出版社,2017。

② 冈山:《读避暑录话》,载《青岛时报》1935年9月1日。

这十期的作品是好是坏，我们愿听到别人批评，自己不便于吹，也不便于贬。天下大事都有英雄俊杰在那儿操心，我们只向文海投了块小石，多少起些波圈，也正自不虚此"避"。①

最遗憾的是，《避暑录话》既是肇始，又是绝唱。老舍曾以《诗三律》留言："故人南北东西去，独领江山一片哀！从此桃源萦客梦，共谁桑海赏天才？二更明月潮先后，万事浮云雁往回：莫把卖文钱浪掷，青州瓜熟待君来！"②意思明白，他希望再次"瓜熟待君来"。可惜，1935 年老舍等投出的"小石"始终未能生成任何"波圈"，真个应了他那谶语般的尾文——《"完了"》。

第二节　30 年代文艺副（期）刊作品

青岛 30 年代文学与本土文艺刊物具有不言自明的关联。《青岛民报》《青岛时报》《青岛晨报》等报纸纷纷开辟文艺副刊园地，本土期刊则原汁原味地保留了作品的原貌。这种原生态文学表现了现代城市文学的普泛与繁兴。但是，由于报纸文艺副刊存续时间大都不长，纯文学期刊相对短缺，精英作家较少在岛城文艺副（期）刊投稿，青岛副刊文学未能与京、沪形成比肩之势。

一　《青岛民报》

1930 年 2 月 1 日，青岛市政府机关报《青岛民报》创刊，社长杨兴勤、总编辑王景西均为国民党人士。社址初在芝罘路 40 号，后迁至福建路 38 号。1932 年青岛"天皇事件"后《青岛民报》改为民营，报社改组，杜宇接任总编辑，每日报头下方印有"社长杨兴勤，副社长王景西，总编辑杜宇"字样。1933 年 10 月，《青岛民报》在济南设分社，主要办理"推销并洽谈广告事宜"③。至 1936 年，日发行 7600 余份，价格由"每份售大洋三分"增为"本埠零售五分"。

《青岛民报》日出对开三张，其中一张为副刊。副刊编辑初为姜宏，1933 年于黑丁担任一段时间，于 1934 年改为西蒙，1935 年底由孟超接任。由于这四人均为"左联"成员，青岛民报馆一度成为青岛"左联"的中心活动地点。④ 1930—1937 年，《青岛民报》文艺副刊经历了发轫、中兴、繁盛、衰落四个时期。

---

① 老舍：《"完了"》，载《青岛民报》1935 年 9 月 15 日。

② 老舍：《诗三律》，载《避暑录话》第 56 页，青岛文学馆（复刻本），2017。

③ 《启事》，载《青岛民报》1933 年 10 月 22 日。

④ 张绍麟、罗春茂、邱吉元：《20 世纪 30 年代青岛左翼文化运动》，第 24 页，中共党史出版社，2005。

发轫期(1930—1931)始于1930年,《夜泊》《白浪》《海啸》等副刊刊登了“不少长长短短的论文、小说、诗歌,其中不乏珠玉之作”,还“登完了一篇有相当价值的长篇小说《西山的故事》”。[①] 1931年,《青岛民报》的副刊专页有《尼罗》《一流》《一燕》,还有田仲济遥编的《处女地》。

中兴期(1932—1934)以1932年3月《民报副刊》出炉为标志。1933年11月《青岛民报》提出,“为促进文化并应社会需要起见,特请文艺学术各专家编辑专门周刊八种,以飨读者,自即日起先后在本报第十版轮流附刊”[②]。之后,陆续出刊的文艺副刊专页有《绯醇》《无名》《青鸟》《冰屑》《急流》《春笋》《汽笛》《蓓蕾》《艺林》《青岛文艺》《钟》《每周文艺》等。其中,有影响的是左翼性质的《春笋》《汽笛》,于黑丁主编的《艺林》,章铁民、汪静之主编的《青岛文艺》,西蒙主编的《每周文艺》,还有龙吟的《急流》、周毅盦的《蓓蕾》、市立女子中学办的《钟》。《汽笛》自1933年5月9日至10月3日,办了22期;《艺林》从1933年8月30日持续到1934年6月30日;《蓓蕾》和《钟》各出刊18期。《蓓蕾》编者周毅盦利用暑期拉近报纸副刊与学校读者的距离,明确放言:“将这暑假中的几期公开,好让给爱好文艺者的归宿。本刊致力的目标,是把我们自身所感受的痛苦、压迫和苦闷的事情写出来,具体的发挥出来。我们希望撰稿人和读者大众打成一片,不放空,把每篇文艺,提到这小小的一页上来,大家研究,大家讨论。”[③]

《青岛民报》文艺副刊繁盛期(1935—1936)的顶流副刊自然是《避暑录话》,此外还有《花絮》《力刊》《海燕》《酸果》《探海灯》《青岛诗歌》《新人》《热流》,以及不以内容分置的《综合》。刊龄最长、密度最大的是《力刊》,自1935年3月15日至1936年9月1日出刊67期;王亚平、袁勃等主编的《青岛诗歌》,于1936年7月23日至11月22日出刊16期,成为中国现代诗界极富吸引力的诗歌园地。一些副刊的征稿启事洋溢着文采,《新人》编者在创刊号发出宣言式的召唤:

> 愤与火底迸和!泪与血底交流!
> 为负着深痛的人们而呐喊!
> 为世间的一切底不平而呐喊!
> 虚无玄缥的,风花雪月的,
> 无病呻吟的,贵族鳄鱼的,……
> 都在本社摈弃之列。
> 本社宁欢迎十字街头的无聊文丐,

---

① 《凄苦与希望》,载《青岛民报》1931年2月1日。
② 《本刊充实副刊启事》,载《青岛民报》1933年11月28日。
③ 《〈蓓蕾〉将开了》,载《青岛民报》1933年8月10日。

而不欢迎象牙之塔里的文学骄子,
我们没有固定的社员,
站在时代尖端的文学青年,
都是我们这一行列的![1]

《青岛民报》文艺副刊的衰落期出现在卢沟桥事变前。虽然 1937 年 3 月《青岛民报》在上海英租界卞德路福临里 4 号设立办事处[2],以扩大发行,但由于日军侵华局势所迫,1937 年《青岛民报》副刊大大收缩,仅有《泉声》《海风》两个文艺专页,前者出刊 6 期,后者出刊了 20 期。至 1937 年 7 月 24 日,《青岛民报》文艺副刊彻底止歇了。

相较于期刊,由于报纸副刊成本低廉、发行量大、出刊灵活、流动性强,被各派作家所看重,每每成为一些重要文学作品的首刊之地,这对于埠外作者尤具吸附力。1932 年 5 月 23 日至 7 月 3 日,《青岛民报》副刊分 36 次连载黔滇女作家卢葆华的自传体中篇小说《抗争》。卢葆华(1898—1945),字韵秋,贵州遵义人。1923 年她到上海求学与有家室的青年才俊刘健群产生爱情,此时早年指腹为婚的表哥赵文特前来履约与卢葆华成婚。一边是对自由恋爱的憧憬,一边是父命难违,卢葆华害怕面对自己的内心,写下了《抗争》。小说在《青岛民报》连载数日即抓住了读者的眼球。1932 年 6 月 19 日《青岛民报》刊出一组诗文,其中有《呈慈园先生,卢葆华女士》《春感》《长歌行——赠卢葆华女士》《和葆华女士暮春有感》《初夏杂感——和葆华女士元韵》。7 月 3 日《抗争》甫一载完,6 日便有署名"何海生"的写出了颂歌般的《赠卢葆华》:"同是到处的漂泊/同是到处的浪迹/可喜的仙娥呀!/却在秀丽的西子湖边/妙笔如花的发皇灿烂/灵想如泉的活泼新鲜/娇美的仙娥啊!/你使我多么的钦敬!/您是女界的先觉/领导她们走上解放的大道/您是光明的明灯/照着她们黑暗的前程/前进吧!/努力着你的事业!/在人生的途运上/留下启示后人的脚印。"[3]

1934 年 1 月,《青岛民报》副刊《艺林》约来身居上海的作家、文学理论家唐弢的两首诗,其中之一的《推轮者》云:

推着这巨轮前进吧!越过泥泞,经过歧岔,努力把你的脚步放阔,流千滴汗,度一天生活。

满载在这巨轮的车上的,是暴力压榨出来的流液:倔强者的血,弱者的

---

① 《新人社所需要的文章》,载《青岛民报》1936 年 9 月 24 日。
② 《本报设立驻沪办事处启事》,载《青岛民报》1937 年 3 月 15 日。
③ 何海生:《赠卢葆华》,载《青岛民报》1932 年 7 月 6 日。

泪,劳苦人民的脂膏与脑髓。

于是,你推动着这巨轮,不管是早上或是黄昏,只推向光明照到的地方,推罢,别尽数说着微伤!

破旧的布衣遮不住创疤,肌肉一条条在你背上爬;你努力的把脚步放阔。流千滴汗,度一天生活。①

唐弢的这首诗共计四节,但于黑丁却编成散文诗,编者不在意形式而看重内容。1934 年 11 月 6 日,《青岛民报》开始刊载都人抄录的《安娜日记》,以一个女演员的口吻和日记的笔法,绘就民国女伶华丽而复杂的生活世界。1935 年 2 月,《青岛民报》记者走访淄川蒲松龄"乡里异族及读书故址",意外获得了蒲氏流传民间的遗作《蓬莱宴》,除在报纸刊发外,还"用重金购得其遗墨数种,皆世所未见"。② 随后,《青岛民报》连载蒲松龄的作品有《正德嫖院行云曲》《嘲学究》《赌博词》等,这些篇什统称为"志异外书"成为《聊斋志异》的补录篇。

除此,还有寄居国外的作家作品。1935 年 4 月 12 日,《青岛民报》副刊《力刊》发表了英国作家 J. 伦敦的小说《驯豹者的故事》,译者署名"芹"。编者介绍道:"芹君的译文是从异国寄来的,芹君对于本刊的热心,极为可感,盼望在这里常会见到他的东西。"③

《青岛民报》文艺副刊基于本土文艺期刊少、发声渠道受限的现实,大批量地创办名目繁杂的专页,客观上刺激了青岛本土文学的繁荣,不少作品是青岛的想象与叙事,但刊龄普遍短促每受诟病。1933 年 2 月 25 日,副刊《青鸟》连载杜建地的独幕剧《风景线下的牺牲者》分别载于第七、八、九、十二期中,至第十二期仍未刊完,而《青鸟》却无声停刊。由于报纸的官办民营背景,各副刊编者缺乏合力,未能形成品牌效应,《青岛民报》也失去了与国内大报竞争的机缘。

二 《青岛时报》《青岛晨报》等的副刊

《青岛时报》《青岛晨报》等的副刊,因不同的党派、编者的知识背景而各具特色,不啻 30 年代青岛本土文学的摇篮与温床。

《青岛时报》文艺副刊

能跟《青岛民报》一争短长的《青岛时报》,是山东博山人高秉坊(春如)1924

① 唐弢:《推轮者》,载《唐弢文集》第 3 卷第 8~9 页,社会科学文献出版社,1995。原诗实为 4 节。

② 《花絮·预告》,载《青岛民报》1935 年 2 月 25 日。

③ 《力刊编者》,载《青岛民报》1935 年 4 月 12 日。

年9月1日在新泰路1号址成立的报馆，而区别于1908年4月德胶澳租借地登记注册的《青岛时报》。高秉坊创办《青岛时报》之初，为中文、英文日报各一份，该报于1925年卖与英国人F.沙敦后，尹朴斋、顾随、王子云历任中文版总编辑。1927年初，英文版改名*Tsigtao Times*（《青岛泰晤士报》），中文版由尹朴斋独立经营，由对开8版增至12个版。1935年，尹朴斋又在潍县办起了《青岛时报》潍县版，1937年12月《青岛时报》休刊。1945年抗战胜利后，尹朴斋返回青岛，利用堂邑路7号日本伊藤忠株式会社旧址恢复了《青岛时报》。

《青岛时报》因历时跨度长、发行量大，先后出刊的文艺副刊有20多种。20年代，顾随任职总编辑时除个人发表诗文外，还刊登了一些"浅草社"社友的新文学作品，邓恩铭、胡信之、王献唐、刘次箫等皆有作品发表。进入30年代后，除每日固定由"半老徐娘"编辑的《青光》副刊外，另有《窝窝头》《诗歌周刊》《荒沙》《海光》《鸢》《明天》《每周文学》《浮世绘》《烽火》等文艺专页，还为青岛学校的文学社团"涛社"开辟了诗歌专刊《诗》、小说专刊《潮》、评论专刊《论》、童话专刊《蚀》。[①] 这些文艺副刊不仅推动了青岛文艺事业的发展，而且成为岛城青少年处女作的发表地。

由李斐主编的《明天》周刊，是《青岛时报》刊龄最长的副刊页，自1934年7月1日至1935年4月30日共出刊42期。其"创刊号"写道："天正黑，集合着大家的力——明天呵！！"[②]编者强调，该刊的意义在于"有一些重重压迫下喘出来微弱的气息，不管它是在哀怨，忿怒，我们只希望能得到读者们的同情"[③]。1934年12月18日，《青岛时报》副刊《明天》推出"特大号"，发表于黑丁的小说《在坂井荣家里》、吴伯箫的散文《说踽踽独行》、臧克家的诗《拾花女》、孟超（林麦）的诗《新春》、王亚平的诗《夜的期待者》、左琴琳娜的诗《卖萝卜者》。《青岛时报》副刊刊龄最短的《鸢》仅办了两期，但其《发刊词》掷地有声：

> 我们这种组织的确是很脆弱的，但不过这只是我们初次的试验，虽然不抱定一鸣惊人的苛求，也希望有些相当的成绩，这就是我们的一种企图。这里面固然有风花雪月，有无病呻吟，但是确实也有个性的发展，真情的流露，这似乎也太夸大了，不过事实就是这样。我们《鸢》的诞生也就是为此了。我们不愿泯灭了内心蕴藏着文学上一线生机，使它永远成为呆板而无生气的死文章，为了这一点，我们更有发泄一下的必要。我们这次是初次的试验，结果的好坏，在我们自己当然不能推测和预料，还望诸位热心读者给我

---

① 青岛市史志办公室：《青岛市志·文化志/风俗志》，第74页，新华出版社，1998。

② 《明天》，载《青岛时报》1934年7月1日。

③ 《（第二期）编后的话》，载《青岛时报》1934年7月8日。

们真挚的批评。①

两期之后,《鸢》无疾而终。较有声誉的《窝窝头》出刊了 14 期,自 1935 年 5 月 3 日至 1937 年 3 月 11 日由署名“黑麻大汉”编辑;浮世绘编辑部出刊的《浮世绘》,在 1936 年 1 月 22 日至 4 月 14 日出刊了 13 期。

值得注意的是,青岛“左联”组织“海光”文艺社通过《青岛时报》副刊创办的《海光》,为青岛左翼文艺开辟了一个难得的阵地,自 1933 年 11 月 15 日至 1934 年 8 月 16 日共出刊 19 期。中国诗歌社青岛分社沈旭、袁勃等在《青岛时报》副刊编辑的《诗歌周刊》,从 1935 年 12 月 14 日持续到 1936 年 3 月 28 日,不特深受青岛当地诗人的欢迎,而且吸引了北平、天津、上海等地的诗人,成为中国北方城市报纸极有感召力的新诗专刊。

也许《青岛时报》文艺副刊适应了城市小市民的媚俗性,一些旧式小说得以连载。1935 年 9 月,《青岛时报》同时有《新封神演义》《雌黄外传》长篇章回体小说连载;类似的旧式小说,还有续写《桃源梦》的《桃源新梦》。此间,仿写、照搬张恨水的《金粉世家》,出刊了不少言情小说,如《梦里繁华》《林小姐的悲哀》《三姨太太》,另外还有《章台絮语》《波光剑影》《风尘双侠传》等武侠派的通俗小说刊布。显然,作品的吸引力是在读者那里获得的。身处同一时空的新旧文学相互冲突,相互影响,反映了青岛报媒文艺副刊的真实业态。

此外,翻译文学也有发表园地。1934 年 4 月 19 日《青岛时报》副刊《青光》连载的《航空家冒险记》,其实是德国军官 G. 普吕肖夫写于 1916 年的回忆录《来自青岛的飞行员》,译者署名“鸣琴小筑主人”,版权归尹莘农开办的青岛共和大药房。1935 年 7 月 1 日至 8 月 8 日,《青岛时报》记者徐觉生创作发表的日记体报告文学《一个新闻记者的日记》,记录了民国青岛中兴时期的社会万象。徐觉生于 1935 年、1936 年农历年在《青岛时报》副刊推出的“街头风光素描”,是征用报告文学的叙事技法,通过市民报媒促进市民文化消费的尝试。

当然,《青岛时报》副刊对岛城文艺的刺激是有限的。有论者撰文道:“青岛的景物或者是很美丽的吧,然而在文化这一园地上,却是荒芜的可怜,令人如处茫茫瀚海,不禁起一种苦索寂寞之感。”②

《青岛晨报》等文艺副刊

《青岛晨报》是一份历经 1923—1924 年和 1931—1936 年两个不同时期、不同创办者的报纸。1923—1924 年的《青岛晨报》,由青岛商会会长隋石卿任社

① 《〈鸢〉创刊号发刊词》,载《青岛时报》1933 年 12 月 20 日。

② 《我们对于青岛文化界联合的意见》,载《青岛时报》1936 年 11 月 21 日。

长，聘胡信之任总编辑，因二人理念不合，胡退出而停办。30 年代的《青岛晨报》，其前身为《青风报》，创办于 1929 年，社址在芝罘路 75 号，由王景西任社长，杨恩厚任副社长，陈迈迁任总编辑。[1] 陈迈迁（1906—1978），又名陈云涛、陈衡，山东黄县（龙口）人。1925 年，他在青岛加入中国共产主义青年团，并于次年加入中国共产党，是青岛“左联”成员。1931 年 12 月，青岛晨报社迁至兰山路 17 号。[2]《青岛晨报》的副刊初名《未名之页》，后改为《晓风》，内容注重社会科学与文艺，编得比较完善，只是“时常闹稿荒”。1933 年，青岛地下党组织遭遇破坏，陈迈迁离开报社，加之王景西不在青岛，《青岛晨报》陷于瘫痪。1934 年，中共青岛地下市委重建，市委书记高嵩指派党员刘鲁华（刘永生）承租《青岛晨报》，“荒岛”书店孙乐文作兼职编辑，《东海日报》副刊编辑梅林被调来《青岛晨报》。青岛晨报社遂成为青岛“左联”的重要活动地。

由于《青岛晨报》的左翼倾向，一些追求真理的青年发表了不少进步作品。市立中学学生李普和黄宗江还为《青岛晨报》编辑副刊《黄金时代》专页，黄宗江发表了剧本《光明的到来》。1934 年萧军、萧红避居青岛期间，萧军担任《青岛晨报》编辑副刊，他以“刘军”“刘钧”“三郎”等笔名发表了《怅望》《祷告》《好美丽的地方》《待醉一回罢》等散文，重新刊登了中篇小说《涓涓》；萧红以“悄吟”的笔名发表了小说《进城》，她还为《青岛晨报》编辑《新女性》周刊。30 年代的《青岛晨报》，是中共青岛地下组织夺取舆论斗争主动权的阵地。

与《青岛晨报》的进步背景相差无几的是《磊报》。《磊报》创刊于 1931 年 7 月，社址在江苏路 4 号，为对开一张三日刊，因发行量少于 1933 年终刊。此时，王云九通过倪寅初结识地下党员倪鲁平，他们商议在青岛出一份进步报刊，以宣传先进思想。王云九（1903—1970），名中鹏，字云九，青岛城阳夏庄人。早年入读李村师范科，1925 年“五卅运动”中由李慰农介绍加入中国共产党，后因李慰农牺牲，王云九失去党的组织关系。1934 年，由王云九任经理的《磊报》复刊，报名依旧，但门庭改换，倪鲁平任主编，李旭东（舒群）任副刊编辑，倪寅初任董事。《磊报》日出一张 4 版，致力于革命宣传工作为红色文学代言，舒群及倪氏兄妹均在《磊报》副刊发表作品，耕耘着这块刚开拓的左翼文艺新土。但由于白色恐怖，加之其他报纸的排挤，《磊报》只得免费向胶东地区的学校及进步人士赠阅。终因资金有限，《磊报》亏损殆尽，仅存续四个月。

此外，30 年代青岛报纸文艺副刊尚有名气的，还有《青岛日报》的《汇泉峡》、《工商新报》的《荒浪》、《新青岛报》的《小青岛》、《胶济日报》的《浪花》、《青岛

① 青岛市史志办公室：《青岛市志·新闻出版社志/档案志》，第 15 页，新华出版社，1997。

② 《关于青岛晨报迁移的启事》，载《青岛民国日报》1931 年 12 月 14 日。

快报》的《小钢炮》,以及《正报》《光华日报》等也有刊发文艺作品的版面或附页,有的内容“活泼些”,有的“充满了冷嘲、热骂”,有的则“枯燥无味”。① 创刊于1930年的《青岛民国日报副刊》,属每月月底出版一期的综合类刊物,其中设有论文、纪事、小说、童话等栏目,发表的文艺作品有王统照的散文《小卖所中的雾团》(《北国之春》之二)、徐国良的小说《胜利的微笑》、高植的报告文学《徐志摩印象记》、钦辛的诗《哀玉兰》、臧克家的诗《吊志摩先生》等。此外还有不少翻译文学,如索然译英国剧作家L.邓桑尼的戏剧《阿拉伯之幕》,敏之译的威尔逊的《真的大学》,夜天译高尔斯华绥的《变迁》。原著作者皆大名鼎鼎,而译者都是署名人氏,拉低了读者的期待值。

30年代,青岛报纸文艺副刊因得随报一并发行的便利,具有期刊不及的鲜活性与便捷性,左翼文学特别受益。虽然编者的主张与作者的倾向更趋于现代文学主流,但旧派文学仍有市场,这也是青岛市民文化的真实反照。

三 期 刊

比之繁荣的报纸文艺副刊,30年代青岛的文艺期刊则零落不堪。《青岛市志》相关志书曾描摹出一副欣欣向荣之景象,称仅1933—1937年青岛包括国立山东大学的《刁斗》在内,就有《青岛》月刊、《平民日报》月刊、《海声》杂志、《晨声》不定期刊等八种文艺期刊。② 这一结论与实际情况存在误差。

在30年代的青岛,较早的一份期刊是1930年12月由国民党青岛特别市党务指导委员会编辑出版的《前导月刊》,为综合类刊物,社址在太平路8号。该刊只有目录未设栏目,每期130~180页不等,声称“堆金积玉般地建设民生史观的社会科学及文艺之理论”③。除了刊发文、史、哲、经、党义等论文,也发表小说、译文、诗歌、剧本、散文等文学作品。至1931年7月出版第五、六期合刊号后,《前导月刊》停刊。1933年3月,《平民日报》月刊创刊发行,由张乐古任社长,王子美任总编辑,社址在博平路15号。主要栏目有评论、专论、杂记、演讲、国际、特载、时局、海外、宗教、译文、文艺、时事日志等,至1935年4月三卷三期停刊。1935年4月,金慕陶编辑的《都市与农村》旬刊也是综合性杂志,编者以农村繁荣与复兴为目的,主要内容是理论探讨、学术研究、都市与农村建设报道、经济状况与民生疾苦调查,另刊有少量文艺作品,至1937年4月第二十三期后

① 孙汀:《青岛文艺刊物之总检阅》,载《青岛民报》1933年11月30日。

② 青岛市史志办公室:《青岛市志·文化志/风俗志》,第70~71页,新华出版社,1998。

③ 侯圣麟:《发刊词》,载《前导月刊》创刊号,1930年12月。

停刊。1937年6月创办的《青年》月刊，栏目有论著、科学、文艺、通讯、时论选粹等。[①]上述期刊基本是社会科学占主导的综合性杂志，所刊的文艺作品量少质次，实难反映青岛的文艺水准。在1936年3月至10月发行的《诗歌生活》月刊，仅侧重于诗论、诗作品、译诗，且从第二期起迁上海出版。编者不加藻饰地说："本刊的经济，全由同人等在节食中所摊出的零钱以作维持，还靠了一些热诚的朋友们的捐助。如英毓滢从老远的南京寄五块钱来帮忙。"[②]

30年代青岛文艺期刊低落的原因主要在于，一方面报纸副刊得周期短、发行量大的优势，抢夺了稿源市场。另一方面，羁旅青岛的名家其友粉大都在京、沪等城市，他们更希望找到知己的阅读者，鲜有在青岛期刊发表作品的名流。各种因素使得青岛本土"文艺刊物大都是幼稚又无聊"[③]。

有意思的是，1934年5月，文艺娱乐性杂志《青岛画报》出版。这份官家提倡、金融注资由青岛繁荣促进会主办的画报，每期18页，图片和文字各半，主要介绍青岛的人情物事、社会名流、旅游风光。善于舞文弄墨的编辑钱醉竹，见缝插针地开辟了《醉竹杂缀》杂文栏，发表了《雁来红》《密斯张》《燕双飞》《追忆》等作品，还有"水调歌头""忆江南"等词篇。钱醉竹涉足文苑，兴趣是主因，算得上文艺创作的有心人。其实，在30年代青岛市立中学、女中、铁中、礼贤、崇德、文德、圣功等中学和实验小学、江苏路小学、北平路小学等的校刊，以及《青岛教育》杂志中，都能见到师生的文艺类作品，可见编者之用心良苦。

文艺期刊既要机缘，也要滋养，杨兴勤曾推出《青岛民报副刊》杂志本，与《青岛民国日报副刊》合订本同一类型，设置论述、小说、诗、童话、杂录等栏目，以杜宇的诗文见多。[④]透过这种现象看取同期国立山东大学的纯文学期刊《刁斗》，足慰我心了。

第三节　40年代文艺副(期)刊作品

40年代的青岛文学几乎完全依赖于岛城的文艺副(期)刊园地。日伪统治时期，有限的一两份报纸所辟的文艺副刊，反映出沦陷区市民文艺的创作与表达面貌。战后的"孤岛"地缘，催生了可观的报纸文艺副刊与文艺期刊，青岛文学进入真正意义上的本土化创作与生产阶段。但由于政局动荡、社会黑暗，40年

① 刘增人、刘泉、王今晖：《1872—1949文学期刊信息总汇》，第2卷，第991页，青岛出版社，2015。

② 《后记》，载《诗歌生活》第1期，1936年3月。

③ 孙汀：《青岛文艺刊物之总检阅》，载《青岛民报》1933年11月30日。

④ 徐月霞等：《青岛市图书馆藏民国地方期刊提要》，第99页，中国海洋大学出版社，2021。

代的青岛文坛几无精英名家,作品青涩而幼稚,影响力也有限。

一　日本第二次占据时期的文艺副(期)刊

日本第二次占据时期的报纸文艺副刊、文学期刊的创办和刊行,既有日本所谓“大东亚新秩序”的需要,也是青岛作者争取出版发行权的结果。以《青岛新民报》副刊《新潮》和《民民民》等文艺期刊为代表的青岛文艺副(期)刊,为青岛文学史的演进和民族精神的传播作出了努力。

《新潮》等报纸副刊文艺

1938年1月10日,日本再次占据青岛,中文报业几近完全停顿。除日本人小谷节夫自1915年起掌管的《大青岛报》继续印行外,1938年1月18日,中文报纸《新民报》出刊(1月28日更名为《青岛新民报》)。《大青岛报》设有文艺副刊《青潮》,《青岛新民报》的副刊名为《新声》,刊登“关于学术,思想,文艺,史地,掌故,科学等稿件”①。《青岛新民报》另有《文学》周刊,但至1941年9月30日停刊。1942年4月3日,《大青岛报》与《青岛新民报》合并改名《青岛大新民报》,两家报纸的文艺副刊合为《新潮》。1944年8月,《新潮》改名《浪淘沙》。

从《青潮》《新声》到《新潮》,再到《浪淘沙》,发表的文艺作品确有称颂“大东亚共荣”、宣传“亲日”、辱骂抗日军民的内容,还刊登了日本人火野苇平的《花儿与士兵》、仲木真一的《明天的建设》、秋永芳郎的《空中的不死鸟》等小说,以及大岛白贺的戏剧《太国记》。② 但是,身处青岛的作家仍以曲折、隐晦的方式表达出民族意识,维系着民族文化的血脉,在“言与不言”中寻找言说时机。此间,不仅有王度庐、陈慎言、张玉田等人的武侠、言情小说,更有芒芰、景波、汉士、毅马、骚人、鲁丁、伊人、废丁、尹大、白萍等承传“五四”文学精神的新文艺作品。例如:小说有芒芰的《南茜》《微笑》《夜织》《女工》,汉士的《滋味》《春风》《南篱畔下的玫瑰》《水晶帘下的中秋夜》,伊人的《夕烧》《一个老人》《旅途》《病室中的光》等;散文有毅马的《新声曲》《初奏》《许多件里的一件》《相逢何必曾相识》,废丁的《路》《蝉》《也谈书店》《梦里的梦》,尹大的《我的话》《雨夜》《病中随笔》等;诗歌有鲁丁的《五月之歌》《小秋曲》《牧羊女》《盲歌女》,景波的《无名之尸》《诗人》《神女》等。埠外作家宋来、陆涛、司奈尔、楚眉、闻杰、笑芙等,也在青岛报媒副刊发表作品。文艺副刊主编曹歌帆曾写道:

---

① 《新声稿约》,载《青岛新民报》1942年1月6日。

② 青岛市史志办公室:《青岛市志·文化志/风俗志》,第76页,新华出版社,1998。

海潮仍是日夜的向着人类喊叫，黑夜过了仍是白天，白天过去了还是黑夜。在这个漫长的时代中，地球仍是循着它的轨道转、转，宇宙中的每个星球的地置，还没有紊乱。[1]

事实如此，处于日伪恐怖刺刀下的青岛文学，利用有限的报媒副刊，为青岛文学史写下了痛苦沉思、曲折求生的一页。

《民民民》等期刊文艺

在日本第二次占据时期的青岛，与报媒文艺副刊对应的文艺期刊和刊载文艺作品的综合性期刊，也通过公开、半公开、地下等形式纷纷出炉。

1942年4月，中国留日同学会青岛分会编辑发行的《友声》月刊，设有论著、译述、文苑、日语讲座、杂俎等栏目，以“取诗美莺鸣之意，并副声应气求之旨”[2]，社址在莒县路2号。此前，《华北通讯》和《民族解放》分别由曹歌帆、王效古创刊，前者刊发的文艺作品更为突出。1943年，《蔷薇》十日刊和《青春》专刊创办；1944年，胡汉士主编的《民民民》月刊、沉迟主编的《治平》月刊和地下诗刊《诗青年》问世；1945年4月，《地瓜干》杂志出刊。有评述称，《民民民》月刊的文艺作品“比较新锐一些，一时颇受一般青年欢迎”；《治平》的“撰稿不甚精细”，内容“不很整齐”；《地瓜干》的“内容比较乱杂”。[3]

《民民民》月刊创办于1944年1月，胡汉士主编，张喟兹任编辑，由华北文化通讯社发行，王伯南为发行人，社址在中山路、曲阜路口的黄海大楼。1944年1月至3月，《民民民》按时出刊了第一、二、三期，第四期推至6月1日，因此称为“六月号”；7月至9月依次出刊了第五、六、七期，第八期则在11月刊出，第九期于1945年1月出版，第十期“革新号”迟至5月由兴亚弘报会推出，6月第十一期出刊，8月1日第十二期“七八月号”出版后便停刊了。严格地说，从12期《民民民》所设的论著、文艺、诗篇、漫画、卫生医药等栏目及所涉政治经济、世界大势、时事报道、建设情报、学术论文、音乐戏剧、绘画摄影等内容看，《民民民》实非纯文学期刊，且载文鼓吹东方道义精神，宣扬“东亚共荣”及“善邻剿共”反动腔调。但是，《文艺》栏中发表的小说、散文、诗歌、剧本，以及“为了开拓岛上荒芜的文艺园地，增强青岛的文化阵容”的编辑主张，足以构成对沦陷区的文学独特的理解。

小说是《民民民》月刊的文学主体。先后刊发的小说有芒芰的《海》《墙》，谷

---

① 曹歌帆：《告读者》，载《青岛新民报》1941年9月30日。
② 尹援一：《创刊词》，载《友声》创刊号，1942年4月。
③ 石秀：《岛上文坛总巡礼——近二十年来文坛的一笔总账》，载《青岛文艺》创刊号，1947年4月。

萁的《山村里的故事》《门》,废丁的《王掌柜》《她不再抽烟了》,以及丁薤的《被弃者的灵魂》、穆穆的《城中的人们》、静岩的《乡居杂录》、许仁的《上马石》、曹原的《鬼》、田青文的《腐》、凌羽的《流浪者的归宿》、柚子的《祸水》等。这些小说大都出自青年作家之手,抨击时政、反抗日伪统治是作品的主流题旨,艺术上也令人眼前一亮,如芒芠小说形成了"清丽隽永的作风"①。此外,还有王度庐《锦绣豪雄传》的有关章节。

诗歌在《民民民》中占据一定分量,首期即推出了鲁丁、艾霖、虞克忠、选士、连铮的《五诗人的心弦》;第二期的《诗人之春》专辑,刊登了鲁丁、废丁、雪子、沉迟、鲁基等的诗。李瑛的诗《伐木》发表在第十期"革新号"上,由此李瑛的诗名频频爆款青岛文坛,直至1948年在青岛出版诗集《枪》。

除此,1940年9月山东文化协会在青岛创办的不定期日文杂志《山东文化》也发表文艺作品,这份杂志持续到1943年。1945年1月徐州《古黄河》杂志推出的革新号《青岛文艺辑》,是鲁基、黄耘等在青岛组织的稿件,有小说、散文、新诗、剧本、文学论文等。

《民民民》等期刊作为青岛抗战文艺的重要载体,一定程度上见证了40年代前半期青岛文学的形态。沦陷区的文学是文学史上的特殊存在,在短暂的存续期中产生了一定数量的文艺作品,并通过期刊得以流传。文学或可迟到,但永远不会缺席。

二 《海歌》等报纸副刊

抗战胜利为青岛报纸文艺副刊的中兴创造了历史性机遇,随后的"孤岛"地缘催生了40年代中后期青岛副刊文学的昌盛。《青岛时报》的《海歌》诗刊特别突出,《军民日报》和《民言报》的文艺副刊种类繁多。此外,《平民报》的《大风》《新青年》、《青报》的《青果》《青春》、《民众日报》的《前哨》《苦露》,还有《民报》的《滩头》、《公言报》的《黎明》、《青岛公报》的《新青岛》、《青岛晚报》的《观象山》、《民治报》的《文艺新村》,以及《荒土》《黄河》《建地》《语刺》《民声》《青光》《重光》《海光》《瞭望台》《夕阳秋》《大观园》《新血轮》《星期文艺》等,共同汇成青岛副刊文学的滚滚洪流。

《海歌》诗刊

1946年《青岛时报》诗刊《海歌》的创办,有接续1935年12月至1936年3

① 《编辑后记》,载《民民民》第1期,1944年1月。

月王亚平、袁勃、沈旭等在该报编过的《诗歌》周刊之意。战后，青岛诗歌工作者为了“揭起新诗战斗之旗”，经过黄耘、废丁、楚歌等人筹划，借由丁梦全编辑的《青岛时报》副刊《青光》的版面，于 1946 年 4 月 7 日创办了逢星期日出版的《海歌》诗刊。《海歌》诗刊由黄耘主编，1947 年 2 月第四十期后因黄耘赴上海戏专学习，编务遂交梁枫负责，之后又由废丁、张止戈接编；1948 年黄耘返回青岛后又接续编了数期《海歌》诗刊，直至终刊。

由于经费拮据，《海歌》诗刊的稿费较低，向埠外诗人约稿困难，因此《海歌》的作品基本上出自岛城诗友之手。主要诗歌作品有废丁的《家乡》《明天》和长诗《四月的春风》《平凡的故事》，田风的《幸福圈外》《没有天亮的都市》《为正义歌唱》《凄怆的歌》《给战斗者》，亚夫的《难民》《别后》《时代的悲哀》《致死者》《写给初生的孩子》，刘燕及的《西风》《八行草》《或人之微息》，石玺的《石在，火种是不会灭绝的》《灵魂的歌》《冬》，以及刘温和的《生命》、山音的《诗二章》、梁宝的《放火的人》、南冥的《遥祭》等。黄耘发表的诗最多，有《三月》《叛徒》《血的故事》《血的记忆》等，他的《黄昏雨》自 1946 年 11 月 17 日第三十期连载，至 12 月 8 日第三十三期续完。1947 年 3 月 16 日，梁枫在《海歌》诗刊第四十七期推出了个人专页，发表了《我归来了，妈！——一个小兵在母亲的坟畔》。是年 5 月 11 日，刘绪萱在第五十五期也推出了个人作品专页，刊登了《小花伞和它的主人》和《一条街的早晨》。1946 年 6 月，为悼念虞克忠辞世三周年，《海歌》诗刊特别推出诗歌纪念专页。纵观这些诗歌，虽然不乏吟咏风花雪月或一己哀苦感伤之作，但现实主义诗风基本贯穿于诗刊的始终。

《海歌》诗刊也发表诗歌评论。例如：刘温和的《论诗歌大众化》《〈我的诗生活〉读后》《谈朗诵诗》，梁宝的《读几首诗》《为诗而歌》《为民族而战的俄罗斯诗歌》，山音的《诗人的人格和责任》《评〈世纪的高潮〉》，以及石玺的《读七月诗丛孙钿的〈旗〉》、南冥的《诗歌的战斗任务》、田风的《诗人的责任》等。这些诗论文章尽管不甚措意，一些观点也值得商榷，但进一步表明《海歌》诗刊作为青岛诗人的出圈跳板是自然而然的。

组织稿友座谈会，是《海歌》诗刊集思广益、提高诗歌质量的重要举措。1946 年 8 月 25 日，黄耘、废丁、鲁军等人在太平路西端华盛牛乳行召集了一次稿友座谈会，出席者有亚夫、衣去寒、戈郁、梁枫、刘温和、鲁丁、冶萍、激冰、王子、张弘、燕及果、田风、萧风等。座谈会中心议题为：（一）征求对《海歌》的编辑工作和所发表作品的意见；（二）讨论诗歌大众化、诗歌如何反映现实、如何提高战斗性诸问题。[1] 虽然稿友座谈会事先准备不足，探讨的问题缺乏足够的深度，但对

① 钦鸿、田风：《青岛四十年代后期诗歌运动》，载《青岛四十年代诗选》第 538 页，青岛出版社，2018。

密切岛上诗友间的联系、推动青岛诗歌的繁荣,具有一定的积极作用。

《军民日报》《民言报》等文艺副刊

《军民日报》创刊于1945年11月20日,系国民党第八军的机关报。军长李弥兼任报社理事长,少将副师长王晴初任社长、发行人,总编辑为王福春,社址在市场一路37号。1946年6月16日,《军民日报》又增出晚刊《军民晚报》。①

若论文艺副刊的种类,数《军民日报》最多,先后办有《文艺》《综合》《哨兵》《琴声》《笔风》《新调》《新军》等,刊发的作品具有多样化特点,无论题材、体裁,还是文类、文体。在《文艺》副刊刊发的小说有鲁军的《震动》、姜森的《邂逅》、非我的《梦幻》等,散文有山音的《黄昏的怀念》、鲁海的《片叶》、刘绪萱的《海滨秋语》等,诗歌有田风的《生活的反响》、废丁的《生活的歌》、刘温和的《和平》等,戏剧有黄耘的三幕悲剧《母亲》,翻译文学有《安娜和她的牛》等。在《综合》副刊刊发的小说有慕笛的《母亲的迟春》,杂文有百歌的《人不如鬼》《刺激》《生于忧患》,翻译文学有赛珍珠的《我记忆中不能忘记的人物》。在《哨兵》副刊刊发的小说有许仁的《铁星马》,杂文有百歌的《莫名其妙》《喉舌与耳目》、杜宇的《奸商捣乱》《漫谈选举》、梁枫的《能不寒心!》,诗歌有鲁海的《风雨夜街头》等。在《琴声》副刊刊发的杂文有南冥的《话诗》,翻译文学有雨果的诗《给一个年轻的女孩》《怜贫》。在《笔风》副刊刊发的小说有唐月的《下午》、婷的《电影院里》等,以及叔衡的散文《杜宇的死》。《笔风》编者提出,稿件"表现形式不拘",因为"这园地是我的,也是你的,只要你喜欢写,那么只管放大胆闯进来"。② 1946年8月21日,田仲济在《新调》副刊发表了杂文《猫》。

可见,《军民日报》的文艺副刊不像传闻那样充斥硝烟和血腥色彩。1946年4月编辑许仁与胡秀英结婚时,《军民日报》特登报发帖,以志贺喜。

《民言报》创刊于1945年10月10日(10月20日正式出版"创刊号"),社长由国民党青岛市党部主任委员兼副市长葛覃担任,杨天毅任经理,薛心容任总编辑,主笔有王仲方、刘秋潮、王逸民,社址在上海路6号。《民言报》创始之初即有日日出刊的《民言》副刊,岛城不少作者在《民言》副刊发表作品。例如:废丁的诗《生活的战士》(第156期)、小说《仇敌》(第159期)、散文《秋日二题》(第165期)、散文诗《星空》(第237期),鲁海的散文《山居的记忆》(第139期)、《分水岭》(第159期)、《生流散记》(第173期),芷水的杂文《护法与守法》(第184期)、《惰性》(第211期)、《流氓的偏爱》(第237期),南冰的杂文《十字街头》(第58期)、《路专员》(第72期)、《生活》(第99期),卧龙的诗《想》(第172

① 李西宁、王玉梅:《民国时期山东报刊目录提要》,第34页,国家图书馆出版社,2016。

② 《稿约》,载《军民日报》1948年6月2日。

期)、小说《表》(第190期)、散文《一天》(第194期),以及梁宝的评论《有感于青岛文艺的二三事》(第73期)、石玺的散文《复〈我的伙伴〉》(第76期),还有鲁军的报告文学连载《一页病号日记》(第83~92期)。1945年12月19日,《民言报》特邀王统照编辑文艺副刊《潮音》,每期发稿5000字左右,至1946年2月24日停刊,共出刊29期。

《潮音》休刊后,由王统照题签的《艺文》副刊于1946年12月在《民言报》出现。这份由青岛市立女子中学教务主任潘颖舒以"伊何"署名主编的文艺副刊,给岛城报媒带来了校园文艺向社会延伸的新气象。《艺文》编者声称:

> 我们只是一群爱好艺术的青年朋友,学识浅,经验少,只抱"但问耕耘,不问收获"的态度,向前努力。"艺文"我们不敢对它存着奢望,它只是由友谊的切磋中而发出的一线曙光,虽然微弱,也许在大家的爱护下,会有渐渐耀亮的可能。①

1947年5月,《民言报》出现了与《艺文》同报、同类的《每周文学》副刊,主编为徐中玉。《每周文学》刊发的作品保有阳春白雪之风,这与《艺文》的用稿思路不同。都市报纸副刊有迎合市民阅读口味的一面,青岛的一些副刊来稿质量参差不齐,有的低俗无聊,甚至专刊淫啼浪哭类的东西,提高大众审美趣味便成为各报文艺副刊的共同追求。《青岛晚报》副刊《蚁阵》明确提出,"本刊希望说良心话的稿件,走狗马屁文字及吟风弄月之类,一概谢绝!"②

由于政局动荡、物价飞涨,为应付青岛报业成本攀升的尴尬局面,1948年10月31日,青岛8家报纸停办,于11月1日出版了"八报联合"的《青联报》,社址在上海路原民言报馆,文艺副刊为《前锋》。12月20日,潘颖舒以"伊何"之名又创刊《艺文》新一期(并署"旧第八十四期"),追忆曾经操持过的《艺文》副刊。1948年12月2日,《联青报》和《联青晚报》创刊,文艺副刊分别为《文艺》《小青岛》。1949年4月,原《青岛时报》副刊《青光》出刊《青光通讯》,并创办《花灯》副刊。尽管报人作出挣扎式的努力,但由于报纸收缩导致副刊萧条,1949年春起青岛的报纸副刊文学呈现出一派颓势。

三　《青岛文艺》《新血轮》等期刊

40年代中后期的青岛文艺期刊,与报纸文艺副刊几成争雄格局。不含国立

① 《编者后记》,载《民言报》1947年1月14日。

② 《〈蚁阵〉周一出刊》,载《青岛晚报》1947年8月25日。

山东大学、海校校刊等校园期刊,仅社会层面的纯文学和刊发文艺作品的期刊就有创刊于 1945 年 11 月的《建军特刊》和 12 月的《海风》,创刊于 1946 年的《青岛》《中兴周刊》《青年月刊》《山东青年》《社会半年刊》《大都市》《岛声》《荒土》《新血轮》《建国周刊》《每周文摘》《民声月报》《青年人半月刊》,创刊于 1947 年的《战斗与改造》《青岛文艺》《大青岛月刊》《青声》《兴工周报》《学生周报》《大华》《海声月刊》《秋芙蓉》,创刊于 1948 年的《杂志联合刊》等,以及地域性的《崂山月刊》、胶县的《廿世纪》、即墨的《文坛》等,林林总总,形形色色,不但大大超越了 30 年代的青岛期刊水平,且论数量和种类与京、沪也有一拼。其中,《青岛文艺》《文坛》属纯文学期刊,《新血轮》《海风》《海声月刊》《荒土》《青声》是以文学作品为主的非文艺同人杂志。

《青岛文艺》

《青岛文艺》是由刘燕及主持的青岛文艺社创办的纯文学期刊,编辑部在乐陵路 78 号。1947 年 1 月 1 日,《青岛文艺》出版试版号。之所以在创刊号之前先出试版号,既有编者的谨慎,又暴露了缺乏底气。刘燕及以笔名"野军"写了一篇近似杂文的开场白:

> 办刊物根本不像是简单容易的事,尤其说一个纯文艺的,尤其说在青岛办!
>
> 起首就端出困难来;不是路子走不通,也不是死充难民,虽已是行家的老口禅,老圈套,在青岛也确乎是一桩事实。①

正是自觉到《青岛文艺》的重要性,刘燕及敦请王统照领衔主编并得其允诺,试版号上明确写了"有要读者知道的,二十余年前在岛上倡导新文艺的王统照,再期可来本社主编"。但在 1947 年 3 月初刘燕及与王统照商定具体编辑事务时,王统照谈及在国立山东大学的处境,表示不便担当《青岛文艺》的主编职务。刘燕及只得在创刊号上署名主编,并在《编辑记》里以"统照先生执教山大课务太忙"为辞,向读者作出解释。

1947 年 4 月 25 日,《青岛文艺》的创刊号出版,刊中开辟了《青岛青年作家集体试笔》专栏,山音、木冰、石玺、田风、冶萍、沉迟、楚歌、鲁军、鲁丁、鲁基、刘温和、刘绪萱、激冰、废丁等纷纷发表作品。因得到朱光潜、徐悲鸿、萧乾、孙用、何家槐、臧克家、李白凤、臧云远等名家和各地作者的来稿支持,于 6 月 10 日出刊的第二号改名《文艺》,但习惯上仍称《青岛文艺》;8 月 10 日,刘燕及推出了第三

① 野军:《试版的话》,载《青岛文艺》试版号,1947 年 1 月。原文作者为"埜军"。

号。《青岛文艺》的发展路径极不平坦，原定为月刊，由于动荡的时局和经费拮据，《青岛文艺》不仅改为不定期出版，且不得不登报声言，10月的第四号“改为油印本，同时刊出一个‘姊妹刊物’定名《呼唤》，由上海归来的梁宝主编”①。其实，直到1948年4月才铅印出刊了第四号，9月出版的第五号成为终刊号，之后还于10月推出一个油印本“诗歌号”。《青岛文艺》是40年代第一份以“青岛文艺”正式冠名的地方性纯文学杂志，不只得到岛城文学界的广泛认可，且引来外埠作者青睐的目光。《青岛文艺》体例遂成为50年代之后城市文刊的定制。

《青岛文艺》之后的《文坛》，是刘燕及以“刘曲”之名在老家即墨下崖村创办的纯文学刊物，创刊号即以“先锋号”名世，其创刊词则像一首哀歌。

> 文坛降生在一个蕞小城的一个偏僻的荒村。它愿负一点文化的使命，它愿意做为南北有名无名的新进作家创造和推进文运的一座小小的纪程碑，它将不含有一个贵族的气息，它不夭折，便会生长的。……它生长在乡村是事实的，它可以和乡下人们说教，并且可以深深领悟“文艺大众化”理论和运用在乡村。②

可惜，《文坛》只挣扎着出了三期即告“夭折”，画上了句点。

《新血轮》等文艺性期刊

《新血轮》月刊为青岛三民主义青年团主办，最初源自《平民报》的《新血轮》副刊。《平民报》副刊《新血轮》是1946年7月接收停办后的《扫荡简报》副刊《瞭望台》，雄心勃勃的编辑同人在同年8月就刊出《新血轮》月刊稿约启事，申明“本刊为一纯文学刊物”，“欢迎文学评论，写作技术研究，散文，诗歌，小说，译著，书简，语录，中外名作家生活片段，世界文坛现状报告及讨论等”③作品。但从12月15日推出的创刊号看，《新血轮》月刊实为一份以文化建设和社会服务为主旨的综合性期刊，主编朱之凌在一卷二期为《新血轮》月刊定性为“综合而略侧重于文艺性刊物”④。主要栏目有“卷头论文、文学理论、连载剧本、诗歌、翻译、书简与随笔、连载小说、散文、短篇小说、社会专栏、漫画、文化报道”等，编辑部在太平路35号，即平民报社址。

《新血轮》月刊既重视稿源质量，也重视舆论宣传，一卷三期尚未印出，新闻消息却遍布岛城，如同一则广告：

---

① 《〈青岛文艺〉改为油印》，载《青岛时报》1947年10月16日。

② 孙礼庭：《先锋号楔子》，载《文坛》第1期，1948年7月。

③ 《新血轮稿约》，载《平民报》1946年8月30日。

④ 激冰：《编辑后记》，载《新血轮》第1卷第2期，1947年2月。

据讯该刊之内容较第二期尤见进步。阵营除激冰、鲁军之小说连载外,计有葛主委覃、宋股长毓贤之卷头论文,鲁丁、黄耘、赵荻、废丁、楚歌、石玺、刘温和、李瑛、梁枫之诗歌,田风、漪萍、鲁海、黄洋之散文,萧风、山音、梅特、梁宝之短篇小说,其外尚有木冰之随笔,方苗、戈郁之文化通讯。预料该刊发行后定会为岛上出版界增加一番新的气氛云。①

论作品水准和文坛名气,《新血轮》月刊不及《青岛文艺》,但《新血轮》容量大,持续时间长,力图以充满朝气与活力的新进精神,与《青岛文艺》平分秋色。

可能,《海风》是战后青岛创办最早、持续时间最长的文艺性期刊,自 1945 年 12 月创刊,至 1949 年 9 月三卷一期后终刊,编辑部在嘉祥路子正贸易行。文人出身的子正贸易行经理郭子正,聘请写过小说的宁公介(谷荑)主办《海风》杂志。这份初为周刊、后改为月刊的杂志,由李蕴春任编辑部主任,活跃在青岛文坛的青年作者田风、梁枫、萧风、激冰、刘温和、废丁、鲁丁、鲁军、鲁海等,都发表过散文、诗等作品。一卷五、六合期还发表了投身爱国民主运动的费孝通的《人民·政党·民主》一文。此间,李公朴、闻一多相继遭暗杀,费孝通出走英国;同一期还发表了"七月派"作家路翎的小说《滩上》。前者收入《费孝通文集》,后者则是《路翎作品新编》的重要作品。可见,《海风》编者的眼光和胆识。

1947 年 3 月 1 日,《海声月刊》出刊,这是孔鹏起发行的文艺性杂志,编辑部在临清路 15 号。《海声月刊》刊登时评、著述、通讯、文艺作品,希望"每一个读者,能告诉我们勇敢坦白"②地发出大海般的声响。青岛作者刘燕及、田风、南冥、拾皷等,分别在《海声月刊》发表了小说、散文、诗等作品。另外,比较知名的文艺性期刊还有 1946 年 8 月张咸初主编的以"开拓这荒芜的文坛"③为目标的《荒土》半月刊,以及 1947 年 2 月芮麟主编的《青声》月刊。

此外,1947 年元旦,被誉为"青市不可多觏之新型进步刊物"④的《战斗与改造》创刊。这份半月刊系属兼登文艺作品的综合性刊物,编辑部设在中山路 95 号,因投稿者王统照、袁世英等"多为海内名家学者",创刊号 3000 份甫一上市即告罄,于是"特再版二千份分送各大书局代售"⑤。编者还利用能施加影响的报媒,相机发表了《战斗与改造第二期已出版》《战斗与改造五六期出版》等消

① 《新血轮月刊第三期出版》,载《平民报》1947 年 4 月 22 日。《青岛公报》《青岛时报》《民报》等以相同的标题刊发了简讯。

② 《卷首小语》,载《海声月刊》第 1 卷第 2、3 期合刊,1947 年 3 月。

③ 《创刊小言》,载《荒土》创刊号,1946 年 8 月。

④ 《战斗与改造今日创刊问世》,载《民言报晚刊》1947 年 1 月 1 日。

⑤ 《战斗与改造半月刊社启事一》,载《民言报》1947 年 1 月 14 日。

息。《战斗与改造》的编者并非知名的文学家，所载文艺作品只为招揽读者，却不自觉地成为40年代中后期青岛文艺的同盟军。

刊发时评、著述、通讯等的文艺性期刊，是40年代中后期青岛杂志的主流。其中既有发行人的或官方、或出资方身份的规定性，有岛城市民读者的多层面需求，也有稿源问题。市场、社会等外力因素，往往左右着编辑的文化选择。

第四节　国立山东大学文艺期(副)刊作品

国立山东大学文艺期(副)刊及其作品理应是青岛文学史的有机构成部分，却被社会忽略。30年代的《刁斗》期刊和《中庸》《新地》报纸副刊，以骄人的文化个性繁荣了校园文学艺术；徐中玉遥编《益世报》副刊，显示出大学生的人际沟通能力与审读编辑魄力。40年代复校后，《星野》等文艺期(副)刊未能达及战前水平，且与青岛城市文学的剥离与隔绝现象愈加突出。

一　《刁斗》

1934年，由国立山东大学学生宋墨庵、郭根、柳乃瑞等“刁斗”文学社成员创办的纯文学期刊《刁斗》，为16开本，每期120~160页，主要发表文学评论、创作和翻译作品。其《发刊词》阐述缘起与主张不乏诗情文韵：

> 缕缕的丝，将人们和社会连系在一起。
>
> 大多数的人们都有一颗灵通易感的心，和一团炽热的情感底火焰。
>
> 转动一下头，看看周遭的一切，我们便得到种种异样的感触。这感触像是烙印，深深地镌在我们的心田上；它也像是一颗刺，重重地戳刺着我们的感官。等到这些感触在内心里堆得涨满了的时候，我们总想一吐为快，不管是藉着说话，或是藉着纸笔。
>
> ——我们的《刁斗》，便是在这种情形下产生的。
>
> 内心底表现，便是我们刊印这个刊物的终极的旨趣，此外，真是不好意思地再说什么。像那“打破文坛上沉寂的空气”一类的话，是说烂了的口头禅，也只是自己替自己吹嘘的法宝。忠实于人生，忠实于艺术，是我们写东西时所持的态度；换句话说，就是我们不以成见来看东西，也不以偏见来诠释那掇拾了来的人生现象。这是因为“人生”是异常庞杂的东西，它有阴影，它却也有光明面，只要不是有意地戴起有色眼镜来的人，是大不必粉饰现实，或扭曲现实罢？

> 我们的能力虽薄弱,但对于这个刊物,却都持着一种献身底精神。在垦殖这块园地的时候,我们每个人都是园丁,在那里播种也好,除莠也好,扒土也好……总之,没有一个人是在袖手呆望着的。
>
> ——如果尽一份力量,就可收一份效果,那么从这个小小的胚胎里,说不定会茁出奇花异卉来。①

《刁斗》的创刊号,开头是赵少侯、宋默庵、李子骏的评论文章,随后是五篇小说。其中,柳辑吾(乃瑞)的《横死》,写一个深明大义的农民老八竭力挽救被兵匪劫掠的乡亲,却死在蒙昧愚蠢的乡党组织红枪会的枪下。剑白的《公寓里》写了三个人:记账的佣工、厨房烧开水的伙计、索要车费的车夫。同是“抹布阶层”的苦命人,而佣工和伙计却没有对车夫表示应有的同情,到头来二人也未能逃脱失业的下场。木的《淅沥》写一个为妻儿挣口饭吃的车夫雨中上街拉车,却遭受饥饿、疲劳、警察追打,倒在地上再也没爬起来。《横死》《公寓里》和《淅沥》三篇小说,将生活在社会边缘的灰色人物作为叙事主体,虽是“三种不同的角落里的速写”,却是“值得注意的几种社会问题”。② 小说《少年伟纶》和《倦鸟》,描写的是青年人爱情与婚姻的人生难题,表现了婚恋观的复杂多面性。

从创刊号起,《刁斗》开设了固定的栏目,包括论文、小说、诗选、剧本、散文等。其中,《论文》一栏学术性强,每期约刊登 3~4 篇文章,内容多为讨论西方文学中的经典形象,探究古希腊神话的文学意义。《小说》栏以短篇小说为主,其中半数为外国翻译作品,本土作者的小说多凝目普通人的生活世界,特别是社会底层平民负重前行的无奈与无助,具有辐照现实的温度。《诗选》一栏则发表各类短篇诗作,既有自然与人类世界的勾连,也有社会生活带给人的启迪。《剧本》栏主要以刊登西方剧作家的戏剧剧本为主。《散文》栏的作品,则刻绘都市风光和现代人的心态,多有优美的文笔,每期约刊登 6~10 篇。各类文体的比重大率相当。

与其他国立大学或教授或学生专属性的期刊不同,《刁斗》则是国立山东大学师生的文学刊物,赵少侯、老舍、周学普、梁实秋等均有作品发表。赵少侯是《刁斗》最热心的教授,他为创刊号提供的开篇文章《曾仲鸣著法国的浪漫主义》,被《刁斗》编者视为“不啻为这个婴儿一种先天的乳粉”③。之后,赵少侯在第二、三、四期分别发表了《法郎士的真面目》《罗曼罗兰评传》《法郎士论法国古代民歌》翻译评论和法郎士的小说《巴格节的红鸡蛋》。他的诗歌集《马首集》,

---

① 《〈刁斗〉发刊词》,载《刁斗》第 1 卷第 1 期,1934 年 1 月。

②③ 《编后》,载《刁斗》第 1 卷第 1 期,1934 年 1 月。

其序言即发表在《刁斗》一卷四期上。赵少侯在篇末写道：

> 自古以来，诗人大都瘦弱非凡，也不知是先天的关系呢，还是后天的锻炼。总之，诗人宜瘦是不得变易的一个定律。我却因此吃了一个哑巴亏，因为我总也巴结不到"诗人"的头衔。我虽生于南方山明水秀之乡，老天却赐了我一具齐鲁彪形大汉的体格。虽然故意三天两头的不洗脸，整年的不剃头，让头发长得披到肩上像顶黑的风帽，鞋袜衫裤永远取自于旧货店。流鼻涕不敢用手帕揩，永远借用袖口，纸烟不敢吸，学着用烟斗，吸一口烟吐三口清水，眼镜子永远架在鼻尖，虽然不舒服，也不敢上移到鼻梁，然而……然而看见我的人，从没疑心过我是诗人，并且很少有人注意过我，警士当然除外。因为警士是常常要注意到我的，他们总疑心我是从俄国或法国被逐来的华工。[①]

老舍的《我的创作经验》刊发在《刁斗》一卷四期，这是一篇介绍小说写作过程和体会的演讲稿。老舍说："不管好坏，经验是我自己的，我要不说，别人就不知道；这或者也许有点趣味。""格外的自谦是用不着的，可是板着脸吹腾自己也怪难以为情。"老舍回顾道："到了英国，我就拼命的念小说，拿它作学习英文的课本。念了一些，我的手痒痒了。……想起过去几年的生活经验，为什么不写写呢？"[②]《刁斗》的二卷一期刊有老舍的书评《读巴金的〈电〉》。周学普翻译歌德的《牢狱》，发表在《刁斗》一卷四期，这是摘译《浮士德》中之一景；二卷一期列宁的《作为俄国革命之镜的托尔斯泰》，也系周学普所译。此外，梁实秋的译文《阿迪生论幽默》发表在《刁斗》一卷二期上。

《刁斗》不排斥外稿。来自济南的朱宝琛在《刁斗》发表了多首诗歌，还有翻译小泉八云谈纯诗之美的讲稿《古希腊玉屑》。自一卷一期起就有北平来稿，如雪刚的《柳树村》、剑白的《公寓里》《老兴家的破产》、西明的散文《骡车》。《刁斗》二卷一期的诗歌栏，发表了刘白羽的两首诗《老人》和《平汉道上》。其中，《老人》写烽火遍地、背井离乡中的老人，"流浪，流浪……/从这个天涯到那个天涯"，他的家"在山根还是在滔滔的黄河边呢"？年轻的诗人也记录下自己奔波的步履。"当我梦残的时候，/邯郸枕上的落花全成了泪珠了，/掷下车窗外片片的绿影，/那也不是娘子关前的山景，/一抹微云追着天上的风。"[③]此时的刘白羽不足 20 岁，是北平民国大学中文系的学生。

《刁斗》原定为季刊，但后来刊期不定。1934 年 1 月，一卷一期出版，一卷二

---

① 赵少侯：《〈马首集〉序》，载《刁斗》第 1 卷第 4 期，1934 年 12 月。

② 老舍：《我的创作经验》，载《刁斗》第 1 卷第 4 期，1934 年 12 月。

③ 刘白羽：《老人》，载《刁斗》第 2 卷第 1 期，1935 年 4 月。

期于5月1日出刊,第三期延迟到11月1日,第四期又提前至12月15日;1935年4月1日,《刁斗》二卷一期出刊后停刊。《刁斗》弥补了国立青岛大学创始以来文学期刊的空缺,记录了国立山东大学文艺创作的真实一面,难能可贵的是注目现实、表现社会底层及市井、日常的生活状貌纳入叙写视野。当然,作品的青涩有目共睹,鲜少特别出色的文字。1935年,国立山东大学还创刊发行了一个学生油印版《励志》,主要刊发诗歌、散文。①

二 《中庸》《新地》等副刊

30年代的国立山东大学,借助青岛城市报纸副刊的繁兴,在《青岛民报》等报媒创办了《中庸》《新地》等文艺副刊。在大学文艺自由与城市市场需求两种文化主体的冲突与融合中,出自大学高墙内的文艺副刊,表现出有别于社会报媒编、作者的特异品质。

《中庸》

1935年10月7日,国立山东大学部分学生在《青岛民报》创办了《中庸》文学副刊,到1936年10月3日停刊,共出刊53期。至于创刊缘由及名称由来,《中庸》发起人毫不隐讳新文学运动以来文学派别林立、纷争日久的乱象,慨然宣称:“我们既不愿板起道学面孔,高唱读经救国,更不愿附某文学家之骥尾,摇旗呐喊底跟着翻跟头。……我们希望我们能走到一条不偏不倚、理真词达底路上,所以叫它做‘中庸’。”②

第一、二期的《中庸》,仅为半个版面,自第三期起改为整版。其主旨一如其标题,极力避谈政治,标榜“专业主义”,徜徉于文气盎然的书香校园,以免《中庸》在政治风潮中受到波及。《中庸》坚持创作与译介兼备,所刊作品主要涉及中国古典文化考据与研究、中西方文学名家研究、翻译作品,以及处身社会生活中有感而发的散文随笔。《中庸》刊发的研究性文章,有李悌君的《关于中国古史问题及其研究法》《莎士比亚年谱》《诗的内容与形式》,萧平的《文赋论文》,蓬仙的《蔡琰事迹考略》,隐南的《东汉风俗之特点与其因果》,启秀的《上巳端午七夕重九考》,还有来自清华大学的投稿《闲话科学》。书卷气是《中庸》有别于青岛城市一般报媒副刊的最大特征。

翻译文学是《中庸》副刊的另一特征,不仅数量众多,而且出自欧美各国的名作选本。如竹青译的德国D.海因里希公爵的《一把泥土》、英国S.W.鲍威尔

① 刘增人、刘泉、王今晖:《1872—1949文学期刊信息总汇》,第2卷,第854页,青岛出版社,2015。

② 蓬仙:《所谓“中庸”》,载《青岛民报》1935年10月7日。

的《现代诗评》、挪威女诗人和小说家S. 温塞特的《南柯记》、法国现实主义作家P. 梅里美的《豪侠轶事》、独幕剧本《西班牙姑娘的权威》，以及《白璧德印象记》等。《白璧德印象记》选自1935年6月*Sewance Review*（《西旺尼评论》）季刊，作者D. 瓦坎贝尔是一名美国近代英俊的少年文艺批评家。还有，李悌君译法国作家J. 勒纳尔的小说《脱链的狗》，以及英国F. 培根的《论读书》《大学教育的目的》等。马贯亭翻译发表了英国诗人W. S. 兰德的《母亲，我不能关照我的纱轮》、O. 王尔德的《什么造成艺术家？与艺术家造成什么？》，书味译了俄国塞门诺夫的《仆人》和法国莫泊桑的小说《两个小兵》，言川也翻译发表了莫泊桑的《禁果》等。无疑，这些译作体现出《中庸》副刊的学术实力，有几篇的译笔文情交融，神追西贤。

相较之下，《中庸》副刊的文艺原创性作品不甚多，主要有马贯亭的几篇散文《残叶日记》《美丽的旧梦》《尺素书》《窗下随笔》，再有梅村的《一页日记》，以及小霖的《恋》。不无观念的拘囿，也有成长的疼痛。

《中庸》副刊有始有终地整整挣扎了一年。其终刊号的《告别辞》道："这里没有虚伪，这里只有纯真，这里有热情的流露，这里有突罗的青春；不管别人的批评如何，它却是我们几个人费尽心血的产品。"①《中庸》原原本本地还原了30年代青岛大学生的文艺水准，更多表现出身陷高墙深院莘莘学子纯真的文学创作本心，以及融入中国文学现代化的渴望。

《新地》等副刊

1936年9月国立山东大学新文学会改选后，议定借《青岛民报》创办一个文学副刊。经过会员民主表决，最终"选举蔡国政、狄庆楼、陈鸥三君负责编辑，并规定凡本属会员每月至少供给稿件一篇，以资练习写作技巧之普遍"②。这个名为《新地》的文艺周刊，逢星期五出刊，自1936年11月20日创刊，至1937年6月18日停刊，共出30期。

《新地》副刊没有发刊词，第二期发表的一篇署名"博简"的《写作小言》，呼吁作家将民族遭遇的不平与不幸真切地呈献给读者，以便能"对着镜子发现了自己"③。蔡国政（蔡天心）以"君谟"的笔名，在第三期发表了一首诗《待诗》，发出了冲破黑暗的爆裂之声：

松林卷动起风暴似的呼。

① M.：《告别辞》，载《青岛民报》1936年10月3日。
② 《新文学会周刊〈新地〉出版消息》，载《国立山东大学周刊》第171期，1936年11月30日。
③ 博简：《写作小言》，载《青岛民报》1936年11月27日。

喇叭,炸裂了;
喉咙像野兽一样吼叫。
继续着,
空谷也在黎明的微光中咆哮。①

诗歌是报纸文艺副刊的宠儿,《新地》副刊第十四期推出了《诗歌专刊》,发表的诗歌有熙明的《塞外军歌》、涟清的《你说》和《明天》等。外文系讲师周学普对《新地》热情支持,在第九期翻译发表了波兰籍犹太人 L. L. 柴门霍夫的《颂歌》一诗,他翻译的日本民众派诗人百田宗治的诗《回去的劳动者》,发表在第二十四期《新地》上。

此外还有《文刊》与《征程》副刊。1933 年 12 月 10 日,国立山东大学中文系在《青岛民报》创办《文刊》副刊,至 1935 年 6 月 20 日共出刊 86 期,这是山大在青岛报纸发行时间最长的副刊。《文刊》最初为周刊,1934 年 3 月 7 日第十五期出刊改为五日刊,主要发表文史研究性文章、书评和译作,偶有诗歌、小说、散文等文艺作品。1933 年 11 月 29 日,国立山东大学"征程"文艺社在《青岛民报》创办《征程》文艺副刊,发表的作品有小说《灵魂的诅咒》、杂文《关于〈青岛文艺研究会宣言〉》、诗《朋友要认清谁是我们的仇人》。编辑有寥寥数语作结:"我们都是在功课的百忙中抽暇来从事这个小刊物,自知缺陷很多,望读者给我们以客观的正确的批评。本期匆促付梓,稿子又缺乏,没有选择的余地,欢迎读者们多写些来,充作我们饥荒的赈粮。"②

30 年代,国立山东大学在青岛城市报媒创办的各种文艺副刊,显示了大学生对公共文学空间的参与意识和存在形态,也为普通民众接触文学作品提供了多方面选择的机会和余地。

三 徐中玉与《益世报》副刊

30 年代,徐中玉在国立山东大学求学期间最重要的编辑活动,是遥编天津《益世报》副刊《语林》专页《益世小品》。徐中玉通过编辑外埠报纸副刊,为山大师生的文学创作搭建了新的平台,拓宽了文学传播途径,提升了作品的热度。

天津《益世报》是民国有名的大报,在中国北方仅次于《大公报》,其《语林》副刊自 1934 年 4 月由津门报人吴云心主持以来深得新文学作家的重视。基于

① 君谟:《待诗》,载《青岛民报》1936 年 12 月 4 日。
② 《〈征程〉编后》,载《青岛民报》1933 年 11 月 29 日。

“有益于世道人心”的宗旨，应和1934年“小品文年”，并受上海林语堂《论语》《人间世》的影响，吴云心打算在《语林》副刊增设每周一期、半个版面的《益世小品》专页。关于编辑人选，起初由从北平去青岛的李同愈担任，后来“李同愈不在了，由山东大学的学生徐中玉、陆新球负责与报纸联系”①。从《益世小品》署名“玉”的编者感言看，徐中玉实为《益世小品》的负责人。之所以由徐中玉遥编《益世小品》，一是因为李同愈在给吴云心的信中说国立山东大学有老舍、洪深、赵少侯等教授作家，徐中玉均与他们熟稔，可以就近约到稿子。徐中玉也回忆说：“无疑报社是想借我作为学生之便，来争取当时在山大任教的老舍、洪深、赵少侯，以及与山大有密切关系的吴伯箫、臧克家等校友给它写稿争光的。”②吴云心也说：“在报尾巴上创刊一个周刊，我想这还是一个新举。我对舒赵诸先生给《益世小品》的文章是十二分感谢。”③二是因为徐中玉的笔法与《益世报》副刊对路，此前曾在吴云心主编的《语林》副刊发表过30多篇小品。徐中玉的创作韧性、潜力、对小品自由立场与纯文学特性的持守，使吴云心愿意“像是二房东把房子转租给房客”，他明确地说：“所以在《益世小品》创刊的第一期，我并未有话说。我想以后我亦不说话，房客是好房客，不会拆房或放火的。”④这样，蜚声民国报坛的《益世报》，破天荒地放手聘请一位素不相识的大学生编辑副刊专页，“不仅业余，而且异地，每周一期的稿子，都是从青岛寄到天津发排”⑤。

徐中玉通过编辑《益世小品》，刊发了20多篇小品。其中，发挥议论的有《漫谈“批评”》《所谓历史小品》，畅述衷情的有《旧时游伴》《写给几个朋友》，摹状人情的有《论隐士之类》《一个奋斗求生者之死》，形容世故的有《丑女人的品行》《塔思拉维斯基店主》，札记闻见的有《读书的方法》《介绍〈新文学大系〉》，谈天说地的有《南行杂记》《崂游短记》《江南的春天》等。这些小品大都表现出以“热心人冷眼看人生”的态度，定位于审美，超拔于功利，拓展了包容性和自由度，对30年代文坛的浮躁气起了一定矫正作用。当然，徐中玉对小品的题材也有自己的尺度，他对科学小品和历史小品这两类小品变体表现出截然不同的立场。对于前者，徐中玉热情支持；对于后者，则表现出激烈的反对态度：

> 自以为托古改制，事实上是否真能把自己所欲描写的人物放还到历史本真呢？……又假设写历史小品能把历史中的人物如实地一一描写出来，这些偶像的无聊烘托，对于读者究有什么好处？为什么不关注于现实生活

① 吴云心：《抗战前天津文艺界杂忆》，载《吴云心文集》第576～577页，天津古籍出版社，1990。

② 徐中玉：《记老舍师四十八年前给我写的序文》，载《读书》1983年第12期。

③④ 吴云心：《书〈益世小品〉创刊后》，载《益世报》1935年3月25日。

⑤ 夏康达：《徐中玉与〈益世报〉》，载《天津日报》2011年4月3日。

有关的材料,反要投进旧坟堆去寻找陈骸?……提倡历史小品的危害很大,不能完全客观描写便会同历史小说落入同一窠臼,也可能因为穿了新式的外衣而成为一剂最强烈的麻醉药。①

不仅如此,徐中玉还对历史小品的倡导者曹聚仁使用了“挂羊头卖狗肉”“乌鸦头目曹聚仁先生”等侮辱性言辞,“如果不是大言不惭的狂徒,便是一个十足的赖皮”。其实,历史小品作为复活史实史事和历史人物的小品,有着托古寄怀、借古喻今的讽时意味,徐中玉对历史小品的偏激态度实不可取。由于小品内在的幽默性和对现实的超脱性,必然引来视文艺为武器的左翼作家的反对声。倡言自我、冲淡不免与时代激流脱节,徐中玉在散文闲适风的探索上充满了矛盾与苦恼。一个在校大学生,当然难有幽默小品大师林语堂那样的从容与达观。

另一方面,徐中玉通过联络为《益世小品》撰稿的青岛作家,将青岛文艺作品迅速而便捷地推向全国。据不完全统计,《益世小品》自 1935 年 3 月 24 日创刊至 1936 年 4 月 26 日结束,在共计 56 期的刊期中,青岛作家为其撰稿的有老舍、洪深、宋春舫、赵少侯、周学普、水天同、吴伯箫、杜宇、王亚平、李同愈、西蒙、孟超、甜冰、陆新球、郭根等,也包括时不在青而与青岛文坛联系密切的作家王统照、臧克家、王余杞等。王统照欣然为《益世小品》题写了刊头。1935 年 3 月 18 日,《益世报》刊出《〈语林〉的号外》就《益世小品》的征稿要求做了表述,“(一)不含政治意味;(二)尽量减少浮泛空论;(三)非万不得已,不载译稿;(四)刊载‘科学小品’及其他”②。3 月 23 日,《益世报》除继续刊登《益世小品》的广告还发表了第一期的要目预告,唤起了读者的阅读欲望。

由于老舍、王统照等名家出手供稿,实为《益世小品》增色不少。徐中玉后来回忆说:老舍“果然为《益世小品》写了文章。每次去看他,总非常热情、坦率,正在写作时也立即站起来,拉手,问又在写些什么,读些什么,想些什么”③。老舍在《益世小品》发表的小品,有《春天》《忙》《钢笔与粉笔》《新年试笔》等。时在上海任《文学》月刊主编的王统照,在《益世小品》上发表了《苔语》《“联合爱尔兰党人”的受讯录》《幼稚病?》《融冰》《听潮梦语》;周学普也发表了《抓住时代》《青岛漫谈》《去年的夏天》《机械与艺术》《歌德论拜伦》5 篇文章。赵少侯发表的 5 篇文章,分别是《不知所云》《职业的限度》《剽窃问题》《毛巴桑对于战争的意见》《文字与人生》;臧克家则发表了《答外国的同好》《创作过程》《螺旋》《憚》《夜》,篇数与上述几人相差无几。吴伯箫在《益世小品》发表的文章不多,

① 徐中玉:《所谓历史小品》,载《益世报》1935 年 6 月 9 日。

② 《〈语林〉的号外》,载《益世报》1935 年 3 月 18 日。

③ 徐中玉:《记老舍师四十八年前给我写的序文》,载《读书》1983 年第 12 期。

但都是精品，如《梦到平沪夜车》《灯笼》《羽书》；洪深、宋春舫等都有作品在《益世小品》上发表。一些作品并不见得比《论语》《人间世》上的逊色。

徐中玉遥编《益世小品》，表层意思是密切青岛作家的"熟人关系"和对报媒副刊的"权且利用"，而深在的意义是回避杂文的锐利锋芒，着力表现灵性、自由和文学的独立性，以圆融逸出的幽默观创设良好的人文空间。例如：赵少侯的《不知所云》《文字与人生》等小品酣畅淋漓，带有无所不谈的任情率性，印证着赵少侯的渊博知识与文化品位。周学普的《抓住时代》《机械与艺术》等小品，表现出审美选择的丰富性和自由性。洪深发表的《犬儒》和《旧书》，讽刺了人在名誉与财富面前的矛盾心态，道出了追求普遍的善而抛弃物质享受和感官快乐的内心纠结。宋春舫发表的《自己偷了自己的东西》，以娓语式笔调流露出对散文形式、品种、名目的体验态度。小品在青岛作家的手里，成了无拘无碍的自由文体，演绎出天上与人间、自然与人事、宇宙与苍蝇、政治与文化、历史与现实、本土与外来等"说说笑笑"的诙谐空间，一定程度上发展了现代散文的表现形式和审美取向。而且，《益世小品》作为附属于《语林》副刊的刊中刊，连结起青岛与京津地区文学交流的纽带，打通了地区间文学互通共享的道路。

徐中玉遥编的天津《益世报》副刊页《益世小品》，于 1935 年 8 月 25 日第二十二期刊出后结束，编辑时长达五个月有余。徐中玉后来回忆说："这个刊物实际我编到第 22 期。后面是吴云心先生过渡一下编的，后来由李同愈再编下去，刊名题字也改了。主要当时我已投入抗日救亡活动，感到再写那种文字没意思了。"①查《益世小品》的文章，1935 年 8 月 25 日后，徐中玉仅在 11 月 24 日和 1936 年 2 月 9 日发表了两篇文章，随后就退出了《益世小品》。不过，徐中玉为《益世报》副刊的撰稿一直持续到 1937 年 6 月，写作的密度和纵深感未减。

四　《星野》等期(副)刊与作品

1946 年国立山东大学在青岛复校后，陆续创办了几种新文学期刊和报纸文艺副刊。《星野》《中兴周刊》等成为大学重拾新文艺柴薪的田苑；在青岛《民言报》创办的《潮音》《每周文学》及《民报》的《自由浪》副刊，反映出大学编、作者与众不同的编辑理念与选文策略。

《星野》等期刊

1947 年 2 月，国立山东大学"星野"文学社创办的《星野》月刊出炉。这份由

---

① 夏康达：《徐中玉与〈益世小品〉》，载《今晚报》2014 年 3 月 6 日。

青年大学生文学爱好者策划编辑的文艺性期刊,其初衷是“抱了‘文章救国’的宏愿”,应了“风雨如晦,鸡鸣不已”之言,信誓旦旦地在“这暴风雨的时代,作这样的一只鸡”。① 关于《星野》月刊的属性问题,《发刊词》有一段真实告白:

> 本刊是综合性的,集时评,著述,通讯,文艺,于一帙。时评,以国家利益为前提,自己认识问题,亦帮助人家分析问题。论著侧重学术,亦尚政论。通讯,摄取中国另一角落之“生活相”,文艺则表现人生现世苦闷,抉发人生另一暗面,为这伟大时代留一印痕。我们反对偏激狂妄,不合国情的“暴徒文化”,我们也不赞同玄学鬼建筑在空想上的一些“尾巴学者”的论调。②

这篇檄文式的发刊词,不仅道出了编者的气魄,也标示了办刊用稿的方针和标准。《星野》月刊除刊发学生的作品,也发表教授的文字,“预想此风一开,继起者必大有人在”③。在《星野》发表作品的教授有杨向奎、王统照、刘次箫、徐中玉等。杨向奎刊发了《儒教与董仲舒》一文为仅有的学术论文;王统照翻译发表了英国女诗人 F. 赫曼斯(王译“亥丝曼夫人”)的诗歌《影像》《辉耀的城》及《〈费加罗的出世〉序》;刘次箫提供了一篇杂文《中国人的人生观》;徐中玉发表了《关于批评能力的培养》《批评随笔》等文章。受版面拥挤、出版周期的制约,尚有李茂祥、孟云桥等教授的稿子“没有来得及登出”,《星野》编辑部为此著文表示“颇为遗憾”。④

因目标群体是爱好文艺的大学生,《星野》的作品多迎合青年的阅读趣味,风格清丽,内容明快。小说有史超的《复员》、海汀的《老郭》、青风的《蜕变》、王剑的《司马兄》、郝楚的《路旁的孤儿》、铮然的《旅邸》、西方朔的《逃亡》等,不少作品透出国统区小说的讽刺暴露和追怀体验潮流。《星野》的散文有正遥的《新居第一夜》、秋萍的《蚕豆花又开了》、西方朔的《又一个牺牲了》、贝贝的《写在醒后》、CY 的《一封复信》、山椒的《门》等,笔调既有风韵优雅的画意诗情,也有对急速流逝时光的眷恋,流转出多元化的审美期待。《星野》的诗歌有微之的《破了的镜子》《梦:假如我有了你我将有这样的一个梦》,王金铸的《写给弃婴》,王剑的《春之颂》,丁逊的《战地》,还有《杂草篇》专栏的系列诗文,如达欣的《杂草》、以人的《官估》、贝贝的《在海滨》,一脉先锋意识主导下的追风吟诵。《星野》也发表翻译文学作品,如“三月号”刊载的翁劭译的 H. 克拉希尼古夫的长篇小说《劲扑》的缩写。对于这位陌生的作者和奇特的篇名,编辑特加《编者按》介

---

①② 江水:《发刊词》,载《星野》创刊号,1947 年 2 月。

③ 《校闻》,载《国立山东大学校刊》第 11 期,1947 年 2 月 1 日。

④ 《编后》,载《星野》第 1 卷第 2 期,1947 年 3 月。

绍。小说作者系俄国的一名陆军大尉,“劲扑”则是一匹西伯利亚马,而作者写一匹“实际存在的马的生活史”,意在“为了无数的马儿,他们曾经毫无怨言地参与了人类所扮演的悲剧”。①

《星野》月刊的编辑,受制于文学接受、期刊运作模式的影响,难免呈现出“人办杂志”到“杂志办人”的转向。这也体现在1946年11月讲师孙昌熙接办的《中兴周刊》,以及1947年国立山东大学师生编辑的《岛上文艺》中。

创办于1946年元旦的《中兴周刊》,本是青岛镇远出版社经理谭镇远借助抗战胜利中兴文化的“自信与要求下”编辑发行的杂志,内容包括时论、专论、杂俎、文艺、论著、科学等,社址在广西路46号,营业部在聊城路69号。然而,由于经费短缺,印刷困难,在1月8日第二期出刊后即告停顿,其间发表了闵光予、张嗗兹、石玺、沉迟的作品。11月23日,孙昌熙接办《中兴周刊》,接续出刊了第三期,宣称:“力求充实革新,并已由国立山东大学及平、津、武汉各大学内,聘请特约撰稿人多名。”②自此至1948年1月15日,《中兴周刊》不定期出版了8期,始终由谭镇远任发行人,孙昌熙任主编。这是国立山东大学教员以“救世”的姿态自觉主持青岛社会杂志的成功尝试。孙昌熙的大学身份、眼界、人脉及出手不凡的编辑方略,使《中兴周刊》找回了“自信”,赢得了“中兴”。复刊后的《中兴周刊》,增加了国内外最新政治、经济、科学动态、医学和法律的内容,以及诗词创作和国学研究,稿费由原来的每千字100~300元,提高到2000~5000元。③ 孙昌熙借由这个平台,发表了小说《没有坟墓的人》、散文《女扒手》、诗《雨后》《给Y.W.》及评论《文学与政治》等作品。国立山东大学同人刘泮溪发表了《文艺的真与美》《文苑的锁钥——爱与恨》,杨向奎发表了《尧典研究》,另有郭宣霖、工普、郭贻诚的文章。《中兴周刊》还约李广田发表了《略谈诗歌的道路》,约任继愈发表了《自由的限度》,约贺麟发表了《中国哲学和西洋哲学》,约魏明经发表了《宋词漫谈》,还转发了朱自清的散文《低级趣味》和闻一多的《端节的历史教育》。孙昌熙主编《中兴周刊》标定出的精品化办刊理念,得到业界专家学者与文艺爱好者的欢迎与好评。

1947年4月,由国立山东大学中文系学生宋斌、程民觉等创办的《青年新报》为4开12版综合性周刊,除刊发时评、通讯,也发表杂文、随笔、诗歌等,不乏辛辣峻切的锐评。如刘冠文的《正视“罢”、“抢”风潮》,谴责战争将善良的人民陷入“赤贫,疾病,饥寒,死亡”,声声控诉,字字血泪。岳如的《袁世凯与国民革

① 《劲扑》,载《星野》第1卷第2期,1947年3月。

② 《编者的话》,载《中兴周刊》第3期,1946年11月。

③ 《本刊征稿简章》,载《中兴周刊》第6期,1948年5月。

命》,明骂袁世凯,实讽蒋介石,尤得针砭之妙。还有《这是什么社会》《奈奈何》《为什么还用帽子?现在是肚子问题!》《泪》等杂文,嘲讽笞挞,酣畅淋漓。《青年新报》的作品在揭露"蒋管区"黑暗统治方面,"犹如一支匕首刺向了反动派的心脏"①。只是,《青年新报》公开与当局唱反调、对着干的办报方针势必遭遇封杀,仅办了三期即告停顿。

说直接点,身置"孤岛"的国立山东大学学生时时处于训导制度的高压之下。校方对学生出版刊物明确提出,"以有研究价值及不失学术立场者为限",如果刊物"向校外流通,应将原稿送请训导处审阅"。② 登记的文学艺术类刊物和壁报,还有《文摘》《正视》《向阳报》《晨曦》《泥土》《死水》《新文学》《人间》《艺海》《新向》《新生》等。③ 这是一种与一般"纸上得来"完全不同的学习资源。

报纸文艺副刊

国立山东大学复校后,在地方报媒创办文艺副刊的有王统照、徐中玉,以及文艺社团的《自由浪》副刊等。

1945年冬,王统照借助战后青岛报章文艺副刊复兴的潮汐,于12月19日在《民言报》创办了《潮音》副刊。这个每周出刊3期(后改为每周2期)的报媒副刊,成为王统照发表作品及联络青岛和外埠作家声息相通的桥梁。王统照在《潮音》发表了《前奏》《忆老舍》《公道》《蔡来耳曲之〈自传〉与其生平》,以及长篇译文连载《马绍尔群岛战后记》。应王统照约稿,郑振铎、丰子恺、郭绍虞等名家均在《潮音》发表了作品;《潮音》还发表了中华全国文艺界抗敌协会《为庆祝胜利告国人电》《慰问上海文艺界书》等。至1946年2月24日停刊,《潮音》共出刊29期。王统照主笔的《民言报》副刊《潮音》,是战后青岛报媒最早的文艺副刊之一,对此后岛城报纸文艺期刊群的形成无疑起了带动作用。

徐中玉以副教授身份,再次出现在复校后的国立山东大学,由于任职课外活动组组长,又迎来了他的编辑文艺刊物的高潮期。徐中玉回返青岛不久,即应济南《山东新报》邀请,编辑每周一期的《文学周刊》。每期对开一整版,容量1.5万字,稿酬每千字为7000~8000元。④ 至1947年5月,出版了16期。1947年5月12日,徐中玉又应青岛《民言报》之邀创办了《每周文学》副刊,稿酬为每千字8000~12000元。⑤ 稿酬标准高于同类报纸副刊。《每周文学》每一期都在刊头

---

① 鲁毅:《忆山大〈青年新报〉社》,载《青岛党史资料》第4辑第554页,青岛市出版局、青岛市出版社,1989。

② 《国立山东大学学生出版刊物暂行规则》,载《国立山东大学校刊》第13、14合期,1947年3月8日。

③ 《训导概况》,载《国立山东大学概览》第42页,1948。

④ 《校闻》,载《国立山东大学校刊》第11期,1947年2月1日。

⑤ 《课外活动组近讯》,载《国立山东大学校刊》第19、20合期,1947年5月17日。

标明“徐中玉主编”字样，通讯处为国立山东大学文学院。徐中玉的《每周文学》副刊，多登大篇幅的文章，文字讲究，笔力劲健。其创刊号登载了王统照的杂文《一代不如一代》、徐中玉的散文《念宾基》等力作，徐中玉还在《每周文学》第二期发表了杂文《诗人·骗子与贩子》。

处于“中年殇”的徐中玉，与30年代编辑《益世小品》时的“青春祭”大学生判然有别。措辞犀利，锋芒逼人，给徐中玉带来了种种不测。其实，徐中玉返回青岛不久他曾经工作过的中山大学即通过广州行辕秘密致电青岛市政府，将徐中玉定为“左倾教授”，要“饬属注意徐中玉之行动”。[①] 徐中玉在青岛的行动被特务盯梢，他在《民言报》的《每周文学》副刊仅仅出到第六期。1947年6月15日，《民言报》发表了一条不甚起眼的《启事》道：“徐中玉先生主编的每周文学，兹因本报篇幅限制，自第六期起暂停，明日《每周文学》无。”[②]说直接点，徐中玉不仅失去了《每周文学》副刊的编辑权，而且丢掉了国立山东大学的“饭碗”。离开青岛后，徐中玉在上海《观察》杂志发表的《论勇敢的表现》《诗家妙处》《契诃夫的断想》等杂文，均标注“前山东大学教授”字样。不知是徐中玉刻意的要求，还是主编储安平的有意所为，只是匡正时政、经纶济世的《观察》，于1948年12月遭遇国民党政府查封。

国立山东大学文艺社团“自由浪社”，于1947年4月在《民报》开辟了《自由浪》副刊，这是山大师生涉足青岛社会报媒的又一片园地。王统照发表了诗《五月夜的星星》，谢白有散文《献给已死的挚友》刊登，萧白的杂文《自由浪里自由谈》特别扎眼：

> 八年抗战据说胜利带来“自由”，阿弥陀佛！老天也生眼睛，老百姓几世修来的福气，可是我用迟钝的鼻子来嗅一嗅自由空气的味道，呀！呸！说句不怕大人先生见怪的话，告诉你臭的很，自由大概有屁的成份含在里面，不吗？[③]

应当说，战后国立山东大学师生主编的文学期刊和报纸文艺副刊，与同时期的岛城文学艺术类副(期)刊群，共同记录了风云动荡岁月中的青岛文化状貌，成为战后青岛文学场的重要构成部分。但作为战争硝烟中的产物，国立山东大学的几份文艺报刊不甚出众，尤其对处于主流的讽刺文学的理论探索不足，未能

---

① 《广州行辕关于中山大学徐中玉匿居青岛的代电》，存青岛市档案馆，档号：B0024-001-00838-0093。

② 《启》，载《民言报》1947年6月15日。

③ 萧白：《自由浪里自由谈》，载《民报》1947年4月21日。

发挥引领城市文艺发展的作用。

第五节　杜宇等文艺编辑及作品

在青岛20世纪上半叶的文艺期(副)刊史上,文艺编辑被视为文学生产、传播、接受活动的“润滑剂”。杜宇无疑是时间跨度最长、影响最大的报人;西蒙、孟超是青岛左翼文学具有革命意识的编辑和作家;张喟兹、激冰分别是40年代前期、中后期最具代表性的文艺编辑;田仲济非旅青作家的副刊编辑身份、曹歌帆的文艺编辑观,需要文艺期(副)刊史留意。杜宇等为构建媒体文艺编辑学、传播学,与作家、读者形成对话互动审美共同体的努力,值得写入青岛文学史。

一　杜　宇

杜宇是青岛横跨30年代和40年代中后期久负盛名的编辑家、翻译家、文艺活动家和作家。他多才多艺,行走在政治与文学吻合而交叉的路径上。

杜宇(1908—1948),本名杜木华,山东黄县(龙口)人。自黄县中学毕业后考入私立青岛大学预科,后在青岛日本商行做职员,自学日语和英文,在“落寞的岛上与友人们从邮寄购求新书,获得新知”,对新文学产生了浓厚的兴趣。王统照著文称赞杜宇,“独自学习,自辟修途,以其少年谋生,不走学校的路程,在文学与事业上都有表见,看似寻常,夫其易易”[①]。

1928年,杜宇与王卓、王玫、李同愈、马纳川、魏常华、王宝华等发起成立青岛“光明”剧社,成员有20多人;5月由杜宇执导的徐志摩、陆小曼的剧作《卞昆冈》,在青岛“新舞台”公演。1930年《青岛民报》创办后,杜宇初为报社外勤,后任编辑、主笔。其间,副刊编辑、中共地下党员姜宏介绍杜宇加入青岛“左联”。[②]杜宇对30年代青岛报业的重要贡献是,通过《青岛民报》为青岛报纸“开创了新式副刊的作风”,1935年夏在《青岛民报》副刊基础上诞生的《避暑录话》,即得到杜宇的鼎力支持。在青岛,杜宇还爱上了颇有文艺天赋的女青年姚淑珊。姚淑珊(1914—2004),又名姚漪文,祖籍浙江绍兴,出生于辽宁沈阳。“九一八”后随家迁居青岛,任教于黄台路小学,是校长王亚平带她认识了“两只大眼睛炯炯有神”[③]的《青岛民报》总编辑杜宇。1938年1月青岛沦陷,杜宇辗转流徙,姚淑

① 王统照:《记杜宇君》,载《民言报》1948年1月11日。
② 张绍麟、罗春茂、邱吉元:《20世纪30年代青岛左翼文化运动》,第24页,中共党史出版社,2005。
③ 姚淑珊:《我与杜宇》,载《青岛文学》2016年第1期。

珊不顾一切千里迢迢追到大后方，二人于 1942 年在河南叶县喜结连理。

抗战时期，杜宇掷笔从戎，襄赞军谋，历任广西战时干部训练团中校教官、鲁苏豫皖边区抗敌分会上校秘书、第五战区副司令长官部少将参议。① 1942 年，《华中日报》在抗战中的河南创刊，杜宇奉派赴任，历任总编辑、社长。《华中日报》因发表《救济河南灾民》《欢呼苏军斯大林格勒大捷》等社评受到汤恩伯的警告，杜宇处境不利，进退两难。抗战胜利后，杜宇脱去戎装，于 1946 年 4 月返回青岛，出任“中央通讯社”青岛分社编辑组组长，主持《民报》笔政。② 由于夙夜少暇，生活迫抑，1947 年 8 月杜宇罹患肝癌住进市立医院，后经美军“安息”号医疗船医官诊治，终一病不起，于 1948 年 1 月 6 日撒手人寰，终年不足 40 岁。遗孀姚漪文时年 34 岁，长子恺 5 岁，幼子悌不到 2 岁。杜宇一生清寒，没有留下财产，丧事全靠生前友好与舆坛同人捐助，青岛报媒刊发的文章标题是《中央社编辑杜宇病逝，一生清苦身后萧条，寡妻幼子孤苦无告》。在 1 月 10 日青岛新闻界举行的追悼会上，姚漪文的挽联催人泪下：

六载结禧未归故里，悲此时双亲播越，我生独难，空言百岁同甘苦
八年抗战伴随异邦，痛今日幼子婉娈，君死谁怙，无那三人竟失依③

杜宇临终前姚漪文真诚地说：“一定抚孤长成，请瞑目吧！”④青岛《民报》同人挽联，则全面概括了杜宇的为人与为学：

凭秃笔一枝，敢说，敢骂，敢歌，敢哭；为正义宣扬，向黑暗痛击；士林殒星哀当世
耸昂驱七尺，不屈，不馁，不谄，不骄；受生活煎熬，走真理前面；舆坛丧将哭盖棺⑤

为缅怀杜宇，青岛《民报》《青报》分别特辟《纪念杜宇先生逝世特刊》，《军民日报》《民众日报》《民言报》等纷纷划定版面刊发专稿，王统照、陈南冰、王葆仁、百歌、王明、常青、贾刚、叔衡等 20 多位知名作家、报人撰文，寄托哀思。

副刊作家

杜宇从踏入青岛文学艺术界起便以拓荒者的姿态，在王统照的支持下创办

---

① 葆仁：《杜宇先生事迹简述》，载《民报》1948 年 1 月 7 日。
② 《前民报总编辑杜宇即将返青　函本市友人将继续新闻工作》，载《民众日报》1946 年 4 月 14 日。
③ 《追悼杜宇先生　吕祖庙内仪式隆重　挽联遗影相对神伤》，载《民言报晚刊》1948 年 1 月 10 日。
④ 杜小悌：《我的母亲》，载《闲吟集》第 275 页，2015。
⑤ 《本报同人挽联集》，载《民报》1948 年 1 月 7 日。

了青岛第一份文艺性刊物《青痕》,共出版四期。① 王统照创办《青潮》月刊,杜宇发表了诗歌《何处是知音》《约会》及《决定》《青湖》等译作。

1930 年 2 月《青岛民报》创刊后,杜宇应同乡王景西之邀进入报社,在操持副刊和任职总编辑期间,发挥文艺副刊的特有优势,推进编辑调节引导下的文学活动。杜宇身体力行,创作、翻译了许多诗歌、小说、散杂文和戏剧作品。例如:1933 年 2 月 18 日,杜宇在《青岛民报》副刊《青鸟》刊发《欢迎萧伯纳先生》一文提出,“萧伯纳实际上是英国最初的马克思主义者”,萧伯纳认为“马克思不是一个经济学家”,而是“一个革命的社会主义者”,萧伯纳说“苏俄官吏是世界上最好的,甚至说一切资本主义的国家迟早都要走苏俄所走的道路的”。杜宇的文章对萧伯纳的评价独到而深刻,并认为“他的意见,也可以说是一切进步的知识分子的意见”。② 1946 年重回青岛主持《民报》后,杜宇以“小记者”的笔名发表了《因大失小》《漫谈选举》《奸商捣乱》《关云长为何无罪?》等杂文,抨击流弊,运用映射、反讽的笔法,获得了辛辣幽默的意味。其中,《关云长为何无罪?》最具弦外之音,一览全文:

> 自从诸葛亮当庭宣判“关云长无罪”后,大家议论纷纷。
>
> 有人说:因为关云长身后周仓背着一把大刀,所以诸葛亮有些害怕,唯恐得罪了他,惹出祸事来。
>
> 也有人说:因为关云长把曹操所赠的黄金,封的封,挂的挂,没有带回家里。他既无财产,就不适用“财产没收”四个字。那末,徒然处刑,毫无好处,不值得!
>
> 由前之说,关云长的便宜由于有武器;由后之说,关云长的便宜由于没财产,究竟原因何在,只有诸葛亮肚里明白了。③

遣词造句简洁干净。作为作者主体与编辑活动的主体间性,更多体现在杜宇主导并参与的天津《益世报》副刊的遥编工作。1935—1936 年,杜宇在徐中玉编辑的《益世报》副刊《益世小品》,以及与李同愈联袂遥编《益世报》的《文艺周》期间,发表了一些耐人咀嚼的小品和颇具力度的文艺评论。其中,小品有《OK 的世界化》《谈吸烟》《谈讽刺文学》《星期日的公园》等;文艺评论有《奥尼尔与其戏剧》《法国的文学倾向》《高尔基论速写》《玛那珂夫斯基的诗》《邓肯的一生》《关于纪德》等。杜宇以开阔的选材视野和不凡的写作能力,带动津青两

---

① 青岛市史志办公室:《青岛市志·文化志/风俗志》,第 74 页,新华出版社,1998。

② 杜宇:《欢迎萧伯纳先生》,载《青岛民报》1933 年 2 月 18 日。

③ 小记者:《关云长为何无罪?》,载《青岛晚报》1946 年 7 月 30 日。

地报媒作品交互辉映,促使编辑媒介学走向独立成型期。

杜宇的作品传有百万字,但因一直没有结集出版,或多或少地影响了他在青岛文学史上的地位。

翻译文学

可能,杜宇的翻译文学作品优于其他文本创作,他的翻译涉及日本、欧美等国,包括小说、散文、诗歌、戏剧等文体。

杜宇翻译的最大成果,是1936年12月由上海生活书店出版的《一个丑角所见的世界》。原著是卓别林的 *The World Seen by a Clown*,系卓别林1931年拍完《城市之光》后作的一部世界旅行纪游文集。杜宇是由日文转译,经王统照介绍出版。由于卓别林出演的默片名冠全球,观众熟知的卓别林是一个留着小胡子、着破衣破裤破帽破靴、持手杖的流浪汉形象,而他的游记则穿绅士礼服走入上流社会,与文人、权贵、名媛交游,辗转于名誉、金钱、情爱之间,所以未能引起读者的共鸣。有人撰文不无挖苦地称,也许善于用眉目表情的人未必善于用笔表情是个最大的原因,"翻译的疙瘩恐怕还在其次"①。杜宇的《一个丑角所见的世界》的译本,于1937年5月得以再版。此外,1935年,杜宇在江岳浪选编、上海仿古书店刊印的《现代诗歌论文选》上,翻译发表了N.齐霍诺夫的《诗的分野》,以及山田清三郎的《日本的普罗文学史》。前者印刻了杜宇西方诗歌理论的研究视野,后者则表现出杜宇对日本无产阶级文学的观点和态度。

杜宇的翻译文学作品,多发表在青岛、天津等地的报纸副刊上。

1930年9月25日,杜宇在《青岛民国日报》副刊翻译发表了比利时诗人M.梅特林克的诗歌《医院》。② 1934年,杜宇在《青岛民报》副刊《每周文艺》翻译发表了法国诗人R.古尔蒙的《果尔孟诗四首》:《秋之歌》《雪》《落叶》和《发》。杜宇在《译后记》中评价古尔蒙,"有着百科全书般的广博的知识",说他是20世纪初"法国最大的智慧的人,是谁也不能不承认的。他是哲学家和文学批评家,在这一方面他的功绩最大"。杜宇选译古尔蒙的诗,或可应了戴望舒的话:古尔蒙的诗有着心灵的微妙与感觉的微妙,这种绝妙的微妙是"呈给读者的神经"。

杜宇在天津《益世报》副刊发表的翻译文学作品,出自俄苏的有M.左琴科的《保姆》《医生》,M.Ю.莱蒙托夫的《诗人之死》,H.捷夫诺的《在青湖上》、爱伦堡的《诗与真实》等;翻译的日本文学,有秋田雨雀的《伟大的新文化导师高尔基之死》、高冲阳造的《现代日本文艺思潮》等;欧美国家的翻译文学,有基修的《速写和报告》、亚拉冈的《返于现实》等。这些译作既有震撼文坛的世界名家名

① 王元化:《谈卓别林》,载《中国新文学大系(1937—1949)》第12集第396页,上海文艺出版社,2010。

② 《青岛民国日报副刊合订本》,第2卷第9号,1930年9月。

篇,也有领先潮流的前卫作家作品,还有激进革命者的进步诗文。如亚拉冈是法国超现实主义派的作家和诗人,秘访苏联而成为共产党人。

至少在30年代的青岛,杜宇的翻译文学作品在忠实原作的文化内涵、还原原作语感及精进流畅度、校改润饰等方面,与高墙内的学院派相差无几。好的翻译同时也应当是好的写作,在翻译文学中,译者是无形的。

二　西蒙、孟超等30年代文艺编辑及作品

西蒙、孟超是30年代《青岛民报》文艺副刊编辑,且都是"左联"的早期成员。西蒙在诗歌、小说、散文方面都有佳作,是1935年《避暑录话》的编务。孟超在青岛编报期间以"小糊涂胡扯"为题的尖锐泼辣、兴会淋漓的骂世杂文,数量之多、密度之大,堪称青岛杂文界一绝。田仲济遥编青岛报媒《夜光》和《处女地》副刊专页,是青岛文坛一个值得提及的个案。

西蒙

西蒙(1910—1994),本名刘芳松,笔名还有风斯、叶绿素等,山东蓬莱人。1928年他入读私立青岛大学,1931年在浙江编入"左联"过组织生活,于1932年2月正式加入中国共产党,后任左翼"美联"党团书记。他还作为中国诗歌会发起人之一参加了上海的成立大会,在"左联"机关刊物《北斗》《文学月报》发表诗作。此时,西蒙的家人担心他的安全劝其暂时回乡躲避。1933年春,西蒙向党组织请假一年,离开上海回到故乡山东蓬莱,自此与党组织失去联系。[①] 1934年春,西蒙辗转来到青岛,任《青岛民报》副刊编辑。在青岛,他结识了文德女子中学学生李岱思(李美华)。李岱思曾参加"海鸥"剧社活动,主演过《暴风雨中七个女性》。二人结为伉俪,租住在苏州路18号一处民房。

西蒙接办《青岛民报》副刊后,将原来的《艺林》改名为《花絮》,每日出刊;还编辑占一整版的《每周文艺》副刊,及至1935年1月7日共出刊28期。1935年夏《青岛民报》创办的《避暑录话》,编辑工作大都由西蒙承担,他在《避暑录话》发表了三篇作品。西蒙支持徐中玉、李同愈与杜宇遥编天津《益世报》副刊,并在《益世小品》上发表了随笔《活》、小说《夜吠》、杂文《蜘蛛与蜜蜂》,以及《过路》《饿的故事》《记忆》《小三子》《农村里的媳妇》等篇什;在《文艺周》相继发表了《高尔基——他怎样成功的》《那位旅伴》《战争的时候》《营子》《海的故事》《丈人爹和女婿》《流星》等作品。西蒙还在王亚平主编的《诗歌季刊》上发表诗

① 姚辛:《左联词典》,第91~92页,光明日报出版社,1994。

歌《苍鹰塔里的浮士德》。

西蒙在青岛的文艺作品，以诗歌居多，散文、小说次之。他的诗歌意象生动传神，富有声韵之美；散文语体流畅而凝练，描摹状物极为精当；小说则擅长零度叙事，在情感体察、技巧运用、人物形象塑造等方面都有较高的水平。西蒙在《青岛民报》副刊《花絮》和《每周文艺》上发表的诗歌有《夜之沉寂》《我们歌着》《北行拾零》《七月速写》《庭院》《都市的夜行人》等。《七月速写》写道："人们开始吃冰。姑娘们的双臂，/ 完全可能露在外头；/ 说到腿，/ 已经有粉膏涂染。//人们的脑中翻出避暑胜地的浪花，/ 软的沙，在那里浮动着沁凉的水，/有福就脱下衣服，/ 让肌肤，/ 给爽爽的波涛吻醉。"再读《近来》：

朋友来信要问我的近来，
啊，我的"近来"！我的"近来"！
在半睡的意识中，
这问题与我好似一个霹雷！

我的心内近来已趋疯狂，
不可思议的事迹已于心中培栽。
假若有时忽地清醒，自问为何这般，
这时我的眼泪已流满两腮……①

1934 年 6 月，西蒙在《青岛民报》副刊《每周文艺》第二期发表的《叶赛宁用手枪打了自己》一诗火遍诗坛。据传，臧克家读了之后说："我写不出来。"②

西蒙曾以"叶绿素"的笔名写诗，发表于《文学》月刊及全国一些顶级文学杂志，名气相当了得，几成与戴望舒相仿的"抒情诗人"。孟超在一篇评论中说："望舒是中国很多人所说的天才诗人，而另一个还为少数人所知道的天才诗人，便是叶绿素。……他的诗是很与望舒的诗有些相仿，而比望舒深刻一点的是多一些青年的烦恼与悲哀。"1935 年冬，西蒙离开青岛去了北平，他推荐孟超接任《青岛民报》副刊编辑。

孟超

孟超（1902—1976），原名孟宪启，字励吾，笔名还有林麦、林默、东郭迪吉、南宫熹等，山东诸城人。早年入读上海大学，于 1926 年加入中国共产党，1928

① 芳松：《近来》，载《青大旬刊》第 25 期第 143 页，1929 年 4 月 21 日。
② 顾迎新：《左联作家刘芳松的生平及其文学创作》，载《中国现代文学论丛》2021 年第 1 期。

年与蒋光慈、钱杏邨等组织“太阳社”倡导革命文学。1929年秋,孟超参与筹建中国左翼作家联盟,是1930年3月2日“左联”成立大会到会的盟员之一。嗣后,孟超在组织沪西纱厂工人罢工时被捕,于1933年7月经保释出狱,自此与党组织失去联系。迫于生计,孟超辗转北平、山东等地,于1934年夏来到青岛。

其实,孟超与青岛有很深的渊源,他读上海大学时每次回老家总是先乘船到青岛,再换乘汽车抵诸城。孟超在散文《樱花前后》中,曾表达了“往返中又两度的经过了最使我依恋的青岛”①之情。30年代青岛时期的孟超,开始了一段中学国文教师、报社副刊编辑和自由撰稿人的生活,一段时间与西蒙相邻而居。孟超将居室题为“当风室”,并写了一组反映诸城、青岛两地风土人情的散文名曰“当风室风俗画”。1935年夏,孟超参与《避暑录话》,先后发表了九篇作品。1935年秋,孟超开始给徐中玉遥编的天津《益世报》副刊《益世小品》供稿,相继发表了《买鸡蛋》《蹲店》《故乡》《初雪记事》《谈烤火》《岁末杂写》《脸的艺术》《羊羝角的故事》《“缴粮”与“分租”》《租粒米》《擦脚粮》《清明时节》等小品。1936年5月起,他又在李同愈、杜宇编辑的《益世报》副刊《文艺周》上,相继发表了《粮食大夫》《五月》《青岛在雾里》《养老包子》等篇什。

孟超在青岛的编辑生涯,是从1935年12月接替西蒙担任《青岛民报》副刊编辑开始的。他将原有的《冰屑》《花絮》周刊,合并改称《综合》,每周出四期。孟超在《发刊词》中写道:“我们觉得青岛的文化空气太沉寂了,因此决定要刊这样一个副刊,定名《综合》;里面包括文学和艺术中的各部门,如戏剧、诗歌、电影、绘画等。要尽我们的所能,做些介绍、批评与创作的工作。”②借助《综合》这个平台,孟超将青岛文学界同人联系起来,主要供稿人有杜宇、王亚平、李同愈、袁勃、周甜冰、王子豪、王卓、李萝馥、花蚨等。国立青岛/山东大学知名教授也应邀撰文,宋春舫发表了《话剧的前途》,洪深发表了《伟大的希腊戏剧》等评论。

青岛时期,孟超在主编《青岛民报》副刊上发表的作品有诗歌、小说、散文和杂文。孟超的诗没有一定之规,既有形式严谨的格律诗,又有节奏自然的自由诗,他在用新诗表现对自己来说尚不能全部理解与体证的未来世界,他始终怀着希冀的等待和不断探求的心态。孟超的历史小说,是其文学创作中极为斑斓多彩的部分。他在《避暑录话》发表的《破巢》,根据曹操逐祢衡、杀孔融、钳制士林清议的史实,运用暗喻的艺术手法,反照了国难当前覆巢无完卵,一味空谈政治而不采取抗日救国的实际行动,势必招致失败的现实。孟超在主编《青岛民报》副刊发表的散杂文《立春壁画》《何必牯岭》《“年来故旧皆飞絮”》《睡倒的车子》

① 孟超:《樱花前后》,载《客居青岛》第130页,青岛出版社,1999。

② 《〈综合〉发刊预告》,载《青岛民报》1935年12月31日。

《此路不通》《秋的情调》,真个别是一番滋味在心头。青岛时期的孟超背负着一家人生活的重担,经济窘迫,予手拮据。他在《秋的情调》一文中,流露出苦日子的辛酸:“秋来了,打赤膊不行了,‘全家都在风声里,九月衣裳未剪裁’的愁苦全漫上心头;加上七夕已过,中秋节到了,平日欠小店铺的柴米油盐酱醋茶的积债,又怎去还。”①

孟超在青岛最重要的创作,是“小糊涂”名下的骂世杂文。自 1935 年 10 月 28 日起,他在《青岛民报》增设《小糊涂胡扯》专栏,先后发表了《先说“糊涂”》(10 月 29 日)、《新婚之夜》(11 月 1 日)、《再谈放屁》(11 月 13 日)、《从天命说起》(11 月 17 日)、《谈“气”》(11 月 21 日)、《“驴唇不对马嘴”》(12 月 6 日)、《贞观之治》(12 月 10 日)、《男子无才便是德》(12 月 15 日)、《寿终正寝》(12 月 20 日)、《圣诞与妄诞》(12 月 25 日)、《乐器与武器》(12 月 29 日),1936 年他又接续发表了《一年之计在于糊涂》(1 月 5 日)、《拥护阳历年》(1 月 28 日)、《缠足问题》(2 月 4 日)、《再扯缠足问题》(2 月 5 日)、《扯加官》(2 月 10 日)、《最大之慈禧》(2 月 19 日)、《谈谈猫寿》(2 月 26 日)、《卫生麻将》(3 月 8 日)、《人道与畜生道》(3 月 13 日)、《鼠咬死牛》(3 月 23 日)、《万愚节》(4 月 2 日)、《妓女与太太》(4 月 14 日)、《“部长,您好!”》(4 月 30 日)、《食而不知其味》(5 月 5 日)、《慰问周作人先生》(5 月 12 日)、《人产猫》(5 月 26 日)、《怪蛋》(6 月 2 日)、《男林黛玉》(6 月 12 日)、《瘖哑议员》(6 月 17 日)、《走马看花谈》(8 月 1 日)、《咱提议选举皇帝》(8 月 5 日)、《我所喜欢的女人》(8 月 29 日)、《女变男》(9 月 5 日)、《胡扯“人心”》(9 月 13 日)、《小糊涂煮茶论英雄》(9 月 23 日)、《鳖中人》(10 月 4 日)、《双十例话》(10 月 10 日)、《准女性》(11 月 5 日)、《取消名字》(11 月 9 日),一直到 1937 年 7 月 24 日《闲话汉奸》,总共发表了不下 500 篇杂文。② 他以短、平、快的杂文,逞其意到笔亦到的才子之气。1935 年 11 月,胡适来青岛大谈“全盘西化”,孟超写了《博士胡适》予以讽刺。

> 咱小糊涂首先声明一句,博士胡适之胡,非糊涂之糊也。因糊涂之“糊”必须有“米”,而博士之“胡”不必有米也。盖他吃惯西洋大菜,东洋料理,早已不吃中国粮食矣。故必须告诉大家,他既非我之家兄,又非我之舍弟,乃接近于“胡人”之适耳……呜呼,博士!③

指摘胡适的大有其人,孟超的讽刺之作胡适不见得过眼。孟超的“小糊涂”

① 孟超:《秋的情调》,载《青岛民报》1935 年 9 月 1 日。
② 卢正言:《孟超著作系年目录(上)》,载《新文学史料》2017 年第 4 期。
③ 孟超:《博士胡适》,载《青岛民报》1936 年 1 月 17 日。

杂文，将愤怒转化为批评、讥嘲和讽刺，但其一成不变的格调和肆无忌惮的任性，一定程度上削弱了杂文的质感和骨力。

30年代，田仲济作为非旅青作家为《青岛时报》《青岛民报》文艺副刊遥编专页值得一提。田仲济（1907—2002），山东潍县（潍坊）人。从潍县文华中学考入济南商业专门学校，因喜好文学与社会科学，从1928年为《青岛时报》写稿，1929年他转入上海中国公学后，为《青岛时报》编辑文艺周刊《野光》，每周在上海编妥寄往青岛。[①] 谈及这段经历，田仲济说：

> 是一九二九年，我冒然写信给《青岛时报》的编辑部，提出在他们的报上附出一个文艺周刊，当然，在这以前我曾投过几次稿件。他们竟很快地回信同意了。于是一个名为《野光》的文艺周刊，每周一次在《青岛时报》上出现了。刊头是自己画的，"野光"两字也是自己写的。幼稚当然幼稚，但那时什么都不怕。[②]

1930年冬，田仲济来青岛走访《青岛民报》报社商定在文艺副刊新辟《处女地》周刊，此时他在济南正谊中学供职。1931年7月，田仲济与武仅民在青岛结婚。1938年，田仲济辗转大后方，妻子从潍县老家来青岛避居。谈及青岛，田仲济在一篇《我爱青岛》的文章中说："我真正喜爱青岛，感觉到她的美，还得我几乎跑遍了国内几个著名的海滨城市以后。"[③]及至40年代，田仲济还时常在青岛报纸发表作品，如在《军民日报》《民众日报》分别发表了两篇杂文《猫》《张献忠杀人吗?》。田仲济杂文不落于老套，涉笔成趣，形成绚丽多彩的风格。

三　张唱兹、激冰等40年代文艺编辑及作品

在40年代青岛文艺副（期）刊编辑中，张唱兹与激冰极具代表性。张唱兹是资历深厚的副刊编辑，自1938年日伪统治青岛始，一直持续到40年代末，在政治钢丝上充当文学的"保姆"。激冰作为40年代中后期青岛出色的编辑兼作家，以冷峻的文艺批评引人注目。曹歌帆的编辑观曾深刻地影响青岛的报媒文艺，热忱而迂回地传承着文学薪火。

张唱兹

张唱兹（1916—1968），原名张金声，笔名还有唱兹、章溅泥、牛有理、牛后、

---

① 杨洪承、曹然：《田仲济年谱1907—1949（上）》，载《东吴学术》2021年第5期。

②③ 田仲济：《我爱青岛》，载《青岛日报》1983年8月21日。

今生等,山东益都(青州)人。早年来青岛谋生,当过学徒、勤杂工、小学教师,以写作稿酬补贴生活用度。1938 年 1 月青岛沦陷,报业萧条,仅有日本人办的《大青岛报》与《新民报》(后改称《青岛新民报》),张喟兹因经常投稿于 1941 年 1 月经同学何东良介绍,出任《大青岛报》副刊编辑。旋即他将《新地》改为《青潮》,大有承续王统照的《青潮》传统之意。1942 年初,《大青岛报》与《青岛新民报》合并更名《青岛大新民报》,《大青岛报》的副刊《青潮》与《青岛新民报》的副刊《新声》合并为《新潮》,张喟兹留任副刊编辑兼校对课长,1944 年 8 月副刊改名《浪淘沙》。除在报媒任职,1943 年张喟兹还短时兼任过《反映》月刊的编辑;《反映》停刊后,张喟兹又应王伯南之邀充任《民民民》月刊编辑。1945 年 9 月,李先良接管青岛占据《青岛大新民报》社址及设备出版《青岛公报》,张喟兹遂受聘编辑《新青岛》副刊。据悉,张喟兹还秘密参加了中共青岛地下党的活动。

在青岛,张喟兹作为贯通 40 年代时间最长的副刊编辑,他善于摆置新文艺与旧式文学的关系,营造文化圈生态。王度庐名世其实得益于关松海、张喟兹两任编辑的热忱扶植,这在张喟兹兼任《民民民》《反映》杂志和操持《青岛公报》副刊得以持续;同时,陈挹翠的武侠小说经张喟兹之手频频见报。当然,张喟兹更注重发现新进,刊发新文艺作品,使沉迟、萧风、闵光予等青年作者得以崭露头角。主持《新潮》,张喟兹明确提出副刊文章"不拘体裁,但不要无病呻吟或令人肉麻的文字"。副刊改名《浪淘沙》,张喟兹有意减低政治敏感度,"人世间永远有着错综的、奇妙的涟漪:而生存在现实下的人群,却深甚的希望社会能够澄清"①。战后国统区报业改弦更张,张喟兹一方面委婉地遣散老旧作者,一方面大力提携青年新人,从选题谋划、组稿约稿,到稿件采编、排版格式,坚持存诚立信,使青岛副刊编辑传统得以形成。张喟兹在知识和文化底蕴上可能欠缺,但真诚与友善未曾有欺。

身为编辑兼作家的张喟兹,发表有小说、散文、杂文等计 400 多篇。他的小说《迷雾》、散文《残叶》《知己》《遗音》《奇迹》等皆为上乘之作,比较言之,张喟兹杂文更胜一筹。他以"章溅泥"的笔名,在《青岛公报》副刊《新青岛》发表了《久处约》《仔细辨认》《仔细想一想看》《狗姑奶奶》《深与浅》《代价的取得》《狂怪求理》《保持宁静》《时代与人》《社会的人》《理想终归是理想》《写给泼水的人看》等。张喟兹的《久处约》,援引《论语》"不仁者,不可以久处约,不可以长处乐"一语借题发挥:

久处约的人,在今天的社会上是多得很的,这些人长久穷下去,敢情必

① 《献语》,载《青岛大新民报》1944 年 8 月 28 日。

有最大不幸的事情发生,因为仁人天天挨饿,渐渐的也会不仁起来了,何况仁人又是很少很少的。①

显然,《久处约》表达的是仁者宅心仁厚不因身处贫困而忧心悲戚,没有仁德的人若长久处于贫困或安乐,则会骄奢凌人,更加堕落。张喟兹的杂文少见尖刻的讽喻,对生活中的差讹施之以规劝,勉励为善,这在他以“牛后”的笔名发表的《今天的话》《一个茶杯的启示》《请摆脱鬼混的生活》《但愿某种人也这样想一想》等杂文中,更加了然。

激冰

激冰(1929—),本名朱之凌,笔名还有冰激凌、冰凌等,即墨鳌山卫人。自幼在青岛就学,毕业于市立中学,爱好文学,自1945年12月起在《青岛公报》《平民报》《民言报》《民报》等发表作品,于1946年在《平民报》编辑《新血轮》副刊,他中学毕业前已是名冠青岛的激进型写手,与木冰、黄洋号称青岛40年代中后期报媒编辑作家中的“落魄三人行”。

激冰的文学创作以小说、散文起步,以文评笔谈闻名,在提升副刊知名度的同时成就了个人的文学名气。

激冰有三部连载中篇小说《烽火·恋歌》《泥潭》《古城》。《烽火·恋歌》冠名“中篇战地爱情小说”,于1946年8月27日起在《平民报》副刊《重光》连载,描写何山青、张自胜等子弟连士兵抗击日本侵略者的战斗叙事,中间穿插了何山青与女教师李菱的爱情故事。1937年3月12日、19日、26日,激冰又分3次在《平民报》副刊刊发《烽火·恋歌》的续篇《枫岭镇的风云》,小说中心人物还是何山青与李菱。《古城》于1946年12月19日至1947年1月7日在《平民报》副刊《大风》连载,连续刊载48日/次。几乎与《古城》同时,激冰的《泥潭》在《新血轮》杂志连载。这三部小说皆以抗日战争为背景,故事人物虽所处城乡环境不同,但都属一种类型。《古城》是写青年抛弃优越的生活环境、甘冒生命危险奔赴抗日前线时的思想斗争,主人公嘉平与佩琳的告别别有一番情味在其中。

“别离了,古城!在这临别日的朝晨里,我诚恳的给你祝福!”

“四弟啊!看你这样客气!给谁祝福呢?再过些时候你就是旅途上的客人了。”佩琳说。

“大嫂!”嘉平严肃的闪动着激昂的眼睛,“愿我们保重吧!当着这‘流浪’尚没有切近的时候……”

---

① 章溅泥:《久处约》,载《青岛公报》1947年3月15日。

"……"佩琳没有作声,她看着嘉平的眼光。他的眼光有力的注射着老远,显然他的心早已经离开古城,而踏上奋斗牺牲和救国的路程了。[①]

比之刻画人物,激冰小说更擅长描述景物。《泥潭》的发生地牛毛镇小白河,在作者的笔下满是情趣:"闷热的风平息了,麻雀儿也懒惰地偷伏在河堤树叶层的空隙里遥望着清畅的水流。也许是昨天落雨的原故,今天的河水涨了,淹过堤沿泥层里的野草。"[②]激冰的散文有"爱月书简"系列、"萦回篇"系列及《夜未尽》《怒狂之夜》《常青的树》《小屋的阴霾》等,大都是灰色阴冷的抒情笔调。

激冰的文评笔谈,分为文友讨论与文艺理论两种。他与岛城文友的讨论,既有与沉迟、鲁丁、木冰、笑燕、鲁军、石玺、冶萍、方介等的对谈,也有对青岛文坛某些现象的批评。1946 年 10 月 21 日至 22 日,激冰在一篇《"质询"与"特殊"——复沉迟、木冰二先生》的信中,公开对沉迟发表在《青岛时报》副刊《青光》上的《提出第一号质询》及对木冰在《民治报》副刊《灯塔》发表的《关于特殊》文章提出意见;对于笑燕,激冰则在《拾起写作的担子》中笔无藏锋地直言:"既然对文艺已经蓄满兴致与酷爱,那么就应该严肃起面孔,紧张起心弦,奋勇的担起写作的重担。"[③]激冰认为,"文艺家的第一步工作,不是读参考书,也不是卖小字笔,而是改造环境",青岛文坛急需"领导者与批评家"。针对青岛文学界出现的"迈入消极和沉沦的状态",激冰明确提出,"既然指导文运在目前已渡上散漫无组织的境地,那是急切的在需要着大量的为文运努力工作的勇士"。[④]

文艺理论方面,激冰在《新血轮》创刊号发表的题为《"文学批评"浅说》颇具代表性。他提出,"一篇成熟的批评作品对于一篇创作品会帮助其给予读者更大的训教与力量",批评者应当具备"观察及改善的精神以融化其在圣洁高伟的工作里"。[⑤] 关于散文写作,他强调,散文家应当"具有特有的正确目光"和"高远之理想",否则只会造成"散的土胎偶像",成为"奇怪句子的奴隶"。[⑥] 其他理论文章,还有《关于"骂街文学"》《个性与文学》《闲话理论文学》《关于理论文学的笔战似应告一段落》等。激冰的文艺批评观为 40 年代青岛文坛之罕见。客观地看,激冰对文学现象的评论有其合理性,但他的批评讨巧,缺乏学理增持,评述又操之过急,一副意见领袖的做派让人受不了。

---

① 激冰:《古城》,载《平民报》1947 年 1 月 7 日。

② 激冰:《泥潭》,载《新血轮》创刊号,1946 年 12 月。

③ 激冰:《拾起写作的担子——寄笑燕》,载《平民报》1946 年 6 月 5 日。

④ 激冰:《文运·夜话(领导者与批评家)》,载《平民报》1946 年 8 月 9 日。

⑤ 激冰:《"文学批评"浅说》,载《新血轮》创刊号,1946 年 12 月。

⑥ 激冰:《散文与散文家》,载《公言报》1946 年 10 月 15 日。

激冰的杂文讲究选材和立意,虽然数量不丰,但仅从《生命不能在延续了》《她！活在苦窘的日子里》《你要等待到何时?》《醉酒之后——在汇泉路上的行进》《快别胡说了!!》等篇什,即可领略其起伏的波澜。激冰杂文不拘于成法,放得开、收得拢,有一种与众不同的冷幽默。激冰的诗也透着冷噤,他在《苦雨凄风》中道出的“你听你听！/外面底/风声,又在响动。/怎末,这雨水/还滴答个不停”①,感觉不到丝毫的暖意。

其他文艺编辑

40年代前期,青岛文艺编辑兼作家曹歌帆也值得写一笔。曹歌帆(1908—1984),本名曹继彬,笔名还有歌帆、梦兮、曹康、野僧等,河北静海人。1931年他在天津参加“左联”组织,于1933年加入中国共产党,后脱党,卢沟桥事变后他来到青岛谋职,于1938年任《青岛新民报》编辑,1942年他成为《大风》月刊撰稿人,并在青岛主编文艺性期刊《华北通讯》。

曹歌帆是一位严肃而尽职的文艺编辑家。他也明确指出,“文坛的不振,也可以说是目前文艺本身的时代没落命运”②。为改变文艺副刊“报屁股”的处境,曹歌帆提出“副刊是一个报纸的灵魂”和“应当居于领导的地位”③的观点。在他的倡言和组织下,《青岛新民报》副刊从周一到周日依次分为《学生生活》《文学》《戏剧与电影》《家庭》《儿童》《妇女》《娱乐》专页,其中《文学》周刊刊登的作品是“比较侧重理论和较成熟的佳作”。④ 为防止文坛纷争,曹歌帆特撰《关于笔战文字》一文,表明免登“互嘲互骂,以致面红过耳、流入村姑野妇型”的文字。对于“使人笑出眼泪来”的幽默文字,曹歌帆也断然表示,“如果说得露骨一点,幽默文字便是低能”。⑤ 曹歌帆的态度虽可商榷,但处于日伪严酷的文网控制下,用副刊给青岛文艺争得余裕回旋的意识令人感佩。由于曹歌帆的努力,芒芰、毅马、骚人、鲁丁、伊人、废丁、尹大、白萍、方齐等在文坛脱颖而出,成为青岛读者的知音。曹歌帆保有作家的灵感,他擅长散文,在青岛发表了《在迷惘中》《秋》《海的三部曲》《畸零记》等篇什。处于日伪的黑暗统治下,曹歌帆的作品多为曲笔手法,但思想是进步的。

除此,编辑《小朋友十日刊》的王文起、聂希文也值得提及。王文起,笔名石磊,山东黄县(龙口)人。1945年12月,根据中共上海地下组织吴学谦的指示,

---

① 冰激凌:《苦雨凄风》,载《平民报》1946年6月12日。
② 曹歌帆:《告读者》,载《青岛新民报》1941年9月30日。
③ 歌帆:《今后的本刊(一)》,载《青岛新民报》1939年11月1日。
④ 歌帆:《今后的本刊(二)》,载《青岛新民报》1939年11月2日。
⑤ 歌帆:《对于幽默文字的态度》,载《青岛新民报》1939年11月3日。

他来青岛从事党的地下工作,其公开身份是《民众日报》记者,借编辑《民声》文艺副刊发表了不少杂文作品。王文起还兼任报媒《每周画刊》《学生界》《妇女界》周刊编辑,与聂希文合办《小朋友十日刊》。聂希文(1925—2017),又名张建明,山东高密人。1939年他在青岛崇德中学秘密参加"大众解放中华抗日先锋纵队",并于1941年加入中国共产党。《小朋友十日刊》由王文起任主编,聂希文任副主编,1946年10月创刊号出版,第一至四期为4开小报形式,第五期后改为16开32页码的装订本,发行量由4000份增加到7000份,发行地区也由青岛市区逐渐扩大到胶县、潍县一带。王文起与聂希文创办《小朋友十日刊》,旨在通过儿童文学作品,向中小学生进行爱国主义教育和团结友爱的道德教育,引导他们立志为社会服务。《小朋友十日刊》连载了贺敬之的《野小鬼》和《金日成将军的故事》,发表了聂希文以亲身经历写的中篇小说《旅长》。后因王文起、聂希文接受新的任务无合适人选接替,《小朋友十日刊》出刊44期后于1947年8月停刊。[①]《小朋友十日刊》是继中共在上海创办《新少年报》后的又一份国统区少儿报刊,其鲜明的进步立场和把真理带给苦难中的少年儿童的编辑理念,反映了40年代"孤岛"时期中共地下宣传工作者敢于斗争、善于斗争和不屈不挠的革命精神。

20世纪上半叶的青岛报纸副刊和期刊文学,是中国现代副(期)刊文学的一脉,同样具有急切向读者展示的热情,"虽然有时欠缺周详的考虑"[②]。青岛副(期)刊文学在成就城市新闻业态的同时成为记载青岛文学文本的另一样式。诚然,副(期)刊文学始终在精神与物质、审美与市场两个维度上博弈,而事实上,具有思想启蒙和商业利益双层属性的文学作品,更能在市场环境中生存。青岛读者唯新是鹜,作者、编者与读者间的对话空间,依赖文学观念的变革。正视文艺消费可能造成的文学价值被忽视或降低,通过文化经济刺激大众提高文学素养和审美水平,这也许正是青岛文学史的个性所在。

---

① 歌帆:《对于幽默文字的态度》,载《青岛新民报》1939年11月3日。

② 孙康宜、[美]宇文所安(Owen,S.):《剑桥中国文学史》,下卷(1375—1949),刘倩等译,第609页,生活·读书·新知三联书店,2013。

附录

（一）青岛文学大事记及作家作品年表

（1891—1949）

1891 年（清光绪十七年）

6 月 14 日　清政府明发“上谕”，在胶澳设总兵衙门，此为青岛建置之始。胡存约的笔记文《海云堂随记》，对 19 世纪末 20 世纪初青岛商情、民情、地方习俗颇多描述。

1897 年

11 月 14 日　德国远东舰队借口“巨野教案”武装登陆青岛，1898 年 3 月 6 日中德《胶澳租界条约》签订，青岛乃至整个山东被划进德国势力范围。1904 年包天笑路过青岛，在《钏影楼回忆录》里颇有感慨。

1901 年

2 月　兴中会会员朱淇创办《胶州报》，为青岛最早的一份民营中文周报，辟有《论说》栏，发表朱淇执笔的《读左传》等文论，至 1907 年终刊。

1902 年

12 月 5 日　周馥来青岛，途中感慨赋诗《过胶州澳》等数首，后收入《玉山诗集》卷三。

1904 年

8 月　德国人卫礼贤（Richard Wilhelm）的翻译文学《被抛弃者——〈诗经〉节译》在《传教信息与宗教学杂志》第 19 卷第 8 期发表。

1906 年

6 月　德国人卫礼贤的翻译文学《〈三国演义〉：三国故事选译》在《传教信息与宗教学杂志》第 21 卷第 6 期连载，至第 9 期续完。

1910年(清宣统二年)

4月 德国人卫礼贤到崂山欣赏道教音乐,结识太清宫道长韩太初,得明版《道德经》,请得黑澜大学法政科主任H.古德士(赫善心)帮助,12月1日翻译出版。

5月 德国人卫礼贤的翻译文学《青风——中国小说集〈聊斋〉》在《东亚劳埃德报》第24卷第5期发表。

1911年

春 蒋楷的诗集《那处诗钞》4卷刊行,共收古近体诗428首。

1912年(中华民国元年)

6月 蒋楷的文论《论青岛特别高等学堂与中国之关系》收入《青岛全书》。

1913年

8月3日 鲁迅自北京回绍兴探亲返回北京的途中,乘船"夜十二时抵青岛",8月4日"下午三时发青岛",一"抵"一"发"共计15个小时。

夏 德国人卫礼贤与周叔弢合译康德的《人心能力论》,张士珩作序,劳乃宣题跋。

本年 劳乃宣将移居青岛两年"得诗"辑成诗集《釜麓草》,收诗61首。

1914年

3月 胶州人柯劭忞应聘《清史稿》总纂,并主纂《文苑传》《儒林传》《畴人传》等卷。

8月23日 日本向德国宣战。11月7日德军投降,日本占据德国租借地青岛。1915年3月抚瑟在《大中华》杂志第1卷第3期发表的《青岛回顾记》,1916年春夏间苏曼殊青岛之行后的《碎簪记》,洪深的三幕英文剧*Rainbow*(《虹》),1917年林传甲游历华北路过青岛写成的《青岛游记》,都有真实的描述。

9月 欢僧的新剧《七夕梦》在上海《现在之青岛》创刊号发表。

冬 劳乃宣将1913年冬至1914年秋的诗结集《劳山草》,收诗33首。

本年 德国人卫礼贤的翻译文学《中国的民间童话》由耶拿迪德里希斯出版社出版。

1915年

1月25日 洪深(乐水)的散文《青岛闻见录》在《小说月报》第6卷第1、2号连载,6月写作独幕剧《卖梨人》。

3月1日 德国人C.J.沃斯坎普(和士谦)记载1914年日德青岛战争的日记*Aus dem belagerten Tsingtau*(《来自被围困的青岛》)由柏林胡滕出版社出版。

1917年

7月 燕齐佬游客的长篇章回体小说《桃源梦》由上海民权出版部出版。

12月22日 康有为来青岛,赋诗《丁巳冬至日游青岛并谒恭邸于会泉》。

1920年

本年 劳乃宣作诗《祝恭邸四十寿》《和鬼头玉汝八剩楼八人会歌》等。

1921年

本年 劳乃宣将1917年夏至1921年春的诗结集《劳山后草》,收诗114首。

1922年

2月15日 叶春墀记载1914—1922年日占时期青岛人文地理的笔记文《青岛概要》由上海商务印书馆出版。12月10日青岛回归中国政府管辖。

1923年

春 邓恩铭来青岛,以《胶澳日报》副刊编辑身份为掩护开展青岛党团组织的筹建工作,9月创办《胶澳副刊》,发表、转载了《列宁传略》等文论。

6月2日 康有为二度至青岛,赋诗《青岛会泉石矶望海观潮高至数丈异观也》等,游崂山作长篇五古《劳山》,并附长跋,诗与跋一并刻于太清宫后的一块巨石上。

10月6日 石评梅游历青岛的散文《画图中的青岛》在《晨报副刊》发表。

冬月 柯劭忞的诗集《蓼园诗钞》刊刻,1924年4月由上海中华书局出版,1929年后《蓼园诗续钞》刊行。

1924年

1月1日 邓恩铭在《胶澳日报》增刊发表《今天的感想》,在副刊发表杂文《校长和日历》。

1月 王献唐将前岁所作诗稿集为《沧勺集》。

7月21日 顾随完成小说《乡愁》,后收入《顾随全集》卷十。

7月29日 冯至的诗《海滨》在《民国日报》副刊《文艺周刊》第44期发表。

7月 康有为在青岛赋诗《甲子夏六月,得青岛德国旧提督楼,赋示曼宣婿及诸孙》等。

8月5日 冯至的诗《墓旁》在《民国日报》副刊《文艺周刊》第45期发表。8月上旬冯至完成梦幻剧《鲛人》。

8月12日 冯至的诗《雨夜》在《民国日报》副刊《文艺周刊》第46期发表。在青岛期间还作词《珠玉词》,作诗《孤云》《琴声》《青岛绝句》2首、组诗《在海水浴场》等。

8月 顾随开始写作小说《海上斜阳》,后收入《顾随全集》卷七。

夏 顾随、冯至、陈炜谟、陈翔鹤等编辑出版《浅草》第4期,发表陈翔鹤的小说《断筝》、顾随的小说《失踪》、陈炜谟的小说《狼筅将军》,冯至的诗歌《河上》和《吹箫人的故事》,陈翔鹤的四幕剧《沾泥飞絮》等。

秋 顾随在胶澳中学成立文学社团“青社”，举办“咏青岛战迹”为题的创作活动。

1925 年

2 月 顾随（顾㮂）的小说《失踪》在《浅草》第 4 期发表。

7 月 8 日 康有为在青岛赋诗《乙丑夏五十二日重还青岛感赋》等。

同日 胡信之（寄韬）在《青岛公民报》发表杂文《还要认定步骤向前去干》。

7 月 11 日 顾随作白话长诗《香的信纸》，后收入《顾随全集》卷一。

7 月 12 日 顾随作完小说《浮沉》上半部，后收入《顾随全集》卷十。

10 月 10 日 王献唐的论评《我不愿》在《青岛时报》发表。

12 月 24 日 王献唐作诗《新年祝言》，在 1926 年 1 月 1 日《青岛时报》发表。

12 月 顾随的小说《孔子的自白》在《沉钟》第 5 期发表。

本年 顾随作词 32 首，作诗 25 首。

1926 年

春 顾随的小说《浮海》在北京《国民新报副刊》发表。

8 月 29 日 康有为再游崂山，写《重游太清宫》七绝。

冬 孙瑜的电影文学剧本《潇湘泪》完成，1928 年离青后由上海长城影片公司以《渔叉怪侠》为名拍摄。

本年 顾随作词 18 首，1927 年离青后出版第一部旧体词集《无病词》。

1927 年

4 月 孙瑜创作电影文学剧本《青岛之波》。

11 月 王统照为中篇小说《黄昏》作自序，1929 年 4 月由商务印书馆出版。

1928 年

9 月 5 日 宋春舫写作评论《战后法国戏剧的复兴》，后收入《宋春舫论剧二集》。

11 月 5 日 王统照（剑三）在私立青岛大学演讲《文学的构成与时代表现》。

11 月 私立青岛大学学生成立“迢迢社”，出版文艺半月刊。

12 月 15 日 王统照短篇小说集《号声》由上海复旦书店出版。

本年 赵琪修、袁荣叟纂的《胶澳志》由青岛华昌印刷局铅印出版，卷十一《艺文志》辑录的 64 部中文文献中包括王大来的《劳山七游记》、王葆崇的《鳌山采访录》等笔记文。

1929 年

8 月 《青岛快报》创刊，辟有文艺副刊《小钢炮》。

夏 刘少文的诗集《青岛百吟》成书，共收 96 首七言绝句，后又有《秋溪诗稿》。

9 月 1 日 王统照主编的文学月刊《青潮》出刊，发表的小说有王统照的《刀柄》、李同愈的《父子》,诗歌有王统照(庸人)的《石堆前的幻梦》、杜宇的《何处是知音》、王玫的《漫漫夜》,翻译文学有王统照(息卢)译的《两个世界》、姜宏译的《小彼得》、杜宇译的戏剧《决定》和4首译诗,散文有王统照(提西)的《一双手》、王统照(梦观)的《生活与直接亲知》。

11月1日 李同愈的小说《在饭厅里》在上海《北新》第3卷第20/21期发表。

11月21日 沈云龙来青岛赋《过青岛吊某将军》等诗。

12月1日 臧克家的诗《默静在晚林中》在《青岛民国日报》副刊《恒河》第19期发表。

12月12日 李同愈完成小说《第四工场》,1930年6月在上海《文学时代》第3卷第5/6期发表。

1930年

1月1日 王统照主办的《青潮》第2期出刊,发表的小说有王统照的《火城》、王匠伯的《白棺》,诗歌有杜宇的《约会》、张永成的《谁毁灭了我的青春》、李同愈的《会见》、王玫的《黎明》、一石的《吃》、王漪女士的《你还记得?》、燕志俊的《病》,翻译作品有杜宇译的小说《青湖》、姜宏译的小说《雪的西伯利亚》、王统照(息卢)译的剧本《头巾》、慕华译的剧本《幼儿之杀戮时代》等。

1月20日 郝荫潭的长篇小说《逸如》作为"沉钟丛刊"之九由北平沉钟社出版。

5月 杨晦根据英译本转译的莱蒙托夫的长篇小说《当代英雄》由上海北新书局出版。

8月8日 胡适来青岛,与梁实秋、闻一多等商定《莎士比亚全集》中译事宜。

9月 王统照作小说《梨浦的梦》《记忆的秘密》,《记忆的秘密》于1932年12月在《前导》月刊第1卷第1期发表。

10月25日 梁启勋作词《水龙吟·庚午重阳前四日谒南海先生墓》,28日作《菩萨蛮·庚午重阳前二日青岛海滨晚步》。

12月29日 闻一多作《论〈悔与回〉》,1931年4月在《新月》第3卷第5/6号发表。

12月 方令孺与陈梦家的书信体散文《信》在《新月》第3卷第3号发表。

1931年

1月7日 废名的散文《斗方夜谭》之十、十一、十二在《华北日报副刊》发表。

1月20日 闻一多的诗《奇迹》、方令孺的《诗一首》在《诗刊》创刊号发表。

1月28日 胡适在国立青岛大学演讲《文化史上的山东》。

2月4日 臧克家的诗和同名散文《祖父死去的周年》在《青岛民国日报》副刊《青岛》第387期发表,散文在5日、8日连载。

2月13日 吴伯箫的散文《这座城》在《华北日报副刊》发表。

2月19日 闻一多作《谈商籁体》,4月在《新月》第3卷第5/6号发表。

2月25日 闻一多为费鉴照《现代英国诗人》一书作序,后收入《闻一多全集》第2卷。

3月14日 废名作诗《沉默》《亚当》,《亚当》在1934年1月1日《文学季刊》第1期发表。

3月15日 废名作诗《止定》《诗情》,《诗情》在1934年5月21日《华北日报》副刊《文艺》第8期发表。

3月16日 废名作诗《眼明》,后收入《废名集》第3卷、《废名全集》第5卷。

3月17日 废名作诗《梦之二》(《梦之使者》)、《无题》(《杀却像》),《无题》在1934年4月23日《华北日报》副刊《文艺》第4期发表。

3月18日 废名作诗《草·树·花》《画》,《画》在1934年4月2日《华北日报》副刊《文艺》创刊号发表。

3月21日 废名作诗《拔树梦》,后收入《废名集》第3卷、《废名全集》第5卷。

4月8日 吴伯箫的散文《归》在《华北日报》副刊《文艺》连载,至10日续完。

5月13日 吴伯箫的散文《别前夜(鸥之一)》在《华北日报副刊》发表。

5月 梁启勋游崂山写《鹧鸪天·北九水道中》《八声甘州·玉鳞口飞瀑》《临江仙·太和观》《满江红·白云洞》《水调歌头·望田横岛》《清平乐·华严寺》《摸鱼儿·明霞洞》《天门谣·天门峰》《金缕曲·太清宫》等词。

6月20日 梁启勋作词《念奴娇·辛未端午》,前后还有《南乡子·辛未策杖山行》《睿恩新·樱花自移植青岛后》。

7月2日 吴伯箫的散文《闷(鸥之二)》在《华北日报副刊》发表。

8月6日 梁实秋为翻译的英国作家艾略特的《织工马南传》作译序,此书于1932年1月由上海新月书店出版。

8月23日 王统照的散文《北国之春》之二《小卖所中的雾团》在《青岛民国日报副刊》第5号发表。

9月1日 于黑丁(于敏道)的小说《渺茫》在叶圣陶主编的《中学生》第17期发表。

9月14日 梁实秋(辛夷)的杂文《鸟与文学》在《大公报》副刊《文学》第192期发表。

9月28日 俞平伯来青岛作诗《青岛海滨杂诗》4首在《大公报》副刊《文学》发表。

9月30日 沈从文的小说《三三》在《文艺月刊》第2卷第9期发表。

9月 沈从文的诗《对话》刊发在陈梦家编《新月诗选》,由上海新月书店出版。

同月 张友松的翻译小说《茵梦湖》由上海北新书局出版。

10月4日 沈从文的纪实体散文《记胡也频》在上海《时报》连载,至11月29日续完。

10月5日 方令孺的诗《灵奇》在《诗刊》第3期发表。

10月10日 沈从文的小说《虎雏》在《小说月报》第22卷第10号发表。

10月30日 沈从文(甲辰)的小说《躁》在《文艺月刊》第2卷第10期发表。

11月20日 沈从文的小说《黔小景》在丁玲主编的《北斗》杂志第1卷第3期发表,评论《论施蛰存与罗黑芷》在《现代学生》第1卷第2期发表。

12月26日 臧克家的诗《吊志摩先生》在《民国日报》副刊第47期发表。

12月 沈从文的中篇小说《一个女演员的生活》作为“新文学丛书”再版。

本年 闻一多写散文《青岛》,1936年在上海大众书局《古今名文八百篇》第1集刊出。

同年 吕美荪结诗集《葹丽园诗》2卷,收诗369首。

1932年

1月25日 沈从文作完中篇小说《泥途》,3月17日—4月2日在上海《时报》连载,7月由北京星云堂书店出版单行本。

1月 沈从文的短篇小说集《虎雏》由上海新中国书店初版,1933年3月再版。

同月 宋春舫的独幕剧本《一幅喜神》由上海新月书店出版。

同月 臧克家的诗《战神已在候着你》在镇江《浩然之音》发表。

2月28日 沈从文的小说《厨子》在《文艺月刊》第3卷第2期发表。

3月10日 陈梦家作诗《在蕴藻滨的战场上》,后收入《铁马集》。

3月16日 陈梦家作诗《一个兵的墓铭》,后收入《铁马集》。

3月17日 陈梦家作诗《老人》,后收入《铁马集》。

3月20日 陈梦家作诗《哀息》,后收入《铁马集》。

3月31日 沈从文(红黑旧人)的小说《贤贤》、臧克家的诗《战场夜》《老哥哥》《忧患》在《文艺月刊》第3卷第3期发表。

4月24日 梁启勋写评论《中国韵文之变化》,至1937年1月7日完成,出版时更名为《中国韵文概论》。

4月30日 沈从文的系列小说《寄居某地的生活》《一个黄昏》《隐者朋友》《某一个晚上绅士的客厅里》《一个被地图所遗忘的一处被历史所遗忘的一天》和诗《黄昏》在《文艺月刊》第3卷第4期发表。

4月 陈梦家为翻译的圣经文学《歌中之歌》作译序。

5月1日 沈从文的小说《静》在《创作月刊》创刊号发表。

5月22日 沈从文作完小说《俛之先生传》,11月15日在《小说月刊》第1卷第2期发表。

5月26日 陈梦家翻译《白雷客诗一章》,在1934年《学文》第1卷第4期发表。

5月27日 陈梦家作诗《叮当歌》,后收入《铁马集》。

5月29日 章太炎在国立青岛大学演讲《行己有耻,博学于文》。

5月 沈从文作小说《战争到某市以后》,12月5日在《微音》第2卷第7/8期发表。

同月 沈从文的纪实体散文《记胡也频》由上海大光书局出版单行本,11月再版。

同月 陈梦家续作诗《海天小歌》(1月始作于蓝庄)。

同月 梁实秋翻译瑞典斯特林堡的小说集《结婚集》再版(1930年1月中华书局初版)。

6月2日 陈梦家作诗《白俄老人》,后收入《铁马集》。

6月13日 陈梦家作诗《海》,后收入《铁马集》。

6月30日 沈从文(黑君)的小说《玲玲》、臧克家的诗《希望》在《文艺月刊》第3卷第5/6期发表。

6月 沈从文作完小说《春》,7月1日在《现代》第1卷第3期发表。

同月 陈梦家作诗《小诗》,后收入《铁马集》。

7月1日 沈从文的小说《都市一妇人》在《创化》发表。

7月15日 沈从文作完小说《若墨医生》,10月1日在《新月》第4卷第3号发表。

7月 沈从文在暑假期间用3个星期作完《从文自传》。

8 月 1 日　杨振声的散文《与志摩最后的一别》、梁实秋的评论《谈志摩的散文》在《新月》第 4 卷第 1 号发表。

8 月 4 日　沈从文的中篇小说《懦夫》在上海《时报》连载，至 9 月 9 日续完；1933 年由上海新时代书局出版单行本。

8 月　王统照为散文集《北国之春》作自序，1933 年 3 月由上海神州国光社出版。

同月　沈从文的评论《论徐志摩的诗》在《现代学生》第 2 卷第 2 期发表。

9 月 24 日　沈从文作完小说《黑暗充满了空间的某夜》，11 月 15 日在《申报月刊》第 1 卷第 5 期发表。

9 月　王统照的短篇小说集《霜痕》由上海新中国书局出版。

同月　梁实秋的评论《评周越然注释的〈伊尔文见闻杂记〉》在《图书评论》第 1 卷第 1 期发表。

同月　巴金来青岛作短篇小说《爱》，为中篇小说《砂丁》写序言。

10 月 1 日　梁实秋（李敬远）的评论《〈独立评论〉〈时代公报〉〈鞭策周刊〉》在《新月》第 4 卷第 3 号发表。

11 月 1 日　沈从文的小说《病》在《新时代》第 3 卷第 3 期发表。

同日　梁实秋的《谈翻译的一封信》、臧克家的诗《象粒砂》《失眠》在《新月》第 4 卷第 5 号发表。

11 月 5 日　梁实秋遥编天津《益世报》副刊《文学周刊》，至 1933 年 12 月 30 日出刊 57 期。

11 月 9 日　梁实秋作杂文《鲁迅的新著》，12 月 3 日在《益世报》副刊《文学周刊》第 5 期发表。

11 月 11 日　梁实秋（谐）的评论《失乐园》在《益世报》副刊《文学周刊》第 1 期发表。

11 月 16 日　沈从文的小说《节日》在《东方杂志》第 29 卷第 6 号发表。

11 月 26 日　梁实秋（泽臣）的评论《我的生平》在《益世报》副刊《文学周刊》第 4 期发表。

11 月 27 日　杨振声的小说《抢亲》在《独立评论》周刊第 28 号发表。

11 月　沈从文的小说集《都市一妇人》由上海新中国书局出版，小说集《一个妇人的日记》由上海新中国书局出版。

同月　沈从文的散文集《一鳞集》由杭州苍山书店出版。

12 月 1 日　臧克家的诗《当炉女》《拾落叶的姑娘》《愁苦和欢喜》在《现代》月刊第 2 卷第 2 期发表。

12 月 8 日　杨振声的杂文《女子的自立与教育》在《独立评论》周刊第 32 号发表。

12 月 10 日　梁实秋的评论《翻译要怎样才会好？》在《益世报》副刊《文学周刊》第 6 期发表。

12 月 12 日　王统照的长篇小说《山雨》竣稿，1934 年 9 月由上海开明书店出版。

12 月 15 日　沈从文（岳林）的评论《上海作家》在《小说月报》第 1 卷第 3 号发表。

12 月 31 日　梁实秋（程慎吾）的译诗《马克思的自白》、杂文《文学里的"幽默"》在《益世报》副刊《文学周刊》第 8 期发表。

本年　陈翔鹤作短篇小说《独身者》和《转变》。

1933年

1月1日 沈从文的小说《扇陀》在《现代》第2卷第3期发表,小说《油坊》在《新时代》月刊第3卷第5/6期发表。

1月4日 梁实秋的杂文《"帮忙文学与帮闲文学"质疑》在《益世报》副刊《文学周刊》第9期发表。

1月7日 梁实秋的杂文《文学之集合的研究》在《益世报》副刊《文学周刊》第10期发表。

1月15日 修古藩的小说《看火》在《沉钟》第19期发表。

1月30日 修古藩的小说《蛇》在《沉钟》第20期发表。

1月 梁实秋的评论《戏剧与戏剧文学》在《文艺月刊》第10卷第4/5期发表。

2月1日 沈从文的小说《月下小景》在《东方杂志》第30卷第3号发表。

2月4日 梁实秋(莲子)的杂文《代庖的普罗文学》在《益世报》副刊《文学周刊》第13期发表。

2月11日 梁实秋的评论《歌德之认识》《文艺批评家之罗斯金》在《益世报》副刊《文学周刊》第14期发表。

2月15日 修古藩的散文《清明》在《沉钟》第21期发表。

2月18日 梁实秋的评论《介绍一篇普罗文学》《〈英国文学研究〉》在《益世报》副刊《文学周刊》第15期发表。

2月25日 杜建地的独幕剧本《风景线下的牺牲者》在《青岛民报》副刊《青鸟》连载,至3月19日连载5次(未完)。

同日 梁实秋的评论《〈西洋文学〉》《茅盾的〈徐志摩论〉》《"新文学究值几钱一斤耶?"》在《益世报》副刊《文学周刊》第16期发表。

2月 费鉴照的文艺评论集《现代英国诗人》由上海新月书店出版。

3月1日 沈从文的小说《猎人故事》在《新月》第4卷第6期发表。

同日 臧克家的诗《故乡》《万国公墓》在《创化季刊》第1卷第1期发表,《炭鬼》《秋雨》在《文艺月刊》第3卷第9期发表,《五月的乡村》在《新时代月刊》第4卷第2期发表。

3月4日 梁实秋(周振甫)的评论《读〈醒世姻缘传〉》在《益世报》副刊《文学周刊》第17期发表。

3月15日 修古藩的小说《打赌》、顾绶昌翻译R.杰夫瑞斯的《牧场杂感》在《沉钟》第23期发表。

3月22日 沈从文作完小说《早上——一堆土一个兵》,5月1日在《东方杂志》第30卷第9号发表。

3月28日 梁实秋(吴定)的杂文《文学研究的"新方法"》《〈英雄与英雄崇拜〉》在《益世报》副刊《文学周刊》第19期发表。

3月30日 修古藩的散文《孤独》在《沉钟》第24期发表。

3月 沈从文的中篇小说《阿黑小史》由上海新时代书局出版,短篇小说《慷慨的王子》由上海良友图书印刷公司出版。

4月1日 臧克家的诗《两个小车夫》在《文艺月刊》第3卷第10期发表。

4 月 10 日　沈从文作完小说《一个农夫的故事》,6 月 16 日在《东方杂志》第 30 卷第 12 号发表。

4 月 17 日　沈从文作完小说《寻觅》,6 月 5 日在《青年界》第 3 卷第 4 期发表。

4 月 22 日　梁实秋(谐庭)的杂文《萧伯纳去后》在《益世报》副刊《文学周刊》第 22 期发表。

同日　沈从文作完小说《女人》,7 月在《现代》第 5 卷第 3 期发表。

4 月 29 日　梁实秋的评论《朴列汗诺夫及其艺术理论》在《益世报》副刊《文学周刊》第 23 期连载,至 5 月 6 日第 24 期续完。

4 月　沈从文作完小说《来客》,7 月 15 日在《申报月刊》第 2 卷第 7 号发表。

5 月 1 日　臧克家的诗《农家的夏晚》在《新时代》月刊第 4 卷第 4/5 期发表,诗《变》《别》在《创化》第 1 卷第 1 期发表,《哭与笑》在《西湖文苑》创刊号发表。

5 月 4 日　沈从文(季蕤)的诗《微倦》在《西湖文苑》创刊号发表。

5 月 20 日　梁实秋(莲子)的评论《〈现代英国诗人〉》在《益世报》副刊《文学周刊》第 26 期发表。

5 月 25 日—6 月 4 日　沈从文作《丁玲女士被捕》和《丁玲女士失踪》,两文在 6 月 4 日《独立评论》第 52/53 期和 6 月 12 日《大公报》副刊《文学副刊》发表;6 月以丁玲死难的传闻为背景作小说《三个女人》。本年又作长篇传记《记丁玲女士》和《记丁玲续集》。

5 月 27 日　梁实秋的杂文《论文》在《益世报》副刊《文学周刊》第 27 期发表。

6 月 1 日　臧克家的诗《难民》在《新月》第 4 卷第 7 号发表,《神女》《死水中的枯叶》在《文艺月刊》第 3 卷第 12 期发表。

6 月 10 日　梁实秋(谐庭)的评论《〈两地书〉》在《益世报》副刊《文学周刊》第 28 期发表。

6 月 17 日　梁实秋(徐文甫)的杂文《〈英文文艺批评书目举要〉之商榷》和《〈自我演戏以来〉》在《益世报》副刊《文学周刊》第 29 期发表。

6 月 24 日　梁实秋的杂文《杂感三则》在《益世报》副刊《文学周刊》第 30 期连载,至 7 月 1 日第 31 期续完。

7 月 1 日　臧克家的诗《两个黑洞》《捡煤球的姑娘》在《文学》第 1 卷第 1 号发表,《生活》在《文艺月刊》第 4 卷第 1 期发表,《她送我走》在《新时代月刊》第 5 卷第 1 期发表。

同日　王统照的小说《乡谈》、组诗《她的生命》在《文学》第 1 卷第 1 号发表。

7 月 8 日　王统照(提西)的长篇小说《热流》在《青岛民报》副刊《艺林》连载,至 12 月 3 日第 67 节中辍。

同日　梁实秋(莲子)的评论《〈中国新文学的源流〉》在《益世报》副刊《文学周刊》第 32 期发表。

7 月 15 日　梁实秋(莲子)的评论《〈新兴文学概论〉》在《益世报》副刊《文学周刊》第 33 期发表。

7 月 18 日　沈从文作完小说《爱欲》,10 月在《现代》第 3 卷第 5 期发表。

7 月 29 日　梁实秋的杂文《答傅东华先生》在《益世报》副刊《文学周刊》第 35 期发表。

7 月　沈从文的中篇小说《凤子》由杭州苍山书店出版。

同月 臧克家的处女作诗集《烙印》自印本出版,共收诗22首。

8月1日 臧克家的散文《如此生活》在《文艺座谈》半月刊第1卷第3期发表,诗《歇午工》在《文艺月刊》第4卷第2期发表。

8月5日 梁实秋(既舒)的杂文《谈文学上的落伍》在《益世报》副刊《文学周刊》第36期发表。

8月12日 梁实秋(程淑)的评论《米尔顿的〈失乐园〉之研究》在《益世报》副刊《文学周刊》第37期连载,至8月19日第38期续完。

8月16日 臧克家的诗《褪了色的记忆》《默默的歌——送革命战士深林兄去德》在《东方杂志》半月刊第30卷第16号发表。

8月19日 梁实秋的杂文《〈创作的经验〉》在《益世报》副刊《文学周刊》第38期发表。

8月 吴伯箫写散文《话古都》《岛上的季节》,后收入散文集《羽书》。

夏 汪静之作诗《神圣爱情颂歌》4首、《圣洁贞操颂歌》7首、《杜绝婚外恋歌》5首、《建议天公改天性》3首。

9月9日 梁实秋的评论《文学史的材料与方法》在《益世报》副刊《文学周刊》第41期发表。

9月14日 汪静之作诗《海水浴场》,后收入诗集《六美缘》。

9月16日 梁实秋的杂文《为什么柏拉图是诗人之敌?》《论文学里的秽语》在《益世报》副刊《文学周刊》第42期发表。

9月30日 梁实秋(程淑)的评论《论Dilettantism》在《益世报》副刊《文学周刊》第44期发表。

9月 柯灵来青岛,以“青岛印象”为题写了《岛国新秋》《咖啡与海》《魔窟》《如此桃源》等散文。

10月1日 臧克家的诗《贩鱼郎》《补破烂的女人》、短篇小说《猴子拴》在《文学》第1卷第4号发表,诗《到都市去》在《东方杂志》半月刊第30卷第19号发表,诗《桃源》在《新时代月刊》第5卷第4期发表。

同日 王统照的小说《五十元》在《文学》第1卷第4号发表。

10月7日 梁实秋的杂文《艺术与模仿的关系》《我们需要批评家》在《益世报》副刊《文学周刊》第45期发表。

10月14日 梁实秋(程淑)的评论《关于旧剧》在《益世报》副刊《文学周刊》第46期发表。

10月15日 修古藩的小说《恶作剧》在《沉钟》第25期发表。

10月21日 梁实秋的杂文《翻译之难》《〈四十自述〉》《小品文》在《益世报》副刊《文学周刊》第47期发表。

10月23日 李同愈的小说《马家村》在《国闻周报》第10卷第42期发表。

10月28日 梁实秋的杂文《文艺自由》《什么是象征主义?》在《益世报》副刊《文学周刊》第48期发表。

10月30日 修古藩的小说《山鬼》在《沉钟》第26期发表。

11月1日 臧克家的诗《秋》在《文艺月刊》第4卷第3期发表。

11月4日 梁实秋的杂文《讽刺文学》《文学对话》《线装书与白话文》《"文人无行"》在《益世报》副刊《文学周刊》第49期发表。

11月11日 梁实秋的小说《悲喜剧之一幕》、杂文《文学与大众》在《益世报》副刊《文学周刊》第50期发表。

11月15日 梁实秋(定之)的评论《诗之研究》在《益世报》副刊《文学周刊》第51期发表。

11月30日 修古藩的小说《龙王镜》在《沉钟》第28期发表。

12月15日 修古藩的小说《钟家坝上》在《沉钟》第29期发表。

12月16日 梁实秋的评论《〈诗歌与批评〉》《文学批评家之兰姆》在《益世报》副刊《文学周刊》第55期发表。

12月23日 梁实秋的杂文《何谓"健全的批评"?》在《益世报》副刊《文学周刊》第56期发表。

12月30日 梁实秋(淑)的杂文《文学的透视》在《益世报》副刊《文学周刊》第57期发表。

本年 吕美荪结诗集《葂丽园诗续》,收诗278首。

1934年

1月1日 臧克家的长诗《罪恶的黑手》在《文学》第2卷第1号发表,诗歌《春在天涯》在《文学季刊》创刊号发表、《花的主人》在《文艺月刊》第5卷第1期发表;散文《文明的皮鞭》在《东方杂志》半月刊第31卷第1号发表。

同日 王统照的小说《银龙翻身的时候》在《文学》第2卷第1号发表。

1月15日 修古藩的小说《危源远》在《沉钟》第31期发表。

1月30日 修古藩的小说《审判》在《沉钟》第32期发表。

1月 国立山东大学"刁斗"文艺社创办的文学季刊《刁斗》出刊,共出2卷6期。

2月1日 李同愈的小说《奸细》在《矛盾月刊》第2卷第6期发表,小说《睹翠》在《东方杂志》第31卷第3期发表。

2月4日 鲁迅的散文《雪》在《青岛民报》副刊《儿童乐园》发表。

2月18日 修古藩的小说《沉淀》在《沉钟》第34期发表。

3月22日 臧克家的散文《幽讦——无窗室随笔》在《申报》副刊《自由谈》发表。

3月29日 臧克家的诗《答客问》在《申报》副刊《自由谈》发表。

4月1日 臧克家的诗《盘》在《文学季刊》第2期发表。

4月3日 臧克家的散文《回家——无窗室随笔之二》在《申报》副刊《自由谈》发表。

4月6日 吴伯箫写散文《山屋》,8月20日在《人间世》第10期发表。

4月7日 臧克家的散文《不知道——无窗室随笔之三》在《申报》副刊《自由谈》发表。

4月11日 吴伯箫的散文《马》在《大公报》副刊《文艺》发表。

同日 臧克家的诗《无窗室》在《申报》副刊《自由谈》发表。

4月14日 臧克家的诗《深宵的叫卖》、散文《一代比一代好——无窗室随笔之四》在《申报》副刊《自由谈》发表。

4月15日 臧克家的诗《村夜》在《文史》两月刊创刊号发表。

4月16日 臧克家的散文《迷》在《申报》副刊《自由谈》发表。

4月17日 臧克家的散文《社戏》在《申报》副刊《自由谈》发表。

4月25日 臧克家的散文《村警》在《申报》副刊《自由谈》发表。

4月30日 吴伯箫写散文《海上鸥》,后收入散文集《羽书》。

同日 李同愈的小说《芹芹》在《国闻周报》第11卷第17期发表。

4月 柳亚子游历青岛,作诗《晨起游海滨公园》《海水浴场》等。

5月4日 臧克家的诗《都市的夜》在《申报》副刊《自由谈》发表。

5月8日 臧克家的散文《青岛樱花会》在《申报》副刊《自由谈》发表。

5月 臧克家的诗集《罪恶的黑手》投上海生活书店,6月22日写序言,10月印行。

6月3日 刘芳松(西蒙)的诗《叶赛宁用手枪打了自己》在《青岛民报》副刊《每周文艺》发表。

6月6日 吴伯箫的散文《野孩子》在《大公报》副刊发表。

春夏 沙汀来青岛写小说,《赶路》1935年7月15日在上海《创作》创刊号发表,《祖父的故事》在1935年12月1日《文学》第5卷第6号发表。

上半年 梅林写散文《烟台烽火》、小说《婴》《青岛童话》。

7月1日 臧克家的诗《小婢女》《逃荒》、文学评论《论新诗》在《文学》第3卷第1号发表。

7月13日 郁达夫来青岛写《避暑地日记》,作诗《青岛杂事诗十首》在9月5日《人间世》第11期发表,11月写散文《青岛、济南、北平、北戴河的巡游》。

7月 梁实秋的《偏见集》由南京正中书局出版。

同月 李同愈的短篇小说集《忘情草》由上海生活书店出版。

8月28日 吴伯箫写散文《天冬草》,在10月10日《水星》第1卷第1期发表。

8月 汪静之作诗《绿漪对〈六美缘〉的评语》7首、《〈六美缘〉总结》14首。

9月9日 萧红完成中篇小说《麦场》,1935年12月以《生死场》书名列为“奴隶丛书”之三由上海容光书局发行。

9月15日 洪深的电影文学剧本《劫后桃花》在青岛拍摄外景。

9月16日 老舍的长篇小说《牛天赐传》在《论语》第49期连载,至1935年10月16日第74期续完,1936年3月由上海人间书屋出版单行本。

9月20日 老舍的短篇小说集《赶集》由上海良友图书出版公司出版。

9月 萧军完成长篇小说《八月的乡村》,1935年8月列为“奴隶丛书”之一由上海容光书局发行。

10月1日 老舍的小说《上任》在《文学》第3卷第4号发表,杂文《取钱》在《论语》第50期发表。

10月3日 老舍应邀在国立山东大学演讲《诗与散文》。

10月7日 吴伯箫写散文《雨》,在1935年2月21日《北平晨报》副刊《学园》发表。

10月8日 老舍应邀在青岛市立中学演讲《我的创作经验》,12月15日同名演讲稿在《刁斗》第1卷第4期发表。

10月16日 老舍的杂文《画像》在《论语》第51期发表。

10月23日 老舍的散文《还想着它》在《大众画报》第12期发表。

10月 老舍的散文《小麻雀》、臧克家的诗《问》在《文学评论》第1卷第2期发表。

11月1日 老舍的小说《沈二哥加了薪水》在《现代》第6卷第1期发表。

11月5日 洪深的散文《我的"失地"》在《太白》第1卷第4期发表。

11月20日 洪深的散文《"留得青山在"》在《太白》第1卷第5期发表。

同日 宋春舫的《〈褐木庐藏戏曲书写目〉自序》在《人间世》第16期发表。

12月5日 老舍的散文《哭白涤洲》在《人间世》第17期发表。

12月16日 老舍在青岛李村中学演讲《怎样认识文学》,杂文《写字》在《论语》第55期发表。

12月18日 吴伯箫的散文《说踽踽独行》在《青岛时报》副刊《明天》发表。

12月19日 吴伯箫的散文《啼晓鸡》在《大公报》副刊发表。

12月20日 老舍的杂文《读书》在《太白》第1卷第7期发表。

12月25日 王亚平主编的大型诗歌刊物《诗歌季刊》出刊第1卷第1期。

冬 舒群在青岛常州路拘留所被囚期间,草拟中篇小说《没有祖国的孩子》。

本年 萧军在《青岛晨报》相继发表散文《好美丽的地方》《待醉一回罢》《消息》《祷告》《怅望》《鞭挞我自己》《好轻松的》《秋叶》,发表中篇小说《涓涓》。

同年 吕美荪结诗集《葂丽园诗再续》,收诗57首。

1935年

1月1日 老舍的小说《末一块钱》在《国闻周报》第12卷第1期发表,小说《老年的浪漫》在《文学》第4卷第1号发表,小说《裕兴池里》在《东方杂志》第32卷第1号发表;汉译法国作家安德烈·莫罗阿的小说《战壕脚》在《论语》第56期发表。

同日 洪深汉译德国G.凯泽的剧本《煤气厂》在《东方杂志》第32卷第1号发表。

1月5日 洪深的评论《文学被打入冷宫以后》在《太白》第1卷第8期发表。

1月10日 老舍的小说《毛毛虫》在《水星》第1卷第4期发表。

1月20日 老舍的散文《落花生》在《漫话生活》第5期发表。

1月28日 洪深的评论《几种逃避现实的写剧方法》在《国闻周报》第12卷第5期发表。

1月 洪深汉译莎士比亚的《威尼斯商人》第五幕在《文学》第4卷第1号发表。

2月10日 吴伯箫的散文《海》在《水星》第1卷第5期发表。

2月25日 洪深的评论《卤》在《太白》第1卷特辑发表。

3月1日 老舍的杂文《有钱最好》在《论语》第60期发表。

3月6日 老舍的杂文《又是一年芳草绿》在天津《益世报》副刊《文学》第1期发表。

3月20日 老舍的散文《小动物们》在《人间世》第24期发表。

3月24日 徐中玉遥编的天津《益世报》副刊《益世小品》第1期刊出,刊有老舍的《春风》、赵少侯的《不知所云》、徐中玉的《江南的春天》、陆新球的《科学小品谈》等,至1936年4月26日共出刊56期。

3月25日 王亚平主编的大型诗歌刊物《诗歌季刊》第1卷第2期出刊。

3月31日 李劫夫的评论《从圣功音乐会回来》在《青岛时报》副刊发表。

3月 洪深的评论《谈戏剧之理论与实践》在《申报月刊》第4卷第3号发表。

同月 艾芜来青岛写作,8月完成小说《饥饿》,写散文《青岛的公园》《晨登观象山》《汇泉残垒》《海滨随笔》等。

4月1日 老舍的小说《月牙儿》在《国闻周报》第12卷第12期连载,至15日第12卷第14期续完;评论《读巴金的〈电〉》在《刁斗》第2卷第1期发表;杂文《谈教育》在《论语》第62期发表。

同日 赵星火、李同愈合作完成电影剧本《法律外的航线》,在《青岛民报》副刊《每周电影》连载;7月7日改名《夜茫茫》,在《青岛民报》重新连载。

4月5日 老舍的小说《创造病》在上海《文饭小品》月刊第3期发表。

4月10日 老舍的小说《老字号》在《新文学》第1卷第1期发表;小说《邻居们》在《水星》第2卷第1期发表。

同日 洪深的评论《小说中的人物描写》在《新中华》第3卷第7期发表。

4月15日 老舍的小说《善人》在《新小说》第1卷第3期发表。

4月20日 老舍的散文《小动物们续(鸽)》在《人间世》第26期发表。

4月23日 洪深为选编的"中国新文学大系"第9集(戏剧集)撰写序言《现代戏剧导论》。

4月26日 杜宇的评论《法国的文学倾向》在天津《益世报》副刊《益世小品》第56期发表。

5月1日 老舍的小说《阳光》在《文学》第4卷第5号发表。

5月8日 老舍的诗《礼物》在天津《益世报》副刊《文学》第10期发表。

5月12日 老舍的小说《听来的故事》在《大公报》副刊《文艺》第151期发表。

5月18日 宋春舫写评论《从剧本方面推测到戏剧未来的趋势》,后收入《宋春舫论剧二集》。

5月23日 宋春舫写《汉译欧美剧本的统计》,12月在南京《教与学》月刊第1卷第6期发表。

5月 老舍编完短篇小说集《樱海集》并作《序》,8月由上海人间书屋出版。

同月 洪深的评论《被称为"性自由的颂扬者"考温德》在《文学》第4卷第5号发表。

春 陈荒煤来青岛写作,结集小说集《刘麻子》,小说《本份人》4月在《漫画生活》第8期发表,小说《黑子》6月15日在《作家》第1卷第3号发表,散文《岛上小札》10月25日在《申报》副刊《自由谈》发表。

6月1日 洪深自传之一节《匆匆十年》在上海《民报》副刊《影谭》连载,至16日续完。

6月5日 洪深的评论《"淡红衫子淡红裙"》《问题、事实、态度》在《太白》第2卷第6期发表。

6月26日 宋春舫译完《别墅出售》,后收入《宋春舫论剧二集》。

6月30日 老舍的小品《忙》在天津《益世报》副刊《益世小品》第15期发表。

6月 王亚平的诗集《都市的冬》由上海中国印刷社出版,收诗34首。

7月10日 王余杞的小说《头奖志喜》在《人生与文学》第1卷第4期发表。

7月14日 《青岛民报》副刊《避暑录话》第1期出刊,至9月15日共出刊10期。

同日 王余杞的小品《积习难改》在《庸报》副刊《嘘》第18期发表。

7月15日 老舍的散文《歇夏(也可以叫作〈放青〉)》在《良友》画报第107期发表。

同日 王余杞的小说《雨》在《创作周刊》创刊号发表。

7 月 20 日 王余杞的小说《都市里的乡下人》在《星火》第 1 卷第 3 期发表，小品《漫谈〈自流井〉》在《太白》第 2 卷第 9 期，散文《介绍〈避暑录话〉周刊》在《庸报》副刊《嘘》第 19 期发表。

7 月 24 日 苏雪林来青岛，写散文《岛居漫兴》20 篇、《劳山二日游》9 篇。

7 月 洪深的评论《希腊文学中所表现的宿命论是怎样的?》《电影在现代艺术居怎样的地位? 它和文学有怎样的关系?》入选生活书店出版的《文学百题——文学二周年纪念特辑》。

8 月 10 日 蔡元培来青岛，9 月 20 日定稿《〈中国新文学大系〉总序》，10 月 8 日为刘半农题写碑文。

8 月 15 日 洪深的评论《我的打鼓时期已经过了吗?》在《良友画报》第 108 期发表。

8 月 16 日 老舍的散文《青岛与我》在《论语》第 70 期发表。

8 月 周学普翻译的《浮士德》由上海商务印书馆出版。

同月 王余杞的小说《孩子的命运》在《创作》第 1 卷第 3 期发表。

夏 黄公渚的《劳山集》“汇为三卷”，分《东海劳歌》(词之部)、《劳山纪游集》(诗之部)、《辅唐山房猥稿》(文之部)。

9 月 22 日 老舍的小说《断魂枪》在《大公报》副刊《文艺》第 13 期发表。

9 月 27 日 宋春舫为三幕喜剧《五里雾中》写评论《〈五里雾中〉之经过》。

10 月 1 日 老舍的中篇小说《新时代的旧悲剧》在《文学》第 5 卷第 4 号发表。

10 月 6 日 杜宇的小品《OK 的世界化》在天津《益世报》副刊《益世小品》第 28 期发表。

10 月 13 日 杜宇的小品《谈吸烟》在天津《益世报》副刊《益世小品》第 29 期发表。

10 月 28 日 孟超在《青岛民报》副刊辟《小糊涂胡扯》专栏，至 1937 年 7 月 24 日共发表杂文 500 余篇。

10 月 袁勃作诗《真理的船》，后结诗集《真理的船》1936 年 2 月由青岛诗歌出版社出版。

11 月 1 日 由青岛诗歌新辑社编辑、青岛诗歌出版社出版的《诗歌新辑》第 1 辑出版，上海群众杂志公司总经销。

11 月 10 日 杜宇的评论《邓肯的一生》在天津《益世报》副刊《益世小品》第 33 期发表。

11 月 30 日 袁勃的评论《关于诗歌的路》在《青岛时报》副刊发表，后有评论《诗歌的机运》《论叙事诗》《关于诗歌的技巧问题》等发表。

12 月 1 日 西蒙的小说《夜吠》、孟超的小品《初雪记事》在天津《益世报》副刊《益世小品》第 36 期发表。

12 月 2 日 洪深的评论《演技小论》在《中央日报》副刊发表。

12 月 5 日 老舍的散文《何容何许人也》在《人间世》第 41 期发表。

12 月 15 日 老舍的小品《钢笔与粉笔》、孟超的《谈烤火》在天津《益世报》副刊《益世小品》第 38 期发表。

12 月 26 日 洪深作诗《民国廿五年元旦》，在 1936 年 1 月 1 日《青岛时报》增刊发表。

本年 吕美荪结诗集《葂丽园四续》，收诗 57 首。

1936年

1月1日 由青岛诗歌新辑社编辑、青岛诗歌出版社出版的《诗歌新辑》第2辑出版,其中青岛诗人的作品有王亚平的诗《北平的怒吼》、大众合唱诗《抢堤》、袁勃的诗《送别》、西蒙的译诗《城与浮士德》、杜宇的译诗《诗的分野》。

1月5日 杜宇的评论《关于纪德》、孟超的小品《脸的艺术》在天津《益世报》副刊《益世小品》第41期发表。

1月19日 老舍的小品《新年试笔》、孟超的《羊羝角的故事》在天津《益世报》副刊《益世小品》第43期发表。

1月20日 宋春舫写评论《论戏剧的对白》,3月在《宇宙风》第13期发表。

同日 老舍在国立山东大学演讲《文艺中的典型人物》。

1月 洪深的独幕话剧《汉宫秋》在《东方杂志》第33卷第1号发表。

2月8日 沈旭的诗集《黎明前奏曲》由青岛诗歌出版社出版。

同日 史轮的诗《石榴又炸开了满树的火花》在《青岛时报》副刊发表。

2月9日 杜宇的小品《谈讽刺文学》在天津《益世报》副刊《益世小品》第45期发表。

2月15日 史轮的诗《野战病院里》在《青岛时报》副刊发表。

2月23日 杜宇的小品《星期日的公园》、孟超的《"缴粮"与"分租"》在天津《益世报》副刊《益世小品》第47期发表。

3月1日 杜宇的评论《高尔基论速写》在天津《益世报》副刊《益世小品》第48期发表。

3月16日 老舍的小说《新韩穆烈德》在《国闻周报》第13卷第10期发表。

3月29日 杜宇的评论《玛那珂夫斯基的事》在天津《益世报》副刊《益世小品》第52期发表。

3月 洪深的独幕话剧《多年的媳妇》在《文学》第6卷第3号发表。

同月 宋春舫的戏剧集《五里雾中》由上海文学出版社出版,《宋春舫论剧二集》由上海生活书店出版。

4月12日 孟超的小品《晴明时节》在天津《益世报》副刊《益世小品》第53/54期发表。

5月3日 李同愈、杜宇遥编的天津《益世报》副刊《文艺周》第1期出刊,刊有老舍的小说《不说谎的人》、李同愈的《桑葚》、杜宇的《世界文坛消息》等,至1937年6月27日共出刊58期。

5月31日 宋春舫写评论《戏院观众纵横谈》,10月在《宇宙风》第26期发表。

5月 宋春舫的独幕剧本《原来是梦》在《青年界》第9卷第1期发表。

6月16日 老舍的散文《想北平》在《宇宙风》第19期发表。

6月 老舍的散文《我的暑假》在《青年界》第10卷第1期发表。

同月 吕美荪的《瀛洲访诗记》出版,共收48篇游记散文、91首诗歌。

7月1日 王统照应邀到上海接编的《文学》月刊第7卷第1号出刊,至1937年8月1日第9卷第2号止,共出刊14号。

同日 孟超的散文《拾穗》、老舍的小说《新爱弥耳》在《文学》第7卷第1号发表,老舍的杂文《鬼与狐》在《论语》第91期发表。

7月18日 蒲风作诗《青岛》(未收入《蒲风选集》)。

7月19日 孟超的散文《青岛在雾里》在天津《益世报》副刊《文艺周》第11期发表。

7月 老舍的小说《且说屋里》在上海开明书店创业10周年纪念集《十年》发表。

同月 蹇先艾来青岛参会,写散文《海滨小景》,后收入《蹇先艾文集》第3卷。

8月5日 老舍的杂文《代林语堂拟赴美宣传大纲》在《选经》第11期发表。

8月16日 孟超的杂文《养老包子》在天津《益世报》副刊《文艺周》第15期发表。

夏 萧军来青岛,写散文《邻居》《水灵山岛》,完成长篇小说《第三代》第1部。

9月1日 老舍的杂文《英国人》在《西风》创刊号发表。

9月5日 老舍的杂文《婆婆话》在《中流》第1卷第1期发表,杂文《相片》在《逸经》第13期发表。

9月6日 老舍的杂文《闲话》在天津《益世报》副刊《文艺周》第18期发表。

9月16日 老舍的长篇小说《骆驼祥子》在《宇宙风》第25期连载,至1937年10月1日第48期续完。

10月1日 老舍的小说《哀启》在《文学》第7卷第4号发表。

同日 王亚平的长诗《十二月的风》由上海联合出版社出版。

10月10日 王亚平的诗集《海燕的歌》由上海联合出版社出版,收诗26首。

10月16日 老舍的长篇小说《选民》在《论语》第98期连载,至1937年7月1日第115期中辍。

10月19日 鲁迅在上海逝世,老舍、王亚平、杜宇、孟超、李同愈、袁勃、沈旭、王艺、吴绮、李斐、马骏、施畸等青岛文化艺术界人士发起举行悼念活动。

10月25日 老舍的小说《番表》在上海《谈风》第1期发表。

10月30日 蒲风的诗集《钢铁的歌唱》由青岛诗歌出版社出版。

11月16日 老舍的散文《我的理想家庭》在《论语》第100期发表。

11月25日 老舍的散文《有了小孩以后》在上海《谈风》第3期发表。

11月 老舍的短篇小说集《蛤藻集》由上海开明书店出版。

同月 洪深的电影剧本《花花草草》在《国闻周报》第12卷第45/46期发表,由天一制片公司摄制;之后电影剧本《时势英雄》由艺华影业公司摄制,电影剧本《新旧上海》由明星影片公司摄制。

秋冬 卞之琳来青岛翻译法国作家A.纪德的长篇小说《赝币制造者》;年末约来何其芳,何其芳作诗《云》。

12月1日 老舍的散文《我的几个房东》在《西风》第4期发表,散文《归自北平》在《民众日报》副刊发表。

同日 沈旭的诗集《死亡线外》由青岛诗歌出版社出版。

12月10日 老舍(非我)的散文《搬家》在上海《谈风》第4期发表。

12月13日 杜宇的评论《奥尼尔与其戏剧》在天津《益世报》副刊《文艺周》第31期发表。

12月 杜宇译卓别林的《一个丑角所见的世界》由上海生活书店出版。

同月 史轮的诗集《战前之歌》由青岛诗歌出版社出版。

年末 袁勃作诗《血债——咆哮着的青岛》。

本年 蔡天心写小说《山村父女》。

同年　黄公渚的《匑厂文稿》刊刻,凡6卷,收68篇骈文作品。

1937年

1月18日　老舍与赵少侯共同创作的书信体小说《天书代存》在《晨报》副刊《文艺》第2期连载,至3月29日中辍。

1月　老舍的杂文《几句不得人心的话》在《青年界》第11卷第1号发表。

同月　宋春舫的《宋春舫戏曲集》第1集由上海商务印书馆出版。

2月1日　老舍的小说《东西》在《文学》第8卷第2号发表。

2月　周学普翻译的《赫尔曼与陀罗特亚》由上海商务印书馆出版。

3月1日　老舍的散文《东方学院》在《西风》第7期发表。

3月5日　周学普作《哥德对话录》译者序,5月《哥德对话录》由上海商务印书馆出版。

3月13日　老舍的小说《牛老爷的痰盂》在《民众日报》副刊《文艺》第1期发表。

3月16日　老舍的散文《大明湖之春》在《宇宙风》第37期发表。

4月25日　老舍的散文《这几个月的生活》在天津《益世报》副刊《文艺周》发表。

4月　宋春舫的剧论第3集《凯撒大帝登台》由上海商务印书馆出版。

5月1日　老舍的小说《"火"车》在《文学杂志》创刊号发表,杂文《文艺副产品——孩子们的事情》在《宇宙风》第40期发表。

5月15日　老舍的杂文《投稿》在《晨报》副刊《风雨谈》发表。

5月25日　老舍的杂文《理想的文学月刊》在《谈风》第15期发表。

5月29日　老舍应邀在青岛中华基督教青年会演讲《文学批评》。

6月1日　老舍的杂文《英国人与猫狗》在《西风》第10期发表。

6月10日　老舍的杂文《无题——因为没有故事》在《谈风》第16期发表。

6月16日　老舍的散文《五月的青岛》在《宇宙风》第43期发表。

7月1日　老舍的小说《兔》在《文艺月刊》第11卷第1期发表,短篇小说《杀狗》在《文学杂志》第1卷第3期发表,中篇小说《我这一辈子》在《文学》第9卷第1号发表。

7月7日　日军挑起卢沟桥事变。端木蕻良来青岛,写散文《青岛之夜》,9月5日在《烽火》创刊号发表。

7月15日　蔡天心的小说《东北之谷》在《文丛》第1卷第5号发表。

8月1日　老舍的长篇小说《小人物自述》在《方舟》第39期连载,因抗日战争全面爆发仅刊载前4章即中辍。

1938年

1月10日　日军侵占青岛,青岛再次沦陷。1940年萧红的长篇小说《马伯乐》即是青岛人国难当头惊慌失措纷纷逃跑的叙事。

2月6日　青萍的小说《劫后余生》在《青岛新民报》副刊《新声》连载

2月17日　燕侣的言情小说《春梦秋云》在《青岛新民报》副刊《新声》连载。

5月4日　无所争斋主的现代长篇纪实小说《青天外史》在《青岛新民报》连载。

6月1日 王度庐的武侠小说《河岳游侠》在《青岛新民报》连载,至11月15日续完。

6月2日 王度庐(度庐)的散文《海滨忆写》在《青岛新民报》副刊《新声》发表。

8月26日 陈慎言的小说《海燕归来》在《青岛新民报》连载,至9月14日暂停,9月20日复载,至12月20日载至前两回计60个章节。

11月16日 王度庐的武侠小说《宝剑金钗》在《青岛新民报》连载,至1939年7月29日续完。

1939年

2月12日 日本人火野苇平的小说《花与兵队》在《青岛新民报》连载,至4月15日续完。

4月20日 张玉田的言情小说《情潮泪海》在《青岛新民报》连载,至6月20日载完第4回。

4月24日 王度庐的社会-言情小说《落絮飘香》在《青岛新民报》连载,至1940年2月2日续完。

7月30日 王度庐的武侠小说《剑气珠光》在《青岛新民报》连载,至1940年4月5日续完。

9月15日 废丁的杂文《也谈书店》在《青岛新民报》副刊《新声》发表。

12月12日 曹歌帆(歌帆)的散文《海的三部曲》在《青岛新民报》副刊《文学》第78期发表。

1940年

1月15日 日本"青岛文化联盟大陆短歌会"成立,编辑《大陆短歌》月刊,发表日本俳句及研究文章,至1942年5月15日第3卷第2期后停刊,共出刊29期。

1月17日 瘦马的杂文《从〈木兰从军〉谈到青岛艺坛》在《青岛新民报》副刊《新声》发表。

1月23日 毅马的小说《原野》在《青岛新民报》副刊《新声》连载,至28日续完。

1月31日 芒芰的小说《微笑》在《青岛新民报》副刊《新声》连载,至2月6日续完。

2月3日 王度庐的社会-言情小说《古城新月》在《青岛新民报》连载,至1941年4月10日续完。

2月21日 宋来改编的放送剧本《雷雨》在《青岛新民报》副刊《新声》连载,至24日续完。

2月 日本"青岛文化联盟"双月刊《山东文学》创刊,在政治时事与一般文化性文字之外也刊有文学作品,至1942年8月第3卷第4期后停刊,共出刊16期。

3月4日 陆涛的小说《春声》在《青岛新民报》副刊《新声》发表。

3月12日 司奈尔翻译爱尔兰G.莫尔的小说《施舍》在《青岛新民报》副刊《新声》发表。

3月18日 景波的小说《希望中的夏天》在《青岛新民报》副刊《新声》连载,至21日续完。

4月7日 王度庐的武侠小说《舞鹤鸣鸾》在《青岛新民报》连载,至1941年3月15日续完。

7月10日 《华北通讯》创办,主编曹歌帆,刊登文艺作品,至1943年8月10日第3卷第1期后停刊。

7月23日 尹大的小说《遗书》在《青岛新民报》副刊《文学》第106期连载,至8月20日第110期续完。

7月31日 胡汉上(汉上)的小说《激流》在《青岛新民报》副刊《新声》发表。

8月16日 王度庐的武侠小说《风雨双龙剑》在南京《京报》连载,至1941年5月9日续完。

8月29日 芒芠的小说《秋泛》在《青岛新民报》副刊《新声》连载,至30日续完。

8月31日 曹歌帆(歌帆)的散文《秋》在《青岛新民报》副刊《新声》发表。

10月2日 景波的小说《惨死的老鼠》在《青岛新民报》副刊《新声》发表。

10月20日 孟宇的小说《红玫瑰》在《青岛新民报》副刊《新声》连载,至23日续完。

12月1日 骚人的小说《男与男》在《青岛新民报》副刊《新声》连载。

12月14日 楚眉的小说《西瓜刀》在《青岛新民报》副刊《新声》发表。

1941年

1月7日 伊人的小说《一个老人》、废丁的诗《生日——写给自己》在《青岛新民报》副刊《文学》第130期发表。

1月16日 景波的系列小品《星期日》在《青岛新民报》副刊《新声》连载,至18日续完。

2月 周至元的《崂山志》初稿完成,卷七《艺文志》设游记、文献、赋、颂赞、杂咏5目。

3月16日 王度庐的武侠小说《卧虎藏龙》在《青岛新民报》连载,至1942年3月6日续完。

4月11日 王度庐的社会-言情小说《海上虹霞》在《青岛新民报》连载,至8月27日续完。

5月10日 王度庐的武侠小说《彩凤银蛇》在南京《京报》连载,至1942年3月1日续完。

5月25日 浮生客的侠情小说《一点红》在《青岛新民报》连载。

6月24日 曹歌帆(歌帆)的散文《在迷惘中》在《青岛新民报》副刊《文学》第148期发表。

8月28日 王度庐(霄羽)的社会-言情小说《虞美人》在《青岛新民报》连载,至1943年10月6日续完。

9月30日 楚眉的小说《酸酒》在《青岛新民报》副刊《文学》第160期发表。

10月1日 方齐的散文《母性》在《大青岛报》副刊《青潮》发表。

10月 吕美荪的文集《葂丽园随笔》出版,共收随笔杂记84篇。

1942年

1月1日 理卿的言情小说《春水愁痕》、老感的哀情小说《情天劫》在《青岛新民报》副刊《新声》连载。

3月2日 王度庐的武侠小说《纤纤剑》在南京《京报》连载,至10月31日续完。

3月7日 王度庐的武侠小说《铁骑银瓶》在《青岛新民报》连载,至1944年续完。

4月 《友声》杂志创刊,刊登文艺作品,中国留日同学会青岛分会主编。

9月14日 希言的评论《时代与文艺》在《青岛大新民报》副刊《新潮》发表。

1943年

1月23日 王度庐的武侠小说《舞剑飞花》在南京《京报》连载,至1944年1月18日续完。

10月7日 王度庐(霄羽)的社会-言情小说《寒梅曲》在《青岛大新民报》连载,至1944年2月续完上集。

本年 岳乐山将长篇历史小说《尘世奇谈》的手稿传给独子岳廉识。

1944年

1月1日 《民民民》月刊创刊,主编胡汉士,刊登文艺作品,至1945年8月1日出刊12期。

1月19日 王度庐的侠情小说《大漠双鸳谱》在南京《京报》连载,至7月3日续完。

5月3日 王度庐的武侠小说《紫电青霜》在《青岛大新民报》连载,至1945年夏续完。

7月4日 王度庐的侠情小说《春明小侠》在南京《京报》连载,至1945年2月25日连载至第20章。

8月1日 《治平》杂志创刊,主编王绍桢,刊登文艺作品,至1945年7月1日停刊,共出刊5期。

11月6日 公羊角的小说《树》在《青岛大新民报》副刊《浪淘沙》发表。

1945年

4月1日 《地瓜干》月刊创刊,刊登文艺作品,由地瓜干月刊出版委员会编辑兼发行。

5月1日 王度庐的武侠小说《锦绣豪雄》在《民民民》月刊第10期连载,至8月1日第3章续完。

同日 王度庐的武侠小说《琼楼双剑》在南京《京报》副刊连载,未完。

8月15日 日本无条件投降,9月11日美军以受降为名在青岛登陆。11月12日丁梦全的独幕剧本《和平》在《青岛时报》副刊《青光》发表,反映了青岛抗战胜利的真实情形。

10月2日 王统照的散文《遥忆老舍与闻一多》在《文汇报》副刊发表。

11月1日 闵光予(光予)的散文《秋花》在《青岛公报》副刊《新青岛》发表。

11月12日 刘温和的诗《英雄交响乐(序曲)》在《青岛时报》副刊《青光》发表。

11月23日 王统照的诗《怀赵明宇君》在《民言报》副刊《建地》第3期发表。

11月30日 丁梦全的报告文学《我们的留园》在《青岛时报》副刊《青光》连载。

12月2日 《海风》周刊创刊,主编宁公介,刊登文艺作品,共出刊8期。

12月3日 田风的诗《黄河》在《民言报》副刊《铁军》第4期发表。

12月7日 黄耘的诗《十二月之晨》、田风的散文《秋雨篇》在《青岛公报》副刊《新青岛》发表。

1946年

1月9日 王统照(剑三)的诗《公道》在《民言报》副刊《潮音》第9期发表。

2月5日 黄耘的诗《归来》在《民众日报》副刊《民声》发表。

2月17日 许仁的中篇小说《铁星马》在《军民日报》副刊《哨兵》连载,至7月12日续完。

3月9日 萧风(崔莺)的中篇小说《孤雁归来》在《民众日报》连载,至4月26日续完,12月2日以《孤雁》书名由中国文化服务社青岛分社出版。

4月8日 山音的诗《我和雪》在《民众日报》副刊《苦露》第2期发表。

5月10日 杜宇(小记者)的杂文《漫谈选举》在《军民日报》副刊《哨兵》发表。

5月12日 杜宇(小记者)的杂文《奸商捣乱》在《军民日报》副刊《哨兵》发表。

5 月 27 日 木冰的散文《心底的呐喊》在《扫荡简报》副刊《瞭望台》发表。

6 月 6 日 郑西成(白风)的杂文《中国人》在《青岛公报》副刊《新青岛》连载,至 14 日续完。

6 月 27 日 梁枫的诗《海之恋》在《民众日报》副刊《前哨》第 2 期发表。

6 月 芮麟的诗文集《青岛游记》由青岛乾坤出版社出版。

7 月 13 日 废丁的诗《乡梦》在《青岛公报》副刊《新青岛》发表。

7 月 15 日 山音的散文《记忆》在《民众日报》副刊《苦露》第 15 期发表。

7 月 18 日 鲁海的诗《黄土层,黑土地》在《民众日报》副刊《前哨》第 5 期发表。

7 月 25 日 鲁海(灵心)的诗《虹》在《民众日报》副刊《前哨》第 6 期发表。

7 月 29 日 山音的散文《路》在《民众日报》副刊《苦露》第 17 期发表。

7 月 30 日 杜宇(小记者)的杂文《关云长为何无罪?》在《青岛晚报》副刊《观象台》第 40 期发表。

8 月 1 日 黄耘的诗《沽河畔》在《平民报》副刊《新血轮》第 3 期发表。

同日 鲁海的诗《夏》在《民众日报》副刊《前哨》第 7 期发表。

8 月 15 日 刘燕及(燕及果)的诗《夏天,我没有浪花》、山音的诗《雾和太阳》、田风的诗《我大踏步在疯狂的街上》在《公言报》副刊《黄河》第 10 期发表。

8 月 21 日 田仲济的杂文《猫》在《军民日报》副刊《新调》发表。

8 月 23 日 鲁海的散文《幸福的缅怀》在《平民报》副刊《新血轮》第 5 期发表。

8 月 27 日 朱之凌(激冰)的中篇小说《烽火·恋歌》在《平民报》副刊《重光》连载。

9 月 9 日 王统照的散文《夜谈偶记》在《侨声报》副刊《星河》发表。

9 月 12 日 鲁海的散文《零鸿集》在《公言报》副刊《黄河》第 13 期发表。

9 月 13 日 山音的散文《诊疗室》、鲁海的散文《秋雨的意念》在《平民报》副刊《新血轮》第 8 期发表。

9 月 16 日 王统照的散文《夜谈再记》、杂文《"民佣"与"公仆"》在《侨声报》副刊《星河》发表。

9 月 23 日 王统照的杂文《"乡愿"的进化论》在《侨声报》副刊《星河》发表。

9 月 27 日 刘温和的诗《蝶》在《平民报》副刊《新血轮》第 10 期发表。

10 月 23 日 王统照的诗《我们有太多的孩子气》在《民言报》副刊《民言》发表。

同日 鲁海的散文《秋日散记》在《平民报》副刊《新青年》第 36 期发表,散文《苦闷》在《青报》副刊《青春》发表。

11 月 1 日 黄耘(艾石)的散文《秋·海畔及其他》、朱之凌(激冰)的散文《她!活在苦窘的日子里》在《平民报》副刊《新血轮》第 15 期发表。

11 月 3 日 刘温和的文艺评论《论诗歌的大众化》在《青岛时报》副刊《海歌》第 28 期连载,至 11 月 10 日续完。

11 月 12 日 鲁军的小说《震动》、黄耘的三幕悲剧《母亲》在《军民日报》副刊《文艺》连载。

11 月 13 日 山音的散文《黄昏的怀念》在《军民日报》副刊《文艺》发表。

11 月 16 日 鲁海的散文《片叶》、刘绪萱的散文《海滨秋语》、田风的诗《生活的反响》在《军民日报》副刊《文艺》发表。

11月17日 黄耘(艾石)的诗《黄昏雨》在《青岛时报》副刊《海歌》第30期连载,至12月8日第33期续完。

11月18日 废丁的诗《生活的歌》在《军民日报》副刊《文艺》发表。

11月19日 李策(楚歌)的散文《晨》在《平民报》副刊《大风》发表。

11月22日 山音的散文《秋花笺》、田风的散文《一叶》在《军民日报》副刊《文艺》发表。

同日 石玺的散文《常绿的树》在《平民报》副刊《新血轮》第18期发表。

11月23日 孙昌熙接办《中兴周刊》第3期,发表散文《女扒手》、文论《文学与政治》。

11月24日 刘燕及(燕及果)的诗《西风》、田风的诗《幸福圈外》在《青岛时报》副刊《海歌》第31期发表。

11月26日 山音的散文《一天》、鲁海的散文《画面》在《军民日报》副刊《文艺》发表。

11月30日 鲁海的散文《云星集》在《军民日报》副刊《文艺》发表。

12月1日 孙思白(劳荪)的散文《母亲》在《青岛晚报》副刊《晚风》发表。

同日 梁枫的诗《生命的火炬》《从北国寄到江南》在《青岛时报》副刊《海歌》第32期发表。

12月2日 王度庐(鲁云)的武侠小说《紫凤镖》在《青岛时报》副刊《青光》连载,至1947年7月18日续完。

12月9日 臧云远的诗《去年今年》在《青报》副刊《青春》发表。

12月10日 江雪雯翻译的歌德诗《眉孃》在《青岛公报》副刊《海光》创刊号发表。

12月15日 《新血轮》月刊创刊,主编朱之凌,以发表文艺作品为主。

同日 孙思白(劳荪)的散文《复片记》在《青岛晚报》副刊《晚风》发表。

同日 孙昌熙(钟咸)的小说《没有坟墓的人》在《中兴周刊》第4期发表。

12月16日 山音的评论《评〈世纪的高潮〉》在《青岛时报》副刊《海歌》第45期发表。

12月17日 鲁海的散文《遥远的祝福》《渔舟和老人》、黄耘的诗《初冬小景》在《公言报》副刊《黎明》发表。

12月19日 朱之凌(激冰)的小说《古城》在《平民报》副刊《大风》第39期连载,至1947年1月7日续完。

同日 孙思白(叶是一)的杂文《阿斗的苦恼》在《青岛晚报》副刊《晚风》发表。

12月26日 刘温和的诗《愠》在《公言报》副刊《黎明》发表。

1947年

1月1日 《青岛文艺》出刊"试版号",主编刘燕及,纯文学期刊,4月25日出刊"创刊号",共出刊5期。

1月9日 刘温和的诗《倦旅》在《平民报》副刊《大风》发表。

1月12日 孙思白(叶是一)的杂文《偶感》在《青岛晚报》副刊《晚风》第15期发表。

1月20日 田仲济的杂文《张献忠杀人吗?》在《民众日报》副刊《民声》发表。

1月 丁西林的《西林独幕剧集》由上海文化生活出版社出版,收有《一只马蜂》《亲爱的丈夫》《酒后》《北京的空气》《瞎了一只眼》《压迫》《三块钱国币》7部剧本。

2月7日 鲁海的散文《除夕之夜》在《平民报》副刊《新血轮》第29期发表。

2月11日 王统照的旧体诗《夏日游青即山区十首之三》在《民言报》副刊《艺文》第11期发表。

2月18日 王统照的译诗《在尼罗河源上的游人》在《民言报》副刊《艺文》第12期发表。

2月29日 木冰的散文《童年的故事》在《青岛时报》副刊《青光》发表。

3月2日 刘燕及(燕及果)的诗《八行草》、刘温和的诗《生命》、山音的《诗二章》在《青岛时报》副刊《海歌》第45期发表。

同日 杜宇(小记者)的杂文《因大失小》在《青岛晚报》副刊《观象台》第244期发表。

3月4日 王统照的译诗《吁嗟乎爱伦》在《青岛时报》副刊《海光》第11期发表。

3月16日 《青岛时报》副刊《海歌》第47期为梁枫(梁风)专页,发表长诗《我归来了,妈!——一个小兵在母亲的坟畔》。

3月21日 鲍运昌(笑燕)的中篇小说《复仇》在《平民报》副刊《大风》连载。

4月1日 王统照的诗《谁能从你的心底把暮愁浇消》在《战斗与改造》第1卷第3/4期发表。

4月11日 黄耘的诗《春天来的时候》在《平民报》副刊《新血轮》第38期发表。

4月27日 王统照的散文《追怀济之》在《山东新报》副刊发表。

5月1日 梁枫的诗《野草》在《民治报》副刊《血泪诗刊》第1期发表。

同日 王度庐(鲁云)的武侠小说《太平天国情侠》在《民治报》副刊《艺坛》第1期连载。

5月10日 王统照的散文《"五四"之日》在《星野》第1卷第4期发表。

同日 鲁海的散文《田园》在《军民日报》副刊《海燕》第6号发表。

同日 石星的散文《掘墓者》、欧阳普的散文《砸海蛎的人们》、山青的散文《迎春花的故事》、木冰的散文《绿色的忧郁》在《文艺》创刊号发表。

5月11日 《青岛时报》副刊《海歌》第55期为刘绪萱个人作品专页,发表长诗《小花伞和它的主人》、诗《一条街的早晨》。

5月12日 王统照的杂文《一代不如一代》、徐中玉的散文《念宾基》在《民言报》副刊《每周文学》第1期发表;王统照的新诗《五月夜的星星》在《民报》副刊《自由浪》第5期发表。

5月16日 李策(楚歌)的散文《永远的恋情》在《平民报》副刊《新血轮》第43期发表。

5月19日 王度庐(鲁云)的武侠小说《清末侠客》在《大中报》连载。

5月26日 王统照的译诗《爱伦,你眼中有微笑也有泪点》在《民言报》副刊《每周文学》第3期发表。

6月7日 梁宝的小说《野火》在《青报》副刊《青春》连载。

6月11日 王度庐(绿芜)的言情小说《晚香玉》在《青岛时报》连载,至1948年1月31日续完。

7月4日 李策(楚歌)的杂文《苦涩的柿子》在《青岛时报》副刊《青光》发表。

7月11日 李策(楚歌)的小说《米黄色的皮夹》在《青岛时报》副刊《青光》发表。

7月12日 鲁海的散文《惨零的日记》在《青岛时报》副刊《海涛》第3期发表。

7月14日 王统照的译诗《凤凰篇》在《民言报》副刊《艺文》第15期发表。

7月19日 孙昌熙(钟咸)的散文《施舍》在《民言报》副刊《艺文》第69期发表。

同日 王度庐(鲁云)的武侠小说《雍正与年羹尧》(《新血滴子》)在《青岛时报》连载。

7月20日 鲁海的散文《古屋》在《民言报》副刊《民言》第154期发表。

7月23日 山音的散文《一场风波——发生在一个小资产阶级的家庭里》、梁宝(苹果树)的杂文《浪费的解嘲》在《青岛时报》副刊《青光》发表。

7月26日 鲁海的散文《海洋的倾诉》在《青岛时报》副刊《海涛》第5期发表。

7月28日 王统照(剑三)的诗《"黄金时代"》在《民言报》副刊《艺文》第17期发表。

8月1日 鲁海的散文《海滨之歌》在《申报》副刊发表。

8月2日 赵纪彬(林冰)的杂文《东鳞西爪》在《大中报》副刊发表。

8月3日 刘绪萱的诗《我们这样走了》在《青岛时报》副刊《海歌》第66期发表。

8月9日 田风的诗《没有天亮的都市》在《青岛时报》副刊《海歌》第67期发表。

8月14日 赵纪彬(林冰)的杂文《习惯法》在《大中报》副刊发表。

8月 王统照的短篇小说集《银龙集》由上海文化生活出版社出版。

夏 赵清阁来青岛,8月25日写散文《青岛一封信》,9月3日在《申报》副刊发表。

9月5日 梁宝的文艺评论《留给青岛的感情》在《平民报》副刊《新血轮》第59期连载,至12日第60期续完。

9月6日 山音的散文《清秋草——纪念我敬慕的朋友E》在《青岛时报》副刊《青光》发表。

9月29日 山音的散文《我们和海——给文莹》在《青岛时报》副刊《青光》发表。

10月13日 刘绪萱的诗《在连年的霪雨里》在《青岛时报》副刊《青光》发表。

10月20日 冯沅君(吴仪)的文艺批评《从李煜词论"个"字》在《民言报》副刊《艺文》第29期发表。

10月 冯沅君的《倒下了这个家族的巨人——纪念我平生最敬爱者》收入赵清阁主编《无题集——中国现代女作家小说专集》,由上海晨光公司出版。

11月10日 孙昌熙(钟咸)的散文《大学路》在《青岛时报》副刊《海光》第44期发表。

同日 废丁的长诗《榆树的故事》、刘燕及(燕及果)的诗《锄头怀念曲》在《民言报》副刊《艺文》第32期发表。

11月17日 黄耘(艾石)的诗《在行进中》在《军民日报》副刊《文艺》发表。

11月22日 黄耘(艾石)的诗《狱》在《军民日报》副刊《文艺》发表。

12月5日 鲁海的散文《冬天又来了》、梁宝(张冀)的小说《都市的诱惑》在《民报》副刊《滩头》第1号发表。

12月7日 废丁的诗《当在落雪的时候》在《青岛时报》副刊《星期文艺》发表。

12月12日 梁宝(张冀)的长篇小说《大时代下》在《民报》副刊《文艺》连载。

12月21日 蔡坚(卧龙)的小说《表》在《民言报》副刊《民言》第190期发表。

1948年

1月1日 陆侃如的文学理论《一千八百年前的中国文学》在《文潮月刊》第4卷第3期发表。

1月2日 黄洋的散文《向时代宣誓》在《民报》副刊《青鸟》发表。

1月11日 蔡坚(卧龙)的散文《一天》在《民言报》副刊《民言》第194期发表。

1月14日 蔡坚(卧龙)的小说《瘦马——难流之一》在《民言报》副刊《民言》第195期发表。

1月21日 蔡坚(卧龙)的小说《倒下的老人——难流之二》在《民言报》副刊《民言》第196期发表。

1月26日 王统照的小说《"小天分人"的生与死》在《民言报》副刊《民言》第197期发表。

2月1日 王度庐(绿芜)的言情小说《粉墨婵娟》在《青岛时报》连载,至7月10日续完;武侠小说《风尘四杰》在《岛声旬刊》连载。

同日 蔡坚(卧龙)的小说《山花——难流之三》在青岛《民言报》副刊《民言》第198期发表。

2月5日 鲁海的散文《大街和小巷》在《民报》副刊《滩头》第13期发表。

2月8日 蔡坚(卧龙)的小说《无辜的小生命——难流之四》在青岛《民言报》副刊《民言》第199期发表。

2月15日 鲁海的诗《这是我们人民的世纪》在《太平洋》半月刊第2卷第4期发表。

2月23日 陈挹翠的武侠小说《风云儿女》在《民言报晚刊》副刊《夕阳秋》连载。

2月 王统照的小说《灰脊大衣》在《文讯》月刊第8卷第2号发表。

3月1日 刘泮溪的文艺批评《冲突与和谐》在《文潮月刊》第4卷第5期发表。

3月8日 王统照的译诗《海神们》在《民言报》副刊《艺文》第49期发表。

3月10日 陈挹翠的武侠小说《屠龙记》在《胶东民报》副刊《胶东》连载。

3月21日 鲁海的散文《说大街话小巷》在《大光报》副刊《大地》发表。

3月22日 蔡坚(卧龙)的小说《一副画像》在《民言报》副刊《艺文》第51期发表。

4月1日 陈挹翠的武侠小说《荆十三娘》在《青岛晚报》副刊《大观园》第451号连载。

4月22日 蔡坚(卧龙)的诗《给诗人》在《青岛时报》副刊《海光》第18期发表。

4月29日 王度庐(鲁云)的武侠小说《宝刀飞》在《青岛时报》连载,至7月19日续完。

5月4日 冯沅君(吴仪)的译诗《他曾从这里走过》在《民言报》副刊发表。

5月9日 蔡坚(卧龙)的小说《山腰里的伤心者》在《民言报》副刊《民言》第219期发表。

5月10日 孙昌熙(钟咸)的散文《拜访》在《民言报》副刊《艺文》第58期发表。

5月21日 黄耘的中篇小说《愁谷》在《青报》副刊《青春》连载。

6月1日 黄耘的三幕悲剧《圣女怨》在《青报》副刊《青春》连载。

6月11日 刘燕及(燕及果)的诗《诗人! 诗人!》在《青报》副刊《青春》发表。

6月14日 蔡坚(卧龙)的诗《多少年以后》在《民言报》副刊《艺文》第46期发表。

6月18日 王统照"校改"散文诗十章,10月在《文艺春秋》第7卷第4期发表。

6月20日 李策(楚歌)的散文《每年都有一个春天》在《青岛时报》副刊《星期文苑》发表。

6月21日 王统照(著薇)的小说《射心人》在《民言报》副刊《艺文》第65期发表。

7月1日 黄耘的诗《我,马车》在《青报》副刊《青春》发表。

7月3日 黄耘的诗《花朵——一个女人的写照》在《青报》副刊《青春》发表。

7月19日 孙昌熙(李冷)的散文《母亲》在《青岛时报》副刊《海光》第88期发表。

7月25日 蔡坚(卧龙)的诗《贤良女》在《民言报》副刊《民言》第232期发表。

8月13日 冯沅君的文艺批评《暖红室本〈董西厢〉摘误》在《中央日报》副刊《俗文学》发表。

8月16日 王统照的散文《悼朱佩弦先生》、孙昌熙的散文《怀佩弦师》在《民言报》副刊

《艺文》第73期发表。

9月6日 王统照(著薇)的小说《狗矢浴》在《民言报》副刊《艺文》第76期发表。

9月13日 冯沅君(吴仪)的译诗《一天早上我起来》在《民言报》副刊《艺文》第77期发表。

9月20日 王度庐的武侠小说《金刚玉宝剑》在《青岛公报》连载,1949年2月改由《联青晚报》副刊《艺苑》连载。

9月24日 王度庐的武侠小说《龙虎铁连环》在《军民晚报》副刊《夜渡》连载。

9月26日 孙昌熙(钟咸)的散文《秋实》在《青岛公报》副刊《星期文艺》第16期发表。

10月1日 陈挹翠的长篇小说《血溅青锋》在《青岛时报》副刊连载。

10月3日 孙昌熙(钟咸)的散文《老教师》在《青岛公报》副刊《星期文艺》第17期发表。

10月24日 王统照的诗《旅梦》在《青岛公报》副刊《星期文艺》第19期发表。

10月30日 山音的散文《猎奇》在《青报》副刊《青春》发表。

10月 王统照的散文《寻求梦的寻求者》《生命树的等待》在《文艺春秋》第7卷第4期发表。

11月15日 冯沅君的文学理论《唐传奇作者身份的估价》在《文讯》第9卷第4期发表。

1949年

1月1日 王度庐的武侠小说《玉佩金刀》在《民治报》副刊《汇泉》连载。

1月4日 废丁的诗《冬日即景》在《青联报》副刊《前锋》第6期发表。

1月9日 孙昌熙(钟咸)的散文《主妇》在《联青报》副刊《文艺》连载,16日续完。

1月 陆侃如、冯沅君夫妇的《中国文学史简编》由上海开明书店出版第8版。

2月 王统照翻译美国赛珍珠的小说《熊太太》在《幸福》第24期发表。

3月18日 山音的散文《楼》在《青联报》副刊《前锋》第21期发表。

3月25日 王统照的小说《打醮的故事》在《幸福》第26期发表。

3月29日 废丁的诗《海》在《联青晚报》副刊《文艺》第11期发表。

春 王统照作诗《一九四九年初春远行前作》《几度》,后收入《王统照全集》第4卷。

4月25日 山音的散文《她哭了》在《青联报》副刊《前锋》第23期发表。

6月2日 青岛解放。贾植芳作完散文《美丽的早晨》,在23日上海《大公报》副刊《文艺》发表。

(二)统计资料

表1 青岛作家担任新中国各级文联、作协及文化宣传部门要职情况表

作家姓名	在青时间	任职情况(括号时间为当选年份)
老　舍	1934—1937	全国文联副主席、中国作协副主席(1953),北京市文联主席(1950)
洪　深	1913,1934	政务院文化教育委员会对外文化联络事务局局长(1951),中国剧协副主席(1953)
舒　群	1934	全国文联副秘书长、中国作协秘书长(1952),辽宁本溪市文联副主席(1978)
臧克家	1929—1934	中国作协书记处书记(1956)、顾问(1979)、名誉副主席(1996)
吴伯箫	1931—1934	中华全国文学工作者协会秘书长(1949), 中国作协文学讲习所所长(1954),中国社科院文学研究所副所长(1978)
于黑丁	1927—1935	湖北省文联主席(1950),河南省文联主席(1963),中国作协河南分会主席(1980)
袁　勃	1934—1936	中共云南省宣传部副部长兼《云南日报》社长、总编辑(1950), 云南省委常委、宣传部部长、中国作协昆明分会主席(1956)
乐于泓	1933—1935	中共西藏自治区工委宣传部部长、新华社西藏分社社长(1952)
王统照	1927—1937 1945—1950	山东省文教厅副厅长、山东省文联主席(1950),山东省文化局局长(1952)
方令孺	1930—1931	浙江省文联主席(1958)
王　林	1930—1932	天津市文联副主席、中国作协天津分会副主席(1956),河北省文联副主席(1958)
刘芳松	1934—1935	安徽省文联副主席(1954)
陈翔鹤	1924,1931,1932	四川省文联副主席(1954)
废　名	1931	吉林省文联副主席(1963)
李劫夫	1933—1936	辽宁省文联副主席、中国音协辽宁分会主席(1957)
徐中玉	1934—1937	上海市作协主席(1989)
蔡天心	1935—1937	东北文联秘书长(1951),中国作协沈阳分会副主席、执行主席(1956)
王亚平	1934—1936	北京市文联秘书长(1950)
冯沅君	1947—1958	山东省文联副主席(1959)
萧涤非	1933—1936 1947—1958	山东省文联全委会副主席(1978),山东省文联副主席(1980)
刘泮溪	1946—1958	中国作协山东分会副主席(1959)
萧　军	1934,1936	中国文联委员、中国作协理事(1979)
臧云远	1926,1946,1950	江苏省作协顾问(1986)
陆侃如	1947—1958	中国文联委员、中国作协理事(1953),青岛市文联主席(1956)

表2　1949年前青岛在地作家作品入选“中国新文学大系”一览表

作家姓名	作品名称	辑/年	集/卷	起止页码
蔡元培	《〈中国新文学大系〉总序》	第1辑	第1集建设理论集	3~11
顾　随	《失踪》	第1辑	第4集小说二集	102~110
洪　深	《〈中国新文学大系〉戏剧集导言》	第1辑	第9集戏剧集	1~99
臧克家	《论新诗》	第2辑(1927—1937)	第1集文学理论集一	494~499
王统照	《沉船》《印空》	第2辑(1927—1937)	第3集小说集一(短篇卷)	129~161
老　舍	《上任》《月牙儿》《断魂枪》	第2辑(1927—1937)	第5集小说集三(短篇卷)	1~53
沙　汀	《祖父的故事》	第2辑(1927—1937)	第5集小说集三(短篇卷)	366~377
舒　群	《没有祖国的孩子》	第2辑(1927—1937)	第5集小说集三(短篇卷)	511~530
蔡天心	《东北之谷》	第2辑(1927—1937)	第5集小说集三(短篇卷)	890~922
萧　红	《生死场》	第2辑(1927—1937)	第7集小说集五(中篇卷)	441~544
老　舍	《我这一辈子》	第2辑(1927—1937)	第7集小说集五(中篇卷)	773~834
萧　军	《八月的乡村》	第2辑(1927—1937)	第9集小说集七(长篇卷)	429~618
老　舍	《想北平》《番表》《大明湖之春》《五月的青岛》	第2辑(1927—1937)	第10集散文集一	725~737
吴伯箫	《山屋》《天冬草》《海》	第2辑(1927—1937)	第11集散文集二	219~229
王统照	《青纱帐》《青岛素描》	第2辑(1927—1937)	第11集散文集二	592~606
老　舍	《鬼与狐》《代语堂先生拟赴美宣传大纲》	第2辑(1927—1937)	第12集杂文集	329~336
萧　军	《水灵山岛》	第2辑(1927—1937)	第13集报告文学集	415~427
徐中玉	《青岛缉私受伤警方新亭访问记》	第2辑(1927—1937)	第13集报告文学集	868~873
王亚平	《两歌女》《灯塔守者》	第2辑(1927—1937)	第14集诗集	16~17
王统照	《这时代》《铁匠肆中》《她的生命》《花球与鞭影》《爆竹》《傀儡游戏者》《峭寒》	第2辑(1927—1937)	第14集诗集	23~39
陈梦家	《在蕴藻滨的战场上》	第2辑(1927—1937)	第14集诗集	304~305
闻一多	《奇迹》	第2辑(1927—1937)	第14集诗集	375~377
袁　勃	《真理的船》	第2辑(1927—1937)	第14集诗集	479~480
蒲　风	《武装田地山河》	第2辑(1927—1937)	第14集诗集	527~528
臧克家	《难民》《生活》《烙印》《象粒砂》《不久有那么一天》《老马》《神女》《当炉女》《洋车夫》《贩鱼郎》《歇午工》《罪恶的黑手》《自白》《村夜》《答客问》	第2辑(1927—1937)	第14集诗集	559~581
洪　深	《劫后桃花》	第2辑(1927—1937)	第18集电影集二	99~145
老　舍	《骆驼祥子》	第3辑(1937—1949)	第8集长篇小说卷一	1~188
王统照	《寻求梦的寻求者》《生命树的等待》	第3辑(1937—1949)	第10集散文卷一	81~84
王统照	《又一年了》《五月夜的星星》	第3辑(1937—1949)	第14集诗卷	112~113

表3　1949年前青岛在地作家作品入选“山东新文学大系”一览表

作家姓名	作品名称	分卷	起止页码
王统照	《沉船》《“小天分人”的生与死》《山雨(存目)》	小说卷一①	103~128
老舍	《月牙儿》	小说卷一①	230~256
臧克家	《猴子拴》	小说卷一①	277~284
王统照	《这时代》《铁匠肆中》《爆竹》	诗歌卷③	21~23
闻一多	《奇迹》	诗歌卷③	40~41
臧克家	《当炉女》《难民》《老马》《生活》《罪恶的黑手》	诗歌卷③	51~62
王亚平	《死亡线上》《夜的期待者》《都市的冬》《灯塔守者》《两歌女》	诗歌卷③	87~92
臧云远	《早晨的太阳》《母亲的思念》	诗歌卷③	128~132
黄耘	《青灯吟》《赠别》《歌(外一章)》《明天》《断桥》《黑太阳》《你召唤我》	诗歌卷③	196~207
海笛	《阿Q的彷徨》《森林中的狩猎者》	诗歌卷③	241~243
虞克忠	《黄昏》	诗歌卷③	244
孟力	《流浪》《我不走了》	诗歌卷③	246~247
刘温和	《咏丹顶鹤》《生命》《颂》	诗歌卷③	248~251
废丁	《春天的外边》《年夜狂想曲》《黎明》《病中吟》《失去光彩的宝石》	诗歌卷③	254~261
鲁丁	《小丁香》《都市的春天》《在北中国的草原上》《十月》	诗歌卷③	262~266
田风	《东南风》《生活的恋歌》《给青灯》	诗歌卷③	297~299
石玺	《呼兰河的颂歌》《冬》《石在,火种是不会灭绝的》	诗歌卷③	314~319
刘燕及	《夜语》《狱囚的歌》《夜街的压力》《磨着镰刀》《我在这里》	诗歌卷③	322~327
杨唤	《诗的喷泉(十首)》《高粱啊》《我喝得烂醉》	诗歌卷③	328~335
麦紫	《自己的歌》《南方》	诗歌卷③	336~339
刘绪萱	《雾里的老车站》《星花辑》《纪念一个人民的保姆》	诗歌卷③	340~349
李瑛	《展开诗朗诵》《鹰》《太阳,啊!太阳》	诗歌卷③	350~362
李白凤	《泥土——我的母亲》	诗歌卷③	363~365
圣野	《列车》《黑夜》《照像》《城》	诗歌卷③	372~375
田地	《青岛印象》	诗歌卷③	376~377
王统照	《海滨小品》《平常的故事》《青纱帐》《青岛素描》《遥忆老舍与闻一多》《五四之日》	散文卷一④	16~64
老舍	《青岛与我》《大明湖之春》《五月的青岛》	散文卷一④	78~85
臧克家	《文明的皮鞭》《社戏》《青岛樱花会》	散文卷一④	92~101
吴伯箫	《马》《山屋》《岛上的季节》《海》《海上鸥》	散文卷一④	135~152
闻一多	《青岛》	散文卷一④	274~275
崔嵬执笔	《放下你的鞭子(街头剧)》	戏剧卷⑥	33~42

表 4　1935 年《青岛民报》副刊《避暑录话》作家作品总目表

时间/期号	作者	题　名	文体	时间/期号	作者	题　名	文体
7 月 14 日 (第 1 期)	洪　深 王统照 老　舍 洪　深 赵少侯 臧克家 吴伯箫 孟　超 王余杞 王亚平	发刊辞 你的黑手 西红柿 《审头刺汤》的研究 无题 要活 边庄 夜行 一个陌生人在青岛 买菜女郎	杂文 诗 杂文 评论 杂文 诗 散文 诗 游记 诗	8 月 18 日 (第 6 期)	赵少侯 老　舍 王统照 洪　深 臧克家 斲　冰 冰　高 王余杞 孟　超	旧都避暑记 立秋后 失了影的镜子 票友胜于职业优伶的地方 古城月 脚的自由 梦青岛 一个陌生人在青岛(续) 睡到的车子	散文 散文 散文诗 杂文 诗 杂文 散文 游记 散文
7 月 21 日 (第 2 期)	洪　深 老　舍 王统照 王亚平 李同愈 孟　超 王余杞	《大登殿》与出气主义 再谈西红柿 黄昏阵 暑天别青岛 山岛 何必牯岭 一个陌生人在青岛(续)	评论 杂文 散文 诗 小说 杂文 游记	8 月 26 日 (第 7 期)	老　舍 赵少侯 李同愈 杜　宇 王余杞 孟　超	等暑 傻瓜 蟋蟀 冯的一生 一个陌生人在青岛(续) 立春画壁	散文 小说 小说 译文 游记 杂文
7 月 28 日 (第 3 期)	老　舍 斲　冰 洪　深 王余杞 吴伯箫 杜　宇 西　蒙 孟　超	避暑 兰州人的笑话 友人狱中诗 一个陌生人在青岛(续) 萤 果戈里与《巡案》 七月速写 “年来故旧皆飞絮”	杂文 散文 诗 游记 散文 评论 诗 杂文	9 月 1 日 (第 8 期)	老　舍 王统照 洪　深 王亚平 孟　超 杜　宇 西　蒙 王余杞	丁 枯草 读报偶译 诗二章 秋的情调 葛莱格里夫人的喜剧 海上的征者 一个陌生人在青岛(续)	小说 诗 杂文 诗 散文 评论 诗 游记
8 月 4 日 (第 4 期)	王统照 息 洪　深 臧克家 吴伯箫 李同愈 王余杞 西　蒙	星空下 一个中夏夜的黄昏 友人狱中词 说大蒜 阴岛的渔盐 第九次赛 一个陌生人在青岛(续) 人子	诗 译文 词 杂文 散文 小说 游记 诗	9 月 8 日 (第 9 期)	洪　深 王统照 赵少侯 孟　超 王亚平 王余杞	门以内 夜行 旧都避暑记(续) 破巢 农村的暮 一个陌生人在青岛(续)	独幕剧 散文诗 散文 小说 诗 游记
8 月 11 日 (第 5 期)	洪　深 王统照 老　舍 孟　超 李同愈 王余杞 杜　宇	从《化子拾金》说起 蜀黍(高粱) 檀香扇 海浴 未来 一个陌生人在青岛(续) 奥史特洛夫斯基论	杂文 散文 杂文 诗 诗 游记 评论	9 月 15 日 (第 10 期)	老　舍 吴伯箫 老　舍 王亚平 孟　超 西　蒙 杜　宇	“完了” 秋夜 诗三律 流 此路不通 祖母 警犬	杂文 诗 旧体诗 诗 小说 诗 译文

参考文献

一、文学史与作家作品

（一）文学史

[1]朱栋霖,吴义勤,朱晓进. 中国现代文学史 1915—2022(上册)[M]. 4 版. 北京:北京大学出版社,2023.
[2]孙康宜,宇文所安. 剑桥中国文学史(下卷 1375—1949)[M]. 刘倩,等译. 北京:生活·读书·新知三联书店,2013.
[3]梅维恒. 哥伦比亚中国文学史[M]. 马小悟,张治,刘文楠,译. 北京:新星出版社,2021.
[4]温儒敏. 中国现代文学批评史[M]. 北京:北京大学出版社,1993.
[5]夏志清. 中国现代小说史[M]. 刘绍铭,等译. 杭州:浙江人民出版社,2016.
[6]俞元桂. 中国现代散文史[M]. 济南:山东文艺出版社,1997.
[7]朱光灿. 中国现代诗歌史[M]. 济南:山东大学出版社,1997.
[8]田本相. 中国近现代戏剧史[M]. 南京:江苏教育出版社,2008.
[9]孟昭毅,李载道. 中国翻译文学史[M]. 北京:北京大学出版社,2005.
[10]耿德华. 被冷落的缪斯——中国沦陷区文学史(1937—1945)[M]. 张泉,译. 北京:新星出版社,2006.
[11]乔力,李少群. 山东文学通史(下卷)[M]. 北京:中国社会科学出版社,2016.
[12]臧杰. 青岛艺术史·文学史稿卷[M]. 杭州:西泠印社出版社,2021.

（二）作家作品汇编

[13]编辑委员会. 中国现代文学大系(1917—1927)[M]. 10 卷本. 上海:上海文艺出版社,2010a.
[14]编辑委员会. 中国现代文学大系(1927—1937)[M]. 20 卷本. 上海:上海文艺出版社,2010b.
[15]编辑委员会. 中国现代文学大系(1937—1949)[M]. 20 卷本. 上海:上海文艺出版社,2010c.
[16]钱理群. 中国沦陷区文学大系[M]. 8 卷本. 桂林:广西教育出版社,1998-2000.

[17]陈光林.山东新文学大系(现代部分)[M].1-6卷.济南:山东文艺出版社,1999.
[18]刘宜庆.名人笔下的青岛[M].青岛:青岛出版社,2008.
[19]郭杨.青岛诗钞[M].青岛:中国海洋大学出版社,2017.
[20]黄耘,赵夫青.青岛四十年代诗选[M].青岛:青岛出版社,2018.
[21]吴大钢.青潮[M].青岛:中国海洋大学出版社,2020.

(三)作家个人文集(按章节排列为序)

[22]顾之京,赵林涛,高献红.顾随全集[M].10卷本.石家庄:河北教育出版社,2014.
[23]陈翔鹤.陈翔鹤选集[M].成都:四川人民出版社,1980.
[24]韩耀成,等.冯至全集[M].12卷本.石家庄:河北教育出版社,1999.
[25]刘传辉.陈炜谟文集[M].成都:成都出版社,1993.
[26]杨洪承.王统照全集[M].7卷本.北京:中国工人出版社,2009.
[27]杨迅文.梁实秋文集[M].15卷本.厦门:鹭江出版社,2002.
[28]张兆和.沈从文全集[M].32卷本.太原:北岳文艺出版社,2009.
[29]老舍.老舍全集[M].19卷本.北京:人民文学出版社,2013.
[30]吴伯箫.吴伯箫文集[M].2卷本.北京:人民教育出版社,1993.
[31]孙党伯,袁謇正.闻一多全集[M].12卷本.武汉:湖北人民出版社,1993.
[32]陈梦家.梦家诗集[M].北京:中华书局,2006.
[33]洪深.洪深文集[M].4卷本.北京:中国戏剧出版社,1959.
[34]于黑丁.于黑丁选集[M].3卷本.北京:大众文艺出版社,2003.
[35]即墨市档案局.周浩然烈士文集[M].青岛:青岛出版社,1995.
[36]王渭.王亚平选集[M].2卷本.北京:人民文学出版社,2023.
[37]黄安榕,陈松溪.蒲风选集[M].2卷本.福州:海峡文艺出版社,1985.
[38]袁勃.袁勃诗文选[M].昆明:云南人民出版社,1981.
[39]萧红.萧红全集[M].4卷本.哈尔滨:黑龙江大学出版社,2011.
[40]萧军.萧军全集[M].20卷本.北京:华夏出版社,2008.
[41]舒群.舒群文集[M].4卷本.沈阳:春风文艺出版社,1982.
[42]陈荒煤.陈荒煤文集[M].3卷本.北京:中国电影出版社,2013.
[43]艾芜.艾芜全集[M].19卷本.成都:四川文艺出版社,2007.
[44]沙汀.沙汀文集[M].10卷11册本.成都:四川文艺出版社,2017.
[45]王平明,王若曼.王余杞文集[M].2卷本.石家庄:花山文艺出版社,2017.
[46]编纂委员会.郁达夫全集[M].12卷本.杭州:浙江大学出版社,2007.
[47]臧克家.臧克家全集[M].12卷本.长春:时代文艺出版社,2002.
[48]徐新韵.吕美荪诗文集[M].合肥:黄山书社,2021.
[49]刘少文,青岛市市南区档案馆.青岛百吟[M].济南:山东画报出版社,2021.
[50]飞白,方素平.汪静之文集[M].6册本.杭州:西泠印社出版社,2006.
[51]中国蔡元培研究会.蔡元培全集[M].18卷本.杭州:浙江教育出版社,1997-1998.
[52]废名.废名集[M].6卷本.北京:北京大学出版社,2009.
[53]苏雪林.苏雪林文集[M].4卷本.合肥:安徽文艺出版社,1996.
[54]乐齐,孙玉蓉.俞平伯诗全编[M].杭州:浙江文艺出版社,1992.

[55]巴金. 巴金选集[M]. 2 卷本. 济南:山东文艺出版社,2011.
[56]高恒文. 卞之琳作品新编[M]. 北京:人民文学出版社,2009.
[57]王度庐. 王度庐作品大系[M]. 22 册本. 太原:北岳文艺出版社,2015-2018.
[58]岳乐山. 尘世奇谈[M]. 10 卷本. 济南:山东文艺出版社;哈尔滨:北方文艺出版社,2004.
[59]陈挹翠. 血溅青锋[M]. 2 卷本. 合肥:安徽文艺出版社,1991.
[60]袁犀. 袁犀代表作[M]. 北京:华夏出版社,2009.
[61]袁世硕,张可礼. 陆侃如冯沅君合集[M]. 15 卷本. 合肥:安徽教育出版社,2011.
[62]陈军. 赵清阁文集[M]. 12 卷本. 北京:朝华出版社,2020.
[63]贾植芳. 贾植芳全集[M]. 10 卷本. 太原:北岳文艺出版社,2020.

二、史料与论述

(一)研究资料

[64]冯光廉,刘增人. 王统照研究资料[M]. 北京:知识产权出版社,2010a.
[65]曾广灿,吴怀斌. 老舍研究资料[M]. 2 卷本. 北京:知识产权出版社,2010.
[66]董兴泉. 舒群研究资料[M]. 北京:知识产权出版社,2010.
[67]冯光廉,刘增人. 臧克家研究资料[M]. 2 卷本. 北京:知识产权出版社,2010b.
[68]陈振国. 冯文炳研究资料[M]. 北京:知识产权出版社,2010.
[69]李士非,李景慈,梁山丁,等. 李克异研究资料[M]. 北京:知识产权出版社,2010.
[70]邵华强. 沈从文研究资料[M]. 2 卷本. 北京:知识产权出版社,2011.
[71]刘增人,刘泉,王今晖. 1872—1949 文学期刊信息总汇[M]. 4 卷本. 青岛:青岛出版社,2015.
[72]李西宁,王玉梅. 民国时期山东报刊目录提要[M]. 2 卷本. 北京:国家图书馆出版社,2016.
[73]徐月霞,陈东庆,曹艳芳,等. 青岛市图书馆藏民国地方期刊提要[M]. 青岛:中国海洋大学出版社,2021.

(二)论著

[74]杨义. 中国叙事学[M]. 北京:人民出版社,2009.
[75]陈平原. 中国小说叙事模式的转变[M]. 北京:北京大学出版社,2010.
[76]李宗刚. 中国现代文学史论[M]. 济南:山东人民出版社,2014.
[77]徐妍. 文学研究的恒与变[M]. 北京:中国社会科学出版社,2016.
[78]王德威. 想象中国的方法:历史·小说·叙事[M]. 天津:百花文艺出版社,2016.
[79]康平. 吴伯箫研究专集[M]. 南宁:广西人民出版社,1987.
[80]季镇淮. 闻一多研究四十年[M]. 北京:清华大学出版社,1988.
[81]阳翰笙,等. 洪深——回忆洪深专辑[M]. 北京:中国文史出版社,1991.
[82]上海鲁迅纪念馆. 汪静之先生纪念集[M]. 上海:上海书画出版社,2002.
[83]徐斯年. 王度庐评传[M]. 苏州:苏州大学出版社,2005.
[84]黄健,雷水莲. 孙大雨评传[M]. 北京:中国社会科学出版社,2012.

[85]刘怀荣,苑秀丽. 劳山集校注[M]. 北京:人民出版社,2015.
[86]张洪刚. 梁实秋在山大[M]. 济南:山东大学出版社,2017.
[87]朱建君. 殖民地经历与中国近代民族主义:德占青岛(1897—1914)[M]. 北京:人民出版社,2010.
[88]柳敏. 融入与疏离:乡下人的城市境遇——以青岛为中心(1927—1937)[M]. 太原:山西人民出版社,2013.
[89]马斗成. 近代青岛社会与生活研究[M]. 北京:人民出版社,2019.

(三)论文

[90]高志茹. 简论蔡天心及其小说创作[J]. 沈阳师范大学学报(社会科学版),1982(1):37-41.
[91]白烨. 吴伯箫现代散文漫谈[J]. 中国现代文学研究,1982(3):209-218.
[92]王渭. 王亚平传略[J]. 新文学史料,1989(1):155-166.
[93]王惠芳. 孟超文学活动初探[J]. 聊城师范学院学报(哲学社会科学版),1991(1):105-110.
[94]张立莲. 怀念我的父亲张友松[J]. 新文学史料,1996(2):141-150.
[95]黄昌勇. 孙大雨传略[J]. 新文学史料,1996(2):177-188;1996(3):188-195.
[96]杨洪承. 王统照研究述评与反思[J]. 中国现代文学研究丛刊,1997(2):59-75.
[97]朱可,田才. 战士、作家、园丁的生命交响曲——记于黑丁[J]. 新文学史料,2002(1):130-138.
[98]温奉桥. 论20世纪中国文学的三次现代性转型[J]. 山东社会科学,2003(6):101-106.
[99]张中良. 大陆文学史上的梁实秋身份问题[J]. 中国现代文学研究丛刊,2004(3):258-270.
[100]吴世勇. 沈从文的从教经历与其文学创作、学者化道路[J]. 广西社会科学,2005(10):109-112.
[101]刘东方. 论老舍的民族化语言观[J]. 东岳论丛,2007(4):93-96.
[102]安凌. 阐释和创造——论洪深对奥斯卡·王尔德《温德米尔夫人的扇子》的改译[J]. 戏剧,2008(1):115-125.
[103]张泉. 中国现代文学史亟待整合的三个板块——从具有三重身份的小说家王度庐谈起[J]. 河北学刊,2010,30(1):98-101.
[104]孙书文,张芳. "健全的诗":论顾随的文艺观念[J]. 理论学刊,2011(8):123-126.
[105]施晓燕. 对汪静之研究现状的一些看法及建议[J]. 上海鲁迅研究,2012(6):85-91.
[106]刘为钦. 也谈王统照《山雨》的主题思想[J]. 中国社会科学院研究生院学报,2013(2):115-120.
[107]陈学勇. 方令孺的前期集外诗和后期集外文[J]. 新文学史料,2013(2):128-133.
[108]任慧群. 现代中国文化视域下的王亚平诗歌研究(1933—1949)[J]. 邢台学院学报,2014,29(3):34-36.
[109]韩琛. "重写文学史"的历史与反复[J]. 中国现代文学研究丛刊,2017(5):1-16.
[110]庄国瑞,卢敦基. 侠情与侠意:以悲为美与以侠为累——王度庐武侠小说再认识[J]. 学术研究,2018(10):164-169.
[111]李莹. 左翼的流动与1930年代新文学在青岛的传播[J]. 中国现代文学研究丛刊,2019(11):216-230.
[112]周海波. 中国"现代小说"的理论建构及其文学史意义[J]. 中国社会科学,2020(4):159-180.

[113]顾迎新.左联作家刘芳松的生平及其文学创作[J].中国现代文学研究丛刊,2021(1):223-231.
[114]黄发有.文学编辑的文学史意义——以中国现当代文学为中心[J].中国社会科学,2022(12):179-198.
[115]刘奎.烈士精神、乡土经验与台静农的革命路径——兼及鲁迅对台静农的影响问题[J].文学评论,2023(3):42-51.

(四)博士学位论文

[116]陈卫.闻一多诗学论[D].武汉:武汉大学,1998.
[117]猿渡静子.日本文学对中国现代小说类型的影响[D].北京:北京大学,2001.
[118]白春超.再生与流变:中国现代文学中的古典主义[D].郑州:河南大学,2003.
[119]刘永莉.老舍小说研究[D].济南:山东大学,2004.
[120]刘香.边缘的自由——1930—1937:国立青大/山大时"教授作家"的创作[D].济南:山东师范大学,2005.
[121]张伟巍."老马"精神与生活抒情诗——臧克家诗集《烙印》研究[D].西安:陕西师范大学,2007.
[122]赵洪玮.德占时期青岛城市发展研究[D].太原:山西大学,2008.
[123]许心宏.文学地图上的城市与乡村——20世纪中国小说"城-乡"符号结构研究[D].杭州:浙江大学,2010.
[124]马树华."中心"与"边缘":青岛的文化空间与城市生活[D].武汉:华中师范大学,2011.
[125]李美容.浪漫的救赎——沈从文小说的诗性研究[D].长沙:湖南师范大学,2016.
[126]邢琪.晚清民国时期文学生态研究 ——以青岛为中心(1898—1937)[D].北京:中国社会科学院研究生院,2020.
[127]杨蕾.中国先锋小说创作与文学批评互动研究[D].杭州:浙江师范大学,2021.

三、外文文献

[128]VOHRA R. The Chinese World of Lao She:Dealing with Lao She's Life and Fiction up to 1937[M]. Cambridge Mass:Harvard University Press,1970.
[129]LARSON W. Literary Authority and the Modern Chinese Writer:Ambivalence and Autobiography[M]. Durham and London:Duke University Press,1991.
[130]YINGJIN Z,ed. A Companion to Modern Chinese Literature[M]. London:Wiley-Blackwell,2016.
[131]BAI L. The Literary Critic as Translator: A Case Study on Translation and the Translator's Literary Poetics[J]. NeoheliconVolume 46, Issue 1,2019.
[132]WILHELM S. Richard Wilhelm-Der geistige Mittler zwischen China und Europa[M]. Düsseldorf-Köln:Eugen Diederichs Verlag,1956.
[133]佐藤竜一.宮沢賢治の詩友-黄瀛の生涯[M].東京:コールサック社,2016.

后　　记

《青岛文学史》是“我的青岛”地方文化教育史“三部曲”系列的压轴之作。写它,源自精神原乡中的一个始终敬畏的“结”。记得五年前深秋既望的那个不眠之夜,繁星如花,一个念头突然灵光般闪现在脑海:何不积五年光阴,连续写出《青岛教育史》《山东(青岛)大学史》和《青岛文学史》三部史稿,将花甲之年许下的十年五部著述、不下三个百万字的心愿落实? 正所谓,能所不能,无可无不可。当这一切终于得偿所愿,人生之轮驶向古稀之年终于找到一个比较能说得过去的交代时,冥冥中却感觉一切似乎从未真正开始……

其实,我很知足。一介没正经念过书的非“士”族,履历杂沓无章,又生长在被埠外人称为“文化沙漠”的青岛,真的没有“资格”做学术。之所以摆弄“笔杆子”,是因为抡不动榔头或镰刀,不得不朝“爬格子”使劲。又中了坊间“青岛的山、海、城里藏着半部中国现代文学史”的蛊,遂鬼使神差地从做了半个世纪的教育中抽身出来,重拾弱冠时年的文学梦想,以便挤着一脸褶子定义自己——我是谁? 我能做甚? 我弄得咋样? 不吐不快,我写《青岛文学史》是爱青岛、爱文学爱到非用基因不能命笔的地步,真有点儿乡愁与梦想的“双重救赎”。

作为留住记忆、赓续文脉的青岛文学史,“是什么?”“为什么?”“怎么看?”的问题一直折磨着我,而当头的则是“准备好了吗?”的诘问。本书挹取青岛自1891年建置到1949年解放这一时段,旨在以学术的、批评的立场,对青岛文学追寻现代性的起伏与得失,即对文学思潮与流派、作家作品与接受主体、文学期(副)刊与现代都市、文学本质与主体论等问题作出学术反应,而不是中国现代文学史的地方版,也不是文学考据和学科史介绍,更不是代表性作家作品的梳理和导读。诚然,我为能开出一张足以让人动容的作家名单几乎弄痛了脑仁。王统照、老舍、沈从文、臧克家、王度庐,以及闻一多、梁实秋、洪深、吴伯箫、赵少侯、周学普等被赋魅的作家值得大书特书,而短时寓青的顾随、陈翔鹤、陈梦家、郝荫潭、汪静之、蒲风、史轮、萧红、萧军、舒群、盖耀华、杨唤、臧云远、徐中玉、孙昌熙,乃至个把月或一两个星期浮萍般的游青作家像苏雪林、陈荒煤、艾芜、沙汀、巴金、俞平伯、柳亚子、卞之琳、何其芳、蹇先艾、柯灵、郁达夫、端木蕻良、袁犀,都不应在本书缺席;而土生土长的于黑丁、周浩然、鲁丁、废丁、黄耘、刘燕及、梁宝、萧风、刘绪萱、鲁海,以及被文学史遮蔽遗忘的废名、宋春舫、杜宇、丁梦全、张喟兹、李策、陈南冰、朱之凌、鲍运昌、潘颖舒,尚有徜徉在古典诗词苑中的黄公渚、吕美荪、刘少文、梁启勋、周至元、王锡极等,还有那些在青岛使用其他语种写作的作家,如卫礼贤、火野苇平、中日混血儿黄瀛。虽然其中的一些人名不见经传。20世纪上半叶云集岛城的青籍、定居、羁旅、流徙作家及其在地作品包罗新旧文白,都留驻着彼时的体温,是“人”与“文”现代化的历史纽结。而我这部青岛文学史正是对裹挟在历史甲胄而又无比迷人的地域文学经验的叩问和发抒。

文学史不存在单一性和不可逆性之言。回看青岛文学的时间纵深,我一直在找文学与城市的对望关系,找青岛文学史“长宽高”的生态条件并于焉生发思考。不惟编纂教科书制式文学史本然所指,更要建构地缘文学的气性、文化能指。只是,理论灵感阙如,我一时难以给出形而上的学理阐释。大致的擘画是,在以文事为X轴、作品为Y轴、批评为Z轴的三维笛卡尔坐标系上,回归文学现场和历史语境,于文学地理流变中理解思潮流派、文学事件、文体文类,以及作家创作的知与行、见与解,生成新的诠释维度。之所以如此用心,端赖中国文学整体史与地域文学史的关系使然。20世纪上半叶的青岛,由于中国特殊的政治、文化形势和地缘特点,经历了德租日占、北洋政府、南京政府、日伪统治、解放战争等历史阶段,成为中国唯一一座与两次世界大战都有关联的城市,在中国政治中心南北播迁、山东文化地图东西转移中形成了有别于“京派”“海派”文学之外的又一极。这一过程不是时-空或时-地范畴中文学题材、体裁的简单聚合,而是一个意义复杂的涌现过程,所有在地书写不外乎发露青岛文学从乡土到都市的内在机杼。20世纪上半叶的青岛文学,与山东文学、中国现代文学具有显而易见的交错互动、融汇互证关系和比较优势。唯其相互知觉、互缘同构的特殊性,以及线性制式文学史不易将其归属,这恰好成全了我的《青岛文学史》。要津未据,岂敢侈谈地方文学史?“文”与“史”相互折返,相与护持,照见着文学的来路与归途,也催生着领悟文学历史的能力。

至于关注与口碑,则有赖于时间的挽留。我确实很在意学界与坊间的睽睽众目与悠悠众口,但更在意后人怎样看我。如何看待越来越“卷”的地方文学史写作,以新的文学史观探索文学青岛的再出发路径横亘眼前。面对思想淡出、学问凹陷的地方文学史现象,一卒荷戟、两手束缚去突破秤锤圈层和思维茧房谈何容易。怀着难以名状的心情,好歹收笔于全书的最后一字,力不能逮和无奈造成的偏失、舛错和讹误,我只能弱弱地道一声:抱歉!自己脚下的路,却真不好走。

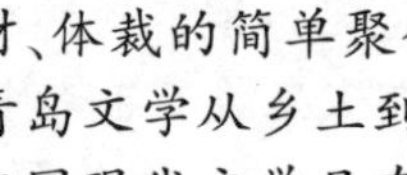

2023年寒露